Johannes Mario Simmel, geboren 1924 in Wien, wurde 1948 durch seinen ersten Roman »Mich wundert, daß ich so fröhlich bin« bekannt. Mit seinen brillant erzählten zeit- und gesellschaftskritisch engagierten Romanen und Erzählungen hat sich Simmel international einen Namen gemacht. Seine Bücher sind in 26 Sprachen übersetzt und erreichten eine Auflage von mehr als 65 Millionen. Fast alle seine Romane wurden verfilmt.

Von Johannes Mario Simmel sind als Knaur-Taschenbücher erschienen:

*»Bis zur bitteren Neige«* (Band 118)
*»Lieb Vaterland, magst ruhig sein«* (Band 209)
*»Alle Menschen werden Brüder«* (Band 262)
*»Und Jimmy ging zum Regenbogen«* (Band 397)
*»Der Stoff, aus dem die Träume sind«* (Band 437)
*»Die Antwort kennt nur der Wind«* (Band 481)
*»Niemand ist eine Insel«* (Band 553)
*»Hurra – wir leben noch!«* (Band 728)
*»Zweiundzwanzig Zentimeter Zärtlichkeit«* (Band 819)
*»Wir heißen euch hoffen«* (Band 1058)
*»Die Erde bleibt noch lange jung«* (Band 1158)
*»Bitte, laßt die Blumen leben«* (Band 1393)

Vollständige Taschenbuchausgaben 1988
Droemersche Verlagsanstalt Th. Knaur Nachf., München

Umschlaggestaltung Manfred Waller
Druck und Bindung Ebner Ulm
Printed in Germany 5 4 3 2 1
ISBN 3-426-01731-8

Johannes Mario
# Simmel

# Es muß nicht immer Kaviar sein

# Liebe ist nur ein Wort

Zwei Romane

Knaur

# Johannes Mario Simmel:

# Es muß nicht immer Kaviar sein

Roman

Die tolldreisten Abenteuer und auserlesenen Kochrezepte des Geheimagenten Thomas Lieven. Er hat zwei Schwächen, dieser Geheimagent wider Willen: die Frauen und das Kochen.
»Was für ein Mann!« denken die Frauen, die Thomas Lieven bewundern und lieben, hassen und betrügen. Unbekümmert lächelnd, mit einnehmendem Charme, meistert er die gefährlichsten Abenteuer des Lebens.
»Ein Mann mit unbegrenzten Fähigkeiten!« So urteilen Großindustrielle, Widerstandskämpfer und Politiker, die mit ihm zusammentreffen, urteilen Kriegsgewinnler, Generäle und Ganoven.
»Ein Desperado, ein lebensgefährlicher, aalglatter Verbrecher!« stöhnen Kriminalbeamte und Steuerfahnder in vielen Ländern.
»Ein Mann, den wir haben müssen – um jeden Preis!« Das sagen die Chefs in den Geheimdienstzentralen der Großmächte.
Und Thomas Lieven?
»Ich hasse den Krieg, alle Geheimdienste und alle Uniformen«, sagt er. »Ich möchte in Frieden leben, gut essen und schöne Frauen verehren. Ich fühle mich überall in der Welt zu Hause, wo Freunde wohnen und die Vernunft regiert.«

Mit 106 Kochrezepten

Dieser Roman beruht auf Tatsachenberichten
Die Namen und Personen sind frei erfunden
Eine Namensgleichheit mit lebenden oder verstorbenen Personen wäre rein zufällig

Lizenzausgabe mit freundlicher Genehmigung der
Schweizer Druck- und Verlagshaus AG, Zürich

## 1

«Wir Deutschen, liebe Kitty, können ein Wirtschaftswunder machen, aber keinen Salat», sagte Thomas Lieven zu dem schwarzhaarigen Mädchen mit den angenehmen Formen.
«Jawohl, gnädiger Herr», sagte Kitty. Sie sagte es ein wenig atemlos, denn sie war fürchterlich verliebt in ihren charmanten Arbeitgeber. Und mit verliebten Augen sah sie Thomas Lieven an, der bei ihr in der Küche stand.
Über seinem Smoking – nachtblau, mit schmalem Revers – trug Thomas Lieven eine Küchenschürze. In der Hand hielt er eine Serviette. In der Serviette befanden sich die zarten Blätter von zwei bildschönen Salatköpfen.
Was für ein Mann, dachte das Mädchen Kitty, und ihre Augen glänzten. Kittys Verliebtheit rührte nicht zuletzt daher, daß ihr Arbeitgeber, Herr über eine Villa mit vielen Zimmern, sich so selbstverständlich in ihrem Reich, der Küche, zu bewegen verstand.
«Salat richtig anzurichten, ist eine fast schon verlorene Kunst», sagte Thomas Lieven. «In Mitteldeutschland wird er süß zubereitet und schmeckt wie verdorbener Kuchen, in Süddeutschland sauer wie Kaninchenfutter, und in Norddeutschland benutzen die Hausfrauen sogar Salatöl. O heiliger Lukullus! Türschlösser sollte man behandeln mit diesem Öl, aber nicht Salat!»
«Jawohl, gnädiger Herr», sagte Kitty, immer noch atemlos. In der Ferne begannen Kirchenglocken zu läuten. Es war 19 Uhr am 11. April 1957.
Der 11. April 1957 schien ein Tag zu sein wie jeder andere. Nicht so für Thomas Lieven! Denn an diesem Tag wähnte er, mit einer wüsten, gesetzesfeindlichen Vergangenheit abschließen zu können. An diesem 11. April 1957 bewohnte Thomas Lieven, kurz vorher 48 Jahre alt geworden, eine gemietete Villa im vornehmsten Teil der Cecilien-Allee zu Düsseldorf. Er besaß ein ansehnliches Guthaben bei der «Rhein-Main-Bank» und einen Luxus-Sportwagen deutscher Fabrikation, der 32 000 DM gekostet hatte.
Thomas Lieven war ein außerordentlich guterhaltener Endvierziger. Schlank, groß und braungebrannt, besaß er kluge, leicht melancholische Augen und einen sensiblen Mund im schmalen Gesicht. Das schwarze Haar war kurzgeschnitten, graumeliert an den Schläfen.

Thomas Lieven war nicht verheiratet. Seine Nachbarn kannten ihn als stillen, vornehmen Menschen. Sie hielten ihn für einen soliden bundesdeutschen Geschäftsmann, wenngleich sie ein wenig unmutig darüber waren, daß sich so wenig Konkretes über ihn erfahren ließ ...

«Meine liebe Kitty», sagte Thomas Lieven, «Sie sind hübsch, Sie sind jung, zweifellos werden Sie noch eine Menge lernen müssen. Wollen Sie von mir etwas lernen?»

«Mit Freuden», hauchte Kitty, diesmal *sehr* atemlos.

«Gut, ich werde Ihnen das Rezept verraten, wie man Kopfsalat schmackhaft macht. Was haben wir bisher getan?»

Kitty knickste. «Vor zwei Stunden haben wir zwei mittelgroße Salatköpfe gewässert, gnädiger Herr. Dann haben wir die harten Stiele entfernt und nur die zarten Blätter ausgesucht ...»

«Was haben wir mit den zarten Blättern gemacht?» forschte er weiter.

«Wir haben sie in eine Serviette getan und die Serviette mit den vier Zipfeln zusammengeknotet. Dann haben Sie, gnädiger Herr, die Serviette geschlenkert ...»

«Geschleudert, liebe Kitty, geschleudert, um den letzten Tropfen Flüssigkeit herauszuholen. Es ist von größter Wichtigkeit, daß die Blätter vollkommen trocken sind. Doch wollen wir jetzt unsere Aufmerksamkeit der Zubereitung einer Salatsauce zuwenden. Reichen Sie mir bitte eine Glasschüssel und ein Salatbesteck!»

Als Kitty zufällig die lange, schlanke Hand ihres Arbeitgebers berührte, durchlief sie ein süßer Schauer.

Was für ein Mann, dachte sie ...

Was für ein Mann – das hatten auch unzählige Menschen gedacht, die Thomas Lieven in den vergangenen Jahren kennenlernten. Von welcher Art diese Menschen waren, mag daraus hervorgehen, was Thomas Lieven liebte und was er haßte.

Thomas Lieven liebte:

Schöne Frauen, elegante Kleidung, antike Möbel, schnelle Wagen, gute Bücher, kultiviertes Essen und gesunden Menschenverstand.

Thomas Lieven haßte:

Uniformen, Politiker, Krieg, Unvernunft, Waffengewalt und Lüge, schlechte Manieren und Grobheit.

Es hatte eine Zeit gegeben, da war Thomas Lieven das Urbild eines ordentlichen Bürgers, abhold jeder Intrige, zugeneigt einem Leben voll Sicherheit, Ruhe und Bequemlichkeit. Gerade einen solchen Menschen aber riß ein seltsames Geschick – von dem ausführlich noch zu erzählen sein wird – aus seiner sanften Bahn.

Der ordentliche Bürger Thomas Lieven sah sich gezwungen, in ebenso gewaltigen wie grotesken Aktionen die folgenden Organisationen übers Ohr zu hauen: die Deutsche Abwehr und die Gestapo, den britischen «Secret Service», das französische «Deuxième Bureau», das amerikanische «Federal Bureau of Investigation» und den Sowjetischen Staatssicherheitsdienst.
Der ordentliche Bürger Thomas Lieven sah sich gezwungen, in fünf Kriegs- und zwölf Nachkriegsjahren sechzehn falsche Pässe von neun Ländern zu benutzen.
Im Krieg stiftete Thomas Lieven maßlose Verwirrung in den deutschen wie in den alliierten Hauptquartieren. Er fühlte sich keineswegs wohl dabei.
Nach dem Krieg wiederum hatte er – wie wir wohl alle – für kurze Zeit das Gefühl, daß der Wahnsinn, in dem und von dem er gelebt hatte, zu Ende sei.
Irrtum!

Die Herren im Dunkeln ließen Thomas Lieven nicht mehr los. Aber dafür rächte er sich an seinen Peinigern. Er nahm von den Reichen der Besatzungszeit, von den Hyänen der Währungsreform, von den Neureichen des Wirtschaftswunders.
Es gab keinen Eisernen Vorhang für Thomas Lieven. Er handelte und wandelte in Ost und West. Die Behörden zitterten vor ihm.
Abgeordnete verschiedener Landtage und Parlamentarier in Bonn zittern noch heute, denn Thomas Lieven lebt, und er weiß eine Menge über Spielbanken, Baugeschäfte und Aufträge der neuen deutschen Bundeswehr ...
Er heißt natürlich nicht Thomas Lieven.
Man wird uns unter den gegebenen Umständen verzeihen, daß wir seinen Namen ebenso geändert haben wie seine Adresse. Aber die Geschichte dieses einstmals friedlichen Bürgers, dessen Leidenschaft auch heute noch das Kochen ist, und der wider Willen zu einem der größten Abenteurer unserer Zeit wurde, diese Geschichte ist wahr.
Wir beginnen sie am Abend des 11. April 1957, in jenem historischen Moment, da Thomas Lieven über die Zubereitung von Kopfsalat doziert.
Kehren wir also wieder in die Küche seiner Villa zurück!
«Salat darf nie mit Metall in Berührung kommen», sagte Thomas Lieven.
Kitty blickte wie hypnotisiert auf die schlanken Hände ihres

Arbeitgebers, und sie hörte seinem Vortrag mit immer neuen Schauern zu.
«Zur Sauce», sagte Thomas Lieven, «nehme man eine Messerspitze Pfeffer, eine Messerspitze Salz, einen Teelöffel scharfen Senf. Dazu ein hartes Ei, kleingeschnitzelt. Viel Petersilie. Noch mehr Schnittlauch. Vier Eßlöffel original-italienisches Olivenöl. Kitty, das Öl bitte!»
Errötend reichte Kitty das Gewünschte.
«Vier Löffel davon, wie gesagt. Und nun noch ein Viertelliter Sahne, saure oder süße, das ist eine Geschmacksfrage, ich nehme saure ...»
In diesem Augenblick ging die Küchentür auf, und ein Riese trat ein. Er trug schwarz-grau gestreifte Hosen, eine blau-weiß gestreifte Hausjacke, ein weißes Hemd und eine weiße Schleife. Bürstenhaar zierte den Schädel. Wäre ihm eine Glatze eigen gewesen, dann hätte er wie eine zu groß geratene Zweitausgabe von Yul Brynner gewirkt.
«Was gibt es, Bastian?» fragte Thomas Lieven.
Mit einer leicht scheppernden, französisch akzentuierten Stimme erwiderte der Diener: «Herr Direktor Schallenberg ist eingetroffen.»
«Pünktlich auf die Minute», sagte Thomas. «Mit dem Mann wird sich arbeiten lassen.»
Er band die Schürze ab. «Essen also in zehn Minuten. Bastian wird servieren. Sie, liebes Kind, haben Ausgang.»
Während Thomas Lieven sich im schwarzgekachelten Badezimmer die Hände wusch, bürstete Bastian noch einmal über die Smokingjacke.
«Wie sieht der Herr Direktor denn aus?» fragte Thomas Lieven.
«Das übliche», antwortete der Riese. «Fett und solide. Stiernacken und Kugelbauch. Ordentliche Provinz.»
«Klingt nicht unsympathisch.»
«Zwei Schmisse hat er auch.»
«Ich nehme alles zurück.» Thomas schlüpfte in die Smokingjacke. Dabei fiel ihm etwas auf. Mißbilligend sprach er: «Bastian, du bist schon wieder an den Kognak gegangen!»
«Nur ein Schlückchen. Ich war ein bißchen aufgeregt.»
«Laß das! Wenn etwas Menschliches passiert, brauche ich deinen klaren Kopf. Du kannst den Herrn Direktor nicht zusammenschlagen, wenn du blau bist.»
«Den Dicken nehme ich noch im Delirium tremens auf mich!»
«Ruhe! Die Sache mit dem Klingelzeichen ist dir klar?»

## Menu · 11. April 1957

*Lady-Curzon-Suppe*
*Paprika-Huhn · Kopfsalat «Clara» · Reis*
*Gespickte Äpfel mit Weinschaumsauce · Toast mit Käse*

---

## Dieses Abendessen brachte 717 850 Schweizerfranken ein

Suppe: Lady Curzon war die Frau des englischen Vizekönigs Lord Curzon. Ihr Mann schrieb politische Bücher. Sie verfaßte Kochrezepte. Für ihre Schildkröten-Suppe empfiehlt die Lady die Vorderfüße der schmackhaften Tiere. Sie enthalten das beste Fleisch. Zum Würzen nehme man: Dragon und Thymian, Ingwer, Muskat, Nelken sowie Curry. Ein Glas Sherry gehört in die Suppe, in der möglichst noch Schildkröten-Eier, Würstchen aus den Därmen und eine Farce von den Innereien des Tieres schwimmen sollen. Wem dies jedoch zu umständlich erscheint, der kaufe sich im Laden eine Büchse fertiger Schildkröten-Suppe, vergesse allerdings nicht, einen kräftigen Schluck Sherry und einen Tassenkopf Sahne hineinzugießen.

Paprika-Huhn: Man brate ein zartes Huhn auf die übliche Weise in Butter, lasse es aber nicht zu braun werden, teile es dann je nach Größe in 4 oder 6 Teile und stelle sie warm. – Man lasse eine sehr fein gehackte Zwiebel und einen Teelöffel Paprika in der Bratbutter dünsten, dann mit wenig Wasser oder Fleischbrühe aufkochen, füge reichlich dicke saure Sahne, die mit etwas Maizena verrührt wurde, hinzu, schmecke mit Salz und eventuell noch Paprika ab. Um die rote Farbe zu verstärken, gibt man etwas Tomatenmark in die Sauce, das aber keinesfalls vorschmecken darf. – Man lege die Hühnerstücke in die Sauce, lasse sie einige Minuten darin ziehen.

Reis: Fast immer «klebt» der Reis wie ein Brei. Dabei ist es so einfach, Reis körnig zu machen. Man beachte: Der Reis soll – nachdem er gut gewaschen ist – in beliebiger Menge Wasser 10–15 Minuten kochen. Nun kommt er in ein Sieb und wird darin unter kaltem Wasser gespült. Das ist der Trick, um das klebrige Reismehl zu entfernen! Kurz vor dem Anrichten wärme man den Reis in demselben Sieb über kochendem Wasser, nur durch den Wasserdampf. Erst in der tischfertigen Schüssel kommt dann etwas Butter, Salz oder auch je nach Geschmack Curry, Safran oder Pfeffer darüber.

Gespickte Äpfel mit Weinschaumsauce: Gleichmäßig große, mürbe Äpfel schälen, in einem vanillierten Zuckersirup langsam gar ziehen lassen, ohne daß sie zerfallen, aus der Sauce heben und in einem Sieb abtropfen lassen. In der Zwischenzeit Mandeln abziehen, in Streifen schneiden, auf ein Backblech ausbreiten und im heißen Backofen rösten. Die gut abgetropften Äpfel werden nun mit Likör, Rum oder Kognak getränkt und mit den Mandelstiften gespickt. Man richtet sie auf einer Platte an und reicht dazu die Weinschaumsauce: Zwei Eidotter werden mit 100 g Zucker schaumig gerührt, 20 g Mais- oder Stärkepulver mit 1/2 Tasse Wasser glattgerührt, 1/4 Liter Weißwein dazugegeben und zusammen mit der schaumiggerührten Eiermasse unter Rühren auf kleiner Flamme dickgekocht. Die zwei Eiweiß zu steifem Schnee schlagen, unter die Masse ziehen, eventuell mit Rum, Arrak, Kognak usw. abschmecken.

Toast mit Käse: Man bestreiche Weißbrot-Scheibchen in der Mitte dick mit Butter. Eine Scheibe Käse – nur Emmentaler oder Edamer ist geeignet – wird daraufgelegt. Die Schnittchen werden auf einem Kuchenblech in gut angewärmter Röhre 5 Minuten gebacken, bis sie goldgelb sind. Ganz heiß servieren.

«Jawohl.»
«Wiederhole.»
«Einmal klingeln: Ich bringe den nächsten Gang. Zweimal klingeln: Ich bringe die Fotokopien. Dreimal klingeln: Ich komme mit dem Sandsack.»
«Ich wäre dir dankbar», sagte Thomas Lieven, an seinen Nägeln feilend, «wenn du das nicht durcheinanderbringen wolltest.»

2

«Ausgezeichnet, die Suppe», sagte Direktor Schallenberg. Er lehnte sich zurück und betupfte mit der Damastserviette seine schmalen Lippen.
«Lady Curzon», sagte Thomas und klingelte einmal, indem er auf eine Taste unter der Tischplatte drückte.
«Lady was?»
«Curzon – so heißt die Suppe. Schildkröte mit Sherry und Sahne.»
«Ach so, natürlich!»
Die Flammen der Kerzen, die auf dem Tisch standen, flackerten plötzlich. Geräuschlos war Bastian eingetreten und servierte das Paprika-Huhn.
Die Flammen beruhigten sich. Ihr warmes, gelbes Licht fiel auf den dunkelblauen Teppich, den breiten altflämischen Tisch, die bequemen Holzstühle mit den Bastlehnen, die große altflämische Anrichte.
Das Hühnchen entzückte Direktor Schallenberg aufs neue. «Delikat, einfach delikat. Wirklich charmant von Ihnen, mich einzuladen, Herr Lieven! Wo Sie mich doch eigentlich nur geschäftlich sprechen wollen ...»
«Alles bespricht sich besser bei einem guten Essen, Herr Direktor. Nehmen Sie noch Reis, er steht vor Ihnen.»
«Danke. Nun sagen Sie schon, Herr Lieven, um was für ein Geschäft handelt es sich?»
«Noch etwas Salat?»
«Nein, danke. Schießen Sie doch endlich los!»
«Na schön», sagte Thomas. «Herr Direktor, Sie haben eine große Papierfabrik.»
«So ist es, ja. Zweihundert Angestellte. Alles aus den Trümmern wieder aufgebaut.»
«Eine stolze Leistung. Zum Wohlsein ...» Thomas Lieven hob sein Glas.
«Komme nach.»

«Herr Direktor, wie ich weiß, stellen Sie besonders hochwertiges Wasserzeichen-Papier her.»
«Jawohl.»
«Unter anderem liefern Sie das Wasserzeichen-Papier für die neuen Aktien, welche die ‹Deutschen Stahlunion-Werke› gerade auf den Markt bringen.»
«Richtig. Aktien der DESU. Kann Ihnen sagen, diese Scherereien, diese dauernden Kontrollen! Damit meine Leute ja nicht auf die Idee kommen, ein paar Aktien selber zu drucken, hahaha!»
«Hahaha. Herr Direktor, ich möchte bei Ihnen fünfzig Großbogen dieses Wasserzeichen-Papiers bestellen.»
«Sie wollen ... was?»
«Fünfzig Großbogen bestellen. Als Firmen-Chef dürfte es Ihnen kaum Schwierigkeiten bereiten, die Kontrollen zu umgehen.»
«Aber um Himmels willen, was wollen Sie denn mit den Bogen?»
«Aktien der DESU-Werke drucken natürlich. Was haben Sie gedacht?»
Direktor Schallenberg legte seine Serviette zusammen, blickte nicht ohne Bedauern auf seinen noch halb vollen Teller und äußerte: «Ich fürchte, ich muß jetzt gehen.»
«Aber keineswegs. Es gibt noch Äpfel in Weinschaumsauce und Toast mit Käse.»
Der Direktor stand auf. «Mein Herr, ich werde vergessen, daß ich jemals hier gewesen bin.»
«Ich bezweifle, daß Sie das jemals vergessen werden», sagte Thomas und häufte noch etwas Reis auf seinen Teller. «Warum stehen Sie eigentlich, Herr Wehrwirtschaftsführer? Setzen Sie sich doch.»
Schallenbergs Gesicht lief dunkelrot an. Er sagte leise: «Was war das?»
«Sie sollen sich setzen. Ihr Huhn wird kalt.»
«Sagten Sie Wehrwirtschaftsführer?»
«Sagte ich. Das waren Sie doch. Auch wenn Sie diesen Titel 1945 vergaßen. In Ihrem Fragebogen beispielsweise. Wozu auch noch daran erinnern? Damals hatten Sie sich gerade neue Papiere und einen neuen Namen besorgt. Als Wehrwirtschaftsführer hießen Sie Mack.»
«Sie sind ja wahnsinnig!»
«In keiner Weise. Sie waren Wehrwirtschaftsführer im Warthegau. Sie stehen noch immer auf einer Auslieferungsliste der polnischen Regierung. Unter Mack natürlich, nicht unter Schallenberg.»
Direktor Schallenberg sank auf seinen altflämischen Bastsessel,

fuhr sich mit der Damastserviette über die Stirn und äußerte kraftlos: «Ich weiß wirklich nicht, warum ich mir das anhöre.»
Thomas Lieven seufzte. «Sehen Sie, Herr Direktor, auch ich habe eine bewegte Vergangenheit hinter mir. Ich will mich von ihr lösen. Darum brauche ich Ihr Papier. Es nachzumachen, dauert zu lange. Zuverlässige Drucker dagegen habe ich ... Ist Ihnen nicht gut? Nanu ... Nehmen Sie einen Schluck Champagner, das belebt ... Ja, sehen Sie, Herr Direktor, damals, als der Krieg zu Ende war, hatte ich Zugang zu allen geheimen Dossiers. Zu jener Zeit waren Sie gerade in Miesbach untergetaucht ...»
«Lüge!»
«Entschuldigen Sie, ich meinte Rosenheim. Auf dem Lindenhof.»
Diesmal hob Direktor Schallenberg nur schlaff die Hand.
«Ich wußte, daß Sie sich dort versteckten. Hätte Sie verhaften lassen können, in meiner damaligen Position. Ich dachte mir: Was hast du schon davon? Man wird ihn einsperren, man wird ihn ausliefern. Na und –?» Mit Appetit aß Thomas ein Stück Hühnerbein. «Jedoch, sagte ich mir, wenn du ihn hübsch in Ruhe läßt, dann wird der Herr in ein paar Jahren wieder oben schwimmen. Die Sorte geht nicht unter, die schwimmt immer wieder oben ...»
«Unverschämtheit!» krächzte es aus dem Bastsessel.
«... und dann kann er dir viel nützlicher sein. Sagte ich mir damals, handelte danach, und siehe, es war wohlgetan.»
Mühsam rappelte sich Schallenberg hoch. «Ich gehe jetzt direkt zur Polizei und erstatte Anzeige.»
«Nebenan steht ein Telefon.» Unter dem Tisch drückte Thomas zweimal auf die Klingeltaste.
Wieder flackerten die Kerzenflammen, als der Diener Bastian geräuschlos eintrat. Er trug ein Silbertablett, darauf lagen mehrere Fotokopien.
«Ich bitte, sich zu bedienen», sagte Thomas. «Die Kopien zeigen unter anderem Herrn Direktor in Uniform, verschiedene Erlasse des Herrn Direktors aus den Jahren 1941 bis 1944 und eine Empfangsbestätigung des sogenannten NS-Reichsschatzmeisters über den Erhalt von Reichsmark einhunderttausend als Spende für SA und SS.»
Direktor Schallenberg setzte sich wieder.
«Sie können abservieren, Bastian. Der Herr Direktor ist fertig.»
«Sehr wohl, gnädiger Herr.»
Nachdem Bastian verschwunden war, sagte Thomas: «Im übrigen sind Sie mit fünfzigtausend bei der Sache dabei. Genügt Ihnen das?»

«Ich lasse mich doch nicht erpressen!»
«Haben Sie sich nicht auch am letzten Wahlkampf mit hohen Spenden beteiligt, Herr Direktor? Wie heißt doch gleich das deutsche Nachrichtenmagazin, das sich für derlei interessiert?»
«Sie sind komplett wahnsinnig! Sie wollen falsche Aktien drukken? Ins Zuchthaus werden Sie kommen! Und ich mit! Ich bin erledigt, wenn ich Ihnen das Papier gebe!»
«Ich komme nicht ins Zuchthaus. Und Sie sind nur erledigt, wenn Sie mir das Papier *nicht* geben, Herr Direktor.» Thomas drückte einmal auf den Klingelknopf. «Passen Sie auf, wie gut Ihnen die gespickten Äpfel schmecken werden.»
«Ich esse doch keinen Bissen mehr bei Ihnen, Sie Erpresser!»
«Wann kann ich also mit dem Papier rechnen, Herr Direktor?»
«Niemals!» schrie Schallenberg in maßlosem Zorn. «Niemals bekommen Sie von mir auch nur einen einzigen Bogen!»

3

Es war beinahe Mitternacht. Mit seinem Diener Bastian saß Thomas Lieven vor einem flackernden Kaminfeuer in der großen Bibliothek. Rot und golden, blau, weiß, gelb und grün leuchteten Hunderte von Bücherrücken aus dem Halbdunkel. Ein Plattenspieler lief. Leise erklang das Klavierkonzert Nummer zwei von Rachmaninoff.
Thomas Lieven trug immer noch den makellosen Smoking. Bastian hatte den Hemdkragen geöffnet und seine Beine auf einen Stuhl gelegt, allerdings nicht ohne vorher, mit einem Seitenblick auf seinen Herrn, eine Zeitung untergeschoben zu haben.
«Direktor Schallenberg liefert das Papier in einer Woche», sagte Thomas Lieven. «Wie lange brauchen deine Freunde zum Drukken?»
«Etwa zehn Tage», antwortete Bastian. Er hob ein bauchiges Schwenkglas mit Kognak zum Mund.
«Dann werde ich am ersten Mai – schönes Datum, Tag der Arbeit – nach Zürich fahren», sagte Thomas. Er überreichte Bastian eine Aktie und eine Liste. «Hier ist eine Vorlage für den Druck, und auf der Liste stehen die laufenden Nummern, die ich auf den Aktien sehen möchte.»
«Wenn ich bloß wüßte, was du vorhast», brummte der Igelkopf bewundernd.
Nur wenn Bastian sich absolut allein mit seinem Herrn wußte, benutzte er das vertrauliche «Du», denn er kannte Thomas seit

siebzehn Jahren, und er war früher einmal alles andere als ein Diener gewesen.

Bastian hing an Thomas seit jener Zeit, da er mit ihm im Quartier einer Marseiller Gangster-Chefin bekannt geworden war. Außerdem hatte er einige gefährliche Abenteuer mit Thomas bestanden. So etwas bindet.

«Tommy, willst du mir nicht sagen, was du planst?»

«Es handelt sich, lieber Bastian, im Grunde um etwas sehr Legales und Schönes: um die Erwerbung von Vertrauen. Mein Aktienschwindel wird ein eleganter Aktienschwindel sein. Es wird – Holz anfassen – überhaupt niemand merken, daß es ein Schwindel gewesen ist. Alle werden verdienen. Alle werden zufrieden sein.»

Thomas Lieven lächelte verträumt und holte eine goldene Repetieruhr hervor. Sie stammte von seinem Vater. Durch alle Fährnisse des Lebens hatte Thomas diese flache Uhr mit dem Sprungdeckel begleitet, auf tollkühnen Fluchten und Jagden war sie dabei gewesen. Immer wieder war es Thomas Lieven gelungen, sie zu verstecken, zu beschützen oder wiederzuerobern. Er ließ den Deckel aufspringen. Silberhell kündigte ein eingebautes Schlagwerk die Zeit.

Traurig sagte Bastian: «Ich kriege es nicht in meinen Schädel. Eine Aktie ist ein Anteilschein an einem großen Unternehmen. Auf fällige Aktien-Coupons erhält man in bestimmten Abständen eine bestimmte Dividende ausbezahlt, einen entsprechenden Teil des Gewinnes, den das Unternehmen erzielt hat.»

«Ja und, mein Kleiner?»

«Himmel noch mal, aber die Coupons deiner gefälschten Aktien kannst du doch bei keiner Bank der Welt vorlegen! Die Nummern, die darauf stehen, stehen doch auch auf den echten Aktien, die irgend jemand besitzt. Der Schwindel muß doch sofort auffliegen.»

Thomas erhob sich. «Coupons werde ich natürlich auch niemals vorlegen.»

«Aber wo ist dann der Trick?»

«Laß dich überraschen», sagte Thomas, trat zu einem Wandsafe und öffnete das Kombinationsschloß. Eine schwere Stahltüre schwang zur Seite. Im Safe lagen Bargeld, ein paar Goldbarren mit Bleikern (und einer kurzweiligen Geschichte) und drei Schachteln mit gefaßten und ungefaßten Edelsteinen. Im Vordergrund lag ein Häufchen Pässe.

Versonnen sprach Thomas: «Ich werde zur Sicherheit doch lieber unter einem andern Namen in die Schweiz reisen. Laß uns mal

sehen, was haben wir denn noch an deutschen Pässen?» Lächelnd las er die Namen: «Mein Gott, wieviel Erinnerungen hängen daran –: Jakob Hausér ... Peter Scheuner ... Ludwig Freiherr von Trendelenburg ... Wilfried Ott ...»
«Als Trendelenburg hast du die Cadillacs nach Rio verschoben. Den Freiherrn würde ich ein bißchen ausruhen lassen. Auch den Hausér. Den suchen sie immer noch in Frankreich», sagte Bastian versonnen.

4

«Nehmen Sie Platz, Herr Ott. Womit können wir Ihnen dienen?» fragte der Leiter der Effektenabteilung und ließ die schlichte Visitenkarte «Wilfried Ott, Industrieller, Düsseldorf» sinken. Der Leiter der Effektenabteilung hieß Jules Vermont. Sein Büro lag im ersten Stock der «Schweizer Zentralbank» in Zürich.
Thomas Lieven, der sich gerade Wilfried Ott nannte, fragte: «Sie sind Franzose, Monsieur?»
«Mütterlicherseits.»
«Dann lassen Sie uns französisch sprechen», schlug Thomas, alias Wilfried, vor, indem er diese Sprache bereits akzentfrei benutzte. Die Sonne ging auf im Gesicht Jules Vermonts.
«Kann ich bei Ihrer Bank wohl ein Nummern-Depot eröffnen?»
«Selbstverständlich, Monsieur.»
«Ich habe gerade ein paar neue Aktien der Deutschen Stahlunion erworben. Die möchte ich gerne hier in der Schweiz lassen. Wie gesagt, auf einem Nummern-Depot, nicht unter meinem Namen ...»
«Ich verstehe. Die böse deutsche Steuer, wie?» Vermont zwinkerte mit einem Auge.
Daß Ausländer Vermögenswerte deponierten, war ihm nichts Neues. Insgesamt 150 Milliarden Franken, die Ausländern gehörten, ruhten 1957 in der Schweiz.
«Damit ich es nicht vergesse», sagte Thomas Lieven, «lassen Sie doch bitte die Coupons für 1958 und 1959 abschneiden. Da ich nicht weiß, wann ich wieder nach Zürich komme, werde ich diese Coupons bei mir behalten und zur gegebenen Zeit selbst einlösen. Das erspart Ihnen die Arbeit.» Er dachte: und mir erspart es das Zuchthaus ...
Wenig später war alles vorbei. In Thomas Lievens Brusttasche ruhte eine Depot-Bestätigung der «Schweizer Zentralbank» darüber, daß ein Herr Wilfried Ott, Industrieller aus Düsseldorf in

Westdeutschland, neue Aktien der DESU-Werke im Nominalwert von einer Million D-Mark hinterlegt habe.
In seinem Sportwagen, der selbst in Zürich stark beachtet wurde, fuhr er zurück in sein Hotel «Baur au Lac». Hier liebten ihn die Angestellten alle. In allen Hotels der Welt, die er besuchte, liebten ihn alle Angestellten. Das hing mit seinem sonnigen Wesen, seiner demokratischen Gesinnung und seinen Trinkgeldern zusammen.
Er fuhr mit dem Lift in sein Appartement hinauf. Hier ging er zunächst ins Badezimmer und spülte die abgeschnittenen Coupons für 1958 und 1959 fort, auf daß kein Unfug damit angestiftet werden konnte! Der Salon besaß einen Balkon. Thomas setzte sich unter ein buntes Sonnensegel, blickte zufrieden hinaus zu den kleinen Schiffen, die auf dem glitzernden Wasser des Zürichsees schwammen, und überlegte eine Weile. Dann verfaßte er mit einem goldenen Bleistift auf einem Briefbogen des Hotels diese Annonce:

DEUTSCHER INDUSTRIELLER
sucht gegen hohe Verzinsung und erstklassige Sicherheit zweijährige Beteiligung in der Schweiz. Nur *wirklich* seriöse Angebote mit Banknachweis finden Berücksichtigung.

Diese Anzeige erschien zwei Tage später an auffallender Stelle im Anzeigenteil der «Neuen Zürcher Zeitung». Es war eine Chiffre angegeben. In drei Tagen liefen unter dieser Chiffre 46 Briefe ein.

Bei strahlendschönem Wetter auf seinem Balkon sitzend, sortierte Thomas die Angebote gewissenhaft.
Sie ließen sich in vier Gruppen einteilen:
17 Briefe hatten Immobilienbüros, Antiquitätengeschäfte, Juweliere und Autoverkäufer zum Absender, die zwar kein Geld, dafür ihre Objekte anpriesen.
10 Briefe stammten von Herren, die zwar kein Geld hatten, jedoch ihre Vermittlung zu anderen Herren anboten, die angeblich über solches verfügten.
11 Briefe, teils mit, teils ohne Fotos, stammten von Damen, die zwar kein Geld, jedoch teils mit, teils ohne Charme, sich selbst anboten.
Und 8 Briefe schließlich stammten von Menschen, die Geld offerierten.

Die 38 Briefe der ersten drei Gruppen zerriß Thomas Lieven in kleine Stücke. Von den verbleibenden Offerten erregten zwei wegen ihrer absoluten Gegensätzlichkeit das besondere Interesse Thomas Lievens.
Der eine Brief war mit einer nicht sehr guten Maschine auf nicht sehr gutes Papier geschrieben worden – in nicht sehr gutem Deutsch. Der Absender bot «... gegen eine Verzinsung, wo für mich interessant ist, Beträge bis zu Schweizerfranken 1 000 000». Unterzeichnet war die Offerte: «Pierre Muerrli, Häusermakler.»
Der andere Brief war in kleiner, zierlicher Schrift mit der Hand geschrieben. Der gelbliche Bogen aus feinstem Bütten trug in der Mitte des oberen Randes eine kleine goldene Krone mit fünf Zacken.
Der Text lautete:

*Château Montenac, 8. Mai 1957*

*Sehr geehrter Herr!*
*In Zusammenhang mit Ihrer Annonce in der Neuen Zürcher Zeitung bitte ich – nach telefonischer Anmeldung – um Ihren Besuch.* *H. de Couville*

Sinnend legte Thomas die so ungleichen Bogen nebeneinander, sinnend betrachtete er sie. Sinnend holte er aus der Westentasche die goldene Repetieruhr und ließ die silberhellen Schläge ertönen – eins, zwei, drei ... und noch zwei Schläge: halb vier Uhr.
Pierre Muerrli, überlegte Thomas, war gewiß ein sehr reicher Mann, wenn auch ein sehr geiziger. Er kaufte schlechtes Papier und schrieb auf einer alten Maschine.
Dieser H. de Couville schrieb zwar mit der Hand, aber auf bestes Papier. Ob er ein Graf war? Ein Baron?
Mal sehen ...

Das Château Montenac lag in einem mächtigen Park auf dem Südhang des Zürichberges. In Serpentinen führte ein breiter Kiesweg zu dem kleinen, kaisergelb gestrichenen Palais mit den grünen Fensterläden empor. Thomas parkte seinen Wagen vor einer mächtigen Auffahrt.
Ein ungemein hochmütiger Diener stand plötzlich vor ihm: «Monsieur Ott? Ich bitte, mir zu folgen.» Er führte ihn ins Haus, durch mehrere prunkvolle Räume und zuletzt in ein prunkvolles Arbeitszimmer.
Hinter einem zierlichen Schreibtisch erhob sich hier eine schlanke,

elegante junge Frau von etwa 28 Jahren. In weichen Wellen fiel ihr kastanienbraunes Haar bis fast auf die Schultern. Hellrosa glänzte der große Mund. Schräggeschnitten waren die braunen Augen, hochgestellt die Backenknochen. Lange, seidige Wimpern besaß die Dame, samtweiche, goldgetönte Haut.

Thomas verspürte einen Stich. Damen mit schrägen Augen und hohen Backenknochen hatten in seinem Leben Verheerungen angerichtet. Dieser Typ, dachte er, beträgt sich immer gleich. Abweisend. Kühl. Überheblich. Aber wenn man ihn dann näher kennenlernt – dann gibt's kein Halten mehr!

Die junge Dame sah ihn ernst an: «Guten Tag, Herr Ott. Wir haben miteinander telefoniert. Bitte, nehmen Sie Platz.»

Sie setzte sich und kreuzte die Beine. Das Kleid glitt etwas zurück. Auch noch lange, schöne Beine! dachte Thomas.

«Herr Ott, Sie suchen eine Beteiligung. Sie sprachen von erstklassigen Sicherheiten. Darf ich wissen, worum es sich dabei handelt?»

Das geht denn doch ein bißchen weit, dachte Thomas. Kühl sagte er: «Ich denke, damit muß ich Sie nicht belästigen. Wenn Sie freundlicherweise Herrn de Couville sagen möchten, daß ich da bin. Er hat mir geschrieben.»

«Ich habe Ihnen geschrieben. Ich heiße Hélène de Couville. Ich erledige alle Geldgeschäfte für meinen Onkel», erklärte die junge Dame überkühl. «Also, Herr Ott, was nennen Sie eine erstklassige Sicherheit?»

Thomas neigte lächelnd den Kopf: «Neu aufgelegte Aktien der DESU-Werke, hinterlegt in einem Depot der ‹Schweizer Zentralbank›. Nominalwert: eine Million. Börsenkurs der Altaktien: zwohundertsiebzehn ...»

«Welche Verzinsung bieten Sie?»

«Acht Prozent.»

«Und an welche Summe denken Sie?»

Herrgott, diese kühlen Augen, dachte er, und sagte: «Siebenhundertfünfzigtausend Schweizerfranken.»

«Bitte?»

Zu seinem Erstaunen sah Thomas Lieven, daß Hélène de Couville plötzlich nervös wurde. Die Zungenspitze glitt über die hellroten Lippen. Die Wimpern flatterten ein wenig. «Ist das nicht eine – hm, etwas hohe Summe, Herr Ott?»

«Wieso bitte? Bei *dem* Börsenwert der Aktien?»

«Gewiß ... ja ... aber ...» Sie stand auf. «Es tut mir leid, ich glaube, da muß ich doch meinen Onkel holen. Verzeihen Sie, bitte, einen Augenblick.»

Er stand auf. Sie verschwand. Er setzte sich wieder. Er wartete, nach Auskunft seiner alten Repetieruhr, acht Minuten lang. Instinkt, gewonnen in vielen Jahren eines gesetzlosen Lebens, sagte ihm: Hier stimmt etwas nicht! Aber was?
Die Tür ging auf, Hélène kam zurück. Mit ihr erschien ein Mann, groß und hager, mit sonnverbranntem Gesicht und breiten Kiefern, mit kurzen, eisgrauen Haaren und weißem Nylonhemd unter einem Einreiher. Hélène stellte vor: «Baron Jacques de Couville, mein Onkel.»
Die Herren schüttelten einander die Hand. Immer mißtrauischer dachte Thomas: Eine Pfote wie ein Cowboy hat er. Und Kiefer, als würde er dauernd Gummi kauen. Und einen Akzent ... Wenn das ein Aristokrat französischer Abstammung ist, fresse ich einen Besen!
Er war jetzt entschlossen, kurzen Prozeß zu machen: «Baron, ich fürchte, ich habe Ihre bezaubernde Nichte erschreckt. Lassen Sie uns die ganze Sache vergessen. Es war mir eine Ehre, Sie kennenzulernen.»
«Moment mal, Monsieur Ott, seien Sie doch nicht so entsetzlich hastig. Setzen wir uns.» Auch der Baron war nervös. Er klingelte. «Wir wollen in Ruhe über die Geschichte reden. Bei ein paar Drinks.»
Als der hochmütige Diener die Drinks brachte, erwies sich der Whisky als Bourbon, nicht als Scotch.
Mehr und mehr mißfällt mir dieser Couville, dachte Thomas.
Der Baron nahm das Gespräch wieder auf. Er bekannte, daß er eigentlich nur an eine wesentlich geringere Beteiligung gedacht hätte: «... vielleicht hunderttausend?»
«Baron, wollen wir es doch lassen», sagte Thomas.
«Oder hundertfünfzigtausend ...»
«Wirklich, Baron, wirklich ...»
«Vielleicht auch zweihundert ...» Es klang fast flehend.
Plötzlich trat der hochmütige Diener ein und meldete, ein Ferngespräch sei da. Daraufhin verschwand der Baron mit seiner Nichte.
Thomas fing allmählich an, sich über diese Aristokratenfamilie zu amüsieren. Als nach beinahe zehn Minuten der Baron allein zurückkam, fahl im Gesicht und furchtbar schwitzend, tat ihm der arme Mann beinahe leid. Aber er verabschiedete sich abrupt.
In der Halle begegnete ihm Hélène. «Sie gehen schon, Monsieur Ott?»
«Ich habe Sie viel zu lange belästigt», sagte Thomas und küßte

ihre Hand. Da roch er ihr Parfüm und den Duft ihrer Haut und sagte: «Sie würden mich glücklich machen, wenn Sie heute abend mit mir dinieren wollten, im ‹Baur au Lac›, oder wo Sie befehlen. Bitte, kommen Sie.»
«Herr Ott», sagte Hélène, und es klang, als spräche eine Marmorstatue, «ich weiß nicht, wieviel Sie getrunken haben, aber ich führe es darauf zurück. Leben Sie wohl.»

5

So unergiebig sich das Gespräch mit dem Baron de Couville erwies, so glatt ließ sich gleich darauf das Geschäft mit dem Häusermakler Pierre Muerrli abwickeln. Ins Hotel zurückgekehrt, rief Thomas ihn an und erklärte kurz, was er wollte, nämlich gegen Sicherheit durch ein DESU-Aktien-Depot die Summe von 750 000 Franken.
«Mehr nicht?» fragte Pierre Muerrli in kehligem Schwizerdütsch.
«Nein, das genügt mir», sagte Thomas und dachte: Man soll nichts übertreiben.
Der Makler kam ins Hotel, ein rotgesichtiger, vierschrötiger Mensch. Ein Mensch mit Tempo!
Am nächsten Tag bereits wurde bei einem Notar dieser Vertrag aufgesetzt:

«Herr Wilfried Ott, Industrieller aus Düsseldorf, verpflichtet sich, eine Beteiligung von einer Dreiviertelmillion Franken mit acht Prozent zu verzinsen. Die Beteiligung soll spätestens am 9. Mai 1959, Mitternacht, zurückbezahlt werden.
Bis zu diesem Zeitpunkt verpflichtet sich Herr Pierre Muerrli, Häusermakler aus Zürich, das Aktiendepot, das ihm Herr Ott als Sicherheit übereignet hat, unberührt zu lassen.
Sollte jedoch die Beteiligung nicht bis zum vereinbarten Termin zurückbezahlt sein, so darf Herr Muerrli über die Wertpapiere frei verfügen.»

Den Vertrag in der Tasche, fuhren Thomas und Muerrli in die Zentralbank. Die Echtheit des Depotscheins wurde bestätigt.
In Pierre Muerrlis Maklerbüro fand sodann die Übergabe eines Barschecks über 717 850 Schweizerfranken statt, die Beteiligung abzüglich aller Spesen sowie der achtprozentigen Verzinsung für zwei Jahre.
717 850 Schweizerfranken hatte Thomas sich solcherart sozusagen

im Handumdrehen verschafft! Zwei Jahre lang konnte und wollte er nun mit diesem Kapital arbeiten; im Mai 1959, fristgerecht und korrekt, zurückzahlen; die falschen Aktien aus dem Depot holen, zerreißen und im Badezimmer fortspülen. Alle würden dann verdient haben, keiner würde dann geschädigt sein, mehr: keiner würde jemals merken, was da für ein Ding gedreht worden war. Tja, so einfach funktioniert so etwas, wenn so etwas funktioniert ...

Als Thomas Lieven, alias Wilfried Ott, Stunden später die Halle seines Hotels betrat, sah er Hélène de Couville in einem Sessel sitzen.

«Hallo, welche Freude!»

Unendlich langsam blickte Hélène von ihrer Modezeitschrift auf. Unendlich gelangweilt äußerte sie: «Oh, guten Tag.»

Sie trug ein braunes Pepitakleid an diesem kühlen Tag und eine Jacke aus kanadischem Naturnerz. Es gab keinen Mann in der Hotelhalle, der sich nicht immer wieder nach ihr umgeschaut hätte.

Thomas sagte: «Sie haben sich ein bißchen verspätet, aber ich bin sehr glücklich, daß Sie doch noch gekommen sind.»

«Herr Ott, nehmen Sie zur Kenntnis: Ich komme nicht zu Ihnen, sondern zu einer Freundin, die hier wohnt.»

Thomas sagte: «Wenn es heute nicht geht, dann vielleicht morgen vormittag zum Apéritif –?»

«Morgen verreise ich an die Riviera.»

Thomas schlug die Hände zusammen: «Ist das ein Zufall! Wissen Sie, daß ich morgen auch an die Riviera fahre? Ich hole Sie ab. Sagen wir um elf?»

«Ich werde selbstverständlich nicht mit Ihnen fahren. Da kommt meine Freundin.» Sie stand auf. «Leben Sie wohl – wenn Sie können.»

Am nächsten Vormittag, sieben Minuten nach elf, fuhr Hélène de Couville in einem kleinen Sportwagen aus dem Parktor des Château Montenac – und an Thomas vorbei. Er verneigte sich, sie sah zur Seite. Er setzte sich in seinen Wagen und fuhr ihr nach.

Bis Grenoble geschah nichts Berichtenswertes.

Knapp hinter Grenoble blieb Hélènes Wagen stehen. Sie stieg aus. Er hielt neben ihr.

«Etwas mit dem Motor», sagte sie.

Er untersuchte den Motor, konnte aber keinen Defekt finden.

Hélène war bereits in ein nahegelegenes Haus gegangen, um nach einem Mechaniker zu telefonieren. Der kam auch bald und erklärte, die Benzinpumpe wäre «völlig im Eimer»; der Wagen müsse abgeschleppt werden, die Reparatur dauere mindestens zwei Tage.

Thomas war davon überzeugt, daß der Mechaniker log, um eine teure Rechnung schreiben zu können, aber er war selig, auf einen Lügner gestoßen zu sein. Er lud Hélène ein, die Reise in seinem Wagen fortzusetzen.

«Sie sind sehr freundlich, Herr Ott», antwortete sie nach langem Zögern.

Ihr Gepäck wurde umgeladen. Der Lügner bekam von Thomas heimlich ein aristokratisches Trinkgeld.

Die nächsten 100 Kilometer sprach Hélène ein einziges Wort. Als Thomas einmal nieste, sagte sie «Wohlsein!»

Nach weiteren 100 Kilometern gab sie bekannt, daß sie in Monte Carlo mit ihrem Verlobten verabredet sei.

«Der Arme», sagte Thomas. «Er wird wenig von Ihnen haben.»

In Monte Carlo brachte er Hélène wunschgemäß in das «Hôtel de Paris». Hier lag eine Nachricht für sie. Ihr Verlobter war in Paris festgehalten, er konnte nicht kommen.

«Ich nehme sein Appartement», erklärte Thomas.

«Sehr wohl, Monsieur», sagte der Rezeptionschef und steckte die 5000-Francs-Note ein.

«Aber wenn mein Verlobter doch noch kommt ...»

«Dann soll er sehen, wo er bleibt», sagte Thomas, zog Hélène beiseite und flüsterte: «Das ist überhaupt kein Mann für Sie. Sehen Sie nicht, daß hier die Vorsehung am Werk ist?»

Da mußte die junge Dame plötzlich lachen.

Sie blieben zwei Tage in Monte Carlo, dann fuhren sie nach Cannes. Hier stiegen sie im «Hôtel Carlton» ab. Thomas machte sich ein paar schöne Tage. Er fuhr mit Hélène nach Nizza, St. Rafael, St. Maxim und St. Tropez. Er schwamm mit ihr im Meer. Er mietete ein Motorboot, fuhr Wasserski mit ihr. Er lag neben ihr am Strand.

Hélène lachte über dieselben Dinge wie er, dieselben Speisen schmeckten ihr, dieselben Bücher liebte sie, dieselben Bilder.

Als sie nach sieben herrlichen Tagen seine Geliebte wurde, stellte er fest, daß sie sich wirklich auf *jedem* Gebiet verstanden. Und dann geschah es: in der ersten Stunde des achten Tages ...

Mit feuchtschimmernden Augen lag Hélène de Couville auf dem Bett ihres Schlafzimmers. Thomas saß neben ihr. Sie rauchten beide. Er streichelte ihr Haar. Verwehte Musik klang in den Raum. Nur eine kleine Lampe brannte.

Hélène seufzte und rekelte sich: «Ach, Will, ich bin so glücklich ...» Sie nannte ihn Will. Wilfried erinnerte sie zu sehr an Richard Wagner, meinte sie.
«Auch ich, mein Herz, auch ich.»
«Wirklich?»
Da war er wieder, dieser seltsame, grübelnde Blick in ihren schrägen Augen, den Thomas sich nicht erklären konnte.
«Wirklich, chérie.»
Plötzlich warf sich Hélène herum, so daß er ihren wunderschönen, goldbraun getönten Rücken sah. Mit erschreckender Wildheit schluchzte sie in die Kissen: «Ich habe dich angelogen! Ich bin schlecht – ach, ich bin ja so schlecht!»
Er ließ sie eine Weile schluchzen, dann sagte er dezent: «Wenn es dein Verlobter ist ...»
Sie warf sich wieder auf den Rücken und rief: «Quatsch, Verlobter! Ich habe doch überhaupt keinen Verlobten! Oh, Thomas, Thomas!»
Er fühlte, wie eine Hand aus Eis seinen Rücken entlangstrich.
«Was hast du eben gesagt?»
«Ich habe überhaupt keinen Verlobten.»
«Nein, das meine ich nicht.» Er würgte ein bißchen. «Hast du eben Thomas gesagt?»
«Ja», schluchzte sie, und jetzt kullerten dicke Tränen über ihre Wangen zum Hals hinab und auf die Brust. «Ja, natürlich habe ich Thomas gesagt. So heißt du doch, mein geliebter, armer Thomas Lieven ... Ach, warum nur mußte ich dich treffen? In meinem ganzen Leben war ich nicht so verliebt ...» Neuerliches Aufbäumen, neuer Tränenstrom. «Und gerade dir muß ich das antun, gerade dir!»
«Antun? Was antun?»
«Ich arbeite für den amerikanischen Geheimdienst», jammerte Hélène verzweifelt.

Thomas merkte nicht, daß die Glut seiner Zigarette immer näher auf seine Fingerspitzen zukroch. Er schwieg lange.
Endlich seufzte er tief auf: «O Gott, fängt das denn schon wieder an?»
Tragisch stieß Hélène hervor: «Ich wollte es dir nicht sagen ... Ich dürfte es dir nicht sagen ... Die jagen mich davon – aber ich mußte dir die Wahrheit gestehen nach diesem Abend ... Ich wäre sonst erstickt ...»
«Mal langsam und von vorn», sagte Thomas, der allmählich seine

Fassung wiedergewann. «Du bist also eine amerikanische Agentin.»
«Ja.»
«Und dein Onkel?»
«Ist mein Vorgesetzter, Colonel Herrick.»
«Und das Château Montenac?»
«Gemietet. Unsere Leute in Deutschland meldeten, du würdest einen großen Coup planen. Dann kamst du nach Zürich. Als dein Inserat erschien, bekamen wir Vollmacht, dir eine Beteiligung bis zu hunderttausend Franken anzubieten ...»
«Warum denn das?»
«Da war doch irgendein Trick bei deiner Annonce. Wir kannten ihn nicht. Aber wir hätten ihn herausbekommen. Und dann hätten wir dich in der Hand gehabt. Der FBI will dich doch unter allen Umständen anheuern. Sie sind ganz verrückt nach dir!»
Sie weinte jetzt wieder. Thomas trocknete ihr die Tränen.
«Dann hast du 750 000 verlangt. Da haben wir ein Blitzgespräch mit Washington angemeldet! Was glaubst du, was die uns erzählt haben! 750 000! Ein Irrsinn! Das wollen sie nicht riskieren! Und da setzten sie dann mich an ...»
«Dich an», wiederholte er idiotisch.
«... und so unternahm ich diese Reise. Es war alles nur Theater. Der Mechaniker in Grenoble ...»
«O Gott, der auch. Und ich Trottel habe ihm noch ein Trinkgeld gegeben!»
«... der Verlobte, alles, Tommy. Und nun – und nun habe ich mich in dich verliebt, und ich weiß, wenn du *nicht* für uns arbeitest, dann lassen sie dich hochgehen!»
Thomas stand auf.
«Bleib bei mir!»
«Ich komme wieder, Liebling», sagte er abwesend. «Ich muß mir nur einiges überlegen – in aller Ruhe, wenn du gestattest. Denn das alles, weißt du, ist mir schon einmal passiert ...»
Er verließ die Schluchzende und ging durch den Salon in sein Schlafzimmer hinüber. Hier setzte er sich ans Fenster, sah lange in die Nacht hinaus.
Dann griff er nach dem Telefonhörer, wartete, bis sich die Zentrale meldete, und sagte: «Geben Sie mir den Küchenchef ... Das ist egal, wecken sie ihn ...»
Nach fünf Minuten klingelte sein Telefon. Thomas nahm ab: «Gaston? Hier spricht Ott. Ich habe gerade einen argen Schicksalsschlag erlitten. Ich brauche etwas Leichtes, Anregendes. Machen

Sie mir einen Tomaten-Cocktail und ein paar Sardinen-Croquetten ... Danke.»
Er legte den Hörer auf.
Es gibt also kein Entrinnen, dachte er. 1957 haben sie mich am Wickel, wie sie mich 1939 am Wickel hatten!
Durch die offene Balkontür sah Thomas Lieven hinaus auf die verlassene Corniche d'Or und empor zu den unnahbaren, unbeteiligten Sternen, die über dem Mittelmeer glänzten. Aus der samtigen Dunkelheit schienen sie plötzlich aufzutauchen, die Männer und Frauen seiner Vergangenheit, näher zu kommen, herabzusteigen: faszinierende Schönheiten, eiskalte Agentinnen, mächtige Konzernfürsten, gerissene Kaufleute, skrupellose Mörder, Bandenführer, Schlachtenlenker.
Da kam sein ganzes bisheriges Leben auf ihn zu, dieses wilde, abenteuerliche Leben, das sich nun vollends im Kreis gedreht hatte, seit jenem warmen Tag im Mai 1939, an dem alles begann ...

## *I. Kapitel*

### 1

Am 24. Mai 1939, zwei Minuten vor 10 Uhr vormittags, hielt ein schwarzes Bentley-Kabriolett vor dem Haus Lombard Street Nr. 122 im Herzen von London.
Ein eleganter junger Herr stieg aus. Seine sonnengebräunte Haut, die saloppe Art, sich zu bewegen, die lustigen Wirbel seines dunklen Haares standen in merkwürdigem Gegensatz zu seiner pedantischen Kleidung. Schwarz-grau gestreifte Hosen mit messerscharfen Bügelfalten trug der Herr, eine zweireihige, kurze schwarze Jacke, eine schwarze Weste mit goldener Uhrkette, ein weißes Hemd mit hohem, steifem Kragen, eine perlgraue Krawatte.
Bevor er die Autotür zuwarf, griff der junge Herr noch einmal in den Wagen. Einen schwarzen, steifen Hut holte er hervor, einen Regenschirm und zwei Zeitungen, die «Times» und die auf rosa Papier gedruckte «Financial Times».
So passierte der dreißigjährige Thomas Lieven den Eingang des Gebäudes und eine Tafel aus schwarzem Marmor, die in Goldbuchstaben diese Inschrift trug:

MARLOCK & LIEVEN
DOMINION AGENCY

Thomas Lieven war der jüngste Privatbankier Londons – aber ein erfolgreicher. Solcherlei Blitzkarriere verdankte er seiner Intelligenz, seiner Fähigkeit, seriös zu wirken, und seiner Begabung, nebeneinander zwei vollkommen verschiedene Leben zu führen. Von äußerster Korrektheit war Thomas Lieven an der Börse. Abseits dieser heiligen Hallen aber war er einer der charmantesten Ladykiller. Niemand, am wenigsten die jeweils direkt Betroffenen, ahnten auch nur, daß er in ausgeruhten Perioden spielend bis zu vier Freundinnen gleichzeitig bewältigte, denn er war ebenso rüstig wie verschwiegen.
Thomas Lieven konnte steifer sein als der steifste Gentleman der City – aber einmal die Woche schwang er heimlich im lautesten Club von Soho das Tanzbein, und zweimal die Woche nahm er heimlich Jiu-Jitsu-Unterricht.

Thomas Lieven liebte das Leben, und das Leben schien ihn zu lieben. Alles fiel ihm in den Schoß, wenn er nur geschickt verbarg, wie jung er noch war ...
Robert E. Marlock, sein Seniorpartner, stand im Schalterraum der Bank, als Thomas Lieven hereinkam und würdevoll die Melone lüpfte.
Marlock war fünfzehn Jahre älter, groß und hager. Auf eine nicht eben sympathische Weise wichen seine wasserhellen Augen jedem, der sie betrachten wollte, aus.
«Hallo», sagte er und sah gewohnheitsmäßig an Thomas vorbei.
«Guten Morgen, Marlock», sagte Thomas ernst. «Guten Morgen, meine Herren!»
Die sechs Angestellten hinter ihren Schreibtischen grüßten ernst wie er.
Marlock stand neben einer Metallsäule, die eine gläserne Käseglocke trug. Darunter tickte ein kleiner Messingtelegraf, der auf schmalen, schier endlosen Papierstreifen die neuesten Börsenkurse mitteilte.
Thomas trat neben seinen Partner und sah sich die Notierungen an. Marlocks Hände zitterten ein wenig. Mißtrauischerweise hätte man sagen können, daß es typische Falschspielerhände waren. Doch Mißtrauen wohnte vorerst nicht in Thomas Lievens heiterer Seele.
Nervös fragte Marlock: «Wann fliegen Sie nach Brüssel?»
«Heute abend.»
«Höchste Zeit. Sehen Sie mal, wie die Werte rutschen! Folge von dem verfluchten Nazi-Stahlpakt! Schon Zeitungen gelesen, Lieven?»
«Gewiß», sagte Thomas. Er sagte gerne «gewiß»; es klang würdiger als «ja».
Die Zeitungen hatten am Morgen dieses 24. Mai 1939 den Abschluß eines Bündnisvertrages zwischen Deutschland und Italien gemeldet. Selbiges Bündnis wurde «Stahlpakt» genannt.
Durch den dunklen, altmodischen Schalterraum schritt Thomas in sein dunkles, altmodisches Privatbüro. Der hagere Marlock folgte ihm und ließ sich in einen der Lederfauteuils sinken, die vor dem hohen Schreibtisch standen.
Zunächst besprachen die beiden Herren, welche Papiere Thomas auf dem Kontinent aufkaufen und welche er abstoßen sollte.
«Marlock & Lieven» besaßen eine Zweigstelle in Brüssel. Thomas Lieven war zudem noch an einer Privatbank in Paris beteiligt.
Nachdem die Herren das Geschäftliche erledigt hatten, brach Robert E. Marlock mit jahrelangen Gewohnheiten: Er sah seinem

Juniorpartner offen in die Augen. «Hm, Lieven, ich habe da noch eine ganz private Bitte. Sie erinnern sich gewiß an Lucie ...»
Thomas erinnerte sich gut an Lucie. Das schöne blonde Mädchen aus Köln hatte jahrelang als Marlocks Freundin in London gelebt. Dann mußte etwas Schwerwiegendes vorgefallen sein – niemand wußte genau zu sagen, was –, denn von einem Tag zum andern war Lucie Brenner nach Deutschland zurückgekehrt.
«Scheußlich von mir, Sie damit zu belästigen, Lieven», klagte Marlock jetzt, dem Jüngeren, mit Anstrengung zwar, aber doch immer noch direkt, in die Augen blickend. «Ich dachte bloß, wenn Sie schon in Brüssel sind, könnten Sie vielleicht schnell den Sprung nach Köln hinüber machen und mit Lucie reden.»
«Nach Köln? Warum fahren Sie nicht selber? Sie sind doch auch Deutscher ...»
Marlock sprach: «Ich würde sehr gern nach Deutschland fahren, aber die internationale Lage ... Zudem, ich habe Lucie damals sehr verletzt, ich bin ganz ehrlich ...» – Marlock sagte gern und oft, daß er ganz ehrlich sei – «... ganz ehrlich, ja. Da war eine andere Frau. Lucie hatte jedes Recht, mich zu verlassen. Sagen Sie ihr, ich bitte sie um Verzeihung. Ich will alles gutmachen. Sie soll zurückkommen ...»
In seiner Stimme schwang nun jene Rührung, die in den Stimmen der Politiker schwingt, wenn sie von ihrer Sehnsucht nach Frieden sprechen.

## 2

Am Morgen des 26. Mai 1939 traf Thomas Lieven in Köln ein. Vom Dom-Hotel wehten große Hakenkreuzfahnen. Überall in der Stadt wehten Hakenkreuzfahnen. Der «Stahlpakt» wurde gefeiert. Thomas sah viele Uniformen. Auf den Teppichen der Hotelhalle knallten Stiefel aneinander wie Schüsse.
Im Zimmer stand ein Bild des «Führers» auf dem Schreibtisch. Thomas lehnte seinen Rückflugschein daran. Er nahm ein heißes Bad. Dann kleidete er sich um und rief Lucie Brenner an.
Als der Hörer am andern Ende der Leitung abgehoben wurde, ertönte ein verdächtiges Knacken, das Thomas Lieven jedoch entging. Dem Superagenten von 1940 war 1939 die Existenz von Abhörgeräten noch völlig unbekannt.
«Brenner!»
Da war sie wieder, die verrauchte, aufregend heisere Stimme, an die er sich noch so gut erinnerte.

«Fräulein Brenner, hier spricht Lieven. Thomas Lieven. Ich bin gerade in Köln angekommen und ...» Er unterbrach sich. Er hatte zwar nicht das neuerliche Knacken in der Leitung, wohl aber ihren unterdrückten Aufschrei wahrgenommen.
Charmant lächelnd fragte er: «War das ein Freudenschrei?»
«O Gott», hörte er sie sagen.
Knack, machte es wieder.
«Fräulein Brenner, Marlock bat mich, Sie zu besuchen ...»
«Der Schuft!»
«Aber nicht doch ...»
«Der elende Schuft!»
«Fräulein Brenner, so hören Sie doch! Marlock will Sie durch mich um Verzeihung bitten. Darf ich zu Ihnen kommen?»
«Nein!»
«Aber ich habe ihm versprochen ...»
«Verschwinden Sie, Herr Lieven! Mit dem nächsten Zug! Sie wissen ja nicht, was hier los ist!»
Knack, machte es in der Leitung, ohne daß Thomas Lieven darauf achtete.
«Nein, nein, Fräulein Brenner, *Sie* sind es, die nicht weiß, was los ist ...»
«Herr Lieven ...»
«Bleiben Sie daheim, ich bin in zehn Minuten bei Ihnen!» Er legte auf und zog am Knoten seiner Krawatte. Sportlicher Ehrgeiz hatte ihn gepackt.
Ein Taxi brachte Thomas – selbstverständlich mit steifem Hut und peinlich gerolltem Regenschirm – hinaus nach Lindenthal. Hier wohnte Lucie Brenner im zweiten Stock einer Villa am Beethoven-Park.
Er klingelte an der Wohnungstür. Von jenseits erklang dumpfes Geflüster. Mädchenstimme, Männerstimme. Thomas wunderte sich, aber nur ganz wenig. Denn Mißtrauen wohnte vorerst nicht in seiner heiteren Seele.
Die Tür ging auf. Lucie Brenner wurde sichtbar. Sie trug einen Morgenrock und anscheinend wenig darunter. Sie war außerordentlich erregt. Als sie Thomas erkannte, ächzte sie: «Wahnsinniger!»
Danach ging alles sehr schnell.
Zwei Männer wurden hinter Lucie sichtbar. Sie trugen Ledermäntel und sahen aus wie Schlächter. Der eine Schlächter stieß Lucie grob beiseite, der andere Schlächter packte Thomas am Revers.

Vergessen waren Selbstbeherrschung, Ruhe und Zurückhaltung! Mit beiden Händen packte Thomas die Schlächterfaust und drehte sich in einer tänzerisch anmutigen Bewegung. Plötzlich hing der Schlächter höchst verblüfft über Thomas Lievens rechter Hüfte. Eine kleine ruckartige Verbeugung vollführte unser Freund. Ein Gelenk knackte. Der Schlächter schrie gellend auf, flog sausend durch die Luft und landete krachend auf dem Dielenboden. Hier blieb er schmerzverkrümmt liegen. Mein Jiu-Jitsu-Unterricht macht sich bezahlt, dachte Thomas.
«Und nun zu Ihnen», sprach er, auf den zweiten Schlächter zutretend.
Die blonde Lucie begann zu kreischen. Der zweite Schlächter wich zurück und stotterte: «N-nicht d-doch, Herr. Machen Sie nicht solche Sachen ...» Er holte einen Revolver aus seinem Schulterhalfter hervor. «Ich warne Sie. Seien Sie vernünftig.»
Thomas blieb stehen. Nur ein Idiot kämpft unbewaffnet gegen einen Schlächter mit Revolver.
«Im Namen des Gesetzes», sagte der ängstliche Schlächter. «Sie sind verhaftet!»
«Verhaftet, von wem?»
«Von der Geheimen Staatspolizei.»
«Junge, Junge», sagte Thomas Lieven, «wenn ich das im Club erzähle!»
Thomas Lieven liebte seinen Londoner Club, und sein Club liebte ihn. Whisky-Gläser in der Hand, Pfeifen im Mund, vor dem flackernden Kaminfeuer sitzend, so hörten die Clubmitglieder jeden Donnerstagabend die tollen Geschichten an, die reihum erzählt wurden. Wenn ich diesmal zurückkomme, dachte Thomas, bringe ich eine Geschichte mit, die ist auch nicht schlecht.
Nein, die Geschichte war nicht schlecht, und sie sollte immer besser werden. Allerdings – wann sollte Thomas sie in seinem Club erzählen dürfen, wann seinen Club auch nur wiedersehen? Er war durchaus noch frohen Mutes, als er an diesem Maitag 1939 in einem Büro des «Sonderdezernat D» im Gestapo-Hauptquartier zu Köln saß. Das Ganze ist ja nur ein Mißverständnis, dachte er; in einer halben Stunde bin ich hier raus ...
Haffner hieß der Kommissar, der Thomas in Empfang nahm: ein dicker Mann mit schlauen Schweinsaugen. Ein sauberer Mann! Ohne Unterlaß reinigte er seine Fingernägel mit immer neuen Zahnstochern.
«Ich höre, Sie haben einen Kameraden zusammengeschlagen», sagte Haffner böse. «Das wird Ihnen noch verflucht leid tun, Lieven!»

«Immer noch *Herr* Lieven für Sie! Was wollen Sie von mir? Warum wurde ich verhaftet?»
«Devisenverbrechen», sagte Haffner. «Habe lange genug auf Sie gewartet.»
«Auf mich?»
«Oder auf Ihren Partner Marlock. Seit diese Lucie Brenner aus London zurückkam, ließ ich sie überwachen. Dachte mir: einmal taucht einer von euch frechen Hunden wieder auf. Na, und dann hopps!» Haffner schob einen Aktenordner über den Schreibtisch. «Am besten, ich zeige Ihnen, was gegen Sie an Material vorliegt. Dann werden Sie die vorlaute Schnauze halten.»
Nun bin ich aber wirklich neugierig, dachte Thomas. Er begann in dem umfangreichen Ordner zu blättern. Nach einer Weile mußte er lachen.
«Was finden Sie komisch?» fragte Haffner.
«Na, hören Sie mal, das ist doch ein tolles Ding!»
Aus den Dokumenten ging hervor, daß die Londoner Privatbank «Marlock & Lieven» dem Dritten Reich vor ein paar Jahren einen argen Streich gespielt hatte, und zwar unter Ausnutzung des Umstandes, daß an der Zürcher Börse deutsche Pfandbriefe auf Grund der politischen Situation seit langem nur noch zu einem Fünftel ihres Nominalwertes gehandelt wurden.
«Marlock & Lieven» – oder wer auch immer unter diesem Firmennamen operierte – hatten im Januar, Februar und März 1936 solche Pfandbriefe in Zürich mit illegal transferierten Reichsmarkbeträgen erworben. Danach war ein Schweizer Staatsbürger als Strohmann beauftragt worden, einige der in Deutschland wertlosen, in der übrigen Welt um so wertvolleren Gemälde der sogenannten «Entarteten Kunst» zu kaufen. Die Nazi-Behörden erlaubten die Ausfuhr der Gemälde sehr gern. Erstens wurden sie die «unerwünschte» Kunst los, und zweitens erhielten sie die für ihre Aufrüstung so notwendigen Devisen. Der Schweizer Strohmann mußte nämlich dreißig Prozent der Kaufsumme in Schweizerfranken bezahlen.
Die restlichen siebzig Prozent allerdings – das bemerkten die Nazis erst viel später – bezahlte der Strohmann mit den deutschen Pfandbriefen, die auf diese Weise die Heimat wiedersahen, in der sie ihren normalen Wert besaßen, also den fünffachen dessen, zu dem «Marlock & Lieven» sie in Zürich erworben hatten.
Während Thomas Lieven die Dokumente studierte, dachte er: *Ich* habe dieses tolle Ding nicht gedreht. Also kann es nur Marlock gewesen sein. Er muß gewußt haben, daß die Deutschen ihn

suchen, daß Lucie Brenner überwacht wird, daß man mich verhaften, daß man mir kein Wort glauben wird. Daß er mich damit los ist. Daß er die Bank damit für sich allein hat. O Gott. O lieber Gott im Himmel ...
«So», sagte Kommissar Haffner zufrieden, «jetzt steht die alte Schlabberschnauze endlich still, was?» Er nahm einen neuen Stocher und beschäftigte sich ein bißchen mit seinen Zähnen.
Verflucht, was mache ich bloß, überlegte Thomas. Ein Gedanke kam ihm. Kein sehr guter. Aber es kam kein besserer. «Darf ich mal telefonieren?»
Haffner kniff die Schweinsaugen schmal: «Wen wollen Sie denn sprechen?»
Jetzt nichts wie ran, dachte Thomas, es bleibt nur noch die Flucht nach vorn.
«Den Baron von Wiedel.»
«Nie gehört.»
Thomas brüllte plötzlich los: «Seine Exzellenz Bodo Baron von Wiedel, Gesandter zur besonderen Verwendung im Auswärtigen Amt! Noch nie gehört von dem Herrn, was?»
«Ich – ich ...»
«Nehmen Sie gefälligst den Zahnstocher aus dem Mund, wenn Sie mit mir reden!»
«Was – was wollen Sie denn von dem Herrn Baron?» stotterte Haffner. Seine Durchschnittskost waren verschüchterte Bürger. Mit Häftlingen, die brüllten und Bonzen kannten, fand er sich noch nicht zurecht.
Thomas tobte weiter: «Der Baron ist mein bester Freund!»
Thomas war dem viel älteren Wiedel 1929 in einer nicht schlagenden Studentenverbindung begegnet. Wiedel hatte Thomas in aristokratische Zirkel eingeführt. Thomas hatte die Wechsel gedeckt, die der Baron zuweilen platzen ließ. So waren sie einander menschlich nähergekommen bis zu dem Tag, an dem Wiedel in die Partei eintrat. Da hatte sich Thomas nach einem gewaltigen Krach von ihm gelöst.
Ob Wiedel ein gutes Gedächtnis hat? überlegte unser Freund nun, während er weiterschrie: «Wenn Sie mir nicht *augenblicklich* eine Verbindung herstellen, können Sie sich morgen einen anderen Posten suchen!»
Das Telefonfräulein hatte es auszubaden. Kommissar Haffner riß plötzlich den Hörer ans Ohr und brüllte seinerseits: «AA Berlin! Aber ein bißchen dalli, Sie Trampel!»
Phantastisch, absolut phantastisch, dachte Thomas, als er gleich

darauf die Stimme seines ehemaligen Bundesbruders vernahm: «Hier von Wiedel ...»
«Bodo, hier spricht Lieven! Thomas Lieven, erinnerst du dich noch an mich?»
Brüllendes Gelächter klang an sein Ohr: «Thomas! Mensch! Das ist ja eine Überraschung! Damals hast du mir eine weltanschauliche Standpauke gehalten, und heute bist du selber bei der Gestapo!»
Vor der Größe dieses Mißverständnisses mußte Thomas die Augen schließen. Die Stimme des Barons lärmte lustig weiter: «Komisch, Ribbentrop oder Schacht sagte mir neulich erst, du hättest eine Bank in England!»
«Habe ich auch. Bodo, hör mal ...»
«Ah, Außendienst, verstehe! Tarnung, wie? Ich lache mir ja 'n Ast! Haste also eingesehen, wie recht ich hatte, damals?»
«Bodo –»
«Wie weit haste es denn schon gebracht? Muß ich Kommissar sagen?»
«Bodo ...»
«Kriminalrat?»
«Himmel, hör doch mal zu! Ich arbeite nicht bei der Gestapo! Ich bin von ihr *verhaftet* worden!»
Danach blieb es eine Weile still in Berlin.
Haffner schmatzte zufrieden, klemmte den zweiten Hörer mit der Schulter ans Ohr und setzte die Säuberung seines linken Daumennagels fort.
«Bodo! Hast du mich nicht vestanden?»
«Doch, doch, leider. Was – was wirft man dir denn vor?»
Thomas sagte, was man ihm vorwarf.
«Tja, mein Alter, das ist aber bös. Ich kann mich da unmöglich einmischen. Wir leben in einem Rechtsstaat. Wenn du wirklich unschuldig bist, wird sich das herausstellen. Alles Gute. Heil Hitler!»
«Ihr bester Freund, was?» grunzte Haffner.

3

Sie nahmen ihm Hosenträger, Krawatte, Schuhsenkel, die Brieftasche und seine geliebte Repetieruhr fort und sperrten ihn in eine Einzelzelle. Hier verbrachte Thomas den Rest des Tages und die Nacht. Fieberhaft arbeiteten seine Gedanken. Es mußte einen Ausweg geben, mußte, mußte. Aber er fand ihn nicht ...
Am Morgen des 27. Mai holten sie Thomas Lieven wieder zum

Verhör. Als er in Haffners Zimmer kam, sah er, daß neben dem Kommissar ein Major der Wehrmacht stand, ein blasser, sorgenvoller Mensch. Haffner wirkte verärgert. Er schien eine Auseinandersetzung hinter sich zu haben.
«Das ist der Mann, Herr Major. Befehlsgemäß lasse ich Sie mit ihm allein», sagte der Gestapo-Mann und verschwand.
Der Offizier schüttelte Thomas die Hand: «Major Loos vom Wehrbezirkskommando Köln. Baron von Wiedel hat mich angerufen. Ich soll mich um Sie kümmern.»
«Kümmern?» – «Na, Sie sind doch völlig unschuldig. Ihr Partner hat Sie reingelegt, das ist mir klar.»
Aufatmend sagte Thomas: «Ich freue mich, daß Sie zu dieser Ansicht gekommen sind, Herr Major. Kann ich also gehen?»
«Wieso gehen? Sie kommen ins Zuchthaus!»
Thomas setzte sich. «Aber ich bin doch unschuldig!»
«Machen Sie das der Gestapo klar, Herr Lieven. Nein, nein, Ihr Partner hat sich schon alles richtig überlegt.»
«Hm», sagte Thomas. Er sah den Major an. Er dachte: Da kommt doch noch etwas ...
Es kam prompt: «Sehen Sie, Herr Lieven, *einen* Ausweg gibt es natürlich noch für Sie. Sie sind deutscher Staatsbürger. Sie kennen die Welt. Sie sind ein kultivierter Mensch. Sprechen fließend Englisch und Französisch. So etwas wird gesucht in diesen Tagen.»
«Gesucht von wem?»
«Von uns. Von mir. Ich bin Abwehroffizier, Herr Lieven. Ich kann Sie hier nur heraushauen, wenn Sie sich bereit erklären, für die militärische Abwehr zu arbeiten. Im übrigen – wir zahlen gut ...»

Major Fritz Loos war der erste Angehörige eines Geheimdienstes, den Thomas Lieven traf. Unzählige andere sollten folgen – Engländer, Franzosen, Polen, Spanier, Amerikaner und Russen.
Achtzehn Jahre nach dieser ersten Begegnung, am 18. Mai 1957, dachte Thomas Lieven in der nächtlichen Stille eines Luxus-Appartements zu Cannes: Im Grunde waren sich alle diese Leute unendlich ähnlich. Alle wirkten sie traurig, verbittert, enttäuscht. Alle waren sie wohl aus ihrer Bahn geworfen worden. Alle wirkten sie krank. Sie waren alle eher schüchtern und umgaben sich deshalb unablässig mit den lächerlichen Attributen ihrer Macht, ihres Geheimnisses, ihres Schreckens. Sie spielten alle ununterbrochen Theater, sie litten alle an einem tiefen Minderwertigkeitskomplex ...

Das alles wußte Thomas Lieven in einer schönen Mainacht des Jahres 1957. Am 27. Mai 1939 wußte er es noch nicht. Da war er einfach entzückt, als der Major Loos ihm den Vorschlag machte, für die Deutsche Abwehr zu arbeiten. Auf diese Weise komme ich erst einmal aus dem Dreck heraus, dachte er und wußte nicht, wie tief er schon mittendrin steckte ...

4

Als die Lufthansa-Maschine die niedere Wolkendecke durchbrach, die über London lagerte, gab der Passagier auf Platz Nr. 17 ein seltsames Geräusch von sich.
Die Stewardeß eilte zu ihm. «Geht es Ihnen nicht gut, mein Herr?» fragte sie teilnahmsvoll, dann sah sie, daß Nr. 17 lachte.
«Mir geht es ausgezeichnet», sagte Thomas Lieven. «Verzeihen Sie, ich mußte nur eben an etwas Komisches denken.»
Er hatte an das enttäuschte Gesicht des Asservaten-Verwalters im Gestapo-Hauptquartier Köln denken müssen, als dieser ihm seine Sachen zurückgab. Von der goldenen Repetieruhr hatte sich der Mann kaum trennen können.
Thomas nahm das geliebte Stück hervor und strich zärtlich über den zierlichen Deckel. Dabei entdeckte er noch etwas Druckerschwärze unter dem Nagel seines Zeigefingers. Er mußte wieder lachen bei dem Gedanken, daß es seine Fingerabdrücke nun in einer geheimen Kartei gab und sein Foto auf einem Personalbogen.
Ein Herr namens John Smythe (mit y und th) würde übermorgen in sein Haus kommen, um den Gasofen im Badezimmer nachzusehen. Herrn Smythe war unbedingter Gehorsam zu leisten, hatte Major Loos eindringlich gesagt.
Herr Smythe mit y und th wird sich wundern, dachte Thomas. Wenn er wirklich auftauchen sollte, dann werde ich ihn hinausfeuern!
Die Maschine verlor an Höhe. Mit Südwestkurs steuerte sie über die Themse auf den Flughafen Croydon zu.
Thomas verwahrte seine Uhr und rieb kurz die Hände. Er reckte sich wohlig. Aah – wieder in England! In Freiheit! In Sicherheit! Jetzt in den Bentley gesprungen! Ein heißes Bad! Dann einen Whisky! Eine Pfeife! Die Freunde im Club! Das große Erzählen ...
Tja, und dann natürlich Marlock.
So groß war Thomas Lievens Glück über diese Heimkehr, daß

schon sein halber Zorn verflog. Mußte er sich *wirklich* von Marlock trennen? Vielleicht gab es eine Erklärung, die man annehmen konnte. Vielleicht hatte Marlock Sorgen. Man mußte ihn auf jeden Fall erst einmal anhören ...
Sieben Minuten nach diesen Gedankengängen schritt unser Freund beschwingt über eine herangerollte Treppe aus der Maschine auf den regennassen Platz vor dem vierstöckigen Flughafengebäude herab. Unter seinem Regenschirm marschierte er pfeifend auf die Einwanderungshalle zu. Hier gab es zwischen Seilabsperrungen zwei Korridore. Über dem rechten stand: «British Subjects», über dem linken «Foreigners».
Immer noch pfeifend wandte Thomas sich nach links und trat an das hohe Stehpult des «Immigration Officer» heran.
Der Beamte, ein älterer Mensch mit nikotinverfärbtem Walroßschnurrbart, nahm den deutschen Reisepaß entgegen, den ihm Thomas mit einem freundlichen Lächeln reichte. Er blätterte darin, dann sah er auf. «Ich bedaure, Sie dürfen britischen Boden nicht mehr betreten.»
«Was soll das heißen?»
«Sie wurden heute ausgewiesen, Mr. Lieven. Bitte, folgen Sie mir, es warten zwei Herren auf Sie.» Und er ging schon voran ...
Die beiden Herren erhoben sich, als Thomas in das kleine Büro kam. Sie sahen aus wie besorgte Beamte, magenkrank und unausgeschlafen.
«Morris», sagte der eine.
«Lovejoy», sagte der andere.
An wen erinnern mich die beiden bloß? überlegte Thomas. Er kam nicht darauf. Er war jetzt verärgert, schwer verärgert. Er nahm sich sehr zusammen, um auch nur halbwegs höflich zu bleiben: «Meine Herren, was soll das bedeuten? Ich lebe seit sieben Jahren in diesem Land. Ich habe mir nichts zuschulden kommen lassen.»
Der Mann mit Namen Lovejoy hob eine Zeitung hoch und wies auf eine dreispaltige Überschrift:

LONDONER BANKIER IN KÖLN VERHAFTET!

«Na und? Das war vorgestern! Heute bin ich hier! Die Deutschen haben mich wieder freigelassen!»
«Und warum wohl?» fragte Morris. «Warum läßt die Gestapo wohl einen Mann frei, den sie eben erst verhaftet hat?»
«Meine Unschuld hat sich erwiesen.»

«Aha», sagte Lovejoy.
«Aha», sagte Morris. Die Herren sahen sich bedeutungsvoll an. Dann sagte Morris mit klassischer Überlegenheit: «Wir sind vom ‹Secret Service›, Mr. Lieven. Wir haben unsere Informationen aus Köln. Es ist völlig zwecklos, daß Sie uns belügen.»
Jetzt weiß ich, an wen ihr beide mich erinnert, dachte Thomas plötzlich. An den blassen Major Loos! Dasselbe Theater. Dieselben Allüren. Er sagte wütend: «Um so besser, wenn Sie vom ‹Secret Service› sind, meine Herren. Es wird Sie dann natürlich interessieren: die Gestapo hat mich nur freigelassen, weil ich mich bereit erklärte, für die Deutsche Abwehr zu arbeiten.»
«Mr. Lieven, für wie naiv halten Sie uns eigentlich?»
Thomas wurde ungeduldig: «Ich sage die reine Wahrheit. Die Deutsche Abwehr hat mich erpreßt. Ich fühle mich an mein Versprechen nicht gebunden. Ich will hier in Frieden leben!»
«Sie glauben doch wohl selber nicht, daß wir Sie nach diesem Geständnis noch ins Land lassen! Sie sind offiziell ausgewiesen, weil jeder Ausländer aus unserem Lande abgeschoben wird, wenn er mit dem Gesetz in Konflikt kommt.»
«Aber ich bin doch völlig unschuldig! Mein Partner hat mich betrogen! Lassen Sie mich wenigstens zu ihm! Dann werden Sie sehen, daß ich die Wahrheit spreche!»
Morris und Lovejoy sahen sich bedeutungsvoll an.
«Warum sehen Sie sich so bedeutungsvoll an, meine Herren?»
Lovejoy sagte: «Sie können nicht mit Ihrem Partner sprechen, Mr. Lieven.»
«Und warum nicht?»
«Weil Ihr Partner für sechs Wochen London verlassen hat», sagte Morris.
«Lo-Lo-London?» Thomas wurde blaß. «Verla-la-lassen?»
«Jawohl. Es heißt, er wäre nach Schottland gereist. Wohin genau weiß niemand.»
«Verflucht noch einmal, aber was soll ich denn jetzt machen?»
«Kehren Sie zurück in Ihr Vaterland.»
«Damit man mich einsperrt? Ich wurde doch nur in Freiheit gesetzt, um in England zu spionieren!»
Die beiden Herren sahen sich wieder an. Thomas wußte, daß noch etwas kommen würde. Es kam prompt.
Morris sprach kühl und sachlich: «Soweit ich sehen kann, gibt es überhaupt nur noch einen Ausweg für Sie, Mr. Lieven: Arbeiten Sie für uns!» Du lieber Himmel, dachte Thomas Lieven, wenn ich das im Club erzähle! Kein Mensch glaubt es mir.

«Spielen Sie mit uns gegen die Deutschen, und wir lassen Sie ins Land und helfen Ihnen gegen Marlock. Wir schützen Sie.»
«Wer schützt mich?»
«Der ‹Secret Service›.»
Thomas erlitt einen kleinen Lachkrampf. Dann wurde er ernst, zog an seiner Weste und an seiner Krawatte und richtete sich zu seiner ganzen Größe auf.
Der Augenblick der Verwirrung und Niedergeschlagenheit war vorübergegangen. Er wußte jetzt, daß er etwas für einen gewaltigen Jux gehalten hatte, das wahrscheinlich kein ganz so gewaltiger Jux war. Nun mußte er kämpfen. Er kämpfte gern. Ein Mann läßt sich nicht einfach sein Leben zerstören.
Thomas Lieven sagte: «Ich lehne Ihr Angebot ab, meine Herren, ich gehe nach Paris. Mit dem besten Anwalt Frankreichs werde ich einen Prozeß gegen meinen Partner führen – und gegen die britische Regierung.»
«Das würde ich nicht tun, Mr. Lieven.»
«Das werde ich doch tun.»
«Das wird Ihnen leid tun.»
«Das werden wir sehen. Ich weigere mich zu glauben, daß die ganze Welt ein Irrenhaus ist!» sagte Thomas Lieven.
Ein Jahr später weigerte er sich nicht mehr.
Und achtzehn Jahre später, als er des Nachts in einem Luxushotel zu Cannes sein Leben überdachte, war er überzeugt davon.
Die ganze Welt ein Irrenhaus – das schien ihm die einzige profunde Wahrheit zu sein, an die man sich in diesem Jahrhundert des Wahnsinns noch halten konnte. Und sollte!

5

Am 28. Mai 1939, kurz nach Mitternacht, gab ein eleganter, junger Herr in dem bei Feinschmeckern berühmten Lokal «Chez Pierre» am Place Graillon in Paris seine Bestellung auf: «Emile, wir nehmen ein wenig Hors d'oeuvre, dann eine Krebsschwanzsuppe, dann Lendenschnitten mit Champignons. Zum Nachtisch, wie wär's mit einer Coupe Jacques?»
Der alte, weißhaarige Oberkellner Emile betrachtete den Gast lächelnd und voll Sympathie. Er kannte Thomas Lieven seit vielen Jahren.
Neben dem jungen Herrn saß ein schönes Mädchen mit glänzendem schwarzem Haar und lustigen Puppenaugen in dem ovalen Gesicht. Mimi Chambert hieß die junge Dame.

«Wir haben Hunger, Emile! Wir waren im Theater. Shakespeare, mit Jean Louis Barrault ...»
«Dann würde ich statt des kalten Hors d'oeuvres warme Lachsbrötchen empfehlen, Monsieur. Shakespeare strengt an.»
Sie lachten, und der alte Maître d'hôtel verschwand in der Küche. Das Lokal war ein langer, dunkler Saal, altmodisch gehalten, aber sehr gemütlich. Weit weniger altmodisch zeigte sich die junge Dame.
Mimis weißes Seidenkleid war tief ausgeschnitten und seitlich eng gerafft. Zierlich und klein von Wuchs war die junge Schauspielerin – und stets gut aufgelegt, sogar schon morgens, unmittelbar nach dem Erwachen.
Thomas kannte sie seit zwei Jahren. Er lächelte Mimi an, holte tief Atem: «Ah, Paris! Die einzige Stadt, in der man noch leben kann, mon petit chou. Wir werden uns ein paar schöne Wochen machen ...»
«Ich bin ja so froh, daß du wieder vergnügt bist, chéri! Heute nacht warst du so unruhig ... Du hast in drei Sprachen durcheinandergeredet, ich habe nur das Französische verstanden ... Ist etwas los mit deinem Paß?»
«Wieso?»
«Du hast dauernd von Ausweisung gesprochen und von Aufenthaltserlaubnis ... Es sind jetzt so viele Deutsche in Paris, die Kummer mit ihren Pässen haben ...»
Er küßte gerührt ihre Fingerspitzen. «Mach dir keine Sorgen. Mir ist da eine dumme Geschichte passiert. Nichts wirklich Unangenehmes!» Er sprach mit ruhiger Überzeugung, er glaubte selbst an seine Worte: «Man hat mir Unrecht getan, verstehst du, mon chou? Ich bin betrogen worden. Das Unrecht besteht manchmal lange – ewig nie. Nun habe ich einen herrlichen Anwalt. Und die kleine Weile, die es dauert, bis man sich bei mir entschuldigt, will ich mich bei dir erholen ...»
Der Kellner trat heran. «Monsieur Lieven, da sind zwei Herren, die Sie sprechen wollen.»
Arglos sah Thomas auf. Beim Eingang standen, verlegen grüßend, zwei Männer in nicht ganz sauberen Trenchcoats.
Thomas erhob sich. «Ich bin gleich wieder da, ma petite.»
Er ging zum Eingang. «Meine Herren, was kann ich für Sie tun?»
Die beiden Männer in den zerdrückten Regenmänteln verneigten sich. Dann sprach der eine: «Monsieur, wir waren schon in der Wohnung von Mademoiselle Chambert. Wir sind Kriminalbeamte. Es tut uns leid, wir müssen Sie verhaften.»

«Was habe ich getan?» fragte Thomas leise. Eigentlich hatte er lachen wollen ...
«Sie werden alles erfahren.»
Der Alptraum geht also weiter, dachte Thomas. Er sagte freundlich: «Meine Herren, Sie sind Franzosen! Sie wissen, welche Sünde es ist, ein gutes Essen zu stören. Darf ich Sie bitten, mit meiner Verhaftung zu warten, bis ich gespeist habe?»
Die beiden Kriminalbeamten zögerten.
«Können wir unseren Chef anrufen?» fragte der eine.
Thomas erlaubte es ihm. Der Mann verschwand in einer Zelle und kehrte sehr schnell wieder zurück. «In Ordnung, Monsieur. Der Chef hat nur eine Bitte.»
«Nämlich welche?»
«Ob er nicht vielleicht herkommen und mit Ihnen essen kann. Er sagt, bei einem guten Essen bespricht sich alles leichter.»
«Schön, einverstanden. Aber wer ist, wenn ich fragen darf, Ihr Chef?»
Die beiden Beamten sagten es ihm.
Thomas ging zum Tisch zurück und winkte den alten Kellner herbei: «Emile, ich erwarte noch einen Gast. Bringen Sie bitte ein drittes Gedeck.»
«Wer kommt denn noch?» fragte Mimi lächelnd.
«Ein gewisser Oberst Siméon.»
«Oh», sagte Mimi. Ganz gegen ihre sonstige Gewohnheit sagte sie nur dieses eine Wort.
Oberst Jules Siméon erwies sich als ein sympathischer Herr. Mit seinem gepflegten Schnurrbart, der römischen Nase und den geistreich-ironischen Augen erinnerte er an den Schauspieler Adolphe Menjou, wenn er auch größer als dieser war. Thomas begrüßte er voller Hochachtung, Mimi wie eine alte Bekannte, was unseren Freund ein wenig beunruhigte.
Siméons dunkelblauer Anzug stammte ohne Zweifel von einem erstklassigen Schneider, aber er glänzte schon ein wenig an den Ellenbogen und am Rücken. Der Oberst trug eine goldene Krawattennadel mit Perle und kleine goldene Manschettenknöpfe, doch die Absätze seiner Schuhe waren vertreten.
Zur Suppe und zur Vorspeise unterhielt man sich über Paris. Bei den Lendenschnitten wurde Oberst Siméon präzise: «Monsieur Lieven, ich bitte zu entschuldigen, daß wir Sie mitten in der Nacht und auch noch beim Essen stören. Herrlich knusprig, diese Pommes chips, finden Sie nicht auch? Ich habe einen Befehl von hoher Stelle erhalten. Wir suchen Sie schon den ganzen Tag.»

Menu · 28. Mai 1939

*Krebsschwanzsuppe · Warme Lachsbrötchen*
*Lendenschnitten mit Champignons*
*Pommes chips · Coupe Jacques*

---

## Bei diesem Menu wurde Thomas Lieven Geheimagent

Krebsschwanzsuppe: Man koche zunächst eine gute Rindfleischbouillon. Dann nehme man für vier Personen ein Dutzend großer Krebse, die eine Viertelstunde in brausendem Wasser kochen müssen. Dann wird das Fleisch aus Scheren und Schwänzen gebrochen, sämtliche Schalen in einem Mörser nicht zu fein gestoßen und über dem Feuer mit 1/4 Pfund Butter so lange durchgerührt, bis diese zu steigen anfängt und rot wird. Nun lasse man darin einen Eßlöffel Mehl anziehen, gieße einen Liter Fleischbrühe hinzu und gebe das Ganze durch ein mit einem Mulltuch belegtes Haarsieb. Kurz vor dem Anrichten lasse man die Suppe noch einmal aufkochen und tue die Krebsschwänze hinein.
Die Suppe darf nicht zu sämig sein, was überhaupt bei allen Gesellschaftssuppen vermieden werden sollte.

Warme Lachsbrötchen: Dünne Weißbrotscheiben durch Milch ziehen, mit einer passend zurechtgeschnittenen, in Milch ausgeweichten Scheibe Räucherlachs belegen und mit je einer durch Milch gezogenen Weißbrotscheibe bedecken. Auf der oberen Seite mit geriebenem Käse bestreuen, mit Butterflöckchen belegen, auf einem gefetteten Blech im Backofen überbacken.

Lendenschnitten mit Champignons: Die Lendenschnitten in heißem Fett auf beiden Seiten kurz braten und folgendes Champignongericht darübergeben: Eine Zwiebel in Butter dünsten, in 1/4 Liter Weißwein zum Kochen bringen, 3 Eigelb, 1 Eßlöffel Butter, Saft von 1/2 Zitrone, Salz und Pfeffer hineinrühren. Man gieße weiter Wein hinzu und schlage die Masse auf dem Feuer im Wasserbad, bis sie dick wird. Separat dämpfe man Champignons und Schalotten (junge Zwiebeln) in Butter und 1 Glas Weißwein. Inzwischen bereite man eine Schwitze aus 1 Teelöffel Butter, 1 Eßlöffel Mehl, 1/2 Liter Brühe, der man die Champignons und die Sauce zufügt und alles nochmals aufkochen läßt.

Coupe Jacques: Eine Portion Vanille-Eis bedeckt man mit Schlagsahne. Darüber gibt man Fruchtsalat (frischen oder aus Büchsen), der vorher eine halbe Stunde in Maraschino gezogen hat. Man lege eine Schicht Erdbeer-Eis darüber und garniere den Eisbecher mit Schlagsahne und kandierten Kirschen.

---

Von ferne glaubte Thomas auf einmal die Stimme Jean Louis Barraults zu vernehmen, der heute abend in Shakespeares Stück den Dritten Richard gespielt hatte. Undeutlich hörte er einen Vers. Aber er verstand ihn noch nicht.
«So», sagte er. «Ja, herrliche Pommes chips, Oberst. Den Trick versteht man hier. Das zweimalige Ölbad, das ist es. Ach ja, die französische Küche ...»

Thomas legte eine Hand auf Mimis Arm. Der Oberst lächelte. Mehr und mehr gefällt mir dieser Oberst, dachte Thomas.
Der Oberst sagte: «Sie sind aber nicht nur der guten Küche wegen in Paris. Auch wir haben unsere Leute in Köln und in London. Wir wissen, was Sie bei dem verehrten Major Loos – hat er es immer noch mit der Galle? – erlebt haben ...»
Wieder glaubte Thomas, die Stimme Jean Louis Barraults zu hören, wieder wähnte er, einen Vers des unsterblichen Shakespeare zu vernehmen, aber er konnte ihn noch immer nicht verstehen.
Und warum lächelt Mimi? Warum lächelt sie so süß?
«Monsieur Lieven», sagte der Oberst, «ich versichere Sie meiner Sympathie. Sie lieben Frankreich. Sie lieben seine Küche. Aber ich habe meine Befehle. Ich muß Sie ausweisen, Monsieur Lieven; Sie sind zu gefährlich für mein armes, bedrohtes Land. Wir werden Sie zur Grenze bringen, noch heute nacht. Und niemals wieder sollen Sie Frankreich betreten ...»
Thomas begann zu lachen.
Mimi sah ihn an. Und zum erstenmal, seit er sie kannte, lachte sie nicht sofort mit. Da hörte auch er wieder auf mit seinem Gelächter.
«... es sei denn», sagte der Oberst und häufte eine neue Portion Champignons auf seinen Teller, «es sei denn, Monsieur Lieven, Sie lassen sich umdrehen und arbeiten für uns, für das ‹Deuxième Bureau›.»
Thomas richtete sich auf. So betrunken, dachte er, bin ich noch nicht! Er sagte leise: «Sie machen mir das Angebot, für den französischen Geheimdienst zu arbeiten, in Anwesenheit von Mademoiselle Chambert?»
«Aber warum denn nicht, mon chéri?» sagte Mimi zärtlich und gab Thomas einen Kuß auf die Wange. «Ich bin doch auch bei dem Verein!»
«Du bist ...» Thomas verschluckte sich.
«Klein, klein nur – aber doch. Ich verdiene mir ein bißchen was nebenbei. Böse?»
«Mademoiselle Chambert ist die charmanteste Patriotin, die ich kenne», verkündete der Oberst.
Da wurde plötzlich die Stimme, die Thomas Lieven seit langem quälte, die Stimme des Schauspielers Jean Louis Barrault, in seinen Ohren deutlich, und Thomas verstand jetzt die Worte, diese Worte König Richards des Dritten:

«Und darum, weil ich nicht als ein Verliebter
kann kürzen diese feinberedten Tage,
bin ich gewillt, ein Bösewicht zu werden ...»

«Monsieur Lieven», forschte der Oberst, das Rotweinglas in der Hand, «wollen Sie für uns arbeiten?»

Thomas sah Mimi an, die süße, zärtliche Mimi. Er sah Oberst Siméon an, den Mann mit Lebensart. Er sah das gute Essen an.

Es gibt also keinen anderen Weg für mich, dachte Thomas Lieven. Ich habe mir ein falsches Bild von dieser Welt gemacht. Ich muß mein Leben ändern, und das gleich, wenn ich nicht untergehen will in diesem Strom des Wahnsinns!

Mimis Stimme klang an sein Ohr: «Ah, chéri, sei doch nett und komm zu uns. Wir werden ein so schönes Leben haben!»

Siméons Stimme klang an sein Ohr: «Monsieur, haben Sie sich entschieden?»

Die Stimme des Schauspielers Jean Louis Barrault dröhnte:
«... bin ich gewillt, ein Bösewicht zu werden ...»

«Ich bin gewillt», sprach Thomas Lieven sanft.

6

Zuerst die Deutsche Abwehr. Dann der «Secret Service». Jetzt das «Deuxième Bureau». Alles innerhalb von 96 Stunden. Vor vier Tagen, dachte Thomas, habe ich noch in London gelebt, ein geachteter Bürger, ein erfolgreicher Privatbankier. Wer nimmt mir so etwas ab? Wer wird mir all das glauben in meinem Club?

Thomas Lieven fuhr sich mit seiner schmalen, feingliedrigen Hand durch das kurzgeschnittene schwarze Haar und sagte: «Meine Situation scheint hoffnungslos, aber nicht ernst. Angenehm gesättigt, sitze ich auf dem Trümmerhaufen meiner bürgerlichen Existenz. Voilà, ein historischer Augenblick. Emile!» Der alte Oberkellner eilte herbei. «Wir haben Grund zu feiern. Champagner, bitte!» Zärtlich küßte Mimi ihren Freund. «Ist er nicht süß?» fragte sie den Oberst.

«Monsieur, ich verneige mich vor Ihrer Haltung», sagte Siméon. «Ich bin glücklich darüber, daß Sie sich bereit erklären, für uns zu arbeiten.»

«Ich erkläre mich nicht bereit, es bleibt mir nichts anderes übrig.»

«Das ist dasselbe.»

«Natürlich können Sie nur so lange auf mich rechnen, wie mein Prozeß läuft. Wenn ich den gewonnen habe, will ich wieder in London leben. Ist das klar?»

«Vollkommen klar, Monsieur», sagte Oberst Siméon und lächelte, als wäre er ein Hellseher und wüßte bereits, daß Thomas Lieven seinen Prozeß einen Weltkrieg später noch immer nicht gewonnen haben und daß er niemals mehr in London leben würde.
«Im übrigen», sagte Thomas, «ist mir völlig schleierhaft, auf welchem Gebiet ich für Sie von Wert sein könnte.»
«Sie sind Bankier.»
«Na und?»
Siméon zwinkerte. «Madame hat mir erzählt, wie tüchtig Sie sind!»
«Aber Mimi», sagte Thomas zu der kleinen Schauspielerin mit dem glänzenden, schwarzen Haar und den lustigen Augen, «das war sehr indiskret von dir!»
«Madame hat es für die nationale Sache getan. Sie ist eine bezaubernde Persönlichkeit.»
«Ich nehme an, Sie können das gut beurteilen, Herr Oberst!»
Darauf sprachen Mimi und Siméon gleichzeitig: «Als Offizier gebe ich Ihnen mein Ehrenwort.» – «Aber chéri, das war doch lang vor deiner Zeit.»
Dann brachen beide ab und lachten. Mimi schmiegte sich an Thomas. Sie war wirklich verliebt in diesen Mann, der so seriös wirken und dabei so unseriös sein konnte, der aussah wie der Urtyp aller britischen Gentleman-Bankiers und dabei liebenswerter und einfallsreicher war als alle Herren, die Mimi kannte. – Und sie kannte eine ganze Menge.
«Lange vor meiner Zeit», sagte Thomas Lieven. «Aha. Soso. Nun schön ... Herr Oberst, nach Ihren Worten zu schließen, darf ich mich also als Finanzberater des französischen Geheimdienstes betrachten?»
«Ganz recht, Monsieur. Man wird Ihnen besondere Aufgaben übertragen.»
«Lassen Sie mich», sagte Thomas, «bevor der Champagner kommt, rasch noch ein paar aufrichtige Worte verlieren. Trotz meiner relativen Jugend habe ich bereits gewisse Prinzipien. Sollten Sie diese unvereinbar mit meiner neuen Tätigkeit finden, dann bitte ich Sie, mich doch lieber auszuweisen.»
«Voilà, Ihre Prinzipien, Monsieur?»
«Ich weigere mich, eine Uniform zu tragen, Herr Oberst. Sie werden das vielleicht unverständlich finden, aber ich schieße nicht auf Menschen. Ich erschrecke niemanden, ich verhafte niemanden, ich quäle niemanden.»
«Aber ich bitte Sie, Monsieur, für solche Kleinigkeiten sind Sie uns doch viel zu schade!»

«Ich schädige und beraube auch niemanden – es sei denn innerhalb der erlaubten Grenzen meines Berufes. Aber auch dann nur, wenn ich mich davon überzeugt habe, daß der Betreffende es verdient.»
«Monsieur, seien Sie ohne Sorge, Sie werden Ihren Prinzipien treu bleiben können. Es ist allein ihr Gehirn, auf das wir reflektieren.»
Emile kam mit dem Champagner.
Sie tranken, dann sagte der Oberst: «Ich muß allerdings darauf bestehen, daß Sie an einem Ausbildungskurs für Geheimagenten teilnehmen. Das verlangt unsere Betriebsordnung! Es gibt da viele raffinierte Tricks, von denen Sie noch nichts wissen. Ich will sehen, daß Sie schnellstens in eines unserer Speziallager kommen.»
«Aber nicht mehr heute nacht, Jules», sagte Mimi und strich zärtlich über Thomas Lievens Hand. «Für heute nacht weiß er genug ...»

Am frühen Morgen des 30. Mai 1939 holten zwei Herren Thomas Lieven bei seiner Freundin ab. Die Herren trugen billige Konfektionsanzüge mit ausgebeulten Hosen. Es waren unterbezahlte Unteragenten.
Thomas trug einen einreihigen, schwarzgrauen Anzug mit Pepitamuster, weißes Hemd, schwarze Krawatte, schwarzen Hut, schwarze Schuhe und natürlich seine geliebte Repetieruhr. Er nahm einen kleinen Koffer mit.
Die ernsten Herren verfrachteten Thomas in einen Lastwagen. Als er ins Freie sehen wollte, stellte er fest, daß die Zeltplanen über der Ladefläche festgezurrt und dicht geschlossen waren.
Nach fünf Stunden tat ihm jeder Knochen weh. Als der Laster endlich hielt und die Herren ihn aussteigen ließen, sah Thomas sich in einer außerordentlich tristen Gegend. Ein hügeliges Gelände voller Steinbrocken war von hohen Stacheldrahtzäunen umgeben. Im Hintergrund, vor einem düsteren Wäldchen, erblickte Thomas ein verwittertes, graues Gebäude. Am Eingangstor stand ein schwerbewaffneter Soldat.
Die beiden schlechtgekleideten Herren gingen zu dem feindselig blickenden Posten hinüber und wiesen eine Unzahl von Ausweisen vor, die der Soldat ernst studierte. Indessen kam ein alter Bauer mit einem Wägelchen voll Holz des Weges.
«Hast du's noch weit, mein Alter?» fragte ihn Thomas.
«Der Teufel soll's holen. Sind noch gut drei Kilometer bis Saint Nicolas!»

«Wo ist denn das?»
«Na, da unten. Direkt vor Nancy.»
«Aha», sagte Thomas Lieven.
Seine beiden Begleiter kehrten zurück. Der eine erklärte ihm: «Sie müssen entschuldigen, daß wir Sie im Lastwagen eingeschlossen haben. Strenger Befehl. Sie hätten sonst vielleicht die Gegend erkannt. Und Sie dürfen keinesfalls wissen, wo Sie sich befinden.»
«Aha», sagte Thomas.
Das alte Gebäude war eingerichtet wie ein drittklassiges Hotel. Ziemlich popelig, dachte Thomas Lieven. Viel Geld scheinen die Herrschaften nicht zu haben. Hoffentlich gibt's keine Wanzen. In Situationen kommt man!
An dem neuen Kursus nahmen außer Thomas noch siebenundzwanzig andere Agenten teil, hauptsächlich Franzosen, aber auch zwei Österreicher, fünf Deutsche, ein Pole und ein Engländer.
Der Leiter des Kurses war ein hagerer, blasser Mann von ungesunder Gesichtsfarbe, so geheimnisvoll und bedrückt, so überheblich und unsicher wie sein deutscher Kollege Major Loos, den Thomas in Köln kennengelernt hatte.
«Meine Herren», sagte dieser Mensch zu der versammelten Agentenschar, «ich bin Jupiter. Für die Dauer des Kurses wird sich jeder von Ihnen einen falschen Namen zulegen. Sie haben eine halbe Stunde Zeit, dazu einen passenden falschen Lebenslauf zu ersinnen. Diese erfundene Identität müssen Sie von nun an unter allen Umständen verteidigen. Ich und meine Kollegen werden alles tun, um Ihnen zu beweisen, daß Sie nicht der sind, für den Sie sich ausgeben. Suchen Sie sich also eine Persönlichkeit zusammen, die Sie auch gegen unsere Angriffe verteidigen können.»
Thomas entschloß sich zu dem prosaischen Namen Adolf Meier. Er investierte niemals Phantasie in aussichtslose Unternehmen.
Am Nachmittag erhielt er einen grauen Drillichanzug. Auf der Brust war der falsche Name eingestickt. Die anderen Schüler trugen die gleiche Arbeitskleidung.
Das Essen war schlecht. Das Zimmer, das man Thomas zuwies, war scheußlich, das Bettzeug klamm. Vor dem Einschlafen ließ unser Freund immer wieder wehmütig seine geliebte Repetieruhr schlagen, schloß dazu die Augen und stellte sich vor, er läge in seinem schönen Bett in London. Um drei Uhr morgens wurde er durch wüstes Gebrüll aus dem Schlaf gerissen.
«Lieven! Lieven! Melden Sie sich endlich, Lieven.»
Schweißgebadet fuhr Thomas hoch und ächzte: «Hier!»
Im nächsten Moment bekam er zwei schallende Ohrfeigen. Vor

dem Bett stand Jupiter, grinste dämonisch und sagte: «Ich dachte, Sie heißen Meier, Herr Lieven! Wenn Ihnen das in der Praxis passiert, sind Sie ein toter Mann. Gute Nacht. Schlafen Sie gut weiter.»

Thomas schlief nicht gut weiter. Er dachte darüber nach, wie er um neuerliche Ohrfeigen herumkommen konnte. Er fand es bald heraus. In den folgenden Nächten konnte Jupiter brüllen, so wüst er wollte. Stets wurde Thomas langsam wach, kam zu sich und beharrte sodann auf seiner falschen Identität: «Was wollen Sie von mir? Ich heiße Adolf Meier!»

Jupiter zeigte sich begeistert: «Eine phantastische Selbstbeherrschung haben Sie!»

Er wußte nicht, daß Thomas jetzt nachts nur genügend Watte in den Ohren hatte ...

Die Schüler lernten mit Gift, Sprengstoff, Maschinenpistolen und Revolvern umgehen. Von zehn Schüssen, die Thomas abgab, saßen zu seiner Verblüffung acht im absoluten Zentrum der Scheibe. Er sagte benommen: «Zufall. Ich kann überhaupt nicht schießen.»

Jupiter lachte glucksend: «Können nicht schießen, Meier? Ein Naturtalent sind Sie!»

Von den nächsten zehn Schüssen saßen sogar neun im Zentrum, und Thomas meinte erschüttert: «Der Mensch ist sich selbst ein Rätsel!»

Diese Erkenntnis ließ ihn in der folgenden Nacht nicht schlafen. Er dachte: Was ist mit mir los? Ein Mann, der so wie ich aus seiner Bahn geschleudert wird, müßte doch eigentlich verzweifelt sein, saufen, mit Gott hadern, Selbstmord begehen. Also wirklich! Bin ich verzweifelt, saufe ich, verkomme ich, hadere ich, denke ich an Freitod?

Mitnichten.

Mir selber kann ich die furchtbare Wahrheit eingestehen: Das ganze Abenteuer beginnt mich zu unterhalten, macht mir Spaß, amüsiert mich. Ich bin noch jung. Ich habe keine Familie. Wer erlebt schon so etwas Verrücktes?

Französischer Geheimdienst. Das heißt, ich arbeite gegen mein Land, gegen Deutschland. Moment mal! Gegen Deutschland – oder gegen die Gestapo?

Na also.

Aber daß ich auch schießen kann ... Nicht zu fassen! Ich weiß schon, warum mich das alles eher amüsiert als erschüttert: weil ich einen so überseriösen Beruf ausgeübt habe. Da mußte ich mich dauernd verstellen. Anscheinend kommt das hier alles meinem wahren Wesen viel mehr entgegen. Pfui Teufel, habe ich einen Charakter!

Er lernte morsen. Er lernte im Geheim-Code schreiben und einen Geheim-Code dechiffrieren. Zu diesem Zweck verteilte Jupiter zerblätterte Exemplare des Romans «Der Graf von Monte Christo».

Er erklärte: «Das System ist denkbar einfach. In der Praxis tragen Sie so ein Buch bei sich. Nun erhalten Sie eine Code-Meldung. Sie nennt zuerst drei Zahlen, die immer wechseln. Die erste Zahl nennt die Seite des Romans, die Sie zu benützen haben, die zweite Zahl die Zeile auf der Seite, die dritte den Buchstaben auf der Zeile. Dieser Buchstabe ist Ihr Ausgangspunkt. Von ihm aus beginnen Sie nach den angegebenen Code-Ziffern die anderen Buchstaben auszuzählen ...»

Jupiter verteilte Zettel. Darauf standen verschlüsselte Botschaften.

Die halbe Klasse entschlüsselte sie richtig, die halbe Klasse versagte, darunter Thomas Lieven. Seine Bemühungen um den Klartext sahen so aus: «Twmxdtrrre illd m ionteff ...»

«Noch einmal», sagte Jupiter.

Sie versuchten es noch einmal mit dem gleichen 50:50-Resultat.

«Und wenn wir es die Nacht durch üben», sagte Jupiter.

Sie übten es die Nacht durch.

Im Morgengrauen kamen sie darauf, daß an die Schüler aus Versehen zwei verschiedene Auflagen des Romans verteilt worden waren, nämlich die zweite und die vierte. Die Ausgaben unterschieden sich durch einige Kürzungen in der vierten. Die Kürzungen hatten eine gelinde Seitenverschiebung mit sich gebracht ...

«So etwas», sagte Jupiter bleich, aber fanatisch, «ist natürlich in der Praxis ausgeschlossen.»

«Natürlich», sagte Thomas Lieven.

## 7

Dann veranstaltete Jupiter ein großes Fest, bei dem es sehr viel zu trinken gab. Ein glutäugiger, langwimperiger Schüler namens Hänschen Nolle – er hatte eine Haut wie Milch und Blut – betrank sich übermäßig. Am nächsten Tag wurde er vom Kursus ausgeschlossen. Mit ihm verließen der Engländer und ein Österreicher das Lager. Es hatte sich im Lauf der Nacht ergeben, daß sie nicht würdig waren, Geheimagenten zu sein ...

In der vierten Woche wurde die Klasse in einen unwirtlichen

Wald geleitet. Hier verblieben die Herren mit ihrem Lehrer acht Tage.
Sie schliefen auf dem harten Boden, waren den Unbilden der Witterung ausgesetzt und lernten, da der Proviant geplantermaßen nach drei Tagen ausging, sich von Beeren, Rinden, Blättern und eklem Getier zu ernähren. Thomas Lieven lernte es nicht, denn er hatte Ähnliches vorausgesehen und etliche Konserven in die Schule eingeschmuggelt. Am vierten Tage genoß er noch belgische Gänseleberpastete. Zu einem Zeitpunkt, da sich die anderen Schüler bereits um das Viertel einer Waldmaus prügelten, bewahrte er darum eine stoische Ruhe, die ihm das Lob Jupiters einbrachte: «Nehmen Sie sich ein Beispiel an Herrn Meier, meine Herren. Ich kann nur sagen: Voilà, un homme!»
In der sechsten Woche führte Jupiter die Klasse zu einem tiefen Abgrund. Man stand auf einem schroffen Felsen und blickte in eine fürchterliche Tiefe, deren Grund von einem gazeartigen Gewebe verdeckt wurde.
«Runterspringen!» schrie Jupiter. Schaudernd drängten die Schüler zurück – bis auf Thomas. Seine Kollegen beiseitestoßend, rannte er los, schrie Hurra und sprang in die Tiefe. Er hatte sich blitzschnell überlegt, daß der französische Staat wohl kaum viel Geld für seine körperliche und geistige Ertüchtigung ausgeben würde mit dem Endziel, ihn zum Selbstmord zu treiben. In der Tat gab es unter dem reißenden Gazestreifen denn auch mehrere elastische Gummibahnen, die seinen Sturz behutsam auffingen. Jupiter versicherte ekstatisch: «Sie sind mein bester Mann, Meier! Von Ihnen wird noch einmal die Welt sprechen!»
Womit er recht behalten sollte.
Einen einzigen Tadel seines Lehrers holte sich Thomas, und zwar, als Jupiter das Schreiben mit unsichtbaren Tinten lehrte, wozu man nicht mehr benötigt als eine Feder, Zwiebelsaft und ein rohes Ei. Da fragte Thomas wissensdurstig: «Bitte sehr, an wen wendet man sich in einem Gestapo-Gefängnis am besten, wenn man Zwiebeln, Federn und rohe Eier benötigt?»
Den Abschluß des Kurses bildete das «Große Verhör». Zu mitternächtlicher Stunde wurden die Schüler brutal aus dem Schlaf gerissen und vor ein Deutsches Abwehr-Tribunal geschleppt. Dasselbe setzte sich aus den Lehrern des Kurses unter Vorsitz von Jupiter zusammen. Die den Schülern inzwischen wohlbekannten Instruktoren saßen in deutschen Uniformen hinter einem langen Tisch. Jupiter spielte einen Oberst. Die verkleideten Lehrer brüllten die Schüler an, ließen sie in grelle Scheinwerfer blicken

und verweigerten ihnen eine Nacht lang Speise und Trank, was nicht schlimm war, denn alle hatten ein umfangreiches Abendessen hinter sich.
Mit Thomas ging Jupiter besonders streng zu Gericht. Er gab ihm ein paar Ohrfeigen, ließ ihn mit dem Gesicht zur Wand ausharren und drückte ihm einen kühlen Pistolenlauf ins Genick.
«Gestehen Sie!» schrie er ihn an. «Sie sind ein französischer Spion!»
«Ich habe nichts zu sagen», antwortete Thomas heldenhaft. Also legten sie ihm Daumenschrauben an und drehten sie zu. Sobald Thomas den ersten leichten Schmerz verspürte, äußerte er: «Aua!» Und sofort wurden die Schrauben wieder gelockert. Gegen sechs Uhr morgens verurteilten sie ihn wegen Spionage zum Tode.
Jupiter forderte ihn ein letztes Mal auf, militärische Geheimnisse zu verraten, dann würde man ihm das Leben schenken.
Thomas spie dem Vorsitzenden vor die Füße und rief: «Lieber in den Tod!»
Also führten sie ihn wunschgemäß hinaus in einen schmutzigen Hof und stellten ihn im Morgengrauen an eine kalte Mauer und erschossen ihn ohne militärische Ehren, dafür aber nur mit Platzpatronen. Dann gingen sie alle frühstücken.
Thomas Lieven – fast ist es unnötig, dies besonders zu betonen – bestand den Kursus mit Auszeichnung. Jupiter hatte Tränen in den Augen, als er ihm ein entsprechendes Dekret und einen französischen Paß auf den Namen «Jean Leblanc» überreichte. «Glück auf, Kamerad! Ich bin stolz auf Sie!»
«Sagen Sie, Jupiter, wenn Sie mich jetzt so ziehen lassen, überkommt Sie da nicht Angst, ich könnte einmal in die Hände der Deutschen fallen und alles verraten, was ich hier gelernt habe?»
Lächelnd antwortete Jupiter: «Da gäbe es wenig zu verraten, alter Freund. Die Ausbildungsmethoden der Geheimdienste in aller Welt sind einander ähnlich! Sie stehen alle auf der gleichen Höhe. Sie bedienen sich alle der letzten medizinischen, psychologischen und technischen Erkenntnisse!»

Am 16. Juli 1939 kehrte Thomas Lieven nach Paris zurück und wurde von einer Mimi in Empfang genommen, die sich betrug, als wäre sie ihm tatsächlich sechs Wochen lang treu gewesen.
Am 1. August erhielt Thomas Lieven durch Vermittlung von Oberst Siméon eine komfortable Wohnung am Square du Bois de Boulogne. Von hier konnte er mit dem Wagen in fünfzehn Minuten seine Bank auf den Champs-Elysées erreichen.

Am 20. August bat Thomas Lieven den Oberst um Verständnis dafür, daß er nach allen Anstrengungen trotz der angespannten Weltlage mit Mimi zur Erholung nach Chantilly fahren wolle, dem Zentrum des Pferdesports und Ausflugsort der Pariser.
Am 30. August verkündete Polen die Generalmobilmachung.
Am Nachmittag des nächsten Tages machten Thomas und Mimi einen Spaziergang zu den Teichen von Commelle und dem Schloß der Königin Blanche.
Als sie gegen Abend in die Stadt zurückkehrten, sahen sie die Sonne blutrot im Westen versinken. An verträumten Villen der Jahrhundertwende vorbei schritten sie, Arm in Arm, über abgetretenes Kopfsteinpflaster, zu ihrem «Hôtel du Parc» in der Avenue du Maréchal Joffre.
Als sie die Halle betraten, winkte der Portier: «Voranmeldung aus Belfort, Monsieur Lieven!»
Wenig später hörte Thomas die Stimme von Oberst Siméon: «Lieven, sind Sie endlich da?» Der Oberst sprach deutsch und sagte gleich, warum: «Ich kann nicht riskieren, daß jemand in Ihrem Hotel mich versteht. Hören Sie zu, Lieven, es geht los.»
«Krieg?»
«Ja.»
«Wann?»
«In den nächsten achtundvierzig Stunden. Sie müssen morgen mit dem ersten Zug nach Belfort kommen. Melden Sie sich im ‹Hôtel du Tonneau d'Or›. Der Portier wird Bescheid wissen. Es handelt sich ...»
In diesem Augenblick wurde die Verbindung unterbrochen.
Thomas schlug auf die Gabel. «Hallo! Hallo!»
Eine strenge Frauenstimme meldete sich. «Monsieur Lieven, Sie wurden getrennt. Sie haben in einer fremden Sprache gesprochen.»
«Ist das verboten?»
«Jawohl. Seit heute um 18 Uhr. Ferngespräche dürfen nur noch in französischer Sprache geführt werden.»
Die Stimme verstummte. Die Leitung war tot.
Als Thomas Lieven aus der Zelle trat, gab ihm der Portier einen seltsamen Blick. Es fiel Thomas nicht besonders auf. Er erinnerte sich erst wieder an den Blick, als es um fünf Uhr morgens an seinem Hotelzimmer klopfte ...
Mimi schlief, zusammengerollt wie eine kleine Katze. Er hatte es nicht über das Herz gebracht, ihr noch am Abend zu sagen, was er wußte. Draußen war es schon hell, in den alten Bäumen sangen viele Vögel.

Es pochte wieder, recht heftig diesmal. Das können doch unmöglich schon die Deutschen sein, dachte Thomas und beschloß, nicht zu reagieren.
Eine Stimme erklang: «Monsieur Lieven, öffnen Sie. Wenn Sie nicht öffnen, werden wir die Türe eintreten.»
«Wer ist da?»
«Polizei.»
Seufzend erhob sich Thomas. Mimi erwachte mit einem kleinen Schrei. «Was ist, chéri?»
«Ich nehme an, ich werde wieder mal verhaftet», sagte er. Die Vermutung erwies sich als richtig. Vor der Tür stand ein Gendarmerie-Offizier mit zwei Land-Gendarmen. «Ziehen Sie sich an und kommen Sie mit.»
«Warum?»
«Sie sind ein deutscher Spion.»
«Was bringt Sie zu dieser Annahme?»
«Sie haben gestern ein verdächtiges Telefongespräch geführt. Die Überwachung hat uns benachrichtigt. Der Portier hat Sie beobachtet. Versuchen Sie also nicht zu leugnen.»
Thomas sagte zu dem Gendarmerie-Offizier: «Schicken Sie mal Ihre Leute raus, ich muß Ihnen etwas mitteilen.»
Die Polizisten verschwanden.
Thomas zeigte den Ausweis und den Paß, die er von Jupiter erhalten hatte. Er sagte dazu: «Ich arbeite nämlich für den französischen Geheimdienst.»
«Etwas Besseres fällt Ihnen nicht ein? Noch dazu mit so lächerlich schlecht gefälschten Papieren! Los, ziehen Sie sich an!»

8

Als Thomas Lieven am späten Nachmittag des 31. August 1939 in der ehemaligen Festung Belfort an der Savoureuse eintraf, fuhr er mit einem Taxi durch die kleine Altstadt, am Place de la République und am Denkmal der «Drei Belagerungen» vorbei, sofort in «Hôtel du Tonneau d'Or». Er war korrekt gekleidet wie immer. An der Weste glänzte die goldene Kette der alten Repetieruhr.
Oberst Siméon wartete in der Hotelhalle auf ihn. Er trug nun eine Uniform und sah trotzdem noch ebenso sympathisch aus wie in Zivil.
«Mein armer Lieven, es tut mir ja so leid, was die idiotische Gendarmerie Ihnen angetan hat! Als Mimi mich endlich am Telefon erreichte, habe ich die Verantwortlichen entsprechend zu-

sammengebrüllt. Doch jetzt kommen Sie, General Effel wartet schon. Wir dürfen keine Zeit verlieren. Mein Freund, Ihre Feuertaufe steht bevor.»

Eine Viertelstunde später saß Thomas Lieven im Arbeitszimmer des Generals im Gebäude des Französischen Generalstabs.

Alle vier Wände des spartanisch eingerichteten Büros wurden verdeckt durch Generalstabskarten von Frankreich und Deutschland. Weißhaarig, groß und schlank schritt Louis Effel vor Thomas Lieven auf und ab, die Hände auf dem Rücken. Thomas hatte an einem Kartentisch Platz genommen. Siméon saß neben ihm.

Sonor ertönte des Generals Stimme: «Monsieur Lieven, Oberst Siméon hat mir über Sie berichtet. Ich weiß, daß ich einen unserer Besten vor mir habe.»

Der General blieb beim Fenster stehen und blickte hinab in das liebliche Tal zwischen den Vogesen und dem Juragebirge. «Dies ist nicht die Zeit, sich etwas vorzumachen. Herr Hitler hat also den Krieg begonnen. In wenigen Stunden geht unsere Kriegserklärung an ihn hinaus. Aber ...» Der General drehte sich um. «Frankreich, Herr Lieven, ist nicht vorbereitet auf diesen Krieg. Wir vom Geheimdienst schon überhaupt nicht ... Es handelt sich um ein Problem aus Ihrer Berufssphäre. Sprechen Sie es aus, Oberst.»

Siméon schluckte, dann sagte er: «Wir sind nämlich fast pleite, alter Freund!»

«Pleite?»

Der General nickte nachdrücklich. «Jawohl, mein Herr. Mittellos beinahe. Angewiesen auf lächerliche Zuwendungen des Kriegsministers. Unfähig, im großen zu operieren, wie das jetzt nötig wäre. Geknebelt. Aktionsunfähig.»

«Das ist aber bös», sagte Thomas Lieven, während ihn eine fürchterliche Lust zu lachen anflog. «Entschuldigen Sie, aber wenn ein Staat kein Geld hat, dann soll er sich vielleicht lieber keinen Geheimdienst leisten!»

«Unser Staat hätte genug Geld gehabt, um sich auf einen Angriff Deutschlands vorzubereiten. Leider, Monsieur, gibt es Kreise in Frankreich, die, selbstsüchtig und egoistisch, zusätzliche Steuern ablehnen und nur raffen und schieben und sich sogar in dieser Situation noch am Elend unseres Vaterlandes bereichern.» Der General richtete sich hoch auf: «Ich weiß, daß ich mich in dreizehnter Stunde an Sie wende. Ich weiß, daß ich schier Unmögliches verlange. Dennoch frage ich: Glauben Sie, daß es einen Weg gibt, uns schnellstens – schnellstens, sage ich – mit großen – gro-

ßen, sage ich – Geldbeträgen zu versorgen, damit wir arbeiten können?»
«Das muß ich mir überlegen, Herr General. Aber nicht hier.» Thomas sah die kriegerischen Karten an. «Hier fällt mir nichts Gescheites ein.» Sein Gesicht erhellte sich. «Wenn es den Herren angenehm ist, werde ich mich jetzt verabschieden und im Hotel ein kleines Abendessen vorbereiten, bei dem wir alles Weitere besprechen können.»
Louis Effel sagte entgeistert: «Sie wollen jetzt kochen gehen?»
«Wenn Sie gestatten, Herr General. In der Küche kommen mir immer die besten Gedanken.»
Das denkwürdige Mahl fand sodann am Abend des 31. August 1939 im Extrazimmer des ersten Hauses am Platz statt.
«Einmalig», sagte der General nach dem Hauptgang und wischte sich mit der Serviette über den Mund.
«Phantastisch», sagte der Oberst.
«Das Beste von allem war die Schneckensuppe. So gut habe ich sie noch nie gegessen!» sagte der General.
«Ein kleiner Tip», sagte Thomas, «nehmen Sie nur große Schnekken in grauen Häusern, Herr General! Die Häuser müssen aber geschlossen sein.»
Kellner brachten den Nachtisch. Thomas erhob sich. «Danke, das mache ich selber.» Er entzündete einen kleinen Spirituskocher und verkündete: «Es gibt Zitronenschaum-Creme und dazu eine flambierte Delikatesse.»
Einer Schale entnahm er eingemachte Kirschen, legte sie in eine kleine Kupferpfanne und erhitzte sie auf der Spiritusflamme. Sodann überschüttete er die Kirschen mit französischem Kognak und einer wasserhellen Flüssigkeit. Alle schauten gebannt zu. Oberst Siméon erhob sich halb.
«Was ist das?» fragte der General, auf die wasserhelle Flüssigkeit deutend.
«Hochprozentiger Alkohol, chemisch rein aus der Apotheke. Das brauchen wir, damit das Ganze brennt!» Mit einer geschickten Bewegung brachte Thomas die Flamme an die Kirschen heran. Zischend und sprühend schoß eine bläuliche Flamme empor, zuckte, flackerte, erlosch. Elegant verteilte unser Freund die heißen Früchte auf die Creme.
«Und nun», sagte er, «zu unserem Problem. Ich denke, es gibt eine Lösung.»
Des Generals Löffelchen klirrte. «Mein Gott, sprechen Sie!»
«Herr General, Sie beklagten am Nachmittag – wirklich gut, die

Menu · 31. August 1939

*Schneckensuppe*
*Sauerkraut mit Fasan und Austern*
*Zitronenschaum-Creme mit flambierten Kirschen*

---

## Dieses Menu warf die Geldpolitik Frankreichs um

Schneckensuppe: Reinigung der Schnecken: Man koche sie 1 Stunde in Salzwasser, ziehe sie mit einer Gabel aus dem Häuschen, nehme das schwarze Häutchen fort, bestreue sie mit einer Handvoll Salz, damit der Schleim sich löst, wasche sie drei- bis viermal durch und drücke sie gut aus, daß kein Wasser darin bleibt. – Nun nehme man etwa 40 derart gereinigte Schnecken, koche sie in Fleischbrühe weich, nehme sie heraus, hacke 2 Teile davon ganz fein, dämpfe sie in Butter, gieße so viel Fleischbrühe darüber, wie zur Suppe nötig ist, lasse sie mit etwas Muskatnuß mehrmals aufkochen, rühre mit drei Eidottern ab und richte die Suppe mit gerösteten Weißbrotschnitten und dem Rest der ganzen Schnecken an.

Sauerkraut, Fasan, Austern: Der Fasan wird wie zum Braten präpariert. Dann drücke man zwei Pfund Sauerkraut leicht aus und gebe es in eine Kasserolle. Nun kommt halb Weißwein und halb Wasser darüber, bis das Kraut bedeckt ist. Ein Stück Schweinespeck und eine geriebene Zwiebel kommen dazu. Nun muß das Kraut eine Stunde kochen; alsdann lege man den Fasan hinein und lasse ihn eine Stunde schmoren. Wenn er weich ist, nehme man ihn heraus und binde das Sauerkraut mit etwas Béchamel-Sauce. – Die Austern befreie man von den Bärten, trockne sie mit einem Tuche ab und bestreue sie einzeln mit Salz und Pfeffer, wälze sie in Mehl, paniere sie mit Ei und Semmelbrösel, backe sie in klarer Butter rasch hellbraun. – Der Fasan wird in Stücke geschnitten, in der Mitte der Platte angerichtet und mit einem Kranz Sauerkraut und einem Kranz Austern umgeben.

Zitronenschaum-Creme: Für vier Personen nehme man vier Zitronen, schneide sie in dicke Scheiben und koche sie mit Zucker auf. Dieser Extrakt wird mit etwas Mondamin gebunden und, wenn er erkaltet ist, durch ein Sieb passiert. Unter die Masse werden fünf steifgeschlagene Eiweiß gezogen und alles in Sektgläser gefüllt. – Dann nehme man eingemachte Kirschen, erhitze sie, übergieße sie mit Kirschwasser oder Kognak. Man zünde die Kirschen im Alkohol an und gebe sie nach dem Abbrennen auf die Zitronencreme.

---

Kirschen, nicht? – das Verhalten gewisser Kreise, die sich selbst am Elend Frankreichs noch bereichern wollen. Ich kann Sie beruhigen: Solche Cliquen gibt es in jedem Land. Die Herren wollen verdienen. Wie, das ist ihnen egal. Wenn etwas schiefgeht, nehmen sie ihr Geld und flüchten. Die kleinen Leute bleiben zurück.» Thomas aß einen Löffel Creme. «Vielleicht eine Spur zu sauer. Nein? Wohl eine Geschmacksfrage. Tja, meine Herren, ich denke, wir werden den französischen Geheimdienst auf Kosten dieser selbstsüchtigen, vaterlandslosen Gesellen sanieren.»

«Aber wie denn nur? Was brauchen Sie dazu?»
«Einen amerikanischen Diplomatenpaß, einen belgischen Paß und eine schnelle Reaktion des Herrn Finanzministers», sagte Thomas Lieven bescheiden. Er sagte dies am Abend des 31. August 1939.

Am 10. September 1939 wurde durch Presse und Rundfunk folgende Verordnung bekanntgegeben:

PRESIDENCE DU CONSEIL

Décret prohibant ou réglementant en temps de guerre l'exportation des capitaux, les opérations de change et le commerce de l'or ...

In der Übersetzung:
Dekret, das in Kriegszeit die Ausfuhr von Kapitalien, alle Wechsel-Transaktionen (Devisenaustausch) und den Goldhandel verbietet oder reglementiert.

Artikel 1
Die Ausfuhr von Kapitalien ist – gleich welcher Form – untersagt, mit Ausnahme der Genehmigung des Finanzministers.

Artikel 2
Alle genehmigten Devisen-Operationen müssen ausnahmslos über die Banque de France getätigt werden oder über ein anderes, durch den Finanzminister dazu berechtigtes Bank-Institut ...

Es folgten weitere Bestimmungen über Gold und Devisen, zum Schluß die Androhung drakonischer Strafen für den Fall einer Übertretung dieser Verordnung.
Unterzeichnet war das Dekret von:

Albert Lebrun, Präsident
Edouard Daladier, Ministerpräsident
Paul Marchendeau, Siegelverwahrer
Georges Bonnet, Außenminister
Albert Sarraut, Innenminister
Paul Reynaud, Finanzminister
Fernand Gentin, Minister für Handel
Raymond Patenotre, Minister für Ökonomie
Georges Mandel, Minister für die Kolonien
Jules Julien, Minister für Post und Telefon

## 9

Mit dem fahrplanmäßigen Schnellzug, der um 8 Uhr 35 Paris verließ, fuhr am 12. September 1939 ein junger amerikanischer Diplomat nach Brüssel. Er war wie ein englischer Privatbankier gekleidet und trug einen großen schwarzen Schweinslederkoffer bei sich.

Die Kontrollen an der französisch-belgischen Grenze waren sehr streng. Die Beamten auf beiden Seiten identifizierten den soignierten jungen Herrn an Hand seines Diplomatenpasses, der sich wie eine Ziehharmonika öffnen ließ, als William S. Murphy, offiziellen Kurier der amerikanischen Botschaft in Paris. Sein Gepäck wurde nicht kontrolliert.

In Brüssel angekommen, stieg der amerikanische Kurier, der in Wirklichkeit Deutscher war und Thomas Lieven hieß, im «Hôtel Royal» ab. Bei der Rezeption legte er einen belgischen Paß vor, der auf den Namen Armand Deeken lautete.

Im Laufe des nächsten Tages kaufte Deeken alias Murphy alias Lieven für drei Millionen französische Francs in Brüssel Dollars ein. Die drei Millionen holte er aus dem schwarzen Schweinslederkoffer heraus, die Dollars legte er in ihn hinein.

Die drei Millionen Francs Grundkapital stammten aus Thomas Lievens eigener kleiner Bank. Er hatte sich gezwungen gesehen, sie dem «Deuxième Bureau» vorzuschießen ...

Durch die politischen Ereignisse war der internationale Wert des Franc um zwanzig Prozent gefallen. In Frankreich versuchten Privatleute vor allem Dollars zu kaufen, in panischer Furcht vor einer weiteren Abwertung des Franc. Die Kurse für Dollars waren deshalb in wenigen Stunden zu astronomischen Höhen emporgeschnellt.

Nicht so in Brüssel. Hier konnte man Dollars zu einem wesentlich billigeren Kurs erwerben, denn die Belgier waren von der französischen Kriegsangst nicht ergriffen. Sie glaubten fest: «Wir bleiben neutral; unter gar keinen Umständen überfallen uns die Deutschen noch einmal.»

Infolge der schnellen Entschließung der französischen Regierung, die Ausfuhr von Kapitalien zu verbieten, gab es im Ausland auch keine Überschwemmung mit Francs. Und darum behielt der Franc – genau wie Thomas erwartet hatte – trotz allem einen einigermaßen festen Wert. Dieser feste Wert war sozusagen die Achse der ganzen Operation ...

Mit einem Koffer voller Dollars fuhr Thomas Lieven als William

S. Murphy nach Paris zurück. Innerhalb weniger Stunden wurden ihm die kostbaren Devisen aus den Händen gerissen, und zwar von jenen reichen Leuten, die so schnell wie möglich ihr Vaterland im Stich lassen und ihre Vermögen in Sicherheit bringen wollten. Doppelt und dreifach ließ Thomas Lieven sie für ihre schnöde Denkart zahlen.
An seiner ersten Reise hatte er für sich selber 600 000 Francs verdient. Nun fuhr William S. Murphy mit fünf Millionen Francs im Kuriergepäck nach Brüssel zurück. Der Vorgang wiederholte sich. Die Verdienstspanne stieg. Eine Woche später pendelten vier Herren mit Diplomatenpässen zwischen Paris und Brüssel sowie zwischen Paris und Zürich. Sie führten Francs aus und Dollars ein. Zwei Wochen später waren es acht Herren.
Die Oberleitung der Aktion behielt Thomas Lieven. Durch seine Verbindung sorgte er dafür, daß es in Brüssel und Zürich genügend «Nachschub» gab. Das Unternehmen brachte nun schon Gewinne von Millionen Francs.
In die tristen Augen der französischen Geheimdienst-Offiziere trat ein feuchter Hoffnungsschimmer, ein Ausdruck noch ungläubiger Dankbarkeit, als Thomas Lieven immer größere Beträge überwies. Zwischen dem 12. September 1939 und dem 10. Mai 1940, dem Tag des deutschen Überfalls auf Belgien, betrug Thomas Lievens Umsatz 80 Millionen Francs. Da er Spesen und Verdienstspanne mit insgesamt 10 Prozent berechnete und diesen Gewinn in Dollars anlegte, blieben ihm 27 730 Dollar. Pannen gab es keine, nur einen kleinen Zwischenfall ...

Am 2. Januar 1940 kehrte Thomas Lieven, zum wievielten Male wußte er selbst nicht mehr, mit dem Abendzug aus Brüssel nach Paris zurück. In Feignies, der Grenzstation, hielt der Zug länger als sonst. In leichter Unruhe wollte Thomas gerade nach dem Grund der Verzögerung forschen, als sich die Abteiltür öffnete und der Chef der französischen Grenzpolizei, ein großer Mann, den Thomas schon oft gesehen hatte, den Kopf hereinsteckte.
Er sprach sehr sachlich: «Monsieur, Sie sollten besser aussteigen, mit mir eine Flasche Wein trinken und den nächsten Zug nehmen.»
«Und warum sollte ich das wohl?»
«Dieser Zug wartet auf den amerikanischen Botschafter in Paris. Seine Exzellenz hatte in der Gegend einen leichten Autounfall, bei dem sein Wagen beschädigt wurde. Es ist das Nebenabteil für ihn reserviert worden. Er kommt in Begleitung von drei Herren aus

der Botschaft ... Sie sehen, Monsieur, Sie sollten *wirklich* lieber den nächsten Zug nehmen. Erlauben Sie, daß ich Ihren schweren Koffer trage ...»

«Woher wußten Sie?» fragte Thomas Lieven fünf Minuten später. Der große Polizist winkte ab: «Sie werden uns doch jedesmal von Oberst Siméon avisiert und besonders ans Herz gelegt!»

Thomas öffnete seine Brieftasche. «Was darf ich Ihnen anbieten?»

«Ah nein, Monsieur! Das war ein Freundschaftsdienst! Dafür verlange ich nichts! Aber vielleicht ... Wir sind hier sechzehn Mann, und in letzter Zeit gibt es kaum noch Kaffee und Zigaretten ...»

«Das nächste Mal, wenn ich nach Brüssel fahre ...»

«Moment, Monsieur, das ist nicht so einfach! Wir müssen achtgeben, daß die Bullen vom Zoll die Sachen nicht erwischen. Wenn Sie das nächste Mal kommen, aber nur, wenn Sie den Nachtschnellzug benützen, dann stellen Sie sich bitte auf die Plattform des Erstklaß-Wagens. Die vordere Plattform. Halten Sie das Paket bereit. Einer meiner Leute wird aufspringen ...»

So geschah es von nun an zwei- bis dreimal wöchentlich. In ganz Frankreich gab es keine so gut versorgte Grenzpolizeistation wie die in Feignies. «Kleine Leute, gute Leute», sagte Thomas Lieven ...

10

General Effel bot ihm einen Orden an, aber Thomas lehnte ab: «Ich bin überzeugter Zivilist, Herr General. Ich mag diese Sachen nicht.»

«Dann wünschen Sie sich etwas, Monsieur Lieven!»

«Wenn ich vielleicht eine gewisse Menge französischer Paßformulare haben könnte, Herr General. Und die entsprechenden Stempel. Es leben jetzt so viele Deutsche in Paris, die untertauchen müssen, wenn die Nazis kommen. Sie haben kein Geld, um zu fliehen. Ich möchte den armen Hunden gerne helfen.»

Einen Augenblick schwieg der General. Dann sagte er: «Auch wenn es schwerfällt, Monsieur, ich achte Ihren Wunsch und werde ihn erfüllen.»

Nun kamen viele Menschen zu Besuch in Thomas Lievens schöne Wohnung am Square du Bois de Boulogne. Er nahm kein Geld von ihnen. Sie erhielten die falschen Pässe umsonst. Voraussetzung war lediglich, daß sie von den Nazis tatsächlich Gefängnis oder Tod zu erwarten hatten.

Thomas nannte das «Konsulat spielen». Er spielte gern Konsulat,

er hatte den Reichen ein Vermögen abgenommen, nun half er den Armen ein wenig.
Im übrigen ließen sich die Deutschen Zeit. «Drôle de guerre», nannten die Franzosen diesen seltsamen Krieg.
Thomas Lieven reiste noch immer nach Brüssel und Zürich. Im März 1940 kam er einmal einen Tag früher als vorgesehen heim. Seit langem lebte Mimi nun schon bei ihm. Sie wußte immer genau die Stunde seiner Rückkehr. Diesmal hatte er vergessen, sie von seinem früheren Eintreffen zu benachrichtigen.
Ich will die Kleine überraschen, überlegte Thomas. Er überraschte sie tatsächlich – in den Armen des charmanten Oberst Jules Siméon.
«Monsieur», sagte der Oberst, mit den vielen Knöpfen seiner Uniform beschäftigt, «ich nehme alle Schuld auf mich. Ich habe Mimi verführt. Ich habe Ihr Vertrauen getäuscht, Monsieur. Das ist durch nichts zu entschuldigen. Bestimmen Sie die Art der Waffe.»
«Machen Sie, daß Sie aus meiner Wohnung kommen, und lassen Sie sich hier nie mehr sehen!»
Siméon bekam eine Gesichtsfarbe von der Intensität einer Erdbeere, biß sich auf die Lippen und ging.
Schüchtern sagte Mimi: «Du warst aber *sehr* grob!»
«Du liebst ihn, was?»
«Ich liebe euch beide. Er ist so tapfer und romantisch, und du, du bist so gescheit und lustig!»
«Ach, Mimi, was mache ich nur mit dir?» sagte Thomas niedergeschlagen und setzte sich auf den Bettrand. Es war ihm plötzlich zu Bewußtsein gekommen, daß er Mimi sehr gern hatte ...
Am 10. Mai brach die deutsche Offensive los. Die Belgier hatten sich getäuscht; sie wurden zum zweitenmal überfallen.
Die Deutschen setzten 190 Divisionen ein. Diesen standen gegenüber: 12 holländische Divisionen, 23 belgische, 10 britische, 78 französische und 1 polnische. Insgesamt 850 alliierte Flugzeuge, zum Teil alter Bauart, hatten gegenüber 4500 deutschen Maschinen zu kämpfen.
Der Zusammenbruch kam mit atemberaubender Schnelligkeit. Panik brach aus. Zehn Millionen Franzosen machten sich auf eine elende Wanderschaft.
In Paris löste Thomas Lieven in Ruhe seinen Haushalt auf. Er stellte die letzten falschen Pässe für Landsleute aus, als er schon das dumpfe Grollen der Kanonen hören konnte.
Er bündelte seine Francs, Dollars und Pfunde ordentlich, ban-

derolierte sie und verwahrte sie in einem Koffer mit doppelter Wandung. Mimi half ihm dabei. Sie sah schlecht aus in diesen Tagen. Thomas war freundlich, aber kühl. Er hatte den Oberst noch nicht verwunden.

Äußerlich gab er sich guten Mutes: «Letzten Meldungen zufolge kommen die Deutschen von Norden nach Osten. Wir werden also noch eine Kleinigkeit zu uns nehmen und dann Paris in südwestlicher Richtung verlassen. Benzin haben wir genug. Wir fahren über Le Mans. Dann hinunter nach Bordeaux und ...» Er unterbrach sich und sagte: «Du weinst?»

Mimi schluchzte: «Du nimmst mich mit?»

«Nun ja, natürlich. Ich kann dich doch nicht hier zurücklassen.»

«Aber ich habe dich doch betrogen ...»

«Mein Kind», sagte er mit Würde, «um mich zu betrügen, hättest du dich schon mit Winston Churchill abgeben müssen!»

«Ach, Thomas – du bist wundervoll! Und – und verzeihst du auch ihm?»

«Leichter als dir. Daß er dich liebt, kann ich verstehen.»

«Thomas ...» – «Ja?»

«Er ist im Garten.»

Thomas fuhr auf: «Was fällt ihm ein?»

«Er ist so verzweifelt. Er weiß nicht, was er tun soll. Er kam von einer Dienstreise; niemand von seinen Leuten ist mehr da. Jetzt ist er ganz allein, ohne Wagen, ohne Benzin ...»

«Woher weißt du das?»

«Er – er hat es mir erzählt ... Er kam vor einer Stunde ... Ich habe ihm gesagt, ich werde mit dir reden ...»

«Es ist ja nicht zu fassen», sagte Thomas. Dann begann er zu lachen, bis ihm die Tränen in die Augen traten.

## 11

Am Nachmittag des 13. Juni 1940 fuhr ein schwerer, schwarzer Chrysler in südwestlicher Richtung durch den Pariser Vorort Saint-Cloud. Er kam nur langsam voran, denn mit ihm, in gleicher Richtung, ratterten und polterten unzählige andere Fahrzeuge – Flüchtlingskolonnen aus Paris.

Am rechten Kotflügel des schwarzen Chryslers leuchtete ein Stander der Vereinigten Staaten von Amerika. Das gesamte Dach des Wagens wurde von einem mittelgroßen Sternenbanner verdeckt. Schilder glänzten auf den Stoßstangen. Darauf leuchteten, blank poliert, die Buchstaben CD.

Am Volant des Wagens saß Thomas Lieven. Mimi Chambert saß neben ihm. Im Fond, zwischen Hutschachteln und Koffern, saß Oberst Jules Siméon. Er trug jetzt wieder seinen einstmals eleganten, leicht abgestoßenen blauen Anzug, die goldenen Manschettenknöpfe und die goldene Krawattennadel. Siméon betrachtete Thomas mit einem Gemisch von Dankbarkeit, Scham und großer Verlegenheit.
Thomas versuchte, die gespannte Atmosphäre durch ermutigende Reden zu entschärfen: «Unser guter Stern wird uns beschützen.» Er sah auf den Stander am Kühler. «Besser gesagt, unsere achtundvierzig guten Sterne!»
Dumpf sagte der Oberst im Fond: «Fliehen wie ein Feigling. Hier bleiben und kämpfen müßte man!»
«Jules», sagte Mimi freundlich, «der Krieg ist doch schon längst verloren. Wenn sie dich erwischen, stellen sie dich nur an die Wand.»
«Es wäre ehrenvoller», sagte der Oberst.
«Und dümmer», sagte Thomas. «Ich bin gespannt, wie dieser ganze Wahnsinn weitergeht. Ehrlich gespannt!»
«Wenn die Deutschen Sie erwischen, kommen Sie auch an die Mauer», meinte der Oberst.
«Die Deutschen», erklärte Thomas, während er in einen wenig befahrenen Seitenweg einbog und in einen kleinen Wald hineinfuhr, «haben den Ring um Paris zu drei Vierteln geschlossen. Das offene Viertel liegt etwa zwischen Versailles und Corbeil. Es ist das Viertel, in dem wir uns befinden.»
«Und wenn auch in diesem Viertel schon Deutsche sind?»
«Vertrauen Sie mir. Auf dieser unbedeutenden Seitenstraße und in diesem Viertel gibt es keine Deutschen. Nicht einen einzigen.»
Der Wald trat zurück und gab den Blick ins flache Land hinein frei. Über die unbedeutende Seitenstraße bewegte sich eine lange Kolonne von deutschen Panzerspähwagen mit aufgemalten Balkenkreuzen auf sie zu.
Mimi schrie.
Oberst Siméon stöhnte.
Thomas Lieven sagte: «Was machen denn die hier? Die müssen sich verirrt haben ...»
«Es ist alles verloren», sagte der Oberst wachsbleich.
«Fangen Sie nicht schon wieder an, Sie machen mich ganz nervös!»
Jules Siméon erklärte erstickt: «In meiner Aktentasche befinden sich geheime Dossiers und Listen mit Namen und Adressen sämtlicher französischer Agenten.»

Thomas schnappte nach Luft. «Sie sind wohl verrückt geworden? Wozu schleppen Sie das Zeug mit sich?»
Der Oberst schrie los: «Ich habe Befehl von General Effel, diese Listen unbedingt nach Toulouse zu bringen und dort einer bestimmten Persönlichkeit zu übergeben, koste es, was es wolle!»
«Hätten Sie das nicht früher sagen können?» brüllte ihn Thomas an.
«Wenn ich es früher gesagt hätte, hätten Sie mich mitgenommen?»
Thomas mußte lachen. «Da haben Sie auch recht!»
Eine Minute später trafen sie mit der deutschen Kolonne zusammen.
«Ich habe eine Pistole», flüsterte der Oberst, «solange ich lebe, kommt niemand an die Tasche heran.»
«Die paar Minuten werden die Herren gerne warten», sagte Thomas und stellte den Motor ab.
Staubige deutsche Landser kamen neugierig näher. Aus einem Kübelwagen stieg ein schlanker, blonder Oberleutnant. Er trat an den Chrysler heran, hob eine Hand an die Mütze und sagte: «Guten Tag. Darf ich um Ihre Papiere bitten?»
Mimi saß da wie gelähmt. Sie brachte kein Wort hervor. Die Landser umringten den Chrysler nun von allen Seiten.
«It's okay», sagte Thomas Lieven hochmütig. «We are Americans, see?»
«I can see the flags», sagte der blonde Oberleutnant in bestem Englisch. «And now I want to see your papers!»
«Here you are», sagte Thomas Lieven und überreichte ein Dokument.
Oberleutnant Fritz Egmont Zumbusch zog den amerikanischen Diplomatenpaß wie eine Ziehharmonika auseinander, betrachtete stirnrunzelnd das Papier, dann den eleganten jungen Herrn, der unendlich blasiert und gelangweilt am Steuer des schweren, schwarzen Wagens saß.
Der rotblonde Zumbusch sagte: «Your name is William S. Murphy?»
«Yes», antwortete der junge Herr, gähnte, hob aber wohlerzogen eine Hand vor den Mund.
Wenn man nicht William S. Murphy, sondern Thomas Lieven heißt, wenn man als Agent des französischen Geheimdienstes auf der schwarzen Liste des deutschen Geheimdienstes steht und aparterweise gerade mitten in einer Panzerspähwagen-Kolonne der Deutschen Wehrmacht gelandet ist, wenn man zudem eine kleine

französische Freundin und einen hohen Offizier des «Deuxième Bureau» in Zivil im Wagen hat, und wenn man schließlich weiß, daß dieser Offizier in einer schwarzen Ledertasche geheime Dossiers und Listen mit Namen und Adressen sämtlicher französischer Agenten mit sich führt – tja, dann tut man auch gut daran, scheinbar unendlich blasiert und gelangweilt zu sein!
Mit gepreßter Höflichkeit reichte Oberleutnant Zumbusch den Diplomatenpaß zurück. Immerhin waren die Vereinigten Staaten an diesem glutheißen 13. Juni 1940 noch neutral. Immerhin wollte Zumbusch, einundzwanzig Kilometer vor Paris, keinen Ärger. Aber er war unglücklich verheiratet und darum gern Soldat. So sagte er pflichtbewußt: «Den Paß der Dame, bitte!»
Die schwarzhaarige, hübsche Mimi verstand zwar nicht, aber erriet, was er wollte, öffnete ein Täschchen und produzierte das Verlangte. Den Landsern, die den Wagen umdrängten, schenkte sie ein Lächeln, das augenblicklich bewunderndes Volksgemurmel erzeugte.
«My secretary», erklärte Thomas dem Oberleutnant. Das geht ja prima, dachte er. Jetzt noch Siméon, dann haben wir es überstanden. Im nächsten Augenblick ereignete sich die Katastrophe.
Oberleutnant Zumbusch steckte den Kopf durch das Wagenfenster, um Mimi ihren Paß zurückzugeben. Danach wandte er sich an Siméon, der zwischen Hutschachteln und Koffern im Fond saß, die schwarze Ledertasche auf den Knien.
Vielleicht bewegte Zumbusch sich zu schnell, als er die Hand ausstreckte. Oberst Siméon fuhr vor der Teutonenhand, die auf ihn zukam, zurück und preßte die Tasche mit dem fanatischen Gesichtsausdruck eines christlichen Märtyrers an die Brust.
«Nanu», sagte Zumbusch, «was ist denn da drin? Zeigen Sie mal her!»
«Non, non, non!» rief der Oberst.
Thomas, der vermitteln wollte, hatte plötzlich den Zumbuschschen Ellenbogen im Mund. Ein Chrysler ist nun mal kein Rummelplatz.
Mimi begann zu kreischen. Zumbusch schlug sich den Schädel am Wagendach an und begann zu fluchen. Und als Thomas sich umdrehte, traf ihn der Ganghebel an einer empfindlichen Stelle. Am Knie.
Dieser Trottel von einem Helden, dachte Thomas Lieven grimmig. Dann sah er zu seinem unsagbaren Entsetzen eine französische Armeepistole in Siméons Hand und hörte ihn keuchen: «Ände fort oder isch schießen!»

«Sie Esel!» schrie Thomas. Er kegelte sich beinahe den Arm aus, als er Siméons Hand hochschlug. Donnernd löste sich ein Schuß. Die Kugel durchschlug das Wagendach.
Thomas riß Siméon die Waffe aus der Hand und sagte französisch und grimmig: «Mit Ihnen hat man aber auch *nur* Ärger!»
Oberleutnant Zumbusch riß den Wagenschlag auf und brüllte Thomas an: «Raus!»
Verbindlich lächelnd stieg Thomas ins Freie. Der Oberleutnant hielt jetzt auch eine Pistole in der Hand. Reglos standen die Panzerjäger im Kreis, Waffen im Anschlag. Still, sehr still war es auf einmal.
Thomas schleuderte Siméons Waffe in ein Kornfeld, dann blickte er mit hochgezogenen Brauen in die Mündungen von fünfzehn Pistolen.
Jetzt hilft alles nichts mehr, dachte Thomas; ich muß an unseren nationalen Autoritätskomplex appellieren. Also holte er tief Luft und brüllte Zumbusch an: «Dieser Herr und die Dame sein unter meine Schutz! Mein Wagen trägt Fahne der United States.»
«Rauskommen oder es knallt!» rief Zumbusch den zivilen Oberst Siméon an, der bleich im Fond saß.
«Sie bleiben drin!» schrie Thomas. Es fiel ihm nichts Besseres ein: «Dieser Wagen sein exterritorial! Wer in diese Wagen sitzt, sitzt auf die Boden von Amerika!»
«Das ist mir schnuppe ...»
«Okay, okay, Sie wollen also provozieren eine internationale Zwischenfall! Wegen eine solche Zwischenfall sind wir eingetreten in die erste Weltkrieg!»
«Ich provoziere überhaupt nichts! Ich tue nur meine Pflicht! Der Mann kann ein französischer Agent sein!»
«Glauben Sie, er würde benehmen sich dann so verrückt?»
«Die Tasche, los, ich will wissen, was in dieser Tasche ist!»
«Das sein Diplomatengepäck, international geschützt! Ich werde beschweren mich bei Ihre Vorgesetzten!»
«Das können Sie gleich tun!»
«Was soll das heißen?»
«Sie kommen mit!»
«Wohin?»
«Zu unserem Korps-Gefechtsstand. Daß hier etwas faul ist, das sieht doch ein Blinder! Setzen Sie sich ans Steuer. Drehen Sie den Wagen um. Beim ersten Fluchtversuch wird geschossen. Und nicht auf die Reifen», sagte Oberleutnant Zumbusch. Er sagte es sehr leise.

*2. Kapitel*

1

Während er melancholisch seufzte, blickte Thomas Lieven sich in dem rot-weiß-golden dekorierten Schlafzimmer um. Das Schlafzimmer gehörte zum Appartement 107. Das Appartement 107 war eines der vier luxuriösesten des Hotels «Georges V». Das Hotel «Georges V» war eines der vier luxuriösesten von Paris. Auf seinem Dach wehte seit Stunden die Reichskriegsflagge mit dem Hakenkreuz. An seinem Portal rasselten seit Stunden schwere Panzer vorbei. In seinem Hof stand ein schwarzer Chrysler. Und im Schlafzimmer des Appartements 107 saßen Thomas Lieven, Mimi Chambert und Oberst Jules Siméon.

Sie hatten vierundzwanzig völlig irrsinnige Stunden hinter sich. Einen Panzerspähwagen vor, einen Panzerspähwagen hinter ihrem schwarzen Chrysler, waren sie dem Korps-Gefechtsstand nachgejagt. Über Funk hatte der rotblonde Oberleutnant Zumbusch seinen General zu erreichen versucht. Aber der deutsche Vormarsch ging so schnell vor sich, daß es anscheinend überhaupt kein festes Hauptquartier mehr gab. Erst seit Paris kampflos besetzt worden war, schien auch der General zur Ruhe gekommen zu sein: im Hotel «Georges V».

Auf dem Gang trampelten schwere Landserstiefel vorbei. In der Hotelhalle lagen Kisten, Maschinenpistolen und Telefonkabel herum. Leitungen wurden gelegt. Es herrschte gewaltiger Wirrwarr.

Vor einer Viertelstunde hatte Oberleutnant Zumbusch seine drei Gefangenen in das Schlafzimmer des Appartements 107 geführt. Danach war er verschwunden. Ohne Zweifel erstattete er seinem General Bericht. Die schwarze Ledertasche lag nun auf Thomas Lievens Knien; er hatte sie an sich genommen, als er den Wagen abschloß. Er fand, daß sie bei ihm immer noch besser aufgehoben war.

Durch die hohe, kunstvoll verzierte Tür zum Salon erklang plötzlich zorniges Gebrüll. Die Tür flog auf. Ein baumlanger Offizier stand in ihrem Rahmen und sagte: «Herr General von Felseneck läßt bitten, Mr. Murphy.»

Noch gelte ich also als amerikanischer Diplomat, dachte Thomas Lieven. Wohlan denn ...

Langsam erhob er sich, die Ledertasche unter dem Arm. An dem Adjutanten vorbei schritt er mit würdiger Miene in den Salon.

Menu ·15. Juni 1940

*Eintopf auf verschiedene Art*

---

## Beim Eintopf «eroberte» Thomas Lieven einen deutschen General

Kartoffel-Gulasch: Man nehme Fett und Zwiebeln, die man glasig dünsten lasse; dabei müssen sie gut gesalzen und mit Paprika gewürzt werden. Alsdann schneide man kleingewürfeltes Rindfleisch hinein. Kurz bevor das Fleisch weich wird, schneide man kleingewürfelte Kartoffeln dazu. Man beachte: Es müssen ebensoviel Pfund Zwiebeln sein wie Fleisch! Außerdem gebe man ganz zum Schluß Majoran und kleingehackte süß-saure Gurken in den Topf.

Risi-Bisi: Fertig gekochter Reis wird mit grünen Erbsen (entweder aus Konserve oder frische – dann separat bereits vorgekocht) vermengt. Unter kurzem Umrühren werden nun bei kleiner Flamme Butter oder Fett dazugetan und entweder Fleisch- oder Bratenreste oder Frankfurter Würstchen – natürlich kleingeschnitten – hineingemengt. Nach Belieben würzen, am besten mit Curry, und bei Tisch mit etwas Parmesankäse bestreuen.

Irish-Stew: Unter diesem Namen gibt es verschiedene Rezepte, Hammelfleisch und Weißkohl zu einem feinen Eintopf zu bereiten. Eine der besten Arten ist das mecklenburgische Rezept: Das Hammelfleisch wird in viereckige Stückchen gehauen, gesalzen und 1 bis 1½ Stunden gekocht. Darauf werden die Kohlköpfe von den äußeren Blättern und dem Stengel befreit, in vier Teile geschnitten, ¼ Stunde in kochendem Wasser abgekocht und dann stark in einem Tuch ausgedrückt. Dann belege man einen großen Topf mit dünnen Speckscheiben, gebe darauf eine Lage Weißkohl, die runde Seite muß immer nach oben zeigen, darauf einige Stückchen Fleisch, feingeschnittene Zwiebeln, Kerbel, Salz und Pfeffer sowie ein wenig Nelken. Dann kommt immer wieder abwechselnd eine Lage Kohl, eine Lage Fleisch mit obigen Gewürzen. Die Schlußlage oben im Topf muß Kohl sein. Anschließend fülle man die vom Bodensatz abgegossene Hammel-Fleischbrühe hinzu und lasse das Ganze etwa eine Stunde einkochen. Beim Anrichten wird das Gericht auf eine Schüssel gestürzt.

---

General Erich von Felseneck war ein untersetzter Mann mit kurzgeschnittenem, eisgrauem Haar und goldgefaßter Brille.
Thomas sah einen kleinen Tisch, auf welchem vor Besteck und Geschirr des Hotels zwei Blechgefäße standen. Der General war offensichtlich bei einer hastigen Mahlzeit gestört worden. Diesen Umstand nahm Thomas zum Vorwand, internationale Höflichkeit zu beweisen: «General, ich bedauere tief, zu stören Ihre Essen.»
«An mir ist es», sagte General von Felseneck, Thomas die Hand schüttelnd, «eine Entschuldigung auszusprechen, Mr. Murphy.»
Thomas fühlte sich plötzlich schwindlig, als der General ihm jetzt den falschen Diplomatenpaß und die falschen Pässe Mimis und

Siméons zurückgab. «Ihre Papiere sind in Ordnung. Verzeihen Sie die Aktion des Oberleutnants. Er wurde durch das Verhalten Ihres Reisegefährten begreiflicherweise mißtrauisch. Aber er hat ohne Zweifel seine Befugnisse überschritten.»

«General, so etwas kann vorkommen ...», murmelte Thomas.

«So etwas *hat* nicht vorzukommen, Mr. Murphy! Die deutsche Wehrmacht ist korrekt. Wir respektieren diplomatische Gepflogenheiten. Wir sind keine Raubritter!»

«Certainly not ...»

«Mr. Murphy, ich bin ganz ehrlich. Hatte erst vorige Woche furchtbaren Ärger. Wäre fast bis zum Führer gegangen. Haben da doch ein paar Übereifrige bei Amiens zwei Herren von der schwedischen Militärmission festgenommen und durchsucht. Gräßlicher Krach! Mußte mich persönlich entschuldigen. War mir vielleicht eine Warnung. So was passiert mir nicht zum zweitenmal. Haben Sie schon gegessen, Mr. Murphy?»

«N-nein ...»

«Darf ich Sie vor Ihrer Abfahrt einladen? Schlichte Kriegerkost. Die Hotelküche funktioniert noch nicht. Und bei ‹Prunier› wird heute wohl noch geschlossen sein, hahaha!»

«Hahaha!»

«Also dann – kleiner Schlag aus deutscher Gulaschkanone?»

«Wenn ich nicht störe?»

«Ist mir doch eine Freude! Kogge, noch ein Gedeck! Den Herrschaften drüben lassen Sie auch was bringen ...»

«Jawohl, Herr General!»

Fünf Minuten später ...

«Bißchen eintönig, der Fraß, was Mr. Murphy?»

«Oh no, entsprechend die Umstände es schmecken delikat ...», sagte Thomas Lieven, der allmählich seine Fassung wiederfand.

«Ich weiß nicht, was das ist; die Kerle können keinen Eintopf machen!» ärgerte sich der General.

«General», sagte Thomas Lieven sanft, «ich möchte mich gerne revanchieren für Ihre Freundlichkeit und Ihnen geben eine kleine Tip ...»

«Donnerwetter, Mr. Murphy, Sie sprechen phantastisch Deutsch!»

Das ist ein lebensgefährliches Kompliment, dachte Thomas und ließ rapide in seinen Sprachkenntnissen nach: «Thank you, General. Meine Kinderfräulein sein gewesen eine mecklenburgische Amme. Ihre speciality waren mecklenburgische Eintöpfe ...»

«Interessant, was, Kogge?» sagte der General zu seinem Adjutanten.

«Jawohl, Herr General!»
«Sehr zu Unrecht», dozierte Thomas Lieven und gab sorgsam auf amerikanischen Akzent acht, «sein die Eintopf geraten in Verruf. Gerne will ich erklären, wie man herstellt eine original mecklenburgische Eintopf. Aber auch Kartoffelgulasch läßt sich machen als Delikatesse!» Thomas senkte die Stimme: «Zuvor eine Frage, die mich bewegt schon seit langer Zeit. Herr General, stimmt es, daß man beimengt der deutschen Soldatenkost – hm – *Soda*?»
«Das ist ein Gerücht, das sich hartnäckig behauptet. Ich kann dazu nichts sagen, ich weiß es nicht. Immerhin sind die Leute oft monatelang unterwegs, fern ihren Frauen, fern ... Ich brauche nicht weiterzusprechen.»
«Keinesfalls, Herr General! Wie dem auch immer sei: Auf jeden Fall werden helfen Zwiebeln.»
«Zwiebeln?»
«Das A und O beim Kartoffelgulasch, Herr General: Zwiebeln! In Frankreich, weiß Gott, es gibt genug davon! Der Trick ist ganz einfach: Man nehme ebensoviel Pfund Zwiebeln wie Rindfleisch, Majoran, kleingehackte, süß-saure Gurken und ...»
«Einen Moment bitte, Mr. Murphy! Kogge, schreiben Sie mit, ich will das dem Generalquartiermeister zukommen lassen!»
«Jawohl, Herr General!»
«Also», sagte Thomas Lieven, «man lasse glasig dünsten in Fett Zwiebeln, salze gut und würze mit Paprika ...» Er diktierte, bis es klopfte und eine Ordonnanz erschien. Geflüster zwischen der Ordonnanz und dem General – dann verschwanden beide.
Thomas diktierte sein Eintopfrezept weiter.
Nach zwei Minuten kehrte der General zurück.
Er sprach leise und eisig: «Ich habe den Oberleutnant Zumbusch vorhin angerüffelt. Das ließ ihm keine Ruhe. Er hat mit der amerikanischen Botschaft telefoniert. Ein gewisser Mr. Murphy ist dort völlig unbekannt. Haben Sie dafür eine Erklärung, Mr. Murphy?»

2

Vor dem Hotel rollten noch immer schwere Panzer und Militärfahrzeuge vorbei. Das Rasseln ihrer Ketten und das Brummen ihrer Motoren klang überlaut in Thomas Lievens Ohren.
Es geschah in einer Reflexbewegung, daß er seine Repetieruhr zog und das Schlagwerk tönen ließ: zwölf Schläge und zwei. Reglos verharrte der General. Thomas überlegte in wahnsinniger

Schnelligkeit, während die silbernen Schläge tönten. Es hilft nichts, dachte er, ich muß das Äußerste riskieren ...
«Nun gut. Es bleibt mir nichts anderes übrig. Obwohl ich damit gegen strengsten Befehl handle ... Ich bitte Herrn General um eine Unterredung unter vier Augen.» Er sprach jetzt akzentfreies Deutsch.
«Hören Sie mal, Mr. Murphy, oder wie Sie heißen, ich warne Sie! So ein Standgericht tritt schnell zusammen.»
«Fünf Minuten unter vier Augen, Herr General!» Thomas Lieven bemühte sich, bedeutungsvoll auszusehen.
Der General überlegte lange. Dann entließ er seinen Adjutanten mit einer Kopfbewegung.
Kaum hatte dieser den Salon verlassen, legte Thomas los wie ein Maschinengewehr: «Herr General, ich mache Sie hiermit zum Geheimnisträger. Wenn ich gegangen bin, werden Sie augenblicklich vergessen, daß Sie mir je begegnet sind ...»
«Haben Sie den Verstand verloren?»
«... ich eröffne Ihnen eine ‹Geheime Führungssache›. Sie geben mir Ihr Wort als Offizier, daß kein Wort darüber Ihren Mund verläßt ...»
«Eine solche Unverschämtheit ist mir ja noch nie ...»
«... Ich hatte strikten Befehl von Admiral Canaris ...»
«Ca-Canaris?»
«... Canaris persönlich, unbedingt auf meiner Identität als amerikanischer Diplomat zu beharren. Die Umstände zwingen mich nun dazu, Ihnen die Wahrheit zu sagen. Bitte sehr.» Mit einer weiten Bewegung knöpfte Thomas Lieven seine Weste auf und entnahm einer Innentasche einen Ausweis. «Lesen Sie, Herr General!»
Felseneck las.
Das Dokument, das er in der Hand hielt, war ein echter Ausweis der deutschen Abwehr, ausgestellt von einem gewissen Major Fritz Loos, Abwehroffizier beim Wehrbezirkskommando Köln. Thomas hatte den Ausweis aufbewahrt in der Überzeugung, daß er ihn noch einmal brauchen würde ...
Der General sagte entgeistert: «Sie ... Sie sind bei der Abwehr?»
«Wie Sie sehen!» Thomas war jetzt in Fahrt. «Wenn Herr General Zweifel an meinen Worten hegen, ersuche ich, augenblicklich ein Führungs-Blitzgespräch nach Köln anzumelden!» – Wenn er telefoniert, bin ich erledigt. Wenn er nicht telefoniert, bin ich gerettet – ging ihm durch den Kopf.
«Aber Sie müssen doch verstehen ...»
Es scheint, ich bin gerettet, dachte Thomas und schrie: «Wissen

Sie, wer die beiden Leute sind, die da nebenan warten? Wichtigste französische Geheimnisträger! Bereit, für uns zu arbeiten!» Er schlug auf die schwarze Tasche. «Hierin befinden sich Dossiers und Listen mit den Namen aller Angehörigen des ‹Deuxième Bureau›. Verstehen Sie jetzt vielleicht, was auf dem Spiel steht?»
General von Felseneck war erschüttert. Nervös trommelte er auf die Tischplatte. Thomas Lieven dachte: Dossiers, Listen, Namen von Agenten. Wenn meine Landsleute, die Deutschen, diese Listen bekommen, dann werden sie die französischen Agenten töten. Blut, viel Blut wird fließen. Aber wenn sie sie *nicht* bekommen? Dann werden diese französischen Agenten alles tun, um Deutsche umzubringen. Mir gefällt weder das eine noch das andere. Ich hasse Gewalt und Krieg. Also muß ich mir sehr genau überlegen, was mit dieser schwarzen Tasche geschehen soll. *Später* werde ich mir das überlegen. Jetzt muß ich erst einmal raus hier ...
Der General stotterte: «Trotzdem – trotzdem verstehe ich das nicht. Wenn die Leute für uns arbeiten wollen, warum dann diese Geheimnistuerei?»
«Herr General, begreifen Sie denn *wirklich* nicht? Die französische Abwehr jagt hinter uns her! Jede Minute kann ein Anschlag erfolgen! Darum hatte der Admiral die Idee, die beiden Herrschaften unter dem diplomatischen Schutz einer neutralen Macht zu transportieren und in einem Schloß vor Bordeaux zu verstecken, bis ein Waffenstillstand geschlossen ist!» Thomas lachte bitter auf. «Wir haben leider die Möglichkeit nicht einkalkuliert, daß ein pflichtbewußter deutscher Oberleutnant uns einen Strich durch die Rechnung machen könnte!» Er nickte ernst. «Zeit ist verlorengegangen, kostbarste Zeit! Herr General, wenn die beiden Leute den Franzosen in die Hände fallen, dann sind die Folgen – die *internationalen* Folgen – unabsehbar ... Und nun melden Sie schon endlich Köln an!»
«Aber ich *glaube* Ihnen doch!»
«Sie glauben mir? Wie gütig! Dann gestatten Sie wenigstens, daß *ich* Köln anrufe und diese Panne melde!»
«Hören Sie, ich hatte gerade solchen Ärger. Muß das denn sein?»
«Was heißt: muß das sein? Wie soll das weitergehen? Wenn ich mich jetzt endlich entfernen darf, dann riskiere ich doch, daß wir an der nächsten Straßenecke von einem Ihrer übereifrigen Herren wieder verhaftet werden!»
Der General stöhnte: «Ich gebe Ihnen einen Passierschein ... Sie werden nicht mehr angehalten werden – nie mehr ...»
«Na schön», sagte Thomas. «Noch eines, Herr General: Machen

Sie dem Oberleutnant Zumbusch keine Vorwürfe mehr. Er hat nur seine Pflicht getan. Stellen Sie sich vor, ich wäre ein französischer Agent, und er hätte mich passieren lassen ...»

3

Als der schwarze Chrysler mit dem Sternenbanner über dem Dach aus dem Hof des Hotels «Georges V» glitt, salutierten zwei deutsche Posten. Thomas Lieven, alias William S. Murphy, legte eine Hand an den Homburg und erwiderte ihre Aufmerksamkeit höflich.
Danach war Thomas weniger höflich. Er hielt Jules Siméon eine gewaltige Standpauke. Dieser nahm sie widerspruchslos hin.
Nach einer Unterbrechung von fast 46 Stunden erreichten sie wieder ihre geplante Fluchtstrecke. Thomas fragte: «Wer soll eigentlich die schwarze Tasche bekommen?»
«Major Débras.»
«Wer ist das?»
«Der zweitwichtigste Mann im ‹Deuxième Bureau›. Er wird die Papiere nach England oder Afrika bringen.»
Und dann, dachte Thomas besorgt, und dann? Ach, wäre die Welt schön, wenn es keine Geheimdienste gäbe!
«Der Major sitzt in Toulouse?»
«Ich habe keine Ahnung, wo er sich jetzt aufhält», antwortete der Oberst. «Es ist unbestimmt, wann er eintrifft – und wie. Ich habe Befehl, unseren Briefkasten in Toulouse aufzusuchen.»
«Was für einen Briefkasten?» fragte Mimi.
«Briefkasten nennt man einen Menschen, der Nachrichten empfängt oder weitergibt.»
«Aha.»
«Der Mann ist absolut zuverlässig. Gérard Perrier heißt er, ein Garagenbesitzer ...»
Auf den mit Flüchtlingen und Truppen verstopften Straßen waren sie viele Tage unterwegs. Der Passierschein, den Thomas von General von Felseneck erhalten hatte, wirkte Wunder. Die deutschen Kontrollen bewiesen exemplarische Höflichkeit! Zuletzt fuhr Thomas sogar mit Wehrmachtsbenzin. Ein Hauptmann in Tours hatte ihm fünf Kanister zur Verfügung gestellt.
Vor Toulouse hielt Thomas an und nahm an seinem Wagen gewisse Veränderungen vor: Er schraubte die CD-Schilder ab und entfernte den amerikanischen Stander und die Fahne auf dem Dach. Diese Utensilien verwahrte er für eventuellen späteren

Gebrauch im Kofferraum, aus dem er zwei französische Kennzeichentafeln holte.
«Ich bitte euch, daran zu denken, daß ich von jetzt an nicht mehr Murphy, sondern Jean Leblanc heiße», sagte er zu Mimi und Siméon. Auf diesen Namen war der falsche Paß ausgestellt, den ihm sein Lehrer Jupiter in der Spionenschule bei Nancy gegeben hatte ...
Toulouse war eine Stadt von 250 000 Einwohnern – im Frieden. Nun hausten über eine Million Menschen in ihr. Die Stadt glich einem einzigen hektisch-tragischen Rummelplatz. Riesige Gruppen von Flüchtlingen kampierten im Freien, unter den alten Bäumen der Plätze an der Rue des Changes und in Saint-Sernin. Thomas sah Autos mit Kennzeichen aus ganz Frankreich – und aus halb Europa. Er erblickte einen städtischen Autobus der Pariser Verkehrsbetriebe, der als Fahrtziel noch immer «Arc de Triomphe» angab, und einen Lieferwagen mit der Aufschrift: «Sodawasser- und Kracherlfabrik Alois Schildhammer & Söhne, Wien XIX, Krottenbachstraße 32.»
Während der Oberst seinen «Briefkasten» aufsuchte, bemühten sich Mimi und Thomas, Zimmer aufzutreiben.
Sie versuchten es in Hotels, Pensionen und Fremdenheimen. Sie versuchten es überall. Es gab kein einziges freies Zimmer in Toulouse. In den Hotels lebten Familien in Hallen, Speisesälen, Bars und Waschräumen. Die Zimmer waren zwei- und dreifach überbelegt.
Mit schmerzenden Füßen trafen Mimi und Thomas nach Stunden wieder am Standplatz ihres Wagens ein. Der Oberst saß auf dem Trittbrett des Chrysler. Er sah verstört aus. Die schwarze Tasche hielt er unter dem Arm.
«Was ist passiert?» fragte Thomas. «Haben Sie die Garage nicht gefunden?»
«Doch», sagte Siméon müde. «Aber Monsieur Perrier nicht mehr. Der Mann ist tot. Es lebt nur noch eine Halbschwester von ihm, Jeanne Perrier. Sie wohnt in der Rue des Bergères 16.»
«Fahren wir hin», sagte Thomas. «Vielleicht hat sich Major Débras bei ihr gemeldet.»
Die Rue des Bergères lag in der Altstadt, die sich mit ihren engen Kopfsteinstraßen und -gassen und malerischen Häusern seit dem 18. Jahrhundert kaum verändert hatte. Kinder kreischten, Radios spielten, und über die Straßen waren Stricke gespannt, von denen bunte Wäsche flatterte.
In der Rue des Bergères mit ihren Bistros, winzigen Restaurants

und kleinen Bars gab es sehr viele hübsche Mädchen. Sie waren ein wenig zu grell geschminkt und ein wenig zu offenherzig angezogen, und sie trippelten hin und her, als ob sie auf etwas Bestimmtes warten würden.
Das Haus Nummer 16 erwies sich als kleines, altmodisches Hotel mit einem verwitterten Restaurant zur ebenen Erde. Über dem Eingang hing eine Messingtafel in Form einer weiblichen Silhouette, und darauf stand:

CHEZ JEANNE

In einer engen, dunklen Loge fanden sie einen Portier mit brillantinefunkelndem Haar. Eine steile Treppe führte in den ersten Stock des Hotels empor. Der Portier sagte, Madame würde sogleich erscheinen. Wenn die Herrschaften vielleicht inzwischen im Salon Platz nehmen wollten ...
Im Salon gab es Kronleuchter, Plüsch und Pleureusen, Topfpflanzen, die verstaubt aussahen, ein Grammophon und einen großen Spiegel, der eine ganze Wand bedeckte. Es roch nach Parfüm und Puder und kaltem Zigarettenrauch.
Ein wenig beklommen sagte Mimi: «O Gott, glaubst du, das ist hier ein ...»
«Mhm», sagte Thomas.
Puritanisch gequält sagte der Oberst: «Wir gehen ja gleich wieder!»
Eine hübsche Frau von fünfunddreißig Jahren kam herein. Sie trug kurzgeschnittenes, löwenfarbenes Haar und war raffiniert geschminkt. Sie sah energisch aus, eine Frau, die das Leben kannte und die es – per saldo – sehr komisch fand. Die Dame hatte Formen, welche sofort das Interesse Thomas Lievens fanden.
Die Stimme der Dame klang ein wenig heiser: «Willkommen, die Herrschaften. Oh, zu dritt! Reizend. Ich bin Jeanne Perrier. Darf ich Ihnen ein paar von meinen kleinen Freundinnen vorstellen?»
Sie klatschte in die Hände.
Eine rotseidene Tapetentür öffnete sich, und drei junge Mädchen kamen herein, unter ihnen eine Mulattin. Sie waren alle drei hübsch und alle drei nackt. Lächelnd marschierten sie zu dem großen Spiegel und drehten sich im Kreise. Die interessante Dame mit dem löwenfarbenen Haar sprach indessen: «Darf ich bekannt machen? Von links nach rechts: Sonja, Bébé, Jeanette ...»
«Madame», unterbrach der Oberst schwach.
«... Jeanette kommt aus Sansibar, sie hat ...»

«Madame», unterbrach der Oberst stärker.
«Monsieur?»
«Hier herrscht ein Mißverständnis. Wir wollen Sie allein sprechen, Madame!» Der Oberst stand auf, trat zu Jeanne Perrier und fragte leise: «Was sagte die Ameise zur Grille?»
Jeanne Perriers Augen verengten sich, als sie leise antwortete: «Tanze nur, tanze, im Winter wirst du bitterlichen Hunger leiden.» Danach klatschte sie wieder in die Hände und sagte zu den Hübschen: «Ihr könnt gehen!» Die drei verschwanden kichernd.
«Sie müssen entschuldigen, ich hatte keine Ahnung ...» Jeanne lachte und sah Thomas an. Er schien ihr zu gefallen. Mimi hatte plötzlich eine ärgerliche Falte auf der Stirn. Jeanne sagte: «Zwei Tage vor seinem Tod weihte mein Bruder mich ein. Er nannte mir auch die Erkennungssätze.» Sie wandte sich an Siméon. «Sie sind also der Herr, der die Tasche bringt. Aber der Herr, der die Tasche holen soll, hat noch nichts von sich hören lassen.»
«Dann muß ich auf ihn warten. Es kann noch eine Weile dauern, bis er kommt. Seine Situation ist sehr gefährlich.»
Thomas dachte: Und sie wird noch gefährlicher werden, wenn der Herr auftaucht. Denn er soll die schwarze Tasche nicht bekommen. Siméon hat sie jetzt. Er wird sie nicht behalten. Ich werde dafür sorgen. Ich werde verhindern, daß neues Unheil geschieht, daß noch mehr Blut fließt ... Ihr hättet mich in Ruhe lassen sollen, ihr alle! Nun ist es zu spät, nun spiele ich mit – aber auf meine Weise!
Er sagte zu Jeanne: «Madame, Sie wissen, Toulouse ist überfüllt. Könnten Sie uns nicht zwei Zimmer vermieten?»
«Hier?» Mimi fuhr auf.
«Mein Kind, es ist die einzige Möglichkeit, die ich sehen kann ...»
Thomas schenkte Jeanne ein werbendes Lächeln: «Bitte, Madame!»
«Ich vermiete meine Zimmer eigentlich nur stundenweise ...»
«Madame, erlauben Sie, daß ich Ihrem Herzen einen ganz zarten patriotischen Stoß versetze?» erkundigte sich Thomas.
Jeanne seufzte verträumt. «Ein charmanter Mieter – also gut.»

## 4

Der Major Débras ließ auf sich warten. Eine Woche verstrich, eine zweite – er tauchte nicht auf. Wie schön, dachte Thomas, alias Jean, wenn er überhaupt nie mehr auftauchen würde!
Er begann, sich im «Chez Jeanne» häuslich einzurichten. Wann immer es seine Zeit erlaubte, ging er der appetitlichen Hotelbesitzerin mit dem löwenfarbenen Haar zur Hand.

«Mein Koch ist mir davongelaufen, Jean», klagte Jeanne ihrem deutschstämmigen Mieter, den sie für einen waschechten Pariser hielt und schon am zweiten Tag seiner Anwesenheit mit seinem hübschen Vornamen ansprach. «Und die Lebensmittel werden immer knapper. Was glauben Sie, was ich verdienen könnte, wenn das Restaurant funktionieren würde ...»
«Jeanne», antwortete Thomas, der seine Gastgeberin schon am zweiten Tag mit ihrem hübschen Vornamen ansprach, «ein Vorschlag zur Güte: Ich koche, ich organisiere die Lebensmittel. Und den Verdienst teilen wir halbe-halbe. Einverstanden?»
«Sind Sie immer so stürmisch?»
«Stört Sie das?»
«Im Gegenteil, Jean, im Gegenteil! Ich brenne darauf, noch andere Ihrer verborgenen Talente kennenzulernen ...»
Bei dem Versuch, Jeannes Speiselokal wieder in Schwung zu bringen, bewies Oberst Siméon übrigens doch noch seine Eignung für den Geheimdienst. Nach einer Abwesenheit von zwei Tagen berichtete er Thomas und Mimi stolz: «Die beiden Mechaniker wollten mir nichts sagen, aber ich habe in der Garage herumgestöbert und dabei alle möglichen Hinweise gefunden. Einen Schlüssel. Eine Landkarte. Aufzeichnungen. Voilà! Der alte Perrier hat sich ein Benzinlager angelegt!»
«Donnerwetter! Wo?»
«Im Wald vor Villefranche-de-Laragais. Fünfzig Kilometer von hier. In einem Erdbunker. Mindestens hundert Kanister. Ich komme gerade von dort.»
Mimi sprang auf und gab Siméon einen langen, ostentativen Kuß ...
Jetzt bekomme ich mein Fett für Jeanne, dachte Thomas und sagte anerkennend: «Ich gratuliere, Herr Oberst!»
«Ach», antwortete Siméon, als er wieder sprechen konnte, bescheiden und liebenswert, «wissen Sie, mein Freund, ich bin ja so froh, daß ich endlich etwas Vernünftiges fertiggebracht habe!» – Wollte Gott, alle Geheimagenten wären so einsichtig, dachte Thomas.
Also holten sie das Benzin aus dem Wald. Thomas stellte den schwarzen Chrysler in der Garage unter und kaufte für ein paar seiner 27 730 Dollars einen kleinen Peugeot. Der verbrauchte weniger Treibstoff.
Bald war Thomas auf den holprigen Landstraßen um Toulouse eine bekannte Erscheinung. Alle Bauern grüßten ihn, grinsten und hielten den Mund. Zum einen zahlte Thomas immer gute Preise, zum andern verschaffte er Mangelware aus der Stadt ...

Thomas briet, buk und kochte, daß es eine Lust war. Jeanne assistierte ihm dabei. In der Küche war es heiß. Bekleidungsmäßig schützte Jeanne sich vor der Hitze so radikal es eben noch anging. Es war eine glückliche Partnerschaft: Sie bewunderte ihn, er bewunderte sie. Mimi machte lange Spaziergänge mit Siméon.

Das Restaurant war nun täglich bis zum letzten Platz besetzt. Es kamen fast nur männliche Gäste, Flüchtlinge aus all den Ländern, mit denen Hitler sich bislang beschäftigt hatte. So war Thomas Lievens Küche sehr abwechslungsreich. Die Flüchtlinge zeigten sich entzückt. Nicht zuletzt über die wirklich humanen Preise.

Noch entzückter waren die Mädchen des Hauses. Der junge, charmante Koch riß sie alle hin mit seiner Eleganz und Frechheit, seiner Liebenswürdigkeit und Klugheit. Stets fühlten sie sich von ihm als Damen behandelt, denn er trat keiner zu nahe.

Bald schon amtierte Thomas denn als Beichtvater, Geldverleiher, Ratgeber in juristischen und medizinischen Fragen und als nimmermüder Zuhörer, wenn sich ihm die innersten Kammern weiblicher Herzen öffneten.

Jeanette hatte ein Baby auf dem Lande. Die Bauernfamilie stellte immer unverschämtere Forderungen. Thomas brachte sie davon ab.

Sonja stand eine Erbschaft zu, die ein schurkischer Advokat ihr nicht aushändigte. Thomas brachte ihn dazu.

Bébé hatte einen brutalen Freund, der sie dauernd betrog und dauernd verdrosch. Mit einem zarten Hinweis auf gewisse polizeiliche Verordnungen und mit einem harten Jiu-Jitsu-Griff brachte Thomas ihn dazu, sich anständig zu betragen.

Alfonse hieß dieser Freund. Er sollte Thomas noch einmal viel Kummer bereiten ...

Unter den Stammgästen des Restaurants befand sich ein Bankier namens Walter Lindner. Erst war er vor Hitler aus Wien geflohen, dann aus Paris.

Lindner war von seiner Frau auf der Flucht getrennt worden und wartete nun, daß sie wieder auftauchte. Sie hatten Toulouse als Treffpunkt ausgemacht.

Walter Lindner entwickelte eine große Sympathie für Thomas. Als er erfuhr, daß dieser auch Bankier war, machte er ihm folgendes Angebot: «Kommen Sie mit mir nach Südamerika. Sobald meine Frau eintrifft, gehe ich hinüber. Ich habe Vermögen drüben. Werden Sie mein Partner ...» Und er wies einen Bankauszug der «Rio de la Plata Bank» vor. Der Auszug war neueren Datums

und bestätigte Lindner ein Guthaben von über einer Million Dollars. Das war der Augenblick, in welchem Thomas Lieven, allem bisher Erlebten zum Trotz, noch einmal Mut faßte und an die Vernunft der Menschen und an eine lichte Zukunft glaubte.
Er wollte die Affäre mit der «schwarzen Tasche» noch würdig erledigen, so gut er konnte. Weder die Deutsche Abwehr noch der französische Geheimdienst sollten die Dossiers bekommen.
Aber dann nichts wie raus aus dem kriegslüsternen, verrotteten, alten Europa! Fort in eine neue Welt! Wieder Bankier sein, ein solider Bürger, ein ziviler Mensch! Ach, welche Sehnsucht empfand er danach!
Unerfüllt sollte diese Sehnsucht bleiben. Bald schon sollte Thomas von der Gewissenspein befreit werden, für die Franzosen gegen die Deutschen gearbeitet zu haben. Bald schon sollte er für die Deutschen gegen die Franzosen arbeiten. Und dann wieder für die Franzosen. Und gegen die Engländer. Und für die Engländer. Und für alle drei. Und gegen alle drei. Der Wahnsinn hatte eben erst begonnen. Der gute Mensch in Thomas Lieven, der den Frieden liebte und die Gewalt haßte, wußte nur noch nicht, was ihm bevorstand ...
Der Juni ging vorbei, der Juli. Nun saßen sie schon fast zwei Monate in Toulouse. An einem heißen Morgen hielten Siméon, Jeanne und Thomas einen kleinen Kriegsrat ab.
Siméon zeigte sich ein wenig aufgeregt, aber das fiel Thomas erst sozusagen im nachhinein auf. Der Oberst erklärte ihm: «Wir müssen unseren Aktionsradius erweitern, mein Freund. Madame hat eine neue Adresse für Sie.» Er neigte sich über die Landkarte. «Sehen Sie mal, hier, ungefähr 150 Kilometer nordwestlich von Toulouse, im Tal der Dordogne, in der Nähe von Sarlat.»
«Da liegt ein kleines Schloß», erklärte Jeanne, nervös rauchend – auch das kam Thomas erst später in den Sinn –, «am Rande des Ortes Castelnau-Fayrac. ‹Les Milandes› heißt es. Die Leute dort haben auch eine Farm, einen Haufen Schweine und Kühe, alles ...»
Drei Stunden später holperte der kleine Peugeot über staubige Landstraßen immer noch westwärts. An den Ufern der Dordogne wurde die Gegend romantisch, und romantisch sah auch das Schloß «Les Milandes» aus – ein weißes, hohes Gemäuer aus dem 15. Jahrhundert, mit zwei großen und zwei kleineren Wachttürmen, den ganzen Höhenzug beherrschend, umgeben von einem alten Park, an den sich Wiesen und Felder schlossen.
Thomas ließ den Wagen bei der offenen Einfahrt zum Park stehen und rief ein paarmal laut. Niemand antwortete.

Er erreichte einen großen, kiesbestreuten Vorplatz. Ein gewaltiges, altes Eichentor stand angelehnt. Eine Freitreppe führte hinauf.
«Hallo!» rief Thomas wieder.
Dann hörte er ein schrilles, hohes Lachen, das ihn zusammenfahren ließ, denn es war kein Menschenlachen.
Im nächsten Augenblick schoß ein kleines braunes Äffchen durch den Türspalt, hüpfte schrill keckernd die Stufen herunter und turnte an Thomas Lieven empor. Ehe er sich von seinem Schreck erholt hatte, saß der Affe bereits auf seiner linken Schulter und gab ihm, dauernd keckernd, Küsse.
Eine Frauenstimme erklang: «Glou-Glou! Glou-Glou, wo bist du? Was stellst du schon wieder an?»
Das Eichentor öffnete sich. Eine blendend schöne, dunkelhäutige Frau stand im Rahmen. Sie trug enge weiße Hosen und eine überhängende weiße Bluse. An den schmalen Handgelenken klirrten goldene Armbänder. Ihr schwarzes Haar war in der Mitte gescheitelt und lag eng an.
Thomas holte Atem, denn er kannte diese Frau, und er verehrte sie seit Jahren. Er fand keine Worte. Auf alles war er gefaßt gewesen, nur darauf nicht, inmitten einer verrückten Zeit, inmitten eines von Krieg und Niederlage zerrütteten Frankreichs plötzlich einem Idol der ganzen Welt, der perfekten Verkörperung exotischer Schönheit überhaupt gegenüberzustehen: der berühmten Negertänzerin Josephine Baker.
Mit einem wundervoll leisen Lächeln sagte sie: «Guten Tag, Monsieur, entschuldigen Sie die stürmische Begrüßung. Sie scheinen Glou-Glou zu gefallen.»
«Madame ... Sie sind ... Sie haben ... Sie wohnen hier?»
«Zur Miete, ja. Was kann ich für Sie tun?»
«Mein Name ist Jean Leblanc. Ich glaube, ich kam ursprünglich hierher, um Lebensmittel zu kaufen ... Bei Ihrem Anblick, Madame, kann ich mich nicht mehr genau daran erinnern», sagte Thomas. Dann ging er die Freitreppe hinauf und küßte, den kleinen Affen noch auf der Schulter, Josephine Baker mit einer tiefen Verneigung die Hand. «Es ist auch vollkommen unwichtig, warum ich kam. Ich bin glücklich, vor Ihnen zu stehen, vor einer der größten Künstlerinnen unserer Zeit.»
«Sie sind nett, Monsieur Leblanc.»
«Ich besitze alle Ihre Platten! ‹J'ai deux amours› habe ich dreimal! Ich war in so vielen Ihrer Revuen ...» Voll Verehrung sah Thomas Lieven die «Schwarze Venus» an. Er wußte, daß sie als Tochter eines spanischen Kaufmanns und einer Negerin in der

amerikanischen Stadt St. Louis geboren worden war. Er wußte, daß sie ihre sagenhafte Karriere bettelarm begonnen hatte. Weltberühmt war Josephine Baker in Paris geworden, wo sie das Publikum zur Raserei brachte, als sie, mit einem Bananenkranz und sonst gar nichts bekleidet, ekstatische Tänze zeigte.
«Kommen Sie vielleicht aus Paris, Monsieur?»
«Ja, ich bin geflüchtet ...»
«Sie müssen mir alles erzählen. Ich liebe Paris so. Ist das Ihr Wagen da vorne beim Tor?»
«Ja.»
«Sie sind allein gekommen?»
«Gewiß, warum?»
«Ich frage nur. Bitte, Monsieur Leblanc, folgen Sie mir ...»
Das Schloß war mit antiken Möbeln eingerichtet. Thomas stellte fest, daß es eine ganze Menagerie beherbergte. Außer dem Affenweibchen «Glou-Glou» lernte er noch kennen: den äußerst seriösen Löwenaffen «Mica», den winzigen, blitzschnellen «Gugusse» mit dem gesträubten Schnurrbart, eine enorme dänische Dogge namens «Bonzo», die faule Pythonschlange «Agathe», die sich vor dem kalten Kamin in der Halle aalte, den Papagei «Hannibal» und zwei kleine Mäuse, die Josephine Baker ihm als «Fräulein Haarwickel» und «Fräulein Fragezeichen» vorstellte.
Alle diese Tiere lebten in größter Eintracht miteinander. «Bonzo» lag auf dem Teppich und ließ sich buchstäblich von «Fräulein Fragezeichen» auf der großen Nase herumtanzen. «Mica» und «Hannibal» spielten Fußball mit einer kleinen Kugel aus Silberpapier. «Eine glückliche Welt», sagte Thomas.
«Die Tiere verstehen es, in Frieden zu leben», sagte Josephine Baker.
«Die Menschen leider nicht.»
«Auch die Menschen werden es einmal verstehen», sagte die Tänzerin. «Doch jetzt erzählen Sie von Paris!»
Thomas Lieven erzählte. Er war so fasziniert von dieser Begegnung, daß er vollkommen die Zeit vergaß. Zuletzt blickte er schuldbewußt auf seine goldene Repetieruhr. «Sechs Uhr, um Gottes willen!»
«Der Nachmittag war reizend. Wollen Sie nicht noch bleiben und mit mir essen? Ich habe allerdings nur wenig im Hause, ich war nicht auf Besuch vorbereitet. Auch mein Mädchen ist nicht da ...»
Thomas strahlte jungenhaft: «Wenn ich noch bleiben *darf*? Aber dann müssen Sie erlauben, daß ich koche! Man kann auch aus wenigem delikate Dinge kochen!»

«Das stimmt», sagte Josephine Baker. «Es muß nicht immer Kaviar sein.»
Die Küche war groß und altmodisch eingerichtet. In Hemdsärmeln handwerkte Thomas Lieven mit Feuereifer. Draußen versank die Sonne hinter der Hügelkette des Flusses, die Schatten wurden länger, der Abend kam.
Lächelnd sah Josephine Baker zu. Am meisten interessierten sie die pikanten Eier, die Thomas herstellte.
«Madame, es handelt sich um eine eigene Komposition! Ihnen zu Ehren taufe ich sie hiermit: Eier ‹Josephine›!»
«Vielen Dank. Ich werde Sie jetzt allein lassen und mich umziehen. Bis gleich also ...» Josephine Baker verschwand. Bester Laune kochte Thomas weiter. Was für eine Frau, dachte er ...
Als Thomas seine Arbeit beendet hatte, wusch er sich im Badezimmer die Hände und ging ins Speisezimmer. Hier brannten je zwölf Kerzen in zwei Leuchtern. Josephine Baker trug ein hautenges, grünes Kleid. Sie stand neben einem großen, kräftigen Mann in einem dunklen Anzug. Das Gesicht des Mannes war von der Sonne verbrannt, sein kurzes Haar war an den Schläfen ergraut. Der Mann hatte gute Augen und einen guten Mund. Josephine Baker hielt seine Hand fest, als sie sagte: «Monsieur Leblanc, verzeihen Sie mir diese Überraschung, aber ich muß sehr vorsichtig sein.» Sie sah den Mann mit den grauen Schläfen voll Liebe an. «Maurice, ich möchte dich mit einem Freund bekannt machen.»
Der Mann im dunklen Anzug hielt Thomas die Hand hin. «Ich freue mich aufrichtig, Sie endlich kennenzulernen, Thomas Lieven. Ich habe schon viel von Ihnen gehört!»
Als so unerwartet sein echter Name fiel, erstarrte Thomas. Was für ein Wahnsinn, dachte er, nun bin ich also doch noch in die Falle gegangen!
«Oh», rief Josephine Baker, «wie dumm von mir, Sie kennen Maurice ja noch nicht! Dies ist Maurice Débras, Herr Lieven, Major Débras vom ‹Deuxième Bureau›!»

5

Ach, verdammt noch mal, dachte Thomas Lieven, komme ich denn niemals mehr aus diesem Teufelskreis heraus? Adieu, süßer Abend zu zweit!
«Major Débras ist mein Freund», gab Josephine bekannt.
«Ein glücklicher Mensch», sagte Thomas verstimmt. Er sah den

Major an: «In Toulouse wartet Oberst Siméon seit Wochen auf Sie!»
«Ich bin erst gestern hier angekommen. Ich habe eine schwierige Flucht hinter mir, Monsieur Lieven.»
Josephine sagte: «Maurice kann sich in Toulouse nicht sehen lassen. Sein Gesicht ist zu bekannt. In der Stadt wimmelt es von deutschen Agenten und von französischen Spitzeln.»
«Madame», sagte Thomas, «Sie überschütten mich mit frohen Nachrichten.»
Bewegt sprach der Major: «Ich weiß, was Sie damit sagen wollen, Monsieur Lieven. Wenige haben sich für die Sache Frankreichs in größere Gefahr begeben als Sie. Wenn ich nach London komme, werde ich General de Gaulle zu berichten wissen, mit welcher Tollkühnheit Sie vor einem deutschen General die schwarze Tasche verteidigt haben!»
Die schwarze Tasche ...
Seit Tagen konnte Thomas Lieven ihretwegen nicht mehr ordentlich schlafen!
«Die Tasche liegt in Toulouse bei Oberst Siméon.»
«Nein», sagte Débras freundlich, «die Tasche liegt unter dem Werkzeug im Kofferraum Ihres Wagens.»
«Meines –»
«Ihres kleinen Peugeots, der beim Parktor steht. Kommen Sie, Herr Lieven, lassen Sie uns vor dem Essen noch schnell hingehen und sie holen ...»
Sie haben mich hereingelegt, dachte Thomas Lieven wütend. Siméon und Mimi und Jeanne haben mich hereingelegt. Was mache ich jetzt? Es ist wahr, ich wollte nicht, daß der deutsche Geheimdienst die Tasche bekommt. Aber ich will auch nicht, daß der französische sie bekommt. Es würde doch nur Blut fließen, französisches oder deutsches ... Ich will überhaupt nicht, daß Blut fließt ... Ich war ein friedlicher Mensch. Ihr habt mich zum Geheimagenten gemacht. Hättet ihr mich in Ruhe gelassen ... Nun seht zu, was ihr davon habt!
Diesen Gedankengängen hing Thomas Lieven nach, während er, zur Linken von Josephine Baker und gegenüber dem Major Débras, bei Tisch saß und lustlos in den delikaten Wurst-Nestern herumstocherte, die er selber zubereitet hatte.
Die schwarze Tasche lag nun auf einer antiken Anrichte beim Fenster. Sie hatte sich tatsächlich im Kofferraum seines Wagens befunden.
Mit Appetit essend, erklärte Débras, wie sie dorthin gekommen

## Improvisiertes Menu · 19. August 1940

Wurst-Nester
Eier «Josephine»
Schweden-Früchte

---

### Thomas Lievens Eierspeise verzauberte die «Schwarze Venus»

Wurst-Nester: Man nehme eine Wurstsorte, die sich in breite, feste Scheiben teilen läßt, schneide sie in ein Zentimeter dicke Scheiben, ohne die Haut zu entfernen. In einer Pfanne mache man Fett heiß, gebe die Wurstscheiben hinein und lasse sie kurz so warm werden, daß sie sich zu einem «Nest» wölben. Dann nehme man die Scheiben rasch vom Feuer auf eine Schüssel zum Anrichten, fülle einige Nester mit Apfelcreme (geriebener Meerrettich und geriebene Äpfel, ein Schuß Weinessig und Salz), andere Nester mit einer Farce aus gedünsteten Zwiebeln, Tomaten und Kräutern sowie Petersilie, Schnittlauch und Olivenöl. Dazu esse man kräftiges Bauernbrot.

Eier «Josephine»: Man bereite zunächst eine weiße Sauce aus 110 Gramm Butter, 50 Gramm Mehl und 1/4 Liter Milch, in die man später 2 Eidotter quirlt. Wichtig dabei ist, daß man zuerst die Butter zerläßt, dann Mehl zugibt; es muß aber so zerrührt werden, daß beides hell bleibt, und die Milch kommt unter ständigem Rühren hinzu. Die Sauce muß dicklich sein, und die Eidotter gebe man erst hinein, wenn die Sauce vom Feuer genommen. Etwas Muskat erhöht den Wohlgeschmack.
Diese – auch für andere Gerichte geeignete – weiße Sauce vervollständige man in diesem Fall mit feinzerhacktem Schinken und Parmesankäse. Dann gebe man «verlorene Eier» hinein, daß sie gut von der Sauce bedeckt sind, streue noch einmal Parmesankäse und Butterflocken darüber und lasse alles in der Form 5 Minuten überbacken.
Kleiner Trick für «verlorene Eier»: Ein richtiges «verlorenes Ei» muß nur eben pflaumenweich sein und trotzdem ohne Schale halten. Um das zu erreichen, lasse man die Eier aus der Schale vorsichtig in kochendes Essigwasser gleiten. Nach guten drei Minuten hole man sie am besten mit Hilfe eines Siebes heraus, tue sie in kaltes Wasser und tupfe sie – nach völliger Abkühlung – vorsichtig mit einem Tuch ab.
Für den Einkauf der immer wieder erwähnten Muskatnuß sollte man wissen, daß die guten Nüsse rund, schwer und ölhaltig sein sollen, sie dürfen beim Reiben nicht bröckeln. Verhältnismäßig leichte sind meist ohne Aroma und oft wurmstichig. Der leichte mehlige Überzug auf der Nuß stammt vom Kalkwasser, in das die Nüsse vor dem Versand gelegt werden, um sie vor Insektenfraß zu schützen.

Schwedenfrüchte: Eine Büchse gemischtes Kompott, gut im Eisschrank gekühlt, mit etwas Rum abgespritzt und mit viel flüssiger Sahne übergossen. Im Notfall kann man auch Büchsensahne verwenden.

---

war: «Ich telefonierte gestern mit Siméon, Monsieur Lieven. Ich sagte ihm: ‹Wie erhalte ich die schwarze Tasche?› Er sagte: ‹Sie können nicht nach Toulouse kommen, man wird Sie erkennen. Aber dieser phantastische Lieven, dieser ganz außerordentliche

Mensch, fährt seit Wochen kreuz und quer durch die Gegend und kauft Lebensmittel ein. Niemand wird sich wundern, ihn zu sehen. Er kann die Tasche überbringen.›» Débras schnupperte: «Großartig, diese Füllung, was ist das?»
«Gedünstete Zwiebeln, Tomaten und Kräuter. Wozu die Heimlichtuerei, Major? Siméon hätte mich informieren müssen.»
«Ich habe es so angeordnet. Ich kannte Sie doch nicht ...»
«Bitte noch ein paar Nester, Monsieur Lieven!» Josephine schenkte Thomas ein strahlendes Lächeln. «Es war schon besser so. Sie sehen, die Tasche hat ihr Ziel wohlbehalten erreicht.»
«Ja, das sehe ich», sagte Thomas. Er sah sie an, die blödsinnige Tasche mit den blödsinnigen Listen, die Hunderten noch das Leben kosten konnte. Da stand sie. Den Deutschen mühsam entrissen. Bei den Franzosen gelandet.
Schade, dachte Thomas. Ohne Politik, ohne Geheimdienste, Gewalt und Tod hätte das ein so hübscher Abend werden können!
Eine Strophe aus der «Dreigroschenoper» fiel ihm ein:

Denn leider sind auf diesem Sterne eben
die Mittel kärglich und die Menschen roh.
Wer möchte nicht in Fried und Eintracht leben?
Doch die Verhältnisse, die sind nicht so ...

Nein, dachte Thomas, die Verhältnisse, sie waren nicht so. Und darum dachte er von nun an zu jedem Satz, den er sprach, Gedanken, die mit den Sätzen nicht das geringste zu tun hatten ...
Thomas Lieven sagte: «Nun serviere ich eine Spezialität, die ich Madame zu Ehren ‹Eier Josephine› genannt habe.» Und er dachte dabei: Die Tasche darf nicht bei Débras bleiben. Er ist mir sympathisch. Josephine ist mir sympathisch. Ich will ihnen nicht schaden. Aber ich kann, ich darf, ich mag ihnen auch nicht nützen!
Der Major zeigte sich von Thomas Lievens Eiern entzückt: «Delikat, Monsieur; Sie sind wirklich ein großer Mann!»
Josephine fragte: «Ist da Muskat dabei?»
Thomas Lieven sagte: «Eine Spur, Madame. Das wichtigste ist, daß man zuerst die Butter zerläßt und dann das Mehl verrührt, aber so, daß beide hell bleiben.»
Thomas Lieven dachte: Ich verstehe Josephine, ich verstehe Débras. Ihr Land ist in Gefahr, wir haben sie überfallen, sie wollen sich verteidigen, sie wollen sich wehren gegen Hitler. Aber *ich*, ich will nicht blutige Hände bekommen!
Thomas sagte: «Erst nach dem Mehl füge man unter Rühren Milch zu, bis die Sauce dick wird.»

Thomas dachte: Da haben sie mir in dieser idiotischen Spionenschule bei Nancy doch mal ein Buch in die Hand gedrückt. Zum Chiffrieren. Dem Helden jenes Romans ging es eigentlich genauso wie mir. Wie hieß der gleich? Ach ja, der Graf von Monte Christo ...
Mit Engelszungen sprach Thomas Lieven: «Sie wollen nach England, Major Débras. Welchen Weg werden Sie nehmen?»
«Über Madrid und Lissabon.»
«Ist das nicht sehr gefährlich?»
«Ich habe noch einen falschen Paß.»
«Trotzdem. Wie Madame sagte, es wimmelt hier von Spitzeln. Wenn man die Tasche bei Ihnen findet ...»
«Ich muß es riskieren. Siméon wird in Paris gebraucht, er soll zurück. Ich habe niemanden.»
«Doch!»
«Wen?»
«Mich!»
*«Sie?»*
Der Teufel soll alle Geheimdienste der Welt holen, dachte Thomas und antwortete mit Feuer: «Jawohl, mich. Es ist mir ein unerträglicher Gedanke, daß die Deutschen die Tasche bekommen!» – Es ist mir genauso unerträglich, zu denken, daß ihr sie habt! – «Sie kennen mich jetzt, Sie wissen, daß ich zuverlässig bin.» – Wenn ihr wüßtet, wie unzuverlässig ich bin! – «Außerdem macht es mir Spaß. Sportlicher Ehrgeiz hat mich gepackt!» – Ach, könnte ich doch nur wieder ein friedlicher Bürger sein!
Von seinen Eiern aufblickend, sagte Josephine: «Monsieur Lieven hat recht, Maurice. Du bist für die Deutschen und ihre Spitzel dasselbe wie das rote Tuch für den Stier.»
«Natürlich, chérie! Aber wie sollen wir die Tasche vor der Deutschen Abwehr in Sicherheit bringen?»
Vor der Deutschen Abwehr und vor allen andern Diensten, dachte Thomas und sagte: «Ich habe in Toulouse einen Bankier namens Lindner getroffen. Der wartet nur noch auf seine Frau, dann geht er nach Südamerika. Er hat mir angeboten, sein Partner zu werden. Wir werden über Lissabon auswandern.»
Josephine sagte zu Débras: «In Lissabon könntet ihr euch treffen.»
Débras fragte: «Und warum wollen Sie das alles tun?»
Aus Überzeugung, dachte Thomas Lieven und antwortete: «Aus Überzeugung.»
Sinnend sprach Débras: «Ich wäre Ihnen zu unendlichem Dank

verpflichtet ...» Abwarten, abwarten, dachte Thomas. «Außerdem bietet uns diese zweifache Reise noch besondere Möglichkeiten.» – Mir bestimmt, dachte Thomas. – «Ich werde die Aufmerksamkeit der Verfolger auf mich ziehen. Damit sind Sie und die schwarze Tasche geschützt.» – Ganz recht, dachte Thomas. – «Also klar, ich fahre mit der Bahn über Madrid. Sie, Monsieur Lieven, werden mit Ihrem Transit-Visum in Marseille noch ein Flugzeug bekommen ...»

Thomas dachte: Ihr seid so nett mit eurem Mut und euren Plänen. Hoffentlich werdet ihr mir später nicht böse sein. Aber kann ein anständiger Mensch in meiner Lage anders handeln? Ich will nun mal nicht, daß französische Agenten sterben. Aber ich will auch nicht, daß deutsche Landser sterben! Es gibt nicht *nur* Nazis in meinem Land!

Thomas sagte: «Es ist eine reine Frage der Vernunft, Monsieur Débras. Sie sind ein von allen Hunden gehetzter Mann. Ich bin für die Deutsche Abwehr noch immer ein unbeschriebenes Blatt ...»

*6*

Ein seltsames Spiel des unergründlichen Zufalls wollte es, daß etwa zur gleichen Zeit an diesem Abend der General Otto von Stülpnagel, Militärbefehlshaber in Frankreich, im «Hôtel Majestic», dem deutschen Stabsquartier zu Paris, sein Sektglas hob, um mit zwei Herren anzustoßen. Einer dieser Herren war der Chef der Deutschen Abwehr, Admiral Wilhelm Canaris, der andere war der kleine, grauhaarige Panzerkorps-General Erich von Felseneck.

Silberhell klangen die Kristallgläser. Vor einem goßen Gemälde Napoleons I. prosteten die Herren einander zu. Bunt leuchteten Uniformen aller Waffengattungen. Ordensspangen blitzten.

General von Stülpnagel sagte: «Auf die Leistung der unbekannten, unsichtbaren Helden Ihrer Organisation, Herr Canaris!»

«Auf die ungleich größere Ihrer Soldaten, meine Herren!»

General von Felseneck hatte schon ein bißchen viel getrunken, er lachte verschmitzt: «Seien Sie nicht so bescheiden, Admiral! Ihr Kerle wart schon verflucht gerissen!» Er amüsierte sich. «Darf Ihnen das leider nicht erzählen, Stülpnagel. Wurde nämlich zum Geheimnisträger gemacht. Aber: er hat schon ein Köpfchen, unser Canaris!»

Sie tranken.

Die Generäle Kleist und Reichenau traten heran und entführten den Kollegen Stülpnagel.
Canaris betrachtete den General von Felseneck mit plötzlichem Interesse. Er offerierte Zigarren und erkundigte sich beiläufig: «Wovon sprachen Sie eben, Herr von Felseneck?»
Felseneck kicherte: «Bin Geheimnisträger, Herr Canaris! Aus mir bekommen Sie kein Wort heraus!»
«Wer hat Ihnen denn dieses absolute Schweigen auferlegt?» wollte der Admiral wissen.
«Einer Ihrer Leute – toller Junge, also wirklich, Hut ab!»
Canaris lächelte, aber seine Augen blieben ernst. «Nun erzählen Sie schon! Ich möchte doch wissen, welcher unserer kleinen Tricks solchen Eindruck auf Sie gemacht hat!»
«Na schön. Wäre ja auch zu dämlich, wenn man mit *Ihnen* nicht darüber reden dürfte! Also, ich sage nur: die schwarze Tasche!»
«Aha!» Canaris nickte freundlich. «Jaja, die schwarze Tasche!»
«Das war vielleicht ein Kerl, Herr Canaris! Wie der vor mir als amerikanischer Diplomat auftrat! Die Sicherheit! Die Ruhe, nachdem ihn einer meiner Leute verhaftet hatte!» Von Felseneck lachte herzlich: «Bringt zwei französische Spione *und* die gesamten Dossiers des ‹Deuxième Bureau› für uns in Sicherheit und nimmt sich noch die Zeit, mir zu erklären, wie man Kartoffelgulasch kocht! Immer wieder muß ich an den Jungen denken. Wollte wahrhaftig, ich hätte so etwas in meinem Stab!»
«Ja», sagte Canaris, «es gibt schon ein paar fixe Knaben in der Branche. Ich erinnere mich an die Geschichte ...» Er hatte natürlich keine Ahnung von der Geschichte. Aber sein Instinkt sagte ihm: Hier mußte etwas Fürchterliches passiert sein! Gespielt harmlos überlegte er: «Warten Sie mal, wie hieß der Mann doch gleich –?»
«Lieven, Thomas Lieven! Leitstelle WBK Köln. Er zeigte mir zuletzt seinen Ausweis. Thomas Lieven! Werde den Namen nie vergessen!»
«Lieven, natürlich. Das ist auch ein Name, den man sich merken muß!» Canaris winkte eine Ordonnanz heran und nahm zwei Gläser voll Champagner von einem schweren Silbertablett. «Kommen Sie, lieber General, trinken wir noch einen Schluck. Setzen wir uns in diesen Alkoven. Erzählen Sie mir mehr von Ihrer Begegnung mit Freund Lieven. Ich bin gern stolz auf meine Leute ...»

## 7

Unbarmherzig schrillte das Telefon. Schweißgebadet fuhr Major Fritz Loos in seinem Bett hoch. Immer diese Aufregungen, dachte er schlaftrunken. Sauberuf, den ich habe!
Endlich fand er den Schalter der Nachttischlampe, endlich hatte er den Hörer am Ohr. Er krächzte: «Loos!»
In der Leitung knisterte und krachte es: «Führungsblitzgespräch aus Paris. Verbinde mit Herrn Admiral Canaris ...»
Bei dem letzten Wort zuckte ein stechender Schmerz durch des Majors Leib. Die Galle, dachte er bitter. Na fein. Also das auch noch.
Dann hörte er eine bekannte Stimme: «Major Loos?»
«Herr Admiral?»
«Hören Sie mal, da ist eine ungeheure Schweinerei passiert ...»
«Schweinerei, Herr Admiral?»
«Kennen Sie einen gewissen Thomas Lieven?»
Der Hörer entglitt der Hand des Majors und fiel auf die Bettdecke. Die Membrane quakte. Aufgeregt nahm Major Loos den Hörer wieder ans Ohr und stammelte: «Jawohl, Herr Admiral, kenne den – den Namen ...»
«Sie kennen also den Kerl? Haben Sie ihm einen Abwehrausweis gegeben?»
«Jawohl, Herr Admiral!»
«Warum?»
«Er ... Lieven wurde von mir angeworben, Herr Admiral. Aber es – es hat nicht funktioniert ... Er ist verschwunden. Ich habe mir bereits Sorgen gemacht ...»
«Mit Recht, Major Loos, mit Recht! Nehmen Sie den nächsten Zug, das nächste Flugzeug. Ich erwarte Sie im ‹Hôtel Lutetia›! Sobald wie möglich, verstanden?»
Das «Hôtel Lutetia» am Boulevard Raspail war das Hauptquartier der militärischen Abwehr Paris.
«Jawohl, Herr Admiral», sagte Major Loos ergeben. «Ich komme, so schnell ich kann. Was – wenn ich Herrn Admiral fragen darf – was hat der Kerl denn angestellt?»
Canaris sagte, was der Kerl angestellt hatte. Major Loos wurde bleich und bleicher. Zuletzt schloß er die Augen. Nein, nein, nein, das ist doch nicht möglich! Und ich bin an allem schuld ...
Die Stimme aus Paris dröhnte wie eine der Posaunen von Jericho: «... Der Mann besitzt Listen mit den Namen, Adressen und Erkennungszeichen aller französischen Agenten! Wissen Sie, was das

bedeutet? Der Mann ist lebenswichtig und lebensgefährlich für uns! Wir müssen ihn kriegen, koste es, was es wolle!»
«Jawohl, Herr Admiral, ich nehme meine fähigsten Leute ...» Kriegerisch richtete sich Major Loos im Bett auf. Das Nachthemd verwischte die eindrucksvolle Pose. «Wir kriegen die Listen. Wir machen den Mann unschädlich. Und wenn ich ihn persönlich niederknallen muß ...»
«Sie sind wohl wahnsinnig geworden, Major Loos!» sagte die Stimme aus Paris sehr leise. «Den Mann will ich lebend haben! Der ist viel zu gut zum Erschießen!»

## 8

20. August 1940, 02 Uhr 15:

– achtung SSG – – achtung SSG – – dringlichkeit römisch eins – von chef abwehr – an alle dienststellen geheime feldpolizei frankreich – – gesucht wird deutscher staatsangehöriger thomas lieven – 30 jahre alt – schlank – schmales gesicht – dunkle augen – kurzgeschnittenes, schwarzes haar – elegant zivil gekleidet – spricht fließend deutsch, englisch, französisch – besitzt echten ausweis der deutschen abwehr, ausgestellt von major fritz loos wbk köln – echten reisepaß deutsches reich nr 543 23 1 1 serie c – falschen amerikanischen diplomatenpaß auf den namen william s. murphy – gesuchter verließ paris am 15. juni 1940 in schwarzem chrysler mit CD-zeichen und amerikanischer flagge auf dem dach – besaß passierschein, ausgestellt von general erich von felseneck – reiste in begleitung einer jungen französin und eines franzosen – gesuchter im besitz wichtigster feinddokumente – fahndung sofort aufnehmen – informationen und fehlanzeigen sofort melden an major loos, leiter sondergruppe z, hauptquartier GFP paris – bei verhaftung lievens nur in äußerstem notfalle von waffe gebrauch machen – ende –

Während dieses Fahndungsschreiben die Geheime Feldpolizei und viele Wehrmachtsangehörige aufschreckte – zum Beispiel jenen Hauptmann, der am 16. Juni in Tours einem gewissen Murphy fünf Kanister deutsches Wehrmachtsbenzin zur Verfügung gestellt hatte –, kletterte der so nachdrücklich gesuchte Thomas Lieven in der Rue des Bergères zu Toulouse vergnügt aus seinem kleinen Peugeot. Zufrieden klemmte er eine schwarze Tasche unter den Arm und warf den Wagenschlag zu.

Im «Chez Jeanne» schliefen die fröhlichen Mädchen bereits. Das kleine Restaurant war geschlossen. Nur in dem altmodischen Salon mit dem Riesenspiegel und den roten Plüschmöbeln brannte noch Licht. Hier warteten Mimi, Siméon und die aufregende Besitzerin des Etablissements mit dem löwenfarbenen Haar auf Thomas.

Als er eintrat, wurden Seufzer der Erleichterung laut. Jeanne gab bekannt: «Wir haben uns solche Sorgen gemacht!»

«Ja, wirklich?» sagte Thomas. «Auch schon, als ihr mich losschicktet?»

«Das geschah auf Befehl!» rief Siméon. «Ich verstehe im übrigen überhaupt nichts mehr! Wieso haben *Sie* die Tasche?»

Thomas nahm eine Flasche Remy Martin zur Hand, die auf dem Tisch stand, und goß einen ordentlichen Schluck in ein Schwenkglas.

«Ich trinke auf unser aller Zukunft», sagte er. «Die Zeit der Trennung ist gekommen, ihr Lieben. Ich habe Major Débras davon überzeugt, daß es besser ist, wenn *ich* die Dokumente nach Lissabon bringe. Sie, Herr Oberst, kehren nach Paris zurück und melden sich dort bei Lotosblume vier – wer immer das ist.»

«Das bedeutet Untergrund», sagte der Oberst bedeutungsschwer.

«Viel Spaß dabei», sagte Thomas. Er sah die hübsche Hotelbesitzerin an. «Und auch Ihnen viel Spaß, Jeanne, möge Ihr Etablissement blühen und gedeihen.»

«Ich werde Sie sehr vermissen», sagte Jeanne traurig. Thomas küßte ihre Hand. «Scheiden tut immer weh», sagte er.

Mimi, die immer fröhliche, immer unbeschwerte, kleine Mimi Chambert, begann plötzlich fürchterlich zu weinen. Sie würgte und schluchzte und stöhnte und rief mit hoher, verlorener Stimme: «Es ist ja zu dumm ... Verzeiht mir – ich will gar nicht weinen ...»

Stunden später, als sie an Thomas Lievens Seite lag – draußen wurde es schon hell, es regnete –, da hörte Thomas den Regen und Mimis Stimme: «... Ich habe es mir überlegt, wieder und wieder. Ich habe mich herumgequält damit ...»

«Ich verstehe schon», sagte er dezent. «Du denkst an Siméon, nicht wahr?»

Plötzlich lag sie an seiner Brust. Ihre Tränen tropften auf seine Lippen, und sie waren heiß und schmeckten salzig: «Ach, chéri, ich habe dich lieb, wirklich *furchtbar* lieb ... Aber gerade die letzten Wochen in – in diesem Haus haben mir gezeigt, daß du kein Mann zum Heiraten bist ...»

«Wenn du Jeanne meinst ...», begann er, aber sie unterbrach ihn: «Nicht nur Jeanne, überhaupt! Du bist ein Mann für Frauen – aber für alle, nicht für eine. Du kannst nicht treu sein ...»
«Ich könnte es versuchen, Mimi.»
«Nicht so treu wie Jules! Er ist so viel weniger klug als du! Aber er ist viel romantischer, viel idealistischer.»
«Mon petit chou, du mußt dich doch nicht dafür entschuldigen! Ich habe schon lange darauf gewartet. Ihr beide seid Franzosen. Ihr liebt euer Land, eure Heimat. Ich – ich habe vorläufig keine mehr. Darum will ich fort. Und ihr wollt hierbleiben ...»
«Und du kannst mir verzeihen?»
«Es gibt nichts zu verzeihen.»
Sie schmiegte sich an ihn. «Ach, bitte, bitte, sei nicht so nett, chéri, ich muß sonst gleich wieder weinen ... Ach wie schrecklich, daß man nicht zwei Männer heiraten darf!»
Thomas lächelte, dann bewegte er den Kopf. Die schwarze Tasche drückte ihn, sie lag unter seinem Kopfkissen. Thomas war entschlossen, sie nicht mehr aus der Hand zu geben bis zu seinem Abflug. Das, was er vorhatte, konnte er in Toulouse nicht erledigen, dazu fehlte ihm die Zeit. Aber in Lissabon wollte er dann dafür sorgen, daß die Tasche kein Unheil mehr anrichtete.
«Danke, chéri –», hörte er Mimi schläfrig flüstern. «Ich danke dir.»
«Wofür?»
«Ach, für alles ...» Sie wollte ihm danken, sie mußte ihm noch einmal danken, das fühlte sie ganz stark! Danken für seine Fröhlichkeit und seine Großzügigkeit, für die kurzen Stunden des Glücks, der schimmernden Lichter, der vornehmen Hotels, der Schlafwagenabteile, der Bars mit ihrer leisen Musik und der teuren Restaurants mit ihrem wunderbaren Essen.
Und so dankte Mimi Thomas noch einmal in dieser trüben Morgenstunde, während draußen der Regen auf das schwarze Katzenkopfpflaster der Rue des Bergères trommelte, und sie beendeten ihre Affäre so, wie sie sie begonnen hatten und wie alle Liebenden ihre Affäre beenden sollten: in Liebe.

## 9

Daß er von Wehrmacht und Abwehr des Großdeutschen Reiches wie eine Stecknadel gesucht wurde, wußte Thomas Lieven nicht. Darum war er zwei Tage später jeder Freude aufgeschlossen, als der Emigrant Walter Lindner, hochrot im Gesicht und völlig

außer Atem, in die Küche von Jeannes Restaurant gestürzt kam. Thomas kochte gerade Zwiebelsuppe.
Lindner ließ sich auf einen Hocker fallen, warf ein Gurkenglas um und rief: «Meine Frau – meine Frau ... Ich habe meine Frau gefunden!»
«Wo? Wie?»
«Hier in Toulouse!» Lindner lachte und weinte zugleich; es schien sich um eine gute Ehe zu handeln. «Ich gehe in das kleine Café am Place du Capitole und will mich gerade zu den Schachspielern aus Brünn setzen – da sagt eine Frauenstimme hinter mir: ‹Entschuldigen Sie, kennen Sie vielleicht einen Herrn Lindner?› Und im nächsten Moment schreit sie: ‹Walter!› Und ich habe sie in den Armen!»
Lindner vollführte mit Thomas einen kleinen Freudentanz, bei welchem das Ende einer Salatschüssel zu beklagen war.
«Sprung auf, marsch, marsch – zum Konsulat!» rief Lindner. «Jetzt können wir fahren, Herr Lieven. Ach Gott, wie freue ich mich auf unser neues Leben!» Und ich erst, dachte Thomas.
Dann stürzten sich die künftigen Partner einer noch zu gründenden südamerikanischen Bank in ihre Reisevorbereitungen. Kein Grenzland Frankreichs gab zu dieser Zeit Einreisevisen. Das Feinste und Beste, was man erhalten konnte, war ein Durchreisevisum. Dieses wiederum hatte ein Übersee-Einreisevisum zur Voraussetzung.
Nachdem Walter Lindner dem argentinischen Konsul in Marseille den Nachweis erbracht hatte, daß er auf der «Rio de la Plata Bank» ein Guthaben von einer Million Dollar besaß, erhielt er sofort ein Visum für sich und seine Frau. Lindner erklärte, Monsieur Jean Leblanc als seinen Partner nach Buenos Aires bringen zu wollen. Darauf gab man auch diesem Monsieur Jean Leblanc ein echtes Einreisevisum in den falschen Paß, den er dereinst auf der Spionenschule bei Nancy von dem Mann erhalten hatte, der sich Jupiter nannte. Am 26. August bekamen die drei dann auch die portugiesischen Durchreisevisen. Der Abfahrt stand nichts mehr im Wege.
Für das, was er noch vorhatte, stellte Thomas Lieven nun einen genauen Zeitplan auf. Von der Einhaltung dieses Planes hing eine Menge ab – unter anderem sein Leben. Nachdem er noch einmal mit Major Débras in «Les Milandes» telefoniert hatte, sah dieser Terminkalender so aus:
28. August: Abfahrt von Thomas Lieven und Ehepaar Lindner nach Marseille.
29. August: Abfahrt von Major Débras per Zug über Perpignan, Barcelona und Madrid nach Lissabon.

30. August: Abreise von Thomas Lieven und Ehepaar Lindner von Marseille via Flugzeug nach Lissabon.
10. September: Abreise von Thomas Lieven und Ehepaar Lindner von Lissabon an Bord des portugiesischen Passagierdampfers «General Carmona» nach Buenos Aires.
Vom 3. September an waren Major Débras und Thomas Lieven allabendlich ab 22 Uhr im Spielkasino von Estoril verabredet zwecks Übergabe der ominösen schwarzen Tasche. Zwischen dem 30. August und dem 3. September hoffte Thomas, genügend Zeit zu finden, um an ihrem Inhalt gewisse Veränderungen vorzunehmen ...

Mit einem gewinnenden Lächeln betrat am Vormittag des 29. August ein elegant gekleideter junger Herr das Büro der privaten amerikanischen Charter-Gesellschaft «Rainbow Airways» in der Rue de Rome in Marseille. Seinen Homburg lüftend, trat er an den Buchungsschalter und sprach in fließendem Französisch: «Guten Morgen, Monsieur, mein Name ist Leblanc. Ich hole die Flugkarten nach Lissabon für das Ehepaar Lindner und mich.»
«Einen Moment bitte.» Der Angestellte blätterte in seinen Listen. «Ja, hier. Morgen, 15 Uhr 45 ...» Er begann die Tickets auszuschreiben.
Vor dem Büro hielt ein kleiner Autobus. Zwei Piloten und eine Stewardeß kamen herein. Ihrem Gespräch entnahm Thomas, daß sie eben gelandet waren und daß sie morgen um 15 Uhr 45 nach Lissabon fliegen würden. Da kam ihm die Erleuchtung.
Die höchstens 25jährige Stewardeß schminkte sich. Sie besaß die Formen einer Rennjacht, schräge Augen, hohe Backenknochen, goldbraunen Teint und wundervolles, kastanienbraunes Haar, das ihr in einer weichen Welle in die schöne Stirn fiel. Sie wirkte kühl und scheu. Ein Rehlein ... Thomas kannte die Gattung. Er wußte genau, was er da vor sich hatte. Wenn so ein wandelnder Eiszapfen zu schmelzen begann, gab es kein Halten mehr.
Dreißig gemütvolle Sekunden widmete Thomas Lieven noch der Erinnerung an seinen Abschied von Mimi, Siméon, Jeanne und ihren Damen in der Rue des Bergères. Alle hatte sie ihn geküßt, auch der Oberst: «Es lebe die Freiheit, mein Kamerad!» Und Jeanne hatte bitterlich losgeschluchzt, als das Taxi anfuhr. Ach, das war mal eine schöne, rührende Familienszene gewesen!
Die dreißig Sekunden waren um. Je nun, dachte Thomas, doch die Verhältnisse, sie sind nicht so!
Das Rehlein schminkte sich noch immer. Das Rehlein ließ den Lippenstift fallen.

Ich handle aus edlen Motiven, bestätigte sich Thomas Lieven zum Zweck der ethischen Untermauerung dessen, was er vorhatte. Dann hob er den Lippenstift auf und reichte ihn dem scheuen Reh mit den braunen Augen, in denen goldene Funken leuchteten.
«Vielen Dank», sprach das Rehlein.
«Können wir gehen?» erkundigte sich Thomas.
«Was soll das heißen?»
«Oder haben Sie hier noch zu tun? Ich warte gern. Ich denke, wir gehen zuerst ins ‹Grand Hotel›, da wohne ich, und nehmen einen Apéritif. Essen werden wir dann wohl am besten bei ‹Guido› in der Rue de la Paix. Und nach dem Essen wollen wir baden.»
«Erlauben Sie mal ...»
«Nicht baden? Bitte, bleiben wir im Hotel und ruhen wir uns aus.»
«So etwas habe ich noch nicht erlebt!»
«Mein Fräulein, ich will mir alle Mühe geben, zu erreichen, daß Sie das morgen auch noch sagen!» Thomas zog die geliebte Repetieruhr aus der Westentasche und ließ sie schlagen. Elf Schläge und zwei erklangen glockenrein und mild.
«Halb zwölf. Ich sehe, ich mache Sie nervös. Es ist mir bewußt, daß ich eine sehr starke Wirkung auf Frauen ausübe. Voilà, ich warte auf Sie in der Bar des ‹Grand Hôtels›. Sagen wir zwölf?»
Das Rehlein warf den Kopf zurück und stelzte davon. Die hohen Absätze hämmerten empört auf dem Steinboden.
Thomas ging ins «Grand Hôtel», setzte sich in die Bar und bestellte Whisky. Das Rehlein kam drei Minuten nach zwölf. Es brachte einen Badeanzug mit.

10

Neben dem rundlichen Ehepaar Lindner marschierte Thomas Lieven – grauer Flanellanzug, weißes Hemd, blaue Krawatte, schwarze Schuhe, Homburg, Regenschirm – in der Gruppe der anderen Passagiere über das Rollfeld auf die wartende Maschine zu. Er sah zufrieden, wenn auch übernächtigt aus.
Auf der Höhe der herangerollten Treppe, im Eingang zur Kabine, stand Mabel Hastings, die Stewardeß. Sie sah zufrieden, wenn auch übernächtigt aus.
«Hallo», sagte Thomas, als er die Treppe emporkam.
«Hallo», sagte Mabel. Die goldenen Funken in ihren schönen Augen glitzerten.
So etwas wie Thomas Lieven hatte sie tatsächlich noch nie erlebt. Nach dem Mittagessen bei «Guido» waren sie dann doch nicht

schwimmen gegangen, sondern hatten sich im Hotel – sie wohnten zufälligerweise im selben – ausgeruht.

Als er Mabel Hastings am Morgen des 30. August ihren Koffer packen half, erwies sie ihm, allerdings ohne es zu ahnen, noch einen weiteren Gefallen, der innig mit einer schwarzen Tasche zusammenhing ...

Die Maschine rollte am Flughafengebäude vorbei zum Start. Thomas sah aus dem Kabinenfenster auf den kurzgeschnittenen Rasen und eine große Schafherde hinaus, die friedlich graste. Schafe bringen Glück, dachte er. Dann sah er ein Auto, das vor dem Flughafengebäude hielt. Aus dem Wagen sprang ein Mann. Er trug einen blauen, zerdrückten Anzug und einen gelben, zerdrückten Regenmantel. Das Gesicht des Mannes glänzte vor Schweiß. Er winkte mit beiden Armen.

Thomas dachte mitleidig: Das ist aber Pech. Gleich wird die Maschine starten, und der arme Kerl hat das Nachsehen.

Tatsächlich ließ der Pilot die beiden Motoren eben noch einmal auf vollen Touren laufen – letzte Kontrolle vor dem Start.

Eine eisige Hand strich über Thomas Lievens Rücken: Der winkende Mann dort drüben am Flughafengebäude ... Das Gesicht – das kannte er doch – hatte er doch schon einmal gesehen ...

Und plötzlich wußte Thomas Lieven, wo er dieses Gesicht schon einmal gesehen hatte: im Gestapo-Hauptquartier zu Köln! Major Loos hieß der Mann da drüben, Offizier der Deutschen Abwehr! Kombiniere, dachte Thomas Lieven, sie sind hinter mir her. Ach, aber es scheint einen lieben Gott zu geben! Major Loos wird mit mir jetzt gleich zum zweitenmal das Nachsehen haben. Denn in den nächsten fünf Sekunden wird unsere Maschine starten, und dann ...

Die Maschine startete nicht. Das Gedröhne der voll laufenden Motoren verstummte. Auf flog die Tür zur Pilotenkabine. Die kühle Mabel Hastings erschien und sprach mit Samtstimme: «Meine Damen und Herren, es besteht kein Grund zur Beunruhigung. Wir wurden soeben über Funk davon verständigt, daß ein verspäteter Passagier eingetroffen ist, der unter allen Umständen unsere Maschine erreichen muß. Wir nehmen ihn auf und rollen in wenigen Minuten noch einmal zum Start.»

Wenig später kam Major Fritz Loos an Bord, entschuldigte sich in englischer Sprache bei den Passagieren für das Ungemach, das er ihnen bereitet hatte, und verneigte sich gemessen vor Thomas Lieven. Der sah durch ihn hindurch, als wäre der Major aus Glas ...

## 11

Lissabon! Schmaler Balkon der Freiheit und des Friedens in einem mehr und mehr von Krieg und Barbarei verwüsteten Europa.
Lissabon!
Phantastisches Paradies des Reichtums, der Fülle, Schönheit und Eleganz inmitten einer Welt voll Not und Elend.
Lissabon!
Eldorado der Geheimdienste, Schauplatz ungeheuerlicher und ungeheuer lächerlicher Intrigen.
Vom Augenblick seiner Landung an war Thomas Lieven bereits tief in sie verstrickt. Verfolgt und beäugt von dem erschöpften Major Loos – er war während des Fluges sogar eingeschlafen, mit offenem Mund, leise röchelnd –, wurde Thomas Lieven sogleich einer auffälligen genauen Zollkontrolle unterzogen. Bis auf die Haut entkleidete man ihn, durchwühlte sein Gepäck, stöberte in allen seinen Taschen. Der portugiesische Sicherheitsdienst schien einen kleinen Hinweis bekommen zu haben.
Aber seltsamerweise fanden sich weder sein beachtliches Dollarvermögen noch die gewisse schwarze Tasche in Thomas Lievens Besitz. Mit förmlicher Höflichkeit entließen ihn die Zöllner. Das Ehepaar Lindner war längst ins Hotel vorausgefahren.
Thomas marschierte zum Paßschalter. Major Loos marschierte hinterher. Thomas marschierte zu der Taxireihe am Flughafen. Major Loos marschierte hinterher. Noch immer war kein Wort zwischen ihnen gefallen.
Nun will ich dir ein bißchen Bewegung verschaffen, mein Alter, dachte Thomas, in ein Taxi springend. Auch Loos sprang. Zwei Taxis sausten los, dem Zentrum der Siebenhügelstadt entgegen. Von sechs herrlichen Urlaubswochen her kannte Thomas die imposante Hauptstadt Portugals recht gut.
Auf dem Praça Dom Pedro ließ er das Taxi halten und stieg wieder aus. Hinter ihm hielt das Taxi des Majors. Die Kaffeehäuser mit ihren Straßengärten rund um den großen Platz quollen über von Portugiesen und Emigranten, die leidenschaftlich miteinander debattierten. Im Vorübergehen hörte Thomas Lieven sämtliche Sprachen Europas.
Er ließ sich in dem Menschenstrudel ebenso treiben wie der Major, der sich verzweifelt bemühte, ihn nicht aus den Augen zu verlieren.
Jetzt, sagte Thomas in Gedanken zu dem Major, wollen wir ein bißchen laufen, mein Alter; Bewegung ist gut für die Gesundheit.

Und so marschierte Thomas denn eilig hinab zu den engen, winkeligen Straßen am Meer und wieder empor zu den steil ansteigenden Hauptverkehrsadern, benützte Durchgänge und Arkaden, bog unerwartet um Ecken, sorgte jedoch stets dafür, daß er dem Major nichts Übermenschliches zumutete. Dieser sollte ihn verfluchen – aber nicht verlieren.

Über eine Stunde trieb Thomas Lieven solcherlei Hasch-mich-Spiel, dann nahm er wieder ein Taxi und fuhr, gefolgt von dem Major, zu dem Fischerdorf Cascais in der Nähe des Luxusbadeortes Estoril hinaus. Hier kannte er ein elegantes Terrassenrestaurant.

Die Sonne versank blutrot im Meer, der Abend kam mit lauen Winden. Das kleine Fischerdorf in einer Bucht der Tejo-Mündung war der malerischste Ort in der Umgebung von Lissabon. Thomas Lieven freute sich darauf, ein Schauspiel zu genießen, das man hier allabendlich verfolgen konnte: die Heimkehr der Fischerflotte.

Vor dem Restaurant stieg er aus seinem Taxi. Hinter ihm bremste der alte, klapprige Wagen des Majors. Der deutsche Abwehroffizier kletterte, nach Luft schnappend, ins Freie. Er sah elend aus.

Thomas beschloß, das grausame Spiel zu beenden. Er ging auf Loos zu, lüpfte den Homburg und sprach freundlich wie zu einem verlorenen Kind: «Hier wollen wir uns erst einmal ein wenig ausruhen. Die letzten Tage waren gewiß sehr anstrengend für Sie.»

«Das kann man wohl sagen.» Der Major versuchte den Nimbus seines Berufes zu wahren. Er schnarrte: «Und wenn Sie bis ans Ende der Welt fahren, mir entkommen Sie nicht mehr, Lieven!»

«Nicht doch, mein Alterchen, nicht doch! Wir sind nicht mehr in Köln. Hier gilt ein deutscher Major nicht besonders viel, mein lieber Loos!»

Der Major in Zivil schluckte schwer. «Wenn Sie mich freundlicherweise Lehmann nennen wollten, Monsieur Leblanc.»

«Na also! Der Ton gefällt mir schon wesentlich besser. Nehmen Sie Platz, Herr Lehmann. Sehen Sie mal hinunter, ist das nicht wundervoll?»

In der Tiefe kehrte die Fischerflotte, ein Gewimmel von Booten mit lateinischen Segeln, einem gewaltigen Schmetterlingsgeschwader gleich, in die Tejo-Mündung heim. Wie vor tausend Jahren zogen die Schiffer ihre Boote über Holzrollen an Land, schreiend und singend. Frauen und Kinder halfen mit, und überall auf dem dunklen Strand wurden Feuer in kleinen Tonöfen entzündet.

Zum Strand hinabblickend, erkundigte sich Thomas: «Wie haben Sie mich eigentlich gefunden?»
«Wir konnten Ihre Spur bis Toulouse verfolgen. Alle Achtung übrigens! Die Damen bei Madame Jeanne haben sich hervorragend benommen. Weder mit Drohungen noch mit Versprechungen war etwas aus ihnen herauszubekommen.»
«Wer hat mich verraten?»
«Ein übles Subjekt ... Alfonse heißt er ... Dem müssen Sie einmal etwas angetan haben.»
«Der armen Bébé wegen, ja, ja.» Thomas erinnerte sich träumerisch. Er sah den Major offen an. «Portugal ist ein neutrales Land, Herr Lehmann. Ich möchte Sie warnen. Ich werde mich wehren.»
«Aber, lieber Herr Lieven ... pardon, Monsieur Leblanc, Sie leben unter vollkommen falschen Vorstellungen. Ich habe Auftrag von Admiral Canaris, Ihnen volle Straffreiheit zuzusichern, wenn Sie nach Deutschland zurückkehren. Und ich habe ferner den Auftrag, Ihnen die bewußte schwarze Tasche abzukaufen.»
«Oh.»
«Was verlangen Sie dafür?» Der Major neigte sich über den Tisch. «Ich *weiß*, daß Sie die Listen noch haben.»
Thomas senkte den Blick. Dann stand er auf und entschuldigte sich kurz. «Ich muß telefonieren.»
Er ging aber nicht zum Telefon des Restaurants. Unter den Umständen schien ihm das nicht sicher genug zu sein. Er wanderte ein paar Schritte die Straße entlang zu einer Fernsprechzelle und rief das Hotel «Palacio do Estoril-Parque» an. Er verlangte Miß Hastings. Die amerikanische Stewardeß meldete sich sofort. «Oh, Jean, wo bleibst du bloß? Ich habe solche Sehnsucht nach dir!»
«Es wird wohl spät werden, hm, hm. Eine geschäftliche Besprechung. Mabel, heute morgen, als ich dir in Marseille packen half, habe ich aus Versehen eine schwarze Ledertasche in deinen Koffer gelegt. Sei ein Schatz und trage sie hinunter zum Portier. Er soll sie in den Tresor legen.»
«Gerne, Darling ... Und bitte, bitte, sieh zu, daß es nicht *zu* spät wird. Ich muß doch morgen nach Dakar fliegen!»
Während er noch diese Worte vernahm, hatte Thomas Lieven plötzlich das untrügliche Gefühl, daß jemand vor der Zelle stand und lauschte. Er stieß die Tür jäh auf. Mit einem Aufschrei taumelte ein hagerer Mann zurück und hielt sich die schmerzende Stirn.
«O pardon», sagte Thomas Lieven. Dann hob er die Brauen und

lächelte gottergeben. Er kannte diesen Mann, der aussah wie ein naher Verwandter des Majors Loos. Auf dem Flughafen von London war Thomas ihm begegnet, damals im Mai 1939, als er ausgewiesen wurde. Ausgewiesen von diesem Mann.

## *3. Kapitel*

### 1

Es ist so weit, dachte Thomas Lieven: Ich habe den Verstand verloren! Ich glaube in dem Mann, dem ich soeben eine portugiesische Telefonzellentür gegen den Schädel gerammt habe, Mr. Lovejoy vom «Secret Service» wiederzuerkennen. So etwas ist natürlich nur als ganz und gar verrückt zu bezeichnen. Denn dieser Mann kann nicht Lovejoy sein. Wie käme Lovejoy aus London wohl hierher an die Peripherie von Lissabon? Was hätte er wohl hier zu suchen?

Thomas beschloß, ein äußerstes Experiment zu wagen. Er überlegte: Ich werde dieses Phantom, diese Ausgeburt meiner anormalen Phantasie mit «Lovejoy» anreden. Dann wird sich sogleich herausstellen, ob ich wirklich verrückt geworden bin.

Thomas Lieven hob die Brauen und sagte: «Wie geht es Ihnen, Mister Lovejoy?»

«Schlechter als Ihnen, Mister Lieven», antwortete der Hagere darauf prompt. «Glauben Sie, das war ein Vergnügen, Ihnen durch ganz Lissabon nachzulaufen? Und jetzt auch noch die Tür!» Lovejoy wischte sich mit einem Taschentuch den Schweiß aus dem Nacken. Auf seiner Stirn wuchs langsam aber unaufhörlich eine Beule.

Also nicht ich bin irrsinnig, die Welt, in der ich lebe, ist es! Und der Irrsinn geht weiter! Und jetzt bekommt er anscheinend auch noch Methode, dachte Thomas. Er holte tief Luft, lehnte sich an die Telefonzelle und sagte: «Wie kommen Sie nach Lissabon, Mister Lovejoy?»

Der Vertreter großbritannischer Interessen verzog das Gesicht und meinte: «Ich wäre Ihnen dankbar, wenn Sie mich Ellington nennen würden. So heiße ich nämlich in Portugal.»

«Eine Hand wäscht die andere. Dann nennen Sie mich aber auch Leblanc. So heiße *ich* nämlich in Portugal. Im übrigen ist damit noch nicht meine Frage beantwortet.»

Der Mann, der sich gerade Ellington nannte, erkundigte sich auf-

gebracht: «Sie halten uns Leute vom Geheimdienst wohl immer noch für Idioten, was?»
Der Mann, der sich gerade Leblanc nannte, antwortete höflich: «Ich bitte herzlich, mir die Antwort auf diese Suggestivfrage zu erlassen.»
Der britische Agent trat dicht an ihn heran: «Glauben Sie, wir wissen nicht, daß Admiral Canaris persönlich hinter Ihnen her ist? Glauben Sie, wir hören in London die deutschen Funksendungen nicht ab?»
«Ich dachte, sie senden chiffriert?»
«Wir haben ihren Dechiffrier-Code.»
«Und die Deutschen haben euren», sagte Thomas, plötzlich unendlich erheitert. «Warum setzt ihr euch eigentlich nicht zusammen und spielt ‹Schwarzer Peter›?»
Grimmig sagte der Engländer: «Ich weiß, Sie sind ein Zyniker, ohne Herz. Ich weiß, Ihnen ist nichts heilig. Ich habe Sie sofort durchschaut – schon damals auf dem Flughafen in London. Sie sind ein Subjekt ohne Ehrgefühl, ohne Moral, ohne Verstand, ohne Charakter ...»
«Schmeichler!»
«Und darum habe ich sofort gesagt: Laßt *mich* mit dem Burschen verhandeln! Der versteht nur eine Sprache, die! –» Lovejoy rieb Daumen und Zeigefinger gegeneinander.
«Moment mal, immer hübsch der Reihe nach! Sagen Sie mir jetzt endlich, wie Sie hierher kommen!»
Lovejoy sagte es. Wenn man ihm glauben wollte – und das mußte man wohl –, dann hatte der britische Geheimdienst in der Tat alle Funksprüche abgehört, die mit der Fahndung des Majors Loos nach Thomas Lieven zusammenhingen. Die letzte Funkmeldung hatte die frohe Kunde gebracht, daß Loos dem Gesuchten nach Lissabon folgen würde.
«... nach Lissabon!» schloß Lovejoy seinen Bericht. «Ich flog sofort mit einer Kuriermaschine los. Ich kam zwei Stunden vor Ihnen an. Ich verfolgte sie vom Flughafen bis hierher. Sie und den anderen Herrn, der jetzt da drüben auf der Terrasse des Restaurants sitzt. Ich nehme an, das ist Major Loos.»
«Welcher Scharfsinn! Sie kennen den Major noch nicht persönlich?»
«Nein.»
«Mein Gott, dann kommen Sie doch mit hinüber in das Restaurant. Ich mache Sie miteinander bekannt. Wir essen zusammen, Muscheln natürlich, in Cascais *muß* man Muscheln essen ...»

«Hören Sie mit dem Quatsch auf! Wir wissen, daß Sie ein doppeltes Spiel treiben!»
«Aha.»
«Sie besitzen eine Tasche mit den Listen der wichtigsten französischen Agenten in Frankreich und Deutschland. Ich werde nicht zulassen, daß Sie diese Listen an den famosen Major Loos verschachern! Er wird Ihnen Geld bieten, gewiß, viel Geld ...»
«Ihr Wort in Gottes Ohr!»
«... aber ich biete ebensoviel, ich biete mehr!» Lovejoy lachte verächtlich auf. «Denn ich weiß, Sie interessiert *nur* Geld! Für Sie gibt es nicht Ehr und Glauben, nicht Gewissen und nicht Reue, keinen Idealismus, keine Anständigkeit ...»
«So», sagte Thomas Lieven gemessen, «jetzt reicht es, jetzt halten Sie aber schnell die Schnauze. Wer hinderte mich denn, nach England zurückzukehren und weiterzuleben wie ein friedlicher Bürger? Wer hat denn mitgeholfen, meine Existenz zu zerstören? Sie und Ihr dreimal verfluchter Geheimdienst. Glauben Sie, daß ich Sie sehr sympathisch finde, *Sir?*» Und er dachte: Jetzt sollt ihr aber was erleben, ihr verflixten Kerle. Alle miteinander!

«Entschuldigen Sie die Unterbrechung», sagte Thomas Lieven, als er drei Minuten später zu Major Loos zurückkehrte, den man für einen nahen Verwandten seines angelsächsischen Berufskollegen halten konnte.
«Haben einen Bekannten getroffen, was? Ich sah Sie drüben bei der Telefonzelle stehen.»
«Einen alten Bekannten, ach ja! Und einen Konkurrenten von Ihnen, Herr Lehmann.»
Auf der Terrasse des Restaurants brannten jetzt Dutzende von Windlichtern, und aus der Tiefe klang noch immer der kehlige, feierliche Gesang der Fischer. Sanfter Südwestwind blies von der Mündung des Tejo her, der in der Dämmerung die Farbe von rauchigem Perlmutter angenommen hatte.
Loos wiederholte nervös: «Konkurrenten?»
«Der Herr arbeitet für den ‹Secret Service›.»
Loos schlug auf den Tisch und rief unbeherrscht: «Sie verfluchter Hund!»
«Nicht doch», sagte Thomas rügend, «nicht doch, Lehmann. Wenn Sie sich nicht manierlich benehmen können, werde ich Sie allein lassen!»
Der Major nahm sich sehr zusammen: «Sie sind Deutscher. Ich appelliere an Ihr Vaterlandsgefühl ...»

«Lehmann, zum letztenmal: Sie sollen sich anständig benehmen!»
«Kommen Sie mit mir zurück in die Heimat. Sie haben mein Ehrenwort als Abwehroffizier: Es geschieht Ihnen nichts! Am Ehrenwort eines Abwehroffiziers soll man nicht drehen und deuteln ...»
«Sondern es am besten von vornherein nicht glauben», sagte Thomas sanft.
Der Major schluckte schwer. «Dann verkaufen Sie mir die schwarze Tasche. Ich biete dreitausend Dollars.»
«Der Herr aus London bietet jetzt schon das Doppelte.»
«Und wieviel wollen Sie?»
«Dämliche Frage. Soviel ich kriegen kann.»
«Sie sind ein Schuft ohne Charakter.»
«Ja, das hat Ihr Kollege auch eben konstatiert.»
Von einem Moment zum andern wechselte der Gesichtsausdruck des Majors. Er murmelte bewundernd: «Mensch, daß wir Sie nicht haben können ...»
«Wieviel, Lehmann, wieviel?»
«Ich darf ... Ich muß erst in Berlin rückfragen, neue Weisungen erbitten ...»
«Erbitten Sie, Lehmann. Erbitten Sie, und beeilen Sie sich. Mein Schiff läuft in ein paar Tagen aus.»
«Sagen Sie mir nur eines: Wie haben Sie die Tasche ins Land gebracht? Sie wurden doch von den portugiesischen Zollbeamten bis auf die Haut durchsucht!»
«Ich habe mich fremder Hilfe versichert.» Thomas Lieven dachte dankbar an sein scheues Rehlein. «Wissen Sie, Lehmann, für solche Tricks braucht man eine für Sie und Ihresgleichen unerschwingliche Kleinigkeit.»
«Nämlich was?»
«Nämlich Charme.»
«Sie hassen mich, ja?»
«Herr Lehmann, ich habe ein glückliches Leben geführt, ich war ein zufriedener Bürger. Sie und Ihre Kollegen aus England und Frankreich sind schuld daran, daß ich heute hier sitze. Soll ich Sie dafür lieben? Ich wollte mit euch nichts zu tun haben. Nun seht zu, wie ihr mit mir fertig werdet. Wo wohnen Sie?»
«In der Casa Senhora de Fatima.»
«Ich wohne im Hotel ‹Palacio do Estoril-Parque›. Der Herr aus London übrigens auch. Fragen Sie Ihren Chef, wieviel ihm die schwarze Tasche wert ist. Ihr Kollege fragte heute nacht seinen Chef ... So, und jetzt will ich endlich essen!»

2

Die Nacht blieb warm.
In einem offenen Taxi fuhr Thomas Lieven nach Lissabon zurück. Er sah, wie die mondbeschienenen Schaumkronen des Meeres sich an der Küste brachen, sah Luxusvillen am Rand der breiten Autostraße, sah dunkle Pinienwälder, Palmen und auf sanften Hügeln romantische Lokale, aus denen Frauenlachen und verwehte Tanzmusik zu ihm drangen.
Vorbei an dem Modebadeort Estoril fuhr er, vorüber an dem lichterfunkelnden Spielkasino und den beiden großen Hotels.
Europa versank in Schutt und Asche, mehr und mehr – aber hier lebte man noch wie im Paradies.
In einem vergifteten Paradies, dachte Thomas Lieven, einem tödlichen Garten Eden, angefüllt mit den Reptilien vieler Nationen, die einander bespitzelten und bedrohten. Hier in Portugals Hauptstadt war ihr Treffpunkt. Hier machten sie sich wichtig und trieben ihr Unwesen zu Scharen, die Herren der sogenannten «Fünften Kolonnen», diese Harlekine des Teufels ...
Im Herzen von Lissabon, auf dem prunkvollen Praça Dom Pedro, mit seinem schwarz-weißen Mosaikpflaster, stieg Thomas Lieven aus. Die Straßengärten der großen Kaffeehäuser, die den riesigen Platz säumten, waren noch immer voll besetzt von Einheimischen und Fremden.
Mit gewaltigen Schlägen verkündeten die Kirchturmuhren ringsum die elfte Nachtstunde. Indessen die Glocken noch hallten, sah Thomas zu seiner Verblüffung, wie Portugiesen und Flüchtlinge aus Österreich, Deutschland, Polen, Frankreich, Belgien, der Tschechoslowakei, Holland und Dänemark zu Hunderten von ihren Stühlen aufsprangen und zum unteren Ende des Praça Dom Pedro stürzten. Thomas ließ sich mitreißen in dem Meer von Menschenleibern.
Am Ende des Platzes befand sich ein gewaltiges Zeitungsgebäude. Unter dem Dach gab es ein Leuchtschriftband, über welches die letzten Nachrichten liefen. Tausende von Augen starrten gebannt zu der Lichtschrift empor, die für Unzählige gleichbedeutend war mit einer Entscheidung über Leben oder Tod.
Thomas las:
... (DNB): *Deutscher Reichsaußenminister von Ribbentrop und italienischer Außenminister Ciano klären im Wiener Schloß Belvedere durch deutsch-italienischen Schiedsspruch endgültig die Frage der neuen ungarisch-rumänischen Grenzziehung ...*

*(United Press): Deutsche Luftwaffe setzt ihre massiven Angriffe auf die britische Insel fort – Schwere Schäden und Verluste an Menschenleben in Liverpool – London – Weybridge und Felixtown ...*
*(International News Service): Massiver Angriff italienischer schwerer Bomber auf Malta – Konzentrierte Angriffe auf britische Militärdepots in Nordafrika ...*
Thomas Lieven drehte sich um und blickte in die Gesichter der Menge. Er sah nur wenig gleichgültige, aber unzählige gepeinigte, geängstigte, verfolgte und hoffnungslose Menschen.
Auf seinem Weg zum Hotel wurde Thomas Lieven viermal von schönen jungen Frauen angesprochen, einer Wienerin, einer Pragerin, einer Pariserin. Der Jüngsten, einem halben Kind, das aussah wie die Madonna, gab er Geld und wünschte ihr alles Gute. Sie sagte ihm, daß sie aus Spanien geflüchtet sei, vor Franco.
Betäubend dufteten die Blumen im Garten des sechsstöckigen Parque-Hotels. Auch die Halle glich einem exotischen Blütenmeer. Als sie Thomas Lieven durchschritt, folgten ihm Dutzende von aufmerksamen, lauernden, mißtrauischen und alarmierten Blikken.
Auch hier hörte er fast alle Sprachen Europas.
Aber hier saßen keine gepeinigten, geängstigten, hoffnungslosen Menschen. Hier saßen sie zu Haufen, Agenten und Agentinnen, die in Luxus und Wohlstand ihr ebenso gemeines wie idiotisches Handwerk betrieben – im Namen der jeweiligen Vaterländer.
Als Thomas sein Appartement betrat, schlangen sich weiche Arme um seinen Nacken, und er roch Mabel Hastings Parfüm. Die junge Stewardeß trug eine weiße Perlenkette und hochhackige Schuhe; sonst nichts.
«Ach, Jean, endlich – endlich ... Wie habe ich auf dich gewartet!»
Sie küßte ihn zärtlich, er erkundigte sich sachlich: «Wo ist die schwarze Tasche?»
«Deponiert im Hoteltresor – wie du mir aufgetragen hast ...»
«So ist es gut», sagte Thomas Lieven. «Dann wollen wir jetzt nur noch von der Liebe reden.»
Am nächsten Morgen um 8 Uhr 30 flog eine müde, aber heitere Mabel Hastings nach Dakar. Am nächsten Morgen um 10 Uhr machte sich Thomas Lieven, heiter und durchaus nicht müde, nach einem umfangreichen Frühstück daran, vor seiner Abreise aus Europa noch gründliche Rache an seinen Peinigern vom deutschen, englischen und französischen Geheimdienst zu nehmen ...
In der größten Buchhandlung der Stadt, in der Avenida da India,

suchte am Morgen des 31. August 1940 ein elegant gekleideter Herr nach Plänen von deutschen und französischen Städten. Tatsächlich fand er auch solche Pläne, unter anderem in einem Baedeker aus dem Jahre 1935. Danach wanderte Thomas Lieven zum Hauptpostamt. Seinem Charme und seiner Überredungskunst erlag eine ältere Beamtin. Eine Stunde lang standen ihm Telefonbücher von fünf deutschen und vierzehn französischen Städten zur Verfügung. Die Hauptpost der Weltstadt Lissabon besaß eine komplette Bibliothek aller europäischen Telefonverzeichnisse.

Aus diesen Telefonbüchern schrieb Thomas insgesamt 120 Namen und Adressen heraus. In der Rua Augusta kaufte er eine Schreibmaschine und Papier. Dann kehrte er in sein Hotel zurück, holte die schwarze Tasche aus dem Tresor und begab sich in sein angenehm kühles Appartement im ersten Stock, vor dessen Fenstern sich ein Park mit märchenhaften Pflanzen und Bäumen, Springbrunnen und bunten Papageien ausbreitete.

Um in einen möglichst ausgeglichenen Geisteszustand zu geraten, ließ er sich vom Etagenkellner rasch noch einen Tomaten-Cocktail kredenzen, dann machte er sich an die Arbeit.

Er öffnete die schwarze Tasche. Sie enthielt sein gesamtes Bargeldvermögen. Sie enthielt sechs engbeschriebene Listen sowie neue Konstruktionspläne von schweren Panzern, Flammenwerfern und einem Jagdbomber.

Am liebsten würde ich diesen verfluchten Dreck gleich ins Klo werfen, dachte Thomas, aber sicherlich weiß Major Débras von den Plänen und würde sie vermissen. Die Herren Lovejoy und Loos jedoch wissen nichts von ihrer Existenz, die wollen nur die Listen. Und Listen sollen sie haben ...

Er sah die sechs Schreibmaschinenbogen an. Sie nannten die Namen der Offiziere und zivilen Angehörigen des «Deuxième Bureau», von französischen Agenten in Deutschland, von Vertrauenspersonen in Deutschland und Frankreich – 117 Namen insgesamt.

Hinter den Namen standen die Adressen. Und hinter den Adressen standen jeweils zwei Sätze. Mit dem ersten war der Agent anzusprechen. Mit dem zweiten hatte der Agent zu antworten. Erst dann konnte man sicher sein, es mit ihm persönlich und keinem anderen zu tun zu haben.

Thomas Lieven las zum Beispiel: Willibald Lohr, Düsseldorf, Sedanstraße 34; 1. «Haben Sie vielleicht einen kleinen grauen Zwergpudel mit rotem Halsband gesehen?» 2. «Nein, aber in Lichtenbroich draußen wird noch Honig verkauft.»

Adolf Kunze-Wilke, Berlin-Grunewald, Bismarckallee 145; 1. «Sind das Ihre Tauben auf dem kupfernen Dach des Gartenhäuschens?» 2. «Lenken Sie nicht ab. Ihre Gaderobe ist nicht in Ordnung.»

Und so weiter.

Thomas schüttelte den Kopf und seufzte. Dann spannte er einen Bogen in die neue Schreibmaschine und entfaltete einen Stadtplan von Frankfurt am Main. Aus dem Münchner Telefonbuch hatte er unter anderen den Namen Friedrich Kesselhuth gewählt.

Diesen Namen tippte er nun, dann beugte er sich über den Stadtplan von Frankfurt.

Nehmen wir mal die Erlenstraße, dachte er. Die Erlenstraße lag an der Mainzer Landstraße. Es war eine kurze Straße. Thomas sah nach dem Kartenmaßstab - 1 : 16 000.

Wieviel Häuser können in der Erlenstraße stehen? überlegte Thomas. Dreißig. Vierzig. Aber niemals sechzig. Trotzdem. Sicher ist sicher.

Er tippte: Friedrich Kesselhuth, Frankfurt am Main, Erlenstraße 77. Und dahinter: 1.«Hat die kleine Verkäuferin bei Fechenheim eigentlich blonde oder schwarze Haare?» 2. «Sie müssen den Harzer Roller rasch essen, er verpestet die Luft.»

So, der nächste!

Einen Herrn Paul Giggenheimer aus Hamburg-Altona transportierte Thomas nach Düsseldorf in das Haus 51 der äußerst kurzen Rubensstraße. 1. «John Galsworthy wurde 66 Jahre alt.» 2. «Wir müssen unsere Kolonien wieder haben.»

Das wäre Nummer zwei, dachte Thomas Lieven. Jetzt brauche ich noch einhundertfünfzehn. Und den ganzen Mist muß ich dreimal tippen. Für Lovejoy. Für Loos. Für Débras. Ganz hübsche Arbeit. Wird aber auch gut bezahlt!

Er tippte weiter. Nach einer halben Stunde überfiel ihn plötzlich lähmende Niedergeschlagenheit. Er ging zum Fenster und sah in den Park hinab.

Verflucht noch mal, dachte er, so geht das ja überhaupt nicht!

Ich habe mir vorgenommen, die echten Listen aus der Welt zu schaffen, weil sie nur neues Unheil anrichten können, egal, wer sie bekommt, die Deutschen, die Engländer oder die Franzosen. Ich will nicht, daß durch diese Listen noch mehr Menschen sterben.

Andererseits will ich mich an all den Idioten rächen, die mein Leben zerstört haben. Aber räche ich mich so wirklich an ihnen? Verhindere ich so wirklich, daß neues Unheil angerichtet wird?

Wenn die Franzosen und die Engländer mit meinen gefälschten

Listen arbeiten wollen, werden sie feststellen, daß nichts stimmt. Das wäre gut so! Aber die Deutschen!
Nehmen wir an, es gibt einen Namensvetter des Münchners Friedrich Kesselhuth in Frankfurt, er hat nur einfach kein Telefon. Oder nehmen wir an, die Erlenstraße in Frankfurt ist inzwischen verlängert worden, es gibt dort jetzt wirklich ein Haus Nr. 77 – die Gestapo wird alle Männer namens Kesselhuth holen. Man wird sie quälen, einsperren, töten ...
Und das ist erst ein Name und eine Adresse. Und 116 andere stehen auf den Listen!
Vielleicht merken die Herren der drei Geheimdienste, daß ich sie hereingelegt habe und werfen die Listen fort. Vielleicht sind sie wenigstens *so* intelligent. Ach, nach allem, was ich bisher erlebt habe, darf ich mich *darauf* nicht verlassen!
Aber verflucht, am 3. September kommt Débras und will die Tasche haben. Was mache ich bloß?
Wie einfach ist es, Menschen zu verraten und zu töten. Und wie umständlich, wie mühevoll ist es doch, Menschen zu bewahren und zu beschützen vor Schmerz, Verfolgung und Tod ...

3

Das Telefon klingelte.
Thomas Lieven schrak aus seinen Gedanken auf und nahm den Hörer ans Ohr. Er schloß die Augen, als er die bekannte Stimme vernahm: «Hier Lehmann. Ich habe mit dem bewußten Herrn telefoniert. Also – 6000 Dollars.»
«Nein», sagte Thomas.
«Was, nein?» Panik klang auf in der Stimme des Majors aus Köln. «Haben Sie schon verkauft?»
«Nein.»
«Was dann?»
Bedrückt sah Thomas auf das Blatt, das in der Maschine steckte. «Ich stehe noch in Verhandlungen. Ich nehme Ihr Angebot zur Kenntnis. Rufen Sie morgen wieder an.» Er hängt ohne ein weiteres Wort ein.
Fritz Loos müßte ich einen von den Kerlen auf meinen Listen nennen, dachte er wütend. Dann packte er alle Papiere in die schwarze Mappe und trug sie hinunter zum Chefportier, der sie in den Hoteltresor einschloß. Thomas hatte vor, einen kleinen Spaziergang zu machen und nachzudenken. Es mußte eine Lösung für sein Problem geben, mußte, mußte ...

In der Halle saß der Agent Lovejoy. Er trug immer noch eine mächtige Beule auf der Stirn.
Lovejoy sprang auf und kam mit gierigen Augen heran. «Die Tasche, wie? Habe sie deutlich gesehen. Also was ist?»
«Ich stehe noch in Verhandlungen. Fragen Sie mich morgen.»
«Hören Sie, ich biete mehr als Ihr Nazi, ich biete auf alle Fälle mehr!»
«Ja, ja, schon gut», sagte Thomas Lieven und ließ ihn stehen. Tief in Gedanken trat er auf die sonnige Straße hinaus. Tief in Gedanken wanderte er durch die Stadt. In der Avenida da Liberdade wurde er aufgehalten. Unter den Palmen zog ein Leichenzug dahin. Polizisten sperrten den Verkehr. Ein bekannter Portugiese mußte da gestorben sein, denn Hunderte von schwarzgekleideten Männern und Frauen folgten ihm ergriffen auf seinem letzten Weg. Viele weinten. Passanten zogen den Hut. Es wurde laut gebetet, und es roch nach Weihrauch.
Hört! Aus dem Murmeln der Trauernden erklang heiseres Gelächter. Ein eleganter junger Herr war es, der da so ungeheuer taktlos störte.
«Schmutziger Ausländer», sagte eine alte Frau und spuckte vor ihm aus.
«Ja, Mütterchen, ja», sagte Thomas Lieven. Und dann eilte er, den Regenschirm geschultert, zum nahen Hauptbahnhof, so schnell er konnte.
In der Halle gab es einen großen Stand mit Zeitungen und Illustrierten aus der ganzen Welt. Churchill und Hitler, Göring und Roosevelt hingen hier friedlich nebeneinander, umrahmt von Pin-up-Girls, Freikörperkultur-Knaben und kriegerischen Schlagzeilen in vielen Sprachen.
«Zeitungen, bitte», sagte Thomas Lieven außer Atem zu dem runzeligen alten Verkäufer. «Alle französischen, alle deutschen.»
«Sind aber von vorgestern.»
«Macht nichts! Geben Sie mir, was Sie haben. Auch die von voriger Woche. Und von vorvoriger Woche.»
«Sind Sie betrunken?»
«Völlig nüchtern. Los, Papa!»
Der alte Mann zuckte die Schultern. Und dann verkaufte er seinen gesamten Bestand an alten Nummern des «Reichs», des «Völkischen Beobachters», der «Berliner Zeitung», der «Deutschen Allgemeinen Zeitung», der «Münchner Neuesten Nachrichten» und an alten Nummern von «Le Matin», «L'Oeuvre», «Le Petit Parisien», «Paris Soir» und neun französischen Provinzblättern.

Mit diesem Packen alter Zeitungen kehrte Thomas Lieven ins Hotel zurück und schloß sich in seinem Appartement ein. Und dann studierte er die alten, verstaubten Gazetten, aber immer nur die letzten Seiten, also immer nur jene Spalten, in denen – Todesanzeigen standen. Viele Leute starben täglich in Paris und Köln, in Toulouse und Berlin, in Le Havre und München. Den Toten konnte die Gestapo nichts mehr tun.
Thomas Lieven begann zu tippen. Die Arbeit ging ihm flott von der Hand. Denn nun konnte er mit gutem Gewissen sogar die richtigen Adressen verwenden ...

Am 2. September 1940 erwarb unser Freund in einem Lederwarengeschäft der Avenida Duarte Pacheco zwei schwarze Taschen. Am frühen Nachmittag erschien er mit einer dieser Taschen in den eleganten Räumen der Herrn Gomes dos Santos.
Herr dos Santos, einer der besten Schneider Lissabons, schüttelte ihm zum Empfang persönlich und treuherzig lachend die Hand. Gelächter verlieh ihm ein wohlhabendes Aussehen. Herr Santos hatte sehr viel Gold im Mund.
In einem Umkleidezimmer mit zart rosafarbenen Seidentapeten traf Thomas Lieven den Major Loos, der einen schicken, neuen Anzug aus dunklem Flanell trug.
«Gott sei Dank», sagte Loos erleichtert, als er Lievens ansichtig wurde.
Seit drei Tagen kostete dieser Mensch ihn ohne Ende seine Nerven. Immer wieder war er mit ihm zusammengetroffen in Bars, in Hotelhallen, am Badestrand. Immer wieder hatte dieser Mensch ihn hingehalten: «Ich kann mich noch nicht entscheiden. Ich muß noch einmal mit dem Engländer reden.»
Dasselbe Spiel hatte Thomas Lieven mit Lovejoy getrieben. Auch diesen hatte er immer wieder vertröstet und darauf hingewiesen, daß sein Konkurrent mehr bot, immer noch mehr. Auf diese Weise war bei beiden Herren zuletzt ein Angebot von je 10 000 Dollars zu erreichen gewesen. Thomas wollte es dabei bewenden lassen.
Den beiden Herren hatte er ernst erklärt: «Es muß bis zu Ihrer Abreise absolut geheim bleiben, daß ich *Ihnen* die Tasche verkauft habe, sond sind Sie ihres Lebens nicht sicher. Die Übergabe muß darum an einem unauffälligen Ort stattfinden.»
Loos hatte sich für einen Umkleideraum im Reich des Herrn dos Santos entschieden. Er erklärte Thomas: «Toller Kerl, der Schneider! Macht Ihnen in drei Tagen einen tadellosen Maßanzug aus

bestem englischem Stoff.» Er klopfte an seinen Ärmel: «Greifen Sie mal an!»
«Tatsächlich, ausgezeichnet.»
«Wir lassen alle hier arbeiten.»
«Wer ist alle?»
«Sämtliche Agenten, die in Lissabon wohnen.»
«Und dann nennen Sie das einen unauffälligen Ort?»
Loos zeigte sich begeistert von der eigenen Schlauheit: «Gerade! Verstehen Sie nicht? Keiner der lieben Herren Kollegen würde sich träumen lassen, daß ich dienstlich hier bin!»
«Aha.»
«Außerdem habe ich José hundert Escudos gegeben.»
«Wer ist José?»
«Der Zuschneider. Wir sind hier ungestört.»
«Haben Sie das Geld?»
«Selbstverständlich. In diesem Kuvert. Und die Listen?»
«In dieser Tasche.»
Danach sah sich der Major sechs Listen mit einhundertsiebzehn Adressen an und Thomas Lieven ein Kuvert mit zweihundert Fünfzig-Dollar-Noten. Beiden schien zu gefallen, was sie sahen.
Der Major schüttelte Thomas die Hand. «Meine Maschine geht in einer Stunde. Viel Glück, alter Schurke. Ich habe Sie richtig liebgewonnen. Vielleicht sehen wir uns wieder.»
«Hoffentlich nicht.»
«Na dann – Heil Schicki!» Loos hob den rechten Arm.
«Wie bitte?»
«So sagen die Herren von unserer Mission hier. Der Kerl soll doch mal Schicklgruber geheißen haben. Sind lauter prima Kameraden hier unten, wirklich. Sollten Sie näher kennenlernen.»
«Ach nein doch, danke.»
«Überhaupt keine Nazis!»
«Natürlich nicht», sagte Thomas Lieven. «Gute Reise, Herr Lehmann. Und grüßen Sie unbekannterweise den Herrn Admiral von mir.»

4

*Im Hinblick auf die besondere politische Lage*
*Portugals zeigen wir keine Wochenschau*
gab eine Tafel im Foyer des Lissaboner Filmtheaters «Odeon» bekannt.
Aber den deutschen Film «Feuertaufe» zeigte das «Odeon»!

In einer Loge traf Thomas Lieven während der Vier-Uhr-Vorstellung mit dem englischen Agenten Lovejoy zusammen. Während sich auf der Leinwand deutsche Stukas über Warschau hermachten, wechselten noch einmal eine schwarze Tasche und 10 000 Dollars den Besitzer. Während Bomben explodierten, Häuser in die Luft flogen und zackige Marschmusik erklang, brüllte Lovejoy, um den Schlachtenlärm zu übertönen, in Thomas Lievens Ohr: «Ich habe eigens dieses Kino ausgesucht. Hier können wir uns ruhig unterhalten, es versteht uns kein Mensch. Intelligent, was?»
«Sehr intelligent!»
«Der Nazi wird zerspringen!»
«Wann fliegen Sie nach London?»
«Noch heute abend.»
«Na, dann gute Reise.»
«Wie, bitte?»
«Ich sagte: Gute Reise!» schrie ihm Thomas ins Ohr.

Die echten Listen hatte er natürlich längst in kleine Stücke gerissen und im Badezimmer seines Appartements fortgespült. In der schwarzen Originaltasche, die im Tresor des Parque-Hotels ruhte, wartete die dritte Ausfertigung der falschen Listen mit den Namen von einhundertsiebzehn teuren Verblichenen auf den Major Maurice Débras.
Débras war in Madrid. Am 3. September wollte er in Lissabon eintreffen. Er hatte mit Thomas besprochen: «Vom 3. September an warten wir allabendlich ab 22 Uhr im Spielsaal von Estoril aufeinander.»
Jetzt also noch den Major erledigen, dachte Thomas Lieven, während er am Abend des 3. September mit der Schnellbahn nach Estoril hinausfuhr, und dann untergetaucht in einer kleinen Pension bis zum 10. September!
Am 10. September lief sein Schiff, die «General Carmona», aus. Es war besser, überlegte Thomas, wenn er bis dahin möglichst unsichtbar blieb. Denn es war anzunehmen, daß bis dahin zumindest die Herren in Berlin herausgefunden haben würden, was er ihnen angetan hatte.
Daß Débras etwas merkte, war ziemlich unwahrscheinlich. Der Major wollte sofort weiter nach Dakar. Thomas dachte: Irgendwann in naher Zukunft wird natürlich auch er sehr enttäuscht von mir sein. Der arme Kerl! Ich habe ihn so gern. Aber Hand aufs Herz, was hätte ich tun sollen? Sicherlich wäre er in meiner Lage

auf dieselbe Idee gekommen. Josephine ist eine Frau. Sie wird mich verstehen ...

5

«Mesdames, messieurs, faites vos jeux!»
Der Croupier warf die kleine weiße Kugel mit einer eleganten Bewegung in den langsam kreisenden Kessel. In verwirrender Gegenbewegung lief sie los.
Wie hypnotisiert verfolgte die Dame im roten Abendkleid ihren Lauf. Sie saß direkt neben dem Croupier. Ihre Hände zitterten über ein paar kleinen Türmen von Jetons. Sie war sehr bleich und sehr schön, vielleicht dreißig Jahre alt. Das schwarze Haar trug sie in der Mitte gescheitelt, es lag am Kopf an wie eine Kappe. Die Dame besaß einen aufreizend gewölbten Mund und leuchtende schwarze Augen. Sie sah beherrscht und aristokratisch aus. Und war völlig dem Roulett verfallen.
Thomas Lieven beobachtete sie seit einer Stunde. Er aß an der glitzernden Bar des riesigen Spielsaals und trank Whisky. Das Licht der Lüster fiel auf die kostbaren Bilder an den Wänden, auf weiß-goldene Riesenspiegel, dicke Teppiche, die Diener in Escarpins, die Herren im Smoking, die nackten Schultern der Frauen, das kreisende Rad, die laufende Kugel ...
Klick!
«Zero!» rief der Croupier neben der Dame in Rot. Sie hatte verloren. Sie verlor seit einer Stunde. Thomas beobachtete sie dabei. Die Dame verlor nicht nur ein Vermögen, sie verlor langsam auch ihre Haltung. Mit unsicheren Fingern zündete sie eine Zigarette an. Ihre Lider flatterten. Sie öffnete die golddurchwirkte Abendtasche. Holte Scheine hervor. Warf sie dem Croupier hin. Der wechselte sie in Spielmarken. Die Dame in Rot setzte wieder.
Es wurde an vielen Tischen gespielt, auch Chemin-de-fer. Es gab viele schöne Frauen im Saal. Thomas Lieven sah nur eine: die Dame in Rot. Diese Mischung von Haltung und Erregtheit, guten Manieren und Spielleidenschaft regten ihn auf – hatten ihn schon immer aufgeregt.
«27, rouge, impair et passe!» rief der Croupier.
Wieder hatte die Dame in Rot verloren. Thomas sah, daß der Mixer den Kopf schüttelte.
Auch der Mixer sah der Dame zu. «So etwas von Pech», sagte er mitleidig.
«Wer ist das?»

«Verrückte Spielerin. Was glauben Sie, was die schon verloren hat!»
«Wie heißt sie?»
«Estrella Rodrigues.»
«Verheiratet?»
«Verwitwet. Der Mann war Anwalt. Wir nennen sie Konsulin.»
«Warum?»
«Na, weil sie eine ist. Konsulin von irgend so einer Bananenrepublik.»
«Aha.»
«5, rouge, impair et manque!»
Wieder hatte die Konsulin verloren. Nur noch sieben einsame Jetons lagen vor ihr.
Thomas hörte sich plötzlich leise angesprochen: «Monsieur Leblanc?»
Er drehte sich langsam um. Ein kleiner, dicker Mann stand vor ihm. Der Kleine hatte ein rotes Gesicht, schwitzte und war sehr aufgeregt. Er sprach französisch: «Sie sind doch Monsieur Leblanc, nicht wahr?»
«Ja.»
«Folgen Sie mir auf die Toilette.»
«Warum?»
«Weil ich Ihnen etwas zu sagen habe.»
Verflucht, meine Listen ... Einer von den Geheimdienstbullen hat Lunte gerochen. Aber welcher? Lovejoy oder Loos? Thomas schüttelte den Kopf: «Sagen Sie es hier.»
Der Kleine flüsterte Thomas ins Ohr: «Major Débras hat Schwierigkeiten in Madrid. Sein Paß wurde ihm abgenommen. Er kann das Land nicht verlassen. Er bittet Sie, ihm schleunigst einen falschen Paß zukommen zu lassen.»
«Was für einen Paß?»
«Sie hatten doch in Paris einen Haufen!»
«Die habe ich alle verschenkt!»
Der Kleine schien das nicht zu hören. Er raunte eilig: «Ich habe gerade ein Kuvert in Ihre Tasche gesteckt. In dem Kuvert befinden sich Fotos von Débras und meine Adresse in Lissabon. Dahin bringen Sie den Paß.»
«Erst mal einen haben!»
Der Kleine sah sich nervös um. «Ich muß hier weg ... Tun Sie, was Sie können. Rufen Sie mich an.» Er eilte weg.
«Hören Sie doch –», rief Thomas. Der Kleine war verschwunden. Herrgott, man hat aber doch nur Ärger!

Was mache ich jetzt? So ein netter Kerl, dieser Débras! Ich muß ihn aus Gründen meiner Weltanschauung behumpsen, aber im Stich lassen – das kommt nicht in Frage! Wie helfe ich Débras aus Spanien heraus? Woher bekomme ich in der Geschwindigkeit einen falschen Paß für ihn?
Thomas Lievens Blick wanderte zu der Dame in Rot. Sie erhob sich gerade, verstört und bleich. Sie hatte anscheinend alles verloren. Plötzlich kam Thomas die Idee ...

Zehn Minuten später saß er mit der Konsulin Estrella Rodrigues am schönsten Tisch des vornehmen Casino-Restaurants. Eine kleine Damenkapelle arbeitete sich durch Verdi. Drei Kellner vollführten ein ästhetisches Ballett um Thomas Lievens Tisch. Sie servierten eben das Hauptgericht: Leber auf portugiesische Art.
«Ausgezeichnet, die Paprika-Sauce», lobte Thomas. «Wirklich, ganz ausgezeichnet. Finden Sie nicht, Madame?»
«Es schmeckt sehr gut.»
«Das verdanken wir dem Saft, Madame, dem Saft der Tomaten ... Ist etwas nicht in Ordnung?»
«Warum?»
«Sie haben mich eben so seltsam angesehen – so – so streng!»
Voller Würde erwiderte die Konsulin: «Monsieur, ich möchte nicht, daß Sie sich irgendeiner Art von Irrtümern hingeben. Es entspricht nicht meinem Wesen, mich von fremden Herren zum Essen einladen zu lassen.»
«Madame, es bedarf keines Wortes der Erklärung. Ein Gentleman weiß, wann er eine Dame vor sich hat. Vergessen wir nicht, daß ich es war, der Sie zu diesem kleinen abendlichen Imbiß nötigte, ja, der ihn Ihnen aufzwang!»
Die Konsulin seufzte und sah ihn plötzlich gar nicht mehr streng, sondern außerordentlich sentimental an. Wie lange der Herr Gemahl wohl schon tot ist, überlegte Thomas, indessen er sagte: «In Augenblicken großer Nervenspannung und Seelenpein sollte man immer etwas Kalorienreiches zu sich nehmen. Haben Sie – hm – sehr viel verloren?»
«Sehr, sehr viel!»
«Sie sollten nicht spielen, Madame. Noch ein paar Oliven? Eine Frau, die aussieht wie Sie, muß verlieren. Es ist nur gerecht.»
«Ach ...» Der schöne Ausschnitt der Konsulin verriet ihre innere Unruhe. «Sie spielen gar nicht, Monsieur Leblanc?»
«Roulett nicht, nein.»
«Glücklicher!»

Menu · 3. September 1940

*Sardinen-Toast*
*Leber auf portugiesische Art*
*Melone in Champagner*

---

## Nach diesem Essen wurde die schöne Konsulin schwach

Sardinen-Toast: Feinste große Ölsardinen ohne Haut und Gräten werden in dem Öl, in dem sie eingelegt waren, kurz auf beiden Seiten gebraten. Dann lege man sie auf frisch zubereiteten, heißen Toast, umlege sie mit Zitronenscheiben und serviere. Am Tisch beträufle man sie mit Zitronensaft und bestreue sie außerdem mit etwas Pfeffer.
Bei dieser Speise als Vorgericht reiche man pro Person höchstens zwei belegte Toast-Scheiben, denn diese Sardinen-Toasts sollen den Appetit natürlich nur anregen, nicht jedoch erschlagen ...

Leber auf portugiesische Art: Man wälze eine der Personenzahl entsprechende Anzahl Scheiben von Kalbs- oder Rindsleber in Mehl. Man beachte: gesalzen wird Leber immer erst nach dem Braten. Man schneide zwei große Zwiebeln klein. Man befreie ein Pfund Paprikaschoten von Stiel, Kernen und dem weißen Pelz, schneide sie dann in schmale, kurze Streifchen. Dann zerquetsche man 1 Pfund enthäutete Tomaten und drücke den Saft heraus. Sodann dünste man die Zwiebeln in einer halben Tasse Öl hellgelb, gebe die Paprikastreifchen und danach die zerquetschten Tomaten hinzu. Ist der Paprika weich, füge man den ausgepreßten Tomatensaft bei und lasse ihn noch fünf Minuten mitkochen. Danach streiche man die Masse durch ein Sieb, gieße etwas Sahne hinzu und erhitze das Ganze noch einmal. Mit Salz und scharfem Pfeffer würzen. Diese Sauce gieße man über die erst in letzter Minute gebratene Leber und garniere rundum mit dünnen Scheibchen von entkernten Oliven. Dazu reiche man trockenen Reis.

Melone in Champagner: Man köpfe eine schöne, reife Cantaloupmelone, benutze das geköpfte Stück als Deckel. Dann löse man das innere Fruchtfleisch heraus bis auf einen Rest von einem Zentimeter. Man entkerne dieses herausgelöste Fruchtfleisch, schneide es in mittelgroße Würfel und fülle es wieder in die Melone. Über diese Füllung gieße man einen herben Champagner – so viel, daß die Würfel gut bedeckt sind, aber nicht schwimmen. Danach wird der «Deckel» aufgesetzt, die Melone kalt gestellt und eiskalt serviert. Man kann diesen Nachtisch auf viele Arten variieren, etwa, indem man likörgetränkte Kirschen oder andere Früchte hinzufügt. Der Feinschmecker bevorzugt die oben beschriebene Art, weil dabei das natürliche Aroma der Melone am besten zur Geltung kommt.

---

«Ich bin Bankier. Ein Spiel, dessen Verlauf ich nicht mit meiner Intelligenz beeinflussen kann, langweilt mich.»
Die schwarze Estrella sagte, plötzlich wieder erschreckend streng und wild: «Ich hasse das Roulett! Ich hasse es, und ich hasse mich, wenn ich spiele!»
Thomas Lieven begann sich aufzuregen. Diese Person, einmal

sanft wie ein Lamm, dann übergangslos eine reißende Tigerin ... Du lieber Gott, wird das ein Theater werden ... Aber schööön –!
«Ich hasse zweierlei auf dieser Welt, Monsieur!»
«Das wäre?»
«Das Roulett und die Deutschen», zischte Estrella.
«Aha.»
«Sie sind Franzose, Monsieur. Ich weiß, daß Sie mich wenigstens in dem zweiten Punkt verstehen werden ...»
«Durchaus, Madame, durchaus. Hm! Warum hassen Sie die Deutschen eigentlich?»
«Mein erster Mann war Deutscher.»
«Ich verstehe.»
«Und Spielbankdirektor! Ich brauche nicht weiterzusprechen!»
Dieses Gespräch irrt ab, dachte Thomas Lieven und sagte darum: «Gewiß nicht. Etwas allerdings würde mir großen Spaß machen ...»
«Nämlich?»
«Ihr Spiel einen Abend lang zu finanzieren.»
«Mein Herr!»
«Wenn Sie gewinnen, teilen wir.»
«Das geht nicht – das ist ausgeschlossen – ich kenne Sie doch überhaupt nicht ...», begann die Konsulin.
Kleiner Zeitsprung. Zehn Minuten später: «Also meinetwegen – aber nur unter der Bedingung, daß wir wirklich teilen, wenn ich gewinne!»
«Selbstverständlich.»
Estrellas Augen begannen zu leuchten, unruhig ging ihr Atem, die Wangen röteten sich: «Wo bleibt denn der Nachtisch, ach, ich bin so aufgeregt, ich fühle ganz deutlich: jetzt werde ich gewinnen – was ich will, gewinnen ...»
Eine Stunde später hatte die temperamentvolle Dame, welche die Deutschen und das Roulett haßte, zwanzigtausend Escudos verloren, also fast dreitausend Mark. Einer Maria Magdalena ähnlich kam sie erschüttert zu Thomas, der an der Bar saß: «O Gott, ich schäme mich so.»
«Aber warum denn bloß?»
«Wie soll ich Ihnen das Geld zurückgeben? Ich – ich bin im Moment ganz knapp ...»
«Betrachten Sie es als Geschenk.»
«Unmöglich!» Jetzt sah sie wieder aus wie ein Engel der Rache, wie aus Marmor gemeißelt. «Wofür halten Sie mich! Es scheint, Sie haben sich in mir gründlich geirrt, mein Herr!»

6

Das Boudoir lag im Halbdunkel. Kleine Lämpchen mit roten Schirmen brannten. Auf einem Tischchen stand die Fotografie eines seriösen Herrn mit Zwicker und großer Nase. Der vor Jahresfrist verblichene Anwalt Pedro Rodrigues blickte, in Kleinformat und aus einem Silberrahmen, auf seine Witwe Estrella.
«Ach, Jean – Jean, ich bin so glücklich ...»
«Und ich, Estrella, und ich. Zigarette?»
«Laß mich an deiner ziehen ...»
Er ließ sie ziehen und sah gedankenvoll die schöne Frau an. Mitternacht war längst vorbei. In der großen Villa der Konsulin regte sich nichts mehr. Das Personal schlief.
Sie schmiegte sich an ihn und streichelte ihn.
«Estrella, Liebling ...»
«Ja, mein Herz?»
«Hast du sehr viele Schulden?»
«Wahnsinnig viele ... Auf dem Haus liegen Hypotheken ..., ich habe schon Schmuck versetzt. Ich hoffe doch immer, daß ich noch alles zurückgewinnen kann ...»
Thomas sah die Fotografie an: «Hat er dir viel hinterlassen?»
«Ein kleines Vermögen ... Dieses elende, dieses teuflische Roulett, wie ich es hasse!»
«Und die Deutschen.»
«Und die Deutschen, ja!»
«Sag mal, chérie, von welchem Land bist du eigentlich Konsulin?»
«Von Costarica. Warum?»
«Hast du schon einmal einen costaricanischen Paß ausgestellt?»
«Nein, nie ...»
«Aber doch sicherlich dein Mann?»
«Ja, der schon ... Weißt du, seit Kriegsbeginn ist überhaupt niemand mehr hergekommen. Ich glaube, es gibt gar keine Costaricaner mehr in Portugal.»
«Liebling, hm, aber gewiß gibt es doch noch ein paar Paßformulare im Hause?»
«Ich weiß es nicht ... Als Pedro starb, habe ich alle Formulare und Stempel in einen Koffer gepackt und auf den Boden getragen ... Warum interessiert dich das?»
«Estrella, Schätzchen, weil ich gerne einen Paß ausstellen würde.»
«Einen Paß?»
Im Vertrauen auf ihre finanzielle Misere sagte er sanft: «Oder auch mehrere.»

«Jean!» Sie war entsetzt. «Soll das ein Scherz sein?»
«Mein Ernst.»
«Was bist du bloß für ein Mensch?»
«Der Kern ist gut.»
«Aber – was sollten wir denn mit den Pässen anfangen?»
«Wir könnten sie verkaufen, schönes Kind. Hier gäbe es viele Käufer. Und sie würden viel bezahlen. Und mit dem Geld könntest du ... Ich brauche nicht weiterzusprechen ...»
«Oh!» Estrella holte tief Atem. Sie sah hinreißend aus, wenn sie tief Atem holte. Estrella schwieg. Estrella dachte nach – lange nach. Dann sprang sie auf und lief ins Badezimmer. Als sie zurückkam, brachte sie einen Bademantel mit.
«Zieh das an!»
«Wo willst du hin, Schätzchen?»
«Auf den Boden natürlich!» rief sie und stolperte auf hochhackigen Seidenpantoffeln bereits vor ihm her zur Tür.
Der Boden war groß und vollgeräumt. Es roch nach Holzwolle und Naphthalin. Estrella hielt eine Taschenlampe, während Thomas keuchend einen alten Holzkoffer unter einem zusammengerollten Riesenteppich hervorwuchtete. Er stieß sich den Schädel an einem Balken an und fluchte. Estrella kniete neben ihm nieder. Mit vereinten Kräften stemmten sie den knarrenden Deckel hoch. Formulare, Bücher, Stempel und Pässe lagen darin. Pässe zu Dutzenden! Mit fliegenden Fingern griff Estrella nach ihnen, blätterte darin, in diesem, in jenem, in fünf, in acht, in vierzehn Pässen. Die Pässe waren ohne Ausnahme alt und fleckig. Fotos fremder Menschen klebten in ihnen, zahllose Stempel bedeckten die Seiten. Lauter abgelaufene Pässe.
Abgelaufen ... Abgelaufen ... Ungültig ...
Tief enttäuscht richtete Estrella sich auf: «Kein einziger neuer Paß, lauter alte ... Mit denen können wir nichts anfangen ...»
«Im Gegenteil», sagte Thomas Lieven leise und gab ihr einen Kuß: «Alte, ungültige Pässe sind die besten!»
«Das verstehe ich nicht ...»
«Das wirst du gleich verstehen», versprach Thomas Lieven, alias Jean Leblanc, vergnügt. Er fühlte nicht den Eishauch seines Schicksals, das hinter ihn trat und sich hoch aufrichtete wie der Flaschengeist aus dem orientalischen Märchen, bereit, von neuem zuzuschlagen und ihn hineinzuschleudern in einen Strudel neuer Abenteuer und Gefahren.

## 7

Gemessenen Schrittes, einen Homburg auf dem Haupt, eine große Ledertasche in der Hand, bewegte sich gegen die Mittagsstunde des 4. September 1940 ein eleganter junger Herr von höchst vorteilhafter Erscheinung durch das Labyrinth der Alfama, der Altstadt von Lissabon.

In den winzigen krummen Gassen mit ihren verwitterten Rokokopalästen und buntgekachelten Bürgerhäusern spielten barfüßige Kinder, debattierten dunkelhäutige Männer, eilten Frauen zum Markt, Körbe voll Obst oder Fische auf dem Kopf. Schneeweiße Wäsche hing an unzähligen Leinen. Schwarze Eisengitter glänzten vor hohen maurischen Fenstern. Bizarr verkrüppelte Bäume wuchsen auf geborstenen Steintreppen. Und immer wieder öffneten sich die Mauern und gaben den Blick frei auf den nahen Fluß.

Der elegante junge Herr betrat einen Metzgerladen. Hier erwarb er ein ansehnliches Stück Kalbsfilet. Im Laden nebenan kaufte er eine Flasche Madeira, einige Flaschen Rotwein, Olivenöl, Mehl, Eier, Zucker und allerlei Gewürze. Auf dem in tausend Farben glühenden Marktplatz endlich erstand er ein Pfund Zwiebeln und zwei schöne Salatköpfe.

Vor der Marktfrau zog er den Hut und verneigte sich zum Abschied mit einem gewinnenden Lächeln.

Nun strebte er der engen, dunklen Rua do Poco des Negros entgegen, wo er den Hof eines halbverfallenen Hauses betrat.

Die sanitären Einrichtungen dieses Gemäuers boten sich ihm sogleich in Form vieler verwitterter Holzverschläge dar, die auf schmalen Balkonen standen. Ein Netz dazugehöriger Röhren zog sich an den Mauern dahin. Wie das Astwerk eines Ariernachweises, dachte Thomas Lieven.

Ein blinder Greis saß in einer sonnigen Ecke des Hofes, zupfte auf einer Gitarre und sang dazu mit dünner, hoher Stimme:

«Was mein Schicksal mir erkor,
läßt mich nie.
Einzig kenn' ich nur die Trauer,
denn für mich ist sie geboren,
ich für sie ...»

Thomas Lieven legte Geld in den Hut des Sängers und sprach ihn portugiesisch an:

«Diga-me, por favor, wo wohnt Reynaldo, der Maler?»

«Sie müssen den zweiten Eingang nehmen; Reynaldo wohnt ganz oben, unter dem Dach.»

«Muito obrigado», sagte Thomas Lieven, und wieder lüftete er höflich den Homburg, obwohl der Blinde das doch gar nicht sehen konnte.
Im Trepppenhaus des zweiten Eingangs war es dunkel. Je höher Thomas stieg, um so heller wurde es. Er hörte viele Stimmen. Es roch nach Olivenöl und Armut. Im obersten Stock gab es nur noch zwei Türen. Die eine führte zum Boden hinauf, an der anderen stand, mit großen roten Buchstaben hingeschmiert:

REYNALDO PEREIRA

Thomas klopfte. Es blieb still. Er klopfte lauter. Nichts rührte sich. Er drückte die Klinke herab. Die Tür öffnete sich knarrend. Durch einen dunklen Vorraum trat Thomas Lieven in ein großes Maleratelier. Hier war es sehr hell. Ein riesenhaftes Fenster ließ grelles Sonnenlicht über Dutzende von ziemlich wüsten Bildern fallen, auf einen Tisch, der überladen war mit Farben, Tuben, Pinseln und Flaschen, auf volle Aschenbecher und auf einen Mann von etwa fünfzig Jahren, der vollkommen angezogen auf einer Couch schlief.
Der Mann hatte dichtes schwarzes Haar. Dunkle Stoppeln bedeckten seine bleichen, eingefallenen Wangen. Er schnarchte laut und rhythmisch. Vor der Couch lag eine leere Kognakflasche.
«Pereira!» rief Thomas Lieven. Der Bärtige reagierte nicht. «Pereira, he!» Der Bärtige schnarchte laut auf und warf sich zur Seite.
«Na ja», brummte Thomas Lieven, «dann wollen wir uns mal ums Mittagessen kümmern ...»
Eine Stunde später erwachte der Maler Reynaldo Pereira. Drei Gründe gab es für sein Erwachen: Die Sonne schien ihm direkt ins Gesicht. In der Küche klapperte und rumorte es. Ein intensiver Geruch nach Zwiebelsuppe hatte sich verbreitet.
Mit belegter Stimme rief er: «Juanita?» Noch benommen erhob er sich, zog die Hosen hoch, stopfte das Hemd hinein und stolperte zur Küche. «Juanita, mein Herz, mein Leben, bist du zurückgekommen?»
Er öffnete die Küchentür. Ein Mann, den er noch nie gesehen hatte, stand, eine alte Schürze umgebunden, am Herd und kochte.
«Bom dia», sagte der Fremde und lächelte gewinnend. «Endlich ausgeschlafen?»
Der Maler begann plötzlich am ganzen Körper zu zittern, tastete zu einem Sessel und fiel schwer darauf. Er stöhnte. «Verfluchter Schnaps ... Es ist soweit, es geht los ...»

Menu · 4. September 1940

*Überbackene Zwiebelsuppe*
*Kalbsmedaillons in Madeira-Sauce*
*Brennende Eierkuchen*

---

## Dieses Gericht bringt einen Paßfälscher in Höchstform

Überbackene Zwiebelsuppe: Man schneide reichlich Zwiebeln in dünne Ringe und lasse sie in Butter oder Öl hellbraun braten. Dann gieße man heißes Wasser – etwas mehr, als man Suppe wünscht – darüber und lasse es fünfzehn Minuten kochen, salze nach Geschmack. Man kann auch Fleischbrühe verwenden. Inzwischen schneide man dünne Weißbrotscheiben, die man auf die vom Feuer genommene Suppe legt und dick mit geriebenem Käse bestreut. Der Topf wird dann in den heißen Backofen gestellt, bis der Käse eine leicht bräunliche Schicht gebildet hat.
Hübscher ist es, wenn man für jede Person ein eigenes feuerfestes Schüsselchen benützen kann.

Kalbsmedaillons in Madeira-Sauce: Man schneide schöne dicke Scheiben vom Kalbsfilet, klopfe sie leicht und brate sie kurz auf beiden Seiten, so daß sie innen noch etwas rosa sind. Salzen darf man sie erst nach dem Braten. Vorher hat man eine halbe Zwiebel, fünf Mandeln und eine Handvoll Pilze feinblättrig geschnitten und mit Öl oder Butter leicht angebraten. Darauf gieße man ein großes Glas Madeira und lasse alles fünfzehn Minuten ganz schwach kochen, würze mit Salz und Pfeffer. Diese Sauce gebe man über die eben gebratenen Kalbsmedaillons und reiche Pommes frites und grünen Salat dazu.

Brennende Eierkuchen: Man backe ganz gewöhnliche, nicht zu dünne Eierkuchen, deren Größe dem Eßteller, auf dem sie serviert werden, entspricht, und bestreue sie dick mit Zucker. Bei Tisch gieße man einen ordentlichen Schuß guten Rums darüber und zünde ihn an. Dann rolle man den brennenden Eierkuchen und beträufle ihn mit Zitronensaft.

---

Thomas Lieven füllte ein Glas mit Rotwein, reichte es dem Erschütterten und legte ihm väterlich eine Hand auf die Schulter.
«Keine Aufregung, Reynaldo, es ist noch nicht das Delirium tremens – ich bin aus Fleisch und Blut. Jean Leblanc mein Name. Hier, trinken Sie ein Schlückchen, tun Sie was für Ihren armen Blutspiegel. Und dann wollen wir ordentlich essen.»
Der Maler trank, wischte sich die Lippen und ächzte: «Was machen Sie in meiner Küche?»
«Zwiebelsuppe überbacken, Kalbsmedaillons in Madeira-Sauce ...»
«Sind Sie wahnsinnig geworden?»
«... und zum Nachtisch habe ich an Eierkuchen gedacht. Ich weiß doch, daß Sie Hunger haben. Und Sie brauchen eine ruhige Hand.»
«Wozu?»

«Um nach dem Essen einen Paß für mich zu fälschen», sagte Thomas mild.
Reynaldo erhob sich und griff nach einer schweren Bratpfanne. «Raus, Spitzel, oder ich schlage dir den Schädel ein!»
«Nicht doch, nicht doch, hier ist ein Brief für Sie.» Thomas wischte die Hände an der Schürze ab, griff in die Brusttasche seiner Jacke und holte ein Kuvert heraus, das er Reynaldo reichte. Der riß es auf, zog einen Bogen hervor und starrte ihn an. Nach einer Weile sah er auf. «Woher kennen Sie Luis Tamiro?»
«Unsere Lebenswege haben sich gestern abend im Spielsaal von Estoril gekreuzt. Der kleine, dicke Luis brachte mir die Nachricht, daß ein alter Freund von mir in Madrid in Bedrängnis geraten sei. Man hat ihm seinen Paß weggenommen. Darum braucht er einen neuen. Und zwar schnell. Luis Tamiro meint, Sie wären der richtige Mann. Ein wirklicher Künstler. Erste Klasse. Jahrelange Erfahrung.»
Reynaldo schüttelte den Kopf. «Tut mir leid, kommt nicht mehr in Frage. Das habe ich auch Juanita gesagt. Juanita ist meine Frau, wissen Sie ...»
«... und hat Sie verlassen, weil es Ihnen dreckig geht. Luis hat mir alles erzählt. Weinen Sie ihr nicht nach. Eine Frau, die einen Mann im Stich läßt, wenn es ihm dreckig geht, ist nichts wert. Passen Sie auf, wie die zurückkommt, wenn Sie wieder Geld haben.»
«Geld, von wem?»
«Unter anderem von mir.»
Reynaldo strich seinen Bart und schüttelte den Kopf. Er sprach wie ein Lehrer zu einem idiotischen Kind. «Hören Sie zu: Wir haben Krieg. Einen Paß nachmachen können Sie nur, wenn Sie das Wasserzeichenpapier dazu haben. Das müssen Sie aber jeweils in dem Land klauen, für das der Paß bestimmt ist ...»
«Das weiß ich alles selber.»
«Dann werden Sie auch wissen, daß im Krieg so ein Papier nicht mehr reinkommt. Also kann man Pässe nicht mehr nachmachen. Also kann man sie nur noch fälschen. Und wie geschieht das?»
Die Madeira-Sauce kostend, antwortete Thomas: «Meist doch wohl so, daß man Menschen betrunken macht oder niederschlägt und ihnen dann ihren Paß fortnimmt, um ihn zu verändern.»
«Sehr richtig! Und sehen Sie, das mache ich nicht. Das ist bei mir nicht drin. Wenn ich nicht mehr ehrlich fälschen kann, dann überhaupt nicht. Ich bin Pazifist!»
«Genau wie ich. Sehen Sie mal zum Fensterbrett, da liegt ein Präsent für Sie.»

Reynaldo erhob sich und schwankte schwerfällig zum Fenster: «Was ist das?»
«Das sind vier abgelaufene, vollgestempelte Pässe von Costarica. Drei gehören Ihnen, wenn Sie den vierten für mich verändern.»
Der Fälscher nahm einen der Pässe zur Hand, holte tief Atem und sah Thomas mit scheuer Bewunderung an. «Wo haben Sie diese Pässe her?»
«Gefunden. Heute nacht.»
«Sie haben heute nacht vier costaricanische Pässe gefunden?»
«Nein.»
«Aha.»
«Ich habe heute nacht nicht vier costaricanische Pässe gefunden, sondern siebenundvierzig», sagte Thomas Lieven und holte dabei die überbackene Zwiebelsuppe aus dem Herd. «Das Essen ist fertig, Reynaldo.»
Und er dachte: Was für ein Glück, daß meine hübsche junge Konsulin so viel hübsche alte Pässe aufbewahrt hat!
Und er dachte: Jetzt bin ich also bei Herrn Pereira in der Rua do Poco des Negros gelandet. Jetzt werde ich also lernen, wie man fachgerechte Pässe fälscht. Ich – kürzlich noch der jüngste Privatbankier Londons. Ach du liebe Zeit, und ich kann und kann und kann das alles nicht im Club erzählen!

## 8

Aufgeschlagen lagen die vier Pässe auf dem großen Arbeitstisch beim Fenster. Sie zeigten Fotos von vier unterschiedlichen costaricanischen Staatsbürgern: einen dicken Alten, einen jüngeren Schlanken, einen mit Brille, einen mit Schnurrbart.
Neben den vier Pässen lagen die vier Fotos des Majors Débras vom französischen Geheimdienst, der in Madrid ungeduldig auf Hilfe wartete. Der kleine Luis Tamiro hatte die Fotos Thomas Lieven im Spielsaal von Estoril übergeben.
Das Mittagessen war vorüber. In seinem weißen Arbeitsmantel wirkte Reynaldo Pereira nun wie ein berühmter Chirurg, ein Sauerbruch der Paßfälschung, der sich konzentriert und nüchtern auf einen schwerwiegenden Eingriff vorbereitete.
Er sprach leise: «Sie kennen den Mann in Madrid persönlich. Sie wissen, wie er aussieht. Betrachten Sie die Fotos in den vier Pässen. Lesen Sie die Personenbeschreibung. Sagen Sie mir, welche am ehesten auf Ihren Freund paßt. Denn ich will natürlich den Paß nehmen, in dem ich am wenigsten verändern muß.»

«Das wäre dann wohl dieser hier.» Thomas wies auf den zweiten von links. Der zweite Paß von links lautete auf den Namen Rafaelo Puntareras.

Der Paß war am 8. Februar 1934 ausgestellt worden und hatte am 7. Februar 1939 seine Gültigkeit verloren. Er enthielt viele Visen und Grenzpolizeistempel; nur wenige Seiten waren noch frei. Darum hatte Kaufmann Puntareras den abgelaufenen Paß wohl auch nicht mehr verlängert, sondern sich bei dem inzwischen verschiedenen Konsul Pedro Rodrigues gleich einen neuen ausstellen lassen.

Thomas sagte: «Die Personenbeschreibung paßt auf meinen Freund, nur hat er braune Haare und blaue Augen.»

«Dann müssen wir die Haarfarbe und die Augenfarbe ändern, die Fotos austauschen, auf dem Foto Ihres Freundes den Stempel ergänzen, den Ablauftag und den Ausstellungstag des Passes korrigieren und in den Stempeln und Visen alle Daten richtigstellen, die dann zu früh liegen.»

«Der Name Puntareras?»

«Will sich Ihr Freund längere Zeit in Lissabon aufhalten?»

«Nein, er fliegt sofort weiter nach Dakar.»

«Dann kann der Name bleiben.»

«Aber er braucht doch ein Durchreisevisum für Lissabon und ein Einreisevisum für Dakar.»

«Na und? Ich habe einen ganzen Schrank voll Stempel. Größte Sammlung Europas wahrscheinlich. Nein, nein, das ist ein kleiner Fisch!»

«Was wäre denn ein großer gewesen?»

«Ein Paß, in dem man alles ändern muß und das Foto auch noch einen Prägestempel trägt. Also, dazu hätte ich glatt zwei Tage benötigt.»

«Und für Herrn Puntareras?»

«Sie müssen meine schlechte seelische Verfassung berücksichtigen, meine Unausgeglichenheit, mein Unglück in der Ehe – verdammt nochmal, aber in höchstens sieben Stunden kriege ich das Ding trotzdem hin!»

Entspannt und leise summend begann Reynaldo Pereira das Werk. Er nahm einen konischen Metalldorn, der in einem Holzgriff steckte, eine Art Schusterahle, und führte ihn von der Fotoseite her durch die erste Öse des Paßbildes so weit ein, daß er festsaß. Dann begann er vorsichtig, die Rückseite der Öse mit einem feinen Federmesser aufzubördeln.

Der Meister sprach: «Immer zuerst das Foto entfernen, damit nicht durch eine Ungeschicklichkeit beim Arbeiten der Gummistempel beschädigt wird.» Er erleichterte sich durch zartes Aufstoßen. «Wirklich phantastisch, Ihre Zwiebelsuppe!»

Thomas saß reglos beim Fenster. Er gab keine Antwort, um den Meister nicht seiner Konzentration zu berauben.

Zwei Ösen hielten Rafaelo Puntareras' Foto fest. Nach einer dreiviertel Stunde hatte der Meister sie beide aufgebördelt. Vorsichtig drehte er die Metallröhren mit der Ahle heraus.

Jetzt steckte er eine elektrische Heizplatte an, legte einen alten Buchdeckel darauf und den Paß auf diesen.

Der Meister sprach: «Zehn Minuten durchwärmen. Wir nennen das: den Paß zum Leben erwecken. Das Papier wird weicher, elastischer, ist aufnahmefähiger für Flüssigkeiten, läßt sich in jeder Beziehung leichter bearbeiten.»

Nach einer Zigarettenpause nahm sich Pereira den Paß wieder vor. Mit einer Pinzette faßte er eine Ecke von Herrn Puntareras' Konterfei, über der sich kein Stempel befand, und hob sie äußerst vorsichtig einen Millimeter hoch. Danach befeuchtete er einen feinen Pinsel mit dem stark riechenden Inhalt eines Fläschchens.

Der Meister sprach: «Als Pinsel verwende man nur feinste Dachsoder Rotmarderhaarfabrikate, Größe Null.»

Er tupfte die Flüssigkeit zart zwischen Foto und Paßseite, das Bild dabei mit der Pinzette abspreizend. Das Klebemittel wurde gelöst. Nach fünf Minuten hob der Meister das Foto ab und trug es zu einem weit entfernten Bücherbord. «Damit ich es nicht versehentlich beschädige.»

Er kam zum Tisch zurück, schloß die Augen, lockerte die Finger, sammelte sich offensichtlich.

Der Meister sprach: «Um ein erstes Verhältnis zu meinem Paß zu bekommen, beginne ich mit einer ganz leichten Veränderung: Ich entferne einen Punkt.»

Er legte das Dokument unter eine große, feststehende Lupe. Einen neuen feinen Pinsel befeuchtete er mit einer wasserhellen Flüssigkeit.

Im gleichen Moment, in dem er einen Tintenpunkt im Schriftbild der Personenbeschreibung benetzte, drückte er auf den Startknopf einer Stoppuhr.

Er wartete, bis der Tintenpunkt beinahe ganz verblaßt war, dann saugte er die restliche Flüssigkeit blitzschnell mit der scharfgeschnittenen Kante eines Löschpapiers auf.

«Drei Sekunden. Nun haben wir einen Anhaltswert. Mit der Ver-

gleichszeit für einen Punkt können wir uns an einen Haarstrich wagen.»
Er entfernte alle Haarstriche auf der einen Seite, indem er sie wie viele Punkte abtupfte. Dann machte er sich an die dickeren Grundstriche, die er entfernte, indem er sie von beiden Seiten zur Mitte hin mit der geheimnisvollen Flüssigkeit bestrich. «In der Branche nennen wir das: zum Kern hin arbeiten.»
Nachdem er zwei Stunden lang «zum Kern hin» und nach der Punktmethode gebleicht hatte, waren alle unbrauchbaren Angaben verschwunden, auch die zu früh liegenden Daten in den Visen und Grenzpolizeistempeln und die Daten der Ausstellung und des Ablauftages.
Nun entspannte der Meister eine halbe Stunde lang. Er tanzte ein bißchen, um wieder locker zu werden.
Thomas kochte Kaffee. Bevor Pereira ihn trank, zerschlug er ein Ei und goß das Eiweiß auf einen flachen Teller: «Damit die Luft eine große Angriffsfläche hat. Wir sagen: es muß gestanden haben!»
Nach zehn Minuten füllte er sodann die Rillen und Täler, welche die Bleichmittel trotz aller Vorsicht in das Papier gefressen hatten, sorgfältig mit dem zähflüssigen, schnell trocknenden Eiweiß aus, damit wieder vollkommen ebene Flächen entstanden. Über diese stäubte er glanzloses Malerfixativ.
Nun holte er das herausgelöste Foto des Kaufmanns Puntareras wieder herbei, schlug es in hauchdünnes Seidenpapier ein und verklebte dieses auf der Fotorückseite, damit es nicht verrutschen konnte. Mit einem Achatstift zog er auf dem Seidenpapier die Konturen des Stempelteiles nach, der sich auf dem Foto befand.
Danach beschnitt er eines der vier Fotos des Majors Débras so, daß es um eine Winzigkeit größer war als das Bild Puntareras', und legte ein Stückchen Kohlepapier darüber, dessen Farbe genau der Stempelfarbe entsprach. Von dem alten Foto löste er das Seidenpapier ab, legte dieses über das Kohlepapier auf Débras' Foto und verklebte es wieder. Noch einmal zog er die gewonnenen Konturen mit dem Achatstift nach.
Vorsichtig löste er danach die Hüllen. Débras Bild trug nun den Stempel.
Schnell fixierte der Meister sein verwischbares Werk.
Mit einer scharfen Zange lochte er nun Débras' Foto an vorher genau festgelegten Stellen und befestigte es mit Gummiarabicum und zwei Schuhösen im Paß. Mit einer anderen Zange bördelte er die Ösen zu.

Danach beschriftete er mit Tusche alle Stellen neu, die er gelöscht hatte. Der Meister sprach: «Man verändert, wo es geht, die alten Zahlen natürlich in neue, ähnliche, also eine 3 in eine 8, eine 1 in eine 4 ...»
Nach sechseinhalb Stunden angestrengter Arbeit stempelte Pereira ein portugiesisches Durchreisevisum und ein Einreisevisum für Dakar in den Paß und füllte sie aus.
«Fertig!»
Thomas applaudierte begeistert. Der Meister verneigte sich mit Würde: «Stets gerne zu ähnlichen Diensten bereit.»
Thomas schüttelte ihm die Hand. «Ich werde nicht hier sein, um von Ihrer einmaligen Begabung weiterhin zu profitieren. Doch seien Sie guten Mutes, Reynaldo, ich schicke Ihnen eine hübsche Kundin. Ich bin sicher, Sie werden sich wundervoll miteinander verstehen ...»

## 9

Unter dem Dach des großen Zeitungsgebäudes auf dem Praça Dom Pedro IV. liefen die letzten Nachrichten über ein Leuchtschriftband. Blicke aus tausend Augenpaaren waren voll Spannung, voller Angst auf die flimmernden Buchstaben gerichtet. Portugiesen und Emigranten drängten sich auf dem schönen Platz mit seinem schwarz-weißen Mosaikpflaster, saßen in den Straßengärten der Cafés, die den Platz säumten, starrten zu dem Leuchtschriftband empor, lasen ...
*(United Press): Madrid – Gerüchte über deutsch-spanische Geheimverhandlungen behaupten sich hartnäckig – Deutsche Wehrmacht fordert angeblich freien Durchmarsch, um Gibraltar angreifen und Mittelmeer schließen zu können – Franco entschlossen neutral zu bleiben – Britischer Botschafter warnt Spanien mit aller Entschiedenheit – Antibritische Demonstration in Barcelona und Sevilla ...*
Zwei Männer saßen an einem Kaffeehaustisch am Straßenrand, Gläser mit Pernod vor sich. Der kleine, dicke Luis Tamiro blätterte in dem an diesem Nachmittag gefälschten Paß. Er brummte bewundernd: «Prima Arbeit, also wirklich!»
«Wann fliegt Ihre Maschine?»
«In zwei Stunden.»
«Grüßen Sie Débras von mir. Er soll machen, daß er herkommt. In fünf Tagen läuft mein Schiff aus.»
«Hoffentlich schafft er es bis dahin!»

«Was heißt das?» fragte Thomas Lieven.
Luis Tamiro zog sorgenvoll an seiner kleinen Brasilzigarre: «Die Spanier sind nach außen hin neutral. Aber sie lassen deutsche Agenten ganz hübsch arbeiten. Drei deutsche ‹Touristen› bewachen den Major in Madrid auf Schritt und Tritt, Tag und Nacht. Jeder immer acht Stunden lang. Er weiß es. Die Kerle sind nicht abzuschütteln. Löffler, Weise und Hart heißen sie. Wohnen im Palace-Hotel wie er.»
«Was ist der Witz der Sache?»
«Seit man dem Major seinen Paß weggenommen hat, darf er Madrid nicht verlassen. Die drei Deutschen wissen, wer er ist, sie können es nur noch nicht beweisen. Sie wollen rauskriegen, was er in Madrid macht. Außerdem: Sobald er die Stadt verläßt, ist das ein Grund für die spanische Polizei, ihn sofort einzusperren. Wenn er einmal in einem Gefängnis landet, kann man ihn ohne großes Aufsehen nach Deutschland entführen.»
«Er muß die drei also abschütteln.»
«Ja, aber wie? Die warten doch nur wie die Schießhunde auf den Moment, wo er zu flüchten versucht, um ihn hochgehen zu lassen!»
Thomas Lieven betrachtete den Kleinen neugierig: «Sagen Sie mal, Tamiro, was haben Sie eigentlich für einen Beruf?»
Der kleine Dicke seufzte, dann verzog er den Mund. «Mädchen für alles, was verboten ist. Menschenschmuggel. Waffenschmuggel. Schleichhandel. Alles für Geld. Ich war mal Juwelier in Madrid.»
«Na und?»
«Der Bürgerkrieg hat mich erledigt. Geschäft zerbombt. Ware geklaut. Dann habe ich auch noch politischen Ärger bekommen. Nein, nein, ich habe übergenug. Bei mir hat jetzt alles seinen festen Preis! Mir soll man den Buckel runterrutschen mit Idealismus.»
Leise fragte Thomas Lieven: «Kennen Sie in Madrid wohl noch ein paar Herren, die so denken wie Sie?»
«Einen ganzen Haufen!»
«Und Sie sagen, es hat alles seinen festen Preis?»
«Klar!»
Lächelnd sah Thomas zu dem flimmernden Leuchtschriftband auf. Sanft murmelte er: «Hören Sie mal, Luis, was würde – unter Freunden – wohl eine kleine, spontane Volkserhebung kosten?»
«Woran denken Sie?»
Thomas Lieven sagte ihm, woran er dachte.

«Aaaaaahhhhh!!!»
Mit einem Schrei fuhr die schwarzhaarige, vollschlanke Konsulin Estrella Rodrigues aus dem Schlaf empor, als Thomas Lieven zu später Stunde ihr Zimmer betrat. Bebend entzündete sie die kleinen Lämpchen mit den roten Schirmen hinter dem Bett. Eine Hand preßte sie ans Herz.
«O Gott, Jean, hast du mich erschreckt!»
«Verzeih, Liebling, es wurde spät – ich habe noch den Mann mit dem Paß auf den Weg gebracht ...» Er sank auf den Bettrand; sie warf sich in seine Arme.
«Küß mich ...» Sie preßte sich an ihn. «Daß du da bist! Daß du endlich da bist! Ich habe auf dich gewartet – stundenlang – ich habe gedacht, ich muß sterben – ich habe gedacht, ich muß vergehen ...»
«Vor Sehnsucht nach mir?» fragte er geschmeichelt.
«Das auch.»
«Bitte?»
«Ich habe den ganzen Abend gehofft, du kommst und schenkst mir noch ein wenig Geld, damit ich nach Estoril fahren kann!»
«Hr-rm!»
«Ich habe draußen angerufen! An allen Tischen kamen die Elf und ihre Nachbarn! Kannst du dir das vorstellen? Das sind doch meine Zahlen! Ein Vermögen hätte ich heute gewonnen!»
«Estrella, ich werde dich morgen mit einem ganz ausgezeichneten Fälscher zusammenbringen. Ihm kannst du deine Pässe in Kommission geben. Er ist bereit, mit dir halbe-halbe zu machen.»
«O Jean, wie wundervoll.» Thomas ging ins Badezimmer. Sie rief ihm zärtlich nach: «Weißt du, was ich vorhin geträumt habe?»
Aus dem Badezimmer forschte er: «Was?»
«Ich habe geträumt, du wärst ein Deutscher – und mein Geliebter! Ein Deutscher! Wo ich doch die Deutschen so hasse! Ich habe gedacht, ich vergehe; ich habe gedacht, ich sterbe ... Jean, kannst du mich verstehen?»
«Jedes Wort.»
«Warum sagst du dann nichts?»
Sie hörte ihn husten. «Ich habe vor Schreck ein halbes Glas Mundwasser geschluckt!»
Das amüsierte sie: «Ach, bist du goldig! Komm! Komm schnell zu deiner zärtlichen Estrella ...»
Später erwachte die hinreißend gebaute Deutschenhasserin davon,

daß Thomas Lieven im Schlaf schallend lachte. Sie schüttelte ihn nervös wach.
«Jean, Jean, was ist los?»
«Wie? Oh, ich hatte so einen komischen Traum.»
«Wovon?»
«Von einer kleinen, spontanen Volkserhebung», sagte er. Und lachte noch einmal.

11

Madrid, 5. September 1940.
Vertraulicher Bericht des Kommissars Filippo Aliados von der Geheimen Staatspolizei an seinen Vorgesetzten:

ÄUSSERST DRINGEND!
Heute um 14 Uhr 03 erhielt ich einen Anruf vom Diensthabenden des 14. Polizeirayons. Es wurde mir mitgeteilt, daß sich vor dem Gebäude der Britischen Botschaft in der Calle Fernando el Santo 16 etwa fünfzig Personen versammelt hätten, die gegen England demonstrierten.
Ich begab mich mit fünf Mann sofort zur Botschaft und stellte fest, daß es sich bei den Demonstranten um Angehörige der ärmeren Bevölkerungsschichten handelte. In Chören stießen diese Personen Schmähfrufe gegen England aus. Es wurden 4 (vier) Fensterscheiben eingeworfen und 3 (drei) Blumenkästen zur ebenen Erde abgerissen. Im Auftrage Seiner Exzellenz des Herrn Britischen Botschafters war der Herr Handelsattaché auf die Straße geeilt, um die Demonstranten zur Rede zu stellen.
Bei meinem Eintreffen teilte mir der Herr Britische Handelsattaché außerordentlich erregt mit: «Die Männer geben zu, daß sie von deutschen Agenten für diesen Aufruhr bezahlt wurden.»
Während der größte Teil der Demonstranten vor einer blitzschnell eingreifenden Abteilung der Polizei die Flucht ergriff, gelang es uns, drei Personen festzunehmen mit Namen: Luis Tamiro, Juan Mereira und Manuel Passos.
Die Festgenommenen wiederholten vor mir die Behauptung, sie wären von deutschen Agenten bezahlt worden. Sie nannten die Namen dieser Agenten: 1. Helmut Löffler 2. Thomas Weise 3. Jakob Hart. Alle drei wohnhaft im Palace-Hotel.
Der Herr Britische Handelsattaché bestand auf einer sofortigen Untersuchung und kündigte einen diplomatischen Protest seiner Regierung an.

Von meiner Dienststelle immer wieder angewiesen, auf strikteste Neutralität unseres Landes zu achten, begab ich mich darum sofort ins Palace-Hotel und nahm die oben genannten drei deutschen Touristen fest, die bei der Festnahme Widerstand leisteten und zuletzt gefesselt abgeführt werden mußten.
Die drei Deutschen bestritten beim Verhör empört, die Demonstranten finanziert zu haben. Eine Gegenüberstellung mit den drei Demonstranten verlief ergebnislos, woraufhin ich die Demonstranten entließ. Eine Anzeige wegen öffentlicher Ruhestörung läuft.
Unser Geheimdienst kennt die drei Deutschen. Es handelt sich bei ihnen tatsächlich um Agenten der Deutschen Abwehr, und ihnen ist eine Aktion wie die behauptete natürlich zuzutrauen.
Die drei Deutschen werden noch bei mir festgehalten. Ich bitte um schnellste Entscheidung darüber, was mit ihnen geschehen soll, denn der Herr Britische Handelsattaché erkundigt sich stündlich telefonisch nach meinen Maßnahmen.

gez.: Filippo Aliados, Kommissar.

12

Eine deutsche Faust schlug krachend auf einen deutschen Eichenholzschreibtisch. Der Schreibtisch stand im Zimmer eines Hauses am Tirpitz-Ufer in Berlin. Die Faust gehörte dem Admiral Canaris. Er stand hinter dem Schreibtisch. Vor dem Schreibtisch stand der gallenleidende Major Fritz Loos aus Köln.
Das Gesicht des Majors war sehr bleich. Das Gesicht des Admirals war sehr rot. Der Major war sehr still. Der Admiral war sehr laut:
«Jetzt reicht es mir aber, Herr Major! Drei unserer Leute aus Spanien ausgewiesen! Protest der Britischen Regierung! Die Feindpresse hat ihr Fressen. Und Ihr feiner Herr Lieven lacht sich in Lissabon einen Ast!»
«Herr Admiral, ich verstehe wirklich nicht, was dieser Kerl schon wieder damit zu tun hat!»
Canaris sagte bitter: «Während unsere Leute in Madrid stundenlang festgehalten wurden, verließ Major Débras das Land. Ohne Zweifel mit einem falschen Paß. Wohlbehalten traf er in Lissabon ein. Und wissen Sie, wen er im Speisesaal von Estoril öffentlich umarmte und auf die Wange küßte? Ihren Freund Lieven! Und wissen Sie, mit wem er danach ein gewaltiges Diner verzehrte? Mit Ihrem Freund Lieven!»
«Nein ... O Gott, nein ... Das kann nicht sein!»

«Es ist so. Unsere Leute haben die rührende Wiedersehens-Szene beobachtet. Was konnten sie tun? Nichts!»
Major Loos verspürte ein furchtbares Ziehen und Brennen im Leib. Natürlich meine Galle, dachte er verzweifelt. Dieser Hund, dieser elende Hund von einem Thomas Lieven! Warum habe ich ihn damals in Köln bloß aus dem Gestapo-Gefängnis geholt?
«Herr Major, wissen Sie, wie man Sie bereits nennt? Den ‹Pannen-Loos›!»
«Herr Admiral, pardon, das finde ich sehr ungerecht!»
«Ungerecht? Wenn Sie dem Kerl 10 000 Dollar für Listen mit den Namen der wichtigsten französischen Geheimagenten bezahlen – und wir feststellen dürfen, daß es sich um lauter Tote handelt? Sie hatten den Auftrag, den Mann mitzubringen!»
«Portugal ist ein neutrales Land, Herr Admiral ...»
«Das ist egal! Mir reicht es jetzt! Ich will diesen Herrn Lieven hier sehen! In diesem Zimmer! Und lebendig! Verstanden?»
«Jawohl, Herr Admiral.»

13

6. September 1940, 18 Uhr 47.
Die Funküberwachung des «Secret Service» meldet an ihren Chef M 15 London:
Seit 15 Uhr 15 äußerst lebhafter Funkverkehr zwischen Abwehr Berlin und Deutscher Gesandtschaft Lissabon. Verkehr wird nicht chiffriert, sondern offensichtlich in irreführendem Klartext geführt. Berliner Funksprüche sind gerichtet an deutschen Handelsattaché Lissabon, der aufgefordert wird, dafür zu sorgen, daß «Kaufmann Jonas» schnellstens heimkehrt. Ohne Zweifel großes Entführungsmanöver in Vorbereitung. «Kaufmann Jonas» muß eine Persönlichkeit sein, die für Abwehr Berlin von allergrößter Wichtigkeit ist ...

14

6. September 1940, 22 Uhr 30.
In der Casa Senhora de Fatima, dem komfortablen Haus des Nachrichtenchefs der Deutschen Gesandtschaft in Lissabon, findet eine Besprechung statt. Der Nachrichtenchef hat seine bezaubernde Freundin, die langbeinige, kastanienbraune Tänzerin Dolores, fortgeschickt. Bei Champagner sitzen zusammen: der Hausherr, der Marineattaché und der Luftwaffenattaché der Deutschen Ge-

sandtschaft. Die beiden letzteren haben ihre Freundinnen ebenfalls für den Abend beurlaubt. Der Chef des Nachrichtendienstes spricht: «Meine Herren, die Zeit drängt. Berlin will Lieven – und zwar schnell. Bitte um Vorschläge.»
Der Luftwaffenattaché spricht: «Ich schlage vor, den Mann zu betäuben und nach Madrid zu fliegen. Von dort mit Kuriermaschine nach Berlin.»
«Ich bin dagegen», sagte der Marineattaché. «Wir haben eben eine Panne in Madrid gehabt. Wir wissen, daß es auf dem Flughafen dort von englischen und amerikanischen Agenten nur so wimmelt. Wir wissen, daß dort jeder Passagier fotografiert wird. Wir können es uns nicht leisten, in Madrid schon wieder diplomatische Schwierigkeiten zu haben.»
«Ganz meine Meinung», sagte der Nachrichtenchef.
Der Marineattaché spricht: «Ich schlage darum Entführung im U-Boot vor, meine Herren! Ich empfehle, sofort Funkverbindung mit Blockadebruch-Werner in Madrid aufzunehmen. Blockadebruch-Werner arbeitet mit dem Befehlshaber der U-Boote zusammen und kann die Standorte aller Einheiten ohne weiteres feststellen. Er kann jederzeit und schnellstens ein Boot für ein bestimmtes Planquadrat außerhalb der portugiesischen Hoheitsgewässer anfordern.»
«Wie bekommen wir Kaufmann Jonas zu dem U-Boot hinaus?»
«Wir mieten einen Fischkutter.»
«Und wie bekommen wir ihn in den Fischkutter?»
«Da habe ich einen Vorschlag zu machen.» Der Marineattaché sagt, was er für einen Vorschlag zu machen hat.

## 15

Ein alter Mann ging durch das Flughafenrestaurant und versuchte, Trachtenpuppen zu verkaufen, große Puppen, kleine Puppen. Er hatte kein Glück. Es war schon beinahe Mitternacht an diesem 8. September 1940, und nur noch rund zwei Dutzend müder Passagiere warteten auf den Abflug ihrer Maschine.
Der alte Mann trat an einen Tisch beim Fenster. Hier saßen zwei Herren, die Whisky tranken.
«Trachtenpuppen – Zigeuner, Spanier, Portugiesen ...»
«Nein, danke», sagte Thomas Lieven.
«Noch echte Friedensware!»
«Trotzdem nein, danke», sagte Major Débras, der sich gerade Rafaelo Puntareras nannte.

Der alte Mann zog weiter. Draußen, auf der von Scheinwerfern angestrahlten Rollbahn, wurde die Maschine aufgetankt, die Débras von Lissabon nach Dakar bringen sollte.
Der Major sah Thomas Lieven sentimental an: «Ich werde nie vergessen, was Sie getan haben!»
«Sprechen Sie nicht davon!» sagte Thomas, und er dachte: Wenn du erst darauf kommst, daß ich die Agentenlisten deines Geheimdienstes gefälscht habe, dann wirst du es bestimmt nicht vergessen!
«Sie haben die Listen für mich gerettet – und Sie haben mich aus Madrid herausgeholt.»
Das ist richtig, dachte Thomas. Und deshalb wirst du mir vielleicht einmal doch meinen Betrug verzeihen. Er fragte: «Wo sind die Listen?»
Der Major blinzelte. «Ich bin Ihrem Beispiel gefolgt und habe mich mit unserer Stewardeß angefreundet. Sie hat die Listen in ihrem Gepäck.»
«Achtung, bitte», sagte eine Lautsprecherstimme, «Pan American World Airways bitten alle Passagiere ihres Fluges 324 nach Dakar, sich zur Paß- und Zollkontrolle zu begeben. Meine Damen und Herren, wir wünschen Ihnen einen angenehmen Flug.»
Débras trank sein Glas leer und erhob sich. «Es wird ernst, mein Freund. Nochmals Dank! Und auf Wiedersehen.»
«Bitte, richten Sie Madame Josephine Baker meine besten Grüße und Wünsche aus», sagte Thomas Lieven. «Und leben Sie wohl, Herr Major. Denn wiedersehen werden wir uns nie.»
«Wer weiß?»
Thomas schüttelte den Kopf. «Übermorgen läuft mein Schiff nach Südamerika aus. Ich komme nie mehr zurück nach Europa», sagte er und ließ es geschehen, daß der Major ihn noch einmal umarmte und auf die Wange küßte.
Etwas später sah er ihn über das Rollfeld auf die Maschine zugehen. Thomas winkte, und auch Débras winkte, bis er in der Kabine verschwand.
Thomas bestellte noch einen Whisky. Als die Maschine zum Start rollte, kam er sich plötzlich sehr einsam vor. Nach einiger Zeit bezahlte er, erhob sich und ging.
Auf dem Platz vor dem Flughafengebäude war es dunkel. Nur wenige Lampen brannten. Ein großer Wagen holte Thomas langsam ein und hielt. Der Chauffeur blickte aus dem Fenster. «Taxi, Senhor?»
Es war weit und breit kein Mensch zu sehen.

«Ja», sagte Thomas abwesend. Der Chauffeur stieg aus, öffnete den Schlag und verneigte sich.
In diesem Moment merkte Thomas Lieven, daß etwas faul, sehr faul mit diesem Taxi war. Er fuhr herum, aber es war schon zu spät.
Der Chauffeur trat ihm wuchtig in die Kniekehlen. Thomas stürzte in den Fond. Hier packten sogleich vier kräftige Hände zu und rissen ihn auf den Wagenboden. Der Schlag flog zu. Der Chauffeur ließ sich hinter das Steuer fallen und raste los.
Ein großer, nasser Lappen mit einer widerlich süßen Flüssigkeit wurde auf Thomas Lievens Gesicht gepreßt. Chloroform, dachte er. Würgend rang er nach Atem.
Überdeutlich hörte er eine Stimme mit Hamburger Akzent sagen: «Na, prima, prima. Und jetzt nix wie runter zum Hafen.»
Dann begann das Blut in Thomas Lievens Schläfen zu dröhnen; in seinen Ohren hallten Glocken, und er stürzte in eine Ohnmacht, tiefer, tiefer, wie hinab in einen dunklen Brunnen aus Samt.

16

Langsam kam unser Freund wieder zu sich. Sein Schädel dröhnte. Ihm war übel, ihm war kalt. Er dachte: Toten ist nicht übel, Tote haben nicht Kopfweh, Tote frieren nicht. Kombiniere: ich bin also noch am Leben. Vorsichtig öffnete Thomas das rechte Auge. Er lag im Bug eines unappetitlich riechenden Fischkutters, dessen Motor nervös tuckerte.
Am Steuer stand ein kleiner, verknitterter Portugiese mit Lederjacke und Schildmütze, eine erloschene Stummelpfeife zwischen den Zähnen. Hinter dem Schiffer tanzten die Lichter der Küste auf und nieder. Die See war rauh. Der Kutter schlingerte aufs offene Meer hinaus. Seufzend öffnete Thomas Lieven das linke Auge.
Auf der Bank neben ihm saßen zwei bullige Kerle. Beide trugen schwarze Ledermäntel und grimmige Mienen. Beide hielten schwere Revolver in den großen, häßlichen Händen.
Thomas Lieven richtete sich halb auf und sprach, mit Mühe zwar, aber fließend: «Einen schönen guten Abend, die Herren. Ich hatte vorhin am Flughafen keine Gelegenheit, Sie zu begrüßen. Daran sind Sie nicht ohne Schuld! Sie hätten mich nicht so schnell niederschlagen und chloroformieren dürfen.»
Der erste Kerl sprach mit Hamburger Akzent: «Ich warne Sie, Thomas Lieven. Beim geringsten Fluchtversuch knallt's!»

Der zweite Kerl sprach mit sächsischem Akzent: «Ihr Spiel ist aus, Herr Lieven. Jetzt geht es in die Heimat.»
Interessiert erkundigte sich Thomas: «Stammen Sie aus Dresden?»
«Aus Leipzig. Warum?»
«Pure Neugier. Nichts gegen diesen Kutter, meine Herren, aber in die Heimat ist es auf dem Seeweg noch ein hübsches Ende. Werden wir es schaffen?»
«Immer noch ein großes Maul», sagte der Hamburger. «Machen Sie sich keine Sorgen, Herr Lieven. Mit dem Kutter bringen wir Sie nur aus der Dreimeilenzone raus.»
«Ins Planquadrat 135 Z», sagte der Leipziger.
Thomas bemerkte, daß der Kutter ohne Positionslichter fuhr. Die See wurde immer unruhiger. Desgleichen Thomas. Aber er versuchte, es sich nicht anmerken zu lassen. «Und was, meine Herren, geschieht im Planquadrat 135 Z?»
«Dort taucht in einer Viertelstunde ein U-Boot auf. Geht alles wie am Schnürchen, Sie werden sehen. Ruckzuck.»
«Deutsche Organisation», meinte Thomas höflich.
Der kleine Steuermann sagte auf portugiesisch: «Wir haben die Hoheitsgewässer verlassen. Wo ist mein Geld?»
Der Leipziger stand auf, trat schwankend neben den Steuermann und gab ihm ein Kuvert. Der Schiffer klemmte das Steuer fest und zählte die Banknoten. Danach ging alles sehr schnell.
Thomas war der erste, der den großen Schatten auftauchen sah, denn er war der einzige, der zum Heck hinblickte. Plötzlich war der schwarze Schemen da, drohend schoß er aus der Nacht heran, direkt auf den schlingernden Kutter zu. Thomas wollte aufschreien, aber im letzten Augenblick biß er sich auf die Zunge. Nicht, dachte er. Nicht schreien. Still jetzt, still ...
Scheinwerfer flammten auf. Eine Schiffssirene heulte, einmal, zweimal, dreimal. Dann war der Schatten plötzlich eine Rennjacht, nah, ganz nah, lebensgefährlich nah. Der portugiesische Steuermann schrie wild auf und riß das Rad herum. Zu spät. Mit einem ekelhaften Knirschen rammte die Jacht das kleine Boot backbord im spitzen Winkel. Dem Herrn aus Hamburg flog der Revolver aus der Hand. Der Herr aus Leipzig stürzte.
Und dann war oben unten und unten oben, der Kutter kenterte, indessen sich der Bug der Jacht knirschend in seine Seite grub. Eine unsichtbare Riesenfaust riß Thomas empor und schleuderte ihn hinein in das schwarze, eiskalte Wasser.
Er hörte tobendes Stimmendurcheinander, Schreie, Flüche, Kommandorufe, und immer noch heulte die Sirene der Jacht.

Thomas schluckte Salzwasser, ging unter, kam wieder hoch, rang nach Luft und sah vom Deck der Jacht einen Rettungsring an einer Leine auf sich zufliegen. Klatschend traf der weiße Ring das Wasser. Thomas packte ihn. Im nächsten Moment bereits straffte sich die Leine, und er wurde zur Jacht hingezogen.
Blinzelnd starrte er die Buchstaben auf dem Ring an, der den Namen des Schiffes trug. Thomas las: BABY RUTH.
Herrgott, dachte er, wenn ich das im Club erzähle, werden sie sagen, ich lüge ...

## 17

«Whisky oder Rum?»
«Whisky, bitte.»
«Mit Eis und Soda?»
«Nur mit Eis, bitte. Und gießen Sie das Glas ruhig halb voll, ich bekomme so leicht Schnupfen», sagte Thomas Lieven. Eine Viertelstunde war vergangen, eine außerordentlich ereignisreiche Viertelstunde.
Vor fünfzehn Minuten noch Gefangener der Deutschen Abwehr, danach Schiffbrüchiger im Atlantik, saß Thomas nun in wärmende Decken gehüllt auf dem traumweichen Bett einer traumschönen Luxuskabine. Ein Herr, den er niemals zuvor gesehen hatte, stand vor einer Wandbar und bereitete ihm einen Drink. Thomas dachte leicht benommen: Wie es halt so geht im Leben ...
Der Herr brachte ihm den Whisky. Er hatte sich selbst auch einen ordentlichen eingegossen. Nun hob er lächelnd sein Glas: «Cheerio!»
«Cheerio», sagte Thomas und trank einen mächtigen Schluck. Jetzt bekomme ich endlich den widerlichen Chloroformgeschmack aus der Kehle, dachte er. Von draußen drang wüstes Gebrüll in die Kabine.
«Wer ist das?»
«Unser Steuermann und Ihrer. Eine Expertenkonversation über die Schuldfrage», erwiderte der fremde Herr, der einen tadellosen blauen Einreiher und eine intellektuelle Hornbrille trug. «Natürlich war Ihr Steuermann schuld. Man fährt nicht ohne Positionslichter. Noch etwas Eis?»
«Danke nein. Wo sind die beiden – meine Begleiter?»
«Unter Deck. Ich nehme an, daß Sie die beiden gerne dort wissen.»
Es hilft ja nichts, dachte Thomas. Was soll's, es wird das beste sein, wenn ich den Stier gleich bei den Hörnern packe. Er sagte

darum: «Ich danke Ihnen, Sie haben mich vor dem Tod bewahrt. Und ich denke dabei nicht an den Tod durch Ertrinken.»
«Prost, Kaufmann Jonas!»
«Bitte, wie?»
«Für uns sind Sie Kaufmann Jonas. Wir wissen noch nicht, wie Sie wirklich heißen.» Gott sei Dank, dachte Thomas. «Sie werden es mir sicherlich auch nicht sagen wollen ...»
«Sicherlich nicht!» – Was für ein Glück, daß ich alle meine Papiere im Safe der schönen Konsulin Estrella deponiert habe. Ich wurde doch die ganze Zeit das Gefühl nicht los, daß mir einmal so etwas zustoßen würde.
«Ich verstehe das vollkommen. Es ist mir klar, daß Sie erst an höchster Stelle sprechen können. Ein Mann wie Sie! Eine V.I.P.!»
«Bitte, eine was?»
«Eine Very Important Person!»
«Ich bin eine sehr wichtige Person?»
«Na, hören Sie mal, Kaufmann Jonas, wenn die Deutsche Abwehr versucht, Sie mit einem U-Boot aus Portugal herauszuholen! Sie können nicht ahnen, was sich Ihretwegen in den letzten achtundvierzig Stunden getan hat! Diese Vorbereitungen! Monströs! Abwehr Berlin! Abwehr Lissabon! U-Boot im Planquadrat 135 Z! So einen verrückten Funkverkehr hatten die Deutschen seit Monaten nicht mehr. Kaufmann Jonas ... Kaufmann Jonas ... Kaufmann Jonas muß unter allen Umständen nach Berlin gebracht werden ... Und da fragen Sie mich, ob Sie eine V.I.P. sind – köstlich! Was ist, Kaufmann Jonas?»
«Könnte ich – könnte ich wohl noch einen Whisky bekommen, bitte?»
Thomas Lieven bekam noch einen – einen großen. Der Herr mit der Hornbrille bereitete sich selber auch noch einen und überlegte dabei laut: «Für die 5000 Dollar kann Baby Ruth ruhig eine Pulle Whisky springen lassen!»
«Welches Baby, bitte? Was für 5000 Dollar?»
Der Bebrillte lachte: «Kaufmann Jonas, es ist Ihnen doch klar, daß Sie in mir einen Mann vom ‹Secret Service› vor sich haben?»
«Das ist mir klar, ja.»
«Nennen Sie mich Roger. So heiße ich natürlich nicht. Aber ein falscher Name ist so gut wie der andere – habe ich recht?»
Lieber Gott im Himmel, es geht schon wieder los, dachte Thomas Lieven! Aufpassen, ich muß jetzt aufpassen. Den Deutschen bin ich entkommen. Jetzt muß ich nur noch die Engländer loswerden. Ich muß Zeit gewinnen. Überlegen. Vorsichtig sein.

Er sagte: «Sie haben vollkommen recht, Mr. Roger. Ich wiederhole meine Frage: Was für 5000 Dollar? Welches ‹Baby Ruth›?»
«Kaufmann Jonas, als wir – und unter ‹wir› verstehe ich uns Boys von der britischen Abwehr in Lissabon – den hysterischen Funkverkehr der Deutschen konstatierten, da verständigten wir sofort M 15 in London ...» – «Wer ist M 15?»
«Der Chef unserer Gegenspionage.»
«Aha», sagte Thomas. Er trank einen Schluck und dachte: ein europäischer Kindergarten. Ein mörderischer europäischer Kindergarten. Ach, lieber Gott, werde ich froh sein, wenn ich diesen lächerlich lebensgefährlichen Kontinent hinter mir gelassen habe.
«Und M 15 funkte: Feuer frei!»
«Ich verstehe.»
«Wir reagierten blitzschnell ...»
«Na klar.»
«... diesen Kaufmann Jonas sollten die Nazis nicht bekommen! Hahaha! Nehmen Sie noch einen Whisky auf Baby Ruths Wohl!»
«Wollen Sie mir nicht endlich sagen, wer Baby Ruth ist?»
«Mrs. Ruth Woodhouse. 65 Jahre alt. Dreivierteltaub. Hat zwei Schlaganfälle und fünf Ehegatten überlebt.»
«Kompliment.»
«Kein Begriff für Sie: Woodhouse-Stahl? Woodhouse-Panzer? Woodhouse-Maschinengewehre? Eine der ältesten amerikanischen Rüstungsdynastien! Nie gehört?»
«Ich fürchte, nein.»
«Arge Bildungslücke, muß ich schon sagen.»
«Sie haben sie geschlossen. Danke.»
«Gern geschehen. Also, dieser Dame gehört die Jacht. Sie hält sich zur Zeit in Lissabon auf. Als wir die Sache mit dem U-Boot herausbekommen hatten, redeten wir mit ihr. Sie stellte uns sofort ihr Schiff zur Verfügung, für 5000 Dollar.» Der Mann, der sich Roger nannte, ging wieder zur Bar. «Es lief alles wie am Schnürchen, Kaufmann Jonas! Ruckzuck!»
Das habe ich heute abend schon einmal gehört, dachte Thomas Lieven und sagte höflich: «Britische Organisation.»
Roger brach in die Alkoholbestände der amerikanischen Rüstungsmillionärin ein wie ein reißender Wolf in eine Schafherde. Dabei amüsierte er sich: «Wir verfolgten jeden Ihrer Schritte, Kaufmann Jonas. Sie wurden dauernd überwacht! Ich lag hier auf der Lauer, im Planquadrat 135 Z. Ich erhielt den Funkspruch, daß die Deutschen Sie beim Flughafen überfallen und entführt hatten. Ich erhielt den Funkspruch, daß der Fischkutter klarmachte. Hahaha!»

«Und was geschieht jetzt?»
«Ruckzuck! Wie am Schnürchen geht das alles. Wir werden natürlich gegen den portugiesischen Steuermann Anzeige erstatten. Wegen grober Fahrlässigkeit. Er ist zweifellos an dem Unfall schuld! Wir haben bereits eine entsprechende Meldung gefunkt. Es wird bald ein Patrouillenboot hier aufkreuzen, das den Steuermann und Ihre beiden deutschen Freunde übernimmt.»
«Was geschieht mit ihnen?»
«Nichts. Sie haben schon erklärt, daß sie nur eine kleine Rundfahrt machen wollten.»
«Und was geschieht mit mir?»
«Ich habe Auftrag, Sie, gegebenenfalls unter Einsatz meines Lebens, sicher in die Villa des britischen Nachrichtenchefs in Portugal zu bringen. Oder wollen Sie lieber mit Ihren deutschen Freunden gehen?»
«Keinesfalls, Mr. Roger, keinesfalls», sagte Thomas Lieven und lächelte verzerrt, indessen er überlegte: Ist das noch Meerwasser auf meiner Stirn – oder schon wieder Angstschweiß?

## 18

Die Deutschen hatten Thomas Lieven mit einer uralten Limousine aus Lissabon entführt, die Briten brachten ihn in einem neuen Rolls-Royce nach Lissabon zurück. Noblesse oblige.
Er saß im Fond, in einen blauseidenen Morgenrock mit aufgestickten goldenen Drachen gehüllt, dazu passende Pantoffeln an den Füßen. Mehr an Garderobe hatte sich an Bord der «Baby Ruth» nicht auftreiben lassen. Thomas Lievens nasser Anzug und seine Wäsche lagen vorne beim Chauffeur.
Neben Thomas saß Roger, eine Maschinenpistole auf den Knien. Er sprach durch die Zähne: «Keine Furcht, Kaufmann Jonas, es geschieht Ihnen nichts. Die Wagenwände sind gepanzert, die Fenster aus kugelsicherem Glas. Man kann nicht hereinschießen.»
«Und wie, bitte, würden Sie dann unter Umständen hinausschießen?» fragte Thomas. Darauf blieb der britische Agent eine Antwort schuldig.
An dem schlafenden Luxusbadeort Estoril vorbei jagten sie ostwärts, in einen gloriosen Sonnenaufgang hinein. Perlmutterfarben leuchteten Himmel und Meer. Viele Schiffe lagen im Hafen. Heute ist der 9. September, dachte Thomas Lieven. Morgen läuft die «General Carmona» nach Südamerika aus. Werde ich sie erreichen, lieber Gott?

In einem Palmengarten stand die komfortable Villa des britischen Nachrichtenchefs. Sie war im maurischen Stil eingerichtet und gehörte einem Geldverleiher namens Alvarez, der noch zwei weitere, ähnliche Villen besaß. Die eine hatte er an den Nachrichtenchef der deutschen Gesandtschaft vermietet, die andere an den Nachrichtenchef der amerikanischen ...
CASA DO SUL stand in goldenen Lettern über dem Eingang zur Villa der Briten. Ein Butler in gestreifter Hose und grüner Samtweste hielt die schwere schmiedeeiserne Tür auf. Die weißen, buschigen Augenbrauen hatte er hochgezogen. Er verneigte sich stumm vor Thomas. Danach versperrte er die Tür und schritt vor den beiden Besuchern durch eine mächtige Halle, am Kamin, einer Freitreppe und den Ahnenporträts des Herrn Alvarez vorbei, der Bibliothek zu.
In dieser wartete vor einer bunten Bücherwand ein älterer Gentleman, der so wundervoll englisch aussah wie nur jene Herren, denen man auf den Seiten britischer Schneidermagazine begegnet. Seine gepflegte Eleganz, der untadelig sitzende dunkelgraue Flanellanzug, der gepflegte Kolonialoffiziersschnurrbart und die militärisch straffe Haltung dieses Gentlemans erregten Thomas Lievens ehrliche Bewunderung.
«Mission ausgeführt, Sir», sprach Roger zu ihm.
«Gut gemacht, Jack», sprach der Herr in Dunkelgrau, Thomas die Hand schüttelnd. «Guten Morgen, Kaufmann Jonas. Willkommen auf großbritannischem Boden. Ich habe Sie mit Ungeduld erwartet. Einen Whisky auf den Schrecken?»
«Ich trinke niemals vor dem Frühstück, Sir.»
«Ich verstehe. Mann von Prinzipien. Gefällt mir. Gefällt mir sehr.» Der Herr in Dunkelgrau wandte sich an Roger. «Gehen Sie hinauf zu Charley. Er soll Funkverbindung mit M 15 aufnehmen. Code Cicero. Meldung: Die Sonne geht im Westen auf.»
«Jawohl, Sir.» Roger verschwand. Der Herr in Dunkelgrau sagte zu Thomas: «Nennen Sie mich Shakespeare, Kaufmann Jonas.»
«Gerne, Mr. Shakespeare.» – Warum nicht? In Frankreich habe ich einmal einen Kollegen von dir Jupiter nennen müssen, dachte Thomas. Wenn euch so etwas Spaß macht ...
«Sie sind Franzose, Kaufmann Jonas, nicht wahr?»
«Eh – ja.»
«Dachte ich mir sofort! Habe einen Blick dafür. Untrügliche Menschenkenntnis! Vive la France, Monsieur!»
«Danke, Mr. Shakespeare.»
«Monsieur Jonas, wie heißen Sie wirklich?»

Wenn ich dir das sage, erreiche ich mein Schiff nie, dachte Thomas und erwiderte darum: «Es tut mir leid, aber meine Lage ist zu ernst. Ich muß meine wahre Identität verschweigen.»
«Monsieur, ich verbürge mich mit meiner Ehre dafür, daß wir Sie jederzeit sicher nach London bringen, wenn Sie sich bereit erklären, für mein Land zu arbeiten. Wir haben Sie aus den Klauen der Nazis gerettet, vergessen Sie das nicht!»
Das ist ein Leben, dachte Thomas.
Er sagte: «Ich bin erschöpft, Mr. Shakespeare. Ich – ich kann nicht mehr. Bevor ich mich für irgend etwas entscheide, muß ich schlafen.»
«Vollkommen klar, Monsieur. Ein Fremdenzimmer steht für Sie bereit. Betrachten Sie sich als mein Gast.»
Eine halbe Stunde später lag Thomas Lieven in einem bequemen, weichen Bett in einem stillen, gemütlichen Zimmer. Die Sonne war aufgegangen, im Park sangen viele Vögel. Goldene Lichtbahnen fielen durch das vergitterte Fenster. Die Tür war von außen versperrt. Englische Gastfreundschaft, dachte Thomas Lieven, in der ganzen Welt gerühmt. Es geht wirklich nichts über sie ...

19

«Achtung, die Zeit: Beim Gongschlag ist es acht Uhr! Guten Morgen, meine Damen und Herren. Von Radio Lissabon hören Sie die zweiten Frühnachrichten. London: Auch in der vergangenen Nacht setzten starke Bomberverbände der deutschen Luftwaffe ihre konzentrierten Angriffe auf die britische Hauptstadt fort ...»
Heftig atmend, die Hände aneinander reibend, eilte die vollschlanke, schwarzhaarige Konsulin Estrella Rodrigues in ihrem Schlafzimmer auf und ab. Sie sah erschöpft aus. Ihre aufreizend gewölbte Oberlippe zitterte.
Estrella war einem Nervenzusammenbruch nahe. Nicht eine Minute hatte sie in der vergangenen Nacht geschlafen, furchtbare Stunden lagen hinter ihr. Jean, ihr geliebter Jean, war nicht nach Hause gekommen. Sie wußte, daß er seinen geheimnisvollen Freund, diesen französischen Major, zum Flughafen gebracht hatte. Sie hatte mit dem Flughafen telefoniert. Aber dort wußte man nichts von einem Monsieur Jean Leblanc.
Vor ihrem geistigen Auge sah Estrella ihren Geliebten entführt, gefangen, gefoltert, in den Händen der Deutschen, tot! Estrellas Brust hob und senkte sich im Aufruhr ihrer Gefühle. Sie glaubte, zu sterben, zu vergehen ...

Plötzlich kam ihr zu Bewußtsein, daß noch immer das Radio lief. Sie blieb stehen; sie nahm zur Kenntnis, was die Sprecherstimme sagte:
«... rammte in den Morgenstunden des heutigen Tages die amerikanische Jacht ‹Baby Ruth› vor der Dreimeilenzone einen portugiesischen Fischkutter, welcher kenterte. Die Besatzung der Jacht nahm mehrere Schiffbrüchige an Bord. Zur gleichen Zeit orteten Einheiten unseres Küstenschutzes in der Nähe der Unfallstelle ein U-Boot, das sofort tauchte und die Flucht ergriff.
Captain Edward Marks, Kommandant der ‹Baby Ruth›, erstattete gegen den Steuermann des Fischkutters Anzeige wegen grober Gefährdung. Die drei Passagiere des Kutters, zwei Deutsche und ein Franzose ...»
Estrella schrie auf!
«... verweigerten jede Auskunft. Es liegt der Verdacht nahe, daß es sich bei dem Vorfall um ein vereiteltes Entführungsmanöver handelt, in welches mindestens zwei ausländische Geheimdienste verstrickt sind. Eine Untersuchung wurde eingeleitet. Die ‹Baby Ruth› darf bis auf weiteres nicht auslaufen. Sie gehört der amerikanischen Millionärin Ruth Woodhouse, die seit einiger Zeit im Hotel Aviz residiert. Sie hörten Nachrichten. Die Wetteraussichten für heute und morgen ...»
Die Konsulin erwachte aus ihrer Erstarrung. Sie knipste das Radio aus. In höchster Eile zog sie sich an. Jean ... Ihre Ahnung hatte sie nicht getrogen, es war etwas passiert, etwas Arges, etwas Grauenvolles ... Wie hieß diese Millionärin?
Woodhouse. Ruth Woodhouse. Hotel Aviz.

20

Die weißen, buschigen Augenbrauen hochgezogen, betrat der Butler die Bibliothek der luxuriösen «Casa do Sul». Sonor klang seine Stimme, als er dem Chef des britischen Nachrichtendienstes in Portugal meldete: «Senhora Rodrigues ist jetzt eingetroffen, Sir.»
Federnd erhob sich der Mann, der sich Shakespeare nannte. Federnd schritt er der schönen Konsulin entgegen, die nun ein hautenges, weißes Leinenkleid, handbemalt mit Blumen und Vögeln in leuchtenden Farben, ein wenig zu viel Make-up und den Ausdruck eines gehetzten, vollschlanken Edelwildes trug.
Shakespeare küßte ihr die Hand. Der Butler zog sich zurück.
Der Chef des britischen Nachrichtendienstes bot Estrella Platz an.

Außer Atem, heftig wogend, plumpste sie in einen kostbaren Sessel. Die Erregung verschlug ihr die Rede – ein seltenes Phänomen.
Mitfühlend sagte der Mann, dem es gefiel, sich des Namens von Englands größtem Poeten zu bedienen: «Ich habe vor einer halben Stunde mit Mrs. Woodhouse telefoniert. Ich weiß, daß Sie sie aufgesucht haben, Senhora ...»
Immer noch sprachlos, nickte Estrella.
«... Mrs. Woodhouse ist eine – hm – sehr gute Freundin von uns. Sie sagte mir, daß Sie in Sorge um einen – hm – sehr guten Freund leben?»
Estrella ahnte nicht, was sie mit ihren nächsten Worten anrichtete: «In Sorge um Jean, mein Gott, um meinen armen, unglücklichen Jean ...»
«Jean?»
«Jean Leblanc – ein Franzose. Er ist seit gestern verschwunden ... Ich bin schon halb wahnsinnig vor Angst. Können Sie mir helfen ... Wissen Sie etwas von ihm? Sagen Sie mir die Wahrheit, ich flehe Sie an!»
Shakespeare wiegte vielsagend den Kopf.
«Sie verbergen mir etwas!» sprudelte die Konsulin hervor. «Ich fühle es. Ich weiß es! Seien Sie barmherzig, Senhor, sprechen Sie! Ist mein armer Jean in die Hände der elenden Hunnen gefallen? Ist er tot?»
Shakespeare hob eine Hand, die schmal und edel war und weiß wie Milch: «Nicht doch, verehrteste Senhora, nicht doch. Ich glaube, ich habe gute Nachrichten für Sie ...»
«Wirklich, heilige Madonna von Bilbao, wirklich?»
«Wie es sich trifft, hm, hm. Kam vor ein paar Stunden ein Herr zu uns, der sehr wohl jener sein könnte, den Sie suchen ...»
«O Gott, o Gott, o Gott!»
«Der Butler weckt ihn eben. Er wird jeden Augenblick» – es klopfte – «da ist er schon. Herein!»
Die Tür ging auf. Der hochmütige Diener erschien. An ihm vorbei schritt Thomas Lieven in die Bibliothek, in Pantoffeln, mit nackten Beinen, in den orientalischen Morgenrock aus den Beständen der «Baby Ruth» gehüllt.
«Jean!»
Estrellas Schrei zerriß die Luft. Sie stürzte stolpernd über einen Teppich auf ihren Geliebten zu, warf sich an seine Brust, klammerte sich an den Erstarrten, herzte und küßte ihn atemlos und bekannte stammelnd: «O Jean, Jean – mein Einziger, mein Sü-

ßer ... Daß du nur lebst, daß du nur da bist, das macht mich zur glücklichsten Frau der Welt!»
Shakespeare verneigte sich mit einem verständnisinnigen Lächeln. «Ich lasse Sie mit der Senhora allein», erklärte er dezent. «Bis nachher, Monsieur Leblanc.»
Thomas Lieven schloß die Augen. Indessen ihn die Küsse Estrellas wie Hagelkörner trafen, dachte er verzweifelt: Aus! Schluß! Jetzt bin ich geliefert. Leb wohl, Freiheit! Leb wohl, «General Carmona». Leb wohl, schönes Südamerika ...

21

Funker Charley saß in einer Mansardenstube der «Casa do Sul», vor deren Fenster Palmenwedel im Morgenwind wogten. Funker Charley manikürte seine Nägel, als Shakespeare hereingestürzt kam.
«Los. An M 15. Ganz dringend: Echter Name von Kaufmann Jonas ist Jean Leblanc stop erbitten Weisung.»
Charley chiffrierte die Botschaft, schaltete den Sender ein und begann zu morsen.
Inzwischen hatte Shakespeare sich vor einem großen Lautsprecher niedergelassen und eine von sieben Tasten herabgedrückt, über der zu lesen stand:

MIKROPHON BIBLIOTHEK

Es knisterte und knackte. Dann hörte Shakespeare den folgenden Dialog zwischen Thomas und der schönen Estrella mit an:
«... aber wieso habe ich dich in Gefahr gebracht, Liebling? Wieso?»
«Du hättest nie herkommen dürfen!»
«Ich war doch halb wahnsinnig vor Angst und Sorge – ich habe gedacht, ich sterbe ...»
«Du hättest niemals meinen Namen nennen dürfen!»
(Mit schmalen Lippen lächelte Shakespeare.)
«Warum nicht? Warum nicht?»
«Weil meinen Namen niemand wissen darf!»
«Aber du bist doch Franzose! Ein Freund der Engländer – ein Verbündeter ...»
«Trotzdem. Sei jetzt still ...» Schritte erklangen.
«... es wird hier irgendwo doch ganz bestimmt so ein Dings geben ... Ah, da ist es ja schon, unter dem Tisch.»

Ein schrilles Pfeifen kam aus dem Lautsprecher, ein schreckliches Krachen, dann war die Verbindung tot.
Bewundernd sagte Shakespeare: «Gerissener Hund. Hat das Mikro entdeckt und abgerissen!» Wenige Minuten später sah er, daß der Funker mit fliegenden Fingern eine Botschaft aufnahm. «Schon Antwort von M 15?»
Charley nickte. Er dechiffrierte die Antwort aus London. Dabei wechselte sein gesundes Jungengesicht die Farbe. Erblassend sagte er: «Allmächtiger!»
«Was ist?» Shakespeare riß ihm den Zettel aus der Hand. Er las:
von M 15 an shakespeare lissabon – angeblicher jean leblanc heißt in wirklichkeit thomas lieven und ist deutscher abwehragent – hat uns gerade mit gefälschten listen des französischen geheimdienstes hereingelegt – halten sie diesen mann unter allen umständen fest – spezialagent fliegt sogleich mit kuriermaschine zu ihnen – seinen weisungen ist folge zu leisten – ende – ende –
Mit einem kräftigen Fluch schleuderte Shakespeare den Zettel zu Boden und stürzte aus der Mansarde. Er rannte die Treppe zur Bibliothek hinab, immer zwei Stufen auf einmal nehmend.
In der Halle bot sich ihm ein erschreckendes Bild. Die schwere Eingangstür stand ebenso offen wie die Bibliothekstür. Zwischen beiden lag eine reglose Gestalt mit dem Gesicht nach unten auf einem prächtigen Orientteppich – der vornehme Butler.
Shakespeare rannte in die Bibliothek. Sie war leer. Ein Duft von Parfüm hing noch in der Luft. Shakespeare rannte in den Park hinaus. Auf der Straße startete gerade aufheulend ein rotes Taxi. Shakespeare rannte in die Halle zurück. Der vornehme Butler war eben zu sich gekommen. Er saß auf dem Teppich, stöhnte und massierte seinen Hals.
«Wie war das möglich?»
«Der Mann ist ein Meister im Jiu-Jitsu, Sir. Ich sah ihn, als er mit der Dame aus der Bibliothek kam. Ich trat ihm entgegen, um ihn aufzuhalten. Danach ging alles blitzschnell. Ich flog zu Boden – mir schwanden die Sinne, Sir ...»

22

Das Telefon schrillte – schrillte – schrillte.
Immer noch in Pantoffeln und Morgenrock, kam Thomas Lieven in Estrellas Schlafzimmer geschliddert. Der Chauffeur des roten Taxis und zahlreiche Passanten hatten sich in der letzten Viertel-

Menu · 9. September 1940

*Champignons auf Toast · Ungarisches Lecso*
*Frische Birnen mit Käse*

---

## Thomas Lieven kocht ungarisch. Dabei kommt ihm die rettende Idee

Champignons auf Toast: Man nehme feste, kleine Champignons, wasche sie, entferne etwaige Unreinheiten und schneide sie blättrig. Dann dünste man sie in Butter weich, salze und pfeffere sie leicht und häufe sie auf dünne Weißbrotschnitten, die man auf beiden Seiten in Butter gelb angebraten hat. Man beträufle sie mit Zitronensaft und streue etwas feingehackte Petersilie darüber und gebe sie auf gut vorgewärmten Tellern zu Tisch.
Sehr fein ist es, mit den Pilzen etwas feingehackte Schalotte, dann süße oder saure Sahne mitzudünsten, die fertigen Schnitten mit geriebenem Käse zu bestreuen und im Ofen kurz zu überbacken.
Anmerkung: Thomas Lieven hat sich für die erste Art der Zubereitung entschieden, weil er vor dem etwas massiven Hauptgericht nur einen leichten Appetithappen reichen will.

Ungarisches Lecso: Man schneide ein halbes Pfund Zwiebeln auf Ringe, je hundert Gramm durchwachsenen Speck und derbe Knoblauchwurst auf kleine Würfel und ein Pfund Hammelfleisch in etwas größere Stücke. Man entkerne zwei Pfund grüne Paprikaschoten, schneide sie in fingerlange und -breite Streifen und häute ein Pfund Tomaten ab.
Man schmore Zwiebeln, Speck und Wurst zusammen an, gebe dann das Fleisch dazu, das auf allen Seiten angebraten wird. Dann füge man die Paprikastreifen dazu und etwas später die Tomaten. Das Gericht soll mit geschlossenem Deckel auf kleiner Flamme langsam dünsten, bis alles ganz weich ist. Eine halbe Stunde, bevor man es zu Tisch geben will, füge man einen halben Tassenkopf voll Reis hinzu, der nur dazu dienen soll, den Saft leicht zu binden. Verwendet man mehr Reis, so gibt es einen pappigen Brei. Man würze mit Salz und rotem Paprika. Zum Lecso reiche man geschnittenes Weißbrot.

Frische Birnen mit Käse: Man nehme reife, feste und doch saftige Birnen und reiche dazu einen nicht zu strengen vollfetten Käse. Am besten Gervais oder Bel Paese. Man schäle sich bei Tisch eine Birne, schneide sie auf mundgerechte Schnitze und verzehre jeden Schnitz zusammen mit einem Stückchen Käse. Diese Zusammenstellung von frischem Obst mit Käse ist ein besonders angenehmer und bekömmlicher Abschluß nach einem schweren und scharfen Essen

---

stunde über seine seltsame Bekleidung ebenso gewundert wie Estrellas Stubenmädchen, aber das war dem lebenslang mit größter Eleganz gekleideten Thomas egal. Ihm war jetzt alles egal! Er wußte: nun ging es um seinen Hals!
Er riß den Hörer hoch: «Hallo?»
Dann lächelte er erleichtert, denn er kannte die Stimme, die sich

meldete. Sie gehörte einem Freund, dem einzigen Freund, den er jetzt noch hatte.
«Leblanc, hier ist Lindner ...»
«Gott sei Dank, Lindner, ich wollte Sie auch gerade anrufen. Wo sind Sie?»
«Im Hotel. Hören Sie, Leblanc, ich versuche seit Stunden, Sie zu erreichen.»
«Jaja, schon gut. Ich hatte ein unangenehmes Erlebnis – *mehrere* unangenehme Erlebnisse ... Lindner, Sie müssen mir helfen ... Ich muß mich verstecken, bis unser Schiff geht ...»
«Leblanc!»
«... man darf mich nicht mehr sehen, ich ...»
«Leblanc! Lassen Sie mich endlich reden!»
«Bitte.»
«Unser Schiff geht nicht.»
Thomas sank auf das Bett der Konsulin, die hinter ihn getreten war und angstvoll ihre kleine Faust an den aufregenden Mund preßte. Thomas ächzte: «Was sagen Sie?»
«Unser Schiff geht nicht!»
Schweiß trat auf Thomas Lievens Stirn. «Was ist passiert?»
Die Stimme des Wiener Bankiers klang hysterisch: «Ich hatte schon seit Tagen ein böses Gefühl. Unsere Reederei betrug sich so eigenartig – ich habe es Ihnen verschwiegen, um Sie nicht zu beunruhigen. Heute morgen habe ich es erfahren ...»
«Was erfahren?»
«Unser Schiff ist von den Deutschen gekapert worden!»
Thomas schloß die Augen.

«Was ist – was ist ...?» rief die arme Konsulin bebend.
Thomas stöhnte in die Muschel: «Und – und ein anderes Schiff?»
«Unmöglich! Auf Monate hinaus alles ausgebucht! Wir dürfen uns nichts vormachen, Leblanc, wir sitzen in Lissabon fest – hallo – Leblanc, haben Sie mich verstanden?»
«Jedes Wort», sagte Thomas Lieven. «Sie hören von mir, Lindner. Leben Sie wohl – wenn Sie das unter den Umständen noch können.» Er legte auf und stützte den Kopf in die Hände. Plötzlich roch er wieder das Chloroform. Plötzlich war ihm wieder übel. Er fühlte sich schwindlig und zu Tode erschöpft.
Was jetzt?
Nun saß er in der Falle. Nun konnte er nicht mehr damit rechnen, ihnen zu entkommen, den Deutschen, den Engländern, den Franzosen – allen, die er hereingelegt hatte.

«Jean! Jean!» Die Stimme der schönen Konsulin drang an sein Ohr. Er blickte auf. Sie war neben ihm in die Knie gesunken, zitternd und schluchzend. «Sprich doch! Sag doch ein Wort! Erzähle deiner armen Estrella, was geschehen ist!»
Er sah sie schweigend an. Dann erhellte sich sein Gesicht, und seine Stimme klang sanft: «Schick das Mädchen fort, Liebling.»
«Das Mädchen ...»
«Ich will mit dir allein sein.»
«Aber das Mittagessen ...»
«Ich koche selber», sagte Thomas Lieven und stand auf wie ein Boxer, der, angeschlagen zwar, aber noch lange nicht k. o., zur nächsten Runde antritt. «Ich muß mir jetzt alles ganz genau überlegen. Und beim Kochen kommen mir die besten Gedanken.»
Er kochte ungarisches Lecso. Versunken schnitt er ein halbes Pfund Zwiebeln zu Ringen, sanft und still entkernte er zwei Pfund grüne Paprikaschoten.
Die Konsulin beobachtete ihn dabei. Sie war so nervös, daß sie andauernd an ihrem Armband drehte, einem äußerst kostbaren Schmuckstück aus schwerem Gold, das besetzt war mit lupenreinen Brillanten. Estrella rief kopfschüttelnd: «Deine Ruhe – deine Gelassenheit! Daß du jetzt kochen kannst ...»
Er lächelte verhalten. Sein Blick fiel auf das breite Armband, dessen Steine im Licht funkelten und glühten, weiß, blau, grün, gelb und rot. Er schnitt die Paprikaschoten zu fingerlangen Streifen.
«Warum sprichst du nicht, Jean?»
«Weil ich nachdenke, mein Herz.»
«Jean, willst du dich mir nicht anvertrauen? Willst du mir nicht die Wahrheit sagen? Warum fühlst du dich von allen Seiten bedroht? Warum hast du auch vor den Engländern Angst?»
Er begann, Tomaten zu häuten. «Die Wahrheit, mein Herz, ist so fürchterlich, daß ich sie nicht einmal dir anvertrauen kann.»
«Oh!» Ganz schnell drehte sie jetzt ihr Armband; es leuchtete und glühte wie Feuer. «Aber ich will dir doch helfen, ich will dich doch beschützen – vertraue mir, Jean. Ich tue alles für dich.»
«Alles? Wirklich alles?»
«Wirklich alles, mein Leben!»
Er ließ die Tomate sinken, die er in der Hand hielt. Sein Gesicht nahm einen Ausdruck inniger Zärtlichkeit und stiller Zuversicht an. «Nun gut», sprach Thomas Lieven freundlich, «dann wollen wir uns nach dem Mittagessen noch ein Stündchen ausruhen, und dann zeigst du mich an.»

Wen wundert es, daß diese Worte eine umwerfende Wirkung erzielten? Estrella, die Schöne, verstummte. Mit großen Augen und weit aufgerissenem Mund starrte sie Thomas Lieven an.
«Was hast du gesagt?» keuchte sie, als sie die Sprache wiedergefunden hatte. «Was soll ich tun? Dich anzeigen? Wo? Bei wem?»
«Bei der Polizei, mein Schatz.»
«Aber warum denn, um Himmels willen?»
«Weil ich dich bestohlen habe, Liebling», antwortete Thomas Lieven. «Wo ist denn bloß die Knoblauchwurst?»

## ZWEITES BUCH

### *1. Kapitel*

1

9. September 1940
Aus dem Tätigkeitsbericht des 17. Lissabonner Polizei-Reviers in der Avenida E. Duarte Pacheco:
15 Uhr 22: Anruf aus dem Hause 45 Rua Marques da Fronteira. Frauenstimme bittet dringend um Hilfe gegen Dieb. Die Sergeanten Alcantara und Branco mit Stationswagen losgeschickt.
16 Uhr 07: Sergeanten Alcantara und Branco kehren zurück und bringen mit:
a) Estrella Rodrigues, röm.-kath., verwitwet, geboren 27. 3. 1905, port. Staatsbürgerin, Konsulin von Costarica, wohnhaft 45 Rua Marques da Fronteira.
b) Jean Leblanc, protest., ledig, geb. 2. 1. 1910, franz. Staatsbürger, Bankier, zur Zeit ohne festen Wohnort (Flüchtling, portug. Durchreisevisum).
Estrella Rodrigues erklärt zur Sache: «Ich verlange die Festnahme des Jean Leblanc, der mich bestohlen hat. Ich kenne Leblanc seit zwei Wochen. Er hat mich häufig in meiner Villa besucht. Seit fünf Tagen vermisse ich ein schweres goldenes Armband (achtzehnkarätig, feingliedrig, 150 Gramm, mit kleinen und großen Brillanten), hergestellt von dem Juwelier Miguel da Foz in der Rua Alexandre Herculano. Kaufwert: etwa 180 000 Escudos. Ich

habe Leblanc den Diebstahl auf den Kopf zugesagt, und er hat ihn auch zugegeben. Ich habe ihm eine letzte Frist bis heute 12 Uhr mittag gesetzt, mir mein Eigentum wiederzugeben. Er hat dies nicht getan.»
Der Ausländer Jean Leblanc, zur Sache einvernommen: «Ich habe das Armband nicht gestohlen, sondern nur im Auftrag der Senhora Rodrigues an mich genommen, um es zu verkaufen. Ich habe es ihr längst zurückgegeben, weil ich keinen Käufer fand.»
FRAGE: «Die Senhora Rodrigues sagt, daß sie es nicht mehr besitzt. Können Sie es herbeiholen oder kennen Sie den Verwahrungsort des Armbands?»
ANTWORT: «Nein, denn die Senhora Rodrigues hat es versteckt, um mir zu schaden. Sie will, daß ich verhaftet werde.»
FRAGE: «Warum?»
ANTWORT: «Eifersucht.»
BEMERKUNG: Der Ausländer Leblanc macht bei der Vernehmung einen undurchsichtigen, unverschämten und arroganten Eindruck. Gelegentlich ergeht er sich in drohenden Andeutungen. Er beleidigt die Klägerin in ihrer weiblichen Würde und beschimpft den vernehmenden Kommissar in unflätiger Weise. Zuletzt spielt er den Irren, lacht, redet Unsinn und singt französische Spottlieder.
Sergeanten Alcantara und Branco erklären: «Bei der Festnahme hat der Ausländer Widerstand geleistet. Es mußten ihm Handschellen angelegt werden. Bei seinem Abtransport stellten wir fest, daß sich auf der Straße vor der Villa mehrere verdächtige Subjekte herumtrieben, die jede unserer Aktionen genau verfolgten.»
BEMERKUNG: Es ist anzunehmen, daß der Ausländer Leblanc in Beziehungen zur Unterwelt von Lissabon steht. Er wird festgenommen und über Nacht im Reviergefängnis eingesetzt. Morgen früh wird er mit dem Gefangenentransportwagen auf das Polizeipräsidium übergeführt und dem Dezernat Diebstahl zur Verfügung gestellt werden.

## 2

Es war beinahe sechs Uhr abends, als die schöne, wenn schon nicht sonderlich intelligente Konsulin und Deutschenhasserin Estrella Rodrigues, gleichermaßen erschöpft und erregt, in die Rua Marques da Fronteira zurückkehrte. Sie benutzte ein Taxi.
Heftig atmend, mit fiebrig glänzenden Augen und hektisch gerö-

teten Wangen saß sie im Fond. Es hat funktioniert, wie Jean es wünschte und voraussah. Aber, mein Gott, in was für Situationen bringt mich dieser wilde, wunderbare, rätselhafte Mensch ...
Sie haben ihn eingesperrt. Im Gefängnis ist er in Sicherheit vor seinen Verfolgern. Doch warum *wird* er verfolgt? Er hat es mir nicht gesagt, er hat mich geküßt und gebeten, Vertrauen zu ihm zu haben.
Ach, was bleibt mir noch anderes übrig? Ich liebe ihn doch so! Er ist ein tapferer Franzose. Weiß Gott, in welcher geheimen Mission er sich hier aufhält! Ja, vertrauen will ich ihm und alles tun, was er mir aufgetragen hat: das goldene Armband in dem Versteck im Keller lassen; jeden Tag zum Hafen fahren und versuchen, eine Schiffspassage für ihn zu buchen, und mit niemandem über ihn zu sprechen. Wenn es mir gelingt, eine Passage nach Südamerika zu buchen, dann will ich zum Untersuchungsrichter eilen, das Armband vorweisen, erklären, daß ich es nur verlegt hatte, und meine Anzeige zurückziehen ... Ach, wie furchtbar werden nun die Tage und Nächte ohne ihn sein, ohne Jean, meinen süßen Geliebten! –
Das Taxi hielt. Die Konsulin stieg aus und bezahlte den Chauffeur. Als sie auf den Eingang ihres Grundstücks zuschritt, trat hinter einer Palme ein blasser, verhärmter Mann hervor, der einen abgenützten Anzug mit Pfeffer-und-Salz-Musterung trug. Dieser Mensch zog seinen alten Hut vor Estrella und sprach sie in gebrochenem Portugiesisch an: «Senhora Rodrigues, ich muß Sie dringend um eine Unterredung bitten.»
«Nein, nein», rief die üppige Konsulin zurückweichend.
«Doch, doch», widersprach er, ihr folgend, die Stimme senkend, «es handelt sich um Jean Leblanc.»
«Wer sind Sie?»
«Mein Name», erwiderte er, «ist Walter Lewis. Ich komme aus London.» Daß er aus London kam, stimmte. Er war vor einer Stunde gelandet. Daß er Walter Lewis hieß, stimmte nicht. Er hieß Peter Lovejoy, und er war derselbe Lovejoy, der von seinem Chef M 15 losgeschickt worden war, um diesem elenden Burschen Thomas Lieven endlich das Handwerk zu legen ...
«Was wollen Sie von mir, Mr. Lewis?»
«Wissen, wo Monsieur Leblanc ist.» – «Was geht Sie das an?»
Der Mann, der sich gerade Lewis nannte, bemühte sich, Estrella mit Blicken aus glanzlosen, von schlechter Bezahlung und schlechter Ernährung melancholisch getrübten Augen zu bannen. «Er hat mich betrogen, er hat mein Land betrogen. Er ist ein Schuft ...»

«Schweigen Sie!»
«... ein Subjekt ohne Ehrgefühl, ohne Moral, ohne Charakter ...»
«Verschwinden Sie, oder ich schreie um Hilfe!»
«Wie können Sie einem Deutschen helfen? Wollen Sie, daß Hitler den Krieg gewinnt?»
«Hit ...» Das Wort blieb der enragierten, nicht eben vom Glück verfolgten Roulettspielerin im schwanenweißen Halse stecken. «Was haben Sie gesagt?»
«Wie können Sie einem Deutschen helfen?»
«Ein Deutscher? Nein! Nein!» Mit beiden Händen, schwanenweiß, griff die Konsulin sich nach dem Kopf. «Sie lügen!»
«Ich lüge nicht! Thomas Lieven heißt der elende Faschist!»
Indessen sie von heftigem Schwindelgefühl heimgesucht wurde, überlegte Estrella: Jean ein Deutscher? Unmöglich. Unvorstellbar. Nach allem, was ich mit ihm erlebt habe. Dieser Charme. Diese Zärtlichkeit. Dieses ... Nein, er *muß* ein Franzose sein!
Estrella stöhnte: «Unmöglich!»
«Er hat Sie betrogen, Senhora, wie er mich betrogen hat, wie er uns alle betrogen hat. Ihr Jean Leblanc ist ein deutscher Agent!»
«Entsetzlich!»
«Dieses Reptil muß unschädlich gemacht werden, Senhora!»
Die Konsulin warf den schönen Kopf zurück, der schöne Körper straffte sich. «Folgen Sie mir ins Haus, Mr. Lewis. Zeigen Sie mir Ihre Beweise! Ich will Tatsachen sehen, nackte, harte Tatsachen! Wenn Sie mir diese liefern, dann ...»
«Dann, Senhora, dann?»
«Dann will ich Rache nehmen! Kein Deutscher soll über Estrella Rodrigues lachen! Keiner, nie!»

3

*«Manha»* – so lautete das Wort, das Thomas Lieven in den Wochen seiner Haft am häufigsten hören sollte. «*Manha*», zu deutsch: morgen ... «Morgen», versprachen die Wärter, «morgen», versprach der Untersuchungsrichter, «morgen», trösteten sich die Gefangenen, die seit Monaten darauf warteten, daß etwas, irgend etwas mit ihnen geschehen würde.
Nichts geschah. Aber vielleicht geschah morgen etwas! Wärter, Untersuchungsrichter und Gefangene zuckten fatalistisch die Schultern, lächelten vielsagend und bemühten ein Sprichwort, das als Leitsatz über dem gesamten südländischen Strafvollzug stehen

konnte: *«Eh-eh, ate a manha!»* In sinngemäßer Übersetzung etwa: «Morgen ist morgen, und morgen – ach, du lieber Gott, was kann bis dahin alles passieren, also lassen wir uns überraschen!»
Nach seiner Verhaftung landete Thomas Lieven zunächst im Untersuchungsgefängnis der Kriminalpolizei auf dem «Torel», einem der sieben Hügel, auf denen Lissabon errichtet ist. Der «Torel» erwies sich als ganz arg überfüllt.
Nach wenigen Tagen wurde Thomas Lieven darum in den «Aljube» überstellt, einen mittelalterlichen fünfstöckigen Palast im ältesten Teil der Stadt. Über dem Portal befand sich das Wappen des Erzbischofs Dom Miguel de Castro, der, wie alle Gebildeten wissen, von 1568 bis 1625 in unserm Jammertal geweilt und den scheußlichen alten Kasten als Gefängnis für solche Geistliche etabliert hatte, die sich strafbare Handlungen zuschulden kommen ließen. Es muß, überlegte Thomas Lieven bei seiner Einlieferung, einen hohen Prozentsatz an Strafwürdigen unter dem portugiesischen Klerus des 16. Jahrhunderts gegeben haben, denn der «Aljube» war ein Riesengefängnis!
Hier deponierte jetzt die Polizei ihre Gefangenen, darunter viele unerwünschte Ausländer. Aber es gab auch mindestens ebensoviel Herren, die schlicht gegen völlig unpolitische Paragraphen des portugiesischen Strafgesetzbuches verstoßen hatten. Sie saßen zum Teil in Untersuchungshaft, zum Teil, bereits verurteilt, in Sammelzellen, Einzelzellen und sogenannten «Zellen für begüterte Häftlinge».
Letztere befanden sich in den obersten Stockwerken und waren am komfortabelsten eingerichtet. Alle Fenster blickten auf den Hof. Angrenzend betrieb ein gewisser Herr Teodoro dos Repos eine Koffer- und Taschenfabrikation, was mit gewissen unangenehmen Gerüchen verbunden war, unter denen die unbegüterten Häftlinge in den tieferen Stockwerken, besonders bei heißem Wetter, sehr litten.
Da ließ es sich oben, bei den Begüterten, besser leben! Sie bezahlten ihre Zimmermiete pro Woche – wie in einem ordentlichen Hotel. Die Höhe der Miete wurde errechnet nach der Höhe der Kaution, die der Untersuchungsrichter gefordert hatte. Sie war gesalzen. Wie in einem ordentlichen Hotel wurde für die Begüterten jedoch auch nach besten Kräften gesorgt. Das Personal war bemüht, ihnen jeden Wunsch von den Augen abzulesen. Selbstverständlich gab es Zeitungen und Zigaretten, selbstverständlich konnten die Inhaftierten sich ihr Essen aus nahen, von den Wärtern empfohlenen Speiselokalen herbeibringen lassen.

Thomas, der in Erwartung derartig liebenswürdiger Sitten eine größere Menge Bargeld bei der Gefängnisverwaltung deponiert hatte, hielt es in der Frage der Mahlzeiten so: Jeden Morgen bestellte er Francesco, den dicken Koch, zu sich und sprach mit ihm genau den Küchenzettel des Tages durch. Danach schickte Francesco seinen Gehilfen einkaufen. Der Koch war von «Senhor Jean» hell begeistert: Immer neue Rezepte und kulinarische Tricks brachte der Herr aus Zelle 519 ihm bei.
Thomas Lieven fühlte sich glänzend. Den Aufenthalt im Gefängnis betrachtete er als kleinen, wohlverdienten Erholungsurlaub vor der Einschiffung nach Südamerika.
Daß er von Estrella nichts hörte, beunruhigte ihn nicht im geringsten. Gewiß war die Süße eifrig auf der Suche nach einer Schiffspassage ...

Eine Woche nach seiner Einlieferung erhielt Thomas Lieven einen Zellengenossen. Am Morgen des 21. September 1940 geleitete der freundliche, von Thomas überreichlich gespickte Wärter Juliao den Neuen in die Zelle.
Thomas fuhr auf seiner Pritsche hoch. Noch nie im Leben hatte er einen häßlicheren Menschen gesehen!
Der Neue sah aus wie weiland der Glöckner von Notre-Dame. Er war klein. Er hatte einen Buckel. Er hinkte. Er war völlig kahl. Er hatte ein leichenblasses Gesicht, dabei aber pralle Hamsterbacken, und er litt unter einem nervösen Zucken des Mundes.
«Bom dia», sagte der Bucklige grinsend.
«Bom dia», murmelte Thomas erstickt.
«Mein Name ist Alcoba. Lazarus Alcoba.» Der Neue hielt Thomas eine krallenförmige, schwarzbehaarte Hand hin.
Thomas schüttelte sie voller Schreck und Widerwillen. Er ahnte nicht, daß mit Lazarus Alcoba ein wahrer Freund in sein Leben getreten war – mit einem Herzen treu wie Gold.
Während er sich auf der zweiten Bettstatt wohnlich etablierte, sprach Lazarus Alcoba mit heiserer, eingerosteter Stimme: «Mich haben sie wegen Schmuggel am Wickel, die Schweine – aber diesmal können sie mir nichts nachweisen. Sie werden mich rauslassen müssen, irgendwann. Ich habe keine Eile ... *Eh-eh, ate a manha.*» Er grinste wieder.
«Ich bin auch völlig unschuldig hier», begann Thomas, aber Lazarus unterbrach ihn mit einer liebenswürdigen Handbewegung: «Ja, ja, du sollst ein Brillantarmband geklaut haben. Pure Verleumdung, wie? Tz, tz, tz – die bösen, bösen Menschen!»

«Woher wissen Sie ...»
«Ich weiß alles über dich, Kleiner! Kannst ruhig ‹du› zu mir sagen.» Der Bucklige kratzte sich ausgiebig. «Du bist Franzose. Du bist Bankier. Die Süße, die dich reingerissen hat, ist die Konsulin Estrella Rodrigues. Du kochst gern ...»
«Woher weißt du das?»
«Kleiner, ich habe mir dich doch ausgesucht!»
«Ausgesucht?»
Lazarus strahlte, sein scheußliches Gesicht wurde doppelt so breit dabei: «Klar! Den interessantesten Mann im Kasten. Man will ja schließlich im Knast auch etwas geistige Anregung haben, oder?» Er neigte sich vertraulich vor und tippte auf Thomas Lievens Knie: «Kleiner Hinweis für die Zukunft, Jean: Wenn sie dich wieder eindrehen, dann melde dich sofort beim Hauptwachmeister. Das mache ich jedesmal so!»
«Warum?»
«Ich melde mich sofort bei dem faulen Schwein von Hauptwachtmeister zur Führung der Rapportbücher. Auf diese Weise habe ich Einblick in sämtliche Akten. Bereits nach wenigen Tagen besitze ich intime Kenntnisse über alle meine Mitgefangenen. Ich kann mir also den nettesten Zellenkumpel aussuchen.»
Thomas begann, Gefallen an dem Buckligen zu finden. Er offerierte Zigaretten. «Und warum hast du dir gerade mich ausgesucht?»
«Du bist ein feiner Pinkel, Anfänger zwar leider noch, aber dafür mit guten Manieren. Kann man was lernen. Bankier. Kannst mir ein paar Börsentips geben. Kochst gern. Kann man auch was lernen. Weißt du, man lernt nichts im Leben umsonst ...»
«Ja», sagte Thomas versonnen, «das stimmt.» Und er dachte: Was habe ich schon alles gelernt, seit mich das Schicksal aus meiner friedensvollen Bahn stieß! Wer weiß, was mir noch bevorsteht. Weit, weit hinaus in ein ungewisses Nebelmeer sind meine Sicherheit und bürgerliche Existenz, mein Club in London und meine schöne Wohnung in Mayfair geglitten ...
«Vorschlag», sagte Lazarus. «Wir schmeißen uns zusammen. Du bringst mir alles bei, was du weißt – und ich bringe dir alles bei, was ich weiß. Wie klingt das?»
«Das klingt prima», sagte Thomas entzückt. «Was willst du zu Mittag essen, Lazarus?»
«Ich hätte schon einen Wunsch, aber ich weiß nicht, ob du das kennst ... Der dämliche Küchenbulle kennt es sicher nicht.»
«Na, sag schon!»

## Menu · 21. September 1940

*Schwäbische Leberspätzle-Suppe*
*Westfälischer gefüllter Rippenspeer*
*Kastanien mit Schlagsahne auf badische Art*

---

### Hausmannskost: die beste Stärkung vor dreisten Tricks

Schwäbische Leberspätzle-Suppe: Man rühre 60 g Butter schaumig, vermenge sie mit 200 g geschabter Rindsleber, 3 Eiern, einer eingeweichten und ausgedrückten Semmel, 50 g Semmelbröseln, 5 g Majoran, Salz und Pfeffer. Man drücke die Masse durch ein Spätzlesieb in siedendes Wasser und lasse die Spätzle 10 bis 15 Minuten kochen, bis sie oben schwimmen. Man nehme sie mit einem Schaumlöffel heraus, lasse sie abtropfen und gebe sie in einer kräftigen Fleischbrühe zu Tisch.

Westfälischer gefüllter Rippenspeer: Man lasse sich am besten gleich vom Metzger aus einem schönen großen Stück frischen Schweinerücken alle Knochen und Rippen lösen. Man schneide frische Äpfel in Schnitze, vermische sie mit guten Backpflaumen, die man vorher leicht gedämpft hat, gebe ganz wenig geriebene Zitronenschale, einen Schuß Rum und etwas Semmelbrösel darunter. Dies Masse fülle man in das ausgebeinte, gesalzene und gepfefferte Fleisch und nähe es rundherum zusammen.
Man brate den Rippenspeer erst auf allen Seiten schön braun an, lasse ihn dann im Bratofen fertigschmoren. Dazu reiche man Kartoffelpüree.

Kastanien mit Schlagsahne auf badische Art: Man schneide schöne, feste Kastanien auf der runden Seite kreuzweise ein und lasse sie kurz im Bratofen rösten, damit man die harte Schale entfernen kann. Dann lege man sie in kochendes Wasser, bis sich die innere Haut leicht abziehen läßt.
Danach koche man die Kastanien in gesüßter Milch, der ein Stückchen Vanille-Schote zugegeben wurde, bis sie weich, aber nicht verkocht sind. Man drehe sie nun durch den Wolf, und zwar nach Möglichkeit gleich auf die Schale, in der sie serviert werden, damit die lockere Schichtung erhalten bleibt. Man umspritze den Kastanienreis mit Schlagsahne, garniere mit eingemachten Kirschen, die leicht mit Kognak parfümiert werden.

---

«Verstehst du, ich habe so ziemlich in allen Ländern Europas gearbeitet. Ich bin verfressen, ich gebe es zu. Am liebsten französische Küche. Aber nichts gegen die deutsche! Da habe ich mal in Münster einigen Herren die Taschen geleert und vorher einen gefüllten Rippenspeer gegessen, einen Rippenspeer, sage ich dir also, von dem träume ich heute noch manchmal!» Er verdrehte die Augen und schmatzte. «Wenn's weiter nichts ist», sagte Thomas Lieven sanft.
«Du kennst das Rezept?»
«Ich habe auch mal in Deutschland gearbeitet», erwiderte Thomas und klopfte an die Zellentür. «Also gefüllten Rippenspeer, na

schön. Machen wir uns heute mal einen deutschen Tag. Vorher, würde ich dann sagen, schwäbische Leberspätzle-Suppe und nachher – hm – Kastanien mit Schlagsahne ...»
Der freundliche Wärter namens Juliao steckte den Kopf herein. «Schick mir den Küchenchef», sagte Thomas und drückte Juliao einen Hundert-Escudo-Schein in die Hand. «Ich will mit ihm das Menu für heute zusammenstellen.»

4

«Na, wie schmeckt's? So gut wie damals in Münster?» fragte Thomas Lieven vier Stunden später. An einem sorgfältig gedeckten Tisch saß er in seiner Zelle dem Buckligen gegenüber. Der wischte sich den Mund und stöhnte vor Entzücken: «Besser, mein Kleiner, besser! Nach so einem Rippenspeer traue ich mir zu, sogar dem verehrten Herrn Ministerpräsidenten Salazar die Brieftasche zu ziehen!»
«Einen Schuß mehr Rum hätte der Koch dazugeben sollen.»
«Die Kerle saufen immer alles selber», sagte Lazarus. «Damit ich mich gleich für dieses Essen revanchiere, mein Kleiner, will ich dir einen ersten Hinweis geben.»
«Das ist nett von dir, Lazarus. Noch ein bißchen Püree?»
«Ja, bitte. Schau mal, wir sind begütert, wir haben Penunze. Da ist es kein Kunststück, gutes Essen zu kriegen. Aber was machst du, wenn sie dich einlochen, und du bist pleite? Das wichtigste in der Haft ist die gute Ernährung. Du bekommst sie, wenn du zuckerkrank bist.»
«Aber wie werde ich zuckerkrank?»
«Das will ich dir gerade verraten», erklärte Lazarus mit vollen Hamsterbacken. «Du meldest dich zunächst mal dauernd zur Visite beim Anstaltsarzt. Dir ist einfach dauernd schlecht. In einem glücklichen Moment klaust du dem Doktor eine Injektionsspritze. Dann freundest du dich mit dem Koch an. Gerade dir wird das nie schwerfallen. Den Koch bittest du um etwas Essig. Du willst dein Essen würzen, sagst du. Und dann verlangst du noch ein bißchen Zucker. Für deinen Kaffee.»
«Ich verstehe.» Thomas klopfte. Der Wärter erschien. «Man kann abservieren», sagte Thomas. «Bitte den Nachtisch.»
Lazarus wartete, bis Juliao mit dem Geschirr verschwunden war, dann fuhr er fort: «Essig und Wasser mischst du im Verhältnis eins zu zwei und sättigst die Lösung mit Zucker. Dann spritzt du dir zwei Kubikzentimeter in den Oberschenkel.»
«Intramuskulär?»

«Ja. Aber langsam, um Gottes willen ganz langsam, sonst gibt's eine hübsche Phlegmone!»
«Verstehe.»
«Die Injektion machst du dir eineinhalb Stunden bevor du zum Arzt bestellt bist. In dieser Zeit mußt du dir dein kleines Geschäft verkneifen. Klar?»
«Klar.»
Wächter Juliao brachte den Nachtisch, bekam sein Teil ab und verschwand zufrieden.
Bei Kastanien mit Schlagsahne schloß Lazarus: «Dem Arzt klagst du über grenzenlosen Durst in der Nacht. Sofort entsteht der Verdacht, du könntest Blutzucker haben. Er bittet dich um eine Urinprobe. Du gibst sie ihm bereitwillig. Die Untersuchung zeigt: Tatsächlich schwerer Zucker. Entsprechend gute Ernährung – Gebratenes, Butter, Milch und Weißbrot – ist der Lohn der kleinen Mühe ...»
Solches erfuhr Thomas Lieven am ersten Tag seiner Bekanntschaft mit Lazarus, dem Buckligen. In den folgenden Tagen und Wochen erfuhr er mehr. Einen regelrechten Kursus des Verbrechens und des Zuchthauslebens machte er mit. Mathematisch exakt registrierte sein Gehirn jeden Tip, jedes Rezept, das er erhielt.
Zum Beispiel: Wie bekomme ich schnell hohes Fieber, damit ich aufs Revier gebracht werde, von wo sich leichter entfliehen läßt?
Antwort:
Man nehme ordinäre Kernseife und schabe sie zu feinen Flocken. Eine Stunde vor der Visite schlucke man drei Teelöffel davon. Heftige Kopfschmerzen werden auftreten, Fieber bis zu 41 Grad wird innerhalb von einer Stunde die Folge sein, allerdings auch nur eine Stunde lang anhalten. Für längere Fieberperioden schlucke man Seifenkügelchen.
Oder: Wie simuliere ich Gelbsucht?
Man nehme einen Teelöffel Ruß und zwei Teelöffel Zucker, mische und setze mit Essig an. Lasse über Nacht stehen und trinke das Gemisch am nächsten Morgen auf nüchternen Magen. Nach ein bis zwei Tagen treten Gelbsuchtsymptome auf.
Lazarus sagte: «Wir leben in kriegerischen Zeiten, weißt du, Jean. Vielleicht willst du dich einmal auch vor dem Heldentod zurückziehen. Muß ich weitersprechen?»
«Keineswegs», sagte Thomas Lieven.
Es waren glückliche Wochen. Lazarus lernte perfekt kochen, Thomas lernte perfekt Krankheiten simulieren, die internationale

Ganovensprache und Dutzende von Tricks wie die «Weiße Weste», die «Leihgabe», den «Autokauf», die «Schirmmasche», den «Brillantenerwerb», den «Schadenersatz», den «Maßanzug», die «Intelligenzflucht», den «Abschleppdienst» und viele andere. Er hatte das Gefühl – mein Gott, wie tief war er bereits gesunken! –, daß er alle diese Tricks noch einmal gut gebrauchen könnte. Sein Gefühl sollte sich hundertprozentig bewahrheiten!
Thomas und Lazarus, Lernende und Lehrende zugleich, lebten in Frieden und Eintracht bis zum Morgen jenes grauenvollen, jenes entsetzlichen 5. November 1940 ...

Am Morgen des 5. November 1940 wurde Thomas Lieven – nach langer Zeit wieder einmal – dem Untersuchungsrichter vorgeführt. Dieser Herr hieß Eduardo Baixa, war stets ganz in Schwarz gekleidet und trug einen Zwicker an einem schwarzen Seidenband. Untersuchungsrichter Baixa war ein gebildeter Mensch. Stets sprach er französisch mit Thomas. So auch heute: «Also, was ist los mit Ihnen, Monsieur, wollen Sie endlich gestehen?»
«Ich habe nichts zu gestehen. Ich bin unschuldig.»
Baixa putzte seinen Zwicker: «Tja, dann werden Sie wohl noch lange, lange in Aljube bleiben, Monsieur. Ihre Beschreibung haben wir inzwischen an alle Polizeistellen Portugals weitergegeben. Wir müssen abwarten.»
«Was abwarten?»
«Nun, die Antworten all dieser Stellen. Wir wissen ja nicht, welche Verbrechen Sie in unserem Land noch begangen haben.»
«Ich habe überhaupt keine Verbrechen begangen! Ich bin unschuldig!»
«Nun ja, gewiß, natürlich ... Aber trotzdem, Monsieur Leblanc. Wir müssen es abwarten. Zudem sind Sie Ausländer ...» Baixa blätterte in einem Akt. «Eine seltsame Dame, hm, das muß ich sagen.»
«Wer, bitte?»
«Die Klägerin Senhora Rodrigues.»
Thomas Lieven verspürte plötzlich ein unheimliches Kribbeln entlang der Wirbelsäule. Er fragte mit trockenem Mund: «Wieso seltsam, Herr Untersuchungsrichter?»
«Sie kommt nicht.»
«Das verstehe ich nicht.»
«Ich habe sie vorgeladen. Aber sie kommt nicht.»
«O Gott», sagte Thomas, «es wird ihr doch nichts zugestoßen sein!» Das fehlte mir noch, dachte er.

Wieder in der Zelle, ließ er sofort Francesco, den dicken Koch, rufen.
Strahlend meldete der sich zur Stelle. «Was soll es heute sein, Senhor Jean?»
Thomas schüttelte den Kopf. «Nix kochen. Du mußt mir einen Gefallen tun. Kannst du für eine Stunde aus der Küche weg?»
«Klar.»
«Laß dir in der Gefängnisverwaltung Geld aus meinem Guthaben geben. Kauf zwanzig rote Rosen, nimm ein Taxi und fahr zu der Adresse, die ich dir aufgeschrieben habe. Da wohnt eine Senhora Estrella Rodrigues. Ich bin in großer Sorge um sie. Vielleicht ist sie krank. Erkundige dich, frage, ob du helfen kannst!»
«Ist gut, Senhor Jean!» Der dicke Koch verschwand.
Eine gute Stunde später kehrte Francesco zurück. Er machte einen beklommenen Eindruck. Als er mit einem herrlichen Strauß von zwanzig blutroten Rosen in die Zelle trat, wußte Thomas sogleich, daß etwas Fürchterliches passiert war.
«Die Senhora Rodrigues ist fort», sagte der Koch.
Thomas plumpste auf seine Bettstatt.
«Was heißt fort?» forschte Lazarus.
«Heißt was es heißt, Trottel», gab der Koch zurück. «Fort. Weg. Abgereist. Verschwunden. Nicht mehr da.»
«Seit wann?» fragte Thomas.
«Seit fünf Tagen, Senhor Jean.» Der Koch betrachtete Thomas mitleidig. «Die Dame scheint auch nicht wiederkommen zu wollen, wenigstens, hm, nicht so bald.»
«Warum glaubt du das?»
«Sie hat alle Kleider mitgenommen, ihren Schmuck, ihr Bargeld.»
«Sie hatte doch überhaupt keines!»
«Der Safe stand offen ...»
«Der Safe?» Thomas schwankte. «Wie bist du an den Safe herangekommen?»
«Das Stubenmädchen führte mich durchs ganze Haus. Niedliches Mischblut, also wirklich, meine Herren! Erste Klasse! Solche Augen!» Der Koch vollführte eine entsprechende Bewegung vor der Brust.
«Das ist Carmen», murmelte Thomas.
«Carmen, ja. Ich gehe heute abend mit ihr ins Kino. Sie führte mich ins Ankleidezimmer – alle Schränke leer – ins Schlafzimmer – der Safe leer ...»
Thomas ächzte: «Ganz leer?»
«Ganz leer, ja. Ein niedliches, schwarzes Seidenhöschen hing über

der offenen Stahltür – das war alles. O Gott, ist Ihnen nicht gut, Senhor Jean? Wasser ... Trinken Sie einen Schluck Wasser.»
«Hinlegen, ruhig auf den Rücken legen», riet Lazarus.
Tatsächlich sank Thomas auf sein Lager zurück. Er lallte: «In dem Safe lag mein Geld, alles, was ich besitze, mein ganzes Vermögen ...»
«Weiber. Immer der Ärger mit den Weibern», brummte Lazarus ergrimmt. «*Und* kein Mittagessen!»
«Aber warum?» flüsterte Thomas. «Warum bloß? Ich habe ihr doch nichts getan ... Was sagt Carmen? Weiß sie, wo die Senhora ist?»
«Carmen sagt, sie ist nach Costarica geflogen.»
«Allmächtiger Vater», stöhnte Thomas.
«Carmen sagt, die Villa soll verkauft werden.»
Thomas brüllte plötzlich los wie wahnsinnig: «Fummle mir nicht dauernd mit den verfluchten Rosen vor der Nase herum!» Er nahm sich zusammen. «Entschuldige, Lazarus. Reine Nervensache. Und – und keine Nachricht für mich? Kein Brief? Nichts?»
«Doch, Senhor.» Der Koch holte zwei Kuverts aus der Tasche. Der erste Brief stammte von Thomas' Freund, dem Wiener Bankier Walter Lindner:

*Lissabon, 29. Oktober 1940*

*Lieber Herr Leblanc!*
*Ich schreibe diese Zeilen in größter Eile und tiefster Unruhe. Es ist jetzt 11 Uhr. In zwei Stunden geht mein Schiff, ich muß an Bord. Und noch immer kein Lebenszeichen von Ihnen! Mein Gott, wo stecken Sie bloß? Sind Sie noch am Leben?*
*Ich weiß nur, was Ihre unglückliche Freundin, die Konsulin, mir erzählte: daß Sie am 9. September, nach dem Telefongespräch mit mir, fortgegangen und niemals wiedergekommen sind.*
*Arme Estrella Rodrigues! Hier haben Sie einen Menschen, der Sie von ganzem Herzen liebt. Wie hat sie sich um Sie gegrämt, wie hat diese Frau um Sie gebangt! Täglich war ich mit ihr zusammen, seit es mir gelang, für uns eine Schiffspassage nach Südamerika zu buchen. Von Tag zu Tag hofften wir, eine Spur von Ihnen zu finden – umsonst.*
*Diese Zeilen schreibe ich in der Villa Ihrer schönen, verzweifelten Freundin. Weinend steht sie neben mir. Auch heute – am letzten Tag – kein Lebenszeichen. Ich schreibe diese Zeilen immer noch in der Hoffnung, daß Sie wenigstens noch leben und eines Tages hierher, in dieses Haus, zu dieser Sie so innig liebenden Frau zu-*

*rückkehren können. Wenn der Himmel das gibt, dann werden Sie meinen Brief vorfinden.*
*Ich werde für Sie beten. Immer noch auf ein Wiedersehen hofft*
*Ihr sehr ergebener* *Walter Lindner.*

Das war der erste Brief.
Thomas ließ ihn zu Boden fallen. Er rang nach Luft. Sein Schädel schmerzte plötzlich zum Zerspringen.
Warum hat Estrella meinem Freund nicht gesagt, wo ich bin? Warum ist sie nicht hergekommen und hat mich rausgeholt, wie es besprochen war? Warum hat sie das getan? Warum, warum?
Darauf gab der zweite Brief Antwort.

*Lissabon, 1. November 1940*

*Elender Schuft!*
*Nun hat Dein Freund Lindner das Land verlassen. Nun gibt es niemand mehr, der Dir helfen könnte. Nun will ich meine Rache vollenden.*
*Du siehst mich nie wieder. In wenigen Stunden bringt mich ein Flugzeug nach Costarica.*
*Dein Freund hat Dir einen Brief geschrieben. Ich lege meinen daneben. Eines Tages wird der Untersuchungsrichter nach mir forschen. Dann wirst Du beide Briefe erhalten.*
*Für den Fall, daß der Untersuchungsrichter, was sehr wahrscheinlich ist, die beiden Briefe vorher liest, erkläre ich noch einmal: Du hast mich bestohlen, Du Lump!*
*Und ich erkläre auch (gewiß interessiert es Sie, Herr Untersuchungsrichter!), warum ich Dich nun für immer verlasse: weil ich erfahren habe, daß Du Deutscher bist, ein deutscher Geheimagent, ein gemeiner, gewisserloser, skrupelloser, geldgieriger, zynischer deutscher Schuft! Oh, wie ich Dich hasse, Du Hund! E.*

5

«Oh, wie ich dich immer noch liebe, du Hund!» stöhnte die leidenschaftliche, vollschlanke Estrella Rodrigues.
Zur gleichen Zeit, da Thomas Lieven in seiner Zelle im «Aljube» zu Lissabon, ein Gefühl arktischer Kälte in der Magengrube, ihren Abschiedsbrief las, saß die schwarzhaarige, hinreißend gebaute Konsulin auf der anderen Seite der Erdkugel im Salon des teuersten Appartements im teuersten Hotel von San José, der Hauptstadt der Republik Costarica.

Estrellas Augen waren gerötet. Mit einem Fächer verschaffte sie sich Kühlung. Ihr Herz pochte unruhig, ihr Atem ging unruhig. Jean, Jean, ohne Unterlaß muß ich an dich denken, du elender Hund, der Thomas Lieven heißt, du elender Lügner, der mich betrogen hat ... Mein Gott, und ich liebe dich so!
Die Konsulin, konfrontiert mit diesem tragischen Sachverhalt, stürzte einen doppelten costaricanischen Kognak todesmutig in die schöne Kehle. Schaudernd schloß sie sodann die Augen, schaudernd erinnerte sie sich der jüngsten Vergangenheit.
Noch einmal sah sie den englischen Agenten vor sich stehen, der ihr die Wahrheit erzählt hatte, die Wahrheit über Thomas Lieven. Und Estrella sah sich selber, nachdem der Engländer sie verlassen hatte. Sich selber: eine vernichtete, zerschmetterte, zusammengebrochene Frau ...
Zusammengebrochen hatte Estrella Rodrigues sich am Abend des 9. September 1940 zu dem großen Safe in ihrem Schlafzimmer geschleppt. Weinend hatte sie das Kombinationsschloß eingestellt. Bebend die schwere Tür geöffnet. Da lag das Barvermögen dieses Schuftes vor ihr. Reichsmark, Escudos, Dollars. Beinah tränenblind machte die Verratene, tief unglücklich, Inventur.
An diesem Abend erlebten die Besucher der Spielbank Estoril eine echte Sensation!
Mit einem Kapital von rund 20000 Dollar erschien Estrella Rodrigues, schöner denn je, bleicher denn je, dekolletierter denn je. Sie, den Angestellten und Croupiers als notorische Verliererin bekannt, sie, von Croupiers und Angestellten nachgerade schon bemitleidet, gewann an diesem Abend, gewann, gewann!
Sie spielte wie im Trance mit Thomas Lievens Geld. Sie spielte nur mit Maximum-Einsätzen. Sie spielte die 11. Die 11 kam dreimal nacheinander. Sie spielte die 29 en plein et chevaux. Es kam die 29. Sie spielte das mittlere Dutzend Rot, impair et passe und die 23 en plein et chevaux, alles Maximum. Es kam die 23! Estrella spielte. Estrella gewann, sie konnte setzen, was sie wollte.
Tränen traten in ihre schönen Augen. Neugierig betrachteten Herren im Smoking und Damen mit kostbarsten Nerzstolen diese seltsame Gewinnerin, die bei jedem Gewinn aufschluchzte.
Von den anderen Tischen des Saales mit seinen funkelnden Lüstern, weißgoldenen Riesenspiegeln und kostbaren Gemälden erhoben sich Spieler. Von allen Seiten kamen sie herbei, drängten sich aneinander und starrten die schöne Frau im roten Abendkleid an, die gewann und gewann und dabei immer verzweifelter wurde.

«Sie sind zu schön. Sie haben zuviel Glück in der Liebe! Es wäre ungerecht, wenn Sie auch noch Glück im Spiel hätten!» Diese Worte Thomas Lievens, gesprochen am Abend ihrer Bekanntschaft, brannten wie Feuer in Estrellas Gedächtnis. Zuviel Glück in der Liebe, darum hatte sie immer verloren, und nun – und nun ...

«27, rouge, impair et passe!»

Aufschrei der Menge.

Aufschluchzen Estrellas. Denn sie hatte wieder gewonnen, so viel, wie sich auf einen Schlag im Spielsaal von Estoril mit 27, rouge, impair et passe überhaupt gewinnen ließ.

«Ich – kann – nicht – mehr», ächzte die Schöne. Zwei Diener in Escarpins waren vonnöten, um sie an die Bar zu begleiten. Zwei weitere Diener mit Holzkästchen waren vonnöten, um die Jetongebirge, die sie erspielt hatte, zur Kasse zu schleppen, wo man sie einwechselte. Die Umrechnung ergab einen Betrag im Wert von 82 724 Dollar und 26 Cent. Sage noch einer, unrecht Gut gedeihe nicht! –

Estrella ließ sich einen Scheck geben. In ihrer golddurchwirkten Abendtasche fand sie noch einen 10 000-Escudo-Jeton. Von der Bar warf sie ihn über die Köpfe der Spieler hinweg auf das grüne Tuch eines Tisches. Der Jeton fiel auf Rot. Estrella rief schluchzend: «Für die verratenen Lieben!»

Es kam Rot ...

Es kam Rot, erinnerte sich Estrella Rodrigues, mit tränenfeuchten Augen am 5. November 1940 im Salon des teuersten Appartements im teuersten Hotel von San José. In San José war es halb zehn Uhr morgens costaricanischer Zeit. In Lissabon war es halb ein Uhr mittags portugiesischer Zeit. In Lissabon trank Thomas Lieven auf seinen furchtbaren Schrecken hin einen ersten doppelten Kognak. In San José trank die schöne Konsulin schon den zweiten Doppelten des Tages. Den ersten hatte sie gleich nach dem Frühstück gekippt.

Sie kippte in den letzten Tagen immer öfter, immer früher, immer lieber. Sie litt unter einem schrecklichen Herzflattern. Sie mußte einfach trinken!

Denn wenn sie nicht trank, konnte sie die Erinnerung an Jean, den süßen einmaligen, wunderbaren Jean – diesen Hund, diesen Barbaren! – überhaupt nicht mehr ertragen. Mit Kognak ging es noch einigermaßen. Nun war sie reich, nun hatte sie keine Sorgen mehr. Niemals würde sie ihren Geliebten wiedersehen. Die Schmach, sich ihm hingegeben zu haben, war abgewaschen.

Mit zitternden Fingern holte Estrella aus ihrer Krokodillledertasche einen goldenen Flakon hervor und schraubte ihn auf. Mit zitternden Fingern füllte sie von neuem ihr Glas. Und indessen neue Tränen zu fließen begannen, rief sie in den prunkvollen, leeren Salon hinein: «Niemals, niemals werde ich diesen Mann vergessen!»

6

«Niemals», sagte Thomas Lieven, «niemals werde ich diese Frau vergessen!»
Perlmutterfarben sank die Abenddämmerung herab auf Lissabon. Wie ein gereizter Tiger lief Thomas Lieven in der Zelle hin und her.
Er hatte Lazarus reinen Wein eingeschenkt. Lazarus wußte nun, wie Thomas in Wahrheit hieß, was er angestellt hatte, was ihm bevorstand, wenn ihn der deutsche oder der britische oder der französische Geheimdienst erwischte.
Eine Zigarette rauchend, betrachtete der Bucklige seinen Freund besorgt und sprach: «Entsetzlich, so eine Hysterikerin! Und dazu weiß man bei so einer Person nie, was ihr noch alles einfällt!»
Thomas hielt vorübergehend in seinem munteren Gelaufe inne. «Das ist es ja! Morgen schreibt die Dame vielleicht einen Brief an den Polizeipräfekten und schiebt mir einen unaufgeklärten Mord in die Schuhe!»
«Oder mehrere.»
«Bitte, was?»
«Oder mehrere unaufgeklärte Morde.»
«Ach so, ja. Nein, nein, meine Lage ist vollkommen verzweifelt! Das verfluchte Armband hat sie natürlich auch mitgenommen! Es wird sich nie mehr finden! Ich kann hier sitzen, bis ich verschimmle.»
«Ja», sagte Lazarus, «und darum mußt du schnellstens raus hier.»
«Raus hier?»
«Bevor sie dir noch mehr antut.»
«Lazarus, das hier ist ein Gefängnis!»
«Na, wenn schon!»
«Mit Gittern und Mauern und schweren Eisentüren! Mit Richtern und Wächtern und Bluthunden!»
«Stimmt. Ganz so leicht, wie du reingekommen bist, wird es darum für dich nicht sein, wieder rauszukommen.»
Thomas setzte sich auf die Bettkante. «Aber gibt es einen Weg?»

«Klar gibt es einen Weg. Wir müssen uns eben ein bißchen anstrengen. Du sagst, du hast Fälschen gelernt?»
«Und wie!»
«Hm. Eine Druckerei haben wir im Keller. Die stellt alle Vordrucke für die Gerichte her. Den richtigen Stempel werden wir auftreiben. Tja, es hängt alles nur von dir ab, Kleiner.»
«Von mir? Wieso?»
«Du wirst dich verändern müssen.»
«In welcher Richtung?»
Lazarus lächelte melancholisch. «In meine Richtung. Du mußt kleiner werden. Du mußt hinken. Du mußt einen Buckel kriegen. Du mußt Hamsterbacken kriegen. Mit dem Mund mußt du zucken. Und natürlich mußt du einen völlig kahlen Schädel haben. Habe ich dich erschreckt, Kleiner?»
«Ga-gar nicht», log Thomas Lieven tapfer. «Was tu-tut man nicht alles für seine Freiheit?»
«Sie ist des Lebens höchstes Gut», erklärte Lazarus. «Nun hör mal genau zu, was ich dir erzähle.»
Er erzählte.
Und Thomas Lieven hörte genau zu.
«Man kommt natürlich immer leichter ins Gefängnis rein als raus», sagte der bucklige Lazarus Alcoba. «Aber *so* schwer ist es auch nicht, wieder rauszukommen!»
«Das freut mich aber!»
«Es ist ein Glück, daß wir in Portugal und nicht in deinem Vaterland sitzen. Bei dir daheim ginge der Trick nicht, da ist alles gut geordnet.»
«So, so. Deutsche Gefängnisse sind die besten der Welt, was?»
«Ich war doch selbst zweimal in Moabit!» Lazarus schlug sich aufs Knie. «Ich sage dir, da können die Portugiesen einfach nicht mit! Sie sind viel zu gemütlich; es fehlt der preußische Pflichterfüllungsgeist, die deutsche Disziplin!»
«Ja, das stimmt.»
Der Bucklige klopfte an die Zellentür. Sogleich erschien der freundliche, von Thomas überreichlich gespickte Wärter Juliao – wie der Etagenkellner in einem guten Hotel.
«Ruf mal den Koch herauf, mein Alter», sagte Lazarus zu ihm. Juliao verschwand mit Verneigungen. Lazarus meinte zu Thomas: «Mit der Küche fängt deine Flucht nämlich an ...»
Etwas später sagte der Bucklige zu Francesco, dem fetten Koch: «Hör mal zu, wir haben doch unten im Keller eine Druckerei, nicht wahr?»

«Ja. Sie druckt alles, was die Justiz an Formularen braucht.»
«Auch Entlassungsbefehle der Staatsanwaltschaft?»
«Sicherlich.»
«Kennst du einen von den Häftlingen, die da unten drucken?»
«Nein, warum?»
«Wir brauchen so einen Entlassungsbefehl.»
«Ich kann ja mal rumhören», sagte der Koch.
«Na, dann hör mal rum», sagte jetzt Thomas Lieven. «Für den Betreffenden, der uns den kleinen Gefallen tut, ist eine Woche gutes Essen drin.»
Zwei Tage später meldete sich der Koch: «Da wäre einer, aber der will einen ganzen Monat gutes Fressen dafür.»
«Kommt nicht in Frage», sagte Lazarus kalt. «Zwei Wochen. Mehr nicht.»
«Muß ich erst fragen», sagte der Koch.
Als er verschwunden war, sagte Thomas zu dem Buckligen: «Sei doch nicht so geizig! Es ist schließlich mein Geld.»
«Prinzipsache», erwiderte der Bucklige. «Du darfst nicht die Preise verderben. Im übrigen: Es stimmt doch hoffentlich, was du mir erzählt hast, daß du einen Stempel fälschen kannst?»
«Den Stempel, den ich nicht fälschen kann, gibt's nicht. Ich bin beim besten Fälscher des Landes in die Lehre gegangen», erwiderte Thomas und dachte: Ungeheuerlich, wie tief ein Mensch sinken kann – ich bin sogar noch stolz darauf!
Am nächsten Tag kam der Koch und meldete, der Drucker wäre einverstanden.
«Wo ist der Vordruck?»
«Der Drucker sagt, er will erst die zwei Wochen lang das Fressen.»
«Vertrauen gegen Vertrauen», knurrte Lazarus. «Entweder wir kriegen das Formular sofort, oder er soll das Geschäft vergessen.»
Eine Stunde später hatten sie den Vordruck.
Seit seiner Einlieferung meldete Lazarus sich täglich beim Hauptwachtmeister des Gefängnisses zur Führung der Rapportbücher und zur Erledigung des Geschäftsverkehrs. Täglich tippte er Dutzende von Briefen auf der Schreibmaschine. Der Hauptwachtmeister las seine Zeitung und kümmerte sich nicht weiter um ihn. In aller Ruhe konnte der Bucklige also einen Entlassungsbefehl für sich selber ausfüllen. Er tippte seinen Namen, seine Personaldaten und die Nummer seines Aktes. Als Datum setzte er den 15. November 1940 ein, obwohl man erst den 8. November schrieb. Eine gute Woche brauchten Lazarus und Thomas noch

für das, was sie vorhatten. Einen Tag würde außerdem der Brief für den Instanzenweg im Gefängnis brauchen. – Thomas konnte also, wenn alles gutging, am 16. November entlassen werden. Der 16. war ein Samstag, und am Samstag hatte der freundliche Wärter Juliao immer seinen freien Tag, und ... Aber wir müssen der Reihe nach erzählen!

Den Entlassungsbefehl zierte Lazarus zuletzt noch mit der Unterschrift des Oberstaatsanwalts, welche er an Hand eines Briefes, der im Büro angeheftet war, leicht kopieren konnte.

In die Zelle zurückgekehrt, sagte er zu Thomas: «Warst du auch fleißig?»

«Ich habe den ganzen Nachmittag geübt.»

Es war besprochen, daß sich Thomas an Stelle von Lazarus melden sollte, sobald der gefälschte Entlassungsbefehl die Gefängniskanzlei erreichte und der «Häftling Alcoba» aufgerufen wurde. Dazu war es nötig, daß Thomas sich äußerlich soweit wie irgend möglich in diesen verwandelte – eine schwere Aufgabe, wenn man bedenkt, daß Lazarus Alcoba einen Buckel und fast keine Haare mehr auf dem Schädel hatte, daß er Hamsterbacken besaß, kleiner als Thomas war und an einem nervösen Mundzucken litt. Der Bucklige bestand deshalb darauf, daß Thomas täglich übte ...

Thomas stopfte sich nun Brotkugeln zwischen Wangen und Zahnfleisch, wodurch er tatsächlich Hamsterbacken bekam. Dann begann er, nervös mit dem Mund zu zucken. Behindert durch das Brot, versuchte er, die Stimme des Buckligen nachzuahmen.

«Nicht so nuscheln, Kleiner! Und was ist denn das für ein Zucken? Du zuckst ja viel zu weit oben!» Lazarus griff sich an den Mund. «Hier unten zucke ich! Tiefer, Junge, tiefer!»

«Tiefer geht's nicht!» Thomas zuckte, was er konnte. «Die verfluchten Brotkugeln stören!»

«Ohne Brot keine Hamsterbacken! Gib dir nur Mühe, es geht schon tiefer!» Thomas wischte sich den Schweiß von der Stirn. «Das ist aber auch ein Pech mit deinem Maul.»

«Kann nicht jeder so schön sein wie du. Das ist überhaupt erst der Anfang! Warte mal, bis ich dir die Haare absenge.»

«Absenge?»

«Klar! Glaubst du, die geben uns hier Rasiermesser und Schere?»

«Das halte ich nie durch», stöhnte Thomas.

«Quatsch nicht, übe lieber. Mach dich kleiner. Zieh meinen Mantel an, damit du siehst, wie weit du die Knie einknicken mußt. Nimm das Kissen. Mach einen anständigen Buckel damit! Und stör mich nicht, ich muß jetzt mal im Hause rumfragen.»

«Wonach?»
«Wer einen Brief vom Oberstaatsanwalt besitzt. Mit einem Stempel darauf. Damit du ihn nachmachen kannst.»
Während Thomas Lieven den alten Mantel des Buckligen anzog und mit eingeknickten Knien durch die Zelle humpelte, begann Lazarus mit einem Schuh an eine Wand zu klopfen. Er wendete dabei das einfachste aller Klopfalphabete an: a = dreimal, b = zweimal, c = einmal, sodann: d = sechsmal, e = fünfmal, f = viermal, sodann: g = neunmal, h = achtmal, i = siebenmal. Und so weiter.
Lazarus klopfte seine Anfrage hinaus, dann wartete er auf Antwort und sah Thomas zu, der zuckte, nuschelte und das Gehen mit eingeknickten Knien übte.
Nach einer Stunde begann der Zellennachbar zu klopfen. Lazarus lauschte und nickte.
Dann sagte er: «Im dritten Stock sitzt ein Häftling namens Maravilha. Der hat sich den Ablehnungsbescheid der Oberstaatsanwaltschaft auf seinen Antrag auf Haftentlassung aufgehoben. Zum Andenken. Da ist ein Stempel drauf.»
«Na also. Biete ihm eine Woche gutes Essen dafür», nuschelte Thomas, heftig mit dem Mund zuckend.

## 7

Der November des Jahres 1940 war sehr warm. Man konnte noch im Atlantik schwimmen oder am Strand von Estoril in der Sonne liegen – nach den portugiesischen Vorschriften allerdings nur außerordentlich sittsam bekleidet. Bei den Herren verlangte die Polizei einen kompletten Badeanzug, und bei den Damen waren die Behörden noch strenger.
Am 9. November gegen zwölf Uhr mittags mietete ein säuerlich blickender Herr mit Säbelbeinen bei einem Bootsverleiher am Strand eine sogenannte «Gaivola», einen altmodischen Wassertreter, der aus zwei Holzkufen, einer Art Liegestuhl mit Pedalen dazwischen, und einem Schaufelrad bestand. Sodann radelte er mit eigener Kraft aufs offene Meer hinaus.
Der Herr von etwa fünfzig Jahren trug einen braunen Badeanzug und einen Strohhut. Nach einer Viertelstunde Fahrt sichtete er eine zweite «Gaivola», die weit draußen, mutterseelenallein im milden Seegang des Atlantiks, schaukelte. Auf sie hielt er nun Kurs. Nach einer weiteren Viertelstunde war er nahe genug herangekommen, um den Herrn im Stuhl des zweiten Wassertreters zu

erkennen, der aussah wie ein naher Verwandter von ihm: verbittert und überarbeitet.
Der zweite Herr trug einen schwarzen Badeanzug und rief ihm zu: «Gott sei Dank, ich hatte schon Angst, Sie würden nicht kommen!»
Der Herr im braunen Badeanzug glitt längsseits: «Sie deuteten am Telefon an, es ginge um meine Existenz – also kam ich natürlich.»
Der Schwarze sagte: «Haben Sie keine Sorge, Major Loos, hier draußen kann uns niemand hören. Hier gibt es keine Mikrophone. – Geniale Idee von mir, was?»
Der Braune musterte ihn unfreundlich: «Genial, ja. Was wollen Sie von mir, Mr. Lovejoy?»
Der Agent des britischen Geheimdienstes seufzte: «Ihnen einen Vorschlag zur Güte machen, Major. Es handelt sich um diesen Thomas Lieven ...»
«Dachte ich es mir doch!» Der deutsche Abwehroffizier nickte grimmig.
Lovejoy sagte verbissen: «Sie sind hinter ihm her. Sie hat er reingelegt. Mich hat er reingelegt ... Wir sind Feinde, gut und schön. Wir haben uns zu hassen. Und trotzdem, Major, lassen Sie uns in diesem Fall zusammenarbeiten.»
«Zusammenarbeiten?»
«Major, wir stehen im gleichen Beruf. Ich appelliere an Ihre Kollegialität. Es geht doch wohl zu weit, nicht wahr, daß sich in unserem Metier plötzlich ein blutiger Laie mausert, ein frecher Außenseiter, der die Preise verdirbt und uns lächerlich macht und so tut, als wären wir Idioten!»
Der Major aus Köln sagte dumpf: «Wegen dieses Kerls stehe ich vor dem Hinauswurf!»
«Und ich?» grollte Lovejoy. «Entweder bringe ich ihn nach London – oder sie stecken mich zum Küstenschutz! Wissen Sie, was das heißt? Ich habe eine Frau und zwei Kinder, Major. Sie wahrscheinlich auch.»
«Meine Frau hat sich scheiden lassen.»
«Es ist ja nicht viel, was man verdient, aber wollen wir uns von einem solchen Kerl die Existenz vernichten lassen?»
«Hätte ich ihn damals in Köln nur der Gestapo überlassen! Jetzt ist er verschwunden.»
«Nein, verschwunden nicht.»
«Was?»
«Er sitzt im Gefängnis.»

«Aber ...»
«Ich erkläre Ihnen alles. Er wird nicht ewig drinbleiben. Ich habe jemanden in der Verwaltung bestochen, der meldet mir sofort, wenn er rauskommt.» Lovejoy warf die Arme empor. «Aber was passiert dann? Dann geht das Theater zwischen Ihnen und mir doch nur wieder von neuem los mit Jacht und U-Boot, Chloroform und Revolver! Major, Major, ich bin ganz ehrlich: Ich halte das einfach nicht mehr aus!»
«Denken Sie, meiner Galle macht so etwas Freude?»
«Darum mein Vorschlag: Wir arbeiten zusammen. Wenn er rauskommt, stößt ihm was zu. Ich habe da einen Mann an der Hand, na, Sie wissen ja, für die Dreckarbeit. Dann kann ich nach Hause melden, ihr Deutschen habt ihn umgelegt – und Sie können Ihrem Admiral erzählen, wir Engländer waren es. Sie müssen nicht an die Front, ich muß nicht zum Küstenschutz. Ist das etwa kein Vorschlag?»
«Es klingt zu schön, um wahr zu sein ...» Der Major seufzte abgrundtief. Plötzlich sagte er tonlos: «Haie!»
«Nein!!!»
«Da vorn.» Loos erstarrte. Durch das blaue Wasser kamen zwei steil aufgerichtete Schwanzflossen direkt auf sie zugeschossen. Dann drei. Dann fünf.
«Wir sind verloren», sagte Lovejoy.
«Ruhig Blut. Den toten Mann markieren!» befahl der Major. Das erste Tier hatte sie erreicht, glitt unter die beiden Wassertreter und hob sie spielerisch hoch. Die «Gaivolas» hopsten durch die Luft, klatschten aufs Meer und schwankten wüst. Dann schoß ein neues Tier heran und hob sie wieder hoch.
Der Major flog ins Wasser. Er ging unter, kam hoch und legte sich sofort stocksteif auf den Rücken. Ein Riesenvieh glitt an ihm vorbei, ohne ihn zu beachten, das Maul weit aufgerissen. Der Major, in Zoologie bewandert, machte eine beruhigende Feststellung.
Dann hörte er einen fürchterlichen Schrei und sah, wie sein britischer Kollege durch die Luft gewirbelt wurde und neben ihm landete.
«Lovejoy, hören Sie doch, das sind keine Haie – das sind Delphine!»
«De-De-De ...»
«Ja. Wir sind in ein Rudel geraten ... Delphine tun Menschen nichts, sie spielen nur mit ihnen.»
Das taten sie wirklich. Immer wieder umkreisten und umschwam-

men sie die beiden Herren, gelegentlich sprangen sie, Wasserfontänen hochreißend, auch über sie hinweg.
Die feindlichen Agenten klammerten sich nun an eine Kufe von Lovejoys umgestürzter «Gaivola». Sie versuchten, sie zur Küste hinzustoßen. Lovejoy keuchte. «Ich kriege keine Luft ... Was sagten Sie eben – Loos?»
Ein Riesendelphin hatte sich gerade steil hinter dem Major erhoben, sprang elegant über ihn hinweg und deckte ihn mit einer kleinen Sintflut zu. Der Major spie eine Menge Meerwasser aus, dann schrie er Lovejoy ins Ohr: «Ich sagte: Am liebsten würde ich den Lumpen eigenhändig über den Haufen schießen, wenn er rauskommt!»

## 8

In Portugal werden nur wenig Kartoffeln gegessen. Trotzdem trieb Francesco, der Gefängniskoch, besonders schöne auf, als sich die begüterten Häftlinge Leblanc und Alcoba für das Mittagsmahl des 15. November Pellkartoffeln bestellten.
Wie man ihm befohlen hatte, kochte Francesco die Kartoffeln in der Schale halbgar und brachte sie sodann, ganz heiß noch, in den fünften Stock empor, wo er sie den Herren Leblanc und Alcoba mit in Essig und Öl eingelegten portugiesischen Sardinen servierte. Wärter Juliao schnitt auf Wunsch der begüterten Häftlinge die nicht ganz weichen Kartoffeln mit einem scharfen Messer in zwei Hälften.
Allein geblieben, ließen beide Herren das Essen stehen. Thomas hatte zu tun. Auf ein Tischchen beim Fenster legte er nebeneinander: den Entlassungsbefehl, den Lazarus mit der Maschine ausgefüllt hatte, und den Brief, in welchem die Oberstaatsanwaltschaft den Antrag des Häftlings Maravilha auf Haftentlassung ablehnte. Dieser Brief trug den Stempel der Oberstaatsanwaltschaft.
In Erinnerung an die wertvollen Lehren des Malers und Paßfälschers Reynaldo Pereira machte Thomas sich an die Arbeit, wobei er den buckligen Lazarus zum interessierten Zuschauer hatte.
Thomas nahm die noch heiße Hälfte einer Kartoffel und drückte die Schnittfläche auf den Stempel der Oberstaatsanwaltschaft. Nach einer Viertelstunde hob er die Kartoffelhälfte ab. Die Schnittfläche zeigte, seitenverkehrt, den Abdruck des Stempels.
«Nun kommt der Haupttrick», sagte Thomas. Die Macht der

Gewohnheit brachte es mit sich, daß er es nuschelnd sagte. Er zuckte auch ein bißchen mit den Mundwinkeln dabei. Das ließ sich seit zwei Tagen nicht mehr ganz nach seinem Belieben abstellen. Man zuckt und nuschelt nicht ungestraft eine Woche lang von früh bis spät. «Gib mal die Kerze her, Lazarus!»
Aus seiner Matratze holte der Bucklige eine Kerze und Streichhölzer hervor, die er im Büro des Hauptwachtmeisters gestohlen hatte. Beides gedachte er auch noch bei der Entfernung von Thomas Haaren in Anwendung zu bringen.
Lazarus zündete die Kerze an. Thomas biß vorsichtig ein Stück von der Unterseite der Kartoffelhälfte ab. Danach hielt er das angebissene Ende über die Kerzenflamme, um die Kartoffel neuerlich zu erhitzen.
«Der Fachmann nennt das: eine Glocke machen», erläuterte er dem ehrfürchtigen Lazarus. – Herrgott, ob ich das alles wohl jemals noch in meinem Club erzählen werde? – «Die Kartoffel erhitzt sich. Du siehst, wie der Abdruck wieder feucht wird. Man sagt: Er kommt zum Leben. Noch ein paar Sekunden, und nun ...» Elegant stülpte Thomas die «Glocke» mit dem feuchten, heißen Stempelabdruck auf den Entlassungsbefehl, dorthin, wo der Stempel zu sitzen hatte. Unter leisem Druck ließ er die Kartoffel eine Viertelstunde lang erkalten. Dann hob er sie ab. Ein genaues Abbild des Originalstempels saß auf dem Entlassungsbefehl.
«Phantastisch!» sagte Lazarus.
«Jetzt wollen wir aber schnell essen», sagte Thomas. «Den Rest können wir nachher erledigen.»
Der Rest sah dann so aus: Am Vormittag hatte Lazarus im Büro des Hauptwachtmeisters viele eben eingegangene Briefe der Oberstaatsanwaltschaft geöffnet. Er öffnete jeden Tag derartige Kuverts. An diesem Vormittag hatte er sich bemüht, einen schlecht verklebten Umschlag besonders sorgfältig zu öffnen. Das war ihm gelungen. Er hatte den Umschlag mitgenommen und eine Tube Klebstoff dazu.
Nach dem Essen faltete Thomas den nun vollständigen Entlassungsbefehl für Lazarus Alcoba sorgfältig zusammen, steckte ihn in das grüne Kuvert, das den Poststempel des Vortages trug, und klebte es sorgfältig wieder zu. Und am Nachmittag legte Lazarus das Kuvert dem Hauptwachtmeister dann unter die Nachmittagspost ...

«Jetzt geht es um die Wurst», sagte der Bucklige an diesem Abend zu Thomas Lieven. «Der Hauptwachtmeister hat meinen Entlassungsbefehl aus dem Verwaltungsbüro schon rüber zur Entlassungsstelle geschickt. Dort werden sie morgen früh ordnungsgemäß einen Entlassungsschein ausstellen, und dann werden sie mich meiner Erfahrung nach so gegen elf Uhr aus der Zelle holen. Das heißt: Dein Haar muß heute nacht runter.»
Das Absengen dauerte eine knappe halbe Stunde – allerdings war es die schlimmste halbe Stunde in Thomas Lievens Leben. Mit gebeugtem Kopf saß er vor Lazarus, der an ihm tat, was man tut, wenn man gerupftes Geflügel absengt. In der rechten Hand hielt er die Kerze, deren Flamme Thomas Lievens Haarsträhne ganz nahe der Wurzel abfraß. In der linken Hand hielt Lazarus einen feuchten Lappen. Mit ihm betupfte er immer wieder blitzschnell den Schädel, damit der Haut nichts passierte. Manchmal tupfte er trotzdem nicht blitzschnell genug ...
Thomas stöhnte vor Schmerz. «Paß doch auf, Idiot, verfluchter!»
Darauf antwortete Lazarus mit dem Hinweis auf ein altes portugiesisches Sprichwort: «Wer Freiheit will, muß leiden, das läßt sich nicht vermeiden!»
Endlich war die Tortur vorüber.
«Wie sehe ich aus?» fragte Thomas erschöpft.
«Wenn du dir Brot in die Backen stopfst und hübsch zuckst, wie mir aus dem Gesicht geschnitten», antwortete Lazarus stolz.
Sie schliefen beide außerordentlich schlecht in dieser Nacht.
Am nächsten Morgen brachte ein fremder Wärter das Frühstück, denn es war Samstag, der 16., und am Samstag hatte, wir sagten es schon, der freundliche Juliao immer seinen freien Tag. Das war Lazarus natürlich schon klar gewesen, als er auf dem Entlassungsbefehl das Datum einsetzte. Der Bucklige nahm dem fremden Wärter das Frühstück in der Tür ab. Thomas Lieven schnarchte noch auf seiner Pritsche, die Decke über den Kopf gezogen.
Nach dem Frühstück schluckte Lazarus drei weiße Pillen und legte sich auf Thomas Lievens Pritsche. Thomas zog den kurzen Mantel des Buckligen an und veranstaltete zwischen acht und zehn noch einmal eine private Generalprobe. Danach behielt er die Brotkugeln endgültig in den Backen und das dicke Kissen zwischen Rücken und Hemd. Er hatte es festgebunden, damit der Buckel nicht verrutschte. Gottergeben zuckte er vor sich hin ...
Um elf kam der fremde Wärter wieder. Lazarus schlief, die Decke über dem Kopf. Der fremde Wärter hielt einen Entlassungsschein in der Hand: «Lazarus Alcoba!»

Mit durchgeknickten Knien erhob sich Thomas und zwinkerte den Wärter zuckend an. «Zu Befehl», nuschelte er.
Der Wärter musterte ihn aufmerksam. Thomas brach der Schweiß aus.
«Sie sind Lazarus Alcoba?»
«Jawohl!»
«Was ist denn mit dem andern los, der pennt ja immer noch!»
«Hat eine schlechte Nacht gehabt», gab Thomas undeutlich bekannt. «Was wollen Sie denn von mir, Herr Wachtmeister?»
«Sie werden entlassen.»
Thomas griff sich ans Herz, stöhnte und sank aufs Bett. Er spielte den Überwältigten. «Ich habe immer gewußt, daß die Gerechtigkeit siegt», nuschelte er.
«Quatschen Sie nicht, kommen Sie mit. Los!» Der Wärter zog ihn hoch – zu hoch beinahe. Thomas sackte wieder in die Knie. – Verflucht, tut das weh! Na, es dauert ja nicht lange. – Er folgte dem fremden Wärter durch weite Korridore in den Verwaltungstrakt des Gefängnisses. Schwere Eisengitter wurden vor ihm aufund nach ihm wieder zugeschlossen. – Das Zucken ist nicht so schlimm, das geht jetzt schon fast von selber. Aber diese durchgeknickten Knie ... Wenn ich nur keinen Krampf bekomme, wenn ich nur nicht hinschlage ...
Treppen hinauf, Treppen hinab – das halte ich nie durch. Nie!
Wieder Korridore. Der fremde Wärter musterte ihn: «Ist Ihnen heiß, Alcoba? Sie schwitzen ja so. Ziehen Sie den Mantel aus!»
«Nein. Nein, danke. Es – es ist nur die Aufregung ... Im Gegenteil – ich – ich friere ...»
Dann erreichten sie das Entlassungsbüro. Hier gab es eine Holzbarriere, die den Raum teilte. Hinter der Barriere arbeiteten drei Beamte. Vor der Barriere standen noch zwei andere Häftlinge, die entlassen werden sollten. Zweierlei sah Thomas sogleich: daß die Beamten faule Hunde waren, und daß es vor der Barriere keine Sessel gab. Das kann ja gut werden, dachte er schwach. Eine Uhr an der Wand zeigte die Zeit: zehn Minuten nach elf.
Fünf Minuten vor zwölf waren die Beamten mit den beiden Häftlingen immer noch nicht fertig. Vor Thomas Lievens Augen drehten sich bereits feurige Räder; er glaubte jeden Moment ohnmächtig zu werden, so wahnsinnig schmerzten die Knie, und nicht nur die Knie, auch die Waden, die Schenkel, die Knöchel, die Hüften. Unauffällig stützte er sich mit einem Ellbogen auf die Barriere, dann mit beiden. O Himmel, welche Erleichterung, welch süße Wonne ...

«He! Sie da!» kläffte der kleinste Beamte los. «Nehmen Sie gefälligst die Arme von der Barriere! Können Sie die paar Minuten nicht vielleicht noch ordentlich stehen? Faules Gesindel!»
Demütig zuckend, sagte Thomas: «Verzeihung, die Herren.» Und nahm die Arme von der Barriere. Im nächsten Moment fiel er einfach um. Er konnte nicht mehr. Verzweifelt dachte er: Nicht ohnmächtig werden. Nur nicht ohnmächtig werden. Sonst ziehen sie mir den Mantel aus. Und sehen, was los ist. Mit meinen Beinen, mit meinem Buckel ...
Er wurde nicht ohnmächtig, und jetzt, da feststand, daß der arme Häftling infolge der Aufregung einen Schwächeanfall erlitten hatte, bekam er sogar einen Stuhl. Kaum saß er, dachte er: Das hätte ich früher haben können, ich Idiot!
Um halb ein Uhr machten zwei Beamte Mittagspause. Der dritte kümmerte sich endlich um Thomas. Er spannte ein Formular in eine Maschine. Er sprach mild: «Reine Formalität. Ich muß noch einmal Ihre Personalbeschreibung aufnehmen. Damit keine Verwechslung vorkommt.»
Ja, da müßt ihr verflucht aufpassen, dachte Thomas. Seit er sitzen durfte, fühlte er sich wieder ausgezeichnet. Er leierte die Daten seines Freundes herunter, die er auswendig gelernt hatte? «Alcoba Lazarus, ledig, römisch-katholisch, geboren in Lissabon am 12. April 1905 ...»
«Zuletzt wohnhaft?»
«Rua Pampulha 51.»
Der Beamte verglich die Angaben mit den Angaben eines zweiten Formulares und tippte weiter: «Haar ergraut, schütter. – Sie sind aber früh kahl geworden!»
«Mein schweres Schicksal.»
«Hrm! Augen schwarz. Größe? Stehen Sie auf!»
Thomas stand auf und knickte die Knie ein. Der Beamte musterte ihn. «Besondere Kennzeichen?»
«Buckel und dann im Gesicht ...»
«Ja, ja, schon gut. Hrm! Setzen Sie sich wieder.»
Der Beamte tippte und schrieb. Dann führte er Thomas in einen anschließenden Raum und übergab ihn dem Asservatenverwalter. Als Untersuchungsgefangener hatte er seinen Anzug, seine Wäsche und seine geliebte goldene Repetieruhr behalten dürfen. Nun erhielt er den Paß und die Personalpapiere seines Freundes, erhielt Lazarus' Geld, Taschenmesser und Wäscheköfferchen.
«Empfang quittieren», sagte der Asservatenverwalter. Thomas unterschrieb ungelenk: «Alcoba Lazarus.»

Mein letztes Geld und mein schöner falscher französischer Geheimdienstpaß auf den Namen Jean Leblanc sind also beim Teufel, dachte er wehmütig. Mein Freund, der Maler, muß mir rasch einen neuen machen.
Hatte Thomas gehofft, um 14 Uhr 15 endlich, endlich die gräßliche Anstrengung überstanden zu haben, so erwies sich das als Irrtum. Man führte ihn durch endlose Gänge zum Anstaltsgeistlichen. Dieser, ein älterer Herr, sprach sehr innig zu Thomas und war tief gerührt, als der Entlassene plötzlich – offensichtlich erschüttert – bat, die Ermahnungen des Geistlichen kniend anhören zu dürfen ...
Schwankend, mehr taumelnd als gehend, schleppte sich Thomas Lieven zehn Minuten vor drei Uhr portugiesischer Zeit am 16. November 1940 endlich über den Gefängnishof, in dem es nach der Gerblohe des anschließenden Lederwarenbetriebes stank, zum Tor. Zum letztenmal mußte er hier seine Entlassungspapiere vorweisen. Er zuckte schreckenerregend mit dem Mund, und sein Buckel stach schief durch das dünne Mäntelchen.
«Mach's gut, Alter», sagte der Mann, der die schwere Eisentür aufschloß. Durch sie schwankte Thomas Lieven in eine mehr als ungewisse Freiheit hinaus. Er schaffte es noch bis um die nächste Straßenecke. Dann fiel er noch einmal um und kroch auf allen vieren in ein Haustor, setzte sich auf eine Treppe und begann vor Wut und Erschöpfung zu heulen. Sein Paß war weg. Sein Geld war weg. Sein Besitz war weg. Sein Schiff war weg.

## 9

Noch am gleichen Tag wurde die Flucht des Häftlings Jean Leblanc entdeckt. In seiner Zelle fand der Wärter nur den Häftling Lazarus Alcoba vor, und zwar in einem bleischweren Dämmerschlaf.
Ein sofort herbeigerufener Arzt konstatierte, daß Alcoba nicht simulierte, sondern von schwersten Schlafmitteln betäubt war. Die Diagnose stimmte, nur hatte Lazarus sich selber betäubt, und zwar mit drei Pillen, die er dem Anstaltsarzt anläßlich einer Krankenvisite entwendet hatte ...
Mit Hilfe von Spritzen und schwarzem Kaffee gelang es, den Häftling halbwegs wach zu bekommen und zu vernehmen. Daß es Alcoba und kein anderer war, den man vor sich hatte, erwies sich, als man den kleinen Mann auszog: An seinem Buckel war nicht zu rütteln!

## Menu · 16. November 1940

*Mosaikbrot*
*Gefüllte Tomaten*

---

### Kalte Küche für heiße Wut

Mosaikbrot: Man köpfe ein Kaviarbrot oder französisches Weißbrot an beiden Enden, hole mit einer Gabel die ganze Krume heraus, ohne die Rinde zu verletzen.
Man braucht zur Füllung 125 g Butter, 100 g Schinken, 100 g gekochte Rinderzunge, ein hartgekochtes Eigelb, 75 g Käse, einen halben Teelöffel Kapern, 25 g Pistazien, etwas Sardellen, Senf, Salz und Pfeffer.
Man verrühre die Butter, zerdrücke das Eigelb, hacke die Pistazien und Kapern, schneide alles andere in kleine Würfel und mische alles leicht mit den Gewürzen. Dann drücke man die Masse fest in das ausgehöhlte Brot, das einige Stunden sehr kalt gestellt werden muß, bevor man es in dünne Scheiben schneidet, die auf einer Platte angerichtet werden. Damit die Platte noch bunter aussieht, garniere man das aufgeschnittene Mosaikbrot mit gefüllten Tomaten.

Gefüllte Tomaten: Man höhle schöne, feste Tomaten aus, bestreue sie innen mit geriebenem Käse und setze in jede ein quer durchschnittenes halbes hartes Ei mit der Schnittfläche nach oben. Man bestreue es mit Salz und Rosenpaprika sowie mit reichlich sehr fein gewiegter Petersilie und Schnittlauch.

---

Alcoba sagte aus: «Dieser verdammte Leblanc muß mir was ins Frühstück gegeben haben. Der Kaffee schmeckte so bitter. Ich bekam Kopfschmerzen und Schwindel – und dann war ich weg. Ich habe ihm erzählt, daß ich heute entlassen werden sollte. Das wußte ich nämlich vom Hauptwachtmeister, für den ich arbeite.»
Der Tageswärter, mit Alcoba konfrontiert, rief ihm zu: «Aber ich habe doch noch heute morgen mit Ihnen gesprochen, als ich das Frühstück brachte! Und später habe ich Sie doch aus der Zelle geholt!»
Darauf antwortete Lazarus Alcoba mit einer Logik, welche die vernehmenden Beamten bezwang: «Wenn Sie mich heute morgen aus der Zelle geholt hätten, säße ich jetzt nicht mehr hier.»
Es wurde den untersuchenden Herren klar, daß Jean Leblanc als Lazarus Alcoba geflüchtet war. Immer streng logisch, dabei heftig gähnend und noch sehr benommen, konstatierte Alcoba: «Der Entlassungsbefehl lautete aber auf *mich*. Also müssen Sie mich schleunigst entlassen.» – «Nun, hm, das natürlich – aber immerhin, solange die Untersuchung ...»

«Hören Sie mal zu: Entweder ich werde morgen früh entlassen, oder ich teile dem Herrn Oberstaatsanwalt mit, was hier für feine Zustände herrschen!» rief Alcoba.
«Pereira! He, Pereira!» rief Thomas Lieven zur gleichen Zeit. Er klopfte an die Wohnungstür seines Freundes, des Fälschers. Aber es kam keine Antwort.
Entweder ist er wieder besoffen, oder er ist nicht zu Hause, überlegte Thomas, nach seinem Schwächeanfall einigermaßen wiederhergestellt. Dann fiel ihm ein, daß der verkommene Maler seine Wohnung niemals abschloß. Er drückte die Klinke herunter, die Tür ging auf. Durch den dunklen Vorraum schritt Thomas Lieven in das große Atelier, dessen riesenhaftes Fenster letztes Tageslicht hereinließ. Immer noch standen und lagen die gleichen scheußlichen Bilder herum, die Wohnung war so unaufgeräumt wie früher. Volle Aschenbecher, Tuben, Pinsel, Federn, Paletten beunruhigten das Auge durch eine Vielzahl von Farben.
Thomas sah in die Küche. Er fand seinen bärtigen Freund auch dort nicht. Also nicht zu Hause und woanders besoffen?
Das war natürlich dumm. Wie lange pflegte Pereira sich zu betrinken? Eine Nacht? Zwei Tage? Drei? Nach den Erfahrungen, die Thomas mit ihm gemacht hatte, mußte man mit dem Schlimmsten rechnen. Gut Rausch braucht sein Weil'.
Ich muß auf Pereira warten, überlegte Thomas. Meine Flucht ist vielleicht schon entdeckt; ich darf mich nicht auf der Straße zeigen. Dann hielt er sich eine Hand an den Magen. Nanu! Er verspürte Hunger; der Augenblick der allertiefsten Depression schien vorbei zu sein. Er lachte ein bißchen über sich selber. Dabei bemerkte er, daß er immer noch mit dem Mund zuckte. Auch die Knie taten ihm immer noch weh. Nicht daran denken, nur nicht daran denken.
Erst mal sehen, was Pereira in der Küche hatte. Weißbrot, Tomaten, Eier, Käse, Schinken und Zunge, Pistazien, Kapern, Paprika, Pfeffer, Sardellen.
Die bunten Farben regten Thomas an. Ich werde Mosaikbrot und gefüllte Tomaten machen. Auch gleich für Pereira. Er wird etwas Kräftiges brauchen, wenn er heimkommt ...
Thomas begann zu kochen. Als er die Pistazien und Kapern zerhackte, schlug er plötzlich mit dem Messer auf das Brett wie ein Wahnsinniger. Er mußte an Estrella denken. Diese Bestie. Diese Hexe. Diese Teufelin. Thomas köpfte Pistazien – in Gedanken köpfte er Estrella.
Der rote Paprika brachte ihn noch mehr in Rage. Die ganze Welt

hat sich verschworen gegen mich! Alle sind meine Feinde! Was habe ich getan? Ein anständiger Mensch war ich, ein ordentlicher Bürger. Und jetzt ...

Pfeffer dazu! Ordentlich Pfeffer. Brennen soll er wie die Wut in mir!

Ihr Hunde, ihr verfluchten, vom Geheimdienst. Wie weit habt ihr mich gebracht? Im Gefängnis war ich. Aus dem Gefängnis bin ich ausgebrochen. Dokumente fälschen kann ich, mit Gift und Revolver umgehen, mit Sprengstoff und unsichtbarer Tinte. Schießen, morsen, Jiu-Jitsu, boxen, ringen, rennen, springen, Mikrophone einbauen, Gelbsucht, Fieber, Blutzucker simulieren kann ich. Sind das Kenntnisse, auf die ein Privatbankier stolz sein darf?

Kein Mitleid mehr mit irgend etwas oder irgend jemandem. Jetzt ist Schluß! Jetzt habe ich den Kanal voll! Jetzt sollt ihr etwas erleben! Alle! Die ganze Welt!

Jetzt werde ich euch anfallen wie ein hungriger Wolf mit meinen kriminellen Kenntnissen. Jetzt werde *ich* fälschen, simulieren, morsen, Mikrophone einbauen. Jetzt werde *ich* euch bedrohen und betrügen, so wie ihr mich betrogen und bedroht habt. Jetzt fängt *mein* Krieg an. Ein Ein-Mann-Krieg ist das – gegen euch alle. Und es wird keinen Waffenstillstand geben, keine Pakte, keine Bündnisse – mit niemandem.

Und noch mehr Pfeffer. Und noch mehr Paprika. Und Salz dazu. Und zusammengeschlagen die Masse zu einem formlosen Klumpen – so wie ich euch gerne zusammenschlagen würde, euch Hunde ...

Draußen ging die Wohnungstür.

Das wird Pereira sein, dachte Thomas, aus seinen maßlosen Vorstellungen aufschreckend, und rief: «Kommen Sie weiter! Ich bin in der Küche!»

Im nächsten Moment trat ein Mensch in den Rahmen der offenen Küchentür. Aber es war nicht der bärtige, versoffene Maler Reynaldo Pereira. Es war überhaupt kein Mann. Es war eine Frau.

## 10

Sie trug einen roten Ledermantel, rote Schuhe und eine rote Kappe, unter der schwarzblaues Haar hervorquoll. Der Mund der jungen Frau war groß und rot, die Augen waren groß und schwarz. Die Haut des Gesichtes war sehr weiß. Sie hatte die Hände in den Manteltaschen und sah Thomas Lieven scharf an. Ihre Stimme klang metallen und ein wenig ordinär: «'n Abend, Pereira. Sie kennen mich nicht.»

«Ich ...», begann Thomas, aber sie unterbrach ihn mit einer herrischen Kopfbewegung, die das schöne lange Haar fliegen ließ: «Seien Sie ruhig, ich bin nicht von der Polente. Im Gegenteil.»
Sie hält mich für Reynaldo Pereira, dachte Thomas. Klar!
Er stotterte: «Wer – wer hat Ihnen die Adresse gegeben?»
Die Frau in Rot musterte ihn mit einem zusammengekniffenen Auge. «Was ist denn los mit Ihnen? Nerven? Koks? Schnaps?»
«Bitte, wieso?»
«Was führen Sie denn mit Ihrem Gesicht auf? Können Sie den Mund nicht ruhighalten? Sie zucken ja dauernd!»
«Das geht vorbei. Habe ich – habe ich manchmal am Abend. Ich frage Sie: Wer hat Ihnen die Adresse gegeben?»
Die Frau in Rot kam dicht an ihn heran. Sie roch ausgezeichnet. Und sie war sehr schön. Mit leiser Stimme sagte sie: «Die Adresse habe ich von einem gewissen Monsieur Débras.»
Major Maurice Débras vom französischen Geheimdienst, dachte Thomas Lieven betäubt. Das auch noch. Der dritte, den ich hereingelegt habe. Natürlich, das mußte ja kommen. Nun sind sie zu dritt hinter mir her. Franzosen, Engländer, Deutsche. Jetzt kann es sich nur noch um Stunden handeln, und ich bin ein toter Mann ...
Aus weiter Ferne schien die Frau in Rot ihre nächste Frage zu stellen; Thomas sah sie plötzlich nur noch undeutlich und schemenhaft. Ihre nächste Frage bestätigte seine schlimmsten Befürchtungen.
«Kennen Sie einen gewissen Jean Leblanc?»
Zunächst klapperte Thomas sehr laut mit Pfannen und Besteck, bevor er undeutlich murmelte: «Jean Leblanc? Nie gehört!»
«Quatschen Sie nicht kariert, Pereira, klar kennen Sie den Mann!»
Die schöne Bestie setzte sich auf einen Küchenhocker und kreuzte die langen, schlanken Beine. «Machen Sie sich nicht gleich in die Hosen!»
Wie dieses Weib mit mir umgeht, dachte Thomas. Unwürdig, absolut unwürdig ist meine Situation. Womit verdiene ich das alles? Ich, jüngster Privatbankier von London. Ich, Mitglied eines der exklusivsten Londoner Clubs. Ich, ein Mann von bester Erziehung, von anständigen Ehrbegriffen, von Lebensart ... Da stehe ich in einer dreckigen, portugiesischen Küche und muß mir von einem zum Fressen hübschen Weib sagen lassen, ich soll mir nicht in die Hosen machen. Na, die kann jetzt mal was erleben!
Der wohlerzogene Thomas Lieven konterte: «Nun halte aber schnell die Luft an, Puppe, und hau ab, sonst gibt es Ärger!»

Im nächsten Augenblick änderte sich die Situation. Schritte ertönten, und schon stand ein bärtiger Mann mit fleckigen Kordsamthosen und einem ausgebeulten schwarzen Pullover in der Küche. Der Mann war außerordentlich betrunken. Trotzdem erhellte sich sein breites Säufergesicht sogleich zu einem erfreuten Grinsen, als er Thomas erblickte, und er grunzte: «Willkommen in meiner elenden Behausung! Aber, meu amigo, was haben sie bloß mit deinen Haaren gemacht?»
Reynaldo, der Maler, war heimgekehrt ...

Plötzlich sprachen die drei Menschen in der kleinen Küche gleichzeitig. Die Frau in Rot sprang auf, starrte Thomas an und rief: «Was, Sie sind gar nicht Pereira?»
«Natürlich ist er nicht Pereira», rief der besoffene Maler. «Was haben *Sie* denn getrunken? *Ich* bin Pereira! Das ist ...»
«Maul halten!»
«... mein alter Freund Leblanc!»
«Oh!»
«Und wer – hicks – schöne Dame, sind Sie?»
«Ich heiße Chantal Tessier», sagte die junge Frau, ohne den Blick von Thomas zu nehmen. Ein hungriger Ausdruck trat in ihr Katzengesicht. Langsam sagte sie: «Monsieur Jean Leblanc persönlich? Was für ein glücklicher Zufall!»
«Was wollen Sie von mir?»
«Sie haben Ihrem Freund Débras doch mal einen falschen Paß besorgt. Débras sagte zu mir: Wenn du selber mal einen falschen Paß brauchst, geh zu Reynaldo Pereira in die Rua do Poco des Negros und berufe dich auf Jean Leblanc ...»
«Sagte Ihr Freund Débras?»
«Sagte mein Freund Débras.»
«Sonst sagte er nichts?»
«Nur, daß Sie ein feiner Kerl sind, der ihm das Leben gerettet hat.»
Thomas dachte: Also alles nur halb so schlimm! Freundlich sagte er: «Wollen Sie nicht mit uns essen? Darf ich Ihnen aus dem Mantel helfen, Mademoiselle Tessier?»
«Für Sie: Chantal!» Das Katzengesicht lächelte und entblößte dabei ein kräftiges Raubtiergebiß. Chantal Tessier war selbstbewußt, sie war gerissen, sie war bestimmt eiskalt. Aber sie schien es nicht gewohnt zu sein, daß Männer ihr aus dem Mantel halfen.
Das Raubtier trug einen engen schwarzen Rock und eine weiße Seidenbluse. Donnerwetter, dachte Thomas, so eine Figur! Dieses

Mädchen bekommt bestimmt keine nassen Schuhe, wenn es regnet ...
Der Augenblick der Gefahr war vorüber. Thomas konnte wieder er selber sein. Gut erzogen und ritterlich gegen Damen. Gegen jede Art von Damen!
Sie setzten sich neben den betrunkenen Maler, der bereits zu essen begonnen hatte. Er aß mit den Fingern und sprach mit vollem Mund: «Wenn ich so malen könnte, wie Sie kochen können, dann wäre der alte Goya ein Hund gegen mich!» Er erleichterte sich durch zartes Aufstoßen. «Sind da Pi-Pistazien drin?»
«Und Kapern, ja. Halten Sie sich doch die Hand vor! Sie brauchen also einen Paß, Chantal?»
«Nein.» Ihre Augen schwammen jetzt ein bißchen. Und ihr linker Nasenflügel zitterte. Das war eine Angewohnheit von ihr.
«Ich brauche nicht *einen* Paß, ich brauche *sieben.*»
«Darf ich mal was bemerken?» erkundigte sich der unrasierte Maler mit vollem Mund.
Ärgerlich sagte Thomas: «Schlucken Sie runter, bevor Sie sprechen. Und unterbrechen Sie nicht dauernd. Sehen Sie lieber zu, daß Sie ein *bißchen* nüchtern werden.» Und zu der schönen Katze: «Für wen brauchen Sie die sieben Pässe, Chantal?»
«Für zwei deutsche, zwei französische und drei ungarische Herren.»
«Sie besitzen, wie es scheint, einen sehr internationalen Bekanntenkreis.»
Chantal lachte: «Kein Wunder bei meinem Beruf als – Fremdenführerin!»
«Wohin führen Sie denn Ihre Fremden?»
«Von Frankreich durch Spanien nach Portugal. Ganz einträgliches Geschäft.»
«Und wie oft gehen Sie auf Reisen?»
«Einmal im Monat. Es sind immer größere Gesellschaften. Mit falschen Pässen. Oder gar keinen, je nachdem ...»
«Weil wir gerade von Pässen reden», begann der Maler wieder, aber Thomas winkte ihn zur Ruhe.
Chantal berichtete: «Ich gebe mich nur mit reichen Leuten ab. Ich bin teuer. Es ist aber auch noch nie einer hochgegangen bei mir. Ich kenne jeden Zentimeter Grenze! Ich kenne jeden Grenzbeamten! Na ja, und mit dem letzten Schub habe ich eben sieben Herren mitgebracht, die brauchen neue Pässe.» Sie stieß den Maler an. «Kannst dir eine goldene Nase verdienen, mein Alter.»
«Ich brauche auch einen Paß», sagte Thomas.

«O heilige Jungfrau», sagte der Bärtige. «Wo ich doch keine Pässe mehr habe!»
Thomas sagte aufgebracht: «Von den siebenundvierzig alten Pässen, die ich Ihnen brachte ...»
«Wann brachte? Vor sechs Wochen! Was glauben Sie, wie es bei mir zuging? In vierzehn Tagen war alles weg! Es tut mir wirklich leid – aber ich habe keinen mehr da! Keinen einzigen! Das wollte ich Ihnen schon die ganze Zeit erklären!»

11

Rings um den Largo de Chiado, einem verträumten Platz mit uralten Bäumen, lagen die «Pasteleria Marques», die kleinen Damen-Cafés, berühmt für ihre süßen Leckereien. In einer Nische der Konditorei «Caravela» saßen am Abend dieses 16. November 1940 zwei Herren. Der eine trank Whisky, der andere aß Eis mit Schlagsahne. Der Whiskytrinker war der britische Agent Peter Lovejoy. Der Eis-Esser, ein dicker, gutmütiger Riese mit fröhlichen Schweinsäugelchen in einem rosigen Babygesicht, hieß Luis Guzmao.
Peter Lovejoy und Luis Guzmao kannten einander seit zwei Jahren, sie hatten schon ein paarmal erfolgreich zusammengearbeitet ...
«Also, es ist soweit», sagte Lovejoy. «Ich habe Nachricht, daß er heute aus dem Gefängnis geflohen ist.»
«Da müssen wir uns beeilen, damit wir ihn noch in Lissabon erwischen», sagte Guzmao. Er löffelte und schmatzte. Er liebte Eis mit Schlagsahne. Er bekam nie genug davon.
«Eben», sagte Lovejoy gedämpft. «Wie wollen Sie die Sache erledigen?»
«Pistole mit Schalldämpfer, denke ich. Was ist mit dem Geld? Haben Sie es mitgebracht?»
«Ja. Sie bekommen fünftausend Escudos jetzt und fünftausend, wenn Sie ... also hinterher.»
Lovejoy trank einen großen Schluck Whisky und dachte verärgert: Fünftausend Escudos hat er mir gegeben, mit Geld will er sich an der Sache beteiligen, der feine Herr Major Loos – aber vor der Besprechung mit diesem Guzmao hat er sich gedrückt, dazu war er *zu* fein!
Lovejoy spülte seinen Ärger über den zart besaiteten Deutschen mit einem weiteren Schluck Whisky hinab. Dann sagte er: «Jetzt hören Sie gut zu, Guzmao: Leblanc ist in Gestalt und Maske eines

gewissen Lazarus Alcoba geflohen. Dieser Alcoba ist bucklig, klein, fast kahl.» Lovejoy beschrieb Alcoba so genau, wie seine Vertrauensperson im Gefängnis ihn beschrieben hatte. Dann sagte er: «Leblanc weiß, daß die Engländer und die Deutschen hinter ihm her sind. Er wird sich also bestimmt verstecken.» – «Wo?»
«Er hat da einen Freund, einen versoffenen Maler in der Altstadt, Rua do Poco des Negros 16. Ich wette, dorthin wird er jetzt laufen. Entweder er spielt weiter den Buckligen – aus Angst vor uns, oder er verwandelt sich wieder in Jean Leblanc – aus Angst vor der Polizei.»
«Wie sieht Jean Leblanc aus?»
Lovejoy beschrieb auch Thomas Lieven genau.
«Und der echte Bucklige?»
«Der sitzt noch! Machen Sie sich keine Sorgen. Wenn Sie in der Rua do Poco des Negros 16 einen Buckligen erwischen, der fast keine Haare mehr auf dem Kopf hat und auf den Namen ‹Leblanc› reagiert, dann brauchen Sie keine weiteren Fragen mehr zu stellen ...»

Wenige Minuten nach acht Uhr früh, am 17. November 1940, wurde der elfmal vorbestrafte Lazarus Alcoba, ledig, geboren in Lissabon am 12. April 1905, dem Direktor des Gefängnisses «Aljube» vorgeführt. Der Direktor, ein großer, hagerer Mann, sagte zu ihm: «Es wird mir berichtet, daß Sie gestern abend verschiedene wilde Drohungen ausgestoßen haben, Alcoba.»
Der Mund des kleinen Mannes mit dem Buckel zuckte auch beim Sprechen: «Herr Direktor, ich habe mich nur verteidigt, als es hieß, ich könnte nicht entlassen werden, weil ich mit der Flucht dieses Jean Leblanc was zu tun hätte.»
«Ich bin davon überzeugt, daß Sie damit zu tun haben, Alcoba. Sie sollen die Absicht geäußert haben, sich an den Herrn Oberstaatsanwalt zu wenden.»
«Herr Direktor, ich werde mich natürlich nur dann an den Herrn Oberstaatsanwalt wenden, wenn ich nicht sofort entlassen werde. *Ich* kann doch schließlich nichts dafür, daß dieser Leblanc unter meinem Namen geflohen ist!»
«Hören Sie zu, Alcoba, wir entlassen Sie heute ...»
Alcoba grinste breit. «Na also.»
«... aber nicht etwa, weil wir Angst vor Ihnen haben, sondern weil tatsächlich ein Befehl dazu vorliegt. Sie werden sich täglich auf Ihrem Polizeirevier melden und Lissabon nicht verlassen.»
«Nein, Herr Direktor.»

«Grinsen Sie nicht so dämlich, Alcoba! Ihnen ist nicht zu helfen. Ich bin sicher, Sie werden bald wieder bei uns landen. Am besten blieben Sie gleich bei uns. Ein Mann wie Sie ist hinter Gittern besser aufgehoben.»

12

In den winzigen, krummen Gassen der Altstadt mit ihren verwitterten Rokoko-Palästen und buntgekachelten Bürgerhäusern lag die Stille der mittäglichen Siesta-Stunde.
Schneeweiße Wäsche hing an unzähligen Leinen. Verkrüppelte Bäume wuchsen auf geborstenen Steintreppen, und immer wieder öffneten sich die Mauern und gaben den Blick frei zum nahen Fluß.
Zum Fluß hinab sah auch Thomas Lieven. Er stand an dem großen Fenster im Atelier seines trunksüchtigen Freundes. Chantal Tessier stand neben ihm. Sie war noch einmal in die Rua do Poco des Negros gekommen, um Abschied zu nehmen. Sie mußte zurück nach Marseille. Und sie drängte Thomas, mit ihr zu fahren. Seltsam unruhig war Chantal, ihr linker Nasenflügel zitterte wieder. Sie legte eine Hand auf Thomas Lievens Arm. «Kommen Sie mit mir, werden Sie mein Partner. Ich hätte einige Geschäfte für Sie, nicht etwa Fremdenführung. Hier sind Sie aktionsunfähig. In Marseille aber – mein Gott, wir könnten meinen Laden ganz groß aufziehen!»
Thomas schüttelte den Kopf und sah hinaus auf das Wasser des Tejo. Das Wasser floß zum Atlantik hin, langsam und träge. Und da unten, an der Mündung in den Atlantik, lagen mancherlei Schiffe, bereit auszulaufen zu fernen Häfen, bereit, die Verfolgten, Gedemütigten und Geängstigten in ferne, freie Länder zu bringen. Da unten ankerten die Schiffe für Menschen mit Pässen, mit Einreisegenehmigungen, mit Geld.
Thomas hatte keinen Paß mehr. Er hatte keine Einreisegenehmigung. Er hatte kein Geld. Den Anzug, den er auf dem Leib trug, hatte er noch, sonst nichts.»
Todmüde fühlte er sich plötzlich. In einem Teufelskreis drehte sich sein Leben, es gab kein Entrinnen. «Ihr Angebot ehrt mich, Chantal. Sie sind eine schöne Frau. Sie sind gewiß auch ein wunderbarer Kamerad.» Er sah sie an und lächelte, und die Frau, die aussah wie eine Raubkatze, errötete wie ein verliebtes Schulmädchen. Sie stampfte unwillig mit dem Fuß auf und murmelte: «Lassen Sie den dämlichen Quatsch ...»
Thomas sagte trotzdem: «Sicherlich haben Sie ein gutes Herz.

Aber sehen Sie, ich war einmal Bankier. Ich möchte wieder Bankier werden!»
Vor einem Tisch, der vollgeräumt war mit Farben, Tuben, Pinseln, vollen Aschenbechern und Flaschen, saß Reynaldo Pereira. Er war jetzt nüchtern und malte an einem ziemlich wüsten Bild. Er sagte: «Jean, es ist viel dran an dem, was Chantal vorschlägt. Mit ihr kommen Sie sicher nach Marseille. Und in Marseille kriegen Sie leichter einen falschen Paß als hier, wo die Polizei Sie sucht. Von Ihren anderen Freunden gar nicht zu reden.»
«Herrgott, aber ich *komme* doch aus Marseille! Soll denn *alles* umsonst gewesen sein?»
Chantal sprach brutal und aggressiv: «Sie sind ein sentimentaler Trottel, wenn Sie nicht sehen, was los ist. Sie haben Pech gehabt. Na schön! Wir haben alle einmal Pech im Leben! Aber als erstes brauchen Sie jetzt wieder Pinke-Pinke und 'ne anständige Fleppe.»
Hätte ich in unserer Zelle nicht Alcobas Privatunterricht genossen, ich wüßte nicht, was die Dame meint, dachte Thomas. Traurig sagte er: «Mit Pereiras Hilfe werde ich auch in Lissabon einen neuen Paß finden. Und was das Geld anbelangt, so habe ich einen Freund in Südamerika, dem werde ich schreiben. Nein, nein, laßt nur, ich schaffe es schon noch, ich ...»
Den Satz sprach er nicht mehr zu Ende, denn in diesem Augenblick zerriß das dumpfe Blaffen von Schüssen die mittägliche Stille. Chantal schrie leise auf. Im Hochfahren warf Pereira einen Farbtopf um. Sie starrten einander entsetzt an. Drei Sekunden verstrichen ...
Dann klangen aus der Tiefe alarmierte Männerstimmen empor, dann kreischten Frauen, heulten Kinder.
Thomas stürzte in die Küche und riß das Fenster auf. Er sah hinab in den alten Hof. Männer, Frauen, Kinder rannten da unten zusammen, umringten eine Gestalt, die auf dem schmutzigen Katzenkopfpflaster lag, qualvoll verkrümmt, bucklig und klein.

## 13

«Lazarus, Lazarus, hörst du mich?»
Thomas kniete neben dem kleinen Mann auf dem Pflaster, hinter ihm drängten und stießen fremde Menschen. Blut sickerte unaufhörlich aus Alcobas Wunden. Mehrere Kugeln hatten ihn getroffen, in der Brust, im Bauch. Er lag jetzt reglos, die Augen waren geschlossen. Jetzt zuckte der nervöse Mund nicht mehr.
«Lazarus ...», stöhnte Thomas Lieven.

Da öffnete der kleine Bucklige die Augen. Getrübt schon waren die Pupillen, aber trotzdem erkannte Lazarus noch den Mann, der sich über ihn neigte. Er ächzte: «Hau ab, Jean, hau schnell ab, das hat dir gegolten ...» Ein Schwall Blut quoll aus seinem Mund.
«Nicht sprechen, Lazarus», flehte Thomas seinen Freund an. Aber der Bucklige flüsterte: «Der Kerl hat Leblanc gerufen, bevor ... Er hat mich für dich gehalten ...»
Thomas schossen Tränen in die Augen, Tränen der Wut und der Trauer. «Nicht reden, Lazarus ... Es kommt gleich ein Arzt ... Sie werden dich operieren ...»
«Es – es ist zu spät ...» Der Bucklige sah Thomas an, und plötzlich grinste er – listig und verschmitzt und stieß mühsam hervor: «Schade, Kleiner ... Wir hätten noch ein paar schicke Dinger drehen können ...» Dann war das Grinsen weggewischt. Die Augen brachen.
Als Thomas Lieven sich von seinem toten Freund erhob, wichen die Menschen vor ihm zurück und ließen ihn schweigend aus ihrer Mitte treten. Denn sie sahen, daß er weinte.
Durch einen Tränenschleier erblickte Thomas Chantal und Pereira, die abseits von der aufgeregten Menge standen. Schwankend ging er zu ihnen. Er stolperte und wäre gestürzt, wenn der Maler ihn nicht aufgefangen hätte.
Von der Straße her kamen zwei Polizisten und ein Arzt in den Hof gelaufen. Indessen der Arzt den Toten untersuchte, redeten sämtliche Anwesenden auf die Polizisten ein. Immer mehr Neugierige strömten zusammen, schrilles Stimmengewirr erfüllte den alten Hof.
Thomas wischte sich die Augen und sah Chantal an. Er wußte: Wenn er jetzt nicht augenblicklich handelte, war es zu spät. Im Bruchteil einer Sekunde, im Heben und Senken der Lider, entschied er sein Schicksal ...
Zwei Minuten später hatten die Polizisten den Schilderungen der aufgeregten Augenzeugen entnommen, daß ein fremder Mann sich um den Sterbenden bemüht und mit ihm als letzter gesprochen hatte.
«Wo ist der Mann?»
«Da rübergegangen!» rief eine alte Frau. Sie wies mit einem knochigen Finger zum Eingang des Hinterhauses. Dort stand Pereira, der Maler. Er stand jetzt allein.
«Sie da, he!» rief ein Polizist. «Wo ist der Mann, der mit dem Sterbenden gesprochen hat?»
«Keine Ahnung», sagte Pereira.

Gleichzeitig drückte der Arzt dem Erschossenen die Augen zu. Im Tode strahlte das häßliche Gesicht des Lazarus Alcoba eine große Würde aus.

## 14

In den Pyrenäen war es kalt. Schneidender Ostwind tobte über dem kargen, roterdigen Kettengebirge, welches das spanische Aragonien vom südlichen Frankreich trennt.
In der Morgendämmerung des 23. November 1940 bewegten sich zwei einsame Wanderer in nördlicher Richtung auf den Paß von Roncesvalles zu, eine junge Frau und ein junger Mann. Sie trugen beide Bergschuhe, Filzhüte und gefütterte Windjacken. Beide schleppten schwere Rucksäcke. Die Frau ging zuerst. Der Mann folgte ihr durch dichten Wald und Unterholz bergauf.
Nie zuvor in seinem Leben hatte Thomas Lieven schwere Bergschuhe an den Füßen gehabt, nie in seinem Leben hatte er eine gefütterte Windjacke getragen. Er war auch noch nie auf schwierigen und gefährlichen Pfaden im Gebirge herumgeklettert. Traumhaft und unwirklich wie alles in den letzten fünf Tagen erschien ihm auch diese Morgenstunde mit ihren Nebeln und grauen Schatten, in welcher er hinter Chantal Tessier auf die Staatsgrenze Frankreichs zustapfte, mit wundgelaufenen Fersen und Blasen an den Fußsohlen.
Eine großartige Person war diese Chantal Tessier, ein wirklicher Kamerad – das hatte er in jenen fünf Tagen erfahren. Sie kannte Portugal und Spanien tatsächlich wie ihre Tasche, sie kannte die Zollbeamten, die Polizeistreifen in den Zügen, sie kannte Bauern, die einen Fremden übernachten ließen und ihm zu essen gaben, ohne Fragen zu stellen.
Die Hose, die er trug, die Schuhe, die Windjacke, der Hut, das alles stammte von Chantal, sie hatte es für ihn gekauft. Und auch das Geld in seinen Taschen stammte von ihr. Sie hatte es ihm gegeben – «vorgestreckt», wie sie es nannte.
Von Lissabon waren sie mit der Bahn bis hinauf nach Valencia gefahren. Es hatte zwei Kontrollen gegeben. Beiden war Thomas mit Hilfe von Chantal entronnen. Nachts waren sie über die Grenze nach Spanien gegangen. Über Vigo, Leôn und Burgos waren sie weitergefahren. In Spanien gab es viel mehr Kontrollen und viel mehr Polizei. Trotzdem war alles gut gegangen – dank Chantal ...
Nun kam die letzte Grenze, dann waren sie in Frankreich. Die

Riemen des Rucksacks schnitten Thomas Lieven in die Schultern, jeder Knochen seines Körpers tat ihm weh. Er war müde zum Umfallen. Leicht und wirr wanderten seine Gedanken, während er Chantal folgte.
Der arme Lazarus Alcoba ... Wer hat ihn erschossen? Wer hat ihn erschießen lassen? Die Engländer? Die Deutschen? Wird man den Mörder jemals finden? Wird ein neuer Mörder mich finden? Wie lange habe ich noch zu leben? Ich, der ich hier durch einen dämmrigen Wald schleiche wie ein Schmuggler, wie ein Verbrecher ... Wahnsinn, Wahnsinn, das alles, ein Alptraum, unwirklich und grotesk, ein Fiebertraum und doch blutige Wahrheit ...
Der Weg wurde jetzt flacher, der Wald trat zurück, sie erreichten eine Lichtung. Hier stand eine verwitterte Futterhütte. Hinter der offenbar unermüdbaren Chantal her schleppte Thomas sich eben an dem großen, überdachten Heustadel vorüber, als, schnell nacheinander, in nächster Nähe drei Schüsse fielen.
Blitzschnell fuhr Chantal herum, blitzschnell war sie neben Thomas. Ihr Atem traf ihn im Gesicht: «Hier rein!»
Sie riß ihn mit sich unter das Dach der Hütte, und sie fielen in das Heu. Keuchend sahen sie sich an.
Wieder donnerte ein Schuß, und noch einer. Dann hörten sie, vom Wind hereingeweht, eine Männerstimme, die aber nicht zu verstehen war.
«Ruhig», flüsterte Chantal. «Ganz ruhig liegenbleiben. Das können Grenzer sein.»
Es kann auch jemand anderer sein, dachte Thomas bitter. Und es *wird* wohl auch jemand anderer sein! Die Herren in Lissabon werden nicht sehr lange gebraucht haben, um festzustellen, daß ihnen ein bedauerlicher Irrtum unterlaufen ist. Ein gutzumachender Irrtum ...
Thomas fühlte Chantal neben sich. Sie lag ganz ruhig, aber Thomas spürte die Spannung, die Anstrengung, mit der sie sich zur Ruhe zwang.
In diesem Moment war sein Entschluß gefaßt. Er durfte nicht *noch* ein Menschenleben gefährden! Der Tod des armen Lazarus, das wußte er, würde ihn belasten bis zum eigenen Ende.
Schluß jetzt, dachte Thomas Lieven. Ich spiele nicht mehr mit. Besser ein Ende mit Schrecken als dieser Schrecken ohne Ende. Sucht mich nicht länger, ihr mörderischen Idioten. Verfolgt mich nicht länger, ihr idiotischen Mörder. Ich ergebe mich, aber laßt Unschuldige aus diesem dreckigen Spiel ...
Schnell streifte er die Riemen des Rucksacks ab und erhob sich.

Chantal fuhr hoch. In ihrem weißen Gesicht brannten die Augen, sie zischte: «Bleib liegen, Wahnsinniger ...» Mit aller Kraft wollte sie ihn niederziehen.
«Tut mir leid, Chantal», murmelte Thomas und wendete einen Jiu-Jitsu-Griff an, von dem er wußte, daß Chantal durch ihn für einige Sekunden die Besinnung verlieren würde. Mit einem Ächzen sank die junge Frau zurück.
Thomas trat ins Freie.

Da kamen sie, zwei Mann, Gewehre in den Händen. Da kamen sie über die Lichtung auf ihn zu, über totes Gras, durch Nebelschwaden, da kamen sie.
Er ging ihnen entgegen. Mit einem unsinnigen Gefühl des Triumphs dachte er: Wenigstens könnt ihr mich nicht «auf der Flucht» in den Rücken schießen.
Jetzt hatten die beiden ihn erblickt, sie hoben die Gewehre. Noch einen Schritt machte Thomas. Und noch einen.
Die Männer ließen ihre Gewehre wieder sinken. Sie kamen rasch näher. Thomas hatte sie noch nie im Leben gesehen. Sie trugen beide Kordsamthosen, Hüte, Windjacken und Bergschuhe wie er. Sie waren beide untersetzt und eher klein. Der eine hatte einen Schnurrbart, der andere trug eine Brille.
Nun waren sie herangekommen. Nun blieben sie stehen. Der mit der Brille zog den Hut und sagte höflich auf spanisch: «Guten Morgen.»
«Haben Sie ihn vielleicht gesehen?» fragte der mit dem Schnurrbart.
Um Thomas begann sich alles zu drehen, Männer, Lichtung, Wiese, Bäume, alles. Er fragte tonlos: «Wen?»
«Den Hirsch», sagte der mit der Brille.
«Ich habe ihn getroffen», sagte der mit dem Schnurrbart. «Ich weiß es genau, daß ich ihn getroffen habe. Ich sah ihn zusammenbrechen. Dann schleppte er sich fort.»
«Er muß hier in der Nähe sein», sagte sein Freund.
«Ich habe nichts gesehen», sagte Thomas in seinem schlechten Spanisch.
«Oh, Ausländer ...! Vermutlich auf der Flucht von drüben», sagte der mit der Brille.
Thomas konnte nur nicken.
Die beiden Spanier wechselten einen Blick. «Wir werden vergessen, daß wir Sie gesehen haben», sagte der mit dem Schnurrbart. «Guten Morgen und – gute Reise.» Sie zogen beide die Hüte.

Auch Thomas zog seinen Hut. Die Jäger gingen weiter und verschwanden im Wald.
Thomas atmete eine Weile tief, dann ging er zu der Futterhütte zurück. Chantal saß im Heu und rieb sich stöhnend den Hals. Er war rot unterlaufen.
Thomas setzte sich neben sie und sagte: «Verzeihen Sie das vorhin, aber ich wollte nicht ... Sie sollten nicht ...» Er kam ins Stottern und endete hilflos: «Es waren nur Jäger.»
Plötzlich schlang Chantal die Arme um Thomas und preßte sich wild an ihn. Sie sanken zurück.
Über Thomas gebeugt, flüsterte Chantal: «Du hast mich schützen wollen, du wolltest mich nicht in Gefahr bringen, du hast an mich gedacht ...» Ihre Hände strichen zärtlich über sein Gesicht. «Das hat noch nie ein Mann getan – kein Mann in meinem Leben ...»
«Was?»
«An mich gedacht», flüsterte Chantal.
In der Süße ihrer gewalttätigen Küsse versanken für Thomas alles Elend und alle Angst, dunkle Vergangenheit und dunkle Zukunft ...

## 15

Im Jahre 1942 umstellten sechstausend Mann deutscher Truppen das alte Hafenviertel von Marseille und zwangen die Bewohner – etwa zwanzigtausend Menschen –, innerhalb von zwei Stunden ihre Wohnstätten zu verlassen, wobei sie höchstens 30 Kilogramm Gepäck mitnehmen durften. Es wurden über dreitausend Kriminelle verhaftet. Das gesamte alte Hafenviertel wurde gesprengt. Solcherart verschwand die farbenprächtigste Brutstätte des Lasters in Europa, der gefährlichste Ausgangspunkt verbrecherischer Unternehmen.
In den Jahren 1940/41 jedoch erlebte das alte Hafenviertel gerade seine größte Blütezeit. In den düsteren Häusern hinter dem Rathaus wohnten Angehörige sämtlicher Nationen: Flüchtlinge, Schwarzhändler, gesuchte Mörder, Fälscher, politische Verschwörer, Legionen leichter Mädchen.
Die Polizei war machtlos und vermied es überhaupt so lange wie irgend möglich, im «Alten Viertel» zu erscheinen. Herrscher in diesem dunklen Reich waren die Chefs mehrerer Banden, die einander unerbittlich und erbarmungslos bekriegten. Mitglieder dieser Banden waren Franzosen, Nordafrikaner, Armenier, viele Korsen und Spanier.

Die Banden-Chefs waren stadtbekannt. Sie bewegten sich stets nur in Begleitung ihrer Leibwachen durch die schmalen, bunten Gassen. Zwei, drei Herren schritten rechts, zwei, drei Herren links von ihrem Boß im Gänsemarsch dahin, die rechte Hand in der Tasche, mit dem Zeigefinger am Abzug des Revolvers.
Staatlicherseits wurden Beamte der «Contrôle économique», der «Wirtschaftskontrolle», eingesetzt, deren Aufgabe es war, den blühenden Schleichhandel zu bekämpfen. Doch diese Kommissare erwiesen sich zum größten Teil als bestechlich und zu einem weiteren Teil als feige. Nach Einbruch der Dunkelheit wagten sie sich nicht mehr auf die Straße. Dann aber begann der Tanz der Käseräder, die von einem Haus ins andere rollten, und der Fleischstücke, die aus geheimen Schlächtereien in die Restaurants geschafft wurden.
Aus dunklen Quellen stammten denn auch die schöne, junge Lammkeule, die Butter, die grünen Böhnchen und alle anderen Zutaten, mit welchen Thomas Lieven am Abend des 25. November 1940 in Chantal Tessiers Küche ein wohlschmeckendes Essen bereitete.
Chantal wohnte in der Rue Chevalier à la Rose. Wenn man sich aus dem Fenster neigte, konnte man das schmutzige Wasser des rechteckigen «Alten Hafens» sehen und die bunten Lichter der zahllosen Cafés, die ihn umgaben.
Die Größe, aber auch die Einrichtung von Chantals Wohnung hatten Thomas überrascht. Vieles war barbarisch, so etwa die Zusammenstellung kostspieliger supermoderner Beleuchtungskörper mit echten antiken Möbeln. Ohne Zweifel war Chantal völlig verwildert aufgewachsen, unverbildet und von keiner Kultur beleckt.
An diesem Abend trug sie ein raffiniertes, eng anliegendes, hochgeschlossenes Kleid aus bestickter China-Seide, darüber aber aparterweise einen schweren, handbreiten Ledergürtel. Sie zeigte überhaupt eine Vorliebe für Rohleder und dessen Geruch.
Thomas unterdrückte höflich jede Kritik an Chantals geschmacklichen Verirrungen. Er trug – zum erstenmal in seinem Leben – einen fremden Anzug, der ihm allerdings wie angegossen paßte.
Chantal hatte gleich nach der Ankunft einen großen Schrank geöffnet, der gefüllt war mit Herrenhemden, Herrenwäsche, Krawatten und Anzügen. Sie hatte gesagt: «Nimm, was du brauchst. Pierre war so groß wie du.» Widerstrebend hatte Thomas genommen, was er brauchte, und er brauchte eigentlich alles, um sich sauber anzuziehen, denn er selbst besaß nichts mehr.

Menu · 25. November 1940

*Moules Marinière*
*Gebratene Lammkeule mit*
*Haricots Verts und Pommes Dauphine*
*Früchte in Caramel*

---

## Mit einer Lammkeule löste Thomas Lieven eine Frauenzunge ...

Moules Marinière: Man nehme frische Miesmuscheln, wasche und bürste sie sehr gründlich und gebe sie dann in einen Kessel in wenig kochende Flüssigkeit, halb Wasser, halb Weißwein. Man lasse sie mit geschlossenem Deckel unter öfterem Durchrütteln kochen, bis die Muscheln sich geöffnet haben, schütte sie dann auf ein Sieb und löse das Fleisch der geöffneten Muscheln aus den Schalen. – Man hat inzwischen aus Butter und Mehl eine weiße Sauce gemacht, die man mit dem durch ein frisches Sieb gegebenen Muschelsud aufgießt und sehr gut durchkochen läßt. Man gebe noch etwas Weißwein hinzu, würze mit Salz, Pfeffer und etwas Zitronensaft und ziehe die Sauce mit Eigelb ab. – Man gebe nun das Muschelfleich und feingehackte Petersilie in die Sauce und lasse zusammen durchziehen, ohne daß es noch einmal zum Kochen kommt.

Gebratene Lammkeule mit Zutaten: Man nehme eine schöne, junge Lammkeule, mache am Knochenansatz einen kleinen Einschnitt in das Fleisch und stecke eine Knoblauchzehe hinein. – Man begieße die Keule in der Pfanne mit reichlich brauner Butter, brate sie auf dem Herd auf allen Seiten gut an und salze und pfeffere sie erst danach. Man stelle sie dann in den Bratofen und brate sie bei guter Hitze unter fleißigem Begießen fertig.
Man nehme frische grüne Böhnchen, putze sie und koche sie in wenig Wasser weich. Verwendet man Konserven, so schütte man sie auf ein Sieb, lasse das Wasser gut ablaufen und übergieße sie dann mit kochendem Wasser. Dadurch verlieren sie jeglichen Büchsengeschmack. Man gebe die gut abgetropften «Haricots» in zerlassene Butter und lasse sie darin heiß werden. Man bestreue sie beim Anrichten mit etwas feinem Salz. Man drücke gekochte Salzkartoffeln durch den Quetscher, verarbeite sie mit ganzen Eiern zu einem feinen Teig, würze mit einer Spur von Muskat. Man forme daraus kleine Bällchen und backe sie in sehr heißem, steigendem Fett, bis sie sich aufplustern und eine schöne braune Farbe annehmen.

Früchte in Caramel: Man nehme Streuzucker und lasse ihn in einer Kasserolle unter ständigem Rühren zerschmelzen und hellgelb werden. Man lösche mit Wasser ab und lasse den hellen Caramel gut durchkochen. – Man nehme geschälte geviertelte Pfirsiche und Birnen sowie frische Weinbeeren und lasse sie in dem Caramel weichdünsten. Man fülle das erkaltete Kompott in Schalengläser, verziere es mit Schlagsahne-Tupfen und bestreue es mit gehackten Mandeln.

---

Als er mehr von Pierre wissen wollte, hatte Chantal unwillig gesagt: «Frag nicht soviel. Eine Liebe von mir. Wir sind auseinander. Seit einem Jahr. Er kommt nicht mehr wieder ...» Überhaupt – Chantal hatte sich in den vergangenen Stunden sehr kühl verhalten. So, als ob es jene wilde Stunde an der Grenze nie gegeben hätte. Auch jetzt, während des Abendessens, saß sie schweigsam da, von schweren Gedanken überschattet. Während sie die Muscheln verzehrte, sah sie Thomas immer wieder an. Bei der schönen jungen Lammkeule begann ihr linker Nasenflügel wieder zu zittern. Als Thomas ihr die Früchte in Caramel servierte, schlug eine Turmuhr in der Nähe zehnmal.

Chantal vergrub plötzlich das Gesicht in beiden Händen und begann vor sich hinzumurmeln.

«Was ist los, chérie?» erkundigte sich Thomas, in seinen Früchten rührend.

Sie sah auf. Der Nasenflügel zitterte noch immer, aber sonst war das schöne Gesicht zu einer Maske erstarrt. Sie sprach jetzt ganz ruhig und sehr klar: «Zehn Uhr.»

«Ja, und?»

«Jetzt stehen sie unten im Hausflur. Wenn ich das Grammophon anstelle und ‹J'ai deux amours› spiele, werden sie heraufkommen.»

Thomas legte das Silberlöffelchen fort und forschte: «Wer wird heraufkommen?»

«Oberst Siméon und seine Leute.»

«Oberst Siméon?» wiederholte er schwach.

Nur ihr Nasenflügel zitterte. «Vom ‹Deuxième Bureau›, ja. Ich habe dich verraten, Jean. Ich bin das allergemeinste Stück Dreck von der Welt.» Dann war es eine Weile still im Raum.

Endlich sagte Thomas: «Möchtest du vielleicht noch einen Pfirsich?»

«Jean! Sei nicht so! Ich *ertrage* das nicht! Warum brüllst du nicht? Warum haust du mir nicht eine in die Fresse?»

«Chantal», sagte er und fühlte, wie eine ungeheure Müdigkeit ihn überflutete, «Chantal, warum hast du das getan?»

«Die Behörden hier haben mich am Wickel. – Sehr böse Sache, die noch mit Pierre zusammenhängt. Schwerer Betrug und so ... Da taucht plötzlich dieser Oberst, dieser Siméon auf und sagt: ‹Wenn Sie uns Leblanc bringen, kann man die Sache regeln!› Was hättest du an meiner Stelle getan, Jean? Ich kannte dich doch nicht!»

Thomas dachte: So ist das Leben. So geht das weiter, immer weiter. Einer jagt den andern. Einer verrät den andern. Einer tötet den andern, um selber nicht getötet zu werden.

Er sagte leise: «Was will Siméon von mir?»

«Er hat seine Anweisungen ... Du hast die Leute mit irgendwelchen Listen hereingelegt – stimmt das?»

«Ja, das stimmt», sagte er.

Sie stand auf und trat vor ihn und legte ihm eine Hand auf die Schulter: «Ich möchte weinen. Aber es kommen keine Tränen. Schlag mich. Bring mich um. Tu etwas, Jean! Sieh mich nicht so an.»
Thomas saß ganz still und dachte nach. Dann fragte er leise: «Welches Lied sollst du spielen?»
«J'ai deux amours», antwortete sie.
Plötzlich erhellte ein seltsames Lächeln sein bleiches Gesicht. – Er stand auf. Chantal wich vor ihm zurück. Aber er berührte sie nicht. Er ging in das Nebenzimmer. Hier stand ein Grammophon. Er lächelte wiederum, als er die Aufschrift auf der Platte sah. Er schaltete den Apparat ein. Er setzte die Nadel in die erste Rille. Musik erklang. Und Josephine Bakers Stimme sang «J'ai deux amours», das Lied von den zwei Lieben ...
Nun kamen draußen Schritte näher. Noch näher. Ganz nahe. Chantal stand dicht vor Thomas. Fauchend drang ihr Atem durch die geöffneten Lippen, das Raubtiergebiß glitzerte feucht. Hastig hob und senkte sich die Brust unter der dünnen grünen Seide des enganliegenden chinesischen Kleides.
Sie zischte: «Hau ab, noch ist Zeit ... Unterm Schlafzimmerfenster gibt's ein flaches Dach ...»
Thomas schüttelte lächelnd den Kopf. Chantal wurde wütend.
«Idiot! Die machen ein Sieb aus dir! In zehn Minuten bist du eine Wasserleiche im Alten Hafen!»
«Es wäre aufmerksam von dir gewesen, wenn du dir das etwas früher überlegt hättest, mein Herz», sagte Thomas freundlich.
Sie holte wild aus, als wollte sie ihn schlagen, und keuchte: «Quatsch doch nicht so dämlich, ausgerechnet jetzt ...»
Aber gleich darauf begann sie zu schluchzen.
Es klopfte.
«Mach auf», sagte er hart. Chantal preßte eine Faust an den Mund und rührte sich nicht. Es klopfte wieder, diesmal stürmischer. Josephine Baker sang immer noch.
Eine Männerstimme, die Thomas kannte, rief: «Öffnen Sie, oder wir schießen das Türschloß heraus!»
«Guter, alter Siméon», murmelte Thomas, «immer noch der gleiche Hitzkopf!» Er ließ die bebende Chantal stehen und ging ins Vorzimmer.
Jetzt erzitterte die Wohnungstür unter Faustschlägen. Eine Sicherheitskette war vorgelegt. Thomas drückte die Klinke herab. Die Tür flog auf, so weit die Stahlkette es zuließ. Ein Schuh schob sich in den Spalt, desgleichen eine Pistole.

Thomas trat auf den Schuh, so fest er konnte, und stieß den Lauf der Waffe zurück. «Wenn ich Sie bitten dürfte, diese beiden Gegenstände noch einmal zurückzunehmen, Herr Oberst», sprach er dazu.
«Das könnte Ihnen so passen!» schrie Siméon von jenseits der Tür. «Wenn Sie nicht sofort öffnen, knallt es!»
«Dann wird es wohl knallen müssen», meinte Thomas sanft. «Denn solange Sie Hand und Fuß in der Tür haben, kann ich die Sicherheitskette nicht entfernen.»
Nach einigem Zögern entsprach der Oberst Thomas Lievens Begehren. Schuh und Waffe verschwanden. Thomas öffnete. Im nächsten Moment hatte er den Pistolenlauf im Magen, und der heroische Jules Siméon stand dicht vor ihm, die Schnurrbarthaare gesträubt, den edlen Kopf mit der Römernase zurückgeworfen.
Thomas dachte: Er ist auch in den letzten Monaten nicht zu Geld gekommen, der Arme; er trägt immer noch diesen alten, abgeschabten Trenchcoat.
Thomas sagte: «Welche Freude, Herr Oberst. Wie geht es Ihnen? Und was macht unsere schöne Mimi?»
Beinahe lippenlos vor Verachtung sprach der Oberst: «Ihr Spiel ist aus, Sie schmutziger Verräter!»
«Würde es Ihnen etwas ausmachen, mir den Pistolenlauf woanders hinzudrücken. Beispielsweise an die Brust? Wissen Sie, ich habe soeben gegessen.»
«In einer halben Stunde werden Sie keine Verdauungssorgen mehr haben, Sie Schwein», antwortete Siméon voll Feuer.
Ein zweiter Mann betrat die Diele, groß, elegant, mit grauen Schläfen und klugen Augen, den Mantelkragen aufgestellt, die Hände in den Taschen, eine Zigarette im Mundwinkel – Maurice Débras.
«Guten Abend», sagte Thomas. «Ich ahnte, daß Sie in der Nähe sein würden, als Chantal mir den Namen der Schallplatte nannte. Wie geht es, Major Débras?»
Siméon zischte: *«Oberst* Débras!»
Débras selber antwortete nicht. Er bewegte nur kurz und herrisch den Kopf zur Tür.

Im nächsten Moment ließ ein wütender Schrei sie alle herumfahren. Geduckt wie eine Tigerkatze vor dem Sprung stand Chantal in der Wohnzimmertür, einen gekrümmten malaiischen Dolch in der Rechten. In wilder Wut fauchte sie: «Raus! oder ich bring euch um, alle beide. Laßt Jean in Ruhe! –»

Erschrocken wich Siméon zwei Schritte zurück.
Thomas dachte: Ein ganz so vertrottelter Held wie damals bei der Eroberung von Paris bist du Gott sei Dank doch nicht mehr! Dann sagte er scharf: «Laß den Quatsch, Chantal. Du hattest dem Herrn Oberst doch schließlich versprochen, mich zu verraten.»
Noch mehr krümmte Chantal sich zusammen, noch heiserer flüsterte sie: «Das ist mir ganz egal ... Ich hab' mich benommen comme une salope – aber ich kann alles noch gutmachen ...»
«Einen feuchten Kehricht kannst du!» sagte Thomas. «Sie sperren dich doch nur ein, du dummes Luder!»
«Sollen sie mich einsperren ... Mir ist alles egal – ich habe noch nie einen Menschen verraten. Geh hinter mich, Jean, schnell, renn ins Schlafzimmer ...»
Jetzt stand sie dicht vor ihm. Thomas seufzte und schüttelte den Kopf. Dann schoß sein rechter Fuß hoch. Der Schuh traf Chantals rechtes Handgelenk. Sie schrie vor Schmerz. Der Dolch flog fort und blieb federnd im Türpfosten stecken.
Thomas nahm Hut und Mantel, riß den Dolch aus dem Holz und reichte ihn Débras. «Sie können nicht ahnen, wie peinlich es mir ist, eine Frau anzugreifen», sagte er. «Aber bei Mademoiselle Tessier scheint Brutalität unumgänglich zu sein ... Wollen wir gehen?» Stumm nickte Débras. Siméon stieß Thomas vor sich her auf den Flur hinaus.

## 16

Die Tür fiel ins Schloß. Chantal war allein. Ein Krampf begann sie zu schütteln. Kraftlos fiel sie auf den Teppich. Dort wälzte sie sich schluchzend und schreiend hin und her. Endlich erhob sie sich und taumelte ins Wohnzimmer. Die Platte war abgelaufen, rhythmisch schlug die Nadel. Chantal riß das Grammophon hoch und schleuderte es gegen die Wand, wo es krachend barst.
Sie fand keinen Schlaf in dieser Nacht, der schlimmsten ihres Lebens. Hin und her wälzte sie sich in ihrem Bett, ruhelos, schuldbewußt, verzweifelt. Sie hatte ihren Geliebten verraten. Sie war schuld an seinem Tod. Denn es war ihr klar, daß Siméon und Débras ihn nun töten würden.
In der Morgendämmerung fiel sie in einen wirren Schlummer.
Der kräftige, falsche Gesang einer Männerstimme weckte sie auf. Mit schmerzendem Kopf und Gliedern aus Blei fuhr sie hoch.
Deutlich zu vernehmen war die Männerstimme: «J'ai deux amours ...»

Wahnsinnig, ich bin wahnsinnig geworden, dachte sie entsetzt. Ich höre seine Stimme – die Stimme eines Toten – o Gott, ich habe den Verstand verloren ...

«Jean!» schrie sie.

Keine Antwort.

Taumelnd stand sie auf. Im Nachthemd rannte sie aus dem Schlafzimmer. Weg – weg hier ...

Jäh hielt sie an. Die Tür zum Badezimmer stand offen. Und in der Wanne saß Thomas Lieven.

Chantal schloß die Augen. Chantal öffnete die Augen wieder. Thomas saß noch immer in der Wanne. Chantal stöhnte: «Jean ...»

«Guten Morgen, du Bestie», sagte er.

Mehr fallend als gehend, schleppte sie sich zu ihm und sank auf den Wannenrand. Sie lallte: «Wie – was – machst du hier?»

«Ich versuche, meinen Rücken abzuseifen. Wenn du das freundlicherweise für mich erledigen wolltest.»

«Aber – aber – aber ...»

«Wie bitte?»

«Aber sie haben dich doch erschossen ... Du bist doch tot ...»

«Wenn ich tot wäre, würde ich mir nicht mehr den Rücken abseifen; was ist das für ein Unsinn», sagte er rügend. «Wirklich, Chantal, du mußt dich ein bißchen zusammennehmen. Du lebst nicht im Irrenhaus und nicht im Dschungel. Nicht mehr.»

Er hielt ihr ein Stück Seife hin. Sie packte es und schmiß es ins Wasser. Dazu schrie sie gellend: «Sag mir jetzt augenblicklich, was passiert ist!»

Gefährlich leise entgegnete Thomas: «Hol die Seife raus. Auf der Stelle. Nachher bekommst du sowieso deine Prügel. Weiß Gott, Chantal, ich habe bisher noch keine Frau geschlagen. Aber bei dir werde ich meinen heiligsten Prinzipien untreu. Wasch mir den Rücken, vorwärts, wird's bald?»

Chantal griff ins Wasser, nahm die Seife und tat, was er verlangte. Dabei betrachtete sie ihn mit scheuer Bewunderung.

«Langsam komme ich darauf, wie man dich behandeln muß», sagte er grimmig.

«Was ist passiert, Jean?» fragte sie heiser. «Erzähl es mir ...»

«Es heißt: *bitte*, erzähl es mir.»

«Bitte, Jean, bitte ...»

«Schon besser», grunzte er, sich wohlig windend. «Höher. Weiter links. Fester. Also, nachdem die beiden mich hier rausgeschleppt hatten, fuhren sie mich rüber zum Hafen ...»

## 17

Zum Hafen fuhren Siméon und Débras mit Thomas Lieven. Eisiger Wind pfiff durch die engen Gassen des «Alten Viertels». Hunde heulten den Vollmond an. Es war kein Mensch mehr zu sehen.

Débras saß am Steuer des klapprigen Ford, Siméon saß im Fond, neben Thomas, immer noch die Pistole in der Hand. Es wurde nicht gesprochen.

Der Wagen erreichte den «Alten Hafen». In den Schwarzhändler-Cafés am Quai du Port brannte noch Licht. Bei der «Intendance Sanitaire» bog Débras nach rechts in den Quai de la Tourette ein und jagte an der ehrwürdigen Kathedrale vorbei in nördlicher Richtung bis zur Place de la Joliette. Den schwarzen riesenhaften «Gare Maritime» umfuhr er auf dem verlassenen Boulevard de Dunkerque, dann waren sie wieder am Wasser, diesmal am «Bassin de la Gare Maritime». Der Ford holperte über Eisenbahnschienen und -schwellen und hielt zuletzt an der finsteren Mole A.

«Raus!» sagte Siméon.

Thomas Lieven stieg folgsam aus. Schneidend traf ihn der Herbststurm. Es stank nach Fischen. Die wenigen Lampen der Mole tanzten wild auf und nieder. Irgendwo heulte eine Schiffssirene. Nun hatte auch Débras plötzlich eine schwere Pistole in der Hand. Er machte eine Bewegung mit dem vorgestreckten Arm.

Thomas setzte sich gottergeben in Bewegung und marschierte auf die verlassene Mole hinaus. Immer noch stand ein Lächeln in seinem Gesicht, aber allmählich wurde es starr.

Wasser glänzte im Licht des fahlen Mondes, auf den kleinen Wellen tanzten weiße Gischtkronen. Es roch immer stärker nach Fischen. Thomas trottete weiter. Hinter sich hörte er Siméon stolpern und fluchen. Thomas dachte: Schrecklich, schrecklich, dabei hat er gewiß den Finger am Abzug. Hoffentlich stolpert er nicht noch einmal. Wie leicht kann da das größte Unglück geschehen ...

Immer noch hatte der Oberst Débras kein Wort gesprochen, kein einziges Wort. Weit, weit entfernt von jeder atmenden Brust, von jeder Menschenseele waren sie nun.

Wer hier ins Wasser fällt, bleibt lange, lange unentdeckt, dachte Thomas. Besonders, wenn er ein paar Kugeln im Bauch hat. Nun nahm die Mole doch noch ein Ende. Plötzlich war es da: ein Streifen Beton und dahinter das Wasser, das schwarze Wasser.

«Stehenbleiben», sagte Siméon.

Thomas blieb stehen.
Nun sprach Débras zum erstenmal: «Umdrehen.»
Thomas drehte sich um. Er sah Débras und Siméon an, er hörte die Kirchturmuhren von Marseille die Dreiviertelstunde schlagen, von weit her, verweht und dünn. Und im nächsten Moment hörte er Siméons Stimme, besorgt und eifrig: «Schon dreiviertel elf, Chef. Wir müssen uns beeilen. Um elf sollen wir doch mit ihm bei Madame sein!»
Thomas holte Atem, sein starres Lächeln wurde wieder leicht, und er hustete diskret, als er den einen Oberst zum anderen Oberst sagen hörte: «Sie Vollidiot!»
Lächelnd sprach Thomas zu Débras: «Seien Sie ihm nicht böse; er hat Ihnen die Tour vermasselt. Na ja! Mich hat er vor einem deutschen Oberleutnant auch einmal in schreckliche Verlegenheit gebracht ... Trotzdem ist er ein guter Kerl!» Und damit klopfte er dem furchtbar verlegenen Siméon auf die Schulter.
Débras steckte seine Waffe ein und sah zur Seite, denn er mußte grinsen, und er wollte nicht, daß Thomas oder Siméon das sahen.
Thomas fuhr fort: «Außerdem, meine Herren, habe ich mir gleich gedacht, daß Sie mich nur furchtbar erschrecken und wahrscheinlich wieder dazu kriegen wollen, für Sie zu arbeiten.»
«Wie kamen Sie zu dieser Ansicht?» stotterte Siméon.
«Als ich Josephine Bakers Platte hörte, ahnte ich, daß Monsieur Débras in der Nähe war. Und ich sagte mir: Wenn der Major – Pardon, Oberst, gratuliere übrigens zur Beförderung – also, wenn Sie extra aus Casablanca hierherkommen, dann doch bestimmt nicht bloß, um meinem unrühmlichen Ende beizuwohnen. Stimmt's?»
Débras wandte sich um und nickte. Er sagte: «Sie dreimal verflixter Boche!»
«Wollen wir also diese ungastliche Stätte verlassen. Der Geruch hier peinigt mich. Zudem dürfen wir Madame wirklich nicht warten lassen. Und ich möchte auch gerne noch am Bahnhof vorbeifahren.»
«Wieso Bahnhof?» fragte Siméon mit stierem Blick.
«Dort gibt es eine Blumenhandlung, die nachts offen hat», belehrte ihn Thomas freundlich. «Ich muß noch ein paar Orchideen kaufen ...»

Josephine Baker erschien Thomas Lieven so schön wie noch nie. Sie empfing ihn im Salon ihres Appartements im «Hôtel de Noailles» an der Cannebière, der Hauptstraße von Marseille.

Das blauschwarze Haar trug Josephine zu einer glänzenden Krone hochgesteckt, riesige weiße Ringe hingen in den Ohren. Samtig glänzte die dunkle Haut. Das Regenbogenfeuer eines großen Ringes mit einer Rose aus Brillanten stach Thomas Lieven in die Augen, als er der Frau, die er verehrte, die Hand küßte.

Ernst nahm sie den Cellophankarton mit den drei rosaroten Orchideen in Empfang. Ernst sagte sie: «Ich danke Ihnen, Herr Lieven. Nehmen Sie Platz. Maurice, willst du bitte den Champagner öffnen?»

Sie waren zu dritt, denn Débras hatte den Oberst Siméon in einem Anfall von Ungeduld in sein Quartier geschickt.

Thomas Lieven sah sich im Salon um. Es gab einen großen Spiegel und einen Flügel, auf dem Noten zu Haufen lagen. Thomas erblickte auch ein Plakat:

Opernhaus Marseille
JOSEPHINE BAKER
in DIE KREOLIN
Oper in drei Akten von JAQUES OFFENBACH
*Premiere: 24. Dezember 1940*

Oberst Débras füllte Kristallgläser. Er sagte: «Trinken wir auf die Frau, der Sie Ihr Leben verdanken, Herr Lieven!»

Thomas verneigte sich tief vor Josephine: «Ich habe immer gehofft, daß Sie meine Handlungsweise verstehen würden, Madame. Sie sind eine Frau. Gewiß hassen Sie Gewalttat und Krieg, Blutvergießen und Mord noch mehr als ich.»

«Gewiß», sagte die schöne Frau. «Aber ich liebe auch mein Land. Sie haben uns großen Schaden zugefügt, indem Sie die echten Listen vernichteten.»

«Madame», antwortete Thomas, «hätte ich Ihrem Land nicht noch größeren Schaden zufügen können, wenn ich die Listen nicht vernichtet und den Deutschen übergeben hätte?»

Débras mischte sich ein: «Das stimmt, kein Wort mehr darüber. Schließlich haben Sie mir aus Madrid herausgeholfen. Sie sind eben ein Grenzfall, Lieven. Aber das schwöre ich Ihnen: Wenn Sie uns noch einmal hereinlegen, gibt es keinen Champagner mehr, wie sehr Josephine auch Ihre Handlungsweise verstehen mag. Das nächste Mal kommen Sie nicht von der Mole zurück!»

«Hören Sie, Débras, ich habe Sie gern! Wirklich, aufrichtig. Ich habe auch Frankreich gern. Aber ich schwöre Ihnen schon jetzt: Wenn Sie mich zwingen, wieder für Sie zu arbeiten, dann werde

ich Sie wieder hereinlegen, denn ich will keinem Land schaden – auch nicht meinem.»
Leise fragte Josephine: «Und der Gestapo?»
«Bitte?»
«Hätten Sie auch Bedenken, der Gestapo zu schaden?»
«Dies zu tun, Madame, wäre mir ein spezieller Hochgenuß.»
Oberst Débras hob eine Hand: «Sie wissen, daß wir zur Zeit mit englischer Unterstützung im besetzten und unbesetzten Frankreich einen neuen Geheimdienst und eine Widerstandsbewegung aufbauen.»
«Das weiß ich, ja.»
«Von seinen neuen Vorgesetzten in Paris erhielt Oberst Siméon den Auftrag, Sie nach Marseille zu locken und umzulegen. Er sprach aber erst mit Josephine über Sie. Josephine benachrichtigte mich und bat mich einzugreifen ...»
«Madame», sagte Thomas mit einer Verneigung, «darf ich Ihnen noch etwas Champagner nachgießen?»
«Lieven, ich muß zurück nach Casablanca. Josephine folgt mir in den nächsten Wochen. Wir haben gewisse Befehle von London erhalten. Siméon bleibt dann allein hier zurück. Was halten Sie von Siméon?» Artig antwortete Thomas: «Da müßte ich lügen.» Débras seufzte: «Siméon ist ein herzensguter Mensch. Ein glühender Patriot.»
«Ein heroischer Soldat!» assistierte Thomas.
«Ein mutiger Draufgänger!» assistierte Josephine.
«Ja, ja, ja», sagte Débras, «aber etwas fehlt ihm eben leider. Wir wissen alle, was ihm fehlt, ich brauche es nicht auszusprechen.»
Thomas nickte bedauernd.
«Mut beweist man nicht mit der Faust allein», sagte Josephine. «Man braucht auch den Kopf dazu. Sie, Herr Lieven, und Oberst Siméon, oder der Kopf und die Faust: das wäre ein Team!»
«Allein wird er seiner Aufgabe niemals gewachsen sein», sagte Débras.
«Welcher Aufgabe?»
Débras biß sich auf die Lippen. «Die Lage ist ernst, Lieven. Ich will meine Landsleute nicht besser machen, als sie sind. Es gibt auch bei uns Schweine.»
«Schweine gibt's überall», sagte Thomas.
«Unsere französischen Schweine – im besetzten und unbesetzten Gebiet – arbeiten mit den Nazis zusammen. Sie verraten unsere Leute. Sie verkaufen ihr Land. Französische Schweine im Sold der Gestapo. Ich sagte Gestapo, Herr Lieven ...»

«Hab's gehört», sagte Thomas.
«Sie sind Deutscher. Sie können mit Deutschen umgehen. Und Sie können auch jederzeit den geborenen Franzosen spielen.»
«O Gott, geht es also schon wieder los –!»
«Diese Menschen verraten ihr Land nicht nur, sie rauben es auch aus», sagte Débras. «Sehen Sie, vor wenigen Tagen erst sind zum Beispiel zwei Männer aus Paris heruntergekommen – Gold- und Devisenaufkäufer.»
«Franzosen?»
«Franzosen, die im Auftrag der Gestapo arbeiten!»
«Wie heißen sie?»
«Jacques Bergier heißt der eine Verräter, Paul de Lesseps der andere.»
Thomas Lieven schaute lange nachdenklich vor sich hin ... Dann sagte er: «Gut, Débras, ich werde Ihnen helfen, Ihre beiden Verräter zu finden. Versprechen Sie aber, daß Sie mich danach laufenlassen?»
«Wo wollen Sie hin?»
«Das wissen Sie doch. Nach Südamerika. Dort wartet ein Freund auf mich, der Bankier Lindner. Ich habe kein Geld mehr, aber er hat genug ...»
«Herr Lieven ...»
«... er hat eine Million Dollar. Wenn ich von Ihnen einen neuen Paß bekomme, bekomme ich auf seine Gutsage auch ein Visum ...»
«Herr Lieven, so hören Sie ...»
«... und wenn ich das Visum habe, bekomme ich auch ein Schiff ...»
Thomas brach ab. «Was haben Sie?»
«Es tut mir leid, Herr Lieven, es tut mir wirklich leid, aber ich fürchte, Sie werden Ihren Freund Lindner nicht wiedersehen.»
«Was soll das heißen? Erzählen Sie mir alles, verschweigen Sie mir nichts. Ich komme mir schon langsam vor wie der selige Hiob. Was ist mit meinem Freund Lindner?»
«Er ist tot», sagte Débras.
«Tot?» wiederholte Thomas. Sein Gesicht wechselte die Farbe und wurde grau. Walter Lindner tot. Meine letzte Hoffnung. Mein letzter Freund. Meine letzte Chance, diesen Kontinent des Wahnsinns zu verlassen ...
«Sie saßen im Gefängnis, Sie können es nicht wissen», sagte Débras. «Lindners Schiff lief am 3. November 1940 im Gebiet vor den Bermudas auf eine Treibmine. Es sank innerhalb von zwanzig

Minuten. Es gab nur ein paar Überlebende. Lindner und seine Frau waren nicht darunter ...»
Thomas Lieven saß zusammengesunken da. Er drehte sein Sektglas hin und her.
«Wenn Sie das Schiff erreicht hätten, wären Sie vermutlich jetzt auch tot», meinte Débras.
«Ja», sagte Thomas Lieven, «das ist allerdings ein ungemein tröstlicher Gedanke.»

18

In den ersten Morgenstunden des 26. November 1940 kehrte ein stiller, in sich gekehrter Thomas Lieven aus dem «Hôtel de Noailles» in das «Alte Viertel» von Marseille und daselbst in eine Wohnung im zweiten Stock des Hauses in der Rue Chevalier à la Rose zurück. Er hatte in Gesellschaft von Josephine Baker und Oberst Débras noch viel getrunken und viel besprochen, was in nächster Zukunft geschehen sollte.
Einige Sekunden lang war er der Versuchung nahe, die in ihrem zerwühlten Bett schlafende Chantal mit einer Tracht Prügel zu wecken. Dann aber beschloß er, zunächst ein heißes Bad zu nehmen. In diesem fand ihn – seines Gesanges wegen – schließlich seine schöne Freundin.
Indessen Chantal schrubbte und rieb, erzählte er ihr ein wenig von seiner wundersamen Rettung – nicht sehr viel, nur das Nötigste, denn er hatte nun eben nicht mehr unbeschränktes Vertrauen zu ihr.
Abschließend sagte er: «Sie haben mich laufenlassen, weil sie mich brauchen. Ich soll ein Ding für sie drehen. Und für das Ding brauche ich wiederum dich. Auf dieser Basis, denke ich, könnte eine Versöhnung zwischen uns zustande kommen.»
Chantals eben noch demütige Augen begannen zu leuchten: «Du kannst mir vergeben?»
«Ich muß wohl, weil ich dich brauche –.»
«Es ist mir egal, ob du mußt, wenn du es nur tust», flüsterte sie und küßte ihn. «Ich tue auch alles für dich. Was willst du haben?»
«Ein paar Barren Gold.»
«B ... B ... Gold? Wieviel?»
«Na, so vielleicht im Wert von fünf oder zehn Millionen Francs.»
«Echte Barren?»
«Solche mit Bleikernen natürlich.»
«Wenn's weiter nichts ist.»

«Du ausgekochtes Stück», sagte er. «Du elendes Luder, durch dich bin ich wieder in diese Geschichte reingekommen. Schrubb nicht so fest!»
Sie schrubbte noch fester. Sie rief: «Ach, ich bin ja so froh, daß sie dich nicht umgelegt haben, mein Süßer!»
«Du sollst mit dem Schrubben aufhören!»
Sie lachte kehlig und fing an, ihn zu kitzeln.
«Hör auf, oder ich zieh' dir die Hosen stramm!»
«Das wird dir schwerfallen, ich habe keine an!»
«Na warte!» Er packte sie, sie kreischte auf, Wasser spritzte hoch, und dann lag sie auf ihm, im warmen, seifigen Wasser der Wanne, und schrie und kreischte und lachte und spuckte und wurde still in seinen Armen.
Plötzlich mußte er an den armen Lazarus Alcoba denken, an den armen Walter Lindner und seine Frau, an die Passagiere des gesunkenen Schiffes, an die Matrosen, an die armen Soldaten in den Schützengräben, an alle armen Menschen überhaupt. Wie kurz sie lebten. Wie schwer sie es hatten. Wie böse ihr Ende war. Und wie wenig Glück es gab auf dieser Welt.

## 19

Am Mittwoch, dem 4. Dezember 1940, trafen sich in einem Extrazimmer des «Hôtel Bristol» an der Cannebière drei Herren zu einem vegetarischen Mittagessen, welches einer von ihnen mit der Umsicht des gewiegten Feinschmeckers zusammengestellt und bei seiner Entstehung in der Hotelküche sorgsam überwacht hatte.
Die drei Herren hießen: Jacques Bergier, Paul de Lesseps und Pierre Hunebelle.
Paul de Lesseps war ein verschlossener, hagerer Typ mit scharfen Gesichtszügen, etwa 37 Jahre alt.
Jacques Bergier war älter, rosiger, dicker, etwas zu elegant gekleidet, mit gezierten Bewegungen, hoher Stimme und kleinen, trippelnden Schritten. Er trug eine dunkelrote Samtweste zu seinem dunkelblauen Anzug und war ein bißchen aufdringlich parfümiert.
Pierre Hunebelle schließlich, der Herr, der sich um das Mittagsmahl gekümmert hatte, sah aus wie unserem Helden Thomas Lieven aus dem Gesicht geschnitten – und das ist kein Wunder, denn um Thomas Lieven handelte es sich auch, er hieß nur jetzt Hunebelle und nicht mehr Leblanc. Dem geneigten Leser wird einleuch-

ten, weshalb. Thomas hatte einen neuen falschen Paß des französischen Geheimdienstes in der Tasche ...
Es war das erste Zusammentreffen der Herren Bergier und de Lesseps mit Monsieur Hunebelle, und besonders Bergier betrachtete den reizenden jungen Mann mit steigendem Wohlgefallen. Seine sentimentalen Mädchenaugen ruhten ohne Unterlaß auf ihm. Thomas hatte die beiden zu diesem Essen eingeladen, nachdem er sich bei Rechtsanwalt Bergier als Geschäftspartner angemeldet hatte.
«Vielleicht reden wir bei einem guten Essen darüber», war sein Vorschlag gewesen.
«Mit Freuden, Monsieur Hunebelle – aber bitte unter keinen Umständen Fleisch», hatte der ästhetische Bergier mit hoher Stimme geantwortet.
«Sie sind Vegetarier?»
«Hundertprozentig. Ich rauche auch nicht. Und ich trinke nicht.»
Und viel mit Damen scheinst du dich auch nicht abzugeben, mein Kleiner, hatte Thomas gedacht. Nur für die Gestapo mußt du arbeiten, du saubere Seele ...
Über der Vorspeise – Sellerie auf Genfer Art – kamen die Herren miteinander ins Gespräch. Bergier, der Gepflegte, sagte: «Wundervoll, Monsieur Hunebelle, einfach wundervoll. Die Scheiben zerschmelzen auf der Zunge.»
«So muß es auch sein», antwortete Thomas ernst. «Man nehme stets schöne, aber nicht zu große Sellerieknollen.»
«Nicht zu große, aha», sagte Bergier und verzehrte Thomas mit den Augen.
«Man wasche und bürste sie gut und koche sie sodann in Salzwasser weich – aber nicht zu weich.»
«Aber nicht zu weich», echote der Rechtsanwalt, dessen Parfüm Thomas in die Nase stieg. «Sie müssen mir das Rezept aufschreiben, Monsieur.» Er trug vier Ringe mit bunten Steinen an den wohlmanikürten Fingern, und immer schwermütiger ruhte sein Blick auf Thomas Lieven.
Das ist ein klarer Fall, überlegte unser Freund indessen, mit dem werde ich leichtes Spiel haben. Mehr aufpassen muß ich auf Lesseps.
Lesseps fragte denn auch übergangslos: «Und womit können wir Ihnen dienen, Monsieur?»
«Meine Herren, Marseille ist eine kleine Stadt. Es hat sich herumgesprochen, daß Sie aus Paris heruntergekommen sind, um hier gewisse Geschäfte abzuschließen.»

Menu · 4. Dezember 1940

*Sellerie auf Genfer Art*
*Pilzschnitzel*
*Poire Belle Hélène*

---

## Ein seltsames Schnitzel bringt viele Millionen Francs ...

Sellerie auf Genfer Art: Man nehme mittlere Sellerieknollen, wasche und bürste sie kräftig und koche sie dann in Salzwasser nicht zu weich. Man schäle sie und schneide sie in dünne Scheiben. Man gebe in eine tiefe Porzellanschüssel etwas frische Butter, darauf eine Lage Sellerieschelben, die man mit geriebenem Emmentaler und Butterflöckchen bestreut, darauf wieder Sellerie und so fort. Man gebe obenauf wieder Käse und Butter, bedecke die Schüssel dann mit einem Deckel und stelle sie auf einen mit leise kochendem Wasser gefüllten Topf, auf dem die Speise mindestens eine Stunde gut durchziehen muß. Man bringe sie in derselben Schüssel zu Tisch, ohne sie umzurühren.

Pilzschnitzel: Man nehme ein Pfund frische Pfifferlinge, putze sie gut, vierteile sie. Man würfle zwei große Zwiebeln und hacke reichlich Petersilie fein. dünste Zwiebeln, Petersilie und Pilze in Butter in einer Pfanne, bis die Pilze zu braten beginnen wollen. Nun füge man zwei eingeweichte, sehr gut ausgedrückte Semmeln ohne Rinde hinzu und lasse sie kurz mitschmoren. Man drehe dann die ganze Masse fein durch einen Wolf, lasse zum Schluß eine trockene Kartoffel durchlaufen. – Man verrühre die Masse sehr gründlich, füge, wenn sie genügend abgekühlt ist, ein Ei hinzu. Man gebe etwas Semmelbrösel nur dann hinein, falls sie zu weich geworden sein sollte. – Man würze sehr pikant mit etwas Sardellenpaste und ein paar Tropfen Sojawürze oder einem der anderen Extrakte, die nicht aus Fleisch, sondern aus Hefe hergestellt werden. Man salze und pfeffere erst zum Schluß. – Man forme aus der Masse nicht zu flache Schnitzel, wälze sie nacheinander in Mehl, zerklopftem Ei und Semmelbrösel, brate sie in Butter schön goldbraun. – Man verziere sie mit Zitronenscheiben, die man mit einigen Kapern belegt.

Poire Belle Hélène: Man nehme nicht zu kleine Eisbecher oder Kompottschalen, gebe eine Kugel Vanille-Eis hinein, die man mit einer oder zwei Hälften von eingemachten Birnen zudeckt. Man ziehe eine dicke, sehr heiße Schokoladen-Sauce darüber und serviere sofort. – Zur Zubereitung der Schokoladen-Sauce nehme man 100 g feiner, bitterer Schokolade und lasse sie mit etwas Wasser in einem Topf, den man in einen größeren Topf mit kochendem Wasser gestellt hat, zerschmelzen. Man soll sie keinesfalls reiben oder raffeln. Man gebe so viel Milch oder Sahne zu dem Schokoladenbrei, bis eine dickliche Sauce entsteht.

---

In diesem Moment brachte ein alter Kellner das Hauptgericht, und Thomas sprach nicht weiter. Auf die Platten blickend, rief der Anwalt wehleidig: «Aber ich habe doch ausdrücklich gebeten: kein Fleisch!»
Lesseps schnitt ihm das Wort ab: «Was für Geschäfte, Monsieur Hunebelle?»

«Nun – hm, Devisen und Gold. Man sagt, Sie interessieren sich dafür.»
Lesseps und Bergier sahen sich an. Es blieb eine ganze Weile still im Extrazimmer. Zuletzt äußerte Lesseps – 1947 wurde er wegen Kollaboration von der französischen Regierung angeklagt und verurteilt – mit kaltem Ton: «Sagt man, wie?»
«Sagt man, ja. Nehmen Sie Sojawürze, Monsieur Bergier?»
«Mein Freund», antwortete der Anwalt und blickte Thomas tief in die Augen, «ich bin gerührt. Was ich für Fleisch hielt, ist tatsächlich kein Fleisch und schmeckt doch *formidable*. Um was handelt es sich eigentlich?»
Ärgerlich sagte Lesseps: «Monsieur Hunebelle, Sie sprechen von Geld und Devisen. Und wenn wir uns wirklich dafür interessieren würden?»
Zu Bergier gewandt, sagte Thomas: «Es handelt sich um ein Pilzschnitzel. Delikat, nicht wahr?» Und zu Lesseps: «Ich hätte Gold zu verkaufen.»
«Sie haben Gold?» fragte Lesseps gedehnt.
«Jawohl.»
«Woher?»
«Das ist doch wohl nicht interessant», meinte Thomas hochmütig. «Ich interessiere mich ja auch nicht dafür, in wessen Namen Sie es kaufen wollen.»
Lesseps sah ihn mit Haifischaugen an: «Wieviel Gold können Sie uns geben?»
«Das kommt darauf an, wieviel Sie haben wollen.»
«Ich glaube kaum», meinte Lesseps, «daß Sie so viel haben.»
Plötzlich gab der seidenweiche Anwalt kichernd bekannt: «Wir kaufen nämlich bis zu zweihundert Millionen ein!» Donnerwetter, dachte Thomas Lieven, da fängt ja ein Riesending an!

20

Donnerwetter, dachte auch der alte Kellner, der jenseits der Extrazimmertür lauschte, da fängt ja ein Riesending an! Mit der Zunge schnalzend, schritt er in die kleine Bar des Hotels, die zu dieser Stunde fast leer war. An der Theke saß ein vierschrötiger Mann mit Bürstenhaar und trank Pernod.
«He, Bastian», sagte der Kellner zu ihm.
Der Mann sah auf. Er hatte kleine Augen wie ein Elefant und große Hände wie ein Möbelpacker. «Worüber reden sie?» fragte er.

Der Kellner erzählte ihm, worüber die Herren im Extrazimmer redeten. Der Mann, der Bastian Fabre hieß, pfiff durch die Zähne. «Zweihundert Millionen! Allmächtiger Vater!» Er drückte dem Kellner Geld in die Hand. «Hör weiter zu. Merk dir jedes Wort. Ich komme zurück.»

«Ist gut, Bastian», sagte der alte Kellner.

Bastian – er trug eine Lederjacke, eine Baskenmütze und graue Hosen – verließ die Bar, schwang sich auf ein altes Fahrrad und radelte am «Alten Hafen» entlang zum Quai des Belges hinauf. Hier standen die beiden berühmtesten Cafés der Stadt, das «Cintra» und das «Le Brûleur de Loup». In beiden wurden illegale Transaktionen aller Art beschlossen. Das «Cintra» war moderner und hatte die bessere Kundschaft: reiche griechische Händler, Türken, Holländer und Ägypter.

Bastian begab sich in das altmodischere, kleinere «Le Brûleur de Loup». Hier, in dem dunkel getäfelten Raum, dessen große Spiegel matt und beschlagen das graue Licht der Straße reflektierten, saßen fast nur Einheimische. Zu dieser Mittagsstunde tranken die meisten ihren «Pastis», einen süßen Apéritif, der 1939 noch zwei Francs gekostet hatte und jetzt zehn – eine Quelle ständiger Erbitterung für alle Patrioten.

Weinhändler, Fälscher, Schmuggler, Emigranten und Schieber saßen im «Brûleur de Loup». Bastian kannte viele von ihnen; er grüßte und wurde gegrüßt. Am Ende des Lokals gab es eine Tür, an deren Klinke eine Tafel mit der Aufschrift hing: GESCHLOSSENE GESELLSCHAFT. Der Riese klopfte viermal lang, zweimal kurz. Daraufhin wurde die Tür geöffnet, und Bastian trat in den Raum. Hier brannte elektrisches Licht, denn es gab kein Fenster. Zum Schneiden dick hingen Tabakschwaden in der Luft. Um einen langen Tisch saßen fünfzehn Männer und eine einzige Frau. Die Männer sahen verwegen aus, bärtig zum Teil, zum Teil mit eingeschlagenen Nasen und Narben. Es gab Afrikaner, Armenier und Korsen unter ihnen.

Die Frau saß an der Spitze des Tisches. Sie trug eine rote Kappe, unter der blauschwarzes Haar hervorquoll. Sie hatte lange Hosen an und eine Jacke aus Rohleder. Einem neutralen Betrachter der seltsamen Tafelrunde wurde auf den ersten Blick klar, daß Chantal Tessier die Herrin, die absolute Herrin dieser Ganovenbande war, eine einsame Wölfin, eine Königin ohne Gnade.

«Warum kommst du erst jetzt?» schnauzte sie sofort Bastian an. der sie mit bettelnden Augen betrachtete. «Wir warten seit einer halben Stunde auf dich!»

«Die drei haben sich Zeit gelassen ... Der Anwalt kam zu spät ...»
Mit scharfer Stimme unterbrach ihn Chantal. «Willst du dir nicht endlich mal 'ne andere Kappe anschaffen? Zum Kotzen ist das mit euch! Muß denn jeder sehen, daß ihr aus dem Keller kommt?»
«Entschuldige, Chantal», sagte Bastian gutmütig und verbarg verlegen seine speckige Kappe. Dann berichtete er, was er vom Kellner des «Hôtel Bristol» gehört hatte. Als er die zweihundert Millionen erwähnte, brandete eine Welle der Erregung durch den Raum. Ein paar Herren pfiffen, einer schlug auf den Tisch, alle sprachen durcheinander.
Die eisige Stimme Chantals übertönte sie alle: «Wollen die Herren vielleicht gütigst ihre Fressen halten!»
Es wurde still.
«Hier redet nur, wer gefragt ist, verstanden?» Chantal lehnte sich zurück. Sie befahl: «Zigarette.» Zwei Ganoven beeilten sich, sie zu bedienen.
Chantal stieß eine Rauchwolke aus. «Jetzt hört mal alle genau zu. Jetzt will ich euch erklären, was zu tun ist.»
Chantal Tessier, Bandenchefin und Liebhaberin von Rohleder, erklärte es. Und alle hörten ihr genau zu ...

21

Man schrieb Donnerstag, den 5. Dezember 1940. Es war schon sehr kalt in Marseille. Zwei Herren standen in einem Haushaltwarengeschäft in der Rue de Rome.
Der eine Herr sagte: «Ich möchte vier Kuchen-Kastenformen.»
«Und Sie?» fragte die Verkäuferin den anderen Herrn.
Der andere Herr sagte: «Ich möchte drei Kuchen-Kastenformen, schönes Kind, wenn's recht ist.»
Der eine Herr, ein muskulöser Riese mit rötlichem Bürstenhaar, nannte sich Bastian Fabre und hieß auch so.
Der andere Herr war elegant gekleidet und gut erzogen. Er nannte sich gerade Pierre Hunebelle, aber er hieß nicht so. Er hatte sich bis vor kurzem Jean Leblanc genannt und hieß in Wahrheit Thomas Lieven.
Die beiden Herren erwarben zu einem kriegsbedingt überhöhten Preis sieben Eisenblechformen. Die Absicht, Kuchen darin zu backen, schien ihnen jedoch fernzuliegen. Anschließend kauften sie nämlich nicht etwa Butter, Zucker, Safran und Mehl, sondern gemeinsam bei einem Trödler in der kurzen Rue Mazagran neun

Kilogramm Blei, eine große Tafel feuerfeste Schamotte sowie eine handliche Stahlflasche voll Propangas.
Danach wandten sie ihre Schritte dem «Alten Viertel» zu. Sie sprachen kaum miteinander, denn sie hatten sich eben kennengelernt.
Thomas Lieven dachte: Jetzt gehe ich also mit diesem Orang-Utan falsche Goldbarren herstellen; ein ungeheuerlicher Gedanke –! Das Allerschlimmste aber: ich bin richtig neugierig, wie man so etwas fachmännisch macht!
Was Thomas nicht begriff, war Chantals Betragen. Als er ihr nämlich von den beiden Aufklärern erzählt hatte, da meinte sie zunächst: «Na prima, prima, Süßer. Meine Organisation steht dir zur Verfügung. Fünfzehn erstklassige Spezialisten. Wir legen die beiden Gestapo-Schweine rein *und* deinen Oberst Siméon und verscheuern die Listen an den, der am meisten bezahlt!»
«Nein, nicht den Oberst. Ich habe versprochen, ihm zu helfen.»
«Du hast ja einen Vogel! Deutscher Idealismus, was? Zum Heulen. Bitte, dann dreh dir das Ding aber auch alleine! Stell dir selber dein Gold her, Mensch; von meinen Leuten hilft dir keiner!»
Tja, so war die Lage vor drei Tagen gewesen. Mittlerweile schien Chantal sich jedoch alles grundsätzlich anders überlegt zu haben. Sie war so zärtlich und leidenschaftlich wie noch nie. In einer der wenigen stillen Minuten der vergangenen Nacht hatte sie in Thomas Lievens Armen zugegeben: «Du hast ganz recht, du mußt dein Versprechen halten ...» Kuß. «Ach, ich liebe dich ja noch viel mehr für deine Anständigkeit ...» Zwei Küsse. «Du kannst auch Bastian haben ... Du kannst alle meine Leute haben ...»
An der Seite des riesigen Bastian Fabre, der einen Handkarren mit den gekauften Utensilien schob, ging Thomas nun durch die winkeligen, schmutzigen Gassen des «Alten Viertels» und dachte: Kann ich Chantal, diesem Biest, trauen? Hat sie mich nicht schon einmal belogen und betrogen? Sie hat etwas vor. Aber was?
Darauf hätte Bastian Fabre erschöpfend antworten können. An der Seite des schlanken, eleganten Thomas Lieven den Karren durch die winkeligen, schmutzigen Gassen des «Alten Viertels» schiebend, überlegte Bastian: Gefällt mir gar nicht, der junge Herr. Wohnt bei Chantal. Völlig klar, was da los ist. Haben schon manche Herren bei Chantal gewohnt. Aber bei diesem Pierre Hunebelle, da muß es tiefer sitzen. Bei dem geht die Chefin mehr aus sich heraus als je. Verdammt noch mal!
Bastian erinnerte sich der Worte, die Chantal auf der Betriebsver-

sammlung ihrer Bande im Café «Le Brûleur de Loup» über den jungen Herrn verloren hatte: «Genialer Kopf. Keiner von euch Hornochsen kann ihm das Wasser reichen.»
«Na, na», hatte Bastian zu bemerken gewagt.
Wie eine Rakete war Chantal auf ihn losgeschossen: *«Ta gueule!* Du wirst von heute an alles tun, was er dir aufträgt!»
«Also, Moment mal, Chantal ...»
«Maul halten! Das ist eine *Order*, verstanden? Du wirst mit ihm zu Boule gehen und die falschen Goldbarren herstellen! Und ihr andern, ihr werdet sofort einen ständigen Überwachungsdienst einrichten. Ich muß wissen, was er macht, bei Tag und bei Nacht!»
«Bei Nacht solltest du es doch am besten wissen.»
«Noch ein Wort, und ich klebe dir eine! Das ist meine Liebe, kapiert? Der Junge ist nur zu anständig. Wenn er jetzt mit den beiden Gestapo-Schweinen verhandelt, müssen *wir* für ihn denken. Er weiß nicht, was für ihn gut ist ...»
Also hatte Chantal gesprochen.
Neben Thomas durch das «Alte Viertel» trottend, dachte Bastian ergrimmt: Ich habe das Gefühl, der Junge weiß ganz *genau*, was für ihn gut ist.
Also dachte Bastian. Aber er sagte nicht, was er dachte. Sondern er sagte: «Wir sind da.» Und blieb stehen vor dem Haus 14 in der Rue d'Aubagne. Rechts vom Eingang gab es eine alte, abgesplitterte Emailtafel mit der Inschrift:

DR. RENÉ BOULE
ZAHNARZT
9-12 und 15-18 Uhr

Sie betraten das Haus und klingelten an einer Tür. Die Tür ging auf.
«Da seid ihr ja endlich», sagte Dr. René Boule. Er war der kleinste Mann, den Thomas Lieven in seinem Leben gesehen hatte, und der zierlichste. Er trug einen weißen Mantel und einen goldgefaßten Zwicker und ein funkelndes, einmalig schönes falsches Gebiß. «Kommt rein, Jungs.» Der Doktor hängte eine Tafel an den Türknauf, darauf stand:

HEUTE KEINE SPRECHSTUNDE!

Dann schloß er die Tür und ging durch einen Ordinationsraum mit Drehsessel und blitzenden Geräten voraus in ein Laborato-

rium, das neben einer kleinen Küche lag. Daselbst machte Bastian die Herren flüchtig miteinander bekannt. Er erklärte Thomas: «Der Doktor arbeitet ständig für uns. Steht bei der Chefin im Exklusiv-Vertrag.»
«Ja, aber nur für falsches Gold. Wenn ihr Brüder was mit den Zähnen habt, geht ihr woanders hin», brummte der Kleine und betrachtete Thomas. «Komisch, daß wir uns noch nie gesehen haben. Sie sind neu bei der Bande?»
Thomas nickte.
«Kommt gerade aus dem Knast», erläuterte Bastian gemütvoll. «Die Chefin hat 'n Affen an ihm gefressen. Die Arbeit geht auf ihre private Rechnung.»
«In Ordnung. Habt ihr die Formen mitgebracht? Fein, fein. Kann ich gleich sieben Barren auf einmal machen und brauche nicht jedesmal zu warten, bis der Dreck auskühlt.» Dr. Boule packte die Kuchenformen aus und stellte sie nebeneinander. «Die Länge stimmt», meinte er. «Ihr wollt doch Kilo-Barren, wie? Dachte ich mir.» Er wandte sich an Thomas. «Wenn es Sie interessiert, können Sie zusehen, junger Mann. Man weiß nie, wozu man so etwas noch braucht.»
«Da haben Sie recht», sagte Thomas und hob, sich selber anklagend, die Augen zum Himmel.
Bastian brummte: «Ich habe das schon hundertmal gesehen, ich werde mal gehen und uns was zu fressen holen.»
«Aber bitte etwas Kräftiges», sagte der Zahnarzt, «die Schmelzerei strengt an.»
«Zahlt alles die Chefin. Was soll's denn sein?»
Der kleine Mann schmatzte: «Henri unten im Haus hat ein paar schicke Enten vom Land reinbekommen, die verschiebt er schwarz, bevor der Kerl von der ‹Contrôle économique› sie erwischt. Süße, kleine Enten. Wenig Fett und zarte Knochen. Wiegt eine höchstens drei Pfund.»
«Na, dann will ich mal gehen und uns zwei unter den Nagel reißen», meinte Bastian und verschwand.
Dr. René Boule sprach: «Die Schwierigkeit bei der Herstellung von falschen Goldbarren liegt darin, daß Gold und Blei sehr verschiedene Schmelzpunkte und sehr verschiedene spezifische Gewichte haben. Blei schmilzt schon bei 327 Grad Celsius, Gold erst bei 1063 Grad. Eine so hohe Temperatur würden die Kuchenformen nicht aushalten. Wir müssen sie daher mit Schamotte auslegen.»
Der kleine Mann maß die Formen genau aus, dann zeichnete er

Böden und Seitenwände der Kuchenwannen auf die Schamotteplatte, raspelte die Linien mit einer Feile an und brach die Stücke mühelos heraus. Während er arbeitete, dozierte er: «Nun werden wir uns aus Gips ziegelsteinähnliche Formen herstellen, die gerade so groß sind, daß sie in die mit Schamotte ausgekleideten Kuchenformen passen und dabei an allen Seiten noch drei Millimeter Zwischenraum lassen. Auf der Grundfläche werden wir, solange der Gips noch weich ist, vier Füßchen anbringen, indem wir Streichhölzer in die Masse drücken. Die Hölzchen stehen dann auf der unteren Schamottefläche auf, so daß auch hier Gips von der Schamotte drei Millimeter entfernt bleibt ... Wollen Sie sich nicht Notizen machen?»

«Ich habe ein gutes Gedächtnis.»

«So? Na schön ... Wenn die Gipsziegel in der Schamotte-Auslegung ruhen, können wir darangehen, Gold in einem Tiegel zu schmelzen.»

«Wie erreichen Sie die hohe Temperatur?»

«Mit Hilfe eines Schneidbrenners und der Propangasflasche, die Sie mitgebracht haben, junger Mann.»

«Und was für Gold verwenden Sie?»

«Zweiundzwanzigkarätiges selbstverständlich.»

«Wo bekommt man das?»

«In jeder Scheideanstalt. Ich sammle Bruchgold, und dann tausche ich das Zeug gegen zweiundzwanzigkarätiges um. Wenn das Gold geschmolzen ist, gießen wir die Räume zwischen Schamotteplatten und Gips damit aus und lassen es auf natürlichem Wege erkalten. Nicht etwa mit Wasser abschrecken. – Sie sollten sich *doch* Notizen machen. – Zuletzt hebe ich den Gipskern heraus und habe nun eine Wanne aus dünnem Goldblech vom Ausmaß eines Ein-Kilo-Goldbarrens. Und diese Form nun fülle ich mit Blei.»

«Moment mal», sagte Thomas, «aber Blei ist doch leichter als Gold.»

«Junger Mann, ein Kilo bleibt ein Kilo dem Gewicht nach. Nur das Volumen ändert sich. Und ich gestatte mir kleine Änderungen des Barrens in der Breite. Das ist bei Barren aus Scheideanstalten nicht weiter auffällig ...»

22

Bastian kam zurück. Er brachte zwei kleine, feste Enten und zwei Pfund Kastanien mit und begab sich in die Küche.

Thomas sah noch eine Weile dem begabten Zahnarzt zu, wie er

die Gipsziegel herstellte. Dann ging er in die Küche, um hier zuzusehen. Dabei erstarrte er vor Widerwillen. Von Goldbarrenfälschung verstand er nichts. Von Enten verstand er eine ganze Menge. Und was hier mit einer Ente geschah, empörte seinen Feinschmeckerstolz. Kopfschüttelnd trat er neben Bastian, der mit aufgekrempelten Ärmeln beim Fenster arbeitete. Er hatte ein Tier ausgenommen und rieb die Fleischteile nun innen und außen mit Salz ein.

«Was soll denn das?» fragte Thomas Lieven streng.

«Was heißt, was soll denn das?» knurrte Bastian gereizt. «Ich mache eine Ente. Paßt Ihnen was nicht?»

«Barbar.»

«Was haben Sie gesagt?» Der Riese schluckte.

«Ich habe Barbar gesagt. Ich nehme an, Sie wollen Ente vom Rost machen.»

«Allerdings!»

«Das eben nenne ich barbarisch.»

«Sieh mal an!» Bastian stemmte die Fäuste in die Hüften, vergaß Chantals Ermahnungen, lief vor Wut rot an und brüllte: «Was verstehen Sie denn vom Kochen, Sie kleiner Klugscheißer?»

«Ein wenig», antwortete Thomas fein. «Jedenfalls so viel, um sagen zu können, daß Sie hier ein Verbrechen begehen.»

«Ich war Schiffskoch. Und ich habe mein Leben lang Enten *nur* am Rost gemacht!»

«Dann haben Sie Ihr Leben lang ein Verbrechen begangen. Von anderen nicht zu reden.»

Im allerletzten Moment fielen Bastian die Ermahnungen Chantals ein. Er nahm sich wahnsinnig zusammen. Er legte beide Pfoten auf den Rücken, um zu verhindern, daß sie sich selbständig machten und etwas Unbedachtes taten. Seine Stimme klang gepreßt: «Und wie, hm, würden *Sie* eine Ente zubereiten, Monsieur Hunebelle?»

«Selbstverständlich nur auf chinesische Art ...»

«Ha!»

«... weil allein die Zubereitung mit Ananas und Gewürzen den feinen Entengeschmack unverfälscht erhält, ja, mehr noch, ihn erst richtig herausarbeitet und unterstreicht!»

«Lächerlich», sagte der Riese. «Vom Rost, das ist das einzig Senkrechte!»

«Weil Sie eben keine Eßkultur kennen», sagte Thomas. «Gentlemen bevorzugen chinesisch.»

«Hören Sie mal, Sie feiner Pinkel, wenn Sie damit sagen wol-

len ...», begann Bastian und wurde von dem kleinen Zahnarzt unterbrochen, der ihn am Ärmel zupfte.
«Was ist los, Bastian? Warum streiten? Wir haben doch zwei Enten! Versucht doch beides, Rost und chinesisch! Ich habe noch stundenlang zu tun.»
Bastian knurrte: «Du meinst ein Wettkochen?»
«Meine ich», sagte der Kleine und schmatzte wieder, «ich mache euch den Schiedsrichter!»
Bastian begann plötzlich zu grinsen. Er fragte Thomas: «Sind Sie einverstanden?»
«Selbstverständlich. Ich brauche allerdings gewisse Zutaten. Pilze, Tomaten. Ananas. Reis.»
Der Zahnarzt kicherte: «Gehen Sie runter zu Henri. Henri hat alles.» Er klatschte vergnügt in die Hände. «Jetzt wird's gemütlich! Ich bringe euch was bei! Ihr bringt mir was bei! An die Gewehre, Mitbürger!»

Danach entwickelte sich in Küche und Laboratorium des Dr. René Boule ein geschäftiges Treiben.
Während Bastian *seine* Ente mit Knoblauch abrieb, Kräuter hinzufügte und das Tierchen mit der Brust nach unten auf den Rost des Ofens legte, entbeinte Thomas Lieven das *seine*, zerhackte die Knochen und bereitete aus diesen und dem Entenklein eine kurze, kräftige Brühe. Während er darauf wartete, daß die Brühe kochte, ging er zu dem kleinen Künstler, der im Labor arbeitete, und sah ihm bei *seiner* Tätigkeit zu.
Dr. Boule hatte in sieben Kuchenformen mittlerweile sieben dünne Goldwannen hergestellt. Nun füllte er die erste von ihnen mit flüssigem Blei. Der Zahnarzt sprach: «Das Blei erkalten lassen. Jetzt nur noch eine Seite der Goldverkleidung offen. Man lege eine Schamotteplatte darauf, damit das Blei nicht wieder flüssig wird, wenn es mit dem flüssigen Gold in Berührung kommt. Diese letzte Schamotteplatte ist sehr wichtig. So vermeidet man Verfärbungen der Goldoberfläche, die jeden Fachmann mißtrauisch machen würden.»
Thomas wanderte in die Küche zurück, um nach seinem Süppchen zu sehen, schnitt das Entenfleisch in Stücke und wanderte zurück ins Labor, um nach seinen Barren zu sehen.
Dr. Boule hatte mittlerweile in einem Tiegel wieder Gold flüssig gemacht und goß dieses nun über die Schamotteplatte in die Kuchenform. Er sprach: «Man warte, bis die Schaumkronen verschwunden sind. Das Gold setzt sich von selber. Die Oberfläche

Menu · 5. Dezember 1940

*Ente chinesisch mit gekochtem Reis*
*Ente vom Rost mit gedämpften Maronen*
*Götterspeise*

---

## Thomas Lievens Ente begründet eine sagenhafte Freundschaft

Ente mit Ananas chinesisch: Man bereite eine nicht zu fette Fleischente wie üblich vor und entbeine sie dann. Man koche aus den zerkleinerten Knochen und dem Entenklein eine kräftige, kurze Brühe. – Man schneide das Entenfleisch in Stücke, lasse sie in einer Kasserolle goldbraun anbraten und bestäube sie dann mit Mehl, das man mitrösten läßt, bis es gelb ist. Man gieße mit der Knochenbrühe auf, füge eine enthäutete frische Tomate, einige gehackte Pilze und vier Gramm Glutamat hinzu und lasse alles eine halbe Stunde auf kleiner Flamme schmoren. – Man schneide einige Ananas-Scheiben auf Achtel, mische sie unter das Fleisch und lasse alles noch eine Viertelstunde schmoren. – Man reiche dazu locker und körnig gekochten Reis.

Ente vom Rost: Man bereite eine junge, nicht zu fette Ente in der üblichen Art vor und reibe sie innen und außen mit Salz ein. Man kann sie je nach Geschmack auch innen mit Knoblauch einreiben und verschiedene Kräuter hineinlegen. – Man lege die Ente mit der Brust nach unten auf den Grill im Ofen und gebe etwas Wasser in die darunterstehende Grillpfanne. Man grille bei mittlerer Hitze, bepinsele die Ente häufig mit dem ausgebratenen Fett, das sich in der Pfanne sammelt. – Man rechne als Bratdauer, je nach Größe, eine bis höchstens anderthalb Stunden. Man drehe die Ente in den letzten 20 Minuten mit der Brust nach oben. – Man bepinsele die gut gebräunte Haut der fertig gebratenen Ente mit kaltem Wasser und gebe noch für fünf Minuten gute Hitze, wodurch die Haut noch krosser und mürber wird. – Zum Beigericht «Gedämpfte Maronen»: Man nehme soviel Maronen, wie man andernfalls Salzkartoffeln als Beilage benötigen würde, befreie sie von Schale und Haut und dämpfe sie in Salzwasser weich, achte darauf, daß sie nicht zerbröckeln. Man schwenke sie in Butter und gebe sie zu Tisch.

Götterspeise: Man nehme grobgeriebenes, sehr dunkles Brot – am besten Pumpernickel – belege damit den Boden einer großen Glasschüssel und feuchte mit etwas Kognak oder Kirschwasser an. Man gebe darauf eine Lage von gut abgetropften, eingemachten Sauerkirschen und darüber eine Lage Schlagsahne. Dann folgt wieder Brot und so fort, als letztes eine Lage Schlagsahne. – Man streue geriebene Schokolade darüber und verziere mit Kirschen. Man stelle die Speise kalt und lasse sie noch gut durchziehen.

---

muß einen kleinen erhöhten Rand haben – wie ein Stück Schmierseife. Nun, bevor das Metall erkaltet ist, schnell das Wichtigste: die Punze.»

«Bitte, die was?»

«Die Punze. Der Prägestempel, der die Echtheit und den Goldgehalt ausweist.» Dr. Boule schrie in die Küche. «Was für einen Stempel soll ich nehmen, Bastian?»

«Scheideanstalt von Lyon!» schrie der Riese zurück. Er bepinselte gerade sein Tierchen mit ausgebratenem Fett.
«Na schön», sagte Dr. Boule. «Ich habe nämlich eine ganze Sammlung von Punzen der verschiedensten Scheideanstalten und Banken.» Er zeigte sie Thomas. «Ich habe sie als Negativ in Linoleum geschnitten und die Linoleumstückchen auf Holzklötze geklebt. Nun passen Sie auf!»
Er nahm den entsprechenden Prägestempel und beschmierte das Linoleum mit Olivenöl. Sodann drückte er den Stempel in eine Ecke der noch weichen Goldoberfläche des ersten Barrens. Zischend verbrannte der Ölfilm. Blitzschnell hob Dr. Boule den Stempel wieder ab, bevor das heiße Metall das Linoleum zerstören konnte. Der Augenblick des Aufpressens hatte genügt. Der Barren trug jetzt den Stempel genau so, als wäre er hineingeschlagen worden.
Der Zahnarzt sagte: «Die Unebenheiten, die Asche, die Schwitze – das alles lasse man am Barren. Echte Barren werden auch nicht gereinigt.»
«Und daß der Betrug entdeckt wird?»
«Praktisch ausgeschlossen.» Dr. Boule schüttelte den Kopf. «Der Bleikern ist jetzt auf allen Seiten von einer drei Millimeter dicken Goldschicht umgeben. Der Käufer prüft mit einem Ölstein und mit Salzsäure. Er kratzt mit dem Stein über eine Kante des Barrens und hat danach einen Goldstrich auf seinem Stein. Den betupft er jetzt nacheinander mit verschiedenen Säurekonzentrationen, die den verschiedenen Karatgehalten entsprechen. Wenn der Goldstrich stehenbleibt, handelt es sich um zweiundzwanzigkarätiges Gold. Na, und um solches handelt es sich doch wirklich!»
Plötzlich begann der Zahnarzt zu schnüffeln. «Liebe Himmelsmutter, riecht das gut! Ist das jetzt *Ihre* Ente oder *seine*?»
Das Essen nahmen die Herren eine Stunde später schweigend zu sich. Sie verspeisten zuerst die Ente vom Rost und danach die chinesische Ente. Nebenan kühlten die ersten drei Barren aus. Und still war es, andächtig still in Dr. René Boules kleinem Speisezimmer. Zuletzt wischte Bastian sich den Mund ab und sah den Zahnarzt mit zusammengekniffenen Augen an. «Also, los, René, welche war besser?»
Dr. Boule sah unglücklich von einem der Köche zum andern, von Thomas zu Bastian, von Bastian zu Thomas. Bastians Riesenpfoten öffneten und schlossen sich krampfhaft.
Der kleine Doktor stotterte: «Das kann man unmöglich in drei Worten sagen, lieber Bastian ... Auf der einen Seite ist deine Ente ... aber auf der anderen Seite natürlich ...»

«Ja-ja-ja», sagte Bastian. «Du hast die Hosen voll, daß ich dich verkloppe, was? Dann will ich also den Schiedsrichter spielen. Die chinesische war besser!» Er grinste und schlug Thomas auf den Rücken, daß der sich verschluckte. «Ich glaube, ich bin älter. Ich trage dir das Du-Wort an für deine Ente. Ich heiße Bastian.»
«Sag Pierre zu mir.»
«Ich war ja ein lebenslanger Trottel mit meiner Ente am Rost! Pierre, Junge, daß ich dich nicht früher getroffen habe! Weißt du noch so ein paar Rezepte?»
«Einige, ja», antwortete Thomas bescheiden.
Bastian strahlte. Plötzlich betrachtete er Thomas voller Sympathie und Hochachtung. Seine Verfressenheit hatte einen Sieg über seine Eifersucht davongetragen: «Pierre, weißt du, was ich glaube? Ich glaube, das ist der Beginn von einer prima Freundschaft!»
Bastian glaubte es zu Recht. 1957, in einer Villa an der Cecilien-Allee zu Düsseldorf, sollte diese Freundschaft noch so frisch und stark sein wie an diesem ersten Tag. In den siebzehn Jahren, die dazwischenlagen, sollten viele Mächtige unserer Erde gelernt haben, vor dieser Freundschaft zu zittern ...
«Deine Ente war aber auch nicht übel, Bastian», sagte Thomas. «Wirklich nicht. Ich habe übrigens noch Götterspeise gemacht. Bedient euch. Ich kann nicht mehr. Wenn ich noch einen Bissen esse, falle ich um und bin tot!»

A propos tot ...

Köln, 4. Dezember 1940

VON: ABWEHR KÖLN
AN: CHEF ABWEHR BERLIN
GEHEIM 135892/VC/LU

Aus Lissabon zurückgekehrt, gestatte ich mir ergebenst, Herrn Admiral den Tod des Doppelagenten und Verräters Thomas Lieven, alias Jean Leblanc, zu melden.
Derselbe wurde am 17. November 1940 um 9 Uhr 35 (Ortszeit) im Hof des Hauses Rua do Poco des Negros 16 erschossen.
Lieven trug zur Zeit seiner Ermordung die Kleidung und Maske eines gewissen Lazarus Alcoba, mit dem er im Gefängnis gesessen hatte.
Obwohl die portugiesischen Behörden verständlicherweise alles taten, um den Vorfall zu verschweigen und seine näheren Umstände in Dunkelheit zu hüllen, ist es mir doch gelungen, eindeutig festzustellen, daß Lieven von einem gekauften Berufsverbrecher

auf Anweisung des Britischen Geheimdienstes erschossen wurde. Wie Herr Admiral wissen, hat Lieven auch den Engländern gefälschte Listen mit Namen und Adressen französischer Agenten verkauft.
Ich bedaure, daß es mir nicht möglich war, Lieven befehlsgemäß lebend in unsere Hände zu bekommen. Andererseits bedeutet sein verdientes Ende eine Sorge weniger für unsere Dienstobliegenheiten.

Heil Hitler!
Fritz Loos,
Major und Kommando-Führer.

*2. Kapitel*

1

Am Nachmittag des 6. Dezember 1940 suchten die Herren Hunebelle und Fabre das «Hotel Bristol» und daselbst den rosigen, dicken Rechtsanwalt Jacques Bergier auf, der sie im Salon seines Appartements empfing. Der französische Aufkäufer im Dienste der Gestapo trug einen blauseidenen Morgenmantel, ein Seidentüchelchen in der Brusttasche, und roch nach einem erfrischenden Parfüm.
Er protestierte zuerst gegen die Anwesenheit Bastians: «Was soll das, Monsieur Hunebelle? Ich kenne diesen Herrn nicht! Ich will nur mit Ihnen zu tun haben!»
«Dieser Herr ist mein Freund. Ich führe eine ziemlich kostbare Ware bei mir, Monsieur Bergier. Ich fühle mich sicherer so!»
Der Anwalt gab nach. Gekränkt ruhten seine alten Mädchenaugen auf dem eleganten Thomas. Dann gab der Vegetarier, Nichtraucher und Frauenfeind Bergier bekannt: «Mein Freund de Lesseps ist leider nicht hier, wie unangenehm.»
Wie angenehm, dachte Thomas und fragte: «Wo ist er denn?»
«Nach Bandol gefahren.» Bergier spitzte sein rosiges Mündchen, als wollte er pfeifen. «Er kauft da in der Gegend noch einen sehr großen Posten Gold, verstehen Sie. Und Devisen.»
«Ich verstehe.» Thomas gab Bastian einen Wink, dieser schwang einen kleinen Koffer auf den Tisch und ließ die Schlösser aufschnappen. Sieben Goldbarren lagen darin.
Bergier untersuchte sie genau. Er las die Stempel. «Hm. Hm. Scheideanstalt von Lyon. Sehr schön.»

Thomas gab Bastian heimlich einen zweiten Wink, Bastian sagte: «Könnte ich mir mal die Hände waschen?»
«Das Badezimmer ist da drüben.»
Bastian ging ins Badezimmer, in welchem es eine Unmenge von Flaschen und Tiegeln gab. Ein gepflegter Herr war Monsieur Bergier! Bastian drehte einen Wasserhahn auf, dann trat er geräuschlos auf den Gang, zog den Zimmerschlüssel aus dem Schloß, nahm eine alte Blechschachtel voller Bienenwachs aus der Tasche, drückte den Schlüssel von beiden Seiten in das Wachs, steckte ihn wieder ins Schloß und die Schachtel wieder in die Tasche.
Im Salon war Bergier mittlerweile darangegangen, die Goldbarren zu untersuchen. Er verfuhr dabei genau so, wie der kleine Zahnarzt es vorausgesagt hatte: Er benutzte einen Ölstein und Salzsäure von verschiedener Konzentration.
«In Ordnung», sagte er nach Prüfung der sieben Barren. Dann sah er Thomas träumerisch an. «Was mache ich mit Ihnen?»
«Bitte?» Thomas atmete erleichtert auf, da Bastian gerade in den Salon zurückkam.
«Sehen Sie, ich muß meinen Auftraggebern über jeden einzelnen Kauf natürlich Buch legen. Wir – wir führen Listen über unsere Kunden ...»
Listen! Thomas Lievens Herz schlug schneller. Das waren die Listen, die er suchte! Die Listen mit den Namen und Adressen von Kollaborateuren im unbesetzten Frankreich, von Leuten, die ihr Land an die Gestapo und oft genug noch ihre Landsleute dazu verkauften.
Bergier sprach sehr sanft: «Wir zwingen natürlich niemanden, uns Angaben zu machen ... wie sollten wir auch!» Bergier lachte. «Aber wenn Sie in der Zukunft mit uns Geschäfte machen wollen, wäre es vielleicht doch zweckmäßig, daß ich mir gewisse Notizen ... selbstverständlich absolut vertraulich ...»
Absolut vertraulich vor der Gestapo, dachte Thomas, und er sagte: «Wie Sie wünschen. Ich hoffe, Ihnen noch ein paarmal Ware liefern zu können. Auch Devisen.»
«Entschuldigen Sie mich einen Moment», bat Bergier und verschwand mit weibisch gezierten Bewegungen im Schlafzimmer.
«Hast du den Abdruck?» fragte Thomas.
«Klar.» Bastian nickte. «Sag mal, ist der Kleine etwa ...»
«Du merkst aber auch alles», sagte Thomas.
Bergier kam zurück. Er trug eine Aktentasche mit vier Schlössern, die er umständlich aufsperrte. Dann holte er mehrere Listen hervor, auf denen viele Namen und Adressen standen. Er zückte eine

goldene Füllfeder. Thomas Lieven gab seinen falschen Namen und eine falsche Adresse an. Bergier notierte beides.
«Und nun das Geld», sagte Thomas.
Bergier lachte: «Keine Angst, es kommt schon. Darf ich Sie bitten, mir ins Schlafzimmer zu folgen ...»
Im Schlafzimmer nebenan standen drei riesige Schrankkoffer. Aus einem von ihnen zog der Anwalt eine schmale Schublade. Sie erwies sich bis zum Rand gefüllt mit gebündelten 1000- und 5000-Francs-Scheinen. Es war Thomas klar, daß die Herren Bergier und de Lesseps große Mengen an Bargeld mit sich führen mußten. Ohne Zweifel war auch in den anderen Schubladen der Koffer Geld. Und so beobachtete Thomas höchst gespannt, wo Bergier die Mappe mit den Listen verstaute ...
Für den Barren bezahlte Bergier 360 000 Francs, die im Wert etwa 18 000 Reichsmark entsprachen, für sieben Barren also insgesamt 2 520 000 Francs.
Während er die Geldbündel vor Thomas hinlegte, lächelte Bergier werbend und verheißungsvoll und suchte dessen Blick. Thomas aber zählte die Francs ...
Endlich sagte Bergier: «Wann sehen wir uns wieder, mein Freund?»
Erstaunt fragte Thomas: «Wieso? Fahren Sie nicht nach Paris zurück?»
«O nein, nur Lesseps. Er kommt morgen nachmittag mit dem Expreß um 15 Uhr 30 hier durch.»
«Durch?»
«Ja, er fährt mit der Ware aus Bandol nach Paris. Ich werde ihm Ihr Gold an den Waggon bringen. Aber nachher könnten wir doch zusammen speisen, wie wär's mein Freund?»

2

«15 Uhr 30, Bahnhof St. Charles», sagte Thomas eine Stunde später in der Bibliothek einer großen, alten Wohnung am Boulevard de la Corderie. Die Wohnung gehörte einem Mann namens Jacques Cousteau, der viele Jahre später als Tiefseeforscher und mit seinem Buch und seinem Film «Die schweigende Welt» berühmt werden sollte. Im Jahre 1940 war dieser ehemalige Major der Marine-Artillerie ein wichtiger Mann des eben wieder entstehenden französischen Geheimdienstes: ein junger, energiegeladener Mensch mit schwarzem Haar und schwarzen Augen, durchtrainiert und sportlich.

Cousteau saß in einem alten Lehnsessel vor einer in satten Farben schimmernden Bücherwand und rauchte eine alte Pfeife, die er – faute de mieux – mit wenig Tabak gefüllt hatte.
Oberst Siméon saß neben ihm. Erbarmungswürdig glänzten die Ellbogen und Knie seines schwarzen Anzugs. Wenn er die Beine übereinanderschlug, sah man, daß er ein Loch in der linken Schuhsohle hatte.
Lächerlicher, armer, erbarmungswürdiger französischer Geheimdienst, dachte Thomas. Ich, ein Außenseiter, zur Agententätigkeit gezwungen, bin momentan reicher als das ganze «Deuxième Bureau»!
Elegant und gepflegt stand er da, dieser Thomas Lieven, und neben ihm stand das Köfferchen, in dem die Goldbarren zu Monsieur Bergier gebracht worden waren. Jetzt lagen 2 520 000 Francs in dem Köfferchen ...
Thomas Lieven sagte: «Sie müssen sehr aufpassen, wenn der Expreß einläuft. Ich habe nachgesehen: Er hält nur acht Minuten.»
«Wir werden aufpassen», sagte Cousteau. «Keine Sorge, Monsieur Hunebelle.»
Siméon zupfte an seinem Menjou-Bärtchen und erkundigte sich mit hungrigen Augen: «Und Sie glauben, daß de Lesseps viel Ware bei sich hat?»
«Nach Bergiers Berichten eine Riesenmenge an Gold, Devisen und sonstigen Werten. Er hat tagelang im Süden eingekauft. Er *muß* viel bei sich haben, sonst würde er nicht nach Paris fahren. Bergier wird ihm meine sieben Barren übergeben. Ich glaube, es ist das beste, wenn Sie die beiden in dem Augenblick verhaften lassen ...»
«Alles schon vorbereitet. Wir haben Freunden bei der Polizei einen Wink gegeben», sagte Cousteau.
Siméon fragte Thomas: «Aber wie kommen Sie an die Listen heran?»
Lächelnd antwortete Thomas: «Zerbrechen Sie sich nicht Ihren Kopf, Siméon. – Sie könnten mir übrigens helfen. Ich brauche drei Hausdiener in Uniformen des ‹Hôtel Bristol›.»
Siméon sperrte Mund und Augen auf. Man sah, daß er angestrengt nachdachte. Bevor ihm aber etwas einfiel, sagte Cousteau: «Das wird sich machen lassen. Das Bristol läßt in der Großwäscherei Salomon arbeiten. Auch die Uniformen reinigen. Der zweite Direktor in der Wäscherei ist ein Mann von uns.»
«Na fein», sagte Thomas.

Er sah den mageren Siméon mit der durchlöcherten Schuhsohle und dem abgestoßenen Anzug an. Er sah Cousteau an, der sparsam an der abgekauten Pfeife sog und nur wenig Tabak im Beutel hatte. Er sah sein Köfferchen an. Und dann beging unser Freund eine rührende Handlung, die zeigte, daß er noch immer nicht gelernt hatte, nach den herzlosen Spielregeln einer herzlosen Welt zu leben, in die ein grausames Geschick ihn gestürzt hatte ...

3

Als Thomas Lieven eine halbe Stunde später das Haus am Boulevard de la Corderie verließ, sah er, saß sich aus einer Mauernische ein Schatten löste und ihm durch die diesige Dunkelheit folgte. Thomas bog um eine Straßenecke und blieb jäh stehen. Der Mann, der ihm folgte, rannte prompt in ihn hinein.
«Oh, pardon», sagte er höflich und zog einen alten, speckigen Hut. Thomas erkannte ihn. Es war einer von Chantals Leuten. Er murmelte etwas Unverständliches und schlurfte davon.
In ihrer Wohnung in der Rue Chevalier à la Rose überfiel Thomas Lievens schwarzhaarige, katzenhafte Geliebte ihren Freund mit stürmischen Umarmungen und Küssen. Sie hatte sich für ihn besonders schön gemacht. Kerzen brannten, Champagner stand im Eis. «Endlich, Chéri! Ich hatte schon solche Sehnsucht nach dir.»
«Ich war noch ...»
«Bei deinem Oberst, ich weiß, Bastian hat es mir erzählt.»
«Wo ist denn Bastian?»
«Seine Mutter ist plötzlich erkrankt, er mußte zu ihr fahren, er kommt morgen wieder.»
«Morgen, aha», sagte Thomas arglos und öffnete den kleinen Koffer, der noch immer recht voll, aber nicht mehr ganz so voll war wie zu Anbeginn, als Bergier ihn gefüllt hatte. Chantal pfiff erfreut durch die Zähne.
«Pfeif nicht zu früh, Chérie», sagte er. «Es fehlt eine halbe Million.»
«Was?»
«Ja. Ich habe sie Cousteau und Siméon geschenkt. Die Leute sind pleite. Zum Teufel, sie haben mir leid getan, weißt du ... Laß uns sagen, daß die halbe Million mein Anteil war. Hier, der ansehnliche Rest von zwei Millionen und zwanzigtausend Francs ist für dich und deine Mitarbeiter ...»
Chantal küßte ihn auf die Nasenspitze. Sie überwand seinen Anfall von Menschenliebe eigentlich mit verdächtiger Leichtigkeit:

«Mein Gentleman! Bist du süß ... Jetzt hast du gar nichts von der Chose!»
«Ich habe dich», sagte er freundlich. Und übergangslos: «Chantal, warum läßt du mich beschatten?»
«Beschatten? Ich? Dich?» Sie riß die Katzenaugen auf. «Chéri, was ist das für ein Unsinn?»
«Einer deiner Kerle ist direkt in mich hineingerannt.»
«Oh, sicher nur Zufall ... Mein Gott, warum bist du bloß so furchtbar mißtrauisch? Was soll ich denn noch tun, damit du mir endlich glaubst, daß ich dich liebe?»
«Einmal die Wahrheit sagen, du Luder. Aber ich weiß, das ist ein ganz und gar unerfüllbares Ansinnen», antwortete er.

Als der Paris-Expreß pünktlich um 15 Uhr 30 am 7. Dezember 1940 auf Gleis III in den Gare St. Charles einlief, sah ein Mann von 37 Jahren aus dem herabgelassenen Fenster eines Erstklaß-Abteils. Paul de Lesseps hatte ein mageres Gesicht mit scharfen Zügen, kalte Haifischaugen und aschblondes, schütteres Haar.
Suchend glitt sein Blick über den Bahnsteig. Dann sah er den rundlichen, auffällig gekleideten Anwalt Bergier, der neben einem kleinen Koffer stand.
Paul de Lesseps hob eine Hand.
Jacques Bergier hob eine Hand.
Der Zug hielt. Bergier eilte auf den Waggon seines Freundes zu. Danach ging alles sehr schnell. Ehe ein einziger Passagier aussteigen konnte, traten aus der Menge dreißig Kriminalbeamte in Zivil von beiden Seiten an die Waggons heran und hoben zwei lange Seile auf, die zu beiden Seiten der Schienen gelegen hatten. So konnte keine Tür des Zuges mehr geöffnet werden, wenn die Beamten es nicht wollten.
Ein Kriminalkommissar sprach Bergier an und verhaftete den kreidebleichen Anwalt unter dem dringenden Verdacht des Gold- und Devisenschmuggels. Den Koffer mit den sieben Goldbarren hielt Bergier noch in der Hand.
Indessen waren zwei weitere Beamte von beiden Enden in den Waggon gestürmt und nahmen Paul de Lesseps in seinem Abteil fest.
Zur gleichen Zeit schritten drei Hausdiener in der grünen Uniform ihres Standes durch einen Gang im vierten Stock des «Hôtel Bristol». Zwei von ihnen sahen aus wie Leute aus Chantal Tessiers Bande, der dritte sah aus wie Thomas Lieven. Die Uniformen paßten ihnen nicht besonders gut.

Ohne Schwierigkeit öffnete der Hausdiener, der aussah wie Thomas Lieven, die Tür eines bestimmten Appartements. Mit einer bei Angehörigen ihres Standes selten zu erlebenden Hurtigkeit holten die Herren drei riesige Koffer aus dem Schlafzimmer des Appartements, schleppten sie zum Personalaufzug, fuhren mit ihrer Last in den Hof hinab, wuchteten die Koffer in den Laderaum eines Lieferautos der Großwäscherei «Salomon» und fuhren ungehindert davon. Allerdings nicht zu der erwähnten Großwäscherei, sondern zu einem Haus in der Rue Chevalier à la Rose ...

Eine Stunde später betrat ein freudestrahlender Thomas Lieven, wieder normal gekleidet, die Wohnung von Jacques Cousteau am Boulevard de la Corderie. Cousteau und Siméon erwarteten ihn. Aus der Aktentasche des lieblichen Herrn Bergier zog Thomas jene Listen, auf denen Spitzel, Kollaborateure und Seelenverkäufer mit genauen Namen und Adressen angeführt waren. Er schwenkte die Blätter triumphierend durch die Luft. Unverständlicherweise rührten Cousteau und Siméon sich kaum.
Beunruhigt fragte Thomas: «Was ist denn los? Haben Sie die beiden?»
Cousteau nickte. «Im Präsidium.»
«Die sieben Barren?»
«Haben wir auch.»
«Na und?»
«Aber sonst haben wir nichts, Monsieur Hunebelle», sagte Cousteau langsam. Seine Augen ließen Thomas nicht mehr los. Auch Oberst Siméon musterte Thomas sehr seltsam.
«Was heißt das: sonst haben Sie nichts? Lesseps muß doch ein Vermögen an Gold, Devisen und sonstigen Wertsachen bei sich gehabt haben!»
«Ja, das sollte man glauben, nicht wahr?» Cousteau knabberte an seiner Unterlippe.
«Er hatte *nichts* bei sich?»
«Nicht ein Gramm Gold, Monsieur Hunebelle. Nicht einen Dollar, keine Pretiosen. Ist das nicht drollig?»
«Aber – aber – er wird es versteckt haben! Im Waggon oder sonstwo im Zug. Er wird mit Eisenbahnern zusammengearbeitet haben. Sie müssen den Zug untersuchen! Alle Passagiere!»
«Das haben wir getan. Wir haben sogar die Kohle aus dem Tender schaufeln lassen. Es kam nichts zum Vorschein.»
«Wo ist der Zug jetzt?»

«Weitergefahren, wir konnten ihn nicht länger aufhalten.»
Siméon und Cousteau bemerkten, daß Thomas plötzlich ingrimmig zu lächeln begann, den Kopf wiegte und lautlos die Lippen bewegte. Hätten Siméon und Cousteau sich aufs Lippenlesen verstanden, so hätten sie auch verstanden, was Thomas hauchte, nämlich: «So ein verdammtes Luder!»
Siméon verstand es nicht. Er reckte sich auf, blähte seine Brust und fragte düster, ironisch und drohend: «Na, Lieven – haben Sie vielleicht eine Idee, wo das Gold sein kann?»
«Ja», sagte Thomas Lieven langsam, «ich glaube, ich habe eine Idee.»

4

Brennendheiße Wut im Leibe, kämpfte Thomas Lieven mit zusammengepreßtem Kiefer und vorgeneigten Schultern gegen einen eiskalten Nordoststurm an, als er in der Dämmerstunde des 7. Dezember 1940 in die Rue de Paradis zu Marseille einbog.
Dieses Luder von einer Chantal!
Dieser Halunke von einem Bastian!
Der Sturm wurde immer ärger. Er orgelte und pfiff, stöhnte und dröhnte durch die Straßen – gerade das richtige Wetter für Thomas Lievens düstere Stimmung.
Neben der alten Börse erhob sich in der Rue de Paradis ein schmutziges, mehrstöckiges Haus. In diesem Haus befand sich im ersten Stock ein gastliches Etablissement, das sich «Chez Papa» nannte. «Chez Papa» gehörte einem Herrn, dessen Familiennamen kein Mensch kannte und den die ganze Stadt «Olive» nannte. Olive war rosig und fett wie die Schweine, die er schwarz schlachtete.
Dicke Rauchschwaden hingen in den Räumen von «Chez Papa», fluoreszierend schillerte das Licht der Lampen. Zu dieser frühen Abendstunde besprachen Olives Gäste bei einem Apéritif ihre Geschäfte und bereiteten sich seelisch auf ein Schwarzmarkt-Abendessen vor.
Eine Zigarette im Mundwinkel, lehnte Olive hinter der nassen Theke, als Thomas Lieven eintrat. Seine kleinen Augen blinzelten gutmütig: «Bonsoir, Monsieur. Was soll es sein? Ein kleiner Pastis?»
Es war Thomas Lieven zu Ohren gekommen, daß Olive seinen Schnaps selber herstellte, und zwar mit einem etwas unheimlichen Ausgangsprodukt, nämlich mit Spiritus aus dem Anatomischen Institut. Nichts gegen Spiritus! Aber angeblich wurde solcher ver-

wendet, der im Anatomischen Institut bereits zu Konservierungszwecken von Leichenteilen gedient hatte, bevor er gestohlen worden war. Es hieß, daß Olives «Pastis» bei einzelnen Konsumenten akute Anfälle von Irrsinn hervorgerufen hätte.
So sagte Thomas: «Geben Sie mir einen doppelten Kognak, aber echten!» Er bekam ihn.
«Hören Sie, Olive, ich muß mit Bastian sprechen.»
«Bastian? Kenne ich nicht.»
«Klar kennen Sie ihn. Er hat seine Wohnung hinter Ihrem Lokal. Ich weiß, daß man nur durch Ihre Kneipe zu ihm kommen kann. Ich weiß auch, daß er sich jeden Besucher durch Sie annoncieren läßt.»
Olive blies die Hamsterbacken auf, und seine Augen wurden plötzlich tückisch: «Bist wohl so ein kleiner Scheißer von der Polente, wie? Hau bloß ab, Junge, ich habe hier ein Dutzend Kameraden an der Hand, die dir die Fresse massieren, wenn ich bloß pfeife.»
«Ich bin nicht von der Polente», sagte Thomas und trank einen Schluck. Dann zog er seine geliebte Repetieruhr. Er hatte sie durch alle Fährnisse, ja sogar vor der costaricanischen Konsulin gerettet, hatte sie aus Portugal über Spanien glücklich nach Marseille gebracht. Er ließ sie schlagen.
Der Wirt schaute erstaunt zu. Dann fragte er: «Woher weißt du denn, daß er hier wohnt?»
«Von ihm selber. Los, sag ihm, sein lieber Freund Pierre will ihn sprechen. Und wenn er seinen lieben Freund Pierre nicht sofort empfängt, dann ist in fünf Minuten was los hier ...»

5

Mit ausgebreiteten Armen und einem strahlenden Lächeln kam Bastian Fabre auf Thomas Lieven zu. Jetzt standen sie sich gegenüber in dem engen Gang, der die Kneipenküche mit Bastians Wohnung verband. Mit seinen Riesenpfoten schlug er Thomas auf die Schulter. «Ist das aber eine Freude, mein Kleiner! Ich wollte dich gerade suchen gehen!»
«Nimm sofort deine Flossen weg, du Gauner», sagte Thomas böse. Er stieß Bastian zur Seite und ging in die Wohnung hinein.
Im Vorzimmer sah es ziemlich wüst aus. Autoreifen, Benzinkanister und Zigarettenkartons lagen herum. Im nächsten Zimmer gab es einen großen Tisch und darauf eine komplette elektrische Spielzeug-Eisenbahn mit gewundenen Schienen, Übergängen, Bergen, Tälern, Tunnels und Brücken.

Höhnisch fragte Thomas: «Hast du hier einen Kindergarten?»
«Das ist mein Hobby», sagte Bastian beleidigt. «Stütze dich bitte nicht auf das Kästchen, du machst den Transformator kaputt ... Sag mal, warum bist du bloß so wütend?»
«Das fragst du noch? Gestern bist du verschwunden. Heute ist Chantal verschwunden. Vor zwei Stunden hat die Polizei die beiden Gestapo-Aufkäufer verhaftet, Herrn Bergier und Herrn de Lesseps. Herr de Lesseps ist mit Gold, Schmuck, Münzen und Devisen in Bandol losgefahren. Aber in Marseille ist er ohne Devisen, Münzen, Schmuck und Gold angekommen. Die Polizei hat den ganzen Zug auf den Kopf gestellt, es kam nichts zutage.»
«Schau mal einer an, na so was!» Bastian grinste vor sich hin und drückte auf einen Knopf der Anlage. Einer der Züge setzte sich in Bewegung und raste auf einen Tunnel zu.
Thomas riß einen Stecker aus der Wanddose. Der Zug blieb stehen. Zwei Waggons lugten noch aus dem Tunnel hervor.
Bastian richtete sich auf, er sah jetzt aus wie ein gereizter Orang-Utan. «Gleich kriegst du eine aufs Zahnfleisch, Kleiner. Was willst du eigentlich?»
«Ich will wissen, wo Chantal ist! Ich will wissen, wo das Gold ist!»
«Na, nebenan natürlich. In meinem Schlafzimmer.»
«Wo?» Thomas schluckte schwer.
«Was hast denn du gedacht, Mensch? Daß sie mit dem Zeug abhaut? Sie wollte nur alles noch ein bißchen hübsch arrangieren, mit Kerzen und so, damit du eine besondere Freude hast.» Bastian hob die Stimme und rief: «Bist du soweit, Chantal?»
Eine Tür ging auf. Schöner denn je stand Chantal Tessier da. Enganliegende Hosen aus grünem, rauhem Leder trug sie, eine weiße Bluse, einen schwarzen Gürtel. Ihre Raubtierzähne leuchteten in einem strahlenden Lächeln.
«Tag, mein Süßer», sagte sie und nahm Thomas an der Hand. «Komm mit. Jetzt wird der kleine Junge beschert!»
Willenlos folgte Thomas ihr in das Nebenzimmer. Hier brannten fünf Kerzenstummel, die Chantal auf Untertassen befestigt hatte. Ihr weiches Licht erhellte das altmodische Schlafzimmer mit dem gewaltigen Doppelbett.
Als Thomas diese Ruhestatt näher besah, schluckte er mühsam und mit enger Kehle. Denn auf dem Bett lagen, gleißend und funkelnd im Licht: gut zwei Dutzend Goldbarren, unzählige Goldmünzen und Ringe, Ketten, Armbänder, moderne und antike, ein uraltes steingeschmücktes Kruzifix neben einer kleinen, goldeingelegten Ikone und daneben gebündelte Dollarnoten und Pfundnoten.

Thomas Lieven empfand ein Gefühl, als ob seine Beine sich in Gelee verwandelt hätten. In einem Anfall von Schwäche plumpste er auf einen alten Schaukelstuhl, der sich sogleich hurtig mit ihm in Bewegung setzte.
Bastian war neben Chantal getreten, rieb sich die Hände, stieß seine Chefin an und grunzte vor Freude: «Das hat hingehauen! Schau ihn dir an! Ganz käsig ist der Kleine!»
«Ein schöner Tag – für uns alle», sagte Chantal.
In seiner Benommenheit sah Thomas die beiden Gesichter vor sich wie weiße Bälle auf bewegtem Wasser. Auf und nieder tanzten sie. Er stemmte die Füße gegen den Boden. Der Stuhl hielt an. Deutlich sah er nun die Gesichter Chantals und Bastians: zwei selige Kindergesichter, ohne Falsch, ohne Verstellung, ohne Arglist.
Er stöhnte: «Also habe ich recht gehabt. Ihr habt das Zeug geklaut.»
Bastian wieherte und schlug sich auf den Bauch. «Für dich und für uns! Damit haben wir für den Winter ausgesorgt! Junge, Junge, das ist vielleicht ein Schluck aus der Pulle!»
Chantal eilte zu Thomas und gab ihm viele kleine, aber heiße Küsse. «Ach», rief sie, «wenn du wüßtest, wie süß du jetzt aussiehst! Zum Fressen! Ich bin ja ganz verrückt nach dir!» Sie setzte sich auf seine Knie, der Stuhl geriet wieder in Bewegung, und eine neue Woge der Schwäche flutete über Thomas hin.
Wie durch ein Meer von Watte drang Chantals Stimme an sein Ohr: «Ich habe den Jungens gesagt: Das Ding müssen wir alleine drehen, dazu ist mein Süßer zu moralisch, dazu hat er zu viele Skrupel! Wir wollen ihn gar nicht belasten damit. Wenn wir die Sore vor ihn hinknallen, wird er sich mit uns freuen!»
Kopfschüttelnd und immer noch schwach forschte Thomas: «Wie seid ihr an die Sore – hm – an das Zeug herangekommen?»
Darüber referierte Bastian: «Na, als ich gestern mit dir bei dem Schw ... bei dem komischen Bergier war, da sagte er doch, sein Kumpel Lesseps säße unten in Bandol mit 'ner Riesenladung. Ich also mit drei Kameraden nix wie runter nach Bandol! Habe da meine Freunde, verstehst du? Ich kriege raus, daß Lesseps mit ein paar Eisenbahnern muschelt. Hat Schiß vor Kontrollen. Will die Sore unter der Kohle von der Lokomotive verbuddeln, mit der er nach Paris fährt. Im Tender, kapiert?»
Bastian bemühte sich, einen heiseren Lachanfall unter Kontrolle zu bringen. Dann fuhr er fort: «Das haben wir ihn erst mal tun lassen. Dann haben wir ihm 'ne schnuckelige Puppe besorgt für

den Abend – der Gockel ist ja Gott sei Dank leichter zu bedienen als sein Freund Bergier. Na, und die Kleine hat ihn weisungsgemäß ordentlich auf Trab gebracht. So ordentlich, daß er am nächsten Morgen noch besoffen und knieweich an die Bahn kam!»
«Hach», sagte Chantal und fuhr mit ihren roten Krallenfingern leidenschaftlich durch Thomas Lievens Haar.
«Beneidenswert», kommentierte Bastian traurig diese Szene. Er nahm sich zusammen. «Na ja, und während Herr de Lesseps anderweitig beschäftigt war, spielte ich mit den Kameraden ein bißchen Eisenbahn. Mein Hobby, ich sagte es schon. Gibt so viele Kohlentender auf einem Bahnhof. Sieht einer wie der andere aus.»
«Ließ Lesseps seinen Tender denn nicht bewachen?»
«Doch. Von zwei Eisenbahnern.» Bastian hob die Hände und ließ sie fallen. «Er hat jedem von ihnen einen Goldbarren geschenkt. Da schenkten wir jedem von ihnen noch zwei – wir hatten es ja – und die Chose war geritzt ...»
«Die Macht des Goldes», sagte Chantal und biß Thomas ins linke Ohrläppchen.
«Chantal!»
«Ja, Süßer?»
«Steh mal auf», bat Thomas. Sie erhob sich verwirrt und trat neben Bastian. Der legte einen Arm um ihre Schulter. So standen sie reglos, zwei eben noch fröhliche, nun erschrockene Kinder. Und es funkelten die Barren, es glänzten die Münzen, es glitzerten Ketten, Ringe und Steine.
Auch Thomas stand auf. Maßlos traurig sagte er: «Mein Gott, das Herz tut mir weh, weil ich euch jetzt die Freude verderben, euch eure Überraschung kaputtmachen muß. Aber das geht natürlich nicht.»
«Was geht natürlich nicht?» fragte Bastian. Seine Stimme klang flach und trocken.
«Daß wir das Zeug behalten. Wir müssen es Cousteau und Siméon abliefern.»
«Wa-w-wahnsinnig.» Bastians Unterkiefer fiel herab. Er sah Chantal an wie ein ratloser Bernhardiner. «Er ist wahnsinnig geworden!»

## 6

Chantal stand da und rührte sich nicht. Nur ihr linker Nasenflügel zitterte ... Ruhig sagte Thomas: «Ich komme von Siméon und Cousteau. Ich habe mit den beiden eine klare Abmachung getroffen. Sie bekommen die Listen der Spitzel und Kollaborateure, dazu alles, was Bergier und Lesseps hier unten zusammengeraubt, erpreßt und geplündert haben. Wir erhalten das Geld in den drei Schrankkoffern, die wir aus Bergiers Schlafzimmer geholt haben. Das sind immerhin auch fast 68 Millionen.»

«68 Millionen Francs!» schrie Bastian auf und rang die Hände. «Francs! Francs! Wo der Scheinfranc täglich weiter runterrutscht!»

«Und dafür gibst du das hier her?» Ganz leise, fast flüsternd, sprach Chantal und wies auf das Bett. «Da liegen mindestens 150 Millionen an Wert, du Idiot!»

Thomas wurde wütend. «Es sind französische Werte! Werte, die Frankreich gehören, die Frankreich gestohlen worden sind. Das Geld in den Koffern ist Gestapo-Geld, das können wir beruhigt behalten. Aber das hier, der Schmuck, das Kruzifix, das Gold aus der Staatsbank ... Gott im Himmel, muß *ich* euch an eure patriotischen Pflichten erinnern, ich, ein Boche?»

Heiser sagte Bastian: «Das ist unsere Sore. *Wir* haben sie geklaut. Die Gestapo schaut in den Mond. Ich finde, wir haben genug fürs Vaterland getan!»

Bastian und Thomas stritten weiter. Sie regten sich immer mehr auf dabei. Chantal hingegen wurde immer ruhiger, gefährlich ruhig.

Die Arme in die Seiten gestemmt, die Daumen im Ledergürtel, so wippte sie mit dem rechten Schuh, und ihr linker Nasenflügel zitterte. Sehr leise fiel sie zuletzt Bastian ins Wort: «Reg dich nicht auf. Das ist deine Wohnung. Der kleine Idiot muß hier mal erst rauskommen – und Cousteau und Siméon rein.»

Thomas zuckte die Schultern und ging zur Tür. Mit einem Sprung stand Bastian vor ihm. Er hielt einen schweren Revolver in der Hand. «Wo willst du hin?»

«Chez Papa. Telefonieren.»

«Noch einen Schritt, und ich leg dich um.» Bastians Atem kam rasselnd. Klick, machte der Sicherungshebel der Waffe.

Thomas trat zwei Schritte vor. Nun berührte der Lauf des Revolvers seine Brust. Er machte noch zwei Schritte.

Bastian stöhnte und wich zwei Schritte zurück. «Kleiner – sei vernünftig ... Ich – ich leg dich wirklich um ...»

«Laß mich gehen, Bastian.» Thomas machte noch einen Schritt. Bastian stand nun mit dem Rücken gegen die Tür. Thomas griff nach der Klinke.

Bastian ächzte: «Warte doch! – Was werden die Schweine denn

machen mit der schönen Sore? Vertun und verschieben und verpulvern – Polizei – Staat – Geheimdienst – Vaterland ... Was denn, das sind doch alles nur Ganoven!»
Thomas drückte die Klinke herab; hinter Bastian schwang die Tür auf. Bastian war jetzt kreidebleich. Er starrte Chantal an und ächzte: «Chantal, tu doch was – hilf mir doch ... Ich – ich kann ihn doch nicht umlegen ...»
Thomas hörte ein Geräusch und drehte sich um. Chantal war auf den Rand des Bettes gesunken. Mit ihren kleinen Fäusten schlug sie auf die Barren, auf das Kruzifix, die Münzen.
Ganz hoch, gebrochen, kam ihre Stimme: «Laß ihn gehen, den Idioten, laß ihn gehen ...» Tränen liefen über ihr schönes Katzengesicht, sie weinte verzweifelt. Schluchzend sah sie zu Thomas auf. «Geh schon ... Ruf Siméon ... Er kann alles holen ... Oh, du Schuft, hätt' ich dich doch nie getroffen – und ich hab' mich so furchtbar gefreut ...»
«Chantal! –»
«... ich wollte Schluß machen mit allem – wegziehen mit dir – weit weg, in die Schweiz. Ich hab' doch nur an *dich* gedacht ... Und jetzt ...»
«Chantal, Liebling –»
«Nenn mich nicht Liebling, du Scheißkerl!» schrie sie auf. Dann fiel sie kraftlos vorwärts. Ihre Stirn traf mit einem häßlichen Geräusch den Münzenberg. So blieb Chantal liegen. Sie weinte und weinte, als ob sie niemals mehr würde aufhören können.

7

«Ziehen Sie sich aus», sagte zu dieser Zeit der hübsche, junge Justizwachtmeister Louis Dupont. Er stand im Einlieferungsraum des Polizeigefängnisses in der Präfektur von Marseille. Zwei Gefangene waren eben zu ihm gebracht worden, der rosige, wohlgeflegte und wohlparfümierte Jacques Bergier und der jüngere, hagere Paul de Lesseps.
«*Was* sollen wir?» fragte Lesseps böse. Seine eiskalten Haifischaugen schlossen sich zu Schlitzen, die Lippen waren zwei blutleere Striche.
«Sie müssen sich ausziehen», sagte Dupont. «Ich will sehen, was Sie in den Kleidern haben. Und am Körper.»
Bergier kicherte: «Was glauben Sie denn, was wir am Körper haben, junger Freund?» Er trat vor und öffnete seine Weste. «Kommen Sie, durchsuchen Sie mich mal nach Waffen!» Er nahm

die Krawatte ab und knöpfte das Hemd auf. Dupont half ihm aus den Ärmeln.
Bergier kreischte: «Nicht doch, junger Freund, ich bin ja so kitzlig!»
«Schluß jetzt», sagte Paul de Lesseps.
«Eh?» Dupont drehte sich um.
«Ich habe jetzt genug. Rufen Sie den Gefängnisdirektor her. Augenblicklich.»
«Hören Sie mal, in dem Ton ...»
Paul de Lesseps' Stimme war fast nur noch ein Flüstern: «Maul halten. Können Sie lesen? Da!» Er hielt dem jungen Beamten einen Ausweis hin. Es war ein Ausweis in deutscher und französischer Sprache, und das Dokument besagte, daß Herr Paul de Lesseps im Auftrag des deutschen Reichssicherheitshauptamtes arbeitete.
«Ach, bei dieser Gelegenheit», sagte Bergier und holte mit gezierten Bewegungen aus seiner Gesäßtasche eine malvenfarbene Brieftasche hervor, die nach Juchten duftete. Derselben entnahm er ebenfalls einen Ausweis. Beide Dokumente waren ausgestellt von einem gewissen Walter Eicher, Sturmbannführer, SD Paris. Hochmütig sprach de Lesseps: «Der Herr Sturmbannführer ist von unserer Verhaftung *umgehend* in Kenntnis zu setzen. Wenn Sie das nicht *augenblicklich* in die Wege leiten, haben Sie sich alle Folgen selber zuzuschreiben.»
«Ich – ich verständige meinen Vorgesetzten», stotterte Louis Dupont. Seit er die Ausweise gesehen hatte, waren ihm die beiden Kerle noch widerlicher geworden. Marseille lag im unbesetzten Frankreich. Aber immerhin ... SD ... Gestapo ... Dupont wollte keinen Ärger. Er griff nach dem Telefonhörer.

8

– 7 dez 1940 – 17 uhr 39 – FS von präfektur marseille an kriminalpolizei paris – heute 15 uhr 30 bahnhof saint charles festgenommen 1) paul de lesseps und 2) jaques bergier – wegen gold- und devisenschmuggels – 1) zeigt deutschen SD-ausweis nr 456832 serie rot und 2) deutschen SD-ausweis nr 11165 serie blau – beide ausgestellt von SD-sturmbannführer walter eicher – bitte sofort feststellen ob verhaftete tatsächlich im auftrag des SD arbeiten – ende – ende –

## 9

«De Lesseps? Bergier?» Sturmbannführer Walter Eicher lehnte sich in seinem Schreibtischsessel zurück und lief rot an. Wütend brüllte er in den Telefonhörer, dén er am Ohr hielt: «Jawohl, ich kenne die beiden! Jawohl, sie arbeiten für uns! Geben Sie nach Marseille durch, daß man die Herren festhalten soll. Wir kommen und holen sie ab.»

Der französische Beamte am anderen Ende der Leitung bedankte sich höflich für die Auskunft.

«Nichts zu danken. Heil Hitler!» Eicher knallte den Hörer in die Gabel und brüllte: «Winter!»

Aus dem Nebenzimmer kam sein Adjutant gestürzt. Die Herren gingen ihrer makabren Tätigkeit im vierten Stock einer pompösen Villa der Avenue Foch zu Paris nach. Der Mann, der Winter hieß, schnarrte: «Sturmbannführer?»

«De Lesseps und diese alte Tante, Bergier, sind in Marseille hochgegangen», fauchte der Mann, der Eicher hieß.

«Um Gottes willen, wieso?»

«Weiß ich noch nicht. Zum Verzweifeln ist das. Arbeiten wir hier eigentlich *nur* mit Idioten? Stellen Sie sich vor, wenn Canaris etwas davon erfährt! Das wäre doch ein Fressen für ihn! SD kauft das unbesetzte Frankreich aus!»

Das Reichssicherheitshauptamt und die Abwehrorganisation des Admirals Canaris haßten einander wie ein böser Hund eine böse Katze. Die Befürchtungen des Sturmbannführers Eicher bestanden zu Recht. Er knurrte: «Lassen Sie den schwarzen Mercedes nachsehen, Winter. Wir fahren nach Marseille runter.»

«Heute noch?»

«In einer Stunde, Mensch. Damit wir morgen früh da sind! Wir müssen die beiden Idioten rausholen, bevor sie quatschen!»

«Jawohl, Sturmbannführer!» brüllte Winter. Er schmiß die Tür hinter sich ins Schloß. Immer derselbe Ärger. Ein Scheißberuf ist das. Jetzt kann ich wieder der süßen Zouzou absagen. Zwölf Stunden mit dem Ollen im Wagen. Die Nacht um die Ohren. Zum Heulen.

Vierundzwanzig Stunden später hielt Chantal Tessier in Marseille im Hinterzimmer des Cafés «Brûleur de Loup» eine Betriebsversammlung ihrer Bande ab, bei der es, gelinde gesagt, stürmisch zuging.

Die französischen Schleichhändler und spanischen Paßfälscher, die leichten Mädchen aus Korsika und die Verschwörer und Totschläger aus Marokko, die alle in den vorderen Lokalitäten ihren Geschäften nachgingen, blickten immer wieder mißbilligend zu der Tür im Hintergrund, an welcher eine Tafel mit der Aufschrift baumelte:

GESCHLOSSENE GESELLSCHAFT

Eine laute geschlossene Gesellschaft war das! Endlich öffnete sich die Tür, und die Kaffeehausgäste (per Saldo 500 Jahre Zuchthaus, kulant berechnet) sahen den ihnen allen wohlbekannten Bastian Fabre in eine Telefonzelle neben der Theke treten. Er machte einen verstörten Eindruck ...
Bastian wählte die Nummer des Restaurants «Chez Papa». Olive, der Wirt, meldete sich. Bastian wischte sich den Schweiß von der Stirn, zog nervös an seiner schwarzen Zigarre und sagte hastig: «Hier Bastian. Ist der Mann bei dir, der mich gestern nachmittag besucht hat?» Er hatte Thomas aufgefordert, den Ausgang der Sitzung in «Chez Papa» abzuwarten.
Olives Stimme klang überschattet: «Der ist da, ja. Spielt Poker mit meinen Gästen am Stammtisch. Gewinnt dauernd.»
«Ruf mir den Mann mal an den Apparat.» Bastian nahm einen tiefen Zug aus der Zigarre und öffnete die Zellentür, um den Rauch hinauszulassen. Dieser verdammte Pierre – er verdiente es einfach nicht, daß man sich um ihn Sorgen machte.
Vor vierundzwanzig Stunden erst hatte der Kerl diese Brüder vom Geheimdienst herbeigerufen, und die ganze schöne Sore war abgeholt worden. Gott sei Dank, nicht die *ganze* schöne Sore, dachte Bastian. Während Thomas ans Telefon gegangen war, hatte er mit Chantal schnell noch ein paar Pretiosen und eine erkleckliche Menge Goldmünzen beiseitegeräumt ... Aber was war das schon, verglichen mit dem millionenschweren Rest? Man durfte gar nicht daran denken ...
«Hallo, Bastian! Na, mein Alter, wie steht's?»
Bastian hörte voller Grimm, wie gleichmütig die Stimme dieses vertrottelten Kerls klang. Er sagte: «Pierre, ich bin dein Freund – trotz allem. Darum einen Rat: Verschwinde. Aber augenblicklich. Es ist keine Minute zu verlieren.»
«Nanu, warum denn?»
«Hier auf der Betriebsversammlung geht alles hinten hinaus. Chantal hat ihren Rücktritt angeboten.»
«Um Gottes willen!»

«Sie hat geweint ...»
«Ach, Bastian, wenn du wüßtest, wie peinlich mir das alles ist ...»
«Unterbrich mich nicht, Trottel. Sie hat gesagt, daß sie dich liebt – daß sie dich versteht ... Darauf ist ein großer Teil der Bande weich geworden ...»
«Ah, l'amour! Vive la France!»
«... aber nicht alle. Da ist eine Gruppe um den hinkenden François. Du kennst ihn doch, Pferdefuß nennen wir ihn ...»
Thomas kannte ihn nicht, er hatte aber von ihm gehört. «Pferdefuß» war das älteste Mitglied der Bande, er verdankte den Namen zu gleichen Teilen seinem Hinken, seiner Gewalttätigkeit und seinen Methoden bei der Eroberung eines weiblichen Wesens.
«... Pferdefuß ist dafür, dich umzulegen ...»
«Charmant.»
«... er hat nichts gegen dich, sagt er, aber dein Einfluß auf Chantal ist verheerend. Du weichst sie auf ...»
«Nana!»
«... du bist der Untergang unserer Bande. Um Chantal zu schützen, sagt er, muß man dich umlegen ... Pierre, hau ab! Mach, daß du wegkommst.»
«Im Gegenteil.»
«Was?»
«Hör mal genau zu, Bastian», sagte Thomas Lieven. Das tat sein Freund, kopfschüttelnd zuerst, zweifelnd sodann, einverstanden zuletzt. Er knurrte: «Na schön, wenn du dir das zutraust. Also dann in zwei Stunden. Aber alles auf deine Verantwortung!»
Er hängte auf und ging zurück in das verqualmte Hinterzimmer, in welchem der hinkende François, genannt Pferdefuß, gerade leidenschaftlich dafür plädierte, diesen Jean Leblanc oder Pierre Hunebelle, oder wie er auch immer heißen mochte, in ein besseres Jenseits zu befördern.
«... im Interesse von uns allen», sagte er eben und stieß dabei die Spitze eines ungemein dünnen, ungemein scharfen Klappmessers in die Tischplatte. Dann fuhr er Bastian an: «Wo warst du?»
«Ich habe mit Pierre telefoniert», antwortete dieser ungerührt. «Er lädt uns alle zum Essen ein. In zwei Stunden. In meiner Wohnung. Er meint, wir könnten dann alles in Ruhe besprechen.»
Chantal schrie auf. Plötzlich redeten alle durcheinander. «Ruhe!» brüllte der hinkende François. Es wurde still.
«Mut hat der Kerl», sagte François beeindruckt. Dann lächelte er böse. «Na schön, Kollegen, laßt uns hingehen ...»

«Meine Herren, ich begrüße Sie», sagte Thomas Lieven. Er küßte der bleichen Bandenchefin, die am Ende ihrer Nervenkraft angelangt war, die Hand.
Die fünfzehn Ganoven drängten in Bastians Wohnung, grinsend zum einen Teil, verbissen und drohend zum anderen. Sie erblickten eine festlich gedeckte Tafel. Mit Hilfe von Olive hatte Thomas sie errichtet – auf Bastians großem Eisenbahntisch. Die Berge, Täler, Brücken, Flüsse und Bahnhöfe hatte er entfernt, aber *ein* Schienenstrang lief auch noch auf dem weißen Tischtuch von einem Ende der Tafel zum andern, vorbei an Gläsern, Tellern und Bestecken.
«Wohlan», sprach Thomas händereibend. «Wenn ich die Herrschaften bitten dürfte, Platz zu nehmen. Chantal an der Tête, ich muß aus bestimmten Gründen am anderen Ende der Tafel sitzen. Bitte, meine Herren, machen Sie es sich gemütlich. Verschieben Sie Ihre Mordabsichten noch ein Weilchen.»
Miteinander flüsternd, murmelnd und noch sehr argwöhnisch setzten sich die Männer. Vor Chantals Platz stand eine Vase mit roten Treibhaus-Rosen. Thomas hatte an alles gedacht ...
Olive und zwei seiner Kellner servierten den ersten Gang, Käsesuppe. Thomas hatte sie in der Küche von «Chez Papa» zubereitet. Auch das Geschirr und das Besteck stammten aus der Kneipe.
«Gesegnete Mahlzeit», wünschte Thomas. Er saß am Ende des Tisches. An seinem Platz standen geheimnisvolle Gegenstände. Niemand konnte sie erkennen, da Servietten darübergedeckt waren. Unter diesen Tuchhügeln endete der Schienenstrang.
Schweigsam verzehrten die Herren die Suppe. Immerhin: sie waren Franzosen, und sie wußten gutes Essen zu würdigen.
Chantal ließ Thomas nicht eine Sekunde aus den Augen. Eine ganze Gefühlsskala spiegelte sich in ihren Augen. Pferdefuß aß mit gesenktem Kopf, böse und stumm.
Dann gab es Kaninchenragout. Und dann schleppten Olive und seine Kellner mühsam eine Speise herein, die aussah wie eine überdimensionale Riesentorte. Diese wurde neben Thomas Lieven auf einen Extratisch gestellt.
Nun ergriff Thomas ein gewaltiges Messer. Während er es schärfte, sprach er: «Meine Herren! Ich erlaube mir, Ihnen jetzt eine Novität vorzusetzen, eine eigene Erfindung sozusagen. Es ist mir klar, daß Sie die verschiedensten Temperamente besitzen. Manche unter Ihnen sind sanftmütig und wollen mir vergeben,

## Menu · 8. Dezember 1940

*Käse-Suppe*
*Kaninchen-Ragout mit breiten Nudeln*
*Überraschungs-Pastete mit Champignon-Sauce*

---

## Ein groteskes Essen rettet Thomas Lievens Leben

Käse-Suppe: Man nehme reichlich geriebenen Parmesan-Käse, weiche ihn in Milch ein und verquirle ihn gründlich. – Man rühre den geriebenen Käse dann vorsichtig, weil er leicht gerinnt, in kochende Fleischbrühe ein, nehme die Suppe vom Feuer und ziehe sie mit Eigelb ab.

Kaninchen-Ragout: Man nehme ein großes, junges, gut abgehäutetes Kaninchen und zerhacke es in mittlere Portionsstücke. – Man zerlasse in einer Kasserolle 125 Gramm gewürfelten durchwachsenen Speck, lasse die Fleischstücke darin von allen Seiten anbraten, füge die Leber, einige kleine Schalotten und feingeschnittene Zwiebeln sowie eine zerdrückte Knoblauchzehe hinzu. – Man streue, sobald alles bräunt, etwas Mehl darüber, verrühre es gut und gieße allmählich mit einem halben Liter kochendem Wasser oder Fleischbrühe auf. Man würze mit Salz, Pfeffer, Gewürzkörnern, Wacholderbeeren und etwas Zitronenschale, gieße die Hälfte einer halben Flasche Rotwein hinzu. – Man lasse das Gericht auf kleiner Flamme schmoren, bis das Fleisch ganz weich ist, gebe dann den Rest des Rotweins hinzu und lasse noch kurz dämpfen. – Man reiche dazu breite Nudeln, die in Salzwasser gekocht und nach dem Abtropfen in Butter geschwenkt wurden.

Überraschungs-Pastete: Man nehme je ein entsprechend der Personenzahl großes Stück Kalbs-, Schweine- und Rinderfilet, die in ihrer Länge dem halben Durchmesser einer großen Tortenform entsprechen. Man häute das Fleisch gut ab und brate es dann in Butter auf allen Seiten leicht an, salze und pfeffere es. – Man lege Boden und Rand der Tortenform mit Blätterteig aus und ordne die abgekühlten Fleischstücke so an, daß ihre schmalen Enden in die Mitte kommen. – Man nehme die Verteilung des Fleisches so vor, daß möglichst je ein Drittel des Bodens mit einer Fleischsorte belegt ist. – Man markiere oben am Teigrand die Stelle, an der eine Fleischsorte aufhört und die andere anfängt, und übertrage diese Markierung gleich auf den daraufgelegten Blätterteigdeckel. Von diesen Stellen aus führe man eine Teigblättchen-Verzierung zur Mitte hin, so daß eine äußerliche Dreiteilung der Pastete entsteht. – Man schneide zudem aus dem Teig ein Schwein, ein Kalb und ein Rind aus und verziere damit die entsprechenden Drittel, so daß man weiß, welches Fleisch darunterliegt. – Man bestreiche die Pastete mit Eigelb und backe sie bei mittlerer Hitze, bis sie eine schöne goldgelbe Farbe hat. Man reiche dazu eine Champignon-Sauce, die folgendermaßen zubereitet wird: Man nehme einige feingehackte Schalotten, dünste sie in Butter leicht an, lasse dann reichlich blätterig geschnittene Champignons mitschmoren. Man streue etwas Mehl darüber, verrühre es gut und fülle dann mit Fleischbrühe auf. Man lasse auf kleiner Flamme dünsten, bis die Pilze weich sind, gebe dann Sahne an die Sauce, die hell geblieben sein muß, würze mit Salz, Pfeffer und etwas Zitronensaft und ziehe mit Eigelb ab. – Man kann nach Belieben noch einen Schuß Weißwein dazugeben.

andere sind Choleriker und wollen mich killen.» Er hob eine Hand. «Bitte, bitte. Über den Geschmack kann man nicht streiten. Aber eben weil man das nicht kann, habe ich mir erlaubt, ein Gericht herzustellen, das *jedem* Geschmack gerecht wird.» Er wies auf die Torte. «Voilà, die Überraschungspastete!»

Er wandte sich an Chantal: «Liebling, möchtest du Rinds-, Schweine- oder Kalbsfilet?»

«Ka ... Ka ... Kalbsfilet», krächzte Chantal. Sie räusperte sich energisch und sagte nun überlaut: «Kalbsfilet!»

«Bitte sehr, bitte gleich.» Thomas betrachtete die Torte scharf, drehte sie ein wenig, schnitt aus einem bestimmten Drittel eine schöne Scheibe Kalbsfilet, eingebacken in Pastetenteig, heraus und legte sie auf einen Teller.

Nun entfernte er die Servietten und enthüllte die Gegenstände neben sich: Bastians elektrische Spielzeuglokomotive und Kohlentender, angehängt ein großer Güterwagen, des weiteren ein Schaltpult zur Bedienung der elektrischen Bahn.

Thomas setzte den Teller mit dem Kalbsfilet auf den Güterwagen und schaltete den Strom ein. Summend fuhr die Lok los und zog Tender, Wagen und Teller über die ganze Tafel, vorbei an fünfzehn staunenden Ganoven. Vor Chantal hielt der Transport. Sie hob den Teller vom Wagen. Ein paar Männer lachten verblüfft, einer klatschte.

Thomas ließ die Lok mit dem leeren Wagen zurückrollen, indessen er gleichmütig fragte: «Der Herr zur Linken von Chantal wünscht?»

Ein wüster Geselle mit Augenklappe verzog den Mund zu einem mächtigen Grinsen und schrie: «Schwein!»

«Schwein, bitte sehr», sagte Thomas. Wieder fixierte er die Riesenpastete, drehte sie, schnitt aus einem anderen Drittel ein Stück Schweinefilet und beförderte es in der gleichen Weise.

Jetzt wurden die Männer munter. Der Einfall amüsierte sie. Sie redeten durcheinander. Einer schrie: «Mir Rind!»

«Aber gern», sagte Thomas und bediente ihn. Nun klatschten schon ein paar Männer.

Thomas sah Chantal an. Er kniff ein Auge zu. Da mußte sie wider Willen lächeln. Die Tafelrunde wurde immer lauter, immer ausgelassener. Durcheinander bestellten die Männer. Und immer wieder rollte die kleine Lokomotive über den Tisch.

Zuletzt saß nur noch François, der Pferdefuß, vor einem leeren Teller. Thomas wandte sich an ihn: «Und Sie, Monsieur?» fragte er, während er sein Tranchiermesser neuerlich schärfte.

François sah ihn lange brütend an. Dann erhob er sich langsam und griff in die Tasche. Chantal schrie auf, Bastian zog heimlich seine Pistole, als er sah, daß Pferdefuß plötzlich sein gefürchtetes Messer in der Hand hielt. Blitzend sprang die Klinge heraus. Lautlos machte Pferdefuß einen hinkenden Schritt auf Thomas zu. Noch einen. Und noch einen. Nun stand er vor ihm. Nun war es totenstill. So lange, wie man braucht, um bis zehn zu zählen, sah François dem ruhig stehenden Thomas Lieven in die Augen. Dann grinste er plötzlich und sagte: «Nehmen Sie mein Messer, das ist schärfer. Und geben Sie mir Schwein. Sie elender Hund!»

11

Am 8. Dezember 1940 erschienen Sturmbannführer Eicher und sein Adjutant Winter – zivil gekleidet natürlich – in Marseille und verlangten die Übergabe der Herren de Lesseps und Bergier. Sie brachten die beiden sofort nach Paris. Hier erst wurden die Einkäufer gründlich verhört.
Am 10. Dezember 1940 gab der SD Paris eine Fahndungsmeldung an alle seine Dienststellen heraus.
Am 13. Dezember geschah es dann in einem Zimmer des zweckentfremdeten Pariser Hotels «Lutetia», der Dienststelle der deutschen Abwehr:
Hauptmann Brenner von der Abteilung III las die Fahndungsmeldung des deutschen Konkurrenz-Unternehmens. Er las sie einmal flüchtig, stutzte und las sie ein zweites Mal – aufmerksamer.
Ein gewisser Pierre Hunebell wurde da gesucht; warum, umschrieb das Blatt vage mit «Verrat von SD-Leuten an französische Behörden».
Und Hauptmann Brenner las noch einmal: Pierre Hunebelle. Schmales Gesicht. Dunkle Augen. Schwarzes, kurzes Haar. Etwa 1,75 groß. Schlank. Im Besitz einer goldenen Repetieruhr, mit der er häufig spielt. Besondere Kennzeichen: kocht gerne.
Hm.
Kocht gerne.
Hm!!!
Hauptmann Brenner rieb sich die Stirn. Da war doch mal ... Da gab's doch mal ... Da war doch mal ein General aufs Kreuz gelegt worden von einem Herrn, der gerne kochte. Bei der Eroberung von Paris war das gewesen. Es gab einen Akt darüber ...
Akt darüber – Akt darüber ...

Eine Stunde später hatte Hauptmann Brenner im Archiv gefunden, was er suchte. Ein dünner Akt war das. Aber die Erinnerung hatte den Hauptmann nicht getrogen. Da stand es: Thomas Lieven, alias Jean Leblanc. Etwa 1,75 groß. Schmales Gesicht. Dunkle Augen. Dunkles Haar. Besitzt eine altmodische goldene Repetieruhr. Besondere Kennzeichen: leidenschaftlicher Koch.
Jagdfieber erwachte in Hauptmann Brenner. Er hatte seine privaten Verbindungen zum SD. Er horchte drei Tage lang herum, dann wußte er, warum der Sturmbannführer Eicher so erbittert hinter Herrn Hunebelle, alias Leblanc, alias Lieven, her war. Grinsend verfaßte Brenner eine Meldung an seinen höchsten Vorgesetzten.
Admiral Wilhelm Canaris las den Bericht des Hauptmanns Brenner in seinem Berliner Büro am Tirpitz-Ufer mit einem immer stärker werdenden Schmunzeln. Die Heiterkeit, die schon seinen Mann in Paris ergriffen hatte, erfaßte auch ihn. Schau mal an, das Reichssicherheitshauptamt! Raubt das unbesetzte Frankreich aus. Das will ich Herrn Himmler mal unter die Nase reiben! Und hereingelegt hat sie ein gewisser Hunebelle, alias Leblanc, alias ...
Der Admiral wurde ernst. Er las den letzten Absatz noch einmal. Und ein drittes Mal. Dann rief er seine Sekretärin ins Zimmer: «Liebes Fräulein Sistig, bringen Sie mir doch mal den Akt Thomas Lieven.»
Eine Viertelstunde später lag er vor ihm, ein großes schwarzes Kreuz war auf den oberen Deckel gezeichnet.
Canaris öffnete den Deckel. Er las, was auf dem ersten Bogen stand ...

Köln, 4. Dezember 1940

VON: ABWEHR KÖLN
AN: CHEF ABWEHR BERLIN
GEHEIM 135892/VC/40/LV

*Aus Lissabon zurückgekehrt, gestatte ich mir ergebenst, Herrn Admiral den Tod des Doppelagenten und Verräters Thomas Lieven, alias Jean Leblanc, zu melden ...*

Lange Zeit saß Canaris reglos. Dann nahm er den Hörer ab. Die Stimme des Admirals klang sehr leise, sehr verhangen und sehr gefährlich: «Fräulein Sistig, verbinden Sie mich doch bitte mit der Abwehr Köln. Major Fritz Loos ...»

An dieser Stelle unseres Berichtes halten wir es für richtig, völlig unwichtige Tage zu überspringen, jedoch von einem Abend zu erzählen, der harmonisch und unauffällig begann und dennoch allerschwerste Folgen haben sollte.
Am stürmischen Abend des 28. Dezember 1940 hörte Thomas Lieven die 22.30-Uhr-Nachrichten des Londoner Rundfunks in französischer Sprache. Thomas hörte jeden Abend Radio London, ein Mann in seiner Lage mußte wohl informiert sein.
Er befand sich in Chantals Schlafzimmer. Seine schöne Freundin lag schon im Bett. Sie hatte das Haar hochgesteckt, und ihr Gesicht war ohne Schminke. Thomas hatte sie am liebsten so. Er saß bei ihr, und sie streichelte seine Hand, während sie beide der Stimme eines Nachrichtensprechers lauschten:
«... rührt sich in Frankreich vermehrt der Widerstand gegen die Nazis. Gestern nachmittag flog auf der Strecke Nantes–Angers in der Nähe von Varades ein deutscher Truppentransport in die Luft. Die Lokomotive und drei Waggons wurden vollständig vernichtet. Mindestens fünfundzwanzig deutsche Soldaten wurden getötet, weit über hundert wurden zum Teil schwer verletzt.»
Noch strichen Chantals Finger über Thomas Lievens Hand.
«... als Vergeltungsmaßnahme haben die Deutschen sofort dreißig französische Geiseln erschießen lassen ...»
Chantals Finger hielten an.
«... doch der Kampf geht weiter, und er hat eben erst begonnen. Eine gnadenlose Untergrundbewegung verfolgt und jagt die Deutschen bei Tag und bei Nacht. Wie wir aus zuverlässiger Quelle erfahren, fielen der Réstistance in Marseille kürzlich gewaltige Mengen von Gold, Devisen und Wertgegenständen in die Hände, die aus Raub- und Plünderungs-Aktionen der Nazis stammen. Diese Mittel werden ausreichen, um den Kampf auszudehnen und zu erweitern. Das Attentat von Varades wird nicht das einzige bleiben ...»
Thomas war bleich geworden. Er ertrug die Stimme nicht mehr; er schaltete den Apparat ab. Chantal lag still auf dem Rücken und sah ihn an. Und plötzlich konnte er auch ihren Blick nicht ertragen.
Er stöhnte auf und stützte den Kopf in beide Hände. Und in seinem Schädel dröhnte es: Fünfundzwanzig Deutsche. Dreißig Franzosen. Über hundert Verwundete. Erst ein Anfang. Der Kampf geht weiter. Finanziert mit gewaltigen Mengen von Nazi-Gold

und Nazi-Devisen. Erbeutet in Marseille ... Unglück, Blut und Tränen. Finanziert durch wen? Durch wessen Hilfe?
Thomas Lieven hob den Kopf. Immer noch sah Chantal ihn reglos an. Er sagte leise: «Ihr hattet recht – Bastian und du. Wir hätten das Zeug behalten sollen. Ihr hattet einen feinen Instinkt. Siméon und den französischen Geheimdienst betrügen – das wäre bei weitem das kleinere Übel gewesen.»
«Bei allem, was *wir* bisher angestellt haben, ist noch nie ein Unschuldiger ums Leben gekommen», sagte Chantal leise.
Thomas nickte. Er sagte: «Ich sehe ein, ich muß mein Leben ändern. Ich habe altmodische Vorstellungen. Ich habe falsche, gefährliche Begriffe von Ehre und Treue. Chantal, weißt du noch, was du mir damals in Lissabon vorschlugst?»
Sie richtete sich schnell auf. «Mein Partner zu werden.»
«Von heute an, Chantal, bin ich's. Ohne Gnade, ohne Mitleid. Ich habe die Schnauze voll. Ran an die Sore!»
«Süßer, du sprichst ja schon wie ich!»
Sie schlang die Arme um seinen Hals und küßte ihn wild.
Mit diesem Kuß wurde ein sehr seltsames Bündnis besiegelt, eine Arbeitsgemeinschaft, über die man in Marseille noch heute spricht – und mit Grund. Denn zwischen Januar 1941 und August 1942 wurde der Süden Frankreichs von einem wahren Erdbeben, von einer Sturmflut krimineller Geschehen heimgesucht, die in beinahe märchenhafter Weise eines gemeinsam hatten: niemand empfand Mitleid mit den Geschädigten.
Das erste Opfer war der Marseiller Juwelier Marius Pissoladière. Wenn es am 14. Januar 1941 in Marseille nicht geregnet hätte, wäre diesem Herrn vielleicht der tragische Verlust von weit über acht Millionen Francs erspart geblieben. Aber ach, es goß in Strömen von morgens bis abends, und so nahm das Verhängnis seinen Lauf. Marius Pissoladières eleganter Laden lag an der Cannebière, der Hauptstraße von Marseille. Monsieur Pissoladière war ein steinreicher Mann, fünfzigjährig, zu Fettleibigkeit neigend, stets nach der letzten Mode gekleidet.
In früheren Jahren hatte Pissoladière seine Geschäfte mit der internationalen Gesellschaft der Riviera abgewickelt. In letzter Zeit war ein neuer Kundenkreis an ihn herangetreten – ein ebenso internationaler. Pissoladière verhandelte mit Flüchtlingen aus allen Ländern, die Hitler überfallen hatte. Pissoladière kaufte den Flüchtlingen ihren Schmuck ab. Sie brauchten Geld, um weiterfliehen, um Beamte bestechen, Einreisegenehmigungen erlangen, falsche Pässe bestellen zu können.

Zu dem Zweck, die Flüchtlinge möglichst elend zu bezahlen, operierte der Juwelier nach einem denkbar einfachen System: Er handelte Tage und Wochen mit den Verkäufern. So lange, bis die Verzweifelten unter allen Umständen Geld haben mußten. Wenn es nach Pissoladière ging, konnte der Krieg ruhig noch zehn Jahre dauern!
Nein, Herr Marius konnte wirklich nicht klagen. Die Geschäfte gingen bestens. Und alles wäre wohl weiter gut gegangen, wenn es am 14. Januar 1941 in Marseille nicht geregnet hätte ...

Am 14. Januar 1941, gegen die elfte Vormittagsstunde, betrat ein Herr von etwa fünfundvierzig Jahren das Juweliergeschäft von Marius Pissoladière. Der Herr trug Homburg, kostbaren Stadtpelz, Gamaschen und dezent grau-schwarz gestreifte Hosen. Ach ja, und einen Regenschirm natürlich!
Ergreifend vornehm, dieses schmale, bleiche Aristokratengesicht, fand Pissoladière. Müder Reichtum. Uraltes Geschlecht. Genau das, was der Juwelier bei seinen Käufern liebte ...
Pissoladière war allein im Laden. Händereibend, mit untertänigem Blick, verbeugte er sich vor seinem Kunden und wünschte einen guten Morgen.
Der elegante Herr erwiderte Pissoladières Gruß durch ein müdes Neigen des Kopfes und hängte seinen Schirm (mit der Bernsteinkrücke) an die Kante der Ladentheke.
Als er redete, erwies sich seine Sprache ein wenig provinziell akzentuiert. Aristokraten, überlegte Pissoladière, tun das wohl, um ihre soziale Gesinnung zu dokumentieren. Menschen wie du und ich. Großartig! Der Herr sprach: «Ich möcht' bei Ihnen – hm, ein bißchen Schmuck kaufen. Man sagte mir im ‹Bristol›, daß Sie so was in guter Auswahl hätten.»
«Den schönsten Schmuck von Marseille, Monsieur. Und woran haben Monsieur gedacht?»
«Na ja, halt an ein – hm – Armband mit Brillanten oder so was ...»
«Haben wir in allen Preislagen. Was wollen Monsieur etwa anlegen?»
«So zwischen – hm – zwei und – hm, drei Millionen», erwiderte der Herr und gähnte.
Donnerwetter, dachte Pissoladière. Der Morgen hat es in sich! Er trat an einen großen Tresor, stellte das Kombinationsschloß ein und sagte dabei: «In dieser Preislage gibt es natürlich schon sehr schöne Stücke.»

Die dicke Stahltür schwang zurück. Pissoladière wählte neun Brillant-Armbänder aus und legte sie auf ein schwarzes Samttablett. Mit diesem trat er vor den Kunden.
Die neun Armbänder glitzerten und brannten in allen Farben des Regenbogens. Der Herr betrachtete sie lange schweigend. Dann nahm er ein Bracelet in die schmale, wohlmanikürte Hand. Es war ein besonders schönes Stück mit kostbaren flachen Baguetten und sechs zweikarätigen Steinen.
«Wie teuer – hm – ist das hier?»
«Drei Millionen, Monsieur.»
Drei Millionen Francs waren 1941 etwa 150 000 Mark. Das Armband stammte von der Gattin eines jüdischen Bankiers aus Paris. Pissoladière hatte es für 400 000 Francs erhandelt, besser: herausgepreßt.
«Drei Millionen ist zuviel», sagte der Herr.
Pissoladière erkannte daran sogleich den versierten Schmuckkäufer. Nur Laien akzeptieren den Preis widerspruchslos, den ein Juwelier ihnen zuerst nennt. Ein gewaltiges Handeln begann, ein zähes Hin und Her.
Da öffnete sich die Ladentür. Pissoladière sah auf. Ein zweiter Gentleman kam herein. Weniger wohlhabend gekleidet als der erste – aber immerhin, immerhin. Zurückhaltend. Dezent in Kleidung und Auftreten. Fischgrätenmuster-Mantel. Gamaschen. Hut. Regenschirm.
Eben wollte Pissoladière den zweiten Herrn ersuchen, ein wenig zu warten, da sagte dieser: «Ich brauche nur ein neues Armband für meine Uhr.» Und damit hängte er seinen Regenschirm so dicht es ging neben den Regenschirm des Herrn im Stadtpelz, den er scheinbar noch nie im Leben gesehen hatte.
Und in diesem Moment war Marius Pissoladière sozusagen bereits verloren, verraten und verkauft ...

13

Die beiden Herren, die einander am Vormittag des 14. Januar 1941 in Pissoladières Juweliergeschäft so fremd gegenübertraten, waren in Wirklichkeit uralte Freunde. Sie hatte sich nur in den letzten zwei Wochen äußerlich und innerlich von Grund auf verwandelt.
Vor zwei Wochen noch pflegten die beiden Herren wie Droschkenkutscher zu fluchen, auf den Boden zu spucken, knallgelbe Schuhe und Jacken mit übertrieben auswattierten Schultern zu

tragen. Bis vor zwei Wochen waren ihre Fingernägel immer schwarz und ihre Haare immer zu lang gewesen. Einen halben Monat zuvor hatten sich die beiden Herren noch als deutliche Angehörige jener geheimnisumwobenen asozialen Kaste durchs Leben bewegt, die der gute Bürger gemeinhin schaudernd die «Unterwelt» nennt.

Wem wohl fiel das Verdienst zu, in so kurzer Zeit und im Rahmen eines allerdings anstrengenden Schnellkurses aus zwei alten Ganoven zwei neue Herren zu machen – wem wohl?

Der geneigte Leser hat es erraten: einem gewissen Pierre Hunebelle, alias Jean Leblanc, alias Thomas Lieven.

Um die beiden Ganoven zunächst seelisch auf den geplanten Fischzug bei dem Juwelier Pissoladière vorzubereiten, hatte Thomas Lieven zwei Wochen zuvor ein Essen gegeben.

Das Mahl wurde in einem Hinterzimmer «Chez Papa» serviert, dem berühmt-berüchtigten Schwarzschlächterlokal in der Rue de Paradis, neben der Börse. Außer Thomas Lieven und seiner Geliebten, der schönen Bandenchefin Chantal Tessier, erschienen zu dem Essen nur die erwähnten beiden Ganoven – in ihrer ursprünglichen Gestalt und unter ihrem richtigen Namen: Fred Meyer und Paul de la Rue.

Sie gehörten seit Jahren zu der Bande, aber sie waren im Außendienst beschäftigt, in Toulouse. Chantals Organisation hatte Filialen. Es war ein gesund aufgebautes Unternehmen.

Paul de la Rue, Hugenotten-Nachfahre, war groß und schlank und von Beruf gelernter Bilderfälscher. Er sprach mit südfranzösischem Akzent. Trotz aller Ungepflegtheit hatte sein schmaler Schädel etwas Aristokratisches.

Fred Meyers erlernter Beruf war der eines Kassenschränkers. Er hatte auch auf den Fachgebieten Einbruch, Hoteldiebstahl und Zollbetrug dilettiert, und er sprach ebenfalls mit dem Akzent südfranzösischer Volksgenossen.

Händereibend und grinsend waren Paul und Fred zu Thomas und Chantal gekommen. Der Hugenotten-Abkomme rülpste: «Wollen wir mal noch ’n kleinen Pastis trinken vorm Fressen, wie?»

«Vor dem Essen», erwiderte Thomas Lieven eisig, «werden die Herren keinen kleinen Pastis trinken, sondern sich hinunter zum Friseur begeben. Rasieren. Haare schneiden. Hals und Hände waschen. In einem derartigen Zustand geht man nicht zu Tisch.»

«Ta gueule», knurrte Fred, der, ebenso wie Paul, diesen Pierre Hunebelle noch nicht näher kannte. «Du kannst uns mal, Chantal ist die Chefin.»

Mit schmalen Lippen antwortete Chantal darauf: «Ihr tut, was er sagt. Geht zum Friseur. Sauerei, wie ihr ausseht.» Knurrend zogen die beiden ab.
Allein mit Thomas, bewies Chantal, daß sie ihm zuliebe zwar gewisse Eigentümlichkeiten der Kleidung aufgegeben hatte, sich aber im Inneren treu geblieben war. Wie eine Wildkatze fauchte sie ihn an: «Ich wollte dich nicht bloßstellen. Das wäre nämlich das Ende meiner Autorität vor den Brüdern, wenn es auch noch heißt, ich krache mich mit dir! Aber das ist immer noch *meine* Bande, kapiert?»
«Tut mir leid, dann wollen wir die Sache lieber lassen.»
«Was soll das heißen?»
«Ich bin nicht dein Angestellter. Wir sind entweder gleichberechtigte Partner – oder gar nichts.»
Sie sah ihn aus halbgeschlossenen Augen an. Sie murmelte etwas Unverständliches. Dann stieß sie mit der Faust gegen seine Schulter und knurrte, halb gereizt, halb belustigt: «Also gut – du verfluchter Hund!» Und hastig: «Bilde dir bloß keine Schwachheiten ein – von wegen, daß ich mich in dich verknallt habe oder so! Da müßte ich aber wirklich lachen. Ich brauche einfach noch 'nen guten Mann, das ist alles. Klar?»
«Klar», sagte Thomas. Und blinzelte. Und dann tranken sie einen uralten Kognak zur Versöhnung.

Nach einer Dreiviertelstunde kamen Paul und Fred zurück. Sie sahen jetzt viel manierlicher aus. Bei der Vorspeise erklärte Chantal: «Mal herhören. Wer gegen Pierre was sagt, kriegt es mit mir zu tun, verstanden.»
«Was denn, Chantal, du hast doch noch nie ...»
«Schnauze! Pierre ist mein Partner.»
«Oh, heilige Neune, Puppe, dich hat's aber bös erwischt», bemerkte der Schränker. Im nächsten Moment hatte er eine schallende Ohrfeige weg, und Chantal zischte: «Kümmere dich um deinen Mist!»
«Man wird doch noch reden dürfen», maulte Fred.
«Einen Dreck darf man dürfen!» Chantal hatte trotz ihrer Widerspenstigkeit schon einiges von Thomas gelernt: «Friß lieber anständig, du Ferkel! Hat man Töne? Zerschneidet der Kerl die Spaghetti mit dem Messer!»
«Wenn mir das Zeug doch immer wieder von der verflixten Gabel rutscht!»
«Erlauben Sie einen Tip», sprach Thomas freundlich. «Wenn es

## Menu · 3. Januar 1941

*Spaghetti Bolognese*
*Koteletts Robert mit Pommes frites*
*Sacher-Torte*

---

## Mit Eßkultur «organisierte» Thomas Lieven Edelsteine und Platin ...

Spaghetti Bolognese: Man nehme auf ein Pfund Spaghetti ein halbes Pfund Fleisch, am besten Rind, Schwein und Kalb gemischt, und schneide es in Würfelchen. – Man nehme die gleiche Menge in feine Ringe geschnittene Zwiebeln, dünste sie in Öl oder Butter an und lasse dann das Fleisch, eine zerdrückte Knoblauchzehe und gehackte Suppenkräuter mitschmoren. Wenn alles gut angebraten ist, füge man enthäutete und entkernte Tomaten oder Tomatenmark hinzu und lasse alles zusammen auf kleinster Flamme möglichst lange dünsten, bis eine sämige Sauce entstanden ist. – Dann lasse man die in Salzwasser nicht zu weich gekochten, auf einem Seiher mit kaltem Wasser überspülten, gut abgetropften Spaghetti in der mit Salz und Pfeffer abgeschmeckten Sauce heiß werden. – Man reiche geriebenen Parmesan-Käse zu dem Gericht.

Koteletts Robert: Man nehme mittelstarke Schweine-Koteletts, kerbe den Fettrand etwas ein und klopfe sie. Man lege sie ohne Fetteingabe in eine sehr heiß gemachte Eisenpfanne. Man lasse die Koteletts auf jeder Seite etwa drei Minuten braten, salze und pfeffere sie, gebe ein großes Stück Butter in die Pfanne und lasse sie darin auf jeder Seite noch eine Minute braten. Man nehme die Koteletts heraus und lege sie auf eine vorgewärmte Platte. – Inzwischen hat man zu gleichen Teilen Rotwein und saure Sahne mit einem Eßlöffel scharfen Senf verrührt. Nun gieße man das Gemisch in eine Pfanne und koche den Bratfond kurz damit auf. – Man gieße diese Sauce über die fertigen Koteletts und serviere sie sofort mit Pommes frites.

Pommes frites: Man nehme roh geschälte Kartoffeln, schneide sie in halbfingerlange, bleistiftdicke Stäbchen, wasche sie und trockne sie mit einem Tuch gut ab. – Man gebe sie in kleinen Mengen in einen Topf mit heißem Schmalz oder Öl und nehme sie mit einem Sieb heraus, sobald sie sich zu färben beginnen, lasse sie abtropfen und abkühlen. – Man mache kurz vor dem Anrichten das Fett wieder sehr heiß, lege die Kartoffelstifte nochmals hinein und lasse sie jetzt schön goldgelb fertig backen. Man lasse sie auf Löschpapier gut abtropfen, bestreue sie mit feinem Salz und richte sie an.

Sacher-Torte: Man nehme 125 g Butter und rühre sie schaumig, gebe 150 g Zucker, 150 g gesiebtes Mehl, 5 Eigelb, etwas Vanille und zuletzt 150 g im Wasserbad geschmolzene Schokolade dazu. – Man verrühre alles sehr gut, ziehe den Schnee der 5 Eiweiß darunter, fülle die Masse in eine Tortenform und lasse sie eine halbe Stunde bei mittlerer Hitze backen. – Man nehme für den Tortenguß 90 g geschmolzene Schokolade, 125 g Puderzucker und zwei Eßlöffel heißes Wasser, die man auf dem Feuer tüchtig verrührt. – Man bestreiche die fertig gebackene Torte mit Aprikosen-Marmelade, gieße die Glasur darüber und lasse sie eine Minute im heißen Ofen erhärten. Die Torte muß gut ausgekühlt sein, ehe man sie serviert.

Ihnen schon nicht möglich ist, die Spaghetti mit der Gabel aufzudrehen, dann spießen Sie mit der Gabel zunächst nur einen Mundvoll auf, nehmen mit der linken Hand den Löffel und drücken die Gabelzinken gegen seine Innenseite. So.» Thomas demonstrierte. «Nun drehen Sie die Gabel. Sehen Sie, wie gut das geht?»
Fred machte es nach. Es funktionierte.
«Meine Herren», sagte Thomas, «in der Tat wird es notwendig sein, daß wir uns ausführlich über gute Manieren unterhalten. Gute Manieren sind das A und O jedes ordentlichen Betruges. Haben Sie schon einmal einen Bankier mit schlechten Manieren erlebt?» – Einen *Bankier!* Lieber Gott, ich darf gar nicht daran denken. Meine Bank in London. Mein Club. Mein schönes Heim. Vorbei. Vorbei. Vom Winde verweht. –
«Gute Manieren, jawohl», sagte Chantal gebieterisch. «Hier weht jetzt überhaupt ein anderer Wind, kapiert? Mein Partner und ich haben alles besprochen. Wir holen uns die Sore ... ich meine, unsere Aktionen gelten nicht mehr jedem x-beliebigen ...»
«Sondern?»
«Sondern nur noch Schweinen, die's verdienen. Nazis, Kollaborateuren, Geheimagenten, egal welchen. Als ersten nehmen wir also diesen Pissoladière ...», begann Chantal und unterbrach, weil Olive, der dicke Wirt, persönlich das Hauptgericht brachte.
Olive liebte Thomas für dessen Kochkünste und strahlte ihn an: «Die Pommes frites selbstverständlich zweimal ins Öl geworfen, Monsieur Pierre!»
«Das habe ich auch nicht anders erwartet», sagte Thomas herzlich. – Großer Gott, mehr und mehr gefällt mir diese Unterwelt. Wie soll das weitergehen mit mir, wenn das so weitergeht? –
Thomas verteilte die Koteletts und hob sofort die Augenbrauen. «Monsieur de la Rue, Sie benützen ja die *Tortengabel!*»
«Da soll sich aber auch einer auskennen mit dem ganzen Teufelsbesteck!»
«Was das Besteck betrifft, meine Herren», sagte Thomas, «so arbeite man sich stets von außen nach innen. Was man an Besteck zum letzten Gang benötigt, liegt dem Teller am nächsten.»
«Die Rattenkeller möchte ich sehen, in denen ihr aufgewachsen seid», sagte Chantal hoheitsvoll. Und ganz fein zu Thomas: «Sprich bitte weiter, Chéri.»
«Meine Herren, in Verfolgung unserer geänderten Statuten haben wir, wie gesagt, als ersten den Juwelier auf dem Kieker, will sagen, vorgemerkt. Einen ganz üblen Burschen ... Monsieur

Meyer – also es ist *vollkommen* unmöglich, daß Sie das Kotelett in die Hand nehmen und den Knochen abnagen! Wo bin ich stehengeblieben?»
«Pissoladière», soufflierte Chantal. Jetzt sah sie Thomas sehr verliebt an. Manchmal liebte sie ihn, manchmal haßte sie ihn. Ihre Gefühle wechselten jäh, sie kannte sich selbst nicht mehr ganz genau aus. Ganz genau wußte sie nur, daß sie ohne diesen Hund, diesen elenden Hund, nicht mehr leben wollte.
«Pissoladière, richtig.» Thomas erklärte, was für ein übler Bursche der Juwelier war. Dann fuhr er fort: «Ich hasse Gewalt. Blutvergießen lehne ich ab. Einbruch durch die Decke, Überfall mit vorgehaltener Pistole und so weiter kommen also überhaupt nicht in Frage. Glauben Sie mir, meine Herren: die neue Zeit verlangt neue Methoden. Nur die Phantasievollen werden überleben. Die Konkurrenz ist einfach zu groß. Monsieur de la Rue, man nimmt die Pommes frites nicht in die Hand, man benützt die Gabel.»
Fred Meyer erkundigte sich: «Und wie holen wir dem Pissoladière also die Sore raus?»
«Mit Hilfe von zwei Regenschirmen.»
Olive brachte den Nachtisch.
«Damit die Herren sich gleich daran gewöhnen», sagte Thomas, «Torte wird mit der kleinen Gabel gegessen und nicht mit dem Löffel.»
Chantal sagte: «Ihr zwei werdet ordentlich ochsen müssen in den nächsten Tagen. Da ist nichts mit Sauferei und Zocken und Weibern, verstanden?»
«Herrgott, Chantal, wenn wir schon einmal in Marseille sind ...»
«Erst der Coup, dann das Vergnügen, meine Freunde», sagte Thomas. «Sie müssen lernen, wie sich Herren anziehen, wie Herren gehen, stehen und sprechen. Möglichst ohne Akzent! Und Sie müssen lernen, wie man Gegenstände unauffällig verschwinden läßt.»
«Wird kein Honiglecken sein, das kann ich euch sagen!» rief Chantal. «Ihr steht meinem Partner von morgens bis abends zur Verfügung ...»
«Nur nicht nachts», sagte Thomas und küßte ihre Hand. Sofort wurde sie dunkelrot und ärgerlich und schlug nach ihm und rief: «Ach, laß das doch – vor den Leuten, Mensch! Unausstehlich diese Handküsserei!» Und die Bestie Chantal funkelte ihn an.
Tja, das wäre eigentlich alles. Nun können wir ohne Bedenken zum 14. Januar 1941 und jenem Augenblick zurückkehren, in welchem ein unfaßbar veränderter Fred Meyer im Juwelier-

geschäft des Marius Pissoladière seinen Schirm neben den Schirm eines unfaßbar veränderten Paul de la Rue hängte ...

14

Danach ging eigentlich alles sehr schnell.
Der Juwelier legte Fred Meyer am unteren Ende des Ladentisches eine Reihe von Uhrbändern vor. Am oberen Ende des Ladentisches stand Paul de la Rue, über die neun funkelnden Brillanten-Bracelets geneigt. Die beiden Schirme hingen neben ihm.
So wie er es stundenlang unter der Aufsicht von Thomas Lieven geübt hatte, ergriff er nun geräuschlos das Armband, dessen Erwerb drei Millionen Francs kosten sollte, neigte sich vor und ließ es geräuschlos in den leicht geöffneten Schirm seines Freundes Meyer fallen. Die Schirmstreben waren vorher natürlich mit Watte umwickelt worden. Dann ergriff er noch zwei weitere Brillantarmbänder und verfuhr mit ihnen in der gleichen Weise.
Danach wanderte er weit von den Schirmen fort bis zum Ende des Ladens, wo es goldene Armreifen zu bewundern gab. Paul de la Rue bewunderte sie. Dabei strich er mit der rechten Hand über sein neuerdings gepflegtes Haar.
Auf dieses vereinbarte Zeichen hin entschloß sich Fred Meyer ungemein rasch zum Erwerb eines Uhrenarmbandes im Wert von 240 Francs. Er zahlte mit einem Fünftausend-Francs-Schein.
Juwelier Pissoladière schritt zur Kasse. Er registrierte den Preis, holte Wechselgeld heraus und rief dabei zu Paul de la Rue hinüber: «Ich stehe sofort wieder zu Ihren Diensten, Monsieur!»
Pissoladière gab dem Uhrenarmbandkäufer heraus, dieser nahm seinen Regenschirm und verließ den Laden. Hätte der Juwelier ihm nachgeschaut, dann hätte er bemerkt, daß der Uhrenarmbandkäufer trotz strömenden Regens seinen Schirm *nicht* aufspannte. Vorerst wenigstens ...
Eilenden Fußes kehrte Pissoladière zu seinem aristokratischen Kunden zurück. Er sprach: «Und nun, Monsieur ...» Aber er sprach nicht weiter. Er sah mit einem Blick, daß drei der wertvollsten Bracelets fehlten.
Zunächst glaubte der Juwelier noch an einen Scherz. Degenerierte Aristokraten haben manchmal solche Anwandlungen makabren Humors. Er lächelte Paul de la Rue schief an, machte: «Haha» und sagte: «Monsieur, haben Sie mich erschreckt!»
Von Thomas Lieven ausgezeichnet trainiert, hob Paul unnach-

ahmlich seine Augenbrauen und forschte: «Wie meinen Sie? Ist Ihnen nicht gut?»
«Nicht doch, Monsieur, Sie treiben den Scherz zu weit. Bitte, legen Sie die drei Armbänder wieder aufs Tablett.»
«Sagen Sie mal, sind Sie betrunken? Sie meinen, ich hätte drei Armbänder ... Ach so, tatsächlich, wo sind denn die drei schönen Stücke?»
Jetzt lief Pissoladière blaurot an. Seine Stimme wurde schrill: «Mein Herr, wenn Sie nicht sofort die Stücke hier auf den Tisch legen, muß ich die Polizei alarmieren!»
Daraufhin fiel Paul de la Rue etwas aus seiner Rolle. Er begann zu lachen.
Das Gelächter nahm dem Juwelier den letzten Rest von Beherrschung. Mit einem Griff hatte er jene Taste unter dem Ladentisch erreicht, die den Diebesalarm auslöste. Krachend fielen vor den Auslagen, der Eingangstür und dem Hinterausgang schwere Stahlgitter herab.
Marius Pissoladière hatte plötzlich einen großen Revolver in der Hand und kreischte: «Hände hoch! Keinen Schritt ... Keine Bewegung!»
Lässig antwortete Paul de la Rue, die Hände hochnehmend: «Sie armer Irrer, das wird Ihnen noch leid tun.»

Wenig später erschien das Überfallkommando.
In größter Seelenruhe präsentierte Paul de la Rue einen französischen Reisepaß, lautend auf den Namen Vicomte René de Toussant, Paris, Square du Bois de Boulogne. Es war ein einwandfrei gefälschter Paß, die besten Kräfte des «Alten Viertels» hatten sich um ihn bemüht. Trotzdem zogen die Kriminalbeamten Paul de la Rue bis auf die Haut aus, durchsuchten seine Kleider und trennten die Nähte des Mantels auf. Es war alles umsonst. Nichts kam zutage, nicht ein einziger Brillant, nicht ein einziger Splitter der drei verschwundenen Bracelets.
Die Beamten verlangten von dem falschen Vicomte den Nachweis, daß er überhaupt in der Lage gewesen wäre, drei Millionen zu bezahlen.
Lächelnd bat der Verdächtige, den Direktor des «Hôtel Bristol» anzurufen. Der Direktor des «Hôtel Bristol» bestätigte, daß der Vicomte im Hotelsafe einen Betrag von sechs Millionen deponiert hätte! Kunststück! Paul de la Rue war natürlich wirklich im «Bristol» abgestiegen und hatte sechs Millionen – Bandenkapital – im Safe deponiert!

Die Kriminalbeamten wurden nun schon bedeutend höflicher.
Als schließlich die Pariser Polizei auf ein entsprechendes Fernschreiben antwortete, am Square du Bois de Boulogne residiere tatsächlich ein Vicomte René de Toussant, sehr vermögend, Verbindungen zu den Nazis und zu der Vichy-Regierung, zur Zeit abwesend von Paris, wahrscheinlich in Südfrankreich, da ließ die Polizei Paul de la Rue mit vielen Entschuldigungen frei.
Völlig gebrochen, kalkweiß im Gesicht, stammelte auch der Juwelier Marius Pissoladière sein Bedauern hervor.
Der unauffällige Uhrenarmbandkäufer, von dem Pissoladière nur eine sehr schlechte Beschreibung geben konnte, war und blieb verschwunden ...
All dies hatte Thomas Lieven vorausgesehen, als er Paul de la Rue seiner Erscheinung wegen aussuchte und einen Paß auf den Namen des Vicomtes fälschen ließ. Mitgeholfen allerdings hatte der «Perpignan-Bote» vom 2. Januar 1941. Denn unter der Rubrik AUS DEN LANDKREISEN hatte Thomas ein Bild des nazifreundlichen Aristokraten und diesen Bericht gefunden:
«Vicomte René de Toussant, Industrieller aus Paris, ist zur Kur in dem malerischen Städtchen Font Romeu an der Pyrenäengrenze eingetroffen ...»
Die Sache mit dem Regenschirm war in Marseille natürlich nicht mehr zu wiederholen. So etwas spricht sich ja schließlich herum. Dafür wurde es in Bordeaux, Toulouse, Montpellier, Avignon und Béziers lebendig. In diesen Städten machten in der nächsten Zeit Juweliere und Antiquitätenhändler trübe und verlustreiche Erfahrungen mit beschirmten Herren. Aber merkwürdigerweise stets nur solche, die einen ähnlich trüben und schäbigen Charakter wie Marius Pissoladière aufwiesen.
Dies, wir sagten es schon, war das gemeinsame Symptom aller Anschläge: Die Geschädigten taten keinem Menschen leid. Im Gegenteil! Im Süden des Landes begann man zu flüstern, daß hier eine ganz eigenwillige Art von Untergrundbewegung am Werk sei, angeführt von einer Art Robin Hood.
Durch eine Verkettung von Umständen geriet die Polizei auf eine falsche Spur, woran Thomas Lieven nicht ganz schuldlos war. Die Polizei glaubte, die Urheber der frechen Juwelendiebstähle wären in den Reihen der «Glatzen-Bande» zu suchen.
Eine der alteingesessenen Organisationen von Marseille wurde von einem gewissen Dantes Villeforte angeführt, einem Korsen, der aus naheliegenden Gründen den Spitznamen «Die Glatze» erhalten hatte.

Dann passierte die Sache mit den Flüchtlingstransporten nach Portugal. Auch Villeforte und seine Leute waren da ins Geschäft eingestiegen. Aber nun aktivierte Chantal ihr «Transportunternehmen» plötzlich enorm. Doch was sie machte, widersprach allen Regeln der Zunft. Sie verfuhr nach der völlig zu Unrecht veralteten Devise: Kleine Preise – großer Umsatz – guter Gewinn. Beziehungsweise sogar: Fliehen Sie gleich – bezahlen Sie später.
Man kann verstehen, daß «Die Glatze» nicht eben besserer Laune wurde, als Chantal ihm völlig das Geschäft verdarb. Denn zu ihr strömten nun die Kunden, zur «Glatze» kam kaum einer mehr.
Dann hörte «Die Glatze» plötzlich, daß all diese Neuerungen dem Weitblick und der Intelligenz von Chantals Geliebten zuzuschreiben seien. Diesem Mann vertraute Chantal vollkommen. Dieser Mann war angeblich das Gehirn der Bande – ein vorzügliches Gehirn, wie es schien.
«Die Glatze» beschloß, sich um diesen Mann ein wenig zu kümmern.

15

Thomas Lieven residierte weiter im «Alten Viertel» von Marseille bis zu einem unheilvollen Gewitterabend im September des Jahres 1942. Er lebte bei Chantal Tessier. Die seltsame Haßliebe dieser beiden Menschen wurde immer leidenschaftlicher, immer intensiver.
Stürmisch um den Hals beispielsweise fiel die schöne Bestie ihrem kochgewandten Freund nach einem gelungenen Coup – dasselbe Hotel zweimal an deutsche Aufkäufer verkauft – im Februar 1941. Jedoch nur, um im nächsten Atemzug zu versichern: «Du widerst mich an mit deinem überlegenen Lächeln! Diese Überheblichkeit! Glaubst du, du hast alles allein gemacht, was? Wir sind bloß kleine idiotische Kröten! Ich will dir mal was sagen: dein Grinsen reicht mir jetzt! Ich will dich nie mehr sehen, nie mehr, hau ab!»
Also zog Thomas gottergeben zu seinem Freund Bastian. Kaum war er zwei Stunden in dessen Wohnung, da rief Chantal an. «Ich habe hier Blausäure, Veronal und einen Revolver. Wenn du nicht sofort zu mir kommst, bin ich morgen früh eine Leiche.»
«Aber du hast doch gesagt, du willst mich nie mehr sehen!»
«Du Hund – du verfluchter Hund, ich krieg' keine Luft mehr, wenn du nicht da bist ...»
Thomas kehrte umgehend heim in die Rue Chevalier à la Rose. Es gab eine Versöhnung, von der er sich zwei Tage lang erholen

mußte. Danach widmete sich unser Freund mit voller Kraft der selbstgestellten Aufgabe, die Bösen im Lande zu schädigen – und dabei einen Haufen, aber wirklich einen Haufen Geld zu verdienen.

Weil das Leben Thomas Lievens so überreich angefüllt ist mit Gefahren, tollkühnen Streichen und schönen Frauen, sehen wir uns gezwungen, ökonomisch vorzugehen. Aus der Fülle seiner Unternehmungen in den Jahren 1941 und 1942 sei uns gestattet, nur drei herauszugreifen, nämlich:

die Sache mit dem Platin aus dem zaristischen Rußland,

die Sache mit den verschobenen Industriediamanten und

die Sache mit den gefälschten Falange-Dekreten.

Wohlan!

Im August 1941 tauchte in Toulouse ein gewisser Wassili Maria Orlow Fürst Lesskow auf. Dieser Mann kam, wie es schien, aus dem Nichts, denn es war einfach unmöglich, seine Spur in die Vergangenheit zu verfolgen. Der hagere, außerordentlich hochmütige Aristokrat bewies sogleich eine magnetische Anziehungskraft auf Agenten des deutschen, englischen, französischen, ja sogar des sowjetrussischen Geheimdienstes sowie auf Mitglieder der Bande von Dantes Villeforte.

Während jedoch alle diese Herrschaften in Toulouse ein auffälliges und dummes Gehabe mit Verschwörermienen, heimlichen Treffs und Kneipenprügeleien an den Tag legten, verhielt sich eine *sechste* Gruppe von Interessenten unauffällig im Hintergrund. Es waren ein paar Herren aus Chantal Tessiers Bande. Thomas hatte sie mittlerweile alle so gut erzogen wie die Herren de la Rue und Meyer ...

Fürst Lesskow erregte nicht umsonst solch Aufsehen, führte er doch – echtes Platin bei sich. Nur einige Barren zur Probe, wie er sagte, es gäbe aber einen ganzen Platinbarren-Schatz, dessen Verwalter er sei.

Nun, Platin, dieses edle Metall, fand in der Rüstungsindustrie Verwendung und war, insbesondere beim Flugzeugbau, unentbehrlich für die Herstellung von Unterbrechern und Magnetzündungen.

Ein gewaltiges Werben setzte ein. Deutsche, französische und britische Agenten wollten das Platin für die jeweiligen Vaterländer in ihren Besitz bringen; die Sowjets sahen es von vorneherein als ihr Eigentum an.

Die Männer um Dantes Villeforte hatten eine noch weit einfachere Eigentumsauffassung!

Thomas Lieven hingegen besaß seine eigene Geschäftsphilosophie. Sie lautete: «Wir wollen warten und hoffen ...»
Der Satz raubte Chantal ihr seelisches Gleichgewicht. Sie rief: «Du machst mich schon wieder rasend, du kalter Hund!»
Wie Thomas vorausgesehen hatte, bewies der hochmütige Fürst eine übertriebene Tüchtigkeit. Er spielte die verschiedenen Agenten gegeneinander aus und trug zweifellos die Schuld daran, daß ein sowjetischer und ein deutscher Geheimagent in einem Feuergefecht am 24. August 1941 um 0.30 Uhr morgens ums Leben kamen.
Vierundzwanzig Stunden später wiederum fand man den Fürsten ermordet in seinem Hotelappartement auf. Die Platinbarren, die er stets unter seinem Bett verborgen hatte, waren verschwunden. Rasch wurde die französische Polizei verständigt. Sie verdächtigte zwei Männer in schwarzen Ledermänteln, die den Fürsten als letzte besucht und danach Toulouse mit einem schwarzen Peugeot in nördlicher Richtung verlassen hatten.
Diese beiden Männer tauchten wenige Stunden später in dem Dorf Grisolles vor Montauban wieder auf. Sie hatten ihren Wagen und ihren ganzen Besitz verloren. Sie bewegten sich barfuß und in Unterhosen. Sie gaben an, von einem entgegenkommenden Laster geblendet und zum Halten gezwungen worden zu sein. Eine Bande von sechs vermummten Männern hatte sie ausgeraubt.
Die Platinbarren tauchten in Frankreich nicht mehr auf. Kurze Zeit später jedoch befanden sie sich in dem geräumigen Stahlsafe, das ein gewisser Eugen Wälterli, Schweizer Staatsbürger, am 27. August 1941 bei der Nationalbank in Zürich gemietet hatte. Herr Wälterli war aus dem unbesetzten Frankreich auf unwirtlichen Schleichpfaden in die Schweiz gekommen. Seine Freundin Chantal Tessier, wohlbewandert in illegalen Grenzübertritten, hatte ihm den Weg erklärt. Eugen Wälterli, alias Thomas Lieven, hatte sich seinen falschen Schweizer Paß von ersten Fachleuten des «Alten Viertels» herstellen lassen ...

## 16

Einen Moment!
So etwas erzählt sich leichter, als es sich ereignet. Vor der Deponierung der Platinbarren in der Schweiz hatte Thomas Lieven schwere Stunden zu durchleben – nicht mit der Polizei, nicht mit Villefortes Leuten, nein, mit Chantal ...
Einer Furie gleich fuhr sie ihm entgegen, als er seinen Plan ent-

worfen hatte. «In die Schweiz? Ah, ich kapiere ... Du willst abhauen! Du willlst mich hier sitzenlassen! Dir eine andere unter den Nagel reißen! Glaubst du, ich weiß nicht, wen?» Sie schwieg nur einen Moment, um Atem zu holen, weil sie sonst erstickt wäre, und schrie sofort weiter: «Dieser Fetzen Yvonne! Ich sehe es seit Wochen, wie sie sich dir ranschmeißt, ha!»
«Chantal, du bist meschugge, äh, verrückt. Ich schwöre dir ...»
«Halt's Maul! *Ich* habe keinen anderen Mann mehr *angesehen*, seit ich dich kenne! Und du – und du – ach, alle Männer sind Schweine! Und noch dazu mit *so* einer! Einer *Gefärbten!»*
«Sie ist nicht gefärbt, mein Kind», sagte Thomas sanft.
«Aaaahhh!» Jetzt ging sie mit Krallen und Zähnen auf ihn los. «Du Hund, woher weißt du das?»
Sie prügelten sich. Sie versöhnten sich. Eine ganze Nacht benötigte Thomas, um Chantal zu beweisen, daß er die blonde Yvonne nie geliebt hatte und niemals lieben würde.
Im Morgengrauen sah sie alles ein und war sanft wie ein Lamm und zärtlich wie ein Bademädchen in Hongkong. Und nach dem Frühstück ging sie, ihm einen Schweizer Paß zu besorgen ...

17

Es hieß, es wäre für Reichsmarschall Hermann Göring eine herbe Enttäuschung gewesen, als er bei seinem ersten Besuch im besetzten Paris die beiden weltberühmten Juweliere Cartier und Van Cleff aufsuchte und dabei von den Verkäufern zu hören bekam, sie könnten den illustren Kunden leider nicht bedienen, weil die Geschäftsinhaber alle kostbaren Stücke vor dem Einmarsch der Deutschen nach London verlagert hätten.
Was in Paris gelang, war in Antwerpen und Brüssel mitnichten gelungen. Brüssel und Antwerpen sind seit Jahrzehnten die Zentren der internationalen Edelstein-Schleifereien. Die hier vorgefundenen Diamanten und Brillanten wurden nach der Besetzung zum Teil von den deutschen Behörden käuflich erworben – oder einfach beschlagnahmt. Dann nämlich, wenn sie sich in jüdischem Besitz befanden, was meistens der Fall war.
Das Deutsche Reich benötigte sogenannte «Industriediamanten» für die Rüstungsindustrie zum Schleifen von Motorkurbelwellen und zum Bearbeiten von Hartmetallen. Mit der Beschaffung dieses wertvollen Materials wurde Oberst Feltjen vom Amt für den Vierjahresplan beauftragt.
Er versuchte, Steine und Steinabfälle auch in neutralen Ländern,

wie etwa in der Schweiz, zu erwerben. Der größte Teil seiner deutschen Aufkäufer war jedoch korrupt. Die Herren operierten nach einem einfachen System: Sie beschlagnahmten in Belgien jüdischen Diamantenbesitz, lieferten ihn jedoch nur zum Teil oder gar nicht an den Oberst Feltjen ab, sondern schafften ihn mit eigenen Kurieren durch das besetzte und das unbesetzte Frankreich in die Schweiz. Hier wurde das Material wiederum einem anderen deutschen Aufkaufbevollmächtigten zum Erwerb angeboten. Der Mann kaufte zu höchsten Preisen. Die korrupten Erst-Einkäufer lachten sich in das bekannte Fäustchen.
Zwischen September 1941 und Januar 1942 wurden vier derartige «Kuriere» abgefangen und um die gestohlenen oder beschlagnahmten Steine erleichtert. Diese Industriediamanten und Brillanten tauchten kurze Zeit später in dem geräumigen Stahlsafe der Nationalbank in Zürich wieder auf, das ein gewisser Eugen Wälterli daselbst gemietet hatte ...
Vom Konto des besagten Schweizer Staatsbürgers Eugen Wälterli wurde am 22. Januar 1942 die Summe von 300 000 Schweizerfranken auf das Londoner Konto der Organisation «Wannemeester» überwiesen. Diese Organisation hatte sich zum Ziel gesetzt, mit Bestechung und Geld rassisch und politisch verfolgte Personen aus den von Hitler besetzten Teilen Europas heraus und in Sicherheit zu bringen.

## 18

Im Juli 1942 berief Dantes Villeforte, genannt «Die Glatze», in Marseille seine Bande zu einer Vollversammlung ein, die in seiner Wohnung in der Rue Mazenod 4 stattfand.
«Meine Herren», sagte Dantes Villeforte zu seinen Mitarbeitern, «mir reicht es jetzt. Ich habe jetzt den Kanal voll von Chantals Organisation. Die Platinsache hat sie uns vermasselt; wir waren schon so schön am Zuge. Das Portugal-Geschäft ist seit einem Jahr abgerutscht. Und jetzt auch noch die Sache mit den Falange-Dekreten!»
Die Sache mit den Falange-Dekreten war ebenso einfach wie imposant angelaufen. Eingedenk seiner Lektionen bei dem genialen portugiesischen Maler und Fälscher Reynaldo Pereira, hatte Thomas Lieven mit den «Talenten» des «Alten Viertels» eine Dokumenten-Großfälscherei in Gang gesetzt. Diese arbeitete in Tag- und Nachtschichten. Damit konnte das gleichartige Unternehmen der «Glatze» einfach nicht mehr konkurrieren.

Die Dokumente der Organisation Chantal Tessier waren preiswerter und besser, und sie wurden schneller geliefert. In letzter Zeit verkaufte die Organisation auch noch eine Novität an alle interessierten Rotspanier, die seinerzeit vor Franco fliehen mußten und Sehnsucht nach ihrer alten Heimat empfanden. Diesen Leuten wurden mit den falschen spanischen Pässen auch noch makellos nachgemachte Dank-, Anerkennungs- und Auszeichnungs-Diplome mitgeliefert, auf denen der Franco-Staat ihnen ihre Verdienste um die Falange bestätigte. Das war der abolute Verkaufsschlager des Sommers 1942.

«Meine Herren», sprach Dantes Villeforte auf seiner Betriebsversammlung, «Chantal Tessier allein war schon eine Heimsuchung. Sie hat uns reingelegt. Sie hat uns geschadet noch und noch. Aber jetzt dieser Scheißkerl Pierre oder wie er sonst heißt – das ist zuviel!»

Beifälliges Gemurmel.

«Ich sage: mit Chantal werden wir gerade eben noch fertig. Sie ist auch nicht ohne! Ich höre, sie liebt diesen Kerl. Was würde ihr also einen fürchterlichen Schlag versetzen?»

«Wenn wir ihren Süßen umlegten», sagte einer.

«Du sprichst wie ein Vollidiot», ärgerte sich Villeforte. «Umlegen, umlegen. Das ist alles, was euch einfällt. Was denn? Wozu haben wir Beziehungen zur Gestapo? Ich habe herausbekommen, daß dieser Mann unter anderem Hunebelle heißt. Und einen Hunebelle sucht die Gestapo. Wir können uns eine goldene Nase verdienen, wenn wir ... Muß ich noch weitersprechen?»

Er mußte es nicht.

Am Abend des 17. September 1942 gab es ein heftiges Gewitter. Chantal und Thomas hatten ursprünglich die Absicht gehabt, ins Kino zu gehen. Nun entschlossen sie sich, daheim zu bleiben.

Sie tranken Calvados und spielten Schallplatten, und Chantal war in einer fast unglaublichen Weise anschmiegsam, sentimental und weich.

«Was hast du aus mir gemacht ...», flüsterte sie. «Ich erkenne mich manchmal selber nicht wieder ...»

Thomas sagte: «Chantal, wir müssen hier weg. Ich habe böse Nachrichten bekommen. Marseille ist vor den Deutschen nicht mehr sicher.»

«Wir gehen in die Schweiz», meinte sie. «Geld haben wir genug dort. Wir machen uns ein feines Leben.»

«Ja, Süße», sagte er und küßte sie.

Dann flüsterte sie, mit Tränen in den Augen: «Ach, chéri ... Ich bin so glücklich wie noch nie. Es muß ja nicht ewig dauern – nichts dauert ewig –, aber eine Weile noch, eine kleine Weile ...»

Später bekam Chantal Hunger – auf Weintrauben.

«Die Geschäfte haben geschlossen», überlegte Thomas. «Aber am Bahnhof bekomme ich vielleicht noch Trauben ...»

Er stand auf und zog sich an. Sie protestierte: «Bei diesem Wetter – du bist ja verrückt ...»

«Nein, nein, du bekommst deine Weintrauben. Weil du Weintrauben liebst, und weil ich dich liebe.»

Plötzlich hatte sie wieder Tränen in den Augen. Sie schlug mit einer kleinen Faust auf ihr Knie und fluchte: «Mist verdammter, es ist ja zu blöd! Ich muß weinen, weil ich dich so liebe ...»

«Ich komme gleich zurück», sagte Thomas und eilte davon. Er irrte sich.

Denn zwanzig Minuten, nachdem er das Haus in der Rue Chevalier Rose verlassen hatte, um Trauben zu kaufen, befand sich Thomas Lieven, alias Jean Leblanc, alias Pierre Hunebelle, alias Eugen Wälterli, in den Händen der Gestapo.

## 19

Komisch, wie sehr ich mich an Chantal gewöhnt habe, dachte Thomas. Ich kann mir ein Leben ohne sie gar nicht mehr vorstellen. Ihre Verrücktheiten, die Raubtier-Allüren, dieses Einen-Mann-Auffressen-Wollen, das alles entzückt mich aufs höchste. Ebenso ihr Mut, ihr Instinkt. Und sie lügt nicht. Oder fast nicht ...

Über den menschenleeren Place Jules Guesde, dessen Asphaltdecke im Regen glänzte, schritt Thomas Lieven in die schmale Rue Bernard du Bois. Hier lag das kleine altmodische «Handtuch»-Kino, das er oft mit Chantal besuchte.

Ein schwarzer Peugeot parkte vor dem Kino; es fiel Thomas nicht auf. Er ging weiter. Seine beiden Schatten folgten ihm. Als sie an dem schwarzen Peugeot vorüberkamen, klopfte der eine Schatten kurz gegen ein Wagenfenster. Daraufhin flammten die Scheinwerfer des Peugeot auf – ganz kurz nur, dann erloschen sie wieder. Vom anderen Ende der schmalen, schlecht erleuchteten Straße setzten sich zwei andere Schatten in Bewegung.

Thomas bemerkte sie nicht. Er sah nicht die Männer, die ihm entgegenkamen, und nicht die Männer, die ihn verfolgten. Er war in Gedanken ... Ich muß mal in Ruhe mit Chantal reden. Ich weiß aus guten Quellen: noch in diesem Jahr werden amerikanische Truppen in Nordafrika landen. Die französische Untergrundbe-

wegung setzt den Nazis mehr und mehr zu. Sie operiert vom Süden des Landes aus. Die Deutschen werden zweifellos auch den unbesetzten Teil Frankreichs okkupieren. Also werden Chantal und ich in die Schweiz gehen, baldmöglichst. In der Schweiz gibt es keine Nazis, keinen Krieg. Wir werden in Frieden leben ...
Die beiden Schatten vor ihm kamen näher. Die beiden Schatten hinter ihm kamen näher. Der Motor des schwarzen Peugeot sprang an. Ohne Licht rollte der Wagen im Schrittempo los. Und immer noch bemerkte Thomas Lieven nichts.
Armer Thomas! Er war intelligent, gerecht und liebenswürdig, charmant und hilfsbereit. Aber er war nicht Old Shatterhand, nicht Napoleon, eine männliche Mata Hari war er nicht und auch kein Supermann. Er war keiner von den Helden, über die man in den Büchern liest – die niemals ängstlichen, die ewig siegenden, die heldischen Heldenhelden. Er war nur ein ewig gejagter, ewig verfolgter, niemals in Frieden gelassener Mensch, der stets versuchen mußte, das Beste aus einer schlimmen Sache zu machen – wie wir alle.
Und darum bemerkte er nicht die Gefahr, in der er sich befand. Er dachte nichts Böses, als vor ihm plötzlich zwei Männer standen. Sie trugen Regenmäntel. Es waren Franzosen.
Der eine sagte: «Guten Abend, Monsieur. Können Sie uns wohl sagen, wie spät es ist?»
«Gerne», antwortete Thomas. Mit der einen Hand hielt er seinen Schirm. Mit der anderen Hand holte er die geliebte Repetieruhr aus der Westentasche. Er ließ den Deckel aufspringen. In diesem Augenblick erreichten ihn auch die beiden Schatten, die hinter ihm hergewandert waren.
«Es ist jetzt genau acht Uhr und ...», begann Thomas. Danach bekam er einen fürchterlichen Schlag ins Genick.
Der Schirm flog weg. Die Repetieruhr – zum Glück hing sie an einer Kette – fiel Thomas aus der Hand. Ächzend brach er in die Knie. Er öffnete den Mund, um zu schreien. Da schoß eine Hand vor. Sie hielt einen riesigen Wattebausch. Die Watte traf Thomas im Gesicht. Brechreiz brandete in ihm hoch, als er den widerlichen süßen Geruch verspürte. Er kannte das alles schon, er hatte das alles schon einmal ähnlich in Lissabon erlebt. Damals war es noch gut gegangen. Diesmal, so sagte ihm ein blitzartiges Gefühl, indessen schon seine Sinne schwanden, würde es nicht gut gehen ...
Dann hatte er das Bewußtsein verloren, und es bereitete seinen Entführern nur noch technische Schwierigkeiten, ihn im Fond des Peugeot zu verstauen. Ein reines Möbelpackerproblem.

«Bastian – he, Bastian, wach endlich auf, du fauler Sack!» schrie Olive, der dicke Wirt des Schwarzhändlerlokals «Chez Papa», hinter dem der riesenhafte Bastian Fabre wohnte.
Chantals treuester Kumpan erwachte stöhnend und rollte auf den Rücken. Dann ächzte er, sich den Schädel haltend: «Bist du wahnsinnig! Was fällt dir ein, mich aufzuwecken?» Bastian hatte wenige Stunden zuvor mit dem hinkenden François ein Wett-Trinken veranstaltet. Viel zu früh geweckt, stöhnte er jetzt: «Ich bin noch besoffen. Mir ist hundeelend ...»
Olive rüttelte ihn erneut.
«Chantal will dich sprechen, am Telefon, dringend! Dein Freund Pierre ist verschwunden!»
Von einer Sekunde zur anderen war Bastian stocknüchtern. Er sprang aus dem Bett. In einer roten Pyjamajacke – Bastian trug stets nur Oberteile – rannte er in das Nebenzimmer, fuhr in Schlafrock und Pantoffeln. Dann stolperte er nach vorne in Olives Lokal, das zu dieser späten Stunde bereits geschlossen war und im Dunkeln lag. Die Stühle standen auf den Tischen. In der Telefonzelle baumelte der Hörer. Bastian riß ihn ans Ohr: «Chantal –!»
Das Herz tat ihm weh, als er ihre Stimme hörte, diese Stimme voller Verzweiflung, voller Angst. Noch nie hatte er sie in solcher Panik erlebt: «Bastian – Gott sei Dank – ich – ich kann nicht mehr ... Ich renne seit Stunden durch die Stadt ... Ich bin kaputt – erledigt ... O Gott, Bastian, Pierre ist weg!»
Bastian wischte sich den Schweiß von der Stirn. Zu Olive, der neben ihn getreten war, sagte er: «Gib mir einen Kognak und brau einen Türkischen ...» Und in den Hörer: «Erzähle langsam, Chantal. Der Reihe nach. Du mußt dich beruhigen ...»
Chantal erzählte, was sich ereignet hatte. Jetzt war es zwei Uhr früh. Gegen acht Uhr hatte Pierre sie verlassen, um Weintrauben zu kaufen.
Chantal weinte. Ihre Stimme bebte und zitterte: «Ich war am Bahnhof. In allen Kneipen. Unten am Hafen. Ich war – ich war in diesen Häusern ... Ich hab' gedacht, vielleicht hat er einen von euch getroffen – und ist versackt, wie es einem Mann eben manchmal geht ...»
«Wo bist du jetzt?»
«Im Brûleur de Loup.»
«Bleib dort. Ich wecke Pferdefuß und die anderen. Alle. In einer halben Stunde sind wir bei dir.»

Ihre Stimme kam so dünn und schwach zu ihm, als käme sie vom Mond: «Bastian – wenn – wenn ihm was passiert ist, dann will ich nicht mehr leben ...»
Fünfzehn erfahrene Ganoven durchkämmten in dieser Nacht die Stadt Marseille. Es gab keine Bar, die sie nicht aufsuchten, kein Hotel, keine Kneipe, kein Bordell. Sie suchten und suchten – und sie fanden keine Spur von Pierre Hunebelle, ihrem Freund und Kameraden. Grau dämmerte der neue Tag herauf. Um acht Uhr brach die Bande die Suche nach dem Verschollenen zunächst ab. Bastian brachte Chantal nach Hause. Sie ließ sich willenlos führen. In ihrer Wohnung erlitt sie dann von einem Augenblick zum andern einen grauenhaften hysterischen Anfall. Selbst ein so kräftiger Mann wie Bastian sah keine andere Möglichkeit sie zu bändigen, als sie zunächst mit einem schweren Fausthieb bewußtlos zu schlagen. Dann rannte er ans Telefon und rief Dr. Boule an. Der kleine Zahnarzt und Experte für die Herstellung von falschen Goldbarren kam gleich. Als er eintraf, war Chantal wieder bei Bewußtsein. Sie lag auf ihrem Bett, ihre Zähne klapperten, und die Füße schlugen gegeneinander. Dr. Boule sah sofort, was mit ihr los war. Er spritzte ein Betäubungsmittel. Als er die Nadel aus ihrer Haut zog, flüsterte sie unter Tränen: «Er war – er war der einzige Mensch in meinem Leben, der gut zu mir war, Doktor ...»
Thomas Lieven blieb verschwunden. Keine Spur von ihm wurde entdeckt, obwohl die Bande ihre Nachforschungen intensivierte. Ein völliger gesundheitlicher Zusammenbruch zwang Chantal wochenlang ins Bett.
Am 28. Oktober änderte sich die Lage. Im «Cintra», einem der beiden berühmten Cafés am «Alten Hafen», betrank sich ein jüngerer Mann schon um die Mittagszeit, offenbar aus Kummer. Als er zu betrunken war, um auf sich achtzugeben, begann er damit zu prahlen, daß er «ganz hübsch über diesen Pierre Hunebelle auspacken» könnte.
Ein zufällig anwesendes Mitglied von Chantals Bande alarmierte Bastian. Der holte den hinkenden François. Gemeinsam eilten sie ins «Cintra», setzten sich zu dem Betrunkenen, schmissen Runden und heuchelten Sympathie.
Der Mann wurde zutraulich. Er gab an, Emile Mallot zu heißen und aus Grenoble zu stammen. Er lallte: «Beschissen hat er uns, der Hund, der dreckige – hick – 20 000 hat er uns versprochen ...»
«Wofür?» fragte Bastian und schob einen neuen Schnaps vor Mallot hin.

«Dafür, daß wir diesen Hunebelle in den Peugeot schubsen... Zehn haben wir nur gekriegt ...»

«Wer hat euch denn so beschissen, Kumpel?» fragte Bastian und legte gemütvoll einen Arm um den Betrunkenen.

Der Mann kniff plötzlich die Augen zu. «Was geht denn das dich an?»

Bastian und François wechselten Blicke. Bastian sagte: «War ja nur eine Frage, Emile. Nichts für ungut. Komm, wir trinken noch was ...»

Sie füllten den Mann aus Grenoble richtig voll. Als er unter den Tisch sackte, hoben sie ihn auf, legten ihre Arme um seine Schultern und schleppten ihn weg – zu Chantal.

Sie lag noch im Bett, hatte Fieber und sah elend aus. Bastian und François ließen den Betrunkenen im Wohnzimmer auf eine Couch fallen und gingen ins Schlafzimmer zu Chantal. Sie erzählten ihr, was sie erlebt hatten.

Bastian sagte: «Wenn er zu sich kommt, überlaß ihn nur mir. Der Knabe redet in zehn Minuten.»

Chantal schüttelte den Kopf. Was sie sagte, hatte Thomas einmal zu ihr gesagt: «Verdreschen ist nicht immer die letzte Weisheit. Die letzte Weisheit ist immer Bargeld.»

«Was?»

«Der Mann ist doch so wütend, weil er zu wenig bekommen hat. Also werden wir ihn gut bezahlen. Los, hol Doktor Boule. Er soll dem Kerl eine Spritze geben. Damit er nüchtern wird.»

21

Der Zahnarzt kam. Eine Stunde später war Emile Mallot aus Grenoble wieder bei Sinnen. Er saß auf einem Sessel vor Chantals Bett. François und Bastian standen neben ihm. Chantal lag im Bett und fächelte sich mit riesigen Francs-Bündeln Kühlung zu.

Mit belegter Stimme sprach Mallot aus Grenoble: «Sie – sie haben ihn nach Norden gebracht. In der Nacht noch. Nach Chalon-sur-Saône, an die Demarkationslinie. Da hat ihn dann die Gestapo ... Nicht!» brüllte er gellend auf, denn Bastian hatte ihn hochgerissen und ins Gesicht geschlagen.

«Bastian!» schrie Chantal. Totenbleich war ihr Gesicht, nur die fiebrigen Augen lebten: «Laß ihn in Ruhe ... Ich muß wissen, wer hinter dieser Sauerei steckt ...» Sie schrie Mallot an: «Wer?»

Mallot wimmerte: «Die – die Glatze!»

«Dantes Villeforte?»

«Ja, er hat uns den Auftrag gegeben ... Dieser Hunebelle war ihm zu gefährlich ... Er wollte ihn los sein ...» Mallot holte Luft. «Ihr habt ‹Die Glatze› in der letzten Zeit übers Ohr gehauen, wie? Na also. Das ist seine Rache ...»
Tränen liefen über Chantals Gesicht. Sie schluckte zweimal, bevor sie sprechen konnte. Dann klang ihre Stimme wieder kalt, gefährlich und befehlsgewohnt: «Nimm die Penunze, Mallot. Hau ab! Aber sag der ‹Glatze›, das war das Ende. Kein Erbarmen mehr jetzt. Für das, was er getan hat, lege ich ihn um. Eigenhändig. Sobald ich wieder laufen kann. Er soll sich verkriechen, wo er will. Er soll sich verstecken, wo er will. Ich werde ihn finden, das schwöre ich. Und ich lege ihn um.»
Chantal war es ernst mit diesem Schwur. Doch zunächst überstürzten sich die Ereignisse, die Chantal und ihre Organisation vor andere ernste Probleme stellte.
Am 8. November 1942 gab das Kriegsdepartement der Vereinigten Staaten bekannt:
Amerikanische und britische Armee-, Marine- und Luftstreitkräfte haben in den Stunden der Dunkelheit Landungsoperationen an zahlreichen Stellen der Küste von Französisch-Nordafrika begonnen. Generalleutnant Eisenhower ist der Oberkommandierende der alliierten Streitkräfte.
Und am 11. November gab das Oberkommando der Wehrmacht bekannt:
Deutsche Truppen haben heute früh zum Schutze des französischen Territoriums gegen die bevorstehenden amerikanisch-britischen Landungsunternehmen in Südfrankreich die Demarkationslinie zum unbesetzten Frankreich überschritten. Die Bewegungen der deutschen Truppen verlaufen planmäßig ...

## *3. Kapitel*

### 1

Das Zentralgefängnis von Frèsnes lag achtzehn Kilometer vor Paris. Hohe Mauern umgaben den schmutzigen, mittelalterlichen Bau, der in drei Haupttrakte mit zahlreichen Nebenflügeln aufgegliedert war. Einsam und massig stand das Gefängnis in einer trostlosen Ebene mit verkrüppelten Bäumen, verfaulenden Wiesen und ungepflügten Äckern.
Im ersten Trakt saßen deutsche Gefangene, politische und Deser-

teure. Im zweiten Trakt saßen französische und deutsche Widerstandskämpfer. Im dritten Trakt saßen nur Franzosen.
Das Gefängnis von Frèsnes wurde von einem deutschen Hauptmann der Reserve geleitet. Das Personal war gemischt. Es gab französische Wärter und deutsche – durchweg ältere Unteroffiziere aus Bayern, Sachsen und Thüringen.
Im Flügel C von Trakt I gab es nur deutsche Wärter. Dieser Flügel C war für den SD Paris reserviert. Tag und Nacht brannte hier das elektrische Licht in den Einzelzellen. Niemals durften die Gefangenen zum Spaziergang in den Hof geführt werden. Die Gestapo hatte eine einfache Methode gefunden, ihre Gefangenen unerreichbar für jede noch so mächtige Behörde werden zu lassen: Die Insassen des Flügels C wurden in den Büchern einfach nicht geführt. Es waren tote Seelen, sie existierten praktisch schon nicht mehr ...
Reglos saß in den Morgenstunden des 12. November ein junger Mann mit schmalem Gesicht und klugen schwarzen Augen auf seiner Pritsche in Zelle 67 des Flügels C. Thomas Lieven sah elend aus. Grau war seine Haut, eingefallen waren seine Wangen. Er trug einen alten Sträflingsanzug. Der Anzug war ihm viel zu groß. Thomas fror. Die Zellen waren ungeheizt.
Über sieben Wochen saß er nun in dieser scheußlichen, stinkenden Zelle. In der Nacht vom 17. zum 18. September hatten ihn seine Entführer bei Chalon-sur-Saône zwei Gestapo-Agenten übergeben. Diese hatten ihn nach Frèsnes gebracht. Und seither wartete er darauf, daß jemand kam, um ihn zu verhören. Er wartete umsonst. Das Warten fing an, ihn um seine Fassung zu bringen.
Thomas hatte versucht, Kontakt mit den deutschen Wachen aufzunehmen – umsonst. Er hatte mit Charme und Bestechung versucht, besseres Essen zu erhalten – umsonst. Es gab Wassersuppe mit Kohl, Tag für Tag. Er hatte versucht, einen Kassiber an Chantal durchzuschmuggeln. Umsonst.
Warum kamen sie nicht endlich und stellten ihn an die Mauer? Sie kamen jeden Morgen um vier und holten Männer aus den Zellen, und dann hörte man das Trampeln von Stiefeln und die Befehle und das ohnmächtige Schreien und Wimmern der Fortgeschleppten. Und die Schüsse, wenn die Gefangenen erschossen wurden. Und gar nichts, wenn sie erhängt wurden. Meistens hörte man gar nichts.
Thomas fuhr plötzlich auf. Stiefel trampelten heran. Die Tür flog auf. Ein deutscher Feldwebel stand draußen – und neben ihm zwei Riesenkerle in Uniformen des SD.

«Hunebelle?»
«Jawohl.»
«Mitkommen zum Verhör!»
Nun ist es soweit, dachte Thomas, nun ist es also soweit ...
Er wurde gefesselt in den Hof geführt. Hier stand ein riesiger Omnibus ohne Fenster. Ein SD-Mann stieß Thomas in einen düsteren, schmalen Gang, der durch den Bus führte und viele Türen hatte. Hinter den Türen gab es winzige Zellen, in denen man nur mit verkrampften Muskeln sitzen konnte.
In eine solche Zelle wurde Thomas geschoben. Die Tür flog zu und wurde versperrt. Den Geräuschen nach waren auch alle anderen Zellen besetzt. Es stank nach Schweiß und Angst.
Der Bus holperte los über eine Straße voller Schlaglöcher. Die Fahrt dauerte eine halbe Stunde. Dann hielt der Wagen. Thomas hörte Stimmen, Schritte, Flüche. Dann wurde seine Zelle aufgesperrt. «Rauskommen!»
Hinter einem SD-Mann her taumelte Thomas, schwindlig vor Schwäche, ins Freie. Er sah sofort, wo er sich befand: in der vornehmen Avenue Foch in Paris. Thomas wußte, daß der SD hier viele Häuser beschlagnahmt hatte.
Der SD-Mann führte Thomas durch die Halle des Hauses Nr. 84 in ein zum Büro umgewandeltes Bibliothekszimmer.
Zwei Männer saßen darin, beide in Uniform. Der eine war untersetzt, jovial und rotgesichtig, der andere sah blaß und ungesund aus. Der eine war der Sturmbannführer Walter Eicher, der andere war sein Adjutant Fritz Winter.
Stumm trat Thomas vor sie hin.
Der SD-Mann erstattete Meldung und verschwand.
In reichlich schlechtem Französisch bellte der Sturmbannführer los: «Na, Hunebelle, wie wär's mit einem Kognak?»
Thomas war speiübel. Aber er sagte: «Danke nein, ich habe leider nicht die richtige Unterlage dafür im Magen.»
Sturmbannführer Eicher kam nicht ganz mit, was Thomas da auf französisch gesagt hatte. Sein Adjutant übersetzte es. Eicher lachte auf. Winter fuhr mit dünnen Lippen fort: «Ich glaube, wir können uns mit diesem Herrn auch deutsch unterhalten, nicht wahr?»
Thomas hatte beim Hereinkommen auf einem Tischchen einen Aktendeckel mit der Aufschrift HUNEBELLE erblickt. Es hatte keinen Sinn zu leugnen. «Ja, ich spreche auch Deutsch.»
«Na, wundervoll, wundervoll. Vielleicht sind Sie sogar ein Landsmann, wie?» Der Sturmbannführer drohte neckisch mit dem Finger. «Na? Sie kleiner Schelm! Nun sagen Sie es schon!»

Er blies Thomas eine Wolke Zigarrenrauch entgegen. Thomas schwieg.
Der Sturmbannführer wurde ernst: «Sehen Sie, Herr Hunebelle – oder wie Sie heißen mögen –, Sie glauben vielleicht, es macht uns Spaß, Sie einzusperren und zu verhören. Greuelmärchen hat man Ihnen über uns erzählt, nicht wahr? Wir tun unseren schweren Dienst nicht gerne, das kann ich Ihnen versichern. Deutsche Menschen, Herr Hunebelle, sind für so was nicht gebaut.» Eicher nickte voll Wehmut. «Aber der Dienst an der Nation verlangt es. Wir haben uns dem Führer verschworen. Nach dem Endsieg wird unser Volk die Führung aller anderen Völker der Erde zu übernehmen haben. So etwas will vorbereitet sein. Da braucht es jeden Mann.»
«Auch Sie», warf Adjutant Winter ein.
«Bitte?»
«Sie haben uns doch beschissen, Hunebelle. In Marseille. Mit dem Gold, dem Schmuck und den Devisen.» Der Sturmbannführer lachte kehlig. «Nicht widersprechen, wir wissen es doch. Muß sagen, Sie haben es schick gemacht. Kluger Junge.»
«Und weil Sie so ein kluger Junge sind, werden Sie uns jetzt erzählen, wie Sie wirklich heißen und wo die ganzen Sachen von Lesseps und Bergier hingekommen sind», sagte Winter leise.
«Und mit wem Sie zusammengearbeitet haben», sagte Eicher, «das natürlich auch. Wir haben Marseille bereits besetzt. Können wir Ihre Kollegen gleich kassieren.» Thomas schwieg.
«Na?» sagte Eicher.
Thomas schüttelte den Kopf. Das alles hatte er sich so vorgestellt.
«Sie wollen nicht reden?»
«Nein.»
«Bei uns redet jeder!» Auf einmal war die leutselige Gutmütigkeit, auf einmal war das Grinsen von Eichers Gesicht weggewischt. Seine Stimme klang heiser: «Sie Scheißkerl, Sie kleiner! Habe mich schon viel zu lange unterhalten mit Ihnen!» Er stand auf, wippte in den Knien, warf die Zigarre in den Kamin und sagte zu Winter: «Los, macht ihn fertig.»
Winter führte Thomas in einen überheizten Keller hinab. Hier rief er nach zwei Männern in Zivil. Sie banden Thomas am Kessel der Zentralheizung fest. Dann machten sie ihn fertig.
So ging das drei Tage hintereinander. Omnibusfahrt von Frèsnes nach Paris. Verhör. Fertigmachen im Keller. Fahrt zurück in die ungeheizte Zelle.
Das erstemal begingen sie den Fehler, ihn zu schnell und zu brutal zu schlagen. Thomas wurde ohnmächtig.

Das zweitemal begingen sie diesen Fehler nicht mehr. Und auch nicht das drittemal. Nach dem drittenmal fehlten Thomas zwei Zähne, der Körper war an vielen Stellen wundgeschlagen. Nach dem drittenmal wurde er für zwei Wochen ins Krankenhaus von Frèsnes gelegt.
Dann fing das Ganze von vorne an.
Als der Bus ohne Fenster ihn am 12. Dezember wieder einmal nach Paris brachte, da war Thomas Lieven am Ende. Er konnte es nicht mehr ertragen, gequält zu werden. Er dachte: Ich springe aus dem Fenster. Eicher verhört mich jetzt immer oben im dritten Stock. Ja, ich springe aus dem Fenster. Wenn ich Glück habe, bin ich tot. Ach, Chantal, ach, Bastian, ich hätte euch so gern wiedergesehen ...
Thomas Lieven wurde gegen zehn Uhr am 12. Dezember 1942 in das Büro von Herrn Eicher geführt. Ein Mann, den Thomas noch nie gesehen hatte, stand neben dem Sturmbannführer: groß, hager, weißhaarig. Der Mann trug die Uniform eines Obersten der deutschen Wehrmacht mit vielen Ordensspangen und unter dem Arm einen umfangreichen Aktendeckel, auf dem Thomas Lieven das Wort GEKADOS entziffern konnte.
Eicher machte einen verärgerten Eindruck.
«Das ist der Mann, Herr Oberst», sagte er mürrisch und hustete.
«Ich werde ihn gleich mitnehmen», sagte der Oberst mit den vielen Auszeichnungen.
«Da es eine ‹Gekados› ist, kann ich Sie nicht daran hindern, Herr Oberst. Bitte quittieren Sie die Übernahme.»
Um Thomas Lieven begann sich alles zu drehen, der Raum, die Männer, alles. Er stand schwankend da in seinem elenden Gefangenenanzug. Er taumelte und würgte und rang nach Luft und dachte an die Worte, die er einmal in einem Buch des Philosophen Bertrand Russell gelesen hatte: «In unserem Jahrhundert geschieht nur noch das Unvorhergesehene ...»

2

Die Hände gefesselt, saß Thomas Lieven neben dem weißhaarigen Oberst in einer Wehrmachts-Limousine. Sie fuhren durch die Pariser City, die sich seit den Tagen des Friedens kaum verändert hatte. Frankreich schien die Okkupation zu ignorieren. Die Straßen waren erfüllt von hektischem Leben. Elegante Frauen, eilige Männer sah Thomas Lieven, und zwischen ihnen, seltsam unbeholfen und verloren, deutsche Landser.

Menu · Paris, 12. Dezember 1942

*Gefüllte Auberginen*
*Kalbsschnitzel Cordon bleu mit kleinen Erbsen*
*Crêpes Suzette*

---

## Dabei schloß Thomas Lieven den Pakt mit des Teufels Admiral

Gefüllte Auberginen: Man nehme große, feste Auberginen, bei uns auch Eierfrüchte genannt, schäle sie dünn und halbiere sie der Länge nach. Man höhle sie vorsichtig aus und drehe das Fruchtfleisch mit Rind- und Schweinefleisch, einer Zwiebel und einer eingeweichten Semmel ohne Rinde durch den Wolf. – Man verarbeite die Masse mit einem Ei, Salz, Pfeffer, Paprika und etwas Sardellenpaste zu einer pikanten Farce. Man fülle damit die Auberginen. – Man gieße etwas Fleischbrühe auf den Boden einer gut gebutterten Auflaufform, setze die gefüllten Auberginen hinein, bestreue sie mit geriebenem Käse und Butterflöckchen und backe sie bei mittlerer Hitze eine halbe Stunde lang.

Cordon bleu: Man nehme zarte Kalbsschnitzel, klopfe sie gut und belege die Hälfte eines jeden mit einer Scheibe Schinken, darauf eine Scheibe Emmentaler Käse, so, daß ein etwa fingerbreiter Rand frei bleibt. – Man bepinsle dann die Ränder des Schnitzels rundum mit Eiweiß und klappe die unbelegte Hälfte über die belegte, drücke die Ränder fest an. – Nun wälze man das Fleisch in Mehl, leicht gesalzenem und gepfeffertem Eigelb und Semmelbröseln und brate es dann in der Pfanne in reichlich Butter auf beiden Seiten schön goldbraun. – Man reiche dazu feine, grüne Erbsen, die man leicht mit Salz und gehackter Petersilie bestreut.

Crêpes Suzette: Man backe eine größere Anzahl von Crêpes, das sind kleine, hauchdünne Eierkuchen, zu deren Teig man Wasser statt Milch verwendet hat. – Man lasse bei Tisch auf einem Spiritus-Wärmer reichlich Butter heiß, aber keinesfalls braun werden, gebe den Saft und die ganz fein abgeschnittene und gehackte Schale einer Mandarine oder Orange hinzu. Man gebe je einen kleinen Guß Kirsch, Maraschino, Curaçao oder Cointreau und etwas Zucker hinein und lasse immer nur ein Crêpe in der Flüssigkeit heiß werden. Man rolle es dann schnell zusammen und reiche es auf einem vorgewärmten Teller weiter.

---

Der Oberst schwieg, bis sie den Villenvorort Saint-Cloud erreicht hatten, dann sagte er: «Ich höre, Sie kochen gerne, Herr Lieven.»
Mit seinem richtigen Namen angeredet, erstarrte Thomas. Überreizt und übermißtrauisch geworden durch die Torturen der letzten Wochen, arbeitete sein Gehirn: Was bedeutet das? Was ist das für eine neue Falle? Er sah den Offizier neben sich von der Seite an. Gutes Gesicht. Klug und skeptisch. Buschige Brauen. Adlernase. Sensibler Mund. Na und? In meinem Vaterland spielen viele Mörder Bach!
Thomas Lieven sagte: «Ich weiß nicht, wovon Sie reden.»

«Doch, doch, Sie wissen es», sagte der Offizier. «Ich bin Oberst Werthe von der militärischen Abwehr Paris. Ich kann Ihnen das Leben retten – oder nicht, es hängt allein von Ihnen ab.»
Und damit hielt der Wagen vor einer hohen Mauer, die ein großes Grundstück umgab. Der Fahrer hupte dreimal. Ein schweres Tor öffnete sich, ohne daß ein Mensch sichtbar wurde. Der Wagen fuhr an und hielt wieder vor der kiesbestreuten Auffahrt zu einer Villa mit gelben Mauern, französischen Fenstern und grünen Fensterläden.
«Heben Sie Ihre Hände», sagte der Oberst, der sich Werthe nannte.
«Warum?»
«Damit ich Ihnen die Handschellen abnehmen kann. Mit den Schellen können Sie doch wohl nicht kochen. Ich würde gerne Kalbsschnitzel Cordon bleu essen, wenn es Ihnen recht ist. Und Crêpes Suzette. Ich bringe Sie in die Küche. Nanette, das Mädchen, wird Ihnen helfen.»
«Cordon bleu», sagte Thomas schwach. Um ihn begann sich wieder alles zu drehen, während Oberst Werthe die Stahlschellen aufschloß.
«Ja, bitte.»
Noch lebe ich, dachte Thomas, noch atme ich. Was wird sich daraus noch machen lassen? Er sagte, indessen seine Lebensgeister wieder ein wenig erwachten: «Na schön. Dann wollen wir dazu vielleicht gefüllte Auberginen machen.»
Eine halbe Stunde später erklärte Thomas dem Mädchen Nanette, wie man Auberginen zubereitet. Nanette war ein schwarzhaariges, ungemein appetitliches Mädchen, das über einem ungemein engen, schwarzen Wollkleid eine weiße Schürze trug. Thomas saß neben Nanette am Küchentisch. Oberst Werthe hatte sich zurückgezogen. Immerhin: das Küchenfenster war vergittert ...
Immer wieder kam Nanette ganz nahe an Thomas heran. Einmal streifte ihr nackter Arm seine Wange, einmal berührte ihre pralle Hüfte seinen Arm. Nanette war eine gute Französin; sie ahnte, wen sie da vor sich hatte. Und Thomas sah trotz der Qual und Entbehrung, die er hinter sich hatte, noch immer aus wie das, was er war: ein richtiger Mann.
«Ach, Nanette», seufzte er schließlich.
«Ja, Monsieur?»
«Ich muß mich bei Ihnen entschuldigen. Sie sind so hübsch. Sie sind so jung, unter anderen Umständen säße ich nicht so da. Aber ich bin fertig. Ich bin kaputt ...»

«Pauvre Monsieur», flüsterte Nanette. Und dann gab sie ihm einen Kuß, ganz schnell, ganz flüchtig und errötete dabei.
Das Essen fand in einem großen, dunkel getäfelten Raum statt, durch dessen Fenster man in den Park hinaussah. Der Oberst trug jetzt Zivil – einen ausgezeichnet geschnittenen Flanellanzug.
Nanette servierte. Immer wieder glitt ihr mitleidiger Blick über den Mann in der zerdrückten, schmutzigen Zuchthauskleidung, der sich doch betrug wie ein englischer Aristokrat. Er mußte mit der linken Hand essen, an der rechten waren zwei Finger verbunden ...
Oberst Werthe wartete, bis Nanette die Auberginen serviert hatte, dann sagte er: «Delikat, wirklich delikat, Herr Lieven. Womit ist das überbacken, wenn ich fragen darf?»
«Mit geriebenem Käse, Herr Oberst. Was wollen Sie von mir?»
Thomas aß wenig. Er fühlte, daß er nach den Hungerwochen, die er hinter sich hatte, seinen Magen nicht überfordern durfte.
Oberst Werthe aß mit Appetit. «Sie sind ein Mann von Prinzipien, höre ich. Sie wollen sich lieber totschlagen lassen, als dem SD etwas zu verraten oder gar für diese Sch ..., diese Organisation zu arbeiten.»
«Ja.»
«Und für die Organisation Canaris?» Der Oberst nahm noch eine Aubergine.
Thomas fragte leise: «Wie haben Sie mich bei Eicher herausbekommen?»
«Ach, das war ganz einfach. Wir haben hier in der Abwehr einen guten Mann sitzen, Hauptmann Brenner. Der verfolgt Ihre Laufbahn schon lange. Sie haben sich allerhand geleistet, Herr Lieven.»
Thomas senkte den Kopf. «Keine falsche Bescheidenheit, bitte! Als Brenner entdeckte, daß der SD Sie verhaftet und nach Frèsnes gebracht hatte, da konstruierten wir einen kleinen Spielfall ...»
«Einen kleinen Spielfall?»
Werthe wies zu dem Aktendeckel mit der Aufschrift GEKADOS, der beim Fenster auf einem Tischchen lag. «Unsere Methode, dem SD Gefangene abzujagen. Wir kombinieren aus irgendwelchen alten Spionagefällen einen neuen, nicht existenten und tippen ein paar neue Zeugenaussagen dazu. Unterschriften und möglichst viele Stempel drauf. Das macht immer Eindruck. In den neuen Zeugenaussagen behaupten dann irgendwelche Leute beispielsweise, ein gewisser Pierre Hunebelle hätte mit einer Reihe von Sprengstoffanschlägen im Raum von Nantes zu tun.»
Nanette brachte das Cordon bleu.

Sie warf Thomas einen liebevollen Blick zu und schnitt ihm schweigend das Fleisch klein, bevor sie wieder verschwand. Oberst Werthe lächelte: «Sie haben eine Eroberung gemacht. Wo bin ich stehengeblieben? Ach ja. Der Spielfall. Nachdem wir unseren erfundenen Akt also fertig hatten, ging ich zu Eicher und fragte ihn, ob der SD vielleicht einen gewissen Pierre Hunebelle verhaftet hätte. Ich tat ganz doof. Ja, sagte er prompt, der sitzt in Frèsnes. Da zeigte ich ihm meinen Akt, die Geheime Kommandosache. Damit und mit entsprechend großem Klimbim – Canaris, Himmler und so – machte ich Eicher zum Geheimnisträger und ließ ihn zuletzt den Akt lesen. Der Rest, die Übernahme des reichswichtigen Spions Hunebelle, war dann ganz leicht ...»
«Aber warum, Herr Oberst? Was wollen Sie von mir?»
«Das beste Cordon bleu meines Lebens. Also schön, im Ernst, Herr Lieven: Wir brauchen Sie. Wir haben ein Problem, das nur ein Mann wie Sie lösen kann.»
«Ich hasse Geheimdienste», sagte Thomas Lieven und dachte an Chantal und Bastian und alle seine Freunde, und das Herz tat ihm weh. «Ich hasse sie alle. Und ich verachte sie alle.»
Oberst Werthe sagte: «Jetzt ist es halb zwei. Um vier Uhr bin ich im Hotel «Lutetia» mit Admiral Canaris verabredet. Er will Sie sprechen. Sie können mitkommen. Wenn Sie für uns arbeiten, haben wir uns mit der ‹Gekados› die Handhabe geschaffen, Sie aus den Klauen des SD zu befreien. Wenn Sie nicht für uns arbeiten wollen, kann ich nichts mehr für Sie tun. Dann muß ich Sie wieder bei Eicher abliefern ...»
Thomas starrte ihn an. Fünf Sekunden verstrichen.
«Also?» fragte der Oberst Werthe.

3

«Rolle vorwärts!» schrie Feldwebel Adolf Bieselang in die riesige Turnhalle. Ächzend machte Thomas Lieven einen Purzelbaum nach vorn.
«Rolle rückwärts!» schrie Feldwebel Adolf Bieselang. Ächzend machte Thomas Lieven einen Purzelbaum nach hinten. Elf andere Herren ächzten mit ihm: sechs Deutsche, ein Norweger, ein Italiener, ein Ukrainer und zwei Inder.
Die Inder behielten beim Purzelbaum die Turbane auf. So streng waren ihre Bräuche.
Feldwebel Bieselang trug eine deutsche Luftwaffen-Uniform. Er war 45 Jahre alt, hager, blaß und unentwegt am Zerplatzen vor

Wut. Wenn man ihn sah, erschrak man sofort über seinen riesigen aufgerissenen Mund mit den zahlreichen Plomben im Gebiß. Feldwebel Bieselang riß seinen Mund fast ununterbrochen auf, tagsüber beim Brüllen, nachts beim Schnarchen.
Der Wirkungsbereich von Feldwebel Bieselang – seit zwei Jahren verwitwet, Vater einer mannbaren, außerordentlich hübschen Tochter – lag 95 Kilometer nordwestlich von der Reichshauptstadt Berlin, nahe dem Ort Wittstock an der Dosse.
Feldwebel Bieselang bildete Fallschirmspringer aus, und zwar – zu seiner Wut – nicht solche in Uniform, sondern solche in Zivil, höchst undurchsichtige Kerle mit höchst undurchsichtigen Aufgaben. Inländer, Ausländer. Ein widerliches Gesocks. Zivilisten eben.
«Und Rolleeeee vorwärts!»
Thomas Lieven, alias Jean Leblanc, alias Pierre Hunebelle, alias Eugen Wälterli, purzelte nach vorne.
Man schrieb den 3. Februar 1943.
Es war kalt, und der Himmel über der Mark Brandenburg glich einem grauen Tuch. Ununterbrochen erfüllte das Dröhnen der niedrig fliegenden Schulmaschinen die Luft.
Wie, so wird der geneigte Leser mit Recht fragen, war Thomas Lieven, dereinst jüngster, elegantester und erfolgreichster Privatbankier Londons, hierher verschlagen worden? Welche Laune des Schicksals hatte ihn in eine Turnhalle des Ausbildungslagers Wittstock an der Dosse geschleudert?
Thomas Lieven, der Pazifist und Feinschmecker, der Frauenverehrer und Militärverächter, der Mann, der die Geheimdienste haßte, hatte sich entschlossen, wieder für einen Geheimdienst zu arbeiten. Mit Oberst Werthe fuhr er in das Pariser Hotel «Lutetia». Dort traf er Admiral Canaris, den geheimnisvollen Mann der Deutschen Abwehr.
Thomas Lieven wußte: wenn er an die Gestapo zurückgegeben wurde, war er in einem Monat tot. Es hatten sich schon Blutspuren im Urin gefunden. Thomas Lieven dachte: Das scheußlichste Leben ist immer noch besser als der allerehrenhafteste Tod.
Trotzdem – er verleugnete auch vor dem weißhaarigen Admiral seine Grundsätze nicht: «Herr Canaris, ich werde für Sie arbeiten, weil mir nichts anderes übrigbleibt. Aber ich gebe zu bedenken: Ich töte niemanden, ich bedrohe niemanden, ich ängstige, drangsaliere und entführe niemanden. Wenn Sie mir solche Aufgaben übertragen wollen, dann gehe ich lieber zurück in die Avenue Foch.»

Mit schwermütigen Augen schüttelte der Admiral den Kopf. «Herr Lieven, die Mission, bei der ich Sie einsetzen möchte, soll dem Ziel dienen, Blutvergießen zu verhindern und Menschenleben zu retten – soweit das überhaupt noch in unserer Macht steht.» Canaris hob die Stimme: «Deutsche Leben und französische. Ist Ihnen das sympathisch?»

«Menschenleben zu retten ist mir immer sympathisch. Die Nationalität oder die Religion sind mir dabei egal.»

«Es geht um die Bekämpfung gefährlicher französischer Partisanen-Verbände. Einer unserer Leute meldet, daß eine neuaufgebaute starke Widerstandsgruppe sich bemüht, mit London in Verbindung zu kommen. Bekanntlich unterstützt das ‹War Office› die französische Résistance und leitet viele dieser Gruppen. Die betreffende Gruppe braucht noch ein Funkgerät und einen Code-Schlüssel. Beides werden Sie den Leuten liefern, Herr Lieven.»

«Aha», sagte Thomas.

«Sie sprechen fließend Englisch und Französisch. Sie haben jahrelang in England gelebt. Sie werden als britischer Offizier mit dem Fallschirm über dem Partisanengebiet abspringen und ein Funkgerät mitbringen. Ein besonderes Funkgerät.»

«Aha», sagte Thomas zum zweitenmal.

«Ein britisches Flugzeug wird Sie in die Gegend bringen. Wir haben ein paar erbeutete RAF-Maschinen, die wir für solche Fälle einsetzen. Natürlich müssen wir Sie zuvor als Fallschirmspringer ausbilden lassen.»

«Aha», sagte Thomas Lieven zum drittenmal.

4

«Und Rolleeeee vorwärts!» schrie Bieselang. Die zwölf Herren, die da vor ihm in schmutzigen Drillichanzügen auf dem schmutzigen Hallenboden herumkugelten, hatte der rasende Feldwebel erst seit vier Tagen in der Mache. Sie lebten abseits von den rund tausend regulären Soldaten, die in Wittstock an der Dosse als Fallschirmjäger ausgebildet wurden.

«Und Rollllleeee rückwärts!»

Schon heftig schwitzend und mit schmerzenden Knochen kugelte Thomas Lieven wieder nach hinten. Den beiden Indern neben ihm rutschten die Turbane über die Augen.

Ihr dämlichen Hunde, dachte Thomas. Ich muß – aber ihr? Ihr habt euch freiwillig gemeldet, ihr Armleuchter! Der Italiener war ein Abenteurer. Der Norweger, der Ukrainer und die Deutschen

waren offensichtlich Idealisten, und die beiden Inder waren Vettern des Politikers Subhas Chandra Bose, der vor zwei Jahren aus seiner Heimat nach Deutschland geflohen war.
«So, Schluß mit Rollen! Sprung auf, marsch, maaaarsch! An die Hochrecks! Bißchen dalli, ihr faulen Säcke, wird's bald!»
Außer Atem, mit Seitenstechen und Herzbeschwerden, rasten zwölf Mann in Drillichanzügen durcheinander und begannen zu den Reckstangen emporzuklettern, die sich unter der Hallendecke, fünf Meter über dem Boden, befanden.
«Schwingen! Werdet ihr wohl ordentlich schwingen, ihr vollgefressenen Drückeberger?»
Thomas Lieven schwang. Er kannte das alles bereits, es war ein Teil der sogenannten Bodenübungen. Man mußte lernen, sich fallen zu lassen. Aus einem Flugzeug herauszuspringen, war offensichtlich kein Kunststück. Mit heilen Knochen auf dem Boden zu landen, war, schien es, das schwerste.
«Noch zehn Sekunden – noch fünf Sekunden – fallen lassen!» brüllte Feldwebel Adolf Bieselang.
Zwölf Mann ließen die Hochreckstangen los und ließen sich fallen. Die Knie weich, ganz weich, der Körper elastisch, so, wie eine Katze fällt – das war der Trick. Wenn man sich steif fallen ließ, brach man sich die Knochen.
Thomas Lieven brach sich fast die Knochen, als er auf dem Hallenboden aufknallte. Er fluchte leise und rieb seine Beine.
Sofort tobte Bieselang los: «Zu dämlich zum Runterfallen, Nummer sieben, was?» Sie hatten hier alle Nummern, es wurden keine Namen genannt. «Was glauben Sie, Sie lahmer Sack, was mit Ihnen passiert, wenn Sie erst bei 'ner ordentlichen Böe mit 'm Schirm runterkommen, Mensch? Habe ich es denn *nur* mit Idioten zu tun?»
«Schon gut», knurrte Thomas, sich mühsam erhebend. «Ich lerne es schon noch. Ich habe das größte Interesse daran, es zu lernen.»
Feldwebel Bieselang schrie: «Auf die Barren, marsch, maarsch! Wollt ihr wohl machen, ihr elenden, faulen Zivilisten ... He, Nummer 2, los, eine Ehrenrunde um die Halle, aber auf den Knien!»
«Ich bringe ihn um», flüsterte der norwegische Quisling, neben Thomas hochkletternd, «ich schwöre, ich bringe ihn noch einmal um, diesen elenden Leuteschinder!»
Indessen Thomas kletterte, schwang und stand, bohrten in ihm trübe Gedanken: Keine Nachricht aus Marseille. Kein Wort von Chantal. Kein Wort von Bastian. Das Herz tat Thomas weh,

wenn er daran dachte. Was für eine Zeit. War Überleben wirklich das Äußerste und Beste, was man noch verlangen durfte?

Die Deutschen hatten Marseille besetzt. Was war mit Chantal geschehen? Lebte sie noch? War sie deportiert worden, verhaftet? Gefoltert vielleicht wie er?
Schlaflos lag Thomas Lieven, wenn er aus solchen Angstträumen emporfuhr, lag da in der widerlichen Kasernenstube, in der sechs Mann schnarchten und stöhnten. Chantal – ach, und wir wollten gerade in die Schweiz fliehen und in Frieden leben – in Frieden, lieber Gott ...
Thomas hatte schon vor Wochen versucht, Briefe an Chantal auf den Weg zu bringen. Noch in Paris, im Hotel «Lutetia», hatte Oberst Werthe versprochen, einen Brief für ihn zu besorgen. Einen anderen Brief hatte Thomas in der Sprachenschule einem Dolmetscher mitgegeben, der nach Marseille fuhr. Doch Thomas hatte in den letzten Wochen andauernd die Adresse gewechselt. Wie sollte ihn ein Brief Chantals überhaupt erreichen? Der rasende Feldwebel Bieselang drillte seine zwölf Mann unbarmherzig weiter. Nach den Bodenübungen kamen die Übungen auf den betonhartgefrorenen, reifüberkrusteten Äckern. Hier wurde den Schülern ein geöffneter Fallschirm umgeschnallt. Ein auf einem Sockel montierter Flugzeugmotor wurde eingeschaltet. Der Schirm blähte sich in den gewaltigen Luftwirbeln auf und riß den Prüfling unbarmherzig übers Gelände. Er mußte lernen, ihn zu umlaufen und sich auf ihn fallen zu lassen, damit die Luft aus ihm entwich.
Es gab Schrammen und Wunden, geprellte Knie und verstauchte Gelenke. Feldwebel Bieselang hetzte seine zwölf Mann von morgens sechs bis abends sechs. Dann ließ er sie durch eine nachgebaute Ju-52-Flugzeug-Kabinentür aus großer Höhe in Tücher springen, die vier Schüler festhielten.
«Knie durch, Sie Trottel! Knie durch!» brüllte er.
Wenn man die Knie nicht ganz durchdrückte, traf man unten mit dem Gesicht auf – oder man verriß sich alle Muskeln. Feldwebel Bieselang lehrte seine Schüler alles, was sie wissen mußten – er lehrte nur zu grausam.
Am Abend vor dem ersten richtigen Fallschirmabsprung ließ er sie alle ihr Testament verfassen und in einem Umschlag versiegeln. Auch ihre Sachen mußten sie vor dem Schlafengehen packen: «Damit wir sie euren Angehörigen schicken können, wenn ihr morgen auf die Plauze fallt und abnippelt!»
Bieselang redete sich ein, daß das eine psychologische Falle war:

Mal sehen, wer von den Kerlen sich ins Bockshorn jagen ließ! Sie ließen sich alle ins Bockshorn jagen – bis auf einen. Bieselang tobte: «Wo ist Ihr Testament, Nummer sieben?»
Sanft wie ein Lamm erwiderte Thomas: «Ich brauche keines. Ein Mann, der Ihre Ausbildung genossen hat, Herr Feldwebel, wird jeden Absprung unbeschädigt überstehen!»
Am nächsten Tag überschritt Feldwebel Bieselang dann endgültig seine Befugnisse. Mit den zwölf Mann der Gruppe stieg er gegen neun Uhr morgens in einer uralten, klapprigen Ju 52 auf. In zweihundert Meter Höhe flog die Maschine über das Absprunggelände. An Reißleinen aufgefädelt, standen die zwölf im Rumpf der Maschine hintereinander. Das Boschhorn des Piloten ertönte. «Fertigmachen zum Absprung!» brüllte Bieselang, der im Windschatten der offenen Luke stand. Sie trugen jetzt alle Stahlhelme, die beiden Inder trugen sie unter den Turbanen. Sie hielten alle schwere Maschinenpistolen in den Händen.
Nummer eins war der Italiener. Er trat vor. Bieselang schlug ihm auf die Schulter, der Mann breitete weit die Arme aus und sprang in Richtung auf die linke Tragfläche zu ins Leere hinaus. Die Leine, die an einer Stahlschiene eingehakt war, spannte sich und riß dem Springenden den Schutzüberzug vom Fallschirm. In der Luft wurde der Italiener sofort nach unten und hinten weggerissen.
Nummer zwei sprang. Nummer drei. Thomas dachte: Wie trocken meine Lippen sind. Ob ich in der Luft ohnmächtig werde? Ob ich zu Tode falle? Komisch, ich habe plötzlich so fürchterlichen Appetit auf Gänseleber. Ach, warum konnte ich nicht bei Chantal bleiben. Wir waren o glücklich miteinander ...
Dann war Nummer sechs an der Reihe – der Ukrainer. Der Ukrainer wich plötzlich vor Bieselang zurück, stieß gegen Thomas und kreischte in jäher Panik: «Nein – nein – nein ...»
Angstkoller. Typischer Angstkoller. Nicht unverständlich, registrierte Thomas Lievens Gehirn. Niemand durfte gezwungen werden, zu springen – so lautete die Ausbildungsvorschrift. Wenn jemand bei zwei Flügen den Absprung verweigerte, schied er endgültig aus.
Allein, Feldwebel Adolf Bieselang kümmerte sich einen Dreck um Vorschriften. Er brüllte: «Du Scheißhund, du feige Sau, wirst du wohl ...», packte den Zitternden, riß ihn zu sich – und trat ihn wuchtig in den Hintern. Aufkreischend flog der Ukrainer hinaus.
Ehe Thomas sich noch von der Empörung über diese Szene erholt

hatte, fühlte er sich schon selbst vorgerissen. Der Stiefel des Feldwebels traf auch ihn, und er stürzte, stürzte, stürzte hinein ins Leere.

## 5

Thomas überstand den ersten Fallschirmabsprung seines Lebens heil. Auch alle andern landeten unbeschadet. Nur der Ukrainer brach sich ein Bein. Mit der Fraktur und einem Nervenschock wurde er ins Lazarett gebracht. An diesem Nachmittag – sie übten in einer Hangarhalle das Schirmpacken – ging ein Raunen und Flüstern durch die Gruppe.

Für einen Gemeinschaftsmord plädierte leidenschaftlich der Norweger. Bieselang schlief in einem Extrazimmer, abseits der Gemeinschaftsstuben. Er schlief tief ...

Die Deutschen waren dafür, sich beim Horstkommandanten zu beschweren und den Dienst zu verweigern.

Der Italiener und die Inder waren dafür, Bieselang nicht ganz, aber doch halbtot zu schlagen. Alle Mann hoch. Dann konnte kein einzelner bestraft werden.

Es erwies sich, daß das Lagerleben, das er so haßte, sprachlich bereits auf Thomas Lieven abgefärbt hatte. «Euch hat man ja das Gehirn verwässert», sagte er in einer Zigarettenpause zu den Verschwörern. «Wißt ihr, was passiert? Bieselang wird befördert, und wir kommen in den Bunker – alle Mann hoch.»

Der Norweger knirschte mit den Zähnen vor Wut: «Aber der Hund – der verfluchte Hund ... Was sollen wir denn machen mit ihm?»

«Darüber habe ich auch schon nachgedacht», antwortete Thomas sanft. «Wir werden ihn zu einem Essen einladen.»

Von diesem Essen am 26. Februar 1943 spricht man im Hause des Gastwirts Friedrich Ohnesorge in Wittstock noch heute. Elfriede Bieselang, des Feldwebels bildhübsches Töchterlein, arbeitete als Kellnerin bei Ohnesorge.

In einem Krämerladen hatte Thomas verschiedene Kleinigkeiten entdeckt, die er unbedingt benötigte: getrocknete Pilze, Korinthen, Rosinen, ein Stück Orangeat und ein Stück Zitronat.

Während die blonde Elfriede ihm half, das Rindsfilet zuzubereiten, schimpfte sie auf ihren väterlichen Urheber: «Ist die Mühe gar nicht wert, der alte Miesnick! So 'n widerlicher blöder Krieger! Dauernd quatscht er einem seine Heldentaten vor. Die andern sind immer Feiglinge. Und er selber natürlich immer ein Held!»

Menu · Wittstock, 26. Februar 1943

*Kraftbrühe*
*Filet Colbert*
*Plumpudding mit Chaudeau*

---

## Thomas Lieven kocht einen tollwütigen Feldwebel weich

Kraftbrühe: aus Rindfleisch, Knochen und Suppengemüsen herzustellen, dürfte wohl jeder Hausfrau geläufig sein.

Filet Colbert: Man nehme drei Pfund Rinderfilet, Salz, Pfeffer, 30 g Butter, 30 g Zwiebeln, 30 g Champignons oder eingeweichte Trockenpilze, 5 g Petersilie, 1 Wirsingkohlkopf, 1 Pfund frischen Speck und 150 g Fett zum Braten. – Man schneide das abgehäutete Filet an der oberen Längsseite so ein, daß eine 1 Zentimeter dicke Fleischplatte sich ähnlich wie ein Kofferdeckel zurückschlagen läßt. – Man hacke Zwiebeln, Petersilie und Champignons fein, röste sie in heißer Butter an und fülle sie unter den aufgehobenen Fleischdeckel ein. – Man löse von dem großen Kohlkopf die Blätter ab, schneide die starken Rippen flach und koche die Blätter eine Minute in siedendem Salzwasser. – Man wickle das Filet nun zunächst in die Kohlblätter, dann in dünne Speckscheiben, umbinde es mit Faden und brate es im Ofen. – Man entfette vor dem Anrichten den Bratensaft und verkoche ihn schnell mit etwas Butter und Fleischbrühe zur Sauce.

Plumpudding: Man verrühre 4 Eidotter mit 1/2 Pfund Mehl, 3/8 Liter Milch, 80 g Zucker, 1/2 Pfund Rosinen, 1/2 Pfund Korinthen, 1/2 Pfund feingehacktem Nierenfett, 30 g Orangenschale und 30 g Zitronat – beides kleingeschnitten –, 1/4 geriebener Muskatnuß, 1/2 Glas Rum und etwas Salz. Man verarbeite alles tüchtig miteinander, rühre den Eierschnee darunter und lasse es in der gut gebutterten Puddingform 4 Stunden kochen. – Man begieße den Pudding beim Anrichten mit Rum, zünde ihn an und bringe ihn flammend auf den Tisch.

Chaudeau: Man verquirle 1/4 l Weißwein, 2 Eier, 50 g Zucker, die geriebene Schale einer viertel und den Saft einer halben Zitrone und 5 g Kartoffelmehl gut miteinander. – Man schlage die Sauce im Wasserbad schaumig und serviere sie sofort.

---

«Elfriede», forschte Thomas und wässerte dabei behutsam die Orangeat- und Zitronat-Stückchen, «sagen Sie mir, mein schönes Kind, hat Ihre selige Mama wohl den Kriegserzählungen Ihres Herrn Papa Gehör geschenkt?»
Die blonde Elfriede mußte lachen.
«Mama? Die ist aus dem Zimmer gelaufen, wenn er bloß angefangen hat. Die hat immer gesagt: ‹In Griechenland hast du schießen können, zu Hause nicht!›»
«Jaja», meinte Thomas ernst, «und so kam eines zum andern.»
«Wie meinen Sie, Herr Lieven?»

«Der Mensch, schöne, junge, blonde Elfriede, ist das Produkt seiner Umgebung – wenn ich eine solche marxistische Maxime in unserer herrlichen nationalsozialistischen Zeit von mir geben darf.»
«Ich hab keine Ahnung, wovon Sie quatschen», sagte Elfriede und trat sehr nahe an Thomas heran, «aber Sie sind so nett, so höflich, so gebildet ...»
Darauf ging Thomas nicht ein, sondern sagte: «Und deshalb ist Ihr Papa böse geworden, wie er es heute ist.»
«Weshalb?»
«Niemand hat ihm zugehört. Niemand hat ihn bewundert. Niemand hat ihn geliebt ...»
Elfriede stand nun so nahe neben ihm, und ihre Lippen waren so erwartungsvoll geöffnet, daß er sie einfach küssen mußte. Es wurde ein langer Kuß.
«Du wärest ein Mann für mich», flüsterte sie in seinen Armen, indessen neben ihnen in der Röhre das Rinderfilet Colbert brutzelte, «wir zwei ... wenn wir uns zusammenschmeißen würden ... Ach, aber du bist ja viel zu fein für mich ... Das mit meinem Alten, das hat mir noch keiner so erklärt wie du ...»
«Sei ein bißchen netter zu ihm», bat Thomas, «willst du, ja? Hör ihm ein bißchen mehr zu. Viele Herren drüben im Lager werden dir dankbar sein.»
Elfriede lachte und küßte ihn wieder. Aber trotz der Süße dieses Kusses einer Siebzehnjährigen dachte Thomas an Chantal, dachte: Ich denke an sie, wenn ich eine andere küsse. Mein Gott, ich liebe sie, ich liebe Chantal ...
Das Essen, zu dem alle Geladenen reichlich skeptisch erschienen, wurde ein Riesenerfolg.
Thomas richtete eine kurze Ansprache an den Ehrengast Adolf Bieselang, die er mit den Worten schloß: «... und so danken wir Ihnen, verehrter Herr Feldwebel, dafür, daß Sie uns mit unerbittlicher Härte, mit Selbstaufopferung und nimmermüder Obsorge, ja, wenn es sein mußte, auch mit Fußtritten halfen, den inneren Schweinehund zu besiegen.»
Danach erhob sich Bieselang, Tränen in den Augen, und hielt eine Ansprache, die mit den Worten begann: «Meine sehr verehrten Herren, ich hätte nie gedacht, daß mir im Leben noch ein so schöner Moment beschieden sein würde ...»
Ein Damm war gebrochen. Man ließ Feldwebel Adolf Bieselang reden, endlich, endlich, nach bösen, langen Jahren ließ man ihn reden! Und er sprach bei der Fleischbrühe über Norwegen, und

beim Rinderfilet über Griechenland, und beim Plumpudding über Kreta.
Am nächsten Tag trat ein von Grund auf veränderter Adolf Bieselang vor die Gruppe hin und sprach: «Meine Herren, ich danke Ihnen für den schönen Abend. Wenn ich Sie nun *bitten* dürfte, mir zur Maschine zu folgen. Wir müssen *leider* das Springen noch ein wenig üben.»

6

Als Thomas am Abend des 27. Februar auf seine Unterkunft zuging, kam er an einem hohen Stacheldraht vorüber, der die Agenten-Abteilung von der Luftwaffen-Abteilung trennte. Jenseits des Zaunes stand ein Fallschirmjäger und pfiff ihn heran. «He!»
«Was ist los?»
«Die Beschreibung, die dieser Bastian mir gegeben hat, paßt auf dich.»
Plötzlich war Thomas hellwach: «Bastian?»
«Heißt du Pierre Hunebelle?»
«Ja, das bin ich ... Weißt du – weißt du vielleicht etwas von einer gewissen Chantal Tessier?»
«Tessier? – Nee – ich kenne nur diesen Bastian Fabre ... Hat mir drei Goldmünzen dafür gegeben, daß ich den Brief besorge ... Ich muß weg hier, Mensch, mein Spieß geht da drüben ...»
Dann hatte Thomas Lieven das Kuvert in der Hand. Dann saß er auf einem Wegstein des Ackers. Es dämmerte. Es war kalt. Aber Thomas spürte die Kälte nicht. Er riß den Umschlag auf, zog den Brief hervor und begann zu lesen, indessen sein Herz klopfte, klopfte wie ein riesiger Hammer ...

*Marseille, den 5. 2. 1943*

*Mein lieber, alter Pierre!*
*Ich weiß gar nicht, wie ich diesen Brief anfangen soll. Vielleicht beguckst Du die Veilchen schon von unten, wenn ich diese Worte schreibe.*
*In den letzten Wochen habe ich so rumgemosert und einen Kumpel getroffen, der auf beiden Schultern trägt – arbeitet für die Résistance und für die Deutschen. Der hat aus Paris gewußt, was Dir alles passiert ist. Die verfluchten SD-Säue, wenn ich einen von denen erwische, ich erwürge ihn mit eigenen Händen. Jetzt, so hat der Kumpel gesagt, bist Du bei einem anderen Verein. Wie hast Du's bloß geschafft. Und irgendwo bei Berlin wirst Du jetzt zum Fallschirmspringer ausgebildet. Mensch, ich piss' in die Hosen!*

*Mein Pierre ein deutscher Fallschirmspringer! Es wäre zum Lachen, wenn es nicht zum Heulen wäre.*
*In Montpellier habe ich einen deutschen Soldaten kennengelernt, der ist richtig. Gespickt habe ich ihn außerdem. Der fährt nach Berlin. Dem gebe ich heute diesen Brief mit.*
*Chantal hat zwei Briefe von Dir gekriegt – aber wir haben niemanden für Antworten an der Hand gehabt.*
*Lieber Pierre, Du weißt, wie gern ich Dich habe – darum fällt es mir besonders schwer, aufzuschreiben, was hier passiert ist. Am 24. Januar erklärte die Deutsche Kommandantur: Das alte Hafenviertel muß geräumt werden!*
*An diesem Tage haben sie in unserem Dreh an die 6000 Leute verhaftet – viele kennst Du –, und sie haben über 1000 Bars und Bordelle geschlossen. So was von Ringkämpfen mit Damen hast Du noch nicht gesehen!*
*Die Deutschen gaben uns nur vier Stunden Zeit, unsere Quartiere zu räumen, dann kamen schon ihre Sprengtrupps. Chantal, der alte François (Pferdefuß, weißt Du noch?) und ich waren zusammen bis zuletzt. Chantal war wie besoffen, wie eine, die Koks geschnupft hat! Nur ein Gedanke war in ihrem Hirn: ‹Die Glatze› umlegen! Dantes Villeforte, Du erinnerst Dich? Diese dreimal verfluchte Sau hat Dich nämlich an die Gestapo verraten.*
*Also, an diesem Abend haben wir auf ihn gewartet, in einer Hauseinfahrt in der Rue Mazenod, gegenüber dem Haus, in dem er wohnte. Wir haben gewußt: er verbirgt sich im Keller. Chantal hat gesagt: «Jetzt, wo die Deutschen die Häuser sprengen, muß er rauskommen.» Und so haben wir gewartet – stundenlang. Junge, war das ein Abend! Rauch und Staub und Qualm in der Luft, und immer neue Häuser flogen hoch, Männer brüllten, Frauen kreischten, Kinder weinten ...*

## 7

Rauch, Staub und Qualm erfüllten die Luft. Explosionen dröhnten, Männer brüllten, Frauen kreischten, Kinder weinten ...
Es war schon dunkel. Nur der rote, unheimliche Widerschein brennender Häuser erhellte das «Alte Viertel». Reglos stand Chantal im Dunkel eines Torbogens. Sie trug lange, enge Hosen und eine Lederjacke, um das Haar ein rotes Tuch. Unter der Lederjacke verborgen hielt sie eine Maschinenpistole. Nichts regte sich in dem weißen Katzengesicht.
Wieder flog ein Haus in die Luft. Es regnete Steinsplitter. Ge-

kreisch klang auf, deutsche Flüche, Schreien und Stiefelgetrampel. «Herrgott im Himmel, Chantal, wir müssen hier weg!» drängte Bastian. «Jeden Augenblick können die Deutschen hier sein! Wenn sie uns sehen – mit Waffen ...»
Chantal schüttelte stumm den Kopf. «Haut hier ab, ich bleibe hier.» Chantals Stimme klang heiser. Sie hustete. «‹Die Glatze› ist da drüben im Keller, das weiß ich. Er muß rauskommen, der Hund. Und ich lege ihn um. Ich habe geschworen, daß ich ihn umlege. Und wenn es das Letzte ist, was ich tue!»
Gellendes Weibergekreisch schlug an ihre Ohren. Sie sahen die Straße hinauf. Da trieben Soldaten ein Rudel Mädchen vor sich her. Die Mädchen waren zum Teil nur mit Morgenröcken oder Frisiermänteln bekleidet. Sie schlugen um sich, sie bissen, traten und kratzten, sie wehrten sich mit Händen und Füßen gegen den Abtransport.
«Das sind die von Madame Yvonne», sagte der «Pferdefuß». Das Rudel Mädchen wurde an ihnen vorbeigetrieben. Undruckbare Flüche und Beschimpfungen hallten durch die Luft.
Plötzlich schrie Bastian auf: «Da!»
In der Hauseinfahrt gegenüber erschien Dantes Villeforte – mit drei anderen Männern. «Die Glatze» trug eine kurze Pelzjacke. Die Männer seiner Leibwache trugen dicke Pullover. Aus ihren Hosentaschen lugten die Kolben von Pistolen.
Bastian riß seinen Revolver hoch, aber Chantal schlug den Lauf herunter. Sie schrie: «Nicht! Du triffst die Mädchen!» Noch immer balgten die Frauen sich vor der Hauseinfahrt mit den deutschen Soldaten herum.
Danach ging alles sehr schnell.
Dantes Villeforte eilte geduckt auf einen der Soldaten, einen Unteroffizier, zu, immer darauf achtend, daß er durch einen Deutschen oder durch ein Mädchen vor Chantal gedeckt war.
Dem SD-Mann zeigte er einen Ausweis, der von einem gewissen Sturmbannführer Eicher, SD Paris, unterzeichnet war. Dann redete die «Glatze» schnell auf den Unteroffizier ein und deutete zum Tor, wo Chantal, Bastian und François standen.
In diesem Augenblick riß Chantal ihre Maschinenpistole hervor, legte an – doch zögerte wiederum, weil noch immer Mädchen im Schußfeld standen.
Dieses Zögern kostete Chantal das Leben. Mit einem hämischen Grinsen hob Villeforte, hinter einem Mädchen geduckt, seine Pistole und schoß das Magazin leer.
Ohne einen Laut sank Chantal in sich zusammen und schlug auf

der schmutzigen Erde auf. Blut, ein Strom von Blut färbte die Lederjacke rot. Sie rührte sich nicht mehr. Ihre schönen Augen waren gebrochen.
«Los!» schrie François. «Durch den Hof! Über die Mauer!»
Bastian wußte: Es ging jetzt um Sekunden. Er fuhr herum und feuerte auf Villeforte, sah, wie der Gangster zusammenzuckte und sich an den linken Arm griff, hörte ihn quietschen wie ein angestochenes Ferkel.
Dann rannten Bastian und François um ihr Leben. Sie kannten jeden Stein im «Alten Viertel», jeden Durchgang. Hinter der Mauer gab es ein Kanalgitter. Wenn man hier in die Abwässerschächte hinunterstieg, kam man außerhalb des «Alten Viertels» wieder heraus ...

8

*... wir haben den alten Kanal erreicht und uns in Sicherheit gebracht,* schrieb Bastian Fabre.
Thomas Lieven ließ den Brief sinken, sah in die Dämmerung und den violetten Dunst, der mit der Abendstunde aufkam, und wischte sich die Tränen aus den Augen. Dann las er weiter:
*Ich bin in Montpellier untergetaucht. Wenn du jemals hierherkommst, dann frage nach mir bei Mademoiselle Duval, 12 Boulevard Napoléon, das ist jetzt meine Mieze.*
*Pierre, mein Gott, Pierre, unsere gute Chantal ist tot. Ich weiß doch, wie nahe ihr euch gestanden habt. Sie hat mir gesagt, vielleicht hättet ihr geheiratet. Du weißt, daß ich Dein Freund bin und darum so verzweifelt wie Du. Das Leben ist eine einzige merde. Werden wir uns je wiedersehn? Wann? Wo? Leb wohl, mein Alter. Mir ist zum Kotzen. Ich kann nicht weiterschreiben.*
*Bastian*

Es wurde dunkel. Thomas Lieven saß auf dem Wegstein. Es war kalt. Aber Thomas spürte die Kälte nicht. Über sein Gesicht liefen Tränen.
Tot. Chantal war tot. Plötzlich verbarg er den Kopf in den Händen und stöhnte laut auf. O Gott, er hatte Sehnsucht, er hatte so furchbare Sehnsucht nach ihr, ihrer Wildheit, ihrem Lachen, ihrer Liebe.
Drüben in der Kaserne schrien sie nach ihm, sie suchten ihn. Er hörte sie nicht. Er saß in der Kälte und dachte an seine verlorene Liebe und weinte.

## 9

Am 4. April 1943, kurz nach Mitternacht, überflog ein britisches Flugzeug des Typs «Blenheim» in einer Höhe von 250 Metern ein einsames Waldgebiet zwischen Limoges und Clermont-Ferrand. Es beschrieb einen gewaltigen Bogen und überflog das Waldgebiet zum zweitenmal. Darauf flammten in der Tiefe zwei Feuer auf, dann drei rote Lichtpunkte und endlich ein weißes Taschenlampen-Signal.

In der Kanzel des Flugzeuges mit den blau-weiß-roten RAF-Kreisen saßen zwei deutsche Luftwaffenpiloten und ein deutscher Luftwaffenfunker. Hinter ihnen stand ein Mann in erdbraunem Overall, made in England, einen Fallschirm englischen Fabrikats umgeschnallt.

Der Mann besaß hervorragend gefälschte britische Personalpapiere auf den Namen Robert Almond Everett, ebenso einen Militärpaß, demzufolge er den Rang eines Captains hatte. Er trug einen Walroß-Schnauzbart und lange, dichte Koteletten. Zudem hatte er bei sich: englische Zigaretten, englische Konserven und englische Medikamente.

Der Flugzeugführer sah sich nach ihm um und nickte. Thomas Lieven zog seine altmodische, goldene Repetieruhr aus der Kombination und ließ den Deckel aufspringen. 0.28 Uhr.

Mit Hilfe des Funkers warf er ein umfangreiches Paket an einem Lastenfallschirm aus der offenen Sprungluke. Dann trat er selbst in die Luke. Der Funker gab ihm die Hand.

Und dann, während er sich duckte, wie er es gelernt hatte, tat Thomas einen Schwur: Wenn ich davonkomme, wenn ich Dantes Villeforte noch einmal begegne auf dieser Welt, dann will ich dich rächen, Chantal, dann will ich dich rächen. Er sagte sinnlos vor sich hin: «Ich hab dich so lieb, Chantal.»

Dann warf er die Arme auseinander und sprang, auf die linke Tragfläche zu, hinaus in die dunkle Nacht ...

In den ersten zehn Sekunden seines Sturzes dachte er folgendes: Junge, Junge, Junge! Also, wenn ich das jemals in meinem Londoner Club erzähle, bringen sie mich sofort in die Klapsmühle! Es ist nicht zu fassen. Beinahe vier Jahre lebe ich nun schon in dieser Welt des Wahnsinns. Den englischen, deutschen und französischen Geheimdienst habe ich übers Ohr gehauen – ich, ausgerechnet ich, ein Mann, der immer nur den Wunsch hatte, in Frieden zu leben, gut zu essen und schöne Frauen zu verehren! In Lissabon habe ich Pässe fälschen gelernt. In Marseille habe ich

eine Universität für Ganoven gegründet. Der Not gehorchend, nicht der eigenen Tugend. Junge, Junge, Junge.
Unter sich sah Thomas auf einer kleinen Lichtung zwei Feuer lodern und die roten Punkte von drei Taschenlampen.
Während der zweiten zehn Sekunden seines Sturzes dachte er folgendes: In dem Dreieck zwischen den roten Punkten muß ich landen. Da ist die Lichtung frei von Bäumen. Wenn ich nicht in dem Dreieck lande, ist die Wahrscheinlichkeit groß, daß ich einen Eichenast in den ... Mein Gott, und ich werde in diesem Monat erst vierunddreißig! Bißchen mit den Armen rudern. Na prima. Wieder über dem Dreieck. Ordentliche französische Partisanen sind das, die da unten die roten Taschenlampen halten. Sie glauben, ich werde von Colonel Buckmaster aus London zu ihnen geschickt. Wenn sie eine Ahnung hätten, daß ich von Admiral Canaris aus Berlin zu ihnen geschickt werde ...
In den letzten zehn Sekunden seines Sturzes dachte er folgendes: So ein Walroß-Schnurrbart ist aber wohl das Widerlichste, was es gibt! Also wahrhaftig! Dauernd kommen einem die Haare in den Mund. Und dazu noch lange Koteletten. Die Brüder von der Abwehr haben mich gezwungen, mir beides wachsen zu lassen. Walroßbart und Koteletten. Typisch Geheimdienst! Damit ich englisch aussehe. Als ob ein echter englischer Captain, wenn er die Absicht hätte, in geheimer Mission über dem von den Deutschen besetzten Frankreich abzuspringen, sich nicht schleunigst Koteletten und Walroßbart abschneiden würde, um weniger englisch auszusehen. Trottel alle miteinander. Sollen sie mir doch ...
Schmerzhaft knallte Thomas Lieven, alias Captain Everett, auf der Erde auf. Er fiel aufs Gesicht, bekam eine ordentliche Portion Schnurrbarthaare in den Mund und besann sich im allerletzten Augenblick darauf, daß er englisch fluchen mußte, nicht deutsch. Dann richtete er sich langsam auf. Beleuchtet von den beiden flackernden Holzfeuern standen vier Menschen vor ihm, drei Männer und eine Frau. Sie trugen alle Windjacken.
Eine hübsche junge Frau war das. Blondes Haar, streng nach hinten genommen. Hohe Backenknochen, schräge Augen. Schöner Mund. Von den drei Männern war einer klein und fett, einer groß und hager und einer behaart wie ein Steinzeitmensch.
Der kleine Fette sprach Thomas englisch an: «Wieviel Kaninchen spielen im Garten meiner Schwiegermutter?»
Darauf erwiderte Thomas mit brillantem Oxford-Akzent: «Zwei weiße, elf schwarze, ein geschecktes. Sie sollen bald zu Fernandel kommen. Der Friseur wartet schon auf sie.»

«Lieben Sie Tschaikowskij?» fragte ihn die strenge Schönheit französisch. Ihre Augen funkelten, ihre Zähne glänzten im Widerschein des nahen Feuers, und sie hielt eine schwere Pistole schußbereit in der Hand.
Gehorsam antwortete er in englisch akzentuiertem Französisch mit dem Satz, den Oberst Werthe in Paris ihm auf den Weg mitgegeben hatte: «Ich bevorzuge Chopin.» Das schien die Blonde zu beruhigen, denn sie steckte das Mordwerkzeug ein. Der kleine Fette fragte: «Können wir Ihre Papiere sehen?»
Thomas zeigte den vieren seine falschen Papiere. Der große hagere Partisan sagte mit befehlsgewohnter Stimme: «Das genügt, Willkommen, Captain Everett.»
Sie schüttelten ihm alle markig die Hand.
So einfach geht die Sache also, dachte Thomas. Wenn ich mir an der Londoner Börse einen einzigen Tag lang solche Kinderspiele erlaubt hätte, wäre ich abends pleite gewesen. Aber wie!

## 10

Allzu schwierig war die Sache in der Tat nicht gewesen. Die Deutsche Abwehr hatte erfahren, daß sich in dem wildromantischen Waldgebiet über dem Tal der Creuze eine neue, starke Résistance-Gruppe der Franzosen gebildet hatte, das «Maquis Crozant», so genannt nach dem kleinen Ort Crozant südlich von Gargilesse. Das «Maquis Crozant» fieberte darauf, mit London in Verbindung zu treten und nach englischen Weisungen gegen die Deutschen zu kämpfen. Die Gruppe war deshalb so gefährlich, weil sie in einem praktisch unkontrollierbaren Gebiet voller wichtiger Eisenbahnlinien, Straßen und Elektrizitätswerke operierte. Schluchten und felsige Hügel verhinderten jede größere Gegenaktion der Deutschen, etwa mit Panzern.
Die neue Gruppe hatte Verbindung zum «Maquis Limoges». Dieser Verband besaß ein Funkgerät und stand in Kontakt mit London. Der Funker war allerdings ein Doppelagent, der auch für die Deutschen arbeitete. So erfuhr die Abwehr Paris vom Wunsche des «Maquis Crozant» nach einem eigenen Funkgerät.
Der verräterische Funker, der zwar nicht London, wohl aber die Deutschen verständigt hatte, nahm nun Funksprüche auf, die angeblich aus London, in Wahrheit aber von der Deutschen Abwehr Paris kamen. Darin wurde das «Maquis Limoges» gebeten, dem «Maquis Crozant» mitzuteilen, daß ein Captain namens Robert Almond Everett am 4. April 1943, kurz nach Mitternacht, über

einer Lichtung in den Wäldern von Crozant abspringen würde ...
«Wo ist der Fallschirm mit dem Funkgerät?» fragte Thomas Lieven, alias Captain Everett, nun. Er war besorgt um dieses Gerät. Deutsche Funktechniker hatten lange daran gearbeitet.
«Schon geborgen», sagte die strenge Schönheit, die niemals die Augen von Thomas nahm. «Darf ich Ihnen meine Freunde vorstellen.» Sie sprach schnell und sicher. Sie beherrschte die Männer, so wie Chantal die Ganoven ihrer Bande beherrscht hatte. Anstelle von Leidenschaft und Temperament operierte die Blonde mit intellektueller Kälte.
Der kleine Fette erwies sich als Robert Cassier, Bürgermeister von Crozant. Der hagere, schweigsame Mann mit dem klugen Gesicht erwies sich als ehemaliger Leutnant Bellecourt. Den dritten Mann stellte die seltsame Blonde als Emile Rouff vor, Töpfer aus Gargilesse.
Thomas dachte: Dieser blonde, kesse, kleine Partisanen-Blaustrumpf sieht mich so böse an. Warum eigentlich? Oder soll das nicht böse sein, sondern sinnlich? Ein unheimliches Frauenzimmer!
Der Töpfer, der einen Vollbart und wallendes Haupthaar trug, gab bekannt: «Ich habe vor neun Monaten geschworen, daß ich mein Haar erst schneiden lassen werde, wenn die Hitlerbrut vernichtet ist.»
«Wir dürfen nicht zu optimistisch sein, Monsieur Rouff. So vor ein, zwei Jahren werden Sie wohl nicht zum Friseur kommen.»
Thomas wandte sich an das junge Mädchen: «Und wer sind Sie, Mademoiselle?»
«Yvonne Dechamps, Assistentin von Professor Débouché.»
«Débouché?» Thomas blickte auf. «Der berühmte Physiker?»
«Man kennt ihn auch in England, nicht wahr», sagte die blonde Yvonne stolz.
Und man kennt ihn auch in Deutschland, dachte Thomas. Aber das darf ich nicht sagen. Er forschte: «Ich dachte, der Professor unterrichtet an der Universität Strasbourg?»
Auf einmal stand der hagere Bellecourt vor ihm, seine Stimme klang flach und tonlos: «Die Universität Strasbourg wurde nach Clermont-Ferrand verlagert – weiß man das nicht in London, mon capitaine?»
Verflucht, dachte Thomas, das kommt davon. Ich schwätze zuviel. Er sagte kalt: «Sicherlich weiß man das. *Ich* wußte es nicht. Bildungslücke. Sorry.»
Danach entstand eine Pause, eine kalte, leblose Pause. Thomas dachte: Jetzt hilft nur Frechheit. Er sah den Leutnant hochmütig

an und sagte kurz: «Wir haben wenig Zeit. Wohin gehen wir?» Der Leutnant erwiderte seinen Blick ruhig. Er sagte langsam: «Wir gehen zu Professor Débouché. Er erwartet uns. In der Moulin de Gargilesse.»
«In den Orten hockt zu viel Vichy-Miliz», sagte Yvonne. Sie wechselte einen kurzen Blick mit dem Leutnant, der Thomas überhaupt nicht gefiel. Der Bürgermeister und der Töpfer sind harmlos, dachte er. Der Leutnant und Yvonne sind gefährlich, lebensgefährlich. Er fragte: «Wer ist der Funker Ihrer Gruppe?» Schmallippig erwiderte die Blonde: «Ich.»
Natürlich. Das auch noch.

11

Professor Débouché sah aus wie Albert Einstein: ein kleiner, untersetzter Mann mit einem gewaltigen Gelehrtenschädel. Weiße Löwenmähne. Gütige, traurige Augen. Riesiger Hinterkopf. Er blickte Thomas Lieven schweigend lange an. Thomas zwang sich, diesen ruhigen, durchdringenden Blick zu ertragen. Ihm wurde heiß und kalt dabei. Fünf Menschen standen schweigend um ihn herum.
Plötzlich legte der Professor beide Hände auf Thomas Lievens Schulter und sagte: «Seien Sie willkommen!» Sie standen im Wohnraum der Mühle von Gargilesse.
Zu den andern sagte der Professor: «Der capitaine ist in Ordnung, meine Freunde. Ich erkenne einen guten Menschen, wenn ich ihn sehe.»
Von einer Sekunde zur andern wechselte das Betragen der vier. Eben waren sie noch förmlich und schweigsam gewesen. Nun redeten sie alle durcheinander, schlugen Thomas auf die Schulter und lachten und waren seine Freunde.
Yvonne trat vor Thomas. Ihre Augen leuchteten hell, sie waren meergrün und sehr schön. Sie legte die Arme um Thomas und küßte ihn. Ihm wurde heiß, denn Yvonne küßte mit der Leidenschaft einer Patriotin, die einen nationalen Dank abstattet. Danach sagte sie strahlend: «Professor Débouché hat sich noch nie in der Beurteilung eines Menschen geirrt. Wir vertrauen ihm. Er ist der liebe Gott für uns.» Der alte Mann hob abwehrend die Hände. Yvonne stand noch immer dicht vor Thomas. Sie sagte, und ihre Stimme klang aufreizend rauh: «Sie haben Ihr Leben eingesetzt für unsere Sache. Wir haben Ihnen mißtraut. Das muß Sie gekränkt haben. Verzeihen Sie uns. Bitte!»

Thomas sah den weißhaarigen, gütigen Gelehrten an, den Urzeitmenschen Rouff, den wortkargen Leutnant, den fetten, komischen Bürgermeister, sie alle, die sie ihr Land liebten, und er dachte: Verzeiht mir, ihr alle. Ich schäme mich so. Was sollte ich tun? Was konnte ich tun? Ich wollte und will versuchen, euer Leben zu retten – und meines.
Original britische Armee-Konserven hatte Thomas mitgebracht, original englische Zigaretten und Pfeifentabak, schottischen Whisky mit dem aufgeklebten Etikett «For Members Of His Majesty's Royal Air Force Only». Alle diese schönen Dinge stammten aus Beutebeständen der deutschen Wehrmacht.
Die Partisanen öffneten eine Flasche und feierten ihn als Held, und er dachte noch immer: Herrgott, ich schäme mich so.
Um britischer zu wirken, rauchte er Pfeife, er, der Nichtraucher war. Der Tabaksqualm kratzte ihn im Hals. Der Whisky schmeckte ölig. Ihm war elend, weil sie ihn nun alle wie einen Freund ansahen, wie einen Kameraden. Voller Verehrung. Voller Bewunderung. Und vor allem, weil Yvonne ihn so ansah, die kühle, intellektuelle Yvonne, deren Augen nun feucht glänzten, deren Lippen nun halb geöffnet waren ...
«Was wir dringend brauchen», sagte der langhaarige Töpfer, «das ist Dynamit und Munition für unsere Waffen!»
«Ihr habt Waffen?» fragte Thomas beiläufig.
Leutnant Bellecourt gab bekannt, daß die Mitglieder des «Maquis Crozant» – etwa 65 Leute – zwei französische und ein deutsches Waffenlager geplündert hatten. «Wir besitzen», sagte er nicht ohne Stolz, «dreihundertfünfzig französische Lebel-Karabiner, Kaliber siebenkommafünf, achtundsechzig britische Maschinenpistolen, Marke ‹Sten›, dreißig deutsche Fünfzig-Millimeter-Granatwerfer, fünfzig Maschinengewehre Modell FN und vierundzwanzig der französischen Armee.»
Gesegnete Mahlzeit, dachte Thomas.
«Und nicht zu vergessen: neunzehn Dreifuß-Maschinengewehre, Marke ‹Hotchkiss›.»
«Aber keine Munition dafür», sagte der Bürgermeister von Crozant.
Das klingt schon wieder besser, dachte Thomas.
Der alte Professor sagte: «Wir werden alles nach London melden. Bitte, erklären Sie uns nun den Code und den Sender, mon capitaine.»
Thomas begann zu erklären. Yvonne begriff das Code-System sofort. Es beruhte auf mehrfachen Buchstabenverschiebungen und

dem Einsetzen von Buchstabengruppen für Einzelbuchstaben. Thomas Lieven wurde immer trauriger. Er dachte: Das habe ich alles ausgeheckt. Jetzt funktioniert es. Ich habe gehofft, daß es funktioniert. Und nun ...

Er schaltete das Gerät ein. Er sagte: «Es ist jetzt fünf Minuten vor zwei. Punkt zwei erwartet London unseren ersten Funkspruch. Auf der Frequenz siebzehnhundertdreiundsiebzig Kilohertz.» Auf diese Frequenz hatten deutsche Techniker den Sender eingestellt. Thomas sagte: «Sie melden sich immer als ‹Nachtigall siebzehn›. Sie rufen Zimmer zweihunderteinunddreißig im War Office London. Dort sitzt Colonel Buckmaster von der Special Operation Branch.» Er stand auf. «Bitte, Mademoiselle Yvonne.»

Sie hatten eine erste Botschaft gemeinsam verschlüsselt. Nun sahen sie alle auf ihre Uhren. Die Sekundenzeiger umliefen die letzte Minute vor zwei Uhr früh. Noch fünfzehn Sekunden. Noch zehn. Noch fünf. Noch eine ...

Jetzt!

Yvonne begann zu morsen. Dicht gedrängt umstanden sie die Männer: der dicke, komische Bürgermeister, der hagere Leutnant, der alte Professor, der Töpfer mit dem langen Haar.

Thomas stand etwas abseits.

So geht das also, dachte er. Und ist nicht mehr aufzuhalten. Gott schütze euch alle. Gott schütze auch mich ...

12

«Na, alsdenn», sagte der Gefreite Schlumberger aus Wien, «da san s' ja.» Er hatte Kopfhörer auf und saß vor einem Funkgerät. Am Nebentisch saß der Gefreite Raddatz und betrachtete mit dem Interesse des Kenners ein französisches Akt-Magazin.

Schlumberger winkte ihn herbei. «Hör auf mit de Weiba. Kumm her!»

Seufzend wandte der Gefreite Raddatz aus Berlin-Neukölln den Blick von einer schwarzhäutigen Schönheit und setzte sich neben seinen Kollegen. Während er Kopfhörer aufsetzte, knurrte er: «Noch 'n paar so Scheißtricks, und wa ham den Endsieg in der Tasche!»

Sie nahmen beide den Text auf, der durch Nacht und Nebel, über Hunderte von Kilometern, zu ihnen kam in langen und kurzen Signalen, ausgesandt von einer Frauenhand in einer alten Mühle am Ufer der Creuze ...

Der Text stimmte genau mit jenem überein, den Schlumberger

vor sich liegen hatte, seit dieser neue sonderbare Sonderführer namens Thomas Lieven, dem sie beide zugeteilt waren, acht Stunden zuvor Paris verlassen hatte.
«gr 18 34512 etkgo nspon crags», begann der Text, der vor dem Gefreiten aus Wien lag. Und «gr 18 34512 etkgo nspon crags» morste es nun auf Frequenz 1773.
«Geht wie gschmiert», brummte der Wiener.
«Sag mal, und daß die Jungs in London mithören, ist det nich drin?» erkundigte sich der Gefreite aus Neukölln.
«Bei dera Frequenz, auf die was mir dös Ding eingstellt ham, kaum», sagte Schlumberger.
Sie saßen in einem Mansardenzimmer des Hotels «Lutetia», dem Quartier der militärischen Abwehr in Paris. Schlumberger schrieb die Zeichen mit. Raddatz erkundigte sich gähnend: «Karli, haste schon mal mit 'ner Negerin jetechtelt?»
«Geh, halt doch endlich die Goschn.»
Raddatz sagte trübe: «Wenn wir Deutschen mehr für Weiba übrig hätten, würden wa wenija Krieje machn.»
Schlumberger schrieb mit, was er an Morsezeichen hörte.
«Alles Kacke», sagte Raddatz. «Det kapiert doch 'n Doofa, det wa den Kriej nich mehr jewinnen können. Warum machen se nich Schluß, die Scheißjeneräle?»
Die Signale in Schlumbergers Hörer verstummten. Er lehnte sich zurück, dann morste er weisungsgemäß: «Wir kommen wieder.»
Raddatz knurrte: «Ick fraje: Warum machen se nich Schluß, die Hunde?»
«Dös geht doch net. Der Hitler stell s' doch alle an die Wand, Schorsch!»
«Der Hitla, Mensch! Wenn ick det schon höre! Hitla – det sind wa alle. Weil wa ihn jewählt ham. Und Heil jeschrien. Zu doof, zu doof sind wa jewesen! Mehr denken, wenijer jlooben!»
In dieser wenig wehrfeudigen Weise unterhielten sie sich noch eine Weile, dann begann Schlumberger chiffriert die Meldung zu morsen, die «Sonderführer Lieven» ihm hinterlassen hatte. Dechiffriert lautete sie:
«von zimmer 231 kriegsministerium london an nachtigall 17 – wir haben sie klar empfangen – wir begrüßen sie als neues mitglied unserer special operation branch – melden sie sich von nun an täglich zur bekannten zeit – sie erhalten dann weisungen – captain everett wird heute am 4. april 1943 ...»

Menu · Moulin de Gargilesse, 4. April 1943

*Roastbeef mit Gemüsen und Dripping cake*
*Englischer Apfel-Pudding*

---

## Selbst Partisanen werden zahm, wenn Thomas Lieven kocht ...

Roastbeef: Man lege ein gut «abgehängtes» Ochsen-Rippenstück ohne Knochen in die Bratpfanne, gieße reichlich kochendheiße Butter, der etwas Nierenfett beigemischt sein kann, darüber und brate schnell von allen Seiten an, salze und pfeffere dann. – Man schiebe die Pfanne in den gut vorgeheizten Bratofen und brate das Fleisch 45 Minuten unter sehr häufigem Begießen, bei anfangs scharfer, dann mäßiger Oberhitze, möglichst ohne Wasserzugaben. Man kann das Fleisch mehrmals wenden, aber in der letzten Bratzeit soll die Fettschicht nach oben liegen. Nach dem Herausnehmen aus der Pfanne nicht sofort aufschneiden, sonst läuft der ganze Saft heraus, und das Fleisch wird grau. Man lasse den Braten einige Minuten ruhen. – Man kann das Roastbeef auch sehr gut auf dem Grill braten, benützt dann das herausgetropfte Fett für den Dripping cake.

Dripping cake: Man verquirle 5–6 Eier gründlich mit 1/4 Pfund Mehl, gut 1/2 Liter Milch und etwas Salz und gieße es in das heiße Fett in der Bratpfanne, aus der das Roastbeef herausgenommen wurde. – Man lasse knapp 10 Minuten bei guter Hitze im Bratofen backen, bis die Masse unten braun und obenauf leicht fest geworden ist. – Man schneide den Dripping cake in Stücke und garniere die Masse um das tranchierte Roastbeef. – Man kann das Gericht auch ohne Roastbeef auf ausgelassenen Speckwürfeln zubereiten und als «Yorkshire-Pudding» servieren.

Apfel-Pudding: Man nehme ein Pfund feines Mehl, 250 g festes, eine Nacht gewässertes und ganz fein gehacktes Nierenfett, einen gehäuften Teelöffel pulverisierten Ingwer, etwas Salz, mische alles sehr gründlich durcheinander. Man mache dann mit kaltem Wasser einen Teig daraus, der nicht an den Händen kleben darf. – Man rolle ihn rund aus, lege eine Serviette in eine tiefe Schüssel, stäube etwas Mehl darüber und lege das ausgerollte Blatt hinein. Man fülle es mit in Viertel geschnittenen, geschälten Äpfeln von einer sauren Sorte, drücke den Teig oben fest zusammen und binde das Tuch zu. Man koche den Pudding mit 2 Eßlöffeln Salz 2 Stunden ununterbrochen in stark kochendem Wasser. – Man serviert ihn ohne Sauce mit Streuzucker. – Man kann den Pudding wesentlich verfeinern, indem man die zerschnittenen Äpfel mit Butter, je 100 g Rosinen und Korinthen, 50 g feingeschnittenem Zitronat und Orangeat sowie etwas Zucker und Rum einige Minuten dünstet, bevor man sie in den Teig füllt.

---

## 13

«... zum einbruch der dämmerung, etwa gegen 18 uhr auf der bekannten lichtung von uns in lysander-maschine abgeholt werden – es lebe frankreich, es lebe die freiheit – buckmaster – ende», dechiffrierten fünf Männer und eine junge Frau den Morsetext,

den sie in einer Mühle am Ufer der Creuze soeben erhalten hatten. Danach sprangen sie auf, umarmten einander und tanzten vor Freude.
Gegen drei Uhr morgens gingen sie alle zur Ruhe.
Yvonne hatte Thomas gebeten, ihr noch die Gebrauchsanweisung des Senders auf ihr Zimmer zu bringen. Mit der echt englischen Broschüre in der Hand klopfte er an ihre Tür. Er war müde. Er war traurig. Er mußte ununterbrochen an Chantal denken ...
«Einen Moment!» rief Yvonnes Stimme von jenseits der Tür. Er dachte: Sie wird sich gerade ausgezogen haben und schnell etwas überwerfen. Er wartete. Dann hörte er ihre Stimme: «Jetzt können Sie kommen, mon capitaine!»
Er öffnete die Tür.
Er hatte sich geirrt. Wenn Yvonne bei seinem Klopfen noch etwas übergeworfen gehabt hatte, dann hatte sie es in der Zwischenzeit abgelegt. Denn sie stand so vor ihm, in dem kleinen, mit Bauernmöbeln eingerichteten, überheizten Zimmer, wie Gott sie geschaffen hatte.
Nein, dachte Thomas, nein, nicht auch das noch! Zuerst hat sie mir mißtraut. Jetzt vertraut sie mir und will mir das beweisen ... O nein, ich kann einfach nicht. Chantal, geliebte tote Chantal ... Er legte die Broschüre auf eine Bauernkommode, wurde rot wie ein Schuljunge und sagte hastig: «Ich bitte tausendmal um Vergebung.» Dann verließ er ihr Zimmer.
Yvonne stand reglos. Ihre Lippen zuckten. Aber sie weinte nicht. Sie ballte die Fäuste. Von einem Augenblick zum andern schlugen ihre Gefühle um. Dieser dreckige Hund. Dieser kaltschnäuzige Engländer. Das soll er mir büßen.
Zwischen dem Öffnen und Schließen einer Tür war eine Frau, bereit zur Liebe, zur tödlichen Feindin geworden.

Am Morgen war Yvonne verschwunden – keiner der Männer wußte, wohin. In ihrem Zimmer fanden sie einen Zettel: «Bin schon nach Clermond-Ferrand vorausgefahren. Yvonne.»
Der dicke Bürgermeister ärgerte sich: «So etwas! Wer kocht jetzt? Wir wollten Ihnen doch noch ein Abschiedsessen geben, mon capitaine.»
«Wenn die Herren *mich* an den Herd lassen würden ...»
«Sie können kochen, Donnerwetter?»
«Ein wenig», sagte Thomas bescheiden. Sodann kochte er – was blieb ihm übrig – englisch, äußerst englisch. Er wußte, daß er bei Franzosen damit einiges riskierte.

Sein Roastbeef schmeckte jedoch allen ausgezeichnet. Nur die Gemüse, die es dazu gab, erregten die Kritik des Bürgermeisters: «Sagen Sie mal, Sie kochen das alles *nur* in Salzwasser?»
«Ja, wir Engländer lieben es so», antwortete Thomas, ein paar Schnurrbarthaare aus dem Mund ziehend. Er führte eine Doppelkonversation, denn gleichzeitig erzählte ihm Professor Débouché, daß es in Clermont-Ferrand mit der Herstellung gefälschter Dokumente hapere: «Neuerdings verlangen die Kontrollen immer Personalausweise *und* Lebensmittel-Stammkarten. Wie, meinen Sie, capitaine, könnten wir uns besser sichern?»
«Woraus besteht denn die Beilage um das Roastbeef?» fragte gleichzeitig der verfressene Bürgermeister.
«Einer nach dem andern», antwortete Thomas Lieven. «Der Teig besteht aus Eiern, Milch und Mehl, die man versprudelt. *Ohne* Roastbeef nennen wir das Gericht ‹Yorkshire Pudding›, *mit* Roastbeef ‹Dripping Cake›.»
Dann wandte Thomas sich Professor Débouché zu. In den nächsten Sekunden wurde er zum Begründer einer Super-Falschdokumenten-Zentrale. Er sagte: «Sie müssen Ihre Papiere *lückenlos* fälschen, Professor. Sie haben doch in allen Ämtern Ihre Leute, nicht wahr? Es muß alles zusammenpassen: Personalausweis, Wehrpaß, Soldbuch, der Zettel von der Volkszählung, die Lebensmittelkarte und die Steuerkarte. Alles auf *einen* falschen Namen. Und dieser eine falsche Name muß in *allen* betreffenden Ämtern eingetragen sein ...»
Selbige Anregung Thomas Lievens wurde übernommen und ausgewertet in einer Weise, daß den Deutschen bald darauf die Haare zu Berge standen! Eine Lawine sogenannter «echter falscher Papiere» überschwemmte Frankreich. Viele Menschenleben wurden durch sie gerettet.

## 14

Zwischen Dämmerung und Nacht am 4. April 1943 landete eine «Lysander»-Maschine der Royal Air Force auf der kleinen Lichtung, über welcher Thomas Lieven achtzehn Stunden zuvor abgesprungen war. Ein Pilot in britischer Uniform saß in der Maschine. Der Pilot stammte aus Leipzig. Er war von der deutschen Abwehr ausgesucht worden, weil er Englisch sprach, leider mit sächsischem Akzent.
Er sprach darum wenig und salutierte hauptsächlich, und zwar, was Thomas Lieven das Blut erstarren ließ, falsch.

Zackig legte der Pilot die rechte Hand mit der Innenseite zur Wange an die Schläfe und nicht, wie Briten das taten, mit der Innenseite nach vorn.
Niemand von Thomas Lievens neugewonnenen französischen Freunden schien das bemerkt zu haben. Es gab Umarmungen und Küsse, männliche Händedrücke und gute Wünsche.
«Bonne chance!» schrien die Männer, als Thomas in die Maschine kletterte und dabei dem Luftwaffenpiloten zuzischte: «Sie Idiot, Sie dämlicher!»
Dann blickte er auf. Drüben am Waldrand stand unbeweglich Yvonne. Die Hände hatte sie in die Taschen ihrer Jacke vergraben. Er winkte ihr zu. Sie reagierte nicht. Er winkte noch einmal. Sie blieb ohne Leben.
Da wußte er, während er sich auf den Sitz fallen ließ: Diese Frau war mit ihm noch nicht fertig. Noch lange nicht!

Das Unternehmen «Nachtigall 17» lief vollkommen reibungslos an – wie Thomas es erhofft hatte.
Jeden Abend meldete sich das «Maquis Crozant» um 21 Uhr bei den Gefreiten Schlumberger und Raddatz im Hotel «Lutetia», wartete, bis die Meldungen dechiffriert waren, und erhielt dann von «Colonel Buckmaster, Zimmer 231, Kriegsministerium London» die entsprechenden Antworten.
Bei diesen Gelegenheiten waren noch zwei andere Männer anwesend: Oberst Werthe, der Thomas aus Gestapo-Haft befreite, und jener Hauptmann Brenner, der das Leben unseres Freundes schon seit langem mit so großem Interesse verfolgte.
In Hauptmann Brenner lernte Thomas den typischen Berufssoldaten kennen: nüchtern, stur, pedantisch, nicht unanständig, kein Nazi – aber eben ein «Kommiß-Kopp», ein Befehlsempfänger, der wie eine Maschine arbeitete, ohne Gefühle, ohne kritischen Gedanken und fast ohne Herz.
Brenner, ein kleiner Mann mit präzisem Scheitel, goldgefaßten Brillen und energischen Bewegungen, verstand denn auch von Anfang an nicht das «ganze Theater mit dieser Nachtigall siebzehn», wie er sich ausdrückte.
Zu Anfang schickte Thomas den Leuten von «Maquis Crozant» hinhaltende Weisungen. «Nachtigall 17» indessen verlangte es nach Taten. Die Widerständler wollten losschlagen. Sie verlangten Munition für ihre Waffen!
Daraufhin brachte die deutsche Besatzung einer englischen Beutemaschine in einer warmen Mainacht über dem Waldgebiet zwi-

schen Limoges und Clermont-Ferrand vier Fallschirme mit Munitionskisten zum Abwurf. Die Munition hatte nur einen Fehler: sie paßte in Typ und Kaliber nicht zu den Waffen des «Maquis Crozant» ...

Endloses Funkspruchwechseln war die Folge. Wieder vergingen Tage. «London» bedauerte den Irrtum. Es würde gutgemacht, sobald die richtige Munition für die Waffen, die zum Teil aus deutschem und französischem Besitz stammten, vorhanden sei.

«London» trug dem «Maquis Crozant» auf, Lebensmittelvorräte anzulegen. Es war bekannt, daß die Bevölkerung jener unzugänglichen Gegenden hungerte. Hungernde Menschen aber konnten gefährliche Amokläufer werden ...

Wieder starteten Beutemaschinen mit deutschen Piloten. Diesmal warfen sie Fallschirme mit britischen Beutekonserven, britischen Beutemedikamenten, Whisky, Zigaretten und Kaffee ab.

Hauptmann Brenner begriff diese Welt nicht mehr: «Wir saufen gefälschten Pernod – und diese Herren Partisanen echten Whisky! Ich rauche Gauloises – und diese Partisanen vielleicht Henry Clay! Wir päppeln die Kerle noch auf, damit sie dick und fett werden! Das ist doch Wahnsinn, meine Herren, das ist doch Wahnsinn!»

«Das ist kein Wahnsinn», belehrte ihn Oberst Werthe. «Lieven hat recht. Es ist die einzige Möglichkeit, die Leute daran zu hindern, uns gefährlich zu werden. Wenn sie erst mal Eisenbahnlinien und E-Werke in die Luft gesprengt haben, hauen sie ab nach allen Himmelsrichtungen, und wir erwischen keinen einzigen von ihnen.»

Im Juni 1943 wurde «Nachtigall 17» so unruhig, daß Thomas seine Taktik änderte: Britische Beuteflugzeuge mit deutschen Besatzungen warfen nun über dem Partisanengebiet Munition ab, die wirklich zu den Waffen paßte.

Doch kurze Zeit darauf erhielt das «Maquis Crozant» diese Weisung:

maquis marseille zu großen sabotageakten und überfällen eingesetzt – es ist unbedingt notwendig daß ihr eure waffen und eure munition vorübergehend den kameraden zur verfügung stellt.

Mächtiges Funkgezeter.

Aber «London» blieb hart. Dem «Maquis Crozant» wurde mit präzisen Orts- und Zeitangaben mitgeteilt, wo die Waffen zu übergeben seien.

In einer gewittrigen Nacht wechselten sie in den Wäldern neben der Landstraße, die von Belac nach Mortemart führt, dann denn auch die Besitzer. Die neuen Eigentümer, die sich sehr französisch gebärdet hatten, fuhren mit mehreren Lastwagen davon. Als sie wieder unter sich waren, unterhielten sie sich so, wie sie es gewohnt waren: im deutschen Landser-Jargon.

Anfang Juli erfuhr Oberst Werthe über den verräterischen Funker des «Maquis Limoges», daß das «Maquis Crozant die Schnauze voll von London» hatte. Eine gewisse Yvonne Dechamps hetzte die Männer auf. War das überhaupt London, mit dem sie in Funkverkehr standen? Auch jener Captain Everett, unkte diese Yvonne, sei ihr nicht geheuer gewesen! Schon gar nicht der RAF-Pilot, der ihn abgeholt hatte. Der hatte nämlich wie ein «boche» salutiert.

«Verflucht», sagte Thomas Lieven, als er das erfuhr. «Ich wußte ja, daß das mal kommen würde. Herr Oberst, jetzt gibt es nur noch eines.»

«Nämlich?»

«Wir müssen Nachtigall 17 den Auftrag und die Möglichkeit zu einem *echten* und *ernsten* Sabotageakt bieten. Wie müssen *eine* Brücke, *eine* Eisenbahnlinie oder *eine* Elektrizitäts-Zentrale opfern – um damit vielleicht *viele* Elektrizitäts-Zentralen, Brücken und Eisenbahnlinien zu retten.»

Hauptmann Brenner, der diesem Gespräch beiwohnte, schloß die Augen und stöhnte: «Übergeschnappt! Sonderführer Lieven ist übergeschnappt!»

Auch Oberst Werthe war verstört: «Es hat alles Grenzen, Lieven. Also wirklich! Was verlangen Sie von mir?»

«Ich verlange von Ihnen eine Brücke, Herr Oberst!» schrie Thomas plötzlich los. «Verflucht noch mal, es wird doch wohl in Frankreich noch eine Brücke geben, auf die wir verzichten können!»

# DRITTES BUCH

## *1. Kapitel*

1

Summend hielt der Lift im obersten Stockwerk des von der Deutschen Abwehr beschlagnahmten Pariser Hotels «Lutetia». Ein Mann von vierunddreißig Jahren stieg aus. Er war mittelgroß und schlank, im Besitz des Walroß-Schnurrbartes.
Der hagere Georg Raddatz aus Berlin ließ die neueste Ausgabe des französischen Akt-Magazins «Regal» in die Tasche gleiten, sprang desgleichen auf und knallte die Hacken zusammen: «Heil Hitler, Herr Sonderführer!»
«Die Gefreiten Raddatz und Schlumberger beim Funkdienst, Herr Sonderführer!» brüllte der Wiener und nahm dabei übertrieben zackig Haltung an.
Der ohne Zweifel seltsamste Sonderführer, den das Dritte Reich hervorgebracht hatte, antwortete grinsend: «Heil Hitler, ihr Armleuchter. Schon London gehört?»
«Jawohl, Herr Sonderführer!» meldete der Wiener stramm. «Grod jetzt.»
Die drei Männer sahen einander seit Wochen allabendlich – und allabendlich machten sie sich, bevor andere kamen, auf verbotene Weise die Empfangsgeräte eines hervorragend eingerichteten deutschen Funkraums zunutze. Sie hörten jeden Abend London.
Der dicke Schlumberger sprach: «Churchill hat a Red' g'halten. Wenn die Italiener jetzt, wo Mussolini im Oasch is, noch weita mit uns mitmachen, werden s' ihr Schmalz kriegen.»
Am 25. Juli, fünf Tage zuvor, hatte König Viktor Emanuel von Italien Mussolini verhaften lassen. Ebenfalls am 25. Juli: Tagesangriffe auf Kassel, Remscheid, Kiel und Bremen.
«Junge, Junge, jeht det schnell», seufzte Raddatz. «In Rußland kriegen wir 'n Hintern voll am Ladogasee, und im Orel-Bogen loofen wa zurück. Die Italiener kriegen auf Sizilien die Fresse voll.»
Thomas setzte sich: «Und die Herren in Berlin riskieren noch immer die große Schnauze. Und hören nicht auf und hören nicht auf.»
Schlumberger und Raddatz, alte, gewiegte Barras-Experten, nickten trübe. Sie hatten einiges über Thomas Lieven in Erfahrung

gebracht. Sie wußten, daß er von der Gestapo gefoltert worden war, bevor der Oberst Werthe ihn vor dem sicheren Tod in den Kellern des SD in der Avenue Foch errettete.
Von der Haft und den furchtbaren Verhören hatte er sich übrigens mittlerweile gut erholt. An verschiedenen Stellen wies sein Körper noch scheußliche Narben auf, aber die wurden verdeckt von einer erstklassigen Kleidung, welche Thomas nun wieder sein eigen nannte.
Thomas sagte: «Oberst Werthe und Hauptmann Brenner werden gleich kommen. Wenn ich euch bitten dürfte, inzwischen diesen Funkspruch zu chiffrieren.» Er legte einen Zettel vor Raddatz auf den Tisch.
Der Berliner las und staunte: «Junge, Junge, det wird ja imma bunta. So jewinnen wa'n Krieg natürlich doch noch. Kiek mal, Karli.»
Der Wiener las und kratzte seinen Schädel. Sein Kommentar war kurz: «I geb's auf.»
«Nicht doch», sagte Thomas. «Chiffrieren Sie vielmehr den Spruch.» Der Spruch lautete:
«na nachtigall 17 – RAF-bomber wird 1. August zwischen 23 uhr und 23 uhr 15 über planquadrat 167 mt spezialbehälter mit plasticsprengstoff abwerfen – sprengen sie am 4. august genau 0 Uhr 00 die pont noir zwischen gargilesse und eguzon – zeitpunkt genau einhalten – viel glück – buckmaster.»
«Na los, meine Herren», sagte Thomas Lieven. «Was sollen die fassungslosen Blicke?»
«Der Herr Sonderführer macht wieda an Schmäh, Schorsch», sagte der Wiener. «Wird irgend so a klaane Schaßbrucken sein, vastehst?»
«Die Brücke, meine Herren», sprach Thomas mit einem müden Lächeln, «führt über die Creuze zur Route Nationale 20 und ist eine der wichtigsten Mittelfrankreichs. Sie liegt vor Eguzon. Dort befindet sich die Staumauer des E-Werkes, das den größten Teil Mittelfrankreichs mit Strom versorgt.»
«Und ausgerechnet dös Bruckerl soll in Oasch gehen?»
«Das walte Gott», sagte Thomas. «Lange genug habe ich gebraucht, um dös Bruckerl aufzutreiben.»

2

Seine Suche nach einer Brücke hatte Thomas Lieven am 4. Juli 1943 begonnen. In einem hellen Sommeranzug, pfeifend und guter Dinge, ging er durch das sommerliche Paris. Ah, die Boulevards mit ihren blühenden Bäumen! Ah, die Trottoir-Cafés mit den schönen jungen Frauen in den kurzen, bunten Kleidern. Die verrückten Hüte! Die hohen Korkschuhe! Der Geruch nach Abenteuer, Flirt, Parfüm und Jasmin ...

Paris 1943: Eine Stadt, die immer noch wie im Frieden lebte. Wenn in den Wohnungen am Square du Bois de Boulogne vorzeitig das Licht erlosch, dann waren nicht Stromsperren daran schuld, und wenn Vorhänge rauschten, dann waren sie zärtlich und nicht aus Eisen.

Voll Charme hatten die Pariser sich mit der deutschen Besatzung abgefunden. Der «Marché noir», der Schwarze Markt, blühte. Die Moral der Landser hielt einem solchen Leben nicht stand. Der General von Witzleben seufzte einmal: «Die französischen Frauen, die französische Küche und die französische Mentalität haben uns den Rest gegeben. Im Grunde müßte ich die hier stationierten Truppen alle vier Wochen auswechseln.»

Der kleinste Zahlmeister aus dem Kohlenpott lebte in Paris wie ein Fürst! Er kannte die Unterschiede der feinsten Champagner-Marken, verlangte in seinem Hotel «Poulet garni», aß Austern zu Dutzenden und erfuhr in den sanften Armen seiner französischen Freundin, daß es bei weitem nicht das Süßeste war, fürs Vaterland zu sterben.

Das Hauptquartier des Generals von Rundstedt, Oberbefehlshaber West, war Thomas Lievens erstes Ziel. Hier sprach er mit drei Majoren, die er alle umständlich und feierlich zu Geheimnisträgern machte, bevor er mit seiner kleinen Bitte herausrückte.

Der erste Major verwies ihn an den zweiten. Der zweite verwies ihn an den dritten. Der dritte Major warf ihn hinaus und verfaßte eine Meldung an seinen General. Der General schickte die Meldung ins Hotel «Lutetia» mit dem Vermerk, daß er sich jede Einmischung der Abwehr in militärische Fragen – und die Sprengung einer Brücke wäre doch wohl eine solche – geziemend verbäte!

Mittlerweise war der hurtige Thomas bereits beim «Wehrmachts-Führungsstab Technik» erschienen, um daselbst einem gewissen Major Ledebur seine Bitte vorzutragen. Da war es 11 Uhr 18. Um 11 Uhr 19 klingelte auf dem Schreibtisch des pedantischen, ehrgeizigen Hauptmanns Brenner im Hotel «Lutetia» das Telefon.

Der kleine Berufsoffizier mit dem schnurgeraden Scheitel und der goldgefaßten Brille hob ab und meldete sich. Dann verbeugte er sich stramm im Sitzen, denn er erfuhr, daß er mit einem gewissen Major Ledebur sprach.
Was der Ranghöhere sagte, ließ den Hauptmann rot anlaufen. Er bellte: «Immer so etwas erwartet, Herr Major! Völlig meine Meinung! Mir sind jedoch die Hände gebunden! Bedaure außerordentlich, Herrn Major mit Herrn Oberst Werthe verbinden zu müssen.»
Das tat er denn auch. Der Oberst wurde im Gegensatz zu seinem Hauptmann sehr bleich, als er hörte, was der Major zu sagen hatte. Zuletzt sprach er mühsam: «Ich danke für die Benachrichtigung, Herr Major. Sehr aufmerksam von Ihnen, wirklich. Aber ich kann Sie beruhigen: Sonderführer Lieven ist nicht verrückt. In keiner Weise! Ich komme und hole ihn selber ab.» Er hängte auf.
Hauptmann Brenner war neben ihn getreten. Seine Brillengläser blitzten: «Gestatte mir ergebenst darauf hinzuweisen, daß ich immer vor diesem Menschen gewarnt habe. Er ist *wirklich* nicht normal!»
«Der Mann ist so normal wie Sie und ich! Und Canaris hat nun mal einen Narren an ihm gefressen. Hand aufs Herz: War seine Idee der friedlichen Partisanenbekämpfung nicht die beste von allen? Mensch, Brenner, wachen Sie auf! In Frankreich verübten die Maquis im letzten Monat allein 243 Morde, 391 Eisenbahn-Überfälle und 825 Sabotage-Akte in der Industrie! In einem einzigen Gebiet herrschte Ruhe: in Gargilesse. Das ist sein Gebiet!»
Hauptmann Brenner preßte die Lippen zusammen und zuckte die Schultern. Oberst Werthe fuhr los und befreite Thomas Lieven, der sich ungemein darüber amüsierte, daß der Major Ledebur an seinem Geisteszustand Kritik geübt hatte. Werthe sagte zu ihm: «Ich brauche jetzt aber einen Schnaps, Mensch.»
Über den Pernod-Gläsern fragte Werthe dann kopfschüttelnd: «Warum sind Sie bloß so verrückt mit Ihrer Brücke, Lieven?»
Still antwortete Thomas: «Weil ich davon überzeugt bin, daß viele Menschen, die sonst sterben müßten, am Leben bleiben werden, wenn ich *die* Brücke finde. Deutsche und Franzosen, Herr Oberst. Darum.»
Oberst Werthe drehte den Kopf zur Seite: «Ach, Lieven, Sie sind ein netter Kerl.» Er sah aus der kleinen Bar hinaus auf den sommerlichen Boulevard mit seinen Blumen, Bäumen, jungen Frauen. Plötzlich ballte er eine Hand zur Faust: «Dieser verfluchte Krieg», sagte Oberst Werthe.

3

Am nächsten Morgen irrte Thomas Lieven durch eine Dienststelle des Reichsarbeitsdienstes in Paris. Er verlief sich auf der Suche nach der Abteilung, die für Brücken zuständig war, vollkommen und landete in einem Büro, das er sofort fluchtartig wieder verlassen wollte. Zwei Gründe gab es für seine Panik: vier Bilder an der Wand und die Dame hinter dem Schreibtisch.
Die Bilder zeigten Hitler, Goebbels, Göring und den Reichsarbeitsführer Hierl. Die Dame war außerordentlich hager und groß, ihre Brust war platt, die Hände waren knochig. Das farblose Haar trug sie zu einem Knoten hochgenommen. An ihrer weißen Bluse saß über der linken Brust ein goldenes Parteiabzeichen und am Kragen eine schwere, gehämmerte Brosche. Sie trug einen braunen Rock, braune Wollstrümpfe und braune, flache Schuhe. Sie sah streng aus, sie war streng gekleidet, und es roch streng in ihrem Büro.
Thomas war schon wieder halb aus dem Büro entwichen, da traf ihn ihre harte, brüchige Stimme: «Einen Moment!»
Er drehte sich um und lächelte verzerrt. «Ich bitte um Verzeihung, ich habe mich verlaufen. Guten Tag!»
Mit drei Schritten war die Frau hinter ihrem Schreibtisch vorgeschossen. «Was heißt ‹guten Tag›? ‹Heil Hitler›, lautet unser Gruß!» Sie war fast zwei Köpfe größer als Thomas. «Ich verlange Antwort. Wer sind Sie? Wie heißen Sie?»
Er sagte gepreßt: «Sonderführer Lieven.»
«Was für ein Sonderführer? Zeigen Sie den Ausweis!»
«Wie komme ich dazu? Ich weiß ja auch nicht, wer Sie sind.»
«Ich», antwortete die Hagere, die sich offenbar mit Lysolseife wusch, «bin die Stabshauptführerin Mielcke. Seit vier Wochen hier. Persönlicher Auftrag von Reichsarbeitsführer Hierl. Ich habe alle Vollmachten. Hier ist mein Ausweis. Wo ist Ihrer?»
Stabshauptführerin Mielcke studierte den Ausweis Thomas Lievens genau. Dann rief sie bei Oberst Werthe an und erkundigte sich, ob er einen Sonderführer Lieven kenne. Erst danach bot sie Thomas Platz an: «Der Feind steht überall. Man muß wachsam sein. Also was wollen Sie?»
«Wirklich, Frau Mielcke –»
«Stabshauptführerin. Das ist mein Rang.»
«Wirklich, Frau Stabshauptführerin –»
«Nicht Frau. Nur Stabshauptführerin.»
Da hast du recht, Zimtzicke, nicht Frau, dachte er und sagte

mühsam freundlich: «Wirklich, Stabshauptführerin, ich glaube nicht, daß Sie die richtige Instanz für mein Problem sind.»
«Bin ich. Reden Sie also nicht lange herum. Sprechen Sie!»
In Thomas kroch langsam eine Welle siedendheißer Wut hoch. Noch beherrschte er sich. «Mein Auftrag ist geheim. Ich kann darüber nicht sprechen.»
«Ich verlange es von Ihnen. Als Bevollmächtigte des Reichsarbeitsführers habe ich das Recht dazu. Ich lasse Sie festnehmen, wenn Sie nicht sofort ...»
Thomas brüllte los: «Stabshauptführerin, ich verbitte mir diesen Ton ...»
«Sie haben sich überhaupt nichts zu verbitten! Ich werde noch heute einen Bericht abfassen. Über frontfähige junge Leute, die sich hier unter dem Deckmantel ‹Abwehr› im Pariser Sündensumpf herumdrücken. Ich werde persönlich dem Reichsarbeitsführer berichten!»
Jetzt hatte Thomas genug, jetzt konnte er nicht mehr. Er schrie sie an: «Und ich werde *meinen* Bericht abfassen! An den Admiral Canaris persönlich! Sie sind wohl wahnsinnig geworden? Wie reden Sie denn mit mir? Auf so was wie Sie haben wir hier gerade gewartet!» Er wurde tückisch: «Stabshauptführerin entspricht dem Rang eines Obersten, was? Da ist ein Admiral doch wohl immer noch ein bißchen mehr, wie?» Er schlug auf den Tisch und schrie: «Sie werden sich vor Admiral Canaris zu verantworten haben, verstanden?»
Sie starrte ihn mit schmalen Augen an, die wäßrig waren, blau und nordisch. Sie sagte langgedehnt und lächelnd und feige: «Was regen Sie sich denn so auf, Sonderführer? Ich tue doch nur meine Pflicht.» Sie schluckte.
Thomas dachte: Jetzt hat sie Angst. Jetzt will sie mich versöhnen. Aber ich kann nicht mehr. Ich ersticke, wenn ich hier noch eine Minute bleibe. Er sprang auf, riß den rechten Arm empor und brüllte: «Heil Hitler, Stabshauptführerin!»
«So warten Sie doch ...»
Aber er war schon bei der Tür, riß sie auf und warf sie dröhnend hinter sich ins Schloß. Weg! Weg! An die frische Luft!

Am 11. Juli landete Thomas Lieven im Hauptquartier der Organisation Todt. Hier war er an einen Baurat namens Heinze verwiesen worden. HEINZE stand auch an der Tür des Büros, welche Thomas gegen 11 Uhr morgens an diesem Tage öffnete. Zwei große Zeichentische standen darin. Zwei große Männer stritten davor. Sie stritten so heftig, daß sie Thomas Lievens Erscheinen nicht zur Kenntnis nahmen. Die Männer trugen beide weiße Mäntel über ihren Uniformen und schrien.

DER EINE: «Ich lehne die Verantwortung ab! Jeder Panzer, der drüber rollt, kann das Ding zum Einsturz bringen!»

DER ANDERE: «Wie stellen Sie sich das vor, Mensch, die nächste Brücke geht bei Argenton über die Creuze!»

DER EINE: «Das ist mir piepegal, dann müssen die Herren eben den Umweg fahren! Ich erkläre: Die ‹Pont noir› bei Gargilesse ist eine Gefahr! Meterlange Risse auf der Fahrbahn-Unterseite! Meine Statiker hat fast der Schlag gerührt!»

DER ANDERE: «Verstärken Sie die Konstruktion mit Bewehreisen!»

DER EINE: «Erlauben Sie – das ist doch der letzte Dreck!»

Thomas dachte: Brücke bei Gargilesse. Phantastisch. Absolut phantastisch. Es ist, als wäre die Wirklichkeit hinter meinen Wünschen und Träumen hergelaufen. Jetzt hat sie mich eingeholt ...

DER ANDERE: «Denken Sie an das E-Werk! Die Staumauer! Wenn wir die Brücke sprengen, wird doch die Stromversorgung gestört!»

DER EINE: «Nicht wenn *wir* sie sprengen! Dann können wir vorher Umschaltungen und Abschaltungen vornehmen. Aber wenn das Ding morgen von selber einstürzt – *dann* dürfen Sie von Stromstörungen reden! Ich – was wollen Sie hier?»

Thomas Lieven war endlich entdeckt worden. Er verneigte sich und sprach sanft: «Ich hätte gerne Baurat Heinze gesprochen.»

«Das bin ich», sagte der eine. «Was gibt's?»

«Herr Baurat», sagte Thomas, «ich glaube, wir werden wundervoll zusammenarbeiten ...»

Die Zusammenarbeit war tatsächlich wundervoll. Bereits am 15. Juli hatte man die Pläne der Organisation Todt und der Organisation Canaris betreffend die Zukunft der «Pont noir» südlich von Gargilesse völlig koordiniert. Nun erteilte Thomas dem «Maquis Crozant» als «Colonel Buckmaster, War Office, London», über Funk den Auftrag:

«stellen sie unverzüglich eine liste der wichtigsten brücken im gebiet ihres maquis zusammen – melden sie art und dichte der truppenbewegungen.»

Tagelang, nächtelang lagen französische Widerständler auf der Lauer. Sie hockten unter Brückenbögen, in Baumkronen, in den

Dachböden alter Windmühlen und Bauernhäuser. Sie hatten Feldstecher, Papier und Bleistift bei sich. Sie zählten deutsche Panzer, Lastkraftwagen, Motorräder. Und allabendlich um 21 Uhr meldeten sie ihre Beobachtungen nach «London». Da war die Brücke bei Feurs. Die Brücke bei Macon. Die bei Dompierre. Die bei Nevers. Und die große «Pont noir» südlich Gargilesse, vor der Staumauer des E-Werkes bei Eguzon.

Am 30. Juli um 21 Uhr saßen Yvonne Dechamps und Professor Débouché, Bürgermeister Cassier, Leutnant Bellecourt und Emile Rouff, der Töpfer, in der Wohnstube der alten «Moulin de Gargilesse». Zum Schneiden dick lagerte Zigarettenrauch im Raum.

Yvonne trug Kopfhörer. Sie nahm die verschlüsselte Botschaft auf, die der leicht verfettete Gefreite Schlumberger in Paris durchgab:

sv. 21 54621 lhvhi rhwea riehr ctbgs twoee ...

Die Männer, die Yvonne Dechamps umstanden, atmeten flach und kurz. Professor Débouché putzte seine Brillengläser. Leutnant Bellecourt beleckte immer wieder seine Lippen.

«... sntae siane krodi lvgap», morste Schlumberger im obersten Stockwerk des Hotels «Lutetia» in Paris. Die Männer, die ihn umstanden, Thomas Lieven, der kleine, pedantisch frisierte Hauptmann Brenner, der verschlossene Oberst Werthe, atmeten flach und kurz. Hauptmann Brenner nahm seine goldgefaßte Brille ab und putzte sie umständlich.

Zwanzig Minuten nach neun Uhr brach «London» den Funkverkehr ab. In der romantischen, uralten Wassermühle am Ufer der Creuze dechiffrierten die Führer des «Maquis Crozant» die empfangene Botschaft, jene Botschaft, welche begann:

«an nachtigall 17 – raf-bomber wird 1. august zwischen 23 uhr und 23 uhr 15 über planquadrat 167 mt spezialbehälter mit plasticsprengstoff abwerfen – sprengen sie am 4. august genau 0 uhr 00 die pont noir zwischen gargilesse und eguzon ...»

Als die Meldung dechiffriert vorlag, redeten sie alle durcheinander. Nur Yvonne Dechamps schwieg. Still saß sie vor dem Funkgerät, die Hände im Schoß gefaltet. Sie dachte an diesen seltsamen Captain Everett, dem sie so sehr mißtraut hatte.

Professor Débouché sprach mit den Männern. Yvonne hörte es kaum. Widersinnig, unsinnig war, was sie dachte, was sie fühlte. Und doch, und doch: mit einer Gewißheit, die schmerzte, wußte sie, daß sie diesen Captain Everett wiedersehen würde – irgendwann, irgendwo ...

Die Stimmen um sie her wurden lauter. Yvonne schrak auf. Sie

bemerkte, daß ein Streit zwischen dem Bürgermeister Cassier, dem Töpfer Rouff und Professor Débouché entbrannt war. Der eitle Cassier schlug auf den Tisch: «Das hier ist meine Gegend! Ich kenne sie wie meine Tasche! Ich bestehe darauf, daß *ich* die Sprengaktion leite!»
Ruhig sagte der Gelehrte: «Hier schlägt niemand auf den Tisch, mein Freund. Leutnant Bellecourt wird die Organisation leiten. Er ist Spezialist für Sprengungen. Sie werden tun, was er sagt.»
«Mich kotzt das an, daß alles dem Leutnant übertragen wird», ereiferte sich der Bürgermeister. «Wer hat das ‹Maquis Crozant› gegründet? Rouff, ich und ein paar Bauern.»
«Jawohl», rief der Töpfer. «Leute aus der Gegend! Ihr andern seid alle erst später hinzugekommen.»
Yvonne zwang sich, nicht mehr an Captain Everett zu denken. Sie sagte kalt: «Hört auf zu streiten. Es geschieht, was der Professor sagt. Es stimmt, daß wir später zu euch stießen. Aber *wir* haben diese Maquis erst richtig aufgezogen. Durch *uns* habt ihr ein Funkgerät bekommen. *Ich* habe euch das Funken beigebracht.»
Der Bürgermeister und der Töpfer schwiegen. Aber über den Kopf Yvonnes hinweg sahen sie einander an, schlau und verschlagen, wie alte Bauern es tun ...

4

Am 1. August 1943, um 23 Uhr 10, warf ein britischer Bomber, den die Deutschen erbeutet hatten, über dem Planquadrat 167 mt einen großen Spezialbehälter mit erbeutetem Plastic-Sprengstoff ab.
Am 2. Augsut 1943 erschien im Kraftwerk Eguzon ein gewisser Baurat Heinze von der OT Paris und besprach mit den leitenden deutschen Ingenieuren in allen Einzelheiten die Folgen der notwendigen Maßnahmen, die sich aus einer Sprengung der Brücke nahe der Staumauer ergaben.
Am 3. August erschien Baurat Heinze beim Kommandanten eines Landesschützen-Bataillons, machte ihn zum Geheimnisträger und schärfte ihm ein, daß alle deutschen Wachmannschaften der «Pont noir» am 4. August zwischen 23 Uhr 15 und 0.30 Uhr fernbleiben sollten.
Am 4. August um 0.08 Uhr flog die «Pont noir» programmgemäß mit ungeheurem Getöse in die Luft. Kein Mensch wurde verletzt.
Am 5. August, um 21 Uhr, hockten die Gefreiten Schlumberger

und Raddatz im Hotel «Lutetia» in Paris schwitzend vor ihren Apparaten. Hinter ihnen standen Thomas Lieven, Oberst Werthe und Hauptmann Brenner.
«Nachtigall 17» meldete sich pünktlich. Schlumberger murmelte, während er mitschrieb: «Heute morst nicht das Mädchen. Heute ist einer von den Kerlen dran ...»
«Nachtigall 17» morste lange, so lange wie noch nie. Die Meldung nahm überhaupt kein Ende. Während Schlumberger noch aufnahm, begann Raddatz schon zu dechiffrieren. Der erste Teil der Meldung lautete so ähnlich, wie Thomas sie erwartet hatte:
«... mission pont noir auftragsgemäß erledigt –gesamte brücke durch sprengung zum einsturz gebracht – zwanzig mann an operation direkt beteiligt – leutnant bellecourt vor aktion bein gebrochen – liegt bei freunden in eguzon – hier sendet emile rouff – professor débouché und yvonne dechamps sind in clermont-ferrand ...»
Werthe, Brenner und Thomas blickten dem dechiffrierenden Raddatz über die Schulter.
Dieser Vollidiot da unten, dachte Thomas erbleichend, warum nennt er Namen?
Ehe Thomas etwas tun konnte, fühlte er, wie der Gefreite Raddatz ihm auf den Fuß trat. Er sah zu dem Funker hinab. Ein Ausdruck des entsetzten Staunens stand in den Augen des Berliners. Gerade reichte Schlumberger ihm wieder einen Zettel herüber. Raddatz räusperte sich verzweifelt.
«Was ist da los?» rief Brenner, wieselschnell hinzutretend.
«Ick – ick – jar nischt!» erklärte der Berliner.
Brenner riß ihm das Papier aus der Hand: «Geben Sie her, Mann!» Er hielt es hoch. Seine Brillengläser blitzten. «Hören Sie sich das mal an, Herr Oberst!»
Thomas fühlte, wie eine Hand aus Eis nach seinem Herzen griff, als Brenner vorlas, was Raddatz soeben dechiffriert hatte:
«Wir bitten von Aktion General de Gaulle zu berichten und ihm unsere wichtigsten und tapfersten Mitglieder bekanntzugeben – Lob und Auszeichnung würden Kampfmoral fördern ...»
O Gott, dachte Thomas, das kann doch nicht wahr sein!
«... Hauptverdienst an Sprengung kommt nach Ausfall Leutnant Bellecourts dem Bürgermeister Cassier, wohnhaft in Crozant, zu – ihm zur Seite Emile Rouff aus Gargilesse – ferner wirkten mit ...»
Der Gefreite Schlumberger sah verstört von seinem Stenogrammblock auf.

Menu · Paris, 5. August 1943

*Hammelnieren-Schnitten*
*Seezunge nach Grenobler Art*
*Marillen-Palatschinken*

---

Beim Fisch kam die Idee, die 65 Menschenleben rettete ...

Hammelnieren-Schnitten: Man nehme kleine Hammelnieren, entferne Fett und Haut und halbiere sie der Länge nach. – Man schneide kleine Weißbrotscheiben, buttere sie leicht auf beiden Seiten und belege jede mit einer halben Niere, Schnittseite nach unten. – Man verrühre scharfen Senf mit saurer Sahne, einem Stückchen Butter, einem Eigelb, etwas Salz und Cayenne-Pfeffer zu einem dicklichen Brei, streiche ihn über die Nieren. – Man gebe die Nierenschnitten für etwa 10 Minuten bei mittlerer Oberhitze in den Backofen. Man prüfe mit spitzer Gabel. Wenn kein roter Saft mehr aus den Nieren quillt, sind sie fertig. Man serviere heiß.

Seezunge nach Grenobler Art: Man lasse die Fische vorher vom Händler abhäuten und die Filets auslösen. – Dann mindestens eine halbe Stunde mit Zitronensaft, Pfeffer und Salz marinieren, damit das Fleisch fest und weiß bleibt. Man trockne gut ab und brate schnell auf beiden Seiten in sehr heißer brauner Butter; danach auf vorgewärmter Platte ablegen. – Dann kleine Zitronen-Würfel mit einigen Kapern in der Bratbutter schnell heiß werden lassen. – Diese Sauce gieße man über die angerichteten Seezungen-Filets, reiche mit Petersilie bestreute Salzkartoffeln dazu.

Marillen-Palatschinken: Man backe feine, dünne, mittelgroße Eierkuchen. – Man bestreiche sie auf einer Seite mit Marillen-Konfitüre, rolle sie zusammen und drehe sie noch einmal in der heißen Butter um. Man serviere sie sofort und bestreue sie nach Geschmack noch mit geriebenen Mandeln. – Feine Eierkuchen geraten am besten, wenn man den Teig mindestens eine Stunde vorher zubereitet hat und ruhen ließ.

---

«Sie nehmen weiter auf, Mann!» schrie Brenner ihn an. Dann drehte der Hauptmann sich zu Thomas um. «Herr Sonderführer, Sie sagten doch mal, man könne diese Brut noch nicht fassen, weil man keine echten Namen und Adressen kenne, was?» Brenner lachte metallen. «Jetzt werden wir sie gleich kennen!»
Um Thomas drehte sich alles. Diese Saukerle da unten. Diese eitlen Idioten. Ich dachte immer, nur *wir* wären so. Die Franzosen sind auch nicht besser. Umsonst. Alles umsonst.
Oberst Werthe hatte plötzlich keine Lippen mehr. Er sagte sehr leise: «Verlassen Sie den Funkraum, Herr Lieven.»
«Herr Oberst, ich bitte zu bedenken», begann Thomas und brach ab, denn er sah in die grauen Augen Werthes und wußte: Nichts, was er sagte, konnte diesen Mann jetzt noch beeindrucken.

Umsonst. Alles umsonst wegen ein paar dämlichen Hunden, die nach dem Krieg ein paar Stückchen Blech auf der Brust tragen wollten ...

Fünf Minuten später wurden die Gefreiten Schlumberger und Raddatz turnusgemäß abgelöst. Sie kamen in die Halle des Hotels herunter, wo Thomas auf sie wartete.

Schlumberger machte ein Gesicht, als wollte er weinen:

«Dös Schaf hört net auf und hört net auf. Siebenundzwanzig Namen bis jetzt.»

«Aus den siebenundzwanzig kriejense die Namen von de andern raus wie nischt», sagte Raddatz.

«Wollt ihr mit mir essen gehen, Kameraden?» fragte Thomas. Sie gingen – wie häufig in den letzten Monaten – zu «Henri». Das war ein kleines Lokal in der Rue Clément Marot, das Thomas entdeckt hatte. Der Wirt kam selber an den Tisch und begrüßte sie herzlich. Wenn er Thomas sah, bekam er jedesmal feuchte Augen.

«Henri» hatte eine jüdische, deutsche Schwägerin. Diese war mit Hilfe von falschen Papieren auf dem Land untergetaucht. Die falschen Papiere hatte Thomas ihr besorgt. Im Hotel «Lutetia» gab es viele und gute Gelegenheiten, an falsche Dokumente heranzukommen. Thomas benützte sie gelegentlich. Und Oberst Werthe wußte es und schwieg.

«Etwas Leichtes, Henri», sagte Thomas. Es war schon spät, und er mußte sich beruhigen. Sie stellten das Menu zusammen.

Schlumberger bat: «Gehn S', Herr Lieven, übersetzen S' eahm, er soll a paar Palatschinken machen!»

Thomas übersetzte. Henri verschwand. Schweigen senkte sich über die drei Freunde, bleiernes Schweigen. Erst als die Hammelnieren-Schnitten kamen, murmelte der Wiener: «Brenner hat Berlin angerufen. Spätestens morgen in der Früh gibt's da unten a Sonderaktion. Was mit die Leut g'schieht, is klar.»

Thomas dachte: Professor Débouché. Die schöne Yvonne. Leutnant Bellecourt. Viele, viele andere. Noch leben sie. Noch atmen sie. Bald wird man sie verhaften. Bald werden sie tot sein.

«Junge», sagte Raddatz, «jetzt habe ick ma vier Jahre jedrückt. Noch nich eenen Menschen habe ick jetötet. Scheißjefühl, det wa uff eenmal mit schuld sind ...»

«Wir sind nicht daran schuld», sagte Thomas. Und dachte: Ihr nicht. Aber ich? Ich, ausweglos bereits eingesponnen in Lüge und Betrug, Täuschung und Arglist. Bin ich noch unschuldig? Schlumberger sagte: «Herr Lieven, dös is doch ausg'schlossen, daß mir jetzt den Partisanen helfen, die wo unsere Kameraden umlegen!»

«Ja», sagte Thomas, «das ist ausgeschlossen.» Und er dachte verzweifelt: Was kann man tun? Was soll man tun? Wie bleibt man ein anständiger Mensch?
«Karli hat recht», sagte der Berliner. «Sehense mal, ick bin ooch keen Nazi. Aba Hand uffs Herze: anjenommen, diese Partisanen kriejen mir in die Mache. Würden die mir jlooben, det ick keen Nazi bin?»
«Die scheißen da wos. Die legen dir um. Für die is a Deutscher a Deutscher.»
Thomas stocherte gedankenvoll an seinem Fisch herum. Plötzlich stand er auf. Er sagte: *«Eine* Möglichkeit gibt es doch. Eine einzige.»
«Wat for 'ne Möjlichkeit?»
«Etwas zu tun – und doch ein anständiger Mensch zu bleiben», sagte Thomas. Er ging in eine Telefonzelle, rief das Hotel «Lutetia» an und verlangte den Oberst Werthe. Der meldete sich nervös.
Thomas hörte viele Stimmen. Der Oberst schien in einer Besprechung zu sein. Schweiß rann Thomas über das Gesicht. Er dachte: Anständig bleiben. Gegen die anständigen Menschen in meinem Land. Gegen die anständigen Menschen in diesem. Kein Verräter werden. Kein Phantast. Kein Sentimentalist. Nur Leben retten ... Leben retten ...
Thomas sagte heiser: «Herr Oberst, hier ist Lieven. Ich habe Ihnen einen Vorschlag von größter Wichtigkeit zu machen. Sie werden allein nicht darüber entscheiden können. Ich bitte, mich anzuhören und danach sofort Herrn Admiral Canaris zu verständigen.»
«Was ist das für ein Quatsch?»
«Herr Oberst, wann beginnt die Aktion da unten?»
«Morgen früh. Warum?»
«Ich bitte Sie, *mich* die Aktion leiten zu lassen!»
«Lieven! Ich bin durchaus nicht zu Späßen aufgelegt. Meine Geduld ist erschöpft!»
«Hören Sie mich an, Herr Oberst», rief Thomas. «Bitte, hören Sie, was ich Ihnen vorzuschlagen habe ...»

5

Es war 4 Uhr 45 am Morgen des 6 August 1943, als ein original britisches «Lysander»-Flugzeug Kurs auf die französische Stadt Clermont-Ferrand nahm. Aus brauenden Nebelmassen stieg eben der gleißende Ball der Sonne empor.

Der Pilot, von seinem Passagier durch eine Wand getrennt, griff nach dem Bordtelefon und sprach: «Landung in zwanzig Minuten, Sonderführer!»
«Danke», sagte Thomas Lieven und klinkte den Telefonhörer neben sich ein. Dann saß er reglos in der winzigen Kabine und blickte hinaus auf den makellos reinen Himmel und auf die weißlich-grauen Nebelschleier, die noch die schmutzige Erde mit ihren Kämpfen und Intrigen, ihrer Niedrigkeit und Dummheit verdeckten.
Thomas Lieven sah elend aus. Eingefallen war sein Gesicht, die Augen lagen in dunklen Höhlen. Er hatte die schwerste Nacht seines Lebens hinter sich und den schwersten Tag seines Lebens vor sich.
Zehn Minuten später ging der Pilot tiefer. Die «Lysander» durchbrach die morgendliche Nebeldecke. Clermont-Ferrand, Sitz eines Bischofs und einer Universität, lag unter ihnen – schlafend noch, ohne Leben, mit leeren Straßen.
Um 5 Uhr 15 trank Thomas Lieven im Dienstzimmer des Tiroler Hauptmanns Öllinger heißen Kaffee. Der stämmige, kleine Kommandeur der Gebirgsjäger-Einheit, die vor Clermont-Ferrand ihren Standort hatte, studierte Thomas Lievens Geheimdienstausweis genau.
Er sagte: «Ich habe ein langes Fernschreiben von Oberst Werthe bekommen. Er hat vor einer Stunde auch mit mir telefoniert. Sonderführer, meine Leute stehen zu Ihrer Verfügung.»
»Zunächst bitte ich nur um einen Wagen, der mich in die Stadt bringt.»
«Ich gebe Ihnen zehn Mann mit.»
«Danke, nein. Was ich zu tun habe, muß ich allein erledigen.»
«Aber ...»
«Hier ist ein versiegelter Brief. Wenn Sie bis acht Uhr nichts von mir gehört haben, öffnen Sie ihn. Er enthält alle notwendigen Anweisungen von Oberst Werthe für das, was Sie dann tun müssen. Leben Sie wohl.»
«Auf Wiedersehen ...»
«Ja», sagte Thomas und klopfte auf Holz, «das hoffe ich.»
Ein Citroën, erbeutet zwar, aber ohne deutsche Kennzeichen, holperte über den menschenleeren Platz Blaise Pascal. Thomas saß neben dem verschlafenen, schweigsamen Fahrer. Er trug einen Trenchcoat über seinem grauen Flanellanzug und einen weißen Hut.
Sein Ziel an diesem frühen Morgen: Professor Débouché, geistiger

Führer der Résistance in Mittelfrankreich. Er lebte in einer Dienstwohnung der ausgedehnten «Cité Universitaire». Vor dem Hauptportal in der Avenue Carnot stieg Thomas aus. Er sagte: «Fahren Sie um die Ecke und warten Sie auf mich.»
Dann ging er auf das Tor der Universität zu. Lieber Gott, hilf mir jetzt, dachte er. Hilf uns jetzt allen ...
Es dauerte eine Ewigkeit, und Thomas mußte immer wieder läuten, bis endlich der alte Pedell fluchend auftauchte, in Pantoffeln und Nachthemd, einen Mantel übergeworfen. «Nom de Dieu, sind Sie wahnsinnig geworden? Was wollen Sie?»
«Professor Débouché sprechen.»
«Jetzt? Hören Sie mal ...» Der Pedell brach ab. Eine Fünftausend-Francs-Note hatte den Besitzer gewechselt. «Na ja, es wird wohl dringend sein. Wen darf ich dem Herrn Professor melden?»
«Haben Sie Telefon in der Wohnung?»
«Ja, Monsieur ...»
«Ich spreche selbst mit ihm.»

In der vollgeräumten Souterrain-Wohnung des Pedells trat Thomas Schweiß auf die Stirn, während er, Hörer am Ohr, vernahm, wie bei Professor Débouché das Telefon schrillte.
Die Frau des Pedells war aufgestanden, sie drückte sich neben ihren Mann und flüsterte mit ihm, und beide betrachteten Thomas erschrocken. Dann hörte Thomas eine Stimme, die er kannte: «Débouché. Was ist los?»
Krächzend sagte Thomas: «Everett.»
Er hörte den Professor Atem holen. «Everett? Wo – wo sind Sie?»
«In der Universität. In der Wohnung des Pedells.»
«Er soll Sie zu mir führen – augenblicklich ... Ich – ich erwarte Sie ...»
Thomas hängte ein. Der Pedell sagte: «Kommen Sie, Monsieur.» Im Hinausgehen nickte er seiner Frau zu, das sah Thomas noch. Er sah nicht mehr, daß die verblühte, ergraute Frau daraufhin zum Telefon trat und den Hörer abnahm ...

6

«Was, um Himmels willen, hat Sie zu der Wahnsinnstat veranlaßt, hierherzukommen, Captain Everett?» Der berühmte Physiker, der aussah wie Albert Einstein, stand Thomas in der Bibliothek seiner Wohnung vor einer riesigen Bücherwand gegenüber.

«Herr Professor, das ‹Maquis Crozant› hat die Brücke bei Gargilesse gesprengt.»
«Weisungsgemäß, ja.»
«Haben Sie Ihre Leute seither gesehen?»
«Nein. Ich bin mit meiner Assistentin schon seit einer Woche hier. Ich hatte Vorlesungen zu halten.»
«Sie wissen aber, daß an Stelle von Leutnant Bellecourt der Bürgermeister Cassier und der Töpfer Rouff die Sprengung geleitet haben?»
«Gute Leute, brave Leute.»
«Schlechte Leute, dumme Leute», sagte Thomas erbittert. «Eitle Leute, Herr Professor! Verantwortungslose Leute!»
«Mon capitaine, also hören Sie ...»
«Wissen Sie, was diese gottverdammten Narren gestern abend getan haben? Sie setzten sich ans Funkgerät und gaben Namen und Adressen der Mitglieder des ‹Maquis Crozant› durch! Cassier! Rouff! Professor Débouché! Yvonne Dechamps! Leutnant Bellecourt. Über dreißig Namen und Adressen ...»
«Aber warum denn, um Himmels willen?» Der alte Mann war bleich geworden.
«Um sich anzupreisen. Damit General de Gaulle auch bestimmt weiß, wer die tapfersten Helden waren, die die größten Orden verdienen ... Dummköpfe haben Sie da oben in den Bergen sitzen, Herr Professor!»
Der alte Mann sah Thomas lange an. Dann sagte er: «Gewiß, es war falsch, die Namen durchzugeben. Aber war es ein Verbrechen? Ist London dadurch in Gefahr gebracht worden? Doch wohl kaum ... Das also kann nicht der Grund sein, weswegen Sie herkommen und Ihr Leben riskieren ...» Nah, ganz nah trat Professor Débouché an Thomas heran. Groß und forschend waren die Augen des Gelehrten, als er heiser flüsterte: «Wofür riskieren Sie Ihr Leben, Captain Everett?»
Thomas holte tief Atem. Und wenn er mich umlegt, dachte er. Und wenn ich diesen Tag nicht überlebe. Dann bin ich wenigstens bei dem Versuch gestorben, in dieser schmutzigen Zeit ein anständiger Mensch zu bleiben. Er fühlte sich plötzlich ganz ruhig, wie damals, als er den Entschluß gefaßt hatte, sich weiteren Gestapo-Verhören durch Selbstmord zu entziehen.
Er sagte still: «Weil ich nicht Captain Everett heiße, sondern Thomas Lieven.» Der alte Mann schloß die Augen.
«Weil ich nicht für London arbeite, sondern für die Deutsche Abwehr.»

Der alte Mann öffnete die Augen wieder und sah Thomas an mit einem Ausdruck abgründiger Traurigkeit.
«Und weil das ‹Maquis Crozant› seit Monaten nicht mit London in Funkverbindung steht, sondern mit den Deutschen.»
Danach blieb es still in der Bibliothek. Die Männer sahen einander an.
Endlich flüsterte Débouché: «Das wäre zu furchtbar. Ich kann es nicht glauben, ich will es nicht glauben.»
In diesem Moment flog die Tür auf. Débouchés Assistentin Yvonne Dechamps stand im Rahmen, außer Atem, ungeschminkt, unter einem blauen Regenmantel nur wenig bekleidet. Das blonde Haar fiel ihr lose und breit auf die Schultern. Entsetzt aufgerissen waren die meergrünen Augen. Der schöne Mund zuckte. «Es ist wahr ... Captain Everett ... Sie sind es wirklich ...»
Mit drei Schritten war sie bei Thomas. Débouché machte eine heftige Bewegung. Sie starrte Thomas an. Ihre Worte überstürzten sich: «Die Frau des Pedells rief mich an ... Ich wohne auch hier ... Was ist geschehen, Captain Everett, was ist geschehen?»
Thomas preßte die Lippen zusammen und schwieg. Plötzlich griff sie nach seiner Hand und hielt sie fest mit beiden Händen. Und erst jetzt wurde ihr bewußt, daß Débouché gebrochen dasaß, greisenhaft, verzweifelt.
«Was ist geschehen, Professor?» rief Yvonne in jäh hochschießender Panik.
«Mein Kind. Der Mann, dessen Hand du hältst, ist ein deutscher Agent ...»

Langsam, ganz langsam trat Yvonne Dechamps von Thomas zurück. Sie schwankte, als wäre sie betrunken. Nun sank sie in einen Sessel. Professor Débouché berichtete mit heiserer Stimme, was ihm Thomas erzählt hatte.
Yvonne lauschte, ohne den Blick von Thomas zu nehmen. Immer dunkler wurden ihre grünen Augen, Haß und Verachtung erfüllten sie zuletzt. Die Lippen bewegten sich kaum, als sie sprach: «Ich denke, Sie sind das Gemeinste und Schmutzigste, was es gibt, Herr – Lieven. Ich denke, Sie sind der größte Schuft, Sie sind wahrhaft hassenswert.»
«Es ist mir egal, was Sie von mir denken», sagte Thomas. «Ich bin nicht schuld daran, daß es nicht nur bei uns, sondern auch bei Ihnen so eitle, selbstsüchtige Idioten wie diesen Rouff und diesen Cassier gibt. Monatelang ging alles gut ...»
«Gut nennen Sie das, Sie Schwein?»

«Ja», sagte Thomas. Er fühlte, wie er immer ruhiger wurde. «Das nenne ich gut. Es wurde niemand erschossen in dieser Gegend seit Monaten. Kein Deutscher. Kein Franzose. Es hätte so weitergehen können. Ich hätte Sie alle beschützen können bis zum Ende dieses verfluchten Krieges ...»
Yvonne schrie plötzlich, hoch und hysterisch wie ein Kind, sprang taumelnd auf und spuckte Thomas ins Gesicht. Der Professor riß sie heftig zurück.
Thomas fuhr sich mit einem Taschentuch über die Wange. Er sah Yvonne schweigend an. Sie hat recht, dachte er. Von ihrem Standpunkt aus hat sie recht. Alle haben recht, von ihren Standpunkten aus – auch ich. Denn ich will gegen alle anständig sein ...
Yvonne Dechamps wollte zur Tür stürzen. Thomas riß sie zurück. Sie flog krachend gegen die Wand. Die Zähne gefletscht, keuchte sie ihn an.
«Sie bleiben hier.» Thomas stellte sich vor die Tür. «Als gestern abend die Namen durchkamen, verständigte die Abwehr sofort Berlin. Einsatz der Gebirgsjäger-Einheit, die vor der Stadt liegt, wurde angedroht. Daraufhin habe ich noch einmal mit dem Chef der Abwehr Paris gesprochen ...»
«Warum?» fragte Professor Débouché.
Thomas schüttelte den Kopf: «Das ist meine Sache.»
Der Professor sah ihn seltsam an. «Ich wollte Sie nicht verletzen ...»
Dieser Mann, dachte Thomas, dieser bewunderungswürdige Mann, beginnt zu begreifen, beginnt, mich zu verstehen ... Wenn ich Glück habe - wenn wir alle Glück haben ...
«Ich habe Oberst Werthe vor Augen geführt, daß die Aktion der Gebirgsjäger ohne Zweifel Opfer kosten wird – Opfer auf beiden Seiten. Unsere Leute werden entschlossen vorgehen. Ihre Leute werden sich verzweifelt verteidigen. Blut wird fließen. Menschen werden sterben. Deutsche und Franzosen. Die Gestapo wird die Gefangenen foltern. Sie werden ihre Kameraden verraten.»
«Niemals!» rief Yvonne.
Thomas fuhr herum. «Halten Sie den Mund!»
Der alte Mann sagte: «Es gibt furchtbare Foltern.» Er sah Thomas plötzlich an, weise und traurig wie ein Prophet des Alten Testamentes. «Sie wissen das, Herr Lieven – nicht wahr? Ich glaube, ich begreife nun vieles. Ich fühle, daß es immer noch stimmt. Erinnern Sie sich? Ich sagte einmal, daß ich Sie für anständig halte ...»
Thomas schwieg. Yvonnes Atem kam rasselnd.

«Was haben Sie Ihrem Oberst noch gesagt, Herr Lieven?» fragte der Professor.

«Ich habe ihm einen Vorschlag gemacht. Der Vorschlag wurde inzwischen von Admiral Canaris gebilligt.»

«Wie lautet der Vorschlag?»

«Sie sind der geistige Führer des Maquis. Die Leute tun, was Sie sagen. Sie rufen die Gruppe bei der Mühle von Gargilesse zusammen und erklären das Unausweichliche der Lage. Dann können die Gebirgsjäger die Männer dort gefangennehmen, ohne daß ein Schuß fällt.»

«Und weiter?»

«In diesem Fall steht Admiral Canaris mit seinem Ehrenwort dafür ein, daß Sie alle nicht dem SD ausgeliefert werden, sondern als reguläre Kriegsgefangene in ein Wehrmachtslager kommen.»

«Das ist schlimm genug.»

«Unter den Umständen ist es von allen verbleibenden Möglichkeiten die beste. Der Krieg wird nicht mehr ewig dauern.»

Professor Débouché antwortete nicht. Mit gesenktem Kopf stand er vor seinen Büchern.

Thomas dachte: Gib, Gott, daß dieser Krieg jetzt wirklich bald zu Ende geht. Es ist so furchtbar schwer, unter den Nazis ein anständiger Mensch zu bleiben. Laß diese Brut verrecken, endlich verrecken. Und laß mich in Frieden leben, endlich.

Es waren Wünsche, die noch lange, lange nicht in Erfüllung gehen sollten ...

Der Professor fragte: «Wie komme ich nach Gargilesse?»

«Mit mir im Wagen. Die Zeit drängt, Professor. Wenn Sie den Vorschlag nicht annehmen, beginnt um acht Uhr die Aktion der Gebirgsjäger ohne uns.»

«Und – und Yvonne? Sie ist die einzige Frau der Gruppe ... Eine Frau, Herr Lieven ...»

Thomas lächelte traurig. «Mademoiselle Yvonne werde ich als meine persönliche Gefangene – bitte, lassen Sie mich ausreden – auf der Stadtpräfektur in eine Zelle setzen. Dort wird sie bleiben, bis die Aktion vorüber ist. Damit sie in ihrem patriotischen Drange kein Unheil anrichten kann. Dann werde ich sie holen, um sie nach Paris zu bringen. Und auf dem Weg dorthin wird sie mir entkommen.» – «Was?» Yvonne starrte ihn an.

«Es wird Ihnen gelingen zu fliehen», sagte Thomas leise. «Das ist die zweite Vergünstigung, die ich von Oberst Werthe erhalten habe. Es ist sozusagen eine von der Deutschen Abwehr genehmigte Flucht!»

Yvonne trat dicht an Thomas heran. Sie keuchte vor Erregung: «Wenn es einen Gott gibt, wird er Sie bestrafen ... Zugrunde sollen Sie gehen, langsam und elend ... Ich werde nicht fliehen! Und Professor Débouché wird Ihren Vorschlag nie annehmen, nie! Wir werden kämpfen und sterben – alle.»
«Natürlich», sagte Thomas müde. «Und jetzt setzen Sie sich wieder hin und halten endlich den Mund, Sie Heldenweib.»

7

geheim – 14.35 uhr – 9. august – von abwehr paris an chef abwehr berlin – gebirgsjäger-bataillon raum clermont-ferrand unter sonderführer lieven nahm gegen 22 uhr am 7. august bei der mühle von gargilesse das maquis crozant gefangen – die mitglieder des maquis unter führung professor débouché leisteten keinen widerstand – verhaftet wurden 67 (siebenundsechzig) männer – die festgenommenen wurden weisungsgemäß in das wehrmachtskriegsgefangenenlager 343 gebracht – ende – –

8

Am 27. September 1945 sagte Professor Débouché vor einem Alliierten Untersuchungsausschuß in Paris wörtlich:
«Sämtliche Mitglieder des ‹Maquis Crozant› wurden in dem Wehrmachtslager 343 human behandelt. Sie haben alle den Krieg überlebt und sind in ihre Heimat zurückgekehrt. Ich muß betonen, daß wir alle unser Leben wohl nur dem Mut und der Humanität eines Deutschen verdanken, der uns zuerst als britischer Captain täuschte und der mich am 6. August 1943 in Clermont-Ferrand aufsuchte. Er sagte damals, sein Name wäre Sonderführer Thomas Lieven ...»
Beamte des Alliierten Untersuchungsausschusses machten sich daraufhin auf die Suche nach diesem «Sonderführer Lieven». Sie fanden ihn nicht. Denn im Herbst 1945 waren ganz andere Organisationen als ein alliierter Untersuchungsausschuß hinter Thomas Lieven her, und aus diesem Grunde hatte er gerade ... Doch halt, wir wollen ordentlich der Reihe nach erzählen. Noch schreiben wir August 1943 ...

## 9

Am 17. August 1943 gab das Oberkommando der Wehrmacht die – natürlich planmäßige – Räumung der Insel Sizilien bekannt. Außerdem hieß es, am mittleren Donez wären die Sowjets nach heftiger Artillerievorbereitung zum – natürlich lange erwarteten – Angriff angetreten.
In einer Großkundgebung der Landesgruppe Frankreich der NSDAP sprach Gauleiter Sauckel am gleichen Tag in Paris. Er führte unter anderem aus, daß das deutsche Volk im Augenblick seine größte und strahlendste Epoche erlebe. Der Endsieg, erklärte Sauckel, sei gewiß. Deutschland stehe im vierten Kriegsjahr ganz anders da als seinerzeit im ersten Weltkrieg. Eher stürze darum die Welt ein, als daß Deutschland diesen Krieg verlieren könne.
Zur gleichen Zeit, da Gauleiter Sauckel dem Führer mit einem dreifachen Sieg-Heil dafür dankte, daß er das deutsche Volk zu solch einsamer Höhe und Größe geführt hatte, rief Oberst Werthe in seinem Büro im Hotel «Lutetia» den Hauptmann Brenner und den Sonderführer Lieven zu sich.
«Meine Herren», sprach der Oberst, «ich habe soeben aus Berlin die entsprechenden Weisungen erhalten. Hauptmann Brenner, für Ihre Verdienste um die Liquidierung des ‹Maquis Crozant› werden Sie rückwirkend zum 1. August zum Major befördert. Im Namen des Führers und Obersten Befehlshabers verleihe ich Ihnen ferner das Kriegsverdienstkreuz Erster Klasse mit Schwertern.»
Das war des kleinen Hauptmanns Brenner große Stunde! Seine Augen leuchteten hinter den blitzenden Brillengläsern wie die eines glücklichen Kindes am Heiligen Abend. Er stand stramm, Bauch hinein, Brust heraus!
«Bravo!» sagte der Zivilist Lieven, der an diesem Tag einen hervorragend geschnittenen blauen Sommeranzug, ein weißes Hemd und eine matt grau-rosa gestreifte Krawatte trug. «Ich gratuliere, Herr Major!»
Der neugebackene Major Brenner sagte beschämt: «Natürlich verdanke ich das alles nur Ihnen.»
«Unsinn!»
«Nein, kein Unsinn, Ihnen allein! Und ich gestehe, daß ich oft gegen Sie gewesen bin bei dieser Operation, daß ich die ganze Sache für verrückt hielt, daß ich kein Vertrauen zu Ihnen hatte ...»
«Wenn Sie von nun an Vertrauen zu mir haben, dann ist alles gut», sagte Thomas versöhnlich. In der Tat: von Stund an ver-

fügte Thomas in Major Brenner über einen ergebenen Bewunderer, der vor den verrücktesten und gewagtesten Operationen seines seltsamen Sonderführers nicht mehr zurückschrecken sollte. Oberst Werthe hatte die Spange zum Eisernen Kreuz Erster Klasse erhalten. «Das Kreuz habe ich schon aus dem ersten Weltkrieg», erklärte er.

«Sehen Sie», sagte Thomas zu dem frischgebackenen Major Brenner, «wir haben zwei Weltkriege so knapp nacheinander begonnen, daß ein kräftiger, gesunder Mensch durchaus das Glück haben kann, sie beide in ihrer heroischen Größe zu erleben.»

«Schnauze», sagte der Oberst. «Was machen wir überhaupt mit Ihnen, Sie komischer Sonderführer? Sie sind Zivilist.»

«Das möchte ich auch bleiben.»

«Aber ich habe hier eine Anfrage aus Berlin. Sagen Sie mir, welche Auszeichnung Sie gerne hätten.»

«Mich kann man mit Orden nicht glücklich machen, Herr Oberst», antwortete unser Freund darauf. «Aber wenn ich eine Bitte äußern darf ...»

«Sprechen Sie!»

«... dann wünsche ich mir ein anderes Betätigungsfeld. Ich will nicht mehr zur Partisanenbekämpfung eingesetzt werden, meine Herren. Ich bin ein Mensch, der gerne lacht und fröhlich ist. In den letzten Wochen verging mir das Lachen. Ich möchte, wenn ich schon für Sie arbeiten muß, eine Arbeit, die kurzweiliger ist und amüsanter.»

«Ich glaube, da habe ich genau das Richtige für Sie, Sonderführer Lieven.»

«Nämlich, Herr Oberst?»

«Den französischen Schwarzen Markt», sagte Werthe. Und in der Tat waren von diesem Augenblick an – für eine Zeit wenigstens – alle dunklen Wolken von Thomas Lievens Lebenshorizont verschwunden, und kopfüber purzelte unser Freund hinein in einen Karneval grotesker neuer Abenteuer ...

«Niemals in der Geschichte der Menschheit hat es einen so großen, so verrückten und so gefährlichen Schwarzen Markt gegeben wie heute hier in Paris», sagte Oberst Werthe. Staunend erfuhr Thomas, was sich hinter der heiteren Fassade der Lichterstadt an der Seine begab: «Hier kauft einfach alles ein: die Organisation Todt, die Marine, die Luftwaffe, das Heer, der Wehrmacht-Kraftfahrzeugpark – und jetzt hat sich auch noch der SD eingeschaltet.» Reichsmarschall Göring, berichtete Werthe, hatte empfohlen, den «Marché noir» zu bekämpfen. Durch gegenseitiges Überbieten der deutschen Aufkäufer waren die Preise nämlich mittlerweile ins Astronomische geklettert. Auf dem Umweg über fünf oder sechs Agenten stieg der Preis für eine ordinäre Drehbank, die normalerweise 40 000 Francs kostete, auf eine Million!

Also richtete der SD eine «Schwarzmarkt-Bekämpfungsstelle» in der Rue des Saussaies ein, im Gebäude der «Sûreté». Leiter der Stelle war ein SS-Untersturmbannführer. Referenten des SD aus allen Teilen Frankreichs wurden zur Schulung nach Paris geholt.

Allein – der SD hatte kein Glück mit seiner neuen Stelle. Die «Schwarzmarkt-Bekämpfungs-Referenten», einmal ausgebildet, kamen nämlich bald darauf, daß man sich an diesem «Marché noir» gesundstoßen konnte! Sie arbeiteten mit den Franzosen zusammen. Es gab die wüstesten Schiebungen.

50 000 Pullover wurden zum Beispiel nicht einmal, sondern an einem einzigen Tag – viermal verkauft. Dann wurden drei der Aufkäufer abgeknallt. Der vierte war ohnehin mit von der Partie der Gauner. So konnte man die Pullover andern Tags wieder anbieten. Das Geld für dreimal 50 000 Pullover hatte man im Kasten ...

Menschen verschwanden. Lokomotiven verschwanden. Hunderttausende Kilogramm feinstes Zigarettenpapier verschwanden. Immer toller wurde das Treiben, das der SD mit seiner korrupten «Bekämpfungsstelle» ausgelöst hatte. Agenten verhafteten sich gegenseitig, legten sich gegenseitig um. Gestapo-Beamte traten als Franzosen auf, Franzosen als Gestapo-Beamte ...

Dies alles erzählte Oberst Werthe dem staunend lauschenden Thomas Lieven. Abschließend sagte er:

«Wäre das was für Sie, Lieven?»

«Ich glaube, gerade das Richtige, Herr Oberst.»

«Nicht zu gefährlich?»

«Ach, wissen Sie, ich habe auf diesem Gebiet eine ganz ordentliche Ausbildung genossen, als ich in Marseille lebte», sagte Thomas Lieven. «Außerdem bringe ich alle Voraussetzungen mit. Ich habe hier noch eine Villa am Square du Bois de Boulogne. Ich bin hier noch, aus der Zeit vor dem Krieg, an einer kleinen Bank beteiligt. Ich könnte außerordentlich vertrauenerweckend wirken.»

Sagte er. Und dachte: und endlich wieder ein Privatleben haben. Und mich endlich ein wenig absondern, ein wenig entfernen von euch Lieben. Wer weiß, vielleicht schaffe ich es doch noch in die Schweiz ...

Seine Bank fand Thomas Lieven wieder wie der Mann aus dem Märchen, der nach langem, verzaubertem Schlaf in sein Dorf zurückkehrt und feststellt, daß sieben Jahre vergangen sind. Im Falle von Thomas Lieven waren nur drei Jahre vergangen; der Seniorchef der Bank und die meisten älteren Angestellten waren noch da. Von den jüngeren fehlten viele.
Als Erklärung für sein langes Verschwinden gab Thomas den einleuchtenden Umstand an, daß er von den Deutschen aus politischen Gründen eingesperrt und endlich wieder freigelassen worden sei.
Sodann forschte Thomas nach seinem betrügerischen englischen Partner Robert W. Marlock. Doch niemandem war das geringste über diesen Schuft bekannt.
Thomas fuhr hinaus gegen den Bois de Boulogne. Er wurde richtig wehmütig angesichts der kleinen Villa, in der er so viele schöne Stunden mit der süßen Mimi Chambert verbracht hatte.
Mimi Chambert – Oberst Siméon ... Ob sie in Paris waren? Jetzt wollte er sie suchen ... Ach, und Josephine Baker und Oberst Débras ... Von weit, weit draußen im großen Sandmeer der Zeit lächelten sie ihm zu: Bastian und «Pferdefuß» aus Marseille ... Pereira, der geniale Fälscher, Lazarus Alcoba, der tote bucklige Freund, die hysterische Konsulin Estrella Rodrigues aus Lissabon ... Am weitesten, unerreichbar weit entfernt, lächelte traurig die Frau, nach der Thomas sich immer noch sehnte ...
Er schrak aus seinen Träumen auf. Er fuhr sich mit der Hand über die feuchten Augen und ging in den kleinen Garten der Villa, die er drei Jahre zuvor, in einem Cadillac mit amerikanischer Fahne auf dem Dach, fluchtartig verlassen hatte.

Ein junges, hübsches Stubenmädchen öffnete ihm. Er bat den Herrn des Hauses sprechen zu dürfen. Das Mädchen führte ihn in den Salon. «Der Herr Stabszahlmeister wird gleich kommen.»
Thomas sah sich um. Seine Möbel waren das noch, seine Teppiche, seine Bilder. Ach Gott, verwohnt, verwahrlost, aber sein eigen ... Dann kam der Herr Stabszahlmeister: selbstbewußt, vollgefressen, wichtigtuerisch. «Höpfner mein Name. Heil Hitler! Wie kann ich Ihnen dienen?»
«Thomas Lieven. Indem Sie hier umgehend ausziehen.»
Der Stabszahlmeister lief rot an. «Besoffen, was?»
«Keine Spur.»

«Blöder Witz?»
«Nein, nur meine Wohnung.»
«Quatsch! Die Wohnung gehört mir! Lebe seit einem Jahr hier.»
«Ja, das merkt man. Reichlich verdreckt das alles.»
«Hören Sie mal, Herr Lieven, oder wie Sie heißen, Sie verschwinden jetzt sofort, oder ich rufe die Polizei.»
Thomas stand auf. «Ich gehe schon. Im übrigen sind Sie nicht ganz korrekt angezogen.»
Er ging zu Oberst Werthe. Zwei Stunden später erhielt Stabszahlmeister Höpfner von seinem Vorgesetzten den Befehl, augenblicklich die Villa am Square du Bois de Boulogne zu räumen. Die Nacht verbrachte er bereits in einem Hotel. Er begriff die Welt nicht mehr.
Der ehemalige Stabszahlmeister Höpfner heißt zwar anders, aber er lebt unter uns. Er ist heute Generaldirektor eines großen Werkes im Rheinland. Vielleicht liest er diese Zeilen. Dann wird er nach überlanger Weile endlich erfahren, wer schuld daran war, daß er am 3. September 1943 so schnell aus der hübschen Villa am Square du Bois de Boulogne flog.

11

Verlor Stabszahlmeister Höpfner eine Villa, so verlor Oberst Werthe in diesen Tagen eine erstklassige Hausangestellte: die schwarzhaarige, hübsche Nanette. Die kleine Französin hatte Thomas Lieven kennen und bewundern gelernt, als er, zusammengeschlagen und elend, von Oberst Werthe am 12. Dezember 1942 aus der Gestapo-Haft geholt worden war. Nun kündigte Nanette dem Abwehr-Oberst plötzlich. Ein paar Tage später traf er sie in der Villa von Thomas wieder.
«Nicht böse sein, Herr Oberst», flötete sie, «ick 'aben immer schon wollen arbeiten in die Square du Bois de Boulogne ...»
Anfang September 1943 hatte Thomas sich nach seinem Geschmack etabliert. Der Keller war gefüllt mit Schwarzmarkt-Spirituosen, die Küche mit Schwarzmarkt-Lebensmitteln. Die Bekämpfung des Schwarzen Marktes konnte beginnen!
Die erste, einigermaßen mysteriöse Schlüsselfigur, auf die Oberst Werthe ihn ansetzte, war ein gewisser Jean-Paul Ferroud. Der weißhaarige Riese besaß, gleich Thomas, in Paris ein privates Bankhaus. Es schien, daß die größten und frechsten Schiebungen über ihn abgewickelt wurden.
Thomas lud den Bankier zum Essen ein.

Zweierlei taten Franzosen im Jahre 1943 nur unter ganz außerordentlichen Umständen: Deutsche besuchen und Deutsche einladen. Man traf sich in Restaurants, in Bars, im Theater – aber nicht zu Hause. Oder man hatte sehr, sehr gute Gründe dafür ...
Die Affäre Ferroud begann denn auch gleich mit einer Überraschung für Thomas: Der Bankier sagte zu.
Fünf Tage bereitete Thomas Lieven mit Nanette dieses Abendessen vor. Ferroud kam um halb acht. Die Herren waren im Smoking.
Die sehr trockenen Martinis nahmen sie im Salon. Dann schritt man zu Tisch, auf dem Kerzen brannten.
Nanette servierte den Schinken.
Ferroud aß wie ein Kenner. Er beleckte dezent die Lippen: «Wirklich fabelhaft, Monsieur. Lag in Rotwein, wie?»
«Fünf Tage. Das Wichtigste war allerdings das Einreiben mit Wacholderbeeren, Ingwer, Lorbeerblättern, Pfefferkörnern und Zwiebeln. Sie müssen den Schinken einreiben, bis er fast schwarz wird.»
«Und Sie nahmen nur Rotwein?» Ferroud sah großartig aus, wie der Père noble eines französischen Theaters.
«Auch eine halbe Flasche Essig. Ich bin sehr glücklich, daß Sie meiner Einladung Folge geleistet haben.»
«Ich bitte Sie», sagte der andere, Selleriesalat auf seine Gabel häufend, «man wird schließlich nicht jeden Tag von einem Agenten der Deutschen Abwehr eingeladen.»
Thomas aß ruhig weiter.
«Ich habe mich über Sie informiert, Monsieur Lieven. Eigentlich kann man Ihnen nur mißtrauen, so viel und gleichzeitig so wenig zeichnet sich aus den Informationen ab, wer Sie wirklich sind. Eines steht fest: Sie sind auf mich angesetzt, weil man mich für einen großen Drahtzieher des Schwarzmarktes hält! Stimmt's?»
«Stimmt», sagte Thomas. «Eine Scheibe Fleisch müssen Sie noch nehmen! Etwas verstehe ich nicht.»
«Was bitte?»
«Daß Sie, wenn Sie mir mißtrauen und wissen, was ich will, trotzdem zu mir kamen. Das muß doch einen Grund haben.»
«Natürlich hat das einen Grund. Ich wollte den Mann kennenlernen, der – vielleicht – mein Feind sein wird. Und ich möchte Ihren Preis erfahren, vielleicht können wir uns arrangieren, Monsieur ...»
Thomas zog die Augenbrauen hoch. Er wirkte arrogant, als er sagte: «Sie sind doch nicht so gut über mich informiert. Schade,

Menu · Paris, 10. September 1943

*Schweineschinken in Rotwein*
*mit Selleriesalat und Salzkartoffeln*
*Savarin mit Früchten*

---

## Mit einem Schinken beginnt Thomas Lievens Schwarzmarkt-Karussell

Schweineschinken in Rotwein: Man nehme einen ganzen, frischen Schweineschinken, befreie ihn von der Schwarte und etwas vom Fett. – Man mache einen Brei aus geriebenen Zwiebeln, gestoßenem Pfeffer, Ingwer, Wacholderbeeren und Lorbeerblättern, reibe den Schinken mit der Hand fest damit ein, so daß er eine ganz braune Farbe bekommt. – Man lege den Schinken 5–8 Tage in einen Topf, übergieße ihn mit einer Flasche Rotwein und 1/2 Flasche Essig, wende ihn öfters darin um. – Man reibe ihn vor dem Braten tüchtig mit Salz ein, setze ihn mit der Hälfte der Brühe aufs Feuer. Nach Einkochen der ersten Flüssigkeit stelle man den Schinken in den Bratofen, gebe dann den Rest der Brühe nach und nach zu. Man brate den Schinken zu schöner brauner Farbe, binde den Bratenfond zu einer sämigen Sauce und reiche Selleriesalat ohne Mayonnaise und Salzkartoffeln dazu. – Man rechne für den Schinken je nach Größe 3–5 Stunden Koch- und Bratzeit.

Savarin mit Früchten: Man nehme ein halbes Pfund Mehl, knapp 1/8 Liter Milch, 15 g Hefe, 125 g Butter, 30 g Zucker, 3 Eier und etwas Salz. – Man mache ein Hefenstück mit 1/4 des gewärmten Mehles und lasse es gehen. Man vermische es mit der geschmolzenen Butter und den übrigen Zutaten und schlage es, bis es Blasen wirft. – Man streiche eine Randform mit Butter aus, fülle sie zu drei Viertel mit dem Teig und lasse ihn aufgehen, bis sie voll ist, backe dann 30 Minuten. Inzwischen mache man eingemachte oder frisch geschmorte Pfirsich-Hälften (es können auch andere Früchte sein) heiß, ebenfalls 1/8 Pfund dicke Aprikosenmarmelade. Man stelle eine Flüssigkeit her aus: 1/8 Liter Saft der Früchte, 2 Eßlöffel Weißwein, je 1 Eßlöffel Kirschwasser, Sherry, Maraschino und Zitronensaft, 1/2 Teelöffel Rum und einem Stückchen gestoßener Vanille. – Man kippe den gebackenen Rand sofort auf eine vorgewärmte Schüssel, begieße ihn mit der heißen Flüssigkeit, bestreiche ihn mit der heißen Aprikosenmarmelade und bestreue ihn mit 2 Eßlöffel voll gewiegter Pistazien, richte die heißen Früchte in der Mitte hoch an. Man kann den Rand auch tags zuvor backen, muß ihn dann erwärmen, bevor man ihn begießt und verziert.

---

Monsieur Ferroud, ich hatte mich auf einen gleichwertigen Gegner gefreut ...»

Der Bankier wurde rot. Er legte Messer und Gabel nieder. «Es gibt also kein Arrangement zwischen uns? Jetzt sage ich: schade. Ich fürchte, Sie unterschätzen die Gefahr, in der Sie von jetzt an leben werden, Monsieur. Sie verstehen, daß ich niemanden in meine Karten schauen lassen kann. Schon gar nicht einen Unbestechlichen ...»

Thomas Lieven hatte sich gerade auf die Couch gelegt, als in seiner Villa am Square du Bois de Boulogne zu Paris das Telefon klingelte. Es war 13 Uhr 46 am 13. September 1943 – ein historischer Augenblick! Denn dieser Telefonanruf sollte, auf längere Sicht betrachtet, eine Lawine von Ereignissen auslösen. Er sollte Thomas Lieven das Wiedersehen mit einer Dame bescheren, das ihm, nach einer äußerst kurzen Periode der Seligkeit, schon bald beinahe das Leben kostete,

Thomas Lieven die Freundschaft eines Mannes bringen, der ihm wenige Monate später besagtes Leben rettete,

Thomas Lieven in die Lage versetzen, einen außerordentlich begreiflichen, wenn auch verwerflichen Mord und im Zusammenhang damit die größte Schwarzmarkt-Affäre des Jahres aufzuklären und

unserem Freund schließlich die ewige Dankbarkeit einer verzweifelten Hausfrau und einer alten Köchin sichern, denen er in einer für Hausfrauen grauenvollen Situation hilfreich unter die Arme griff.

Ein recht gemischtes Programm, wie man sieht. Plus- und Minuspunkte. Trotzdem: hätte Thomas geahnt, was ihn erwartete, er hätte das Telefon weiterklingeln lassen bis zum Jüngsten Tag. Aber er ahnte es nicht, und darum hob er den Hörer ab. «Ja?»

«Monsieur Lieven?»

Die Stimme kannte Thomas. Sie gehörte Jean-Paul Ferroud.

Liebenswürdig erkundigte sich Thomas nach dem Befinden des Bankiers.

Es ginge ihm gut, sagte Ferroud.

«Und der Frau Gemahlin?»

«Gleichfalls, danke. Hören Sie, Herr Lieven, es tut mir leid, daß ich mich bei Ihnen so – hm, so kalt und aggressiv betrug ...»

«Aber ich bitte Sie!»

«Nein, nein, nein! Bei einer so delikaten Schweinekeule noch dazu ... Ich möchte das gern gutmachen.» Nanu? dachte Thomas.

«Würden Sie meiner Frau und mir die Freude bereiten, heute abend bei uns zu speisen?»

Donnerwetter! dachte Thomas.

Mild ironisch meinte der Bankier: «Ich nehme an, daß Sie als Abwehr-Agent genau wissen, wo ich wohne, oder?»

Kleine Scherze dieser Art brachten Thomas schon lange nicht mehr aus dem Gleichgewicht. Er erwiderte hurtig: «Aber gewiß, Mon-

sieur. Sie wohnen in der Avenue Malakoff Nummer 24, ganz in meiner Nähe. Sie haben eine sehr schöne Frau. Vorname Marie-Louise. Mädchenname Kléber. Sie besitzt den wertvollsten Schmuck von Paris. Sie haben einen chinesischen Diener namens Shen-Tai, eine Köchin Therese, ein Mädchen Suzette und zwei Bulldoggen, Cicero und Caesar.»
Er hörte Ferroud lachen. «Sagen wir um acht?»
«Um acht, Monsieur.» Thomas hängte ein.
Ehe er noch über diese seltsame Einladung nachdenken konnte, klopfte es. Atemlos stürzte das bildhübsche Dienstmädchen Nanette herein. Nanette sprach deutsch. Sie sprach immer deutsch, wenn sie besonders aufgeregt war: «Monsieur ... Monsieur ... Die Radio melden gerade, daß man 'at befreit die Mussolini ... Die Duce ist schon unterwegs nach Berlin – zu 'itleer –, damit er kann weiterkämpfen mit ihm ...»
«Benito wird sehr glücklich sein», sagte Thomas.
Nanette lachte. Sie kam nahe heran, ganz nahe. «Oh, Monsieur ... Sie sind so nett ... Ich bin so glücklich, 'ier sein zu dürfen ...»
«Nanette, denken Sie an Ihren Pierre!»
Sie zog eine Schnute. «Ach, Pierre – ist so langweilig ...»
«Er ist ein sehr netter Junge», sagte Thomas pädagogisch und stand auf, weil sie allzu nahe an ihn herangetreten war. «Marsch, in die Küche, Nanette!» Er gab ihr einen Klaps. Sie lachte, als würde sie gekitzelt. Dann zog sie enttäuscht ab.
Er grübelte: Was will der Bankier von mir?

## 13

Die Villa in der Avenue Malakoff erwies sich als ein unendlich kultiviertes Haus, angefüllt mit europäischen und fernöstlichen Kostbarkeiten. Ferroud mußte ein Millionär sein!
Der kleine chinesische Diener empfing den Besucher zwar mit dem ewigen Lächeln seiner Rasse, aber in Haltung und Stimme hochmütig und kühl. Kühl und hochmütig war auch das Stubenmädchen, dem Thomas einen Cellophankarton mit drei rosafarbenen Orchideen für die Hausfrau überreichte.
Und hochmütig und kühl schließlich war der Hausherr. Er ließ Thomas eine hübsche Weile – sieben Minuten, wie dieser an Hand seiner geliebten goldenen Repetieruhr stirnrunzelnd feststellte – in einem Salon warten. Dann kam er, elegant wie immer, reichte Thomas die Hand und begann Martinis zu mixen. «Meine Frau wird sofort erscheinen.»

Komisch, dachte Thomas, komisch. Er sah sich den Buddha an, die Schränkchen mit den Einlegearbeiten, die schweren, vielarmigen Leuchter, die Teppiche. Dieser Jean-Paul Ferroud ist unabhängig. Er kann auf mich pfeifen. Aber warum lädt er mich ein, wenn er auf mich pfeifen kann? Und wenn er mich schon einlädt, warum benimmt er sich dann so, daß mir langsam die Wut hochkommt?
Der weißhaarige Privatbankier ließ plötzlich zwei kleine Eiswürfel fallen. Er stand vor einer mit phantastisch bemalten Spiegeln verzierten Bar und füllte einen silbernen Shaker. Er räusperte sich und lachte verlegen: «Handzittern. Man wird alt. Der Suff!»
Plötzlich kam Thomas eine Erkenntnis: Dieser Mann war überhaupt nicht hochmütig, dieser Mann war nervös, fürchterlich nervös! Und auch der Chinese, das Mädchen ... Er hatte sie alle falsch beurteilt. Nervös waren auch sie; in angstvoller Erwartung – wovor?
Die Dame des Hauses erschien. Marie-Louise Ferroud war groß, schlank und von makelloser Schönheit. Blau und langbewimpert waren die Augen, wundervoll frisiert war ihr blondes Haar. Sie trug ein schulterfreies schwarzes Kleid und an den Armen und am Halse ihren herrlichen Schmuck. Dagegen, dachte Thomas unwillkürlich, kommt die Sore, die wir dem Juwelier Pissoladière in Marseille rausholten, natürlich nicht auf. – Junge, Junge, ganz hübsch verkommen bin ich schon!
«Madame ...» Er verneigte sich tief, küßte ihre Hand und stellte fest: diese schlanke, weiße, fein duftende Hand zitterte.
Er richtete sich auf, sah in die kühlen blauen Augen und entdeckte auch in ihnen Panik, mühsame Beherrschung. Warum?
Madame dankte für die Orchideen. Madame freute sich, Thomas kennenzulernen. Madame nahm das Martiniglas zur Hand, das ihr Gatte ihr reichte. Madame stellte das Martiniglas plötzlich auf einen sechseckigen Bronzetisch, preßte die Faust gegen die Lippen und brach in Schluchzen aus.

Kinder, Kinder, dachte Thomas. Ich will ja gar nicht mehr von meinem Club reden. Aber wenn ich diesen Scheißkrieg überlebe, dann verkaufe ich meine Memoiren an einen Buchverlag. *Mit allen Rezepten!*
Er sah den weißhaarigen Ferroud zu seiner schönen Gemahlin eilen. «Um Gottes willen – Marie-Louise – was ist ... Du mußt dich zusammennehmen, was soll Herr Lieven denken?»
«Ach», schluchzte Madame Ferroud, «verzeih mir, Jean, verzeih mir ...»

Menu · Paris, 13. September 1943

*Gekochter Schinken mit Sauce Cumberland*
*Fischspeise in der Form*
*Schokoladen-Kaffee-Crème*

---

## Thomas Lieven rettet einen Fisch und ein blondes Mädchen ...

Sauce Cumberland: Man verrühre 1/4 Liter Johannisbeer-Gelee, 1/8 Liter Rotwein, den Saft von 2 Orangen, einen Teelöffel englisches Senfpulver und eine in feine Streifchen geschnittene, vom Weißen befreite Schale einer Orange. Man bewahre die Sauce kühl auf. – Man kann diese Sauce zu allen Arten von kaltem Fleisch geben, besonders gut eignet sie sich zu Wild.

Fischspeise in der Form: Man koche den Fisch im Ganzen, lasse ihn dann gut abtropfen, entferne Haut und Gräten und zerteile ihn in Stücke. – Man mache eine helle Schwitze aus Butter und Mehl, gebe saure Sahne, Weißwein, geriebenen Parmesankäse und etwas Fischwasser hinzu und verkoche dies zu einer dicken weißen Sauce. Man schmecke sie mit Salz und Pfeffer ab, füge gedünstete Champignons und einige Kapern hinzu. – Man lege die Fischstücke in eine gut gebutterte Auflaufform, gieße die Sauce darüber, bestreue dick mit Parmesan-Käse, geriebener Semmel und Butterflöckchen und backe dann im Ofen zu goldgelber Farbe. Man garniere vor dem Anrichten mit gebackenen Blätterteig-Halbmonden, «Fleurons». – Man kann diese Speise aus allen festfleischigen Fischen, sehr gut aus Schellfisch und Kabeljau, zubereiten.

Schokoladen-Kaffee-Crème: Man lasse 1 Liter Milch mit 150 g Kochschokolade und etwas Zucker aufkochen. – Man schlage in einer Schüssel 3 Eigelb mit einem glattgestrichenen Eßlöffel Kartoffelmehl oder Maizena, gieße die kochende Flüssigkeit unter ständigem Rühren hinzu. – Man gebe die Masse wieder in den Kochtopf und lasse sie auf kleinster Flamme unter ständigem Rühren dick werden, ohne daß sie zum Kochen kommt. – Man füge einen Suppenlöffel voll grobgemahlenem, keinesfalls pulverisiertem Kaffee und Eiweiß-Schnee zu der vom Feuer genommenen Crème und stelle sie sehr kalt.

---

«Es sind die Nerven, chérie ...»
«Nein, es sind nicht die Nerven ... Es ist auch gar nicht *deswegen* ... Es ist *außerdem* noch etwas passiert!»
Ferrouds Gesicht wurde hart. «Außerdem – was?»
«Das Essen – das Essen ist verdorben!» Aufschluchzend ergriff die Hausfrau ihr Taschentuch, schnaubte in dasselbe und rief: «Therese hat den Zander fallen lassen!»
Der Bankier Ferroud, von der Deutschen Abwehr dringend verdächtigt, eine der gefährlichsten Schlüsselfiguren des phantastischen französischen «Marché noir» zu sein, wurde jetzt unwillig. «Marie-Louise, ich muß doch bitten! Du weißt, worum es heute

abend geht! Du weißt, was auf dem Spiel steht! Und da brichst du in Tränen aus wegen eines idiotischen Zanders? Da benimmst du dich wie ...»

«Monsieur Ferroud!» unterbrach ihn Thomas, sanft, aber bestimmt.

«Was wollen Sie? Ich meine: Ja, bitte?»

«Erlauben Sie, daß ich einige Fragen an Madame richte?»

«Ich ... hrm ... also ... Nun ja, gewiß.»

«Danke. Madame, Sie sagen, Therese ließ den Zander fallen ...»

«Ließ sie, ja. Sie ist schon so alt. Sie sieht so schlecht. Er fiel auf die Herdplatte, als sie ihn aus dem Wasser hob. Er zerbrach – mir wird übel – in lauter kleine Stücke!»

«Madame, es gibt nur eine Sünde im Leben: den Mut zu verlieren. Courage. Sie haben die Tollkühnheit besessen, einen deutschen Agenten zu Tisch zu laden. Soll ein französischer Zander Sie in die Knie zwingen?»

Ferroud hielt sich plötzlich den schönen Kopf mit beiden Händen und äußerte: «Das geht zu weit ...»

«Aber woher denn», sagte Thomas. Und zu der Dame des Hauses: «Verzeihen Sie die indiskrete Frage – was sollte es denn vor dem Zander geben?»

«Schinken mit Sauce Cumberland.»

«Hm. Hm.» Er machte ein Gesicht wie der große Sauerbruch beim Konzilium. «Und – hm, nachher?»

«Schokoladen-Kaffee-Crème.»

«Jaja», sagte Thomas und nahm eine Olive zu sich, «das geht ausgezeichnet.»

«Was geht ausgezeichnet?» flüsterte die Dame, die gut und gerne 70 Karat an sich trug. Thomas verneigte sich vor ihr. «Es will mir scheinen, daß Sie von zwei Sorgen gequält werden, Madame. Von der einen jedenfalls kann ich Sie leicht befreien, wenn Sie mir erlauben, Ihre Küche zu betreten.»

«Sie ... Sie glauben, Sie können noch etwas mit dem zerbrochenen Zander anfangen?» Ein unirdischer Ausdruck von Bewunderung trat in Marie-Louises Augen.

«Aber gewiß doch, Madame», sprach unser Freund. «Wollen wir vielleicht die Gläser und den Shaker mitnehmen? Es kocht sich leichter bei einem Schlückchen. Wirklich ausgezeichnet der Martini. Echter britischer Gordon-Gin. Wo haben Sie den im vierten Kriegsjahr nur immer noch herbekommen, Monsieur Ferroud ...»

Was war hier also wirklich los?
Das erfuhr Thomas auch in der riesigen, gekachelten Küche nicht. Eine Schürze vor den Smoking gebunden, schaffte er elegant die Zander-Katastrophe aus der Welt. Bewundernd sahen ihm dabei zu: die schuldbewußte, kurzsichtige alte Köchin, die bleiche Hausfrau, der bleiche Hausherr. Das seltsame Ehepaar vergaß – vorübergehend wenigstens – seine gewaltige Nervosität. Thomas dachte: Ich kann warten. Und wenn das Theater weitergeht bis morgen früh. Einmal werdet ihr ja wohl den Mund aufmachen!
Er nahm die Gräten aus dem Unglücksfisch, enthäutete ihn und schnitt ihn blättrig. Trank einen Schluck und sprach: «Schwierige Jahre, meine Damen, haben mich erkennen lassen, daß das Leben einem meistens noch eine Chance gibt. Ein zerbrochener Zander ist immer noch besser als gar keiner. Wir bereiten jetzt eine schöne Sauce. Haben Sie Parmesankäse, Therese?»
«So viel Sie wollen, Monsieur», flötete die alte Köchin. «Ach, ich bin ja so verzweifelt, daß mir das passieren mußte!»
«Fassen Sie sich, meine Gute. Trinken Sie einen Schluck, es beruhigt.» Der Hausherr goß der Köchin das Glas voll. Thomas sagte: «Weißwein, saure Sahne und Butter, bitte.»
Er bekam, was er verlangte. Alle sahen ihm zu, wie er die Sauce bereitete. Dann gab es plötzlich Lärm im Haus. Eine hohe Frauenstimme ertönte, eine hohe Männerstimme. Die Hausfrau erbleichte. Der Hausherr stürzte zur Tür. In dieser stieß er mit dem chinesischen Diener zusammen. Der hatte eine einfache Art, aus dem, was er hervorsprudelte, ein Geheimnis zu machen: Er sprudelte es chinesisch hervor.
Dazu wies er hinter sich. Die Hausfrau, des Chinesischen offensichtlich mächtig, schrie auf. Der Hausherr herrschte sie chinesisch an. Sie sank auf einen Küchenhocker. Der Hausherr folgte Shen-Tai, ohne sich zu entschuldigen. Die Tür flog hinter ihm ins Schloß.
Na ja, dachte Thomas, so geht es also zu bei feinen Franzosen. Was soll man machen? Er beschloß, sich durch nichts mehr erschüttern zu lassen. «Haben wir Kapern, Therese?»
«O heilige Jungfrau, die arme gnädige Frau ...»
«*Therese!*»
«Kapern – jawohl, sind da.»
«Und Champignons?»
«Au-auch ... Madame, kann ich etwas für Sie tun?»

Die Hausfrau faßte sich. Sie sah auf: «Bitte, verzeihen Sie das alles, Herr Lieven. Shen-Tai ist seit zehn Jahren bei uns. Wir haben keine Geheimnisse vor ihm. Er kam in Shanghai zu uns ... Wir lebten lange dort ...»

Im Haus erklangen laute Stimmen. Dann fiel etwas um. Thomas dachte: Gor net ignorieren, würde mein Freund, der Gefreite Karli Schlumberger, sagen.

«Und in die Röhre damit, Therese.»

«Ich habe Kummer mit meiner Cousine, Herr Lieven.»

«Das tut mir leid, Madame. Und nun bei sanfter Hitze überbacken.»

«Sie soll mit uns essen, wissen Sie. Sie wollte aber eben fluchtartig das Haus verlassen. Shen-Tai hat das im letzten Augenblick verhindert.»

«Ein aufregender Abend, fürwahr. Warum wollte Ihre verehrte Cousine fliehen?»

«Ihretwegen.»

«Hr-rm. Meinetwegen?»

«Ja. Sie – sie wollte Ihnen nicht begegnen.» Die Hausfrau stand auf. «Mein Mann ist jetzt mit ihr im Salon. Bitte, kommen Sie. Ich bin sicher, Therese kennt sich nun aus.»

«Ordentlich mit Parmesan, Kapern und Champignons überstreuen, Therese», sagte Thomas. Er nahm sein Glas und den Shaker. «Madame, ich bin begierig, Ihre Verwandte kennenzulernen – eine Dame, die vor mir schon fliehen will, *bevor* sie mich kennt. Was für ein Kompliment!»

Er folgte der Hausfrau. Als er den Salon betrat, passierte ihm dann etwas, was ihm noch nie passiert war: Er ließ sein Martiniglas fallen. Der Drink sickerte in den dicken Teppich.

Thomas stand da wie gelähmt. Er starrte die schlanke, junge Frau an, die auf einem antiken Sessel saß. Ferroud stand neben ihr wie ein Leibwächter. Aber unser Freund sah nur diese junge, blasse Frau mit den zusammengepreßten Lippen und den schräggeschnittenen, grünen Augen, den streng gekämmten blonden Haaren, den hohen Backenknochen. Heiser kam ihre Stimme: «Guten Abend, Herr Sonderführer.»

«Guten Abend, Mademoiselle Dechamps», sagte er mühsam. Und dann verneigte er sich vor der ehemaligen Assistentin Professor Débouchés, der ehemaligen Partisanin des «Maquis Crozant», dieser leidenschaftlichen Deutschenhasserin, die ihm in Clermont-Ferrand ins Gesicht gespuckt und den Tod gewünscht hatte, langsamen, qualvollen Tod ...

Jean-Paul Ferroud hob das Glas auf, das Thomas fallen gelassen hatte und sagte: «Wir haben Yvonne nicht erzählt, wer heute abend zu Besuch kommt. Sie ... Sie hörte Ihre Stimme, als wir in die Küche gingen – und erkannte Sie wieder – und wollte weglaufen ... Sie können sich denken, warum.»
«Ich kann es mir denken.»
«Nun gut, wir haben uns in Ihre Hand begeben, Herr Lieven. Yvonne ist in Todesgefahr. Die Gestapo jagt hinter ihr her. Wenn man ihr nicht hilft, ist sie verloren.»
Yvonne Dechamps Augen verengten sich zu Schlitzen. So sah sie Thomas an. Und in ihrem schönen Gesicht waren zu erkennen: Scham und Zorn, Verwirrung und Haß, Angst und Aufbegehren.
Thomas Lieven dachte:
Ich habe sie zweimal verraten. Einmal als Deutscher und einmal als Mann. Dieses zweite Mal kann sie mir nicht vergeben. Darum der Haß. Wenn ich damals in der Mühle von Gargilesse in ihrem Zimmer geblieben wäre ...
Er hörte Ferroud sagen: «Sie sind Bankier wie ich. Ich rede nicht von Sentiments. Ich rede von Geschäften. Sie wollen Informationen über den Schwarzen Markt. Ich will, daß der Cousine meiner Frau nichts passiert. Klar?»
«Klar», sagte Thomas. Seine Lippen waren plötzlich trocken wie Pergament. Er fragte Yvonne: «Wieso ist die Gestapo hinter Ihnen her?» Sie warf den Kopf zurück und sah zur Seite.
«Yvonne!» rief Madame Ferroud wütend.
Thomas zuckte die Schultern. «Ihre Cousine und ich sind gute alte Feinde, Madame. Sie kann mir nicht verzeihen, daß ich sie damals in Clermont-Ferrand laufen ließ. Ich gab ihr noch die Adresse eines Freundes namens Bastian Fabre. Der hätte sie versteckt. Leider scheint sie ihn nicht aufgesucht zu haben.»
«Sie hat die Führer des Maquis von Limoges aufgesucht, um weiter in der Résistance zu arbeiten», sagte Ferroud.
«Unsere kleine Patriotin, das Heldenweib», sagte Thomas und seufzte.
Plötzlich sah Yvonne ihn an, offen und ruhig, und zum erstenmal ohne Haß. Sie sagte einfach: «Es ist mein Land, Herr Lieven. Ich wollte für mein Land weiterkämpfen. Was hätten Sie getan?»
«Ich weiß nicht. Dasselbe vielleicht. Was passierte?»
Yvonne senkte den Kopf.
Ferroud sagte: «Es war ein Verräter in der Gruppe. Der Funker. Die Gestapo verhaftete 55 Maquisards. Sechs sucht sie noch. Einer der sechs sitzt hier.»

«Yvonne hat Verwandte in Lissabon», sagte Madame Ferroud. «Wenn sie dorthin kommt, ist sie gerettet.»
Die beiden Männer sahen sich stumm an. Thomas wußte: Das war der Beginn einer erfolgreichen Zusammenarbeit. Aber, dachte er, wie ich das alles meinem Oberst verkaufe, weiß der liebe Himmel!
Der chinesische Diener erschien mit Verneigungen. «Das Essen ist fertig», sagte Madame Ferroud.
Sie ging voraus in das Speisezimmer. Die andern folgten ihr. Dabei streifte Thomas Lievens Hand Yvonnes Arm. Sie zuckte zusammen, als hätte sie einen elektrischen Schlag erhalten. Er sah sie an. Ihre Augen wurden plötzlich dunkel. Das Blut schoß ihr zu Kopf.
«Das müssen Sie sich aber schleunigst abgewöhnen», sagte er.
«Wa-was?»
«Dieses Erschrecken. Dieses Erröten. Als Agentin der Deutschen Abwehr müssen Sie sich besser beherrschen.»
«Als – als *was?*» flüsterte sie.
«Als deutsche Abwehr-Agentin», erwiderte Thomas Lieven. «Was ist denn los? Haben Sie gedacht, ich kann Sie als französische Widerstandskämpferin nach Lissabon bringen?»

15

Der planmäßige Nachtschnellzug nach Marseille, der Paris um 21 Uhr 50 verließ, führte drei Schlafwagen mit sich. Die nebeneinanderliegenden Mittelabteile eines dieser Wagen waren am Abend des 17. September 1943 für Angehörige der Deutschen Abwehr reserviert.
Zehn Minuten vor Abfahrt des Zuges erschien ein gutgekleideter Zivilist in Gesellschaft einer eleganten, jungen Dame im Gang dieses Schlafwagens und winkte den französischen Schaffner herbei. Die Dame trug einen Kamelhaarmantel, dessen Kragen hochgestellt war, und einen Hut von männlicher Fasson mit breiter Krempe, wie er damals gerade modern war. Es war schwer möglich, der Dame ins Gesicht zu sehen.
Der Herr zeigte dem Schaffner seine Platzreservation und drückte ihm eine sehr große Banknote in die Hand.
«Danke, Monsieur, ich bringe gleich die Gläser ...» Der Schaffner öffnete die Türen der beiden für die Deutsche Abwehr reservierten Abteile. In dem einen stand ein Silberkübel voll Eis, in welchem eine Flasche Veuve Cliquot steckte. Auf dem Fenstertischchen

stand eine Vase mit zwanzig roten Nelken. Die Verbindungstür der Abteile war geöffnet.
Thomas Lieven schloß die Gangtüren. Yvonne Dechamps nahm ihren großen Hut ab. Wieder errötete sie tief.
«Ich habe Ihnen doch verboten zu erröten», sagte Thomas. Er zog die Lichtblende vor dem Fenster hoch und sah auf den Perron hinaus. Draußen marschierten gerade zwei Unteroffiziere der Wehrmachts-Zugkontrolle vorbei. «Hm.» Thomas ließ den schwarzen Glanzstoffvorhang wieder herab.
«Was ist? Warum sehen Sie mich so an? Habe ich schon wieder Frankreich verraten?»
«Der Champagner – die Blumen ... Warum tun Sie das?»
«Damit Sie ein bißchen ruhiger werden. Herrgott, Sie sind ja nur noch ein Nervenbündel! Bei jedem Geräusch fahren Sie zusammen. Nach jedem Kerl sehen Sie sich um. Dabei kann Ihnen gar nichts passieren. Sie heißen Madeleine Noël und sind eine Agentin der Deutschen Abwehr. Sie haben einen deutschen Abwehr-Ausweis!»
Um diesen Ausweis zu bekommen, hatte Thomas sich im Hotel «Lutetia» einen Tag lang den Mund heiß reden müssen. Oberst Werthe seufzte zuletzt kopfschüttelnd: «Lieven, Sie sind das Ende der Abwehr in Paris. So einen Kerl wie Sie haben wir gerade noch nötig gehabt!»
In diesem kritischen Moment hatte unser Freund Schützenhilfe von einer Seite erhalten, von der er keine erwartete. Major Brenner, vormals sein mißtrauischer Rivale, nun sein Bewunderer, mischte sich ein: «Wenn ich mir gehorsamst gestatten darf, zu bemerken: Sonderführer Lieven hat auch im Fall ‹Maquis Crozant› ungewöhnliche Methoden vorgeschlagen – und wir haben mit ihnen Erfolg gehabt.»
Der sorgsam gescheitelte, kleine Brenner schielte über die Brille auf das linke seiner geflochtenen Major-Schulterstücke, an deren Stelle sich vor kurzem noch einfache Hauptmann-Schulterstücke befunden hatten. «Wenn dieser Ferroud wirklich auspackt ...»
«Und das wird er, wenn ich das Mädchen rausbringe», sagte Thomas und blinzelte Brenner zu.
«... wer weiß, was für einen Coup wir dann landen können, Herr Oberst», endete Brenner. Die Luft ging ihm aus, denn er dachte daran, daß bei einem neuen Coup – o du liebe Güte – für ihn vielleicht der nächsthöhere Rang eines Oberstleutnants drin war.
Schließlich gab Werthe auf: «Also schön, Sie kriegen Ihren Aus-

weis. Aber ich bitte mir aus, daß Sie die Dame bis Marseille begleiten. Sie bleiben an ihrer Seite, bis sie im Flugzeug sitzt, verstanden! Das fehlte mir noch, daß der SD sie in die Mache kriegt und es heißt, die Abwehr fliegt französische Widerstandskämpferinnen raus!»
Major Brenner sah Thomas bewundernd an. Ein Kerl. Ein Pfundskerl! Wenn man doch auch so sein könnte. Warum eigentlich nicht? Major Brenner beschloß insgeheim, bei nächster Gelegenheit zu beweisen, daß er auch ein Pfundskerl war ...
Ja, das alles also war jenem Augenblick vorangegangen, in welchem nun, fünf Minuten vor Abfahrt des Nachtschnellzuges nach Marseille, der Schaffner Emile an die Tür des Abteils 17 klopfte, um den Herrschaften darin zwei Champagnergläser zu bringen.
«Herein!» rief Thomas Lieven.
Schaffner Emile öffnete die Tür. Er mußte sie ganz öffnen, um eine außerordentlich große und hagere Dame vorbeizulassen, die eine andere Dame zur Bahn gebracht hatte und sich nun anschickte, den Schlafwagen zu verlassen.
Die Dame, die nun das geöffnete Abteil 17 passierte, in welchem Thomas Lieven und Yvonne Dechamps nebeneinander standen, trug die Uniform einer Stabshauptführerin des Deutschen Arbeitsdienstes. Das farblose Haar hatte sie zu einem Knoten hochgenommen, an der Uniformjacke saß das goldene Parteiabzeichen, am Verschluß der strengen Bluse saß eine schwere, gehämmerte Brosche. Die Stabshauptführerin Mielcke, persönliche Referentin des Reichsarbeitsführers Hierl, trug braune Wollstrümpfe und flache braune Schuhe.
Eine unerforschliche Laune des Schicksals wollte es, daß sie just in jenem Moment an Thomas Lievens Abteil vorüberging, in welchem Schaffner Emile es geöffnet hatte. Sie hätte früher daran vorübergehen können, später, überhaupt nicht. Sie ging vorüber im unglückseligsten aller Augenblicke, sie sah und erkannte diesen Kerl, mit dem sie vor ein paar Wochen eine so ungeheuerliche Auseinandersetzung gehabt hatte, sie sah die schöne junge Frau an seiner Seite. Und eine weitere unerforschliche Laune des Schicksals wollte es, daß Thomas Lieven die Stabshauptführerin Mielcke nicht sah. Er wandte ihr das Profil zu. Im nächsten Augenblick war sie auch schon verschwunden ...
«Ah, die Gläser!» freute sich Thomas. «Lassen Sie nur, ich mache die Flasche selber auf, Emile.» Er tat es, und sie tranken gerade das erste Glas, als zwei Minuten vor Abfahrt des Zuges die beiden Unteroffiziere der Zugkontrolle in ihrem Abteil erschienen.

Yvonne zeigte, daß sie nicht *nur* hysterisch sein konnte. Sie blieb vollkommen gefaßt. Die deutschen Soldaten waren sehr höflich. Sie ließen sich die Ausweise zeigen, grüßten, wünschten eine angenehme Reise und verschwanden wieder.
«Na, bitte», sagte Thomas Lieven. «Geht doch wie am Schnürchen!»
Die beiden Soldaten verließen den Schlafwagen. Sie schritten auf die Stabshauptführerin zu, die auf dem Perron stand und sie ersucht hatte, die beiden Personen im Abteil 17 zu kontrollieren. Der eine Soldat sagte: «Die Leute sind in Ordnung, Stabshauptführerin. Abwehr Paris, alle beide. Ein gewisser Thomas Lieven und eine gewisse Madeleine Noël.»
«Madeleine Noël, sososo», wiederholte die Stabshauptführerin, indessen Trillerpfeifen ertönten, Türen zuflogen und der Zug sich mit zischendem Dampf und ächzenden Achsen auf seine weite Reise machte. «Beide von der Abwehr Paris. Danke!»
Sie sah dem Zug nach, und ein böses Lächeln verzog plötzlich ihren strengen Mund. Das letztemal hatte die Stabshauptführerin Mielcke im August 1942 in Berlin so gelächelt, bei einem Empfang in der Reichskanzlei. Da hatte Heinrich Himmler einen Witz gemacht. Über die Polen.

## 16

Nach der ersten Flasche Veuve Cliquot verlor Yvonne ihre Angst. Ihre hysterische Verkrampftheit löste sich fast. Das Gespräch wurde fast lustig. Sie lachten beide – doch plötzlich hörte Yvonne auf zu lachen, rückte beiseite, stand auf, sah fort. Thomas begriff sie gut. Einmal hatte er ihre Liebe verschmäht. Keine Frau vergißt so etwas. Keine Frau will so etwas ein zweites Mal erleben.
Und so sagten sie sich gegen halb zwölf Uhr gute Nacht. Es ist das beste, dachte Thomas ... Ist es das beste? Er war auch ein wenig beschwipst, und Yvonne erschien ihm sehr schön. Als er ihre Hand zum Abschied küßte, wich sie vor ihm zurück, lächelte verkrampft, versteinte wieder.
Thomas ging in sein Abteil, zog sich aus und wusch sich. Als er eben die Pyjamahose angezogen hatte, bremste der Zug heftig und legte sich gleichzeitig in eine wüste Kurve. Thomas verlor das Gleichgewicht, taumelte durch sein Abteil und krachte wuchtig gegen die Verbindungstür, die aufsprang. Mehr stürzend als taumelnd, landete er in Yvonnes Abteil. Sie lag im Bett und fuhr erschrocken auf. «Um Gottes willen! –»

Er fand seinen Halt wieder. «Entschuldigen Sie. Ich habe es nicht absichtlich getan – wirklich nicht... Ich... gute Nacht...» Er ging zu der aufgesprungenen Tür zurück. Da hörte er ihre gehetzte Stimme: «Warten Sie!»
Er drehte sich um. Yvonnes Augen waren halb geschlossen und sehr dunkel. Der Mund stand halb geöffnet. Die Stimme klang atemlos: «Diese Narben...» Sie starrte seinen nackten Oberkörper an. Quer über seinen linken Brustkorb liefen drei häßliche, wulstig vernarbte Striemen einer besonderen Art, entstanden durch Schläge mit einem besonderen Instrument – einer gummiüberzogenen Spiralfeder.
«Das – das ist mir mal passiert...» Thomas drehte den Kopf fort. Unwillkürlich hob er einen Arm vor die Brust. «Ein Unfall...»
«Sie lügen...»
«Bitte?»
«Ich hatte einen Bruder. Er wurde zweimal von der Gestapo verhaftet. Beim zweitenmal wurde er aufgehängt. Beim erstenmal wurde er gefoltert. Als er...», ihre Stimme brach, «... als er heimkam aus dem Krankenhaus, da hatte er... da hatte er – dieselben Narben... Und *Sie* habe ich beschimpft – verdächtigt... *Sie*...»
«Yvonne...»
Er trat zu ihr. Die Lippen einer schönen Frau trafen die Narben von Wunden, die ein brutaler Mann geschlagen hatte. Dann spürten sie einander. Zärtlichkeit schwemmte Scheu und Erinnerungen weg. Die Zugsirene schrie. Die Achsen schlugen gehetzt. Leise klirrte die Vase mit den roten Nelken.

## 17

Schneller und schneller jagte die zweimotorige Kuriermaschine mit den deutschen Hoheitszeichen über die Startpiste des Flughafens Marseille. Der Vormittag war trüb. Leichter Regen fiel.
An einem Fenster des Flughafengebäudes stand ein Mann mit vielen falschen Namen. Sein richtiger Name lautete Thomas Lieven. Die Hände in den Taschen des weichen Flauschmantels, drückte er beide Daumen.
In der Kuriermaschine saß Yvonne Dechamps. Nun flog sie nach Madrid und von dort weiter nach Lissabon.
Eine einzige Nacht lang nur hatten sie einander geliebt – und doch kam Thomas sich nun, da die Maschine in den Wolken verschwand, einsam vor, verlassen, uralt.

Er fröstelte. Lebwohl, Yvonne, sagte er in Gedanken. In deinen Armen habe ich zum erstenmal seit Monaten nicht mehr an Chantal gedacht. Aber wir durften nicht zusammenbleiben. Dies ist keine Zeit für Liebe. Diese Zeit reißt die Liebenden auseinander, oder sie tötet sie. Alles Gute, Yvonne, wir werden wohl nie mehr voneinander hören. Aber da irrte er sich!

Am 22. September 1943 war Thomas Lieven wieder in Paris. Nanette, sein hübsches, schwarzhaariges Dienstmädchen, das ihn verehrte, berichtete: «Monsieur Ferroud 'at schon angerufen viermal. Er sagt, er Sie dringend sprecken müssen.»

«Kommen Sie heute um vier Uhr zu mir nach Hause», bat Ferroud, nachdem Thomas ihn telefonisch in seiner Bank erreicht hatte.

Als unser Freund eintraf, umarmte der weißhaarige, elegante Geldmensch ihn mit Tränen in den Augen.

Thomas räusperte sich. «Monsieur Ferroud, Yvonne ist in Sicherheit. *Sie* sind es nicht. *Sie* sind es weniger denn je.»

«Bitte?»

«Bevor wir zu unserem Geschäft kommen – ich habe meinen Teil erledigt, jetzt sind Sie am Zuge –, will ich Ihnen schnell erzählen, was meine Untersuchung Ihrer Transaktionen bisher ergeben hat.»

Thomas hatte mittlerweile eruiert, daß dieser Jean-Paul Ferroud ein Gesetzesbrecher besonderer Art war: Er verschob, wie andere Schwarzhändler, riesige Mengen von kriegswichtigen Gütern – aber nicht, um sie an die Deutschen zu verkaufen, sondern um sie vor den Deutschen in Sicherheit zu bringen. Er war das Gegenteil der gewöhnlichen Schieber, die Frankreich ausverkauften. Er versuchte, französischen Besitz zu *retten.* Zu diesem Zweck hatte Ferroud Bilanzen gefälscht, unrichtige Produktionszahlen der Betriebe angegeben, die unter der Verwaltung seiner Bank standen, und riesenhafte Warenmengen an die Deutschen scheinverkauft.

Das alles sagte Thomas ihm jetzt auf den Kopf zu. Ferroud wurde bleich. Er wollte protestieren, verstummte zuletzt und wandte Thomas den Rücken.

Der schloß: «... was Sie getan haben, ist einfach idiotisch, Monsieur. Was wird in Kürze die Folge sein? Man wird Ihre Fabriken enteignen. Und dann? Was Sie getan haben, verstehe ich vom Standpunkt des Franzosen. Darum ein privater Rat, bevor man Ihnen auf die Schliche kommt: Fordern Sie schleunigst deutsche Treuhänder an. Dann wird sich kein Mensch mehr um Ihre Fabriken kümmern ... Na, und die Treuhänder zu umspielen, das wird Ihnen doch keine Schwierigkeiten bereiten – oder?»

Ferroud drehte sich um. Er nickte. Er schluckte zweimal. Dann sagte er: «Danke.»
«Keine Ursache. So. Und nun zum Geschäft. Aber ich warne Sie, Ferroud. Wenn Ihre Informationen nichts wert sind, dann lasse ich Sie hochgehen! Es ist nämlich nicht so, daß ich mich *nur* in Franzosen hineindenken kann. Yvonne ist schließlich mit deutscher Hilfe gerettet worden.»
«Das weiß ich. Das erkenne ich auch an.» Ferroud kam näher. «Und was ich Ihnen verrate, kann Ihnen helfen, einen der größten Schwarzmarktringe aller Zeiten zu zerschlagen. Eine Organisation, die nicht nur meinem, sondern auch Ihrem Lande bereits den größten Schaden zugefügt hat. In den letzten Monaten sind in Frankreich deutsche Reichskreditkassenscheine in so ungeheuren Mengen wie noch nie aufgetaucht. Sie wissen, was Reichskreditkassenscheine sind?»
Thomas wußte es. Die RKKS waren eine Art Besatzungsgeld. Es gab sie in jedem von den Deutschen besetzten Land. Mit ihrer Hilfe sollte vermieden werden, daß richtige deutsche Banknoten in zu großen Mengen ins Ausland kamen.
Ferroud sagte: «Diese Reichskreditkassenscheine haben laufende Seriennummern. Zwei Zahlen der Serie – sie stehen immer an derselben Stelle – geben dem Fachmann bekannt, für welches Land die Scheine bestimmt sind. Nun, lieber Freund, im letzten halben Jahr wurden auf dem ‹Marché noir› mit solchen Kassenscheinen französische Waren im Wert von annähernd zwei Milliarden aufgekauft. Scheine im Wert von über einer Milliarde aber wiesen nicht französische, sondern rumänische Kennzahlen in den Seriennummern auf!»
«*Rumänische?*» Thomas fuhr hoch. «Wie können rumänische Scheine in so riesigen Mengen nach Frankreich gekommen sein?»
«Das weiß ich nicht.» Ferroud ging zu seinem Schreibtisch und entnahm ihm zwei dicke Bündel von Reichskreditkassenscheinen im Wert von jeweils 10 000 Mark. «Ich weiß nur, daß sie da sind. Hier bitte, sehen Sie, die rumänischen Kennzahlen. Und, Monsieur, ich glaube nicht, daß *Franzosen* in der Lage waren, diese für Rumänien bestimmte Sintflut auf ihr eigenes Land umzuleiten ...»

18

«... Ferroud weiß nicht, wie die rumänischen Kassenscheine nach Frankreich gekommen sind», berichtete Thomas Lieven zwei Stunden später im Büro des Oberst Werthe im Hotel «Lutetia». Er sprach schnell, Jagdfieber hatte ihn gepackt. Es entging ihm, daß Oberst Werthe und der kleine ehrgeizige Major Brenner, seine beiden Zuhörer, bisweilen seltsame Blicke miteinander tauschten. Er war zu sehr in Fahrt: «Aber fest steht für Ferroud, daß die Scheine nur von Deutschen ins Land gebracht werden konnten, daß also Deutsche die Leiter der gesamten Organisation sein müssen!»

«Davon ist Ihr Monsieur Ferroud also überzeugt», sagte Oberst Werthe gedehnt und sah Brenner an.

«Was ist eigentlich hier los?» Jetzt bemerkte Thomas, daß etwas nicht stimmte. «Was sollen die Blicke?»

Oberst Werthe seufzte und sah Brenner an: «Sagen Sie es ihm.»

Major Brenner biß sich auf die Lippen: «Ihr Freund Ferroud hat große Schwierigkeiten zu erwarten. Seit einer halben Stunde sitzen SD-Leute in seiner Villa. Seit einer halben Stunde steht er unter Hausarrest. Wenn Sie noch ein bißchen länger bei ihm geblieben wären, hätten Sie Ihren alten Freunden, dem Sturmbannführer Eicher und seinem Adjutanten Winter, guten Tag sagen können.»

Thomas wurde es kalt. «Was ist geschehen?»

«Vor zwei Tagen wurde in Toulouse ein gewisser Untersturmführer Erich Petersen ermordet. Erschossen. In seinem Hotel. Hotel «Victoria». Der Täter entkam. Für den SD steht fest, daß es sich um eine politische Aktion handelt. Um eine Demonstration. Der Führer hat bereits ein Staatsbegräbnis angeordnet.»

«Himmler verlangt, daß schärfstens durchgegriffen wird», sagte Oberst Werthe.

«Der SD Toulouse hat sich an die französische Polizei gewandt, und diese hat ihm eine Liste von 50 Kommunisten und 100 Juden übergeben», sagte Brenner. «Aus ihren Reihen wird man die Geiseln auswählen, die für den Mord an Petersen erschossen werden.»

«Charmant von der französischen Polizei, dieses Entgegenkommen, Herr Lieven, nicht wahr?» sagte Oberst Werthe bissig. «Immer nur rein in die Gestapo-Fratze. Und wenn die eigenen Landsleute verrecken dabei!»

«Moment, Moment mal», sagte Thomas. «Ich komme nicht mehr mit. Ich habe zwei Fragen. Erstens: Warum ein solches Theater um diesen Herrn Petersen?»

Brenner antwortete: «Weil dieser Herr Petersen Blutordensträger war. Darum ist im Reichssicherheitshauptamt der Teufel los. Darum ist Bormann persönlich zu Himmler gelaufen und hat nach blutiger Vergeltung verlangt.»

«Schön», sagte Thomas, «das leuchtet mir ein. Frage zwei: Was hat mein Bankier Ferroud mit dem Mord in Toulouse zu tun?»

«Der SD Toulouse hat eine Reihe von Zeugen verhört. Darunter befindet sich auch ein V-Mann der Gestapo, ein kleiner Geldverleiher namens Victor Robinson. Dieser Robinson hat dem SD Beweise dafür geliefert, daß Ihr Jean-Paul Ferroud der geistige Urheber des Mordes an Untersturmführer Petersen ist.»
Das Gehirn unseres Freundes arbeitete rasend: Blutordensträger Petersen ermordet. Ferroud unter Verdacht. Ich weiß viel von ihm. Aber er – er weiß jetzt auch viel von mir. Hat er mich hereingelegt? Hat er die Wahrheit gesagt? Was wird mit ihm geschehen? Mit mir? Mit den 50 Kommunisten? Mit den 100 Juden?
Thomas mußte sich räuspern, ehe er sprechen konnte: «Herr Oberst, Ferroud ist davon überzeugt, daß Deutsche die Organisation eines Riesenbetruges mit Reichskreditkassenscheinen leiten.» Er sprach stockend, er suchte nach Worten. «Ist es nicht seltsam, daß der SD den Bankier Ferroud gerade in dem Moment kassiert, in dem er sich für uns interessant gemacht hat?»
«Ich verstehe kein Wort», sagte der biedere Major Brenner.
«Das habe ich auch nicht angenommen», sagte Thomas nicht unfreundlich. Und zu Werthe: «Ich kann das alles nicht beweisen, aber ich habe das Gefühl, wir dürfen Ferroud jetzt nicht fallenlassen! Die Abwehr muß in dieser Sache mit am Ball bleiben!»
«Wie stellen Sie sich das vor?»
«Herr Oberst, Sie wissen, ich habe in Marseille gelebt. In dieser Zeit lernte ich zwei Herren kennen, die in Toulouse zu Hause sind. Paul de la Rue und Fred Meyer ...»
Fred Meyer und Paul de la Rue – der geneigte Leser wird sich erinnern, daß diese beiden ehedem verwilderten Ganoven von Thomas Lieven in einem aufreibenden Schnellkursus zu Gentlemen umgeschult wurden, ehe sie den Juwelier Marius Pissoladière um Schmuck im Werte von rund acht Millionen Francs erleichterten. Thomas Lieven umschrieb dezent die wahre Art seiner Beziehung zu den beiden Unterweltlern und sagte: «Ich werde also nach Toulouse fahren!»
«Nach Toulouse?»
«Nach Toulouse, jawohl! Ein Verbrechen in ihrer Stadt, von dem die beiden Herren nichts wissen, gibt's nicht! Und *mir* sagen sie, was sie wissen.»
«Und der SD?»
«Sie müssen zu Eicher gehen, Herr Oberst. Sie müssen ihm klarmachen, daß Ferroud für uns im Moment außerordentlich wichtig ist. Sie müssen ihm die Mitarbeit der Abwehr bei der Aufklärung des Mordes an Untersturmführer Petersen anbieten.»

Der kleine Major Brenner nahm seine Brille ab und putzte sie umständlich. Er dachte, sich auf die Lippen beißend: Bei der verrückten Partisanengeschichte habe ich mir die Schnauze verbrannt. Und versucht querzuschießen. Und die große Lippe riskiert. Folge?
Major Brenner blickte auf das linke seiner beiden geflochtenen Majors-Schulterstücke. «Nach reiflicher Überlegung komme ich zu Herrn Lievens Ansicht. Wir dürfen uns wirklich nicht aus der Partie spielen lassen. Wir müssen wirklich am Ball bleiben. Die Sache mit den Erkakas ist zu wichtig ...»
Thomas drehte den Kopf zur Seite. Er begann sanft zu grinsen.
Oberst Werthe regte sich auf: «Ich soll schon wieder zu diesen Schweinen laufen und Männchen machen?»
«Gar nicht Männchen machen, Herr Oberst!» rief Brenner. «Den alten Trick anwenden! Rübergehen im Großen Dienstanzug und eine Geheime Kommandosache vorlegen!»
«Ihr seid ja beide verrückt», sagte Oberst Werthe. «Dieser Eicher kriegt schon einen roten Kopf, wenn er mich bloß sieht!»
«Herr Oberst, mit einer *gefälschten* ‹Gekados› haben wir Herrn Lieven rausgekriegt! Da werden wir uns doch mit einer *echten* noch in den Petersen-Mord einschalten können!»

19

«Dieser dreimal gottverfluchte Scheiß-Lieven», sagte der joviale, untersetzte und rotgesichtige Sturmbannführer Walter Eicher. Er saß in der zu einem Büro umgewandelten Bibliothek des Hauses 84 in der Avenue Foch. Vor ihm saßen sein Adjutant Fritz Winter und der Obersturmführer Ernst Redecker, ein blonder Ästhet, der Rilke und den Dichter Stefan George liebte.
Es war gegen 19 Uhr am 23. September 1943. Sturmbannführer Eicher hatte seinen Dienst beendet. Häufig und gerne unterhielt er sich nach des Tages Mühen bei einem guten Schluck noch ein Stündchen mit seinem Adjutanten. Und nicht ungern sah er es, wenn Obersturmführer Redecker sich zu ihnen gesellte, denn dieser strebsame Mann hatte einen besonderen Vorzug: Er war ein leiblicher Schwager des Reichsführers SS und Chefs der Deutschen Polizei, Heinrich Himmler. Von Zeit zu Zeit erhielt Redecker persönliche Briefe vom «Reichsheini», die sehr herzlich gehalten waren und die er mit verständlichem Stolz herumzeigte. Einen solchen Mann mußte man sich warmhalten, fand Eicher – und tat es.
Doch zu Plaudereien am Kamin war diesmal nicht die richtige

Stimmung. Der Sturmbannführer knurrte: «Jeden Tag neuer Ärger. Eben war Oberst Werthe von der Abwehr bei mir.» Noch einmal fluchte Eicher: «Dieser gottverdammte Scheiß-Lieven.»
«Den wir in der Mache hatten?» fragte Adjutant Winter mit glitzernden Augen.
«Leider haben wir ihn nicht genug in der Mache gehabt. Entschuldigen Sie, Obersturmführer, ist sonst nicht meine Art, so zu reden – aber mit dem Saukerl haben wir auch *nur* Ärger.»
«Was ist denn diesmal?» forschte Winter.
«Ach, der Mord an Petersen.»
Hart setzte der leibliche Schwager des «Reichsheinis» sein Kognakglas auf den Tisch. In seinem Gesicht zuckte es; er wechselte die Farbe. Allgemein war bekannt, daß den Obersturmführer Redekker große Freundschaft mit dem in Toulouse erschossenen Erich Petersen verbunden hatte. Seine Erregung war darum verständlich.
Eicher erklärte, Oberst Werthe sei bei ihm erschienen, um mitzuteilen, daß die Abwehr ein dringendes Interesse an dem unter Verdacht stehenden Bankier Ferroud habe, der wichtigsten Schlüsselfigur eines gewaltigen Devisen-Schmuggelringes, dem offensichtlich auch Deutsche angehörten.
Redecker trank. Er war plötzlich so nervös, daß er etwas Kognak verschüttete. Seine Stimme klang heiser: «Na und? Was hat Petersen mit Devisenschmuggel zu tun?»
«Nichts, selbstverständlich. Aber Werthe ersuchte mich, die Aufklärung des gemeinen Mordes an unserem Kameraden mit der Abwehr gemeinsam durchzuführen.»
Aufgeregt fragte Redecker: «Sie haben natürlich abgelehnt, Sturmbannführer?»
«Ich habe natürlich abgelehnt – zunächst. Aber dann kam Werthe prompt mit ‹Gekados› und so und bestand darauf, von mir aus mit Canaris zu telefonieren. Der sprach offensichtlich mit Ihrem Schwager. Denn vor einer halben Stunde kam ein Fernschreiben aus dem Reichssicherheitshauptamt. Die Untersuchung ist mit der Abwehr gemeinsam durchzuführen.»
Aus unerklärlichen Gründen traten Redecker plötzlich Schweißtropfen auf die Stirn. Niemand bemerkte es. Er stand auf, wandte den beiden andern den Rücken und wischte die Schweißtropfen fort. Dabei hörte er Eichers zornige Stimme: «Werthe ist schon runter nach Toulouse. Und wer begleitet ihn? Herr Lieven! Ein dreckiger Doppelagent! Ein Schweinehund, der unsere Leute übers Ohr gehauen hat! Ein Mann, der seit Jahren ins Massengrab ge-

hört!» Eicher trank erregt seinen Kognak. «Wenn ich diesen Kerl noch mal in die Finger kriege ... Was ist?»
Einer seiner Beamten war eingetreten: «Da wäre eine Frau. Sagt, sie möchte Sie sprechen.»
«Soll morgen wiederkommen. Vorher anmelden.»
«Verzeihung, Sturmbannführer, es ist eine Stabshauptführerin ...»
«*Was?*»
«Ja ... Stabshauptführerin Mielcke. Persönlicher Stab Reichsarbeitsführer Hierl. Will eine Anzeige erstatten ...»
«Gegen wen?»
«Gegen einen gewissen Sonderführer Lieven.»
Redecker hustete kurz. Winter blinzelte. Eicher nahm einen tiefen Zug aus seiner Zigarre und blies den Rauch aus. Dann erhob er sich. «Ich lasse die Stabshauptführerin bitten!»

## 2. *Kapitel*

### 1

Die Rue des Bergères mit ihren Bistros, winzigen Restaurants und kleinen Bars lag in der malerischen Altstadt von Toulouse. Thomas Lieven lächelte traurig, als er in die kleine Straße einbog. Genau wie vor drei Jahren, als er auf der Flucht vor den Deutschen mit seiner Freundin, der Schauspielerin Mimi Chambert, und dem Heldendummkopf Oberst Siméon hierhergekommen war, trippelten auch jetzt noch sehr viele hübsche Mädchen hier umher, alle ein wenig zu grell geschminkt und alle ein wenig zu offenherzig angezogen.
Thomas hatte schon erfahren, daß Jeanne Perrier, die löwenhaarige Besitzerin jenes diskreten Hotels, nicht mehr in der Stadt war. Zu gerne hätte er sie und ihre Mädchen besucht. Natürlich nur, um alte Erinnerungen zu tauschen ...
Er blieb stehen. Das Haus war schäbig. Der Flur war schäbig. Er erreichte eine Tür im dritten Stock.
An der Tür stand:

Paul de la Rue – Fred Meyer
Immobilien

Thomas Lieven grinste, als er klingelte. Thomas dachte: Immobilien. Als ich sie kennenlernte, waren sie noch Bilderfälscher, Hoteldiebe und Kassenschränker. Voilà, eine Karriere.

Schritte näherten sich von jenseits der Tür, sie wurde geöffnet. Paul de la Rue, Hugenotten-Nachfahre, stand in ihrem Rahmen. Er war mit Geschmack gekleidet und vorzüglich frisiert.
Seine hohe Figur und der schmale Schädel gaben ihm etwas ergreifend Aristokratisches. Er begann fein: «Guten Tag, mein Herr, womit kann ich dienen?» Dann stieß er einen Schrei aus: «Nom de Dieu, es ist Pierre –!»
Krachend schlug er Thomas, den er unter dem Namen Pierre Hunebelle kennengelernt hatte, auf die Schulter. Für Sekunden vergaß er seine gute Erziehung: «Mensch, ich beiß mir in den Allerschönsten! Du lebst? Mir haben sie erzählt, die Gestapo hat dich gekillt!»
«Hübsch habt ihr es hier», sprach Thomas, sich der Umarmungen Pauls erwehrend und in die Wohnung hineingehend. «Mein Unterricht hat wirklich Früchte getragen. Nur die Nippesfiguren da drüben, das Rehlein, das Elflein und die Tänzerin, die müssen natürlich raus!» Paul starrte ihn an: «Wo warst du bloß? Wie kommst du hierher?»
Thomas erklärte seine Situation. Paul lauschte schweigend. Von Zeit zu Zeit nickte er. Zuletzt sagte Thomas: «... ich bin also mit meinem Oberst erschienen, weil ich hoffe, daß ihr mir helfen könnt. Feine Pinkel seid ihr geworden ...»
«Feine Pinkel, Quatsch! Immobilien, das steht doch nur an der Tür! Wir schieben natürlich – wie alle. Aber eben intelligenter – dank dir, mein Alter. Hast uns damals einen großen Gefallen getan mit deinem Kursus.»
«Ja», sagte Thomas, «und jetzt könnt ihr mir einen großen Gefallen tun. Ich muß wissen, wer diesen Untersturmführer Petersen umgelegt hat. Ich muß wissen, ob das ein Résistance-Mord war.»
«Es war bestimmt kein politischer Mord.»
«Das beweise mir mal. Erzähle mir, wer Petersen erschossen hat. Und wie. Und warum.»
«Aber Pierre, ich werde doch keinen Landsmann verraten, der einen Nazi umgelegt hat. Das kannst nicht mal du von mir verlangen.»
«Ich will dir mal was sagen, Paul. Die Nazis haben hundertfünfzig Leute verhaftet, Landsleute von dir. Sie werden Geiseln erschießen. Mehr als eine! Das können wir nur verhindern, wenn wir beweisen, daß das kein politischer Mord war, daß dieser Petersen Dreck am Stecken hatte! Geht das in dein Idiotenhirn hinein?»
«Mensch, schrei mich doch nicht so an. Ich will ja gerne mal ein bißchen herumhören ...»

2

Drei Tage später, am 27. September 1943, nahmen drei Herren an Paul de la Rues Mittagstisch Platz: der Hausherr, Thomas Lieven und Fred Meyer.

Paul hatte Thomas in dessen Hotel angerufen: «Ich glaube, wir haben etwas für dich. Komm doch zu mir. Fred kommt auch. Kannst du uns nicht was Schickes kochen? Von den Jungens in Marseille hörten wir, du hättest mal so ein prima Essen für sie gemacht!»

«In Ordnung», hatte Thomas geantwortet. Drei Stunden lang hatte er an diesem Vormittag in Paul de la Rues Küche gearbeitet. Nun saß man bei Tisch. Die beiden Ganoven trugen dunkle Anzüge zur Feier des Wiedersehens, weiße Hemden, silberne Krawatten. Sie waren so gut erzogen, daß sie versuchten, die Vorspeise – gefüllte Staudensellerie – mit Messer und Gabel zu nehmen, was ihnen große Schwierigkeiten bereitete.

«Im Gegensatz zu den meisten anderen Gelegenheiten», sprach Thomas, «ist es durchaus legitim, ja richtig, diese Stangen in die Hand zu nehmen.»

«Dem Himmel sei Dank», sagte Fred. «Was ist denn das für Käse?»

«Roquefort», sagte Thomas. «Wer hat also Petersen umgelegt?»

«Ein gewisser Louis Monico war es. Ein Korse. Sie nennen ihn ‹Louis le rêveur›, ‹Ludwig, den Träumer›.»

«Wer ist dieser Träumer? Widerstand?»

«Aber woher denn! Richtiger Gangster. Ganz jung. Hat es schwer auf der Lunge. Schon vier Jahre Gefängnis wegen Totschlag. Mensch, ich freß mich tot an den Stangen!»

«Damit das nicht geschieht», sagte Thomas, «werde ich eilends das Hauptgericht bringen.» Er ging in die Küche und kehrte gleich darauf mit einem Wasserbad wieder, dem er eine verdeckte Puddingform entnahm.

«Ooch Pudding!» maulte Fred enttäuscht. «Das ist aber 'ne Schei ..., das ist aber nichts Rechtes. Ich dachte, es gibt Fleisch!»

«Wirklich», sagte Paul und betupfte dazu fein die Mundwinkel mit der Serviette, «ich muß sagen, ich bin auch ein wenig enttäuscht, lieber Freund!»

«Abwarten!» Thomas stürzte den Inhalt der Puddingform auf eine große Porzellanplatte. Ein delikater Geruch nach Fleisch und Zwiebeln verbreitete sich. Die beiden Gangster schnupperten. Harmonie und Beruhigung malten sich auf ihren Gesichtern.

Thomas sagte: «Jetzt erzähl mir vom Träumer. Warum hat er Petersen umgelegt?»
«Nach dem, was wir herausbekommen haben», sagte Fred, «und unsere Informationen sind erstklassig, war dieser Petersen eine ganz große Sau. Von wegen Blutordensträger! Von wegen SD! Daß ich nicht lache! Petersen kam hier runter als Zivilist, verstehst du, und weißt du, was er machte? Er kaufte Gold.»
«Schau mal einer an.»
«Jede Menge. Zu guten Preisen. Muß ein mächtiger Schieber gewesen sein. Der Träumer hat ihm schon ein paarmal was verkauft. Immer nur kleine Mengen.»
Thomas dachte: Herr Petersen vom SD – ein Goldschieber. Und der Führer ordnet ein Staatsbegräbnis an. Und Geiseln sollen erschossen werden. Und Deutschland hat einen Helden verloren. Heil!
«Na, mit der Zeit gewann Petersen das Vertrauen des Träumers. Und an dem gewissen Tag kam Louis mit einer *sehr* großen Menge Gold zu Petersen ins Hotel ...»

3

Zwei schwere Koffer voller Goldmünzen und Goldbarren stellte der schmale, bleiche Louis Monico auf den Rokokotisch im Salon des Appartements 203 im Hotel «Victoria». Die Anstrengung ließ ihn keuchen. Pfeifend rasselte sein Atem. Fiebrig glänzten seine Augen.
Ein kleiner Mann in einem grauen Flanellanzug stand dem «Träumer» gegenüber. Wäßrige Augen hatte dieser Mann, einen fast lippenlosen Mund, einen mathematisch exakten Scheitel, der das kurze Blondhaar teilte. Louis wußte von ihm, daß er Petersen hieß. Und daß er Gold aufkaufte. Sonst wußte er nichts von ihm. Aber das genügte ja auch – dachte er.
«Wieviel ist es diesmal?» fragte Petersen.
«300 Louisdors und 35 Goldbarren.» Der «Träumer» öffnete die beiden Koffer. Gold glänzte auf im Licht des elektrischen Lüsters.
«Wo ist das Geld?»
Petersen griff in die Brusttasche. Als er die Hand wieder hervorzog, hielt sie einen Ausweis. Eiskalt kam Petersens Stimme: «Ich bin Untersturmführer Petersen vom SD. Sie sind verhaftet.»
Louis Monico hatte die rechte Hand in der Jackentasche gehalten, als Petersen sprach. Er nahm sie nicht mehr heraus. Aus der Tasche schoß er. Drei Kugeln trafen den Blutordensträger Erich

## Menu · Toulouse, 27. September 1943

*Gefüllter Staudensellerie*
*Spanisch-Fricco*
*Flambierte Pfirsiche*

---

## Bei pikanter Speise platzt eine Millionenschiebung

Gefüllter Staudensellerie: Man nehme feste Stangen von Bleichsellerie und wasche sie gut. Man mische frische Butter und Roquefort oder Gorgonzola zu gleichen Teilen und verrühre sie gründlich. – Man schneide die natürliche Einbuchtung der Selleriestangen der Länge nach etwas ein, fülle sie mit der Käsemasse und stelle sie recht kalt. – Man serviere die Stangen aufrechtstehend mit dem kleinen Blattpuschel nach oben, in einem vasenähnlichen Glasgefäß, etwa einem Traubenspüler, und fülle die Zwischenräume mit Eisstückchen aus.

Spanisch-Fricco: Fleisch vom Rinderfilet forme und klopfe man zu kleinen Beefsteaks, bestreiche sie mit Senf, Salz und Pfeffer. Dann schneide man geschälte rohe Kartoffeln in dünne Scheiben, lasse reichlich gehackte Zwiebeln in Butter hell dünsten. – Man gebe in eine mit Butter bestrichene, mit geriebener Semmel ausgestreute Puddingform zuunterst eine Lage Kartoffelscheiben, darüber Butterflöckchen, etwas Salz und Pfeffer, dann eine Lage Fleisch, mit geschmorten Zwiebeln bedeckt, dann wieder Kartoffeln und so fort. Als oberste Lage wieder Kartoffeln, mit Butterflöckchen belegt. – Man rühre je einen halben Tassenkopf Rotwein, Sahne und Fleischbrühe durcheinander, gieße dies über die Speise, lasse dann die gut verschlossene Puddingform 1½ Stunden im Wasserbad kochen, rühre sie nicht um, sondern stürze sie direkt auf eine große Schüssel.

Flambierte Pfirsiche: Man lasse drei Butterröllchen mit feinem Zucker und gestiftelten Mandeln hell karamelieren, lösche mit frischgepreßtem Orangen- und Zitronensaft, im Verhältnis 1 zu 2, ab. – Man gebe je einen Guß von Cointreau, Maraschino und Kognak dazu, lege schöne, abgetropfte Hälften von eingemachten Pfirsichen hinein. – Man begieße die Pfirsiche dauernd mit der Flüssigkeit, bis sie heiß geworden sind, gieße dann noch einmal Kognak darüber und stecke ihn in Brand. – Man lege die heißen Pfirsiche auf die Teller über eine Kugel von Vanilleeis, gieße die Sauce darüber und verziere mit etwas Schlagsahne.
(Man braucht für diese Nachspeise, die man bei Tisch zubereitet, eine sehr saubere, innen vernickelte Pfanne auf einem Spiritus-Rechaud.)

---

Petersen in die Brust. Er war sofort tot. Mit gebrochenen Augen starrte er zur Decke empor.
Der «Träumer» sagte zu dem Toten: «Mit mir machst du nicht solche Scheißtricks, du Hund.» Dann ging er, über den Toten hinwegtretend, zum Ausgang und öffnete die Doppeltür. Der Gang war leer. Da nahm der «Träumer» seine beiden Goldkoffer und ging. Niemand beachtete ihn in der Halle.

«... niemand beachtete ihn in der Halle», berichtete Fred Meyer.
«Und woher wißt ihr das alles?» fragte Thomas.
«Vom Bruder des Träumers.»
«Der hat euch das alles so freimütig erzählt?»
«Ja. Weil es nämlich inzwischen egal geworden ist. Ich habe dir doch gesagt, daß der Träumer lungenkrank ist. Vor drei Tagen hatte er einen Blutsturz. Er liegt im Hospital. Wird das Ende der Woche nicht mehr erleben.»
«Du kannst mit deinem Oberst hingehen», sagte Paul. «Er ist bereit, eine Aussage zu machen ...»
27. September 1943, 16 Uhr 15.
Auf dem Schreibtisch des kleinen Majors Brenner schrillte das Telefon. Er griff nach dem Hörer und vernahm die Stimme seines Vorgesetzten: «Hier ist Werthe. Ich spreche aus Toulouse. Hören Sie mir genau zu. Was ich Ihnen sage, ist von äußerster Wichtigkeit!»
«Jawohl, Herr Oberst!»
«Wir haben den Mörder Petersens gefunden.» Werthe berichtete von dem lungenkranken Louis Monico und seinem Geständnis.
«Lieven, zwei SD-Beamte und ich waren an seinem Krankenbett.»
«Donnerwetter. Herr Oberst!» rief Brenner. Sein Herz klopfte stürmisch. Dieser Lieven! Dieser Teufels-Lieven! Gott sei Dank habe ich mich gleich für seine Idee ausgesprochen!
Brenner fiel etwas ein: «Aber dieser Geldverleiher – dieser Victor Robinson ... Der hat doch Ferroud belastet!»
«Das haben wir inzwischen auch geklärt. Robinson schob mit Petersen zusammen. Er war einmal ein Angestellter Ferrouds. Der warf ihn hinaus. Robinson wollte sich jetzt rächen. Das ist aber noch nicht alles, Brenner. Die Hauptsache kommt noch. Soweit Lieven erfahren konnte, hat Petersen mit dem Gold in einer Riesenschiebung mit Reichskreditkassenscheinen dringehangen ... Brenner, hören Sie mich?»
Brenner beleckte die trockenen Lippen. Mensch, die Reichskreditkassenscheine! Das wird ja immer bunter! Das wird ja ... Himmel, und ich bin mit dabei! Er rief stramm: «Ich höre, Herr Oberst!»
«Wir wissen noch nicht, wie alles zusammenhängt, aber jetzt ist keine Sekunde zu verlieren, Brenner! Wenn es stimmt, daß Petersen bei den Erkakas mitschob, dann wird es einen Skandal allererster Güte geben! Der SD wird natürlich versuchen, alles zu ver-

tuschen! Wir sind ihm voraus – allerdings um ein paar Stunden höchstens. Major Brenner, nehmen Sie fünf zuverlässige Leute –»
«Jawohl!»
«Petersen hat eine Wohnung in der Avenue de Wagram 3. Seine Dienstwohnung. Die durchsuchen Sie zuerst.»
«Jawohl, Herr Oberst!»
«Lieven hat herausbekommen, daß Petersen auch noch eine geheime Absteige hatte, in der Avenue Mozart 28. Von der weiß anscheinend der SD nichts ... Da gehen Sie auch hin ...»
«Jawohl, Herr Oberst!»
«Stellen Sie die Wohnungen auf den Kopf. Tun Sie, was Sie wollen! Lieven ist schon auf dem Heimweg zu Ihnen. Sichern Sie alles verdächtige Material, bevor der SD es verschwinden läßt! Verstanden?»
«Jawohl, Herr Oberst!» rief Brenner.
Und also stürzte der kleine Major mitten hinein in ein Abenteuer, das ihm die Schamröte in die ehrlichen Pausbacken treiben sollte, ein skandalöses, ein richtig pariserisches Abenteuer. Hoffentlich werden wir jene zarten Worte finden, die es gestatten, das Abenteuer des Majors Brenner auch zu erzählen.

## 5

Auf kreischenden Pneus hielt der Wehrmachts-Mercedes vor dem Haus Avenue de Wagram 3. Heraus sprang der kleine Major Brenner, straffte sich, rückte entschlossen an der goldgefaßten Brille.
Hinter dem Mercedes hielt ein grauer Wehrmachts-Lastwagen. Fünf Männer in Uniform kletterten auf die Straße herab, die im letzten Sonnenglanz eines schönen, milden Herbsttages leuchtete. Es war 16 Uhr 46 am 27. September 1943.
«Mir nach!» befahl der kleine Major, indem er die Pistole am Koppel nach vorne rückte. Und dann stürmte er mit seinen ausgesuchten fünf Männern ins Haus, doch – die Dienstwohnung des toten Petersen war leer. Die Türen standen offen. Die Teppiche, die Möbel, alles war verschwunden. Die dicke Concierge erklärte achselzuckend: «Das ist heute früh alles abgeholt worden.»
«Abgeholt? Von wem?»
«Na, von Möbelpackern – und einem deutschen Offizier, einem Freund von Herrn Petersen ... Der war schon oft hier ... Redekker heißt er ...»
«Redecker?» Der kleine Major Brenner hatte seine Beziehungen

zum SD. Er kannte den Obersturmführer Redecker, diesen leiblichen Schwager des Reichsführers SS und Chefs der Deutschen Polizei, Heinrich Himmler.
Jetzt wurde es Brenner unheimlich zumute. Sollte Redecker mit Petersen unter einer Decke stecken? Dann ging es aber wirklich um Sekunden! Hier, in der Dienstwohnung, war er zu spät gekommen. Von der Absteige in der Avenue Mozart wußte der SD angeblich nichts. Also nichts wie hin!
Fünf ausgesuchte Männer stürmten hinter ihrem Major die Treppen wieder hinab und auf die Straße hinaus. Motoren jaulten auf. Vorwärts schossen die Wagen. Stürmisch klopfte des Majors Brenner Herz. Und er empfand ein echtes Hans-Albers-Gefühl: Hoppla, jetzt komm' ich!
In der vornehmen Avenue Mozart versuchte Brenner wenige Minuten später, der Concierge des Hauses 28 in seinem Schulfranzösisch klarzumachen, daß er die Wohnung des Herrn Petersen im zweiten Stock durchsuchen müsse. «Aber Monsieur», antwortete die Portierfrau, «die Damen sind doch oben!»
«Damen? Was für Damen?»
«Madame Lilly Page und ihre Zofe.»
«Wer ist Madame Page?»
«Nun, die Freundin von Monsieur Petersen natürlich. Er ist verreist, seit ein paar Tagen schon.»
Daraus schloß Brenner messerscharf, daß hierorts von der Ermordung des Blutordensträgers und Goldschiebers noch nichts bekannt war, und stürmte mit seinen fünf Mann neuerlich los – in den zweiten Stock hinauf diesmal.
Eine ausnehmend hübsche Zofe öffnete ihm, nachdem er geläutet hatte. Brenner erläuterte seine Mission, ohne jedoch (Köpfchen!) ein Wort über des Blutordensträgers tristes Schicksal zu verlieren. Die hübsche Zofe geriet in Konfusion und rief nach Madame.
Madame Page erschien in einem Kleidchen, das man sogar noch im Dämmerlicht des Vorzimmers als verwirrend durchsichtig bezeichnen mußte. Sie war etwa 33 Jahre alt, sehr reizvoll und von einer leichten Üppigkeit. Eine aufregende Person mit Mandelaugen und schneeweißer Haut.
Der Major bemerkte, daß seine fünf ausgesuchten Männer Stielaugen bekamen. Es gab eine Art von Damen, mit denen Fritz Brenner in seinem Leben nie zu tun gehabt hatte. Madame Page gehörte zu dieser Art. Er räusperte sich und erklärte höflich, aber bestimmt seinen Auftrag.
Dann ging er, das reine Pflichtbewußtsein, in den Salon voraus,

der außerordentlich elegant und kostbar eingerichtet war. An den Wänden gab es ein paar außerordentlich unanständige Bilder zu betrachten. Brenner betrachtete sie natürlich nicht.
Derweilen schritt Lilly Page graziös zum Fenster und zog den Sonnenvorhang herab, obwohl das zu dieser Tageszeit wirklich nicht mehr nötig war.
Ich bin ja kein Idiot, dachte Brenner, das ist doch ein verabredetes Zeichen für irgend jemanden auf der Straße unten! So trat er denn neben die üppige Lilly, zog den Sonnenvorhang wieder hoch und äußerte mit gußeiserner Galanterie: «Ich bitte, die Schönheit Madames bei vollem Tageslicht bewundern zu dürfen.»
«Charmant», sagte die leichtbekleidete Lilly, ließ sich in einen tiefen, weichen Fauteuil fallen und kreuzte die Beine. «Bitte, Herr Major, beginnen Sie mit der Durchsuchung.»
Brenners fünf Männer hatten mit derselben offenbar bereits begonnen. Der Major hörte sie nebenan rumoren und mit der Zofe schäkern. Diese verfluchten Kerle! Kein Ernst, kein Pflichtgefühl! Eine Dienstauffassung war das ...
Ärgerlich, zudem durch die Nähe Lillys verwirrt, öffnete Brenner ein großes Mahagoni-Kästchen. Was er darin erblickte, trieb ihm die Schamröte ins Antlitz. Er rang nach Luft. Die schwarze Lilly lächelte sardonisch. Mit einem Knall schloß der Major das Kästchen wieder. Es wurde ihm zum zweitenmal unheimlich zumute.
Major Brenner hatte zwar schon einmal gehört, daß es angeblich Bücher, Zeichnungen, Fotos, Gegenstände gab, die das Licht der Öffentlichkeit zu scheuen hatten. Aber er hatte sich diese Bücher, Zeichnungen, Fotos, Gegenstände niemals auch nur *vorzustellen* vermocht. Nun, da beim Öffnen des Kästchens sein ahnungsloser Blick auf solcherlei Unrat gefallen war, empörte sich sein Innerstes zutiefst! Ungeheuerlich. Monströs. Entartet. Verderbt. Kein Wunder, daß eine solche Nation den Krieg verlor ...
Mühsam unterdrücktes Gegröle und Gewieher ließen den Major zusammenfahren. Madame mit den Mandelaugen sagte sanft: «Ihre Herren scheinen die Bibliothek entdeckt zu haben.»
Brenner stürzte ins Nebenzimmer. Vier seiner ausgesuchten Männer hatten sich über einen Bücherschrank hergemacht. Der Major erschauerte, als er sah, was sie erheiterte. Er forschte nach dem fünften ausgesuchten Mann. Der war im Zimmer der Zofe.
Brenner verbot den vieren den Bücherschrank, suchte den fünften und verbot ihm die Zofe. Die Situation begann ihm über den Kopf zu wachsen. Denn die Wohnung erwies sich als ein absolutes Museum des Unaussprechlichen.

Das Gesicht des Majors nahm permanent die Farbe einer überreifen Tomate an. Schweiß stand ihm auf der Stirn. In verzweifeltem Entschluß rannte er ans Telefon und meldete über die Wehrmachtsvermittlung Leander 14 ein Blitzgespräch nach Toulouse an.
Gott sei Dank. Werthe war noch da. Brenner stöhnte vor Erleichterung, als er seines Obersten Stimme hörte. Atemlos berichtete er, in welchen Sumpf er gestürzt war.
In Toulouse stöhnte auch Oberst Werthe über seinen biederen Major, aber das entging diesem. Er hörte Werthe nur fragen: «Und Material ... Kassenscheine und so weiter ... nichts zu finden?»
«Nichts, Herr Oberst.»
«Hören Sie zu, Brenner: Lieven muß bald in Paris eintreffen. Sie dürfen die Wohnung nicht verlassen. Sie dürfen auch niemandem etwas von Toulouse erzählen ...»
«Verstehe, Herr Oberst. Rühre mich hier nicht weg, schweige wie das Grab.»
«Rufen Sie im «Lutetia» an und in der Privatwohnung von Lieven. Sobald er in Paris eintrifft, soll man ihn zu Ihnen schicken.»
Brenner hängte ein. Lieven! Thomas Lieven! Ach, wie eine lichte Hoffnung schien der Sonderführer ihm. Wenn er nur kam, bald kam ...
Irgendwo kreischte die Zofe, als würde sie gekitzelt. Zornig stürzte der Major los, um den Übeltäter zu suchen. Herrgott, was für eine widerwärtige Situation!

6

Was der Major Brenner und seine Männer bisher in des Blutordensträgers geheimer Absteige gefunden hatten, waren – außer den unaussprechlichen Sammlungen – wertvolle Schmuckstücke, große Mengen von Goldmünzen, fernöstliche Liebhaberdrucke und Schnitzerein, aber keineswegs Beweise für Petersens Teilnahme an der Reichskreditkassenscheinschiebung.
Immer wieder versuchte Madame Page, sich am Sonnenvorhang eines der Fenster zu schaffen zu machen, bis Major Brenner ihr dies strikte verbot.
Anderthalb Stunden waren seit dem Beginn der Haussuchung vergangen. Plötzlich schrillte die Wohnungsglocke. Lilly wurde leichenblaß.
Brenner zog seine Pistole. «Kein Wort», zischte er. Rückwärts

gehend, bewegte er sich durchs Vorzimmer. Fuhr herum. Riß die Tür auf. Und packte den Mann, der draußen stand.
Der Mann war jung, hübsch, olivenfarben. Er trug glattes, schwarzes Haar, einen kleinen Schnurrbart, langbewimperte Augen und zwei Narben an der rechten Wange, wie von Messerschnitten. Jetzt war er leichenblaß.
«Idiot!» schrie die üppige Lilly ihn an. «Warum kommst du herauf?»
«Warum soll ich nicht heraufkommen?» schrie er zurück. «Der Sonnenvorhang war oben!»
«Aha!» rief Brenner triumphierend. Dann durchsuchte er den Mann nach Waffen. Der Mann hatte keine. Sein Paß wies ihn als Prosper Longtemps aus. Beruf: Schausteller. Alter: 28. Brenner nahm ihn ins Verhör. Der junge Mann schwieg verbissen.
Plötzlich schluchzte Lilly verzweifelt auf: «Monsieur le Commandant, ich will alles sagen! Prosper ist meine – meine große Liebe; ich habe Petersen mit ihm betrogen, immer schon ... Glauben Sie mir?»
«Kein Wort», sagte Brenner eiskalt und dachte: So eiskalt würde auch Lieven reagieren. Dann sperrte er Prosper Longtemps ins Badezimmer.
Es war bereits dunkel draußen, halb acht Uhr. Der Major rief wieder im «Lutetia», dann in Lievens Privatwohnung an. Nein, Thomas Lieven war noch nicht aufgetaucht.
Brenner wagte nicht, auch nur einen seiner fünf ausgesuchten Leute etwa an den Bahnhof zu schicken, um dort Lieven direkt vom Zug abholen zu lassen. Wer wußte, ob nicht der SD anrücken würde? Dann mußte er diese Wohnung wie eine Festung verteidigen – alleine?
Was konnte er nur noch tun? Major Brenner zergrübelte sich den Kopf. Alles hatte so forsch und vielversprechend begonnen – und jetzt? Jetzt saß er in einer schwülen Wohnung, angefüllt mit unaussprechlichen Dingen, doch leer an Beweisen. Einen Gefangenen hatte er gemacht, jawohl. Aber was war das für ein Mensch? Wie sollte er, Brenner, jemals die Wahrheit erfahren?
Und zu allem noch diese verwirrende Madame Page mit ihrer bildhübschen Zofe und fünf Männer, die nur mühsam von den unaussprechlichen Sammlungen und von der Zofe zurückzuhalten waren. Ach wäre er doch bloß am Schreibtisch seiner Dienststelle im Hotel «Lutetia» geblieben! Theoretische Generalstabsarbeit – das war seine Stärke, nicht aber Taktik und Strategie im unmittelbaren Einsatz ...

Brenner schrak auf. Madame hatte angeregt, ihre Zofe könnte doch wohl ein paar belegte Brote für die hungrigen Männer zubereiten ...
Major Brenner zögerte. Durfte er das zulassen? Waren Madame und Zofe nicht der Feind? Andererseits: die Männer waren hungrig, und er wollte ein verständnisvoller Vorgesetzter sein. Er ließ also die Zofe in die Küche gehen, stellte einen Mann zu ihrer Überwachung ab und schärfte ihm ein, sich *absolut* korrekt zu verhalten.
Bald kauten die Männer mit vollen Backen und tranken dazu Sekt, der sich im Eisschrank vorgefunden hatte. Brenner lehnte erst mannhaft alles ab. Später aß er doch ein Häppchen, trank ein Schlückchen ...
Es wurde neun Uhr, zehn Uhr. Und immer noch keine Spur von Thomas Lieven. Die Damen meinten, sie würden es vorziehen, ins Bett zu gehen.
Brenner gestattete es ihnen. Er organisierte den Wachdienst. Ein Mann vor dem Zimmer der Zofe, ein Mann vor dem Zimmer der Hausfrau, ein Mann vor dem Badezimmer. Zwei Mann an der Haustür. Er selber blieb im Salon, neben dem Telefon.
Er würde nicht schlafen, dachte er. Er kam sich vor wie ein Fels in der Brandung. Nicht zu korrumpieren. Nicht zu unterhöhlen. Nicht zu ...
Dann war er doch eingeschlafen!
Als er erwachte, war es dunkel im Salon. Er spürte, wie weiche Hände sanft über seinen Leib tasteten ...
«Still», flüsterte Lilly Page, «sie schlafen alle ... Ich tue, was Sie wollen, aber lassen Sie Prosper laufen ...»
«Madame», sagte Brenner fest, und seine Hände umklammerten ihre Arme wie Schraubstöcke, «nehmen Sie sofort Ihre Hände von meiner Pistole!»
«Ach», seufzte Lilly in der Dunkelheit, «ich will doch nicht deine Pistole, du Narr ...»
In diesem Augenblick schrillte die Türglocke.

## 7

Thomas Lieven kehrte um 22 Uhr 10 nach Paris zurück. Im Hotel «Lutetia» teilte man ihm aufgeregt mit, daß Major Brenner ihn schon seit Stunden dringend in der Avenue Mozart 28 erwarte. Der Major sei mit einem ganzen Kommando ausgerückt.
«Hm», sagte Thomas und dachte: Was, um Gottes willen, tut

Brenner seit Stunden in der geheimen Absteige dieses Schiebers Petersen?
In der Halle des Hotels erblickte er seine beiden alten Freunde, die kriegsmüden, barrasschlauen Funkgefreiten Raddatz und Schlumberger, die er im Verlaufe seines Abenteuers mit dem «Maquis Crozant» kennen- und schätzengelernt hatte. Der Berliner und der Wiener begrüßten ihn strahlend. Sie waren eben abgelöst worden.
«Möönsch», freute sich der hagere Berliner mit der Vorliebe für französische Magazine, «kiek mal, Karli, det is ja unsa Herr Sondaführa!»
«Kommen S' mit, Herr Sonderführer?» fragte der leicht verfettete Wiener. «Mir gehn noch in die Rue Pigalle, a poar fesche Katzerln aufreiß'n.»
«Hört mal zu, Kameraden», sagte Thomas Lieven, «verschiebt eure löblichen Absichten ein wenig und kommt mit mir. Vielleicht brauche ich euch.»
Und so standen die drei gegen 23 Uhr dann vor der Wohnung in der Avenue Mozart 28. Thomas klingelte. Danach ertönten mehrere Stimmen. Danach gab es einiges Gepolter. Dann kamen Schritte heran. Dann flog die Tür auf. Major Brenner stand in ihrem Rahmen, dunkelrot, außer Atem, mit verwirrtem Haar, Lippenstiftspuren am Halse. Hinter ihm sahen Thomas und seine Freunde eine Dame, die einen Traum von Nachthemd trug – und sonst gar nichts.
Major Brenner stammelte: «Herr Lieven ... Gott sei Dank, daß Sie endlich kommen ...» Galant küßte Thomas Lieven der Dame im Nachthemd die Hand.
Dann erklärte Major Brenner die Gesamtsituation, berichtete von dem, was er leider in dieser Wohnung vorgefunden und was er leider in dieser Wohnung nicht vorgefunden habe. Zuletzt kam er auf seinen Gefangenen zu sprechen.
«Prosper ist mein Geliebter», warf Lilly Page, inzwischen mit einem Morgenmantel etwas mehr bekleidet, ein. Sie sah Thomas tief in die Augen. «Er weiß von nichts, was Petersens Geschäfte angeht.»
«Anging», verbesserte Thomas. «Erich Petersen ist nämlich erschossen worden. In Toulouse, von einem seiner Geschäftspartner ...»
Lillys schöne Lippen schürzten sich zu einem schönen Lächeln. Sie sagte mit einem unirdischen Ausdruck des Glücks: «Endlich hat's ihn erwischt, den elenden Schuft.»

«Lassen Sie sich nicht von Ihrem Schmerz überwältigen, Madame», bat Thomas.
Der kleine Major begriff nichts mehr. «Aber», sagte er, «aber ich dachte ...»
«Mensch Maier», unterbrach ihn in diesem Moment die sonore Stimme des Gefreiten Raddatz. «Det is ja 'n Ding, muß ick ja sajen ...»
«Was fällt Ihnen ein, mich zu unterbrechen», rief der Major Brenner. Er drehte sich um. Er sah den hageren Gefreiten vor dem großen Mahagonikästchen stehen, das er am Nachmittag geöffnet und danach wieder voll Abscheu geschlossen hatte.
Der Gefreite Raddatz hatte das Kästchen gleichfalls geöffnet, jedoch durchaus nicht mehr voll Abscheu geschlossen. Mit beiden Händen holte er hervor, was in den Schubladen des Kästchens lag, schaute, staunte, guter Laune. Schließlich nahm er alle Schubladen heraus und leerte sie auf den Boden aus. Er lachte noch immer dabei. Plötzlich hörte er auf zu lachen. Und sagte verblüfft: «Mir laust der Affe. Wat machen denn Reichskreditkassenscheine in so 'ne Umjebung?»
Und dann war es auf einmal still im Salon, totenstill. Bis Thomas leise sagte: «Na also.» Er verneigte sich vor Madame Lilly Page. «Erlauben Sie, daß wir noch einmal zu suchen beginnen?»
Die schöne Frau lächelte müde. «Mit Vergnügen. Ich sage Ihnen auch gerne, wo Sie suchen müssen. Überall dort, wo der Herr Major seinen Leuten verboten hat zu suchen ...»
Fünf Millionen Mark in Reichskreditkassenscheinen der Ausgabe Rumänien förderten sie zutage: in Rosenholzkästchen, in denen sich seltsame Gegenstände aus dem erfindungsreichen Orient befanden, hinter den verbotenen Büchern der Bibliothek, unter den unaussprechlichen Sammlungen, hinter den unanständigen Bildern im Salon.
Nun schickte Thomas die Hausfrau in ihr Zimmer und nahm sich den bleichen, verschreckten Prosper Longtemps vor. Zehn Minuten später ging er zu Madame ins Schlafzimmer.
Sie lag im Bett. Ihre Augen brannten. Thomas setzte sich auf den Bettrand. Sie flüsterte: «Ich sage die Wahrheit ... Prosper ist meine Liebe. Nur seinetwegen habe ich es hier ausgehalten, bei Erich – bei diesem Ferkel ... Aber Sie glauben mir ja doch nicht.»
«Ich glaube Ihnen», sagte Thomas Lieven. «Ich habe mich mit Prosper unterhalten. Er hat mir erzählt, daß er Sie schon seit zwei Jahren kennt. Vor einem Jahr hat der SD ihn verhaftet ...»
Eine Menge ausgefressen hatte Prosper Longtemps, der Tunicht-

gut, der die Damen so glücklich machte. Als er vor einem Jahr vom SD verhaftet wurde, verhörte ihn ein gewisser Untersturmführer Petersen. Bei dem erschien eine gewisse Lilly Page und bat für Prosper. Petersen gefiel diese Dame. Er versprach, milde zu Prosper zu sein, wenn ... Lilly Page wurde notgedrungen die Geliebte Petersens, und Petersen ließ Prosper laufen.
Jetzt sagte Thomas: «Hören Sie zu, Madame, ich bin bereit, Prosper zu schützen. Unter einer Bedingung –»
«Ich verstehe», sagte sie mit einem schiefen Lächeln und bewegte sich träge.
«Ich glaube nicht, daß Sie mich verstehen», antwortete Thomas freundlich. «Petersen war in eine Schiebung mit Reichskreditkassenscheinen verwickelt. Ich muß wissen, wie die nach Frankreich kamen. Wenn Sie uns da helfen, will ich Ihren Prosper schützen.» Langsam richtete Lilly sich im Bett auf. Sie ist sehr schön, dachte Thomas, dabei liebt sie einen solchen Strolch – und tut alles für ihn ... Das Leben ist komisch!
Lilly Page sagte: «Da drüben hängt ein Bild, die Leda mit dem Schwan. Nehmen Sie es von der Wand.»
Thomas tat, was sie sagte. Hinter dem Bild erblickte er einen kleinen Wandsafe mit einem Nummernschloß.
«Stellen Sie die Zahl 47 132 ein», sagte die Frau auf dem Bett. Er stellte die Zahl 47 132 ein. Die Safetür öffnete sich. Ein Buch aus schwarzem Leder lag in dem Stahlfach, sonst nichts.
«Erich Petersen war ein widerwärtig pedantischer Mensch», sagte die Frau auf dem Bett. «Er führte über alles Buch. Über Männer, über Frauen, über Geld. Sie sehen sein Tagebuch. Lesen Sie es. Dann werden Sie alles wissen.»

In dieser Nacht fand Thomas Lieven nur wenig Schlaf. Er las das Tagebuch des Untersturmführers Erich Petersen. Als der Morgen graute, wußte er Bescheid über eine der größten Schiebungen des Krieges.
Übernächtig erstattete er am Vormittag dem heimgekehrten Oberst Werthe Bericht: «In dieser Sache hängt einfach *alles* drin! Höchste Beamte im Reichssicherheitshauptamt Berlin. Höchste SD-Leute in Rumänien. Wahrscheinlich sogar Manfred von Killinger, der deutsche Gesandte in Bukarest. Und hier in Paris – Obersturmführer Redecker, der Schwager Heinrich Himmlers!»
«Allmächtiger», sagte Oberst Werthe schwach, indessen der Major Brenner auf seinem Sessel wetzte, unruhig, erwartungsvoll, gespannt.

«Mit Redecker fing überhaupt alles an», berichtete Thomas. «1942 arbeitete er beim SD in Bukarest ...» Zu dieser Zeit mußten die Rumänen Reichskreditkassenscheine als Zahlungsmittel akzeptieren, aber sie waren selig, wenn sie jemanden fanden, der ihnen dafür Dollars, Pfund oder Gold gab. Zu den schlechtesten Kursen. Egal! Egal! Nur wieder weg mit dem Dreckpapier!
Redecker wurde nach Paris versetzt. Hier lernte er den Untersturmführer Petersen kennen. Die beiden entdeckten eine große Seelenverwandtschaft. Redecker erzählte von seinen rumänischen Erfahrungen. Zusammen zogen sie das Geschäft ganz groß auf. Petersen fuhr in Frankreich herum. Er kaufte, stahl, erpreßte und requirierte Gold. Das Gold wurde mit Kuriermaschinen des SD nach Berlin geflogen. Hier saßen zuverlässige «Mitarbeiter» im Reichssicherheitshauptamt. Das französische Gold flog mit SD-Kuriermaschinen weiter nach Bukarest. Auch hier saßen zuverlässige Mitarbeiter.
Nun kauften SD-Leute in Bukarest mit dem französischen Gold zu schlechtesten Kursen Reichskreditkassenscheine der Serie Rumänien auf. Diese wurden als «Geheime Kommandosachen» verpackt und deklariert und über Berlin nach Paris geflogen.
«... es verhält sich genauso, wie der Bankier Ferroud vermutete», beendete Thomas Lieven seinen Bericht. «Nur Deutsche konnten diese Riesenschiebung aufziehen. Mit den so billig erschacherten Scheinen kauften Redecker und Petersen in aller Seelenruhe Frankreich aus. Aber Petersen traute Redecker niemals ganz. Das hat mir Lilly Page erzählt. Darum hielt er sich eine geheime Wohnung. Darum führte er ein Tagebuch über alle Operationen, an denen Redecker beteiligt war. Er wollte ihn in der Hand haben.» Thomas hob das schwarze Buch auf. «Nicht nur Redeckers Name steht auf diesen Seiten. Viele Namen stehen darauf. Mit diesem Buch, meine Herren, können wir den ganzen Ring auffliegen lassen.»
«Aber hören Sie mal, Lieven», knurrte Werthe gereizt, «ist Ihnen klar, mit wem wir uns hier anlegen? Mit dem Schwager Himmlers! Mit einem Gesandten! Mit höchsten SD-Beamten. Sie sagen es selber!»
«Darum wollen unsere nächsten Schritte reiflich erwogen sein, Herr Oberst! Und wo lassen sich schwerwiegende Schritte reiflicher überlegen als bei einem guten Essen? Ich habe zu Hause bereits alles Nötige veranlaßt. Ich erwarte Sie in einer Stunde bei mir.»
Ach, so viel kann geschehen in einer Stunde ...

Menu · Paris, 28. September 1943

*Melonen-Scheiben*
*Parmesan-Koteletts*
*Schokoladen-Palatschinken*

---

## Beim Dessert plant Thomas Lieven, selbst einen Reichsführer zur Räson zu bringen

Melonen-Scheiben: Man serviere eisgekühlte Scheiben einer schönen, festen Melone, die sich jeder Gast nach seinem Geschmack mit Pfeffer und Salz bestreut.

Parmesan-Koteletts: Man nehme Schweinekoteletts mittlerer Größe, am besten von dem etwas durchwachsenen Stück zum Halsgrat zu, klopfe, pfeffere und salze sie. – Man lege sie in eine gut mit Butter ausgestrichene, flache, feuerfeste Form, bestreue sie dick mit geriebenem Parmesankäse und begieße sie mit dicker saurer Sahne, die aber nicht überstehen darf. – Man backe die Speise im Bratofen in 20 bis 30 Minuten hellbraun, serviere sie in der Form und reiche Salzkartoffeln und grünen Salat dazu.

Schokoladen-Palatschinken: Man backe feine, dünne Eierkuchen, deren Teig man mindestens eine Stunde vorher angerührt hat. – Man schlage in einer Schüssel zwei Eigelb mit drei Eßlöffel feinem Zucker schaumig, lasse drei Riegel Schokolade mit einem Glas Milch auf dem Herd schmelzen und mische alles nebst etwas Vanillezucker und einer Prise Salz gut durcheinander. – Man rühre diese Masse auf kleinster Flamme zu einer dicken Crème, streiche sie auf die Eierkuchen, die man zusammenrollt, mit grobem Kristallzucker und geriebenen Mandeln oder Pistazien bestreut und sofort sehr heiß serviert.

---

8

Bleich und verstört erschienen Oberst Werthe und Major Brenner sechzig Minuten später in Thomas Lievens reizender kleiner Villa am Square du Bois de Boulogne. Der Major sah aus, als wollte er in Tränen ausbrechen. Der Oberst starrte verbissen vor sich hin, während die hübsche Nanette die Vorspeise servierte.
Thomas wartete, bis sie verschwunden war, dann erkundigte er sich: «Was soll die Trübsal, meine Herren? Fühlen Sie vielleicht ein menschliches Rühren, weil es dem Reichsheinischwager an den Kragen geht?»
«Wenn es nur dem an den Kragen ginge», sagte Werthe dumpf.
«Wem denn noch?» fragte Thomas und steckte ein Stückchen Melone in den Mund. – «Ihnen», sagte Werthe.
Weil man mit vollem Mund nicht spricht, schluckte Thomas erst hinunter, bevor er sagte: «Kleiner Scherz?»

«Leider nein, Lieven, der SD will Ihnen an den Kragen. Sie wissen doch, daß Brenner so seine Beziehungen zum SD hat, nicht wahr. Also, nachdem wir uns trennten, ging er noch rüber in die Avenue Foch. Schließlich haben wir den Petersen-Mord in Toulouse aufgeklärt. Und so redete er mit Winter. Zunächst stellte er etwas sehr Beruhigendes fest: von der Reichskreditkassenschein-Schiebung hat der SD in Paris keine Ahnung. Aber dann begann Winter von Ihnen zu sprechen, Herr Lieven.»
«Soso, und was sagte er?»
«Er sagte ... hm, er sagte, jetzt wären Sie endlich drin.»
Die Tür ging auf.
«Ach, da kommt ja schon wieder die süße Nanette», rief Thomas händereibend, «und bringt die Parmesan-Koteletts.»
Das Mädchen errötete bis unter die Haarwurzeln. «Monsieur Lieven, isch bitten Sie, nischt zu sagen ‹süße Nanette›, wenn isch tragen Geschirr. Isch lassen sonst alles fallen und machen kapütt!» Sie servierte und bemerkte zu Werthe: «Monsieur ist die charmanteste Mann von die ganze Welt!»
Der Oberst nickte stumm und nahm Salat. Nanette ging wieder. Thomas sagte: «Nicht zu sehr gepfeffert, die Koteletts? Nein? Gut. Also ich bin drin? Und wieso, bitte?»
Brenner fragte leidend: «Kennen Sie eine gewisse Stabshauptführerin Mielcke?»
Thomas verschluckte sich. «Und ob ich diesen Drachen kenne, diesen widerlichen!»
«Na also», sagte Brenner, «wegen der Mielcke stecken Sie drin.»
«Und kein Mensch kann Ihnen helfen, Lieven», sagte Werthe und schnitt an seinem Kotelett herum. «Kein Mensch. Ich nicht. Canaris nicht. Niemand. Erzählen Sie weiter, Brenner.»
Der kleine Major erzählte weiter, was er von Winter erfahren hatte. Danach war die Stabshauptführerin Mielcke vor etwa einer Woche bei Sturmbannführer Eicher erschienen. Sie hatte angegeben, seinerzeit einen heftigen Zusammenstoß mit Sonderführer Lieven gehabt zu haben. Ferner hätte sie ihn in der Nacht des 21. September in einem Schlafwagenabteil des Schnellzuges nach Marseille gesehen. In Begleitung einer äußerst schönen und äußerst verdächtigen Frauensperson. Bei einer Kontrolle hätte sich herausgestellt, daß die Frauensperson einen Ausweis der Abwehr Paris auf den Namen Madeleine Noël besaß.
«Riecht das nicht sauer?» hatte die Arbeitsführerin gefragt und dem Sturmbannführer Eicher empfohlen, doch einmal herumzuhören ...

Das tat Eicher, der Thomas haßte, mit Freuden. Rasch stellt er fest, daß eine deutsche Kuriermaschine am 22. September eine gewisse Madeleine Noël von Marseille nach Madrid gebracht hatte. Von hier war sie nach Lissabon weitergeflogen. Eicher gab seinen Leuten in Lissabon die entsprechenden Weisungen. Die machten sich auf die Socken und stellten fest, daß eine Madeleine Noël am 23. September in Lissabon eingetroffen war. Sie lebte noch in der Stadt. Aber sie nannte sich nun Yvonne Dechamps.
Yvonne Dechamps ... Irgendwann hatte Eicher den Namen gehört. Er sah in den Suchlisten nach. Und dann verzog ein triumphierendes Grinsen sein Gesicht. Yvonne Dechamps, Assistentin von Professor Débouché, wurde seit Wochen als gefährliche Widerstandskämpferin von der Gestapo gesucht. Und Thomas Lieven hatte sie in Sicherheit gebracht – mit einem Ausweis der Deutschen Abwehr!
«Winter erzählte mir, daß sich Eicher bereits mit Berlin in Verbindung gesetzt hat», sagte Brenner und zerschnitt eine Salzkartoffel mit dem Messer, was man nicht tun soll. «Mit Himmler.»
«Mit dem Schwager von Herrn Redecker», sagte der Oberst. «Und Himmler wandte sich an Canaris. Und Canaris hat mich vor einer halben Stunde angerufen. Er ist wütend. Sie wissen, wie gespannt unsere Beziehungen zum SD sind! Jetzt noch so was! Es tut mir leid, Lieven, Sie sind ein netter Kerl. Aber ich bin mit meinem Latein zu Ende. Der SD erhebt Anklage gegen Sie. Sie kommen vor ein Kriegsgericht, da ist nichts zu machen, und ...»
«Doch, doch», sagte Thomas.
«Bitte?»
«Ich glaube, da ist noch eine Menge zu machen, Herr Brenner. Ich warne Sie, essen Sie nicht zuviel Fleisch. Es gibt noch eine Delikatesse: Schokoladen-Palatschinken.»
«Machen Sie mich nicht wahnsinnig, Lieven!» schrie Werthe. «Quatschen Sie nicht dauernd vom Essen! Was ist da noch zu machen?»
«Der SD will mich hochgehen lassen. Wohlan, dann werden wir Herrn Redecker hochgehen lassen. Was haben wir heute? Dienstag? Gut. Dann werde ich mich für morgen nachmittag bei Sturmbannführer Eicher ansagen und die Peinlichkeit mit dem falschen Ausweis aus der Welt schaffen.»
«Sie ... Sie wollen zu Eicher gehen?»
«Ja, natürlich. Es tut mir wirklich leid, daß ich Herrn Canaris solche Unannehmlichkeiten bereite.»
«Aber warum – warum wollen Sie zu Eicher auch noch hingehen?»

«Weil morgen Mittwoch ist, meine Herren», sagte Thomas freundlich. «Und nach meinem kleinen schwarzen Buch ist Mittwoch der Tag der Woche, an dem immer Reichskreditkassenscheine von Bukarest nach Berlin geflogen werden. Wir müssen uns nach dem Essen nur noch einen genauen Zeitplan zurechtlegen. Aber eigentlich kann überhaupt nichts mehr schiefgehen ...»

9

Mit hingebungsvollem Lächeln half das bildhübsche schwarzhaarige Dienstmädchen Nanette ihrem geliebten Herrn in den Kamelhaarmantel. Thomas Lieven warf einen Blick auf seine Repetieruhr. Es war 16 Uhr 30 am 29. September 1943.
Thomas sah aus dem Fenster. «Glauben Sie, daß wir heute noch Nebel bekommen werden, schönes Kind?»
«Nein, Monsieur. Isch glauben nischt ...»
«Möge es so klar bleiben», sagte Thomas. «Dann werden ein paar Herren heute abend schon im Kittchen sitzen.»
«Pardon, Monsieur?»
«Nichts, nichts, Nanette. Ich veranstalte gerade ein kleines Wettrennen. Ich möchte es gerne gewinnen.»
Ein Wettrennen in der Tat hatte Thomas Lieven arrangiert – jetzt mußte er mitlaufen. Eine Lawine hatte er in Bewegung gesetzt – jetzt mußte er verflucht aufpassen, daß sie ihn nicht überrollte. Denn eben machte er sich auf den Weg zur SD-Dienststelle Paris in der Avenue Foch, zu Sturmbannführer Eicher ...
Die Operation, deren Ende Thomas nun als Sieger mitzuerleben hoffte, hatte 24 Stunden zuvor begonnen. Im aufrichtigen Bemühen, seinem verrückten Sonderführer das Leben zu retten, hatte Oberst Werthe über Fernschreiber einen langen Bericht an Admiral Canaris gesandt.
Bereits eine Stunde später erschien der weißhaarige Chef der militärischen Abwehr zu einer einstündigen Unterredung bei Heinrich Himmler. Böse Nachrichten hatte er dem Reichsführer SS und Chef der Deutschen Polizei zu überbringen ...
«Ich werde ohne Erbarmen durchgreifen», tobte Heinrich Himmler.
Um 18 Uhr 30 am 28. September fing eine Sonderkommission, bestehend aus hohen SS-Führern, zu arbeiten an. Drei Mitglieder dieser Gruppe flogen in der Nacht über Wien nach Bukarest.
Am 29. September um 7 Uhr 15 verhafteten diese drei SS-Führer auf dem Flughafen von Bukarest einen SD-Kurier, der gerade nach

Berlin fliegen wollte – den Unterscharführer Anton Linser. In seinem umfangreichen Gepäck führte er mehrere «Geheime Kommandosachen» bei sich, die man nun öffnete. Für Rumänien bestimmte Reichskreditkassenscheine im Werte von zweieinhalb Millionen Mark wurden gefunden.
Um 8 Uhr 30 erschienen die drei SS-Offiziere in den Räumen des SD-Bukarest, die sich in einem unscheinbaren Seitentrakt der Deutschen Gesandtschaft an der Hauptstraße Calea Victorei befanden. Hier konnten große Mengen von französischen Louisdor-Stücken und Riesenbeträge von Reichskreditkassenscheinen sichergestellt werden. Zwei Personen wurden verhaftet.
Um 13 Uhr 50 am 29. September landete die Kuriermaschine aus Bukarest auf dem Flughafen Berlin-Staaken. Mitglieder der Sonderkommission verhafteten einen Untersturmführer namens Walter Hansmann, der sich mit allen Anzeichen großer Unruhe bei der Flugzeugbesatzung nach dem Kurier aus Bukarest erkundigte. Nach einem kurzen Verhör brach Hansmann zusammen und gab zu, in der Reichskreditkassenschein-Affäre mitgeschoben zu haben. Er nannte die Namen von vier hohen SD-Leuten, die in Berlin in die Affäre verwickelt waren. Um 14 Uhr saßen diese vier Männer bereits hinter Gittern ...
«Dann können wir jetzt ja in Ruhe Mittagessen gehen», sagte in Paris Thomas Lieven zu Oberst Werthe. Sie standen vor einem Fernschreiber, über welchem der Admiral seinen Oberst stündlich informieren ließ.
«Sie scheinen Glück zu haben, Sie verfluchter Hund», sagte Werthe grinsend.
«Unberufen.» Thomas klopfte auf Holz. «Wann sind die Herren losgeflogen, die da zu rächen und zu richten haben werden?»
«Vor einer halben Stunde. Ein SS-Richter, zwei Kriegsgerichtsräte. Sollen zwischen 16 Uhr 30 und 17 Uhr hier landen.»
Um 16 Uhr 30 ließ Thomas sich von der bildhübschen Nanette in den Kamelhaarmantel helfen und dachte, als er auf die Straße hinaustrat: Mach, daß es wirklich keinen Nebel gibt, lieber Gott. Denn bei Nebel können meine drei Richter nicht landen. Und meine Rache wäre unvollkommen an den Bluthunden in der Avenue Foch, die mich einmal fast totgeschlagen haben ...
Die SD-Führer in der Avenue Foch empfingen Thomas ernst und streng. Er merkte sofort: Sie hatten keine Ahnung von dem, was auf sie zukam. Der «Reichsheini» hatte sie nicht gewarnt.
Der rotgesichtige Sturmbannführer Eicher und sein Adjutant, der blasse Fritz Winter, sprachen gefaßt und markig mit Thomas. Sie

verhielten sich wie manche jener Generäle, Kriegsgerichtsräte und Offiziere, die in den letzten Kriegsjahren oft aus geringsten Anlässen deutsche Soldaten zum Tode verurteilten. Vor der Hinrichtung ihrer Opfer erschienen sie, um den Delinquenten gefaßt und markig zu erklären, warum es unumgänglich war, daß sie erschossen würden.

Worte dieser Art fanden die Herren Eicher und Winter nun auch für Thomas Lieven, der ihnen in einem grauen Freskoanzug (weißes Hemd, schwarze Krawatte, schwarze Schuhe und Socken) mit übergeschlagenen Beinen gegenübersaß.

Eicher: «Sehen Sie mal, Lieven, persönlich haben wir nichts gegen Sie. Im Gegenteil! Es gefällt mir, daß Sie den Mut hatten, herzukommen. Aber hier geht es um das Reich, um die Gemeinschaft ...»

Winter: «Grinsen Sie ruhig, Lieven. Das Grinsen wird Ihnen vor dem Kriegsgericht vergehen.»

Eicher: «Recht ist, was dem deutschen Volke nützt. Unrecht, was ihm schadet. Sie haben Ihrem Volke geschadet. Ich will, daß Sie das einsehen ...»

«Darf ich eine Frage stellen?» sagte Thomas mit höflicher Verbeugung. «Ist es wirklich erst zehn Minuten nach fünf, oder geht meine Uhr nach?»

In dem Blick, den ihm Eicher gab, lag haßvolle Bewunderung. «Warum konnten Sie nicht ein anständiger Mensch bleiben und zu uns kommen? Sturmbannführer könnten Sie heute sein. Ihre Uhr geht richtig.»

Thomas stand auf, schlenderte zum Fenster und sah in einen herbstlichen Garten hinab und zu einem herbstlichen Himmel empor. Keine Spur von Nebel.

«Erzählen Sie doch, wie Sie mir auf die Schliche gekommen sind, meine Herren», sagte Thomas Lieven.

Sturmbannführer Eicher und sein Adjutant erzählten selbstgefällig, wie sie dank der Stabshauptführerin Mielcke daraufgekommen waren, daß Thomas Lieven eine gefährliche französische Widerstandskämpferin namens Yvonne Dechamps mit einem Ausweis der Abwehr Paris als deutsche Geheimagentin nach Lissabon gebracht hatte.

Lieven hörte ihnen freundlich zu, dann schaute er wieder auf seine Uhr.

Eicher grunzte: «Haltung bis zuletzt, was? Gefällt mir, Mann, gefällt mir sehr.»

Winter: «Alle Beweise gegen Sie liegen bereits dem Reichsführer

ss vor. Das Kriegsgericht gegen Sie tritt in den nächsten Tagen zusammen.»
Eicher: «Und jetzt kann Ihnen kein Mensch mehr helfen. Oberst Werthe nicht. Admiral Canaris nicht. Niemand!»
Thomas schaute wieder auf die Uhr.
Aus dem Stiegenhaus drang gedämpfter Lärm ins Zimmer: Stimmen, Befehle, Stiefelgepolter. Thomas fühlte, wie sein Herz schneller klopfte. Er sagte: «Ich hoffe, die Herren werden mir die Ehre geben, bei meiner Hinrichtung anwesend zu sein.»
Jetzt horchte Eicher auf: «Was ist da draußen los?»
Die Tür flog auf. Eine Ordonnanz erschien erschreckt, salutierte und meldete mit belegter Stimme: «Drei Herren aus Berlin, Sturmbannführer, äußerst dringend ... Sonderkommission Reichssicherheitshauptamt ...»
Na also, dachte Thomas. Zum letztenmal an diesem Tag sah er aus dem Fenster und zum Himmel empor. Danke, lieber Gott! – Eicher und Winter saßen erstarrt. Eicher stotterte: «Son ... Son ... Sonderkommission?»
Da kamen sie schon herein. Der ss-Richter im Rang eines Gruppenführers trug eine schwarze Uniform und Stiefel und sah unheimlich aus. Die beiden Kriegsgerichtsräte waren kleiner, trugen Brillen und salutierten militärisch.
Der ss-Richter hob die Hand zum sogenannten Deutschen Gruß. Seine Stimme klang kalt: «Heil Hitler! Sturmbannführer Eicher? Angenehm. Gebe Ihnen sofort alle nötigen Erklärungen. Wie heißen Sie?»
«Untersturmführer Winter ...»
«Und Sie?»
Eicher kam etwas zu sich: «Das ist nur ein Besucher. Sie können jetzt gehen, Herr Lieven ...»
Der ss-Richter horchte auf: «Sonderführer Thomas Lieven?»
«In der Tat», sagte unser Freund.
«Ich bitte Sie, hierzubleiben.»
Eicher ächzte: «Aber wieso ...?»
«Sturmbannführer, rufen Sie den Obersturmführer Redecker in dieses Zimmer. Aber kein Wort der Warnung, verstanden?»
Der Schwager Heinrich Himmlers kam gleich darauf, ein Lächeln auf den schmalen Lippen. Das Lächeln erstarrte, als er die Besucher sah.
Der ss-Richter sagte zu Winter: «Durchsuchen Sie diesen Menschen nach Waffen!»
Winter gehorchte verständnislos.

Redecker begann zu schlucken, taumelte und fiel schwer in einen Sessel.
Der SS-Richter sah angeekelt zu ihm nieder: «Obersturmführer, Sie sind verhaftet.»
Schluchzen schüttelte den Reichsheinischwager, heftiges Schlucken den bleichen Winter.
Eicher schrie plötzlich mit sich überschlagender Stimme: «Aber weshalb?»
Eisig antwortete der Riese in Schwarz: «Der Obersturmführer ist in eine Millionenschiebung mit Reichskreditkassenscheinen verwickelt. Zusammen mit dem in Toulouse erschossenen Untersturmführer Petersen hat er das Reich in niedrigster und gemeinster Weise geschädigt. Die Untersuchung wird ergeben, wer vom SD Paris noch in die Affäre verwickelt ist.»
Eicher starrte die Richter an: «Ich verstehe kein Wort ... Wer hat diese ungeheuerliche Anklage erhoben?»
Der Richter in Schwarz sagte, wer.
Eichers Unterkiefer fiel herab. Mit glasigen Augen starrte er Thomas Lieven an und lallte: «Sie ... Sie ... Sie ...»
Danach geschah etwas, was den Sturmbannführer Eicher beinahe den Verstand kostete: Der SS-Richter trat vor Thomas Lieven hin, schüttelte ihm die Hand und sprach diese Worte: «Sonderführer, im Namen des Reichsführers SS spreche ich Ihnen Dank und Anerkennung aus.»
«Nicht nötig», sagte Thomas bescheiden. «Ist doch gern geschehen.»
«Der Reichsführer SS läßt Ihnen sagen, daß er sich bereits mit Admiral Canaris in Verbindung gesetzt hat. In der bewußten Sache wird nichts gegen Sie unternommen werden.»
«Das ist aber nett von Herrn Himmler», sagte Thomas Lieven.

## 10

In der Reichskreditkassenschein-Affäre wurden insgesamt 23 Verhaftungen vorgenommen. Unter den Schuldigen befanden sich nur zwei Franzosen und drei Rumänen.
Der Prozeß fand unter Ausschluß der Öffentlichkeit statt. Zwei Franzosen, ein Rumäne und Untersturmführer Hansmann wurden zum Tod verurteilt, die anderen Angeklagten zu hohen Zuchthausstrafen.
Obersturmführer Redecker erhielt acht Jahre. A tempo bewies Heinrich Himmler seinen Familiensinn: Nur ein halbes Jahr saß

Obersturmführer Redecker hinter schwedischen Gardinen. Dann wurde er auf persönliche Weisung des Reichsführers SS entlassen und nach Berlin gerufen. Hier arbeitete er in untergeordneter Stelle bis zum Ende des Krieges.
Er hat alles gut überstanden. Heute ist er prominentes Mitglied einer deutschnationalen Partei im Norden seines Vaterlandes ...

## 11

Am 13. Oktober 1943 erklärte Italien Deutschland den Krieg. Am 6. November eroberten die Russen Kiew.
In diesem Winter wurde die Widerstandsbewegung in Frankreich immer stärker. Zusehends verloren die deutschen Behörden die Kontrolle über die Lage. Mit grimmigem Humor beobachteten Thomas Lieven und seine Freunde im Hotel «Lutetia» die Haltung der französischen Schieber und Kurtisanen. Hatten sie bislang noch mit den Deutschen paktiert, so bewiesen sie nun Patriotismus. Die ältesten Angehörigen der Unterwelt entdeckten in sich plötzlich vaterländische Triebe und stellten ihre «Spezialdienste» der Widerstandsbewegung zur Verfügung. Dafür erhielten sie schon jetzt «Persilscheine» für die ungewissen Zeiten, die da kamen. Und die erfolgreichsten Kokotten der Stadt deponierten ihren schwer erworbenen Schmuck zugunsten der Résistance ...
Besetzer und Besetzte lebten wie im Fieber. Mehr und mehr verloren Geld, Anstand und Moral ihren Wert und Sinn. Immer hektischer wurde das Leben, das dem Tanz auf einem Vulkan glich. In absurder Weise vergeudeten die Neureichen ihre zusammengerafften Vermögen. Übler und übler wurden die Machenschaften dunkler Zirkel – auf französischer Seite und auf deutscher.
Die Abwehr hatte Hochbetrieb. Von den Fällen, die Thomas Lieven in diesen Wintermonaten zu bearbeiten hatte, erwähnen wir hier nur vier:
1. Zu etwa jener Zeit, da Roosevelt, Churchill und Stalin sich auf der Konferenz von Teheran trafen, gelang Thomas Lieven der Nachweis, daß ein gewisser Werner Lamm, persönlicher Freund Hermann Görings, ein übles Subjekt war.
Dieser Lamm hatte sich eine hübsche Idee ausgedacht, um seinen Schiebergeschäften ein wirtschaftspolitisches Mäntelchen umzuhängen. Mit dem sogenannten «Teppich-Pool» beherrschte England seit Jahren den Weltmarkt. Herr Lamm erklärte seinem Freund, dem Reichsmarschall: «Diesen Pool werde ich den Engländern kaputtmachen!»

Das imponierte Göring. Er gestattete Lamm, etwa 6000 Teppiche aus Holland nach Paris zu bringen. Die Teppiche stammten zum größten Teil aus jüdischem Besitz. Lamm hatte sie gestohlen oder beschlagnahmt. Nun richtete er sich auf den Champs-Elysées einen schönen Laden ein und – verkaufte die Teppiche. Nebenbei aber stahl und requirierte er in Frankreich weiter. Kein Mensch hatte den Mut, den Göring-Freund zur Rechenschaft zu ziehen.

Kein Mensch?

Zusammen mit Oberst Werthe und dem kleinen Major Brenner legte Thomas Lieven dem Teppich-Lamm eine Fußangel! Er spielte ihm die Adresse eines Landhauses vor Paris zu, das einem Juden gehörte, und in welchem herrliche Smyrna- und Perser-Teppiche lagen.

Die Villa gehörte tatsächlich einem Juden – aber einem südamerikanischen. Das wußte Lamm nicht. Er ließ die Teppiche beschlagnahmen, und das brach ihm den Hals.

Die südamerikanische Gesandtschaft protestierte prompt beim Doyen des Diplomatischen Corps, dem schwedischen Generalkonsul Nordling. Der sprach beim Militärbefehlshaber Frankreichs, dem General Karl-Heinrich von Stülpnagel, vor.

Der Skandal beschäftigte neutrale Diplomaten in Paris so sehr, daß auch Göring seinen Freund nicht mehr zu schützen wagte. Herr Lamm verlor seine gesamte Habe und wanderte ins Gefängnis.

2. Ähnlich verfuhr unser Freund mit den Professoren Dienstag und Landwend um Weihnachten 1943, etwa zu jener Zeit, da die Briten an der nordnorwegischen Küste das Schlachtschiff «Scharnhorst» versenkten. Diese Herren kauften im Auftrage des munteren Reichsmarschalls in Frankreich Kunstgegenstände und Gemälde auf – und zwar mit falschen französischen Francs-Noten, die in der Nähe von Stuttgart hergestellt worden waren.

Thomas Lieven erbrachte den lückenlosen Nachweis, daß vier Gemälde, welche die Herren Professoren in Paris angekauft hatten, aus dem Besitz des Schweizer Diplomaten Egon Treumer stammten. Dem waren sie gerade gestohlen worden.

Wiederum schaltete sich der Militärbefehlshaber in Frankreich ein. Der Skandal nahm so ungeheure Formen an, daß Göring zu Hitler gerufen wurde.

Ach, jetzt hätten wir aber fast die Pointe vergessen: Die beiden Berufseinbrecher, welche die vier Bilder in der Wohnung Egon Treumers gestohlen und den beiden Professoren zugespielt hatten, waren alte Freunde von Thomas Lieven. Er bezahlte sie gut für diesen bestellten Einbruch. Die Polizei kam den beiden niemals auf die Spur ...

3. Am 4. Januar 1944 überschritten die Russen die alte polnische Grenze. Am 22. Januar landeten in Italien, bei Anzio, alliierte Truppen im Rücken der deutschen Stellungen. Etwa zur gleichen Zeit kam es zu «Lievens Zitronengeschäft».

Anfang des Jahres hatte unser Freund einen Wink aus Bordeaux erhalten. Der Wink stammte von einem alten Kassenschränker, den Thomas seinerzeit in Marseille als Mitglied von Chantal Tessiers Ganovenbande kennengelernt hatte, und lautete, auf schlechtem Papier unorthographisch geschrieben, in der unorthographischen Übersetzung so:

*Liber Freund! Hir giebt es im Hafen ein Lager, wo von der deutschen Kriegsmarine bewacht wird. Da ligen 420 Tohnen Zigaretenpapier, fersandfertich. Weil Amerika in den Krieg eingetreten ist, ist dieses Papier nicht mer versand worden. Es handelt sich, liber Freund, um feinstes Schiffonpapier, Marktpreis 190 Schweitzer Franken das Kilo. Also eine Wucht. Der SD ist hinter dem Lager hehr und will es beschlacknamen. Als «feindliches Eigentum». Darum beeile Dich, liber Freund.*

Thomas Lieven beeilte sich. Er wußte: Was der SD beschlagnahmte, kam immer einigen wenigen, niemals vielen zugute. Er fuhr nach Bordeaux. Hier kannte der brave Major Brenner einen Kapitänleutnant der Kriegsmarine. Mit diesem verstand Thomas sich sofort ausgezeichnet.

Seit der Bilderaffäre war Thomas mit dem Schweizer Diplomaten Egon Treumer befreundet. Dank Treumer konnte Thomas dem Kapitänleutnant sogleich einen Mann in Basel vorschlagen, der fähig und willens war, das amerikanische Chiffonpapier zu kaufen. Preis 760 000 Schweizerfranken.

Vor einer solchen Summe kapitulierte auch die deutsche Kriegsmarine. In einer Zeit, da Menschentrauben an jedem Waggon hingen, da es für Truppentransporte nicht mehr genug Züge gab, rollten 420 Tonnen amerikanisches Zigarettenpapier, in Kisten verpackt, mit Wehrmachtsfrachtbriefen quer durch Frankreich in die Schweiz. Ziel: Basel, Deutscher Bahnhof.

Dafür, daß die Waggons dann des Nachts vom Deutschen zum Schweizer Bahnhof hinübergeschoben wurden, hatte Thomas Lieven gleichfalls gesorgt. 760 000 Franken! Da wurde der schwächste Mann stark!

Die deutsche Kriegsmarine profitierte bestens an der Sache: Von den 760 000 Schweizerfranken wurden in Spanien vitaminreiche

Zitronen für skorbutgefährdete Schiffsbesatzungen, vor allem für U-Boot-Leute, gekauft. Thomas Lieven erhielt als Anerkennung und Provision 30 000 Reichsmark.

4. Am 19. März 1944 erreichten russische Truppen die rumänische Grenze. Am selben Tag erschien Thomas Lieven in Begleitung von Oberst Werthe und Major Brenner in der Stadt Poitiers. Sie waren von einer gewissen Charlotte Régnier, einer neuen Agentin der Abwehr Paris, alarmiert worden.

Charlotte Régnier, 40jährig, blond, vollbusig, wenig hübsch und sehr nervös, galt seit einiger Zeit als Star-Erwerbung der Abwehr in diesem Raum. Dem kleinen Major Brenner war es gelungen, diese alleinstehende französische Schriftstellerin für deutsche Dienste anzuwerben. Beinahe täglich hatten ihre sensationellen Berichte das Hotel «Lutetia» in Aufregung versetzt.

Zuletzt hatte Charlotte Régnier die Bildung eines gewaltigen neuen Maquis in der Nähe von Poitiers gemeldet. Damit erreichte sie, daß die Abwehr Paris zu einer Großaktion im Raum Poitiers ansetzte.

Über zweihundert Franzosen wurden verhaftet und tagelang verhört. Dann wurden über zweihundert Franzosen plötzlich wieder freigelassen ...

Sonderführer Lieven war nämlich mittlerweise der Nachweis gelungen, daß Major Brenner sich mit der blonden Charlotte doch keine Superagentin eingehandelt hatte. Sonderführer Lieven stellte fest, daß die blonde Charlotte erst vor einem halben Jahr aus der Irrenanstalt entlassen worden war. Die Ärzte bezeichneten sie als ungefährlich. Aber sie war noch immer entmündigt. Und sie war – natürlich – noch immer verrückt ...

## 12

Am 23. März 1944 war Thomas zu einer großen Gesellschaft eingeladen, die ein französischer Geschäftsfreund gab. Auf dieser Gesellschaft langweilte er sich mächtig bis zu dem Moment, da eine Dame in einem grünen Abendkleid auftauchte. Da fand er die Party plötzlich hochinteressant!

Die Dame in Grün war etwa 28 Jahre alt. Sie trug das blonde Haar hochgesteckt. Die Augen waren kastanienbraun. Sie sah aus wie die Filmschauspielerin Grace Kelly.

«Wer ist das?» fragte Thomas Lieven sofort den Gastgeber. Der sagte ihm, wer die Dame war.

Vera Prinzessin von C. – so werden wir die Dame nennen. Sie

lebt nämlich noch unter uns, und sie hat unsere Sympathie. Darum wollen wir ihren Familiennamen nicht verraten.
«Uraltes deutsches Adelsgeschlecht», verriet Thomas Lievens Geschäftsfreund. «Mit Fürstenhäusern in aller Welt verwandt, mit dem alten Wilhelm, mit den Windsors, dem Grafen von Paris, mit – was weiß ich!»
«Würden Sie wohl so freundlich sein, mich vorzustellen?» fragte Thomas. Der Hausherr war so freundlich.
Die Prinzessin dagegen war alles andere. So etwas Abweisendes, Kühles und Hochmütiges hatte Thomas noch nicht erlebt!
Er versprühte ein ganzes Charme-Feuerwerk. Die Prinzessin sah durch ihn durch, lächelte mechanisch, und nach seiner allerbesten Pointe sagte sie: «Wie meinten Sie eben, Herr – Lieven?»
Ein solches Verhalten reizte unseren Freund. Die Person gefiel ihm! Ihre aristokratische Herkunft war ihm piepegal. Er hatte keine Snob-Ambitionen. Er brauchte keine Prinzessin in seiner Sammlung. Nein, die Person war es ... Die Person gefiel ihm so gut!
Und so bemühte er sich weiter. Ob man sich nicht vielleicht wiedersehen könnte, fragte er. In die Oper gehen – essen ...: «Ich koche selber. Man sagt, ich sei begabt. Darf ich für Sie kochen? Morgen vielleicht?»
«Das ist leider ausgeschlossen. Ich bin in dieser Woche jeden Abend bei Herrn Lakuleit. Kennen Sie ihn?»
«Lakuleit?» Irgendwo hatte Thomas den Namen gehört. Wo? «Nein, ich kenne ihn nicht, den Glücklichen, für den Sie soviel Zeit haben.»
Zuletzt gab unser Freund es auf. Sinnlos. Einfach sinnlos. Verärgert verließ er die Party als einer der ersten.
Zwei Tage später rief ihn die abweisende Prinzessin völlig unerwartet zu Hause an. Sie sagte, Thomas möge ihr verzeihen, daß sie ihn so kühl behandelt habe. Vom Gastgeber hätte sie nach seinem Fortgehen erfahren, daß er aus Berlin stamme und in Paris eine kleine Bank sein eigen nenne. Der Gastgeber kannte Thomas Lieven nur als Bankier. Niemand außer den direkt Betroffenen wußte in Paris etwas von Thomas Lievens Agententätigkeit.
«... ich habe Ihnen doch von Herrn Lakuleit erzählt», hörte Thomas die Prinzessin sagen. «Stellen Sie sich vor, er ist *auch* Berliner! Das heißt: *geboren* wurde er in Königsberg ... Sie haben mir doch gesagt, daß Sie gut kochen, und da hatte er einen so lustigen Einfall: Er wünscht sich Königsberger Klopse ... Die

kann hier keiner machen ... Kommen Sie doch morgen zu uns, ich meine, zu Herrn Lakuleit ...»

Unser Freund sagte zu. Und dann begann er zu grübeln.

Lakuleit ... Lakuleit ...

Woher kenne ich den Namen? Thomas erkundigte sich bei Oberst Werthe. Die Auskunft, die er erhielt, befriedigte ihn nicht:

Oskar Lakuleit war Alleininhaber der «Intercommerciale SA (IC) in Paris. Diese Firma hatte vom «Bevollmächtigten für das Kraftfahrzeugwesen» (BDK) im OKW den Auftrag erhalten, in ganz Frankreich gebrauchte Kraftfahrzeuge für die Wehrmacht einzukaufen. Lakuleit arbeitete zur vollen Zufriedenheit seiner Auftraggeber. Ein tüchtiger Mann. In Berlin war er Garagenbesitzer gewesen. Jetzt hatte er Geld. Viel Geld ...

Lakuleit ... Lakuleit ... Woher kannte Thomas bloß den Namen?

Der Herr wohnte in einem Palais am Boulevard Pereire. Ein livrierter Diener öffnete und führte Thomas in eine Halle, in der es aussah wie in einem überfüllten Antiquitätenladen. Bild neben Bild hing an der Wand. Teppich überlappte Teppich. Thomas schnappte nach Luft.

Der Diener führte Thomas in die Bibliothek. Hier saß der Hausherr und telefonierte. Der Hausherr war Thomas auf den ersten Blick tief unsympathisch. Sehr groß, sehr dick. Etwa Vierzig. Runder Schädel. Niedere Stirn. Kurzes, blaßblondes Haar, mit Brillantine glattgeklatscht. Wässerige, stechende Augen. Über dem weibischen Mund ein blaßblonder Schnurrbart ...

Nicht, daß er etwa zu telefonieren aufgehört hätte, als Thomas eintrat. Er winkte ihm bloß, Platz zu nehmen. Hochrot im Gesicht brüllte er in den Hörer: «Nun will ich Ihnen mal was sagen, Neuner, es ist mir scheißegal, ob Ihre Frau krank ist! Was-was-was, Unrecht! Sie haben geklaut! Jawohl, klauen nenne ich das! Ich warne Sie, Neuner, fordern Sie mich nicht heraus, ich lasse glatt Ihre U.k.-Stellung platzen! Was? Nicht tauglich? Das wäre ja gelacht! Schluß jetzt. Sie sind entlassen, fristlos!»

Lakuleit knallte den Hörer in die Gabel und erhob sich grunzend und lachend. «Tag, Herr Lieven. Angenehm. Das war einer meiner Buchhalter. Mußte ihn rausfeuern. Frech geworden, der Kerl. Kann man sich doch wohl nicht bieten lassen, was?» Er schlug Thomas gespielt jovial auf die Schultern. «Na, alter Spree-Athener, da wollen wir also erst mal einen heben, und dann bringe ich Sie in die Küche. Die Prinzessin wird gleich kommen. Meine Frau trödelt mit dem Anziehen herum – wie immer.»

Menu · Paris, 26. März 1944

*Gefüllte Artischockenböden*
*Feine Königsberger Klopse*
*Ananas-Beignets*

---

Bei ostpreußischen Spezialitäten benimmt sich eine Prinzessin seltsam ...

Gefüllte Artischockenböden: Man nehme etwa acht Artischockenböden – jederzeit in Büchsen oder Gläsern erhältlich –, richte sie auf einer Platte an und beträufle sie mit Zitronensaft. – Man belege sie mit 50 g entkernten schwarzen Oliven und Scheibchen von zwei kleinen, roten Pfefferschoten und harten Eiern. – Man verrühre Zitronensaft, Öl, sehr fein gehackte Zwiebel und Petersilie zu einer Sauce und gieße sie über die gefüllten Artischockenböden, verziere die Platte mit Petersilie.

Feine Königsberger Klopse: Man nehme je ein Pfund Kalb- und Schweinefleisch, drehe es durch den Wolf und verarbeite es gut mit einer eingeweichten, ausgedrückten Semmel, 2 Eiern und feingehackter hellgedünsteter Zwiebel. Man schmecke mit Salz, Pfeffer und Sardellenpaste pikant ab und forme daraus mit nassen Händen mittelgroße runde Klöße. – Man mache eine helle Butterschwitze mit wenig Mehl, lösche mit Fleischbrühe und einem Glas Weißwein ab, lasse gut durchkochen und dann die Klopse darin langsam gar dämpfen. – Man nehme die Klopse heraus, ziehe die Sauce mit zwei in saurer Sahne verrührten Eigelb ab, gebe einen Eßlöffel Kapern hinzu, schmecke mit Pfeffer, Salz, Zitronensaft ab und lasse die Klopse etwas in der Sauce ziehen, ohne daß sie zum Kochen kommt.

Ananas-Beignets: Man nehme Scheiben von frischer oder eingemachter Ananas und halbiere sie. – Man mache einen dickflüssigen Ausbackteig aus ⅛ Liter Milch, 125 g Mehl, zwei ganzen Eiern, etwas Salz und einem Schuß Rum. – Man tauche die Ananas-Stücke hinein und backe sie in heißem Schmalz schwimmend zu goldgelber Farbe. – Man lasse das Fett abtropfen und reiche die Beignets mit Zucker bestreut.

---

Thomas bemerkte, daß Lakuleit drei Brillantringe mit großen Steinen an den Würstchenfingern trug. Der Herr wurde ihm immer unsympathischer ...
Die Küche war so groß wie die eines mittleren Hotels. Eine Köchin, ein Koch und zwei Mädchen gingen Thomas zur Hand. Lakuleit sah zu und trank Hennessy aus Wassergläsern.
Dann kam Vera Prinzessin von C. in die Küche. Sie trug ein rotes Abendkleid, tief ausgeschnitten. Und wenn sie bei der ersten Begegnung hochmütig gewesen war, so war sie bei der zweiten übertrieben charmant. Da legte Thomas mit einem sehr unguten Vorgefühl die Klopse in die feine Sauce.
Richtig unheimlich wurde ihm allerdings erst, als er im Speise-

zimmer Frau Lakuleit kennenlernte. Olga Lakuleit sah verwüstet aus. Ausgemergelt das Gesicht. Gelblich verfärbt das Haar, erloschen die Augen. Und dabei höchstens Ende dreißig ...
O Gott, dachte Thomas, die arme Seele. Ist die Prinzessin die Freundin des Fettwanstes? Offensichtlich. Warum bin ich bloß hergekommen? Widerwärtig.
Der Abend wurde immer widerwärtiger. Olga Lakuleit sprach kein einziges Wort. Sie trank nicht, sie aß kaum einen von den Klopsen. Plötzlich rannen ihr Tränen über die bleichen Wangen.
«Geh lieber wieder rauf, Olga», sagte Lakuleit kurz und brutal.
Olga Lakuleit stand auf und ging.
«Noch 'n Klops, Herr Lieven?» fragte der gemütvolle Gatte. Und strahlend lächelte die Prinzessin Thomas Lieven an, der sich plötzlich appetitlos, gänzlich appetitlos fühlte.
Nach dem Essen gingen sie in die Bibliothek. Hier, bei Kaffee und französischem Kognak, ließ der Fette dann endlich die Katze aus dem Sack: «Passen Sie mal auf, Lieven. Sie sind Berliner, ich bin Berliner. Sie haben eine Bank, ich habe ein großes Geschäft. Die Zeiten sind beschissen. Machen wir uns nichts vor: Der Karren ist im Dreck festgefahren. Wird bald umschmeißen. Man muß an die Zukunft denken. Habe ich recht?»
«Ich weiß nicht, wovon Sie reden, Herr Lakuleit», sagte Thomas kalt.
Der Fette lachte wiehernd: «Klar wissen Sie es! Wer denn, wenn nicht Sie? Sie haben Ihr Geld doch auch schon in der Schweiz!»
Lakuleit wurde *ganz* deutlich: Er und seine Freunde hätten große Vermögen in Frankreich. Wenn Thomas einen Weg fand, diese Vermögen, dank seiner Beziehungen, in die Schweiz zu transferieren, sollte es sein Schaden nicht sein. «Is 'n ordentlicher Fisch für Sie drin, Lieven!»
Thomas hatte jetzt genug. Er stand auf. «Ich fürchte, Sie haben sich an den falschen Mann gewendet, Herr Lakuleit. So etwas mache ich nicht.»
Nun schaltete sich die Prinzessin ein. Sie nahm für Lakuleit Partei. Das gab Thomas den Rest. Daß die Person sich nicht schämte! Freundin eines verheirateten Mannes – und noch dazu *so* eines Mannes! Pfui Teufel!
«Herr Lieven, vielleicht reizt sie dieses Geschäft doch, wenn Sie hören, *wer* Herrn Lakuleits Freunde sind ...»
«Schon mal was von Göring gehört?» grunzte der Fette. «Bormann? Himmler? Rosenberg? Ich sage Ihnen, da sind Millionen drin – auch für Sie!»

«Ich bin nicht käuflich.»
«Ach Quatsch, Mann! Jeder Mensch ist käuflich, es kommt nur auf den Preis an!»
Das war das Ende. Thomas verabschiedete sich abrupt. Er war jetzt außer sich vor Wut. Dieses dicke Schwein! Dem werde ich jetzt mal auf die Finger gucken. Der ist doch hinten und vorn nicht astrein ...
Als Thomas in der Garderobe seinen Mantel suchte, tauchte plötzlich die Prinzessin auf: «Ich gehe auch. Sie können mich heimbringen. Ich wohne ganz in der Nähe.»
Thomas verneigte sich stumm. Er konnte vor Wut nicht reden. Auch auf der Straße bekam er kein Wort heraus. Stumm brachte er die junge Frau bis vor ihre Haustür. Sie sperrte auf. Sie lehnte sich gegen die Mauer. «Also, was ist, Tommy?» sagte diese seltsame Angehörige des deutschen Uradels. Ihre Stimme klang jetzt verraucht und heiser.
Thomas starrte sie an.
«Bi – bitte?»
«Na los, küß mich ... Worauf wartest du?» Sie zog ihn am Ärmel zu sich, schlang die Arme um ihn und küßte ihn wild.
«Ich will, daß du mich liebst», flüsterte die Prinzessin. Sie küßte ihn wieder und sagte, ziemlich laut, ein paar Sätze, die sich der Wiedergabe im Druck entziehen.
Ihr Hohenzollern, ach! Ihr Windsors, Auerspergs, Colonnas! Teurer Graf von Paris! Um eurer hehren Geschlechter willen wollen wir verschweigen, was der kesse, adlige Blondschopf sagte – um euretwillen, und mit Rücksicht auf die internationale Buchzensur.
Im gleichen Moment, in welchem er Vera Prinzessin von C. derart ungeheure Dinge sagen hörte, traf eine plötzliche Erkenntnis Thomas Lieven wie ein Faustschlag zwischen die Augen.
Lakuleit!!!
Jetzt wußte er endlich, woher er den Namen kannte. In dem schwarzen Tagebuch des erschossenen Untersturmführers Petersen stand dieser Name! Viele Namen standen in diesem Buch, in welchem der Schieber alle jene verzeichnet hatte, die in seine dunklen Geschäfte mitverstrickt waren.
Lakuleit ... Deutlich, ganz deutlich sah Thomas das Schriftbild des Namens vor sich. Und dahinter drei Ausrufezeichen. Und darunter die Abkürzung eines zweiten Namens: «V. v. C.» Und dahinter ein Fragezeichen ...

Thomas ließ sich sonst sehr gern verführen und spielte «das kleine Mädchen». Aber heute? So reizvoll dieser uradelige Blondschopf wirkte, so unheimlich und zwielichtig war die Prinzessin auf der anderen Seite. Außerdem hatte die Dame zu miese Bekannte.
Freundlich, aber bestimmt nahm er darum die Hände Veras von seinem Körper und sagte mit einer Verneigung: «Ein ganz reizender Abend. Darf ich mich jetzt verabschieden, teuerste Prinzessin?»
Schmal wurden die kastanienbraunen Augen der kessen Schönen.
Verehrte Leser! Stellen Sie sich eine zur Weißglut gereizte verführerisch schöne Blondine vor! Haben Sie? Gut. Dann erblicken Sie vor Ihrem geistigen Auge, was Thomas Lieven in natura erblickte.
Sprach das wilde Mädchen durch die Zähne: «Du bist wohl wahnsinnig geworden, Tommy, wie? Du kannst mich doch jetzt in dem Zustand nicht allein lassen ...»
Ein zweites Mal verneigte Thomas sich. «Es dünkt mich, verehrte Prinzessin, daß Sie innig mit Herrn Lakuleit befreundet sind. Diese Verbindung möchte ich nicht stören. Eine so harmonische, moralische Beziehung.»
Er öffnete die Haustür. Sie versuchte, ihn festzuhalten. Er machte sich frei. Sie stampfte mit den kleinen Füßen auf. Sie rief schrill: «Bleib hier, du Dreckskerl!» Und schlug mit Fäusten gegen seine Brust. Er drehte sich um und ging, ohne sich um die Erregte weiter zu kümmern, den nächtlichen Boulevard hinab.
Puhhh! Frische Luft! Das war es, was er jetzt brauchte. Junge, Junge, was für ein Abend. Der deutsche Hochadel hatte es aber wirklich in sich! Da konnten bürgerliche Damen einfach nicht mehr mit.
Bißchen verkommen, die Kleine, dachte Thomas, aber nett. Komisch, ich könnte schwören, sie ist ein anständiger Kerl. Gut erzogen. Klug. Charmant – wenn sie will ... Was findet eine solche Frau an einem solchen Kerl wie Lakuleit? Warum steht ihr Name unter dem seinen in dem schwarzen Tagebuch des toten Untersturmführers Petersen?
Thomas blieb stehen, starrte einen Baum an und sagte laut: «Du hast dich doch nicht etwa bereits in Vera verliebt, du Idiot?»
Der Baum gab keine Antwort; er war ja auch nicht gemeint. Thomas ging weiter. Unsinn, dachte er. Was heißt verliebt? In

so einen blonden Haifisch? Absolut lächerlich. Aber Herrn Lakuleit wollen wir jetzt mal auf den Zahn fühlen. Jawohl!
An diesem Abend, dem 26. März 1944, hatte das Dienstmädchen Nanette Ausgang. Thomas Lieven sperrte das Haustor auf, drehte in der kleinen Diele das elektrische Licht an, zog seinen Mantel aus und öffnete die Tür zu der kleinen Bibliothek.
Ein Mann saß in dem Ohrenstuhl vor dem Kamin. Gepflegter Schnurrbart. Römische Nase. Ewig ironische Augen. Ein blauer Anzug, schon ein wenig abgetragen. Eine Sherlock-Holmes-Pfeife in der Hand. Eine Rauchwolke billigen Tabaks stieß der Herr aus, dann sagte er, ungeheuer bedeutungsvoll: «Das haben Sie nicht erwartet, Herr Lieven, wie?»
«Guten Abend, Oberst Siméon», sagte Thomas Lieven, seufzend diesen französischen Geheimagenten und Patenthelden betrachtend, mit dem er schon so viele Aufregungen erlebt hatte. «Lange haben wir uns nicht gesehen.»
Oberst Siméon, der immer noch aussah wie ein zu groß geratener Adolphe Menjou, stand auf. Er begann pathetisch:
«Ein Dietrich verschaffte mir Eingang. Mein Herr, Ihr Spiel ist aus.»
«Einen Moment, mein Lieber. Ihr Tabak – seien Sie mir nicht böse – stinkt bestialisch. Sehen Sie da drüben den blauen Tontopf? Da ist echter englischer drin. Beutegut der deutschen Wehrmacht. Haben Sie keine nationalen Bedenken!»
Der Angehörige des ewig unter Geldmangel leidenden französischen Geheimdienstes zögerte, dann klopfte er seine Pfeife aus und ging zu dem blauen Tontopf. Während er den Deckel abhob, sprach er düster: «Ich habe nichts persönlich gegen Sie, Herr Lieven. Ich war es, der Sie für das ‹Deuxième Bureau› anwarb. Aber Ihr Spiel ist aus.»
«Das haben Sie schon einmal gesagt. Warten Sie doch ein bißchen, dann höre ich Ihnen auch ganz genau zu ...»
Plötzlich ließ Siméon seine Pfeife fallen. Plötzlich hatte er eine Pistole in der Hand. «Weg von dem Schrank! Hände hoch!»
«Aber nicht doch, Herr Oberst», sagte Thomas kopfschüttelnd. «Sind Sie immer noch so schreckhaft wie früher?»
«Mich täuschen Sie nicht! Sie wollten den Schrank öffnen, stimmt's?»
«Stimmt, ja.»
«Und ihm eine Waffe entnehmen und mich überwältigen.»
«Stimmt nicht. In dem Schrank sind keine Waffen.»
«Sondern?»

«Meine Hausbar. Ich wollte uns etwas zu trinken machen!»
Der Oberst tat drei gewaltige Schritte, riß den geschnitzten Schrank auf und wurde ein bißchen rot. Er knurrte: «Ein Mann in meinem Beruf kann nicht vorsichtig genug sein.» Thomas begann die Getränke zuzubereiten. Siméon sagte: «Besonders bei einem Verräter wie Ihnen.»
«Mit Soda oder mit reinem Wasser?»
«Mit Soda. Bei einem drei- und vierfachen Verräter wie Ihnen, Herr Lieven!»
«Bißchen farblos, nicht? Noch ein Schuß Whisky? So.»
Siméon wandte sich verärgert ab. Thomas betrachtete ihn mitleidig. Im Grunde hatte er diesen Springinsfeld und Heldendummkopf nicht ungern. Er sagte: «Tut mir leid, Oberst.»
«Was?»
«Daß ich Ihnen Ihren schönen Auftritt versaut habe. Sagen Sie, wie geht es eigentlich der süßen Mimi?»
«Woher soll ich das wissen?»
«Aber hören Sie, Herr Oberst! Sie haben Mimi von meiner Seite gerissen! Sie wollten heiraten, Kinder zeugen, kleine französische Patrioten ... Und da wissen Sie nicht, wie es ihr geht?»
Dumpf sagte der Oberst: «Mimi hat mich verlassen. Vor einem Jahr schon. Können Sie sich das vorstellen?»
«Trinken wir trotz allem auf Mimis Wohl. Ist es Ihnen ein Trost, zu denken, daß die Süße auch mich verlassen hat?»
«Nein.»
«Sehr freundlich. Und nun erklären Sie mir, warum mein Spiel aus ist.»
«Sie ließen mich vorhin nicht aussprechen. Ich wollte nicht sagen, Ihr Spiel ist aus. Ich wollte sagen: Ihr Spiel ist aus, wenn Sie nicht sofort die Finger von der Prinzessin lassen.»
«Von was für einer Prinzessin?»
«Sie wissen genau, von was für einer Prinzessin! Sie waren heute abend mit ihr zusammen.»
«Glauben Sie mir, ich *habe* die Finger von ihr gelassen!»
«Werden Sie nicht frivol! Hier geht es um Leben und Tod! Ich warne Sie, Lieven. Wir haben gewaltige Dossiers über Sie ...»
«Mein Gott, welcher Geheimdienst hat die nicht?»
«Ich warne Sie zum letztenmal, Lieven. Retten Sie sich nicht in diesen seelenlosen Zynismus. Sie wissen, wie stark die Résistance in Frankreich mittlerweile geworden ist. Wir könnten jeden von Ihnen jeden Tag umlegen – wenn wir wollten. Auch Sie! Aber bei Ihnen werde ich immer noch ein bißchen weich ...»

«Nicht doch!»
«Ja doch ... Erinnerungen ... Unsere gemeinsame Flucht aus Paris ... Mimi ... Toulouse ... Oberst Débras ... Josephine Baker ... Aber ich kann Sie nicht mehr schützen, wenn Sie sich weiter um die Prinzessin – und um diesen Herrn Lakuleit ...»
Thomas Lieven staunte Bauklötze. «Wollen Sie mir erzählen, daß der französische Geheimdienst um das Wohlergehen eines dicken Nazi-Schiebers besorgt ist?»
«Will ich Ihnen erzählen, ja.»
«Und warum?»
«Will ich Ihnen nicht erzählen, nein.» Der Oberst war jetzt ungeheuer männlich und entschlossen: «Ich habe Ihnen unsere letzte Warnung überbracht, Lieven. Nach der kommt keine mehr. Jetzt wird scharf geschossen!»
«Gleich? Oder können wir noch einen letzten Friedens-Whisky miteinander trinken?»

## *3. Kapitel*

### 1

«Dieser Herr Lakuleit ist meines Erachtens eines der größten Schweine, die in Frankreich herumlaufen», sagte Thomas Lieven in einem Zimmer des Hotels «Lutetia» zu Paris. Oberst Werthe und der kleine, ehrgeizige Major Brenner waren seine Zuhörer. Sie wechselten bedeutungsvolle Blicke. «Warum wechseln Sie bedeutungsvolle Blicke, meine Herren?»
«Ach, Lieven», seufzte Werthe, «Brenner und ich haben uns nur angesehen, weil wir glauben, die hübsche Triebfeder Ihrer Empörung zu kennen. Ich sage bloß: Vera.»
«Prinzessin Vera», sagte der kleine Brenner und kicherte. «Schauen Sie doch nicht so böse, Herr Lieven! Seit der SD hinter Ihnen her ist, passen wir eben ein bißchen auf Sie auf ...»
Thomas wurde wütend: «Die Prinzessin ist mir gleichgültig! Vollkommen!»
Brenner kicherte wieder. «Kichern Sie nicht! Ich sage Ihnen: Dieser Lakuleit stinkt zum Himmel! Und die Prinzessin schiebt mit ihm gemeinsam! Auch der französische Geheimdienst ist hinter den beiden her!»
«Es wäre wohl zuviel von Ihnen verlangt, uns zu sagen, wer vom französischen Geheimdienst?» meinte Werthe. Thomas nickte.

«Sie behaupten, Herr Lakuleit will die Vermögen von Bormann, Himmler und Rosenberg in die Schweiz verschieben. Haben Sie denn noch immer nicht genug, Mensch? Wollen Sie sich mit Adolf Hitler persönlich anlegen?»

«Herr Lieven, ich gebe zu bedenken –», begann der kleine Major Brenner.

Doch Thomas unterbrach ihn wütend: «*Sie* sollen es auf das Peinlichste vermeiden, mir zu widersprechen, Brenner. Bei der Maquis-Geschichte widersprachen Sie mir – und wurden zum Major befördert. Bei der Reichskreditkassenschein-Geschichte waren Sie schon klüger und machten mit. Und jetzt, knapp vor dem Oberstleutnant, wollen Sie mir in den Rücken fallen, Sie Narr?»

Das wirkte. Rot wie eine Tomate versicherte der kleine Brenner: «Keine Rede davon, Herr Lieven. Ich finde – finde ... Schließe mich Ihren Plänen an. Hrm!»

Oberst Werthe stöhnte: «Das hat mir noch gefehlt, daß Sie mir meine Leute korrumpieren, Lieven!»

Die Abwehr Paris durchleuchtete Herrn Oskar Lakuleit, einstmals Garagenbesitzer in Berlin N, nun Millionär, Alleininhaber der «Intercommerciale SA» und Wehrmachts-Kraftfahrzeug-Aufkäufer, mit allen Mitteln, die zur Verfügung standen. Was kam dabei heraus?

Oskar Lakuleit behandelte seine arme Frau schlecht. Er betrog sie offensichtlich mit der Prinzessin Vera von C. Er war in seinen Geschäftsmethoden brutal, in seinen Gesellschaftsmanieren rüpelhaft, er war überheblich und ein typischer Neureicher.

«Na und?» sagte Werthe. «Für all das kann man einen Mann nicht einsperren. Sonst müßte man drei Viertel aller Männer der Welt verhaften.»

«Und es ist trotzdem etwas faul an dem Kerl», sagte Thomas Lieven verbissen. «Oberfaul! Aber was?»

Im Auftrag des «Bevollmächtigten für das Kraftfahrwesen» kaufte Oskar Lakuleit seit Jahren in ganz Frankreich Autos ein. Sein Betrieb versteuerte jährlich Millionenbeträge. Aus dem Ankauf von französischen Autos bewilligte die Wehrmacht ihm, als seinen Verdienst und zur Deckung seiner Spesen und aller Unterprovisionen, zehn Prozent der Kaufsumme.

Das Geschäft lief zur Zufriedenheit aller. Der «Bevollmächtigte für das Kraftfahrwesen», von Thomas interviewt, empörte sich: «Lassen Sie gefälligst Lakuleit in Ruhe, Sonderführer! Das ist unser bester Mann!»

«Und doch ...», brummte Thomas, als er am Abend des 7. April 1944 mit Major Brenner in der Bibliothek seiner kleinen Villa bei einer Flasche Kognak saß, «und doch ist dieser Lakuleit ein Verbrecher ... Ich habe mich noch nie in der Beurteilung eines Menschen getäuscht ...» Da läutete das Telefon.
Thomas hob ab. «Hallo?»
«Na, Tommy», sagte eine bekannte Stimme. «Wie geht es dem bösen Buben?»
Das ist ja zu blöd, dachte Thomas, warum werde ich jetzt rot? Heiser sagte er: «Ausgezeichnet, verehrte Prinzessin. Und Ihnen?»
«Ich habe Sehnsucht – nach Ihnen! Wollen Sie morgen abend zu mir kommen?»
«Nein.»
«Mein Mädchen hat Ausgang. Sagen wir also nach dem Abendessen?»
«Ich fürchte, es geht wirklich nicht.»
«Ich habe ein paar wunderschöne neue Platten. Aus Portugal eingeschmuggelt. Gershwin und Glenn Miller. Benny Goodman und Stan Kenton. Ich werde sie Ihnen vorspielen ... Also um neun!»
Er hörte sie lachen, dann hängte sie ein, ohne seine Antwort abzuwarten.
«Unverschämtheit», sagte Thomas Lieven.

2

Er kam schon zehn Minuten vor neun. Und er brachte einen Cellophankarton mit drei Orchideen mit, nach denen er lange hatte suchen müssen. 1944 gingen sogar in Paris langsam die Orchideen aus.
Die Prinzessin trug kostbarsten Schmuck und ein kurzes, schwarzes Abendkleid, das vorne und hinten und unter den Schultern verwirrend tief ausgeschnitten war.
Sie spielte Thomas die neuen Platten vor. Dann tanzten sie ein bißchen. Dann tranken sie rosa Champagner. Thomas fand die Prinzessin hinreißend schön. Er sagte es ihr. Sie sagte ihm, er wäre für sie der aufregendste Mann von der Welt. Solcherart landeten sie ohne viel Umschweife gegen 23 Uhr auf der Couch.
Thomas bekam Küsse, wie er sie noch nie bekommen hatte. Die Prinzessin schnurrte: «Mir hat noch nie ein Mann so gut gefallen wie du ...»
«Du gefällst mir auch, Vera – sehr.»
«Wenn du etwas für mich tun könntest, würdest du es tun?»

«Kommt darauf an ...»
«Kannst du mir den Reißverschluß aufmachen?»
«Aber gerne ...»
«Würdest du noch etwas für mich tun?»
«Von ganzem Herzen!»
«Dann laß Lakuleit in Ruhe.»
Er fuhr auf. Plötzlich war er stocknüchtern. «Was hast du gesagt?»
«Du sollst Lakuleit in Ruhe lassen.» Sie blieb auf der Couch liegen und sah ihn lauernd an. «Du bespitzelst ihn doch seit Wochen, mein kleiner Tommy. Oder nicht?»
Er antwortete nicht.
«Vielleicht ist es dir nicht recht, daß ich Tommy zu dir sage», meinte die Prinzessin. «Vielleicht sollte ich Jean zu dir sagen. Jean Leblanc. Oder Pierre? Pierre Hunebelle?»
Er stand auf. Ihm war auf einmal recht seltsam zumute.
«Hunebelle paßt dir also auch nicht? Na schön, dann vielleicht Armand Deeken? Erinnerst du dich noch, wie du die große Franc-Schiebung gemacht hast, Armand? Oder wie du französische Partisamen hereingelegt hast – Captain Robert Almond Everett?» Er rang ein bißchen nach Luft. «Oder wie du vor einem deutschen General den amerikanischen Diplomaten Robert S. Murphy spieltest? – Na, muß ich noch weiterreden, du kleiner, süßer, deutscher Abwehragent? Oder bist du inzwischen schon wieder bei einem anderen Verein?»
«Nein», sagte Thomas. Er hatte sich gefaßt. «Ich bin noch immer bei der Deutschen Abwehr. Und du?»
«Na, rate mal!»
«Wenn ich an deinen fetten Geliebten denke, dann würde ich sagen: Gestapo», antwortete er grob.
Die Prinzessin schrie auf. Sie sprang empor. Ehe er zurückfahren konnte, hatte sie ihm links und rechts ins Gesicht geschlagen. Und verfiel à tempo in ihre leutselige Mundart: «Du Erzlump, du dreckiger, was glaubst du denn? Ich versuche dir das Leben zu retten, und du?» Thomas ging zur Tür. «Tommy, geh nicht weg! Meinetwegen mach was du willst mit Lakuleit. Aber bleib!» Thomas ging durch das Vorzimmer. «Ich werde mich rächen – du gemeines Biest ... Bitte, bleib bei mir, bitte ...»
Thomas schlug die Tür zu. Die Treppe lief er hinunter. Oben flog die Tür wieder auf. Sie schimpfte hinter ihm her wie eine Megäre.
Weg! Nur weg! Er rannte auf die Straße hinaus. Hier prallte er

mit einem Mann zusammen, der unterdrückt aufschrie: «Au! Verdammt!»
«Mensch, hauen Sie bloß ab, ich bin so wütend, ich weiß nicht mehr, was ich tue!»
«Das ist auch nicht mehr nötig», antwortete Oberst Jules Siméon kühl. «Ich stehe seit zwei Stunden hier. Ich sah Sie kommen. Ich sehe Sie gehen.»
«Donnerwetter, Sie sind aber ein begabter Agent!»
«Sie haben meine Warnung mißachtet. Bald werden Sie nun die Radieschen von unten betrachten!»

3

«... und vor dem Haus stand ein Kerl vom französischen Geheimdienst», berichtete Thomas anderntags im Hotel «Lutetia» dem Obersten Werthe und dem kleinen Major Brenner. Er war noch immer wütend.
«Welche Rolle spielt eigentlich Ihre Prinzessin?»
«Das weiß ich nicht, aber ich werde es bald wissen ... Herr Oberst, ich schwöre Ihnen, ich lasse den Kerl platzen, ich ...»
Werthe unterbrach: «Schluß mit Lakuleit, Lieven. Ich habe heute einen bösen Rüffel bekommen. Vom Stab Speer. Lakuleit ist *sofort* in Frieden zu lassen. Der Mann ist die Seele des Atlantikwalls! Lakuleit liefert sämtliche Mangelware. Die OT und das OKW wären aufgeschmissen ohne ihn! Telefondraht zum Beispiel ... Die OT bekam keinen Telefondraht mehr. Lakuleit hat ihn geliefert! 120 000 Meter!»
Thomas seufzte. «Na schön. Sie hat man angerüffelt, Herr Oberst. Ihre üble Laune verstehe ich. Aber warum schneiden *Sie* ein solches Katzenjammergesicht, lieber Brenner?»
Der Major winkte ab. «Nichts als Ärger. Brief von zu Hause. Die Frau krank. Der Junge fällt mit Sicherheit im Juni durch. Latein und Physik. Und dann auch noch die verfluchte Steuer ...»
Wenig interessiert erkundigte sich Thomas: «Warum haben Sie mit der Steuer zu tun, Herr Brenner?»
«Weil ich Idiot vor Jahren für einen Verlag wehrpolitischer Schriften ein paar Artikel schrieb! Weil ich Idiot vergaß, das der Steuer bekanntzugeben! Weil in dem Verlag eine Buchprüfung stattgefunden hat! Und weil so ein Scheißbuchhalter meinen Namen genannt hat, darum!»
Thomas Lievens Gesicht sah plötzlich aus wie das eines Vollkretins. Seine Stimme kam beinahe lallend: «Ein Buchhalter ...?»

«Sage ich doch!»
Plötzlich sprang Thomas auf. Er stieß einen heiseren Schrei aus, umarmte Brenner und küßte ihn auf die Stirn. Dann raste er aus dem Büro.
Brenner war blutrot geworden; es hatte ihn noch nie ein Mann geküßt. Er rieb sich die Stirn. «Übergeschnappt», sagte er konsterniert. «Sonderführer Lieven ist übergeschnappt!»

«Niemals», sagte der hagere, gelbgesichtige Buchhalter Anton Neuner, «niemals, Herr Lieven, werde ich Ihnen das vergessen!»
«Nun essen Sie, Herr Neuner, Ihre Suppe wird ja kalt», sagte Thomas. Er hatte den schlichten Neuner zum Essen in seine Villa geladen. Die Herren kannten sich seit einer Woche. Herr Neuner war bis vor kurzem Buchhalter in der «Intercommerciale» des Oskar Lakuleit gewesen. An dem Abend, an dem Thomas bei Lakuleit zu Gast war, hatte dieser seinen Buchhalter telefonisch hinausgefeuert. Damals hatte Thomas zum erstenmal den Namen Neuner gehört. Nach der Steuerwehklage des Majors Brenner war er ihm wieder eingefallen.
Gehorsam schlurfte der magere Buchhalter einen Löffel Suppe, dann ließ er denselben wieder sinken und starrte Thomas an wie eine lichte Verheißung. «Ich kann es noch immer nicht fassen! Herr Lakuleit wirft mich hinaus. Er hebt meine U.k.-Stellung auf. Meine Frau weint sich die Augen blind; ich sehe mich bereits in Rußland. Und da tauchen Sie auf, ein völlig fremder Mensch, und vermitteln mir eine U.k.-Arbeitsstelle. Warum nur?»
«Herr Neuner, ich bin Bankier. Ich kenne die ‹Intercommerciale›. Ich weiß, daß Sie ein tüchtiger Mann sind. So was spricht sich herum! Um so weniger verstehe ich, daß Herr Lakuleit Sie hinausgeworfen hat ...»
Neuner beugte sich über seinen Teller. In seinem Gesicht zuckte es. «Wegen 18 Mark und 25 Pfennig. Ja, Sie haben recht gehört! Und das, nachdem ich drei Jahre für ihn geschuftet habe.» Neuner berichtete, wie er, als es im Büro einmal spät wurde, in einem Lokal zu Abend gegessen und sich seine Ausgaben, ohne Lakuleit zu fragen, vergütet hatte. Das hatte der Fettwanst herausgefunden. Und ihn sofort hinausgeworfen. «Dabei könnte ich Geschichten erzählen über Geschäfte – über Geschäfte, sage ich Ihnen, Herr Lieven ...»
«Interessant.»
«... aber ich tue es nicht. Wie schlecht sich Herr Lakuleit auch gegen mich benommen hat, ich bin kein Verräter ...»

## Menu · Paris, 14. April 1944

*Kalbfleisch-Bouillon mit Toast*
*Gedünstete Taube mit Blumenkohl à la Crème*
*Apfelkompott mit Kirschen*

---

### Thomas Lievens Diät bricht jemandem das Genick ...

Kalbfleisch-Bouillon: Man nehme ganz mageres Kalbfleisch und bereite daraus ohne Suppengrün eine Brühe, die man kräftig einkochen läßt und nur ganz schwach salzt. – Man gebe sie in Tassen, mit etwas sehr fein gehackter Petersilie bestreut, zu Tisch und reiche Toast ohne Rinde.

Gedünstete Tauben: Man nehme gut geputzte und gewaschene junge Tauben und lasse sie in schwachgesalzenem Wasser und einem guten Stück Butter etwa 30 Minuten im geschlossenen Topf auf kleiner Flamme weichdünsten. – Man achte darauf, daß immer soviel Flüssigkeit im Topf ist, daß die Tauben nicht zum Braten kommen.

Blumenkohl à la Crème: Man nehme einen gründlich gewaschenen Blumenkohl, entferne die harten Strünke und zerbreche den Blütenkopf in mehrere Teile, die man in kochendes Salzwasser legt und ganz weich kocht. – Man nehme sie heraus, lasse sie abtropfen und drücke sie durch ein Passiersieb. Man verrühre das Püree gut mit einem Eigelb, etwas süßer Sahne und einem Stück Butter und lasse es auf kleinster Flamme noch einmal heiß werden, ohne daß es zum Kochen kommt.

Apfelkompott mit Kirschen: Man nehme süße, mürbe, geschälte, entkernte Äpfel und bereite daraus mit möglichst wenig Zucker ein sehr fein passiertes Apfelmus. – Man garniere es mit abgetropften eingemachten Kirschen und umsteche die Kompottschüssel mit Löffelbiskuits.

---

Das hübsche Dienstmädchen Nanette brachte das Hauptgericht. Neuner meinte: «Die Suppe war vorzüglich. Hoffentlich gibt es jetzt nichts Gebratenes. Ich bin nämlich krank. Magengeschwüre, wissen Sie.»
«Es gibt ein Täubchen, mit Wasser und Butter gedünstet. Ich habe an Ihre Gesundheit gedacht.»
«Ach, lieber Herr Lieven, was sind Sie für ein wundervoller Mensch!»
«Nicht der Rede wert. Im übrigen, Sie werden bestimmt länger leben als der viel zu dicke Herr Lakuleit. Der Mann überfrißt sich noch, auch an seinen Geschäften ...»
«Dieser Mensch hat sich bereits überfressen», stieß Neuner hervor. «Die Autos werden ihm noch einmal den Hals brechen.» Erschreckt hielt er inne. – «Nehmen Sie davon, das ist passierter Blumenkohl. Schmeckt das Täubchen?»

«Köstlich, selbst an der Riviera habe ich nichts Besseres gegessen.»
Es klingelte Alarm in Thomas Lievens Gehirn. Neuner, der schlichte Buchhalter, an der Riviera?
«Ich habe das Rezept von einem Koch im Hôtel Negresco», sagte Lieven, «da wohnte ich immer, herrliches Haus ...»
«Hahaha, das war Herrn Lakuleit zu teuer. Für mich, meine ich. Er selber hat immer dort gewohnt. Ich mußte in eine billige Pension ziehen. Er brauchte mich, weil er nicht Französisch spricht.»
«Asozial, der Herr Lakuleit.»
Mit leuchtenden Augen sagte der ahnungslose Neuner: «Wir fuhren sehr oft an die Riviera, bis hinunter zur französisch-spanischen Grenze. Unsere Geschäfte ...» Er verstummte plötzlich und schaute Thomas Lieven mißtrauisch an.
Aber Thomas lächelte sonnig: «Nehmen Sie noch ein wenig Kompott, Herr Neuner! Und erzählen Sie mir von Nizza! Ich war so lange nicht mehr dort ...»

## 4

Aus einem Geheimbericht, den die Abwehr Paris am 12. Mai 1944 an den Obersten Rechnungshof des OKW in Berlin sandte:
... lenkten geschickt gesteuerte Aussagen des entlassenen Buchhalters Anton Neuner über Nizza unsere Aufmerksamkeit auf diese Stadt. Major Brenner und Sonderführer Lieven wurden an die Riviera entsandt. In dreiwöchiger Arbeit stellten sie fest: Oskar Lakuleit hat hier mindestens 350 wertvolle Wagen ausländischer Fabrikation (Rolls Royce, Lincoln, Cadillac, Hispano Suiza etc.) teils aufgekauft, teils aus den Garagen ihrer geflüchteten Besitzer stehlen lassen. Die Kaufgeschäfte wickelte er im Hôtel Negresco ab, wobei er sich des Buchhalters Neuner als Dolmetscher bediente. Die Wagen zerlegte Lakuleit. Durch Bestechung verschaffte er sich in Vichy Ausfuhrbewilligungen für «Auto-Ersatzteile» und exportierte diese nach Madrid, wo die «Ersatzteile» wieder zu Luxuswagen zusammenmontiert und zu höchsten Preisen verkauft wurden.
Ohne Zweifel sind diese Nizza-Transaktionen nicht in den Geschäftsbüchern der «Intercommerciale» vermerkt. Wir vermuten, daß Oskar Lakuleit das Deutsche Reich mit diesen und anderen Geschäften um Millionen geprellt hat. Mit den Nizza-Transaktionen ist der Steuerfahndung eine Handhabe gegeben, seinen gesamten Betrieb zu durchleuchten ...

5

Am Abend des 29. Mai 1944 brachte Thomas Lieven der Prinzessin Vera von C. rote Rosen. Einen Tag zuvor hatte die seltsame Aristokratin ihn – wieder einmal – angerufen und eingeladen. Sie sah so aufregend aus wie noch nie, fand Thomas.
Vera sagte: «Heute abend verspreche ich, ganz brav zu sein. Kein Wort von Lakuleit!»
Vera hielt ihr Versprechen lange an diesem Abend. Daß sie es zuletzt doch noch brechen mußte, lag nicht an ihr.
Sie tanzten. Sie flirteten. Sie machten Musik. Es wurde immer später. Dann küßten sie sich. Dann gab es plötzlich keine Probleme mehr für sie. Alles war natürlich und einfach, und Thomas hatte das Gefühl, Vera lange, lange zu kennen ...
Da klingelte das Telefon.
«Ich hebe nicht ab», sagte Vera träge. Sie sah Thomas verliebt an und streichelte ihn. Das Telefon klingelte immer weiter. Zuletzt hob Vera doch ab. Sie meldete sich. Sie lauschte eine Weile und wurde wachsbleich. Haß stand auf einmal in ihren Augen. Sie zischte Thomas an: «Du Hund ... du verfluchter Hund! –»
«Nicht, chérie! Nicht schon *wieder»*, bat er.
Vera schrie plötzlich in den Hörer: «Ich kann nicht mehr ... ich kann nichts mehr hören! –» Sie schleuderte den Hörer auf die Couch, sprang auf und zitterte am ganzen Leib vor Wut. Mit unflätigen Ausdrücken begann sie Thomas zu beschimpfen.
Er lauschte eine Weile, dann nahm er den Hörer ans Ohr, aus dem noch immer eine aufgeregte Stimme quakte: «... Vera ... Vera ... Herrgott, so hören Sie doch, Vera! Das ist Lievens Schuld, sage ich Ihnen! Wir können nichts mehr tun ... Lakuleit wird schon nach Berlin gebracht ... In der Firma ... in der Villa ... überall sitzen Steuerfahnder ... Alles wird versiegelt ...»
«Gute Nacht, Oberst Siméon», sagte Thomas Lieven grinsend. Er legte den Hörer in die Gabel und fiel grinsend auf die Couch zurück. Dann bekam er plötzlich einen Schlag. Und noch einen. Vera fiel über ihn her. Sie prügelten sich. Dazu schrie sie: «Schuft! – gemeiner Hund!» Zuletzt hielt er sie fest und verlangte präzise Informationen. Sie gab sie ihm keuchend: «Ich haue ab – heute nacht noch – mich siehst du nicht wieder!»
«Wenn ich dich gehen lasse!»
«Du läßt mich gehen – Ich weiß, wie du denkst. Ich weiß, was du hinter dir hast. Deshalb bin ich ja so wütend, deshalb verstehe ich das einfach nicht!»

«Was?»
«Daß du Lakuleit erledigt hast!»
«Er ist ein widerlicher Verbrecher, der heimlich auch noch die Gestapo finanziert.»
«Na und? Was geht das dich an? Das ganze Gold, die ganzen Devisen der großen Nazi-Bonzen wären in unsere Hände gefallen ...»
«Wer ist uns?»
«Der britische Geheimdienst!»
Er fiel auf das Kissen zurück und schnappte nach Luft. «Du arbeitest für den britischen Geheimdienst?»
«Sage ich doch!»
«Aber ... aber was hat Siméon mit dir zu tun?»
«Der denkt, ich arbeite für ihn ... Das war mein Auftrag: die Franzosen abzulenken, damit *wir* den Coup landen. Und wir *hätten* ihn landen können, wenn du mitgespielt hättest, du Idiot!»
Er begann zu lachen.
«Lach nicht, du Schuft!»
Thomas lachte immer stärker. Er rollte auf den Bauch, zurück auf den Rücken, wieder auf den Bauch.
«Du sollst nicht lachen, verdammt noch mal, ich bring' dich um, du Halunke!»
Thomas schrie vor Lachen, er ächzte und stöhnte, er hatte in seinem ganzen Leben nicht so gelacht. Er erstickte beinahe daran. Prompt fiel Vera wieder über ihn her. Prompt begannen sie sich wieder zu prügeln.
Da schrillte das Telefon zum zweitenmal. Thomas stieß Vera beiseite, richtete sich auf und riß den Hörer ans Ohr. Völlig außer Atem krächzte er, noch immer lachend: «Ja, Monsieur le Colonel, was gibt es denn noch?»
«Wieso noch?» fragte die Stimme des Oberst Werthe. Thomas wurde es plötzlich kühl. Er stotterte: «Was ... was ist los, Herr Oberst?»
«Ich hoffte, Sie bei der Prinzessin zu erreichen. Wir suchen Sie schon überall.»
«Suchen ... mich ... schon ... überall», wiederholte Thomas idiotisch, während Vera ihn mit offenem Mund anstarrte.
«Ich habe hier einen Kurier. Gekados. In der Sache Lakuleit fliegen Sie morgen früh nach Berlin, Lieven. Und melden sich – halten Sie sich fest – im Reichssicherheitshauptamt.»
«Reireireichssicherheitshauptamt?»
«Ja. Um 15 Uhr. Pünktlich. Bei Heinrich Himmler.»

# 6

Einer der geschmacklosesten Architekten aller Zeiten muß hier am Werk gewesen sein, dachte Thomas Lieven, als er den riesenhaften Gebäudekomplex Wilhelmstraße 102 erblickte.
Durch mächtige, weit geöffnete Doppeltore trat unser Freund in eine düstere Einfahrt. Ein baumlanger SS-Mann blickte steinern auf den schlanken Zivilisten herab. Stumm wies er mit der Hand zu einem gläsernen Verschlag, in welchem drei seiner Kollegen amtierten.
Thomas Lieven trat ein, lüftete den Hut und sprach: «Sonderführer Lieven von der Abwehr Paris. Man hat mich ins Reichssicherheitshauptamt herbestellt.»
«Heil Hitler heißt das bei uns», sagte scharf der dienstführende SS-Hauptscharführer. «Wer hat Sie herbestellt?»
«Der Herr Reichsführer SS und Chef der Deutschen Polizei», antwortete Thomas bescheiden.
Der Diensthabende verfärbte sich, griff nach dem Telefon, sprach hinein, hörte zu. Danach war er erfüllt von lauter Hochachtung und Ehrerbietung. In Windeseile wurde ein Laufzettel für den Besucher ausgefüllt, mit Stempel, Datum und Uhrzeit versehen: Berlin, 30. Mai 1944, 17.48 Uhr.
Im Stiegenhaus gab es eine breite, steinerne Treppe bis zum ersten Stock. Dann kamen Holztreppen. In den schmalen Korridoren war es dunkel. Stiefel polterten, Schuhe schlurften. Es schien, als ob Tausende unterwegs seien in diesem Zentrum des Schreckens.
Der Ordonnanz folgend, dachte Thomas: Gestern war ich noch in Paris. Jetzt bin ich hier im Reichssicherheitshauptamt. Ich, ein friedlicher Bürger, ein Mann, der die Geheimdienste, die Nazis, Gewalt und Lüge haßt. Ich, Thomas Lieven, den man seit Jahren nicht mehr in Frieden leben läßt.
Ob ich diesen Alptraum von Gebäude wohl jemals noch lebend verlassen werde? Ob ich wohl jemals aus diesem Riesenspinnennetz des Schicksals herauskommen werde, um zu berichten, was mir keiner glauben wird?

«Nehmen Sie Platz, Sonderführer», sagte Heinrich Himmler. Voran war eine kurze Begrüßung gegangen, bei der SS-Obergruppenführer Kaltenbrunner, ein Hüne mit Schmissen im brutal-kantigen Gesicht, Thomas mißtrauisch gemustert hatte. Kaltenbrunner war der Chef des RSHA. In seinem Büro saßen Thomas und Himmler jetzt allein.

Alles in diesem Büro war pompös: die Wandtäfelung, die silbernen Kandelaber, die Möbel. An der Wand hing ein Ölgemälde, darstellend Burgruine über sturmgepeitschter Meeresbrandung.
Der Reichsführer ss und Chef der Deutschen Polizei in der schwarzen Uniform seines Standes sprach: «Also passen Sie mal auf, Lieven: Sie wissen, Ihr Gönner Admiral Canaris ist seit Wochen Privatmann. Sie wissen, daß die ganze militärische Abwehr nunmehr mir untersteht.» Himmler grinste dünn. «Ich habe mich mal mit Ihren Akten beschäftigt. Wissen Sie, was ich eigentlich mit Ihnen tun müßte?»
«Sie müßten mich eigentlich erschießen lassen», sagte Thomas Lieven still.
«Ich? Eh? Was? Jawohl, ganz richtig! Das wollte ich sagen!» Hin und her an seinem Finger drehte Himmler einen schweren Siegelring mit den ss-Runen. Kalt sah er Thomas an. «Will Ihnen eine Chance geben. Eine letzte Chance. Durch die Mission, mit der ich Sie beauftrage, können Sie sich bewähren vor Führer und Volk.»
Ein Telefon läutete. Himmler hob ab und lauschte kurz. Legte auf und sagte: «Feindliche Kampfverbände im Anflug auf die Reichshauptstadt. Kommen Sie in den Keller hinunter.»
Das war die erste Phase des Gespräches. Zur zweiten kam es in einem tiefen, sicheren Bunker.
Dieweilen Bomberströme ihre tödliche Last über Berlin abwarfen und weniger feine Volksgenossen in weniger feinen Kellern zu Hunderten krepierten, schlug der Reichsführer eine andere Tonart an: «Lieven, Sie sind ein Mann mit pazifistischen Ansichten. Keine Widerrede, ich weiß alles! Um so eher werden Sie mir beipflichten, wenn ich sage: Dieses grauenvolle Blutbad muß ein Ende haben. Wir Abendländer dürfen uns nicht abschlachten, damit die bolschewistischen Untermenschen sich ins Fäustchen lachen.»
Ein schwerer Bombeneinschlag ließ den Bunkerboden leicht schlingern. Das Licht ging aus. Dann ging es wieder an. Thomas sah, daß dem Reichsführer der Schweiß in feinen Tropfen auf der Stirn stand.
Himmler sprach nur noch halblaut: «Ich kämpfe einen schweren Kampf. Auf mir liegt eine ungeheure Verantwortung. Keiner nimmt sie mir ab. Ich allein muß entscheiden.»
Ich, ich, ich, dachte Thomas. Und Hitler? Und Goebbels? Und die andern? Der Herr bereitet wohl einen Separat-Endspurt vor! «Üblicherweise würden wir Sie eines Tages als Volksschädling einen Kopf kürzer machen. Ich aber will und werde Sie benützen.

Sie sind der beste Mann, den ich finden konnte.» Wieder dröhnte ein Einschlag. Wieder ging das Licht aus. Himmlers Gesicht war nun grau. «Sie kennen jeden Grenzübergang nach Spanien. Sie kennen jeden Schmugglerpfad von Spanien nach Portugal, stimmt's?»
«Ja», sagte Thomas.
«Gut. Sie bekommen alle Vollmachten. Ich schenke Ihnen die Freiheit, unter der Bedingung, daß Sie einen bestimmten Menschen gesund und unverletzt nach Lissabon bringen. Sie sind doch Bankier, nicht wahr? Mit Ihnen kann man doch über Geschäfte reden – oder?»
«Es kommt darauf an», sagte Thomas. Und dachte: Also so ist das. Darum braucht er mich. Die Portugiesen haben die diplomatischen Beziehungen zu uns abgebrochen. Die Spanier lassen keinen Deutschen mehr ins Land. Man kann nur illegal hinein. Also darum. Thomas Lievens Lippen waren trocken. Er schwitzte jetzt. Ich bin kein Held, dachte er. Ich bin ganz und gar kein Held. Ich habe Angst. Aber wenn dieser Massenmörder mir jetzt zumutet, daß ich vielleicht *ihn* noch rausbringe – oder jemanden von seinen Verwandten – seinen Freunden ...
«Soso, Sie stellen also Bedingungen!» In Himmlers Stimme schwang ein gefährlicher Unterton. «Worauf kommt es an?»
«Wer dieser Mensch ist», sagte Thomas Lieven leise.
«Dieser Mensch wird Ihnen zweifellos sympathisch sein», antwortete Himmler. «Er heißt Wolfgang Lenbach und hat ausgezeichnete Papiere auf diesen Namen. In Wahrheit heißt er Henry Booth und ist ein englischer Oberstleutnant. Persönlich bekannt mit Churchill und Montgomery. Hat in Norwegen ein Kommando-Unternehmen geleitet. Da nahmen wir ihn gefangen ...»

## 7

Einer Riesenfackel gleich brannte Berlin noch Stunden nach der Entwarnung.
Eine hysterische Menschenmenge überschwemmte den Bahnhof. Frauen und Kinder schrien, Männer kämpften um Platz in den Waggons, die ununterbrochen die Stadt mit Flüchtlingen verließen.
Der Zug war zum Bersten überfüllt. Sogar in den Toiletten standen die Menschen dichtgedrängt. Aus- und einsteigen konnte man nur durch die Fenster. Aber im Schlafwagen gab es Platz, viel Platz ...

Vier ss-Leute eskortierten in ihrer Mitte zwei Zivilisten zu dem Schlafwagen des Schnellzuges nach Paris. Sie stießen Frauen und Kinder zurück.
Der Schaffner öffnete die versperrte Eingangstür des Waggons, als die ss-Leute ihn erreichten.
«Herr Lieven und Herr Lenbach, nicht wahr?» sagte der Schaffner nervös. Thomas nickte. «Bett dreizehn und vierzehn», sagte der Schaffner.
Thomas sah seinen hageren, großen Begleiter an und machte eine auffordernde Bewegung. Gleich darauf trat der Mann, der sich Wolfang Lenbach nannte und in Wahrheit Henry Booth hieß, in das Abteil. Der britische Oberstleutnant trug einen blauen Freskoanzug. Er hatte kurzgeschnittenes, braunes Haar, helle Augen, buschige Brauen.
Thomas sagte zu ihm in englischer Sprache: «Ich kann mir vorstellen, was in Ihnen vorgeht, Mister Booth. Ich würde an Ihrer Stelle dasselbe denken. Trotzdem – wir müssen die nächsten Tage miteinander auskommen.»
Der britische Oberstleutnant schwieg.
Thomas seufzte und zog aus seiner Reisetasche eine Flasche Whisky. Er füllte die beiden Zahnputzgläser des Waschbeckens und reichte dem andern ein Glas.
«Thanks», sagte der Engländer. Es war das erstemal, daß Thomas ihn sprechen hörte. Danach schwiegen sie beide eine lange Weile. Der Zug ruckte an.
Thomas setzte sich auf sein Bett. Er sah das Waschbecken an und sagte: «Ich weiß, in welcher Mission Sie nach Lissabon reisen, Mister Booth. Ich habe es gleich geahnt.»
Es kam keine Antwort. Die Achsen schlugen, die Räder rollten ...
Thomas sagte: «Sie sollen ein Friedensangebot Himmlers überbringen. Ein Friedensangebot an die Engländer und Amerikaner. Es wurde ähnliches ja schon einmal versucht, über den englischen Generalkonsul Cable in Zürich. Damals zuckte Himmler zuletzt zurück. Aber jetzt schlägt er euch wieder vor, einen Waffenstillstand zu schließen und mit uns gegen die Sowjets zu kämpfen ...»
Es kam keine Antwort.
Thomas sagte: «Es ist klar, daß ein solches Angebot unannehmbar ist. Es ist amoralisch von jedem Standpunkt. Ihr habt mit den Sowjets gegen uns gekämpft. Ihr könnt eure Waffenbrüder nicht im Stich lassen.»

Thomas hörte die Stimme des Engländers: «Warum erzählen Sie mir das alles?»
«Weil es nicht nur Schweine gibt in unserm Land.»
«Das verstehe ich nicht.»
Thomas sah den Engländer offen an. «Sie wissen nichts von mir. Sie haben keinen Grund, mir zu trauen. Sie kennen Herrn Himmler. Sie wissen jetzt, wie es in seinem Gehirn aussieht. Ich sage Ihnen dennoch: Es leben nicht *nur* Nazis in Deutschland. Nicht alle sind jubelnd über Rußland hergefallen.»
«Jubelnd nicht, aber sie sind!»
«Wir haben Rußland überfallen. Das stimmt. Trotzdem sage ich Ihnen: Es gibt nicht nur wüste Landsknechte in der Deutschen Wehrmacht! Eure Landung auf dem Kontinent steht bevor. Mit den Sowjets gemeinsam werdet ihr uns schlagen. Aber es wird ein Unterschied für Hunderttausende sein, ob sie in westliche Gefangenschaft geraten oder in sowjetische. Unter diesen Hunderttausenden wird es viele geben, die nichts für das können, was in diesem Krieg geschah ...»
«Unschuldige also?» sagte Booth. «Habt ihr etwa nicht alle Heil geschrien und Herrn Hitler begeistert gewähren lassen?»
«Und das Ausland? Hat es Herrn Hitler nicht auch gewähren lassen? Und ihn bewundert und seine Olympiade bestaunt und untätig zugesehen, als er die ersten kleinen Völker überfiel?» sagte Thomas. «War nicht Herr Chamberlain in München?»
Der Engländer reichte abrupt sein Glas zurück. Er knipste das Licht über dem Bett aus und drehte sich zur Wand.

8

Um es vorwegzunehmen:
Im Rahmen der bedingungslosen Kapitulation wurde allen Einheiten der Deutschen Wehrmacht zwischen dem 8. und 9. Mai 1945 von den Alliierten Streitkräften befohlen, um Mitternacht jede Kampfhandlung und jede Marschbewegung einzustellen und sich an jenem Ort gefangennehmen zu lassen, an dem sie sich zu diesem Zeitpunkt befanden. Es steht heute historisch fest, daß angloamerikanische Heerführer und Offiziere, vor allem der britische Feldmarschall Bernard L. Viscount Montgomery, es deutschen Einheiten stillschweigend gestatteten, sich noch viele Stunden über die Mitternacht des 8. Mai 1945 hinaus von ihren Positionen fort westwärts zu bewegen. Abertausende deutscher Soldaten an der Elbe, in Mecklenburg, in Thüringen entgingen so der sowjetischen

Gefangenschaft. Zum Stab von Feldmarschall Montgomery zählte zu jener Zeit der Lieutenant-Colonel Henry Booth ...

## 9

Das Hauptquartier des SD in Marseille lag in der Rue de Paradis 426. Diese sehr lange Straße verband die Cannebière mit dem Prado. Rechts und links vom Hauptgebäude hatte die Gestapo eine Reihe von Häusern beschlagnahmt. Alle Häuser besaßen nur einen gemeinsamen Eingang: Rue de Paradis 426.

Durch diesen Eingang schritt am Morgen des 8. Juni 1944 ein Mann in einem gutgeschnittenen grauen Sommeranzug und ließ sich durch die Wache beim Leiter des SD Marseille, dem Hauptsturmführer Heinrich Rahl, anmelden.

Rahl, ein großer, kräftiger Mann mit eingedellter Nase, empfing seinen Besucher sofort. «Bereits Fernschreiben aus Berlin empfangen, Sonderführer. Geheime Mission. Bin im Bilde. Was kann ich für Sie tun?»

Gemessen antwortete Thomas: «Wie Sie wissen, habe ich den Auftrag, eine außerordentlich wichtige Persönlichkeit über die Grenze zu bringen.»

«Bin im Bilde», sagte Rahl. Er sagte es offenbar gerne.

«So etwas will vorbereitet sein. Ich brauche zunächst einen Kommandowagen.»

«Steht zu Ihrer Verfügung, Sonderführer.»

So ein Kommandowagen war eine feine Sache. Zweieinhalb Tonnen schwer. Zwillingsreifen. Geländegängig. Besaß eine Peil- und Funkanlage. Nicht umsonst war Thomas Lieven dermaleinst in einer französischen Agentenschule in Funken und Senden, Chiffrieren und Dechiffrieren ausgebildet worden. Nun, da vor zwei Tagen die Invasion am Atlantik erfolgt war, gedachte er, sich seine Kenntnisse zunutze zu machen.

Er sah den Hauptsturmführer bedeutungsvoll an: «Ich wohne mit meinem ... hm, Begleiter im ‹Hôtel de Noailles›.» Er dachte: Da hat einmal Josephine Baker gewohnt. Da war ich mit Débras und Siméon. Nachdem sie mich beinahe erschossen hätten. Nun bin ich wieder hier. Und bereite (zum wievielten Male eigentlich?) wieder meine Flucht vor. Mit Hilfe von Herrn Heinrich Himmler und der Gestapo.

Er sagte: «Ich werde bei meiner Mission Hilfe brauchen. Auch von französischer Seite. Darum bitte ich Sie, Hauptsturmführer, die Adresse eines gewissen Bastian Fabre ausfindig zu machen. Er

Menu · Marseille, 11. Juni 1944

*Krabben-Cocktail*
*Gebratenes Spanferkel*
*Welsh Rarebits*

---

Beim Spanferkel beschließt Lieven, ein großes Schwein «umzulegen» ...

Krabben-Cocktail: Man nehme eine Büchse Krabben, gebe Krabbenfleisch und Flüssigkeit in getrennte Gefäße. – Man spritze die Krabben mit etwas Cognak und ein paar Tropfen Zitronensaft ab. – Man verrühre süße Sahne gründlich mit geriebenem Meerrettich, englischem Senfpulver und dem Krabbenwasser, färbe mit wenig Tomatenketchup und mische darin die Krabben. – Man lege breite, flache Gläser mit Salatblättern aus, fülle den Krabben-Cocktail darauf und stelle ihn bis zum Servieren kalt.

Gebratenes Spanferkel: Man nehme ein Milchferkel ohne Augen und Füße, reibe es innen mit Pfeffer und Salz ein, stecke der Länge nach einen Holzspieß hindurch, lege es auf den Rost oder in eine Bratpfanne mit etwas heißem Wasser und schiebe es in den Backofen. Man steche Blasen mit einer Spicknadel auf, wische heraustretenden Saft gleich ab, damit keine Flecke entstehen. Man darf das Spanferkel nicht wie andere Braten begießen, sondern nur mittels Pinsel mit Butter und Öl bestreichen. Man bestreut es erst von außen mit etwas Salz, wenn sich eine Kruste gebildet hat. – Man nehme es heraus, sobald das Fleisch gar ist – je nach Größe in etwa einer Stunde – und bringe es sehr heiß, mit einer Zitrone im Maul, zu Tisch.

Welsh Rarebits: Man nehme Chester oder einen verwandten Käse und schneide ihn in kleine Stückchen. – Man verrühre sie am Tisch auf einem Spiritus-Réchaud in einem feuerfesten Töpfchen mit Butter, einem Glas Bier und etwas Cayenne-Pfeffer. Wenn die Masse Fäden zu ziehen beginnt, streiche man sie dick auf vorbereitete Toastscheiben und reiche sie auf angewärmten Tellern.

---

wohnte zuletzt in Montpellier. Bei einer gewissen Mademoiselle Duval. Auf dem Boulevard Napoléon.»

Drei Tage später ...

«Mensch, Pierre, du hast aber einen goldenen Humor», sagte Bastian Fabre. Immer noch stand dem muskulösen Riesen das rötliche Borstenhaar wirr vom Schädel ab. Er kniete vor einer geöffneten Bratröhre. Darin schmorte ein kleines Spanferkel. Dasselbe bestrich Bastian mit Butter. Wenn sich unter der zarten Haut des Milchferkels eine Blase bildete, stach Bastian sie sofort mit einer Nadel auf. So hatte Thomas Lieven, den Bastian unter dem Namen Pierre Hunebelle kannte und liebte, es ihn gelehrt. Damals.

Noch zwei Herren waren in der kleinen Küche: Thomas und Lieutenant-Colonel Booth. Die Küche gehörte zu Bastians neuer Wohnung in der Rue Clary nahe dem Boulevard de Dunkerque. Bastian lebte unangemeldet hier. Dennoch hatte der eifrige SD ihn auf Sonderführer Lievens Geheiß gesucht und gefunden.
«Ich habe gedacht, ich werde ohnmächtig, als auf einmal die Bullen hier auftauchten», bekannte Bastian, um das Ferkelchen bemüht.
Die Bullen waren am 10. Juni bei Bastian aufgetaucht. Eine stürmische Wiedersehensszene war noch an diesem Tage gefolgt. Immer wieder hatte Bastian seinen alten, totgeglaubten Freund Pierre umarmt. Wie ein Baby hatte er plötzlich losgeheult. «Die Freude, Mensch – ich freue mich ja so ...»
Dann hatte Thomas die Lage erläutert. Bastian hatte einen Lachanfall erlitten – noch mit Tränen in den Augen. Und dann hatten sie beschlossen, am nächsten Tage das zu veranstalten, was Bastian «ein schickes, kleines Fressen» nannte.
Nun standen sie also zu dritt in der kleinen Küche: Bastian, Thomas und der schweigsame Lieutenant-Colonel Booth. Bastian beobachtete das Ferkel. Thomas machte einen Krabben-Cocktail. Der Engländer schnitt Käsestückchen für den Nachtisch klein.
Thomas sagte: «Ich brauche deine wertvollen Dienste, Bastian. Kennst du dich noch immer so gut an der spanischen Grenze aus?»
«Mensch, Pierre, im Schlaf! Den spanischen Grenzer, den ich nicht bestochen habe, gibt's nicht!»
«Na prima», sagte Thomas, «dann wirst du uns führen. Wir müssen diesen Herrn nach Lissabon bringen. Ein bißchen kleiner, die Käsewürfel für die Rarebits, Mr. Booth, wenn ich bitten darf. Bei dieser Gelegenheit: Können Sie vielleicht den uralten Streit der Feinschmecker auf diesem Kontinent darüber beilegen, ob es nun ‹Welsh Rabbits› oder ‹Welsh Rarebits› heißt?»
Der Oberstleutnant antwortete steif: «Das ist nicht nur ein kontinentaler Streit. Darüber liegt man sich in meiner Heimat genauso in den Haaren. Ich weiß auch nicht, wie es richtig heißt.»
«Beruhigend. Hast du noch ein bißchen Ketchup, Bastian?»
Der Riese öffnete einen Küchenschrank und entnahm ihm eine Flasche. Dabei fiel etwas aus dem Schränkchen heraus – eine kleine Spielzeug-Lokomotive. Bastian hob sie auf. «Schau mal, Pierre – weißt du noch? Von meiner elektrischen Eisenbahn! Alles, was übrig blieb. Mit der Lokomotive hast du damals das komische Fressen serviert. Ich schleppe sie seither mit mir herum, als Talisman. Und zur Erinnerung an ...»

«Ich weiß», sagte Thomas Lieven leise. Er rührte in der Krabbensauce und dachte an Chantal Tessier, und immer noch tat ihm das Herz weh dabei. Ach Chantal, wenn du noch lebtest – wenn du jetzt mit uns gehen könntest ... Er hörte Bastian sagen: «Übrigens: ‹Die Glatze› ist noch immer da.»
Thomas fuhr auf. «‹Die Glatze› in Marseille?»
Bastian nickte verbissen. «Hat seine Bande aufgelöst, die Sau, und ist hauptberuflich SD-Spitzel geworden. Ganz Marseille zittert vor ihm. Jetzt hat er natürlich schon ein bißchen Angst – aber trotzdem ...»
Thomas mußte sich schnell setzen. Eine Woge wilder Wut stieg in ihm auf. «Die Glatze» lebte! Der Mann, der Chantal Tessier erschossen hatte, lebte hier in Marseille! Im Kreise ... alles hatte sich im Kreise gedreht.
Thomas sagte: «Mr. Booth, Sie werden mit meinem Freund allein über die Grenze gehen müssen. Ich habe hier noch etwas zu erledigen.»
Der Engländer wollte protestieren, aber Thomas schüttelte nur den Kopf: «Sparen Sie Ihre Worte. Ich bleibe hier. Ich will abrechnen mit einem Schuft. Und wenn es das Letzte ist, was ich tue. Und wenn ich draufgehe dabei ...»

10

Am 14. Juni 1944 brachte Thomas Lieven den englischen Offizier und Bastian Fabre mit dem Kommandowagen des SD bis in die Nähe der spanischen Grenze. «Leben Sie wohl, Lieutenant-Colonel. Denken Sie an unser Gespräch im Schlafwagen.»
Der Engländer verneigte sich stumm. Bastian bekam wieder Tränen in die Augen, als er Thomas umarmte. «Du kommst gleich zurück», sagte Thomas zu ihm. «Wir sehen uns wieder in Marseille. Der Krieg hier unten ist bald zu Ende.»
Diese Überzeugung verdankte Thomas Lieven dem Funkgerät seines Kommandowagens. Stundenlang hörte er täglich deutsche und alliierte Sender ab.
Nach dem, was der flüsternde Äther ihm verriet, richtete Thomas seinen Schlachtplan ein. Er kehrte nach Marseille zurück. Er beobachtete den glatzköpfigen Dantes Villeforte bei Tag, bei Nacht. Aber noch schlug Thomas Lieven nicht zu. Er wartete. Er wußte, worauf ...
Am 26. Juni eroberten die Alliierten Cherbourg, am 9. Juni Caën. Am 20. Juli kam es zu dem Attentat auf Hitler.

Am 3. August fiel Rennes in die Hände der Alliierten, am 9. Le Mans, am 10. Nantes und die Loire-Linie. Das alles hörte Thomas Lieven in seinem Kommandowagen. Aber noch schlug er nicht zu. Dann kam der 15. August. Von Neapel aus landeten Engländer und Amerikaner an der Riviera. Am 23. fiel Grenoble. Nun ist es Zeit, sagte Thomas Lieven zu sich selber.
An diesem Tage erschien er im Hauptquartier des SD in der Rue de Paradis. Hier quoll brauner Rauch aus dem Hof: Die Gestapo-Herren verbrannten ihre Akten. Zu dem verstörten Hauptsturmführer Rahl sagte Thomas Lieven: «Nur keine Panik, mein Lieber. Wir werden die Amerikaner ins Meer zurückwerfen, das ist klar. Nach wie vor steht mir auf Grund des Befehls vom Reichsführer SS Ihre gesamte Dienststelle zur Verfügung – oder wollen Sie etwa flitzen?»
«Kei ... keinesfalls, Sonderführer.»
«Will ich stark hoffen. Geben Sie mir zwei zuverlässige Leute mit. Bewaffnet. Es wird wahrscheinlich eine Schießerei geben. Der Kerl ist der gefährlichste Verräter von Marseille – Dantes Villeforte.»
«Villeforte – aber das ist doch ...»
«Ein Verräter, wie ich schon sagte! Zweifeln Sie an der Dringlichkeit meiner Mission, Hauptsturmführer? Muß ich mich in Berlin über Sie beschweren?»
«Um Himmels willen – bin völlig im Bild, Sonderführer.»

11

Am 21. September 1944 machte ein gewisser Paul Martinie folgende Aussage vor Beamten des 145th CIC Detachement, United States Army, Europe:
«Ich war seit Januar 1944 Gefangener der Gestapo in der Rue de Paradis. Am 23. August kam der ganze Betrieb in Unordnung. Es gab plötzlich kein Essen mehr – auch nicht für die deutschen Wachen. Dichter Rauch drang in unsere winzigen Zellen. Vermutlich verbrannten die Gestapo-Leute ihre Akten.
Am Abend gab es eine wüste Brüllerei. Ein älterer, freundlicher Landesschütze, Friedrich Felge aus Hannover, berichtete mir: ‹Da haben wir jetzt einen Sonderführer, ein ganz hohes Tier aus Berlin. Der hat einen Verräter verhaften lassen. Sie nennen ihn hier in Marseille ‹Die Glatze›. Er ist in Ketten geschlossen worden und liegt unten im Keller.› Ich wußte, daß ‹Die Glatze›, mit bürgerlichem Namen Dantes Villeforte, tatsächlich ein Verräter war –

aber ein Verräter *Frankreichs*, ein SD-Spitzel! Am 27. August türmten die Gestapo-Leute. Wir schrien und trommelten gegen unsere Zellentüren – umsonst. Am Morgen des 28. August wurde meine Zellentür aufgeschlossen. Ein eleganter Zivilist stand draußen und sprach in fließendem Französisch: ‹Sie sind frei wie alle Ihre Kameraden. In wenigen Stunden werden die Alliierten hier sein. Übernehmen Sie so lange die Bewachung dieses Hauses und die Bewachung des Gefangenen, der unten im Keller liegt. Viele von Ihnen werden ihn kennen. Er heißt Dantes Villeforte. Er ist ein Mörder und SD-Spitzel und hat unzählige Ihrer Landsleute ans Messer geliefert.› Danach verschwand dieser Mann. Wir bewachten Villeforte und übergaben ihn später einer alliierten Kommission, die ihn sogleich unter Arrest setzte. Den Mann, der uns befreite, habe ich nie wieder gesehen.»

## 12

Am Vormittag des 28. August zog Thomas aus seinem Hotel aus und deponierte einen Koffer auf dem Hauptbahnhof. In den Vororten von Marseille wurde ein wenig gekämpft – nicht sehr. Am Nachmittag des 29. August war Marseille befreit. Thomas Lieven zerriß seine verschiedenen SD-Ausweise und holte eine Reihe von Papieren hervor, die ihm seinerzeit bei der Bekämpfung des «Maquis Crozant» gute Dienste erwiesen hatten ...

Am Abend des 29. August 1944 meldete sich ein gewisser Captain Robert Almond Everett, britischer Fallschirm-Agent, bei den Amerikanern. Er gab an, über Frankreich abgesetzt worden zu sein, und bat, ihn schnellstens nach London zurückzufliegen. Die Amerikaner bewirteten den tapferen Alliierten, der Thomas Lieven wie aus dem Gesicht geschnitten ähnlich sah, mit Whisky und K-Rations.

An der Befreiung Marseilles hatten auch französische Truppen und Partisanenverbände teilgenommen, die aus allen Teilen des Südens zusammengeströmt waren. In dem von den Amerikanern besetzten «Hôtel de Noailles» fand zwei Tage nach dem Sieg eine große Feier statt. Stehend sangen alle Anwesenden die französische Nationalhymne, auch Captain Robert Almond Everett.

«... le jour de gloire est arrivé ...» sang er gerade, als sich eine schwere Hand auf seine Schulter legte. Er fuhr herum. Zwei riesige amerikanische Militärpolizisten standen hinter ihm. Neben ihnen stand ein Mann, der aussah wie ein zu groß geratener Adolphe Menjou.

«Verhaften Sie diesen Mann!» sagte Oberst Jules Siméon, der jetzt eine prächtige Uniform trug. «Er ist einer der gefährlichsten deutschen Agenten des Krieges. Nehmen Sie die Hände hoch, Herr Lieven. Sie haben es endgültig zu weit getrieben. Ihr Spiel ist aus!»

13

Am 25. August war General de Gaulle mit den Amerikanern in Paris eingezogen. Am 15. September landete Thomas Lieven, zum zweitenmal in seinem Leben, in dem nahen Gefängnis von Frèsnes. Das erstemal hatte die Gestapo in hier eingesperrt. Nun sperrten die Franzosen ihn ein.
Eine Woche saß Thomas in seiner Zelle, zwei Wochen – nichts geschah. Er ertrug die neuerliche Gefangenschaft mit philosophischer Gelassenheit. Er dachte oft Gedanken wie diese: Es mußte so kommen. Es ist nur gerecht so. Ich habe in diesen bösen Jahren auch mit dem Teufel paktiert. Und man muß einen langen Löffel haben, wenn man mit dem Teufel essen will!
Auf der anderen Seite ...
Auf der andern Seite habe ich so viele Freunde hier. So vielen Franzosen habe ich geholfen: Yvonne Dechamps, dem Bankier Ferroud, Madame Page. Vielen habe ich das Leben gerettet. Sie werden nun auch mir helfen.
Was werde ich schon bekommen? Ein halbes Jahr? Na schön. Ich werde es überleben. Und dann, mein Gott, dann bin ich *endlich* frei! Dann kann ich *endlich* nach England zurückkehren. Nach so vielen Jahren, ach, werde ich endlich wieder in Frieden leben. Niemals wieder Geheimdienst! Kein Abenteuer mehr! Leben wie einst. Mit dem Geld vom Konto Eugen Wälterli in Zürich.
Schritte kamen polternd näher. Ein Schlüssel drehte sich im Schloß, die Zellentür schwang auf. Zwei französische Soldaten standen draußen.
«Fertigmachen!» sagte der erste Soldat.
«Na endlich», sagte Thomas Lieven und zog seine Jacke an, «das hat aber mächtig lange gedauert, bis Sie mich endlich mal verhören!»
«Verhör, nichts damit», sagte der zweite Soldat. «Fertigmachen zum Erschießen!»

# VIERTES BUCH

## *1. Kapitel*

### 1

Nicht eine einzige Wolke zeigte sich am tiefblauen Sommerhimmel. Und es war heiß in Baden-Baden, sehr heiß an diesem 7. Juli 1945. Die Bewohner der Stadt schlichen bleich und mager einher, schlecht gekleidet und hoffnungslos.
Gegen die Mittagsstunde dieses Tages fuhr ein olivgrüner Stabswagen, im Fond ein Zwei-Sterne-General, über die Kreuzung auf dem Leopoldsplatz. Hier regelte ein französischer Militärpolizist den Verkehr – den französischen Verkehr, denn deutsche Autos gab es nicht. Aber dafür gab es französische in Menge! Baden-Baden war der Sitz der französischen Militärregierung. Deutsche Einwohnerzahl: 30 000. Französische Militärs und Verwaltungsbeamte mit ihren Familien: 32 000.
«Halten Sie mal», sagte der General. Der Fahrer hielt neben dem Militärpolizisten, der so lässig salutierte, daß er von einem deutschen General sofort angeschnauzt worden wäre. Doch deutsche Generäle schnauzten zu dieser Zeit nicht mehr beziehungsweise noch nicht wieder.
Der Zwei-Sterne-Herr drehte das Wagenfenster herunter und sagte: «Ich bin fremd hier. Sie kennen sich aus. In welcher Messe gibt es das beste Essen?»
«Mon général, gehen Sie um Himmels willen in keine Messe! Gehen Sie zu Capitaine Clairmont vom Organ ‹Recherche de Criminels de Guerre›.» Der Militärpolizist erklärte den Weg.
«Dann also los», sprach der hungrige General.
Weiter rollte der Wagen zum Hotel «Atlantic», zum Kurhaus, am Spielcasino vorbei. Ach wie traurig sah es hier aus, wo einst die reichsten Männer der Welt, die elegantesten Damen, die teuersten Kokotten gewandelt waren! Ausgebrannt die Muschel des Kurorchesters, verwüstet die Rasenflächen. Im Freien türmten sich die kostbaren Möbel des Kurhauses und der Spielbank.
Der Stabswagen hielt vor einer großen Villa. Hier hatte sich bis zum Ende des sogenannten Tausendjährigen Reiches das Gestapo-Hauptquartier befunden. Nun befand sich hier der «Französische Kriegsverbrecher-Suchdienst». Der General betrat die Villa und forschte nach Capitaine Clairmont.

Der Mann, der sich gerade René Clairmont nannte, erschien: schlank, mittelgroß, schmaler Schädel, schwarzes Haar und kluge Augen. Eine gutsitzende Uniform trug der etwa 35 Jahre alte Mann. Allerdings erweckte die Uniform einen *sehr* zivilen Eindruck.
Der Capitaine, der in Wahrheit Thomas Lieven hieß und vor langer, langer Zeit einmal erfolgreicher Privatbankier in London gewesen war, schüttelte dem Zwei-Sterne-General die Hand und sprach: «Es wird mir eine Ehre sein, Sie bei uns zu Gast zu haben, mon général.»
Also, Moment mal! Als wir zuletzt von dem unfreiwilligen Geheimagenten, Lebenskünstler und Kochgenie Thomas Lieven berichteten, da saß dieser Mann mit den vielen Namen nahe Paris im Gefängnis von Frèsnes, eingekerkert von den Franzosen.
Es wird, denken wir darum, hohe Zeit, dem geneigten Leser die Frage zu beantworten: Wie war es möglich, daß Thomas Lieven als französischer «Kriegsverbrecher-Sucher» am 7. Juli 1945 in Baden-Baden war – wenn ihn doch am 3. Oktober 1944 zwei Soldaten aus seiner Zelle im Gefängnis zu Frèsnes geholt hatten, mit der Aufforderung, sich fertig zu machen, fertig zum Erschießen ...

2

Zum Erschießen? dachte Thomas Lieven entsetzt, dieweilen die Soldaten ihn gefesselt in den düsteren Gefängnishof hinabführten. Lieber Gott! Und ich glaubte, sie würden mich zu einigen Monaten verdonnern.
Die Soldaten stießen ihn in denselben fensterlosen, übelriechenden Bus, in den er dereinst schon von deutschen Soldaten gestoßen worden war.
Es stank noch immer nach Schweiß und Angst in dem Bus. Abgemagert, blaß und unrasiert, in einem zerdrückten Anzug, ohne Hosenträger, Krawatte und Schnürsenkel, so kauerte Thomas Lieven im Wagen. Eine Welle von Übelkeit hielt ihn umfangen.
Er wußte nicht, wo er war, als der Wagen in Paris hielt, wieder in einem düsteren Hof. Teilnahmslos ließ er es geschehen, daß ihn die Soldaten roh vorwärtsstießen, hin zu einem Zimmer in einem großen Gebäude.
Die Tür des Zimmers öffnete sich. Danach begann sich alles um Thomas zu drehen, und er rang nach Luft. Er hörte Stimmen und Worte, ohne sie zu verstehen. Er sah den Mann, der in der Uniform eines französischen Obersten hinter dem Schreibtisch saß,

den großen Mann mit dem sonnverbrannten Gesicht, den grauen Schläfen und den guten Augen. Und indessen das Blut stürmisch in seinen Schläfen pochte, wußte Thomas: er war gerettet. Das wußte er nun, da er diesen Freund Josephine Bakers erkannte, dem er selbst einmal in Lissabon das Leben gerettet hatte, diesen Oberst Débras vom «Deuxième Bureau».

Mit keiner Miene, mit keinem Wort verriet Oberst Débras, daß er Thomas Lieven kannte. «Da rüber!» schnauzte er ihn an. «Hinsetzen! Maul halten!» Thomas setzte sich da rüber. Thomas hielt das Maul.

Umständlich öffneten die beiden Soldaten seine Fesseln, umständlich ließen sie sich die Übergabe des Gefangenen bestätigen. Es dauerte eine kleine Ewigkeit, bis sie endlich verschwanden. Dann war Thomas mit Débras allein.

Débras lächelte. «Josephine läßt Sie grüßen, Sie elender Hund.»

«Danke, sehr freundlich. Wo ... wo ist Madame?»

«In Casablanca. Ich war Gouverneur dieser Stadt, wissen Sie.»

«Interessant.»

«Ich hatte in Paris zu tun. Ich erfuhr durch einen Zufall, daß Sie verhaftet worden sind.»

Thomas erholte sich langsam. «Ihr Kollege, Oberst Siméon, hat das veranlaßt. Ich sang gerade die Marseillaise. Bei einer nationalen Befreiungsfeier. Ich hätte im Hotel bleiben und den Mund halten sollen. Dann wäre ich jetzt längst in London. Nationalhymnen bringen aber auch nur Unglück!»

Débras sagte: «Ich weiß viel von Ihnen. Was Sie alles gegen uns getan haben. Aber auch, was Sie alles für uns getan haben. Als ich nun nach Paris kam, hörte ich von Ihrem Schicksal. Ich bin nicht mehr beim ‹Deuxième Bureau›. Ich bin beim Kriegsverbrecher-Suchdienst. So konnte ich nur an Sie heran, wenn ich Sie auf meine Kriegsverbrecherliste setzte und erklärte, Sie würden erschossen. Nur so bekam ich Sie aus Frèsnes heraus. Guter Trick, wie?»

Thomas wischte sich den Schweiß von der Stirn. «Ja», sagte er. «Guter Trick. Vielleicht ein bißchen anstrengend für die Nerven.»

Débras zuckte die Schultern. «Unsere ganze Zeit ist das, Lieven. Sie machen sich hoffentlich keine Illusionen. Sie wissen hoffentlich bereits, was es bedeutet, daß ich Sie aus Frèsnes geholt habe.»

«Ich fürchte, ich weiß es», sagte Thomas gottergeben. «Ich nehme an, es bedeutet, daß ich jetzt wieder für Sie arbeiten muß, Oberst Débras!»

«Das bedeutet es, ja.»

«Eine Frage noch: Wer hat Ihnen in Paris erzählt, daß ich verhaftet bin?»
«Der Bankier Ferroud.»
Guter, alter Ferroud, dachte Thomas. Danke. Danke.
Thomas fragte: «Was haben Sie mit mir vor, Oberst Débras?»
Der Freund Josephine Bakers musterte Thomas freundlich. «Sie sprechen doch italienisch – oder?»
«Doch, ja.»
«1940, als die Deutschen unser Land überfielen, da machten sich im letzten Moment, als es schon *garantiert* ungefährlich war, auch noch die Italiener mausig und erklärten uns den Krieg. Einer der ärgsten Bluthunde, die damals im Süden Frankreichs terrorisierten, war der General Luigi Contanelli. Er hat sich rechtzeitig Zivil angezogen ...»
«Wie die meisten Herren Generäle.»
«... und ist untergetaucht. Soviel wir wissen, irgendwo in der Nähe von Neapel.»
Achtundvierzig Stunden später war Thomas Lieven in Neapel.

Rund elf Tage später verhaftete er in dem Dorf Caivano nordöstlich von Neapel den General Contanelli, der sich hier – der Not gehorchend, nicht der eignen Tugend – gerade als Schafhirte versuchte.
Mit seinem illustren Gefangenen nach Paris zurückgekehrt, erklärte Thomas dem Oberst Débras zu gemütlicher Abendstunde in einer gemütlichen Bar: «Es war eigentlich alles ganz einfach. Der amerikanische CIC hat mir sehr geholfen. Reizende Jungen. Auch über die Italiener kann ich nicht klagen. Sie haben nichts übrig für Generäle. Es scheint aber, daß die Italiener leider auch für die Amerikaner nichts übrig haben. Gott sei's geklagt.» Und dann erzählte Thomas von seinem italienischen Abenteuer.
Er war noch hinter seinem Schafhirten-General her und suchte wieder einmal das Hauptquartier des CIC (des Counter Intelligence Corps) auf, um sich neue Informationen zu holen, als er Zeuge einer seltsamen Szene wurde.
Wütend und hysterisch rannten die amerikanischen Geheimagenten umher, schrien durcheinander, gaben Befehle, um sie im selben Atemzug zu widerrufen, telefonierten wild und schrieben sozusagen am laufenden Band Verhaftungsbefehle aus.
Thomas erfuhr alsbald, was geschehen war. Vor drei Tagen hatte noch ein großer amerikanischer Frachter im Hafen gelegen, die «Victory», mit Lebensmitteln für die amerikanischen Streitkräfte

in Italien. Seit Sonntag war die «Victory» verschwunden, niemand wußte, wohin. Eine italienische Dienststelle schob der andern ebenso die Schuld zu wie eine amerikanische Dienststelle der andern.

Was war mit der «Victory» geschehen? Sie konnte sich doch nicht in Luft aufgelöst haben! Thomas Lievens Neugier erwachte. Er ging in den Hafen, trieb sich in Spelunken und Kneipen herum und landete zuletzt bei «Luigi».

Luigi sah aus wie der Schauspieler Orson Welles, betrieb ein kleines, schmutziges Freßlokal und war außerdem Hehler, Fälscher und Bandenchef.

Auf Anhieb empfand Luigi brüderliche Gefühle für den eleganten Zivilisten mit dem wissenden, ironischen Lächeln. Diese Sympathie steigerte sich noch, als Luigi erfuhr, daß Thomas Deutscher war.

Kaum zu glauben: Was der CIC nicht herausbekam, bekam Thomas in wenigen Stunden heraus. Er lernte bei Luigi sogar die Herren kennen, die das Ding mit der «Victory» gedreht hatten.

Dieses Ding sah so aus: Am vergangenen Sonntag hatte die Besatzung des Transportdampfers Landurlaub gehabt. Nur eine Wache blieb an Bord. Luigis Freunde inszenierten auf der Mole, direkt vor dem Fallreep, eine Schlägerei zwischen drei hübschen Mädchen, von denen eines gellend um Hilfe schrie. Ritterlich eilte die Schiffswache der bedrängten Schönen zu Hilfe. Dunkelhäutige Neapolitaner mischten sich ein; es kam zu einer wilden Schlägerei! Indessen ruderten von Backbord Luigis Freunde, als Matrosen verkleidet, an die «Victory» heran und kaperten sie. Blitzschnell lösten sie die Taue, lichteten den Anker, fuhren das Schiff aus dem Hafen hinaus und um eine Landzunge herum bis nach Pozzuoli.

Hier ankerten sie wieder. Die Fracht wurde in bereits wartende Lastwagen verladen. An Bord fanden sich Konserven, gefrorenes Geflügel, Früchte, Zucker, Reis, Mehl, alkoholische Getränke jeder Art, einige Zentner Zigaretten und einige tausend Büchsen Gänseleberpastete.

Die Seeräuber hatten sich nicht ohne Grund Pozzuoli als Anlegeort ausgesucht. Hier standen riesige Schiffs-Reparaturwerkstätten. Facharbeiter schufteten zu Überstundenlöhnen, um das gestohlene Schiff sogleich abzuwracken.

Auch Käufer für die Einzelteile warteten bereits an Ort und Stelle! Sie standen um das Schiff herum und sagten, was sie wollten. Nach Wunsch wurde den Herrschaften alles zurecht-

gesägt: Motoren, Kurbelwellen, Stahlwände, Aufbauten. Es war, als schnitten emsige Metzger Filetstück um Filetstück aus einem Ochsen heraus.
In Neapel gab es zu dieser Zeit keinen Gegenstand, für den man nicht Verwendung gehabt hätte. So blieb denn auch von der «Victory» nicht eine Niete übrig. Ja, es steht zu fürchten, daß Luigis Freunde sogar noch mit den Ratten etwas anzufangen wußten, die sie an Bord fanden ...

3

Mit dieser Geschichte unterhielt Thomas den Oberst Débras an einem gemütlichen Abend in einer gemütlichen Bar in Paris. Dann wurde Débras ernst. Er sagte: «Sie sind Deutscher, Lieven. Wir brauchen Sie jetzt in Deutschland. Niemand weiß besser als Sie zwischen großen, wirklichen Schweinen und den kleinen, harmlosen Mitläufern zu unterscheiden. Sie könnten erreichen, daß jetzt nicht die Falschen bestraft werden. Wollen Sie das?»
«Ja», sagte Thomas Lieven.
«In Deutschland müssen Sie aber unbedingt eine Uniform tragen.»
*«Nein!!!»*
«Tut mir leid, das ist Vorschrift. Wir müssen Ihnen auch einen französischen Namen geben und einen militärischen Rang. Hauptmann, würde ich sagen.»
«Mein Gott, aber was für eine Uniform denn?»
«Ihre Sache, Lieven. Suchen Sie sich etwas aus!»
Also ging Thomas zu dem ersten Offiziersschneider der Stadt und suchte sich etwas aus: eine taubengraue Fliegerhose, eine beigefarbene Jacke mit großen Taschen, langer Mittelfalte im Rücken und engem Gürtel. Dazu einen Riemen über die Schulter, ein Schiffchen und drei Winkel am Ärmel.
Die von Thomas erfundene Uniform gefiel allgemein so gut, daß sie einen Monat später zur offiziellen Kleidung des «Kriegsverbrecher-Suchdienstes» erklärt wurde.
Mit den vorrückenden alliierten Truppen kehrte Thomas als Capitaine René Clairmont in seine Heimat zurück. Bei Kriegsende war er in Baden-Baden. Im ehemaligen Gestapo-Hauptquartier in der Kaiser-Wilhelm-Straße richtete er sein Büro ein.
So, und nun weiß der geneigte Leser, wie es möglich war, daß unser Freund am 7. Juli 1945 in Baden-Baden für einen Zwei-Sterne-General kochte!

Siebzehn Männer arbeiteten im Hause Kaiser-Wilhelm-Straße 1. In der Villa gegenüber wohnten sie. Ihre Arbeit war schwer, ihre Arbeit war unerfreulich. Dazu kam, daß sie sich zum Teil untereinander aus politischen und anderen Gründen nicht gut vertrugen. So bekam Thomas Lieven beispielsweise sofort Streit mit dem Lieutenant Pierre Valentine, einem jungen, hübschen Kerl mit eiskalten Augen und dünnen Lippen, den man sich genauso gut als ss-Mann hätte vorstellen können.

Valentine requirierte und verhaftete wild darauf los. Während sich die anständigen Offiziere des französischen «Kriegsverbrecher-Suchdienstes» genauso wie ihre anständigen amerikanischen und britischen Kollegen korrekt an die von der Militärregierung ausgegeben «Wanted-Persons»-Listen hielten, gebrauchte Valentine seine Macht willkürlich und ohne Gewissen.

Von Thomas zur Rede gestellt, zuckte er nur hochmütig die Schultern. Er sagte: «Ich hasse alle Deutschen.»

Gegen eine solche dumme Verallgemeinerung protestierte Thomas Lieven. Valentine erwiderte lässig: «Ich rede nur von Zahlen. In unserem Abschnitt allein hatten wir im vergangenen Monat einen Eingang von über 6000 Denunziationen von Deutschen gegen Deutsche. So sind sie: Wenn sie kleine Völker überfallen – Herrenmenschen. Wenn sie gerade auf die Schnauze geknallt sind, spielen sie Beethoven und denunzieren einander. Und vor einem solchen Volk soll ich Achtung haben?» Lieutenant Valentine, so widerwärtig er war, hatte in diesem Punkt recht: Eine scheußliche Woge von Spitzelei, Gemeinheit und Niedertracht schwemmte nach Kriegsende über Deutschland hinweg. –

Dann kam der 2. August 1945. An diesem Tage erlebte Thomas Lieven etwas, das ihn erschütterte. Ein hagerer, weißhaariger Mann, unterernährt und in alten zerdrückten Kleidern, erschien in seinem Büro. Dieser Mann zog den Hut und sprach die folgenden Worte: «Guten Tag, mein Herr. Ich heiße Werner Hellbricht. Sie suchen mich. Ich war Kreisbauernführer.» Er nannte den Ort, in dem er lebte, einen Ort im Schwarzwald. «Ich habe mich bisher versteckt. Aber jetzt komme ich zu Ihnen.» Thomas starrte den mageren, weißhaarigen Menschen an. «Warum tun Sie das?»

Da antwortete Hellbricht: «Weil ich eingesehen habe, daß in meinem Land furchtbare Verbrechen geschehen sind. Ich bin bereit, zu büßen, Straßen zu bauen, Steine zu klopfen, was Sie wollen. Ich bedauere aufrichtig, dieser verbrecherischen Regierung gedient zu haben. Ich habe an sie geglaubt. Das war falsch. Ich hätte weniger glauben und mehr denken sollen.»

Thomas stand auf. «Herr Hellbricht, es ist ein Uhr. Bevor wir weiterreden, eine Frage: Wollen Sie mit mir Mittag essen?»
«Essen? Mit Ihnen? Aber ich sagte Ihnen doch, ich war ein Nazi!»
«Trotzdem. Weil Sie es so ehrlich sagten.»
«Dann habe ich eine Bitte – fahren Sie mit mir auf meinen Hof. Ich habe Ihnen nämlich etwas zu zeigen. In der Waldschneise. Hinter meinem Hof», sagte der ehemalige Kreisbauernführer.

4

Eine erbärmlich dünne Suppe aus Sauerampfer, Kerbel, Löwenzahn und vielen Wiesenkräutern hatte Frau Hellbricht zum Essen vorbereitet. Sie sah so blaß und mager aus wie ihr Mann. Der Hof, den Thomas erblickte, war verkommen, die Fenster eingeschlagen, die Türschlösser zerschossen, die Ställe leer, die Zimmer ausgeplündert von den zwangsverpflichteten Fremdarbeitern.
«Man kann es ihnen nicht übelnehmen», sagte Hellbricht mit einem schiefen Lächeln. «Wir haben sie zuerst ausgeplündert, damals, in ihren Ländern ...»
Die Frau des ehemaligen Kreisbauernführers, die vor dem Herd in der kahlen Küche stand, sagte: «Nach der Suppe gibt es Kartoffelpüree und Backobst. Aus der Zuteilung. Es tut mir sehr leid, mehr haben wir nicht.» Thomas ging auf den Hof hinaus und öffnete den Kofferraum seines Wagens. Mit einem halben Pfund Butter, einer Büchse Sahne, einer Büchse Fleischextrakt und einer Büchse Corned beef kehrte er zurück.
«Nun lassen Sie mich mal an den Küchentisch, Frau Hellbricht», sprach er. Und er machte sich sogleich an demselben zu schaffen. Die magere Suppe stärkte er mit Fleischextrakt. Er öffnete die Cornedbeefdose und zerzupfte das Fleisch darin. Dann entdeckte er eine Schüssel mit Magermilchquark. «Den passieren Sie bitte, Frau Hellbricht», sagte er. «Mit vereinten Kräften werden wir in Kürze ein prima Mittagessen haben.»
«Ach Gott», sagte Frau Hellbricht und begann zu weinen. «Corned beef! Ich habe schon geträumt davon – aber gesehen habe ich es noch nie!»
Hellbricht sagte: «Und da gibt es auch noch Leute, die höhnisch zusehen, wie andere hungern. Leute, die schuld sind an unserem Elend. Herr Kapitän, ich bin kein Denunziant, aber ich muß es melden: In der Waldschneise ist unter dem Moos ein riesiges Lebensmittellager verbuddelt.»

Menu · Baden-Baden, 2. August 1945

*Kräutersuppe*
*Verzaubertes Corned beef*
*Topfen-Speise*

---

## Das kann man auch heute noch essen – damals brachte es Thomas Lieven «Bonzen» ein

Kräutersuppe: Man nehme Kräuter wie Sauerampfer, Brennesselspitzen, Schnittlauch, Petersilie, Kerbel, Dill, Sellerieblätter, Lauch, putze und wiege sie fein. – Man dünste einen kleinen Teil davon in heller Buttermehlschwitze, gieße mit Wasser oder Fleischbrühe auf, lasse durchkochen, würze mit Pfeffer, Salz und einer Spur Muskat und gebe die übrigen Kräuter erst direkt vor dem Anrichten hinein. – Man kann die Suppe mit Eigelb und Sahne abziehen, auch pro Person ein Fallei hineingeben und geröstete Weißbrotwürfel darüberstreuen.

Verzaubertes Corned beef: Man nehme reichlich Zwiebelringe, dünste sie in Butter glasig, füge den zerzupften Inhalt einer Büchse Corned beef hinzu, lasse einige Minuten weiterschmoren, aber nicht braun braten. Man gebe dann ein nicht zu festes Kartoffelpüree dazu, vermische alles gründlich, schmecke mit Salz und Pfeffer gut ab und lasse das Ganze auf kleiner Flamme zusammen durchziehen und heiß werden.

Topfen-Speise: Man nehme Topfen (Quark), passiere ihn durch ein Sieb, verrühre ihn mit Streuzucker nach Geschmack, dann mit süßer Sahne, bis eine glatte, nicht zu flüssige Crème entsteht. – Man mische noch Rosinen und ein paar Tropfen Zitronensaft darunter und fülle sie in eine Schale, die man mit etwas Schlagsahne verziert und gut kalt stellt.

---

«Wer hat das Lager verbuddelt? Und wann?»
«1944 war das. Im Herbst. Da kam der Adjutant vom Reichsbauernführer Darré zu mir. Und der Gestapochef von Karlsruhe, der Doktor Zimmermann. Sie sagten, sie hätten Vorräte zu vergraben für ... für die Führerreserve ... für die wichtigsten Leute ...»
Frau Hellbricht, verblüht, verhärmt und traurig, sagte, den Magermilchquark passierend: «Deshalb haben wir Sie hergebeten. Die Lebensmittel müssen ausgegraben werden. So viele hungern ... Wir haben wenigstens noch unser eigenes Dach über dem Kopf. Wir kommen schon durch. Aber die Ausgebombten, die Flüchtlinge, die Kinder ...»
Von diesem Tage, dem 2. August 1945 an, geschah zweierlei: Heimlich wurde ein riesiges Lebensmittellager ausgegraben – viele tausend Konservenbüchsen mit Fett, Fleisch, Marmelade,

Kunsthonig, Kaffee, Tee, Fliegerschokolade, Traubenzucker, Mehl, Gemüse, Obst. Diese Schätze wurden Hilfsorganisationen zur Verteilung an Kranke, Greise und Kinder übergeben.
So schnell es ging, wurden die Waldschneise und das Moos wieder so hergerichtet, als ob man nie gegraben hätte. Und dann wurde das Waldstück hinter dem Hof des Kreisbauernführers Hellbricht von ausgesuchten Leuten des «Kriegsverbrecher-Suchdienstes» Tag und Nacht bewacht.
Am 11. August, in der Dämmerung – Thomas hatte gerade Dienst –, kam ein Mann die Schneise heraufgeschlichen. Nach allen Seiten sichernd. Bei jedem Geräusch zusammenfahrend. Einen leeren Rucksack umgeschnallt. Einen kleinen Spaten in der Hand. Thomas kannte diesen Mann mit dem bleichen, gnadenlosen Gesicht von Fahndungs-Fotos her.
Der Mann begann zu graben, immer schneller, immer gieriger. Bemerkte zu spät, daß plötzlich drei Männer hinter ihm standen. Fuhr herum. Kam mühsam auf die Beine, taumelte zurück, Panik im Gesicht.
«Gestapochef Zimmermann», sagte Thomas Lieven, der plötzlich eine Pistole in der Hand hatte. «Sie sind verhaftet.»
Ach, und sie kamen alle, die großen Bonzen, die von dem vergrabenen Lebensmittellager wußten, sie kamen alle! Thomas Lieven hatte den Wachen eingeschärft: «Jeder, der hier zu buddeln anfängt, ist ein Bonze. Sofort hochnehmen den Kerl!»
Siebzehn große Nazis wurden auf diese schlichte Weise zwischen August und Oktober 1945 verhaftet.
Für den ehemaligen Kreisbauernführer Hellbricht setzte Thomas durch, daß er als Mitläufer eingestuft und mit einer Geldstrafe belegt wurde. Er durfte seinen Hof behalten.

## 5

Der erste Nachkriegsherbst kam. Die Menschen hungerten, die Menschen froren. In der französischen Zone wuchsen die Spannungen zwischen Besetzern und Besetzten – zum Teil auf Grund deutscher Ressentiments, zum Teil auf Grund französischer Ungesetzlichkeiten – immer mehr an. Dieses geschah leider auch:
Unter Leitung eines Pariser Fachmannes montierten französische Truppen im Schwarzwald die Maschinenautomaten der heimischen Uhrenindustrie ab und versuchten, Facharbeiter nach Belfort und der Haute-Savoie zu verschleppen, um eine französische Uhrenindustrie aufzuziehen.

Die Produktion der Maschinennadelfabriken in der französischen Zone wurde beschlagnahmt und von einigen wenigen Leuten in die Schweiz verschoben. Die deutschen Arbeiter wurden mit schlechten R-Mark schlecht, mit wenigen Lebensmitteln noch schlechter bezahlt.

Gewissenlose ausländische Geschäftemacher holzten in rücksichtsloser Weise ganze Forste ab. Tag und Nacht kreischten am Titisee die Bandsägen. Noch jahrelang erinnerten riesige Kahlschläge hier an ein gemeinsames Raffkegeschäft.

Hinter der noch halbwegs intakten Fassade von Baden-Baden verfielen Anstand und Moral. Es kam zu Prügeleien, Racheakten und Messerstechereien. Soldaten plünderten, stahlen und schossen wild in der Gegend herum. Mit Maschinenpistolen töteten sie schöne Schwäne; ein sinnloses Gemetzel.

Thomas wußte genau, daß der blonde, schlanke Lieutenant Valentine zu jener Clique gehörte, die sich auf dunkle, niederträchtige Weise bereicherte. Er konnte es ihm nur monatelang nicht nachweisen. Am 3. November 1945 konnte er es dann ...

Einen Tag zuvor war Thomas zu Ohren gekommen, daß der junge Lieutenant wieder einmal eine seiner geheimen Hausdurchsuchungen plante. Als Valentine am Nachmittag des 3. November Baden-Baden mit zwei Soldaten in einem Jeep verließ, folgte Thomas ihm in einem anderen Jeep. Er war sehr vorsichtig und hielt genügend Abstand.

Sie fuhren bis Karlsruhe. Hier bogen sie ab auf die Straße nach Ettlingen. An Ettlingen vorüber ging es bis nach Spielberg. Hier, über dem Dorf, erhob sich ein dunkles Gemäuer, das in einem großen Park, umgeben von einer hohen Mauer, stand. Dort hinauf fuhr der Lieutenant mit seinem Jeep. Vorsichtig hielt Thomas auf halber Höhe an, lenkte seinen Wagen in ein Gebüsch und hastete zu Fuß einen Abkürzungsweg hinauf.

In einigen Fenstern der großen, schloßartigen Villa brannte Licht. Thomas sah Schatten, er hörte undeutlich aufgeregte Stimmen. Er schlich um das Haus herum und blickte an der Fassade empor. Er sah große, im unteren Teil verhängte Scheiben. Thomas konnte nur eine Menge Pflanzen und die weiße Zimmerdecke darüber erkennen. Plötzlich wurde es still. Dann sah er die Silhouette des Lieutenants Valentine. Der tat etwas Seltsames: Er trat vor die Reihe der Blumentöpfe, die am Fenster stand, hob einen von ihnen nach dem andern hoch und riß die Pflanzen aus den Töpfen heraus. Ein Topf. Noch einer. Im ganzen sieben Töpfe. Warum? Wozu? Thomas konnte es sich nicht erklären.

Er wartete geduldig. Eine Viertelstunde später verließ Valentine mit seinen Männern das Haus wieder und fuhr fort.
Thomas läutete an der schweren Eingangstür. Ein verstörter Diener öffnete.
«Wer wohnt hier?» fragte Thomas.
«Der Herr Graf von Waldau.»
«Mein Name ist Capitaine Clairmont. Melden Sie mich an.»
Graf von Waldau – Graf von Waldau. Thomas erinnerte sich an den Mann. Wichtige Position im Auswärtigen Amt. Parteigenosse. Ziemlich schwer belastet. Er hatte ihn schon zweimal in Baden-Baden verhört.
Nun erschien er: hager, hochmütig und sehr wütend: «Sie auch noch, Capitaine Clairmont! Was wollen *Sie* hier stehlen? Etwas Tafelsilber? Ein Gemälde? Ihre Kollegen haben das Wichtigste schon mitgenommen!»
«Graf», sagte Thomas ruhig, «ich bin gekommen, um zu erfahren, was sich hier gerade abgespielt hat.»
«Das wissen Sie doch genau!» schrie Waldau. «Diebe und Schweine seid ihr alle!»
«Halten Sie das Maul», sagte Thomas recht leise, aber unüberhörbar. Der Graf starrte ihn an, begann zu zittern und fiel in einen Sessel. Dann erzählte er ...
Wenn man den Worten Waldaus glauben wollte, dann hatte er in sieben Blumentöpfen seinen wertvollsten Schmuck vergraben gehabt, unter den Wurzeln der Pflanzen. «Den ganzen Familienschmuck! – Eine Verwandte hat mir den Rat gegeben – diese Bestie. – Es war natürlich alles abgekartet, das begreife ich jetzt ...» Der Graf sah Thomas mit flackernden Augen an. «Verzeihen Sie mein Benehmen. Ich glaube, Sie sind unschuldig an diesem gemeinen Raub ...»
«Erzählen Sie weiter.»
«Sie wissen, ich bin belastet. Ich hatte Angst vor Plünderungen. Wir leben einsam hier. Vor einem Monat kam meine – diese Verwandte von mir vorbei. Sie ist Engländerin. Ich vermute, sie arbeitet beim Geheimdienst, im Hauptquartier Hannover. Sie wies auf die Blumentöpfe als Versteck. Als die drei Männer vorhin erschienen, gingen sie wortlos in den Wintergarten und nahmen wortlos die Pflanzen aus den Töpfen ...»
Bei dem Wort «Secret Service» fühlte Thomas, wie ihm zuerst sehr warm und danach sehr kalt wurde. Er sagte: «Nennen Sie mir den Namen der Dame, Graf.»
Der Graf nannte ihn.

6

Zwei Tage später erschien ein gewisser Capitaine Clairmont vom «Kriegsverbrecher-Suchdienst» Baden-Baden im Hauptquartier des Britischen Geheimdienstes in Hannover. Hier suchte er eine schlanke, blonde Schönheit auf, die in der schmucken Uniform eines weiblichen Leutnants in einem Büro im zweiten Stock des mächtigen beschlagnahmten Gebäudes Dienst tat.
Die Dame hielt eine Lupe in der Hand und besah mit glitzernden Augen einen kostbaren Armreif. Es klopfte. Blitzschnell verschwanden der Reif und die Lupe. «Herein!» rief die Dame.
Der Mann, der sich eben Capitaine Clairmont nannte, trat ein. Die Dame hinter dem Schreibtisch kreischte auf und fuhr empor. Sie war jetzt leichenblaß. Beide Hände hielt sie an die Wangen. Sie flüsterte entgeistert: «Nicht möglich ... Tommy ... Du –?»
Mit zusammengepreßten Lippen sah Thomas Lieven die schöne, skrupellose Prinzessin Vera von C. an, die er vor langer Zeit in Paris als Geliebte des Nazischiebers Lakuleit kennengelernt hatte; seine Prinzessin Vera, seine süße Geliebte, dieser verkommene Balg, diese völlig unberechenbare und völlig amoralische Person, die schon einmal, in Paris, bereit gewesen war, für Geld alles, einfach alles zu tun.
«Tommy – die Freude! – Du hast alles gut überstanden – du bist bei den Franzosen», stammelte sie und fiel ihm um den Hals.
Hart machte er sich von ihr frei. «Du Luder, du elendes», sagte Thomas Lieven, «seit wann arbeitest du mit diesem Schwein Valentine zusammen?»
«Ich habe keine Ahnung, wovon du sprichst, Schätzchen», erwiderte die Prinzessin lächelnd.
«Sag das noch einmal, und ich klebe dir eine», warnte Thomas Lieven. Vera sagte es noch einmal.
Er klebte ihr eine. Danach brach in einem Büro des Britischen Geheimdienstes zu Hannover eine wüste, lautlose Katzbalgerei aus.
Fünf Minuten später saß Vera, restauriert, auf einem Sessel. Thomas, gleichfalls restauriert, marschierte vor ihr auf und ab und versuchte sich an dieser seltsamen Angehörigen des deutschen Uradels in Pädagogik: «Du bist ein asozialer Balg. Geldgierig und gemein.»
Sie dehnte sich wie eine Katze: «Ach, Unsinn, Tommy. Komm zu deiner kleinen Vera. Würge mich noch einmal ein bißchen so wie vorhin.»

«Du kriegst gleich wieder eine», sagte er. «Was du getan hast, ist wohl das Gemeinste, das Niedrigste ... Ist der Graf Waldau mit dir verwandt, ja oder nein?»
«Ach der! Der alte Nazi-Knülch!» Sie begann zu lachen.
«Mundhalten! Vor zwei Tagen hat dein feiner Freund Valentine Haussuchung bei dem Grafen gehalten. Besser gesagt: Blumentopfsuchung. Denn das einzige, was ihn in dem ganzen Riesenhaus interessierte, waren die Blumentöpfe. Hör sofort auf zu lachen! So eine Sauerei! Von wem war die Idee? Von dir? Von ihm?»
«Erlaube mal! Von mir natürlich. Pierre ist viel zu dämlich für so einen feinen Trick!»
Er blieb vor ihr stehen und stemmte die Arme in die Seiten: «Feiner Trick! Du bist nicht besser als eine ekelhafte Nazisse!»
«Jetzt mach aber mal einen Punkt! Was heißt denn hier Moral? Ausgerechnet bei diesem Nazischwein Waldau! Den ganzen Schmuck hat der doch erst im Dritten Reich ergaunert!»
«Das mag sein», sagte Thomas. «Wenn Waldau den Schmuck ergaunert hat, dann gehört er seinen alten Besitzern, sofern die sich noch finden lassen – oder dem Staat, aber euch beiden gehört er auf keinen Fall!»
«Ach Gott, bist du süß ... so wild ... so idealistisch ... Weißt du was, Tommy, wir gehen zu mir. Ich habe hier eine schicke Wohnung. Hat auch mal ein alter Nazi drin gewohnt!»
«Du glaubst doch nicht im Ernst, daß ich noch einmal im Leben eine Wohnung von dir betrete», sagte Thomas.

## 7

Es war wirklich eine sehr gemütliche Wohnung. An der Tapete gab es in drei Zimmern helle Stellen. Da hatten bis vor kurzem noch Bilder gehangen. Thomas grinste, als er die hellen Stellen sah.
Es wurde ein sehr seltsamer Abend, denn Thomas und die Prinzessin verfolgten beide das gleiche Ziel: einer wollte den andern aufs Kreuz legen – symbolisch gemeint natürlich.
Zu diesem Behufe holte Vera zunächst eine Flasche Whisky hervor. Dann tranken sie beide ein Schlückchen. Und noch eines. Und noch eines. Vera dachte: *Mal* wird er ja einen sitzen haben. Thomas dachte: *Mal* wird sie ja einen sitzen haben.
Dann hatten sie beide einen sitzen!
Jetzt machen wir einen kleinen Zeitsprung, den Kindern zuliebe. Also – drei Stunden später ...

Drei Stunden später war die blonde Prinzessin ganz unglaublich anschmiegsam und zärtlich. Und Thomas war ein bißchen sentimental.
Der beschwipste Thomas beging einen fürchterlichen Fehler. Er erzählte von seinen Zukunftsplänen und im Zusammenhang damit von seinem Zürcher Bankkonto auf den Namen Eugen Wälterli.
«Eugen Wälterli heißt du *auch?*» kicherte Vera. «Ach, süß ... Ist – ist viel Geld auf dem Konto?»
Diese Frage hätte ihn nüchtern machen müssen. Sie machte es nicht. Beschwipst regte er sich auf: «Sag mal, das ist ja *krankhaft* bei dir. Kannst du *nur* immer an Geld denken?»
Sie biß sich auf die Unterlippe, sie nickte gramvoll. «Schwere Neurose. Kindheitstrauma. Weißt du, daß ich sogar schon Schecks gefälscht habe? Die Unterschrift, die ich nicht nachmachen kann, gibt's nicht!»
«Gratuliere», sagte er, der arglose Narr.
«Außerdem – ich bin eine echte Kleptomanin! In meiner Kindheit war das ganz arg. Die Buntstifte meiner Freundinnen waren *meine* Buntstifte. Die Geldbörsen meiner Freundinnen waren *meine* Geldbörsen. Später hat sich das auch noch verlagert. Die Männer meiner Freundinnen – muß ich weitersprechen?»
Mitnichten, versicherte ihr Thomas. Dann tranken sie noch etwas. Dann schliefen sie endlich ein.
Am anderen Morgen rumorte Thomas schon in der Küche, als Vera mit Kopfschmerzen erwachte. Er brachte ihr das Frühstück ans Bett. «So», sagte er, «in Ruhe Kaffee trinken. Dann baden. Dann ziehst du dich an, und wir fahren los.»
«Los? Wohin?»
«Nach Baden-Baden natürlich.»
Sie wurde weiß. «Was soll ich da?»
«Du wirst mit deinem Freund Valentine reden. Du wirst dafür sorgen, daß er den Schmuck von Waldau herausrückt. Und wenn ihr beide euch danach noch das Geringste zuschulden kommen laßt, dann geht ihr beide hoch!»
«Hör mal, du Lumpenkerl, und heute nacht hast du vergessen, was?»
Thomas hob die Augenbrauen: «Nacht ist Nacht, und Dienst ist Dienst.»
Das Kaffeetablett kippte um. Geschirr zerbrach. Sie stürzte sich auf ihn mit Gebrüll, mit Zähnen und Krallen. «Du Hund – ich bringe dich um!»

An diesem Abend, er war traurig und kalt, fuhr ein schmutziger Jeep in die Stadt Baden-Baden ein. Thomas Lieven saß am Steuer. Vera Prinzessin von C. saß neben ihm –.

Jetzt beging er *noch* einen Fehler! Er ging mit Vera in sein Büro in der Wilhelmstraße 1. Dann rief er den Lieutenant Valentine herbei. Valentine zuckte zusammen, als er Vera erblickte. Thomas redete beiden ins Gewissen.

«Ich verstehe kein Wort», sagte der Leutnant kalt. «Ich werde mich über Sie beschweren, mon Capitaine, ich ...»

«Halt die Schnauze, Pierre», sagte die Prinzessin sachlich. «Er weiß alles.»

«Was weiß er?» ächzte Valentine.

Vera sah Thomas an. «Kann ich fünf Minuten allein mit ihm sprechen?»

«Meinetwegen», sagte Thomas. Das war er, der Fehler!

Er verließ sein Büro und setzte sich in die Halle. Die Tür seines Büros ließ er nicht aus den Augen. Ich bin ja nicht dämlich, dachte er.

Eine Zigarettenlänge später wurde ihm glühend heiß, und er wußte plötzlich, daß er doch dämlich gewesen war. Sein Büro lag im ersten Stock. Und das Fenster war nicht vergittert! Er raste zurück. Das Zimmer war leer. Das Fenster stand offen ...

Zehn Minuten später ratterten im ganzen Lande Fernschreiber und Telegraphen los:

20 uhr 14 stop 6 nov 45 stop von: franz. kriegsverbrechersuchdienst b-b stop an alle militärpolizeiverbände stop an alle cic und cid-einheiten stop suchen sie und verhaften sie unverzüglich ...

Bereits um 4 Uhr 15 am 7. November verhaftete eine französische Militärpatrouille Pierre Valentine im Wartesaal des Bahnhofs von Nancy, als er gerade eine Karte nach Basel löste. Die Fahndung nach der Prinzessin Vera von C. verlief ergebnislos. Sie blieb verschwunden.

Der verhaftete Lieutenant wurde nach Paris ins Militärgefängnis übergeführt. Von General Pierre König, dem Oberbefehlshaber der französischen Streitkräfte in Deutschland, persönlich wurde Thomas Lieven ersucht, alles erreichbare Material gegen Valentine zusammenzutragen. Diese schmutzige Arbeit nahm unseren Freund bis Anfang Dezember in Anspruch. Vier weitere Franzosen wurden verhaftet.

Um es vorwegzunehmen: Lieutenant Valentine und seine Freunde wurden in Paris vor Gericht gestellt. Am 15. März 1946 wurden sie degradiert und zu hohen Freiheitsstrafen verurteilt.

8

Am 3. Dezember wurde Thomas Lieven ins Hauptquartier General Königs gerufen. Dieser sagte zu ihm: «Ich danke Ihnen aufrichtig dafür, daß Sie geholfen haben, diesen üblen Subjekten das Handwerk zu legen. Wir sind keine Armee von Räubern und Banditen. Wir wollen Ordnung und Gerechtigkeit in unserer Zone.»

Wurde Thomas Lieven am 3. Dezember von General König empfangen, belobigt und bedankt, so erhielt er am 7. Dezember den folgenden Brief:

DAS KRIEGSMINISTERIUM
DER FRANZÖSISCHEN REPUBLIK

*Paris, 5. Dez. 1945*

Capitaine René Clairmont
Armee-Serien-Nummer S 324 213
Kriegsverbrecher-Suchdienst
Baden-Baden
Vorgang: CS Hr. Zt. 324/1945

*Anläßlich der Voruntersuchung zu dem Militärgerichtsverfahren gegen Lieutenant Pierre Valentine und Mitangeklagten haben wir vom ‹Deuxième Bureau› Ihre Personalakte angefordert.*

*Aus dieser Akte, zu der ein führender Beamter des ‹Deuxième Bureau› uns noch Erläuterungen gab, geht hervor, daß Sie während des Krieges Agent der Deutschen Abwehr Paris gewesen sind. Sie werden verstehen, daß ein Mann Ihrer Vergangenheit im Rahmen unseres Kriegsverbrecher-Suchdienstes absolut untragbar ist. Oberst Maurice Débras, der Sie seinerzeit in diese Organisation übernahm, gehört seit vier Monaten dem Dienst nicht mehr an.*

*Sie werden hiermit aufgefordert, bis zum 15. Dezember 1945, 12 Uhr mittags, Ihre Büroräume in Baden-Baden zu räumen und Ihrem Vorgesetzten sämtliche Schriftstücke, Akten, Stempel und Unterlagen sowie Ihre Militärpapiere und Ausweise zu übergeben. Sie sind ab sofort vom Dienst suspendiert. Weitere Weisungen erfolgen umgehend.*

Darunter stand eine unleserliche Unterschrift. Und darunter, getippt: Brigadegeneral.

Thomas Lieven saß an seinem Schreibtisch, summte leise vor sich hin, las den Brief noch einmal, summte weiter und dachte: Na also, jetzt ist es wieder mal soweit. Mit lähmender Monotonie

wiederholt sich alles in meinem Leben. Ich drehe ein krummes Ding – und jedermann liebt mich. Es regnet Auszeichnungen, Geld und Küsse. Ich bin der Liebling der respektiven Vaterländer. Ich begehe eine anständige Handlung – und wumm, sitze ich wieder im Dreck.
«Ein führender Beamter des ‹Deuxième Bureau›» hat den Herren im Kriegsministerium Erläuterungen zu meiner Personalakte gegeben? Ein führender Beamter! Oberst Jules Siméon lebt also immer noch. Und er haßt mich also immer noch ...
Thomas stand auf. Abwesend begann er, sein Büro aufzuräumen. Als er die Schreibtischschublade aufsperrte, klemmte der Schlüssel ein wenig. Nicht sehr. Es fiel ihm nicht auf. Noch fiel es ihm nicht auf. Benommen sammelte er seine Papiere ein, suchte seinen persönlichen Besitz zusammen.
Er holte die falschen Pässe aus der Lade, deren Schlüssel ein wenig im Schloß geklemmt hatte. Er zählte sie nach. Alle noch da. Nein, nicht mehr alle. Er zählte noch einmal. Verflucht, einer fehlte!
Schweiß trat auf Thomas Lievens Stirn, als er entdeckte, welcher fehlte: der schöne Schweizer Paß auf den Namen Eugen Wälterli. Und noch etwas vermißte Thomas, etwas, das auch in der Schublade gelegen hatte: das Scheckbuch auf das Konto der «Schweizerischen Nationalbank» und die Bankvollmacht.
Ächzend sank Thomas Lieven in seinen Sessel zurück. Fetzen von Gesprächen und Erinnerungen wirbelten in seinem Gehirn: «Eugen Wälterli heißt du auch? Ist viel Geld auf dem Konto? Die Unterschrift, die ich nicht nachmachen kann, gibt's nicht ...»
Thomas riß den Telefonhörer hoch. Verlangte ein Blitzgespräch nach Zürich: «Schweizerische Nationalbank». Wartete endlos. Gespräch nur möglich über Militärleitung. Na und? Jetzt war schon alles egal! Endlich hatte er die Verbindung.
Er verlangte den Beamten, der sein Konto betreute. Ahnte bereits alles, als er die gemütliche Schweizer Stimme hörte: «Ja, Herr Wälterli, mir wüssed B'scheid. Ihre Frau Gemahlin hät alles g'reglet ...»
Sie hat sich einen Schweizer Paß besorgt. Nach dem Vorbild *meines* Schweizer Passes. Das Luder, das elende.
«Wann ... wann war meine Frau da?»
«Ja so vor vierzäh Täg ... Madame hät g'meint, Sie würdet nach Züri zrugg cho und b'schtimme, was mit dem Konto g'scheh söll ...»
«Konto ... geschehen ... soll ...»
«Es stönd na 20 Franke druf.»

Menu · Paris, 22. Februar 1946

*Russischer Borschtsch*
*Filet de Boeuf Stroganoff*
*Zitronen-Soufflé*

---

## Auf «russisch» machte Thomas Lieven sein erstes Millionen-Nachkriegsgeschäft

Russischer Borschtsch: Man nehme je ein Pfund schieres Rind- und Schweinefleisch und ein halbes Pfund durchwachsenen Räucherspeck, koche davon eine kräftige Brühe. Man nehme das fertig gekochte Fleisch heraus und schneide es in mundgerechte Stücke. – Man schmore in Schweineschmalz zwei Pfund in Streifen geschnittenen Weißkohl mit Pfeffer und Salz, Gewürzkörnern und einem Lorbeerblatt und in einem anderen Topf streifig geschnittene rote Rüben mit Suppengemüse, Pfeffer, Salz, Lorbeerblatt und Pfefferschote. Zu den roten Rüben gebe man einen Schuß Essig, damit sie ihre Farbe behalten. – Man gebe die weichgeschmorten Gemüse ohne Lorbeerblätter mit den Fleischstücken in die Brühe, lasse zusammen durchkochen und reibe vor dem Anrichten eine rote Rübe daran. – Bei Tisch pro Gast einen großen Löffel dicker saurer Sahne in die Suppe.

Filet de Boeuf Stroganoff: Man nehme gut abgehangenes Rinderfilet, schneide es erst in Scheiben und diese dann in schmale Streifchen. – Man schmore viel kleingehackte Zwiebeln in Butter weich, aber keinesfalls braun, gebe das Fleisch hinein und lasse es auf jeder Seite eine Minute mitbraten. – Man schmecke mit Pfeffer und Salz gut ab und rühre dicke saure Sahne unter das Gericht, das man noch einmal aufkochen läßt.

Zitronen-Soufflé: Man nehme drei Eigelb und rühre sie mit drei Eßlöffeln Zucker schaumig. – Man gebe den Saft und die abgeriebene Schale einer halben Zitrone, einen halben Kaffeelöffel Kartoffelmehl oder Maizena und zuletzt den sehr steifen Schnee der drei Eiweiß hinzu. – Man fülle die Masse in eine gebutterte Auflaufform und lasse sie bei mäßiger Hitze im Bratofen backen, bis sie hochgegangen und die Oberfläche ganz leicht gebräunt ist. – Man gebe das Soufflé sofort in der Form zu Tisch, reiche Biskuits dazu.

---

O Gott, o Gott, o Gott! «Sonst ... sonst hat sie alles abgehoben?»
«G'wüß doch, frili! Madame hät ja Ihre Paß derbi g'ha – Ihres Scheckbuech – ei Bankvollmacht – au für de Tresor ... Herr Wälterli! Herr Wälterli! Um Himmels wille, ischt was nicht in Ordnung? Schtimmt öppis nüd? Also, *unsere* Schuld ischt es nicht – Madame hat alle Vollmachten und Dokumente präsentiert – alle mit Ihrer Unterschrift ...»
Thomas Lieven legte den Hörer in die Gabel. Lange Zeit saß er reglos. Bis auf zwanzig Franken war alles weg, was er besessen hatte.

Eine Stunde später übergab der Mann, der sich noch Capitaine Clairmont nannte, sein Büro und alle seine Unterlagen dem Dienststellenleiter. Vom Mittag des 7. Dezember an war dieser Capitaine Clairmont verschwunden. Spurlos verschwunden.

9

Am 22. Februar 1946 erschienen beim Portier des Pariser Luxushotels «Crillon» am Place de la Concorde zwei Herren und fragten nach einem gewissen Monsieur Hausér.
Dem strahlenden Lächeln des Portiers nach zu schließen war dieser Monsieur Hausér ein Lieblingsgast des Hauses.
Der Portier rief ihn an: «Zwei Herren wollen Sie sprechen, Monsieur Hausér. Ein Monsieur Fabre und Monsieur le Baron Kutusow.»
«Ich bitte die Herren, sich heraufzubemühen.»
Ein Page geleitete die Herren in den zweiten Stock empor. Bastian Fabre stand das feuerrote Bürstenhaar ärger denn je vom Schädel ab. Sein Begleiter mit dem Namen eines berühmten russischen Generals war etwa 45 Jahre alt, breitschultrig und recht bürgerlich gekleidet.
Im Salon des Appartements 213 eilte Monsieur Hausér den beiden Besuchern in einem erstklassig geschnittenen Anzug entgegen.
Bastian wartete, bis der Page verschwunden war, dann fiel er seinem alten Freund um den Hals. «Junge, was bin ich froh, dich wiederzusehen!»
«Und ich erst, Bastian, und ich erst!» sagte Thomas Lieven. Er machte sich los und schüttelte dem Russen die Hand: «Es ist mir eine Freude, Sie kennenzulernen, Baron Kutusow. Ich werde mir allerdings erlauben, Sie von Stund an nicht mehr Baron, sondern vielmehr Genosse Kommissar zu nennen. Kommissar Kutusow.»
«Aber warum?» fragte der Russe, nervös blinzelnd.
«Ein Momentchen Geduld! Alles der Reihe nach! Ich habe euch so viel zu erzählen, meine Brüderchen! Ich habe das Essen aufs Zimmer bestellt. Man wird in zehn Minuten servieren. Unter anderem Borschtsch, Genosse Kommissar! Bitte, nehmt Platz ...»
Thomas Lieven bewegte sich mit einer Ruhe und Sicherheit, die atemberaubend war, wenn man bedachte, daß die französischen Militärbehörden ihn seit Wochen suchten und daß er sich also hier in Paris sozusagen in der Höhle des Löwen befand. Er trö-

stete sich jedoch selbst mit der Überlegung: Wo sucht ein Löwe sein Opfer weniger als in der eigenen Höhle?
Als er am 7. Dezember Baden-Baden fluchtartig verließ, hatte ein Spezialist, der einst Pässe für die Abwehr Paris fälschte, für ihn einen feinen französischen Paß auf den Namen Maurice Hausér hergestellt. Dann war ein Brief an Bastian Fabre nach Marseille abgegangen, in dem stand, daß er, Thomas, vollkommen pleite sei.
Postwendend war Bastians Antwort gekommen:
*Siehste Pierre, wie gut es war, daß wir Dir damals ein bißchen was von der Sore von Lesseps klauten? Kannste nun haben. Habe hier einen Kumpel aufgetan, Sohn von einem russischen Baron. Kutusow heißt er. Der Alte war Taxichauffeur in Paris. Ist abgenibbelt. Jetzt fährt der Junge. Einen Pontiac ...»*
Darauf hatte Bastian von Thomas dieses Telegramm erhalten: erwarte dich und baron mit auto 22. februar hôtel crillon.
Daselbst versicherte Thomas nun und erkundigte sich bei seinen Gästen: «Wo steht der Wagen?»
«Vor dem Hotel.»
«Das ist gut. Man soll ihn sehen. Nur mußt du, lieber Bastian, in der nächsten Zeit den Chauffeur spielen. Und der Genosse Kommissar Kutusow muß im Fond sitzen. Hast du die Goldstücke mitgebracht?»
«Liegen im Koffer.»
Drei Kellner erschienen und bereiteten das Essen vor. Dann saßen Thomas, Bastian und Kutusow bei Tisch und rührten frische Sahne in die gute Borschtsch-Suppe. Der russische Taxi-Aristokrat staunte: «Wie zu Hause! Sahne auf dem Tisch!»
«Wenn ich Sie bitten dürfte, ein wenig *volkstümlicher* zu essen, Genosse Kommissar. Ellbogen aufgestützt zum Beispiel. Vielleicht reinigen Sie in der nächsten Zeit auch Ihre Fingernägel nicht so ganz makellos.»
«Aber warum? Warum das alles?»
«Meine Herren, ich habe Ihnen ein großes Geschäft vorzuschlagen. Ein Geschäft, bei dem Sie, Baron, einen Kommissar, Bastian einen Chauffeur und ich einen Spirituosengroßhändler spielen muß.»
«Einen Spiri ... was?» staunte Bastian.
«Schluck runter, bevor du sprichst. Einen Schnapsgroßhändler. Ich bin von der französischen Armee auf das Bitterste gekränkt und enttäuscht worden, meine Herren. Ich habe die Absicht, der französischen Armee ein gewaltiges Ding zu drehen.»

«Mit Schnaps?»
«Ja, mit Schnaps.»
«Aber es gibt doch jetzt keinen Schnaps, verehrter Monsieur! Alles rationiert!» rief Kutusow.
«Haben Sie eine Ahnung, wie viel Schnaps es auf einmal geben wird, wenn Bastian einen ordentlichen Chauffeur und Sie einen ordentlichen Kommissar spielen», sagte Thomas. «Los, jeder noch einen Teller. Nach dem Essen gehen wir einkaufen.»
«Was?»
«Was dazu gehört. Schwarze Ledermäntel. Pelzmützen. Schwere Schuhe.» Thomas senkte die Stimme. «Hier im Hotel wohnt seit Kriegsende eine sowjetische Delegation. Fünf Mann. Ihre Aufgabe ist es, sich um alle Sowjetbürger in Frankreich zu kümmern. Wißt ihr, wieviel das sind?»
«Keine Ahnung.»
«Über fünftausend. Und mit ihnen allen ist dasselbe los ...» Indessen seine beiden Gäste, Borschtsch, die beste Suppe der Welt löffelnd, ihm andächtig lauschten, erzählte ihnen Thomas, was mit allen Sowjetbürgern in Frankreich los war ...

## 10

Zwei Tage später hielt ein schwarzer Pontiac vor dem «Ministère du Ravitaillement», in welchem sich die französische Alkoholverwaltung befand. Ein Chauffeur in schwarzem Ledermantel, eine Pelzmütze auf dem roten Igelhaar, riß den Schlag auf. Ein Herr in Ledermantel und Pelzmütze stieg aus, betrat das große, graue Gebäude, fuhr mit dem Lift in den dritten Stock empor und ging daselbst in das Büro einen Mannes mit Namen Hippolyte Lassandre, der ihm mit ausgebreiteten Armen entgegenkam.
«Mein lieber, sehr verehrter Monsieur Kutusow, ich war es, mit dem Sie gestern telefonierten. Legen Sie ab. Nehmen Sie Platz.»
Monsieur Kutusow, der unter dem schwarzen Ledermantel einen ziemlich zerdrückten, blauen Konfektionsanzug und an den Füßen schweres Schuhwerk trug, zeigte sich sehr aufgebracht. «In der Haltung Ihres Ministeriums sehe ich einen feindseligen Akt, den ich nach Moskau melden werde ...»
«Ich bitte Sie, flehe Sie an, lieber Monsieur Kutusow ... lieber Kommissar Kutusow, tun Sie das nicht. Ich bekomme den schlimmsten Ärger mit dem Zentral-Komitee!»
«Was für einem Komitee?»
«Der Kommunistischen Partei Frankreichs, Genosse Kommissar.

Ich bin Parteimitglied! Ich versichere Ihnen, es war wirklich nichts als ein Versehen.»

«Daß man fünftausend Sowjetbürger seit Monaten bei der Alkoholzuteilung übergangen hat?» Der falsche Kommissar lachte höhnisch. «Ein Versehen, was? Komisch – die britischen und amerikanischen Staatsbürger in Ihrem Land erhielten Alkohol. Aber die braven Bürger *meines* Landes, das vor allen andern Ländern die Faschisten geschlagen hat ...»

«Sprechen Sie nicht weiter, Genosse Kommissar, ich bitte Sie! Sie haben ja recht. Es ist unverzeihlich! Aber es soll gutgemacht werden, schnellstens!»

Kommissar Kutusow erklärte: «Ich fordere im Namen der Sowjetunion selbstverständlich auch die Nachlieferung der Zuteilung für alle vergangenen Monate.»

«Selbstverständlich, Genosse Kommissar, selbstverständlich ...»

Daß die in Frankreich lebenden Sowjetbürger keine Alkoholzuteilung erhielten, hatte Thomas Lieven von Zizi erfahren. Zizi war eine schlanke Rotblonde, die in Paris in einem florierenden Haus arbeitete. Thomas kannte sie noch aus dem Krieg. Zizi liebte Thomas. Im Krieg hatte er ihren Freund vor der Verschleppung nach Deutschland gerettet. Es ginge ihr prima, erzählte ihm Zizi. Vor allem, seit diese Russen in der Stadt seien. Die wären sozusagen Stammgäste in ihrem Etablissement.

«Was für Russen?» wollte Thomas wissen.

«Na, diese Kommission, die im ‹Crillon› wohnt. Fünf Kerle. Kräftig wie Bären, sage ich dir. *Das* sind Männer!»

Zizi berichtete, daß die fünf Sowjetbürger ganz entzückt von den Dekadenzerscheinungen des kapitalistischen Westens waren. Allerdings vernachlässigten sie darob ihren Dienst auf das Ärgste. Sie sollten sich um rund 5000 Landsleute in Frankreich kümmern, sie zur Heimkehr animieren. Das taten sie aber nur selten. Am liebsten waren sie bei Zizi. Und anderswo ...

«Stell dir das vor, nicht mal um die Schnapszuteilung kümmern sie sich», sagte Zizi zu Thomas.

«Um was für eine Schnapszuteilung?» fragte er und erfuhr, um was für eine.

Zizi hatte weitererzählt. Aber Thomas hatte nicht mehr zugehört. Ein Plan war in seinem Gehirn entstanden, ein kleiner, guter Plan. Nun, nachdem Bastian und Kutusow in Paris eingetroffen waren, setzte er ihn in die Tat um ...

Mit gefälschten Ausweisen hinlänglich als Sowjetbeamter legitimiert, nahm Kommissar Kutusow die nachgelieferte Alkoholzuteilung entgegen. Nicht weniger als 3000 Hektoliter rollten auf Lastautos zu einer unheimlichen, zum Teil eingestürzten Brauerei in der Nähe des Flughafens Orly.

Die hatte Thomas entdeckt, während er auf Bastian wartete. Sie gehörte einem Kollaborateur, der geflohen war. Im Februar 1946 – das muß man bei dieser Geschichte immer wieder bekennen – ging es in den meisten europäischen Ländern noch sehr drunter und drüber. Auch in Frankreich!

Nun nahmen acht Herren in jener Fabrik die Arbeit auf. Die Produktion lief Tag und Nacht. Die Herren stellten unter Leitung von Monsieur Hausér den bekannten und mit Recht beliebten Anis-Schnaps «Pastis» her, und zwar nach folgendem Familienrezept, das Thomas einer schwarzen Dame in Zizis Haus verdankte:

Man nehme auf einen Liter chemisch reinen neunzigprozentigen Alkohol

8 Gramm Fenchelsamen
12 Gramm Melissenblätter
5 Gramm Sternchenanis
2 Gramm Koriander
5 Gramm Salbei
8 Gramm grünen Anissamen.

Man lasse acht Tage lang im Dunkeln ziehen. Kurz vor dem Filtrieren füge man noch zehn Tropfen Anisessenz hinzu. Zuletzt verdünne man auf einen vierundvierzigprozentigen Alkoholgehalt ...

Den Alkohol bezahlte Kutusow mit dem Erlös der Goldstücke, die Bastian mitgebracht hatte. Die gefüllten Flaschen beklebten Bastians Freunde mit Etiketten, die Thomas in einer kleinen Druckerei herstellen ließ.

Indessen die Großproduktion anlief, suchte Monsieur Hausér einen französischen Militärbeamten, einen Stabsintendanten, in dem Pariser Stadtteil Latour-Maubourg auf. Dieser Stadtteil war zur Gänze von Militär besetzt, eine kleine Stadt in der Stadt.

Monsieur Hausér schlug dem Stabsintendanten Villard ein Schnapsgeschäft unter der Hand vor: «Ich habe Rohstoffe, ich kann ‹Pastis› produzieren. Ich weiß, daß es in Ihrem Offizierskasino kaum noch Schnaps gibt. Meine Ware ist preiswert.»

«Preiswert?»

Nun, für jene wilde alkoholarme Zeit gewiß! Heute würde man Thomas Lievens alias Monsieur Hausérs Forderung ein wenig übertrieben empfinden. Er verlangte, umgerechnet zum Kaufwert

unserer heutigen Währung, für eine Flasche «Pastis» immerhin 60 Mark!
Der Stabsintendant griff zu, als wäre es das Geschäft seines Lebens. Und das war es auf der anderen Seite ja auch wiederum, wenn man bedenkt, daß damals eine Flasche «Pastis» auf dem Schwarzen Markt umgerechnet an die 100 Mark kostete.
Das Geschäft blühte!
Vor allem wickelte es sich in Windeseile ab! Nicht nur *sein* Offizierskasino versorgte der Stabsintendant mit «Hausér-Pastis», nein, er brachte die frohe Kunde auch seinen Freunden, und so fuhren schon bald Armeelastwagen mit «Hausér-Pastis» zu allen Offizierskasinos des Landes.
In der Tat kann man sagen: Thomas Lieven versorgte die französische Armee. Und die französische Armee bezahlte prompt. Und alles ging gut bis zum 7. Mai 1946. Da gab es eine kleine Panne ...
Am 7. Mai 1946, gegen 19 Uhr, erschien der stämmige Chef der Sowjetischen Delegation, Herr Andrejew S. Schenkow, im Appartement des falschen Kommissars Kutusow im «Hôtel Crillon» und forderte ihn, sehr rot im Gesicht, auf, eine Erklärung abzugeben. Herr Schenkow hatte nämlich wenige Tage zuvor beschlossen, seine Pflichten denn doch ein wenig ernster zu nehmen. So wollte er auch seine 5000 Landsleute mit Alkohol versorgen. Aber vom Rationierungs-Ministerium mußte er erfahren, daß der Alkohol längst von einem Kommissar Kutusow, wohnhaft «Hôtel Crillon», abgeholt worden sei.
«Ich verlange eine Erklärung!» schrie Schenkow nun in russisch akzentuiertem Französisch. «Wer sind Sie, Herr? Ich kenne Sie nicht! Habe Sie nie gesehen! Ich lasse Sie verhaften. Ich ...»
«Maul halten!» brüllte Kutusow ihn an, aber in lupenrein russischen Urlauten. Und dann sprach er eine halbe Stunde lang mit dem Genossen Schenkow auf russisch in genau jener Art und über genau jene Dinge, die Thomas Lieven ihm eingeschärft hatte. Denn Thomas hatte eine solche kleine Panne natürlich von Anfang an einkalkuliert.
Eine halbe Stunde später kehrte Genosse Andrejew S. Schenkow bleich, verstört und mit schweißfeuchter Stirn in sein Zimmer zurück. Hier warteten auf ihn seine Freunde Tuschkin, Bolkonski, Balaschew und Alpalytsch.
«Genossen», stöhnte Schenkow und fiel in einen Sessel, «wir sind verloren.»
«Verloren?»

«Praktisch schon in Sibirien. Es ist grauenhaft. Es ist entsetzlich. Wißt ihr, wer Kutusow ist? Er ist der Kommissar, den sie uns nachgeschickt haben, um uns zu überwachen. Er hat alle Vollmachten. Und er weiß alles über uns.»
«Alles?» schrie Bolkonski entsetzt auf.
Schenkow sprach dumpf: «Alles. Wie wir hier arbeiten. Was wir hier getrieben haben.» Entsetzen malte sich auf den Zügen seiner vier Freunde. «Es gibt nur noch eines, Genossen, wir müssen versuchen, ihn zum Freund zu gewinnen. Und arbeiten wie Tiere, Tag und Nacht. Keine Zizi mehr! Keine Nylons und amerikanischen Konserven und Zigaretten mehr! Dann wird Kutusow *vielleicht* noch einmal Gnade vor Recht ergehen lassen ...»
Solcherart war, dank Lievens vorausblickendem Ingenium, der kleine Zwischenfall beigelegt, und das große «Pastis-Geschäft» konnte in aller Ruhe abgewickelt werden.

Am 29. Mai brachte ein sehr glücklicher, weil relativ wohlhabender Ex-Genosse Kommissar und Taxi-Aristokrat Kutusow seine beiden Freunde in seinem alten Pontiac nach Straßburg. Hier kannte Thomas aus den seligen Zeiten seines «Kriegsverbrecher-Suchdienstes» ein paar freundliche französische Grenzer und ein paar freundliche deutsche. Mit ihrer Hilfe sollte es unschwer gelingen, die beiden Koffer der Herren Lieven und Fabre unkontrolliert aus einem Land in das andere zu bugsieren. Die Schrankkoffer enthielten den Lohn der «Pastis»-Mühe.
Im Fond des Pontiacs schwärmte Thomas: «Jetzt geht's nach England, Bastian! Ins Land der Freiheit! Ach, mein Club – meine schöne Wohnung – meine kleine Bank – du wirst England lieben, mein Alter ...»
«Hör mal, aber die Engländer haben dich doch 1939 ausgewiesen!»
«Ja», sagte Thomas, «darum müssen wir eben auch noch auf einen Sprung nach München. Da sitzt ein Jugendfreund von mir, der wird mir helfen, wieder nach England reinzukommen.»
«Was is'n das für'n Jugendfreund?»
«Ein Berliner. Jetzt amerikanischer Major. Redakteur einer Zeitung. Kurt Westenhoff heißt er», sagte Thomas, selig lächelnd. «Ach, Bastian, ich bin ja so froh – alle Unordnung hat jetzt ein Ende. Ein neues Leben beginnt – eine neue Zeit.»

11

Unter vielen Besuchern wartete auch Thomas Lieven im Vorzimmer des amerikanischen Majors Kurt Westenhoff. In München. In der Schellingstraße. Im Riesengebäude des ehemaligen Eher-Verlages.

Im sogenannten Tausendjährigen Reich war hier der «Völkische Beobachter» von den Nazis gedruckt worden. Jetzt wurde hier eine andere Zeitung von den Amerikanern gedruckt.

Es war sehr heiß in München an diesem 30. Mai 1946. Manchen der mageren, blassen Herren in Westenhoffs Vorzimmer stand der Schweiß auf der Stirn. Nachdenklich sah Thomas Lieven sich um. Er dachte: Da sitzt ihr. In alten Anzügen, die euch zu groß geworden sind. Mit zu weiten Hemdkrägen. Hager, unterernährt und blaß. Wenn ich euch so betrachte, ihr Bittsteller und Hochgeschwemmten der ersten Nachkriegszeit, die ihr hierherkommt um Hilfe, um einen Posten, um «Persil»-Scheine ... Ihr seht nicht so aus, als ob ihr eure Köpfe hingehalten hättet draußen an der Front oder im echten Widerstand gegen die Nazis. Ihr wart wohl still während der Tausend Jahre. Ohren zu, Augen zu, Mund zu. Aber jetzt wollt ihr endlich an die Macht! Bald werdet ihr euch vor den Futterkrippen der Nation drängen und euren Teil herausholen aus dem großen Wurstkessel. Bald werdet ihr oben sein, in der Regierung, in der Wirtschaft, im ganzen Land. Denn die Amerikaner werden euch helfen ...

Aber, dachte Thomas Lieven, seid ihr die Richtigen für den richtigen Weg? Werdet ihr die *einzigartige* Gelegenheit nutzen, Deutschland und die Deutschen nun ein wenig aus der Weltgeschichte zu empfehlen – für eine Weile wenigstens?

Zwei Weltkriege haben wir begonnen und verloren im Lauf von zweiunddreißig Jahren. Eine forsche Leistung! Wie, wenn wir uns nun zurückzögen, neutral würden – uns poussieren ließen von den Amis und den Russen – Handel trieben mit West *und* Ost? – Wir haben so viel geschossen! – Wenn wir nun – bitte nicht gleich böse werden, ist ja nur ein Vorschlag! – überhaupt nie mehr schießen wollten? Du lieber Gott im Himmel, wäre das schön! –

Eine bildhübsche Sekretärin erschien. «Herr Lieven, Major Westenhoff erwartet Sie», sagte die junge Dame, die später einmal Mrs. Westenhoff heißen sollte. An ihr vorbei ging Thomas in das Büro des Redakteurs, der ihm mit ausgestreckter Hand entgegenkam.

«Tag, Thomas», sagte Kurt Westenhoff. Er war klein und rundlich. Er besaß spärliches blondes Haar, eine schöne Stirne und kluge blaue Augen, die immer freundlich und immer melancholisch wirkten. Der Vater dieses Mannes, Dr. Hans Westenhoff, hatte als Chefredakteur des Ullstein-Verlages in Berlin gearbeitet, für die «BZ am Mittag» und für das «Tempo». Dann hatte die Familie emigrieren müssen. Nun war der Krieg zu Ende. Nun war Kurt Westenhoff zurückgekommen in dieses Land, das ihn fortgejagt hatte.

«Tag, Kurt», sagte Thomas. 1933 hatte er diesen Mann zum letztenmal gesehen, in Berlin. Dreizehn Jahre waren vergangen. Trotzdem hatte Westenhoff sich sofort an ihn erinnert.

Thomas sagte heiser: «Ich ... ich danke dir.»

«Quatsch, Mensch! Ich kenne dich seit unserer Schulzeit. Ich habe deinen Vater gekannt. Ich brauche keine Fragen zu stellen bei dir. Nur eine: Wie kann ich dir helfen?»

Thomas sagte: «Du weißt, ich war vor dem Krieg Bankier in London. ‹Marlock and Lieven.› Dominion Agency, in der Lombard Street.»

«Dominion Agency, richtig! Ich erinnere mich.»

«Ich habe wüste Jahre hinter mir. Euer CIC wird ein Riesendossier über mich haben. Aber ich sage die reine Wahrheit: In den ganzen Schlamassel bin ich nur durch meinen Kompagnon Marlock geraten. Er hat dafür gesorgt, daß ich aus England ausgewiesen wurde. Er hat sich die Bank unter den Nagel gerissen. Seit 1939 habe ich nur einen Wunsch, nur einen Gedanken –: dieses Schwein zu stellen!»

«Ich verstehe», sagte Westenhoff. «Du willst rüber nach England.»

«Um mit Marlock abzurechnen, ja. Kannst du mir dabei helfen?»

«Sure, boy, sure!» sagte der amerikanische Berliner. Und er irrte sich! –

Zwei Wochen später, am 14. Juni, forderte Westenhoff Thomas auf, ihn am Abend in seiner Villa zu besuchen.

«Tut mir leid, Thomas», sagte sein Freund zu ihm, als sie beide auf der Terrasse hinter dem Haus saßen und in den dämmerigen Garten hinausblickten. «Wirklich wahnsinnig leid. Trink lieber noch einen großen Whisky pur, bevor ich es dir erzähle.»

Diesen Rat befolgte Thomas.

«Dein Robert E. Marlock ist verschwunden. Ich habe meine Freunde beim CIC alarmiert. Die haben sich mit den Engländern in Verbindung gesetzt. Sieht traurig aus, Thomas, sehr traurig. Deine kleine Bank gibt es auch nicht mehr. Noch einen Drink?»

«Am besten stellst du gleich die Flasche vor mich hin. Ich komme mir langsam vor wie Hiob.» Thomas lächelte verzerrt. «Hiob mit Johnnie Walker. Seit wann gibt's meine kleine Bank nicht mehr?»
«Seit 1942.» Westenhoff zog ein Blatt Papier aus der Tasche. «Genau: seit dem 14. August 1942. Da stellte Marlock die Zahlungen ein. Wechsel platzten. Kunden wollte ihre Konten abheben. Marlock verschwand an diesem Tag vom Erdboden, bis heute. Soweit meine Freunde vom CIC. Die möchten dich übrigens gerne kennenlernen.»
«Aber ich sie nicht.»
Thomas seufzte. Er sah in den blühenden Garten hinaus, dessen Bäume und Sträucher im Dämmerlicht des herabsinkenden Abends mehr und mehr ihre Konturen verloren und zu rauchigen Schatten verschwammen. Er drehte sein Glas hin und her. Endlich sagte er: «Also werde ich hierbleiben. Ich habe genug Geld in Frankreich verdient. Ich werde arbeiten. Aber nie mehr, hörst du, Kurt, nie mehr für einen Geheimdienst. Nie mehr in meinem Leben!»
Und damit sollte er sich irren – ebenso wie Kurt Westenhoff sich irrte, wenn er annahm, daß Thomas Lieven seinem verbrecherischen Kompagnon Robert E. Marlock nie mehr begegnen würde ...

12

An einem schönen Tag im Juli 1946 schritt ein Herr in Sporthemd und Sporthosen über den englischen Rasen einer komfortablen Villa in Grünwald, am Stadtrand von München. Der Herr sah blaß und resigniert aus. An seiner Seite schritt, in derselben leichten Kleidung, ein muskulöser, zufrieden scheinender Riese, dem das rote Bürstenhaar wild vom Kopf abstand.
«Hübsches Häuschen haben wir uns gekauft, Bastian, mein Alter, was?» meinte Thomas Lieven.
«Und alles mit dem Geld der französischen Armee bezahlt», grunzte der ehemalige Ganove aus Marseille, der sich seit einigen Wochen als Lievens Kammerdiener versuchte.
Sie gingen auf die Villa zu. Thomas sagte: «Heute nacht habe ich mal ausgerechnet, wieviel wir bei unserm Umsatz dem französischen Finanzamt schulden.»
«Wieviel denn?»
«Etwa dreißig Millionen Francs», sagte Thomas schlicht.
Bastian erheiterte sich unmäßig. «Vive la grande armée!»
In der Villa läutete das Telefon. Westenhoff war am Apparat: «Möchtest du heute abend zu Eva Braun kommen?»

«Was?»
«In ihre Villa, meine ich. Ecke Maria-Theresia-/Prinzregentenstraße.»
«Da sitzt doch jetzt der CIC drin.»
«Richtig, Junge, richtig.»
«Ich habe dir gesagt, ich arbeite nie wieder als Geheimagent. Auch nicht für euch!»
«Du sollst für uns nicht als Geheimagent arbeiten, sondern als Koch.»
«Deine Freunde werden doch einen eigenen Koch haben!»
«Haben sie auch. Einen ganz erstklassigen sogar. War einst ein ganz großer Restaurateur. Und ein Blutordensträger dazu ...»
«Gratuliere. Einen feinen Geschmack haben deine Freunde.»
«Der Koch hatte einen noch besseren. Als er verhaftet wurde, verriet er ohne Zögern alle seine Bonzenfreunde. Dafür steckte der CIC ihn nicht sofort ins Lager. Er lebt unter Hausarrest und kocht. Aber heute kann er nicht kochen, heute hat er Durchfall. Komm doch und hilf diesen Abend aus, Thomas. Mir zuliebe. Sie haben einen Rehbock. Ein Special Agent hat ihn erledigt. Mit der Armbrust.»
«Kurt, du sollst am Tag nicht so viel trinken!»
«Es ist die reine Wahrheit; er hat ihn mit dem Flitzbogen erlegt. Ich kenne den Mann. Er geht *nur* mit dem Flitzbogen auf die Jagd. Er sagt, die Tiere müssen viel weniger leiden. Es wäre humaner so.»
Vollgefressen, wie wir heute sind, erinnern wir uns kaum noch, wie es damals war:
Nur 800 Kalorien täglich konnten im Juni 1946 im Ruhrgebiet an «Normalverbraucher» ausgegeben werden. Im Süden des Landes waren es 950 Kalorien. Schwerarbeiter erhielten 1700, Schwerstarbeiter 2100, Bergarbeiter 2400 Kalorien.
Nur 7 (!) Gramm Fett enthielt noch im September 1947 die «Grundration». Vorkriegsverbrauch: 110 Gramm.
Nur 14 Gramm Fleisch enthielt die «Grundration» im September 1947. Vorkriegsverbrauch: 123 Gramm.
Die Deutsche Ärzteschaft gab im Sommer 1947 in einer «Resolution zur Ernährungslage» die Mindestfettmenge pro Kopf und Tag mit 40 bis 60 Gramm an.
Ein Trost: Der Blutordensträger, der sich durch diese schlimme Zeit als Koch beim amerikanischen CIC hinlänglich gegen die Gefahr des Verhungerns absicherte, überstand auch die erwähnte Diarrhöe gut. Er überstand überhaupt alles gut. Heute ist er Be-

sitzer eines bekannten Restaurants in einer großen Stadt im Süden Deutschlands ...

## 13

Eine hübsche Villa hatte Hitler seiner Geliebten geschenkt, fand Bastian Fabre, als er mit Thomas Lieven in der Küche des Gebäudes gelandet war: «Das hätt' ich dem Vegetarier gar nicht zugetraut, was meinst du, Kumpel?»
«Und was hatte sie davon? Jetzt ist sie tot», sagte Thomas. «Ich denke, wir machen *vor* dem Reh einen Parmesanpudding und *nach* dem Reh etwas Süßes; das lieben die Amis.»
Teurer und geistreicher Leser, schöne und elegante Leserin! Schwer, bitter schwer fällt es uns, zu berichten, was wir nun zu berichten haben: Niemals noch – und Sie selbst sind die besten Zeugen dafür – hat unser Freund sich in der Vergangenheit betrunken.
An diesem 16. Juli 1946 jedoch betrank er sich in der Villa der (un)seligen Hitlergeliebten wie noch nie zuvor in seinem Leben. Und nur mit dem entsprechend ungeheuerlichen Promille-Gehalt läßt sich erklären, was Thomas Lieven in seinem katastrophalen Zustand widerfuhr.
Vielleicht hätte Bastian auf seinen Herrn besser aufpassen müssen. Er interessierte sich an jenem Abend jedoch allzusehr für das rothaarige Serviermädchen. Mit dieser etwas strapazierten Schönheit, die vierzehn Monate zuvor noch als Nachrichtenhelferin Freude in die einsamen Nächte deutscher Soldaten gebracht hatte, trieb er sich in der Küche und anderswo herum. Und so nahm das Verhängnis seinen Lauf ...
Kurt Westenhoff kam mit seiner schönen Sekretärin. Drei CIC-Agenten hatten deutsche Freundinnen eingeladen. Und dazu saßen noch zwei sehr, sehr attraktive Damen vom sogenannten «Art Collecting Point» am Tisch, die eine in einer französischen Uniform, die andere in einem ein wenig abgetragenen weißen Kleid, auf das bizarre Blumen gemalt waren.
Die Dame in der französischen Uniform wurde Mademoiselle Daniella genannt. Thomas kannte sie schon – der Stimme nach. Daniella pflegte in der «Pariser Stunde» von «Radio München» die neuesten französischen Chansons vorzutragen – mit vibrierender Schlafzimmerstimme. Die charmante Person war unbestrittener Mittelpunkt der Party.
Ihre deutsche Begleiterin stand völlig in ihrem Schatten. Christine Troll hieß das Mädchen mit dem langen, schwarzen Haar, den

langbewimperten schwarzen Augen und dem großen Mund. Sie war Sekretärin im «Art Collecting Point».

Von dieser Institution berichtete die Französin die amüsantesten Episoden. Die Damen und Herren der amerikanischen «Kunstwerke-Sammelstelle» amtierten auf dem Königsplatz, im kleineren der beiden sogenannten «Führerbauten». Ihre Aufgabe war es, all jene Kunstwerke aufzustöbern und sicherzustellen, die unter dem Naziregime in den besetzten Gebieten, aber auch in Deutschland den Besitzer gewechselt hatten durch Beschlagnahme, Verlagerung oder Raub.

«Sichergestellt», so berichtete Mademoiselle Daniella, hatten die Nazis in Paris die berühmten Sammlungen von Rothschild, Goldschmidt und Schloß. Aber wo waren all diese Schätze hingekommen?

Allein an Gemälden hatten die Nazis 14 000 Werke «verlagert» – aber wohin? Im Kloster Dietramszell, im Kloster Ettal, in den Salinen von Alt-Aussee förderten die Kunst-Detektive Meisterwerke zutage ... wenig, wenig, verglichen mit dem, was verschwunden war.

Nach dem Einmarsch hatten amerikanische Truppen den Führerbau 1 den Deutschen übergeben. «Nehmt das Zeug, es hat ja doch nur Hitler gehört» – so hatten ein paar flinke Münchner die Sieger verstanden. Sie «übernahmen» in der Tat, was sie fanden ...

Manche dieser Gemälde, so erzählte Mademoiselle Daniella, wurden später wiedergefunden, als der «Collecting Point» in der Umgebung des Königsplatzes – mit Unterstützung der Military Police – eine Razzia in über tausend Privatwohnungen vornahm. Dabei fand man herrlichste, unschätzbare Meisterwerke wieder, als Matratzen-Unterlagen oder Fensterverschalungen.

Natürlich hatten auch die Amerikaner geplündert. Mademoiselle Daniella berichtete vom Erlebnis eines Kunsthändlers in der Maximilianstraße. Bei dem war am Tage nach der Eroberung Münchens ein Sherman-Panzer vorgefahren. Die Panzerleute holten den Kunsthändler auf die Straße und zeigten ihm ein Bild, das sie vorne an den Tank gebunden hatten. Dem Experten erstarrte das Blut in den Adern. Was da auf den schmutzigen, öligen Panzerplatten hing, war nichts anderes als ein berühmtes, in allen Kunstbänden vorzufindendes Rembrandt-Gemälde, das Porträt des Rabbiners von Amsterdam, und zwar das *Original*.

Der Kunsthändler und die Soldaten wurden nicht einig. So fuhren die Sieger mit ihrem Schatz kettenrasselnd davon. Wohin? Das wußte niemand. Der Rembrandt ist nie wieder aufgetaucht ...

Menu · München, 16. Juli 1946

*Parmesan-Pudding*
*Rehrücken Baden-Baden*
*Russische Creme*

---

Beim Kochen für die Amis entflammt Thomas Lievens Herz ...

Parmesan-Pudding: Man nehme 120 g Butter, rühre sie schaumig, menge sechs Eigelb, 80 g geriebenen Parmesankäse, $^1/_4$ Liter saure Sahne, etwas Salz, 140 g Mehl und zuletzt den steifen Eiweißschnee der sechs Eier darunter. – Man fülle die Masse in eine gebutterte und bemehlte Puddingform, lasse sie 45 Minuten im Wasserbad kochen. – Man stürze den Pudding auf eine große runde Platte, umgebe ihn mit 150 g feingehacktem Schinken und mit buttergeschwenkten grünen Böhnchen, die man mit gehackter Petersilie bestreut.

Rehrücken Baden-Baden: Man nehme einen abgehäuteten und gespickten Rehrücken, pfeffere und salze ihn, übergieße ihn mit kochendheißer Butter und schiebe ihn in den vorgeheizten Bratofen. – Man brate ihn unter fleißigem Begießen 45 bis 60 Minuten, das Fleisch muß aber noch saftig und am Knochen leicht rosa sein. – Man nehme etwas Bratensaft, mache darin Ananasstücke, eingemachte Kirschen und frische Weinbeeren heiß, umlege damit den Rehrücken. – Man koche den restlichen Saft und den Bratenfond mit saurer Sahne zu einer Sauce auf, die man gesondert serviert.

Russische Creme: Man nehme pro Person ein Eigelb, einen Eßlöffel Zucker, rühre sie schaumig, füge Arrak oder Rum – auf drei Eier einen Eßlöffel voll – hinzu und gebe sehr steif geschlagene Schlagsahne darunter. – Man verziere die Creme mit kleinen Makronen, die mit Arrak oder Rum getränkt wurden.

---

Solcherlei Erzählungen ließen Gastgeber und Gäste fröhlich werwerden. Man trank Gin und Juice. Thomas ging in die Küche, um nach Bastian, dem Serviermädchen und dem Rehrücken zu sehen. Er fand alle drei wohlauf. Die Ex-Nachrichtenhelferin saß auf Bastians Knien. Äußerlich war sie sehr rot. Innerlich war sie wohl immer noch braun. Thomas stach in den Rehrücken und fand, daß es sich bei diesem umgekehrt verhielt. Er gab dem balzenden Bastian die entsprechenden Anweisungen und kehrte in den Salon zurück.
Hier erzählte Mademoiselle Daniella noch immer. Thomas setzte sich neben die bescheidene, schöne Christine Troll und hörte zu. Er fühlte, wie er einen Schwips bekam. Auch die Augen der hübschen, dunklen Christine glänzten verdächtig. Er sagte zu ihr: «Es gibt gleich Essen!»
«Gott sei Dank, ich bin schon tipsy», bekannte sie mit tiefer, hei-

serer Stimme. (Wo ich tiefe, heisere Stimmen so liebe, dachte Thomas. Wie alt ist die Kleine wohl? Höchstens fünfundzwanzig. Hm. Süßes Mädchen ...)
Auch beim Essen unterhielt Mademoiselle Daniella ihre Tischgenossen weiter mit ihren Stories.
Thomas war verstimmt. Gerade mit dem Parmesan-Pudding habe ich mir so viel Mühe gegeben, dachte er. Und kein Mensch achtet darauf, kein Mensch lobt ihn.
Das hatte er gerade gedacht, da sagte Christine, die neben ihm saß, leise: «Hinreißend dieser Pudding. So etwas Gutes habe ich noch nie gegessen!»
Thomas blühte auf. Ach, was für ein Mädchen!
Als der Rehrücken kam, berichtete Mademoiselle Daniella gerade von dem berühmt-historischen Buch «Schedels Weltchronik», gedruckt im Jahre 1493. «... einer unserer Leute fuhr vor zwei Wochen durch Troibach bei Kraiburg am Inn. Bei einem Bauern ging er auf die – wie sagt man? – auf das ‹Häusl› ...» Gelächter. «Wie er sich – pardon, ich bin entsetzlich, ich weiß –, wie er sich bedienen will, kommen ihm die Schrift und das Papier so komisch vor ...» Neues Gelächter. «Meine Damen, meine Herren, was soll ich Ihnen sagen – es waren die zerschnittenen Seiten der berühmten Weltchronik aus dem Mittelalter, dem ersten gedruckten weltlichen Buch überhaupt, auf einem rostigen Nagel in einem Häusl in Troibach bei Kraiburg am Inn ...» Schallendes Gelächter.
Traurig dachte Thomas: Und keiner sagt etwas zu meinem Rehrücken.
Da sagte Christine leise: «Phantastisch, auch der Rehrücken. Sie sind ein Genie. Ist das ein besonderes Rezept?»
«Mein eigenes. Ich habe es Rehrücken Baden-Baden getauft. In Erinnerung an ... hm ... dort verlebte schöne Stunden.»
«Das müssen Sie mir alles ganz genau erzählen, bitte.»
Thomas rückte näher heran. «Aber mit Vergnügen!»
Der Abend war gerettet!
Nach dem Essen sang Mademoiselle Daniella Chansons. Man trank weiter. Einzelne Pärchen verschwanden. Neue Besucher kamen. Ein Grammophon spielte ohne Unterlaß. Thomas trank reihum mit sämtlichen Herren. Ich habe jetzt etwas im Magen, beruhigte er sich, es kann nichts passieren.
Dann lernte er den CIC-Agenten «Mister Smith» kennen, jenen tierliebenden Herrn, der tatsächlich mit der Armbrust auf die Jagd ging. Dabei stellte sich heraus, daß Thomas nicht *nur* eingeladen worden war, weil er so gut kochte.

«Hören Sie mal zu, Mr. Lieven. Ich weiß, Sie waren kein Nazi ... aber Sie haben so viele Nazis gekannt ... Sie könnten uns helfen ...»
«Nein, danke.»
«Lieven, das ist Ihr Land! Ich werde nicht ewig hier sein. Sie vielleicht schon. Wenn wir jetzt nicht achtgeben, sperren wir die Falschen ein und lassen die Falschen frei ... und alles kommt wieder, alles kommt wieder!»
«Trotzdem», sagte Thomas. «Ich will nichts mit Geheimdiensten zu tun haben. *Nie* mehr!»
Mr. Smith sah ihn von der Seite an und lächelte ...
Schummriger wurde die Beleuchtung, sentimentaler die Musik. Thomas tanzte mit Christine. Thomas flirtete mit Christine.
Christine erzählte von sich: «Eigentlich habe ich Chemie studiert. Meine Eltern hatte eine kleine Fabrik hier in München, kosmetische Präparate ...»
«Was heißt *hatten?»*
«Sie sind tot. Und die Fabrik ist ausgeplündert worden. Ich war nicht da in diesen Tagen. Wenn ich bloß jemanden finden könnte, der mir etwas Geld gibt.» Sie sprach so ernst! Thomas fand sie ungeheuer sympathisch. «Ach, etwas Kapital bloß. Man könnte verdienen, was man will. Millionen Frauen schreien nach kosmetischen Präparaten. Sie haben nichts, um sich schön zu machen ...»
Das leuchtete Thomas ein. Ein wenig schwerzungig schon sagte er: «Wir müssen uns unbedingt ... darüber unterhalten, Fräulein Christine.» Neuer Anlauf: «Komme Sie morgen besuchen. Ich ... ich ... könnte mir vorstellen, daß mich Ihre Fabrik interessiert ...»
«Oh!» Ihre Augen leuchteten auf.
Mademoiselle Daniella sang wieder. Thomas trank und tanzte mit Christine, tanzte und trank. Dann sang er selber. Und dann war es soweit: Er war blau, ganz ungeheuerlich blau. Liebenswürdig. Freundlich. Charmant. Aber eben blau. Es fiel nur keinem Menschen auf. Denn alle waren blau, alle im Hause der toten Eva. Nur der Blutordensträger nicht. Der lag mit Leibschmerzen in seiner Mansarde und knirschte mit den Zähnen.

14

Als Thomas erwachte, fand er sich in seinem Bett. Er hörte Bastians Stimme: «Das Frühstück, Pierre. Wach auf. Es ist halb zwölf!»
Thomas öffnete die Augen und stöhnte. In seinem Schädel tobten

Preßlufthämmer. Er sah Bastian an, der mit einem Tablett vor ihm stand. Er richtete sich auf. Und dann erstarrte er. Neben ihm lag ein Mädchen und schlief, tief und friedlich. Die süße, dunkle Christine Troll ...

Thomas schloß die Augen. Thomas öffnete die Augen wieder. Es war kein Spukbild, das ihn narrte. Christine lag noch immer da. Jetzt murmelte sie etwas und lächelte. Räkelte sich. Allmächtiger! Schnell deckte Thomas sie wieder zu.

Entsetzt sah er Bastian an, der keine Miene verzog: «Was ist passiert? Wie kommt die Dame hierher?»

«Mensch, frag *mich* doch nicht! Wie soll *ich* das wissen!»

«War ich ... waren diese Dame und ich ... schon ... hm ... zu Hause, als du kamst?»

«Jawohl. Du hast geschnarcht wie eine ganze Kompanie.»

«Um Gottes willen.»

«Total besoffen, was?»

«Und wie! Junge, Junge, also mir fehlen glatt acht oder neun Stunden. Ich habe nicht die geringste Erinnerung.»

«Na hör mal, das ist aber jammerschade!»

«Halt den Mund! Stell das Tablett weg. Ich will machen, daß ich hier rauskomme, bevor sie aufwacht. Vielleicht war sie auch betrunken. Und dann kann ich ihr die Peinlichkeit ersparen.»

Er konnte es nicht. Denn in diesem Moment schlug Christine Troll ihre schönen schwarzen Augen auf und blickte um sich. Lange um sich. Dann blickte sie an sich hinab. Wurde dunkelrot. Und sagte: «Ach, ist das unangenehm. Nein, also wirklich! Das ist ja ganz entsetzlich! Mein Herr, wer sind Sie, wenn ich bitten darf?»

Thomas verneigte sich im Sitzen. «Mein Name ist Lieven. Thomas Lieven.»

«Ach Gott, ach Gott. Und wer ... wer ist dieser Herr?»

«Mein Diener Bastian.»

«Guten Morgen, Mademoiselle», sagte Bastian und verneigte sich höflich.

Da begann die junge Dame zu weinen ...

Nach dem Frühstück gingen Thomas und Christine im Isartal spazieren. Langsam ließen ihre Kopfschmerzen nach.

«Und Sie haben keine Erinnerung?» fragte er.

«Nicht die allergeringste.»

«Ich auch nicht.»

«Herr Lieven!»

«Unter den gegebenen Umständen kannst du vermutlich ruhig Thomas zu mir sagen!»

«Nein, ich möchte beim Sie bleiben! Unter den Umständen, Herr Lieven, gibt es nur eine einzige Möglichkeit für uns: Wir gehen auseinander und sehen uns *nie* wieder.»
«Entschuldigen Sie, warum?»
«Herr Lieven, ich bin ein *anständiges* Mädchen. So etwas ist mir noch *nie* passiert.»
«Mir auch nicht. Vorschlag zur Güte. Wir reden nicht mehr davon. Und ziehen Ihre Kosmetikfabrik neu auf.»
«*Daran* erinnern Sie sich?»
«Genau. Und ich halte mein Wort. Was Sie an Kapital brauchen, steht Ihnen zur Verfügung.»
«Herr Lieven, also das kann ich unter *gar keinen* Umständen annehmen.»

15

Am 15. August 1946 wurde in der Kosmetikfabrik Troll die Produktion wieder aufgenommen. Mit einigen wenigen Arbeitern zunächst. Unter schwierigsten Bedingungen. Im September ging es schon besser. Durch seine Beziehungen zu den Amerikanern gelang es dem Geschäftspartner von Christine Troll, größere Mengen von Chemikalien zu beschaffen, die für die Produktion unentbehrlich waren. Im Oktober 1946 erzeugte die Fabrik bereits Seife, Hautcreme, ein Toilettenwasser und, als Verkaufsschlager, eine «Beauty Milk», die reißend Absatz fand. Neue Arbeiter wurden angestellt.
Christine Troll sagte zu ihrem Partner immer noch eisern: «Herr Lieven.»
Thomas Lieven sagte zu seiner Partnerin immer noch eisern: «Fräulein Troll.»
Zu Bastian sagte er: «Nie wieder ein krummes Ding, verstehst du? Mit Ehrlichkeit und Fleiß werden wir es schaffen. Anständig, alter Junge, kapiert? Anständig!»
Bastian grinste ...
Um diese Zeit, an einem tristen Oktoberabend, erschien eine kleine, verschreckte Frau in Thomas Lievens Villa. Sie entschuldigte sich immer wieder dafür, daß sie sich nicht angemeldet hatte, ohne zu sagen, was sie wollte und wie sie hieß: «... aber ich war so aufgeregt, Herr Lieven, ich war so furchtbar aufgeregt, als ich Ihren Namen las ...»
«Wo haben Sie meinen Namen gelesen?»
«Im Register vom Grundbuchamt – da arbeitet meine Schwester.

Ich und die Kinder leben ja noch immer in Freilassing. Dahin haben sie uns 45 verlagert. Es ist ein Elend – kein Platz – die Bauern sind widerlich zu uns, und jetzt auch noch dieses Wetter ...»

«Liebe Dame», sagte Thomas geduldig, «darf ich nun vielleicht endlich Ihren Namen erfahren?»

«Emma Brenner.»

Thomas zuckte zusammen. «Brenner! Sie sind die Frau von Major Brenner?»

Die kleine Frau begann zu weinen.

«Ja, Herr Lieven! Die Frau von Major Brenner ... Er hat so oft geschrieben über Sie, aus Paris. Er war so begeistert von Ihnen ... Herr Lieven, Sie kannten meinen Mann! War er ein schlechter Mensch? Hat er Unrecht begangen?»

«Wenn Sie so fragen, Frau Brenner, dann kann das nur eines bedeuten: Ihr Mann wurde verhaftet, stimmt's?»

Schluchzend nickte die kleine Frau. «Zusammen mit Oberst Werthe. Den kennen Sie doch auch ...»

«O Gott», sagte Thomas. «Werthe auch?»

«Seit Kriegsende sitzen sie im Lager Moosburg – und werden da sitzenbleiben, bis sie verhungern oder erfrieren ...»

«Frau Brenner, beruhigen Sie sich. Erzählen Sie mir.»

Das tat die kleine Frau, von Schluchzen unterbrochen. Die Lage für Werthe und Brenner schien tatsächlich hoffnungslos. Thomas kannte beide gut. Er wußte, es waren anständige Leute, die sich jahrelang mit der Gestapo herumgeschlagen hatten. Aber 1944 wurde Admiral Canaris abgesetzt, und die militärische Abwehr wurde Heinrich Himmler unterstellt. Werthe und Brenner waren plötzlich Himmler-Leute!

Und das blieben sie, bis die Amerikaner kamen und sie verhafteten. Die Amerikaner machten keinen Unterschied. Himmler-Leute waren für sie SD-Leute. Und SD-Leute waren «Securitiy Threats», «Bedrohungen der Sicherheit», die unter den «Automatic Arrest» fielen.

Im Internierungslager Moosburg gab es Dossiers über jeden Gefangenen. Diese Dossiers, eingestuft nach verschiedenen Kategorien, wanderten von Zeit zu Zeit durch die Büros der Entlassungsstelle. Immer neue Kategorien wurden enthaftet. Eine Kategorie durfte darauf warten bis in alle Ewigkeit: die «Security Threats».

«Können Sie mir nicht helfen?» schluchzte Frau Brenner. «Mein armer Mann ... der arme Herr Oberst ...»

«Ich will sehen, was ich tun kann», sagte Thomas nachdenklich.

«Mr. Smith», sagte er am nächsten Tag zu dem tierliebenden CIC-Agenten, der so darauf erpicht war, ihn als Mitarbeiter zu gewinnen, «ich habe es mir überlegt. Sie sehen genau wie ich, was los ist in meinem Land. Diese braune Pest ist nicht ausgerottet. Sie ist noch höchst lebendig. Wir müssen alle wachsam sein, um zu verhindern, daß sie jemals wiederkommt ...»
Mr. Smith holte erfreut Luft. «Heißt das, daß Sie nun doch für uns arbeiten wollen?»
«Heißt es, ja. Auf diesem einen bestimmten Sektor der Faschistenbekämpfung. Sonst nicht. Da schon. Wenn Sie wollen, fahre ich in die Camps.»
«Okay, Lieven», sagte Mr. Smith, «that's a deal!»
Die nächsten sechs Wochen verbrachte Thomas Lieven auf Reisen. Er besuchte die Internierungslager Regensburg, Nürnberg-Langwasser, Ludwigsburg und schließlich Moosburg.
In den ersten drei Lagern studierte er tagelang Hunderte von Dossiers, eng beschriebene Schreibmaschinenseiten, die Fotos der Verhafteten sowie den Stempel des vernehmenden Agenten trugen.
Thomas sah sich diese Bogen ganz genau an. Die Stempel waren primitiv, leicht nachzumachen. Ebenso primitiv waren die Fotos befestigt. Es wurden Schreibmaschinen aller Marken benutzt.
In den ersten drei Lagern entdeckte Thomas Lieven 34 Angehörige der Gestapo, die er in Frankreich kennen und hassen gelernt hatte, unter ihnen der Chef des SD Marseille, den Hauptsturmführer Heinrich Rahl, und ein paar seiner Gehilfen. Hauptsturmführer Rahl war im Lager «Kulturwart» geworden und genoß alle möglichen Erleichterungen.
Überhaupt kam Thomas bald darauf, daß die größten Schufte von einst sich bereits wieder, selbst in den Lagern, ihre Pöstchen zugeschoben hatten: in der Küche, im Krankenrevier, in der Schreibstube. Viele von ihnen waren zu «Vertrauensleuten» und «Lagersprechern» avanciert. Sie terrorisierten die anderen. Sie waren schon wieder obenauf.
«Einen feinen Instinkt habt ihr», sagte Thomas zu den Amerikanern. «Ihr fallt also auch auf blonde Haare, blaue Augen und Strammstehen herein! Von jetzt an wollen wir mal vor allem die Herren mit den Pöstchen unter die Lupe nehmen ...»
Das geschah.
Als Thomas am 3. Januar 1947 nach Moosburg kam, besaß er bereits das volle Vertrauen der beiden CIC-Agenten, die ihn begleiteten. Sie führten ihn in das schwer bewachte Archiv des

Lagers und ließen ihn vor Kästen mit 11 000 Vernehmungsprotokollen allein. 11 000 Mann saßen damals in Moosburg!
Thomas fand auch unter ihnen drei SD-Leute, an die er böse, ganz böse Erinnerungen hatte. Er fand natürlich auch die Protokolle über den Major Brenner und den Oberst Werthe.
Am Abend des 6. Januar verließ Thomas Lieven das Camp mit den Dossiers von Werthe und Brenner unter seinem Hemd. Er wohnte in einem kleinen Bauerngasthof. Hier arbeitete er lange in dieser Nacht.
So wie er es bei dem genialen Reynaldo Pereira in Lissabon gelernt hatte, fälschte er die Dossiers von Brenner und Werthe. Zuerst stellte er einen neuen Gummistempel her. Mit Schusterahle und Federmesser bördelte er sodann vorsichtig die Ösen auf, welche die Fotos hielten, und entfernte die Bilder von der Unterlage, indem er den Klebstoff auflöste und vorsichtig wegpinselte. Dann tippte er auf einer mitgebrachten Maschine neue Dossiers. Als der Morgen graute, prangten die Fotos seiner Freunde auf den neuen Dossiers. Wie anders sahen diese jetzt aber aus! Werthe und Brenner waren nicht länger böse SD-Leute, sondern harmlose, unbelastete Offiziere der deutschen Militärverwaltung in Frankreich. Es bestand kein Grund, sie weiter in Haft zu halten, wenn ihre Kategorie freigelassen wurde.
Am Morgen des 7. Januar brachten die beiden CIC-Agenten Thomas wieder ins Camp. Diesmal trug er die *neuen* Dossiers unter dem Hemd. Die alten hatte er im Kachelofen seines Gastzimmers verbrannt. Ohne Schwierigkeit gelang es ihm im Laufe des Tages, die gefälschten Bogen wieder an den richtigen Platz in den richtigen Kasten zu bringen. Seine Arbeit war damit beendet.
Noch vor Ende Januar 1947 wurden Brenner und Werthe entlassen. Seltsames Spiel des Schicksals: Zu dem Zeitpunkt, da Brenner und Werthe «raus» kamen, saß Thomas Lieven schon wieder einmal «drin» ...
Und das kam so:
Nachdem sie das Lager Moosburg absolviert hatten, fuhren die CIC-Agenten mit Thomas noch zu den Lagern in Dachau, Darmstadt und Hohenasperg. Hier saß die Nazi-Diplomatie. Noch einmal gelang es Thomas, ein paar alte SD-Verbrecher zu entdecken. Die CIC-Agenten sprachen ihm ihre Anerkennung aus. Am 23. Januar kehrten sie nach München zurück. Spät abends kamen sie an. Thomas war müde. Sie brachten ihn nach Grünwald hinaus, zu seiner Villa. Als er das Gartentor aufsperrte, fuhren sie winkend fort.

Dunkel, ohne ein erleuchtetes Fenster, lag das Haus da. Bastian treibt sich wieder herum, dachte Thomas. Kein Mensch daheim. Das war ein Irrtum, den er bemerkte, als er die Halle der Villa betrat. Etwas glitt in der Dunkelheit an ihm vorbei. Plötzlich flammte Licht auf.
Ein amerikanischer Militärpolizist stand vor ihm, einer hinter ihm. Sie hielten beide schwere Pistolen in den Händen. Ein Zivilist kam aus der Bibliothek. Auch er hielt eine Pistole in der Hand.
«Die Pfoten hoch, Lieven!» sagte er.
«Wer sind Sie?»
«CID», sagte der Zivilist. Der CID, das «Criminal Investigation Department», war die Kriminalpolizei der Armee; der CIC, das «Counter Intelligence Corps», interessierte sich nur für politische Verbrechen und Spionage.
Der Zivilist sagte: «Sie sind verhaftet! Wir warten hier seit fünf Tagen auf Sie!»
«Wissen Sie, ich war gerade ein paar Wochen für Ihr Konkurrenzunternehmen unterwegs.»
«Schnauze! Mitkommen!»
«Moment mal», sagte Thomas. «Ich warne Sie! Ich habe viele Freunde beim CIC! Ich habe diesen Leuten gerade einen großen Dienst erwiesen. Ich verlange sofort eine Erklärung. Warum verhaften Sie mich?»
«Kennen Sie einen gewissen Bastian Fabre?»
«Ja.»
«Und eine gewisse Christine Troll?»
«Ach, ja!» O Gott, dieses Vorgefühl, dieses ungute Vorgefühl ...
«Na also. Die sitzen schon.»
«Aber warum? Verflucht, warum?»
«Herr Lieven, Sie werden beschuldigt, im Auftrag einer Werwolf-Organisation einen Mordanschlag gegen den General Lynton ausgeführt zu haben – gemeinsam mit Ihren beiden Freunden.»
«Lynton? Der amerikanische General Lynton?» Thomas bekam einen Lachanfall. «Und wie wollte ich ihn ermorden, bitte?»
«Sie wollten ihn in die Luft sprengen!»
«Aaah – aah!»
«Das Lachen wird Ihnen vergehen, Lieven. Ihnen allen. Sie stellen Kosmetika her, wie?»
«Ja.»
«Sie produzieren sogenannte ‹Beauty Milk›, nicht?»
«Ja, und?»
«Eine Packung dieses Mord-Präparates explodierte vor fünf Tagen

mit ungeheurer Wucht im Schlafzimmer von General Lynton. Nur durch eine glückliche Fügung war zur Zeit der Explosion niemand in der Nähe. Es ist völlig klar: Sie haben in der Packung Sprengstoff eingeschmuggelt. Na also, jetzt halten Sie die Schnauze, wie? Legt dem Mann Handschellen an, boys ...»

## *2. Kapitel*

### 1

«Nichts lag mir ferner als die Absicht, den ehrenwerten General Lynton in die Luft zu sprengen», sagte Thomas Lieven. Er sagte es zum elftenmal in drei Tagen.

Amüsiert lächelnd zuerst, später wütend und erbittert, wies Thomal alle Verdächtigungen weit von sich.

Jedoch: «Sie lügen!» sagte CID-Investigator James Purnam. Zum elftenmal in drei Tagen sagte er es. Mehr und mehr ging sein störrischer Gefangener ihm auf die Nerven.

Die Zentralheizung im Vernehmungszimmer strahlte eine trockene Hitze aus, die Purnam den Schweiß auf die Stirn und Schmerzen in den Schädel trieb.

«Ich lüge nicht», sprach Thomas Lieven.

«Hören Sie mal zu, Lieven –!»

«*Herr* Lieven, bitte!»

«Hören Sie mal zu, Herr Lieven: Ich habe jetzt die Schnauze voll von Ihnen! Ich schließe dieses Verhör ab und sperre Sie ein, bis Sie schwarz werden.»

Thomas seufzte.

«Es ist schrecklich für mich, zu sehen, wie Sie schwitzen, Mr. Purnam. Aber wenn Sie Ihren Job behalten wollen, müssen Sie mir noch ein Weilchen zuhören. Denn wenn Sie mir nicht zuhören, und wenn ihr eure Räume weiter so überheizt, dann sehe ich vor meinem geistigen Auge bereits eine ganze Reihe von Sprengstoff-Anschlägen.»

«Eine ... ganze ... Reihe ...»

«Wohlan denn», sprach Thomas wie ein geduldiger Lehrer zu einem idiotischen Schüler. «Sie haben mich verhaftet, Sie haben meinen Freund Bastian Fabre verhaftet, Sie haben meine Geschäftspartnerin Christine Troll verhaftet. Warum? Wir haben in der provisorisch aufgebauten Fabrik von Fräulein Trolls Eltern Kosmetika hergestellt. Auch eine ‹Beauty Milk›. Ein Fläschchen

dieser Schönheitsmilch ist nun im Schlafzimmer von General Lynton explodiert ...»
«Verdammt, ja. Ihr Werk, Lieven, und das Ihrer Werwolf-Gangster!»
«Nein, nicht mein Werk, bloß das von Schimmelpilzen und Kohlendioxyd.»
«Ich werde wahnsinnig», stöhnte der Agent.
«Bevor Sie mir diese Freude bereiten, beantworten Sie meine dringende Anfrage: Teilt der verehrte Herr General sein Schlafzimmer mit der verehrten Frau General?»
Purnam schluckte, stierte Thomas an und flüsterte: «Jetzt wird *der* wahnsinnig!»
«Nein, wird *der* nicht», sagte Thomas. «Ich kombiniere lediglich: Die Frau General besaß einen Schminktisch im Schlafzimmer. Mit Spiegel und so weiter. Er stand neben dem Fenster ...»
«Woher wissen Sie das?»
«Weil sich unter Fenstern im allgemeinen die Körper der Zentralheizung befinden ...»
Purnam blinzelte nervös. Und nervös blinzelnd lauschte er dem munter weiter dozierenden Thomas. Seine «Beauty Milk», berichtete dieser, war nach einem alten Familienrezept der Firma Troll hergestellt worden: aus Zitrone, Magermilch und wenig Fett. Allerdings hatte man noch nicht steril arbeiten können. Auch die Fläschchen, in welche das Mittel abgefüllt worden war, ließen zu wünschen übrig. Schlechtes, altes Glas.
«Sehen Sie, Mr. Purnam, nicht ohne Grund klebt auf jedem unserer Fläschchen ein Zettel mit der Aufschrift: Kühl aufbewahren! Die verehrte Frau General Lynton hat dies nicht getan und die ‹Beauty Milk› auf ihren Toilettentisch gestellt. Neben die Zentralheizung. Neben die überheizte Zentralheizung ...»
«Fangen Sie nicht schon wieder an!»
«Keine Unterbrechung, bitte. Weil wir nicht steril arbeiten konnten, kamen mit der Milch Schimmelpilze in die Lösung. In der Wärme entwickelten sie Kohlendioxyd. Das ist ein Gas. Durch das Gas stieg der Innendruck im Fläschchen der sehr verehrten Frau General. Der Druck stieg und stieg und dann – wummmmm! Muß ich noch weitersprechen?»
Bleich sagte Purnam: «Schwindel und Lüge. Kein Wort glaube ich Ihnen!»
«Na, dann warten Sie es doch ab, mein Bester! Bald explodiert gewiß das nächste Fläschchen bei dem nächsten General ...»
Purnam schrie: «Halten Sie den Mund!»

«Bei den *deutschen* Damen, die unser Mittel erwarben, wird bestimmt *nichts* passieren», sagte Thomas. «Deutschen Damen bleibt nämlich in diesem dritten Nachkriegswinter gar nichts anderes übrig, als ihre Kosmetika kühl aufzubewahren.»
Das Telefon läutete. Purnam hob ab, meldete sich und lauschte eine Weile. Er wurde rot im Gesicht und wischte sich den Schweiß von der Stirn. Zuletzt sagte er: «Okay Boß, ich fahre gleich raus. Aber reden Sie nicht weiter von Werwolf und so – ich fürchte, wir blamieren uns damit.» Er hängte ein und sah Thomas mit einem schiefen Grinsen an.
«Darf ich fragen, ob schon wieder eines meiner Fläschchen hochgegangen ist?» erkundigte sich dieser.
«Im Fliegerhorst Neubiberg, ja. Vor einer Viertelstunde. In der Wohnung von Major Roger Rapp.»

2

Drei Tage später wurde Thomas Lieven dem «Provost Marshal» Münchens, einem klugen, älteren Colonel, vorgeführt. Im (überheizten) Büro des Obersten sah Thomas seine beiden Freunde wieder – den Marseiller Ex-Ganoven Bastian Fabre und die schwarzhaarige, schwarzäugige Christine Troll.
Der Colonel sprach: «Mr. Lieven, eine chemische Untersuchung verschiedener ‹Beauty Milk›-Proben aus der Fabrik Troll hat die Richtigkeit Ihrer Schimmelpilz-Theorie bestätigt. Aus diesem Grund werden Sie und Bastian Fabre sofort aus der Haft entlassen.»
«Moment mal», sagte Thomas nervös, «und was ist mit Fräulein Troll?»
Der Colonel sprach: «Durch ihre Fingerabdrücke haben wir festgestellt, daß Christine Troll unter dem Namen Vera Fross über ein Jahr lang Mitglied der berüchtigten Kaiser-Bande in Nürnberg war. Die jugendlichen Gangster stahlen Autos, überfielen Soldaten und raubten amerikanische Villen aus. Die weiblichen Mitglieder der Bande machten sich an Offiziere heran. Diese wurden dann mit Alkohol und Schlafmitteln betäubt und ausgeplündert ...»
Thomas starrte Christine Troll an, die sanfte, gut erzogene Christine, das Mädchen aus bürgerlichem Hause; dieses so sauber, so anständig, so moralisch wirkende Geschöpf; seine Geschäftspartnerin, die er als Dame geachtet und wie ein unschuldiges Mädchen behandelt hatte.
Christine Troll fuhr herum. Ihr blasses, ebenmäßiges Madonnen-

antlitz war verzerrt. Laut und ordinär klang nun ihre Stimme: «Guck nicht so vertrottelt, Mensch! Was glaubst du denn, warum ich mich an dich rangemacht habe?»
«Rangemacht ...», wiederholte Thomas schwach, während er dachte: Werde ich alt? Bin ich bereits halbstarken Gören nicht mehr gewachsen?
«Na klar, Mensch! Rangemacht! Als die Chose in Nürnberg aufflog, mußte ich untertauchen! Nahm mir wieder meinen alten Namen! Ließ mich bei den Amis anstellen und wartete auf einen Narren wie dich, der mir das Geld gab für die Fabrik!»
«Christine», sagte Thomas, «was habe ich Ihnen getan? Warum reden Sie so mit mir?»
Das junge Mädchen sah plötzlich alt aus, verlebt, verbraucht und zynisch: «Ich habe die Schnauze voll von euch allen! Allen Männern! Amis und Deutschen! Schweine seid ihr, gemeine Schweine – alle!» Ihre Stimme überschlug sich.
«Shut up», sagte der Colonel grob. Christine Troll verstummte. Der Colonel sagte zu Thomas: «Die Fabrik, alle Einkünfte und die gesamte Produktion sind natürlich beschlagnahmt.»
«Aber hören Sie, das ist nicht ihr Besitz allein! Mit *meinem* Geld wurde die Fabrik wieder in Gang gebracht!»
«I am sorry, Mr. Lieven, die Fabrik ist im Handelsregister allein auf den Namen von Christine Troll eingetragen. Ich fürchte, da haben Sie einen Fehler gemacht.»
Thomas dachte: Da hast du also wieder einmal deine Strafe vom Schicksal dafür, daß du versucht hast, anständig zu sein und ehrlich zu arbeiten. Dein Geld ist futsch! Hättest du ein krummes Ding gedreht, wärst du sicherlich reich geworden damit, wärst ausgezeichnet worden, belobt, geliebt – aber nein, du Idiot, du mußtest es auf die ehrliche Tour versuchen. Du hast noch immer nichts gelernt aus deinem Leben.
Am Abend dieses Tages saß er mit Bastian in der Halle seiner Villa vor dem Kamin, in dem ein Feuer flackerte. Sie tranken beide «Pastis» – den Schnaps, mit welchem sie in Frankreich jenes Geld verdient hatten, von dem nun wieder so viel verloren war.
«Ich habe dich gleich gewarnt», sagte Bastian. «Nun sind wir ziemlich pleite. Was machen wir jetzt? Die Villa verkaufen?»
«Mitnichten», sagte Thomas und streckte sich. «Jetzt werden wir Uran suchen gehen.»
«*Was* werden wir?»
«Du hast richtig gehört, mein Alter. Ich saß bei den Amis mit einem interessanten Menschen in einer Zelle. Walter Lippert heißt

er. Der hat mir eine Geschichte erzählt. Eine phantastische Geschichte ...»

3

Verbittert, blaß und abgemagert war Walter Lippert, als er in seiner Zelle Thomas Lievens Lebensweg kreuzte. Ein Mensch von hoher Intelligenz. Ein Mensch von untadeligem Charakter. Schriftsteller von Beruf. Antifaschist aus Überzeugung. Jahre hatte er im Konzentrationslager Dachau zugebracht. Hatte gehungert. Gefroren. Sich foltern lassen. War beinahe verreckt. Befreit worden im Jahre 1945 von Amerikanern. Und nun wieder eingesperrt worden von Amerikanern.

«Wegen der ‹Schwarzen Lucie›», sagte Walter Lippert zu Thomas Lieven.

«Wer ist die ‹Schwarze Lucie›?»

«Die größte Schleichhändlerin und Schwarzmarktkönigin Süddeutschlands», antwortete Walter Lippert. Und berichtete: Vor seiner Verhaftung durch den CID hatte er in einer Stadt im Süden Deutschlands gelebt. In derselben Stadt lebte die «Schwarze Lucie», eine schöne, leidenschaftliche Frau, der die amerikanischen Offiziere in Scharen nachliefen.

«Wie heißt diese Frau wirklich?» fragte Thomas den gefangenen Schriftsteller.

«Lucie Maria Wallner. Sie ist geschieden. Mit ihrem Mädchennamen heißt sie Felt.»

Diese Dame besaß ein Lokal mit Namen «Goldener Hahn». Das Etablissement hatte ein großdeutscher Gauleiter für sie im Krieg erworben und eingerichtet. Die «Schwarze Lucie» war seine ebenso wilde wie untreue Freundin gewesen. Der Gauleiter hatte noch vor Kriegsende das Zeitliche gesegnet. Und die «Schwarze Lucie» war nach Kriegsende die ebenso wilde wie untreue Geliebte eines gewissen Captain William Wallace geworden.

«Wer ist Captain Wallace?» fragte Thomas Lieven seinen Zellengenossen.

Captain Wallace, berichtete Lippert, war Kommandant eines Internierungslagers am Rande der kleinen Stadt. Hier saßen viele Nazi-Bonzen, die man an der österreichischen Grenze aus den letzten sogenannten «Absetz-Zügen» herausgeholt hatte.

Diese «Absetz-Züge», die Ende April 1945 gen Süden rollten, waren überfüllt gewesen mit Spitzenfunktionären der Obersten SA- und SS-Führung, mit Diplomaten und Ministerialdirigenten.

Gold und Juwelen führten diese Herren mit sich, Pläne von noch geheimen, nicht eingesetzten Waffen, riesige Mengen von Morphium, Kokain und anderen Rauschgiften aus Wehrmachtsbeständen und Uranwürfel aus dem «Kaiser-Wilhelm-Institut» in Berlin. Knapp vor der Grenze bekamen die Bonzen es mit der Angst zu tun, wenigstens, was das Uran betraf. Sie warfen die kostbaren Würfel aus den Zugfenstern. Nun berichtete Schriftsteller Lippert Thomas Lieven: «... an der Grenze wurden sie von Amerikanern verhaftet und in das Lager des Captain Wallace gesteckt. Da sitzen sie heute noch zum Teil. Das Gold, das Rauschgift und die Juwelen sind verschwunden. Ich behaupte, daß Captain Wallace sich alles unter den Nagel gerissen hat.»
«Und die Uranwürfel?» fragte Thomas.
«Sind nie wieder aufgetaucht. Ebensowenig die Pläne für die Wunderwaffen. Vielleicht liegen sie immer noch in irgendeiner Waldschneise unter dem Schnee. Vielleicht hat ein Bauer sie gefunden, was weiß ich ...»
«Und was haben Sie mit der ‹Schwarzen Lucie› erlebt?» fragte Thomas den mageren, hoffnungslosen Schriftsteller.
Bitter sagte Lippert: «Als ich aus dem KZ heimkam, stellten die Amis mich an in ihrer Special Branch.» Der Schriftsteller lachte. «Weil ich ein so feiner Anti-Nazi war! Ein Mann mit einer völlig weißen Weste! Darum war es meine Aufgabe, die Bewohner unserer Stadt zu ‹screenen›, zu durchleuchten. Vor etwa einem Jahr kam auch die ‹Schwarze Lucie› zu mir. Mit Captain Wallace ...»

Groß und üppig, schön und hochmütig kam die «Schwarze Lucie» in Walter Lipperts Büro. Blond und schlank, mit blauen Augen und schmalen Lippen, ging Captain Wallace an ihrer Seite.
Die «Schwarze Lucie» setzte sich auf Walter Lipperts Schreibtisch, warf drei Stangen Chesterfield-Zigaretten vor ihn hin, kreuzte die Beine und sagte: «Herr Lippert, oder wie Sie heißen, wie lange soll ich eigentlich noch auf meinen Screening-Schein warten?»
«Sie werden keinen Screening-Schein bekommen», sagte Lippert. «Und nehmen Sie *sofort* die Zigaretten weg! Stehen Sie von meinem Schreibtisch auf. Setzen Sie sich in einen Sessel.»
Captain Wallace lief rot an. Er sprach beinahe fließend deutsch: «Hören Sie, Lippert, diese Dame ist meine Verlobte! Wir wollen heiraten! Ich erwarte von Ihnen, daß Sie schnellstens den Schein ausstellen. Verstanden?» Bleich sagte Lippert: «Ich werde den Schein nicht ausstellen, Captain Wallace!»

«Und warum nicht?»
«Weil diese Dame außerordentlich schwer belastet ist. Sie war jahrelang die Geliebte eines Gauleiters. Sie hat Leute denunziert und ins KZ gebracht, sie hat sich bereichert. Es ist bekannt, daß sie den Screening-Schein nur deshalb braucht, weil sie das ‹Bristol› übernehmen will ...»
Das «Bristol» war ein Hotel, dessen Besitzer, ein belasteter Nazi, das Weite gesucht hatte.
«Na und wenn?» schrie Captain Wallace plötzlich los. «Was geht das *Sie* an? Bekommen wir den Schein – ja oder nein?»
«Nein», sagte Walter Lippert still.
«Das wird Ihnen noch leid tun», schrie der Captain. Er polterte aus dem Büro. Hüftenwackelnd und gummikauend folgte ihm die «Schwarze Lucie».
Außer sich vor Wut rief Lippert sofort seinen Landrat Dr. Werner an, der jeden Screening-Schein mit unterschreiben mußte. Dem Landrat berichtete Lippert von seinem Erlebnis. Dr. Werner tobte: «Das ist ja allerhand! Dieses alte Nazi-Miststück! Haben Sie keine Angst, Lippert, ich stehe hinter Ihnen! Wir geben nicht nach! Das wäre ja noch schöner!»
Nein, sie gaben nicht nach, der Landrat Dr. Werner und der KZ-ler Walter Lippert! Aber Captain Wallace gab ebenfalls nicht nach.
«... er erreichte, daß ich verhaftet wurde», berichtete Walter Lippert im Januar 1947 seinem Zellengenossen Thomas Lieven. «Ich sitze hier seit 82 Tagen. Ich wurde noch nicht ein einziges Mal verhört. Meine Frau ist schon halb wahnsinnig vor Sorge und Angst. Sie hat einen Brief an Präsident Truman geschrieben. Aber nichts geschieht. Oder doch, ja, etwas ist geschehen: Die ‹Schwarze Lucie› hat ihren Screening-Schein bekommen.»
«Von wem?»
Lippert zuckte müde die Schultern. «Von irgend jemandem. Sie hat so viele Freunde. Sie ist jetzt also auch die Pächterin vom ‹Bristol›. Jetzt werden *dort* die größten Schiebungen abgewickelt. Tja, Herr Lieven, so sieht das aus. Dafür habe ich mich im KZ halb lahm schlagen lassen. Es lebe die Demokratie! Es lebe die Gerechtigkeit!»
Solcherlei hörte Thomas am 26. Januar 1947 in einer Gefängniszelle. Und nun, am 29. Januar, sagte er vor dem flackernden Kaminfeuer in seiner Villa am Stadtrand von München zu seinem Freund Bastian: «So, jetzt weißt du alles. Ich habe für eine Weile die Schnauze voll von guten Werken und der anständigen Tour.»
«Gott sei Dank, endlich!»

«Wir fahren gen Süden. Zu Lucie, der Schwarzen. Wir suchen das Uran. Wir suchen die verschwundenen Pläne. Und um diesen armen Kerl, um diesen Walter Lippert, werde ich mich bei der Gelegenheit auch noch kümmern.»

## 4

«Das ist er», sagte die verweinte, verhärmte Elsa Lippert. Neben Thomas Lieven stand sie am Fenster ihres Wohnzimmers und wies auf die Hauptstraße der kleinen Stadt hinunter. «Da geht er, dieser Schuft! Mit ihr ... mit der ‹Schwarzen Lucie›!»
Thomas Lieven betrachtete das Paar interessiert: den blonden, schlanken Offizier, die Frau in dem kostbaren Bibermantel. Thomas zuckte zusammen. Captain Wallace trug einen Schmiß auf der linken Wange! Das war keine Operationsnarbe, nein, diese Narbe hatte eine Mensur zurückgelassen. Komisch. Seit wann schlugen sich Amerikaner auf Mensuren?
Thomas betrachtete die Frau neben dem seltsamen Captain. Wie ein Raubtier sah sie aus, ein kraftvolles, stets zum Angriff bereites Raubtier.
«Die Dame hat also jetzt das ‹Bristol›?»
«Ja, Herr Scheuner», sagte Frau Lippert.
Als Peter Scheuner hatte Thomas sich ihr vorgestellt. Auf den Namen Peter Scheuner besaß er ausgezeichnete falsche Papiere, die er selbst produziert hatte. Auch Bastian führte nun einen neuen Namen: Jean Lequoc ...
Thomas sagte: «Frau Lippert, ich will versuchen, Ihrem Mann zu helfen. Aber dazu muß ich alles wissen. Sie sagen, das ‹Bristol› gehörte einem Nazi, der geflohen ist?»
«Ja.»
«Dann ist das Hotel aber doch unter die Aufsicht des ‹Property Control Office› geraten! Wie heißt der Leiter des ‹Property Control Office›?»
«Das ist ein gewisser Captain Hornblow.»
«Befreundet mit Captain Wallace?»
«Ja, sehr.»
«Aha», sagte Thomas Lieven.
Die kleine Stadt war überfüllt mit Soldaten, Flüchtlingen und «Displaced Persons». Es gab zu wenig Wohnraum; Gasthöfe und Hotels waren bis auf den letzten Platz besetzt.
Thomas und Bastian fanden zwei ruhige Zimmer bei einem Bauern in einem Dorf vor der Stadt. Hier mieteten sie sich unter

ihren falschen Namen am Abend des 20. Februar 1947 ein, und hier blieben sie dann drei Monate. Das war eine lange Zeit, und die beiden waren alles andere als müßig.
Zuerst suchten sie ein paar Tage und ein paar Nächte lang das «Bristol» auf. Hier herrschte Hochbetrieb, wann man auch kam. Es wurde getanzt und getrunken, geflirtet und geschoben, geflüstert, gehandelt, telefoniert. Leichte Mädchen in Scharen fand man im «Bristol», Soldaten, die ihre Löhnung loswurden, zwielichtige Polen, unheimliche Tschechen, ein paar ungarische Aristokraten, ein paar Wlassow-Russen, und natürlich auch Deutsche.
Und immer, Tag und Nacht, konnte man die «Schwarze Lucie» sehen, geschminkt, dekolletiert und doch immer aufs Geschäft achtend. Und fast immer am Abend tauchte Captain Wallace auf – schmal, schlank, groß und blond. Mit einem Schmiß auf der linken Wange ...
Nachdem Thomas und Bastian die Zustände in der kleinen Stadt eine Woche lang beobachtet hatten, hielten sie in einem eingeschneiten Landgasthof Kriegsrat ab. Thomas sagte: «Hier gibt's Fräulein, hier gibt's Soldaten, hier gibt's DPs, mein Alter. Aber vor allem gibt's hier eines: *Nazis!* Hergeflüchtete und bodenständige, das weiß ich jetzt. Die Amis scheinen es nicht zu wissen. Aber wir zwei, du und ich, wir dürfen es *niemals* vergessen! Unser Ziel lautet: Uran *und* die Konstruktionspläne.»
«Wenn das Zeug noch hier ist!»
«Aller Wahrscheinlichkeit nach *ist* es noch hier. Und ich glaube, ich habe eine *erstklassige* Methode, um das festzustellen.»
«Na, schieß mal los», sagte Bastian.
Thomas schoß los. Sein Plan war ebenso einfach wie genial. Am 28. Februar entwickelte Thomas ihn zum erstenmal. Am 19. April befanden sich in seinem Besitz:
28 Würfel aus Uran 238, jeweils 5 Zentimeter Kantenlänge, 2,2 Kilo schwer, ohne Ausnahme gekennzeichnet mit dem Prägestempel des «Kaiser-Wilhelm-Instituts» in Berlin;
ein Exemplar des geheimen Zielgeräts MKO und
genaue Konstruktionspläne dieses geheimen Zielgeräts aus dem Dritten Reich, das nur in wenigen Mustern hergestellt und nicht mehr eingesetzt worden war. Es handelte sich um eine Konstruktion für Jagdflugzeuge, die es ermöglichte, den Gegner präzis in dem Moment zu treffen, da er im Fadenkreuz auftauchte, ohne daß der Schütze die übliche Vorhalte-Berechnung anzustellen brauchte ... Wie hat Thomas Lieven das geschafft?
Wie hat dieser angebliche Peter Scheuner das geschafft, fragten

sich Mitte April 1947 mit Recht französische, amerikanische, englische und andere Agenten, die sich in dieser Zeit im Süden Deutschlands in Rudeln tummelten und, gleich Thomas Lieven, alias Peter Scheuner, versucht hatten, die verschwundenen Zielgeräte und deren Konstruktionspläne aufzustöbern.
Wir haben auf den letzten Zeilen viele Wochen hurtig übersprungen. Eigentlich schreiben wir noch den 28. Februar. Und darum wollen wir den Trick Thomas Lievens noch eine *ganz* kleine Weile für uns behalten und in kurzen Worten berichten, was sich in diesen drei Monaten rund um die geheimnisvolle «Schwarze Lucie» ereignete. Und rund um Thomas Lieven.

5

In den drei Monaten, zwischen Winter- und Frühlingsanfang, nahmen die Rauschgiftoperationen der «Schwarzen Lucie» und ihres amerikanischen Geliebten ungeheuerliche Ausmaße an. Sie zierten sich, spielten Aufkäufer gegen Aufkäufer aus und trieben die Preise in die Höhe. Wußte die «Schwarze Lucie», daß sie mit ihrem Leben spielte?
Schriftsteller Lippert saß weiter im Gefängnis in München. So sehr Thomas sich bemühte, ihm zu helfen: er fand vorerst keine Möglichkeit dazu. Ein Ring des Schweigens, eine Verschwörung umgab den unglücklichen Lippert, der es gewagt hatte, sich der «Schwarzen Lucie» zu widersetzen.
«Geduld», sagte Thomas zu der armen, wehr- und hilflosen Elsa Lippert. «Haben Sie Geduld. Hier geschieht Unrecht. Das Unrecht währt niemals ewig. Manchmal währt es lange – aber ewig *nie*. Es kommt der Tag, da werden wir Ihrem armen Mann helfen können.»
So sehr jeder Versuch fehlschlug, den Schriftsteller Lippert zu rehabilitieren, so zufriedenstellend entwickelten sich Thomas Lievens private Aktionen. Am 19. April besaß er, wie gesagt, Uranwürfel, ein Exemplar des Zielgerätes MKO und dessen Konstruktionspläne.
Bald sprach es sich bei den Agenten der verschiedenen Nationen herum, daß er solcherlei Schätze sein eigen nannte. Sie kamen mit Kaufangeboten zu ihm – zuerst für die Uranwürfel. Hier fiel Thomas Lievens Wahl auf einen argentinischen Geschäftsmann und persönlichen Vertrauten von Juan Domingo Peron, der ein Jahr zuvor Staatspräsident seines Landes geworden war.
Zu seinem Freund Bastian sagte Thomas: «Das ist unser Mann,

mein Alter. Raus aus Europa mit dem Zeug! Weit weg! Dorthin, wo man keine Bomben damit baut!»

Der Argentinier bezahlte in amerikanischen Dollars – 3200 Dollar für jeden Würfel, also 89 600 Dollar insgesamt. Das Uran wurde, als Diplomatengepäck deklariert, nach Argentinien geflogen.

Der geneigte Leser erinnert sich vielleicht noch an den Skandal um das erste argentinische Atomkraftwerk, der im Jahre 1954 die Schlagzeilen der internationalen Presse füllte. Damals wurde bekannt, daß ein angeblicher Atomforscher deutscher Herkunft, ein «Professor» Ronald Richter, seit dem Jahre 1948 für Peron Atomexperimente auf der Insel Huemul durchgeführt hatte mit dem Ziel, Argentinien zur Atommacht aufsteigen zu lassen. 300 Millionen Mark hatte Peron dem seltsamen Professor zur Verfügung gestellt. Jedoch infolge technischer Unzulänglichkeiten funktionierte das Millionenprojekt nicht. Die Stäbe im Inneren des Atommeilers waren unter anderem aus Uranwürfeln hergestellt worden, die allesamt den Prägestempel des «Kaiser-Wilhelm-Instituts» in Berlin getragen hatten ...

Es begann das Werben der Agenten um Thomas Lievens Zielgerät MKO. Guter Pazifist, der er war, hatte er die Pläne natürlich ein wenig verändert – so weit, daß selbst geniale Techniker sich vergeblich die Köpfe über den Konstruktionspausen zerbrochen hätten. Guter Kaufmann, der er war, hatte er die Pläne natürlich auch vervielfältigt, denn es schwebte ihm vor, sie nicht nur an einen, sondern an mehrere Interessenten zu verkaufen.

Er war gerade im schönsten Feilschen, als Herr Gregor Marek auftauchte. Herr Marek stammte aus Böhmen. Thomas hatte ihn oft im «Bristol» gesehen. Herrn Marek schien es glänzend zu gehen. Er war immer elegant gekleidet, klein, untersetzt und hatte die breiten Backenknochen und die schrägen Augen der slawischen Rasse. Er sprach mit dem entsprechenden Akzent: «Sagen S' mir bittschön, meine Herren, könnt ich mich a bissel mit Ihnen unterhalten? Hörr ich, Sie ham was zu verkaufen ...»

Thomas und Bastian konnten ihn zunächst nicht verstehen.

Herr Marek wurde deutlicher: «Hab ich Leut driben in Tschechoslowakei, gute Freinde, zahlen prima. Also zeigen S' mir schon amol das Zeug und die Pläne.» Nach einigem Hin und Her zeigten Thomas und Bastian Herrn Marek amol das Zeug und die Pläne. Dem Tschechen traten die Augen aus dem Kopf. «Nicht zum Fassen! Ein Jahr bin ich hinter dem Zeug hergewesen. Nix gefunden. Sagen S' mir bittschön, wie ham S' das geschafft?»

Thomas antwortete: «Das war ganz einfach, lieber Herr Marek.

Menu · München, 6. Mai 1947

*Aal in Salbei*
*Kalbs-Croquettes*
*Haselnuß-Pudding*

---

Nach diesem Essen platzte beinahe die Militärregierung von Bayern ...

Aal in Salbei: Man schneide einen gut gereinigten Aal in Stücke, mariniere diese mindestens eine Stunde mit Zitronensaft, Pfeffer, Salz und feingehackten Kräutern, darunter etwas Salbei. – Man wickle dann jedes Stück in frische Salbeiblätter, brate sie 20–25 Minuten in brauner Butter, serviere sie mit Zitronenscheiben garniert und mit Bratbutter übergossen. – Man reiche dazu neue, mit gehackter Petersilie bestreute Kartoffeln und Gurkensalat.

Kalbs-Croquettes: Man nehme sehnenfreies Kalbfleisch, drehe es mit eingeweichtem, ausgedrücktem Weißbrot ohne Rinde, in Butter hell vorgedünsteten Schalotten und Petersilie durch den feinsten Wolf. – Man gebe zu der Masse verquirlte Eier, würze sie mit Pfeffer, Salz, ganz wenig Sardellenpaste und Worcestersauce und schlage sie tüchtig. Man forme dann flache Medaillons, wälze sie in Semmelbröseln und brate sie in heißer Butter goldbraun. – Man richte sie auf Scheiben von hellgelb geröstetem Kastenweißbrot an und serviere mit Tomatenketchup.

Haselnuß-Pudding: Man nehme vier Eigelb, rühre sie mit 75 g Zucker, Saft und Schale einer halben Zitrone schaumig, menge 145 g gemahlene Haselnüsse und zuletzt den steifen Schnee der vier Eiweiß darunter. – Man fülle die Masse in eine wie üblich vorbereitete Puddingform und koche sie eine Stunde im Wasserbad. – Man reiche zu dem Pudding Fruchtsaft oder heiße Weinschaumsauce.

---

Ich kalkulierte die politische Einstellung der Bevölkerung mit ein. Es gibt so viele Nazis hier. Mein Freund und ich zogen ein paar Wochen lang herum. Von Nazi zu Nazi. Wir ließen durchblicken, daß wir einer Werwolf-Organisation angehörten ...»
«Jeschuschmariaundjosef, san S' narrisch wordn?»
«Mitnichten, mein Lieber. Sie sehen, wie gut es funktionierte. Als Nazis zu Nazis sprachen wir mit Ansässigen oder auch mit Zugereisten. Wo war das Uran? Wo waren die Pläne der Wunderwaffen? Unsere Organisation brauchte Geld. Wir mußten das Uran und die Pläne verkaufen. Das sahen die Herren sogleich ein. Einer wies uns an den andern ... Voilà, Monsieur!»
«Ach du liebe Zeit, und zahln ham Sie nix missn dafir?»
«Nicht einen Tupf. Es waren lauter Idealisten. Also, was bieten Ihre Freunde im Osten?»

«Muß ich rieberfahrn, bissel rumhören.» Der Agent verschwand für drei Tage, dann sah Thomas ihn wieder. Marek war bester Laune: «Soll ich Ihnen schöne Grieße ausrichten. Kommen S' doch heute zu mir zum Essen. Hörr ich, Sie kochen gern. Ich hab alles zu Haus. Reden wir in Ruhe iebers Geschäft.»
Bastian und Thomas erschienen gegen elf Uhr vormittags am 6. Mai 1947 in der Wohnung des Volksdemokraten, die luxuriös eingerichtet war. Thomas wunderte sich: «Sind Ihre tschechischen Freunde so großzügig?»
Marek grinste: «Ich bitt Sie, das is doch nicht mein Hauptgeschäft! Kommens amol mit.» Marek führte seine Besucher in einen großen Raum neben der Küche. Hier lagen, meterhoch gestapelt, Hunderte von Bildbänden aus dem Tausendjährigen Reich. «Der Führer und die Kinder», «Der Reichsparteitag in Nürnberg», «Die Straßen des Führers», «Der Sieg im Westen», «Der Sieg im Osten», so und anders lauteten die Titel.
Thomas hob einen Band auf und blätterte. Ganzseitige Fotos zeigten Paraden, Bonzen, Generäle und immer wieder ihn, den «Führer».
«Is nur a klaner Teil hier herobn, ich hab den ganzen Keller voll. Dazu ss-Dolche, Orden, Totenkopf-Ringe – was Sie wolln! Machen sich keine Vorstellung, wie das weggeht. Also, reinweg narrisch sind die Amis mit dem Dreck! Nehmens nach Hause mit, als Souvenirs!»
Sie gingen in die Küche, woselbst sich der Lohn der verkauften Souvenirs in Form von Konservendosen, Fleisch und Whiskyflaschen präsentierte. «Ich hab' gekauft an schönen Aal, Herr Scheuner. Können S' mir machen Aal in Salbeiblättern? Is sich Lieblingsspeise von mir.»
«An die Arbeit», sagte Thomas. Er begann den Aal zu putzen und schnitt ihn in Stücke. Dabei berichtete Marek: «Was meine Auftraggeber sind, die mechten gern mit einem von Ihnen persönlich redn. Is sich alles arrangiert. Wenn S' rüber wolln, kommt a Grenzer. Natierlich nehmen S' Pläne nicht mit. Und ich bleib hier. Bei dem von Ihnen, wo dableibt.»
Thomas und Bastian gingen in den Garten und hielten eine kurze Beratung ab. Bastian meinte: «Ich fahre. Du läßt Marek nicht aus den Augen. Wenn was passiert, übergibst du ihn den Amerikanern. Hoffentlich sprechen die da drüben französisch!»
Darüber befragt, äußerte Marek: «Wie die Pupperln. Fließend, meine Herren, fließend!»
Thomas untersuchte den Aal. «Er muß noch eine Stunde marinie-

ren», sagte er. «Wenn Sie erlauben, sehe ich mich inzwischen in Ihrer Bibliothek ein bißchen um.»
«Aber bittschön, mit Vergniegen, bedienen's Ihnen», meinte Marek.
Thomas bediente sich. Bildband um Bildband führte er sich zu Gemüte, sah und staunte: «Junge, Junge, *was* ist bei uns nicht alles dabeigewesen ...»
Fünfzehn Bücher durchblätterte er, zwanzig. Das einundzwanzigste hieß: *«Der Führer und seine Getreuen»*. Thomas schlug die Seiten um. Holte plötzlich rasselnd Atem. Und schrie nach Bastian. Der kam erschrocken.
«Schau dir das an ...» Thomas wies auf ein großes Foto, das zwei Männer in SA-Uniform zeigte. Der eine war fett und aufgeschwemmt. Der andere war blond, schlank, groß und hochmütig. Er trug einen Schmiß auf der linken Wange. Darunter stand:

STABSCHEF DER SA ERNST RÖHM
UND SEIN STURMFÜHRER FRITZ EDER

Thomas schlug das Impressumblatt des Buches auf: «Gedruckt 1933», sagte er. «Da war Herr Röhm noch am Leben. Er wurde erst 1934 umgelegt. Vielleicht ist es Herrn Eder gelungen, nach Amerika zu fliehen. Es dürfte nicht allzu schwer sein, festzustellen, ob SA-Sturmführer Eder und Captain Wallace ein und derselbe Mensch sind!»

## 6

Nein, allzu schwierig war es nicht!
Eine Woche brauchte der CIC dazu. Danach stand fest: Captain Wallace war in der Tat identisch mit dem ehemaligen SA-Sturmführer Eder. Er war in der Tat nach dem Röhm-Putsch in die Staaten geflohen und hatte seinen Namen gewechselt.
Wallace, alias Eder, wurde verhaftet, desgleichen der Property Control Officer Captain Hornblow. Sie wurden später zu hohen Zuchthausstrafen verurteilt.
Verlassen wir für einen Moment unseren Freund Lieven und berichten in Stichworten über das Ende der größten Schwarzmarkt-Zentrale Europas:
Am 20. Mai 1947 wurde der Schriftsteller Walter Lippert aus der Haft entlassen. Am 29. Mai flog Seine Ehren Richter Earl Rives aus dem Staate North Carolina nach Deutschland, um im Auftrag

des Armee-Staatssekretärs Kenneth Royall die Untersuchung der gewaltigen Schiebungen zu übernehmen. Am 5. Juni wurden 14 amerikanische Soldaten und 25 deutsche Staatsbürger, darunter die «Schwarze Lucie», in Haft genommen und verhört. Die «Schwarze Lucie» wurde am 2. Juli wieder in Freiheit gesetzt, durfte jedoch ihren Heimatort nicht verlassen. Das tat sie auch nicht; sie führte ihre Geschäfte weiter. Allerdings scheint sie dabei ihre Geschäftstüchtigkeit übertrieben zu haben, denn am 23. Dezember wurde sie mit durchschnittener Kehle in ihrem Schlafzimmer gefunden. Nichts von ihrem Besitz fehlte. Der Mörder wurde nie entdeckt.

Am 12. Januar 1948 schrieb die amerikanische Soldatenzeitung «Stars and Stripes» unter der Überschrift:

HUGE DOPE RING PROBED IN BAVARIA

By Tom Agoston

FRANKFURT, Jan. 12 (INS) – Postwar Germany's biggest black market scandal, involving a gang of international narcotic peddlers ... threatened to blow up in the lap of U.S. Military Government today ...

Zu deutsch:

RIESIGER RAUSCHGIFTRING IN BAYERN WIRD UNTERSUCHT

Bericht von Tom Agoston

FRANKFURT, 12. Jan. (INS) – Der größte Schwarzmarktskandal Nachkriegsdeutschlands, in welchen eine internationale Bande von Rauschgifthändlern verwickelt ist ... drohte heute direkt im Schoß der Amerikanischen Militärregierung zu explodieren.

Der Fall kam ans Licht durch das Verbrechen an einer Deutschen namens Lucie W., die vor knapp drei Wochen brutal ermordet wurde.

Wie es heißt, werden schwerste Anklagen gegen zwei Offiziere der Amerikanischen Militärregierung in Bayern erhoben. Der Skandal droht die deutsch-amerikanischen Beziehungen zu gefährden. Es geht um Werte von 3 bis 4 Millionen Dollar ...

Na ja, das wäre dies!

Nun kehren wir in das Jahr 1947 zurück.

Am 9. Mai verließ Bastian Fabre seinen Freund Thomas Lieven in Richtung Tschechoslowakei. Er wollte bis zum 15. Mai zurück sein. Er kam nicht zurück, nicht am 15. Mai und nicht in den Tagen danach.

Unruhiger als Thomas wurde Herr Marek: «Da is sich was passiert ... hat's noch nie gegeben ... sind korrekte Leut, meine Auftraggeber ...»
«Marek, wenn meinem Freund etwas zustößt, dann gnade Ihnen Gott!»
Am 22. Mai bekam Marek den Besuch eines Landsmannes, der einen Brief überbrachte und sich danach in größter Eile verabschiedete. Bleicher und bleicher wurde Herr Marek bei der Lektüre des Schreibens.
Unverwandt sah Thomas ihm dabei zu. «Was ist los?» fragte er ungeduldig.
Herr Marek konnte kaum reden vor Aufregung: «O Gott, o Gott!»
«Was ist? Los, reden Sie!»
«Russen ham Ihren Freind verhaftet.»
*«Russen?»*
«Is sich rausgekommen, daß Tschechen Zielgerät kaufen wollen. Russen verbieten. Sperren Ihren Freind ein. Sagen, sie wollen's Gerät selber ham. O Gott, o Gott.»
«Wo haben die Russen meinen Freund eingesperrt?»
«In Zwickau. Ihr Freind muß über Sowjetzone gefahren sein.»
«Herr Marek», sagte Thomas, «machen Sie sich reisefertig.»
«Sie wollen ... Sie wollen rieber nach Zwickau?»
«Klar», sagte Thomas.

## 7

Nordwestlich der bayerischen Stadt Hof, unmittelbar vor dem Dörfchen Blankenstein, lag um die Mittagsstunde des 27. Mai 1947 ein sympathischer Herr bäuchlings an einem Waldrand. Bei besagtem Herrn handelte es sich um den ehemaligen Privatbankier Thomas Lieven. Aus Gründen der Selbsterhaltung nannte er sich gerade Peter Scheuner.
Vor ihm im Moos lag eine Landkarte. Nach dieser orientierte sich Thomas zum wiederholten Mal. Da, wo der Wald aufhörte, begann eine blühende Wiese. Mitten durch die Wiese gluckste ein kleiner, fröhlicher Fluß. Vielleicht wäre er nicht so fröhlich gewesen, wenn er gewußt hätte, daß der die US-Zone Deutschlands von der Sowjetzone Deutschlands trennte.
An diesem Flüßchen hörte das eine Deutschland auf und das andere fing an. Die Karte zeigte das durch eine Schraffierung in brauner Farbe – hoffentlich, dachte Thomas, um daran zu er-

innern, wer die Schuld trägt, daß es nun zwei Deutschland gibt ...
Zwölf Uhr mittag am 27. Mai: Das war die verabredete Zeit. Die drei Bäume hinter dem kleinen Fluß: Das war der verabredete Ort. Da sollte ein Soldat der Roten Armee stehen, der Thomas in Empfang nahm. Er stand nur nicht da ...
Kinder, Kinder, dachte Thomas Lieven, das ist aber schon eine tolle Schlamperei! Da habe ich nun meinen Freund Bastian nach Zwickau geschickt, um mit den Tschechen über – natürlich gefälschte – Pläne eines Wunderzielgerätes zu verhandeln. Die Sowjets haben Bastian hochgenommen. Klar, daß ich Bastian raushauen muß! Klar, daß ich also hier liege am Mittag dieses 27. Mai. Ich bin bereit. In meiner Aktentasche trage ich die gefälschten Pläne bei mir. Hier liege ich und warte auf den Rotarmisten, der mich hinüberholt aus dem einen Deutschland in das andere Deutschland. Aber der Kerl ist nicht da. Ja, kann denn *nichts* im Leben glatt und ohne Aufregung ablaufen?
Thomas Lieven lag am Waldrand bis 12 Uhr 28. Als sein Magen zum erstenmal knurrte, tauchte drüben, jenseits des Flusses, ein Sowjetsoldat auf. Er trug eine Maschinenpistole vor sich her. Zwischen den drei Bäumen blieb er stehen und sah sich um. Na also, dachte Thomas. Er stand auf und ging auf die Wiese hinaus. Der Rotarmist, ein junger Bursche, sah ihm entgeistert entgegen.
«Hallo!» rief Thomas im Fürbaßschreiten und winkte dem Soldaten freundlich zu. Am Ufer des Flusses hielt er an und zog Schuhe und Strümpfe aus. Dann krempelte er die Hosen hoch. Dann watete er durch das eiskalte Wasser zum anderen Ufer. Mitten im Fluß hörte er einen heiseren Schrei und blickte überrascht auf.
«Stoj!» brüllte der junge Rotarmist und noch einiges dazu. Thomas verstand ihn nicht, nickte freundlich, watete weiter und erreichte das andere Ufer. Der junge Rotarmist drang auf Thomas ein. Dem fiel es plötzlich wie Schuppen von den Haaren. Herrjesus noch mal. Das ist gar nicht mein Rotarmist, der mich abholen soll! Das ist ein ganz anderer Rotarmist! Einer, der keine Ahnung davon hat, daß ich abgeholt werden soll!
Der Rotarmist schrie kehlig auf ihn ein.
«Mein lieber junger Freund, nun hören Sie einmal zu», begann Thomas. Da hatte er den Lauf der MP in den Rippen. Er ließ Schuhe, Socken und Aktentasche fallen und hob die Hände. Entsetzlich, dachte er. Nun also auch noch die Rote Armee ...
In Erinnerung an eine weit zurückliegende, aber ausgezeichnete französische Jiu-Jitsu-Erziehung wandte er sodann den sogenann-

ten «Doppelten Schmetterlingsgriff» an. Bruchteile von Sekunden später wirbelte der Rotarmist aufschreiend durch die Luft und flog mitsamt seiner Maschinenpistole in den Fluß. Schuhe, Socken, Aktentasche packte Thomas, um loszurennen – hinein in die Sowjetzone.

Da erschütterte ein Trampeln und Dröhnen die Erde. Entsetzt sah er auf. Aus dem Waldrand auf der sowjetzonalen Seite der Wiese waren mindestens fünfzig Menschen – Männer, Frauen, Kinder – hervorgebrochen. Wie von Sinnen rasten sie auf den Fluß zu, durchwateten ihn und rasten weiter, hinein in die amerikanische Zone Deutschlands.

Entgeistert starrte Thomas ihnen nach. Allen diesen Menschen hatte er zur Flucht in den Westen verholfen! Alle diese Menschen hatten, wie er im Westen, hier im Osten auf der Lauer gelegen. Thomas lachte irre. Dann sah er, wie der Russe aus den Fluten auftauchte und nach Luft schnappte, und rannte los. Hinter sich vernahm er das Gebrüll des jungen Rotarmisten. Dann fielen Schüsse. Thomas hörte Kugeln pfeifen. (Merke: Sowjetische Maschinenpistolen schießen auch naß!)

Die Straße herauf kam ein russischer Jeep. Ein Hauptmann saß neben dem Fahrer. Der Hauptmann sprang auf, hielt sich an der Windschutzscheibe fest und brüllte wilde russische Worte zu dem wildschießenden Rotarmisten auf der Hügelhöhe empor. A tempo hörte der junge Rotarmist auf zu schießen. Der Jeep bremste neben Thomas Lieven. «Gospodin Scheuner, nicht wahr?» sagte der Hauptmann in kehligem Deutsch. «Entschuldigen, Verspätung. Reifen nix gutt, gehen kaput! Doch jetzt: Willkommen Gospodin, herzlich willkommen!»

8

Das Palast-Café von Zwickau war genauso traurig anzusehen wie alles andere in der 120 000 Einwohner zählenden Stadt. Sechs Stunden, nachdem er eine Gemeinschaftsflucht von beträchtlichem Ausmaß in die Wege geleitet hatte, saß Thomas in einer Ecke des erwähnten Etablissements und trank Ersatzlimonade.

Er hatte nichts mehr zu tun an diesem 27. Mai. Der Hauptmann, der ihn an der Grenze abgeholt hatte, war mit ihm bis zur Kommandantur Zwickau gefahren. Der sowjetische Stadtkommandant, ein gewisser Oberst Melanin, hatte sich durch einen Dolmetscher entschuldigen lassen und Thomas auf den anderen Tag, neun Uhr, bestellt.

So war Thomas denn zuerst in ein – tristes – Hotel und danach hierher gewandert. Er sah die traurigen Menschen an, die Männer in den uralten zweireihigen Anzügen und den zerschlissenen Hemden, die ungeschminkten Frauen mit den Wollstrümpfen, den alten Korkschuhen und den strähnigen Haaren, und er dachte: Ach Gott, und da, wo ich herkomme, geht es schon wieder ganz nett rund. Es wird geschoben, geschuftet und gerafft. Ihr armen Kerle aber seht aus, als ob ihr den Krieg ganz allein verloren hättet!
Am Tischchen gegenüber saß ein stattliches Paar: das einzige stattliche Paar, das Thomas bisher in Zwickau hatte entdecken können. Die Frau war eine üppig-straffe Schönheit mit herrlichem weizenblondem Haar, einem slawischen, sinnlichen Gesicht und strahlenden blauen Augen. Sie trug ein enges, grünes Sommerkleid. Über einem Stuhl hing ein Leopardenmantel.
Ihr Begleiter war ein muskulöser Riese mit ganz kurz geschnittenem grauem Haar. Er trug den typischen blauen Einheitsanzug der Russen mit überbreiten Hosenbeinen, wandte Thomas den Rücken und redete mit seiner Dame. Ohne Zweifel waren das Sowjetmenschen. Plötzlich zuckte Thomas zusammen. Die weizenblonde Dame flirtete mit ihm! Sie lächelte, zeigte die Zähnchen, zwinkerte, schloß das eine Auge halb ...
*Hm!!!*
Ich bin ja nicht wahnsinnig, dachte unser Freund, drehte sich zur Seite und bestellte noch eine Flasche Ersatzlimonade. Nach dem dritten Schluck Limonade sah er dann doch wieder hin.
Die Dame lächelte. Da lächelte auch er. Danach ging alles sehr schnell. Der Begleiter der Dame fuhr herum. Er sah aus wie Tarzan, made in UDSSR. Sprang hoch. War mit vier Sätzen bei Thomas. Packte ihn am Jackett. Aufschrei der Gäste. Das erbitterte Thomas. Noch mehr erbitterte ihn, daß er hinter dem eifersüchtigen Riesen die Weizenblonde erblickte, die aufgestanden war und durchaus den Eindruck machte, als genösse sie die Szene höchlichst. Du Luder, dachte Thomas, das ist also eine Tour von dir, du hast etwas davon, wenn ...
Weiter dachte er nicht, denn da traf ihn die Faust des Riesen im Bauch. Das war Thomas zuviel. Er tauchte unter dem russischen Tarzan durch und riß ihm die Beine unter dem Leib weg. Zum zweitenmal an einem Tag Jiu-Jitsu. Diesmal der «Segler-Trick». Da der Othello aus Rußland vor der Barriere der Garderobe gestanden hatte, fiel er jetzt über dieselbe und verschwand hinter ihr. Aus den Augenwinkeln sah Thomas, wie ein sowjetischer Unteroffizier die Pistole zog.

Mut ist eine Frage der Intelligenz. Man muß wissen, wann man genug hat. Thomas duckte sich und raste zum Ausgang und auf die Straße hinaus. Rotarmisten waren zum Glück keine zu sehen. Die Deutschen kümmerten sich nicht um Thomas. Wenn ein Deutscher rannte, hatte er von vorneherein ihre Sympathie.
Thomas rannte bis zum Schwanenteich. In dem schönen alten Park fiel er keuchend auf eine Bank. Erholte sich nach einer Weile. Und schlich dann vorsichtig in sein Hotel.
Anderntags, Punkt neun Uhr, ließ der Dolmetscher einen rasierten, eleganten, zuversichtlichen Thomas Lieven in das Büro des Stadtkommandanten von Zwickau treten. Danach allerdings rührte unseren Freund fast der Schlag. Denn der Stadtkommandant von Zwickau, der sich hinter seinem Schreibtisch erhob, war niemand anderer als jener eifersüchtige Sowjet-Tarzan, den Thomas am Nachmittag zuvor mit dem «Segler-Trick» hinter die Garderobenbarriere des Palast-Cafés befördert hatte ...
Heute trug der Riese Uniform. Auf seiner Brust gab es viele Orden zu bewundern. Er musterte Thomas schweigend.
Indessen überlegte jener: Büro im dritten Stock. Durchs Fenster ab? Hat keinen Zweck. Ade, Europa. Es gibt ja Leute, die behaupten, Sibirien wäre sehr reizvoll ...
Da sprach Oberst Wassili L. Melanin endlich in guttural akzentuiertem Deutsch: «Gospodin Scheuner, ich bitte, Benehmen von gestern zu verzeihen.» Thomas konnte ihn nur anstarren.
«Es tut mir leid. Dunja sein schuld daran.» Melanin brüllte plötzlich wie von Sinnen: «Diese verfluchte Teufelin!»
«Herr Oberst sprechen von der verehrten Frau Gemahlin?»
Durch die Zähne stieß Melanin hervor: «Diese Chündin! Könnte ich sein Brigadegeneral. Zweimal sie mich chaben degradiert ... ihretwegen ... weil ich mich chabe geprügelt.»
«Herr Oberst, Sie müssen sich fassen», sagte Thomas beruhigend. Melanin schlug auf den Tisch. «Dabei liebe ich Täubchen Dunja. Aber Schluß jetzt damit, zum Geschäft. Nun, vorcher wir müssen etwas trinken, Cher Scheuner ...»
Also tranken sie ein Fläschchen Wodka miteinander, und nach einer Stunde war Thomas Lieven volltrunken und Oberst Melanin stocknüchtern, und sie redeten beide fließend und geistreich über das Geschäftliche, aber sie kamen keinen Schritt weiter.
Oberst Melanin vertrat den Standpunkt: «Sie wollten verkaufen den Tschechen das Zielgerät MKO. Chaben Sie geschickt Ihren Freund hierher. Sie können mit ihm in den Westen, wenn Sie übergeben uns die Pläne.»

*«Verkaufen»*, korrigierte Thomas mit Betonung.
«Übergeben. Wir bezahlen nicht», sagte der Oberst. Und dann mit hintergründigem Grinsen: «Sind Sie doch sonst nicht auf den Kopf gefallen – Thomas Lieven!»
Manchmal fühlen Knie sich an wie Kirschgelee, dachte Thomas. Er murmelte schwach. «Was sagten Sie eben, Herr Oberst?»
«Sagte ich Lieven, Thomas Lieven – so cheißen Sie doch! Brüderchen, glauben Sie, wir sind Idioten? Glauben Sie, unser Geheimdienst chat nicht gechabt Einsicht in alliierte Akten? Unsere Leute in Moskau, die chaben sich totgelacht über Ihre Aktionen.»
Thomas fing sich. Er sagte: «Wenn Sie ... wenn Sie schon wissen, wer ich bin – warum lassen Sie mich dann überhaupt noch laufen?»
«Was sollten wir mit Ihnen anfangen, Brüderchen? Sie sind doch – nicht böse sein – lächerlich schlechter Agent!»
«Vielen Dank.»
«Wir brauchen erstklassige Agenten, nicht komische Figuren wie Sie.»
«Sehr aufmerksam.»
«Chöre ich, Sie kochen gerne. Na, und ich esse gerne! Kommen Sie zu uns. Dunjascha wird sich freuen. Ich machen die Blinis. Kaviar chabe ich genug. Und dann wir plaudern weiter. Wie ist das?»
«Das ist eine ausgezeichnete Idee», sagte Thomas Lieven. Und dachte zerknirscht: Ein ganz schlechter Agent. Eine komische Figur. Das muß man sich sagen lassen! Was denn?
Also machte er in der Küche einer requirierten Villa ein Kotelett Maréchal. Es war ihm recht unheimlich dabei. Oberst Melanin ließ sich nicht blicken. Aber als er gerade eine große Hühnerkeule für das Kotelett entbeinte, kam die Frau Oberst herein. Sie trat sozusagen in Thomas Lievens Leben – er wußte es nur noch nicht! Eine sehr schöne Frau. Das Haar – die Augen – die Lippen – die Formen – Donnerwetter! Und eine Haut wie Marzipan. Eine Frische, eine Gesundheit, eine Kraft. Die Dame war einmalig! Man sah sofort: Dunja konnte auf Mieder, Büstenhalter und andere lebenswichtige Hilfskonstruktionen normaler Damen verzichten. Sie kam herein und schloß die Tür und sah Thomas stumm und brütend an. Ihre Lippen öffneten sich halb, und ihre Augen schlossen sich halb ...
Eine wunderschöne Verrückte, durchzuckte es Thomas. Allmächtiger Vater, hilf! Ich glaube, wenn ich sie nicht küsse, erwürgt sie mich mit bloßen Händen. Oder sie ruft einen NKWD-Offizier herein und erklärt mich zum Saboteur.

Menu · Zwickau, 28. Mai 1947

*Blini mit Kaviar*
*Kotelett Maréchal mit Erbsen und Pommes frites*
*Caramel-Pudding*

---

## Mit einem Hühnerbein tritt Dunja, die Russenfrau, in Lievens Leben

Blini mit Kaviar: Man nehme pro Person zwei in Butter frischgebackene dünne Eierkuchen von Handgröße, richte auf vorgewärmten Tellern an. Man bestreiche den ersten Eierkuchen mit einer Schicht Kaviar, decke den zweiten Eierkuchen darüber, übergieße mit heißer zerlassener Butter und überziehe mit dicker saurer Sahne. – (Man stellte die echte Blini aus Buchweizenmehl her, das aber bei uns schwer erhältlich ist.)

Kotelett Maréchal: Man entbeine die Schenkel eines zarten Masthuhnes, ohne die Haut zu verletzen. – Man stelle eine Farce her aus gehackter Hühnerbrust, einem Eßlöffel Butter, je 1/4 Teelöffel gehackter Schalotte, Petersilie und Estragon, 1/4 Tasse in Weißwein eingeweichter Weißbrotkrume, einem Eßlöffel gehackter Champignons, Pfeffer und Salz. – Man drehe diese Masse zweimal fein durch den Wolf, lasse sie mit je einem Eßlöffel Butter und süßer Sahne auf kleiner Flamme unter ständigem Rühren langsam durchkochen, ohne sie fest werden zu lassen. – Man fülle die Hühnerschenkel mit der abgekühlten Farce, nähe sie zu, wende sie in feinen Semmelbröseln um und brate sie in Butter goldbraun. Man kann die beiden Brusthälften in gleicher Weise füllen und zusammennähen, verwendet dann für die Farce ein feines, fett- und sehnenfreies Kalbsbrät.

Caramel-Pudding: Man nehme einen Liter Milch und lasse sie mit 100 g Zucker und einer kleinen Vanilleschote kochen. Man verquirle fünf Eier und gebe sie mit einer Prise Salz in die leicht abgekühlte Milch. – Man brenne 200 g Zucker zu einem nicht zu dunklen Caramel, lösche es mit wenig Wasser ab, gieße es in eine vorgewärmte Puddingform und verteile es schnell auf alle Seiten, bevor es erstarrt. Man gebe die Milchmasse hinein und koche die geschlossene Form 3/4 Stunden im Wasserbad. – Man stelle die Form einige Stunden sehr kalt, stürze den Pudding dann auf eine runde Platte, wobei sich das Caramel als Sauce darumlegt.

---

Draußen in der Villa erklangen Schritte. Sie fuhren auseinander. Es ist auch höchste Zeit, dachte Thomas.
Dunja tastete abwesend nach seiner Hühnerkeule. «Rette mich», flüsterte sie. «Flieh mit mir. Mein Mann liebt mich nicht mehr. Er tötet mich. Ich töte ihn. Oder du fliehst mit mir.»
«Ma-ma-ma – hrm!!! Madame, wie kommen Sie auf den Gedanken, daß Ihr Mann Sie nicht liebt?»
Dunja lachte dämonisch. «Du hast ihn gestern im Café besiegt. Früher hat er Männer halb totgeschlagen. Mich auch. Jetzt schlägt

er mich überhaupt nicht mehr. Das ist keine Liebe ... Ich spreche gut deutsch – nicht?»
«Sehr gut.»
«Deutsche Mutter. Du warst mir gleich sympathisch. Ich mache dich glücklich. Nimm mich mit nach drüben ...»
Die Schritte kamen näher.
Dunja streichelte immer noch Thomas' Keule, als der Oberst hereinkam. Er lächelte undurchsichtig: «Ach, chier bist du, mein Täubchen. Lernst kochen wie im kapitalistischen Westen, wo die Arbeiter unterdrückt werden? Was chaben Sie, Herr Lieven, ist Ihnen nicht gut?»
«Es geht gleich vorüber, Herr Oberst. Könnte ich ... könnte ich wohl einen Wodka haben?»

9

Eines war Thomas völlig klar: Er mußte sehen, daß er so schnell wie möglich wieder zurück in den Westen kam. Diesem Pärchen war er nicht gewachsen. Die Sowjets würden also die gefälschten Pläne umsonst bekommen. Ein Glück, daß sie wenigstens wertlos waren ...
Bei Tisch kämpfte er noch verbissen, aber nur zum Schein, weil er wußte, daß die Russen derartige Tauziehereien lieben. Der Oberst widersprach ihm auch entzückt und mit Feuer. Dunja saß zwischen ihnen und betrachtete beide Herren brütend. Und es wurde fürchterlich gegessen und fürchterlich getrunken, aber nach den fetten Blinis behielt Thomas diesmal einen klaren Kopf.
«Also gut, Herr Oberst, ich mache Ihnen einen anderen Vorschlag: Sie bekommen die Pläne umsonst, und dafür lassen Sie meinen Freund und noch einen anderen Herrn in den Westen.»
«Anderen Cherrn?»
«Herrn Reuben Achazian. Ich weiß nicht, ob Sie ihn kennen. Noch ein bißchen von meiner Keule, gnädige Frau?»
«Noch sehr viel von Ihrer Keule, Cherr Lieven.»
«Ob ich diesen Cherrn Achazian kenne!» sprach der Oberst verächtlich. «Diesen Lumpen. Diesen Geschäftemacher. Was Sie wollen mit dem?»
«Geschäfte machen», sagte Thomas bescheiden. «Entschuldigen Sie, Herr Oberst, aber wenn die Rote Armee mir gerade eines kaputt gemacht hat, muß ich doch sehen, wie ich weiterkomme.»
«Wocher Sie kennen dieses armenische Schwein?» – «Dieses armenische Schwein habe ich in Zwickau kennengelernt, Herr Oberst.»

In der Tat war Herr Reuben Achazian klein, fett, mit Haifischaugen und kleinem Schnurrbart im Hotel zum Hirschen erschienen, als Thomas an diesem Morgen gerade beim Frühstück saß. Ohne Umschweife war Herr Achazian zur Sache gekommen: «Passen Sie auf, lassen Sie mich reden, unterbrechen Sie mich nicht, ich habe es eilig, Sie auch; ich weiß, wer Sie sind –.»
«Woher?»
«Reuben Achazian weiß alles. Nicht unterbrechen. Ich habe hier Schwierigkeiten. Mit den Russen. Bin ganz ehrlich: Habe in einer recht großen HO-Schiebung mitgemacht. Sie lassen mich nicht arbeiten.»
«Hören Sie mal, Herr Achazian ...»
«Pst. Helfen Sie mir rüber in den Westen, und ich mache Sie zum reichen Mann. Schon mal was von der ZVG gehört?»
«Na klar.»
Die ZVG, die «Zentrale Verwertungs-Gesellschaft», hatte ihren Sitz in Wiesbaden und war von den Amerikanern eingerichtet worden. In riesenhaften Lagern sammelte die ZVG die an Wert in Millionen Dollar gehende Nachsaat des Großen Krieges: Waffen und Munition, Lokomotiven und Lastkraftwagen, Verbandstoff, Schrott, Holz, Stahl, ganze Brückenkonstruktionen, Medikamente, Flugzeuge und Stoffe. Die Verwaltung der ZVG war Deutschen übertragen worden. Aber sie durften nur an Ausländer verkaufen – das war die Bedingung der Amerikaner!
«... die ZVG darf nur an Ausländer verkaufen», sprach darum wieselflink Herr Reuben Achazian zu Thomas Lieven, «nicht an Deutsche. Ich bin Ausländer! An mich darf die ZVG verkaufen! Ich habe einen Vetter in London, der schießt uns Geld vor. Wir gründen eine Handelsfirma, Sie und ich. Ich mache Sie zum Millionär in einem Jahr – wenn Sie mir in den Westen helfen.»
«Darüber, Herr Achazian», antwortete Thomas Lieven, «muß ich einmal nachdenken.»
Thomas hatte darüber nachgedacht. Nun, bei einem üppigen Mittagessen in einer beschlagnahmten Nazi-Villa in Zwickau sagte er darum zu dem sowjetischen Stadtkommandanten Wassili Melanin: «Lassen Sie Herrn Achazian mit mir reisen, und Sie bekommen die Pläne.»
«Herr Achazian bleibt chier. Ich bekomme die Pläne trotzdem.»
«Hören Sie, ich habe Herrn Marek – Sie kennen diesen tschechischen Agenten natürlich – beim amerikanischen CIC in Hof zurückgelassen. Der Mann bleibt in Haft, wenn ich nicht zurückkomme und ihn auslöse.»

«Na, wenn schon. Bricht mir mein Cherz. Sie gebben Pläne, oder Sie bleiben auch chier!»
«Na, schön, dann bleibe ich auch hier», sagte Thomas.

## 10

Am 1. Juni 1947 trafen die Herren Thomas Lieven, Bastian Fabre und Reuben Achazian müde, aber wohlbehalten in München ein. Sie fuhren sogleich zu jener Villa in Grünwald hinaus, die Thomas gehörte. Er hatte noch ein paarmal mit Oberst Melanin essen und sehr oft mit Oberst Melanin trinken müssen, bevor es ihm gelungen war, diesen Herrn umzustimmen. Zuletzt waren sie sogar als Freunde geschieden. Nur die Pläne, die Pläne waren jetzt natürlich in Zwickau ...
Die drei Herren weilten nur wenige Tage in der bayerischen Landeshauptstadt. Thomas erklärte Bastian: «Wir haben die Pläne an Engländer, Franzosen und Russen weitergegeben. Sie werden bald herausbekommen, daß wir sie hereingelegt haben. Wir nehmen uns andere Namen und gehen für eine Weile nach Wiesbaden.»
«Ist recht, mein Alter. Wenn mir bloß dieser Achazian nicht so widerlich wäre. Das ist doch ein richtiger Schieber, der jetzt auch noch Waffen und Munition verkaufen will!»
«Er wird es nicht tun», sagte Thomas. «Laß uns erst mal nach Wiesbaden kommen. Herr Achazian wird überrascht sein.»
Weil wir gerade von Überraschungen sprechen ...
Am Abend, bevor die drei Herren München verließen, tranken sie noch ein bißchen Wein. Da klingelte es – gegen halb acht Uhr abends. Bastian ging, um zu öffnen. Wachsbleich kam er zurück. Er konnte nur stottern: «Ko-ko-komm doch mal, bitte!»
Thomas ging in die Diele hinaus. Als er sah, wer in der Diele stand, mußte er die Augen schließen und sich am Türbalken festhalten.
«Nein», sagte er, *«nein!»*
«Doch», sagte die weizenblonde, wunderschöne Gemahlin des Obersten Melanin aus Zwickau, «doch, doch, ich bin es.»
Sie war es. Da stand sie. Mit einem Riesenkoffer. Jung und gesund.
«Wie ... wie bist du ... wie sind Sie herübergekommen?»
«Geflohen. Mit einer ganzen Gruppe. Ich bin ein politischer Flüchtling. Es ist mir Asylrecht gewährt worden. Und ich will bei dir bleiben. Und mit dir gehen, wohin du gehst.»
«Nein.»

«Ja. Und wenn du mich nicht bei dir läßt – dann gehe ich in meinem Schmerz sofort zur Polizei und erzähle ihr, daß du meinem Mann Pläne gebracht hast ... und was ich noch alles über dich weiß ...»
«Aber warum – aber warum willst du mich verraten?»
«Weil ich dich liebe», hatte sie die Stirn zu behaupten ...
Andererseits ist der Mensch ein Gewohnheitstier.
Zwei Monate später, im August 1947, äußerte Thomas Lieven in einer Riesenwohnung, die er mit den Herren Bastian Fabre und Reuben Achazian in der Parkstraße zu Wiesbaden zum Arbeiten und Leben gemietet hatte:
«Ich weiß gar nicht, was ihr gegen Dunja habt. Sie ist charmant. Sie kocht für euch. Sie ist fleißig. Ich finde sie hinreißend.»
«Aber sie beansprucht dich zu sehr», sagte Bastian. «Schau dir doch nur mal deine Finger an. Wie die zittern!»
«Quatsch», sagte Thomas – ohne Überzeugung, denn ein *wenig* anstrengend fand er seine neue Freundin doch. Dunja wohnte in einem möblierten Zimmer in der Nähe, sie kam auch gar nicht jeden Abend, aber wenn sie kam –. In seinen wenigen freien Minuten gedachte Thomas oft des Obersten Melanin. Er konnte gut verstehen, daß der es nie zum General gebracht hatte!
In Wiesbaden nannte Thomas Lieven sich Ernst Heller – mit entsprechend falschen Papieren natürlich. Auf den Namen seines ausländischen Mitarbeiters hatte er die «Offene Handelsgesellschaft Achazian» gegründet. Dieses Unternehmen kaufte gewaltige Mengen der verschiedensten Güter auf und stapelte sie in den Lagern der ZVG vor der zerstörten Stadt.
Nicht nur früherer Besitz der Deutschen Wehrmacht lag in den riesigen Depots der ZVG, auch Jeeps, Trucks und Vorräte der amerikanischen Armee gab es da zu kaufen – Material, das veraltet war oder dessen Rücktransport nach Amerika zuviel gekostet hätte.
Thomas erklärte seinen Freunden: «Mit Amerika können wir keine Geschäfte machen, dazu haben wir alle eine zu dunkle Vergangenheit. Wir müssen uns schon an andere Länder halten, und zwar an kriegführende, denn diese dürfen bei der ZVG nicht kaufen. Das ist verboten.»
«Ich habe einen Herrn Aristoteles Pangalos als Vertreter griechischer Partisanen an der Hand und einen Herrn Ho Irawadi aus Indochina», sagte Reuben Achazian.
«Aber ihr könnt den Kerlen doch keine Waffen verkaufen!» entsetzte sich Bastian.

Da hielt Thomas Lieven eine kleine Grundsatzrede: «Wenn *wir* ihnen keine Waffen verkaufen, werden es andere tun. Darum *werden* wir es tun – aber die Herren werden keine Freude an den Waffen haben.»
«Ich verstehe kein Wort.»
«Laß mich reden! Vor Mainz habe ich eine leere Fabrikhalle gemietet. Wir werden das Pulver aus der Munition herausholen und es durch Sägemehl ersetzen. Die Maschinenpistolen sind in Kisten mit bestimmten Brandschriftzeichen verpackt, vernagelt und plombiert. Ich habe eine Tischlerei gefunden, die uns genau dieselben Kisten mit genau derselben Brandschrift herstellen wird. Auch Plomben kann man nachmachen. Und Schmierseife wird den Kisten das rechte Gewicht geben ...»
«Und was geschieht mit dem Pulver und den Maschinenpistolen?»
«Die Ware wird über Hamburg verschifft», sagte Thomas. «Vor Hamburg ist das Wasser tief. Brauche ich noch weiterzusprechen?»
Dieser August 1947 (103. Lebensmittelkartenperiode) brachte Wiesbaden den absoluten Tiefpunkt der Versorgungslage. Die Kalorienzahl sank auf 800. Die Kartoffelnot wurde immer ärger. Nur noch Krankenhäuser und Lager erhielten Zuteilungen. An Nährmitteln standen fast ausschließlich die wegen ihres bitteren Geschmacks unbeliebten Maiserzeugnisse zur Verfügung. Die Fettbelieferung mußte von 200 auf 150 Gramm herabgesetzt werden. An Zucker wurde je ein halbes Pfund weißer und ein halbes Pfund gelber ausgegeben. Vier Eier zusätzlich gab es für den «wegen der großen Trockenheit denkbar schlechten Anfall von Obst und Gemüse». Die Milchversorgung brach völlig zusammen. Zwei Drittel der Erwachsenen von Wiesbaden erhielten keine Zuteilungen mehr.
Merke: Ein fürchterlicher Krieg ist noch lange nicht zu Ende, wenn man ihn verloren hat ...

## 11

Als erstes verkaufte die «Offene Handelsgesellschaft Achazian» den Herren Pangalos und Ho Irawadi je 2000 Kilogramm des Malariamittels Atebrin aus den Beständen der deutschen Wehrmacht. Auf den Packungen gab es noch den deutschen Adler mit dem Hakenkreuz. Der mußte weg! Mit Lastern karrten Thomas und seine Partner das Atebrin in eine pharmazeutische Fabrik. Hier wurde es umgepackt. Nun konnte es verschifft werden.

Was beim Atebrin ein Kinderspiel war, erwies sich in einem anderen Fall zunächst als schier unlösbares Problem. Herr Pangalos und Herr Ho Irawadi wollten Tropenhelme kaufen. Jeweils 30000 Stück. *Da* waren die Helme! Mit Hakenkreuzen darauf. So gut eingearbeitet, daß sie nicht zu entfernen waren. Unter solchen Umständen sahen sich die Herren natürlich gezwungen, von einem Kauf Abstand zu nehmen.
Was machen wir bloß mit den Sch ... helmen, grübelte Thomas. Er grübelte tagelang. Dann hatte er die rettende Idee! In den Helmen gab es herrliche Schweißbänder. Völlig neu, prima Qualität. In der ganzen deutschen Hutindustrie gab es kein einziges Schweißbandleder mehr.
Thomas setzte sich mit den führenden Männern der Branche in Verbindung. Plötzlich gingen die Tropenhelme weg wie warme Semmeln!
Mehr, weit mehr verdiente die «Offene Handelsgesellschaft Achazian» an dem Verkauf der Bänder, als sie an dem Verkauf der Helme verdient hätte. Und Thomas war es gelungen, die deutsche Nachkriegs-Hutindustrie anzukurbeln.
Trotzdem, er hatte Sorgen – keine geschäftlichen. Thomas fühlte, wie Dunja an ihm zehrte, mehr und mehr. Sie machte ihm Szenen. Aus Liebe. Aus Eifersucht. Sie war aufregend und anstrengend. Thomas stritt und versöhnte sich mit ihr. Es war die verrückteste Zeit seines Lebens.
Bastian machte sich auch Sorgen. «Das kann nicht so weitergehen, mein Junge. Du ruinierst dich mit der Dame.»
«Was soll ich tun? Ich kann sie nicht rausschmeißen. Sie geht nicht.»
«Sie wird schon gehen!»
«Ja, zur Polizei.»
«Verflucht», sagte Bastian. «Aber du mußt dir doch irgendwelche Gedanken über die *Zukunft* machen, Mensch!»
«Mache ich mir, ja, mache ich mir dauernd. Das hier läuft ohnehin nicht mehr lange gut. Dann müssen wir weg. Es wird ganz plötzlich gehen, verstehst du – zu plötzlich für Dunja ...»
«Na, ich weiß nicht», sagte Bastian.
Dann verkauften sie an Griechen und Indochinesen Kugellager. Und Trucks. Und Jeeps. Und Pflüge. Und anderes landwirtschaftliches Gerät. «Damit können sie keinen Unfug anrichten», sagte Thomas Lieven, aus den Fenstern seines Büros über die trostlosen Schutt- und Ruinengebirge Wiesbadens blickend.
Die Stadt sah aus, als ob sie sich niemals mehr erheben wollte. Vor

dem Krieg hatten hier nur reiche Leute gelebt. Jetzt war Wiesbaden eine Stadt der armen Rentner, die in Trümmern hausten. Die «Gesamt-Trümmermasse» wurde später offiziell mit 600 000 Kubikmetern festgelegt. Bis zur Währungsreform gab Wiesbaden für die Beseitigung von Schutt und Trümmern 3,36 Millionen R-Mark aus. Arbeiter und «Trümmerfrauen» schufteten Schulter an Schulter mit den anderen Bürgern der Stadt, die turnusmäßig Dienst taten. Auch Thomas Lieven, Bastian Fabre und Reuben Achazian buddelten tagelang im Dreck. Sie empfanden es als eine Art Ausgleichssport zu ihrer sonstigen Tätigkeit.

Im Herbst 1947 kamen sie darauf, daß man aus jeweils einem amerikanischen Schlafsack ein Paar Hosen schneidern konnte. Sie hatten 40 000 amerikanische Schlafsäcke. Anzugfabriken in Süddeutschland erinnern sich heute noch an jene Flut von Material und Aufträgen, die im November 1947 über sie hereinbrach ...

Im Frühling des Jahres 1948 drehten sie dann, als Abschluß, ihre Munitionsgeschäfte. Die Munition hatten sie bis zu diesem Zeitpunkt «vorbehandeln» lassen. Nun wurde sie verschifft, ebenso wie die mit Schmierseife gefüllten Kisten, in denen angeblich Maschinenpistolen lagen.

Die Schiffe mit Ladungen für Griechenland und Indochina stachen in See. Sie werden eine gute Weile unterwegs sein, dachte Thomas. Er konnte in aller Ruhe darangehen, seine Büros in Wiesbaden zu schließen – etwa zur selben Zeit, da verschiedene Filmfirmen ihre Büros in der Stadt eröffneten.

Die Filme, die in Wiesbaden gedreht wurden, hatten alle die unverfänglich-belanglosen, trostlos-munteren oder garantiert unverfänglichen Themen und Titel der deutschen Umerziehungsperiode, zum Beispiel «Wenn eine Frau liebt», «Hochzeitsnacht im Paradies», «Der Tiger Akbar» und «Die tödlichen Träume» ...

«Jetzt wird es langsam Zeit für uns, abzuhauen, alter Junge», sagte Thomas am 14. Mai 1948 zu Bastian.

«Was glaubst du, was die Griechen und Indochinesen machen werden, wenn sie draufkommen, was passiert ist?»

«Sie werden uns umlegen, wenn sie uns erwischen», sagte Thomas Lieven.

Die Waffenkäufer erwischten Thomas und Bastian nicht. An ihrer Stelle erwischten fremde Agenten in der Bundesrepublik, wie erinnerlich, in den Jahren 1948 bis 1956 ein paar «echte» Waffenhändler. Sie legten ihnen Zeitbomben in die Autos. Oder sie schossen sie auf offener Straße zusammen.

Philosophisch meinte Thomas Lieven bei einer dieser makabren

Gelegenheiten: «Wer Gewalt liefert, kommt gewaltsam um. *Wir* haben Schmierseife geliefert. *Wir* leben ...»
Das war, wie gesagt, zu einem späteren Zeitpunkt. Am 14. Mai 1948 hatte Thomas eine kurze Weile lang urplötzlich doch die Befürchtung, ein gewaltsames Ende könne ihn ereilen. Und zwar, als es gegen Mittag klingelte. Bastian ging öffnen. Er kehrte wachsbleich zurück. «Zwei Herren von der Sowjetischen Militärkommission.»
«Allmächtiger Vater!» sagte Thomas. Da kamen sie schon herein. Ernst und schwer. Trotz der Wärme noch in Ledermänteln. Thomas war es plötzlich sehr heiß. Dann war ihm plötzlich sehr kalt.
Aus. Es ist aus. Sie haben mich gefunden.
«Gutten Taggg», sagte der eine Sowjetmensch. «Cherrr Chellerrr?»
«Ja.»
«Wirrr suchen Frau Dunja Melanin. Man sagt uns, sie sein mit Ihnen.»
«Nun, hm, äh ...» Thomas fing sich. «Zufällig ist die Dame anwesend.»
«Gestatten, daß wirrr mit ihrrr sprechen? *Allein* sprechen?»
Aber bitte», sagte Thomas. Er führte die beiden in ein Zimmer, in dem Dunja sich gerade manikürte.
Nach zehn Minuten gingen die Herren in den Ledermänteln bereits wieder – ernst und verschlossen.
Bastian und Thomas stürzten zu Dunja. «Was war los?»
Mit einem Jubelschrei flog die blonde Schönheit Thomas an den Hals und warf ihn fast über den Haufen. «Das ist der glücklichste Tag meines Lebens!» Kuß. «Du mein Herz!» Kuß. «Du mein Einziger!» Kuß. «Wir können heiraten!»
Bastian fiel der Unterkiefer herab.
Thomas stammelte: «Wir können was?»
«Heiraten!!!»
«Aber du *bist* doch verheiratet, Dunja!»
«Nicht mehr! Seit zwei Minuten nicht mehr! Die Herren forderten mich auf, sofort heimzukehren. Im Namen eines sowjetischen Scheidungsgerichts, bei dem mein Mann eine Klage führt. Ich lehnte ab, heimzukehren. Da sagten die Herren: ‹Dann ist Ihre Ehe von Stunde an geschieden!› Hier, bitte, die Urkunde!»
«Ich kann nicht russisch lesen», murmelte Thomas, um den sich alles drehte. Er sah die strahlende Dunja an. Er sah den wachsbleichen Bastian an.

Na, dann gesegnete Mahlzeit, dachte er. Und die Schiffe mit der Sägemehlmunition und der Schmierseife sind auf hoher See.
Hilf, Himmel!

## 12

Das beste wird sein, ich nehme einen Strick und schieße mich damit tot, überlegte Thomas Lieven melancholisch. Wie soll ich jemals aus dem ganzen Schlamassel herauskommen? Bedrückt und beklommen schlich er in diesen Tagen herum. Als er in der Nacht zum 18. Mai von einem Besuch in Dunjas möbliertem Zimmer nach Hause kam, schleppte er sich ächzend zum Badezimmer und riß in seiner Nervosität die kleine Hausapotheke von der Wand. Donnernd krachte sie auf den Boden.
Schlaftrunken kam Bastian Fabre aus seinem Zimmer gestolpert: «Mensch, was ist denn los?»
«Brom ...», stöhnte unser Freund. «Ich brauche Brom, ich muß mich beruhigen ...»
«Kommst du von Dunja?»
«Ja. Stell dir vor – sie hat schon unser Aufgebot bestellt. Du bist einer von den Trauzeugen. Die Sache soll in vier Wochen steigen. Und sie will Kinder. Fünf! So schnell wie möglich ... Bastian, ich bin verloren, wenn nicht sofort etwas geschieht – *sofort*, hörst du?»
«Hab's gehört. Na, trink erst mal das da. Ich habe eine Idee. Vielleicht funktioniert sie. Aber dazu mußt du mir zwei bis drei Tage freigeben.»
«Laß dir Zeit, mein Alter», sagte Thomas Lieven. Bastian verschwand. Als er nach sechs Tagen wiederkehrte, war er ungemein schweigsam.
«Mensch, mach doch mal das Maul auf!» drängte der verzagte Verlobte. «Hast du was erreicht?»
«Man wird sehen», antwortete Bastian.
Das war am 25. Mai. An diesem Tag hörte Thomas nichts von Dunja und auch nichts am folgenden. Als er sie abends besuchen wollte, war sie nicht zu Hause.
Am 27. Mai um 18 Uhr 15 schrillte in seiner Wohnung das Telefon. Er hob ab und hörte zunächst nur ein gewaltiges Getön und Brausen, Stimmen und Motorengeräusche.
Dann vernahm er plötzlich Dunjas Stimme, tränenerstickt, verzweifelt: «Mein Herz – mein Geliebter ...»
«Dunja!» schrie er. «Wo bist du?»

«In Frankfurt – auf dem Flughafen – in der Militärpolizeistation ...»
«Militärpolizeistation?»
Aufschluchzen in Frankfurt. Dann: «Ich fliege nach Amerika, mein Guter ...»
Thomas plumpste in einen Sessel. «Du – was?»
«Meine Maschine startet in zehn Minuten ... Ach, ich bin ja so unglücklich ... Aber es geht um mein Leben. Sie bringen mich um, wenn ich hierbleibe ...»
«Bringen dich um», wiederholte Thomas blödsinnig. Summend kam Bastian ins Zimmer, ging zu einer Wandbar und machte sich einen kleinen Whisky. Indessen hörte Thomas die Stimme Dunjas: «Sie haben mir Drohbriefe geschrieben – sie haben mich überfallen, fast erwürgt – sie haben gesagt, sie werden mich umbringen, weil ich nicht heimgekehrt bin – die Amerikaner sagen es auch!»
«Die Amerikaner *auch?*»
«Nicht doch so, wie du meinst!» rief die Stimme aus Frankfurt hysterisch. «Ich werde im Auftrag des State Departements nach Amerika geflogen – in Sicherheit ... Mein Mann ist doch ein Sowjet-General, vergiß das nicht ...»
«Dunja, warum hast du mir nichts von all dem erzählt?»
«Ich wollte dich nicht in Gefahr bringen. Ich durfte auch mit niemandem sprechen ... » Sie redete rasend schnell. Thomas wurde es schwindlig. Von Liebe und Wiedersehen sprach Dunja, von ewiger Treue und ewiger Verbundenheit, über Ozeane hinweg. Und zuletzt: «... ich muß aufhören, Geliebter. Meine Maschine wartet auf mich ... Leb wohl ...»
«Leb wohl», sagte Thomas. Dann war die Verbindung unterbrochen. Thomas legte den Hörer auf die Gabel.
Er starrte Bastian an und beleckte die Lippen. «Gib mir auch einen. Aber schnell. Das ist dein Werk – ja?»
Bastian nickte. «War übrigens gar nicht so schwer, mein Kleiner», sagte er.
Nein, *so* schwer war es wirklich nicht gewesen, nachdem Bastian herausbekommen hatte, daß es in der Nähe von Nürnberg ein riesiges Ausländerlager gab. «Valka-Lager» hieß es. Dorthin war der treue Freund gefahren ...
In der trostlosen Umgebung des trostlosen Lagers existierten viele Kneipen. Am dritten Abend fand Bastian zwei Herren, die bereit waren, zu durchaus zivilen Preisen einige Drohbriefe in russischer Sprache abzufassen. Weiterhin waren sie willens, nach Wiesbaden

zu kommen und daselbst einen kleinen Einbruch zu inszenieren, eine Dame ein bißchen zu würgen und gewaltig zu erschrecken ...
«... umgehend trat die Reaktion ein», berichtete Bastian nun händereibend seinem Freund. «*Bastian!*» schrie Thomas ihn an. «Es war ein garantiert ungefährliches Würgen. Ich habe dem Iwan vorher eingeschärft, daß ihr nichts Ernsthaftes geschehen dürfe!»
«Schnell noch einen, pur!» stöhnte Thomas.
«Gerne. Ich gebe zu, die Methode war nicht fein ...»
«*Barbarisch* war sie!»
«... aber du liegst mir doch am Herzen, mein Alter. Und ich habe dich immer mit fünf Kindern gesehen ... Kannst du mir verzeihen?»
Später an diesem Abend unterhielten sie sich über ihre Zukunft. Und Thomas kam auf ein neues Geschäft zu sprechen. «Wir haben hier eine Menge Geld gemacht. Das Geld müssen wir jetzt anlegen – und zwar schnell.»
«Warum schnell?»
«Ich habe da etwas gehört – glaub mir, es muß schnell gehen. Wir werden Autos kaufen. Amerikanische Pontiacs, Cadillacs und so weiter.»
Thomas erwärmte sich über seinem Thema. Für einen Dollar, erklärte er, mußte man im Moment etwa 200 R-Mark bezahlen. Nun, sie hatten Geld genug! Natürlich bekam man als Deutscher keine Einfuhrlizenz für amerikanische Autos. Sei's drum! Thomas hatte da einen kleinen Angestellten der amerikanischen Militärregierung kennengelernt. Der schied eben aus dem aktiven Dienst aus. Jackson Taylor hieß der Herr. *Er* würde eine Einfuhrlizenz bekommen.
«Mr. Taylor gründet pro forma ein Autogeschäft in Hamburg und verkauft die Karren – für uns.»
«An wen? Hat doch kein Mensch Penunze hier!»
«Das wird sich bald ändern.»
«Wie viele Autos willste denn kaufen?»
«Na, so an die hundert!»
«Jesus! Und gleich rüberkommen lassen?»
«Ja. Nein. Ich will sie kaufen und rüberkommen lassen. Aber vielleicht nicht gleich.»
«Sondern wann?»
«Das hängt davon ab, wann das Ding steigt.»
«Was für ein Ding?»
Thomas sagte ihm, was für ein Ding ...

13

Am 10. Juni 1948 lief die «Olivia» aus dem Hafen von New York aus. Am 17. Juni befand sich das Schiff mit einer Ladung von 100 amerikanischen Automobilen auf einer Position von 15 Grad 15 Minuten westlicher Länge und 48 Grad 30 Minuten nördlicher Breite vor der Westküste Frankreichs. An diesem Tag erhielt der Kapitän folgenden chiffrierten Funkspruch:

norddeichradio – 17 juni 48 – 15.43 uhr – von reederei schwertmann hamburg an captain hannes dröge – im namen des cargo owners fordern wir sie auf ihre jetzige position bis auf weiteres beizubehalten und deutsche hoheitsgewässer vorläufig nicht anzulaufen – halten sie den funkverkehr mit uns aufrecht – sie bekommen neue weisungen – ende

Daraufhin kreuzte die «Olivia» drei Tage und drei Nächte lang in dem erwähnten Seegebiet. Die Besatzung richtete einen Turnusdienst ein, pokerte und soff. Immer wieder ließ man den unbekannten «Cargo Owner» hochleben.

Am 20. Juni erreichte den angeheiterten Ersten Funker dieses chiffrierte Kabel:

norddeichradio – 20 juni 48 – 11.23 uhr – von reederei schwertmann hamburg an captain hannes dröge – im namen des cargo owners fordern wir sie nun auf unverzüglich hafen hamburg anzulaufen – ende

Während der Erste Funker das Kabel für den angeheiterten Captain dechiffrierte, hörte der angeheiterte Zweite Funker eine Nachrichtensendung von Radio London ab. Er nahm die Kopfhörer von den Ohren und sagte: «Da haben sie heute bei uns in Deutschland eine radikale Währungsreform bekanntgegeben. Das alte Geld ist nichts mehr wert. Nur 40 Mark pro Nase werden umgetauscht.»

«Das geht nie gut», unkte der Zweite Funker.

«Mensch, mein Erspartes», sagte der Captain.

«Reich ist jetzt der, der Ware hat», sagte der Erste Funker.

Dem Zweiten Funker stand der Mund offen: «Junge, Junge, unser Cargo Owner hat jetzt einhundert Autos!»

Der Captain nickte schwermütig: «So ein Ding müßte mal unsereiner drehen. Ein gerissener Hund. Wüßte gern, wer das ist!»

Lieber Captain Hannes Dröge, vielleicht lesen Sie zufällig diese Zeilen. Dann wissen Sie es jetzt also ...»

Am 10. März 1948 hatte der tschechische Außenminister Masaryk Selbstmord begangen, und Benesch war verhaftet worden.
Am 18. April waren die neuen Lebensmittelrationen für die Vereinigten Westzonen bekanntgegeben worden. In vier Wochen erhielt der deutsche Normalverbraucher: 400 Gramm Fett, 100 Gramm Fleisch, 62,5 Gramm Trockenei und 1475 Gramm Nährmittel.
Am 21. Juli kam es auf dem Gelände der «I. G. Farben» in Ludwigshafen zu einer grauenvollen Explosion, die 124 Todesopfer forderte.
Anfang August trafen Thomas Lieven und sein Freund Bastian Fabre in einer kleinen Stadt in Franken ein. Wie Thomas Bastian erläuterte:
«Zuerst wollte ich ja lieber nach Südamerika. Aber jetzt ist mir in Wiesbaden ein alter Freund über den Weg gelaufen, dieser Erich Werthe. Bei dem können wir besser untertauchen als irgendwo anders. Bei dem findet uns kein Mensch. So lange das Autogeschäft noch läuft, bleibe ich auch lieber in Deutschland. Zumal ich mir letzthin einige Altaktien gekauft habe. Mal sehen, ob die nicht raufklettern ...»
Die Laune des Zufalls hatte Thomas in Wiesbaden ein Wiedersehen mit dem schlanken, großen Ex-Oberst Werthe von der Abwehr Paris beschert. Auf der Straße waren sie buchstäblich ineinander hineingelaufen. Der alte, weißhaarige Berufsoffizier bekam feuchte Augen. «Mensch, Lieven, die Freude!»
«Pst! Nicht so laut, Herr Werthe. Ich heiße hier gerade Heller.»
Werthe mußte grinsen. «Noch immer auf krummen Touren?»
«Was heißt noch immer? Jedesmal, wenn ich es auf die gerade Tour versuche, bekomme ich eine über den Schädel. Ich bin schon ganz rammdösig. Und Sie? Was machen Sie?»
«Ach, eigentlich gar nichts. Ich sitze auf meinem kleinen Weingut in Franken. Es gehört meiner Frau. Sie müssen uns besuchen. Ich bestehe darauf! Wann Sie wollen! So lange Sie wollen! *Sie* haben mich ja schließlich aus dem verdammten Lager herausgeholt ...»
Tja, und nun waren sie also unterwegs zu ihm, die Herren Thomas Lieven und Bastian Fabre. In einem unauffälligen Vorkriegsauto schaukelten sie südwärts, hinab ins schöne Frankenland, einem Weingut entgegen – und einem neuen Abenteuer ...

Menu · Franken, 14. August 1948

*Süddeutscher Zwiebelkuchen*
*Kalbsvögel mit Kartoffelpüree*
*Gefüllte Äpfel*

---

## An Thomas Lievens Rezept verschlucken sich drei Galgenvögel

Zwiebelkuchen: Man nehme ungesüßten Mürbeteig oder feinen Hefeteig, rolle ihn dünn aus und lege eine große Tortenspringform damit aus. – Man dämpfe 1½–2 Pfund Zwiebelringe in 150 g Butter weich, so, daß sie ganz hell bleiben. Man lasse sie abkühlen, gebe 3–4 ganze Eier, mit einigen Eßlöffeln dicker saurer Sahne verquirlt, eine Prise Kümmel und Salz dazu. – Man fülle die Masse in die Form, lege einen Teigrand auf und lasse den Kuchen im Ofen zu goldgelber Farbe backen, gebe ihn heiß zu Tisch.

Kalbsvögel: Man nehme Kalbsschnitzel, klopfe sie gut, salze und pfeffere sie auf einer Seite. Man belege diese Seite mit etwas feingehacktem, fettem Speck, Zwiebeln und Petersilie, rolle die Schnitzel zusammen und umbinde die Röllchen mit Faden. – Man brate die Röllchen in Butter hellgelb an, gieße saure Sahne, mit einem halben Teelöffel Maizena verrührt, dazu, lasse langsam weichschmoren, schmecke mit Salz und Pfeffer ab. – Man reiche Kartoffelpüree und grünen Salat dazu.

Gefüllte Äpfel: Man nehme Äpfel von einer mürben, nicht zu süßen Sorte, schäle sie, höhle sie vorsichtig aus, ohne die Stielseite zu verletzen. – Man stelle sie auf diese Seite in eine gut gebutterte Auflaufform, fülle in die Höhlung je einen Kaffeelöffel Zucker, Korinthen und Johannisbeergelee. Man gebe auf jeden Apfel eine Butterflocke und lasse im Ofen backen, bis die Äpfel weich sind.

---

Das Weingut Erich Werthes lag auf sanften, sonnendurchglühten Hügeln über einer kleinen Stadt, die als Wallfahrtsort Berühmtheit erlangt hatte. Ein idyllischer Fluß durchquerte das gesegnete Rebental. Vor der Stadt erhob sich ein hoher Granitfelsen. Auf ihm stand das mächtige Stift, das eine wundertätige Madonna beherbergte.

Einer der ersten Männer, die Thomas in der kleinen Stadt kennenlernte, war denn auch der Abt des Stiftes, Waldemar Langauer: ein wahrhaft imponierender geistlicher Würdenträger mit schlohweißem Haar, sonnengebräunter Haut und blitzenden Augen.

Erich Werthe machte Thomas mit ihm bekannt. Die beiden Männer fanden sofort Kontakt miteinander. Waldemar Langauer zeigte Thomas die herrliche Stiftsbibliothek. Dann erzählte er von seinen Sorgen. Die Stadt war überfüllt mit Flüchtlingen, die Essen, Kleidung, Unterkunft brauchten: Aber woher nehmen? Es

fehlte an allem. Ein Lächeln verschönte des Abts Gesicht: «In solchen Zeiten lernt man die Menschen kennen, Herr Lieven. Da wächst manchmal einer über sich selber hinaus ... Wir haben so einen Menschen in unserer kleinen Stadt.»
«In der Tat?»
«Herbert Rebhahn heißt er. Weinhändler von Beruf. Früher hörte man oft sehr, nun, sehr weltliche Dinge von ihm, Sie verstehen ... aber seit Kriegsende ist dieser Mensch wie verwandelt! Kein Sonntagsgottesdienst, den er versäumt! Kein gutes Werk, das er nicht tut! Tausende und aber Tausende von Mark hat er uns für die armen Flüchtlinge zur Verfügung gestellt ...»
Solcherart hörte Thomas zum erstenmal von dem Weinhändler und Menschenfreund Herbert Rebhahn. Am selben Tag hörte er übrigens noch einmal von ihm: in Erich Werthes Haus, beim Abendessen, das die hübsche, aber sehr schmale und blasse Frau des Ex-Abwehroffiziers zubereitet hatte.
Werthe sagte: «Hören Sie mal, Lieven, Sie haben doch damals in Paris für mich so einen phantastischen Zwiebelkuchen gebacken. Würden Sie das morgen wohl noch einmal tun? Wir bekommen Gäste.»
«Aber mit Vergnügen», sagte Thomas.
«Es sind ein paar Freunde, die da kommen. Ich bin ihnen eine Einladung schuldig – nach allem, was sie für mich getan haben. Besonders Herbert Rebhahn.»
Herbert Rebhahn – da war der Name wieder! «Dieser Herr scheint unentwegt Gutes zu tun», sagte Thomas.
«Keine Witze bitte!» Werthe sprach sehr ernst: «Ohne Herrn Rebhahn, ohne den Polizeipräsidenten Katting und ohne den Fürsten von Welkow hätte ich mich schon lange aufhängen müssen.»
Leise und erschrocken fragte Thomas: «Es geht Ihnen nicht gut, Herr Werthe?»
«Nicht gut? Verzeih das Wort, Luise – beschissen geht es uns! Sehen Sie mal, ich habe hier ein Weingut und eine Weinhandlung. Der Wein aus dem Gut bleibt mir liegen. Und die Amerikaner geben mir keine Einfuhrlizenzen. Also ist auch das gute Geschäft, das wir früher mit ausländischen Weinen hatten, ruiniert ...»
Bastian kratzte sich den Schädel und sagte in seinem französisch akzentuiertem Deutsch: «Isch verstehen das nicht. Isch denken, in Deutschland es gibt nichts zu kaufen. Sie aben gute deutsche Wein. Wieso Sie können ihn nicht loswerden?»
«Ich weiß es nicht, ich weiß es wirklich nicht ...»

«Bevor wir beginnen», sprach Herbert Rebhahn, «lasset uns beten!» Er faltete die rosigen, fetten Händchen und senkte den rosigen, dicken Kopf mit den blonden Haaren, den blonden Augenbrauen und dem blonden Bärtchen am Kinn. Der Polizeipräsident Katting, der Fürst von Welkow, Erich Werthe und seine Frau senkten desgleichen die Köpfe und falteten die Hände. Thomas sah Bastian an. Danach taten sie, was die anderen taten.
Der Fürst von Welkow war ein alter Mann, hager, hochmütig, pergamenthäutig und schweigsam. Der Polizeipräsident Wilhelm Katting sah aus wie ein vorsichtiger, korrekter Bankangestellter in mittlerer Gehaltslage. Nach dem stummen Gebet glitten die Äuglein des Menschenfreundes Rebhahn flink um den Tisch. «Ah, Zwiebelkuchen! Welche Delikatesse!» Er langte zu.
Der vergilbte Fürst kaute vorsichtig, dann sagte er: «Wundervoll der Kuchen. Wie meine Mutter ihn machte. Gratuliere, gnädigste Frau.»
«Sie müssen Herrn Lieven gratulieren», sagte Luise Werthe. «Er hat ihn gebacken.»
Drei Augenpaare fühlte Thomas plötzlich auf sich ruhen, kühl, prüfend, ohne Sympathie. Der Polizeipräsident, der Fürst, der Philantrop Rebhahn sahen ihn an – wie drei Kriminalkommissare einen verhafteten Verbrecher.
Thomas schmeckte sein eigener Zwiebelkuchen auf einmal nicht mehr. Er drehte den Bissen im Mund herum. Dieser Herr Rebhahn wurde ihm mit jeder Sekunde unsympathischer.
In seinem schwerfälligen, akzentuierten Deutsch sprach Bastian: «Wollen wir auch dafür danken, daß charmante Madame Werthe sein auf diese Welt und diese wundervolle Wein, mit dem isch stoße an nun auf sie! Messieurs!»
Alle hoben die Gläser und prosteten Luise Werthe zu, die errötete. Mit leichter Bitterkeit sagte sie: «Es war Gottes Wille, daß dieser Wein hier wachse. Ist es auch Gottes Wille, daß wir ihn nicht verkaufen können?»
Salbungsvoll sprach Rebhahn: «Eine Zeit der Prüfung ist es, die wir zu bestehen haben, liebe gnädige Frau. Wir alle. Geht es mir anders? Bleibt nicht auch mein Wein liegen?»
«Ich will ja gar nicht davon reden, daß wir auf unserm Wein sitzenbleiben», sagte Luise Werthe. «Aber was ist das mit dem italienischen Wein? Ich meine: das ist doch eine niederträchtige Schiebung! Das ist doch ...»

«Luise, bitte!» sagte Werthe scharf. Gleichzeitig bemerkte Thomas Lieven, wie Rebhahn, der Fürst und der Polizeipräsident einen Blick wechselten. Schnell sah Thomas zu Bastian. Der hatte es auch gesehen. Zwiebelkuchen auf seine Gabel häufend, fragte Thomas harmlos: «Italienischer Wein, was ist denn damit?»
Wieder wechselten der Polizeipräsident, der Fürst und der Menschenfreund Rebhahn Blicke. Thomas dachte: Ist mein alter Werthe denn blind? Solche Leute hält er für seine Freunde? Nicht begraben sein möchte ich mit diesen drei Brüdern!
Rebhahn sah Thomas aus strahlenden blauen Augen an und antwortete mit fester Stimme: «Seit einem Jahr wird Deutschland überschwemmt mit abertausend Litern von billigen italienischen Weinen. Diese Weine ruinieren uns allen das Geschäft. Denn jedermann kauft natürlich sie und nicht unsere Produkte. Wo kommen diese Weine her? Das weiß niemand. Wer importiert sie? Niemand weiß es.»
«Moment mal», sagte Thomas, «ich dachte, es gibt keine Einfuhrlizenzen für ausländische Weine – sagten Sie mir doch gestern, Herr Werthe.»
Der lachte freudlos: «Sagte ich, ja. Offiziell gibt es auch keine. In Frankfurt sitzt eine amerikanische Kommission, die JEIA. Sie allein erteilt Einfuhrlizenzen. Und für Wein erteilt sie keine. Angeblich jedenfalls.»
«Sie erteilt in der Tat keine, Herr Oberst», sprach salbungsvoll der Flüchtlingsfreund und Paradechrist Rebhahn. «Wir wollen doch keine Verdächtigungen gegen aufrechte und unbestechliche amerikanische Offiziere aussprechen, nicht wahr?»
«Um Gottes willen!» sagte Werthe erschrocken. Thomas dachte: Armer Kerl, bist du schon so parterre?
In dieser Nacht fand auf einem Hügel über der kleinen Stadt folgendes Gespräch statt: «Hör mal, Bastian, alter Kumpel, ist dir dieser Rebhahn auch so zum Kotzen?»
«So zum Kotzen wie mir kann er dir überhaupt nicht sein! Na, und die beiden anderen Typen!»
«Armer, alter Werthe – und diese Brüder haben ihm Geld geliehen – und diesen Gangstern ist er verpflichtet.»
«Ich muß mal eine kleine Frage an dich richten – darf ich?»
«Na los, Goldkind, richte!»
«Wenn er auch seinen Wein nicht losbringt, und wenn er auch keine Einfuhrlizenzen für ausländische Weine bekommt – wieso geht es diesem Monsieur Rebhahn dann so gut, daß er Riesenbeträge für arme Flüchtlinge stiften kann?»

«Ja», sagte Thomas Lieven, «das habe ich mir auch schon überlegt. Um dir diese Frage zu beantworten und – hoffentlich – meinem Freund Werthe helfen zu können, werde ich wohl für einige Zeit nach Italien fahren müssen ...»

16

Am 10. September 1948 saß Thomas Lieven in der Kneipe des zwielichtigen Luigi in Neapel bei einem Topf voll Pasta asciutta und einer Flasche Rotwein. Er hatte Luigi, der aussah wie der Schauspieler Orson Welles, knapp nach Kriegsende kennen und schätzen gelernt, als er sich im Auftrag des Französischen Kriegsverbrecher-Suchdienstes ein paar Tage hier aufhielt mit der Order, einen italienischen General zu verhaften.
Vor etwa drei Wochen war Thomas nun wieder in Neapel erschienen und hatte Luigi gebeten, einmal herumzuhören, wer in Norditalien Wein kaufte und bei wem und in welchen Mengen – und zwar für Deutschland bestimmten Wein.
Luigi berichtete: «Meine Kumpels waren in Bozen und in Meran und in Piave de Cadere und in Sarentino und in Bresanzone. Überall da oben wird seit einem Jahr Wein wie verrückt gekauft – Hunderttausende von Litern! Aber heimlich, ganz heimlich.»
«Und nach Deutschland geschmuggelt?»
«Ach woher, Junge! Richtig deklariert und mit der Bahn rübergefahren!»
«Es darf aber doch kein ausländischer Wein in Deutschland verkauft werden!»
«Dieser Wein wird ja in Deutschland auch nicht verkauft – angeblich.» Luigi rieb sich die Hände, schlug sich auf den Bauch und schrie vor Lachen: «Das ist Meßwein!»
«Meßwein?»
«Ja, Baby, ja. Meßwein! Ein Geschenk katholischer italienischer Bürger an die katholischen Kirchen in Deutschland! *Geschenk!* Verstehst du, wie genial der Trick ist?» Luigi konnte sich gar nicht beruhigen. «Geschenke fallen nicht unter die Importbestimmungen der Amerikaner! Mit Geschenken werden ja keine Geschäfte gemacht! Für Geschenke *gibt* es Einfuhrlizenzen bei der JEIA!»
Thomas fühlte, wie ihm plötzlich kühl wurde. Er fragte leise: «Und wer ist der Empfänger in Deutschland?» Luigi verschluckte sich vor Lachen: «Der Wein geht an die Adressen von drei Klöstern in Bayern. Aber eigentlicher Bestimmungsort und Empfänger ist in allen Fällen der Abt eines Stiftes, er heißt ...»

«Waldemar Langauer», sagte Thomas erstickt.
«Ja», sagte Luigi, «woher weißt du das?»
Der Abt Waldemar Langauer – verstrickt in eine gigantische Weinschiebung? Thomas konnte es nicht fassen. Er hatte den Abt gesehen, er hatte mit ihm gesprochen. Er irrte sich nicht. Das war kein Mann, der schmutzige Sachen machte!
Aber was ging dann hier vor? Wer mißbrauchte den Namen des geistlichen Würdenträgers in so schamloser Weise?
Thomas fuhr nach Norditalien. Tagelang trieb er sich herum, bestach Eisenbahner, Zöllner, Transportarbeiter, sah die Einfuhrlizenzen der JEIA.
Thomas stellte fest, daß der deutsche Umschlagbahnhof für die Weintransporte ein Ort namens Rosenheim war. Er führte ein paar lange Telefongespräche. Daraufhin tauchte am 28. September auf dem Bahnhof von Rosenheim ein freundlicher Geselle mit roten Bürstenhaaren und Bärenkräften auf. Er nannte sich Gustave Aubert und wies Papiere auf diesen Namen vor. Er sah Bastian Fabre ähnlich wie aus dem Gesicht geschnitten. Und das war kein Wunder ...
Der arbeitswillige Franzose – «Isch bin eine ehemalige Fremdarbeiter, die bleiben möchte in Deutschland, weil isch mich fühle wohl 'ier in Bayern!» – gewann sogleich die Sympathie der einheimischen Arbeiter. Er belud Lastautos. Mit Fässern voll italienischem Wein. Er lernte die Chauffeure dieser Lastautos kennen. Sie kamen nachts. Sie holten den italienischen Wein ab. Angeblich zu drei bayerischen Klöstern. Sie waren sehr wortkarg. Und verprügelten den Franzosen einmal, als er zu neugierig wurde. Er ließ sich – zum erstenmal in seinem Leben – verprügeln. Er dachte an die Maxime seines Freundes Thomas Lieven: «Mut beweist man nicht mit der Faust allein. Man braucht auch den Kopf dazu.» Er hatte etwas herausgefunden, das besser und wertvoller war als ein Sieg über deutsche Chauffeure nach den klassischen Regeln des technischen k. o. Er hatte die Fahrbefehle und Fahrzeugbriefe der Chauffeure gesehen. Er wußte jetzt, wem jeder einzelne Laster gehörte, der den «Meßwein» abholte. Er wußte jetzt, in wessen Auftrag die Chauffeure fuhren.

17

«Mein Freund Bastian Fabre, Hochwürden, ist bereit zu beeiden, daß alle diese Chauffeure im Auftrag von Herrn Herbert Rebhahn fuhren und fahren», sagte Thomas Lieven. Es war hoher Mittag am 19. Oktober 1948. Thomas stand vor dem Fenster des großen Zimmers, in dem Abt Langauer zu arbeiten pflegte.

Der Gottesmann sah um Jahrzehnte gealtert aus. Seine Hände öffneten und schlossen sich mechanisch. In seinem Gesicht zuckte es. «Furchtbar», sagte er. «Das ist die größte menschliche Enttäuschung meines Lebens. Ich bin betrogen worden. Ich wurde das Opfer eines Schurken.»

Und der Abt erzählte ...

Im Mai 1946 war Herbert Rebhahn zum erstenmal bei ihm erschienen und hatte 20 000 R-Mark für die armen Flüchtlinge gespendet. Danach war er immer wieder gekommen, mit immer neuen Gaben und Spenden – ein ganzes Jahr lang.

Im Sommer 1947 hatte Langauer protestiert: «Wir können nicht andauernd Geld von Ihnen nehmen, Herr Rebhahn! Das ist unmöglich!»

«Es ist Christenpflicht, zu spenden, Ehrwürdiger Vater!»

«Aber es geht Ihnen doch selbst nicht gut, Herr Rebhahn .. Sie haben Sorgen ... Wenn ich wüßte, was das Stift tun könnte, um zu Geld zu kommen ...»

Nun, sagte Herbert Rebhahn, was das Stift beträfe – da hätte er einen Vorschlag zu machen! Da gäbe es in der Verwaltung der JEIA in Frankfurt einen gewissen Major Jolsen.

Rebhahn sprach mit Engelszungen: «Gewiß würde der Major dem Ehrwürdigen Vater Einfuhrlizenzen für – gewisse Mengen von italienischem Meßwein geben. Geschenksendungen. Der Wein würde Sie nichts kosten. Ich habe Freunde in Italien, die es sich zur Ehre anrechnen würden, den Wein zu kaufen und dem Ehrwürdigen Vater zu schicken.»

«Aber ist das nicht ungesetzlich?»

«Das wäre vollkommen gesetzlich. Ich würde es dann übernehmen, den Wein in Deutschland zu verkaufen. Und den Erlös dem Ehrwürdigen Vater zu übergeben – für die armen Flüchtlinge ...»

Auf dieses Angebot ging Waldemar Langauer ein. Er gab seinen Namen für ein Geschäft, von dessen Ausmaß und dessen kriminellem Einschlag er nichts ahnte. Ein Jahr lang verkaufte Herbert Rebhahn für ihn und seine Flüchtlinge «gewisse Mengen von italienischem Meßwein». Herbert Rebhahn lieferte aus dem Erlös 125 000 R-Mark an Abt Langauer ab.

Am Mittag des 19. Oktober 1948 sagte Thomas Lieven: «Nach meinen Berechnungen hat Rebhahn allein im letzten Jahr an seinen Weinschiebungen rund einkommafünf Millionen Mark verdient!»

Der Abt sagte tonlos: «Ich danke Ihnen für alles, was Sie heraus-

gefunden haben, Herr Lieven. Es ist furchtbar, was ich jetzt zu tun habe – aber ich muß es tun.» Er griff nach dem Telefonhörer, wählte und sagte dann: «Geben Sie mir die Kriminalpolizei ...»
Verhaftet wurde am gleichen Tag der Weinhändler Herbert Rebhahn. Zu den Beamten, die ihn aus seiner luxuriösen Wohnung holten, sagte er: «Die machen mir *nie* einen Prozeß! In der Geschichte hängen zu viele Großkopfete drin.»
Sein Selbstvertrauen verließ ihn jedoch in den folgenden Wochen und Monaten, und zur Jahreswende 1948/49 bequemte er sich zu Geständnissen, die den Polizeipräsidenten Katting hinter schwedische Gardinen brachten. Zu Beginn des Jahres 1949 präsentierte sich die Situation dem Oberstaatsanwalt Dr. Offerding dann folgendermaßen: Rebhahn und Katting hatten den Fürsten von Welkow 1946 erfolgreich mit dessen dunkler Nazivergangenheit erpreßt und erreicht, daß ihnen der belastete Fürst in seiner Angst das große Gut Wickerode und die dazugehörenden Wälder überschrieb; gleichzeitig mit der Überschreibung jedoch hatte der schlaue Fürst wieselflink Hypotheken auf den überschriebenen Besitz aufgenommen, so daß er für die neuen Eigentümer weitgehend belastet und wertlos war.
Rebhahn und Katting hatten eine Kunststein-Fabrik angekurbelt, von der sie sich Millionengewinne versprachen. Der Betrieb artete jedoch infolge laienhafter Führung zu einer Millionenpleite aus. Nun saßen Katting, Rebhahn und der Fürst, wie Rebhahn es auszudrücken beliebte, «in einem Boot». Sie mußten sehen, wie sie alle finanziell wieder flott wurden. Rebhahn organisierte das große «Meßwein-Geschäft». Er war zweiter Vorsitzender des Interessenverbandes der Weinindustrie. Als solcher war es ihm möglich gewesen, gegen Weinhändler, die er in seine Abhängigkeit bringen wollte, einen geheimen Boykott durchzuführen. Nach seiner Verhaftung distanzierte sich der Verband von ihm. Und das Geschäft von ehrlichen Männern wie Erich Werthe blühte plötzlich auf ...
Der Ex-Oberst konnte Thomas Lieven dafür nur schriftlich danken. Denn zu jener Zeit im Frühjahr 1949, da der Oberstaatsanwalt Dr. Offerding eine vielhundertseitige Anklageschrift gegen Herbert Rebhahn und Genossen zusammenstellte, lebte unser Freund mit Bastian Fabre in einem gemieteten Appartement in Zürich.
Wohlergehen ließen es sich Thomas und Bastian in Zürich. Ihre tägliche Lieblingslektüre war der Börsenteil der «Neuen Zürcher Zeitung».

Aus den Gewinnen seiner letzten Operationen hatte Thomas große Mengen von deutschen Altaktien erworben. Diese waren nach Kriegsende äußerst niedrig gehandelt worden, weil damals noch kein Mensch wußte, wie weit und wie vollkommen die Siegermächte die deutschen Wirtschaftszentren zerschlagen würden.
Die wertvollsten Anlagen waren demontiert, die größten Konzerne aufgelöst worden. 1946/47 wurden die Aktien der «Vereinigten Stahlwerke» nur mit rund 15 Prozent gehandelt, AEG-Aktien mit 30 Prozent; I.G.-Farben-Aktien durften überhaupt nicht gehandelt werden.
Reichlich wurden nun Leute, die solche und andere Aktien trotzdem gekauft hatten, für ihren Optimismus belohnt! Nachdem aus den R-Mark-Aktien D-Mark-Aktien geworden waren, kletterten die Kurse von Monat zu Monat höher empor. In einem Zürcher Appartement saß ein Herr, der sich nicht beklagen konnte über das, was geschah ...
Bis dann jener 14. April 1949 kam, an dem Thomas mit Bastian ins Zürcher Scala-Kino ging. Sie wollten den berühmten italienischen Film «Fahrraddiebe» sehen. Sie sahen die Reklamen. Sie sahen vor dem Hauptfilm die Wochenschau. Und in dieser einen Beitrag über das Hamburger Frühjahrs-Derby.
Elegante Pferde, Herren im Cut, bezaubernde Frauen waren zu bewundern. Die Kamera erging sich in Großaufnahmen der prominenten Zuschauer. Dicker Herr. Faszinierende Dame. Noch eine faszinierende Dame. Noch eine. Das Wirtschaftswunder hatte begonnen. Noch ein illustrer Herr ...
Plötzlich schrie in Loge 5 ein Mann laut auf: «*Marlock!*»
Thomas Lieven rang nach Atem. Denn da, auf der Leinwand, stand er, überlebensgroß, sein schurkischer Kompagnon, den er für tot gehalten hatte, sein verbrecherischer Partner, der seine friedliche Existenz vernichtet, ihn in die Mühlen der internationalen Geheimdienste geschleudert hatte – da stand er, untadelig gekleidet, im Cut, Fernglas vor der Brust.
«Er ist es ... Ich bringe ihn um, das Schwein!» lärmte Thomas. «Ich habe gedacht, er schmore schon längst in der Hölle – aber er lebt ... Jetzt werde ich abrechnen mit ihm!»

18

«Bitte, ich habe Sie wohl eben nicht ganz richtig verstanden, mein Herr», sagte der Besitzer des Scala-Kinos. «*Was* möchten Sie?»
«Sie haben mich eben durchaus richtig verstanden, mein Herr»,

sagte Thomas Lieven mit einer feinen Verneigung. «Ich möchte mir nach der letzten Vorstellung die Wochenschau-Filmrolle ausleihen, die Sie heute zeigen.»
«Ausleihen? Aber warum?»
«Weil ich sie mir noch einmal vorführen lassen möchte. Privat. Denn ich habe auf dem Streifen einen Bekannten entdeckt, den ich bei Kriegsbeginn aus den Augen verlor.»
Stunden später brauste Thomas mit der Filmrolle durch das nächtliche Zürich, hinaus zu den Studios der «Praesens-Film». Hier hatte er einen Schneideraum und einen Cutter organisiert. Der Cutter ließ die Wochenschaukopie auf dem Schneidetisch vor- und zurücklaufen, so lange, bis Thomas rief: «Halt!»
Der kleine Bildschirm über dem Tisch zeigte nun ein stillstehendes Bild vom Hamburger Frühjahrs-Derby. Ein paar dicke Herren, ein paar elegante Damen auf der Tribüne. Und im Vordergrund deutlich zu erkennen: E. Marlock.
Thomas ballte die Hände zu Fäusten. Er fühlte, wie ihm vor Erregung der Schweiß auf die Stirn trat. Ruhig, sagte er zu sich selbst, ganz ruhig jetzt, wenn du Rache nimmst.
«Können Sie das Kaderbild da kopieren und mir bis morgen früh ein paar Abzüge davon machen – so stark vergrößert wie möglich?»
«Na klar, mein Herr», sagte der Cutter.
Am nächsten Tag um 11 Uhr 45 nahm Thomas Lieven den Expreß nach Frankfurt am Main. Hier suchte er zwei leitende Beamte im Gebäude der «Deutschen Bankaufsicht» auf. Ihnen zeigte er Fotos von Robert E. Marlock. Eine halbe Stunde später lag vor Thomas eine Personalkarte, wie es sie hier über jeden Menschen in Deutschland gab, der Bankgeschäfte machte.
Am Abend des 15. April 1949 sagte Thomas zu seinem Freund Bastian Fabre in seiner Zürcher Wohnung: «Der verfluchte Hund lebt in Hamburg. Walter Pretorius nennt er sich. Und eine kleine Bank besitzt er wieder. An der Innenalster. Die Frechheit! Die ungeheure Frechheit, die der Erzlump hat!»
Bastian drehte ein bauchiges Kognakglas hin und her. Er meinte: «Er wird ohne Zweifel in dem Glauben leben, daß du tot bist. Oder hast du ihn aufgesucht?»
«Bist du verrückt? Nein, nein, Marlock soll ruhig weiter glauben, ich sei tot!»
«Ich denke, du willst dich rächen ...»
«Ich *werde* mich rächen! Aber schau mal, Marlock hat eine deutsche Banklizenz bekommen. Ohne Scheu und Furcht lebt er in

Hamburg. Soll ich da vor ein deutsches Gericht gehen und sagen: Dieser Herr Pretorius heißt in Wirklichkeit Marlock. Dieser Herr hat mich 1939 hineingelegt. Soll ich das sagen? Wenn ich klage, muß ich als Thomas Lieven klagen, denn als Thomas Lieven war ich Bankier in London. Mein Name wird in allen Zeitungen stehen ...»

«Auwei.»

«Jawohl, auwei. Meinst du, ich will unbedingt von irgendeiner Roten, Grünen, Blauen oder Schwarzen Hand umgelegt werden? Ein Mann mit meiner Vergangenheit muß es auf das Peinlichste vermeiden, in die Öffentlichkeit zu treten.»

«Na, aber wie willst du Marlock schaffen?»

«Ich habe einen Plan. Ich brauche einen Strohmann dazu. Ich habe ihn auch schon: Herr Reuben Achazian, mit dem wir die ZVG-Geschäfte gemacht haben. Ich habe ihm geschrieben. Er kommt her.»

«Und ich? Was mache ich?»

«Du, mein Alter, mußt dich jetzt eine Zeitlang von mir trennen», sagte Thomas und legte dem Freund eine Hand auf die Schulter: «Schau mich nicht so unglücklich an; es ist nötig, es steht zuviel auf dem Spiel ... Du nimmst alles Geld, das ich nicht brauche, und fährst nach Deutschland. Nach Düsseldorf am besten. Dort, wo die reichsten Leute wohnen, kaufst du uns eine Villa. Einen Wagen. Und so weiter. Wenn ich bei dieser Sache Pech habe und alles verliere, dann brauche ich Kredit. Und Vertrauen. Und muß angeben. Kapiert?»

«Kapiert.»

«Cecilien-Allee», sagte Thomas verträumt. «Das wäre eine Gegend für uns. Da sieh dich mal um. Da wollen wir uns ansiedeln. Da wohnen die *ganz* feinen Leute.»

«Na ja», sagte Bastian, «dann ist es natürlich sonnenklar, daß auch wir dorthin müssen ...»

## 19

Wir berichten nun über Thomas Lievens größtes und riskantestes Börsenmanöver. Wir wollen bemüht sein, so zu berichten, daß jedermann begreifen kann, wie raffiniert sein Racheplan war.

Blicken wir zuerst nach Stuttgart. Vor den Toren jener schönen Stadt lag das Gebäude der «Excelsior-Werke A.G.». Im Krieg hatte diese Gesellschaft mit einer Belegschaft von über 5000 Menschen Armaturen und Instrumente für Görings Luftwaffe hergestellt. 1945 war das Geschäft vorbei. In Deutschland wurden – für ein kurzes Weilchen – gerade mal keine Kriegsflugzeuge gebaut. Also stellten die «Excelsior-Werke» in kleinstem Rahmen verschiedene technische Geräte her. Aber nach der Währungsreform im Sommer 1948 schien der Konkurs unabwendbar. Weit unter dem Nominalwert wurden Excelsior-Aktien gehandelt, zu einem Kurs von 18 bis 25. Der Zusammenbruch war für Experten im Frühsommer 1949 nur noch eine Frage von Wochen.

In dieser verzweifelten Situation machten die Herren vom Vorstand der «Excelsior-Werke» am 9. Mai 1949 die Bekanntschaft eines Armeniers namens Reuben Achazian, der sie in Stuttgart aufsuchte.

Herr Achazian, ausgezeichnet gekleidet, Besitzer eines brandneuen Cadillac, Modell 1949, erklärte den Versammelten: «Meine Herren, ich besuche Sie im Auftrag eines Schweizer Unternehmens, das aber anonym zu bleiben wünscht. Dieses Unternehmen ist stark interessiert, einen Teil seiner Produktion nach Deutschland zu verlegen ...»

Warum, wollten die Herren vom Vorstand wissen.

«... weil hier die Herstellungskosten für technische Geräte wesentlich niedriger liegen. Meine Herren, die Schweizer denken daran, Ihnen einen langfristigen Vertrag anzubieten. Man ist bereit, zu günstigen Bedingungen an einer Sanierung Ihres Werkes mitzuwirken. Damit Sie sehen, daß es den Leuten ernst ist, bin ich ermächtigt, Ihnen mitzuteilen: Die Schweizer Gruppe wird fällige Wechsel Ihres Unternehmens bis zu einem Betrag von einer Million D-Mark übernehmen!»

Eine Million D-Mark! Der Silberstreifen am Horizont für ein Werk, das vor dem Konkurs stand. Verständlich, daß die Herren sich keine lange Bedenkzeit ausbaten ...

Prompt trafen am 25. Mai 1949 bei den «Excelsior-Werken» denn auch DM 900 000 ein. Dieser Betrag war das Vermögen, das Thomas Lieven in seine Rache investierte. Er arbeitete schwer in diesen Tagen. Nachdem er mit verschiedenen Wirtschaftsredakteuren und Journalisten gesprochen hatte, erschienen in Schweizer Zeitungen Artikel, wonach schweizerische Industriekreise die Möglichkeit prüften, Zweigbetriebe in der Deutschen Bundesrepublik einzurichten. Diese Meldungen und die Tatsache, daß alle fälligen Excelsior-Wechsel anstandslos eingelöst wurden, erregten Sensation an westdeutschen Börsen. Eine lebhafte Nachfrage nach Excelsior-Aktien setzte ein. Die Kurse zogen erheblich an: auf 40 und 50.

Im Auftrag von Thomas Lieven erkundigten sich nun Strohmänner beim Bankhaus Pretorius in Hamburg, ob hierorts etwas über die Vorgänge rund um die «Excelsior-Werke» bekannt sei. Solcherart wurde das Interesse des außerordentlich geldgierigen Bankhausinhabers Walter Pretorius geweckt ...
Tage später erschien ein gewisser Herr Reuben Achazian im Bankhaus Pretorius und sprach bei dem Bankbesitzer vor, den wir der Klarheit halber von nun an mit seinem richtigen Namen Marlock nennen wollen.
«Ich frage im Auftrag meiner Schweizer Freunde an, ob Sie daran interessiert sind, an einem großzügigen Sanierungsunternehmen der ‹Excelsior-Werke› mitzuwirken», sprach Herr Reuben Achazian, der den feinen Cadillac auch in die Freie Hansestadt mitgebracht hatte. Angesichts der emporschnellenden Aktienkurse war Marlock sogleich bereit. Er versprach grundsätzlich eine Beteiligung. Danach ließ er sofort durch Mittelsmänner große Mengen von Excelsior-Aktien aufkaufen, wodurch diese immer weiter im Kurs stiegen. Bereits zu weit überhöhten Preisen mußte Marlock sie nun kaufen. Er tat es in der felsenfesten Überzeugung, vor dem Geschäft seines Lebens zu stehen.
Am 19. September sagte Thomas Lieven in Zürich zu Reuben Achazian: «Jetzt habe ich den Hund so weit, daß er sein ganzes Geld in dieses Pleiteunternehmen, genannt ‹Excelsior-Werke›, gesteckt hat. Jetzt muß ich sehen, daß ich die 900 000 Mark, und wenn möglich mehr, zurückbekomme, die ich in die Excelsior-Wechsel gesteckt habe.»
«Und wie soll das geschehen?» fragte der Armenier mit den feuchten Mandelaugen.
«Das soll mit Hilfe von Sperrmark geschehen, mein Lieber», antwortete Thomas Lieven sanft.
Mit dem Wort «Sperrmark» wurde damals das Vermögen von Ausländern im Deutschen Reich gekennzeichnet, das zur Sicherung der Währung gesperrt worden war und über das die Besitzer nur mit besonderen Genehmigungen verfügen konnten.
Vor 1951 gab es nur Schwarzverkäufe im Ausland. Dabei wurden in der Regel für 100 Sperrmark 8 bis 10 Dollar gezahlt, also ein sehr schlechter Kurs. Thomas Lieven fand in der Schweiz Industriewerke, die zum Teil noch Sperrmarkkonten aus den Jahren 1931–1936 besaßen! Diese Leute verkauften unserm Freund ihre Konten bereitwillig und sogleich zu dem erwähnten elenden Kurs. Egal, egal! Auf diese Weise sahen sie endlich wenigstens *etwas* von ihrem Geld wieder!

Nun besaß Thomas also Sperrmarkkonten in Deutschland. Nun schickte er Herrn Achazian wieder nach Hamburg. Daselbst erklärte der kleine Armenier dem Bankier Marlock: «Die Sanierung der ‹Excelsior-Werke› soll weitgehend aus Sperrmark-Guthaben meiner schweizerischen Auftraggeber finanziert werden. Das ist nach den geltenden Bestimmungen mit Einwilligung der ‹Bank Deutscher Länder› möglich. Ich habe Vollmacht, die besagten Sperrmarkguthaben in Höhe von zweikommadrei Millionen Mark auf Ihre Bank zu überweisen.»

Marlock rieb sich die Hände. Er hatte ja gewußt, daß er hier vor dem Geschäft seines Lebens stand! Er fuhr nach Frankfurt. Mehrere Tage lang verhandelte er hartnäckig mit der «Bank Deutscher Länder». Er übernahm die eidesstattliche Verpflichtung, die 2,3 Millionen *ausschließlich* zur Sanierung der «Excelsior-Werke» vor Stuttgart zu verwenden. Daraufhin bekam er die Sperrmark frei.

Am selben Tag sagte Thomas Lieven in seiner Zürcher Wohnung zu Herrn Achazian: «Nun fahren Sie wieder zu ihm. Ich gebe Ihnen Vollmachten mit, erstklassig gefälschte Dokumente von angeblich an dem Sanierungsprojekt beteiligten Schweizer Firmen. Der Schweinekerl in Hamburg wird Ihnen die Millionen anstandslos freigeben. Sie gehören ja nicht ihm. Sie heben alles bar ab und bringen es hierher.»

Voller Bewunderung sah der kleine Armenier Thomas Lieven an. «Ihren Kopf möchte ich haben! Wieviel haben Sie eigentlich für die zweikommadrei Millionen Sperrmark bezahlt?»

«Rund hundertsechzigtausend Dollar.» Thomas lächelte bescheiden; er konnte es aber nicht verhindern, daß sich seine Hände sozusagen von selber ineinander rieben. «Und wenn Sie das Geld in Ihrem feinen Cadillac nach Zürich gebracht haben, mein Lieber, dann sind aus den Sperrmark echte D-Mark geworden! Sie werden ein paarmal fahren müssen. Das Geld kommt in den Reservereifen und das Chassis. Und dann lassen wir die ‹Excelsior-Werke› sausen. Und sanieren sie *nicht*. Und der Schweinehund in Hamburg ist pleite.»

Am 7. Dezember 1949 fuhr Herr Reuben Achazian los. Am 16. sollte er zurück sein. Das war der Tag, an dem die Bundesrepublik 1 Milliarde D-Mark Kredit von den Vereinigten Staaten erhielt.

Herr Reuben Achazian kam nicht zurück an diesem historischen Tag des deutschen Wiederaufbaus. Herr Reuben Achazian kam überhaupt nicht mehr ...

Am 28. Dezember wurde der Bankier Walter Pretorius in Ham-

burg von Beamten der deutschen Kriminalpolizei verhaftet. Zur selben Stunde verhafteten Beamte der Schweizer Bundespolizei Thomas Lieven in seiner Zürcher Mietwohnung. Sie handelten auf Grund eines dringenden Fahndungsschreibens der «Interpol» und des «Deutschen Bundeskriminalamtes» in Wiesbaden. Den Herren Lieven und Pretorius wurde vorgeworfen, eine gewaltige Sperrmark-Schiebung getätigt zu haben.
«Wer wirft mir das vor?» fragte Thomas Lieven die Schweizer Kriminalbeamten.
«Ein gewisser Reuben Achazian hat Anzeige gegen Sie erstattet und den deutschen Behörden zahlreiche Belastungsdokumente zur Verfügung gestellt. Er ist übrigens inzwischen verschwunden.»
Und meine 2,3 Millionen D-Mark sind im Eimer, dachte Thomas Lieven. Hm, hm. Nun habe ich also zuletzt *doch* noch einen Fehler gemacht. Dabei war dieser Reuben Achazian so ein netter Armenier ...

20

Beinahe ein ganzes Jahr saß Thomas Lieven in Untersuchungshaft – ein wüstes Jahr, das den heißesten Sommer seit hundert Jahren, die Aufhebung der Lebensmittel-Rationierung und, am 28. Juni, den Ausbruch des Korea-Krieges brachte, der eine monatelange Hamsterpsychose in ganz Europa zur Folge hatte.
Am 19. November 1950 verurteilte die Zweite Große Strafkammer des Landgerichts Frankfurt Thomas Lieven zu einer Strafe von dreieinhalb Jahren Gefängnis. In der mündlichen Urteilsbegründung führte der Richter aus: Im Fall des Angeklagten Lieven anerkenne man dessen Offenheit und aufrechte Haltung. Das Gericht hätte den Eindruck gewonnen, daß ungeklärte, wahrscheinlich nur psychologisch verständliche Motive den Angeklagten zu seinem verwerflichen Tun getrieben hätten. Wörtlich erklärte der Richter: «Dieser hochintelligente, äußerst gebildete Mann ist nicht der übliche Typ eines Verbrechers ...»
Für den zweiten Angeklagten, den Hamburger Bankier Walter Pretorius, fand der Richter keine derart milden Worte. Er erhielt vier Jahre Gefängnis. Seine Bank mußte den Konkurs anmelden. Eine weitere Ausübung seines Berufes verhinderte für alle Zeit die «Deutsche Bankenaufsicht», die den Namen Walter Pretorius in der Kartei der seriösen Bankiers löschte.
Zweierlei machte den Frankfurter Prozeß pikant. Obwohl die Angeklagten einander, wie wir wissen, intim kannten, gaben sie eine

solche Bekanntschaft vor Gericht mit keinem Wort, mit keiner Geste zu erkennen.

Die zweite Pikanterie bestand darin, daß der Vorsitzende bereits am ersten Verhandlungstag die Öffentlichkeit ausschloß, und zwar nachdem der Angeklagte Lieven angekündigt hatte, im Detail den Trick erklären zu wollen, mit dem er die Sperrmark freibekommen hatte. Solcherart war eine ausführliche Berichterstattung über den Prozeß gegen Lieven und Pretorius unmöglich. Die Publicity, die Thomas, verschiedener internationaler Geheimdienste wegen, gefürchtet hatte, blieb ihm erspart.

In einem gewissen Sinn hatte er sein Ziel erreicht: Walter Pretorius, alias Robert E. Marlock, war ruiniert für alle Zeit. Bleich und bebend, ein nervöses Wrack, so stellte er sich dem Gericht.

Nicht ein einziges Wort sprachen die beiden Angeklagten während des Prozesses miteinander. Das Urteil nahmen sie beide schweigend auf. Thomas Lieven blickte danach lächelnd zu seinem ehemaligen Kompagnon hinüber. Und vor diesem Lächeln mußte Robert E. Marlock sich abwenden, denn er ertrug es nicht ...

Marlock kam in die Strafanstalt Frankfurt-Hammelgasse. Thomas Lieven schaffte es, in die Haftanstalt Düsseldorf-Derendorf verlegt zu werden. Dafür, daß es ihm im Gefängnis wohl erging und er keinen Mangel an irdischen Gütern litt, sorgte sein Freund Bastian – nun wohnhaft Düsseldorf, Cecilien-Allee – mit großen Paketen.

Als Thomas sich *allzusehr* zu langweilen begann, stellte er ein Lexikon der Gaunersprache zusammen. Aus diesem Lexikon präsentieren wir hier einer möglicherweise interessierten Öffentlichkeit aus Tausenden von Worten dieses Alphabet zur Kostprobe:

ABKLINGER: ein Mann, der bei einem geplanten Wohnungseinbruch festzustellen hat, ob der Wohnungsinhaber daheim ist. Zu diesem Behufe betätigt er die Wohnungsklingel in Abständen von fünf Minuten viermal. Wenn niemand öffnet, gibt er den Komplicen bekannt, daß die Luft rein ist.

BEISS: der Raum, von dem gerade die Rede ist. Meibelbeiß ist eine Bedürfnisanstalt, Seibelbeiß das Zuchthaus, Trallienbeiß das Gefängnis.

CUPERN: Betrug beim Kartenspiel.

DUFTEMANG: ein Ganoventeam, das sich gut versteht.

ENTERN: das Bestehlen eines hilflosen Betrunkenen, den man unter dem Vorwand, ihm behilflich zu sein, heimbegleitet.

FREISIEBER: ein Mann, der kurz vor der Entlassung aus dem Zuchthaus steht.

GERANIE: der Direktor einer Strafanstalt.
HEIERMANN: ein 5-Mark-Stück.
IGOW: ein nicht ernstzunehmender Krimineller.
JUSTAV, EISERNER: ein besonders geformter Magnet, der über eine elektrische Zähluhr gehängt wird, wodurch diese zum Stillstand kommt. (Stromdiebstahl.)
KLAVIERSPIELEN: der Vorgang der zwangsweisen Fingerabdrucknahme bei der Kriminalpolizei.
LEBERSTÜCK: der Arzthelfer in der Krankenabteilung einer Strafanstalt.
MASCHORRES: Wachtmeister im Zuchthaus.
NATHAN: ein Gefangener, der Mithäftlinge juristisch und in allen Lebensfragen berät, sich aber dafür nicht bezahlen läßt.
OFFENBACH: ein Mann, der sich auf den Diebstahl von Musikinstrumenten spezialisiert.
PULSIEREN: wenn ein Betrug oder Einbruch gut abläuft.
QUACKE: ein Mensch im Zuchthaus, der jedermann mit Gesprächen über ein angebliches Wiederaufnahmeverfahren belästigt.
ROSENKRANZ: ein Bund Dietriche. Ein einzelner heißt Sesam.
SCHWÄRMER: 1 Jahr Zuchthaus.
SÜLZE: Ergebnis eines Einbruchs, das den Erwartungen nicht entspricht.
TREWEGEHEN: unter den schlechtesten Voraussetzungen auf der Flucht sein.
UG: Untersuchungsgefängnis.
VERTREIBER: ein Mann, der die Kripo auf eine falsche Spur lenkt.
WOLF: ein Mann, der in der Zelle Selbstmord markiert und dann den herbeigeeilten Beamten überfällt.
ZENOBEL: eine gar nicht vorhandene Geldsumme, mit der aber operiert wird, um Kredit zu erhalten.

## 21

Am 14. Mai 1954 wurde Thomas Lieven aus der Haft entlassen. Sein Freund Bastian erwartete ihn vor dem Gefängnis. Die beiden fuhren sogleich an die Riviera, wo sich Thomas ausgiebig auf Cap Ferrat erholte.

Erst im Sommer 1955 kehrte Thomas Lieven heim und zog in sein schönes Haus in der Cecilien-Allee zu Düsseldorf. Noch hatte er einiges Geld, noch besaß er ein Bankkonto bei der «Rhein-Main-Bank». Seine Nachbarn hielten ihn für einen soliden bundesdeut-

schen Geschäftsmann, wenngleich sie ein wenig unmutig darüber waren, daß sich so wenig Konkretes über ihn erfahren ließ.
Monatelang tat Thomas nichts anderes als nachzudenken und sich auszuruhen.
«Mensch, aber irgend etwas müssen wir doch tun», sagte Bastian Fabre. «Ewig wird unser Geld nicht reichen. Woran denkst du?»
Darauf antwortete Thomas Lieven schlicht: «Ich denke an eine große Aktion mit Aktien. Es soll dabei aber niemand geschädigt werden ...» Die große Aktien-Aktion bereitete Thomas Lieven danach liebevoll durch viele Monate vor. Erst am 11. April 1957 startete er seinen neuen Coup durch die Einladung des fetten, mit Schmissen behafteten Herrn Direktor Schallenberg, der eine Papierfabrik besaß.
Thomas hatte herausgefunden, daß Schallenberg im Kriege unter dem Namen Mack Wehrwirtschaftsführer im sogenannten Warthegau gewesen war und noch immer auf einer Auslieferungsliste der polnischen Regierung stand. Herrn Direktor Schallenberg blieb solcherart nichts anderes übrig, als zähneknirschend zu tun, worum Thomas ihn bat: Er stellte ihm fünfzig Großbogen eines Spezial-Wasserzeichenpapiers zur Verfügung, wie es für die Herstellung von Aktien verwendet wurde.
Was Thomas Lieven mit diesem Papier tat und wie er in Zürich das große Geschäft mit den DESU-Aktien erledigte, ist bekannt. Wir haben es zu Beginn dieses Berichtes ausführlich erzählt. 717 850 Schweizer Franken waren sein Gewinn, als er mit der schönen, jungen Hélène de Couville, die er in Zürich kennengelernt hatte, an die Riviera fuhr.
In der Nacht, in welcher die süße Hélène im Luxushotel «Carlton» zu Cannes seine Geliebte wurde, erlebte Thomas – auch dies berichteten wir bereits – eine grauenvolle Überraschung. Mit erschreckender Wildheit schluchzte Hélène plötzlich los: «Ich habe dich angelogen! Ach, mein geliebter Thomas, ich muß es dir sagen, ich arbeite für den amerikanischen Geheimdienst ... Ich ... wurde auf dich angesetzt ... Der FBI will dich unter allen Umständen anheuern ... Und wenn du nicht für uns arbeitest, dann lassen sie dich hochgehen ...»
Thomas ließ die Verzweifelte allein. In seinem Schlafzimmer setzte er sich an das offene Fenster und sah empor zu den Sternen, die über dem Mittelmeer glänzten. Über sein wildes, wirres Leben sann Thomas Lieven nach, über dieses tolle Abenteuer, das sich nun vollends im Kreise gedreht hatte, seit jenem warmen Tag im Mai 1939, an dem alles begann ...

## 1

Schöne und charmante Leserin, kluger und geistreicher Leser! Was unserem Freund zwischen Mai 1939 und Mai 1957 widerfuhr, haben wir Ihnen auf den vergangenen Seiten erzählt.
Ein großer, ein riesengroßer Kreis, der viele Menschen, Länder und Abenteuer, einen Weltkrieg und die Zeit danach umspannt, hat sich soeben geschlossen. Die Geschichte unseres Freundes aber ist noch nicht zu Ende.
Durchaus nicht!
Und so berichten wir denn weiter, was sich noch begab ...

Erst beim Frühstück begegnete Thomas der schönen Hélène wieder. Sie war blaß und nervös. Tiefe Schatten lagen unter den schönen Augen. «Kannst du mir verzeihen?»
«Ich will es versuchen, mein Kind», sagte er mild.
«Und ... und ... und wirst du für uns arbeiten?»
«Auch das will ich versuchen.»
Sie stieß einen spitzen Freudenschrei aus. Als sie ihm um den Hals fiel, warf sie das Glas mit seinen weichen Eiern um. Er sagte: «Ich stelle natürlich meine Bedingungen. Ich will meinen Auftrag nicht von dir erhalten, und nicht von deinem Chef, diesem Colonel Herrick, sondern vom ersten Mann der FBI.»
Sie begann zu lachen: «Von Edgar Hoover? Komisch, der will sich nämlich auch unbedingt mit dir unterhalten! Wir hatten den Auftrag, dich unter allen Umständen nach Washington zu bringen ...»

Tja, wie es halt so geht im Leben!
Am 23. Mai 1957 saß Thomas Lieven im Restaurant des Rhein-Main-Flughafens. Er war reichlich unruhig. Seine Repetieruhr zeigte zwanzig Minuten nach sechs. Um dreiviertel sieben startete die Superconstellation, die ihn nach New York bringen sollte. Und dieser verdammte Agent namens Faber war immer noch nicht da! Diesen verdammten Agenten namens Faber hatte ihm Colonel Herrick beim Abschied in Zürich in Aussicht gestellt. – «Faber wird Sie zu Hoover geleiten.» – Und nun kam dieser Faber nicht! Wütend starrte Thomas zum Eingang des Flughafenrestaurants.
In diesem Augenblick trat eine junge Frau durch die Eingangstür. Thomas stieß ein leises Ächzen aus, eine heiße Woge brandete in ihm hoch, ein Prickeln zog über seinen ganzen Körper.

Die junge Frau kam direkt auf ihn zu. Sie trug einen roten Mantel, rote Schuhe und eine rote Kappe, unter der schwarzblaues Haar hervorquoll. Der Mund der jungen Frau war groß und rot, die Augen waren groß und schwarz. Die Haut des Gesichtes war sehr weiß. Indessen sein Herz rasend schlug, dachte Thomas: Nein, nein, nein! Barmherzigkeit! Das kann nicht sein, das gibt es nicht! Chantal kommt auf mich zu, meine gute, tote Chantal, die einzige Frau, die ich je geliebt habe. Da kommt sie und lächelt mich an. O Gott, aber sie ist doch tot, sie wurde doch erschossen in Marseille ...

Die junge Frau trat an seinen Tisch. Thomas fühlte, wie ihm der Schweiß über den Rücken rann, als er sich schwankend erhob. Da stand sie, zum Greifen nah. «Chantal ...» stöhnte er.

«Nun, Thomas Lieven», sagte die junge Frau mit heiserer, rauchiger Stimme. «Wie geht's?»

«Chantal ...» stammelte er noch einmal.

«Was sagen Sie?»

Er holte Atem. Nein, sie war es nicht. Natürlich war sie es nicht. Was für ein Unsinn. Sie war kleiner. Zierlicher. Jünger. Ein paar Jahre jünger. Aber die Ähnlichkeit, diese phantastische Ähnlichkeit ...

«Wer sind Sie?» fragte er mühsam.

«Ich heiße Pamela Faber. Ich fliege mit Ihnen. Entschuldigen Sie die Verspätung; mein Wagen hatte einen Defekt.»

«Sie ... Sie heißen *Faber?»* Um Thomas drehte sich noch immer alles. «Aber Colonel Herrick sprach von einem *Mann.»*

«Colonel Herrick kennt mich nicht. Man sagte ihm etwas von einem Agenten. Da dachte er natürlich an einen Mann.» Sie lächelte breit. «Kommen Sie, Herr Lieven. Unsere Maschine ist startbereit.»

Er starrte sie an wie eine Geistererscheinung. Und eine Geistererscheinung war Pamela Faber in der Tat. Eine süße, wehmütige Erinnerung, ein fernes Winken aus dem Reich der Toten ...

In 6000 Meter Höhe über dem Atlantik sprachen sie dann miteinander, leise, vertraut, beinahe die ganze Nacht.

Pamela machte Thomas sentimental. Warum bewegte diese Frau ihn so? Bloß weil sie Chantal ähnlich sah? Was war es, das ihm das Gefühl gab, diese Pamela Faber seit Jahren zu kennen, mit ihr seit Ewigkeiten verbunden zu sein?

Sie hätte deutsche Eltern, berichtete Pamela, aber sie wäre in Amerika zur Welt gekommen. Seit 1950 arbeitete sie für den amerikanischen Geheimdienst. Wie sie dazu gekommen war? Pa-

mela zuckte die Schultern. Sie antwortete ehrlich: «Hauptsächlich Abenteuerlust, glaube ich. Meine Eltern sind tot. Ich wollte reisen, fremde Länder sehen, etwas erleben ...»
Thomas dachte: Etwas erleben. Fremde Länder sehen. Die Eltern tot. So hätte Chantal geantwortet, wenn man sie gefragt hätte, warum sie zur Abenteuerin wurde. Chantal, ach Chantal! Schrecklich, warum mußte diese junge Frau ihr bloß so ähnlich sein?
«Aber jetzt habe ich genug, wissen Sie. Das ist kein Leben für mich, ich habe mich geirrt. Oder ich bin schon zu alt.»
«Wie alt sind Sie denn?» – «Zweiunddreißig.»
«Ach Gott», sagte er und dachte an seine achtundvierzig Jahre.
«Ich möchte aufhören. Heiraten. Kinder haben. Ein kleines Heim. Gut kochen für meine Familie.»
Heiser sagte Thomas: «Sie ... Sie kochen gerne?»
«Es ist meine Leidenschaft! Warum sehen Sie mich so an, Herr Lieven?»
«Hrm! Nichts ... nichts.»
«Aber Geheimdienste ziehen einen Teufelskreis, aus dem man nicht entlassen wird. Aufhören! Wer von uns kann aufhören? Können Sie es? Niemand kann es. Niemand darf es ...»

2

Die Verzauberung, die in jener Nacht von Thomas Lieven Besitz ergriff, ließ ihn nicht mehr los. Sie wurde größer und größer, und er versank in ihr wie in einem Meer der Süßigkeit, in einer Wolke betäubender Düfte.
Von New York flog er mit Pamela Faber weiter nach Washington. Er beobachtete sie jetzt genau, mit klinischem Interesse geradezu. Sie besaß Chantels Ehrlichkeit, Gutmütigkeit, Tapferkeit. Sie besaß das Katzenhafte Chantals, ihre Wildheit, ihre Kraft. Aber sie war besser erzogen, sie war klüger. Thomas dachte: Warum tut mir das Herz bloß immer so weh, wenn ich sie ansehe?

Edgar Hoover, der 62jährige Leiter des Amerikanischen Bundeskriminalamtes, empfing Thomas Lieven in seinem Amtssitz in Washington. Die erste Begegnung dauerte nur wenige Minuten. Nach einer herzlichen Begrüßung meinte der untersetzte Mann mit den klugen, immer ein wenig melancholischen Augen: «Hier können wir nicht in Ruhe miteinander sprechen. Wissen Sie was? Miß Faber, Sie und ich machen uns ein schickes Wochenende. Ich habe in der Nähe ein Landhaus.»

Edgar Hoovers Landhaus lag im Staate Maryland, auf sanften, bewaldeten Hügelketten. Hier gab es viele gemütliche Häuser dieser Art. Das Refugium des ersten Kriminalisten Amerikas war mit schönen antiken Möbeln eingerichtet.
Händereibend meinte der FBI-Boß am Samstagmorgen beim Frühstück: «Ich denke, wir machen uns heute einen feinen Truthahn. Ist noch ein bißchen früh für Truthahn, aber ich habe unten im Dorf wunderschöne junge Tiere gesehen. Ich hole sie nachher. Preiselbeeren bringe ich auch mit.»
«Preiselbeeren?» Thomas runzelte die Stirn. Pamela – sie trug an diesem Morgen ein Holzhackerhemd und Blue jeans und sah aufregender aus denn je – erklärte Thomas lächelnd: «Hier ißt man Truthahn so, Mr. Lieven.»
«Pfui Teufel! Also, *ich* habe Truthahn immer ...»
«... mit einer Füllung gemacht, nicht wahr?» Pamela nickte. «Meine Mutter auch. Die Füllung bestand aus durchgedrehter Truthahnleber und Gänseleber und ...»
«... Kalbfleisch und Schweinespeck und Eigelb», unterbrach Thomas sie aufgeregt. «Und dazu Trüffeln, die Schalen verrieben, die Trüffeln zerhackt, zwei Semmeln ...»
«... und das Schweinefleisch muß fett sein!» Sie schwiegen plötzlich beide, sahen sich an und wurden rot.
Edgar Hoover lachte: «Na so etwas! Sie ergänzen sich ja phantastisch! Was, Mr. Lieven?»
«Ja», sagte Thomas, «darüber denke ich schon die ganze Zeit nach ...»
Zwei Stunden später standen sie dann in der Küche. Pamela half Thomas den Vogel reinigen und ausnehmen, sie half ihm bei der Zubereitung der Füllung. Wenn er nach dem Pfeffer greifen wollte, dann hatte sie den Pfeffer schon in der Hand. Wenn er zu der Ansicht kam, daß die Füllung zu dünn geriet, drehte sie bereits eine eingeweichte Semmel durch den Wolf.
Ach Gott, dachte Thomas. Ach, lieber Gott im Himmel!
Pamela sagte: «Die Brust des Truthahns wickeln wir in Speck ein, das hat meine Mutter auch immer gemacht.»
«In frischen, fetten Speck hat Ihre Frau Mama die Brust gewickelt?» Thomas strahlte. «Meine auch! Und darangelassen bis eine halbe Stunde vor dem Fertigbraten!»
«Damit die Brust nicht trocken wird, natürlich.»
Thomas hielt das Hinterteil des Truthahns hoch, während Pamela flink und geschickt jene natürliche Öffnung zunähte, durch welche die Füllung in das Innere des Tieres geraten war.

Menu · Maryland, 25. Mai 1957

*Fleischbrühe mit Toast*
*Truthahn mit Trüffelfarce*
*Lemon Sponge Cake*

---

Thomas kocht für Amerika und beschließt, zu sterben ...

Truthahn mit Trüffelfarce: Man nehme 150 g mageres Schweinefleisch, 100 g Kalbfleisch, 200 g frisches Schweinefett, die Putenleber, 125 g rohe Gänseleber, drehe alles durch den Wolf, bereite davon mit zwei eingeweichten, verrührten Semmeln und zwei Eigelb eine Farce. – Man gebe dazu die feingehackten Schalen von zwei Trüffeln, die zerschnittenen Trüffeln selbst, 125 g geschnittene, in Butter angebratene Gänseleber, Salz, Pastetengewürz, einen Schuß Madeira. – Man fülle die Farce in den Truthahn, bestreue ihn mit Salz, umwickle die Brust mit nicht zu dünnen Scheiben frischem Speck, entferne sie 1/2 Stunde vor dem Fertigwerden, damit die Brusthaut bräunen kann. – Man gebe in eine Bratpfanne reichlich Butter und etwas kochendes Wasser, lege den Vogel auf der Seite liegend hinein, wende öfters von einer Seite auf die andere und begieße häufig, lege den Truthahn aber erst in der letzten halben Stunde auf den Rücken. Die Bratzeit richtet sich nach seiner Größe. – Man kann die Trüffelfarce auch nur in den Kropf füllen, für den Körper eine einfachere Farce verwenden, dabei statt der Gänseleber Kalbsleber nehmen. – Man reiche als Beilage kleinkörnigen gelben Büchsenmais, in Butter geschwenkt, eine Preiselbeersauce und einen Bratensalat. Man schneidet dazu rohe Äpfel, Apfelsinen und weichgekochten Sellerie in Würfel, vermischt sie mit Mayonnaise und geraspelter Kokosnuß.

Lemon Sponge Cake: Man nehme zwei Tassen Zucker, sechs Eier, eine halbe Tasse heißes Wasser, zwei Eßlöffel Zitronensaft, die abgeriebene Schale einer Zitrone und zwei Tassen Mehl. – Man rühre die Eigelb schaumig, füge Zucker, heißes Wasser, Zitronensaft und -schale und das Mehl hinzu, ziehe zuletzt den steifen Eierschnee darunter. Man gebe die Masse in eine Springform und backe sie bei mittlerer Hitze 45–50 Minuten. – Man kann den Kuchen, kalt oder warm, mit einem Fruchtsaft servieren.

---

Hoover, der zusah, sagte langsam: «Mr. Lieven, Sie können sich natürlich denken, daß wir Sie nicht nach Amerika gebracht haben, bloß weil Sie so gut kochen.»
«Sondern?» fragte Thomas und drehte den Truthahnpopo hin und her.
«Sondern weil Sie Frau Dunja Melanin kennen.»
Thomas ließ den Truthahn auf den Tisch fallen.
«Na!» meinte Pamela.
«Pardon!» Thomas hob das Tier wieder auf. «Wo ... wo ist die Dame?»
«In New York. Sie war doch Ihre Geliebte, nicht wahr?»
«Ja ... das heißt ...» Thomas fühlte Pamelas Blick auf sich ruhen;

er starrte krampfhaft den Truthahnhintern an. «Sie bildete sich ein, mich zu lieben ...»
Hoover stand auf. Er sprach jetzt sehr ernst: «Wir wissen, daß in New York seit langer Zeit ein mächtiger russischer Spionagering arbeitet. Wir wissen nicht, wie. Wir wissen nicht, wer ihm alles angehört. Vor drei Wochen aber hat sich ein Mitglied des Ringes bei unserer Pariser Botschaft gestellt. Ein gewisser Mr. Morris. Er war der letzte Geliebte von Frau Melanin ...»
Vorsichtig legte Thomas den Truthahn wieder auf den Tisch. «Sie müssen nicht weitersprechen, Mr. Hoover», sagte er freundlich. «Ich werde mein Bestes tun. Unter einer Bedingung.»
«Und die wäre?»
Thomas sah den melancholischen Kriminalisten an. Er sah den leckeren Truthahn an. Er sah Pamela an, die mit befleckten, nassen Händen dastand, erhitzt, wunderschön, begehrenswert. Freundlich sagte Thomas: «Die Bedingung wäre, daß ich nach Beendigung meiner Mission sterben darf.»

3

Am frühen Morgen des 21. November 1957 fanden spielende Kinder auf dem weißen Strand des Fischerdorfes Cascais vor Lissabon bunte Muscheln, Seesterne, halbtote Fische und einen toten Herrn. Er lag auf dem Rücken. Sein Gesicht trug einen erstaunten Ausdruck, sein Körper einen außerordentlich modischen, wenn auch schon arg aufgeweichten, grauen Kammgarnanzug. Schwarze Halbschuhe und Socken, ein weißes Hemd und eine schwarze Krawatte besaß der tote Herr. Nahe dem Herzen wies das Hemd ein kreisrundes Loch und einen riesigen Blutfleck auf. Auch das Jackett hatte einiges abbekommen. Offensichtlich war der Herr mit Hilfe einer Kugel – und keiner zu kleinen – aus dieser Welt in eine andere, angeblich bessere, befördert worden.
Kreischend entflohen die Kleinen, nachdem sie die Leiche entdeckt hatten. Fünf Minuten später kamen Fischer und Fischerinnen herbeigeeilt. Sie umringten den toten Herrn erregt.
Ein alter Mann sprach zu seinem Sohn: «Sieh nach, José, ob dieser Herr einen Paß bei sich trägt.» José kniete neben dem Toten nieder und sah nach. Dieser Herr trug vier Pässe bei sich.
Ein anderer alter Mann sagte: «Den Kerl kenne ich!» Im September 1940, vor siebzehn Jahren, erzählte er sodann, hätte er gegen gute Bezahlung bei der Entführung eines eleganten Herrn durch deutsche Agenten mitgewirkt. Der alte Mann war damals Steuer-

mann eines Fischkutters gewesen: «... sie haben den da irgendwo in der Stadt niedergeschlagen und bewußtlos hier runtergebracht, und dann haben wir ihn an Bord verstaut und sind aufs offene Meer rausgefahren. Vor der Dreimeilen-Zone, haben mir die Deutschen erzählt, würde ein deutsches U-Boot warten und den Herrn übernehmen. Es hat ihn nur nicht übernommen. Etwas ist dazwischengekommen.» Der alte Mann erzählte, was. Der geneigte Leser weiß es schon.

«Sie haben immer von ihm als einem ‹Kaufmann Jonas› gesprochen», erzählte der alte Steuermann.

Sprach der andere alte Mann: «Sieh nach, José, ob der tote Herr einen Paß auf den Namen Jonas bei sich trägt.»

José sah nach. Der tote Herr trug. Auf den Namen Emil Jonas, Kaufmann aus Rüdesheim.

«Wir müssen sofort die Polizei verständigen», sagte José.

4

«Schreiben Sie, Fräulein», sagte der Kommissar Manuel Vayda vom Morddezernat Lissabon zu seiner Sekretärin und diktierte: «Bei dem am Strand von Cascais aufgefundenen Toten handelt es sich um ein ausgesprochen männliches – hrm, streichen Sie ausgesprochen –, um ein männliches Wesen von 45 bis 50 Jahren. Der beiliegende polizeiärztliche Befund, hm, hm, erkennt auf Tod durch Erschießen mit einer amerikanischen 9-Millimeter-Armeepistole ... Absatz.

In den Kleidern des Toten – haben Sie, Fräulein? – wurden gefunden: 891 Dollar und 45 Cent, zwei Rechnungen aus New Yorker Lokalen, eine Rechnung des New-Yorker Hotels ‹Waldorf-Astoria›, ein deutscher Führerschein, ausgestellt auf den Namen Thomas Lieven, eine altmodische goldene Repetieruhr sowie vier Pässe: zwei deutsche auf die Namen Thomas Lieven und Emil Jonas sowie zwei französische auf die Namen Maurice Hausér und Jean Leblanc ... Absatz.

Fotografien von Jean Leblanc beziehungsweise Emil Jonas, die sich im Archiv der Kriminalpolizei befinden, stimmen miteinander überein. Sie entsprechen genau den Fotografien in den vier Pässen des Toten. Aus all dem kann wohl mit Recht der Schluß gezogen werden, daß es sich bei dem Ermordeten um den Agenten Thomas Lieven handelt, der in den letzten Jahren soviel von sich reden machte. Er ist ohne Zweifel einer Agentenrache zum Opfer gefallen. Die Aufklärung des Falles wird mit aller Energie vorangetrieben ... So ein Quatsch. Als ob schon jemals ein Agentenmord aufgeklärt worden wäre! Der Mörder ist doch längst über alle Berge ... Sagen Sie mal, Fräulein, Sie sind wohl wahnsinnig geworden? Was ist Ihnen denn eingefallen, meine letzten Sätze mitzuschreiben?»

5

«Der Mensch, vom Weibe geboren, lebt kurz und ist voller Unruhe ...» sprach der Priester am offenen Grabe. Da war es 16 Uhr 30 am 24. November 1957. Es hatte ein bißchen lange gedauert, bis der Verblichene zur Beerdigung freigegeben worden war.
Am 24. November 1957 regnete es in Lissabon, und es war recht kühl. Die kleine Trauergemeinde fror. Es waren lauter Herren anwesend – und nur eine einzige junge Dame. Die Herren sahen aus wie das, was sie waren: Berufskollegen. Ex-Major Fritz Loos vom weiland Wehrbezirkskommando Köln senkte das Haupt. Der quittengelbe britische Agent Lovejoy neben ihm nieste. Der tschechische Spion Gregor Marek verharrte in gebeugter Haltung. Nachdenklich waren die Obersten des französischen Geheimdienstes Siméon und Débras. Und traurig waren der deutsche Oberst der Militärischen Abwehr Paris Erich Werthe und der kleine Major Brenner. Neben dem geistlichen Herrn stand die amerikanische Agentin Pamela Faber, die Thomas Lieven so sehr an seine tote Liebe, Chantal Tessier, erinnert hatte. «Die Erde möge dir leicht werden, Thomas Lieven. Amen», sprach der Geistliche.
«Amen», sprachen die seltsamen Trauergäste. Sie alle hatten Thomas Lieven gekannt. Sie alle hatte er hereingelegt. Nun waren sie von ihren Chefs losgeschickt worden, um festzustellen, ob der ver ... Hund auch wirklich tot sei. Gott sei gedankt, er war es, dachten die Herren.
Das Grab wurde geschlossen. Thomas Lievens Kollegen von einst warfen jeder ihr Schäufelchen Erde in die Tiefe. Dann wuchteten Arbeiter den schlichten Marmorstein heran, welcher das Grab zieren sollte.
Man ging auseinander. Brenner und Werthe marschierten nebeneinander. Sie kannten ihren Landsmann Fritz Loos nicht, und er kannte sie nicht. Denn Fritz Loos arbeitete für einen neu entstandenen deutschen Nachrichtendienst, und Werthe und Brenner arbeiteten für einen anderen neu erstandenen deutschen Nachrichtendienst. Es gab 1957 schon wieder ein paar davon im deutschen Vaterland!

Vor dem Friedhof kletterten die Agenten in Taxis. Sie hätten auch einen kleinen Omnibus mieten können, denn sie wohnten alle im selben Hotel, im feinsten, versteht sich. Die respektiven Vaterländer bezahlten die Spesen. Von ihren Zimmern im wunderschönen Luxushotel «Palacio do Estoril-Parque» aus meldeten sie sodann Telefongespräche an nach England, Frankreich, Deutschland, ja sogar hinter den Eisernen Vorhang.
Als die Verbindungen hergestellt waren, sprachen sie unsinnige Sätze, beispielsweise diesen: «Der gelbe Haifisch wurde heute nachmittag serviert.» Das hieß: «Ich habe den Toten im Leichenhaus gesehen. Es ist Lieven.»
Und so wurden denn in verschiedenen Geheimdienstzentralen am Nachmittag des 24. November 1957 mehr oder weniger dicke Akten geschlossen und abgelegt. Auf allen stand derselbe Name: THOMAS LIEVEN. Und nun stand dahinter ein Kreuz ...
Indessen ihre Agenten-Kollegen noch an den Telefonen hingen, saß Pamela Faber tatenlos in ihrem Hotelzimmer. Sie hatte Whisky, Eis und Soda bestellt. Sie hatte ihre hochhackigen Schuhe abgestreift und die schönen Beine auf einen Hocker gelegt. So saß sie entspannt in einem Lehnstuhl, rauchte und drehte ein großes Whiskyglas hin und her.
Ihre schwarzen Augen leuchteten wie Sterne, der große Mund schien unermüdlich bereit zu lachen über einen gewaltigen, geheimen Spaß. So saß Pamela Faber da, rauchte, trank und lachte, indessen die Dämmerung eines regnerischen Herbstabends auf Lissabon herabsank. Und plötzlich hob sie ihr Glas und sagte laut: «Prost, geliebter Thomas! Auf daß du noch lange lebst – für mich!»
Da hatte sie natürlich schon einen Schwips. Sonst hätte sie es nicht gesagt. Denn Thomas konnte sie nicht hören; er war nicht im Zimmer, er war nicht im Hotel, er war nicht in Lissabon, er war nicht in Portugal, er war nicht in Europa, er war ...
Na, wo war er denn? So fragen Sie mit Recht, verehrte Leser. Denn daß Thomas Lieven nicht an diesem Tag begraben wurde, das haben Sie längst dem fröhlichen Ton unserer Berichterstattung entnommen. Wenn er aber nicht tot war – wer wurde dann an seiner Stelle beerdigt? Wer wurde dann von internationalen Agenten als Thomas Lieven erkannt?
Geduld, verehrter Leser, wir wollen es sofort erzählen. Um uns ganz klar auszudrücken, ist es dabei allerdings notwendig, die Zeit zurückzudrehen und uns jenes Tages zu erinnern, an dem wir Thomas aus den Augen verloren haben: des 25. Mai 1957.

An diesem Tag war Thomas, wie wir berichtet haben, in einem Landhaus auf den sanften Hügelketten des Staates Maryland Gast der ersten Kriminalisten Amerikas. An diesem Tag äußerte er den überraschenden Wunsch, nach Beendigung seiner Mission zu sterben. «Aha», sagte Hoover ungerührt. «Und wie stellen Sie sich Ihr Ende vor?»
Thomas Lieven sagte ihm und Pamela, wie er sich sein Ende vorstellte. Er schloß mit den Worten: «Es ist einfach unerläßlich, daß ich sterbe, damit ich endlich ... *endlich!* ... in Frieden leben kann!»
Darüber, und über Thomas Lievens projektierten Tod, lachten Hoover und Pamela herzlich.
«Die Einzelheiten wollen wir später besprechen», sagte Thomas. «Jetzt können Sie mir vielleicht ein wenig mehr von meiner Dunja und diesem Mr. Morris berichten. Wo ist er denn?»
«In Paris», sagte Edgar Hoover.
«Nanu – ich dachte in New York?»
«Er war in New York. Bis vor wenigen Wochen. Dann fuhr er nach Europa. In Paris stieg er im ‹Crillon› ab. Da muß er dann die Nerven verloren haben. Denn am Nachmittag des 4. Mai verließ er sein Hotel und ging über den Place de la Concorde zur Amerikanischen Botschaft. Mr. Morris verlangte den Botschafter zu sprechen und sagte: ‹Ich bin ein sowjetischer Spion› ...»

## 6

«Ich bin ein sowjetischer Spion. Ich kann Ihnen Informationen über den größten sowjetischen Spionagering in den Vereinigten Staaten geben», sagte Victor Morris zu dem amerikanischen Botschafter in Paris.
Es war 17 Uhr 45 am 4. Mai 1957.
«Und warum wollen Sie das tun, Mr. Morris?» fragte der Botschafter.
«Weil ich Ihre Hilfe brauche», antwortete Morris, ein Mann mit breitem, aufgeschwemmtem Gesicht und einer starken, schwarzen Hornbrille. «Ich habe den Auftrag bekommen, Amerika zu verlassen und über Paris nach Moskau heimzukehren. Ich weiß, was das bedeutet. Sie wollen mich umlegen.»
«Und warum wollen die Sowjets Sie umlegen?»
«Ich ... hm, ich denke, ich habe versagt», antwortete Morris in akzentfreiem amerikanischem Englisch. «Weiber. Der Suff. Zuviel Gequatsche. Und dann auch noch Dunja ...»

«Wer ist Dunja?»
«Dunja Melanin. Ehemalige Frau eines sowjetischen Offiziers. In New York Sprechstundenhilfe bei einem Arzt. Hatte mich mit ihr angefreundet. Aber es gab dauernd Streit. Wir fielen auf. Mark sagte mir, ich müsse sofort verschwinden.»
«Wer ist Mark?»
«Seit zehn Jahren das Haupt des größten Spionageringes in Amerika.»
Victor Morris, das stellte sich bald heraus, war ein Mann mit vielen Namen. In Wahrheit hieß er Hayhanem und war Oberstleutnant im sowjetischen Geheimdienst. Von 1946 bis 1952 wurde dieser Mann in Rußland darauf vorbereitet, als Spion nach Amerika zu gehen und mit dem legendären, fabelhaften «Mr. Mark» zusammenzuarbeiten.
Sechs Jahre Ausbildung! Man soll sich einmal vorstellen, was das bedeutet: Hayhanem, alias Morris, mußte seine alte Persönlichkeit vollkommen vergessen und in eine neue hineinschlüpfen. Er mußte lesen, sprechen, essen, gehen, denken und debattieren lernen wie ein Mann aus der Umgebung von New York. Und Autofahren wie ein Amerikaner. Und tanzen und lesen und schreiben und rauchen und sich besaufen wie ein Amerikaner.
Oberstleutnant Hayhanem wurde ein neuer Mensch. Immerhin hatte ein anderer diese ungeheure Aufgabe schon vor ihm geschafft: «Mr. Mark», der beste Spion, den der Kreml jemals in Amerika hatte und dem man zehn Jahre nicht auf die Spur kam.
Hayhanem, alias Morris, bestand alle Prüfungen. Am 14. April 1952 meldete er sich, mit einem hervorragend gefälschten amerikanischen Paß versehen, auftragsgemäß bei Michael Svirin, dem Sekretär der sowjetischen UNO-Delegation in New York. Der traf ihn unter allen erdenklichen Vorsichtsmaßregeln, gab ihm Geld und erklärte ihm: «Sie nehmen Kontakt mit Mr. Mark auf. Wir werden uns nie wiedersehen. Für mich existieren Sie von dieser Stunde an ebensowenig, wie für mich offiziell Mr. Mark existiert. Sie können nicht damit rechnen, daß ich Ihnen jemals helfe. Ich bin Diplomat, ich darf mit Ihnen nichts zu tun haben.»
«Und wie soll ich Mark erkennen?»
«Er wird Sie anrufen. In Ihrem Hotel. Ich gebe Ihnen hier eine kleine, geschnitzte Pfeife. Die tragen Sie als Erkennungszeichen im Mund, wenn Mark Ihnen den Treffpunkt mitgeteilt hat.»
Diesen Treffpunkt gab Mark drei Tage später in einem Telefongespräch bekannt: «Seien Sie pünktlich um 17 Uhr 30 im Klosett des RKO-Kinos in Flushing.»

Das Klosett! Wohl kein Agentendienst der Welt könnte ohne diese Örtlichkeit auskommen! Pünktlich um halb sechs Uhr an diesem Tag suchte Morris die erwähnte Lokalität auf. Aus einer Kabine trat ein Mann von etwa 45 Jahren: groß, beinahe kahl, mit skeptischem, geistreichem Gesicht, großen Ohren, schmalen Lippen und einer randlosen Brille. Er trug einen Flanellanzug und ein blaues Künstlerhemd, keine Krawatte. Er sah Morris an. Er sah die kleine, seltsam geformte Pfeife an, die Morris im Mundwinkel hing. Er nickte kurz und sagte: «Auf die Minute, Morris ...»

7

«... Mark nickte kurz und sagte: ‹Auf die Minute, Morris›», erzählte FBI-Chef Edgar Hoover dem aufmerksam lauschenden Thomas Lieven. Ernst saß Pamela Faber neben ihm. Alle drei rauchten und tranken schwarzen Kaffee und französischen Kognak. Das große Truthahn-Essen war vorüber.
Hoover zündete eine dicke, lange Zigarre an und blies eine Wolke süßen Rauch aus. «Lassen Sie mich weiterberichten: Morris und Mark vertrugen sich überhaupt nicht. Sie waren einander vom ersten Moment an unsympathisch. Aber sie mußten miteinander auskommen ...»
Ja, auskommen miteinander mußten sie nun! Mark gab Morris an jenem Nachmittag im Waschraum des RKO-Kinos Geld, einen Codeschlüssel und besprach die Tarnung: Morris sollte ein Fotostudio eröffnen, damit die Behörden sich keine Gedanken darüber machten, wovon er lebte. Ferner gab Mark bekannt, wo und auf welche Weise Morris seine geheimen Nachrichten deponieren und abholen mußte.
Die Nachrichten – Mikrofilme, nicht größer als ein Stecknadelkopf – sollten in Geldstücken, alten Papiertaschentüchern oder Orangenschalen verborgen werden. Mit Hilfe kleiner magnetischer Plättchen konnte man sie unter Bänken, öffentlichen Telefonapparaten, Abfallkübeln oder Briefkästen befestigen.
«Die Arbeit funktionierte klaglos», berichtete Hoover. «Morris konnte, wie gesagt, Mark nicht leiden, aber er erfüllte seine Aufträge trotzdem erstklassig.»
«Was für Aufträge zum Beispiel?»
«Leider sehr wichtige», sagte Hoover seufzend. «Nach allem, was Morris in Paris erzählte, dürfen wir uns keine Illusionen machen. Die Sowjets verdanken der ‹Organisation Mark› ungeheure Kennt-

nisse! Zum Beispiel hat Morris, nach seiner eigenen Aussage, im Raketenzentrum New Hyde Park spioniert.»

«Und es gab niemals einen Zwischenfall, eine Panne?» fragte Thomas.

«Doch, einmal. Und diese Panne lieferte uns wenigstens den Beweis dafür, daß Morris mit dem, was er nun gestand, nicht lügt. Hier ist der Beweis.» Hoover legte ein abgegriffenes 5-Cent-Stück vor Thomas auf den Tisch. «Heben Sie es auf und lassen Sie es fallen.»

Thomas hob das Geldstück auf und ließ es fallen. Es sprang entzwei. Die Münze war innen ausgehöhlt. Auf dem Boden der einen Seite klebte ein winziges Stück Film.

«Dieses Stück Mikrofilm», sagte Hoover, «enthält eine Codemitteilung von Mark. Seit vier Jahren versuchen die besten Köpfe des FBI, diese Nachricht zu entschlüsseln – umsonst.»

«Wie kam diese Münze in Ihren Besitz?» fragte Thomas.

«Durch einen reinen Zufall», sagte Edgar Hoover. «Ein kleiner Zeitungsjunge namens James Bozart fand sie 1953 ...»

An einem heißen Abend im Sommer 1953 rannte ein kleiner, sommersprossiger Zeitungsjunge namens James Bozart, was haste, was kannste, durch das Treppenhaus einer Mietskaserne im New Yorker Stadtteil Brooklyn.

Wummmm!

Nun war er doch tatsächlich der Länge nach hingeschlagen. Das ganze Geld war ihm aus der Tasche geflogen. So ein Pech! Leise fluchend machte James sich daran, seine Habseligkeiten einzusammeln. Plötzlich bekam er dabei ein 5-Cent-Stück in die Finger, das sich komisch anfühlte – so komisch ...

James drehte es ein bißchen hin und her. Da zerfiel es in zwei Teile. Auf der Innenseite des einen Teils erblickte James einen dunklen Punkt. Na so was! Erst vor ein paar Tagen hatte James einen Spionagefilm gesehen. Da waren Mikrofilmbotschaften in Zigarettenetuis versteckt worden. War das hier vielleicht ein Mikrofilm?

James Bozart – die amerikanische Nation weiß ihm heute ewigen Dank dafür – trug seinen Fund zunächst zur nächsten Polizeiwache. Postenchef Milley lachte den Jungen aus, aber Sergeant Levon sagte: «Laß mal, Joe. Schicken wir das Ding dem FBI. Wer weiß, vielleicht kommen wir alle in die Zeitung!»

Keiner von ihnen kam in die Zeitung – damals. Aber zwei Agenten des «Federal Bureau of Investigation» besuchten den kleinen James daheim. Sie fragten ihn aus. Wo war er hingefallen?

In der Fulton Street 252. Das war eine Riesenmietskaserne. Die unteren Lokalitäten waren zu Geschäften ausgebaut worden. Im ersten und zweiten Stock hatten sich Firmen etabliert. Weiter oben wohnten Junggesellen, Künstler und kleine Angestellte. Außerdem unterhielt das FBI in diesem Mammuthaus ein Büro.

Die Agenten des FBI durchleuchteten jeden Bewohner des Hauses Fulton Street 252 nach Strich und Faden. Es kam nichts heraus dabei.

Jahre vergingen. Die Botschaft auf dem Mikrofilm blieb unentziffert, ihr Verfasser unentdeckt. Immer deutlicher bekamen es die Männer, die für die nationale Sicherheit Amerikas verantwortlich waren, in diesen Jahren zwischen 1953 und 1957 zu spüren: Ein unheimlicher Spionagering umschloß ihr Land, bedrohte es mehr und mehr.

«In diesen Jahren», berichtete Edgar Hoover in seinem stillen Landhaus Thomas Lieven, «muß Morris immer mehr verkommen sein. Nachdem er Dunja Melanin getroffen hatte, wurde es ganz schlimm mit ihm. Er prügelte sie, sie prügelte ihn. Mark muß einen Bericht nach Moskau geschickt haben, denn Morris wurde plötzlich abberufen. In Paris ging er zur Amerikanischen Botschaft, bat um Schutz und erzählte alles, was er wußte.»

«Es scheint mir, trotz allem, nicht sehr viel zu sein», sagte Thomas.

«Es ist nicht genug», sagte Hoover. «Aber es ist eine ganze Menge. Denn obwohl dieser geheimnisvolle Mark alles tat, um vor Morris geheimzuhalten, wo er wohnte, gelang es diesem doch einmal, ihn heimlich zu verfolgen. Und nach seiner Aussage wohnt Mr. Mark – wissen Sie wo?»

«Da Sie es so spannend machen, nehme ich an in der Fulton Street 252.»

«Richtig», sagte Edgar Hoover. «In dem Haus, in dem der kleine James Bozart vor vier Jahren hinfiel und die Münze fand ...»

Danach war es eine Weile still im Zimmer. Thomas stand auf und trat ans Fenster. Er sah hinaus auf die weite, liebliche Landschaft.

Edgar Hoover sagte: «Ein Stab meiner Beamten, darunter Miß Faber, hat in den letzten Wochen jeden Bewohner des Hauses noch einmal unter die Lupe genommen. Die Beschreibung, die Morris von Mark gab, paßt genau auf den beliebtestens Mieter. Er ist Maler. Lebt ganz oben, unter dem Dach. Und heißt Goldfuß. Emil Robert Goldfuß. Amerikanischer Bürger. Seit 1948 wohnhaft in der Fulton Street 252. Erzählen Sie weiter, Miß Faber.»

Pamela sagte: «Seit Wochen beschatten wir Goldfuß. Ein Dutzend FBI-Autos mit Radar-, Funk- und Fernsehgeräten ist eingesetzt. Keinen Schritt kann Goldfuß mehr machen, ohne daß ihm unsere Leute folgen. Ergebnis: null.»

«Das verstehe ich aber nicht», sagte Thomas. «Wenn er so dringend verdächtig ist, ein Spion zu sein, warum verhaften Sie ihn dann nicht?»

Pamela schüttelte den Kopf: «Wir sind nicht in Europa, Herr Lieven.»

«In den Staaten», erklärte Edgar Hoover, «darf ein Mann nur festgenommen werden, wenn er *ohne jeden Zweifel* eine ungesetzliche Handlung begangen hat. Erst dann wird ein Richter einen Haftbefehl ausschreiben. Wir haben den Verdacht, daß Goldfuß ein Spion ist. Aber beweisen? Nein, beweisen können wir es nicht. Und so lange wir das nicht unwiderlegbar können, wird uns kein einziger Richter dieses Landes gestatten, ihn festzunehmen.»

«Aber Morris? –»

«Morris hat uns alle Informationen vertraulich geliefert. Mit Rücksicht auf seine Familie in Rußland wird er unter gar keinen Umständen öffentlich gegen Goldfuß in den Zeugenstand treten.»

«Und eine heimliche Hausdurchsuchung?»

«Natürlich könnten wir, wenn Goldfuß einmal fort ist, in seine Wohnung eindringen und sie durchsuchen. Ich bin sicher, daß wir einen Kurzwellensender und viele andere Dinge finden würden, die beweisen, daß er ein Spion ist. Aber dann würde er niemals verurteilt werden können!»

«Wieso nicht?»

«Seine Verteidiger würden verlangen, daß unsere Beamten unter Eid aussagen, woher sie ihr Belastungsmaterial haben. Angenommen, sie hätten es sich durch eine ungesetzliche Hausdurchsuchung verschafft – der Richter würde anordnen, daß nichts von all diesem Material gegen Goldfuß verwendet werden darf.»

«Ja, aber wie ist denn dieser Mr. Goldfuß dann überhaupt zu fassen?»

Edgar Hoover lächelte sanft. «Das fragen wir *Sie*, Herr Lieven. Darum haben wir Sie kommen lassen – Sie, einen alten Freund von Dunja Melanin.»

«In Rußland machen sie Schaschlik mit Zwiebeln!» schrie der fette Boris Roganoff. «In Rußland machen sie Schaschlik nicht mit Zwiebeln!» schrie Thomas Lieven.
Sie standen sich wutbebend gegenüber. Ohrfeigen lagen greifbar nahe in der Luft. Man schrieb den 19. Juni 1957. Es war 13 Uhr 30 und entsetzlich schwül in New York. Der Schaschlik-Krach fand in der Küche eines russischen Feinschmeckerlokals in der 41. Straße statt. Der fette Herr Roganoff war der Besitzer dieses Lokals. Thomas verkehrte hier seit einigen Tagen, denn «Bei Roganoff» pflegte Dunja Melanin zu Mittag zu essen. Sie arbeitete in der Nähe, in der Ordination eines gewissen Dr. Mason.
Es war ein trauriges Wiedersehen gewesen. Dunja, immer noch leidenschaftlich und reizvoll, jammerte Victor Morris nach. Immer wieder brach sie in Tränen aus, wenn sie von ihm erzählte – und sie erzählte ununterbrochen von ihm, teils aus eigenem Antrieb, teils weil Thomas sie dauernd dazu animierte.
Heraus kam nichts dabei. Was Dunja auch erzählte, es half Thomas nicht weiter. Wenn er Dunja verließ, traf er Pamela, über die der Kontakt zu Hoover lief. Sie hatte eine kleine Wohnung in Manhattan. Thomas wohnte im Hotel «Waldorf-Astoria».
Tag und Tag verstrich. Nichts geschah. Goldfuß gab sich keine Blöße. Thomas fiel eine wachsende Gereiztheit an Pamela auf, die er sich nicht erklären konnte. Und immer wieder traf er Dunja, versuchte etwas, irgend etwas zu finden, das Goldfuß belastete, zu ihm hinführte. Aber Dunja schien Goldfuß nie im Leben gesehen zu haben. Sie weinte nur immer wieder ihrem Morris nach.
Schaschlik hatte sie sich gestern gewünscht. Prompt hatte Thomas Hammelfleischstücke in eine Beize gelegt und sie zwölf Stunden darin ziehen lassen. Jetzt war das Fleisch richtig. Thomas wollte es gerade, mit Speck untermischt, auf den Spieß bringen, da begann dieser fette Boris Roganoff doch wahrhaftig Zwiebeln in dicke Scheiben zu schneiden! Ein wilder Krach brach los. Dann versöhnten sich die Herren wieder. Aber der Ärger nahm an diesem Tag kein Ende.
Als Dunja – verspätet natürlich – endlich erschien und mit Thomas zu essen begann, legte auch sie eine gräßliche Gereiztheit an den Tag. Dauernd griff sie sich an den schmerzenden Kopf, dauernd mäkelte sie an Thomas herum. Dann faßte sie sich ein bißchen: «Entschuldige – diese wahnsinnige Arbeit, ich breche noch zusammen!»

Menu · New York, 19. Juni 1957

*Frühlings-Salat*
*Schaschlik mit Risotto*
*Gebratene Bananen*

---

Dieses Essen verhilft Thomas zum Fang des größten Sowjet-Spions

Frühlingssalat: Man nehme eine geschälte junge Gurke, zarte Radieschen, hartgekochte Eier, schneide sie in Scheiben, gebe sie in eine Schüssel. Man streue wenig Pfeffer und Salz und viel feingehackten Dill, Schnittlauch und Petersilie darüber, mische dann reichlich dicken sauren Rahm darunter. – Man serviere den Salat sofort, damit die Gurkenscheiben keine Zeit haben, Wasser zu ziehen.

Schaschlik: Man nehme Filets von einem Hammelrücken, schneide sie in zwei Zentimeter dicke Scheiben. Man mariniere sie mindestens 12 Stunden in Olivenöl, etwas Zitronensaft, Salz, gehackter Zwiebel, Petersilie, zerquetschten Wacholder- und Pfefferkörnern, einer zerdrückten Knoblauchzehe, einem Schuß Wein. – Man stecke das Fleisch abwechselnd mit Speckscheiben auf Grillspießchen, röste sie auf dem Grill oder im Bratofenrost, aber so, daß sie innen noch leicht rosa bleiben.

Risotto: Man lasse eine große, feingeschnittene Zwiebel in einer Kasserolle in Butter oder Olivenöl weich und hellgelb dünsten, schütte trockenen Reis dazu, lasse ihn unter ständigem Rühren etwa 10 Minuten leicht mitrösten, wobei er keinesfalls braun werden darf. – Man gieße dann die anderthalbfache Menge kochendes Wasser auf den Reis, salze ihn leicht und lasse ihn im fest verschlossenen Topf auf einer Asbestplatte über schwächster Flamme 30 Minuten ziehen.

Gebratene Bananen: Man nehme reife, aber nicht zu weiche, geschälte Bananen, brate sie rasch rundherum in brauner Butter, gebe etwas flüssig gemachten, mit einem Schuß Rum verrührten Honig in die Pfanne, drehe die Bananen unter Begießen ein paarmal vorsichtig darin herum und serviere sie sofort auf vorgewärmten Tellern, mit geriebenen Mandeln oder Pistazien bestreut.

---

«Was ist denn los?»
«Ich glaube, die halbe Stadt läßt sich impfen.» – «Impfen?»
«Mit diesem neuen Serum gegen Kinderlähmung. Doktor Salk. Sicherlich hast du davon gehört. Das Impfen wäre ja noch nicht einmal das Schlimmste! Das Schlimmste ist die Schreiberei!»
«Was für eine Schreiberei?»
«Jeder Patient muß seinen Geburtsschein vorlegen. Nicht den Paß, nicht den Meldezettel, nein, den Geburtsschein!»
«Warum?»
«Das verlangt das Gesetz! Und ich muß die Nummer von jedem Geburtsschein aufschreiben. Und die ausstellende Behörde. Und

sie kommen zu Hunderten! Ich werde noch verrückt! Impfen! Impfen! Impfen!»
«Impfen, impfen», wiederholte er blödsinnig, indessen sich sein Herz zusammenkrampfte. Denn eine schöne junge Frau in einem gelben Sommerkleid hatte soeben das Lokal betreten. Er traute seinen Augen nicht. Wahnsinnig! Sie mußte wahnsinnig geworden sein! Streng verboten es die Gesetze des FBI, daß zwei Agenten, die miteinander arbeiteten, sich in der Öffentlichkeit trafen. Aber darauf schien Pamela Faber zu pfeifen. Direkt gegenüber von Thomas nahm sie Platz. Kreuzte die Beine. Lehnte sich zurück. Und starrte Dunja an ...
Das konnte derselben natürlich nicht lange verborgen bleiben.
«Wer ist das?»
«Bi-bitte?»
«Die Person da drüben. Sie starrt mich an. Kennst du sie?»
«Ich? Wen denn überhaupt?»
«Die geschminkte Gelbe. Tu doch nicht so!»
«Herrgott, ich habe die Frau nie im Leben gesehen!»
«Du lügst! Du kennst sie! Und wie du sie kennst!»
So fing das an, und so ging das weiter durch das ganze Essen. Beim schwarzen Kaffee hatte Thomas sein Hemd durchgeschwitzt. Und immer noch starrte Pamela Faber herüber ...
Und so ging das an diesem Tag lustig weiter!
Als Thomas Lieven ins «Waldorf-Astoria» zurückkam, wartete hier ein Herr namens Roger Ackroyd auf ihn. Mr. Ackroyd war im Hotel bekannt als Exportkaufmann, der oft mit europäischen Geschäftsleuten zusammenarbeitete.
Herr Peter Scheuner – so nannte sich Thomas derzeit – war im Hotel als einer dieser europäischen Geschäftsleute bekannt. Die beiden Kaufherren, die keine waren, setzten sich in die leere Bar. Mr. Ackroyd sagte leise: «Die Sache brennt uns mehr und mehr unter den Nägeln, Lieven. Sind Sie weitergekommen?»
«Keinen Schritt.»
«Mist», sagte Mr. Ackroyd. «Verschiedene Anzeichen sprechen dafür, daß Goldfuß unmittelbar vor der Flucht steht. Wir wissen nicht, wohin er abhauen wird. Australien. Asien. Afrika. Europa.»
«Die Grenzen bewachen. Flugplätze. Häfen. Und so weiter.»
«Wie wollen Sie das machen? So viele Beamte gibt es einfach nicht. Goldfuß wird selbstverständlich mit einem absolut echten falschen Paß reisen.» Ein «echter» falscher Paß, das wußte Thomas seit langem, war ein solcher, der auch einer Überprüfung in den Behördenregistern standhielt.

«Glauben Sie, daß er sich lauter echte falsche Papiere verschafft hat?»
«Das weiß ich nicht. In der Eile wohl kaum. Aber sicherlich einen Paß. Und der Paß genügt. Wenn nicht ein Wunder geschieht, geht uns der Mann durch die Lappen.»
Thomas seufzte tief. Und zu allem noch diese feine Mitarbeiterin Miß Faber, dachte er erbittert. Na, der werde ich aber was erzählen!

9

«Wissen Sie, was Sie verdienen? Prügel verdienen Sie!» schrie Thomas. Schwer atmend stand er an diesem Abend in Pamelas kleiner Wohnung vor der Besitzerin, die einen schwarzen Morgenrock und offenbar wenig darunter trug. «Was fällt Ihnen ein, zu ‹Roganoff› zu kommen?»
«Ich werde wohl noch das Recht haben, zu ‹Roganoff› zu gehen.»
«Aber nicht, wenn ich dort bin!»
«Das habe ich nicht gewußt!» schrie sie a tempo.
A tempo schrie er zurück: «Das haben Sie sehr wohl gewußt!»
«Also schön, ich hab's gewußt!»
«Und warum sind Sie dann gekommen?»
«Weil ich mal Ihre Dunja sehen wollte, dieses süße Täubchen!»
Ihm fiel der Kiefer herunter. «Und deshalb gefährden Sie alles – die ganze Aktion?»
«Schreien Sie mich nicht an! Sie müssen ja *fürchterlich* verliebt sein in die Dame!»
«Halten Sie den Mund, oder ich ziehe Ihnen die Hosen stramm!»
«Tun Sie's doch, wenn Sie's wagen!»
«Na warte», sagte er und stürzte sich auf sie. Mit einem geschickten Jiu-Jitsu-Griff legte die erfahrene Agentin ihn aufs Kreuz. Er krachte auf den Teppich. Sie lachte und rannte davon. Er kam auf die Beine und rannte ihr nach. Im Schlafzimmer erwischte er sie wieder. Ein kleiner Ringkampf folgte. Sie fielen beide auf das Bett.
Dann lag sie strampelnd und fauchend über seinem Knie. «Laß mich – laß mich – ich bringe dich um ...»
Der Morgenrock fiel auf. Pamela trug tatsächlich nur wenig darunter. Ungerührt versohlte sie Thomas. Sie kreischte, schlug um sich und biß.
Wie Chantal, dachte er benommen, während das Blut in seinen Schläfen zu rauschen begann, genau wie Chantal ist sie – o Gott!

Plötzlich fiel er über sie. Seine Lippen trafen die ihren. Sie biß. Dann öffneten sich ihre Lippen und wurden weich. Ihre Arme schlangen sich um ihn. Und beide versanken in der betäubenden Süße ihres ersten Kusses. Der Raum verschwamm vor Thomas Lievens Augen, die Zeit verlor ihren Sinn.

Als er wieder zu sich kam, sah er in zwei Augen voller Liebe. Pamela flüsterte: «Ich war so eifersüchtig – so fürchterlich eifersüchtig auf deine Russin ...»

Plötzlich fiel Thomas etwas an Pamelas Oberarm auf. Er sah die kreisrunden, hellen Stellen einer Impfung. Er wurde bleich. Und sagte lallend: «Impfen ...»

Pamela, im Begriff, ihn zu küssen, erstarrte. «Was ist los?»

«Impfen», wiederholte er blödsinnig. – «Bist du verrückt geworden?»

Er sah sie völlig abwesend an: «Goldfuß weiß, daß er in Gefahr ist. Er wird versuchen, Amerika zu verlassen und nach Rußland heimzukehren. Jeder Mensch, der nach Europa fährt, muß sich gegen verschiedene Krankheiten impfen lassen. Das verlangt das Gesetz. Und bei der Impfung muß er dem Arzt seinen Geburtsschein vorlegen, damit er die Nummer notiert ...» Thomas stotterte plötzlich vor Aufregung: «Den Geburtsschein, nicht den Paß ... Sein falscher Paß ist ein echter falscher Paß – aber ob sein falscher Geburtsschein auch echt falsch ist?»

Pamela wurde blaß: «Er ist verrückt geworden – ganz und gar verrückt.»

«Mitnichten! Wenn Goldfuß nämlich – geb's Gott – einen *falschen* falschen Geburtsschein vorgelegt hat, dann können wir ihm *endlich* eine strafbare Handlung vorwerfen – und ihn hochnehmen – und seine Wohnung durchsuchen ...»

«Thomas!»

«Stör mich jetzt nicht. Wie viele Ärzte gibt es in New York?»

«Herrgott, was weiß denn ich? Mindestens zehntausend!»

«Egal», sagte Thomas Lieven, während Pamela Faber ihn entgeistert anstarrte. Er schlug auf das Bett. «Und wenn alle Agenten des FBI eingesetzt werden müssen! Und wenn alle wirklich verrückt werden dabei! Wir müssen es versuchen!»

## 10

Am Abend des 19. Juni 1957 gab es im Stadtgebiet von New York Alarm für 277 Mitarbeiter des FBI. Sie erhielten den Auftrag, schnellstens die insgesamt 13 810 Ärzte aufzusuchen, die in der Zehnmillionenstadt arbeiteten.

Jeder der 277 Mitarbeiter führte die Fotografie eines Mannes von etwa 45 Jahren mit sich, der ein geistreiches, skeptisches Gesicht, große Ohren und schmale Lippen besaß und eine Brille trug.
Vom Abend des 19. Juni 1957 an stellten 277 Männer anhand von 277 Fotos ungezählte Male die gleichen Fragen: «Doktor, kennen Sie diesen Mann? Gehört er zu Ihren Patienten? Haben Sie ihn vielleicht in letzter Zeit geimpft?»
Auch den ganzen 20. Juni 1957 hindurch wurden diese Fragen gestellt.
Im Luxushotel «Waldorf-Astoria» saß derweilen ein gewisser Peter Scheuner, deutscher Exportkaufmann, wie auf Kohlen. Von Zeit zu Zeit klingelte das Telefon. Es waren Leute vom FBI, die Thomas verschlüsselt mitteilten, daß die Operation weiterhin erfolglos verlief. Seufzend legte Thomas jedesmal wieder den Hörer in die Gabel.
Dieser Zustand änderte sich schlagartig am 21. Juni um 16 Uhr 35. Wieder schrillte das Telefon. Eine tiefe Stimme sprach: «Zero.»
Elektrisiert fuhr Thomas hoch. Er sagte nur ein Wort: «Wo?»
Die Stimme antwortete: «3145 Riverside Drive. Doktor Willcox.»
Zwanzig Minuten später stand Thomas Lieven in dem kleinen Ordinationsraum von Dr. Ted Willcox, einem älteren Arzt, der seine Praxis im ärmsten Elendsviertel New Yorks aufgeschlagen hatte.
Dr. Willcox hielt eine Fotografie in der Hand. Er sagte: «Gewiß erinnere ich mich an diesen Mann. Vor allem deshalb, weil so selten gut angezogene Leute zu mir kommen.»
Da hast du also zuletzt doch noch einen Fehler gemacht, du sowjetischer Superagent, dachte Thomas. Möglichst weit von deiner Wohnung entfernt hast du dir einen Arzt ausgesucht. Ich verstehe, warum. Und doch war es verkehrt. Dr. Willcox sprach: «Dieser Herr suchte mich am Nachmittag des 16. Juni auf. Er ließ sich impfen. Ich stellte ihm einen sogenannten ‹Internationalen Seuchenpaß› aus, wie man ihn benötigt, wenn man beispielsweise nach Europa reisen will.» Der alte Arzt humpelte zu seiner Kartei und suchte unter dem Datum des 16. Juni. Dann zog er ein Blatt hervor. «Der Herr heißt Martin Collins. Nach dem Geburtsschein wurde er am 7. Juli 1910 als amerikanischer Bürger im Stadtteil Manhattan geboren. Geburtsscheinnummer: 32027/7/71897.»
Um 17 Uhr 15 zwangen Thomas Lieven und ein stämmiger FBI-Agent zwei Beamte, im Geburtenregisteramt von Manhattan Überstunden zu machen. Nach einer langen Weile kam einer der beiden angeschlurft, blies den Staub von einer vergilbten Register-

karte und knurrte: «Martin Collins ... Collins, Martin – was ist das für ein Quatsch? 32027, Strich, 7, Strich, 71897, sagen Sie?»
«Sage ich, ja», sagte Thomas.
Der Beamte sah auf: «Also hören Sie mal zu, mein Herr. Der Geburtsschein 32027, Strich, 7, Strich, 71897 wurde am 4. Januar 1898 für eine gewisse Emilie Woermann ausgestellt. Und die ist am 6. Januar 1902 im Alter von vier Jahren gestorben. An Lungenentzündung.» Thomas sah den FBI-Mann an. Er sagte leise: «Jetzt haben wir unsern Freund.»

11

An der Tür war eine Messingplatte festgeschraubt. Darauf stand:
EMIL ROBERT GOLDFUSS
Die Tür befand sich im obersten Stockwerk des gewaltigen Mietshausblocks Fulton Street 252. Zwei Männer standen am 21. Juni 1957 um 19 Uhr 06 vor dieser Tür. Der eine zog eine Pistole aus dem Schulterhalfter und entsicherte sie. Der andere zog eine altmodische, goldene Repetieruhr aus der Tasche. «Komisch», sagte Thomas Lieven. «Erst sieben, und ich bin derartig hungrig!» Dann klopfte der FBI-Mann an die Tür, trat zur Seite und hielt die Pistole vor ...
Die Tür ging auf. Ein hagerer Mann in blauem Malerkittel, eine Palette in der Hand, stand in ihrem Rahmen. Er lächelte gewinnend, strahlte Sympathie und Klugheit aus. Auf die Pistole des FBI-Agenten blickend, sagte er: «Was soll das, mein Herr? Ist das ein Scherz? Eine Reklame? Eine Präsent?»
«Mr. Goldfuß oder Mark oder Collins», sagte der FBI-Agent, «oder wie immer Sie sich nennen wollen – Sie sind verhaftet.»
«Verhaftet von wem?»
«Vom FBI.»
Der Maler sprach freundlich: «Sie können mich nicht verhaften, mein lieber Herr. Ich habe keine strafbare Handlung begangen, und Sie haben auch keinen Haftbefehl.»
«Doch, doch, Mr. Goldfuß, wir haben», sagte Thomas und trat näher. Auch er lächelte gewinnend.
«Wer sind Sie?»
«Ein Freund des Hauses», antwortete Thomas. «Des FBI-Hauses meine ich. Sehen Sie, Mr. Goldfuß, für Sie lag seit Tagen ein Haftbefehl vor. Wir mußten nur noch einen hübschen Verhaftungsgrund finden und ihn einsetzen. Gestern haben wir einen sehr hübschen gefunden, einen falschen Geburtsschein ...»

Aus dem Stockwerk unter dem Atelier kamen plötzlich zwei Männer herauf, weitere zwei Männer kamen vom Dachboden herab.

Thomas sagte: «Wir haben diese lieben Freunde mitgebracht, weil wir natürlich wissen, daß Sie nicht nur ein charmanter Geburtsscheinfälscher sind.»

«Sondern?»

«Sondern vermutlich der beste Agent, den die Sowjets jemals besaßen. Und ich mache nie übertriebene Komplimente», sagte Thomas Lieven lächelnd.

Mr. Goldfuß erwiderte dieses Lächeln. Die beiden Herren sahen einander schweigend an. Der Blick hielt ...

Die Atelierwohnung wurde sogleich durchsucht. Die Männer des FBI fanden den Geburtsschein auf den Namen Martin Collins, Papiere auf den Namen Goldfuß, 3545 Dollar in bar, eine Schiffspassage nach Europa auf den Namen Collins, gebucht für den 1. Juli 1957, und einen starken Kurzwellensender des Typs «Hallicrafter», der völlig offen zwischen zwei Gemälden stand.

Die Männer des FBI halfen Mr. Goldfuß beim Packen eines kleinen Koffers. Dabei beobachtete Thomas, daß Mr. Goldfuß ein paar offensichtlich benutzte Papiertaschentücher fortwarf. Thomas nahm die zusammengeknüllten Tücher wieder aus dem Papierkorb. Leichenblaß wurde plötzlich Mr. Goldfuß. Thomas Lieven öffnete die Taschentücher behutsam. Kleine dunkle Punkte, unscheinbar wie Fliegendreck, befanden sich darauf.

«Hm», machte Thomas. Zwanzig Jahre lang von Geheimdiensten der verschiedensten Länder sowohl ausgebildet wie am Leben bedroht, hatten ihn hellwach werden lassen. Das war kein Fliegendreck ...

Zwei Tage später hatte Amerika eine Sensation. Der gefährlichste russische Agent aller Zeiten war dingfest gemacht worden. Mikrofilme, die er in alten Papiertaschentüchern versteckt hatte, verrieten seinen komplizierten Codeschlüssel, seinen wahren Namen, seine wahre Geschichte.

Oberst im sowjetischen Geheimdienst war dieser Mann, der zehn Jahre lang ungestört und unbeargwöhnt in den Staaten hatte spionieren können. Und er hieß: Rudolf Iwanowitsch Abel.

Am Abend des 23. Juni 1957 tickten Fernschreiber die Meldung über seine Verhaftung und Bedeutung an Zeitungsredaktionen auf fünf Kontinenten und in alle Welt hinaus. Und auch in den folgenden Tagen und Wochen machten die Taten des Obersten

Rudolf Iwanowitsch Abel Schlagzeilen. Viel über ihn erfuhr die Welt, jedoch bei weitem nicht alles. Zum Beispiel erfuhr sie niemals etwas von jenem Mittagessen, zu welchem sich ein heiterer Herr und zwei ernste Herren niedersetzten. Das war am 17. August 1957 in einem gemütlichen Blockhaus auf den idyllischen, bewaldeten Hängen des Staates Maryland ...

«Meine Herren», sprach Thomas Lieven heiter, «warum sind Sie so ernst?» Er sah Edgar Hoover an, den Chef der amerikanischen Bundeskriminalpolizei. Er sah den braungebrannten, 40jährigen James B. Donovan an, dessen Haar bereits völlig weiß leuchtete. Donovan war Verteidiger des Meisterspions Abel in dem bevorstehenden Prozeß.

Thomas kam aus der Küche. Er trug ein Tablett mit einem großen Tiegel und allerlei Utensilien. Während er das Tablett abstellte und einen Spirituskocher in Gang setzte, der neben der gedeckten Tafel auf einem kleinen Tischchen stand, beantwortete er seine Frage selbst: «Nun wohl! Sie sind wahrscheinlich so ernst, weil Sie sich an jene Zeit im Kriege erinnern, da Sie sich als Chefs von zwei konkurrierenden Spionage-Unternehmen dauernd in die Wolle bekamen, wie?»

Er schien ins Schwarze getroffen zu haben. Hoover grunzte, Donovan räusperte sich ärgerlich. In der Tat war der Strafverteidiger im Krieg Offizier in Geheimer Mission des berühmten «OSS», des «Office for Strategie Services», gewesen. Bei verschiedenen Aktionen waren er und seine Leute mit Leuten von Hoovers FBI kollidiert.

Thomas setzte den Tiegel auf den Spirituskocher und blieb heiter. «Nehmen Sie Platz, meine Herren! In weiser Voraussicht Ihrer Gemütsverfassung habe ich mir erlaubt, ein Vorgericht zu erfinden und zuzubereiten, das die Nerven beruhigt, den Geist beschwingt, die Laune hebt.»

Thomas bewegte den Tiegel über der Flamme. Im Tiegel befanden sich kleine Kalbsnierenwürfel, leicht angebraten. «Möge uns diese Speise unserm Ziel näherbringen.»

«Was ist das für ein Ziel?» knurrte Donovan mißtrauisch.

Kognak über die Niere gießend, antwortete Thomas bedächtig: «Ihrem Mandanten und den Vereinigten Staaten von Amerika zu helfen.»

Hoover sah Donovan an. «Abel kommt auf den elektrischen Stuhl, das ist klar. Wir haben mehr als genug Beweismaterial gegen ihn.»

Donovan zuckte die Schultern. «Da bin ich aber gespannt, wie Sie beweisen wollen, daß mein Mandant ein Sowjetspion ist.»

Menu · Maryland, 17. August 1957

*Kalbsnieren in Champagner*
*Gespickter Zander*
*Ananas-Speise*

---

Lievens Champagner-Niere betäubt selbst «hohe Tiere» ...

Kalbsnieren in Champagner: Man nehme zwei von Fett und Haut befreite Kalbsnieren, schneide sie in Würfel, brate sie drei Minuten in sehr heißer Butter an, pfeffere und salze. – Man bringe die Kasserolle auf einem Spiritus-Rechaud zu Tisch, gieße ein Gläschen Kognak über die Nieren, zünde an, lösche mit Champagner ab. – Man füge 100 g geschnittene, in Butter gedünstete Champignons und einen Eßlöffel gehackte Petersilie hinzu, lasse alles heiß werden, aber nicht kochen. – Man fülle Nieren und Sauce in Tortelettes aus ungesüßtem Mürbe- oder Blätterteig.

Gespickter Zander: Man reibe den gereinigten Fisch mit Pfeffer und Salz ein, beträufle ihn mit Zitronensaft und lasse ihn eine Stunde stehen. – Dann trockne man ihn gut ab, spicke ihn auf beiden Seiten mit feinen Streifchen von fettem Speck, lege ihn mit dem Rücken nach oben in eine feuerfeste Form, begieße ihn mit brauner Butter, schiebe ihn in den vorgeheizten Bratofen. – Ohne umzuwenden, brate man etwa eine halbe Stunde unter fleißigem Begießen, gebe allmählich sauren Rahm, mit einem halben Kaffeelöffel Maizena verrührt, dazu. – Man serviere den Zander in der Bratform.

Ananas-Speise: Man lege eine große, flache Glasschale dicht mit Löffelbiskuits aus, tränke diese mit Ananassaft, bedecke sie mit einer dicken Schicht schwachgesüßter Schlagsahne. – Man belege die Oberfläche mit einem dichten Muster von Ananasstückchen und eingemachten Sauerkirschen und serviere die Speise eisgekühlt.

---

Thomas schüttelte den Kopf. «Ein Elend. Eine solche Verschwendung von einmaligem Talent. Ein Jammer. Wirklich ein Jammer!»
«Was?»
«Zu denken, daß ein Mensch wie Abel auf dem Stuhl verschmoren soll.»
«Wenn Sie freundlicherweise vor dem Essen ein bißchen taktvoller sein wollten, Mr. Scheuner.»
«O pardon! Aber mir blutet wirklich das Herz. Abel ist nicht nur begabt, er ist ein *Genie!*»
«Nanana ...»
«Was heißt nanana? Darf ich Sie daran erinnern, Mr. Donovan, daß Sie als OSS-Agent während des Krieges in der Schweiz zu arbeiten versuchten? Schon nach sechs Monaten hatten die Schweizer das spitz und feuerten Sie hinaus. Und Abel? Zehn Jahre hat er in den Staaten gearbeitet, ohne entdeckt zu werden!»

«Halten Sie mal die Luft an.» Donovan sah von Thomas zu Hoover. «Ihr wollt doch was. Offiziell könnt ihr es mir offensichtlich nicht vorschlagen. Also kommt ihr hintenherum. Raus mit der Sprache, was ist es!»
«Und nun der Champagner», sagte Thomas Lieven und goß Sekt in den erhitzten Tiegel. Sofort begann sich ein außerordentlich prickelnder und vielversprechender Wohlgeruch zu verbreiten.
«Aaaahhh», machte Hoover und lehnte sich zurück. Sogar Donovans nervöses Gesicht entspannte sich, er lächelte kurz.
«Sehen Sie», sagte Thomas, «es wirkt schon.» Er arbeitete weiter und redete wie nebenbei: «Der FBI hält die schwerwiegendsten Beweisstücke gegen Abel zurück. Abel wird *nicht* zum Tode verurteilt.»
«Sondern?»
«Bitte?» Thomas hob tadelnd die Augenbrauen. «Mr. Donovan, ich muß mich über Sie wundern! Was heißt: sondern? Sie könnten Ihrem Mandanten ruhig das bißchen Leben gönnen.»
«Drehen Sie mir nicht die Worte im Munde um! Mr. Hoover war es, der sagte, daß Abel auf den elektrischen Stuhl kommen müsse!»
«Von Rechts wegen ja», dozierte Thomas, indessen er die delikate Vorspeise verteilte. «Aber wenn der FBI nun seine eigenen Pläne mit Ihrem Mandanten hätte ...»
«Was dann?»
«Dann gäbe es natürlich noch andere Urteilsmöglichkeiten. Lebenslänglich zum Beispiel. Dreißig Jahre Zuchthaus. Zwanzig. Zehn ...»
«Was ist mit dem Belastungsmaterial, von dem Mr. Hoover sprach?»
«Belastungsmaterial kann man zurückhalten. Wenigstens einen Teil davon. Den schlimmeren Teil. Essen Sie, Mr. Donovan, essen Sie um Himmels willen, Ihre Niere wird ja kalt.»
Der weißhaarige Verteidiger begann mechanisch zu essen. Er sah Thomas mit zusammengekniffenen Augen an. Kauend sprach Donovan: «Und was hätten Sie davon, wenn Sie ...» Er verschluckte sich und mußte husten. Thomas klopfte ihm hilfreich auf den Rücken.
«Sehen Sie, sehen Sie. Ich wollte es Ihnen gleich sagen, aber es fehlte mir der Mut. Ich dachte, es sei ungehörig, einen so großen Mann wie Sie darauf hinzuweisen.»
«Wo-worauf?» ächzte Donovan echauffiert und rang nach Luft.
«Daß man mit vollem Mund nicht sprechen soll», antwortete unser Freund schlicht. «Ich glaube, jetzt geht es wieder.»

James B. Donovan legte sein Besteck fort. Er hatte auf einmal keine Lippen mehr. Seine Stimme klang so, wie ein Eiszapfen klingen würde, wenn er sprechen könnte, was er nicht kann: «Lassen wir dieses Katz-und-Maus-Spiel. Ich frage: Was hätte der FBI davon, wenn er das schwerste Belastungsmaterial zurückhielte und damit das Leben Abels rettete?»
Thomas sah Hoover an. «Wollen *Sie* nicht die Frage beantworten, Sir?»
Hoover brummte etwas Unverständliches und neigte sich über seinen Teller.
«So ist es richtig», sagte Thomas. «Immer läßt man mich die peinlichsten Fragen beantworten, das habe ich gerne. Also schön, Mr. Donovan. Der FBI hätte davon mit großer Wahrscheinlichkeit die Chance, früher oder später das Leben eines amerikanischen Agenten zu retten.»
«Eines amerikanischen Agenten?»
«Mr. Donovan, es ist mir wirklich wahnsinnig unangenehm, derart in den Interna des amerikanischen Geheimdienstes herumzustochern – aber Sie selber waren doch einmal bei diesem Verein, nicht wahr? Und damals, gegen Ende des Krieges, haben Sie doch mitgeholfen, die Abwehr gegen die Sowjetunion auszubauen. Oder etwa nicht?»
James B. Donovan schwieg.
«Ich mache Ihnen keinen Vorwurf daraus», sagte Thomas mit einem Augenzwinkern. «Es war schließlich Ihre Aufgabe. Nun ja ... Wer könnte es da paradox finden, daß ausgerechnet Sie heute einen Sowjetspion verteidigen?»
«Als Pflichtverteidiger. Das Gericht möchte damit seine Objektivität beweisen.»
«Bitte, bitte, es sollte kein Vorwurf sein!» meinte Thomas nachsichtig.
«Ich nehme an, jedes Land hat seinen Nachrichtendienst», sagte Donovan leicht beleidigt.
«Man darf sich nur nie erwischen lassen», knurrte Hoover undeutlich, über seinen Teller gebeugt.
«Eben», sagte Thomas. «Allerdings sehe ich vor meinem geistigen Auge bereits – es ist dies eine reine Frage der Wahrscheinlichkeitsrechnung – den Tag voraus, an dem die Sowjets einen amerikanischen Agenten erwischen. Könnte doch schließlich vorkommen, oder? Nehmen Sie doch noch ein bißchen Niere, meine Herren.» Er servierte elegant. «Zum Beispiel ist mir zu Ohren gekommen, daß der Geheimdienst seit Jahren Spezialmaschinen zu Flügen

losschickt, die über einem Land nicht nur die Wolken fotografieren.»
«Das ist natürlich ein völlig unsinniges Gerücht», sagte Edgar Hoover, ohne den Kopf zu heben.
«Natürlich, natürlich», sagte Thomas sanft. Donovan hörte plötzlich sehr aufmerksam zu. «Die sowjetischen Proteste über Verletzungen russischen Luftraums entbehren natürlich auch jeder Grundlage.»
Hoover sah auf und blinzelte mit einem Auge. «Es handelte sich stets um Wettererkundigungsmaschinen, die zufällig von ihrem Kurs abgekommen waren.»
«Na klar. Aber was geschähe nun, wenn einer jener – hrm – Wetterpiloten zufällig abgeschossen würde?» erkundigte sich Thomas.
Donovan sagte langsam: «Diese Wettermaschinen kenne ich. Sie können von der Fliegerabwehr niemals abgeschossen werden, sie fliegen viel zu hoch.»
«Was nicht ist, kann noch werden. Außerdem gibt es, höre ich, seit einiger Zeit sehr präzise Raketen. Wenn eine solche Rakete nun einen solchen amerikanischen Wetterpiloten vom Sowjethimmel holt, und er überlebt dies und wird vor Gericht gestellt, und es handelt sich um einen Wetterpiloten, den Mr. Hoover gern wiedersehen würde ... wäre es da nicht ein Jammer, wenn Mr. Abel dann schon das Zeitliche gesegnet hätte? Mit einer Leiche kann man keinen Handel treiben, meine Herren!»
«Wirklich, Mr. Scheuner», sagte Edgar Hoover mit erstickter Stimme, «Ihr Zynismus geht zu weit.»
«Pardon, meine Herren. Ich sprach ja nur von einer Möglichkeit. Eine pure Hypothese ...»
Sehr langsam sagte der Anwalt: «Und wenn nun keiner unserer Wetterpiloten abgeschossen wird?»
«Sehen Sie», sagte Thomas freundlich, «jetzt verstehen wir uns endlich, Mr. Donovan. Ich könnte mir gut vorstellen, daß Mr. Abel sich dann aus purer Dankbarkeit entschließen würde, die Fronten zu wechseln und für den amerikanischen Geheimdienst zu arbeiten.»
James B. Donovan fixierte Edgar Hoover: «Ist das auch Ihre Ansicht?»
«Sie haben Mr. Scheuner gehört. Ich habe nichts hinzuzufügen.»
Das Gesicht des Anwalts lief tiefrot an. «Wofür halten Sie mich eigentlich, Mr. Scheuner? Wofür halten Sie meinen Mandanten? Soll das ein Wink mit dem Zaunpfahl sein?»

«Das», sagte Thomas bescheiden, «ist ein Gebilde meiner Phantasie, Mr. Donovan, und sonst gar nichts.»
«Auf so etwas wird mein Mandant *niemals* eingehen!» rief James B. Donovan.

12

Am 24. August 1957 erschien ein gewisser Peter Scheuner beim Direktor des New Yorker Untersuchungsgefängnisses. Er hatte von höchster Stelle die Erlaubnis, unter vier Augen mit Rudolf Iwanowitsch Abel zu sprechen. Der Direktor persönlich geleitete diese offenbar «Very Important Person» durch endlose Gänge zum Sprechzimmer. Dabei berichtete er, daß der Sowjetspion sich bereits der Sympathien des ganzen Hauses erfreue: «Die Roten werden sonst in Gefängnissen sehr schlecht von ihren Mithäftlingen behandelt. Aber nicht dieser Abel!» Der Direktor verdrehte die Augen. «Ich sage Ihnen: absoluter Liebling von jedermann! Er hat für die Häftlinge musiziert, ihnen Kabarett vorgespielt, er hat ein neues Verständigungssystem eingerichtet ...»
«Was hat er?»
Der Direktor lachte verlegen. «Na, Sie wissen doch, wie die Häftlinge miteinander verkehren, wenn sie in den Zellen sitzen.»
«Das gute, alte Klopfsystem», sagte Thomas, in sentimentale Erinnerung an eigene Zuchthauserlebnisse versinkend.
«Abel hat unseren Gefangenen ein neues, besseres System erklärt, das hundertmal so schnell funktioniert!»
«Und zwar wie?»
«Das will ich nicht unbedingt verraten. Ich sage nur: über die Lichtleitung!»
«Donnerwetter!» Thomas hob die Brauen. Er dachte: Die besten Geschäftspartner trifft man im Leben immer erst, wenn man mit ihnen absolut nichts mehr anfangen kann.
Sie hatten das Sprechzimmer erreicht. Thomas trat ein. Hinter einer feinmaschigen Drahtwand stand, in einem eleganten Zivilanzug, Rudolf Iwanowitsch Abel. Er sah seinem Besucher ernst entgegen. Der Direktor gab den Justizbeamten im Raum einen Wink. Sie zogen sich mit ihm zurück. Die schweren Eisentüren schlossen sich.
Durch eine Drahtwand getrennt, standen Thomas Lieven und der Sowjetspion Abel einander gegenüber. Lange blickten sie einander stumm an. Es war sehr still im Raum. Dann begann Thomas Lieven zu sprechen ...

Wir wissen nicht, was er sagte. Wir wissen nicht, was Abel antwortete. Abel hat darüber niemals gesprochen, und Thomas hat darüber niemals gesprochen. Die Unterredung dauerte 49 Minuten.

Am 26. September 1957 begann der Prozeß gegen Rudolf Iwanowitsch Abel. Den Vorsitz führte Seine Ehren Richter Mortimer Byers. Die Verhandlung war hauptsächlich öffentlich.

Mit einem Trick hatte Abel sich des Beistandes eines der besten Anwälte Amerikas versichert. Als man ihn aufforderte, einen Verteidiger zu wählen, erklärte er: «Ich habe kein Geld. Die 3545 Dollar, die bei mir gefunden wurden, gehören mir nicht. Ich kann auch nicht erwarten, daß man mich umsonst verteidigt. Ich bitte daher das Gericht, mir einen Anwalt zu stellen.»

In einem Rechtsstaat wie Amerika bedeutet das nun, daß die Behörden einen Anwalt bestellen mußten, der in keiner Weise kommunistischer Sympathien verdächtigt werden konnte und der ein As auf dem Gebiet der Strafverteidigung war – eben einen Mann wie James B. Donovan!

Der Prozeß entwickelte sich zu einem Unikum. Der Angeklagte durfte sich im Gerichtsgebäude frei bewegen, in der Kantine mit den Geschworenen essen und mit Reportern reden. Auf der andern Seite ordnete Richter Byers an: «Keiner der 38 Zeugen soll vor seiner Aussage den Verhandlungssaal betreten, um den ganzen Prozeß zu verfolgen.»

Das hatten die meisten dieser 38 Zeugen auch gar nicht nötig, denn vom Nachmittag des ersten Verhandlungstages an konnten sie minutiös in den Zeitungen lesen, was sich im Verhandlungssaal zugetragen hatte ...

Aus Sicherheitsgründen war angeordnet worden, daß FBI-Agenten und andere gefährdete Personen nur mit verdecktem Gesicht in den Zeugenstand treten durften. Sie trugen Kapuzen mit kleinen Löchern vor Mund und Augen und wirkten wie Ku-Klux-Klan-Delegierte.

Auch Thomas Lieven erschien mit einer derartigen Kopfbedekkung. Auf der Brust trug er, wie alle vermummten Zeugen, eine Nummer. Auszugsweise liest sich sein Verhör im stenographischen Protokoll so:

BYERS: Nummer 17, Sie waren anwesend, als Mr. Abel verhaftet wurde. Schildern Sie sein Verhalten.»

NUMMER 17: «Mr. Abel war sehr gelassen. Nur während der Hausdurchsuchung wurde er hysterisch.»

BYERS: «Weshalb?»

NUMMER 17: «Weil in der Wohnung nebenan ein Radio losplärrte. Elvis Presley sang. Mr. Abel preßte beide Fäuste gegen die Ohren. Er rief wörtlich: ‹Das ist das reinste Nervengift! Dieser Bursche ist der Hauptgrund dafür, warum ich nach Rußland zurückkehren will!›»
Gelächter.
BYERS: «Ich bitte mir absolute Ruhe aus! Nummer 17, Sie haben mit Hausbewohnern gesprochen. Welchen Eindruck hatten diese von Mr. Abel?»
NUMMER 17: «Den denkbar besten. Sie hielten ihn allesamt für eine Seele von einem Menschen. Viele von ihnen hatte er im Lauf der Zeit porträtiert – auch Beamte des FBI-Büros, das sich im Gebäude befand.»
Unruhe.
BYERS: «Er hat FBI-Beamte gemalt?»
NUMMER 17: «Ein halbes Dutzend. Und sehr begabt, Euer Ehren.»
BYERS: «Aus den Akten geht hervor, daß Abel den Kurzwellensender, den er benutzte, völlig offen im Atelier stehen ließ.»
NUMMER 17: «Das ist so, Euer Ehren.»
BYERS: «Fiel das den FBI-Agenten nicht auf?»
NUMMER 17: «Doch. Manche ließen sich das Gerät genau erklären. Sie hielten Abel für einen Amateurfunker. Einmal begann der Apparat sogar zu arbeiten, während Abel einen FBI-Agenten malte. Abel funkte kurz zurück. Der Apparat verstummte. Der FBI-Agent fragte: ‹Wer war denn das?› – Abel antwortete: ‹Was glauben Sie denn, wer das war? Moskau natürlich!›»
Lautes Gelächter.
BYERS: «Wenn sich eine solche Szene wiederholt, lasse ich den Saal räumen! Nummer 17, Sie waren es, der eine Reihe von alten Papiertaschentüchern sicherstellte, in denen Abel winzige Mikrofilme verborgen hatte. Einer dieser Filmpunkte enthielt den Dechiffrierschlüssel für einen komplizierten Code. Ist es Ihnen gelungen, die Nachricht zu entschlüsseln, die der Angeklagte unmittelbar vor seiner Verhaftung in Form vieler vierstelliger Zahlengruppen niedergeschrieben hatte?»
NUMMER 17: «Es ist mir gelungen, Euer Ehren.»
BYERS: «Was war das für eine Botschaft?»
NUMMER 17 (liest von einem Zettel ab): «Wir beglückwünschen Sie zu Ihren herrlichen Kaninchen. Vergessen Sie nicht, sich mit der Beethoven-Partitur zu beschäftigen. Rauchen Sie Ihre Pfeife, aber halten Sie das rote Buch in der rechten Hand.»

BYERS: «Das ist doch nicht der Klartext!»
NUMMER 17: «Natürlich nicht, Euer Ehren. Das ist der entschlüsselte Zifferncode. Abel scheint alle seine Botschaften zweimal verschlüsselt zu haben.»
BYERS: «Und der Schlüssel für den zweiten Code?»
NUMMER 17: «Wurde leider niemals entdeckt, Euer Ehren.»
Großes Gelächter. Unruhe. Richter Byers läßt den Saal räumen. Verhandlung unterbrochen um 11 Uhr 34 ...
Der Prozeß dauerte fast vier Wochen. Dann war die Reihe an den Geschworenen, ihren Schuldspruch zu fällen. Stundenlang berieten sie. Immer unruhiger wurden Zuschauer und Reporter. Was gab es da noch stundenlang zu beraten?
Erst um 19 Uhr 45 am 23. Oktober kehrten die Geschworenen in den Saal zurück. Totenstill wurde es. Alle Anwesenden hatten sich erhoben, als Richter Byers fragte: «Nun, Herr Obmann, haben Sie Ihren Wahrspruch gefällt?»
«Ja, Euer Ehren.»
«Wie lautet er?»
«Unser einstimmiger Wahrspruch lautet: Der Angeklagte ist schuldig im Sinne der Anklage.»
Nicht ein Muskel zuckte in Rudolf Iwanowitsch Abels Gesicht.
Am 15. November erging das Urteil: 30 Jahre Zuchthaus und 2000 Dollar Buße.
30 Jahre und 2000 Dollar Buße für den größten russischen Spion aller Zeiten? Wie war so etwas möglich? Ein ganzes Land stand Kopf – aber nur ein paar Tage lang. Dann geriet die Affäre Abel, wie alles im Leben, in Vergessenheit ...
Seltsames Spiel des Zufalls!
Zur Zeit, da diese Zeilen in Druck gehen – Sommer 1960 – hat die Weltgeschichte uns sozusagen eingeholt und die Prognosen unseres Freundes Thomas Lieven bereits Wirklichkeit werden lassen. Wir hoffen, daß der geneigte Leser einen kurzen Zeitsprung in die unmittelbare Gegenwart hinein verzeiht. Wir müssen ihn wagen, sonst wäre die Geschichte des Falles Abel unvollständig.
Am 1. Mai 1960 geriet nahe der sowjetischen Stadt Swerdlowsk ein amerikanisches Aufklärungsflugzeug vom Typ U-2 in die Hände der Sowjets. «Amerikanisches Flugzeug von russischer Rakete abgeschossen ...» stand in allen Zeitungen zu lesen. Der Pilot der Maschine hörte auf den Namen Francis G. Powers, war 30 Jahre alt, verheiratet, Bürger des amerikanischen Bundesstaates Virginia. Der Zwischenfall ereignete sich in einer Zeit politischer Hochspannung, unmittelbar vor Beginn der sogenannten «Pariser

Gipfelkonferenz», an welcher Eisenhower, Chruschtschow, Macmillan und de Gaulle über den Frieden der Welt beraten wollten. Er diente den Sowjets als Vorwand, die Konferenz noch vor ihrem Beginn auffliegen zu lassen.
Der Pilot wurde in Moskau vor ein Militärgericht gestellt. Die Sowjets inszenierten einen großen Propagandacoup. Der Generalstaatsanwalt Rudenko – einstmals sowjetischer Ankläger im Nürnberger Prozeß – erklärte in seinem Plädoyer: «Hier steht nicht allein der Flieger Powers vor Gericht, sondern auch die amerikanische Regierung, der wahre Inspirator und Organisator dieses ungeheuerlichen Verbrechens.»
Obgleich er das Verbrechen ungeheuerlich nannte, wurde der Staatsanwalt am Schluß seines Plädoyers von Milde ergriffen: «Ich stelle die Reue des Angeklagten in Rechnung und bestehe nicht auf der Todesstrafe.» Fünfzehn Jahre Freiheitsentzug forderte Rudenko. Das Gericht bemaß die Strafe noch milder: Der Pilot erhielt zehn Jahre Freiheitsentzug ...
Der zu dreißig Jahren Zuchthaus verurteilte Sowjetspion Abel ließ in der Sowjetunion eine Frau, eine verheiratete Tochter und einen kleinen Sohn zurück. Sie durften an dem Prozeß gegen ihn nicht teilnehmen. Die Frau des Piloten Powers hingegen, seine Eltern und seine Schwiegermutter erhielten von den Sowjets Einreisegenehmigungen und wohnten dem Prozeß gegen den abgeschossenen US-Flieger auf Logenplätzen des Moskauer Gerichtssaals bei.
Oliver Powers, der Vater des Angeklagten, ein biederer Schuhmacher, erklärte Journalisten: «Ich hoffe, daß Chruschtschow meinen armen Jungen begnadigen wird. Er hat schließlich selbst einen Sohn im Krieg gegen die Deutschen verloren, in dem unsere Soldaten Seite an Seite mit den Russen gekämpft haben. Und wenn er ihn schon nicht begnadigen kann, dann gibt es vielleicht die Möglichkeit, ihn gegen einen sowjetischen Spion auszutauschen, der in den Staaten gefangen wurde. Ich denke da an den Agenten Abel ...»
Und was wird nun geschehen?
Tja, was wohl?

## 13

Wir hoffen, wie gesagt, daß der geneigte Leser uns den kurzen Zeitsprung in die unmittelbare Gegenwart verzeihen wird. Aber kehren wir schleunigst zurück zum Herbst des Jahres 1957. Und da müssen wir uns gleich noch einmal entschuldigen. Wir hoffen, daß auch das «Federal Bureau of Investigation» uns verzeiht, wenn wir nunmehr von der «Harper Clinic» berichten, die – so weit wollen wir dem FBI entgegenkommen – natürlich nicht «Harper Clinic» heißt. Wir verraten auch nicht, wo sie sich befindet. Aber sie existiert, wir wissen wo, und wir wissen auch, unter welchem richtigen Namen.

Am 23. Oktober 1957 wurde Sowjetspion Abel schuldig gesprochen. Am 25. Oktober betraten zwei Besucher Edgar Hoovers Arbeitszimmer in seinem Amtssitz zu Washington: Thomas Lieven und Pamela Faber.

Die schöne junge Frau mit dem blauschwarzen Haar und dem großen, leuchtend roten Mund sah Thomas Lieven immer wieder verliebt von der Seite an.

Hoover war guter Laune; er begrüßte die beiden herzlich.

«Und was kann ich für Sie tun?» fragte er.

«Sie können Ihr Versprechen einlösen», sagte Thomas freundlich. «Sie erinnern sich, daß ich seinerzeit um die Vergünstigung bat, nach Beendigung meiner Mission sterben zu dürfen.»

«Ich erinnere mich», sagte Hoover langsam.

«Na also», rief Pamela fröhlich, «und jetzt ist es soweit! Wir wollen danach möglichst schnell heiraten.»

Hoover biß sich auf die Lippe. «Ich stehe ja zu meinem Wort», sagte er. «Aber Sie dürfen sich nicht vorstellen, daß das ein Honiglecken ist, Mr. Lieven. So etwas tut weh, verdammt weh.»

«Was tut man nicht alles für seinen Tod», meinte Thomas. «Außerdem haben Sie in der ‹Harper Clinic› doch erstklassige Spezialisten, wie ich höre.»

(Er sagte nicht Harper.)

«Also gut. Ich arrangiere die Sache mit der Klinik. Sterben Sie schön, und werden Sie glücklich, sehr glücklich mit Pamela. Allerdings: Es kann sein, daß es Wochen dauert, bis Sie tot sind! Wir müssen auf die Leiche warten! Eine Leiche, die Ihnen ähnlich sieht, findet man nicht alle Tage.»

«Mr. Hoover, ich bitte Sie, in einem so großen Land wie Amerika wird sich doch noch etwas Passendes auftreiben lassen», sagte Thomas Lieven.

Schöne Leserin, geistreicher Leser!

Es hilft nichts, wir sind soweit. Wir können auch nicht darum herumreden. Wir müssen es aussprechen. Es ist nicht fein, was wir auszusprechen haben, es ist nicht schön.

Eingedenk unseres Rufes, unserer vielen zartfühlenden Freunde und des guten Geschmacks sagen wir zuvor wenigstens mit allem Ernst: *Nichts* liegt uns ferner, als mit dem bekannten Entsetzen den bekannten Spott zu treiben! *Gerne* würden wir verschweigen, was geschah, aber – es geschah! Es geschah wirklich und wahrhaftig, und wenn wir uns alle auf den Kopf stellen.

Am 27. Oktober traf Thomas Lieven in Begleitung von Pamela Faber in der «Harper Clinic» ein, die weltabgeschieden, von hohen Mauern umschlossen und Tag und Nacht von FBI-Agenten bewacht, irgendwo in den Vereinigten Staaten liegt.

Thomas erhielt ein komfortables Zimmer, dessen Fenster in einen großen Park hinausging. Pamela bekam das Zimmer daneben. Gleich nach der Ankunft besuchte sie ihn. Sie sagten sich zwei Stunden lang guten Tag ...

Zuletzt seufzte Pamela glücklich und müde: «Ach, ist das schön, endlich mit dir allein zu sein!»

«Wenn man uns läßt», meinte er und streichelte sie zärtlich. «Es ist ein komischer Zustand, also wirklich! Wenn ich bedenke: Ich bekomme ein neues Gesicht, neue Papiere, einen neuen Namen, eine neue Nationalität – alles neu. Wer hat schon so ein Glück mit 48 Jahren?» Er küßte sie. «Wie willst du mich denn haben, Süße?»

«Was meinst du?»

«Na ja, schau: Wenn sie jetzt anfangen, an meinem Gesicht herumzuschnipseln, dann kann ich vorher doch bestimmt gewisse Wünsche äußern. Bezüglich der Ohren. Oder der Nase.»

Pamela mußte lachen. «Weißt du, als Kind habe ich so für die Griechen geschwärmt. Ich habe gedacht: Der Mann, den ich einmal heirate, *muß* ein griechisches Profil haben! Glaubst du ... glaubst du ...» Pamela wurde rot. «Es ist ja zu dumm», sagte sie.

«Du meinst eine griechische Nase?» forschte er freundlich. «Wenn's weiter nichts ist! Und meine Ohren sind in Ordnung?»

«Ganz bestimmt, Liebling. Sonst ist überhaupt alles in Ordnung.»

«Bist du sicher? Noch ist Zeit! Es geht bei der Operation in einem Aufwaschen. Die Herren Ärzte hier können sicherlich alles an mir schöner machen – größer – kleiner – wie du es wünschst ...»

«Nein», rief sie hastig, «nein, sonst soll alles genauso bleiben, wie es ist!»

In den folgenden Tagen hatten drei Ärzte alle Hände voll mit Thomas Lieven zu tun. Sie fotografierten ihn, sie maßen seinen Schädel mit großen Zirkeln, sie untersuchten einfach alles an ihm. Dann durfte er nicht mehr rauchen. Dann durfte er nicht mehr trinken. Dann durfte Pamela – dann durfte Thomas überhaupt nichts mehr.

Am 7. November operierten sie ihn. Als er wieder zu sich kam, lag er in seinem Zimmer, und sein Kopf war eingebunden und schmerzte.

Am vierten Tag nach der Operation begann er, sich langsam besser zu fühlen. Die Ärzte wechselten die Verbände. Pamela saß den ganzen Tag an seinem Bett und unterhielt ihn, aber mit lauter ernsten Geschichten; denn wenn Thomas unter seinen Verbänden zu lachen versuchte, tat das immer noch weh.

Ein ungeduldig erwartetes Telegramm traf eines Tages für Mr. Grey – so nannte Thomas sich hier – in der Klinik ein. Der Text lautete:

tante vera glücklich gelandet stop alles liebe edgar

Pamela und Thomas lasen das Telegramm. Pamela stieß einen kleinen, glücklichen Schrei aus und drückte seine Hand: «Sie haben die Leiche gefunden, Liebling, sie haben die passende Leiche gefunden!»

«Jetzt kann nichts mehr schiefgehen», sagte Thomas zufrieden. Aber da irrte er sich! Es ging etwas schief, leider. Am 13. November traf ein besorgter Herr mit schwermütigen Augen und einem Stockschnupfen in der Klinik ein. Er bat Mr. Grey um eine Unterredung unter vier Augen. Allein mit unserem Freund, stellte er sich als John Misaras, Agent des FBI, vor. Der erkältete Misaras brachte triste Nachrichten:

«Mit der Leiche ist etwas Ärgerliches passiert. Wir sind sehr unglücklich darüber, Mr. Grey, glauben Sie mir!» Er nieste donnernd.

«Was ist denn mit der Leiche geschehen?» forschte Thomas beklommen.

«Sie ist nicht mehr da.»

«Wo ist sie denn?»

«In Ankara.»

«Aha», machte Thomas verdutzt.

«Man hat sie begraben.»

«Aha», sagte Thomas zum zweitenmal.

«Sie müssen wissen, es gab an diesem Tag nämlich fünf Leichen. Und zwei davon wurden verwechselt. Die unsere und eine andere. Die andere Leiche haben wir noch. Ein türkischer Diplomat. Aber der sieht Ihnen leider nicht ähnlich. Es ist ein Jammer.»
«Aha», sagte Thomas zum drittenmal.
«Sie verstehen nicht?»
«Zum Wohlsein! – Kein Wort.»
«Wir fanden in Detroit einen Toten ohne Angehörige. Der Mann hätte Ihr Zwillingsbruder sein können! Herzschlag. Wir präparierten ihn entsprechend –»
«Sie präparierten ihn?»
«Ja. Und dann verpackten wir ihn in einem Spezialsarg, um ihn nach Europa zu fliegen. Mein Chef wollte auf sicher gehen. Um nicht die Aufmerksamkeit anderer Agenten zu erregen, ließ er unsere Leiche mit einer Maschine nach Europa fliegen, die noch vier andere Särge an Bord hatte. Eine Chartermaschine. Sie war von der Türkischen Botschaft gemietet worden. Sehen Sie, dieser türkische Diplomat kam mit seiner Familie bei einem Autounfall ums Leben. Mit Frau und zwei großen Kindern. Stand in allen Zeitungen. Auch daß man eine Maschine für die Särge gemietet hatte. So fiel es überhaupt nicht auf, daß wir einen Sarg mehr an Bord brachten. Kein Mensch kümmerte sich darum.»
«Ich verstehe.»
«Leider ist dann in Paris eine Panne passiert. Da sollte *unser* Sarg ausgeladen werden. Die andern vier Särge sollten nach Ankara weiterfliegen. Den Sarg mit unserer Leiche hatten wir natürlich gekennzeichnet. Es schlich sich aber ein Übermittlungsfehler in das Code-Telegramm ein, und unsere Leute in Paris holten daher einen *falschen* Sarg aus der Maschine.»
«O Gott.»
«Ja, es ist sehr peinlich. Der türkische Diplomat lag darin, wir haben es inzwischen festgestellt.»
«Und ... und ... und die Leiche, die mir ähnlich sah?»
«Wurde gestern in Ankara beigesetzt. In einem Familiengrab. Es tut mir wirklich leid, Mr. Grey, aber es ist nichts mehr zu machen. Wir müssen warten, bis wir wieder etwas für Sie finden ...»
Also warteten Thomas und Pamela. Am 19. November traf noch ein Telegramm für Mr. Grey ein:
onkel fred in sicherheit stop alles liebe edgar
«Sie haben wieder eine passende Leiche», flüsterte Pamela.
«Wollen wir bloß die Daumen halten, daß nicht noch einmal etwas schiefgeht», sagte Thomas. Diesmal ging nichts mehr schief.

Die zweite passende Leiche lag zur Zeit, da Thomas und Pamela die Daumen einwärts drehten und drückten, auf dem Operationstisch eines Vertrauensarztes des FBI in Chikago. Der Tote sah Thomas Lieven außerordentlich ähnlich. Nach Fotos von Thomas sorgte der Arzt mit Wasserstoffsuperoxyd, Paraffineinspritzungen und anderen schönen Dingen dafür, daß der Tote Thomas Lieven immer ähnlicher sah. Mitarbeiter des FBI hielten unterdessen Kleidungsstücke und Utensilien bereit, die Thomas gehört hatten, so die goldene Repetieruhr und vier Pässe auf vier verschiedene Namen.

Ein FBI-Agent verfolgte mit Interesse die Arbeit des kosmetischen Chirurgen, der, während er ein wenig flüssiges Paraffin in die Nase des Toten schoß, fragte: «Wer ist denn das?»

«Lucky Campanello», sagte der Agent. «Rauschgift, Erpressung und Mädchenhandel. Paar Kameraden von mir hatten vor zwei Stunden ein Feuergefecht mit ihm. Sie hatten Glück. Er hatte Pech.»

«Ja, das sehe ich», sagte der Arzt und betrachtete die Stelle, an welcher eine Pistolenkugel direkt über dem Herzen in die Brust von Lucky Campanello eingedrungen war.

Dieser Campanello hatte in seinem 47jährigen Erdenleben stets nur Böses getan und vom Bösen gelebt. Niemandem war er zur Freude gewesen, niemand hatte ihn geliebt, viele hatten ihn gehaßt. Er war ohne Verwandte. Und das setzte ihn in die Lage, nach seinem Tode doch noch eine große *positive* Rolle zu spielen – seine erste.

Nachdem der Arzt in Chikago mit ihm fertig war, wurde Lucky in einem Spezialbehälter nach Malta geflogen. Hier ankerte ein amerikanisches Schiff. Der Spezialbehälter wurde schnellstens vom Flugplatz aufs Schiff gebracht. Minuten später lief das Schiff aus.

Um Mitternacht des 20. November schlingerte das Schiff sanft auf der Höhe von Lissabon außerhalb der portugiesischen Hoheitsgewässer. Ein Beiboot wurde zu Wasser gelassen. Drei lebende Herren und ein toter Herr nahmen in ihm Platz. Das Boot drehte auf die Küste zu.

Am frühen Morgen des 21. November 1957 fanden dann spielende Kinder auf dem weißen Strand des Fischerdorfes Cascais vor Lissabon bunte Muscheln, Seesterne, halbtote Fische und einen toten Herrn ...

## EPILOG

### 1

Ja, und wie ging die Geschichte weiter? Wie endet sie? Was ist aus Thomas Lieven und seiner Pamela geworden? Wer hat uns alle seine wüsten Abenteuer erzählt? Wie sind wir überhaupt in die Lage gekommen, über geheime und geheimste Begebenheiten unserer Zeit zu berichten?
Das sind viele Fragen. Wir können sie alle beantworten. Wenn es dazu auch leider nötig ist, daß ein Mann aus dem Schatten tritt, der von Berufs wegen in den Schatten gehört und immer im Schatten zu bleiben hat.
Dieser Mann bin *ich*. Ich, der Autor, der die Abenteuer und Rezepte des Geheimagenten Thomas Lieven für Sie aufgeschrieben hat.

Im Auftrag meines Verlages flog ich im August 1958 nach den USA. Ich sollte einen Monat drüben bleiben. Ich blieb vier. Ich sollte Material für einen Roman sammeln. Der Roman wurde nie geschrieben.
Aber die Geschichte, die Sie eben lesen, wurde geschrieben! Ich kam ihr drüben auf die Spur. Die Spur nahm ihren Ausgang – wie könnte es anders sein – bei einer hinreißend schönen Frau.
Aus guten Gründen kann ich den Namen der Stadt nicht nennen, in der ich diese Frau zum erstenmal sah. Es war milder Mittag im September. Ich hatte Hunger. Ein Reporter-Freund hatte mir ein Feinschmeckerlokal empfohlen. Dorthin wanderte ich nun. Dann sah ich sie ...
Sie ging vor mir. Auf hohen Absätzen. In einem engen, beigefarbenen Kostüm. Sie hatte blauschwarzes Haar. Eine herrliche Figur. Mit Kurven. Wie eine Rennjacht.
Ich ging schneller. Ich überholte die Dame. Sie hatte einen großen, roten Mund, große schwarze Augen, eine schöne Stirn.
Plötzlich war mein Hunger vergessen ...
Meine geliebte Lulu möge mir verzeihen: Sie kennt die Männer und weiß, daß sie alle gleich und nichts wert sind, wenn man sie allein auf Reisen gehen läßt.
Den nächsten Kilometer Boulevard trieb ich mein frevelhaftes Spiel. Mal ging ich vor ihr, mal ließ ich sie vor mir gehen. Je länger ich sie sah, um so besser gefiel mir die Dame. – Verzeih mir, süße Lulu, verzeih mir, du weißt, ich liebe nur dich!

Die Dame merkte natürlich, was mit mir los war. Sie lächelte einmal kurz. Sie war nicht böse. Nette Damen sind nie böse. Sie ging nur etwas schneller. Ich auch.
Dann tauchte das Lokal vor uns auf, das mein Freund mir empfohlen hatte. Und dann geschah etwas Unerwartetes. Die aufregende Dame ging an dem Lokal nicht vorbei. Im Gegenteil: Sie ging hinein.
Also dann nichts wie hinterher, dachte ich und folgte ihr. Und hatte keine Ahnung von dem, was mich jenseits der Restauranttür erwartete!
In der kleinen Garderobe holte ich die wunderschöne Dame ein. Sie stand vor dem Spiegel und ordnete ihr Haar.
«Hallo», sagte ich auf englisch.
Sie lächelte in den Spiegel hinein und sagte ebenfalls «Hallo!»
Ich verneigte mich und nannte meinen Namen. Dann sprach ich diese Worte: «Meine Dame, Sie müssen wissen, daß ich seit Geburt unter einer krankhaften Schüchternheit leide. Niemals zuvor habe ich auch nur im Traum daran gedacht, einen fremden Menschen anzusprechen.»
«In der Tat?» sagte sie und drehte sich um.
«In der Tat. Doch heute, als ich Sie erblickte, da war es denn stärker als ich! Madame, Sie haben mir geholfen, meinen Komplex zu besiegen! Ich danke Ihnen! Das ist ein Grund zum Feiern. Hier soll es eine hinreißend gute Fasanenbrust mit Beilagen geben.»
Sie sah mich ernst an. «Ja, die Fasanenbrust hier ist ausgezeichnet.»
«Also dann – darf ich vorangehen?» Ich ging schon. Sie folgte mir.
Das Lokal war nur mittelgroß, ungemein gemütlich mit antiken Möbeln eingerichtet und bumsvoll. Ein einziger Tisch in der Ecke war noch leer. Eine kleine Tafel stand darauf: RESERVIERT.
Dem herbeieilenden Kellner drückte ich fünf Dollar in die Hand und sagte: «Nett, daß Sie den Tisch so lang für uns zurückbehalten haben.»
Dann half ich der hinreißenden Dame beim Platznehmen. Die Dame sprach: «Wir nehmen zweimal die Fasanenbrust mit Beilagen, Henry. Vorher Krebsschwanz-Suppe. Aber zuerst einen Apéritif. Was halten Sie von einem trockenen Martini, Mr. Simmel?»
Zum Glück habe ich einen großzügigen Verleger, dachte ich. Kinder, Kinder, das wird wieder eine Spesenabrechnung werden!
Ich sagte: «Von einem kleinen Whisky halte ich mehr, wenn's recht ist.»

«Ich auch. Also zwei Doppelte, Henry», sagte die Dame.
«In Ordnung, Chefin», sagte Kellner Henry und verschwand.
«Was war das?» fragte ich. «Hat er Chefin gesagt?»
«Er hat Chefin gesagt.»
«Aber warum?»
«Weil ich hier die Chefin bin.» Sie lachte. «Die fünf Dollar hätten Sie sich sparen können!»
«Ach, wissen Sie, das bezahlt alles mein Verleger.»
«Verleger? Sind Sie Schriftsteller?»
«Manche sagen ja, manche sagen nein, Miß ... äh ...»
«Thompson, Pamela Thompson», sagte sie. Plötzlich betrachtete sie mich mit echtem Interesse. Warum?
Ich sagte: «Plötzlich betrachten Sie mich mit echtem Interesse, Miß Thompson. Warum?»
«Weil Sie Schriftsteller sind, Mr. Simmel. Ich habe eine Vorliebe für Schriftsteller.»
«Wie wundervoll, Miß Thompson!»
Wir wollen's kurz machen, verehrte Damen und Herren: Die Krebsschwanz-Suppe war ausgezeichnet, die Fasanenbrust hinreißend. Ich redete ununterbrochen. Wahnsinnig geistreich, versteht sich. Beim Mokka hatte ich sie soweit. Sie war bereit, mit mir ins Kino zu gehen. «Okay, Mr. Simmel. Lassen Sie mich die Karten besorgen; ich kenne den Kinobesitzer. Die Vorstellung beginnt um halb neun. Wollen Sie mich abholen?»
«Liebend gerne, Miß Thompson.»
«Sagen wir um halb acht? Dann können wir bei mir noch einen Drink nehmen ...»
«Halb acht ist fein.»
Kinder, Kinder, ich mußte ja eine *unheimliche* Wirkung auf Frauen haben! Verflucht, warum ging ich eigentlich nicht zum Film?

2

Zum Friseur ging ich an diesem Nachmittag. Und dann kaufte ich zwei hübsche Orchideen. Und zog meinen feinsten Anzug an. Den dunkelblauen. Und pünktlich um halb acht Uhr läutete ich dann, einen Cellophankarton in der Hand, an einer Wohnungstür; daran war eine Messingtafel befestigt mit der Aufschrift:
THOMPSON
Ich mußte nicht lange warten. Die Tür öffnete sich. Ein Mann stand in ihrem Rahmen. Etwa fünfzig Jahre alt. Schlank, groß, schmales Gesicht, kluge Augen, hohe Stirn, angegraute Schläfen.

Edle griechische Nase. Kleiner Schnurrbart. Was die Damen so lieben ...
«Mr. Simmel, nehme ich an», sagte der Mann. «Treten Sie ein. Ich freue mich sehr, Sie kennenzulernen. Meine Frau hat mir schon von Ihnen erzählt!»
«Ihre ... hrm ... Ihre *Frau?»*
«Meine Frau, ja. Thompson mein Name, Roger Thompson.»
Hinter ihm entstand Bewegung. Pamela, meine süße Pamela, kam in die kleine Halle. Sie trug ein grünes Cocktailkleid mit goldenen Arabesken, sehr tief ausgeschnitten. Sie lächelte strahlend und unschuldsvoll. «Oh, da sind Sie ja! Mein Gott, die wundervollen Orchideen! Ist er nicht reizend, Roger? Übrigens, Sie haben doch hoffentlich nichts dagegen, daß mein Mann mit uns ins Kino geht?»
Meine süße Lulu, die mich genau kennt, hat sich später, als ich ihr die Geschichte erzählte, totgelacht und gesagt: «Bravo. Das gönne ich dir!»
Ich bemitleidete mich selber ungemein an jenem Abend im Kino. Dauernd stieß ich mit den Knien an der Logenwand an. Und mein Sitz war ungemütlich und hart. Und es war heiß. Und Kopfweh verspürte ich auch. Und als ich sah, daß Herr und Frau Thompson Händchen zu halten begannen, sobald die Wochenschau vorüber war, da sagte ich mir: Typischer Fall von versautem Abend.
Aber da täuschte ich mich dann wieder. Ganz enorm!
Denn dieser Abend entwickelte sich, nach dem Kino, zum nettesten, den ich in Amerika erlebte. Wir gingen essen – in das Lokal der Thompsons natürlich. Und *wie* wir aßen, du lieber Gott! Mr. Thompson stellte das Menü zusammen. Er ging selbst in die Küche. Da war ich eine Weile mit Pamela allein.
«Böse?» fragte sie.
«Ach nein.»
«Wissen Sie, ich fand Sie heute mittag so nett – so sympathisch ... Alles, was Sie sagten, gefiel mir ...»
«Was sagte ich denn?»
«Daß Sie gerne gut essen – daß Sie gerne mit schönen Frauen zusammen sind – daß Sie nie wieder eine Uniform anziehen möchten – daß Sie sich überall in der Welt zu Hause fühlen, wo Sie Freunde haben ...»
«Verehrte Dame, ich muß noch etwas sagen.»
«Ja, bitte?»
«Ich ... ich ... ich finde Ihren Mann auch sehr nett – auch sehr sympathisch ...»

## Menu · Irgendwo in USA, 28. Oktober 1958

*Steinbutt mit Austern und Holländischer Sauce mit Kaviar*
*Filet Wellington mit Madeira-Sauce*
*Salzburger Nockerln*

---

## Bei diesem Essen wurde dieses Buch geboren

Steinbutt: Man lege einen in Salzwasser nicht zu weich gedämpften Steinbutt mit der weißen Seite nach oben auf eine vorgewärmte Platte, umgebe ihn mit gebackenen Austern.

Gebackene Austern: Man lasse die Austernschalen vom Händler öffnen, stelle sie bis zur Verwendung auf Eis, entferne dann den Bart und löse die Auster los. – Man trockne sie mit einem Tuch, wende sie in Mehl, geschlagenem Ei, feinen Semmelbröseln, brate sie schnell in brauner Butter und richte sofort an.

Holländische Sauce mit Kaviar: Man schlage zwei Eigelb mit einem Spritzer Essig und einem Mittellöffel heißem Wasser in eine kleine Kasserolle, stelle sie im Wasserbad auf kleine Flamme, füge unter ständigem Schlagen 125 g Butter dazu, schlage, bis die Sauce dick wird, ohne zu kochen, würze mit Salz und Zitrone. – Im letzten Moment vor dem Anrichten rühre man 50 g Kaviar in die heiße Sauce.

Filet Wellington: Man nehme ein Mittelstück vom Rinderfilet, brate es leicht an, lege es abgekühlt auf Blätterteig über in Butter gedämpfte, gehackte Schalotten, Champignons, Petersilie und Estragon. – Man belege die Oberseite mit in Madeira gedünsteten Gänseleber- und Trüffelscheiben, klappe den Teig über, klebe ihn mit Eigelb gut zusammen und backe ihn im Ofen zu schöner brauner Farbe. – Man bereite aus dem Fond vom Anbraten und Dünsten eine Sauce, die man kräftig mit Madeira abschmeckt.

Salzburger Nockerln: Man schlage sechs Eiweiß in einer großen Schüssel zu festem Schnee, rühre dann sechs Eigelb, je zwei Eßlöffel Mehl und Zucker, 60 g zerlassene Butter und ¼ Tasse warme, vanillegesüßte Milch darunter. – Man lasse weitere 60 g Butter in einer tiefen Eisenpfanne heiß werden, gebe die Masse hinein, lasse sie zugedeckt so lange backen, bis sie unten Farbe bekommt. Man stecke mit der Schmarrenschaufel große Nockerln ab, wende sie und lasse sie wieder zugedeckt backen, bis sie sich unten bräunen, gieße ¼ Tasse der Vanillemilch daran und lasse die zugedeckte Pfanne kurze Zeit heiß stehen, damit die Milch einzieht und die Nockerln locker werden. – Man muß sie, mit Zucker überstreut, sofort servieren, damit sie nicht zusammenfallen.

---

Sie strahlte auf: «Nicht wahr, das ist er! Ach, Sie kennen ihn nicht. Sie wissen nicht, was ich mit ihm erlebt habe. Sie wissen nicht, wie er denkt. Bei mir ging die Liebe immer durch den Kopf. Männer, die ich nicht für das bewundern konnte, was sie sagten und dachten, konnte ich nie richtig lieben. Bei Roger war es eine Liebe vom ersten Augenblick an. Die große Liebe meines Lebens ...»

«Aber ... aber warum haben Sie *mich* dann eingeladen, Mrs. Thompson?»
«Pamela.»
«Warum haben Sie mich eingeladen, Pamela?»
«Weil Sie Schriftsteller sind. Sie werden es erst später verstehen – vielleicht, vielleicht auch nicht ... Es hängt alles von ihm ab.»
«Sie tun alles, was er sagt?»
«Ja ...» Sie strahlte mich an. «Und er tut, was ich sage! Immer. Er fragt mich immer um Rat. Manchmal geht er natürlich ein bißchen fremd wie alle Männer. Aber immer kommt er zu mir zurück. Ich weiß: Ich bin die einzige Frau, mit der er leben möchte. Das macht eine Frau sehr stark – nicht wahr?»
Das Leben ist komisch!
Was ich mir vorgestellt hatte, erfüllte sich nicht. Was ich von Pamela gewollt hatte, bekam ich nicht. Ich bekam etwas Besseres: Ihre Freundschaft und die Freundschaft ihres Mannes.
Wir waren in den folgenden drei Wochen beinahe täglich zusammen. Wir unterhielten uns herrlich! Es schien, als wären wir tatsächlich über alles einer Meinung!
Oft fiel mir auf, daß Thompson mich beobachtete, versunken und nachdenklich. Dann fiel mir auf, daß er mich ein bißchen viel ausfragte. Über meine Vergangenheit. Meine Ansichten. Meine Erfahrungen. Immer wieder über meine Ansichten. Er selbst erzählte überhaupt nichts von sich.
Ich sammelte, wie es mein Auftrag war, Material für den neuen Roman. Ein paarmal mußte ich deshalb die Stadt verlassen. Ich freute mich jedesmal auf das Zurückkommen, denn jedesmal holten die Thompsons mich ab, am Bahnhof, am Flughafen. Zuletzt meinte ich, genügend Material gesammelt zu haben. Ich buchte einen Transatlantikflug nach Frankfurt am Main. Meine Maschine sollte am 29. Oktober 1958 um 20 Uhr 45 starten.
Am 28. Oktober rief Roger Thompson in meinem Hotel an. Er sagte: «Ich höre, daß Sie uns verlassen wollen. Ich möchte gerne noch ein kleines Essen für Sie geben.»
«Das wäre wundervoll, Roger.»
«Sagen wir heute abend 19 Uhr 30?» – «19 Uhr 30 ist okay.»
«Oh, und noch etwas ... rufen Sie ihre Fluggesellschaft an. Heben Sie Ihre feste Reservation für morgen abend auf. Lassen Sie sich auf die Warteliste setzen.»
«Warum?»
«Nun, weil ich mir vorstellen könnte, daß Sie noch eine Weile hierbleiben.»

«Das verstehe ich nicht.»
Ich hörte ihn lachen. «Heute abend», sagte er, «werden Sie alles verstehen. Und bringen Sie um Himmels willen nicht wieder zwei Orchideen mit!»
Also brachte ich drei Orchideen mit, und Pamela war so hinreißend schön wie noch nie, und Roger war so charmant wie noch nie, und das Essen, das er selbst gekocht hatte, war so gut wie noch nie. Als Vorspeise gab es gekochten Steinbutt, umlegt mit gebackenen Austern und übergossen mit einer feinen Holländischen Sauce, in welche Kaviar gerührt war.
«So etwas habe ich noch nie gegessen», gab ich zu. «Das muß ich mir aufschreiben für meine Frau ...»
«Es gäbe noch viel mehr aufzuschreiben als meine Rezepte», sagte der Hausherr träumerisch.
Ich sah ihn an. Ich sah seine schöne Frau an. Beide lächelten. Voll Wohlwollen, voll Sympathie.
Roger Thompson sprach: «Mein Lieber, ich habe unbegrenztes Vertrauen zum Urteil Pamelas. Pamela fand Sie vom ersten Moment an vertrauenswürdig. Ich bin ein Mann, der sehr vorsichtig sein muß ...»
«Vorsichtig? Wieso?»
«Tja, wieso!» Thompson stocherte in seinem Fisch. Dann lächelte er. «Mario, ich habe nicht immer ein Feinschmecker-Restaurant gehabt. Ich habe nicht immer Roger Thompson geheißen. Ich habe ein sehr wildes Leben hinter mir. Noch ein wenig Kaviar?»
«Laß doch den Quatsch», sagte Pamela. Sie sah mich an. «Mein Mann hat wirklich viel erlebt. Komische Dinge. Traurige Dinge. Aufregende Dinge. Ich habe immer gesagt: Jemand müßte einmal alles aufschreiben! Viele Leute sollten wissen, was ihm passiert ist. Es könnte so nützlich sein!»
«Nützlich?»
«Mein Mann ist ein überzeugter Pazifist.»
«Die Frage ist nur», sagte der Mann, der sich Roger Thompson nannte, «können Sie mir versprechen, daß niemand meinen wahren Namen und meine wahre Adresse erfährt, wenn ich Ihnen meine Geschichte erzähle?»
«Ja», sagte ich. «Das kann ich versprechen.»

3

28 okt 1958 stop 2348 uhr stop an schweizer druck- und verlagshaus zürich stop habe rückflug abgesagt stop bin neuer story auf der spur stop luftposteilbrief mit details unterwegs stop bitte um schnellste stellungnahme und sofortige überweisung von us-dollars 1000 stop herzlichst simmel

4

1 nov 1958 0945 uhr stop schweizer druck- und verlagshaus beauftragt sie nach lektüre ihres informationsbriefes optionsvertrag auf erwerb der urheberrechte abzuschließen und entsprechende tonbandrecherchen durchzuführen stop bleiben sie solange erforderlich stop US-dollars 1000 angewiesen stop meyer schweizer druck- und verlagshaus

Ich blieb in Amerika bis zum 2. Januar 1959. Als ich abflog, hatte ich in meinem Gepäck sechzehn beiderseits besprochene Tonbänder. Als ich abflog, trug ich die Geschichte eines exemplarischen Lebens mit mir zurück nach Europa: Die Abenteuer und Rezepte des Geheimagenten Thomas Lieven.

Man wird nun verstehen und entschuldigen, wenn ich sage, daß der Mann, der mir sein Leben erzählte, natürlich weder Roger Thompson noch Thomas Lieven hieß. Man wird verstehen, wenn ich den Namen der Stadt verschweige, in welcher er heute mit seiner schönen Frau lebt und arbeitet. Sein Restaurant hat er im übrigen mit dem Geld gekauft, welches ihm die DESU-Aktien-Operation einbrachte, von der wir zu Beginn dieses Berichtes erzählten. Das Darlehen des Schweizer Maklers Pierre Muerrli hatte Thomas Glück gebracht. Mit erfolgreichen Spekulationen war er wohlhabend geworden. Bereits im Sommer 1958 flog Pamela in seinem Auftrag und von ihm bevollmächtigt nach Zürich, brachte Herrn Muerrli seine 750 000 Franken zurück, holte die gefälschten Aktien aus dem Nummern-Depot, zerriß sie und spülte sie im Badezimmer ihres Hotel-Appartements fort. Alle hatten nun verdient, keiner war geschädigt worden, ganz wie Thomas Lieven es voraussah. Mehr: niemand hatte gemerkt, was da für ein Ding gedreht worden war.

«Roger Thompson» und seine Frau standen auf dem Balkon des Flughafengebäudes, als meine Maschine schneller und schneller über die Startbahn jagte, fernen Horizonten, dem Atlantik und der Alten Welt entgegen. Mir war auf einmal sehr wehmütig ums

Herz. Leb wohl, Pamela, leb wohl, Roger, lebt beide wohl ...
Ich habe aufgeschrieben, was ihr mir erzählt habt. Hoffentlich seid ihr zufrieden mit mir. Die letzten Meter des letzten Tonbandes liegen auf dem Tonbandgerät. Thomas Lieven spricht auf ihnen, und ich schließe meine Geschichte mit seinen Worten:
«Ich habe mein Leben lang den großen Worten und den großen Helden mißtraut. Auch Nationalhymnen, Uniformen und die sogenannten starken Männer liebte ich nicht.
Mein alter Freund Bastian ist wieder in Marseille gelandet. Es geht ihm gut. Er arbeitet als Verlade-Chef im Hafen. Er hat mit vielen Menschen zu tun: mit Chinesen und Deutschen, mit Franzosen, Korsen und Arabern. Er hat sie alle gern, und sie haben ihn alle gern. Sie sagen ‹Ein prima Kerl. Mit dem kann man vernünftig reden.›
In meinem kleinen Restaurant habe ich auch mit vielen Menschen zu tun: mit Weißen, Gelben und Negern. Unter meinen Gästen sind manche jüdischen Glaubens, manche christlichen Glaubens. Ein paar Mohammedaner sind darunter und ein paar Buddhisten. Ich stelle mir gern vor, daß einmal eine Zeit kommen wird, in welcher alle Menschen auf dieser Erde so harmonisch zusammen leben werden wie Bastians Freunde und wie die Gäste meines kleinen Lokals. Warum soll bei zwei Milliarden nicht möglich sein, was bei ein paar hundert so großartig funktioniert?
‹Vernünftig› nennen die Arbeiter meinen Freund Bastian. Ich glaube, mit der Vernunft könnten wir alle es schaffen! Jeder von uns hat vom lieben Gott die Fähigkeit mitbekommen, zu denken. Lasset uns einmal ein Weilchen weniger glauben und mehr denken! Wunderbar werden die Folgen sein. Es wird dann nicht einmal mehr Kriege geben. Denn es sind doch nur Menschen, die den Krieg machen, also müssen Menschen ihn doch auch verhindern können.
Und so hebe ich denn mein Glas auf die menschliche Vernunft. Möge sie uns hinausgeleiten aus dem Schattental der Furcht und hinein in ein Paradies voll Frieden und Fröhlichkeit.»

*Vorspeisen:*



*Suppen:*

*Hauptgerichte* (mit Beilagen):

*Nachspeisen:*

# Johannes Mario Simmel: Liebe ist nur ein Wort

Roman

Dies ist die Geschichte einer großen Liebe, aufgezeichnet von Oliver Mansfeld, einundzwanzig Jahre alt, Sohn eines Schiebermillionärs, Schüler eines Internats im Taunus. Er erzählt die Geschichte, um »aller Welt ohne Furcht und Scham die Wahrheit zu sagen« – die Wahrheit über seinen Vater, den er haßt; die Wahrheit über seine, Olivers, Liebe zu der schönen Verena Lord, die ihren Mann, den großen Bankier, betrügt und für die Liebe »nur ein Wort« ist; die Wahrheit über die Menschen, die Olivers Liebe zu Verena zunichte machen wollen.
»Liebe ist nur ein Wort«, hat Verena gesagt, und dann wird es doch eine Liebe ohnegleichen, eine Liebe, die sich vor aller Welt verbergen muß und die dennoch jede Bosheit, jedes Hindernis überwindet; die in rauschhaftem Glück auf der Insel Elba gipfelt – und die zuletzt tragisch zerbrechen muß unter der Gewalt des Bösen, das stärker bleibt als das Sehnen machtloser Menschen. Was Johannes Mario Simmel seinen Oliver Mansfeld schreiben läßt, ist in seiner schonungslosen Ehrlichkeit ein glühendes Bekenntnis zum Recht auf Liebe und eine schneidend scharfe Anklage gegen jene Welt der Großen, die von Selbstsucht, Macht und Geld regiert wird. Angesichts des Ungeheuerlichen, das zu schildern der Autor sich vornahm, fand er als einzigen Ausweg das, was er »Die Chaplin-Methode« nennt: Der Leser muß über den tragikomischen Helden wider Willen lachen, obwohl er weinen möchte.

# PROLOG

Das erste Wort, das der Schnee unsichtbar werden ließ, lautete »... niemals...«. Das zweite Wort, das verschwand, lautete »... immer...«.

Das Blatt, auf dem die Worte standen, war unter einen Holzsplitter geglitten, der aus dem Boden der Turmstube ragte. So widerstand das Papier der Zugluft, die zwischen den Luken des Gemäuers herrschte, Schneekristalle stäubten auf die blutbefleckten Dielen. Die Dielen waren alt, das Blut auf ihnen war noch jung, frisch, feucht und warm. Die Dielen waren so alt wie die schwarzen Dachbalken, die klobigen, unförmigen Mauersteine, die morsche, gleichfalls blutbespritzte Wendeltreppe. Älter als sie alle war der Turm. Viele Jahrhunderte alt. Älter als das Christentum in diesem Lande.

Das Wort »... vergessen...« und, an einer anderen Stelle des Blattes, die Worte »... mit meinem ganzen Herzen...« schneiten jetzt zu, danach der Name, der als Unterschrift den Brief beendete, dessen unregelmäßig verlaufende Zeilen die fiebrigen, fliegenden Züge einer Frauenhandschrift trugen. In großer Eile, großer Angst oder großer Verzweiflung mußte die Botschaft geschrieben worden sein, die der Schnee da begrub, lautlos und leise.

Vor sechzehnhundert Jahren bereits hatte jener Turm nur noch eine Ruine dargestellt. Elfmal war er in den folgenden Zeiten renoviert worden, von hessischen Raubrittern und hessischen Landgrafen, das letztemal von Seiner Allergnädigsten Durchlaucht Wilhelm IX. im Jahre 1804 – dem Wunsche dieses hohen Herrn gemäß in seinem ursprünglichen Stil: Als Wahrzeichen und Aussichtsturm. Nun war das Gemäuer längst schon wieder fast eine Ruine, an deren Fuß eine Tafel den Wanderer warnte:

EINSTURZGEFAHR! BETRETEN VERBOTEN!

Ignorierte man jedoch solcherlei Hinweise, dann konnte man durch die Luken der Turmkammer weit, weit hinaus ins Land blikken. Das Flüßchen Nidda sah man, das sich mit schilfbewachsenen Ufern durch Wiesen, Weiden, fruchtbares Ackerland, zwischen Gebüsch und Gruppen silberner Erlen talwärts schlängelte; den Großen Feldberg mit seinen dunklen, weiten Waldrücken; den dreifach gebuckelten Winterstein; im Osten den blauen Zug des Vogelsberges und das Massiv des Hohenrodskopfes, dessen mächtige, dreieckige Wiesenflanke im Sonnenlicht magisch aufleuchtete inmitten nachtschwarzem Baummeer; kleine und kleinste Dörfer, Burgen, Gehöfte, schwarze und hellbraun gefleckte Kühe daneben konnte man sehen, und Eisenbahnen, die sich, melancholisch pfeifend, fern im Dunst verloren. Bad Nauheim und Bad Homburg vermochte man wohl zu erblicken, wenn das Wetter schön war, Bad Vilbel, Königstein, Dornholzenhausen, Oberursel, ja, all dies und hundert andere Stätten menschlicher Gemeinschaft, deren größte Frankfurt war, Frankfurt am Main.

Nun hatte längst die Nacht begonnen, und Dunkelheit lag über allem. Gleichwohl, und wenn es heller Tag gewesen wäre: Keine zwei Meter hätte man ins Land hinauszusehen vermocht, denn ein ungeheurer Schneefall sank seit drei Stunden nieder aus drohend düsteren Wolken.

So dicht schneite es in dieser Nacht, daß es war, als bestünde die Luft selber aus Schnee, als gäbe es überhaupt keine Luft mehr, sondern nur noch ein atemraubendes, alles Leben erstickendes und dabei doch nicht einmal zu greifendes, nicht einmal zu benennendes Medium, schwerelos und lastend schwer zugleich, aus der Unendlichkeit des Himmels kommend und also ohne Grenzen, ohne Ende, ein Treiben von Abermilliarden Flocken, welches die Finsternis erhellte, die Dunkelheit erbleichen ließ. Schon waren Straßen und Wege verlegt, schon brachen schwere Äste ächzend unter der Last des Schnees. Und dabei schneite es erst seit drei Stunden. In zwei Tagen sollten die ältesten Leute weitum sich an einen solchen Schneefall zu ihrer Lebenszeit nicht mehr erinnern können. Nein, keine zwei Meter hätte der Wanderer auch im Licht des Tages bei derart wüstem Treiben sehen können aus des Turmes Luken, die doch, bei schönem Wetter, hoch über den höchsten Baumwipfeln des Taunus, den Weg so weit, so weit ins Land freigaben.

Es war der ideale Ort für einen solchen Turm. Dieser Ansicht mußte schon zehn Jahre vor Christi Geburt der römische Feldherr Drusus gewesen sein, als er hier eine Befestigungslinie gegen die Germanen anlegen ließ. Der gleichen Ansicht mußte knapp hundert Jahre später der römische Kaiser und Feldherr Domitian gewesen sein, als er seinen Legionen befahl, mit dem Bau des Limes zu beginnen, der, über Berge und Schluchten hinweg, an Hünengräbern und Mooren vorüber, durch Auen und Wälder, eine fünfhundertundfünfzig Kilometer lange befestigte Grenze, die »befriedeten« Provinzen Obergermanien und Rätien schützen sollte. Die Kaiser Trajan, Hadrian und Antoninus Pius hatten das gewaltige Bauwerk zwischen Rhein und Donau fortgesetzt, zuerst mit Wällen und Pfahlgräben, danach mit mehr als eintausend Wachttürmen und über hundert Kastellen. Gut zu erkennen waren an vielen Stellen noch immer die Reste dieser gewaltigen Anlage, die errichtet worden war dereinst, von machtlosen Menschen gegen machtlose Menschen, auf Befehl der großen Machthaber und Menschenschlächter.

Ein Paar braune, pelzgefütterte Schuhe wanderten über dem Blatt hin und her. Sie hingen frei in der Luft, die Schuhe, und sie bewegten sich langsam, manchmal berührten sie einander sanft, jetzt und jetzt. Und jetzt nicht.

»... il nostro concerto...« Schnee lag bereits zentimeterhoch über diesen Worten, und über diesen auch: »... Porto Azzurro...« Flocken sanken herab auf manche feuchte Blutstelle der Dielen, machten sie rosenrot, rosig, hellrot, machten sie weiß. Immer mehr Blutspuren und immer mehr Worte verschwanden unter dem Schnee. Das Blut ließ er unsichtbar werden, die Tinte zerfließen, die Botschaft vergehen. Sie hatten keine Eile, die Flokken, und auch die festen Winterschuhe nicht.

Einen geruhsamen Viertelkreis beschrieben sie über dem Brief. Aus nördlicher Richtung wanderten ihre Spitzen nordnordöstlich gegen Osten hin. Hier erlahmte der Schwung, den die Zugluft ihnen verlieh. Sie pendelten zurück. Nordnordost. Nord.

»... ich schwöre Dir...«

Zerflossen die Worte, begraben der Schwur.

Die Schuhe des Erhängten pendelten über die Stelle daneben: »... bei meinem Augenlicht...« Diese Worte verschwanden zwei Minuten später.

Nord. Nordnordost. Ost.

Auch auf den Schuhen und den Kleidern setzten die Flocken sich fest. Der Tote hing von einem dunklen Dachbalken herab, einen alten Strick um den Hals. Es gab viel Gerümpel in der Turmstube, zerbrochene Stühle, moderndes Holz, rostendes Werkzeug.

Milchigdunkel, diffus war das Licht hier oben, und keinen Laut hätte man vernommen (denn der majestätische Schnee kam stille, stille, er betrug sich, wie sich all jene betragen, die gar gewaltig Macht besitzen und wissen, daß sie tun und lassen können, was auch immer sie belieben), nein, keinen Laut hätte man vernommen, wären da nicht die kleinen Mäuse gewesen, die, hungrig und frierend, ruhelos geraschelt hätten unter den Seiten einer alten Zeitung, wo sie Schutz suchten vor der grausamen Kälte der Nacht.

Die Zeitung lag fernab des Toten, in einer Ecke der Stube, geschützt solcherart vor dem Schnee. Aufgeschlagen war sie, und ihr Titel lautete:

ANZEIGER DES REICHES DER GERECHTIGKEIT
MENSCHENFREUNDLICHE ZEITUNG FÜR JEDERMANN
ZUR MORALISCHEN UND SOZIALEN HEBUNG
VERLEGER:
DER ENGEL DES HERRN, FRANKFURT AM MAIN

Die Mäuse raschelten.

Erfroren, zusammengekrümmt und schwarz hingen Spinnen in zerstörten Netzen.

»... die Fischerboote mit den blutroten Segeln, blutrot im Sonnenuntergang...«

Verschwunden.

»... der Wein, den wir tranken im Hafen von Marciana Marina...«

Zerflossen.

»... unsere Bucht, die grünen Wellen, in denen wir einander umarmten...«

Vergangen. Vorbei.

Das junge Gesicht des Erhängten war blutverschmiert und zeigte Wunden, um die das Blut in der Kälte zu Krusten erstarrte. Auch auf die Wunden sanken die Flocken, auf das kurzgeschnittene braune Haar, in die offenen braunen Augen mit den riesig geweiteten Pupillen. Aber die Flocken schmolzen noch fort, dort, wo sie Haut und Haar und Augäpfel berührten. Der Tote konnte noch nicht lange tot sein. Es war noch Wärme in ihm.

Die starren, blicklosen Pupillen machten die kleine, end- und ziellose Reise der Schuhe mit, der ganze Körper machte sie, die Reise.

Ost. Nordnordost. Nord.

Und wieder zurück.

Nord. Nordnordost. Ost.

Blutig waren die schmalen Hände des Erhängten, aufgeschlagen die Knöchel. Blutig und an mehreren Stellen zerrissen waren der dicke Rollkragenpullover, die graue Keilhose. Auf dem Pullover, auf den Schuhen, auf den Hosen blieb der Schnee schon liegen, denn sie waren kalt, so kalt wie auch der Körper des Erhängten bald schon sein würde. Kalt genug für die Flocken.

»... unsere erste Begegnung...«

Ost. Nordnordost. Nord.

»... unser erster Kuß...«

Nord. Nordnordost. Ost.

Und sie zerflossen, sie vergingen, all diese zärtlichen Worte, unter dem zärtlichen Druck des Schnees, der sie vergehen ließ, verschwinden, alle, alle...

Der Tote war etwa zwanzig Jahre alt, sein Körper der eines großen Jungen, schlank und wohlgewachsen. Ob er gut ausgesehen hatte im Leben, vor ein paar Stunden noch? Nun sah er grausig aus. Jetzt quoll die Zunge aus einem vor Stunden noch vielleicht sensiblen, vielleicht sinnlichen, nun verzerrten Mund, geschwollen, blau und scheußlich. Und Schneekristalle fielen auf sie und zergingen, denn auch die Zunge war noch warm.

Der da jetzt hing, er hatte die Geschichte des Limes wohl gekannt, hatte gewußt, daß dieser Aussichtsturm einst erbaut worden war von römischen Soldaten, die ihre Oberen, siegestrunken, machtberauscht, aus dem heiteren Süden und der Wärme ihrer Heimat hier heraufgehetzt hatten, in diesen eisigen, dunklen Norden. Vor den Weihnachtsferien war man in der Klasse des Toten darangegangen, bei Tacitus nachzulesen, was dieser über die Entstehung der Türme und Kastelle zu berichten wußte. (Tacitus, Cornelius, größter römischer Geschichtsschreiber, geb. um 55, gest. um 116 nach Christi Geburt. War Prätor, dann Konsul, später Statthalter der Provinz Asia. Schrieb die »Germania« – die erste Völkerkunde Germaniens –, die »Historiae« und die »Annalen«. Knüpfte in Stil, Komposition und pessimistischer Grundhaltung an Sallust an und versuchte, das Handeln der Herrschenden durch Erfassung psychologischer Momente zu erklären.)

All dies war dem Toten bekannt gewesen. Der in der helldunklen Nacht da hing, Strick um den Hals, und langsam kälter wurde, kälter, steifer, hatte – sich auf sein Abitur vorbereitend – wenige Wochen noch vor seinem Ende diese Worte des Cornelius Tacitus übersetzt: »Vier Legionen übergab also der Germanicus dem Caecina, fünftausend Mann Hilfstruppen und dazu in aller Eile zusammengeraffte Scharen aus den diesseits des Rheins wohnenden Germanen. Die gleiche Zahl Legionen, die doppelte an Bundesgenossen nahm er selbst mit sich. Auf den Überresten der Befestigungen seines Vaters Drusus auf dem Berge Taunus errichtete er neue Anlagen, Wälle, Pfahlbauten, Wachttürme und ein Kastell...«

Der Leichnam pendelte.

»... Du meine Seele, Du mein Atem...«

Es gab kein Wort, mit dem sie nicht fertig wurden, die Flocken. Unter der alten Zeitung raschelten die kleinen, frierenden Mäuse. Krachend wie eine explodierende Bombe brach irgendwo draußen in der weißen Sintflut wieder ein Ast. Und weiter schneite es, heftiger von Minute zu Minute, lautlos und unaufhörlich. Der Schnee war gekommen wie eine schwere Krankheit, Lähmung, Last, wie eine Plage, eine Heimsuchung, der man nicht entfliehen, der man sich nicht widersetzen konnte, sondern sich ergeben mußte wie dem Tod.

»Oliver, mein geliebter Oliver...«

Nun war auch diese Zeile verschwunden, mit welcher der Brief begonnen hatte. Die Schuhe wanderten über sie hinweg. Kläglich pfiffen die Mäuse. Eine Uhr am blutigen Handgelenk des Toten zeigte die Zeit. Es war 21 Uhr 34. Wieder pendelte der Körper zurück. Der Schnee erreichte die letzten noch unbedeckten Worte. Er hatte keine Eile, sie zu zerstören, er tat es sanft, behutsam, zärtlich. Doch er zerstörte sie. Nun waren sie verschwunden. So hatten sie gelautet: »... Liebe meines Lebens...«

Zu dieser Zeit – 21 Uhr 35 am 7. Januar 1962 – ertönte aus zahlreichen Lautsprechern in der zugigen, eiskalten Abfahrthalle des Frankfurter Hauptbahnhofs eine heisere, erkältete Männerstimme: »Achtung, bitte, auf Gleis 14! Der Fernschnellzug Paris-Expreß aus Paris nach Wien über Karlsruhe, Stuttgart, München, Salzburg und Linz fährt ab. Bitte vom Zug zurücktreten und die Türen schließen. Wir wünschen Ihnen eine gute Fahrt.«

Die letzten Türen des D-Zuges flogen zu. Sacht ruckte die Diesellokomotive an. Räder begannen zu rollen, schneller und schneller, Achsen schlugen. Der lange Zug fuhr in das nächtliche Schneetreiben hinein und war schon Sekunden später von ihm verschluckt.

Der Paris-Expreß führte drei Schlafwagen mit sich, den dritten als letzten Waggon des Zuges. In einem Einzelabteil erster Klasse dieses Wagens stand ein großer, schwerer Mann von achtundfünfzig Jahren. Er starrte den Sekundenzeiger einer altmodischen goldenen Repetieruhr an, die auf der Mahagoniplatte des geschlossenen Eckwaschtisches lag, und zählte seine Pulsschläge. Es waren sechsundachtzig in einer Minute.

Der dicke Mann verzog den kleinen, runden Mund zu einem wehen Lächeln, dem Moribunden gleich, der wohl weiß, daß er den nächsten Tag nicht mehr erleben wird, jedoch dahinzugehen gedenkt in Einsamkeit und Würde. Er ächzte schwer, betrachtete im Spiegel über dem Waschtisch sorgenvoll die Zunge, als trüge sie einen schwarzen Pestilenzbelag (sie war aber ganz gesund blaßrot), ächzte wiederum und entnahm sodann einem kleinen altmodischen Koffer, der auf dem Bett lag, eine silberne Dose, in der sich Medikamentenfläschchen, Pillenröhrchen und Arznei-

schächtelchen aller Art sowie ein Fieberthermometer befanden. Die Schatulle trug die Initialen A.L.
Der Fettleibige mit der gesunden, rosigen Gesichtsfarbe, dem allzu langen ergrauenden Blondhaar und dem noch völlig blonden großen Schnurrbart, den er nach der Art des von ihm verehrten Albert Schweitzer trug, traf seine Wahl sorgfältig. Albert (Albert!) Lazarus schluckte zwei Pillen, zwei rote, längliche Kapseln, und trank Wasser nach, das er zuvor aus einer mitgebrachten Sprudelflasche in einen mitgebrachten Kunststoffbecher gegossen hatte. Er führte stets Selterswasser in Flaschen mit sich, er mißtraute allem Wasser, dessen Herkunft er nicht kannte, allen fremden Gläsern und allen fremden Toiletten, wogegen sich im letzteren Fall zu seinem Leidwesen nichts tun ließ.
Nun zog er umständlich, dabei andauernd seufzend, seinen altmodischen Anzug aus, den er absichtlich so groß hatte anfertigen lassen, daß er selbst an seinem mächtigen Körper noch lose schlotterte und Falten warf – gleich jenen Beinkleidern und Lüsterjacken, die der Mann aus Lambarene bevorzugte. In der Tat ging des Albert Lazarus' Verehrung für den großen Menschenfreund im fernen Afrika so weit, daß er ihn nicht nur in Sprechweise und Kleidung nachahmte, sondern sich sogar bei den verschiedensten Behörden zu immer der nämlichen wissentlichen, willentlichen und darum strafbaren Handlung hatte hinreißen lassen.
»Ihr Name?« So hatte man ihn oft von Amts wegen gefragt.
»*Albert* Lazarus.« So hatte er dann stets geantwortet. Und dabei hieß er, der Wahrheit die Ehre, laut Eintragung im allerdings fernen (und zum Glück seit längerem unerreichbaren) Geburtenregister des Standesamtes III der Stadt Leipzig *Paul* Robert Wilhelm Albert Lazarus. Solches verschweigend, hatte er zeit seines Lebens Albert zum Hauptrufnamen erkoren. Albert Lazarus spielte auch auf dem Harmonium, einem kleinen, das in seine Wohnung paßte, und er verehrte Bach ...
Sorgsam hängte er den Anzug über einen Bügel des Abteils und zog sich weiter aus. Er trug eine Selbstbinderkrawatte, in deren schon glänzendem Knoten eine echte Perle saß, ein Hemd mit steifem Kragen, steifen Manschetten, dem gestickten Monogramm A. L. und lange, wollene Unterhosen. Alle diese Kleidungsstücke verwahrte er pedantisch. Ein Paar handgestrickte Kniestrümpfe streifte er nicht ab. Die Haut seines fetten Körpers war so rosig und rein wie die des Gesichtes, wie die eines Säuglings.
Nun zog er ein weißes Nachthemd an, das man am Halse mittels zweier rosaroter Kordeln schließen konnte. Das Nachthemd reichte

bis zu seinen Füßen, besaß einen feinen rosaroten gestickten Saum und, über der Brust, wiederum das Monogramm A. L. Dem Koffer entnahm der Fettleibige eine große Bonbonniere und einen umfangreichen schwarzen Leitzordner. Stöhnend wuchtete er sodann das keineswegs schwere Gepäckstück in den Aluminiumträger über dem Fenster empor. Einen Waschbeutel beließ er darin. Er hatte nicht die Absicht, das Becken des Abteils zu benützen. Wer wußte, wer es vor ihm benützt hatte? Wer zählte die Mikroben, die sich in der Porzellanschüssel, im Zahnputzglas tummelten? Dem dicken Mann wurde schon übel, wenn er bloß daran dachte. Er wusch sich nie im Schlafwagen.

Jetzt überprüfte er, ob es durch die Kittstellen des Fensters auch nicht zog, befestigte zur Sicherheit noch den schwarzen Glanzstoffvorhang vor der spiegelnden Scheibe und stellte den Regler des Zentralheizungskörpers von »$^1/_2$« auf »Voll«, obwohl trockene Hitze im Abteil herrschte. Die Bonbonniere öffnete er, betrachtete mit plötzlich aufleuchtenden Augen ihren Inhalt und steckte eine Cognackirsche in den Mund. Die goldene Repetieruhr hängte er an den grünspanbefleckten Messinghaken über der samtgepolsterten kreisrunden Stelle der Mahagoniwand neben dem Kopfkissen, woselbst in den letzten vierzig Jahren gar viele Uhren gehangen haben mochten. Der Schlafwagen harmonierte mit dem Mann, der ihn benützte: Er war so altmodisch wie er. Sollte dieser in zwei Jahren verschrottet werden, so wollte jener in zwei Jahren in Pension gehen.

Albert Lazarus war seit einunddreißig Jahren Lektor eines großen Frankfurter Verlages, seit zwölf Jahren Cheflektor. Er hatte nie geheiratet. Er besaß keine Kinder. Er mochte Kinder nicht. Er war ambitionslos, gutmütig, menschenscheu und davon überzeugt, todkrank zu sein. Er war, in Wahrheit, kerngesund, wenn man von einem völlig unbedeutenden Leberleiden absah, das er zudem allein dem völlig unvernünftigen und unverordneten, ja ärztlich verbotenen Konsum gigantischer Mengen von Medikamenten aller Art und einer noch unvernünftigeren Art der Ernährung verdankte. Albert Lazarus war ein bedürfnisloser Mensch. Geld interessierte ihn ebensowenig wie Frauen oder Karriere. Eine einzige Leidenschaft hielt ihn in ihren Klauen: Süßigkeiten! Morgens aß er Pudding zum Frühstück, abends trank er heiße Schokolade. Wenn er im Verlag arbeitete, suchte er Mittag um Mittag eine nahe Konditorei auf und verspeiste dort Jahr um Jahr, Tag um Tag immer drei verschiedene Tortenstücke, riesige, cremereiche, giftigbunte, wobei er nie die Schlagsahne vergaß.

Sein Verleger kannte alle Schwächen des Albert Lazarus. Er wußte, daß er den größten Hypochonder der großen Stadt Frankfurt zum Cheflektor hatte – und dazu einen unbestechlichen Kritiker eingereichter Manuskripte, einen Mann, der in drei Jahrzehnten immer wieder neue Begabungen entdeckt und gefördert und dem Verlag größere Dienste erwiesen hatte als irgendein anderer Angestellter.
Der Verehrer des berühmten Humanisten und Arztes stellte die Bonbonniere auf den roten Teppich neben das Bett, schaltete die Deckenbeleuchtung des Abteils aus und die Leselampe über dem Bett an, lockerte die festgestopften Decken und kroch ächzend unter sie. Er angelte nach dem Leitzordner, der zu seinen Füßen lag. Ehe er ihn öffnete, wählte er aus der Bonbonschachtel noch ein Schokoladenstück mit einem gräßlich-grünen Pistaziensplitter darauf aus und steckte es in den Mund, dabei murmelnd: »Gift. Reines Gift für mich.« Er schluckte, preßte eine Hand gegen sein Herz und verspürte keinerlei Schmerz. Das schien ihn zu ärgern, denn er machte ein zorniges Gesicht. Und zornig schlug er den Ordner auf, der ein dickes Manuskript enthielt. Auf der Seite unter dem Deckblatt stand:
*Wer immer dieses Buch liest:*
*Mein Name ist Oliver Mansfeld. Ich bin 21 Jahre alt und*
*Sohn des Walter Mansfeld . . .*
Der dicke Mann ließ das Manuskript sinken.
*Oliver Mansfeld?*
Ein Stück Nougat. (Ich werde ohnedies nicht mehr die nächsten Weihnachten erleben. Wir stehen alle in Gottes Hand.)
*Sohn des Walter Mansfeld . . .*
Von Oliver Mansfeld wußte Albert Lazarus nichts, der junge Herr hatte sich bislang weder literarisch noch auf anderem Gebiet hervorgetan. Sein Vater Walter jedoch war fast jedem erwachsenen Menschen der Bundesrepublik bekannt als Urheber eines der größten Skandale der Nachkriegszeit.
Ein Stückchen Krokant.
Lazarus lutschte hingegeben. Der Zug fuhr jetzt sehr schnell, die Achsen schlugen gehetzt. Hm. Der Sohn dieses Lumpen hatte also einen Roman geschrieben. So, so. Lazarus sah auf dem Deckblatt des Leitzordners nach. Danach war das Manuskript am 20. Dezember 1961 im Verlag eingetroffen und natürlich – Schlamperei von der Meyer, der werde ich etwas erzählen, wenn ich zurückkomme – über Weihnachten und Neujahr liegengeblieben. Erst gestern vormittag hatte diese Meyer, der man etwas erzählen

würde, wenn man zurückkam, einem das Manuskript in die Hand gedrückt mit den Worten: »Vielleicht können Sie es sich auf Ihrer Reise ansehen, Herr Lazarus.«

Der Frankfurter Verlag besaß Zweigstellen in Wien, Berlin und Zürich. Lazarus sollte am Montag, dem 8. Januar 1962, einige geschäftliche Besprechungen in Wien führen. Die Fahrt dorthin dauerte etwa zwölf Stunden. So hatte er, da er gerne nachts las, das Manuskript mitgenommen.

Nun sehen wir (vielleicht eine Cognackirsche) ... sehen wir also, was der junge Herr zu sagen hat.

*Ich möchte Schriftsteller werden. Dieses Manuskript stellt einen ersten Versuch dar. Ich kenne selber am besten die Schwächen des Buches, das aus Gründen, die dem Lektor ohne Kommentar einleuchten werden, kein Schlußkapitel besitzt. Das vorliegende Manuskript ist ein (noch) unverschlüsselter Schlüsselroman ...*

Ein (noch) unverschlüsselter Schlüsselroman.

Lazarus überlegte:

Entweder ist dieser junge Herr sehr naiv oder sehr raffiniert. Kleine Sensationshascherei? Rache am Väterchen? Interesse des Lektors wecken? Lazarus kannte viele Tricks vieler Schriftsteller. Immerhin, das war einmal etwas Neues.

*Ich glaube, daß jeder Autor in seinem ersten Buch fast ausschließlich persönliche Erlebnisse verwertet, die ihn sehr erschüttert haben ...*

Gift, reines Gift für mich. Lazarus steckte eine gefährlich mit Nußsplittern armierte Praline in den Mund.

*So ist auch mein Buch entstanden, vielleicht sollte ich besser sagen mein Tagebuch, denn das ist es in der gegenwärtigen Form wohl eher noch. Weder die Namen der agierenden Personen noch die Schauplätze der Handlung noch die Handlung selbst wurden verändert. Was auf den folgenden Seiten steht, ist die Wahrheit ...*

Na fein. Jetzt ist ein Nußstückchen in den hohlen Zahn geglitten; es stand ja zu erwarten.

*... die Wahrheit, wie ich sie erlebte.*

Was weißt du schon von der Wahrheit, Bubi?

*Ein Tagebuch gibt man nicht ohne weiteres aus der Hand, besonders, wenn es so private und intime Eintragungen enthält wie dieses. Noch weniger hat man gemeinhin den Wunsch, es gedruckt verbreitet zu sehen. Ich habe diesen Wunsch, und ich reiche mein Manuskript ein mit der ausdrücklichen Billigung jener Frau, für die es geschrieben wurde. Diese Frau und ich lieben einander. Mein Roman ist die Geschichte dieser Liebe ...*

Gott sei Dank, jetzt habe ich den Splitter mit der Zunge wieder herausbekommen. Wozu soll ich mich noch zum Zahnarzt schleppen, der ich das nächste Frühjahr kaum erleben werde? Aber keine Nuß mehr, lieber ein Stückchen Marzipan...

*... und es ist uns gleichgültig, was andere Menschen denken. Wenn es nach uns beiden ginge, müßte weder ihr noch mein Name verändert werden. In einer Stunde bringen wir dieses Manuskript gemeinsam zur Post und schicken es an Ihren Verlag ab, denn wir haben einen Entschluß gefaßt, der es mir gestattet, nun ohne jede Furcht und ohne jede Scham aller Welt die Wahrheit zu sagen...*

Mit der freien Linken strich Lazarus die herabhängende breite linke Schnurrbartspitze, wodurch ein Stückchen Schokolade auf die Bettdecke fiel, und grunzte. Ohne jede Furcht und ohne jede Scham. Na also. Nun wissen wir es endlich: Pornographie.

Der Kleine hat sich umgetan und festgestellt, daß dies das Jahrhundert der Pornographien ist. Der feinen, versteht sich, die in feinen Verlagen erscheinen. In einem wie unserem beispielsweise. Nur daß bei uns noch keiner erschienen ist.

Es liegt nicht an meinem Verleger, es liegt an mir. Ich habe noch nichts Rechtes gefunden. Mein Verleger: Ein fortschrittlicher Mann. »Moderne Literatur – das ist Sauerei«, sagt er. »Oder man macht pleite. Sehen Sie sich das an! ›Lady Chatterley‹! ›Lolita‹! Daneben kann man sich natürlich allerlei Hochgestochenes leisten. Und dann Sachbücher! Sachbücher gehen immer. Aber Fiction? Ich frage Sie, Lazarus, wozu bezahle ich Sie eigentlich? Damit Sie hier jahraus, jahrein auf Ihrem dicken Hintern sitzen und mir Ihre Dichter andrehen wollen?« So redet er, ein moderner Mensch. Ich bin altmodisch. Ich finde, es würde auch immer noch ohne Pornographie gehen. Schuld an allem ist Hemingway. Der hat damit angefangen. Aber bei dem haben sie von den schlimmsten Wörtern nur den ersten und den letzten Buchstaben gedruckt und dazwischen Punkte. Heute drucken sie die ganzen Wörter.

Auf der anderen Seite: Er war immer gut zu mir, mein Verleger. Ich habe mein Leben bei ihm verbracht. In zwei Jahren verlasse ich ihn, das heißt, wahrscheinlich schon früher. Umständehalber. Er soll dann nicht auf einen Toten schimpfen. Es wäre eigentlich nur Freundespflicht, daß ich ihm noch so ein richtiges, saftiges Ding beschaffe, bevor ich abkratze.

Hoffentlich schreibt der Kleine da auch noch in diesem hingekackten Gefasel, das sie »Inneren Monolog« nennen, ach, ach,

und dann bitte, bitte, noch in schlechtem Deutsch und mit falscher Interpunktion! Oder noch besser gar keiner! Dann verkaufen wir ihn als deutschen James Joyce. Als Henry Millers Komparativ. Aber wenn er bloß nicht die Schweinereien abstrakt geschrieben hat! Idioten, die das tun, gibt's bei uns nämlich gerade haufenweise. (Darum ist mir auch noch nichts Rechtes untergekommen.) Da sitzt die deutsche Hausfrau dann, und wenn sie nicht eine intellektuelle halbstarke Tochter hat, die ihr die Sache erklärt, muß sie an allem verzweifeln, was sie von Anatomie weiß, und sich händeringend fragen: Was ist denn eigentlich hier los? Was macht sie denn mit ihm? Wie viele sind es denn überhaupt? Und die Fremdwörter findet sie auch nicht im Brockhaus...
Aber vielleicht haben wir diesmal Glück.
Albert Lazarus sah nach, wie dick das Manuskript war.
743 Seiten.
19 Mark 80. Billiger werden wir es wohl nicht herstellen können. Aber wenn der Junge vernünftig ist und sich klar ausdrückt, wo er sich klar auszudrücken hat, und wenn er außerdem noch Enthüllungen über diesen Schieber, seinen Vater, macht – können wir glatt Zehntausend als erste Auflage drucken!
*Wenn.*
Jetzt vielleicht noch ein Stück Nougat.
*Manch einer in der Geschichte unserer Liebe wird abstoßend oder so gezeichnet, daß er sich in seiner Ehre gekränkt oder in seinen Gefühlen verletzt sehen könnte...*
Da haben wir es. Wieder nichts. Ich wußte es ja.
*... vor allem mein Vater und Fräulein Stahlmann, und ich gebe zu, daß es mir tiefe Befriedigung bereiten würde, gerade sie vor aller Welt in ihrer Pervertiertheit und ihren Lastern bloßzustellen und so zu schildern, wie sie wirklich sind.*
Ein Hoffnungsschimmer. Der Junge scheint wirklich naiv zu sein. Naivität läßt sich natürlich auch verkaufen. Und erst Naivität mit Pornographie...
Ruhig, ruhig!
Weiterlesen.
Man ist schon allzu oft enttäuscht worden. Dann sind diese Knaben naiv und unanständig und können nicht schreiben. Haben wir alles schon gehabt.
*Behalten wir aber die Namen Mansfeld und Stahlmann bei und verändern nur die Namen aller anderen Personen und die Schauplätze der Handlung, dann ist nichts gewonnen. Ich habe gehört, daß jeder Mensch sogenannte Persönlichkeitsrechte besitzt...*

Ja, Kleiner, hast du das schon gehört?
*... und sich dagegen verwahren kann, in erkennbarer Form als Gestalt eines Romans benützt zu werden, selbst wenn diese Gestalt durchaus positiv und liebenswert gezeichnet ist.*
Ich darf keine Bonbons mehr essen, sonst wird mir schlecht. Ach, ich sterbe ohnedies. Leberkrebs. Die Ärzte sagen es mir nur nicht. Noch eine Cognackirsche. Ein komischer Junge ist das. Sicherlich kein Idiot. Und wenn die anderen den »Schlüssel« und das »Ruhekissen« drucken, warum sollen nicht auch wir endlich einmal...
*Das ist das Dilemma, in dem ich mich befinde. Ich bitte Sie, meine Herren, die Sie auf dem Gebiet Experten sind, unter diesen Gesichtspunkten mein Manuskript zu prüfen und mich, falls es Ihr Interesse findet, juristisch zu beraten. Ich werde gerne bereit sein, das Buch in der von Ihnen empfohlenen Weise umzuarbeiten. Im voraus danke ich Ihnen für die Mühe der Lektüre. Oliver Mansfeld.*
Nougat ist doch am besten, dachte Lazarus. Er blätterte um. Auf der nächsten Seite stand:
LIEBE IST NUR EIN WORT
Roman
Albert Lazarus verspürte ein leichtes Brennen im Magen. Na also, dachte er voller Genugtuung, jetzt ist mir schlecht. Danach begann er zu lesen.
Er las bis gegen drei Uhr früh, dann zog er das Läutewerk der goldenen Repetieruhr, das er auf 7 Uhr 30 eingestellt hatte, auf und putzte seine Zähne mit Mineralwasser. Endlich zerrte er den Glanzstoffvorhang ein wenig zur Seite und blickte in die Nacht hinaus. Der Zug befand sich zu dieser Zeit auf der Strecke zwischen München und Rosenheim. Hier schneite es nicht. Lazarus sah einsame Lichter vorüberhuschen, und er hörte das Sausen des Nachtsturms, der an der Wagenkette des Paris-Expresses rüttelte. Er hatte etwa die Hälfte des Manuskriptes überflogen, »angelesen«, wie das in seinem Fachjargon hieß, und er war plötzlich traurig geworden und ratlos.
Wieder im Bett, analysierte er seinen Zustand. Nicht das Manuskript (seinen Verleger und dessen Ansichten über auflageträchtige Sujets hatte er vollends vergessen) machte ihn so verwirrt. Nein. Dieser Roman war in der Tat ein »Erstling«, an vielen Stellen verbesserungsbedürftig, wenn nicht unbrauchbar, und dazu in einer Sprache abgefaßt, die den Lektor zuerst dermaßen irritiert und abgestoßen hatte, daß er immer wieder versucht gewesen war, den Leitzordner auf den Tisch zu werfen – um dennoch immer wieder weiterzulesen.

Das lag, konstatierte Lazarus, wohl an zweierlei. Erstens hatte er, der alternde Eigenbrötler, der Kinder nicht mochte, von der Welt, in der dieses Buch spielte, bislang nicht das geringste geahnt, und er kam sich vor wie ein Gulliver, der unversehens, unvorbereitet, jählings in ein Reich der Zwerge katapultiert worden war. Und zum zweiten, hrm, nun ja, also der Wahrheit die Ehre (mit lindem Sodbrennen wälzte Lazarus sich auf seinem Lager), zum zweiten war das, was er da gelesen hatte, die erste Liebesgeschichte, die ihm seit Jahren unter die Augen gekommen war. Immer weiter nachgrübelnd über das Gelesene, fiel der Achtundfünfzigjährige zuletzt in einen schweren Schlaf und hatte einen wirren, traurigen Traum, aus dem ihn Punkt 7 Uhr 30 das Schrillen seiner Repetieruhr riß.
In Wien war es sehr kalt, aber trocken.
Albert Lazarus verbrachte den Tag mit Besprechungen. Er erledigte seine Geschäfte dermaßen abwesend und offensichtlich beständig mit ganz anderen als den zur jeweiligen Sache gehörenden Gedankengängen beschäftigt, daß seine Gesprächspartner sich mehr als einmal über den sonst so korrekten und konzentrierten Mann ärgerten, jedoch aus Höflichkeit schwiegen.
Kaum im Abteil des Schlafwagens, der mit dem Paris-Expreß Wien um 22 Uhr 15 verließ, ging Lazarus wieder zu Bett und las das Manuskript zu Ende. Er aß diesmal keine Pralinen. Gegen vier Uhr früh legte er den Leitzordner fort und starrte, ein fetter Mann in einem lächerlichen Nachthemd, aufrecht sitzend, lange Zeit ins Nichts. So schlief er ein, ohne die Uhr aufgezogen und die Zähne geputzt zu haben. Eine Fahrtstunde vor Frankfurt weckte ihn der Schaffner und brachte Tee. Er fand den Reisenden des Einzelabteils 13/14 in einem zerwühlten Bett, unwirsch und schlechter Laune.
In Hessen schneite es mit unverminderter Heftigkeit, die Bahnstrecke war zum Teil verweht. Während der Herr schlief, hatte es deswegen bereits einige Aufenthalte gegeben, berichtete der Schaffner. Den heißen Tee schlürfend, hörte Lazarus stumpf solchem Gerede des braun Uniformierten zu, der, nachdem er um Erlaubnis gebeten hatte, die schwarze Blende vor dem Fenster hochzog und so den geröteten Augen des Albert Lazarus den Blick in eine weiße Wüstenei freigab.
»In Norddeutschland soll es noch schlimmer sein.«
»So.«
»Die meisten Zugverbindungen sind überhaupt unterbrochen, Telefonleitungen zerstört. Der Frankfurter Flughafen und andere Flughäfen haben den Betrieb eingestellt.«

»So.«
»Die Autobahn soll von Frankfurt an in Richtung Kassel noch nicht geräumt und unbefahrbar sein. Wir haben auch Verspätung.«
»So.«
»Ich will den Herrn nicht stören.«
»Dann tun Sie es nicht«, sagte Lazarus. Seit einem Vierteljahrhundert war keine so unhöfliche Bemerkung über die schmalen, runden Lippen dieses dicken Mannes gekommen, der bei aller Robustheit unter einer geradezu krankhaften Schüchternheit litt. Der Schaffner verschwand beleidigt.
Albert Lazarus fühlte sich übel an diesem Morgen. Er, der jede Woche zu einem Spezialisten und jedes Vierteljahr zu einem anderen ging und alle Spezialisten Scharlatane nannte, weil sie alle ihm immer wieder nichts anderes als das bestätigten, was er nicht hören wollte, nämlich, daß er vollkommen gesund sei, Albert Lazarus hatte am Morgen dieses 9. Januar 1962, eine Fahrtstunde vor Frankfurt, die objektiven Gefühle eines Menschen, der vor dem Ausbruch einer schweren Krankheit steht, und zwar zu einem noch so frühen Zeitpunkt, daß er nicht in der Lage ist, die dumpfe, quälende Quelle seines Unbehagens zu lokalisieren.
Lazarus holte die Medikamentenschatulle hervor. Er schluckte Pillen und zählte Tropfen auf den Teelöffel ab. Aber während er sich, die Haushälterin verfluchend, die vergessen hatte, ihm seine Pantoffeln in den Koffer zu legen, in Socken vor dem Wandspiegel mit einem elektrischen Gerät rasierte und anzog, wuchs sein Unbehagen weiter. Der Kopf schmerzte. Er fröstelte. Wieder in seinem altmodischen Anzug, glitt er, obwohl auch dieses Abteil überheizt war, in die Ärmel des gefütterten Wintermantels, wand einen Schal um den Hals und setzte einen altmodischen Schlapphut (Schweitzer!) auf, bevor er sich neben das Fenster setzte und in das irrsinnige Schneetreiben hinausstarrte, welches das ganze Land in einem einzigen grenzenlosen weißen Chaos untergehen ließ. Nur an der temperierten Scheibe schmolzen die Flocken.
Nach einer Weile wurde Lazarus schwindlig. Er senkte den Kopf und bemerkte, daß er noch immer in Socken dasaß. Diese elende Martha, dachte er, sich ob seiner Fettleibigkeit mühsam bückend und ein Paar altmodischer Schnürstiefel anziehend, ich werde mich erkältet haben, weil ich gestern und heute nacht ohne Pantoffeln im Abteil herumgegangen bin.
Diese »elende Martha« war ein ältliches Fräulein, das seit nunmehr siebzehn Jahren den kleinen Haushalt des Albert Lazarus

führte. Er rauchte nicht. Er trank nicht. Es hatte niemals Frauen in seinem Leben gegeben. Und auch mit Fräulein Martha (52) verband ihn trotz siebzehnjähriger Gemeinschaft keine wirklich menschlich zu nennende Beziehung. In gelegentlichen Anfällen von Jähzorn (sie traten immer dann auf, wenn ein Spezialist ihm gerade wieder einmal einen exzellenten Gesundheitszustand bestätigt hatte) pflegte der alternde Mann dem alternden Fräulein aus lächerlichstem Anlaß zu kündigen – jedoch jedesmal *nach* dem fünfzehnten eines Monats. Da das Arbeitsverhältnis laut Vertrag immer nur *bis* zum fünfzehnten eines Monats kündbar war, wies Fräulein Martha die Entlassung denn jedesmal auch prompt und kühl zurück, worauf Lazarus die Affäre auf sich beruhen ließ. Dieses seltsame Spiel, das sie seit siebzehn Jahren miteinander spielten, war das einzige, was sie beide verband, die einzige Brücke über die Abgründe ihrer und seiner Einsamkeit.

Ich warte noch ein paar Tage, überlegte Lazarus, die Senkel seiner Stiefel schnürend, und wenn es eine Grippe wird, dann werfe ich sie diesmal hinaus. In ein paar Tagen war der fünfzehnte...

Er richtete sich auf und sah wieder aus dem Fenster.

Was sollte das alles? Er war zu klug, um nicht zu wissen, warum er sich elend fühlte, zerschlagen, matt und krank. Der Zustand hatte seelische Ursachen, nicht körperliche. Das Manuskript, das er in zwei Nächten gelesen hatte – war es gut, war es schlecht? Lazarus hätte es nicht zu sagen vermocht. Etwas Derartiges war ihm noch nie passiert. In Kollegenkreisen bewunderte man die Treffsicherheit seines Urteils. Diesmal, zum ersten Male, war er ratlos. Das einzige, was ihm völlig klar schien, war: Die Geschichte, die er gelesen hatte, war nicht erfunden, nein, sie war erlebt worden. Und echt, wie dieses Manuskript, mußte wohl auch die Liebe sein, von der das Buch erzählte. War sie aber echt, dann schwebte der junge Mensch, der hier in exhibitionistischer Weise intime und intimste Geschehnisse offenbarte, in Gefahr. In großer Gefahr. In Lebensgefahr.

Plötzlich bemerkte Lazarus, daß er Angst hatte, Angst um diesen Oliver Mansfeld und die Frau, die jener liebte. Sie waren beide in Gefahr. Man mußte ihnen helfen! Wer? Und wie? Wer wußte denn von dem, was sie beschlossen hatten, was sie planten? Lazarus fuhr sich nervös durch den mächtigen Schnurrbart.

Er, er war der einzige, der davon wußte. Nur er: Ein alternder, unbeholfener Bücherwurm, der niemals geliebt, dem niemals eine Frau begegnet war, die ihn geliebt hatte, die ihn hätte lieben können. Er, ein schüchterner, wehleidiger Mensch ohne Freunde, ein

Mann, über den Männer lächelten und den Frauen lächerlich fanden, stets lächerlich gefunden hatten. Ein altmodischer, schwerfälliger, fetter Mensch, der zuviel Süßes aß und keine Lücke hinterlassen würde, wenn er starb, keinen, der um ihn weinte. So sah das einzige Wesen aus, das nun um eine Liebe wußte, welcher Unheil, Leid und ein gewaltsames Ende drohten.
Darum, erkannte Albert Lazarus in plötzlicher Hellsicht, fühle ich mich krank, übel, elend. Weil ich Angst habe, Angst um einen Einundzwanzigjährigen, den ich nicht kenne, um eine unbekannte Frau, von der ich dennoch alles weiß, alle Geheimnisse, die sie hat, Angst davor, daß etwas Furchtbares geschieht, bevor ich etwas tun und so vielleicht eine Katastrophe verhindern kann.
Was kann ich tun? Ich, ein kleiner Mann ohne Macht, Geld, Kraft? Mein Leben lang habe ich nichts tun können. Niemandem helfen. Niemals. Keinem. Aber nun muß ich etwas tun, und schnellstens, niemand kann mir diese Verpflichtung abnehmen. Ich muß handeln.
Handeln, wie? Tun, was? Ich weiß es nicht. Ich weiß es nicht. Aber wenn wahr ist, was auf diesen Seiten steht – er hob den schwarzen Leitzordner auf, der zu Boden geglitten war, und starrte ihn an –, wenn all dies wahr ist (und es ist gewiß wahr, das ist das einzige, das ich gelernt habe in dreißig Jahren: Die sogenannte Kunst, die stets verlogen ist, zu unterscheiden von der Wahrheit, die stets nichts mit sogenannter Kunst zu tun hat), dann muß ich diesen jungen Menschen schnellstens warnen, zu mir rufen. Allerschnellstens. Sonst ist es zu spät ...
Er schlug das Manuskript noch einmal auf. Die Titelseite, erinnerte er sich, trug einen Adressenvermerk. Da war er.
*Alle Rechte bei:*
*Oliver Mansfeld*
*c/o Internat Professor Florian*
*Friedheim im Taunus*
*Telefon 34321*
Ich werde ihn anrufen, überlegte Lazarus, sobald ich im Büro bin.
Benommen wie ein Mensch mit leichtem Fieber fühlte er sich nun, da er noch einmal, abwesend, mit wirren, leicht wandernden Gedanken das Manuskript durchblätterte, in dem so leidenschaftlich und in einer ihm so fremden Sprache von so vielem gesprochen wurde, das Albert Lazarus in achtundfünfzig Jahren eines ereignislosen Lebens niemals erfahren hatte: Von der unermeßlichen Seligkeit der Liebe, von der abgründigen Verzweiflung der Liebe, von Eifersucht, Haß, Verzückung und Hoffnung. Ja, ich werde

sofort anrufen, dachte Lazarus. Dann fiel ihm ein, daß der Schaffner etwas von unterbrochenen Telefonverbindungen erzählt hatte. Albert Lazarus, das Manuskript auf den Knien, fröstelte.
Mit einer Verspätung von eineinhalb Stunden erreichte der Paris-Expreß endlich Frankfurt am Main. In der Bahnhofshalle kaufte der dicke Mann, der seinen kleinen Koffer selber trug, eine Mittagszeitung. Als er die Schlagzeile erblickte, blieb er stehen. Er stellte den Koffer auf den nassen, schmutzigen Boden, mitten im Mahlstrom unzähliger eiliger Menschen. Lautlos bewegte er die Lippen, sein rosiges Gesicht hatte jede Farbe verloren. Die Schlagzeile lautete:
SOHN DES SCHIEBERMILLIONÄRS MANSFELD ERMORDET
Lazarus stand reglos; nur die Hände, welche die noch druckfeuchte Zeitung hielten, zitterten. Er las, was in Fettschrift, zunächst dreispaltig, später einspaltig gesetzt, unter der Überschrift stand:
*Frankfurt, 9. Januar (Eigenbericht). Blutüberströmt, mit schweren Verletzungen, die auf einen erbitterten Kampf schließen lassen, wurde der 22jährige Schüler Oliver Mansfeld, Sohn des berühmt-berüchtigten Radioindustriellen Walter Mansfeld, in der ersten Morgenstunde des heutigen Tages in der Giebelstube eines verfallenen Aussichtsturms, nahe dem Dorf Friedheim im Taunus, erhängt aufgefunden. Alle Begleitumstände sprechen dafür, daß Oliver Mansfeld einem Verbrechen zum Opfer gefallen ist.*
*Schüler Mansfeld – er besuchte trotz seines Alters noch die neunte Klasse des Internats Professor Florian – wurde bereits am Sonntagabend vermißt. Seit Montagmittag durchkämmten Landgendarmerie und Bundeswehr das unübersichtliche Waldgebiet rund um das Internat, wo Mansfeld am Sonntagnachmittag zum letztenmal gesehen worden war. Die anhaltenden katastrophalen Schneefälle erschwerten die Aktion außerordentlich. Gegen Mittag entdeckten Angehörige der Bundeswehr in einer Waldschneise, etwa zwei Kilometer vom Schulgebäude entfernt, den völlig zugeschneiten Wagen des Toten. Die Sitze, das Lenkrad, der Boden, das Armaturenbrett sowie die Außen- und Innenseite der linken Wagentür waren über und über mit Blut befleckt.*
Zu spät. Er war zu spät gekommen.
Mit hängenden Schultern, offenem Mund und offenen Augen, die ins Nichts starrten, stand Albert Lazarus da, ein fetter, alter Mann, dem graublondes, stumpfes Haar unter der Hutkrempe hervorquoll und unordentlich über die Ohren fiel. Mechanisch tastete er nach seinem Schnurrbart, in dem noch immer etwas Schokolade klebte. Er merkte nicht, daß Menschen ihn anstießen. Er hörte

und sah nichts. Zu spät. Zu spät. Wenn diese Meyer das Manuskript nicht verschlampt und es ihm vor den Feiertagen gegeben hätte...

Oder wäre es auf jeden Fall geschehen? Gab es im Leben nichts, was man verhindern konnte? Lazarus fror. Sein Kopf schmerzte zum Zerspringen. Ein Satz von Oscar Wilde fiel ihm ein: »Die Wahrheit erkennen wir immer erst dann, wenn wir mit ihr absolut nichts mehr anzufangen vermögen.«

Er nieste. Er zwang sich, weiterzulesen.

Der Text war nun einspaltig gesetzt:

*Da alle Telefonverbindungen zwischen Frankfurt und dem Taunus unterbrochen sind, forderte die Landgendarmerie daraufhin über Funk die Hilfe des Frankfurter Polizeipräsidiums an. Eine Mordkommission unter Führung von Kriminalhauptkommissar Hardenberg wurde mit Hubschraubern zum Fundort geflogen. Die Maschinen landeten auf einem freigeschaufelten Tennisplatz neben der Schule. Das Internat besitzt eine Kartei der Blutgruppen aller Schüler. Der Polizeiarzt der Mordkommission konnte so leicht feststellen, daß das im Wagen gefundene Blut mit der Blutgruppe Oliver Mansfelds identisch ist. Beamte des Erkennungsdienstes sicherten eine Reihe von Hinweisen und Spuren, die zur Stunde noch geheimgehalten werden.*

*Die Suche nach dem Verschwundenen wurde auch bei Einbruch der Nacht...*

»Mensch, können Sie sich nicht vielleicht woanders hinstellen?« Lazarus, heftig angestoßen von einem Mann, der ein Paar Skier über der Schulter und einen Rucksack trug, taumelte zur Seite. Entschuldigend zog er den alten Hut und trat mit seinem Koffer neben einen Blumenladen beim Ausgang. Hier zog es heftig, aber Lazarus spürte es nicht.

*... wurde auch bei Einbruch der Nacht nicht unterbrochen. Mit Handscheinwerfern und Fackeln, auf Skiern, setzten über 70 Mann die Aktion fort, die heute morgen um 0 Uhr 35 Erfolg hatte. Die Leiche Oliver Mansfelds, die, steifgefroren und eingeschneit, in der völlig verschneiten Aussichtsstube eines alten Turmes, etwa zwei Kilometer vom Schulgebäude entfernt, entdeckt wurde, befand sich in einem solchen Zustand, daß der Arzt der Mordkommission schon nach einer ersten kurzen Untersuchung folgendes feststellen konnte:*

- *der Tod muß bereits in den Nachmittags-, spätestens in den frühen Abendstunden des Sonntags eingetreten sein;*
- *alle Anzeichen sprechen dafür, daß Oliver Mansfeld zusam-*

*mengeschlagen, schwer verletzt und sodann, wahrscheinlich während er bewußtlos war, erhängt wurde.*
*Für die Annahme, daß Mord vorliegt, sprach sich unserem gleichfalls mit Hubschrauber zum Fundort geflogenen Berichterstatter gegenüber auch Hauptkommissar Hardenberg aus, nachdem Beamte des Erkennungsdienstes in der Turmstube Spuren und Gegenstände sichergestellt hatten, deren Art zur Stunde ebenfalls noch geheimgehalten wird.*
Hier folgte, in der Mitte der Seite, wieder dreispaltig gesetzt und mit schwarzen Balken eingeschlossen, dieser Text:
DIE POLIZEI BITTET UM MITARBEIT
*Wer hat Oliver Mansfeld (22 Jahre, schlank, 1,78 Meter groß, schmales, auffallend gebräuntes Gesicht, braune Augen, sehr kurz geschnittenes, dichtes braunes Haar) seit Sonntag, den 7. Januar, 15 Uhr 30 auf dem Rhein-Main-Flughafen, der Autobahn oder an einem anderen Ort gesehen? Der Tote war zuletzt bekleidet mit einem kamelhaarfarbenen Dufflecoat, einem dicken blauen Rollkragenpullover, grauen Keilhosen und pelzgefütterten, festen braunen Winterschuhen.*
*Wer hat nach 15 Uhr 30 am 7. Januar einen weißen Wagen der Marke Jaguar 500, schwarze Schweinslederpolsterung, gesehen? Es handelt sich um ein Kabriolett mir schwarzem Dach, das wahrscheinlich zurückgeschlagen war. Aller Wahrscheinlichkeit nach saß Oliver Mansfeld am Steuer und neben ihm ein elfjähriger Junge von fremdländischem Aussehen. Der Wagen trägt das polizeiliche Kennzeichen L 43131–Z (Zollnummer!).*
*Wer ist in der Lage, Einzelheiten über ein Telefongespräch zu berichten, das Oliver Mansfeld in der Blauen Bar des Rhein-Main-Flughafens am 7. Januar 1962 zwischen 15 Uhr 30 und 15 Uhr 45 von einem Apparat aus führte, der auf der Bartheke stand? Anzeichen sprechen dafür, daß sein Gesprächspartner eine Frau war. Hat Oliver Mansfeld ihren Namen oder ihren Vornamen genannt? Zur fraglichen Zeit hielten sich zahlreiche Gäste in der Bar auf.*
*Sachdienliche Hinweise, die auf Wunsch vertraulich behandelt werden, nimmt jede Polizeidienststelle, vor allem aber das Dezernat 1 des Frankfurter Polizeipräsidiums, Telefon 23 65 31, entgegen.*
Albert Lazarus ließ die Zeitung sinken und starrte in das Schneegestöber auf dem Platz vor dem Bahnhof hinaus. Er überlegte lange wie ein Mann, der gewissenhaft das Für und Wider einer schwerwiegenden Entscheidung abwägt, denn er wußte, daß von dem, was er nun tat, Ungeheuerliches abhängen konnte – für jene Akteure des Dramas, die noch lebten. Zuletzt ging er mit schleppen-

den Schritten zu der langen Reihe der Telefonzellen, die sich in der Halle befanden, betrat eine von ihnen und wählte die Nummer, welche die Zeitung angab.
Zweimal surrte das Freizeichen, dann meldete sich eine monotone Männerstimme: »Polizeipräsidium. Dezernat 1. Kommissar Wilms.«
»Hier spricht...« Lazarus mußte sich räuspern, seine Stimme war völlig heiser, die Kehle verlegt. »Hier spricht Albert Lazarus.« Er nannte seinen Beruf und den Namen des Verlages, für den er arbeitete. »Ich komme gerade von einer Reise zurück und lese vom Tod Oliver Mansfelds.«
Die Stimme am anderen Ende der Leitung wurde interessierter: »Ja? Und?«
»Mein Verlag hat vor Weihnachten das Schreibmaschinenmanuskript eines Romans erhalten. Absender und Verfasser ist ein gewisser Oliver Mansfeld.«
»Woher wissen Sie das?«
»Es steht auf dem Manuskript.«
»Es muß nicht wahr sein.«
»Es ist wahr, Herr Kommissar. Ich habe das Manuskript auf meiner Reise gelesen. Die Ereignisse des Romans spielen sich im Taunus, im Internat eines gewissen Professor Florian ab. Das Internat liegt unweit Friedheim.«
Jetzt klang die andere Stimme atemlos: »Der Autor nennt die richtigen Namen?«
»Und zwar in allen Fällen, wie er in einem Vorwort erklärt. Die Handlung setzt im September 1960 ein, und Mansfeld erzählt dann, was sich seither zugetragen hat – bis knapp vor Weihnachten 1961. Das Manuskript ist unvollendet, trotzdem glaube ich...«
»Das Präsidium liegt fünf Minuten vom Bahnhof entfernt. Darf ich Sie bitten, sofort zu mir zu kommen, Herr Lazarus?«
»Das wollte ich gerade tun.«
»Gehen Sie nicht zum alten Bau an der Friedrich-Ebert-Anlage. Kommen Sie in den Neubau in der Mainzer Landstraße. Dritter Stock, links. Dezernat Mord. Ich erwarte Sie.«
»Ich komme sofort.«
»Vielen Dank.«
Albert Lazarus hängte ein und trat aus der Zelle. Er ging zum Ausgang und in das Schneetreiben hinein, das ihn beinahe blind machte. Minuten später schon gefror der Schnee in seinem Walroßschnurrbart, seinem langen Haar und seinen buschigen, blondgrauen Augenbrauen zu kleinen Eispartikelchen.
Autos am Straßenrand bemühten sich vergebens, aus riesigen

Schneewehen freizukommen. Pneus drehten sich rasend und sinnlos. Es stank nach verbranntem Gummi. Ein Funkstreifenwagen mit heulender Sirene und aufgeblendeten Scheinwerfern jagte vorbei.
Als Albert Lazarus, der unbekannte Mann mit dem berühmten Leitbild, die Poststraße überquerte, um in die Ottostraße einzubiegen, geriet er in eine größere Menschenmenge, die eben, ärgerlich und gereizt, einen Straßenbahnzug verließ, der vor einer eingefrorenen Weiche steckengeblieben war. Schwindlig und erregt, schwitzend und frierend zugleich, stieß Lazarus mit Männern und Frauen zusammen, die hinter ihm herschimpften.
Er hörte es nicht. Als wollte er ihn schützen, hob er den kleinen Koffer vor die breite Brust und hielt ihn da mit beiden Händen. So trug er ihn durch die weiße Schneehölle, vorsichtig, mit den unsicheren Schritten eines alten Prostatikers (der er nicht war), er, Albert Lazarus, in dessen unwichtigem, unbedeutendem Leben niemals noch etwas Wichtiges, Bedeutendes geschehen war – bis zu dieser Stunde.
Und so verlieren wir ihn denn aus den Augen, hinter den wirbelnden Rädern und Schlieren der Flocken, diesen Unbekannten unter Unbekannten, diesen Einen unter Millionen, diesen achtundfünfzig Jahre seines Lebens geduckten, einsamen Mann, der in einem altmodischen Koffer ein Manuskript von 743 Schreibmaschinenseiten trägt wie einen kostbaren Schatz. Helfen soll dieses Manuskript nun, ein Verbrechen zu klären, ein Rätsel zu lösen, und erzählt doch nur die Geschichte einer Liebe, die kein Ende hat und nie haben wird, und die ihren Anfang nahm vor mehr als fünfzehn Monaten, an einem schönen Herbstnachmittag, um ganz genau zu sein: Am vierten September des Jahres eintausendneunhundertundsechzig.

## DAS MANUSKRIPT: ERSTES KAPITEL

### 1

Wär's nicht zum Flennen, müßte man ja wohl darüber lachen. Jedesmal, wenn ich nach Deutschland zurückkomme, gibt es dasselbe Theater. Seit sieben Jahren geht das so. Langsam könnten sich die Herren mit dem Gedanken vertraut machen, daß mein verfluchter Vater in ihren Fahndungsbüchern steht als Mann, der sofort zu verhaften ist. Er – nicht ich.

Wenn man bedenkt, wie oft ich in diesen sieben Jahren zwischen Luxemburg und Deutschland hin und her geflogen bin! Aber nein, nichts zu wollen, es ist immer dasselbe, auch an diesem 4. September 1960. Es ist genauso, wie es immer war und immer sein wird. Bis Gras über die Sache gewachsen ist und sie meinen Alten wieder ins Land lassen. Schon toll, daß so eine Sauerei eines Tages verjährt und keiner ihm dann mehr an seinen schönen Wagen fahren kann! Was denn? Totschlag kann sogar schon nach fünf Jahren verjähren. Feine Gesetze haben wir.
Wie gesagt: Es ist genauso wie immer. Nur über dem Flugplatz müssen wir diesmal nicht so lange kreisen wie sonst. Zwei Maschinen landen vor uns. Teddy fliegt dauernd Linkskurven. Teddy Behnke heißt er. Der Pilot von meinem Alten. Im Krieg hat er Bomber geflogen. Jetzt fliegt er eine »Cessna« und eine Beech-»Bonanza«. Mein Herr Papa hat sich zwei Flugzeuge zugelegt, seit er nicht mehr nach Deutschland darf. Niedliche Dinger. Trotzdem, zum Kotzen. Auf beide Rumpfseiten der »Bonanza« hat mein Alter in Riesenbuchstaben hinschmieren lassen: MANSFELD. Rot auf Silber.
Das ist typisch für ihn. So ein richtiger Neureicher. Mit ihm verglichen, kommt Teddy aus der englischen Hocharistokratie. Aber Teddy kann weiter nichts als Golfspielen und Tennis und Fliegen. Von Golf und Tennis kann man nicht leben. Also muß Teddy fliegen. Im Krieg hat er es für das Vaterland getan, fürs teure, schließ dich an, jetzt tut er es für einen dreckigen Schieber. Es muß schlimm sein, wenn man weiter nichts kann als Fliegen. Ich glaube nicht, daß Teddy gern bei meinem Alten arbeitet. Er hat immer das gleiche Poker-Face und läßt sich nichts anmerken, aber manchmal merkt man es doch.
Wir landen, er läßt die Karre vor dem Flughafengebäude ausrollen.
»Wenn es Ihnen nichts ausmacht, Herr Oliver, dann möchte ich gerne gleich zurückfliegen.«
»Sie meinen, Sie wollen nicht mit mir zum Paß gehen und sich filzen lassen.«
»Das habe ich nicht gesagt, Herr Oliver.«
»Aber gedacht. Glauben Sie, *ich* würde da reingehen, wenn ich nicht müßte?«
Er schaut mich an und macht the old Poker-Face und sagt keinen Ton.
»Such is life«, sage ich, nehme meine braune große Reisetasche und klettere aus der Maschine. Er springt mir nach und brabbelt ziemlich undeutlich: »Ich muß noch zur Flugsicherung.«

»Sail well, dear fellow of mine«, sage ich. Diesen Tick mit den englischen Brocken dazwischen habe ich noch aus dem letzten Internat behalten. Hoffentlich verschwindet er bald. Bin neugierig, was die da oben im Taunus gerade für einen Tick haben. Irgendeinen haben wir alle, immer. Nicht besorgniserregend. Geht vorüber. Nothing serious.
»Sie sind mir nicht böse, daß ich Sie nicht begleite und warte, bis Sie abfahren?«
»Keine Spur. Grüßen Sie meine Mutter.«
»Gewiß, Herr Oliver. Ich werde die gnädige Frau morgen im Sanatorium besuchen, ich verspreche es Ihnen.«
»Bringen Sie ihr Blumen mit«, sage ich und gebe Teddy Geld. »Rote Rosen. Erzählen Sie ihr, ich hätte gesagt, diesmal würde ich mich zusammennehmen. Aus diesem Internat fliege ich nicht wieder raus. So etwas beruhigt sie immer.« Er antwortet wieder nicht, und darum frage ich: »What's the matter, old boy?«
»Es ist alles sehr peinlich für mich, Herr Oliver.«
»Ach, Teddylein! Glauben Sie, für mich ist es das reine Honiglecken? Sie sind wenigstens nicht sein Sohn! Sie können kündigen! Sie haben es gut. Dieser verfluchte Hund!«
»So sollten Sie nicht von Ihrem Vater sprechen.«
»Vater! Daß ich nicht vor fröhlichem Gelächter ersticke! Meinetwegen kann er verrecken, mein alter Herr«, sage ich. »Und die liebe Tante Lizzy dazu. Es wäre ein Freudentag für mich. Na ja«, sage ich und gebe Teddy die Hand, »also dann. In diesem Sinne!«
Er sagt leise: »Gott schütze Sie.«
»Wer?«
»Gott.« (Teddy ist fromm.)
»Und was soll er tun?«
»Er soll Sie beschützen.«
»Ach so«, sage ich. »Ja, natürlich, das soll er. Und Sie soll er auch beschützen. Und die ›Bonanza‹ auch. Und die ›Cessna‹! Er soll überhaupt alles beschützen. Schließlich beschützt er ja auch so ein Schwein wie meinen Alten. Da kann man es schon von ihm verlangen! So long, Teddy.«
»Leben Sie wohl, Herr Oliver«, sagt er, und dann hinkt er über den Betonboden zu einer Tür, darüber steht: AIR WEATHER CONTROL. Hat einen Flaksplitter ins Knie bekommen, ganz zum Schluß noch, fünfundvierzig, als alles schon im Eimer war. Darum hinkt er. Und darum ist er wohl fromm geworden. Feiner Kerl, dieser Teddy. Was der wohl so denkt über unsere Familie? Ich kann es mir vorstellen. Dasselbe wie ich vermutlich.

Ich nehme meine Tasche auf und gehe zur Paßkontrolle. Gibt sehr viel Betrieb heute. Sonntags immer. Eine Menge großer Maschinen. Drüben, vor dem Restaurant, sitzen die Menschen im Freien und trinken Kaffee und sehen zu, wie die Boeings und die Caravelles starten und landen. Ist auch ein schöner Tag. Blauer Himmel, ganz warm. Und diese silbernen Fäden in der Luft, Altweibersommer. Nach Kartoffelfeuer riecht es. Draußen, auf dem Flugfeldrasen, weidet eine Herde Schafe ...

»Ihren Paß, bitte.«

Ich gebe dem Beamten hinter der hohen Theke meinen Paß. Er schlägt ihn auf, und gleich darauf macht er dann dieses Gesicht, das sie alle machen. Immer. Manche pfeifen auch ein bißchen, wenn sie meinen Namen lesen. Oder sie summen. Aber sie machen immer dieselben Gesichter.

Übrigens ist das schon wieder ein neuer Beamter, ich habe ihn noch nie gesehen. Auch den nicht, der in der Sperre vor mir lehnt, damit ich um Himmels willen nicht vielleicht flüchte.

Ich habe Flanellhosen, ein weißes Hemd ohne Krawatte und einen Blazer angezogen. Keine Manschettenknöpfe. Slipper. Ich ziehe mich immer so an, wenn ich nach Deutschland komme. Dann geht das Ausziehen schneller.

»Sie heißen?«

Hören Sie, könnte ich jetzt beispielsweise sagen, das steht in dem Paß, den Sie in der Hand halten, warum fragen Sie also? Aber ich sage es nicht, denn das weiß ich schon lange, daß so etwas gar keinen Sinn hat. Sagst du es, dann lassen sie dich eine halbe Stunde im Transitraum warten und tun so, als ob sie telefonieren, und alles dauert fünfmal so lange. Trotzdem: Zuerst habe ich es ein paarmal gesagt, vor sieben Jahren. Da war ich vierzehn und habe es nicht besser verstanden. Inzwischen bin ich klüger geworden. Das walte Hugo.

Mit einem verbindlichen Lächeln erwidere ich: »Ich heiße Oliver Mansfeld. Aber ich bin der Sohn, nicht der Vater.«

Der hinter der Theke hört gar nicht hin, sagt keinen Ton, bückt sich und sucht etwas.

»Links im obersten Fach«, sage ich.

»Was ist da?«

»Das Fahndungsbuch«, sage ich. »Wenn es noch die letzte Ausgabe ist, dann Seite 134, unten, vorletzte Zeile. Da steht er.«

»Wer?«

»Mein väterlicher Urheber.«

Tatsächlich holt er das Fahndungsbuch aus dem Fach, das ich ihm verraten habe, und folgsam blättert er zur Seite 134. Dabei beleckt er einen Finger. Dann fährt er mit ihm die ganze Seite herab, obwohl ich ihm gesagt habe, daß mein Vater ganz unten steht, und dort findet er ihn dann endlich und liest, was es zu lesen gibt, und bewegt lautlos die Lippen.

Der andere, der sich mir in den Weg gestellt hat, fragt inzwischen: »Woher kommen Sie?«

Ich habe eine Menge gelernt in den letzten sieben Jahren, und darum sage ich nicht: Das wissen Sie so gut wie ich, der Kontrollturm hat Sie angerufen und mich avisiert, als wir noch Linkskurven drehten. Ich antworte sanft und höflich: »Aus Luxemburg. Wie immer.«

»Was heißt: Wie immer?«

»Das heißt, daß ich immer aus Luxemburg komme.«

»Seine Familie lebt da«, sagt der hinter der Barriere und macht das Fahndungsbuch zu. »Hier steht es.«

Danach geht alles so weiter wie immer, ein bißchen ausführlicher vielleicht diesmal, weil die beiden gerade nichts zu tun haben.

»Wohin wollen Sie jetzt?«

»In den Taunus hinauf. Morgen fängt die Schule an.«

»In welche Klasse gehen Sie?«

»In die achte.«

»Mit einundzwanzig?«

»Ja.«

»Dann sind Sie dreimal sitzengeblieben?« Schlauer Junge, was? Immer höflich, immer freundlich.

»Jawohl. Ich bin ein sehr schlechter Schüler. Mathematik und Physik kapiere ich einfach nicht. Ich bin ein Idiot. Aber mein Vater besteht darauf, daß ich das Abitur mache.« Daß er darauf besteht, stimmt. Daß ich ein Idiot bin, stimmt nicht. Ich kapiere Physik und Mathematik. Ich bin dreimal sitzengeblieben, um meinen Alten zu ärgern. Es ist mir gelungen. Er hat wochenlang getobt. Das waren die glücklichsten Wochen in den letzten sieben Jahren für mich. Ich werde auch beim Abitur durchfallen. And how! Zeit, daß ich mir wieder einmal ein paar schöne Stunden mache.

»Das ist Ihr ganzes Gepäck?«

»Ja.«

»Was ist da drin?«

»Bücher. Schallplatten. Waschzeug.«

»Und alles andere?«

»Habe ich in Frankfurt gelassen. Bei einem Freund. Der hat meine Sachen inzwischen schon ins Internat hinaufgeschickt.«

Draußen wird ein grelles Schrillen lauter und lauter. Dann geht die Tonhöhe herunter, wir hören ein Jaulen. Dann wird es still. Eine Turboprop ist gelandet, ich kann sie durch die offene Tür sehen.
»Lufthansa London«, sagt der hinter der Theke. Gott sei Dank, jetzt hört das Gequassel auf, jetzt bekommt er Arbeit. Er macht seinem Kollegen ein Zeichen.
»Ich komme schon«, sage ich.
»Wohin?« fragt der Kollege.
»Was wollten Sie denn gerade sagen?« frage ich den Kollegen.
»Ich muß Sie bitten, mir zum Zoll zu folgen.«
»Stellen Sie sich vor«, sage ich, »das habe ich erraten.«
»Werden Sie nur nicht frech, junger Mann, ja?«
Das kommt davon, wenn man sich gehen läßt. Immer schön das Maul halten.
An die Lufthansa-Maschine haben sie inzwischen eine Gangway herangerollt, die Kabinentür steht offen, und die ersten Passagiere treten ins Freie. Ein Junge, etwa in meinem Alter, ein jüngeres Mädchen, ein Mann, der einen Arm um die Schulter einer Frau gelegt hat. Sie lachen alle. Sie werden fotografiert. Gehören alle zusammen. Eine glückliche Familie. So etwas gibt es auch.
Ein Scheißkerl, mein Alter.
Aus.
Schluß.
Nicht daran denken.
Das fehlt gerade noch, daß ich zu flennen anfange.
In den ersten Jahren habe ich das manchmal getan, hier draußen, beim Paß, wenn ich so glückliche Familien sah. Vater, Mutter, Kinder. Tatsächlich geflennt.

## 2

Sind Sie schon einmal vom Zoll untersucht worden? So richtig, meine ich, in einer von diesen Zellen? Mir ist es mindestens fünfzigmal passiert. Mindestens! Ich will Ihnen erzählen, wie es ist und wie Sie sich dabei verhalten müssen. Man kann nie wissen!
Also was das Verhalten betrifft: Freundschaft, Freundschaft! Kein böses Wort. Kein wütender Blick. Alles tun, was der Zöllner sagt. Nur reden, wenn Sie gefragt werden. Um Himmels willen kein Protest. So etwas macht den Herren bloß Laune. Und Sie, was haben Sie davon? Nullkommajosef.
Die Holzzellen sind nicht größer als ein Klosett. Es gehen gerade

zwei Menschen hinein. In jeder Box gibt es einen Hocker, einen Tisch und einen Haken an der Wand. Die Zellen stehen aneinandergereiht ein bißchen im Hintergrund. Im Schatten der allgemeinen Zollabfertigungsanlage, die Sie alle kennen, dieser langen Rutschbahn aus Blech, an der man seine Koffer öffnet. Dahinter, verstehen Sie, schamhaft versteckt, liegen die Zellen. Die Herren Passagiere werden von Zöllnern untersucht, die gnädigen Frauen von Zöllnerinnen. So etwas gibt es auch. Manchmal ist das sehr komisch. Weil die Zellen doch nur Holzwände haben, wie Badekabinen. Sie hören also jedes Wort, von links und rechts.
»Legen Sie den Büstenhalter ab. Das Höschen auch, bitte.«
»Was ist das? Ein Bruchband? Tut mir leid. Öffnen Sie es.«
An diesem Sonntag allerdings bin ich offenbar der einzige, der gefilzt wird. Es ist ganz still in der Holzzelle, in der das passiert. Der Zöllner trägt eine grüne Uniform und ist sehr klein. Zuerst kramt er in meiner Reisetasche. Jede einzelne Schallplatte zieht er aus dem Umschlag, sieht in die Hülle. Ray Coniff. Louis Armstrong. Ella Fitzgerald. Oscar Peterson. Dann die Bücher »Mila 18«. »La Noia«. »The Rise and Fall of the Third Reich«. »Der Letzte der Gerechten«. Martin Buber und Camus. Leo Trotzki: »Mein Leben«.
Jedes Buch durchblättert der Kleine so, daß unbedingt alles herausfallen muß, was zwischen den Seiten liegt. Es fällt nichts heraus. Es liegt auch nichts drin. Bei dem Trotzki redet er zum erstenmal: »Das lesen Sie?«
Devot: »Ja, Herr Inspektor. Um Himmels willen, es ist doch nicht verboten?«
Keine Antwort. Das ist die richtige Tour.
Trotzdem blättert er den Trotzki zweimal durch. (Weil ich nämlich von allen Büchern, die ich mitbringe, eine Geheimbotschaft ausgerechnet in dieser Autobiographie verstecken würde, nicht wahr?) Der Trotzki erweist sich als unfruchtbar.
Nach den Büchern kommt das Waschzeug. Zahnpastatube auf, Zahnpastastube zu. Seifenetui auf, Seifenetui zu. Elektrischer Rasierapparat: Dazu braucht er zwei Minuten. Das ist eine lange Zeit, und weil ich weiß, daß es noch viel länger dauern wird und ich unter keinen Umständen die Geduld verlieren darf, sehe ich aus dem kleinen Fenster. Jede Zelle hat so ein Fensterchen in der Tür. Eigentlich muß es durch einen Vorhang geschlossen sein. Aber der hier ist nicht ganz richtig zugezogen.
An der Zollrutsche wird jetzt das Gepäck der Lufthansa-Passagiere ausgeladen. Viele Leute warten da vor drei Zöllnern. Sie werden

sehr schnell abgefertigt. Da ist wieder das Ehepaar mit den beiden Kindern. Weil sie alle immer noch lachen und so fröhlich sind, sehe ich lieber anderswohin. Da führt ein Gang in einen dunklen Schuppen. Beim Eingang sehe ich ein Schild: EINTRITT VERBOTEN! Hinter dem Schild, im Halbdunkel, steht ein Pärchen und küßt sich. Aber wie!
Er hat die Arme um ihre Schultern gelegt, sie die ihren um seinen Leib. So stehen sie da. Der Kuß hört überhaupt nicht auf. Er sieht prima aus. Schwarzes Haar. Schwarze Augen. Groß. Schlank. Grauer Freskoanzug. Spitze Schuhe. Bärtchen. Wahrscheinlich ein Italiener. Sie ist kleiner als er, vielleicht so groß wie ich. Beigefarbene Hosen trägt sie, flache beigefarbene Schuhe, einen beigefarbenen Pullover, ein Tuch lose um den Hals. Ich denke: Beige ist ihre Farbe, und sie weiß es. Kurven hat die Dame. Boy, o boy. Wie eine Rennjacht. Dabei ist sie nicht mehr jung. Sicherlich schon über dreißig.
Na endlich! Le baiser phantastique ist zu Ende. Sie sehen sich an. Das heißt: Sie kann seine Augen sehen, er die ihren sicher nicht, denn sie verbirgt das halbe Gesicht hinter einer riesengroßen dunklen Sonnenbrille. Wird ihren Grund haben dafür. Wenn das der Herr Gemahl ist, dann ist mein Alter ein ehrlicher Mensch!
Schade, daß sie die Brille trägt, ich hätte gerne die Augen gesehen. So sehe ich nur ein ziemlich schmales Gesicht mit sehr weißer Haut, auf dem linken Backenknochen einen schwarzen Punkt, volle rote Lippen, eine zierliche Nase, eine hohe Stirn und bläulichschwarzes Haar, das ihr in einer weichen Welle in den Nacken fällt.
Jetzt spricht sie mit dem Kerl. Wunderschöne Zähne hat sie. Er sagt etwas, und sie verzieht den Mund, als wäre sie am Weinen, dann gibt sie ihm viele kleine Küsse, schnell, ganz schnell, auf den Mund, auf die Wangen, die Augenlider. Wenn die beiden wüßten, daß da einer zuschaut! Immerhin haben sie sich ganz schön verkrochen, beim Eingang zu dem Schuppen. Die muß doch völlig wahnsinnig nach ihm sein! Wie die rangeht. Das regt einen ja schon beim bloßen Zusehen auf!
»Leeren Sie, bitte, Ihre Taschen aus. Legen Sie alles auf den Tisch.«
Mit der Reisetasche ist der Dicke also fertig. Jetzt geht das Theater mit der Brieftasche los, der Streichholzschachtel, der Zigarettenpackung, dem Taschentuch. Er nimmt tatsächlich alle Streichhölzer heraus und alle Zigaretten, und das Taschentuch schüttelt er. Ich sehe wieder aus dem Fenster. Die beiden umarmen einander noch immer. Mensch, ist das eine Frau ...
»Ziehen Sie sich aus, bitte.«

»Aber gern.« Es geht ganz schnell, denn ich weiß ja, was ich anziehe, wenn ich nach Deutschland komme. In einer halben Minute stehe ich in Socken und Unterhose vor dem Dicken, der gemütlich anfängt, die Kleider zu filzen. Er dreht das Futter aller Taschen nach außen, tastet den Stoff des Blazers ab und sieht in den Aufschlägen der Flanellhose nach. Vielleicht liegt eine H-Bombe drin.
»Sie können sich setzen.«
»Danke, ich stehe lieber.« Weil sie ihn nämlich gerade wieder küßt.
»Sicherlich halten Sie das für eine Schikane, Herr Mansfeld.«
»Aber, ich bitte Sie!« Sein schwarzes Haar streichelt sie, seinen Kopf hält sie mit beiden Händen.
»Ich tue nur meine Pflicht, glauben Sie mir.«
Jetzt küßt sie ihm die Hand. Einmal. Zweimal. Dreimal. Dann preßt sie die Hand an ihre Wange. Mensch, hat der Kerl Schwein! Wirklich eine tolle Biene. Wenn ich bloß die Augen sehen könnte...
»Ich bin nur ein kleiner Beamter. Wenn es heißt durchsuchen, dann muß ich durchsuchen. Dienst ist Dienst. Ich habe gar nichts gegen Sie.«
Das ist ja widerlich, daß ich den beiden dauernd zusehe. Ich drehe mich um und sage zu dem Dicken: »Ich habe auch nichts gegen Sie, Herr...«
»Koppenhofer.«
»Ich habe überhaupt nichts gegen Sie, Herr Koppenhofer! Ich weiß, Sie müssen Ihre Pflicht tun. Man hat mich hier schon so oft durchsucht, daß ich ganz erstaunt darüber bin, Sie noch nie gesehen zu haben.«
»Ich arbeite erst seit drei Wochen da. Sie haben mich versetzt, aus München.«
»Darum!« Ich ziehe meine Socken aus und gebe sie ihm. »Aber was mit meinem Vater los ist, wissen Sie natürlich.« Er nickt betreten. Ein netter Kerl, der kleine Dicke. Wie er dasteht und verlegen in die Socken schaut. »Ich betrachte das nicht als Schikane. Nicht als gegen mich gerichtete Schikane. Mein Vater soll schikaniert werden. Er soll darunter leiden, daß er weiß: Sein Sohn wird jedesmal gefilzt wie ein Verbrecher, wenn er in sein eigenes Land zurückkommt. Es hat keinen Sinn, den Herren hier zu erklären, daß sie da von einer falschen Voraussetzung ausgehen. Mein Vater leidet nicht darunter. Mein Vater scheißt darauf. Mein Vater scheißt auf alle Menschen. Vor allem auf mich.«
Herr Koppenhofer blickt mich fassungslos an.
Ich frage: »Die Unterhose auch?«
Er schüttelt den Kopf und macht ein geniertes Gesicht.

»Wenn ich nur einmal ganz kurz ...«
Also stehe ich auf, und er zieht mir die Hose schnell hinten vom Leib und dann schnell vorn und betrachtet, was es da zu betrachten gibt.
»Sie können sich wieder anziehen.«
»Danke, Herr Koppenhofer«, sage ich und nehme die Socken. Warum soll ich jetzt nicht freundlich sein zu ihm? Was kann denn er dafür? Die Brüder vom Paß, die können auch nichts dafür, die haben auch ihre Weisungen.
Ich sage: »Die Paßleute haben auch ihre Weisungen. Wie ich Ihnen schon erklärt habe: Mein *Vater* soll schikaniert werden, nicht ich. Und das ist auch ganz richtig und gerecht so! Aber man geht eben von einer unrichtigen Voraussetzung aus. Nämlich der, daß mein Vater nicht auf mich scheißt, sondern daß er mich liebt.«
»Sie sagen schreckliche Sachen, Herr Mansfeld.«
»Ich sage nur die Wahrheit. Glauben Sie, mein Alter ist so dämlich, daß er mir oder irgendeinem seiner Direktoren, die er dauernd zu sich rufen läßt, Material mitgibt, das euch interessieren könnte? Wenn er so dämlich wäre, hättet ihr ihn damals doch hinter Schloß und Riegel bringen können.«
Was ist eigentlich los mit mir? Warum quatsche ich so viel? Und immer weiter! Immer weiter!
»Die Direktoren filzt ihr auch jedesmal, sie sind es so gewöhnt wie ich. Habt ihr schon ein einziges Dokument, eine einzige Notiz auf einem winzigen Zettel gefunden in den letzten sieben Jahren? Nichts! Die Schweinereien, die mein Alter ausheckt, da in Luxemburg, die werden niemals zu Papier gebracht! Die haben seine Herren im Kopf, wenn sie zurückkommen. Und das können Sie leider nicht sagen: Bitte, nehmen Sie jetzt den Kopf ab, mein Herr!«
»Sie sind doch wütend auf mich.«
»Ich schwöre, nein!« Jetzt bin ich angezogen und stecke alle Sachen wieder in die Taschen. Es sind nicht viele. Ich stecke nie viel in die Taschen, wenn ich nach Deutschland komme. Es hält so auf. Die beiden sind immer noch da. Jetzt halten sie sich an den Händen und sehen sich stumm an. Wahrscheinlich fliegt er bald ab. Klar, daß er abfliegt – so wie sie angezogen ist.
Während der Zeit, in der ich gefilzt wurde, habe ich dauernd Stimmen aus Lautsprechern gehört. Sie kennen das ja: »Achtung bitte, Air France gibt Abflug ihres Clippers 345 nach Rom über München, Zürich bekannt. Passagiere werden durch Flugsteig drei an Bord gebeten. Wir wünschen Ihnen einen angenehmen Flug.« – »Atten-

tion please! Passengers Wright, Tomkinson and Harris, booked with Pan American World Airways to New York, please, come to the counter of your Company...«
Und so weiter. Ich stecke gerade meine Zigaretten ein, da höre ich es! »Frau Verena Lord, ich wiederhole, Frau Verena Lord! Bitte, kommen Sie zum Informationsbüro. Wir haben hier einen Anruf für Sie!«
Durch das kleine Fenster sehe ich, wie die Frau mit der riesigen Sonnenbrille zusammenfährt. Entsetzt starrt sie den Mann an, der sie umarmt. Sie sagt etwas. Er sagt etwas. Sie schüttelt den Kopf. Das schöne blauschwarze Haar fliegt hin und her.
»Frau Verena Lord... Frau Verena Lord... Sie werden am Telefon verlangt... Bitte, kommen Sie zum Informationsbüro!«
Jetzt spricht er beschwörend auf sie ein. Auch mit den Händen. Sicher ein Italiener. Sie stampft mit einem Fuß auf.
Der dicke Zöllner öffnet die Tür.
»Also dann, viel Glück, Herr Mansfeld! Sie können gehen. Und bitte wirklich: Nichts für ungut.«
»Ja, ja«, sage ich und gebe ihm die Hand, aber ich sehe ihn nicht mehr an. Ich sehe nur die Frau mit der schwarzen Brille. Die Reisetasche in der Hand, gehe ich an ihr vorbei, an ihr und ihrem Kerl. Im gleichen Moment wendet sie sich um, und wir stoßen zusammen.
»Pardon«, sage ich.
Sie sieht mich völlig geistesabwesend an, dann läuft sie durch die Halle davon. Der Kerl geht ihr zögernd nach. Hat er Angst? Scheint so. Hätte ich auch. Wenn die Dame jetzt vom Herrn Gemahl am Telefon verlangt wird?
Wieso riecht es hier so nach Maiglöckchen?
Ach so. Der Duft ihres Parfüms. Diorissimo ist das. Kenne ich. In dem vorletzten Internat, aus dem ich hinausflog, hatte ich so eine kleine Wuchtbrumme, die liebte dieses Zeug. Ich schenkte es ihr immer. Nicht, daß ich geizig bin. Wirklich nicht. Aber es kostet ein Vermögen, und der Duft ist so flüchtig, er verfliegt so schnell, so schnell, wie ich hinausflog, damals, wegen dieser kleinen Brumme...
Diorissimo.
Verena Lord.
Ich muß übrigens auch zum Informationsbüro. Ich will mich erkundigen, wie ich nach Friedheim komme. Über die Autobahn, das weiß ich. Aber dann?
»Hallo, Träger!«
»Bitte sehr, der Herr.«

»Würden Sie so freundlich sein und meinen Wagen aus der Garage holen? Ein weißer Jaguar.«
»Haben Sie ihn bei uns eingestellt, als Sie abflogen?«
»Ja.«
»Darf ich um die Papiere bitten?«
Ich gebe sie ihm.
»Haben Sie noch Gepäck?«
»Nein. Der Zündschlüssel steckt.«
»Dann fahre ich den Wagen direkt vor den Haupteingang.«
»Okay.«
Ich gehe zum Informationsbüro und überhole dabei den Schwarzhaarigen, Hübschen, Langsamen. Er macht sich Gedanken, man sieht es.
Diorissimo. Ich rieche es immer noch. Lange Beine. Blauschwarzes Haar. Verena Lord. Und dann verspüre ich auf einmal einen Stich in der Leber.
Moment mal. Moment mal. Verena Lord...
Verena Lord?

## 3

»Ich bitte Sie sehr, diesen Überfall zu entschuldigen...«
Zehn Minuten sind vergangen.
Ich werfe gerade die weiche, braune Reisetasche hinter die Sitze des Jaguars, da höre ich die Stimme. Rauchig und tief ist diese Stimme, heiser beinahe. Ich drehe mich um, da steht sie vor mir, und da ist auch wieder der Maiglöckchenduft.
»Gnädige Frau?«
Aber ich halte mich doch am Wagen fest, denn so etwas kommt eigentlich nur in Romanen vor, oder? Ich meine: Daß einem so etwas passiert.
Frau Verena Lord steht vor mir und bewegt die Hände, als würde sie sich mit einem Stück unsichtbarer Seife waschen. Sie ist blutrot im Gesicht und weiß nicht weiter. Darum frage ich: »Kann ich Ihnen helfen?«
Dämliche Frage! Hätte sie mich sonst angesprochen? Wenn die Dame mich noch lange so betrachtet, brauche ich einen Cognac. Einen doppelten! Obwohl ich ihre Augen gar nicht erkennen kann. Aber was ich sehen kann, genügt.
»Ja«, sagt sie mit dieser kehligen Stimme, die jeden normalen Mann verrückt machen muß, »ich glaube, Sie können mir helfen...

das heißt, wenn Sie wollen ... Ich meine ... o Gott, ist das peinlich ...« Und jetzt sieht sie wieder so aus, als wollte sie weinen – wie vorhin, als sie in dem dämmrigen Eingang zum Zollschuppen ihren Kerl umarmte.
Der Kerl kommt übrigens jetzt auch heran. Ganz langsam. Aber immerhin, er hat eingesehen, daß die Dame mit ihrem Problem nicht fertig wird. Ich glaube, er würde einen Alfa Romeo dafür geben, wenn er nicht mit mir reden müßte. Muß er aber. Denn der Gesichtsausdruck der Dame ist ganz hilflos.
Da steht er also endlich vor mir, der Hübsche. Spricht mit italienischem Akzent, aber fließend: »Signore, die Dame befindet sich in außerordentlicher Eile. Wir waren doch vorhin alle drei im Informationsbüro, nicht wahr ...«
»Ja«, sage ich.
»... und ich wartete neben Ihnen, während die gnädige Frau in der Zelle telefonierte.« Ihre Augen lassen mich jetzt nicht mehr los. Warum werden meine Hände feucht? Das ist ja idiotisch! Gar nicht idiotisch. Natürlich habe ich schon so mein Dutzend Bienen gehabt. Aber so etwas ... nein, so etwas nie! Ihre Wangen sind jetzt bleich, und ihre Brüste heben und senken sich hastig. Er redet weiter wie ein Fremdenführer oder einer, der Ihnen erklärt, wie Sie Poker spielen müssen.
»Da ich neben Ihnen stand – scusi, signore –, mußte ich einfach hören, wie das Fräulein hinter dem Schalter Ihnen den Weg nach Friedheim erklärte.«
»Ja, da muß ich hin.«
»Die gnädige Frau muß da auch hinfahren.« Junge, Junge, sieht der Kerl gut aus. Ein einziges Mal möchte ich so aussehen. Zwei Tage nur. Einen. Halb so gut! Dann wäre ich krankenhausreif, erschöpfungshalber. Der Kerl und die Dame passen überhaupt prima zusammen. Das scheint oft so zu sein bei Leuten, die nicht zusammenkommen dürfen und nie zusammenkommen werden.
Er hat sie aber geküßt. Das geht mich einen Dreck an. Trotzdem, wissen Sie was? Es erfüllt mich mit blindwütiger Eifersucht.
Also sehe ich ihm mal auf seine olivenfarbenen, behaarten Gentlemanhände, und zwar so lange, bis er sie auf den Rücken legt, und komisch, da ist es aus mit meiner Eifersucht.
Was denn?
Ich hatte mal eine, die war einundvierzig und bekam einen Weinkrampf, als ich aus dem Internat flog und ihr sagte, ich könnte sie deshalb nicht mehr treffen. Na ja, aber on the other hand: Verena Lord. *Verena Lord!*

Das mit den dämlichen Fremdwörtern dazwischen will ich mir auch endlich abgewöhnen.
Der Kerl sagt: »Die Dame muß schnellstens nach Friedheim, aber sie hat keinen Wagen.«
»Wie ist sie hergekommen?«
Sie packt ihn am Arm und sagt wie jemand, der fühlt, daß er gleich ohnmächtig hinschlagen wird: »Bitte, hören Sie auf. Das ist doch alles Wahnsinn.«
Sie. Sie! Natürlich muß sie »Sie« sagen, wenn er ihr Liebhaber ist. Soll sie ihm vielleicht vor mir um den Hals fallen?
Kennen Sie das: Wenn einem alles, alles, alles an einer Frau gefällt? Wenn sie sagen und tun und lassen kann, was sie will, und man ist halb verrückt vor Sehnsucht und Verlangen? Und man kennt die Frau gar nicht? Mir ist das einmal in einem D-Zug passiert. Aber ihr Mann war dabei, und sie stiegen in Karlsruhe aus. Damals konnte ich ein paar Nächte nicht schlafen. Jetzt passiert es mir zum zweitenmal.
Und bei Verena Lord. Ausgerechnet bei ihr. Wenn sie wüßte! Natürlich muß sie es bald erfahren. Man wird es kaum verheimlichen können. Von allen Frauen auf der Welt Verena Lord. Sachen gibt es ... Was für schöne Hände sie hat! Am Mittelfinger der Rechten trägt sie einen platingefaßten Smaragd, umgeben von Brillanten, und am Handgelenk ein Armband – mit Brillanten und Smaragden. Der Stein und das Bracelet sind eine Wucht, also wirklich! Auf Schmuck verstehe ich mich nämlich. Mein Alter, das Schwein, kauft jede Menge davon. Kapitalsanlage. Erste Fachleute aus Amsterdam beraten ihn, wenn er kauft. Ein paarmal habe ich zugehört. So kenne ich mich aus. Mir kann keiner was erzählen. Also, was diese Dame da am Finger trägt, dieser Brummer, der hat mindestens seine fünf Karat, und wenn das Armband nicht unter Brüdern Hundertfünfzigtausend gekostet hat, dann habe ich nicht bei der Lektüre von Karl Marx Fieber bekommen und bei der vom Marquis de Sade Gähnkrämpfe.
Der Kerl legt einen Arm um die Dame. (Warum trägt sie solche Klunker wohl zu Hose und Pullover? Kommt sie vielleicht aus einem Kellerchen? Da kommen oft die Schönsten her! Nein. Unsinn. Diese Dame kommt aus keinem Keller. Diese Dame kommt aus einer Welt ... aus einer Welt, in der man so frei, so sicher, so unbekümmert um andere ist, daß man kostbarsten Schmuck tragen kann, auch wenn man in Hosen und Pullover herumläuft. Heute weiß ich, aus welcher Welt Verena kam, als sie noch nicht Frau Lord war. Damals wußte ich es noch nicht.)

Der Kerl, mit dem Arm um die Schulter der Dame, lächelt frisch, fröhlich und frei und sagt zu ihr: »Einen Moment, bitte, ja? Sie dürfen jetzt nicht die Nerven verlieren.« Und zu mir: »Die Dame kam mit meinem Wagen her. Sie hat mich begleitet. Ich fliege nach Rom. Natürlich könnte sie ein Taxi nehmen. Oder auch meinen Wagen. Aber darum geht es nicht.«
»Sondern?«
»Es geht darum, daß die Dame schnell nach Friedheim kommt. So schnell wie möglich. Als ich sah, daß Sie einen Jaguar haben, kam mir die Idee, Sie zu ersuchen, die Dame mitzunehmen. Wieviel macht der Wagen?«
»Na, so Zweihundertzwanzig werde ich schon aus ihm rausholen.«
»Und Sie würden die Signora mitnehmen?«
»Mit Vergnügen.«
»Wunderbar.« Jetzt holt er die behaarten Hände wieder hinter dem Rücken hervor und reibt sie und flüstert ihr etwas ins Ohr, und nur das Ende des Satzes klingt laut: »... er aus Frankfurt heraus ist, bist du längst oben in Friedheim.«
Das »Du« hat er wieder geflüstert, aber nicht geflüstert genug. Wer ist das wohl, der erst aus Frankfurt heraus sein wird, wenn wir längst oben in Friedheim sind? Was glaubt ihr wohl, ihr kleinen Häschen und Maulwürfe?
Ich weiß bloß nicht, warum ich auf einmal so sentimental bin. Ist das hier vielleicht *meine* Liebe? Na also! Und darum sage ich frech: »Wenn die gnädige Frau vor dem Herrn Gemahl zu Hause sein möchte ...«
Sie wird noch bleicher und starrt mich an und murmelt: »Dem Gemahl ...«
»Vielleicht auch dem Brüderchen. Wie soll man das so genau wissen?« Solche Sachen sage ich immer, wenn ich sentimental bin. Warum bloß?
»Hören Sie«, fängt sie an, »ich kenne Sie nicht. Sie waren so freundlich, mich mitnehmen zu wollen. Aber unter diesen Umständen will und werde ich auf keinen Fall ...«
Der Kerl gibt ihr nur einen ganz kleinen Stoß. Da verstummt sie schon. Der Gentleman und ich sind einer Meinung. Ich sage: »Klar. Kann ich gut verstehen. Ausgezeichnet verstehen. Ich habe Ihre Gefühle verletzt. Bitte tausendmal um Vergebung, Frau Lord.«
»Sie kennen meinen Namen?«
»Nicht nur den Namen!«
»Was soll das heißen?«

»Später. Erst mal losfahren.«
»Ich steige nicht ein, bevor Sie mir nicht erklärt haben, was das heißen soll!«
»Sie müssen mit ihm fahren«, sagt das niedliche Bärtchen. »Sie müssen.«
»Finde ich auch«, sage ich.
»Wer sagt mir, daß Sie kein Erpresser sind?« flüstert sie.
»Niemand.« Da bin ich noch ganz groß. Langsam wird das eine französische Boulevardkomödie.
Der Kerl tritt vor und packt mich am Blazer und spricht leise: »Ich warne Sie. Wenn Sie hier eine Situation ausnützen wollen, gnade Ihnen Gott! Ich werde Sie finden, wo immer Sie sind, und dann...«
»Nicht«, sage ich.
»Was nicht?«
»Lassen Sie meine hübsche Jacke los. Ich mag das nicht.«
Aber da habe ich mich verrechnet. Er läßt nicht los, sondern lächelt nur unter seinem Bärtchen, und seine Augen werden tückisch, als er sagt: »Es ist mir gleich, was Sie mögen oder was Sie nicht mögen, Herr Mansfeld.«
»*Mansfeld?*« sagt sie.
Und da bin ich wieder ganz klein.
»Mansfeld?« sagt sie.
»Er hat seinen Namen genannt, bei der Information, Signora. Sein Herr Papa ist der bekannte... Mansfeld.«
»Mansfeld?« wiederholt sie. Dieser Hund, mein Vater!
»Sie können Vertrauen zu Herrn Mansfeld haben«, meint der Hübsche. »Er ist ein Gentleman. Mit einem solchen Papa kann man gar nichts anderes sein als ein Gentleman.«
Dieser Hund, dieser Hund – mein Vater! Man kann auf verschiedenste Art gedemütigt werden. Die schlimmste ist die, bei der Sie sich sagen müssen: Du kannst nichts dafür – ein anderer hat dir das alles eingebrockt. Aber das ist egal. Du mußt dein Maul halten. Und so sage ich nur noch: »Vier Minuten sind schon um.«
Der Hübsche küßt der Dame jetzt nur zart die Hand und sieht sie an aus feuchten Schlafzimmeraugen und sagt: »Herr Mansfeld hat recht. Vier Minuten haben wir schon verloren.« Und zu mir: »Ich danke Ihnen.«
»Macht mir doch Freude, die gnädige Frau nach Friedheim zu bringen.« Sage ich und gehe schon um den Jaguar herum.
Er verneigt sich – nicht zu tief! – und sagt: »Leben Sie wohl, Signora. Und vielen Dank für die Begleitung.«

Sie redet so erstickt, daß ich sie kaum verstehe (hoffentlich heult sie mir jetzt nicht meinen Wagen voll!): »Haben Sie einen guten Flug. Kommen Sie gesund wieder.«
»Aber sicherlich«, sagt er, während er schon den Wagenschlag auf ihrer Seite öffnet und sie mit sanfter (ach, mit so sanfter) Gewalt in den Wagen und auf den Sitz neben mir schiebt, »avanti, avanti, carina.«
Plötzlich sehe ich, daß die Hand, die den Wagenschlag offenhält, daß seine olivengelbe, behaarte Hand zittert.
Ach so.
Schau mal einer an.
Der Herr ist auch nur ein Mensch.
Und ich habe einfach einen Knacks seit der Geschichte mit meinem Vater, als ...
Nicht daran denken. *Eine* Beruhigung habe ich jetzt: Andere Leute besitzen auch nur Nerven. Und etwas Neues habe ich eben gelernt: Wenn einem ganz mies ist, dann muß man ganz tough sein. Mir, mir ist ganz mies, seit sieben Jahren schon.
Und tough (bloß damit mich jeder richtig versteht) heißt nach dem von Professor Edmund Klatt 1951 unter Berücksichtigung der amerikanischen Umgangssprache herausgegebenen Langenscheidtschen Wörterbuch soviel wie hart, zäh, eklig. Sie können's nachlesen. Seite 475, linke Spalte. Da steht auch: tough guy = harter Junge, sl. Das sl. bedeutet Slang.
Okay, tough guy, sage ich zu mir. Go ahead, tough guy. Die Dame Verena sitzt neben dir. Starte den Motor, tough guy, und tritt dem Ding mal ordentlich in den Bauch, daß der Kompressor aufheult.

## 4

Gang rein. Kupplung raus. Die Dame fliegt im Sitz zurück, als der Jaguar losschießt und wir in die Kurve um den Parkplatz gehen. Hier muß ich noch aufpassen, hier gibt es massenhaft Polypen.
Ich sehe in den Rückspiegel und sage: »Ihr Freund winkt.«
Keine Antwort.
Sie bewegt sich nicht.
Ich konnte nicht verstehen, was er ihr zuletzt ins Ohr flüsterte, aber sie scheint nicht sehr erfreut darüber zu sein. Sie sitzt da, als wäre sie im Sitzen gestorben, gerade während sie sich auf die Unterlippe biß.

Auf was für eine Unterlippe!
Ich glaube, ich habe nie eine schönere Frau gesehen. Noch nie.
Ich sage *Frau.* Ich sage nicht *Mädchen.*
Absichtlich.
Ich glaube, ich muß etwas klarstellen, denn ich weiß nicht, ob Sie es wissen. Mit uns Knaben und Mädchen, mit all diesen Teens und Twens ist das so eine Sache.
Den Mädchen sind die Jungen zu dämlich, und den Jungen die Mädchen. Vor allem die Mädchen leiden unter Gleichaltrigen. (Mit Recht.) Also suchen sie sich Ältere. So um die fünfunddreißig herum, die haben heutzutage eine feine Zeit. Die wissen einfach nicht, wohin mit all den Sechzehnjährigen! Können sie gar nicht schaffen. Niemals. Wie sich das ranschmeißt! Klar, ich kann's verstehen. Die Kerle haben Geld. Sie passen auf. So ein Mädchen ist bei ihnen sicher aufgehoben. Ich erinnere mich noch gut, wie ich mit achtzehn war. Boy, o boy, das haben sich auch nur diese fünfzehnjährigen Gören bieten lassen, was ich damals aufstellte. Wie ein tapsiger Bär. Gelernt habe ich es erst bei der schon erwähnten Einundvierzigjährigen.
Sehen Sie, *den* Riecher bekommen die Mädchen von heute offenbar schon bei der Geburt mit: Bei einem Gleichaltrigen ist es eine einzige Quälerei. Darum loben sie sich die älteren Herren. Sie wissen, wo der Punkt sitzt. They know how. Sind schließlich auch Menschen, die Mädchen, wollen auch etwas davon haben. Und wenn trotz allem einmal etwas passiert – so ein Erwachsener hat immer noch seine Beziehungen, nicht wahr? Ein Junge fängt bloß an zu beten oder rennt zur Mami, um zu beichten.
Na, und bei Leuten in meinem Alter, bei denen in den Wechseljahren, ist es genauso. Die meisten Mädchen, die ich getroffen habe, waren nicht nur zu blöde, als daß ich mich mit ihnen hätte unterhalten können, sondern auch zu blöde *dazu.* I ask you: Wer hat denn heute noch Zeit zum Anlernen? Nein, nein, danke! Für mich Dreißigjährige, Herr Ober. Können auch noch ein bißchen älter sein.
Jetzt verstehen Sie vielleicht auch meine Nervosität. Ich bin nämlich nervös, da am Steuer, während wir zum Autobahnkreuz Frankfurt hinauffahren. Ich meine: Nicht, daß mir gerade der Schweiß auf der Stirn steht. Aber nervös bin ich, ich gebe es zu. Die Dame Verena ist schuld daran. Ich muß sie dauernd ansehen. Ich blicke in den Rückspiegel.
Der italienische Beau sieht uns nach, zuckt die Schultern und geht in das Flughafengebäude hinein.

»Jetzt hat er's aufgegeben«, sage ich.
Wieder keine Antwort.
Von der Seite kann ich wenigstens ein bißchen von ihren Augen sehen, trotz der verdammten Brille. Ich glaube, die Augen sind schwarz. Die Nasenflügel vibrieren. Die Hände beben. Ich sehe, daß der Verschluß des Armbands sich geöffnet hat, so eine kleine Schleife aus Platin. Aber ich kann es ihr nicht sagen. Ich kann sie nur anstarren.
Schön. Schön. So schön ist sie. Alles an ihr. Der Körper. Ihre Haltung. Ihr Haar. Ich glaube, wenn man mit einem Kamm hindurchführe, würde es knistern. Und wenn man mit den Händen darin wühlte...
Iiiiiiii!!!
Verdammt – das war knapp. Ich habe das Stoppschild bei der Einfahrt zur Autobahn übersehen. Beinahe war ich schon in dem Cadillac drin. Hätte der Fahrer nicht sein Steuer verrissen...
So geht das nicht. Wenn ich jetzt richtig abhaue, muß ich nach vorn sehen und nicht immer zur Seite hin, zu ihr. Ich sage: »Es tut mir leid.«
Mit dieser Rauchstimme fragt sie: »Was?«
»Ach, nichts Besonderes. Um ein Haar wären wir jetzt beide bloß tot.«
Glauben Sie, die Dame sagt darauf etwas?
Kein Wort, kein einziges Wort.
Auf unserer Seite der Bahn, die nach Norden in den Taunus hinaufführt, herrscht wenig Verkehr. Gegenüber, Richtung Kassel–Frankfurt, fahren sie nebeneinander und Schnauze an Auspuff. Klar. Sonntagnachmittag. Die ganze Stadt kommt vom Ausflug zurück. Papi. Mami. Kinderlein. Picknick gemacht im Wald. Zweige mit bunten Blättern gesammelt. In den Wagen sitzen sie jetzt, glückliche, müde Familien. Familie – wenn ich das Wort schon höre...
Ich fahre auf der linken Spur unserer Bahn. Was soll ich auf der rechten? Die Tachonadel steht schon jetzt bei 160.
Ab und zu taucht natürlich auch auf meiner Spur so ein Wagen auf, der es eilig hat. Der dicke blaue Kapitän zum Beispiel gerade. Er geht und geht nicht nach rechts. Also nichts wie nah ran und auf die Lichthupe gedrückt.
Na also, Kleiner, warum funkt es denn jetzt?
Der Bubi am Steuer schüttelt die Faust und hupt hinter mir her.
Sei doch nicht so böse, Bubi! Wenn es die Dame eilig hat...
Und das ist vielleicht eine Dame!

Wir sind bestimmt schon drei Minuten auf der Bahn, da sagt sie erst: »Es wäre mir egal.«
»Was, bitte?«
»Wenn ich jetzt tot wäre.«
»Ja, ja«, sage ich.
»Im Ernst«, sagt sie.
»Ich habe auch im Ernst ja, ja gesagt.«
Plötzlich kommt ihr Kiefer vor, und ihre Stimme klingt so, als würde sie Tränen verschlucken. »Mir ist alles egal. Alles auf der Welt. Mich ekelt alles an.«
»Na, na, na«, sage ich und werfe einen Blick (Abteilung Moralische Aufrüstung) auf den Fünfkaräter und auf das Armband mit den Smaragden und Brillanten.
»Ach das«, sagt sie. »Das Zeug. Sie glauben, so etwas allein macht glücklich?«
»Bravo! Jetzt sind wir mitten drin in einem schönen deutschen Film«, sage ich. »Schmeißen Sie den Dreck doch aus dem Fenster! Der Verschluß des Armbands ist ohnehin schon offen. Ein Griff genügt.«
Leider hört sie mir nicht zu. Und der Verschluß bleibt geöffnet. Sie hätte zuhören und die kleine Platinschleife schließen sollen, damals. Vieles wäre anders gekommen. Alles vielleicht.
Das habe ich jetzt schön hingeschrieben. Nachher sind wir immer klug. Aber in dem Moment, in dem es darauf ankommt...
Ich denke auch nicht mehr an den offenen Verschluß. Mich ärgert diese Frau auf einmal. Doch ein Kellerkind! Nur ein Kellerkind sagt solchen Unsinn. Geld allein macht nicht glücklich. Kennen wir...
Es kommt noch schöner: »Sie sind sehr jung, Herr Mansfeld.«
»Wohl, gnädige Frau«, antworte ich darauf, »wohl bin ich noch sehr jung. Aber eben darum bitte ich Sie, auch ein ganz klein wenig an mein junges, junges Leben zu denken. Mir ist nämlich noch nicht alles ganz egal.« Kunstpause. »Und Ihnen natürlich auch nicht.«
»Doch!«
»Und weil Ihnen alles so egal ist, darum müssen Sie unbedingt schnellstens nach Friedheim.«
Da tut sie etwas, das macht mich nun wirklich verrückt. Sie legt ihre linke Hand auf meine rechte, und ihre ist kühl, und meine ist heiß...
Die Hand. Die Hand. Ich glaube nicht, daß ich das lange aushalte.
Sie sagt: »Sie haben recht. Ich rede Unsinn.«
Ich sage: »Sie haben wunderschöne Hände.«

Prompt nimmt sie die Hand weg. Gott sei Dank! Das habe ich gewollt. Darum habe ich es gesagt. Wie soll ein Mensch seinen Wagen bei 170 Sachen sonst ruhig auf der Bahn halten? Es ist so schon verflucht schwer. Sie sitzt ganz dicht neben mir. Der Wagen ist so eng, so klein, so niedrig. Ich rieche nicht nur ihr Parfüm. Ich rieche auch ihre Haut, den Puder und die Schminke. Muß übrigens ein guter Lippenstift sein, den sie benützt. Überhaupt nicht verschmiert.
180. 185. 190.
»Was für ein Glück ich habe«, sagt sie plötzlich heiser.
»Sie meinen, weil unsere Bahn nicht so voll ist?«
»Nein.«
»Was denn?«
»Ich meine, weil Sie auch nach Friedheim müssen.«
Glück?
Was heißt hier Glück, verehrte Dame?
Hätten Sie gesagt, Sie müßten nach Heidelberg – ich hätte Sie nach Heidelberg gefahren. Oder nach Düsseldorf. Oder nach Konstantinopel. Überallhin hätte ich Sie gefahren. Denn die so zwischen dreißig und vierzig, die sind meine Kragenweite.

5

Jetzt muß ich etwas sagen. Drei Dinge. Es ist höchste Zeit. Erstens: Ich könnte diese Geschichte natürlich auch anders aufschreiben. Nicht gerade wie Thomas Mann, aber doch in klassischerem Deutsch und in längeren Sätzen. Bestimmt könnte ich das! Ich will Ihnen etwas verraten: So habe ich auch angefangen, so sah die erste Fassung aus! Längere Sätze. Keine Kraftausdrücke. Mehr Schmalz. Nicht dieses Gehetze. Wissen Sie was? Nach zwanzig Seiten habe ich gemerkt: Das wird kältester Kaffee.
Ich kann Ihnen auch erklären, warum. Weil ich ein Halbstarker bin. Genauso einer, wie er im Buch (der so viel feineren Erwachsenen) steht: Faul, frech, schlampig. Weiß alles besser. Kenne jedes neue Buch, jede neue Platte, jedes neue Orchester. Und das alles langweilt, langweilt, langweilt mich zu Tode. (Wie Sie noch einmal und noch einmal und noch einmal bei der Sagan nachlesen mögen.) Ich bin ein Muster ohne Wert. Ich kann keinem helfen, und wenn ich's könnte, würde ich's nicht. Sobald ich und meinesgleichen erwachsen sein werden, sei Gott allen Menschen gnädig! Denn unsere Generation wird diese Welt schon unter die Erde

bringen, keine Bange. (Das denken Sie doch, schöne Leserin, geistreicher Leser. Davon sind Sie doch überzeugt.) Wir wiederum, die Halbstarken, hegen die arge Befürchtung, daß Sie es schon noch allein schaffen werden. Nun spielen Sie mal nicht gleich die zornigen alten Männer! War ja nicht böse gemeint. Nur ehrlich. Siebenundachtzig Tote gab's gestern in Algerien. Ist doch nicht schlecht für einen Samstag. Oder?

Sehen Sie, ich wollte natürlich auch lieber, ich wäre klug und weise und könnte schreiben wie Th. M. Aber damit ist Sense. Ich bin ein Halbstarker, das hat man mir oft genug gesagt, und ein Halbstarker kann, wenn er will, daß man ihn begreift, eben nur wie ein Halbstarker schreiben. Und ich will, daß Sie mich begreifen, daß Sie jedes Wort verstehen. Denn ich habe eine Geschichte erlebt, die mir mehr an die Nieren geht als alles andere, was mir im Leben passierte. Es ist – Sie werden lachen – eine Liebesgeschichte.

Nein. Bitte. *Bitte,* lachen Sie nicht.

Ich danke Ihnen. Und das sehen Sie doch jetzt ein, das mit dem Stil, nicht?

Punkt zwei: Auf den 46 Seiten, die ich bisher schrieb, habe ich wieder und wieder meinen Alten verflucht. Und ihn ein Schwein genannt, einen Verbrecher, einen Schuft. Jetzt sage ich auch noch, daß ich ihm den Krebs wünsche, ihm und der süßen Tante Lizzy. Sie lesen das alles. Und nun gibt's zwei Möglichkeiten. Entweder Sie denken: Das ist ja widerlich. Der Junge ist widerlich. Die Geschichte ist widerlich. Oder Sie denken: Wenn er seinen Vater wirklich so haßt, dann soll er uns auch endlich sagen, warum. Klipp und klar. Damit wir entscheiden können, ob er recht hat, oder ob er einfach pathologisch ist.

Ich versichere Ihnen, ich bin nicht pathologisch. Und Sie werden mir recht geben, wenn Sie wissen werden, was mein Vater getan hat. Aber ich kann es nicht aufschreiben. Ehrenwort nicht. Ich habe es versucht. Es geht nicht. Ich fange an zu heulen, oder ich besaufe mich. Denn es ist nicht nur das, was die Gerichte meinem Alten vorwerfen. Es ist mehr. Viel mehr. Als wir uns eine Weile kannten, hat Verena mich gefragt, was mein Alter verbrochen hat und warum ich ihn so hasse. Und *ihr,* sehen Sie, ihr konnte ich es erzählen. Ich habe auch geheult dabei. Aber ich konnte Verena alles sagen, die ganze dreckige Wahrheit.

Das ist mein erstes Buch, und die Arbeit fällt mir sehr schwer. Darum bitte ich Sie: Lassen Sie mir noch etwas Zeit – Zeit, bis ich zu der Stelle komme, an der Verena mich fragt. Denn dann werde ich es leichter haben. Dann muß ich nämlich nur eine Szene schildern und aufschreiben, was sie sagte und was ich sagte, damals. Ich bin dann sozusagen ein Dritter, nicht so sehr beteiligt. Dann wird es gehen, ich bin ganz sicher. Schenken Sie mir also noch Geduld? Ein wenig? Ja?

Ich danke Ihnen.

Und schließlich wäre da der dritte Punkt: Die Zeit.

In der ersten Fassung habe ich alles brav in der Vergangenheit aufgeschrieben. So wie's der Brauch. Sie *war* die schönste Frau, die ich jemals gesehen *hatte*. Sie *legte* ihre Hand auf meine. Und so weiter, Sie verstehen. Ja, aber das halte ich nicht durch! Schon in der ersten Fassung bin ich dabei dauernd in die Gegenwart geglitten. Unbewußt. Ich habe es immer erst bemerkt, wenn ich die Seite aus der Maschine zog und sie durchlas.

Es geht nicht. Ich kann nicht in der Vergangenheit über das schreiben, was mein Leben, mein Atem, was alles ist, das ich habe und haben will und worum ich kämpfe. Denn das, was ich erzählen will, das ist ja meine Gegenwart! Ich bin mitten in ihr. Ich muß in ihr bleiben. Der Tag, an dem ich Verena zum erstenmal sah, ist für mich noch genauso Gegenwart wie der Moment, in dem ich jetzt das »s« in dem Wort »das« tippe. Alles ist Gegenwart für mich. Alles, was geschah seit jenem Sonntagnachmittag. Ich würde mich töten – nein, das ist ein zu großes, ein zu feines Wort für einen Halbstarken, das muß für die feinen, für die großen Schreiber reserviert bleiben –, also, ich würde mich umbringen, wenn diese Gegenwart jemals Vergangenheit würde. Ich weiß: Sie wird nicht Vergangenheit werden, solange unsere Liebe dauert. Darum lassen Sie mich in der Gegenwart weiterschreiben – schon aus Aberglauben.

Ja?

Ich danke Ihnen noch einmal.

## 6

195. 200. 205.

»Na,« sage ich, »was habe ich Ihnen versprochen?« Und riskiere einen Blick. »Wenn es nicht so steil bergauf ginge, käme ich auf 220.« Sie betrachtet mich. Und zum erstenmal lächelt sie. Wenn ich bloß ihre Augen sehen könnte! Sie trägt immer noch die dunkle Brille. Aber trotzdem ist es wunderbar, dieses Lächeln. Wissen Sie, als ich vierzehn war, da machten wir in dem Internat,

das ich damals besuchte, eine Reise auf die Zugspitze. (Gleich danach flog ich aus dem Institut, but that is another story, wie Kipling sagt.) In der Hütte hat mich damals einer um drei Uhr früh geweckt, damit ich sehe, wie die Sonne aufgeht. Zuerst habe ich ihm einen Tritt gegeben. Aber später, als ich dann sah, wie sie aufging, die Sonne, da habe ich mich bei ihm entschuldigt und bedankt. Und dann dachte ich jahrelang: Dieser Sonnenaufgang war das Schönste, was du jemals erleben konntest. Bis heute habe ich das gedacht, goddammit, bis zu diesem Augenblick. Jetzt glaube ich es nicht mehr. Verena Lords Lächeln ist schöner als eine Million von Sonnenaufgängen!
Daß wir zynisch sind und blasiert, ewig gelangweilt und angewidert von allem und jedem, dieses Gerede kann ich langsam nicht mehr hören. Das haben ein paar Literaten in Umlauf gebracht und einen Haufen Geld damit verdient. Bravo, ich gönne es ihnen, aber was ist denn hier eigentlich los? Wer glaubte denn dem Hitler, wer schrie denn Heil und überfiel die halbe Welt und vergaste sechs Millionen Juden, und kann sich heute an nichts mehr erinnern? Wer war denn das? *Wir* nicht!
*Überlegen Sie doch einmal!*
Also, daß sie das getan haben, *überlegen*, das kann man unseren Herren Eltern wirklich nicht zum Vorwurf machen. Geglaubt, ja, das haben sie. Ein bißchen viel geglaubt haben sie, unsere Alten. Das erzählen sie uns jedenfalls andauernd. Wir glauben ihnen ja auch, daß sie geglaubt haben. Leider haben sie zu wenig überlegt. Ein bißchen zu wenig gedacht. Ein bißchen weniger glauben und ein bißchen mehr denken wäre besser gewesen. Darum mögen sie uns nicht. Weil es bei uns Halbstarken nämlich umgekehrt ist. Wir glauben nur wenig von dem Salm, den sie uns erzählen; aber das kommt daher, daß wir ein bißchen mehr denken. Nicht alle natürlich. Aber die, die nicht denken, die glauben wenigstens auch nicht. Ich finde, das ist schon ein enormer Fortschritt! Und mir ist es auch immer noch lieber, sie tanzen Twist und tragen Lederjacken und bauen die Schalldämpfer aus ihren Mopeds, als daß sie freiwillig einrücken mit klingendem Spiel und Tränen in die Augen bekommen, wenn die Hymne ertönt oder von Langemarck die Rede ist. Von allen Jungen, die ich kenne – und das sind eine Menge –, ist keiner freiwillig eingerückt! Jeder nur, weil er mußte. Und Sie hätten einmal hören sollen, was sie vorher zu sagen hatten. Klar gibt es auch Idioten unter uns. Wo gibt es keine? Aber ich sage Ihnen: Die meisten denken doch ein bißchen mehr, als ihre Eltern gedacht haben.

Ich, ich habe auch nachgedacht.
Seit sie neben mir sitzt, habe ich nachgedacht. Den ganzen Weg in den Taunus hinauf. Ausfahrt Schwalbach. Ausfahrt Weißkirchen. Ich habe darüber nachgedacht, ob es mir wohl gelingen wird, sie umzulegen. Ich meine: Das ist doch eine natürliche Überlegung. Als normaler Mann werden Sie mir recht geben. Sie ist so schön. Sie betrügt ihren Gatten. Mit so einem Italiener. Wer weiß, mit wem noch? Also warum nicht auch mit mir? Dann, nach der Ausfahrt Bad Homburg, ist etwas Komisches passiert. Etwas, das bei mir äußerst selten vorkommt: Ich habe mich geniert. Vor mir selber. Für das, was ich dachte. Obwohl es natürlich das einzig Senkrechte war. Was soll ich tun?
Ich habe mich geschämt. Ich glaube, das war der Moment, in dem ich anfing, sie zu lieben. Hinter der Ausfahrt Bad Homburg ...
Da sage ich zu ihr: »Das Tuch, das Sie da halten, binden Sie besser um den Kopf.«
»Warum?«
»Wenn Ihr Mann doch schon auf der Bahn ist, und wir überholen ihn jetzt, dann erkennt er Sie vielleicht, trotz der Brille. Aber mit dem Tuch kann kein Mensch Sie erkennen. Und schauen Sie immer ein bißchen zu mir herüber.«
Sie wird blutrot, und ihre Lippen bewegen sich lautlos, aber sie nimmt das Tuch und bindet es über das Haar und zieht es nach vorn, so daß ihr Gesicht für jeden, der sie von rechts ansieht, unsichtbar wird.
»Okay«, sage ich.
Was für ein schöner Herbst! Die Bäume am Rand der Bahn tragen rotes und gelbes und braunes Laub, und über allem leuchtet noch die Sonne, nur die Ferne ist schon in blauen Dunst gehüllt. Ein goldener Wald ist das, durch den wir fahren. So schön. So schön. Aber die Schatten werden bereits länger ...
Jetzt hat sie sich halb zu mir gewendet, doch ich habe das Ding auf 210 hochbekommen und muß nach vorne sehen. Der ganze Wagen zittert, und der weiße Mittelstreifen der Bahn rast mir entgegen.
»Am Flughafen sagten Sie, Sie wüßten nicht nur, wie ich heiße, sondern mehr.«
»Stimmt«, sage ich.
»Was wissen Sie?«
»Sie sind die Frau des Frankfurter Bankiers Manfred Lord. Ihr Mann macht mit meinem Vater Geschäfte. Ich kenne Ihren Mann nicht. Aber ich kenne meinen Vater. Es können also keine sehr feinen Geschäfte sein.«

»Viele Leute heißen Lord. Ich muß nicht die Frau dieses Bankiers sein, Herr Mansfeld.«
»Aber Sie sind es.«
»Ja.«
»Sie haben ein uneheliches Kind.«
»Sein Vater ist gestorben, bevor es geboren wurde. Wir hätten geheiratet.«
»Gewiß«, sage ich und denke: Was warst du wohl früher? Barfrau? Nie! Sekretärin? Nie! Ein bißchen kenne ich mich schon mit Menschen aus. Auch Mannequin warst du nicht. All das nicht. Was du warst, woher du kommst, ich kann es nicht sagen. Da ist ein Geheimnis um dich, das fühle ich. Was für ein Geheimnis? Aus welcher Umgebung stammst du? Wo hat er dich gefunden, der ehrenwerte Manfred Lord? »Seien Sie nicht beleidigt«, sage ich. »Sie fragen, ich antworte. Das Kind heißt Evelyn. Ihr Mann hat sich mit ihm abgefunden, aber er will es nicht adoptieren.«
»Woher wissen Sie das alles?«
»Von meinem Vater. Der hat ein paarmal über Sie gesprochen.«
»Was?«
»Nur Gutes.« Lüge. Schlecht hat er über sie gesprochen, schmutzig, abfällig. Für meinen Alten ist die Frau seines Geschäftsfreundes »diese Person«, »das kleine Luder«, »der gold-digger«. »Es ist ein Jammer«, pflegt mein Vater zu sagen, »daß ein Mann wie Manfred Lord sich so vergessen konnte.« Und meine feine Tante Lizzy pflegt zu sagen: »Sie hat eben das geheime Klingelspiel.« Soll ich Verena Lord das erzählen? Man kann den Menschen immer nur einen ganz kleinen Teil der Wahrheit sagen, wenn man gut zu ihnen sein will, denn die Wahrheit tut weh.
»Was für einen Wagen fährt Ihr Mann? Einen Mercedes?«
»Ja.«
»Schwarz?«
»Ja.«
»Wir haben zwei vor uns. Ich überhole sie jetzt. Drehen Sie sich noch mehr zu mir.«
Sie tut es. Wir schweigen beide eine ganze Weile. Als sie endlich spricht, kann ich ihren Atem auf meiner Wange fühlen.
»Woran denken Sie, Herr Mansfeld?«
Es ist schon komisch: Hätte sie diese Frage bei der Ausfahrt Schwalbach oder bei der Ausfahrt Weißkirchen oder jedenfalls noch vor der Ausfahrt Bad Homburg an mich gerichtet, dann wäre ich keß geworden. Oder charmant. Aber jetzt haben wir schon die Ausfahrt Friedrichsdorf hinter uns, und alles ist anders, ganz,

ganz anders, und ich werde nie mehr so denken wie *vor* der Ausfahrt Bad Homburg.
Nie. Aber ich bin eben verklemmt, komplexbeladen, kaltschnäuzig, was Sie wollen.
»Ich habe Sie etwas gefragt, Herr Mansfeld.«
Ich antworte nicht.
»Ich habe gefragt, woran Sie denken!«
Verklemmt, wie wir jungen Leute eben sind, antworte ich: »Ich dachte soeben, daß eine klassenlose internationale Gesellschaft die einzige Hoffnung ist, die der Menschheit noch bleibt, daß man eine solche Gesellschaft jedoch ohne einen Atomkrieg nicht konstituieren kann, und daß ein solcher Atomkrieg die Menschheit vernichten wird. Voilà: Der circulus vitiosus.«
Darauf fragt sie nur: »Und wie heißen Sie mit dem Vornamen?«
»Oliver«, antworte ich.
Jetzt weiß ich, daß ich sie liebe.

## 7

Daß ich sie liebe.
Ist das nicht verrückt? *Ich* und verliebt! Und in eine Frau, die ich nie zuvor im Leben gesehen habe und die seit einer halben Stunde neben mir sitzt. Eine Frau, die verheiratet ist. Die ein Kind hat. Die einen Liebhaber hat. Ist das verrückt oder nicht?
»Achtung«, sage ich. »Wieder ein schwarzer Mercedes.«
Folgsam wendet sie mir den Kopf zu. Ich überhole den Wagen.
»Diesmal saß eine Frau am Steuer«, sage ich. »Sehen Sie wieder geradeaus, sonst bekommen Sie noch Genickstarre.«
Aber sie sieht mich weiter an.
»Was denken Sie ehrlich, Herr Mansfeld?«
Ja, was denke ich ehrlich?
Ich denke: Ich will bei dir bleiben. Immer. Immer.
Aber kann man so etwas sagen, zu einer Frau, die man seit einer halben Stunde kennt?
»Ich will nicht, daß Sie trouble kriegen«, antworte ich. »Ihr... Ihr Freund hat im Informationsbüro am Flughafen zugehört, als mir das Fräulein den Weg nach Friedheim erklärte...«
»Und?«
»Und *ich* habe zugehört, als Sie telefonierten. Ich konnte nicht anders. Sie hatten die Tür der Zelle nicht richtig geschlossen. Und Sie sprachen zu laut. Viel zu laut.«

»Es war ein ganz unwichtiges Gespräch.«
»Das ist nicht wahr.«
»Sie haben nur gehört, was *ich* sagte!«
»Man kann aus den Antworten ein ganzes Gespräch rekonstruieren.«
»Und?«
»Jemand aus Frankfurt hat angerufen. Jemand, dem Sie vertrauen können. Vielleicht die Köchin. Oder der Chauffeur.«
»Und?«
»Wer immer es war, er wußte, daß Sie sich im Flughafen befanden – mit Ihrem Freund. Er rief an, um Ihnen zu sagen, Ihr Mann sei unvermutet oder schneller als vorgesehen von einer Reise zurückgekehrt und sucht Sie nun. Der Betreffende muß Ihrem Mann vorgelogen haben, Sie wären in Friedheim. Wahrscheinlich haben Sie da oben eine Villa. Deshalb müssen Sie so schnell hinauf. Damit Sie vor Ihrem Mann da sind. Sie können ihm dann erzählen, Sie hätten einen Spaziergang gemacht.«
Jetzt dreht sie den Kopf nach vorn und wirft ihn zurück und sagt: »Da kommt wieder eine Ausfahrt. Biegen Sie ab. Bringen wir es schnell hinter uns.«
»Ich verstehe nicht...«
»Sie sind ein Erpresser. Na schön. Mein Pech. Gehen Sie vom Gas herunter. Sie sollen abbiegen! Die Gegend hier ist einsam, das Gebüsch sehr hoch. Die Viertelstunde! Bitte sehr, bedienen Sie sich, Herr Mansfeld.«
Ich bin so verblüfft, daß ich kein Wort herausbringe.
Da schreit sie hysterisch: »Los! Biegen Sie ab! Holen Sie sich, was Sie wollen!« Und greift in die Speichen des Lenkrads und reißt es nach rechts.
Der Jaguar beginnt zu schleudern, kommt bis auf einen Viertelmeter an einen Wagen auf der rechten Spur heran – und das bei 210 Sachen! Ich schlage im Reflex mit der Faust nach ihr und treffe ihren Arm und ihren Körper. Etwas klirrt – wahrscheinlich das Armband. Ich muß ihr sehr weh getan haben, denn sie schreit noch einmal auf und läßt das Rad los und preßt eine Hand gegen die Brust.
Ist Ihr Wagen schon einmal ins Schleudern gekommen? Ja? Bei 100? Bei 140? Werden Sie es jemals vergessen können? Bei mir waren es 210. Etwas Grausigeres habe ich noch nicht erlebt. Der Jaguar legt sich auf die beiden linken Räder. Ich verreiße das Steuer. Jetzt liegt er auf den rechten Rädern. Jetzt sind wir auf dem Grünstreifen. Die Reifen jaulen. Langsam bremsen. Ganz vorsichtig

bremsen. Lenkrad locker halten. Dein Wagen hat jetzt mehr Intelligenz als du. Zurück auf die Bahn. Zurück auf den Grünstreifen. Und auf der Gegenbahn die Wagenkolonne. Alles fliegt vorbei wie in einem wüsten Traum. Entsetzte Gesichter. Steine. Autos. Wieder auf der Bahn.

Verena hat zuerst gekreischt. Jetzt ist sie still und hält sich an dem gepolsterten Armaturenbrett fest. Der Jaguar dreht sich einen Augenblick so stark, daß ich denke, nun überschlagen wir uns endlich, und alles ist aus. Dann springt er wieder nach vorne. Ich trete aufs Gas, damit er weiter wenigstens halbwegs geradeaus fährt. Er tanzt noch immer wie ein Betrunkener. Mir rinnt der Schweiß in die Augen. Und alles, was ich denken kann, ist: Wenn wir davonkommen, schlage ich ihr die Zähne ein.

Hinter uns, vor uns, neben uns hat ein wüstes Hupkonzert eingesetzt. Aber es ist schon alles vobei. Der Wagen pendelt nur noch. Und ich gehe mit der Geschwindigkeit wieder hinauf.

»O Gott«, sagt sie.

»Sprechen Sie nie wieder so mit mir«, sage ich endlich mühsam und wische mir den Schweiß von der Stirn. »Nie, nie wieder.«

»Es tut mir leid. Es tut mir so leid.«

»Seien Sie ruhig.«

»Es war gemein, was ich sagte. Es war verrückt, daß ich Ihnen ins Steuer griff. Ich bin verrückt.«

»Sie sollen ruhig sein.«

»Ich bin vollkommen verrückt. Ich weiß überhaupt nicht mehr, was ich tue.«

Jetzt liegt der Wagen endlich wieder ganz fest.

»Können Sie mir verzeihen?«

»Warum nicht?«

»Ich war gemein.«

»Sie sind unglücklich«, sage ich, »das ist alles.«

»Sie können nicht ahnen ...«

»Ich habe Phantasie. Ich kann mir allerhand vorstellen. Achtung. Wieder ein Mercedes.«

Sie wendet wieder den Kopf. Und diesmal senkt sie ihn, und er berührt meine Schulter. Ich fühle ihr Haar. Es riecht wunderbar.

Vorbei an dem Mercedes.

»Haben wir ihn überholt?«

»Nein«, lüge ich, »warten Sie noch.«

Es ist erst fünf Uhr, aber schon wird es dämmrig. Ganz oben, vor uns, liegt noch der Goldglanz der Sonne, doch das Licht verliert seine Kraft, und die Wälder sind hier nicht mehr so bunt wie eben noch. Ihr Laub ist schon welk, braun und brüchig, und in den Tälern wird es schattig und kalt. Und Verenas Kopf liegt noch immer auf meiner Schulter.

## 8

»Fünf Uhr. Da gibt es Musik bei AFN.« Ich drücke auf den Knopf, der das Autoradio einschaltet. Klavier und Geigen. Eine klagende Trompete. Zur gleichen Zeit sagen wir beide: »Gershwin! Konzert in F.«

»Der zweite Satz«, sagt sie.

»Der zweite Satz ist der schönste.«

»Ja«, sagt sie und hebt den Kopf und sieht mich an, »auch für mich.«

»Ist Ihnen schon besser?«

Sie nickt.

»Wie lange sind Sie verheiratet?«

»Drei Jahre.«

»Wie alt sind Sie?«

»Das fragt man nicht.«

»Ich weiß. Wie alt sind Sie?«

»Dreiunddreißig.«

»Und Ihre Tochter?«

»Fünf.«

»Und Ihr Mann?«

»Einundfünfzig. Das war auch gemein von mir, nicht wahr?«

»Was?«

»Einen Mann zu heiraten, der achtzehn Jahre älter ist – und ihn nun zu betrügen.«

»Sie hatten Ihr Kind«, sage ich. »Und wahrscheinlich kein Geld. Hören Sie doch, das Klavier ...«

Da legt sie eine Hand auf meine Schulter, und wir lauschen beide lange Zeit der Musik dieses großen Künstlers, der mit achtunddreißig an einem Gehirntumor verrecken mußte, während es Generäle gibt, die noch mit achtzig Rosen züchten.

»Wie alt sind Sie, Herr Mansfeld?«

»Einundzwanzig. Und damit Sie nicht weiterfragen müssen: Ich fahre nach Friedheim, weil da oben ein Internat liegt und ich noch zur Schule gehe. Ich blieb dreimal sitzen. Heuer werde ich zum viertenmal sitzenbleiben.«

»Aber weshalb?«

»Nur so«, sage ich, »zum Spaß, verstehen Sie? Jetzt müssen wir herunter von der Autobahn.« Ich ziehe das Lenkrad nach rechts.
AUSFAHRT OBER-ROSBACH/PFAFFENWIESBACH/FRIEDHEIM
Hinter den Ortsnamen stehen die Entfernungen.
FRIEDHEIM: 8 km.
Eine große Kurve führt zu einer Brücke über die Autobahn. Ich sehe Birken, Erlen, ein paar Eichen. Die Straße wird schmal. Masten einer Überlandleitung. Silbern leuchten die Drähte hoch oben in der Luft, die letzten Sonnenstrahlen treffen sie noch. Wiesen und Wäldchen. Ein kleiner Ort. Eine winzige Holzbrücke führt über einen winzigen Fluß. Zu beiden Seiten der Straße stehen Pappeln, dann kommen die Häuser. Eine friedliche Biedermeierstadt. Ich passiere einen überbauten Durchgang zwischen zwei weiß-braunen Fachwerkhäusern, dann sehen wir den Marktplatz, das Rathaus, einen stämmigen Kirchturm mit barocker Haube, alles blankweiß verputzt, vergoldet und bemalt. Immer wieder Fachwerkhäuser, sauber und alt, mit bunten Farben bemalt. Ich muß jetzt langsam fahren, fünfzig Kilometer, denn viele Wagen haben meinen Weg gewählt.
Gegenüber dem Kirchturm steht ein ganz altes Haus mit kunstvollen Schnitzereien an der Fassade, einem Sinnspruch, den ich sogleich vergesse, und einem alten Laden im Erdgeschoß. »REISEUTENSILIEN« steht über dem Eingang. In der Auslage liegen nicht nur Koffer und Handtaschen, ich sehe auch Sattel und Reitzeug. Hier gehen sie also auch noch mit Pferden auf die Reise.
Vorbei der Marktplatz. In der »Hintergasse« sind wir jetzt, und auch hier gibt es Fachwerkhäuser mit spitzen Giebeln und alten Geschäften.
»GROSSHANDLUNG IN FRISEURARTIKELN«. »OMNIBUSUNTERNEHMEN«. »SPEZIALITÄTENBÄCKEREI A. WEYERSHOFENS SEL. ERBEN«. Sehr hell sind die glatten Fassaden der Häuser, dunkel ist ihr Holz. Eine fromme Schwester geht über die Straße, mit steifer Haube, ein Gebetbuch in den weißen Händen.
»Gibt es noch eine zweite Straße zu Ihnen hinauf?« frage ich die Frau neben mir.
»Wenn Sie jetzt gleich rechts abbiegen. Aber sie ist sehr schlecht.«
»Das macht nichts. Auf dieser hier komme ich nicht weiter. Diese hier führt wohl zum Internat. Heute ist Ferienende. Alle Eltern bringen ihre Kinder zurück. Es sollen über dreihundert sein.«
»Waren Sie noch nie da?«
»Nein. Ich bin ein Neuer. Jetzt rechts?«

»Ja. Aber ich kann auch laufen ... ich will Sie nicht aufhalten. Sie müssen ins Internat.«
»Ich habe Zeit. Sie haben keine.«
Ich biege rechts ab. Die Straße wird fürchterlich. Schlagloch, Schlagloch, Querrinnen und Steine. Die Herbstblumen im Gras am Wegrand sind schmutzig und verstaubt.
»Warum tun Sie das noch für mich, nach dem, was ich sagte?«
»Ich weiß nicht«, antworte ich.
Und das ist auch so eine Lüge.

## 9

Ich muß auf Dreißig heruntergehen, sonst brechen mir die Radachsen und die Federn. Der Weg – von einer Straße kann man nicht mehr reden – steigt sehr steil an. Es wird immer dämmriger. In Gärten und Parks sehe ich prunkvolle Villen, kleine Schlösser, eine renovierte Burg.
»Wer wohnt da?«
»Leute aus Frankfurt«, sagt sie. »Im Sommer, über das Wochenende. In zehn Minuten sehen Sie unser Haus.«
Kann man auf einmal, plötzlich, von einem Moment zum anderen, eine so mörderische, blindwütige Sehnsucht nach Liebe, nach einer wirklichen, echten, ehrlichen Liebe empfinden?
Immer mehr verfällt das Licht. Der Tag geht zu Ende. Noch sitzt sie neben mir. Noch zehn Minuten. Und dann?
Mir ist plötzlich kalt.
Am Straßenrand erscheint eine Tafel. Ich lese:
MENSCHENFR. GESELLSCHAFT
(DER ENGEL DES HERRN)
ERHOLUNGSHEIM
Ein Pfad führt zu einem weißgestrichenen, alten Gutshof hinab. Vor ihm steht eine grüne Pumpe. Kinder tanzen um sie herum.
»Wer hat Sie also angerufen am Flughafen?«
»Die Köchin.«
»Sie können ihr vertrauen?«
»Unbedingt.«
»Wieviel Angestellte haben Sie hier oben?«
»Ein Gärtnerehepaar. Einen Diener.«
»Was ist mit denen?«
»Sie halten zu meinem Mann. Sie hassen mich. Ich bin für sie ...«
Sie unterbricht sich.

»Der letzte Dreck, nicht wahr? Ich kenne das. Ich kann mir das alles gut vorstellen.«

»O nein, Herr Mansfeld! Nein! Sie können sich überhaupt nichts vorstellen!«

»Doch«, sage ich. »Doch. Wir haben uns noch nie gesehen. Sie leben hier. Ich komme aus Luxemburg. Und trotzdem. Ich glaube ...«

... daß wir einander so ähnlich, so ähnlich sind und uns sofort verstehen würden, wollte ich sagen. Natürlich sage ich es nicht. »Was glauben Sie?«

»Nichts. Ich rede Dummheiten. Sie haben recht. Ich kann mir natürlich gar nichts vorstellen.«

»Jetzt wieder rechts, bitte.«

Der Weg wird noch schlechter.

»Wann haben Sie die Villa verlassen?«

»Gegen halb drei.«

»Ist Ihre Tochter zu Hause?«

»Ja.«

»Haben Sie zu Hause gesagt, daß Sie einen Spaziergang machen wollten?«

»Ja.«

»Dann bleiben Sie dabei. Unter allen Umständen. Ich setze Sie vor dem Haus ab. Wir sind uns nie begegnet. Dabei müssen Sie bleiben. Unter allen Umständen. Auch wenn irgend jemand behauptet, Sie in meinem Wagen gesehen zu haben. Sie müssen bei *einer* Lüge bleiben. Nur dann wird er Ihnen glauben.«

»Wer?«

»Ihr Mann. Man darf nie die Lügen wechseln. Man muß eisern die eine wiederholen, die man gewählt hat.«

»Was sind Sie für ein Mensch?«

»Der Kern ist gut.«

»Wo gingen Sie vor den Ferien zur Schule?«

»In Salem.«

»Und?«

»Nichts und. Ich mußte weg.«

»Wegen einer Frau?«

»Wegen eines Mädchens.«

»Hatten Sie viele Mädchen in Ihrem Leben?«

»Ja. Nein. Ich weiß nicht.«

»Haben Sie ... haben Sie einmal eine geliebt?«

»Ich glaube nicht. Nein. Bestimmt nicht. Und Sie?«

Wie wir miteinander sprechen. Wie wir uns verstehen. Ich wußte

es ja. Ich wußte es. Und nur noch fünf Minuten. Höchstens fünf Minuten. Immer dämmriger wird es und immer kälter. Nebel steigen auf im Tal, und über dem dunklen Wald steht in einem farblosen Himmel die schmale Sichel des zunehmenden Mondes.
»Was ich, Herr Mansfeld?«
»Haben Sie schon einmal geliebt?«
»Den Vater meines Kindes, ja. Und Evelyn.«
»Den Mann am Flughafen?«
Sie schüttelt den Kopf.
»Wirklich nicht?«
»Wirklich nicht. Er ist nur mein... Ich schlafe nur mit ihm. Das ist etwas ganz anderes.«
»Ja«, sage ich, »das ist etwas ganz anderes. Sie müssen mir zeigen, wo ich halten soll.«
»Da vorn bei der großen Eiche.«
»Ich ... ich möchte Ihnen so gern helfen.«
So etwas habe ich noch nie gesagt, *nie!*
»Das können Sie nicht, Herr Mansfeld.«
»Vielleicht doch. Wer weiß? Ich werde jetzt wohl hier leben, wenn man mich nicht wieder hinauswirft.«
Sie sagt nichts.
»Fahren Sie gleich morgen wieder nach Frankfurt zurück?«
»Nein, ich bleibe noch, mit dem Kind. Bis Anfang Oktober.«
Warum macht mich das glücklich? Warum erfüllt mich das mit wilder Freude? Nur weil sie bis Anfang Oktober noch irgendwo in meiner Nähe sein wird? In meiner Nähe. Irgendwo.
Tough guy? Sentimentaler Idiot.
»Sie haben recht«, sage ich. »Keiner kann keinem helfen. Da ist die Eiche.« Ich halte den Wagen an. Und dann ist es doch wieder stärker als ich. »Darf ich Sie um etwas bitten?«
»O Gott«, sagt sie. »Nein! Nicht! Ich war so froh, daß ich Ihnen vorhin Unrecht tat.«
»Es ist nichts Schlimmes.«
»Was ist es?«
»Ich möchte, daß Sie einen Moment Ihre Brille abnehmen. Ich möchte Ihre Augen sehen.«
Sie zögert. Dann tut sie es. Und nun sehe ich endlich die Augen, das Schönste, das Allerschönste an ihr. Sie sind eigentlich viel zu groß für das schmale Gesicht, schwarz, langbewimpert, verschleiert. In diesen Augen steht ein tieftrauriger Ausdruck. Sie wissen um viele Dinge, um schmerzhafte und häßliche zumeist wahrscheinlich. Man kann ihnen wenig vormachen, diesen Augen.

Und dabei ist ihr Blick trotzdem hilflos. Nur noch sehr wenig Hoffnung liegt in diesem Blick. Seltsam, und dabei so viel Leidenschaft. Und Sehnsucht, so viel, so viel Sehnsucht! Niemand, denke ich, der jemals in diese Augen gesehen hat, wird sie jemals vergessen können.
»Steigen Sie aus«, sage ich. »Gehen Sie weg. Schnell. Und drehen Sie sich nicht mehr um.«
Sie klettert aus dem Jaguar und setzt wieder die Brille auf.
»Danke«, sagt sie heiser.
»Gehen Sie.«
»Und Sie werden zu keinem Menschen ...«
»Zu keinem. Niemals.«
»Herr Mansfeld, ich ...«
»Sie sollen weggehen. *Bitte!*«
Da geht sie, und ich sehe ihr nach, der Frau mit der beigefarbenen Hose, dem beigefarbenen Pullover, dem Tuch um das Haar, der Frau mit der schmalen Taille und den breiten Schultern, die jetzt, müde und kraftlos, vorgeneigt sind.
Manchmal, nicht oft, weiß ich genau, was in anderen Menschen vorgeht oder was abwesende Menschen tun. Selten ist das so bei mir. Aber dann stimmt es immer.
Jetzt, in diesem Moment, weiß ich mit absoluter Bestimmtheit, daß Tränen Verena Lords Augen füllen, ihre wunderbaren Augen. Tränen für wen?
Hinter der Eiche macht der Karrenweg eine Biegung. Da verschwindet sie, die Frau mit dem blauschwarzen Haar. Sie hat sich wirklich nicht mehr umgesehen. AFN spielt jetzt das »Brandenburg Gate« von Dave Brubeck.
Da, wo ich gehalten habe, ist der Platz breit genug zum Wenden. Dreimal hin und her, dann habe ich den Wagen herum und fahre den Weg zurück, den ich kam, hinunter zu der Kreuzung, über Schlaglöcher, Feldsteine, Mulden. Der alte weiße Gutshof unten im Tal, da ist er wieder, und da ist auch der Wegweiser mit der seltsamen Inschrift:
MENSCHENFR. GESELLSCHAFT
(DER ENGEL DES HERRN)
ERHOLUNGSHEIM
Immer noch spielen fröhliche Kinder bei der alten grünen Pumpe im Hof. Ich habe jetzt das Fenster an meiner Seite herabgekurbelt und höre Rufe.
»Bruder Walter! Bruder Walter!«
»Schwester Claudia! Das Kaninchen läuft uns davon!«

Menschenfreundliche Gesellschaft. Der Engel des Herrn. Erholungsheim.
Der Maiglöckchenduft ist schon wieder verschwunden, vergangen, verweht.
Diorissimo.
Verena Lord.
Sonntag, 4. September 1960.
So hat es begonnen ...

## 10

Dann bin ich wieder bei der Abzweigung und reihe mich ein in die Kette der Wagen, die zum Internat hinauffahren.
In den Autos sitzen Erwachsene und Kinder, große und kleine, Jungen und Mädchen. Die Wagen sind staubig und kommen von weit her, ich kann es an den Kennzeichen sehen. Wien, Zürich, Brüssel, Paris, Lille, Hamburg. Und Frankfurt natürlich. Sehr oft Frankfurt. Auch zwei US-Wagen kann ich erkennen. Eine endlose Kette kriecht da den Berg hinan.
Verenas Augen. Immer noch sehe ich ihre Augen. Jetzt ist sie schon zu Hause. Ob wir es geschafft haben? Oder ob er sie schon erwartet hat, ihr Mann? Und ob sie dann die Nervenkraft besitzen wird, bei der einen, einzigen Lüge zu bleiben, bei der man bleiben muß, wenn man schon lügt?
In immer neuen Serpentinen steigt die Straße jetzt an. Uralte Bäume treten ganz dicht an ihren Rand. Ich sehe geborstene Mauern, eine Turmruine in der Entfernung. Hat es hier einmal Befestigungen gegeben?
Steilhänge zu beiden Seiten der Straße heben sich. Tafeln warnen: ACHTUNG! STEINSCHLAG!
Nun wird es wirklich dunkel. Ich schalte die Scheinwerfer ein. Vor mir beginnt eine Kette roter Schluß- und Bremslichter zu funkeln.
*Warte auf mich. Ich werde dich finden, auch in des Schattentals finstersten Gründen.*
Was ist das? Marlowe? Ja, ich glaube. Warum fällt mir das plötzlich ein?
*Wait for me. I shall not fail to meet thee in the shadow vale.*
Ihre wunderbaren Augen.
And »The Brandenburg Gate«.
Ein Wegweiser:

INSTITUT DR. FLORIAN – ZUR SEEROSE. INSTITUT DR. FLORIAN – ZUM QUELLENHOF. INSTITUT DR. FLORIAN – ZUR ALTEN HEIMAT. INSTITUT DR. FLORIAN – ZUM HAUPTGEBÄUDE.
Was heißt hier eigentlich immer Doktor? Ich denke, er ist Professor? Der Weg zum Hauptgebäude ist der steilste. Den fahre ich hinauf. Ich kenne das schon. In Lugano war es auch so, in Salem und auch in Bayreuth. Sechs, acht Villen stehen rund um so ein Hauptgebäude. Mädchenhäuser. Jungenhäuser. Da fahren sie jetzt hin mit ihren verstaubten Wagen und liefern ihre Kinder ab, laden sie aus, werden sie los. Und fahren wieder weg. Das ist überall so, wenn die Schule beginnt. Ich kenne es seit Jahren. Nur daß *ich* seit Jahren allein ankomme, wo immer es ist.
Das Hauptgebäude muß einmal ein Schloß gewesen sein. Eine riesige alte Kastanie steht davor. Alles dunkel. Ich sehe keinen Menschen, nicht ein einziges Auto. Natürlich, jetzt sind sie alle in »ihren« Häusern, jetzt tobt der Kampf um die Zimmer, um die Betten. Wer schläft bei wem? Wo sind die alten Freunde vom vergangenen Jahr? Wie sehen die Neuen aus?
Kofferberge. Radios. Tennisschläger. Reisesäcke. Besorgte Mütter. Väter, die auf die Uhr sehen. Wie lange soll das noch dauern? Morgen früh um acht muß ich bei Gericht sein. Nun komm schon, Trude! Leb wohl, meine kleine Süße, und sei schön brav, versprichst du das deiner Mami? Du mußt ordentlich lernen, du weißt, wie teuer das Schulgeld ist. Und viel Geschrei. Und viel Gelächter. Und viele Tränen...
Sicher ist allerhand los in den Villen. Sicher sind alle Toiletten verriegelt, und kleine Kinder stehen darin und weinen, heimlich, denn Weinen wird ungern gesehen hier. Kenne ich alles, kann ich mir alles vorstellen. Ich habe mich auch eingeriegelt, beim erstenmal. Da war ich vierzehn. Und hatte noch keinen Wagen, keinen Führerschein. In einem Internat bei Bad Vilbel war das. Teddy Behnke, unser Pilot, hatte mich hingebracht. Denn meine Mutter darf auch nicht mehr nach Deutschland. Sie steht auch auf der Fahndungsliste und ist sofort zu verhaften. Teddy gab mir damals einen Kuß. Können Sie sich das vorstellen? »Von deiner Mutter«, sagte er. »Sie bat mich, dir den Kuß zu geben. Und ich soll dich bitten, ihr zu verzeihen.«
»Sagen Sie ihr, daß es nichts zu verzeihen gibt, wenn Sie sie sehen, Herr Behnke.«
»Jawohl, mein Kleiner. Ich fliege noch heute zurück. Und morgen besuche ich deine Mutter im Sanatorium. Soll ich deinem Vater auch etwas sagen?«

»Ja, bitte. Ihm und Tante Lizzy.«
»Was?«
»Daß ich wünsche, sie mögen verrecken! Beide. Langsam. Und weh soll es ihnen tun. Haben Sie verstanden, Herr Behnke? Verrecken!«
Und dann bin ich davongelaufen und habe mich eingeriegelt in einer Toilette. So kindisch ist man mit vierzehn. Zum Glück wird man älter.
Ich steige aus.
Bei meinem Eintreffen soll ich mich im Hauptgebäude melden, haben sie nach Luxemburg geschrieben. Bei Herrn Professor Florian. Er will mich sprechen. Kann noch ein paar Minuten warten, der Arschpauker.
Ich sperre den Wagen nicht ab. Ich strecke mich und vertrete meine Beine. Gute Luft hier oben. Ich gehe vom Wagen fort, die Schloßfassade entlang, an der es Balkone gibt und Karyatiden und Nischen, in denen Kerle aus Sandstein stehen, mit Büchern im Arm oder den Reichsapfel in der Hand und eine Krone auf dem Kopf. Das übliche, Sie kennen es.
Was ist das?
Ich fahre herum. Jemand hat den Schlag meines Wagens zugeworfen. Wer? Verflucht, es ist so finster hier, im Hause brennt kein Licht, ich sehe nur einen Schatten. Den Schatten eines Mädchens.
»He!«
Das Mädchen duckt sich. Ein Petticoat fliegt hoch, als sie losrennt. Ich renne ihr nach. Sie ist etwa so groß wie ich. Das ist aber auch alles, was ich sehen kann.
»Bleib stehen!«
Da stürzt sie schon in das dunkle Haus hinein. Ich stolpere, falle beinahe, komme gerade noch wieder auf die Beine und erreiche gleichfalls die Schule. Die Eingangstür steht offen. In der Halle ist es finster. Man sieht nicht die Hand vor den Augen.
Totenstille.
»Hallo!« Kein Laut.
Was soll ich machen? Sie versteckt sich hier. Wo? Ich kenne dieses Haus nicht. Ich weiß nicht einmal, wo die Lichtschalter – verflucht! Jetzt bin ich mit der Stirn gegen eine Säule gerannt.
Wo ist das Luder? Schon wieder stoße ich gegen etwas, diesmal eine Bank. Es hat keinen Sinn, ich kann es genausogut aufgeben. Was habe ich schon davon, wenn ich sie finde, die neugierige Zicke?
Oder ob sie etwas gestohlen hat?
Durch die offene Eingangstür dringt milchige Dunkelheit. Ich gehe zurück ins Freie und öffne eine Tür meines Wagens. Nein. Soweit

ich sehen kann, hat sie nichts geklaut. Trotzdem sperre ich den Jaguar jetzt ab. Sicher ist sicher, denke ich.

## 11

Nun stehe ich eine lange Weile vor der Schule und warte, warte, ich weiß selbst nicht, worauf. Daß dieses Mädchen wieder auftaucht? Idiot! Da kannst du lange warten. Die kennt sich hier gewiß genau aus und ist längst durch irgendeinen anderen Eingang abgehauen. Aber dieser Professor Florian könnte ja wohl eigentlich mal auftauchen, nicht wahr? Oder sonst ein Mensch. Was ist das für ein Saftladen hier? Wütend gehe ich in das Hauptgebäude. In der finsteren Halle dröhnen meine Schritte überlaut.
Ich kann meine Streichhölzer nicht finden. Ich taste mich also eine Wand entlang und merke, daß die Halle rund ist, mit einem Stiegenaufgang in der Mitte. Einmal werde ich ja wohl an einen Lichtschalter kommen oder an eine Tür.
Da ist eine Tür. Ich taste nach der Klinke und drücke sie nieder. Die Tür geht auf. In dem Raum dahinter sind die Vorhänge zugezogen. Unter einer Stehlampe sitzt ein kleiner Junge an einem Tisch, spielt mit Puppen und singt dabei: »Herr Hauptmann, Herr Hauptmann, wie geht es Ihrer Frau . . . ?«
Eingerichtet wie ein Wohnzimmer ist der Raum. Antike Möbel. Das weiche Licht konzentriert sich auf den Jungen und den Tisch.
»Tag«, sage ich.
Nichts. Der Kleine spielt und singt weiter: ». . . Sie kämmt sich nicht, sie wäscht sich nicht, sie ist 'ne alte Sau!«
Jetzt sehe ich erst, wie klein er ist. Ein Meter vierzig. Wenn's hoch kommt! Er sitzt so da, als wollte er dauernd versuchen, die Knie ans Kinn zu ziehen. Mir wird ein bißchen übel, als ich sehe, daß er das gar nicht versuchen will, sondern daß sein ganzes Rückgrat verkrümmt ist – und wie, Mann, und wie!
Den Kopf hält er auch schief, die linke Wange liegt beinahe auf der Schulter. Man kann auch sagen: Die linke Schulter ist zur Wange hochgerutscht. Völlig verwachsen ist der Kleine mit dem blonden Haar, den blassen Wangen und den strahlend blauen Augen. Ich kann sein Gesicht sehen, nachdem ich zum zweitenmal »Tag!« gesagt habe. Da fährt er nämlich auf und hebt die Hände vors Gesicht, und nackte Angst sitzt in seinen blauen Augen.
Wo bin ich hier gelandet? Was ist das hier? Ein Irrenhaus?
»Hör mal«, sage ich, »ich tu' dir doch nichts!«

Aber wie gelähmt verharrt er, Hände vor dem Gesicht, die Knie an den Leib gezogen.
»Hast du vielleicht ein Mädchen gesehen?«
Kopfschütteln.
»Mit einem Petticoat. So groß wie ich. Sie muß hier irgendwo sein.«
Schulterzucken mit den schiefen Schultern. Dann beginnt seine Unterlippe zu zittern.
»Was ist denn los mit dir? Warum hast du solche Angst?«
»Ich habe immer Angst«, sagt er mit einer ganz leisen, ganz hohen Stimme.
»Vor wem?«
»Vor allen Leuten.«
»Warum?«
»Es sind alles Schweine«, sagt der kleine Krüppel. »Man kann nicht vorsichtig genug sein.« Dann läßt er endlich die Hände sinken und sieht mich an. Sein Blick flackert. »Wer bist du? Ein Neuer?«
»Ja.«
»Ich bin schon seit zwei Jahren hier.«
»Was machst du so allein hier? Warst du denn nicht daheim in den Ferien?«
»Nein«, sagt er und stößt die Puppen an, mit denen er gespielt hat, so kleine, hübsche Puppen. »Ich bin hiergeblieben.«
»Den ganzen Sommer?«
»Ja. Ein paar andere auch noch. Santayana. Noah. Und Chichita. Aber bei denen war es einfacher, die konnten nicht heim. Ich, ich habe mir erst die Pulsader aufschneiden müssen, bevor sie es eingesehen haben.«
»Was eingesehen haben?«
»Daß ich hierbleiben will.«
»Du hast dir die Pulsader aufgeschnitten?«
Er streckt sein dünnes linkes Ärmchen vor, und ich sehe zwei rote, frische Narben. »Mit einem Glasscherben«, sagt er. »In der Badewanne. Die Römer haben das immer so gemacht, nicht? In heißem Wasser. Wir haben es gelernt, in Geschichte. Aber ich habe vergessen, die Badezimmertür abzusperren. Einer ist hereingekommen. Ich war schon fast ex. Der Doktor Färber hat mich wieder hingekriegt. Da hat der Chef dann gesagt, ich muß nicht nach Hause. Schick, nicht?«
»Ja«, sage ich, »das hast du fein gemacht.«
»Lieber noch wäre ich natürlich richtig tot gewesen.«
»Warum?«
»Wegen meiner Mutter.«

»Was ist mit der?«
»Na, wenn ich tot gewesen wäre, dann hätte sie doch um mich weinen müssen, nicht?«

## 12

Eine alte Dame kommt herein. Das heißt, sie tastet sich herein. Es ist ziemlich unheimlich, wie sie da plötzlich aus dem Dunkeln des Treppenhauses auftaucht und ihren Weg sucht, indem sie mit der rechten, zitternden Hand eine Truhe, einen Sessel berührt. Sie ist nicht viel größer als der kleine Krüppel und gewiß schon weit über die Sechzig. Sie trägt eine Brille, deren Gläser so dick sind, daß die Augäpfel dahinter aus den Höhlen zu quellen scheinen wie bei einem Frosch. Sie muß halb blind sein, die alte Dame.
Es ist eigentlich alles ziemlich unheimlich hier, finde ich. Wenn das so weitergeht, haue ich gleich wieder ab. Was soll's denn? Schatten, Krüppel, Mumien – und dafür sechshundert Mark Schulgeld im Monat? Ich komme mir vor wie bei Frankenstein zu Hause. Vielleicht ist es dort gemütlicher.
An den Bewegungen der alten Dame und der Sicherheit, mit der sie sich fortbewegt, merkt man, daß sie sich gut auskennt in diesem Raum. Sie lächelt. Ihr gütiges Gesicht ist heiter.
»Ja, wer ist denn das?« fragt sie, knappe zwei Meter von mir entfernt und in dem Tonfall, in dem man zu Sechsjährigen spricht. »Entschuldigen Sie, aber bei künstlichem Licht kann ich nicht ganz so gut sehen.«
»Sie kennen mich nicht, Frau ...«
»Fräulein. Fräulein Hildenbrand.« Sie zupft am weißen Kragen ihres strengen, hochgeschlossenen Kleides. Sie riecht nach Lavendelseife. »Ich bin die Pädagogin hier.«
»Ich heiße Oliver Mansfeld.«
»Ach, Oliver! Wir haben Sie schon erwartet. Doktor Florian wollte Sie sprechen.«
»Jetzt sagen Sie auch Doktor!«
»Bitte?«
»Auch auf allen Wegweisern stand Doktor Florian. Auf seinem Briefpapier steht Professor.«
»Das ist er auch.«
»Na und?«
»Aber er will nicht, daß man ihn so nennt.«
»Wir nennen ihn überhaupt nur den Chef«, sagt der Krüppel.

Die alte Dame lächelt und streicht ihm über das Haar. »Den Chef, ja. Er wird gleich kommen, der Chef. Heute ist so viel los bei uns. Sehen Sie doch, Oliver, was unser Hansi gemacht hat!«
Auf dem Tisch vor Hansi liegen Puppen, Bäume, Zäune, Küchengeschirr, Bausteine, Möbel, eine bunte Miniaturwelt. Es gibt Männer, Frauen, Kinder und Babys, alles immer in drei Anfertigungen: einmal prächtig, einmal durchschnittlich und einmal armselig gekleidet. Es gibt harmlose Tiere und gefährliche Tiere. Es gibt ein Klosett, Autos, Eisenbahnen, Gitter, Schnüre. Und es gibt einen ganz prunkvollen Prinzen und eine wunderschöne Prinzessin.
Mit all diesen Dingen hat der Junge, der Hansi heißt, ein gewaltiges Chaos angerichtet. Die Puppen liegen über und unter umgestürzten Bänken, Sesseln und Schränken. Die Wände eines Zimmers sind umgeworfen, nur eine aus drei glänzend blau angestrichenen Pfosten gebildete Tür ist stehengeblieben. Durch sie marschiert der wunderschöne Prinz hinaus und zieht ein sehr großes, gefährlich aussehendes Krokodil mit gräßlich aufgerissenem Maul und gefletschten Zähnen an einer roten Schnur hinter sich her.
»Um Gottes willen«, ruft das Fräulein Hildenbrand aus und schlägt in gespieltem Entsetzen die Hände zusammen, »was ist denn bloß passiert, Hansi? Als ich fortging, saß doch noch die ganze Familie beim Abendbrot, und alles war in bester Ordnung.«
»Ja, als Sie fortgingen«, sagt der kleine Krüppel und legt den Kopf noch schiefer, und ein böses Lächeln zuckt um seine schmalen Lippen. »Aber dann! Dann ist das Krokodil hereingekommen! Durch diese Wand hier. Es hat sie einfach umgeworfen, die Wand. Und dann hat es alle totgebissen ... « Er zeigt auf die Puppen. »Den Heinz, den Karl, Herrn Fahrenschild ...«
»Und die Mutter? Die steckt ja mit dem Kopf im Klo!«
»Da muß sie auch bleiben.«
»Aber weshalb?«
»Weil sie immer ins Bett macht und Nägel kaut und so böse ist.«
»Wie böse?«
»Das weiß ich nicht. Das Krokodil hat's gesagt.«
»Und du? Dir hat es nichts getan?«
»Nein, Fräulein. Erst hat es alle totgemacht und den Kopf von der Mutter ins Klo gesteckt. Und hat zu mir gesagt: ›Du mußt mir versprechen, daß du sie da steckenläßt, auch wenn ich weg bin!‹ Das habe ich ihm versprochen. Jetzt bringe ich es gerade in den Zoo zurück. Es heißt Hannibal. Ich baue auch noch den Zoo, ja, Fräulein?«
»Ja, Hansi, ja, einen schönen Zoo! Aber sag mal, möchtest du mir nicht einen Gefallen tun? Zieh doch die Mutter aus dem Klo heraus!«

Hansi schüttelt finster den Kopf.
»Aber wie lange soll sie denn da steckenbleiben?«
»Wenn der Spielkasten *mir* gehören würde, für immer«, sagt der kleine Hansi. Dann dreht er uns den krummen Rücken zu. »Ich muß den Zoo machen. Hannibal will heim.«
»Ja, da dürfen wir euch natürlich nicht aufhalten«, meint das kleine Fräulein, das sich tief über das Spielzeug geneigt hat. »Kommen Sie, Oliver, wir warten nebenan auf Doktor Florian.« Und sie geht, sich wieder an Stühlen und Tischkanten entlangtastend, auf die zweite Tür zu und öffnet diese. Das Zimmer dahinter muß der Arbeitsraum von Doktor Florian sein. Eine Schreibtischlampe brennt. Alle vier Wände sind von Bücherregalen verdeckt. Ein großer Globus steht beim Fenster. Ich sehe viele Bilder, von Kindern gemalt, und auch Gebasteltes. Es gibt ein paar tiefe Lehnstühle.
»Nehmen Sie Platz«, sagt das alte Fräulein.
Wir setzen uns beide.
»Keine Bange, Oliver. Glauben Sie nicht gleich, Sie wären in einer Nervenklinik gelandet anstatt in einer Schule! Hansi ist eine Ausnahme. Die allermeisten der dreihundert Kinder, die wir hier haben, sind seelisch gesund. Sie werden die Söhne und die Töchter von berühmten Schauspielern und Schriftstellern kennenlernen, von Ingenieuren, Maharadschahs, Piloten, Kaufleuten, sogar einen kleinen persischen Prinzen.« Sie spielt mit einem Buch, das sie bei sich trägt. »Doktor Florian macht in unserem Institut ein Experiment – mit dem Einverständnis aller Eltern: Wir mischen von Zeit zu Zeit ein paar schwierige und schwierigste Fälle unter die Normalen und versuchen, den Kranken so zu helfen.«
»Und gelingt Ihnen das?«
»Beinahe immer. Aber es gelingt nicht *uns*!«
»Wem denn?«
»Den anderen, den normalen Kindern! Die Gesunden machen die Kranken gesund«, sagt Fräulein Hildenbrand und lächelt.
»Der arme kleine Hansi. Er erzählt, er hätte versucht, sich das Leben zu nehmen, als die Ferien kamen?«
»Das stimmt«, sagt Fräulein Hildenbrand leise. »Aus Angst vor seiner Mutter und Herrn Fahrenschild.«
»Den gibt es wirklich?«
»Leider ja. Ich habe ein paar schwierige Kinder hier, aber mit dem Hansi ist es ganz schrecklich. Seit mehr als einem Jahr beschäftige ich mich jetzt mit ihm, und es kommt und kommt zu keiner Besserung. Würden Sie glauben, daß er das grausamste Kind der ganzen Anstalt ist?«

»Der blonde, kleine Krüp ...« Ich unterbreche mich.
Die alte Dame nickt.
»Der kleine, blonde Hansi, ja. Heute vormittag hat er eine Katze zu Tode gequält. Wir haben das Kreischen gehört. Aber als wir Hansi fanden, war die Katze schon tot. Darum lasse ich ihn jetzt wieder einmal spielen.«
»Spielen? Er wird nicht bestraft?«
»Man erreicht nichts mit Strafen. Im Spiel kann er seine Aggressionen abreagieren. Sie haben ja das Schlachtfeld gesehen, das er angerichtet hat. Jeder Mensch ist zuzeiten aggressiv. Es gibt viele völlig normale Kinder bei uns, die schlagen Taschenmesser oder Beile oder Hacken in die schönen alten Bäume.«
»Und Sie tun nichts dagegen?«
Die kleine Dame schüttelt den Kopf. »Nein«, sagt sie, »denn es ist immer noch besser, Bäume werden erschlagen, als Menschen.« Dabei fällt ihr das Buch aus der Hand, mit dem sie gespielt hat. Sie bückt sich und tastet über den Teppich, aber sie sieht das Buch nicht, das beinahe vor ihr liegt, und ich denke erschrocken: Sie ist nicht nur halb, sie ist ja beinahe ganz blind!
Schnell hebe ich das Buch auf und gebe es ihr. Sie lächelt.
»Danke vielmals, Oliver. Dieses elende elektrische Licht! Ich sehe ausgezeichnet, wirklich! Aber bei elektrischem Licht ...« Ihr Lächeln erlischt, ein paar Sekunden sitzt sie verloren da. Dann richtet sie sich sehr gerade auf und spricht schnell weiter: »Hansi hat Schreckliches durchgemacht. Er kam in Frankfurt zur Welt. Der Vater ließ die Mutter im Stich und machte sich davon. Da war Hansi drei. Die Mutter sieht gut aus – heute noch. Damals wurde sie zuerst Schönheitstänzerin, danach Straßenmädchen. Aber dann holte sie sich eine langwierige Krankheit und konnte nicht mehr arbeiten.« Das alles erzählt Fräulein Hildenbrand ganz sachlich, nun wieder lächelnd, still. »Natürlich kam sie in Not. Ich kenne sie gut. Sie ist asozial und ein bißchen schwachsinnig. Nun, und in jener Zeit, als es ihr schlecht ging, kam sie auf den Gedanken, dem kleinen Hansi die Hände und die Füße zusammenzubinden und ihn so liegenzulassen, drei Stunden am Vormittag, drei Stunden am Nachmittag. Manchmal auch noch länger.«
»Aber warum denn, um Himmels willen?«
»Nun, um einen Krüppel aus dem kleinen Hansi zu machen, natürlich! Und das hat sie ja auch erreicht. Sein Rückgrat wird nie mehr gerade werden. Und auch den Kopf wird er niemals mehr aufrecht halten können.«
»Mir ist übel«, sage ich, »und ich verstehe kein Wort.«

»Aber es ist doch so einfach, Oliver! Die Mutter wollte Hansi betteln schicken. Als er hübsch verkrüppelt war, tat sie es auch. Er stand immer vor den feinsten Restaurants und Nachtlokalen. Dazu zog sie ihm die ältesten Lumpen an. Er hat viel Geld gebracht in der Zeit. So ein verkrüppeltes Kind rührt doch jeden, nicht wahr?«
»Hat denn kein Mensch im Haus etwas gemerkt?«
»Leider erst viel zu spät. Betteln schickte die Mutter den Buben immer erst abends und heimlich, und die Rückgratverkrümmung hielt man für eine natürliche Erkrankung. Hansi verriet nie ein Wort. Seine Mutter hatte ihm gesagt, daß sie ihn totschlagen würde, wenn er ein einziges Mal den Mund aufmachte. Erst als er fünf war, griff endlich das Jugendamt ein. Jemand hatte eine Anzeige erstattet.«
»Und?«
»Sie kam vor Gericht, weil Hansi einer Fürsorgerin die Wahrheit erzählt hatte, trotz seiner Angst. Aber im Gerichtssaal leugnete er wieder alles ab. Es gab also keine Beweise gegen die Mutter. Sie erhielt nur eine Geldstrafe dafür, daß sie ihren Sohn betteln geschickt hatte.«
»Sonst nichts?«
»Hansi kam in ein Heim. Er kam in viele Heime. Die Mutter wurde Dienstmädchen bei einem Herrn Fahrenschild. Jetzt war sie wieder gesund. Und immer noch hübsch, wie gesagt. Vor drei Jahren haben die beiden geheiratet. Nun wollte die Mutter Hansi zurückhaben. Aber so einfach geht das nicht...« Ihre Stimme wird leise. Sie neigt sich vor und flüstert, als ob es niemand hören dürfte außer mir: »Sie werden es doch dem Chef nicht verraten?«
»Verraten?«
»Das mit dem Buch vorhin.«
»Bestimmt nicht.«
»Er will mich nämlich in Pension schicken. Meine Augen werden immer schlechter, sagt er. Und das mit dem elektrischen Licht glaubt er mir nicht. Aber ich habe doch mein ganzes Leben mit Kindern verbracht...«
Durch ihre dicken Brillengläser blickt das alte Fräulein ins Nichts. Sie tut mir so leid, daß ich schnell frage: »Und was geschah weiter mit Hansi?«
Da lächelt sie, wie befreit, und sie antwortet: »Mit dem Hansi, ach ja! Dieser Herr Fahrenschild ist wohlhabend. Bauunternehmer. Herr Fahrenschild wünschte, daß der Junge ein Internat besuchte, eine gute Schule. Er war bereit zu zahlen, was es kostet. Ja, aber auch das war nicht so einfach! Kein Internat in Deutschland wollte

Hansi haben. Bettnässer. Nägelkauer. Schlechter Schüler. Schwer gestört. So haben *wir* ihn dann genommen. Und alles ging gut – bis zu den Weihnachtsferien. Da machten wir einen Fehler.«
»Nämlich?«
»Herr Fahrenschild kam selber herauf und bat so innig, Hansi mitnehmen zu dürfen, daß wir weich wurden. Wir ließen uns täuschen, der Chef und ich. Herr Fahrenschild machte einen guten Eindruck auf uns...« Wieder geht ihr Blick ins Nichts, sie sagt verloren und zu sich selber: »Ich habe immer gedacht, ich könnte vom Gesicht eines Menschen auf seinen Charakter schließen.«
»Kann man das nicht?«
»Ich jedenfalls nicht. Auf mich mag jemand wie ein Engel wirken und doch ein Teufel sein. Sie haben nicht die Striemen gesehen...«
»Striemen?«
»Auf Hansis ganzem Körper. Ich habe den Jungen mit dem Baukasten spielen lassen – und dabei kam nach und nach alles heraus, was in den Weihnachtsferien passierte. Dieser Herr Fahrenschild hat Hansi furchtbar behandelt. Darum hat der Kleine dann den Selbstmordversuch gemacht, als die großen Ferien kamen. Darum haben wir ihn hierbehalten. Aber es ist schwer, es ist sehr schwer mit ihm. Wenn er jetzt auch noch in die Pubertät kommt...« So viel Freundlichkeit, so viel Wärme strahlt Fräulein Hildenbrand aus. Ich denke: Und keiner weiß etwas von dieser beinahe blinden Dame, die hier oben in den Wäldern des Taunus sitzt und ihr ganzes Leben mit Kindern verbracht hat. Keiner gibt ihr einen Orden wie den großen Menschenschlächtern, keine Fanfaren schmettern für sie, da ist kein Bundesverdienstkreuz übrig, nichts.
Ich frage: »Dieser Spielkasten, verwenden Sie den bei allen schwierigen Kindern?«
»Ja, Oliver. Das ist ein sogenannter Szeno-Test. Die moderne Kindertherapie ist eine Spieltherapie. Wir beobachten: Wie spielt das Kind? Wir überlegen: Warum tut es das jetzt? Wir hören zu, was es selber zu seinen Einfällen sagt. Wir beobachten, mit welchem Gegenstand, mit welcher Person das Kind sich identifiziert. Es geht bei der Auswertung des Tests nicht darum, den Intelligenzgrad, Charaktereigenschaften oder Begabungen festzustellen. Wir wollen Einblick in die Art und die Tiefe des Konflikts erhalten, unter dem das Kind leidet.
Sie haben ja selber gesehen, wie es in Hansi aussieht: Herrn Fahrenschild hat das Krokodil getötet. Alle anderen Menschen auch. Die Mutter hat es ins Klo gesteckt. Wegen Nägelkauen und Bettnässen! Und weil sie ›auch sonst‹ so böse ist. Nur dem Hansi selber

– und der Hansi ist der große, schöne Prinz, die feinste Puppe von allen! –, nur dem Hansi hat das Krokodil nichts getan. Es ließ sich sogar an die Leine nehmen und in den Zoo zurückführen.«
»Das Krokodil, das ist seine Aggressivität?«
Das Fräulein nickt. »Ja. Aber auch seine Hoffnung, seine Sehnsucht, sein Wunsch, einmal erwachsen und stark und mächtig zu sein und sich rächen zu können an allen, an der ganzen Welt!«
Ich sage: »Einmal *wird* er groß sein. Sicher nicht kräftig, sicher nicht mächtig. Aber erwachsen. Und was wird dann passieren?«
»Ja«, sagt Fräulein Hildenbrand und rückt an ihrer Brille. »Was wird dann passieren? Vielleicht wird unser Hansi ein Verbrecher werden, ein Mörder.«
»Was glauben Sie?«
»Ich glaube, daß er ein guter Mensch wird«, sagt sie still.
»Trotz der Katze heute? Trotz allem?«
»Trotz allem. Wenn ich das nicht glauben würde, immer und bei allen meinen Kindern, dann könnte ich meinen Beruf nicht ausüben. Dann hätte ich nur Mißerfolge. Aber ich übe meinen Beruf seit mehr als vierzig Jahren aus, Oliver, und ich habe Erfolge gehabt, viele, viele!«
»Mehr Erfolge als Mißerfolge?«
»O ja«, sagt sie, und jetzt lächelt sie wieder. »Aber es waren nie *meine* Erfolge, es haben mir immer andere dabei geholfen. Wir müssen einander alle helfen ... Keiner ist eine Insel.«
»Eine was?«
»Drehen Sie sich um. Hinter Ihnen hängt ein Spruch an der Wand. Doktor Florian hat ihn aufgehängt. Lesen Sie.«
Ich stehe auf, und das lese ich:
*Kein Mensch ist eine Insel, ganz für sich allein. Jedermann ist ein Stück des Kontinents, ein Teil des festen Landes. Wäscht das Meer eine Scholle fort, wird ganz Europa ärmer, so als ob eine Landzunge verschlungen würde oder ein Schloß, das deinen Freunden gehört oder dir selbst. Jedermanns Tod macht mich ärmer, denn ich bin hineinverstrickt in die Menschenwelt. Und deshalb verlange nie zu wissen, wem die Stunde schlägt. Sie schlägt immer für dich*
JOHN DONNE (1573–1631)
»Wem die Stunde schlägt ...«
»Ja«, sagt das alte Fräulein, »da hat er es her, der Hemingway.«
Eine Weile schweigen wir beide, dann fragt sie mich: »Wollen Sie mir helfen? Mit dem kleinen Hansi, meine ich. Wollen Sie sich ein bißchen um ihn kümmern?«
Ich antworte nicht.

»Damit er kein Verbrecher wird, kein Mörder. Wenn ich Sie darum bitte...«
Eine Katze hat er zu Tode gequält, der kleine Krüppel. Was heißt denn da: Helfen? Was heißt denn da: Kümmern? Ein komisches Internat ist das, in dem ich hier gelandet bin!
»Sie haben sicherlich auch Ihre Schwierigkeiten, Oliver. Und sicherlich werden auch Sie hier Freunde finden, die Ihnen helfen. Ich wäre so froh, wenn...« Das Telefon läutet.
Die alte Dame steht auf und tastet sich zum Schreibtisch, und da tut sie mir so leid, daß ich den Hörer für sie abhebe und ihn ihr hinhalte.
»O danke, wie aufmerksam.« Sie meldet sich. Dann macht sie ein überraschtes Gesicht. »Ja, er ist zufällig hier. Sie können verbinden.« Sie hält mir den Hörer hin.
»Für mich?«
»Das Fräulein in der Zentrale hat Sie schon im ›Quellenhof‹ gesucht.«
Wer kann mich jetzt hier anrufen? Vielleicht meine Mutter. Aber bevor ich noch den Hörer am Ohr habe, weiß ich, daß es nicht meine Mutter ist, rieche ich wieder den Maiglöckchenduft, sehe ich wieder die riesigen schwarzen Augen, höre ich wieder »The Brandenburg Gate«...
Und da ist auch sie, sie, diese rauchige, kehlige Stimme, leise und hastig: »Herr Mansfeld?«
»Ja.«
»Sie wissen, wer spricht?«
»Ja.«
»Ich muß Sie sehen.«
»Wo sind Sie?«
»Im Hotel ›Ambassador‹. Am Ortseingang von Friedheim. Können Sie herunterkommen?«
Das fängt ja fein an. Vielleicht fliege ich hier schon hinaus, bevor ich überhaupt auch nur mein Zimmer gesehen habe!
»Es ist etwas passiert.«
»Ich komme sofort«, sage ich schnell. Sonst erzählt sie mir auch noch am Telefon, was passiert ist. Ich weiß nicht, wie das ist: Ich muß bloß eine Frau kennenlernen, schon habe ich trouble!
»Denken Sie sich irgendeine Ausrede aus...«
»Okay«, sage ich, denn mir ist schon eine Lüge eingefallen, »okay, gnädige Frau, ich beeile mich, damit Sie heimfahren können.«
Dann lege ich den Hörer auf, bevor sie noch etwas erwidern kann.

»Es tut mir leid«, sage ich zu Fräulein Hildenbrand, »aber ich muß einen Moment fort. Eine Freundin meiner Mutter ißt im Hotel ›Ambassador‹, bevor sie nach Frankfurt zurückfährt, und möchte mich gern noch ein paar Minuten sehen.«
»Das ist verständlich«, sagt die alte Dame und lächelt milde. »Ich werde Ihnen erklären, wie Sie am schnellsten zum ›A‹ kommen. Die Kinder nennen das Hotel alle nur das ›A‹. Es ist übrigens strengstens untersagt, sich im ›A‹ aufzuhalten – auch den Großen.«
»Die Dame will gerade abfahren. Ich werde mich nicht im Hotel aufhalten.«
»Natürlich nicht, Oliver.« Dieses Lächeln. Kein Wort glaubt sie mir. Warum sollte sie? Ich würde mir selber auch kein Wort glauben. Was kann bloß passiert sein?
»Entschuldigen Sie mich bei Herrn Professor Florian, wenn er inzwischen kommt.«
»Selbstverständlich.« Und dann erklärt sie mir den Weg.
Als ich gehe, muß ich durch das Zimmer, in dem der kleine Krüppel spielt. Er hat einen Zoo gebaut und genauso verwüstet wie vorher das Wohnzimmer. Tiere liegen herum, Gitter sind umgeworfen.
»Hannibal«, sagt er grinsend.
»Was Hannibal?«
»Hat er gemacht. Alles. Käfige aufgebrochen. Tiere totgebissen.«
Das Krokodil sitzt in der Mitte des Tisches. Der schöne Prinz reitet stolz auf ihm.
»Aber ich, ich kann mit ihm machen, was ich will, hat Hannibal gesagt. Mich hat er lieb!«
»Das ist aber fein!« sage ich.
Komisch, jeder wünscht sich ein Wesen, das ihn liebhat. Und wenn's ein Krokodil ist. Hansi. Verena. Ich und du. Und Müllers Kuh. Müllers Esel wünscht sich's auch.

## 13

Das »A« ist eine Wucht! Kennen Sie das »Carlton« in Nizza? Na, so ungefähr.
Drei Parkplätze. Golfing-links. Tennisplätze. Springbrunnen, bunt angestrahlt. Mercedes, Mercedes, Mercedes. BMW. Wieder Mercedes. Etwas anderes sehen Sie hier nicht. Der livrierte Portier reißt die gläserne Drehtür für wunderschöne Damen im Cocktail-

kleid auf, für würdige Herren im Smoking. Musik einer Kapelle weht zu mir heraus, als ich langsam die erleuchtete Fassade des Riesenkastens entlangfahre.

Hier trifft sich also die Creme der Frankfurter Gesellschaft, die Herrschaften, die hier oben ihre Häuschen haben. Und wahrscheinlich ist das auch ein Ia-Nobel-Absteigequartier für erholungsbedürftige Manager und Generaldirektoren. Die werden hier wohl ihre Wonnemäuschen unterbringen. So praktisch! Eine halbe Stunde nur von Frankfurt. Und dabei so groß! Der Frau Gemahlin kann man immer sagen, man hätte hier eine Tagung. Irgendeine Tagung wird in dem Monsterbau doch immer stattfinden. Teufel noch mal!

Und Nerzcapes!

Junge, Junge, mink, mink, mink! Einer schöner als der andere. Wenn man so denkt: Vor einundzwanzig Jahren haben wir den größten Krieg aller Zeiten angefangen, vor fünfzehn haben wir ihn verloren...

Jetzt bringt ein Page einen Cellophankarton. In dem sind gut und gerne dreißig Orchideen. Das Ding geht kaum durch die Drehtür. Ein Glück, daß wir ihn verloren haben. Den Krieg, meine ich. Wer weiß, ob wir sonst Butter aufs Brot hätten?

Aber wo ist Verena Lord?

Daß sie sich nicht gerade vors Portal stellen würde, war mir klar. Werden ja wohl ein paar Herrschaften hier sein, die sie und den Herrn Bankier kennen. Aber das Portal habe ich längst passiert, ich bin schon am ganzen Hotel vorbeigefahren, die Straße wird wieder dunkel. Vor mir sehe ich ein paar armselige Lichter.

Was soll das denn, verehrte Dame?

Moment mal!

Da steht ein kleines Mädchen am Straßenrand, daneben ein riesiger hellbrauner Boxer mit heraushängender Zunge. Das kleine Mädchen winkt. Niedliches Ding: Blondes Haar, kleine Zöpfe, blaue Augen. Blaues Strickjäckchen. Weißer Rock. Blau-weiße Ringelsöckchen. Weiße Schuhe.

Bremse. Ich kurbele das Fenster herab. Die Kleine sieht mich todernst an und fragt: »Bist du Onkel Mansfeld?«

»Ja, Evelyn«, sage ich.

»Woher kennst du meinen Namen?«

Na, das war doch wirklich nicht schwer, wie?

»Ein kleiner Vogel hat ihn mir verraten. Steig ein.«

»Darf Assad auch hinein? Das ist nämlich *mein* Hund, weißt du?«

»Come in, Assad«, sage ich, klappe den rechten Sitz vor, und Assad klettert schnaufend hinter mich.
»Du auch«, sage ich zu Evelyn und klappe den Sitz zurück.
Sie steigt ein. Ich fahre weiter. Evelyn hat eine Tafel Schokolade in der Hand. »Willst du?«
»Nein, danke. Iß sie selber. Du hast Schokolade doch bestimmt gern.«
»O ja«, sagt sie und beißt ein Stück ab. »Marzipan natürlich noch lieber. Marzipan habe ich am allerliebsten.«
»Das kann ich verstehen«, sage ich. (Mir wird schon schlecht, wenn ich das Wort höre.)
»Guten Abend, Onkel Mansfeld«, sagt sie artig und gibt mir die Hand. »Im Sitzen kann ich leider keinen Knicks machen. Ich mache sonst immer einen.«
»Ich doch auch«, sage ich. Darüber muß sie furchtbar lachen.
»Ja, jetzt glaube ich es«, sagt sie dann, nachdem sie sich beinahe an einem Stück Schokolade verschluckt hat.
»Was?«
»Was Mami gesagt hat.«
»Was hat Mami gesagt?«
»Ich soll dich zu ihr bringen, denn du bist ein guter Onkel und wirst uns helfen.«
»Helfen?«
»Na ja«, sagt sie leise. »Du weißt doch. Wegen Papi. Darum darf auch niemand wissen, daß ihr euch trefft.«
»Nein, niemand, Evelyn!«
»Papi schon gar nicht. Er ist nämlich überhaupt nicht mein wirklicher Papi, weißt du?«
»Ich weiß alles.«
»Du bist prima, Onkel Mansfeld. Ich mag dich.«
»Ich mag dich auch, Evelyn.«
Das ist wahr. Ich mag überhaupt Kinder. Darüber haben schon viele meiner Freunde ihre dämlichen Witze gemacht. Aber es ist wahr: Ich kenne nichts Netteres als kleine Kinder. Sie vielleicht?
»Ja, aber wo ist denn Mami?«
»Da vorn rechts biegt ein Weg ab. Den müssen wir hochfahren. Mami wartet dort. Hier hat sie nicht warten können. Wegen der Leute, verstehst du?«
»Ja.«
»Und ich habe sie begleiten müssen. Wegen dem Gärtner. Und dem Diener. Damit die Papi nicht erzählen, Mami ist allein noch einmal weggegangen. Wir haben gesagt, wir machen noch einen Spaziergang.«

»Ihr habt keine Geheimnisse voreinander, wie?«
»Nein, wir sagen uns alles. Sie hat ja auch nur mich«, sagt die Kleine. »Da steht sie.«
Ich bin einen ziemlich schmalen Waldweg hochgefahren, an dessen Seiten uralte Bäume stehen. Weiter oben sehe ich ein uraltes Gemäuer. Was ist das? Ein Aussichtsturm?
Da steht sie, halb hinter einem Baum, und sie trägt immer noch das Kopftuch, aber nicht mehr die dunkle Brille. Dafür einen dunkelblauen Regenmantel, mit hochgeschlagenem Kragen, den Gürtel eng geschnallt. Sie sieht sehr weiß aus im Gesicht. Sind es nur die Scheinwerfer? Jetzt halte ich neben ihr. Sofort steigt Evelyn aus.
»Assad!«
Der Boxer springt ihr nach.
»Ich lasse euch allein, bis ihr mich ruft.«
»Ja, mein Herz.«
»Aber, bitte, laßt wenigstens das kleine Licht von den Scheinwerfern an, ich habe sonst Angst. Komm, Assad!«
Der Boxer läuft ihr nach, als sie den Weg zu dem alten Turm hinaufhüpft.
»Was ist los?« frage ich.
»O Gott«, sagt Verena. »Sie haben es also nicht gefunden?«
»Was?«
»Mein Armband.«
»Sie haben das Bracelet verloren?«
Sie kann nur nicken, während sie eine Stablampe aus der Tasche des Regenmantels zieht und den Boden des Jaguars ableuchtet. Ich steige aus. Ich klappe die Sitze hoch. Ich habe auch eine Taschenlampe. Wir durchsuchen den ganzen Wagen, mindestens fünf Minuten lang. Nichts.
Alle möglichen Vögel und andere Tiere höre ich schreien. Es gibt viele Geräusche im Wald. Vor uns sehe ich die kleine Evelyn und ihren Hund als winzige Silhouetten. Evelyn sammelt Steine und wirft sie fort, und Assad bringt sie zurück. Manchmal bellt er dabei. Zuletzt sitzen wir nebeneinander im Wagen, die Türen stehen offen, und ich rieche wieder ihr Parfüm.
»Haben Sie eine Zigarette?« fragt sie so leise, daß ich es kaum höre. Ich gebe ihr eine und nehme mir eine, und wir rauchen beide. Einen Moment wird mir ganz schlecht, weil ich denke, sie denkt, ich hätte das Armband gestohlen. Aber dann wird mir wieder besser, denn sie legt eine Hand auf meine Schulter und sagt heiser: »Mit mir haben Sie nur Scherereien.«

»Reden Sie nicht so. Es tut mir so leid. Ich habe Ihnen auf der Fahrt gesagt, daß der Verschluß offen war. Erinnern Sie sich?«
Sie nickt. »Als Sie mir ins Steuer griffen und ich nach Ihnen schlug, hörte ich etwas klirren. Da wird es wohl zu Boden gefallen sein.«
»Aber wo ist es jetzt?«
»Als Sie ausstiegen bei der Eiche ...«
»Dort habe ich jeden Zentimeter abgesucht.«
»Vielleicht hat es jemand vor Ihnen gefunden.«
»Ja«, sagt sie, »vielleicht. Waren Sie schon im Internat?«
»Ich mußte noch auf den Direktor warten. Aber ich habe den Wagen abgesperrt. Kein Mensch kann ...«
Und da fällt es mir endlich ein.
»Merde!« sage ich.
»Was merde?«
»Das Mädchen«, sage ich. »Dieses verfluchte Mädchen!«

## 14

Nachdem ich Verena alles erzählt habe, sitzt sie ganz still da und raucht und sieht nach vorn, wo in einiger Entfernung ihre kleine Tochter mit dem Hund spielt. Verena bläst Rauch durch die Nase aus und fragt: »Glauben Sie, daß dieses Mädchen das Band gestohlen hat?«
»Ganz sicher. Sie rannte auch davon, als ich sie anrief.«
»Drehen Sie das Radio an.«
»Warum?«
»Damit uns niemand hört.«
»Hier ist niemand. Sie meinen, damit Ihre Tochter nichts hört.«
»Ja.«
»Sie hält doch zu Ihnen. Sie sagt, Sie hätten keine Geheimnisse voreinander.«
»Sie kann meinen Mann nicht leiden. Er kann sie nicht leiden. Sie glaubt, sie weiß alles von mir. Sie würde sich umbringen lassen, bevor sie mich verrät. Aber natürlich weiß sie nicht alles. Ach! Sie weiß überhaupt nichts!«
Und dabei gibt es sicher so viel zu wissen, denke ich, aber ich sage es nicht, sondern drehe das Radio an.
»Haben Sie eine Ahnung, wer das Mädchen war?«
»Nicht die geringste.«
»Also haben wir auch nicht die geringste Chance, das Band wiederzubekommen.«

»Das ist nicht gesagt. Ich muß nachdenken. Es wird einen Weg geben. Es gibt immer einen Weg. Regen Sie sich nicht auf, bitte, bleiben Sie ruhig.«
»Es gibt keinen Weg. Es gibt nie einen Weg«, sagt sie. »Aber ich rege mich nicht auf. Ich bin ganz ruhig. Haben Sie keine Angst.«
»Evelyn sagte vorhin etwas, das habe ich nicht verstanden. Ist Ihr Mann denn nicht heimgekommen?«
»Nein. Eben.«
»Eben?«
»Er rief nur an. Er hat etwas vor. Er plant etwas.«
»Was plant er?«
»Das weiß ich nicht.«
»Sie sollen keine Angst haben.«
»Ich habe keine. Ich habe keine.« Aber ihre Hand zittert so, daß ihr die Zigarette entfällt. »O Gott«, sagt sie, »ich wollte, ich hätte nicht so furchtbar Angst!«
Da lege ich einen Arm um ihre Schulter, und sie läßt es geschehen, ja, sie preßt sich sogar gegen mich und sagt erstickt: »Sie wissen nicht, in welcher Lage ich mich befinde, Herr Mansfeld. Sie ahnen es nicht. Das mit dem Armband hat mir gerade noch gefehlt.«
»Ich fahre zurück ins Internat. Ich werde den Diebstahl melden. Dann werden eben alle Mädchenzimmer untersucht. Oder mir fällt etwas anderes ein. Mir fällt bestimmt etwas ein! Ich finde das Mädchen! Ich finde das Armband! Nicht. Nicht. Bitte, nicht weinen!«
»Ich weine doch gar nicht«, sagt sie, aber weil ihre Wange jetzt an meiner Wange liegt, rinnen ihre Tränen über unsere beiden Gesichter, und das kleine Mädchen da vorn auf dem einsamen Waldweg vor dem alten Turm springt und tanzt und wirft Steinchen.
»Was hat Ihr Mann am Telefon gesagt? Genau! Ganz genau!«
»Daß er heute nicht mehr heraufkommt, sondern in Frankfurt bleibt.«
»Und wann kommt er?«
»Morgen abend.«
»Also haben wir doch einen ganzen Tag Zeit!«
»Wenn er nicht in einer Stunde kommt. Wenn er nicht überhaupt schon da ist...«
»Sie müssen aufhören zu weinen, wirklich!«
»Sie kennen ihn nicht. Sie kennen ihn nicht! Ich hatte schon die ganze Zeit das Gefühl, daß er Enrico mißtraut...«
Enrico? Ach so... der...
»Und jetzt auch noch das Armband. Wenn er kommt und das Arm-

band ist weg, hat er einen Grund mehr! Verloren? Das glaubt er mir nie! Er hat schon einmal gesagt, daß er Enrico für einen Gigolo hält ...«
»Schweigen Sie!«
»Was?«
»Ich verbiete Ihnen, so etwas zu glauben! Müssen *Sie* einem Mann Geld geben, damit er Sie liebt?«
»Ach, was wissen denn Sie!«
»Nichts«, sage ich, »natürlich, ich weiß gar nichts.«
Die Frau, die ich im Arm halte, als wäre sie meine Geliebte, sagt: »Sie sind reich. Sie waren immer reich. Ich nicht. Ich war einmal so arm, daß ich kein Brot mehr hatte für Evelyn und mich. Wissen Sie, was Elend ist?«
»Ich habe schon mal etwas davon gehört.«
»Nichts wissen Sie! Überhaupt nichts! An dem Abend, an dem ich meinen Mann kennenlernte ...«
In diesem Augenblick kommt Evelyn mit dem Boxer den Weg herunter auf uns zugelaufen, und Verena richtet sich schnell auf und unterbricht sich.
»Was ist, mein Herz?«
Der Boxer bellt.
»Ruhig, Assad! Entschuldige, daß ich störe, Mami. Aber glaubst du, daß Onkel Mansfeld uns wirklich helfen wird?«
»Wenn er kann ...«
»Wirst du können, Onkel Mansfeld?«
»Bestimmt, Evelyn, ganz bestimmt.«
»Au fein!« Sie gibt der Mutter einen Kuß. »Seid nicht böse, aber ich war so neugierig, ich habe es einfach nicht mehr ausgehalten. Jetzt bleibe ich so lange fort, bis du mich rufst. Komm, Assad!« Und wieder läuft sie mit dem Hund davon. Verena und ich sehen ihr nach.
»Sie ist alles, was ich habe«, sagt Verena.
»Dann haben Sie eine ganze Menge. Was war an dem Abend, an dem Sie Ihren Mann kennenlernten?«
Verena lacht. Es klingt halb hysterisch.
»An dem Abend, lieber Herr Mansfeld, besaß ich noch neun Mark achtzig – und dreißig Tabletten Veronal.«
»Woher kam das Zeug?«
»Von einem Apotheker. Ich hatte ihm ein paar Wochen lang Liebe vorgemacht, mit ihm geschlafen, verstehen Sie – immer wenn er Nachtdienst hatte.«
»Und dabei die Tabletten gestohlen.«

»Ja. Damit ich mich umbringen konnte.«
»Und Evelyn?«
»Evelyn auch. An diesem Abend nahm ich also die neun Mark achtzig und ging mit ihr fort. Es sollte unser letztes Essen sein. Danach ... danach wollte ich es tun ...«
»Aber Sie taten es nicht.«
»Nein. Auf dem Nachhauseweg lief Evelyn beinahe in einen Wagen hinein. *Er* saß am Steuer.« Und dann schreit sie plötzlich: »Ich gehe nicht noch einmal zurück ins Elend! Kein Brot! Kein Licht! Kein Gas! Nie mehr! Nie mehr! Ich habe die dreißig Tabletten noch! Wenn er mich jetzt hinauswirft, tue ich es!«
Es ist mir wirklich unangenehm, aber sie schreit so laut, daß Evelyn schon hersieht. Und wenn unten auf der Straße jemand vorbeigeht, versteht er jedes Wort. Ich muß es tun. Es wird mir nicht leicht. Ich schlage ihr ins Gesicht. Zweimal. Links. Rechts. Sie keucht. Ihr Mund steht offen. Aber jetzt schreit sie nicht mehr.

## 15

Über meinem Rückspiegel gibt es eine kleine Lampe, die knipse ich an und drehe den Spiegel zu ihr und sage: »Machen Sie Ihr Gesicht zurecht. So darf Sie keiner sehen.« Folgsam wie ein Kind holt sie eine Puderdose und einen Lippenstift aus ihrem Regenmantel und restauriert sich. Ich sehe ihr dabei zu und denke, neun Mark achtzig, neun Mark achtzig, dreißig Tabletten Veronal. Wie schön sie ist, wie schön, wie schön, wie schön.
Ich sage: »Damals waren Sie arm. Aber Sie waren nicht immer arm.«
»Woher wissen Sie das?«
»Ich weiß es nicht, ich fühle es. Ihre Familie muß einmal sehr reich gewesen sein. Denn nur jemand, der Reichtum kennt und ihn für eine Zeit verlor, hat solche Angst, das zu verlieren, was er wieder hat, und wieder arm zu sein.«
Sie schweigt.
»Wollen Sie mir nicht sagen, woher Sie kommen?«
»Nein.« Das klingt böse, aggressiv und laut.
»Dann nicht. Werden Sie jetzt wenigstens vernünftig sein?«
Sie nickt. Ich glaube auch, daß sie jetzt vernünftig sein wird, sonst würde sie sich nicht schminken.
»Ich fahre zurück ins Internat. Sie gehen heim. Professor Florian werde ich erzählen, daß mir ein Armband meiner Mutter gestohlen

wurde. Sie hat es mir mitgegeben, damit ich es zu einem Frankfurter Juwelier bringe. Das Mädchen – wer immer es ist – kann mit dem Ding nicht weit gekommen sein. Alle Kinder müssen um acht in ihren Häusern sein. Also gibt es in sämtlichen Häusern eine Durchsuchung. Ich bestehe darauf. Sonst rufe ich die Polizei.«
»Polizei ...« Sie starrt mich an.
»Es ist das Armband meiner Mutter, vergessen Sie das nicht! Ich besitze also einen guten Grund. Wenn Ihr Mann wirklich erst morgen abend kommt, haben wir massenhaft Zeit.«
»Und wenn er blufft? Und wenn er früher kommt?«
»Herrgott, das wird doch nicht das einzige Schmuckstück sein, das Sie haben – oder?«
»Nein. Er ... er hat mir sehr viel geschenkt.«
»Also! Vielleicht fällt es ihm gar nicht auf, daß Sie das Ding nicht tragen. Und wenn es ihm auffällt, dann haben Sie es eben einer Freundin geliehen. Ein paar Lügen werden Ihnen wohl noch selber einfallen! Sie sind doch nicht von gestern.«
»Sie müssen eine feine Meinung von mir haben.«
»Ich will Ihnen mal sagen, was ich glaube: Wir sind einander so ähnlich wie ein Gesicht und seine Maske, wie ein Schlüssel und sein Schloß. Und darum habe ich eine gute Meinung von Ihnen, ja!«
Sie gibt keine Antwort.
»In welcher Gegend liegt Ihre Villa?«
»Direkt über dem alten Turm.«
»Ich soll im ›Quellenhof‹ wohnen. Kennen Sie den?«
»Ja.«
»Kann man das Haus von Ihnen aus sehen?«
»Aus meinem Schlafzimmerfenster.«
»Schlafen Sie allein?«
»Ja. Mein Mann und ich haben seit einer Ewigkeit nicht mehr ...«
Einmal möchte ich eine Frau treffen, die das nicht sagt! Dabei bin ich nicht einmal ihr Liebhaber. Das muß ein Tick sein. Auch bei den Männern! Männer sind genauso. Intime Beziehungen zu meiner Frau? Seit Jahren nicht mehr!
»Sie haben eine Taschenlampe. Ich habe eine. Heute nacht Punkt elf sehen Sie aus dem Fenster. Wenn ich alle fünf Sekunden nur einmal blinke, dann habe ich überhaupt noch nichts herausgebracht, und die Sache sieht mies aus. In diesem Fall treffen wir uns morgen früh um acht hier wieder und überlegen weiter.«
»Um acht müssen Sie doch zur Schule.«
»Ich muß gar nichts«, sage ich. »Sie blinken immer einmal zurück,

damit ich weiß, daß Sie mein Signal verstanden haben. Jetzt weiter: Wenn ich immer schnell zweimal nacheinander blinke, habe ich das Armband schon. Dann kommen Sie auch morgen früh um acht hierher, und ich gebe Ihnen das Ding. So spät nachts dürfen Sie nicht mehr aus dem Haus, ob Ihr Mann da ist oder nicht. Aber Sie werden dann wenigstens beruhigter schlafen können.«

»Noch nie in meinem ganzen Leben hat ein Mensch für mich ...«

»Ja, ja, schon gut. Wenn ich immer dreimal nacheinander blinke, dann heißt das: Ich weiß, wer das Mädchen ist und wo das Band liegt, aber ich brauche noch Zeit. Man muß an alle Möglichkeiten denken. In diesem Fall blinken Sie zurück, daß Sie verstanden haben. Und dann blinke ich die Zeit, zu der ich hoffe, Ihnen das Band geben zu können. Also: Achtmal ist acht Uhr, dreizehnmal ist dreizehn Uhr, und so weiter. Klar?«

Sie nickt stumm. Jetzt ist ihr Gesicht wieder in Ordnung. Das Licht der kleinen Lampe über dem Rückspiegel fällt auf uns beide. Sie sieht mich an, und ihre riesigen schwarzen Augen machen mich schwindlig. Ich will es nicht tun, ich will mich anständig benehmen, aber es sind ihre Augen, ihre wundervollen Augen. Ich ziehe sie an mich, um sie zu küssen. Da nimmt sie meine Hand und führt sie an ihre Lippen in einer Bewegung, die ebenso zärtlich wie abweisend ist – und schöner als der schönste Kuß, den ich jemals bekommen habe.

»I am sorry«, sage ich schnell, gehe um den Wagen herum und helfe ihr beim Aussteigen. »Verlieren Sie nicht die Nerven. Wir schaffen es. Es wäre ja gelacht, wenn wir es nicht schaffen würden. Ich habe schon ein paar solche Dinger erlebt!«

»Sie sind großartig«, sagt sie.

»Ich bin ein Stück Dreck und sonst gar nichts. Aber Sie, Sie gefallen mir so! Ich ... ich ... ich würde alles für Sie tun, alles.«

»Sie tun schon so viel für mich.«

»Ich verlange auch etwas dafür.«

»Das habe ich gemerkt.«

»Der Kußversuch? Das war eine reine Reflexbewegung. Routine. Tue ich immer. Aber wenn ich Ihr Armband finde, dann werde ich etwas verlangen!«

»Was?«

»Dreißig Tabletten Veronal.«

Sie antwortet nicht.

»Gehen Sie nicht darauf ein, und wir lassen das Geschäft.«

»Herr Mansfeld, Sie haben wirklich keine Ahnung, in welcher Situation ich mich befinde, abgesehen von dem Armband ...«

»Ich will es gar nicht wissen. Ich will die dreißig Tabletten. Bekomme ich sie oder nicht?«
Sie sieht mich so lange an, daß mir wieder schwindlig wird, dann legt sie wieder meine Hand auf ihre Lippen und nickt.
»Also Punkt elf«, sage ich noch einmal.
Da geht sie schon fort, hinauf zu dem alten Turm, wo ihre kleine Tochter und der Boxer Assad spielen, die ihr nun beide entgegenlaufen. Mutter und Tochter winken. Ich winke zurück, aber nur einmal. Dann setze ich mich in den Wagen, schalte das Fernlicht ein und sehe Verena, Evelyn und den Hund hinter dem alten Aussichtsturm im schwarzen Wald verschwinden, während ich den Wagen zur Straße zurückrollen lasse. Knapp vor der Kreuzung halte ich an und hebe die Hand ans Gesicht, die sie an ihre Lippen führte. Sie riecht nach Diorissimo, diese Hand, nach Frau, Schminke und Puder. Ich schließe die Augen und fahre über mein Gesicht mit dieser Hand, während Vögel schreien und die Tiere des Waldes miteinander sprechen und auf der Straße vor mir Autos vorübersausen.
Der Duft ihres Parfüms, ihrer Lippen, ihrer Haut hüllt jetzt mein ganzes Gesicht ein. Ich öffne die Augen wieder und sehe meine Hand an und schließe sie zur Faust, als ob ich so diesen Wohlgeruch länger bewahren könnte. Dabei fällt mir ein, daß Milton (John heißt er, glaube ich, der große englische Poet, jedenfalls, Sie wissen's bestimmt), daß dieser Milton also sein halbes Leben in Italien verbracht hat. Er liebte das Land so. Er nannte es sein Paradies. Im Alter erblindete er. So brachten Freunde ihn zurück ins kalte, neblige England, und da saß er dann in seinem Haus Abend um Abend vor dem Kaminfeuer, mit einer uralten, vertrockneten Olive in der Hand. Die Haushälterin erzählte den Nachbarn, daß Milton dabei immer lächelte. Die Olive hatte er aus Italien mitgebracht. Und zu seiner Haushälterin sagte er einmal: »Wenn ich sie in der Hand halte, diese kleine Frucht, dann bin ich wieder dort, wo ich einmal so glücklich war. Dann kann ich wieder alles sehen, Florenz und Neapel, Mailand und Rom, mein Paradies. Ich halte nun mein Paradies in meiner Hand.«
Ich halte nun mein Paradies in meiner Hand...
Aber der Duft schwindet schon wieder, so schnell, so schnell. Ob alles Schöne so flüchtig ist? Sicherlich. Bei allen Menschen. Nur das Böse, das Grausame ist von Dauer. Das Zärtliche, das, was dir Tränen in die Augen treibt, weil auch du einen anderen brauchst, dieses Lächeln, diese Berührung von Finger und Lippe, diese Erinnerung das alles vergeht, verweht, ist bald vergessen.

Ich muß sehen, daß ich das Armband auftreibe. Dreißig Tabletten Veronal kann ich vielleicht selbst mal brauchen.
Winker raus. Ich trete auf den Stempel. Zurück zur Schule. Es ist zum Kotzen, wie sentimental ich manchmal werde! Gott sei Dank, es ist schon vorüber.
Nein. Warum soll ich lügen?
Es ist noch nicht vorüber. Ich fürchte, es wird nie vorüber sein. Nicht mit Verena. Nicht mit dieser Frau.
Unlogisch, nicht? Gerade habe ich das Gegenteil geschrieben!

## 16

Er schießt hinter dem Wegweiser hervor, wie eine Gewehrkugel, wie ein Waldschrat, ein Alp aus einem bösen Traum. Ich bekomme einen solchen Schreck, daß ich auf die Bremse trete und den Motor abwürge. Ruck! Ich fliege über das Steuer. Als ich mich wieder aufrichte, steht er schon vor mir, verkrüppelt, winzig, unheimlich. Ein Gnom. Ein Geist. Ein Ungeist. Und wieder ist da dieses tükkische Lächeln, das seine dünnen Lippen verzerrt.
»Habe ich dich erschreckt?« fragt der kleine Hansi.
»Das kann man wohl sagen.«
»Ich habe dir aufgelauert.«
»Was?«
Ironisch klagend sagt er: »Es halten mich hier alle für einen Idioten. Ich habe natürlich gelauscht, als du telefoniert hast. Ich habe auch schon vorher gelauscht, als Fräulein Hildenbrand über mich gesprochen hat. Was hast du dieser Frau gesagt?«
»Welcher Frau?«
»Na, die du gerade getroffen hast. Der Chef ist übrigens schon raufgekommen. Er hat gesagt, ich soll aufhören zu spielen und in den ›Quellenhof‹ gehen. Also, was hast du ihr gesagt?«
»Hör mal, ich habe jetzt genug von dir! Hau ab! Ich muß zum Chef.«
»Es halten mich alle für einen Idioten«, jammert er wieder. »Hast du gesagt, daß du ihr Armband wiederfinden wirst?«
»Was für ein Armband?«
»Wir wollen's kurz machen«, sagt er grinsend. »Ich habe dich angelogen.«
»Wann?«
»Na, du hast doch gefragt, ob ich ein Mädchen gesehen habe, eine mit einem Petticoat. Ich habe nein gesagt. Aber ich habe sie ge-

sehen. Ich habe ein Geräusch gehört und die Vorhänge gehoben, und da war sie. Und wie sie das Armband klaute, habe ich auch gesehen, es hat gefunkelt und geglitzert!«
Mir wird sehr heiß, und ich packe eines seiner erbarmungswürdig dünnen Ärmchen und ziehe ihn ganz nah zu mir heran.
»Au! Laß mich los! Du tust mir weh!«
»Du hast sie doch gesehen!«
»Sage ich ja.«
»Du weißt, wie sie heißt?«
»Klar.«
»Wie?« Darauf schweigt er.
»Wie heißt sie?« frage ich und schüttle ihn. Auf einmal sehe ich, daß seine Lippen zucken. (Hoffentlich fängt der nicht auch noch an zu weinen!) Ich lasse ihn los. Er murmelt: »Ich sage es dir. Aber unter einer Bedingung.«
»Bedingung?«
»Daß du mein Bruder wirst«, sagt er leise.
»Was ist das für ein Quatsch?«
»Das ist kein Quatsch.« Jetzt wird er plötzlich ganz weich. »Sieh mal, die Kinder hier oben, die haben doch alle ihre Eltern nicht da. Oder sie mögen sie nicht. Die Kinder sind ganz allein. Da haben sie angefangen, sich ihre eigenen Verwandten zu suchen. Sie machen sich ihre eigenen Familien, damit sie nicht mehr so allein sind. Das tun sie schon lange, viele Jahre. Noah ist der Bruder von Wolfgang. Walter ist der Bruder von Kurt. Alle haben sie Brüder oder Schwestern. Oder Kusinen und Vettern. Väter und Mütter nicht, das gibt's nicht. Von Vätern und Müttern haben sie die Schnauze voll, wie ich.« Jetzt redet er eifrig und schnell und hält meinen Arm fest mit seinen winzigen Händchen. »So einem Bruder oder so einer Schwester kann man alles anvertrauen. Sogar weinen darf man, wenn man allein ist mit so einer Schwester oder so einem Bruder. Alle hier haben Schwestern und Brüder. Nur ich nicht. Ich habe schon alle gebeten. Keiner mag mich.«
»Warum nicht?« frage ich, obwohl ich es weiß.
»Na, weil ich halt so scheußlich aussehe. Aber ich möchte doch so gern einen Bruder haben! Einen großen. Du bist der Größte hier, der Älteste. Die anderen würden zerplatzen! Willst du es werden, wenn ich dir sage, wer das Armband hat?«
Wenn ich nein antworte, ist der kleine Krüppel imstande, das Mädchen zu warnen. Dann läßt sie den Schmuck verschwinden, bevor die Durchsuchung einsetzt. Und es ist natürlich auch nicht eben vorteilhaft für mich, wenn ich diesem Professor Florian gleich mit

der Polizei ins Haus geschneit komme. Auf die sanfte Tour wäre es natürlich am besten. Aber wenn der Kleine lügt?

»Kannst du denn beweisen, daß sie das Armband hat?«

»In fünf Minuten.«

»Was?«

»Ich habe gesagt, in fünf Minuten. Wenn du mein Bruder sein willst. Willst du?«

Was sind fünf Minuten? Give him a chance.

»Wie alt bist du eigentlich, Hansi?« frage ich.

»Elf«, grinst er.

»Ja«, sage ich. »Ich will dein Bruder sein.«

Er läuft um den Wagen herum und klettert auf den Sitz neben mich. »Fahr links den Weg hinauf. Zur ›Alten Heimat‹. Da wohnen die großen Mädchen.«

Dieser Wald ist von Wegen durchzogen wie ein Labyrinth. Ich habe das Gefühl, in einen Tunnel hineinzufahren, einen Tunnel, gebildet aus uralten Bäumen. Und wieder höre ich die Tiere des Waldes. Was für ein Abend! Ob der Chef bereits sehr wütend ist, daß er so lange auf mich warten muß? Der kleine Hansi sieht mich unablässig an. Das macht mich wahnsinnig nervös. Ist er Ihnen bekannt, dieser feuchte Kinderaugenblick? Voller Vertrauen, voller Liebe? Großer Gott, in was gerate ich hier hinein?

»Ich kenne dieses Mädchen ganz genau«, sagt der Krüppel. »Ich weiß sogar, wie sie nackt aussieht. Die meisten Mädchen machen die Vorhänge zu, wenn sie sich ausziehen, aber manche lassen sie offen. Da beobachte ich sie.«

»Du schleichst ans Haus?«

»Ja. Man muß sehr vorsichtig sein und sich die Schuhe ausziehen, damit die Erzieherin einen nicht hört. Du mußt dir jetzt auch gleich die Schuhe ausziehen. Ich habe sogar einmal gesehen...« Er bricht ab und lacht. »Das erzähle ich dir später einmal. Dazu brauche ich Zeit. Brems jetzt, sonst hören sie uns.«

Also fahre ich den Wagen ein Stück zwischen zwei Bäume in den Wald hinein und schalte den Motor ab und die Lichter aus. Nur das kalte Licht des zunehmenden Mondes erhellt die Gegend.

»Das ist aber eine Sauerei«, sage ich, »Mädchen beim Ausziehen beobachten und so. Ein guter Junge tut das nicht.« (Ausgerechnet ich, ich hab's nötig!)

Er erwidert ernst: »Ich bin kein guter Junge. Ich bin nicht dumm genug, um ein guter Junge zu sein. Ich bin bösartig. Du hast es ja gehört. Geh hinter mir her.«

Das tue ich.

Er flüstert: »Als mich der Chef vorhin wegschickte, bin ich schon mal hier raufgerannt. Da stand sie in ihrem Zimmer und spielte mit dem Armband.«
»Schläft sie allein?«
»Ja. Kein Mädchen will mit ihr zusammenleben. Alle hassen sie.«
»Warum?«
»Sie nimmt ihnen allen die Jungen weg. Wir nennen sie hier nur die Luxusnutte. Weil sie sich immer so aufdonnert wie ein Filmstar. Mit falschem Schmuck und so. Sie ist ganz verrückt nach Glasperlenketten und Amuletten und Klimperarmbändern. Alle wissen, daß sie dauernd klaut. Und sie versteckt alles, was sie klaut! So gut, daß keiner je etwas gefunden hat! Vielleicht trägt sie das Armband noch. Vielleicht haben wir Glück. Jetzt dürfen wir aber nicht mehr reden. Und die Schuhe müssen wir uns ausziehen. Laß deine Slipper hier, neben meinen«, sagt Hansi. »Das ist der Baum, wo ich immer die Schuhe ausziehe.«
Auf Strümpfen marschieren wir also durch den Wald, einer Villa entgegen, deren Fenster alle erleuchtet sind. Der Platz vor dem Haus ist leer, die Eltern sind schon alle weggefahren.
Ich trete auf einen trockenen Ast, der knackt und bricht. Herum fährt Hansi.
»Paß doch auf, Mensch!«
»Tut mir leid.«
»Tut mir leid! Wenn ich so tapsig wäre wie du, hätte ich noch nie einen Busen gesehen!«
Er sagt nicht Busen. Das wird ein feines Früchtchen werden, dieser Elfjährige. Aber werden wir das nicht alle einmal werden?
Plötzlich bin ich aufgeregt.
Wenn es wahr ist, was er sagt... wenn es wahr ist...
Dann haben wir die »Alte Heimat« erreicht. Das ist so ein verspielt gebautes altes Haus mit Erkern und Türmchen und Balkonen, und ich denke, wie leicht es wäre, sich zu einem dieser Balkone hinaufzuschwingen, und wie viele Jungen das wohl schon getan haben mögen. Aus dem Inneren der Villa höre ich Mädchenstimmen, Gelächter, Wasser rauschen und mindestens zehn Grammophone. Alles durcheinander. Was für ein Glück, daß sie solchen Klamauk machen!
Hansi hat meine Hand genommen und zieht mich eine niedere Hekke entlang zur Rückseite des Hauses. Fenster mit Vorhang. Fenster mit Vorhang. Da: Fenster ohne Vorhang! Der kleine Krüppel zieht sich am Sims hoch. Ich bin groß genug, um so in das erleuchtete Zimmer hinter dem Fenster zu sehen. Ein Bett. Ein Tisch. Ein Stuhl.

Ein Schrank. Eine Waschecke. An den Wänden Bilder von Filmstars, ausgeschnitten aus Zeitschriften. Brigitte Bardot. Tony Curtis. Burt Lancaster. O. W. Fischer, Elizabeth Taylor. Die ganzen Wände sind verdeckt von diesen klebrigbunten Bonbonbildern. Auf dem Tisch steht ein Plattenspieler. Ich kann hören, welche Platte gerade läuft: »Love is a many-splendored thing...« Das ist aus »Alle Herrlichkeit auf Erden«. Habe ich auch.
Zu der traurigen Musik dreht sich ein Mädchen langsam im Kreis durchs Zimmer. Es trägt einen blauen Rock, einen Petticoat darunter, eine weiße Bluse und flache Schuhe. Das Mädchen muß siebzehn oder achtzehn sein. Sie hat löwenfarbenes Haar, ziemlich lang, sehr hoch toupiert, aus der hohen Stirn nach hinten gekämmt. Im Nacken wird die Mähne durch eine schwarze Spange zusammengefaßt. Unter der Spange fällt sie nach allen Richtungen auseinander, über die Schultern des Mädchens, über ihren Rücken. Das Mädchen hält die Arme ausgestreckt, und tatsächlich: Am rechten Handgelenk trägt sie das Armband! Die Brillanten und Smaragde funkeln im Licht. Das Mädchen sieht das Schmuckstück an wie einen Geliebten. Sie wendet nicht den Blick von ihm. Plötzlich fährt sie herum, und ich meine schon, sie hat uns bemerkt, und ducke mich schnell.
»Nix«, flüstert Hansi, »es hat bloß geklopft.«
Tatsächlich.
Die Luxusnutte ruft: »Einen Moment, ich ziehe mich gerade an!« Dann eilt sie blitzschnell zu ihrem Bett, rückt es von der Wand, kniet nieder und zieht ganz langsam, ganz vorsichtig, einen Mauerziegel aus der Wand. In einer kleinen Höhle dahinter sehe ich verschiedenes glitzern. Das Mädchen streift Verenas Armband ab, legt es in die Höhlung und schiebt den Ziegel behutsam wieder an seinen Platz. Dann rückt sie das Bett zurecht, richtet sich auf und geht zur Tür.
»Jetzt wissen wir es«, flüstert Hansi.
Wir schleichen vom Haus fort, in den Wald zurück. Hansi steuert genau auf den Baum zu, bei dem wir unsere Schuhe ließen. Während wir sie anziehen, sagt der Krüppel: »Du mußt bis morgen warten.«
»Ich bin doch nicht verrückt! Ich gehe sofort zurück!«
»Ja«, sagt Hansi und lacht wieder, »und was machst du dann?«
»Ich hole mir das Ding.«
»Nun will ich dir mal etwas flüstern. Wenn du es so anfängst, bekommst du das Band nie! Jetzt ist die Haustür verschlossen. Also mußt du klingeln. Also macht die Erzieherin auf. Weißt du, was sie machen wird? Entweder sie schmeißt dich sofort raus – oder

sie sagt, du mußt warten, und telefoniert mit dem Chef. Bevor der nicht da ist, kommst du nie in das Haus hinein, nie im Leben! Und in der Zeit, die bis dahin vergeht, hat die Luxusnutte das Zeug so verkutet, daß kein Mensch es mehr findet.«

Da ist natürlich etwas daran.

»Morgen«, sagt der kleine Krüppel »morgen vormittag, wenn Schule ist, dann mußt du das Band holen. In welche Klasse gehst du?«

»In die achte.«

»Na prima. Die Luxusnutte auch. Du sagst einfach, dir ist schlecht.«

»Und dann?«

»Rennst du hier rüber. Am besten knapp nach zwölf. Am Vormittag sind die Häuser alle offen und leer. Kinder in der Schule. Erzieherinnen im Ort oder beim Essen. Und knapp nach zwölf sind auch die Putzfrauen schon abgehauen. Jetzt weißt du, wo ihr Zimmer ist. Also nix wie rein und raus mit dem Band!«

Ich überlege. Und je länger ich überlege, um so mehr leuchtet mir ein, was er sagt.

»Du hast recht.«

»Ich habe immer recht«, sagt er, an meiner Seite durch den Wald gehend. »Aber hier glauben alle, ich bin ein Idiot.«

»Ich nicht.«

Da tastet er nach meiner Hand, und ich halte sie also fest, denn er ist doch jetzt mein »Bruder«, und, boy, o boy, er hat mir einen Dienst erwiesen!

»Das ist eine ganz Scharfe, was?« sagt er.

»Ja. Und daß sie das Band heute noch wegbringt...«

»Ausgeschlossen. Darf keine mehr raus aus der Bruchbude.«

»Wie heißt sie?«

»Geraldine Reber.«

Jetzt sind wir bei meinem Wagen.

»Ich danke dir, Hansi«, sage ich.

»Quatsch. Ich danke *dir*«, sagt er und bekommt wieder diese Heulbubiaugen. »Ich habe mir doch immer einen Bruder gewünscht. Jetzt habe ich einen. Du weißt ja nicht, was das bedeutet.«

»Schon gut«, sage ich, »schon gut.« Jetzt muß ich ihn loswerden. Ich habe auf die Uhr gesehen. Es ist immerhin halb neun. Um elf Uhr erwartet Verena ein Zeichen von mir...

»Das ist der glücklichste Tag von meinem Leben«, sagt Hansi. »Ich habe einen Bruder bekommen und das feinste Bett in unserem Zimmer! Früher mußte ich immer neben der Tür schlafen. Im Zug. Jetzt habe ich das Bett unter dem Fenster, in der Ecke, neben der Zentralheizung. Ist das nicht toll? Das verdanke ich der OAS!«

»Wem?«
»Mensch, Oliver, du bist doch nicht doof! Der OAS! Dieser französischen Terrororganisation, die überall Plastikbomben schmeißt.«
»Was hat das mit deinem Bett zu tun?«
»Alles. Schau mal, das feine Bett hat im vorigen Jahr Jules gehört. Jules Renard hieß er.«
»Hieß er?«
»Heute hat der Vater dem Chef einen Brief geschrieben. Jules hat in seinem Zimmer gespielt, in Paris. Auf der Straße ist ein Auto mit OAS-Leuten vorübergefahren. Das Fenster von Jules' Zimmer stand offen. Da haben sie eine Plastikbombe reingeschmissen. Er war gleich tot. Und ich bekomme jetzt sein Bett! Ist das nicht Glück? Denk doch, sie hätten ihre Bombe woanders hingeschmissen. Dann müßte ich wieder neben der Tür schlafen, im Zug!«
Er drückt mir die Hand. »Jetzt werde ich abhauen, sonst gibt's Ärger mit dem Erzieher. Er ist übrigens ein Neuer. Aber das mußt du doch zugeben: So viel Massel an einem einzigen Tag, das ist schon allerhand!«
»Ja«, sage ich, »man muß dir wirklich gratulieren, Hansi!«

## 17

Kennen Sie James Stewart, den amerikanischen Filmschauspieler? Also, genau so sieht er aus, der Chef! Übergroß, alle Glieder überlang, kurzes Haar, das schon grau wird, schlaksige, schlenkernde Bewegungen. Und, weil er so groß ist, ewig leicht vornübergeneigt. Alt? Fünfundvierzig höchstens, würde ich sagen. Älter bestimmt nicht.
Er spricht immer leise und freundlich, niemals hebt er die Stimme. Er ist die Ruhe selber. In einem (übrigens tadellosen) grauen Flanellanzug sitzt er hinter seinem großen Schreibtisch, Fingerspitzen gegeneinander, und sieht mich eine ganze Weile schweigend an. Er hat graue, kluge Augen. Ich sitze vor ihm in einem tiefen Lehnsessel, tiefer als er, und erwidere seinen Blick. Einmal wird er ja zu reden beginnen, denke ich. Er tut's auch. Er fragt: »Rauchst du?« Und fügt schnell hinzu: »Ich sage grundsätzlich allen Schülern du, auch den Großen. Außer, sie wünschen, daß ich Sie sage. Wünschst du es?«
»Nein. Sagen Sie du, bitte.« Wir rauchen.
Er spricht, immer ruhig, immer leise: »Die Sache ist ganz einfach mit dir, Oliver. Du bist einundzwanzig. Dreimal sitzengeblieben.

Du bist aus fünf Internaten hinausgeflogen, ich habe die Berichte gelesen. Es waren immer Mädchengeschichten. Ich weiß, daß kein anderes Internat in Deutschland dich mehr nehmen will. Betrachte unsere Schule also nicht als Straßenbahnhaltestelle. Das ist die Endstation. Nach uns kommt nichts mehr.« Ich schweige, denn mir ist auf einmal gar nicht gut. Eigentlich wollte ich ja auch hier hinausfliegen – meines Alten wegen. Aber nun habe ich Verena kennengelernt...

Der Chef sagt lächelnd: »Im übrigen glaube ich nicht, daß ich Schwierigkeiten mit dir haben werde.«

»Ich bin aber ein Schwieriger, Herr Doktor. Es steht in allen Berichten.«

Er lächelt. »Die Schwierigen habe ich besonders gern. Weißt du warum? So ein Normaler, der ist doch langweilig. Aber wenn ich einen Schwierigen habe, denke ich mir immer: Warte mal, bei dem muß doch etwas dahinterstecken!«

Mensch, ist der vielleicht raffiniert!

»Wir arbeiten hier überhaupt mit anderen Methoden.«

»Ja, das habe ich schon gemerkt.«

»Wann?«

»Ich habe den Baukasten gesehen, mit dem Sie diese Tests machen. Fräulein Hildenbrand hat mir alles erklärt.«

Jetzt wird sein Gesicht traurig, und er fährt sich mit der Hand über die Stirn. »Fräulein Hildenbrand«, sagt er verloren, »ja, das ist eine großartige Person! Meine älteste Mitarbeiterin. Nur ihre Augen... Sie sieht so schlecht. Hast du das nicht bemerkt?«

»Sie sieht schlecht? Also nein, das ist mir wirklich nicht aufgefallen, Herr Doktor!«

»Ach, Oliver!« Er seufzt. »Das war eine nette Lüge. Aber ich mag auch nette Lügen nicht. Ich mag überhaupt keine Lügen. Darum frage ich dich auch nicht, was du beim ›A‹ unten gemacht hast und warum du so spät zu mir kommst. Weil du mich anlügen würdest. Ich frage nur sehr selten. Glaube darum aber nicht, daß du eine Flasche vor dir hast, die sich alles bieten läßt. Gewisse Dinge sind bei uns genauso wie in allen anderen Internaten. Wenn einer untragbar ist, fliegt er – verstanden?«

»Jawohl, Herr Doktor.«

»Auch du. Klar?«

»Ja.«

»Mein Internat ist teuer. Mit ein paar Ausnahmen, die Stipendien erhalten, kommen nur Kinder reicher Eltern zu mir.« Jetzt wird er ein bißchen ironisch: »Die Elite der internationalen Welt.«

»Wie zum Beispiel ich«, sage ich, ebenso ironisch. »Mein Vater, der gehört doch wirklich zur Elite der internationalen Welt.«
»Darum geht es nicht! Ich habe nicht die Eltern zu erziehen, sondern euch. Du und die anderen hier werden eines Tages die Werke und Werften und Banken, und was weiß ich, eurer Väter übernehmen. Ihr werdet einmal ›oben‹ sein. Und dann? Wieviel Unglück werdet ihr dann anrichten, ihr Auserlesenen, Reichen, Versnobten? Das ist meine Verantwortung.«
»Was?«
»Daß ihr eben kein Unheil anrichtet. Oder nicht zu viel. Wir alle hier, Fräulein Hildenbrand, alle Lehrer, alle Erzieher, ich, wir bemühen uns, euch zurechtzubiegen und das Schlimmste zu verhindern. Weil eure Eltern Geld haben – die allermeisten von ihnen jedenfalls –, darum werdet ihr später einmal, nolens volens, vielen, vielen anderen als Vorbild dienen, oder sagen wir als Leitbild dienen müssen. Deshalb schmeiße ich jeden hinaus, der nicht guttut. Kapierst du das?«
»Ja, Herr Doktor.«
»Sag mir, warum.«
»Sie wollen nicht mit daran schuld sein, daß es in zehn oder zwanzig Jahren falsche Leitbilder geben wird.«
Er nickt und lächelt und preßt die Fingerspitzen gegeneinander.
»Und weißt du auch, warum ich Lehrer geworden bin?«
»Na deshalb!«
»Nein.«
»Sondern?«
»Paß auf. Mich hat einmal ein Lehrer unterrichtet, das war ein Idiot.«
Mensch, hat der vielleicht was auf dem Kasten! Zuerst die Moralpredigt und nun die Anekdote. Damit ich nicht denke, er ist bloß ein dämlicher Arschpauker. Nein wirklich, der Mann gefällt mir. Ob ich ihm auch gefalle?
Ich wechsle also die Tonart, und um ihn zu testen, werde ich keß. »Ein Idiot?« frage ich. »Ja, gibt es denn bei Lehrern überhaupt so etwas?«
»Natürlich. Nur ihr seid lauter Einsteins! Hör weiter zu. Mit neun Jahren war ich eine vollkommene Niete in Rechtschreibung. Und weil mein Lehrer ein Idiot war, hat er mich also übergelegt und mir den Hintern vollgehauen. Täglich, Oliver, täglich! Es war wie's Amen im Gebet. Die anderen hatten wenigstens mal Pause – aber nicht ich, nein, mich nahm er sich jeden Tag vor.«
»Armer Doktor Florian.«

»Warte noch ein bißchen mit dem Mitleid. Bald werden Tränen über deine Bäckchen rinnen. Die Dresche in der Schule war nämlich noch nicht alles. Zu Hause, wenn mein Vater die Hefte sah, ging es noch mal los! Er war sehr jähzornig, mein Vater, denn er hatte einen zu hohen Blutdruck.«

»Kenne ich«, sage ich und denke: Noch nie habe ich mich bei jemandem so schnell so sehr zu Hause gefühlt. »Hat mein Alter auch. Aber der – na, Sie wissen ja selbst, was mit dem los ist, Herr Doktor.«

Er nickt.

»Man muß sich wundern«, sage ich, und es ist nicht frech gemeint, sondern ehrlich, »daß Sie nach all dem so ein vernünftiger Mensch geworden sind!«

»Ich habe mich wahnsinnig zusammenreißen müssen«, sagt er, »und außerdem kennst du nicht mein wahres Wesen.« Er klopft sich gegen die Brust. »Da drinnen aber ist's fürchterlich, wie schon Schiller bemerkte.«

»Da unten, bemerkte Schiller.«

»Wo du willst, such es dir aus«, sagt er.

Wenn ich ein Mädchen wäre, ich würde mich verlieben in den Chef. Der Kerl ist ja hinreißend. Ob er eine Frau hat? Ring sehe ich keinen. I'm telling you, that one kann jede haben, die er will. *So* möchte ich gerne mal sein. Leise und stark dabei, weise und fröhlich. Aber das wird wohl immer eine Fehlanzeige bleiben...

»Jetzt paß auf«, sagt der Chef. »Mein Vater, ein kleiner Beamter, machte mit seinem Zorn bei mir nicht halt. Er verprügelte auch immer gleich meine beiden Brüder mit und beschimpfte meine Mutter. Ich kann dir sagen, als ich neun war, da standen vielleicht Gewitterwolken über dem Hause Florian!«

Wie er so lächelt und redet und mit den Fingerspitzen Gymnastik macht, muß ich auf einmal denken: Ob er sehr unglücklich ist? Denn daß er unglücklich ist, fühle ich plötzlich. Ganz klar. Ganz scharf. Überscharf. Ich weiß manchmal, was andere denken, was in ihnen vorgeht – und es stimmt dann immer.

Was bedrückt den Chef so?

»Meine Mutter«, erzählt er weiter, »die war schon ganz verzweifelt. Doch dann bekamen wir einen neuen Lehrer. Der war anders als der erste. Der nahm mich beiseite und sagte: ›Ich weiß, was los ist mit dir, in Rechtschreibung und zu Hause. Ich werde jetzt einmal die Fehler in deinen Arbeiten überhaupt nicht anstreichen. Du bist sowieso ein hoffnungsloser Fall. Schreib einfach drauflos!‹«

»Donnerwetter!«
»Ja, Donnerwetter. Weißt du, was die Folge war?«
»Na, Friede und Eintracht kehrten wieder ein in Ihrem trauten Heim, vermutlich.«
»Das sowieso. Aber daß er gesagt hatte, ich sei ein hoffnungsloser Fall, das weckte meinen Widerspruchsgeist! Das machte mich wütend! Keiner wird gern für einen Volltrottel gehalten, nicht wahr? Also nahm ich mich zusammen. Was soll ich dir sagen – ein Vierteljahr später habe ich völlig fehlerfrei geschrieben. Und weißt du, was ich mir damals vornahm?«
»Lehrer zu werden.«
»Jetzt weißt du es. Ich wollte so ein Lehrer werden wie dieser zweite damals, Seelmann hieß er. Wir nannten ihn nur ›Die Seele‹. Ich wollte meine eigene Schule haben und meine eigenen Methoden. Und ich wollte nicht nur reiche Kinder aufnehmen, sondern auch begabte arme, denn mein Vater war selber ein armer Mann und hatte nie eine höhere Schule besuchen können. Warum siehst du mich so an?«
»Ach, nichts.«
»Nein, sag es.«
Also sage ich es. Diesem Mann kann man, glaube ich, alles sagen.
»Das ist natürlich großartig, das mit den begabten Armen, denen Sie Stipendien geben. Die Sache hat nur einen Haken, Herr Doktor.«
»Welchen?«
»Sie sagen: ›Nicht nur reiche Kinder will ich in meinem Internat haben, sondern auch begabte arme.‹«
»Ja, und?«
»Auf diese Weise wird es nie Gerechtigkeit geben.«
»Wieso nicht?«
»Gerechtigkeit – oder sagen wir auch bloß Gleichgewicht – könnte doch nur entstehen, wenn Sie auch unbegabte arme Kinder aufnehmen würden. Denn so, wie die Dinge liegen, müssen die begabten Armen, die die Stipendien kriegen, unentwegt mit Intelligenz, Fleiß und guten Noten hervorstechen, nicht wahr? Wozu führt das? Zu Strebertum, zu Intrigen! Zu Gemeinheit! Sie wollen den Armen Gutes tun, Herr Doktor, gewiß, aber um welchen Preis? Wirklich, ich habe schon oft darüber nachgedacht! Es ist so wie überall, wo begabte Minderheiten das Doppelte leisten müssen.«
Da fängt er wieder an zu lächeln, und eine Weile sagt er gar nichts, und dann antwortet er leise: »Da hast du recht, Oliver. Aber die

Welt ist nun einmal nicht so, wie wir sie uns wünschen. Was soll ich tun? Idiotischen Armen Stipendien geben? Und dafür idiotische Reiche hinauswerfen? Das kann ich mir nicht leisten. Dann würde ich pleite machen. Und wäre damit den begabten Armen gedient?«

»Sie haben recht«, sage ich.

»Wir müssen uns öfter unterhalten«, sagt er. »Möchtest du mich manchmal abends besuchen?«

»Gern, Herr Doktor!«

Einmal, lieber Gott, wenn mein Vater einmal so mit mir gesprochen hätte!

»Siehst du, und weil man eben eine Sache immer nur zu sechzig oder höchstens siebzig Prozent gut machen kann, habe ich mir auch noch die Schwierigen auf den Hals geladen.«

»Als Alibi vor sich selber sozusagen.«

»Ja, als Alibi«, sagt er plötzlich abrupt und steht auf. »Das wäre für den Moment alles, Oliver. Ach ja, noch eines: Du mußt natürlich deinen Wagen wegbringen. In Friedheim gibt es eine Garage. Da stellst du ihn unter. Hier oben hat kein Schüler einen Wagen. Also kannst auch du keinen haben, das ist doch klar, nicht? Gerade du wirst das verstehen, der du so viel über Gleichgewicht nachgedacht hast und über Gerechtigkeit.«

Was soll man da antworten?

Zuerst will ich frech werden.

Was sage ich?

»Jawohl, Herr Doktor, morgen bringe ich den Wagen weg.«

»Gut. Dein Gepäck ist schon im ›Quellenhof‹. Du kannst jetzt hinunterfahren.«

»Ich wohne im ›Quellenhof‹?«

»Das habe ich deinem Vater doch geschrieben?«

»Schon, aber ...«

»Aber was?«

»Aber ich habe vorhin den Hansi getroffen, der wohnt auch im ›Quellenhof‹. Das ist doch das Haus der *kleinen* Jungen!«

»Ja«, sagt er. »Gerade deshalb. Siehst du, wir haben es so eingerichtet, daß in den Häusern der Kleinen immer ein paar Große wohnen. Die können die Erzieher unterstützen. Und auf die Kleinen aufpassen. Wir suchen uns natürlich die Großen gewissenhaft aus. Diesmal haben wir dich ausgesucht.«

»Ohne mich zu kennen?«

»Nachdem ich hörte, daß du aus fünf Internaten geflogen bist, war meine Wahl getroffen.«

»Herr Doktor«, sage ich, »Sie sind der klügste Mann, den ich kenne!«
»Es geht«, antwortet er. »Und es ist nett, daß du es sagst. Aber wie kommst du darauf?«
»Das ist doch klar wie Kloßbrühe. Indem Sie mir auftragen, auf die Kleinen aufzupassen, verpflichten Sie mich gleichzeitig.«
»Wozu?« fragt er scheinheilig.
»Mich anständig zu benehmen ... ein Vorbild zu sein ... und ... und ... Sie wissen genau, wozu!«
»Oliver«, sagt er, »ich muß dir dein Kompliment zurückgeben. Du bist der klügste Junge, den ich je getroffen habe.«
»Aber schwierig.«
»Das habe ich besonders gern, du weißt ja.«
»Warten Sie's ab«, sage ich. »Wir werden ja sehen, ob Sie es so gern haben werden.«
»Du hast einen schwachen Punkt. Jeder hat einen. Ich auch. Fräulein Hildenbrand auch. Ich möchte gar keine Menschen um mich haben, die keine Punkte haben. Punktlose Menschen sind unmenschliche Menschen. Sag selber, was dein schwacher Punkt ist.«
»Mädchen.«
»Mädchen, ja«, murmelt dieser unheimliche Pauker, »und in deinem Alter werden es bald Frauen sein. Trinkst du?«
»Nur ein bißchen.«
»Jetzt fahr zum ›Quellenhof‹. Melde dich bei deinem Erzieher. Er heißt Herterich. Er ist hier so neu wie du. Dein Zimmer liegt im ersten Stock. Es wohnen noch zwei große Jungen darin, sie heißen Wolfgang Hartung und Noah Goldmund. Es sind alte, gute Freunde. Wolfgangs Vater haben die Amis 1947 aufgehängt. Als Kriegsverbrecher. Er hat sich in Polen ausgetobt.«
»Und Noah?«
»Noah ist Jude. Als die Nazis seine Eltern abholten, haben Freunde ihn aufgenommen und versteckt. Er war damals ein Jahr alt. Er hat überhaupt keine Erinnerung an seine Eltern. Wolfgang übrigens auch nicht. Der war drei, als sie seinen Vater henkten. Die Mutter hatte sich schon vorher das Leben genommen. Für beide Jungen zahlen Verwandte das Schulgeld. Die Verwandten von Noah leben in London.«
»Und die beide sind *Freunde?*«
»Die besten, die du dir denken kannst. Ist doch auch ganz klar, Oliver.«
»Ganz klar?«
»Überlege! Wolfgangs Vater war unter den Nazis ein ganz hohes

Tier. Im Geschichtsunterricht wird dauernd von ihm gesprochen. Wir haben einen sehr radikalen Geschichtslehrer, der saß drei Jahre im KZ.«

»Muß angenehm für Wolfgang sein«, sage ich.

»Eben. Keiner wollte mehr etwas mit ihm zu tun haben, als herauskam, was sein Vater getan hat. Nur Noah. Noah sagte: ›Was kann Wolfgang für seinen Vater?‹« Das ist ein Satz, den muß ich mir merken. Was kann ein Junge für seinen Vater? Was kann zum Beispiel ich – nein, nicht daran denken!

»Und dann sagte Noah zu Wolfgang: ›Deine Eltern sind tot, und meine Eltern sind tot, und wir können beide nichts dafür. Willst du mein Bruder werden?‹ Das mit dem Bruder ist nämlich so bei uns ...«

»Ich weiß, wie das ist. Ich habe auch schon einen.«

»Wen?«

»Den kleinen Hansi. Er hat mich darum gebeten. Vorhin.«

»Das ist schön«, sagt der schlaksige, zu große Chef und reibt sich die Hände, »das freut mich aber, Oliver. Wirklich, das freut mich!«

## 18

»Nein, er ist nicht verheiratet«, sagt Fräulein Hildenbrand. Sie sitzt neben mir im Wagen. Ich bringe sie nach Hause. Sie bat mich darum, als ich den Chef verließ. Da traf ich sie in der Halle der Schule. (»Es wäre sehr freundlich von Ihnen, Oliver, ich kann nachts nämlich nicht ganz so gut sehen.«) Wir fahren nach Friedheim hinunter. Da hat die alte Dame ein Zimmer, höre ich. Ein sehr gemütliches Zimmer bei netten Wirtsleuten. Über dem Schankraum. »Wissen Sie«, sagt Fräulein Hildenbrand, während wir durch den dunklen Wald fahren, »er hat den ganzen Krieg mitgemacht, der arme Kerl. Und ganz zum Schluß noch hat es ihn erwischt.«

»Er wurde verwundet?«

»Ja. Sehr schwer. Er ... er kann niemals Kinder bekommen.«

Ich schweige.

»Viele Schüler wissen das, ich kann nicht sagen, woher. Niemand hat jemals eine gemeine Bemerkung darüber gemacht oder einen dummen Witz. Alle Kinder lieben den Chef.«

»Das kann ich mir vorstellen.«

»Wissen Sie auch, warum? Nicht weil er so burschikos ist und redet wie sie. Nein! Sie sagen, er ist immer gerecht. Kinder haben dafür ein sehr feines Gefühl. Später, wenn sie erwachsen werden,

geht es verloren, leider. Aber nichts beeindruckt Kinder so sehr wie Gerechtigkeit.«
Und wieder die vielen Geräusche im Wald, die uralten Bäume, bizarre Schatten, ein winziges Reh, das erstarrt am Wegrand steht, und ein Hase, der so lange vor uns herrennt, bis ich einen Moment die Scheinwerfer ausschalte.
Es sind ungefähr zehn Minuten bis nach Friedheim hinunter. Fräulein Hildenbrand erzählt mir in diesen zehn Minuten von den Kindern, die ich nun kennenlernen werde: Inder, Japaner, Amerikaner, Engländer, Schweden, Polen, Deutsche, den großen Noah, die kleine Chichita aus Brasilien.
Ich habe einmal einen Roman gelesen, »Menschen im Hotel« hieß er. So komme ich mir vor, während ich Fräulein Hildenbrand zuhöre. Als wäre ich in einem Grand Hotel gelandet. In einem internationalen Hotel, in dem Kinder die Gäste sind.
Vor einer erleuchteten Gastwirtschaft bittet mich Fräulein Hildenbrand dann, zu halten. Die Gastwirtschaft heißt »Rübezahl«, es steht auf einer alten Tafel über dem Eingang. Weil es Sonntag ist, herrscht noch viel Betrieb, ich höre aus dem Inneren der Wirtschaft Lachen, Männerstimmen und eine Musikbox.
»Stört Sie das nicht?« frage ich.
»Ach, wissen Sie, Oliver, natürlich höre ich etwas. Aber es ist so schwer, hier in der Gegend ein Zimmer zu bekommen. Mir macht der Lärm nichts. Ich würde auch in einem Grab schlafen oder in einer Müllgrube, wenn ich nur bei meinen Kindern bleiben darf. Er hat doch nichts gesagt? Über meine Augen, meine ich?«
Natürlich antwortete ich: »Kein Wort hat er gesagt.«
Wie man mit einer Lüge einen Menschen glücklich machen kann! Als ich ihr aus dem Jaguar helfe, strahlt die alte Dame mich an.
»Das ist schön. Ich habe es ja gewußt. Er würde es nie tun...«
»Was würde er nie tun?«
»Mich wegschicken wegen meiner Augen. Der Chef ist der beste Mensch von der Welt. Ich erzähle Ihnen jetzt etwas, aber Sie dürfen es niemandem weitersagen. Ehrenwort?«
»Ehrenwort.«
Und trara-bum-diäh! dazu die Musik im »Rübezahl«.
»Einmal, da mußten wir ein Kind als untragbar fortschicken. Der Vater kam und regte sich furchtbar auf. Zuletzt beschimpfte er den Chef und schrie: ›Was wissen Sie denn überhaupt. Wie können denn Sie überhaupt richten, der Sie selber kein einziges haben?‹«
»Und?«

»›*Ich* habe keine Kinder? Hunderte, Hunderte von Kindern habe ich und habe ich gehabt und werde ich weiter haben, Herr Generaldirektor!‹ Denn das war irgend so ein hohes Tier aus Düsseldorf, ausgefressen und aufgeblasen.«
»Den Typ kenne ich.«
»Da wurde er still, der Herr Generaldirektor«, sagt Fräulein Hildenbrand. »Und als er abgezogen war, sagte der Chef zu mir: ›Niemals ärgern, nur wundern!‹ Gute Nacht, Oliver.«
»Ich bringe Sie noch zur Tür.«
»Das ist nicht nötig«, sagt sie, macht zwei Schritte, stolpert und fällt beinahe über den Bordstein. Ich springe zu ihr und führe sie behutsam zu dem alten Eingang neben dem neuen Eingang der Kneipe.
»Das war nett von Ihnen«, sagt sie. »Wie ich schon bemerkte, dieses elektrische Licht...« Und sie blickt mich flehend an durch ihre überdicken Brillengläser, flehend darum, ich möge ja glauben, sie sähe normal.
»Klar«, sage ich. »Das ist ja widerlich, die Beleuchtung hier. Ich sehe auch kaum die Hand vor den Augen.«
»Und nun gute Nacht, Oliver.«
Wie schnell man doch einen Menschen durch eine Lüge glücklich machen kann. Jetzt, da die alte Dame im alten Eingang des Hauses verschwunden ist, frage ich mich: Schnell – aber wie lange? Zwei betrunkene Bauern kommen aus der Kneipe. Sie singen, was drinnen gerade die Musikbox spielt: »Was machst du mit dem Knie, lieber Hans, beim Tanz...«
Alles ist ordentlich und sauber in Friedheim. Sogar Lichtpeitschen und Neonlicht hat die Hauptstraße. Weiter vorn gibt es eine Verkehrsampel. Gewiß eine wunderschöne kleine, alte Stadt mit lauter anständigen Leuten, die Sonntag morgens in die Kirche gehen und Samstag abends über Kulenkampff oder Frankenfeld lachen, wenn die im Fernsehen komisch sind, aber die auch ganz ernst und feierlich werden können vor dem Flimmerkasten, wenn es zum Beispiel »Don Carlos« gibt oder »Wallensteins Tod«! Brave Leutchen, gute Leutchen. Sie glauben alles, was sie lesen, was man ihnen sagt. Sie gehen zur Wahl. Wenn es sein muß (ungefähr alle fünfundzwanzig Jahre bei uns), gehen sie auch in den Krieg. Und die, die übrigbleiben, spielen, wenn sie ihn verloren haben, die Neunte Symphonie von Beethoven. Und dem Chef haben sie die Sachen weggeschossen beim letztenmal, und weil er nicht ein einziges Kind haben kann, redet er sich ein, er hätte Hunderte.
Ach, wer von uns redet sich nichts ein?

19

21 Uhr 45.
Ich stehe in dem Zimmer im »Quellenhof«, packe meine Klamotten aus und hänge sie in den Schrank. (Ich hab' es schon erzählt, ein Freund hat mein Gepäck geschickt.) Noah Goldmund und Wolfgang Hartung helfen mir beim Auspacken. Noah ist ein schwächlicher, blasser Junge mit schwarzem, zu langem Haar und schwarzen Mandelaugen. Wolfgang Hartung ist groß und kräftig und hat blondes Haar und blaue Augen.
Die beiden haben ein sehr gemütliches Zimmer. Noah interessiert sich für Musik, Wolfgang für Bücher. Schallplatten liegen herum. In einem Regal sehe ich Wolfgangs Bücher. Sehr viele Ausländer, in Originalausgaben. Malraux. Orwell. Koestler. Poliakow: »Das Dritte Reich und seine Diener«. »Das Dritte Reich und seine Denker«. Ernst Schnabel: »Macht ohne Moral«. Picard: »Hitler in uns«. John Hersey: »The Wall«.
Noah hat unter meinen Schallplatten das Erste Klavierkonzert von Tschaikowskij entdeckt und fragt, ob er es spielen darf.
»Klar«, sage ich.
Sie haben einen Plattenspieler, die beiden. Noah läßt ihn laufen.
»Das ist nämlich ganz komisch mit diesem Tschaikowskij«, sagt Noah. »Mein Vater hat ihn genauso geliebt wie der Vater von Wolfgang. Mein Vater spielte ihn am Abend, bevor sie ihn abgeholt haben. Und Wolfgangs Vater wünschte sich das Erste Klavierkonzert, bevor sie ihn aufhängten.«
»Haben die Amis ihm die Platte vorgespielt?«
»Nein«, sagt Wolfgang. »Aber nicht aus Gemeinheit. Die Platte ließ sich einfach nicht so schnell auftreiben! Du mußt mal denken. Siebenundvierzig. Da ging's noch ziemlich drunter und drüber. Und sie konnten doch eine Hinrichtung nicht aufschieben wegen einer Schallplatte.«
»Ja«, sage ich, »das muß man verstehen.«
Wolfgang legt Hemden in meinen Schrank.
Kommt ein junger Mann mit einem schütteren blonden Schnurrbart herein und sagt: »In einer Viertelstunde Licht aus!«
»Jawohl, Herr Herterich«, sagt Noah und verneigt sich übertrieben.
»Aber gewiß, Herr Herterich«, sagt Wolfgang. »Darf ich Sie mit Oliver Mansfeld bekannt machen? Oliver, das ist Herr Herterich, unser neuer Erzieher.«

Ich gebe dem jungen Mann die Hand (seine ist ganz naß) und sage, daß ich mich freue, seine Bekanntschaft zu machen. Die Tür des Zimmers ist offengeblieben, und ich höre mindestens noch ein Dutzend Grammophone und Radios im Haus. Nur Jazz. Wir sind ja auch im »Haus der kleinen Jungen«!

Der Erzieher gibt Noah und Wolfgang ein paar Briefe und Zeitungen. »Das kam heute nachmittag.«

Wieder benehmen sich die beiden wie Clowns mit ihren Verneigungen und dem übertriebenen Lächeln und der übertriebenen Höflichkeit. »Vielen, vielen Dank, Herr Herterich!«

»Es ist außerordentlich liebenswürdig, daß Sie sich die Mühe gemacht haben, uns die Post noch heute zu bringen, Herr Herterich!«

Der Schmächtige wird ganz rot und geht rückwärts zur Tür. »Schon gut«, sagt er, »schon gut. Aber, wie gesagt: In einer Viertelstunde muß das Licht aus sein.«

»Aber gewiß doch, Herr Herterich.«

»Aber selbstverständlich, Herr Herterich.«

Die Tür fällt hinter dem Kleinen ins Schloß. Ich frage: »Warum kriecht ihr ihm denn so hinein, Männer?«

Wolfgang erklärt es mir: »Dieser Herterich ist ein Neuer. Wir wissen noch nicht, wie er ist. Wir müssen ihn prüfen. Jeder Neue wird zuerst verarscht. Hör doch, das Klavier! Zum Wahnsinnigwerden! Wer spielt?«

»Rubinstein«, sage ich. »Was nennt ihr verarschen?«

»Na, das, was wir gerade getan haben. ›Jawohl, Herr Herterich. Gewiß, Herr Herterich.‹ Du bist einfach überfreundlich. Aber so, daß er nie sagen kann, du nimmst ihn auf den Arm. Das ist die schnellste Art, den Charakter herauszukriegen.«

»Wieso?«

»Wenn so ein Erzieher ein Idiot ist, verbittet er sich nach zwei Tagen diesen Ton und sagt, wir verhöhnen ihn. Daran kannst du immer die Idioten erkennen.«

Der blonde Wolfgang erwärmt sich für sein Thema: »Die Idioten wickeln wir um den Finger. Gefährlicher sind schon die, die auf den Ton eingehen. Da mußt du dann auch wieder prüfen: Ist es ehrlich, oder ist es Beschiß? Aber so nach zwei, drei Wochen hast du ein völlig klares Bild. Sollen die Hosen in Spanner oder über Bügel?«

»In Spanner, bitte.«

»Dann hast du ein klares Bild, wie gesagt. Entweder so ein Erzieher ist nett und petzt nicht. Okay. Oder er hat kleine Schwächeanfälle und petzt zuerst, und wir können ihn bessern.«

»Petzt was?«

»Mensch, ich habe gehört, du bist aus fünf Internaten rausgeflogen, du wirst doch wissen, wovon ich rede.«
»Ach so«, sage ich, »das meinst du.«
»Na klar. Muß ja jeder von uns mal weg in der Nacht oder bekommt Besuch, nicht wahr? Also wenn der Erzieher okay ist oder wenn er sich bessert, dann befreunden wir uns sogar mit ihm. Wenn er sich aber nicht bessert oder uns beim Chef verpfeift, dann machen wir ihn so fertig, daß er von selber geht. Das habt ihr doch auch so gemacht, da, wo du gewesen bist, oder?«
»Ja. Nur das mit dem Verarschen nicht. Wir haben ihn einfach beobachtet und ihn dann fertiggemacht, wenn er ein Schwein war.«
»Mit dem Verarschen geht es schneller. Die Doofen verlieren dadurch rascher die Nerven, verstehst du?«
Wolfgang hat inzwischen meine Wäsche eingeräumt. Noah liest.
»Wirklich prima, der Tschaikowskij«, sagt Wolfgang. »Ich bin froh, daß wir endlich die Platte haben.«
»Ihr beide seid prima«, sage ich. »Und ich bin froh, daß ich bei euch gelandet bin.«
»Ja, ja«, sagt Noah. »Halb so schlimm.«
»Du solltest noch mal pinkeln gehen«, sagt Wolfgang.
Solcherart verbergen sie ihre Gefühle.

## 20

Die Türen zu den Zimmern der kleinen Jungen sind schon alle geschlossen, aus vielen dringt noch Jazzmusik. Der Gang, den ich hinabgehe, ist menschenleer. Als ich die Toilette erreiche, sehe ich, daß sie zugeriegelt ist. Na schön. Ich warte. An der Tür klebt ein Zettel. Mit Rotstift hat da einer hingeschrieben:
*Die Kinder sind schrecklich talentlos, faul und unwissend. Ich quäle mich jeden Tag und Nacht, wie ich es bessern soll, dabei kann ich sie wegen der Plumpheit ihres Betragens keinem anständigen Besucher vorstellen, ja, nicht einen Bissen wissen sie in gesitteter Weise zum Munde zu bringen, und in ihren Zimmern hausen sie wie die Schweine.*

*Achim von Arnim an seine Frau Bettina im Jahre 1838.*

Plötzlich höre ich eine Jungenstimme von der anderen Seite der Tür flüstern. Es muß ein kleiner Italiener sein, der da Englisch spricht, mit einem fürchterlichen Akzent, Sie kennen das: An jedes Wort ein a angehängt.
»... anda in oura towna, understanda, you just cannot get a housa,

yes? So many families, anda a no houses ...« Ich tippe deutsch weiter, was er englisch sagt: »Da haben sie dann endlich ein paar Neubauten fertig gekriegt, sozialer Wohnungsbau, ja, aber bevor sie noch die Leute einziehen lassen konnten, die jahrelang auf die Wohnungen gewartet hatten, ja, da sind ein Haufen Familien in der Nacht losgestürmt, Pappa, Mamma, die Kinder, und haben sich den Neubau einfach genommen.«
»Was heißt genommen?« fragt eine andere, hochmütige Jungenstimme, auch in sehr akzentuiertem Englisch.
Ich rüttle an der Türklinke. Daraufhin rauscht auf der anderen Seite die Wasserspülung. Aber die Tür bleibt geschlossen, und die Konversation geht weiter.
»Na, sie sind ohne Erlaubnis in die Wohnungen, ja? Wir auch! Und wir haben Barrikaden errichtet, und unten die Fenster vernagelt, und die Türen. Am nächsten Morgen, die Karabinieri, die haben keine Möglichkeit gefunden, uns rauszukriegen aus dem Haus.«
»Warum haben sie nicht geschossen?« fragt eine dritte, ganz feine Jungenstimme, in einem ganz absonderlichen Englisch.
»Weil sie gute Menschen waren«, sagt die zweite Jungenstimme.
»Quatsch. Alle Menschen sind Schweine«, sagt eine Stimme, die ich kenne. Das ist der kleine Hansi. Da sitzen also vier auf der Toilette und quatschen. »Sie haben nicht geschossen, weil so was immer böse aussieht, auf arme Leute schießen. Waren doch sicher auch schon Fotografen da, was?«
»Masse Fotografen«, sagt der Italiener. »Und die haben nur darauf gewartet, daß ein Karabiniere schießt, ja, oder eine Frau zusammenschlägt oder so etwas. Sie waren ganz wild darauf!«
»Und was haben die Karabinieri gemacht?« fragt der Junge mit der ganz seltsamen, feinen Stimme.
»Sie haben den Neubau umzingelt und keinen Menschen mehr heraus- oder hineingelassen.«
»Aushungern, was?« sagt Hansi, mein sogenannter »Bruder«.
»Ja. Nur war das nicht so einfach, versteht ihr. Unsere Eltern haben uns durch die Kellerluken geschoben, und wir sind fortgerannt, um Brot und Wurst und Käse zu holen. Die Karabinieri haben ein paar von uns erwischt, aber lange nicht alle. Wenn man so klein ist, kann man verflucht schnell rennen.«
»Und dann?«
»Dann sind wir einkaufen gegangen.«
»Hattet ihr denn Geld?«
»Die Männer von der Wochenschau und vom Fernsehen haben uns Geld gegeben.«

»Klar«, sagt Hansi, »die *guten* Menschen! Damit sie noch ein paar hübsche Aufnahmen bekamen.«
»Manche von uns haben außerdem auch noch ein bißchen gebettelt«, berichtet der Italiener. »Ich zum Beispiel. Und dann sind wir zurück und haben das Essen über die Köpfe von den Karabinieri zu den Fenstern hinaufgeschmissen, wo unsere Eltern waren.«
»Habt ihr nicht oft danebengeschmissen?« fragt der mit dem hochmütigen Akzent.
»Ein paarmal ja, leider. Aber meistens haben wir getroffen.«
Ich klinke wieder. Darauf ruft dieser freche Hund, der Hansi: »Besetzt! Kannst du nicht lesen?«
»Ich kann lesen«, sage ich, »aber wenn hier noch lange besetzt ist, trete ich die Türe ein, ihr Lauser.«
»Nanu«, sagt der Hansi, »die Stimme kenne ich doch! Sei nicht böse, Oliver, wir haben hier gerade eine wc-Party und rauchen noch eine Kippe. Geh doch runter. Unten ist auch ein Klo.«
»Ihr gehört ins Bett. Ich soll auf euch aufpassen. Ich habe es dem Chef versprochen.«
»Fünf Minuten noch, ja?« sagt Hansi. Gleichzeitig schiebt sich der Riegel zurück, und ich sehe vier Jungen in dem Klosett. Zwei sitzen auf der Brille, einer auf der Erde. Hansi, der geöffnet hat, steht.
»Das ist mein Bruder«, sagt er stolz zu den anderen, die, wie er, alle rauchen. Das kleine Fenster steht offen. Die Vier tragen schon Pyjamas. Hansi zeigt auf einen kraushaarigen Schwarzkopf mit funkelnden Augen: »Das ist Giuseppe«, sagt er englisch. Dann zeigt er auf einen winzigen Neger. Der sitzt auf der Brille und ist so schwarz, du glaubst es kaum. »Das ist Ali.« Dann zeigt er auf einen Jungen mit sehr feinen Gliedern und einem sehr zarten Gesicht. »Das ist Raschid. Ein persischer Prinz.«
»How do you do, Sir?« sagt der Prinz. Er ist es, der mit dem ganz seltsamen Akzent spricht.
»Okeydokey«, sage ich.
»Ich muß englisch mit ihnen reden«, erklärt Hansi, »sie können alle noch kein Deutsch.«
»Ach so?« sage ich. Aber Ironie ist an Hansi verschwendet.
Der winzige Neger, der eine breite goldene Kette mit einem großen Kreuz daran trägt, sieht mich wütend an und sagt: »Now get the hell out of here and leave us alone!«
»Du bist wohl verrückt geworden«, meine ich und will ihm eine langen.
»Schmutziger Weißer«, sagt er.
Ich trete einen Schritt vor, aber Hansi stellt sich schnell dazwi-

schen. »Er meint es nicht so!« ruft er. »Wirklich nicht! Bei ihm zu Hause ist alles anders als hier. Ich erkläre es dir morgen. Geh doch unten aufs Klo!«
»Meinetwegen«, sage ich. »Aber in fünf Minuten seid ihr im Bett, verstanden?«
»Ehrenwort«, sagt Hansi. Ich schließe also die Tür, die gleich darauf wieder verriegelt wird, und gehe ein paar Schritte laut fort und komme dann leise zurück, denn ich will hören, was sie nun reden. In ihrem schauderhaften Englisch.
Hansis Stimme: »Das ist *mein* Bruder, versteht ihr? Wer ein Wort gegen ihn sagt, kriegt von mir ein paar in die Fresse!«
Die Stimme des kleinen Negers mit der Goldkette: »Okay, okay. Forget about him. Was war weiter, Giuseppe?«
»Ein paar Tage ist es gutgegangen. Wir haben in Hauseinfahrten geschlafen, wir Kinder, und am Tag haben wir immer Brot und Käse und Wurst gekauft und zu unseren Eltern hinaufgeschmissen, und die Leute vom Fernsehen und der Wochenschau haben uns gefilmt, wie wir vor den Karabinieri davongerannt sind oder wie einer von uns erwischt worden ist, oder wie wir die Sachen geschmissen haben.«
»Und?«
»Am dritten Tag hatten sie genug Aufnahmen und gingen weg. Und wir kriegten kein Geld mehr. Zwei Tage später sind unsere Eltern dann herausmarschiert, freiwillig, vor Hunger.«
»Ich sage ja, alle Menschen sind Schweine«, deklariert Hansi.
Der Prinz erkundigt sich höflich: »Und wie bist du in das Internat gekommen, Giuseppe? Es kostet doch viel Geld hier!«
»Ich habe Glück gehabt, verstehen, ja? Ich war Bester in der Klasse. Mein Vater hat neun Monate gekriegt.«
»Neun Monate? Für die Hausgeschichte?«
Die Stimme Giuseppes klingt schamvoll: »Nicht nur für die Hausgeschichte. Er hatte noch eine andere Strafe, die war auf Bewährung. Jetzt muß er sie dazu absitzen.«
»Was für eine Strafe?«
»Er war da in so einer Streikgeschichte drin.«
»Dein Vater ist Kommunist?« fragt der Neger angewidert.
»Ja, er ist Kommunist. Aber er ist nicht mein richtiger Vater!« ruft Giuseppe schnell. »Er ist nur mein Pflegevater, verstehen? Ich bin ein Adoptivkind.«
»Was ist das?« fragt der Prinz mit seinem feinen Stimmchen.
»Das ist ein Kind, das keine Eltern hat, und fremde Leute nehmen's«, erklärt mein »Bruder«.

»Aber jedes Kind muß doch Eltern haben«, sagt der Prinz. Danach zieht einer von ihnen wieder die Spülung, damit Herr Herterich glaubt, da drin ist wirklich einer beschäftigt, und aus dem Rauschen höre ich die Stimme Hansis: »Hat's auch. Aber manche kümmern sich einfach einen Scheiß darum. Die Mütter lassen's irgendwo liegen. Wie war's denn bei dir, Giuseppe?«
Sagt der ganz verschämt: »Ja, man hat mich auch liegenlassen. Vor einer Kirche.«
»Adoptivkind«, meint der Neger bösartig. »Das ist schon etwas Feines!«
»Sei still«, sagt da der kleine Giuseppe tapfer. »Dich haben deine Eltern nehmen *müssen*, weil du gekommen bist. Aber meine Eltern haben mich *aussuchen* können!«
»Erzähle zu Ende«, bittet der kleine Prinz. »Wie kannst du hier sein?«
»Der Chef hat von der Geschichte in der Zeitung gelesen und an den Direktor von meiner Schule geschrieben, daß er den Besten umsonst aufnehmen will – wenn der will. Na, und ob ich wollte, Mamma mia, das könnt ihr mir glauben!«
»Frierst du auch so wie ich?« fragt ihn der kleine Prinz.
»Ja. Das ist aber auch das einzige. Sonst finde ich es herrlich hier. Ich habe ein eigenes Bett! Zum erstenmal im Leben!«

## 21

Als ich aus dem unteren Stockwerk in mein Zimmer zurückkehre, liegen Noah und Wolfgang schon im Bett. Meine Tschaikowskij-Platte läuft noch immer, aber ganz leise, und nur zwei Nachttischlampen brennen. Beim Heraufkommen konnte ich feststellen, daß die WC-Party vorüber ist. Langsam wird es ruhig im Haus. Ich habe einen Balkon am Ende des Ganges gefunden, von dem aus sieht man im Mondlicht den alten Aussichtsturm und dahinter eine große, weiße Villa vor schwarzem Wald. Verenas Haus.
22 Uhr 30.
In einer halben Stunde werde ich auf den Balkon gehen. Die Taschenlampe habe ich gleich, als ich kam, aus dem Wagen genommen.
Noah Goldmund liest noch immer. Er liest die »Times«, Wolfgang Hartung liest »Eichmanns gab es viele«. Beide rauchen.
»Wie ist das also nun?« frage ich, während ich anfange, mich auszuziehen. »Darf man hier rauchen oder nicht?«

»Wir dürfen. Die Kleinen nicht.«
»Ach so. Darum die Parties auf den Klos.«
»Das machen sie alle«, sagt Noah. Er lacht. »Die Mädchen ziehen sich sogar Handschuhe dazu an. Damit die Erzieherin dann an den Händen riechen kann. In allen Häusern haben die Kleinen dosenweise dieses Zeug, das man versprüht und das jeden Geruch wegnimmt.«
»Sie verspritzen auch Eau de Cologne«, sagt Wolfgang. »Es gibt keine Klos in der Welt, auf denen es so gut riecht wie bei uns!«
»Sie gurgeln hinterher immer mit Vademecum«, sagt Noah über die »Times« hinweg. »Am liebsten sperren sie sich zu zweit ein, weil sie doch alle Geheimnisse haben. Mehr als fünf gehen nicht hinein.«
Ich erzähle, was ich belauscht habe, während ich mich wasche.
»Ich habe einmal zwei Mädchen belauscht«, sagt Noah. »In der Schule. Sie unterhielten sich über ›Vom Winde verweht‹. Das müssen sie beide gerade gelesen haben. Die eine weinte furchtbar, man hörte es bis auf den Gang heraus, und immer wieder hat sie geschluchzt: ›Glaubst du denn wirklich, daß sie sich noch kriegen? Glaubst du es denn wirklich?‹ Die andere hat sie getröstet: ›Sicherlich! Ganz bestimmt! Kannst du Gift drauf nehmen. Sonst wäre es doch nicht so ein Welterfolg geworden!‹ – ›Mein Gott‹, hat die andere, die weinte, gesagt, ›hoffentlich, hoffentlich!‹ «
Wir lachen.
»Hör mal«, sagt der Junge, dessen Eltern sie vergast haben, zu seinem Freund, dessen Vater diese Eltern vergasen ließ und gehängt wurde, »jetzt kommt das Thema wieder. Ist das nicht edel?«
Edel – das Wort kenne ich schon aus Salem.
»First class«, sagt der Wolfgang.
Und wir hören zu, bis die Platte abgelaufen ist.
»Spiel noch einmal die Rückseite, Oliver, und dann hau dich in die Falle.«
Das ist mir sehr recht. Ich drehe die Platte um und setze die Nadel auf. Die beiden in ihren Betten lächeln mich an.
»Warum lächelt ihr?« frage ich.
»Nur so. Nichts Böses«, sagt Wolfgang.
»Weil dir doch sicher mies ist heute abend«, sagt Noah.
»Mir ist nicht mies.«
»Allen Neuen ist mies am ersten Abend.«
»Mir nicht. Ich bin's schon gewöhnt, wißt ihr.«
»Das ist natürlich ein Vorteil, wenn man oft genug das Institut wechselt«, meint Noah.

»Dein Vater, das ist ja vielleicht eine Nummer«, sagt Wolfgang.
»Hör bloß auf«, bitte ich, »sonst kommt mir der Milchkaffee hoch!«
Dann wende ich mich fragend an die beiden:
»In dem Klo saß ein kleiner Neger, und ein Prinz, Raschid heißt er, glaube ich.«
Noah legt die »Times« weg und grinst. »Mit seinem ganzen Namen heißt er Prinz Raschid Dschemal Ed-Din Runi Bender Schahpur Isfahani.« Er setzt sich im Bett auf, und während ich meine Zähne putze, doziert er: »Ich habe ihn gleich interviewt, als er ankam.«
»Wie kam er an?« fragt Wolfgang.
»In einem Taxi. Vom Flughafen. Aus Kairo. Da hat er Verwandte.«
»Was für Verwandte?«
»Einen Onkel hat er in Kairo. Die Familie des jungen Prinzen gehört zu den ruhmreichsten und ältesten seines Landes. Ich habe im Brockhaus nachgesehen. Was er sagt, stimmt.«
»Was sagt er?«
»Sein ältester Vorfahre, Ismail, hat die Dynastie der Safawiden und damit das heutige ›Neupersische Reich‹ gegründet. 1501 nach Christus war das, meine Herren.«
Jetzt ziehe ich den Pyjama an.
»Er führte die schiitische Form des Islam ein – was immer das ist – und hinterließ seinem Sohn ein gewaltiges Imperium. Der und seine Nachfahren, alle diese Herren also, eroberten neue Landstriche, aber sie förderten auch, wie es so schön im Brockhaus heißt, den Handel und die edlen Künste und schufen eine an Schätzen unermeßlich reiche Residenzstadt, die, dem ruhmvollen Geschlecht des kleinen Dreikäsehochs von deiner Klo-Party zu Ehren, den Namen Isfahan erhielt. Auch in den folgenden Jahrhunderten tat sich das uralte Geschlecht immer wieder auf höchst ehrenvolle, patriotische und geschichtsträchtige Weise hervor. Ende der Durchsage.« Noah läßt sich wieder auf sein Bett fallen.
»Und wie kommt der Kleine hierher?« frage ich.
»Der Vater von Raschid scheint ein Gegner des Schahs zu sein. Er hat, hör' ich, mit ein paar Tausend Studenten und Offizieren einen Putschversuch gemacht, der ging ins Auge. Was ich immer sage, man soll nicht putschen. Folge? Der Schah ließ den Papa einsperren und setzte die Mama unter Hausarrest. Im letzten Augenblick brachten Freunde den Kleinen ins Ausland. Ich nehme an, die Familie hat Geld in Deutschland, darum ist Raschid hier ge-

landet. Jetzt wartet er darauf, daß der Schah gestürzt wird. Denn vorher kann er nicht nach Hause. Ihr hättet mal hören sollen, was er über den Schah gesagt hat, als er ankam!«
Plötzlich dringt ein gewaltiges Gebrüll zu uns.
»Was ist das?« Wolfgang fährt auf.
»Mir doch egal«, sagt Noah. »Wahrscheinlich verarschen sie den neuen Erzieher.«
»Ich habe dem Chef versprochen, mich um die Kleinen zu kümmern«, sage ich.
»Das haben wir beide auch«, sagt Noah. »Aber so mitten in der Nacht?«
»Ich sehe mal nach.«
»Okay«, sagt Noah.
Ich schlüpfe in die Pantoffel, wobei ich auf die Uhr sehe (22 Uhr 45, eine Viertelstunde habe ich noch Zeit), dann ziehe ich meinen Morgenmantel an. Das Geschrei kommt aus dem Erdgeschoß. Ich laufe die Treppe hinunter. Eine Tür steht offen. In dem Zimmer dahinter sehe ich einen bleichen, bebenden Herrn Herterich, meinen grinsenden, kreischenden »Bruder« Hansi, den kleinen Schwarzen und den kleinen Raschid. Der hält einen kleinen Teppich in der Hand und weint. Die beiden anderen Jungen tanzen um ihn herum. Herr Herterich schreit mit einer Stimme, der man anmerkt, daß er ihr selber nicht traut: »Ruhe! Ich bitte mir absolute Ruhe aus!«
»So kommen Sie nicht weiter«, sage ich, packe mir den Krüppel und schüttle ihn, daß er nur so hin und her fliegt. Dann ziehe ich ihn ganz dicht heran und sage leise: »Kusch!«
Darauf verstummt er. Seine Augen funkeln böse. Aber er kuscht.
»So macht man das«, sage ich zu Herrn Herterich. Ich habe das Gefühl, einen großen Sieg errungen zu haben. Ich hätte es besser nicht tun sollen.

## 22

»Was ist hier also los?«
(Die ganze Unterhaltung wird englisch geführt. Aber in was für einem Englisch!)
»Raschid will beten.«
»Ist das so komisch?«
Der Neger und Hansi blicken sich an.
»Lacht doch, wenn ihr es so komisch findet, ihr Idioten!« sage

ich und fühle, wie dankbar mir der schmale Herr Herterich dafür ist, daß er selbst das nicht sagen muß. »Los, lacht doch, wenn ihr Mumm habt!«

Sie lachen natürlich nicht, denn ich habe eine Hand gehoben und sehe sie so an, daß ich selber nicht den Mumm hätte, zu lachen.

Der kleine Neger sagt: »Raschid ist ein Heide. Darum haben wir gelacht.«

»Wie heißt du überhaupt?«

»Das weißt du doch! Ali. Ich bin der Sohn von König Faharudizedschimala dem Ersten.«

»Von *wem* bist du der Sohn?«

Der Erzieher sagt leise und auf deutsch zu mir: »Er ist der Sohn eines der mächtigsten Männer der Kakaoküste. Da, wo er herkommt, haben nur die ganz, ganz reichen Leute weiße Diener, weiße Chauffeure und weiße Lehrer für ihre Kinder. Es gilt als Zeichen größten Reichtums, sich weiße Bedienstete leisten zu können. Alis Vater kann das. Darum hat der Junge einen Überwertigkeitskomplex.«

»Jetzt weiß ich, warum die Herren da unten unbedingt Entwicklungshilfe brauchen«, sage ich.

»Was wollen Sie machen? Ein Weißer, das ist einfach Dreck für Ali, er wurde so erzogen. Wir müssen ihm das ganz langsam abgewöhnen.«

»Ganz langsam?« sage ich. »Das wird ganz schnell gehen!« Den Überwertigkeitsneger frage ich: »Und du, du bist kein Heide?«

»Ich bin Christ!« sagt er stolz.

»Aha. Und Raschid ist ein Heide, bloß weil er eine andere Religion hat als du.«

»Es gibt bloß *eine* Religion. *Meine.*«

»Es gibt viele Religionen. Ich muß mich auch über dich wundern, Hansi. Dich habe ich für klüger gehalten.«

»Es war ja nur so komisch wegen dem Teppich«, sagt mein »Bruder« und lächelt sanft.

Wir reden jetzt deutsch und englisch durcheinander.

Der kleine Prinz mit der olivenfarbenen Haut, den feinen Gliedern und den schwarzen Augen, die groß und traurig sind, dunkel, feucht und von langen, seidig glänzenden Wimpern beschützt, antwortet: »Ich fragte, wo hier Osten ist. Ich muß doch meine Abendsure sprechen. Auf dem Teppich. Und dabei muß ich mich nach Osten verneigen.«

»Ich habe eine Armbanduhr mit einem Kompaß«, sage ich. Dann

stellen wir fest, wo Osten ist. Genau da, wo sich das Fenster befindet.

»So«, sage ich zu Herrn Herterich, denn schließlich ist er es ja, der Autorität beweisen soll, und nicht ich, ich habe ihm genug geholfen, »jetzt reden *Sie!*«

Dieser Erzieher wird nicht lange bei uns bleiben! Er muß aus ganz kleinen Verhältnissen kommen. Sogar jetzt, wo ich ihm alles so schön zurechtgeschoben habe, spricht er stockend und unsicher: »Leg den Teppich gegen das Fenster, Raschid. Und sprich dein Nachtgebet.«

»Es ist kein Gebet, es ist eine Sure«, antwortet der kleine Prinz und sieht dabei mich an, mit einem Blick voll Dankbarkeit.

»Sprich deine Sure«, murmelt Herr Herterich verlegen. Ich denke, ich helfe ihm noch einmal: »Ja«, sage ich, »sprich sie, Raschid. Laut. In deiner Sprache. Wir werden alle zuhören. Keiner wird einen Ton von sich geben. Und wenn Herr Herterich oder ich von nun an – egal wann, morgens oder abends – noch ein einziges Mal hören, daß man dich nicht in Ruhe läßt, dann können diese beiden Knaben was erleben!«

Der kleine Prinz legt den Teppich zurecht, kniet darauf nieder, senkt den Kopf bis zum Boden und redet in seiner Muttersprache. Später hat er mir einmal übersetzt, was er an jenem Abend sprach.

»Allah allein kennt die Geheimnisse des Himmels und der Erde, und das Geschäft der letzten Stunde – die Auferweckung der Toten – dauert nur einen Augenblick oder noch weniger, denn Allah ist mächtig. Er hat uns aus den Leibern unserer Mütter hervorgebracht, und wir wußten nichts. Er hat uns Gehör, Gesicht und das verständige Herz gegeben, auf daß wir dankbar werden. Sehen wir denn nicht, wie die Vögel in der freien Luft des Himmels fliegen, ohne daß jemand anderer als Allah sie dort halten kann? Auch hierin liegen Zeichen für gläubige Menschen. Allah ist es, der uns Häuser zu Stätten der Ruhe gegeben hat und die Häute der Tiere zu Zelten, welche wir am Tag der Weiterreise leicht abnehmen und auch wieder aufrichten können an dem Tag, da wir uns erneut niederlassen; und ihre Wolle und ihren Pelz und ihre Haare zu vielerlei Gerät. Auch hat Er uns manches geschaffen zum Schatten, zum Beispiel Bäume, Berge gegen die Sonne, und ihre Grotten und Höhlen zur Zuflucht bestimmt, und Kleider als Schutz vor Kälte, und Panzer als Schutz im Krieg. So groß ist seine Gnade, daß wir ihm uns ganz hingeben. Allah ist groß, Allah sei gepriesen, Allah sei bedankt.«

## 23

Das war's.

Danach richtet er sich auf, der kleine Raschid, rollt den Gebetsteppich zusammen und kriecht in sein Bettchen. Ali und Hansi tun es ihm gleich.

»Gute Nacht«, sagt Herr Herterich.

»Good night, gentlemen«, sage ich. Keiner gibt eine Antwort, nur Raschid lächelt mir zu, und ich sehe, daß Hansi dieses Lächeln gesehen hat, und plötzlich lächelt er auch – dieses schreckliche Totenkopflächeln, aber mir ist überhaupt nicht klar, was ich hier in fünf Minuten angerichtet habe. Hätte ich doch bloß die Schnauze gehalten und Herrn Herterich, dieses armselige Würstchen, machen lassen!

Der geht jetzt mit mir auf den Gang hinaus, reicht mir eine schweißfeuchte, kalte Hand und stottert: »Ich danke Ihnen, Oliver ... Ich ... ich ... Sehen Sie, das ist mein erster Tag heute ... Ich bin ganz krank vor Aufregung ... So viele Jungen ... Die Kleinen sind sowieso alle Teufel ... Ich habe Angst, ja, ich gebe es zu, schreckliche Angst ... und wenn Sie mir nicht geholfen hätten ...«

»Sie müssen Hornhaut auf der Seele bekommen, Herr Herterich. Sonst machen die Jungen Sie fertig!«

»Hornhaut auf der Seele«, murmelt er traurig. »So etwas ist leicht gesagt ...« Dann nickt er mir noch einmal zu und schlurft den Gang hinab zu seinem Zimmer. Ich glaube nicht, daß diesem Mann zu helfen ist.

22 Uhr 55. Jetzt wird's aber Zeit!

Oben, auf dem Balkon im ersten Stock, ist es kühl, aber nicht kalt. Der Mond steht hinter dem Haus, so liegt der Balkon im Schatten. Da ist der alte Aussichtsturm. Da ist Verenas Haus.

23 Uhr genau.

Ich hole meine Taschenlampe aus dem Morgenmantel und richte sie gegen die ferne Villa. Ich blinke dreimal. Dann zähle ich bis fünf. Dann blinke ich wieder dreimal.

Da blitzt oben, in einem Fenster des großen weißen Hauses, ein Licht auf, kurz, aber hell, sehr hell. Verena hat mich verstanden.

Ich habe mir schon alles überlegt. Vormittags ist Schule. Dann hole ich das Armband. Zwischen zwei und vier haben wir frei, danach wieder Unterricht bis sechs. Also kann ich Verena frühestens um halb drei treffen. Sagen wir lieber um drei. Man weiß nie, was passiert.

Ich blinke fünfzehnmal.
Fünfzehnmal blinkt es aus der weißen Villa zurück.
Vorsichtshalber blinke ich noch fünfzehnmal.
Wieder kommt ihr Zeichen: Verstanden!
Jetzt könnte ich schlafen gehen.
Warum gehe ich nicht?
Warum stehe ich immer noch auf dem Balkon und sehe hinauf zu dem großen, weißen Haus im Wald, warum?
Ich bin auf einmal so traurig wie noch nie in meinem ganzen Leben, und ich war oft traurig. Ich habe Sehnsucht nach einer Sache, von der ich weiß, daß sie unmöglich ist.
Im Haus höre ich ein paar Kinder schreien. Das kenne ich gut. Die Kinder schreien im Schlaf. Sie beißen in die Kissen und stöhnen, und viele weinen, weil sie böse Träume haben. Manche sitzen gewiß auch am Fenster und starren in die Nacht wie ich. Es ist eine Welt für sich, so ein Internat. Vielleicht interessiert es Sie nicht, zu erfahren, was für eine Welt das ist. Das täte mir leid. Denn mich interessiert es natürlich, weil es meine Welt ist, die Welt, in der ich – immer noch – lebe. Darum fallen mir jetzt auch noch Geschichten ein, die Fräulein Hildenbrand mir erzählte, als ich sie heimbrachte, Geschichten von Kindern, die dieses Internat besuchen.
Da ist die elfjährige Tania aus Schweden. Als sie sechs Jahre alt war, starb ihre Mutter. Der Vater heiratete wieder. Die zweite Frau verunglückte ein Jahr darauf tödlich bei einem Autounfall. Nun hat der Vater zum drittenmal geheiratet. Tania weigert sich hysterisch, die dritte Frau auch nur zu sehen. Im Internat findet sie zu niemandem Kontakt. Zweimal hat der Tod ihr geraubt, was ein Kind am meisten braucht: Eine Mutter. Er wird es ein drittes Mal tun, der Tod, davon ist Tania überzeugt. Darum nimmt sie die dritte Frau ihres Vaters überhaupt nicht zur Kenntnis. Sie nimmt mit der Zeit immer weniger zur Kenntnis. Fräulein Hildenbrand sagt: »Tania kränkelt. Sie ißt nicht. Sie lernt schlecht. Sie ist geistesabwesend. Wir befürchten einen Ausbruch von Jugendschizophrenie ...«
Und dann denke ich an das, was mir Fräulein Hildenbrand von Thomas erzählt hat. Der ist achtzehn Jahre alt, er wird also in meine Klasse kommen, morgen früh werde ich ihn kennenlernen. Thomas' Vater war im Dritten Reich ein berühmter General. Heute hat er einen führenden Posten im NATO-Hauptquartier von Paris. Dauernd steht sein Name in den Zeitungen. Viele beneiden Thomas um seinen Vater, den die westlichen Gegner Deutschlands von

gestern (offenbar fanden sie keinen Geeigneteren) dazu ausersehen haben, einer ihrer militärischen Führer von heute zu sein. Thomas haßt seinen Vater dafür, daß er das tut, was er immer getan hat...

Ich denke an Chichita, das fünfzehnjährige Mädchen aus Rio de Janeiro. Ihr Vater baut einen Staudamm in Chile, die Mutter lebt nicht mehr. Drei Jahre wird Chichita im Internat bleiben, ohne ihren Vater zu sehen. Sie sagt, sie sei froh darüber. Denn jedesmal, wenn sie ihrem Vater begegnet, hat er eine andere Freundin, zu der Chichita »Tante« sagen muß. Als Fräulein Hildenbrand sie einmal fragte, was wohl das Schlimmste auf Erden wäre, da antwortete Chichita aus Brasilien: »Kinder. Das sagt mein Vater immer.«

Ich denke an das, was mir Fräulein Hildenbrand von dem dreizehnjährigen Fred erzählt hat. Seine Eltern sind geschieden. Der Vater, schuldiggesprochen, muß der Mutter eine hohe Apanage bezahlen. Die Mutter lebt in Frankfurt – ganz nah. Aber sie lebt wie eine Abenteurerin. Der Sohn ist ihr dauernd im Wege. Wenn er heimkommt, sitzt fast immer ein Onkel da, und Fred wird fortgeschickt. Seine Mutter gibt ihm Geld. Viel Geld. Fred soll sich amüsieren!

Nur zu Hause sein soll er nicht.

Wenn er in seiner Einsamkeit zum Vater nach Hamburg fährt, dann ist er auch seinem Vater und dessen Freundinnen im Wege. Nur einer nicht. Diese eine verführt den Dreizehnjährigen. Der Vater kommt dahinter. Nun darf Fred nie mehr nach Hamburg.

Ich denke daran, was mir die alte, fast blinde Dame, als ich sie nach Hause fuhr, von einem sechzehnjährigen Mädchen namens Santayana erzählt hat. Ihr Vater ist ein spanischer Schriftsteller, der aus politischen Gründen nicht mehr nach Spanien darf. Nach dem Krieg schuf er ein paar großartige Bücher. Jetzt schafft er nur noch großartige Skandale. Auf Ceylon hat er eine verheiratete Frau zu seiner Geliebten gemacht. Man jagte beide aus dem Land. Santayana wurde geboren, eine Eurasierin. Sie hat kein Zuhause. Sie hat nie ein Zuhause gekannt. Aber sie kennt fast alle Großstädte der Welt und ihre besten Hotels. Sie weiß, was ein Brillantdiadem ist, ein geplatzter Wechsel, ein Gerichtsvollzieher. Denn ihr Vater, verzweifelt, entwurzelt, hat manchmal zuviel Geld und manchmal überhaupt keines. Santayana weiß und kennt beinahe alles. Sie ist sehr klug, sehr schön, sehr eitel. Sie wird wohl einmal eine große Hure werden...

Ich stehe auf dem Balkon und denke an den verkrüppelten Hansi,

an den kleinen Ali mit seinem Überwertigkeitskomplex, an Raschid. Und ich denke natürlich auch an mich. Aber als ich damit anfange, weiß ich, daß ich sofort wieder damit aufhören muß.
Und darum gehe ich zurück ins Haus und höre in ihren Zimmern die Kleinen reden und stöhnen und schreien, trete leise in mein Zimmer und sehe, daß Noah und Wolfgang inzwischen das Licht ausgemacht haben. Sie schlafen beide. Ich lege mich in mein Bett. Wolfgang atmet tief. Im Wald schreien die Käuzchen. Ich verschränke die Arme hinter dem Kopf und denke daran, daß ich morgen um drei Uhr Verena Lord wiedersehen werde. Ihr schmales Gesicht. Ihr blauschwarzes Haar. Ihre wundervollen, traurigen Augen.
Morgen um drei sehe ich sie wieder und bringe ihr das Armband. Vielleicht wird sie lächeln. Sie ist so schön, wenn sie lächelt.
Morgen um drei.
Die Käuzchen.
Verena Lord.

## ZWEITES KAPITEL

### 1

»Germania omnis a Gallis Raetisque et Pannoniis Rheno et Danuvio fluminibus, a Sarmatis Dacisque mutuo metu aut montibus separatur; cetera Oceanus ...«
»Halt«, sagt das Frettchen. »Das genügt. Bitte, übersetzen Sie, Fräulein Reber.«
Da wären wir also. Erster Schultag, letzte Unterrichtsstunde. Latein. 5. September 1960. Ein Blick auf die Uhr. 12 Uhr 10. Und die Stunde ist um 12 Uhr 30 zu Ende ...
Zweiundzwanzig Schüler hat die Achte: Zwölf Deutsche, drei Franzosen, einen Engländer, drei Schweizer, einen Japaner und zwei Österreicher. Wir sitzen in einer hellen, modern eingerichteten Klasse, deren Stahlrohrmöbel in einem Halbkreis angeordnet sind. Kein altmodisches Katheder auf dem Podium. Der Lehrer hat einen Tisch und einen Stahlrohrsessel wie wir, auf der gleichen Ebene.
»Nun, Fräulein Reber, wollen Sie die Güte haben, anzufangen?«
Fräulein Geraldine Reber. Die Luxusnutte. Jetzt kann ich sie genau betrachten, bei Tageslicht. Ich vermag schon zu verstehen, wie sie

zu ihrem Spitznamen kam. Nicht, daß sie überwältigend schön wäre, wirklich schön sind eigentlich nur die Beine und die Brust. Aber sie ist herausfordernd sexy. Sie hat ihr löwenfarbenes Haar so hoch toupiert, daß es fast schon lächerlich wirkt. Die Lippen sind hell geschminkt, die Wimpern geklunkert und die Lider grün bemalt. Sie trägt einen weißen, grobmaschigen Pullover, der ihr mindestens zwei Nummern zu klein ist. Natürlich hat sie eine von diesen endlos langen Glasperlenketten (grün), ein Klimperarmband mit einem Haufen Tinnef daran, und einen Ring, der so groß ist, wie er wertlos ist, also sehr groß. Wieder trägt sie einen weiten Faltenrock, einen grünen diesmal, und seit heute morgen ist mir klar, warum Geraldine Faltenröcke bevorzugt. Seit heute morgen flirtet sie mit mir.

Ich habe beim Frühstück den verkrüppelten Hansi getroffen, und er hat gesagt: »Die Luxusnutte ist deshalb bei allen so verhaßt, weil sie nicht sehen kann, wenn zwei miteinander gehen. Dann macht sie den Jungen so lange verrückt, bis er sein Mädchen sausen läßt und mit ihr geht.«

Hansi weiß alles.

»Aber nicht nur das macht sie. Wenn sie selber mal einen hat, und ein neuer kommt, dann geht sie an den Neuen ran wie Blücher. Es ist komisch: Sobald sie den Neuen dann rumgekriegt hat, interessiert er sie nicht mehr, und sie behandelt ihn wie den letzten Dreck, wenn wieder ein Neuer kommt.«

Seit acht Uhr früh heute morgen bin ich also »der Neue« für die Luxusnutte, der ich direkt gegenübersitze. Und so sehe ich ihre Beine. Geraldine weiß, daß sie schöne Beine hat. Sie trägt Schuhe mit ganz hohen Absätzen, was, wie Hansi sagt, verboten ist, aber sie tut's trotzdem, und dunkle Seidenstrümpfe aus so einem feinen Netzstoff trägt sie auch – den letzten Schrei! Sie kreuzt andauernd die Beine. Sie zeigt, was sie hat: Das Fleisch der Schenkel, das schwarze Höschen. Und dazu blickt sie mich so an, daß mir wahrscheinlich heiß und kalt werden würde, wenn ich nicht schon ein bißchen was erlebt hätte.

Natürlich ist sie eine schlechte Schülerin. Hinter ihr sitzt ein blonder, großer Junge, der versucht ihr vorzusagen. Walter Colland heißt er, hat mir Hansi erzählt. »Der geht mit ihr. Das heißt, vor den Ferien ging er mit ihr. Jetzt bist du an der Reihe. Ob du es glaubst oder nicht: In spätestens drei Tagen ist der Walter seine Luxusnutte los.«

Ich glaube dir, Hansi, ich glaube dir aufs Wort! Armer Walter. Er hat übrigens noch nichts gemerkt. Oder er tut so. Geraldine kann nicht verstehen, was Walter ihr einsagt. Das Frettchen schreit dazwischen: »Colland, noch ein Wort, und ich melde es der Direktion.«

Daraufhin ist Walter still, und Geraldine beginnt eine hoffnungslose Stotterei: »Germanien... also, Germanien in seiner Gesamtheit...« Diesen Tacitus kenne ich langsam auswendig. (Ich bin in der Achten zweimal sitzengeblieben.) Ich könnte der Luxusnutte leicht helfen, aber erstens sitzt sie zu weit von mir entfernt, und dann ist da noch die Kleinigkeit mit dem Armband, nicht wahr? Darum sehe ich mir lieber weiter die Beine und das schwarze Spitzenhöschen an.

»Halt!« schreit das Frettchen. Es schreit dauernd. »Ich habe Ihnen gesagt, Colland, daß Sie zu schweigen haben! Noch einmal, und ich mache Ernst mit meiner Meldung!«

Vielleicht soll ich ein paar Worte über das Frettchen verlieren. Also, das Frettchen heißt Doktor Friedrich Haberle und ist der neue Lateinlehrer, genauso neu wie Herr Herterich, und folglich hat die Klasse ihn auch sofort verarscht. Seinen Spitznamen brachte er mit. Zu des Frettchens Unglück war aus dem Internat, aus dem er selber kam, ein Junge rausgeflogen (natürlich, was sonst?), der geht hier in die Sechste und gab uns beim Frühstück erschöpfende Informationen über Doktor Friedrich Haberle: »Der ist ein richtiges Arschloch. Den könnt ihr um den Finger wickeln. Er hat eine Frau und drei kleine Kinder. Der Traum seines Lebens war ein Haus. Er schuftete und sparte und gönnte sich nichts, und der Frau nichts, und den Kindern nichts – alles fürs Häuschen, fürs kleine. Vor ein paar Monaten hat er etwas gefunden, ausgerechnet in Friedheim. So eine Jahrhundertwendevilla, besonders preiswert. Ich möchte da ja nicht begraben sein. Aber er ist glücklich! Wegen der Villa hat er auch das Internat gewechselt und ist hier heraufgekommen.«

»Seine Achillesferse?« hat Wolfgang sich erkundigt.

»Er hat keine.«

»Quatsch. Jeder hat eine. Mädchen?«

»Du liebe Güte! Der sieht kein Mädchen an, das ist ein idealer Familienvater, der liebt seine Frau, seine Kinder...«

»Und das Häuschen, jaja«, hat Noah ungeduldig gesagt. »Aber wieso können wir ihn um den Finger wickeln, wenn er überhaupt keine Schwäche hat?«

»Ich habe nicht gesagt, er hat keine Schwäche. Er besteht aus Schwäche! Ihr werdet es ja sehen. Er läßt sich einfach alles gefallen. Er droht und tut dann nichts. Er ist sanft wie ein Lamm. Ein

paar Wochen werdet ihr bei ihm Klamauk machen, soviel ihr wollt – dann hört ihr ganz von selber auf. Man ermüdet so entsetzlich, wenn man keinen Widerstand findet. Im übrigen ist er ein erstklassiger Lehrer – für den Fall, daß sich einer von euch für Latein interessiert. Was ich nicht annehmen will.«
»Doch, ich«, hat Noah gesagt. »Deine Schilderung ist darum sehr interessant für mich.«
»Wenn du lernst, ist er sogar nett zu dir. Aber das eine kannst du euren Mädchen gleich bestellen: Wenn sie nichts können, und sie können doch alle nichts – das Frettchen läßt sie sausen! Da ist nichts mit Becircen und ausgeschnittenen Blusen und Augenverdrehen. Das Frettchen ist eisern monogam!«
Scheint zu stimmen. Geraldine jedenfalls versucht gerade vollkommen ergebnislos, mit dem Frettchen Unterleib ohne Dame zu spielen. Er sitzt vor ihr, sie zeigt zur Abwechslung ihm einmal alles, was sie hat, aber das Frettchen guckt überhaupt nicht hin.
Übrigens: Frettchen ist ein herrlicher Name. Klein gewachsen ist der Haberle-Doktor, Knopfaugen hat er, und Ohren, die nicht nur abstehen, sondern auch rund sind und emporragen. Das ist aber noch nicht alles: Das ganze Gesicht läuft sozusagen spitz auf einen einzigen Punkt zusammen, eine aggressive Knollennase. Darunter sieht man einen kleinen Mund mit scharfen, häßlichen Zähnen. Der arme Hund! Rotgeränderte Augen hat er auch noch!
Und nun kommt das, was den Doktor Friedrich Haberle am meisten mit einem Frettchen verbindet: Er stinkt. Anders. Aber auch. Er stinkt nach Schweiß.
Nicht, daß er sich nicht waschen würde. Ich bin überzeugt, er schrubbt sich morgens und abends die Achselhöhlen und alles andere wund. Wenn auch mit der billigsten Seife. (Das Häuschen, das Häuschen!) Nein, daß er stinkt, hat einen Grund, den ich sogar bedauere. Weil er doch immer so spart, darum trägt er einen zweireihigen Anzug mit breit wattierten Schultern, der ist mindestens zehn Jahre alt. Zehn Jahre lang hat er in ihn hineingeschwitzt, wenn er sich aufregte, wenn er überarbeitet war. Kennen Sie das, so einen richtig durchgeschwitzten Anzug?
Es tut mir leid, das Frettchen. Das ist ein armes Schwein. Die Klasse hat ihn auch längst eingestuft. Alle sind der gleichen Meinung. Eine Nulpe.
Das heißt – und das muß ich für das Frettchen sagen –, zu Anfang der Stunde sah die Sache anders aus. Sie müssen bedenken, wir sind doch lauter Riesen gegen den kleinen Lehrer, der sicher auch nicht sehr gesund und sicher nicht sehr mutig ist. Als er also her-

einkam, da nahm Gaston, einer von den Franzosen, eine Schnupftabaksdose aus der Hose, öffnete sie und schnupfte mit großer Umständlichkeit. Dann gab er die Dose Wolfgang, und der tat dasselbe. (Ich habe es ja geschrieben. Hier wird jeder Neue verarscht.)

Das Frettchen stand da, wurde bleich und rot, und sagte kein Wort. Ich sah, wie verzweifelt er war. Zunächst fiel ihm überhaupt nichts ein. Die Mädchen kicherten. Die Dose erreichte den dritten Jungen. Das Frettchen sagte: »Wir beginnen mit der Lektüre der ›Germania‹ des Tacitus. Bitte, öffnen Sie Ihre Bücher.«

Das war nun wirklich nicht gerade die beste Art, sich einzuführen. Prompt passierte denn auch folgendes: Keiner von uns zweiundzwanzig nahm seinen Tacitus. Die Dose wanderte weiter. Einer nach dem andern schnupfte. Sonst war es ganz still. Wir sagten nichts, er sagte nichts. Er sah uns stumm an. Es sind sechs Mädchen in der Klasse und sechzehn Jungen. Sie können sich vorstellen, wie lange es dauerte, bis alle sechzehn die Dose benützt hatten. Der Sechzehnte stand auf und brachte das Ding Gaston zurück. Ich beobachtete das Frettchen die ganze Zeit lang. Zuerst fürchtete ich, er würde in Tränen ausbrechen. Dann kam eine Periode, da sah ich: Er dachte sich etwas aus! Und tatsächlich, als Gaston die Dose gerade wieder seelenruhig einstecken wollte, sagte das Frettchen zu ihm: »Ich bin ja neu hier, aber das muß ich schon feststellen: Feine Manieren habt ihr! Davon, daß man einem Gast auch etwas anbietet, habt ihr wohl noch nie etwas gehört, wie? Freßt ihr zu Hause auch alle eure Sachen allein und laßt die andern zuschauen? Das habe ich mir anders vorgestellt!«

Eine solche Haltung kann man schon bewundern, nicht? Die anderen hatten das Frettchen nicht so genau beobachtet wie ich. Gaston stand ganz betreten auf, trat vor und hielt dem Pauker die Dose hin.

»Verzeihen Sie, Monsieur, wir wußten nicht, daß ...«

»Ja, ja«, sagte das Frettchen, »ihr wißt überhaupt noch eine ganze Menge nicht!« Und dann schnupfte er selber. Ich könnte schwören, er schnupfte zum erstenmal in seinem Leben, und ihn ekelte davor, aber er tat es, und er konnte es: Er hatte es eben sechzehnmal gesehen, wie es gemacht wird.

»Ich danke Ihnen herzlich, Gaston«, sagte das Frettchen. Zunächst waren alle sprachlos. Dann sagte Wolfgang laut zu Noah: »Dieser Junge hat uns falsch informiert. Das ist ja gar keine solche Flasche!«

»Abwarten«, antwortete Noah.

Und er hatte recht! Schon ein paar Minuten später war es dann wegen einer Frechheit, die sich Walter leistete, mit des Frettchens Beherrschung aus. Und er begann zu schreien. Er hatte sich so zusammengenommen. Er war so klug gewesen. Alles umsonst. Er hörte nicht auf zu schreien. Und er schreit noch immer...
»Wie lange soll ich warten, Fräulein Reber? Germanien in seiner Gesamtheit – was bedeutet das?«
Natürlich hat sie keine Ahnung.
»Weiß es jemand anderer?«
12 Uhr 12.
Jetzt wird es Zeit für mich. Ich hebe eine Hand.
»Nun, Mansfeld?«
»Mir ist nicht gut, Herr Doktor.«
Großes Gelächter. Das Frettchen wird weiß. Na schön. Ein Feind mehr. In Latein kann er mir, nachdem ich zum drittenmal dasselbe Pensum durchnehme, ohnehin nicht an den Wagen fahren. Die anderen glauben, ich will das Frettchen auf den Arm nehmen. Also ein Feind und einundzwanzig Freunde. Mit einem Satz! Ich sage noch einen: »Ich fürchte, ich muß hinausgehen.«
Er nickt nur stumm und sieht ganz elend aus.
Ich gehe zur Tür, während sich Friedrich Südhaus meldet. Das ist der Primus der Klasse, ein unsympathischer Junge mit scheinheiligem Gesicht und so einem nervösen Zucken um den Mund.
»Bitte, Südhaus!«
»Germania omnis, Germanien in seiner Gesamtheit, wird von den Galliern und den Rätiern und den Pannoniern durch die Flüsse Rhein und Donau getrennt, von den Sarmaten und Dakern durch gegenseitige Furcht oder Berge...«
»Ausgezeichnet, Südhaus, ich danke Ihnen.«
Wolfgang erzählte mir, der Vater des Primus sei ein alter Nazi und jetzt ein großes Tier, Generalstaatsanwalt. Fast hätte ich geschrieben: Und jetzt *natürlich* ein großes Tier.
Ich muß machen, daß ich in die Mädchenvilla komme.

2

Der kleine Hansi hat recht gehabt: So gegen Viertel eins bedeutet es das reinste Kinderspiel. Die Haustür ist nicht zugesperrt, die Putzfrauen sind bereits gegangen und die Erzieherinnen beim Essen oder noch im Ort oder was weiß ich wo. Es scheint kein Mensch im Haus zu sein.

Ich überlege kurz, wo ich mit Hansi in der Nacht gestanden habe, dann öffne ich die letzte Tür des Ganges rechts – gleich die richtige! Ich stehe in Geraldines Zimmer.
Jetzt geht alles sehr schnell. Ich lasse die Tür offen und öffne auch noch das Fenster für den Fall, daß doch ein Erwachsener kommt. Dann höre ich ihn rechtzeitig und habe einen zweiten Ausweg. Ich schiebe das Bett von der Wand und taste sie ab, denn Geraldine hat den Ziegelstein sehr hübsch wieder in die Mauer geschoben und die Bruchstellen verschmiert. Klar! Sonst wäre ihr Versteck schon längst entdeckt. Ich weiß noch ungefähr, wo die Stelle ist... Da habe ich sie. Den Stein hole ich mit meinem Taschenmesser heraus. Und dann, dann sehe ich es vor mir, Verenas Armband. Es liegt auf einer Uhr, zwei Ringen und einer silbernen Kette, die Geraldine auch gestohlen hat. Das Zeug lasse ich liegen, ich nehme nur das Bracelet.
Komisch – jetzt, da ich es in der Hand halte, erblicke ich in meiner Phantasie Verena vor mir, nackt, vollkommen nackt. Ich stehe an irgendeinem Strand auf irgendeiner Insel im Süden, und sie kommt auf mich zugelaufen, lachend, mit ausgebreiteten Armen und nackt, wie gesagt, vollkommen nackt.
Ich bin ein bißchen schwindlig, als ich den Stein zurückschiebe, und ich fahre zusammen, als ich die Stimme höre. »Ach, so ist das.«
Ich drehe mich um.
Geraldine steht in der Tür.

## 3

Wie ein Gespenst sieht sie aus, aschgrau im Zwielicht des Ganges, unwirklich beinahe. Rasend schnell gleiten die lackierten Finger an den Perlen der langen Kette auf und nieder. Ihr Atem geht keuchend, die Augen funkeln.
»Ja, so ist das«, sage ich und schiebe das Bett zurück. »Hast du gedacht, du kannst es behalten?«
»Woher hast du gewußt, wo es ist?«
»Das geht dich nichts an.«
Jetzt kommt sie auf einmal auf mich zu, mit halb geschlossenen Augen und halb geöffnetem Mund. Das hat sie im Kino gesehen.
»Laß das. Wie kommst du überhaupt her?«
»Mir ist auch schlecht geworden. Ich wollte dir nach.«
»Warum?«
»Weil du mir so gefällst«, sagt sie und faßt mich an. Ich stoße

sie zurück. »Du gefällst mir wirklich. Ich habe gedacht, du bist noch in der Schule. Dann habe ich dich nicht gefunden und bin hierher gegangen. Es ist sowieso gleich Schluß mit dem dämlichen Unterricht.« Mir wird heiß. Ich muß hier raus. Schleunigst!
»Laß mich gehen.«
»Nein.«
»Du mußt keine Angst haben. Ich sage es nicht dem Chef.«
»Ich habe keine Angst. Meinetwegen sag es ihm! Aber bleib da.«
»Du bist verrückt!«
»Bitte!« Jetzt legt sie den Arm um meinen Hals und hält ihre Hände in meinem Nacken ganz fest zusammen und preßt sich gegen mich, Brust, Bauch, Schenkel, alles! Sie will mich küssen. Ich drehe den Kopf fort.
»Ja, ich bin wild, wild nach dir! Hast du nicht bemerkt, wie ich dich den ganzen Vormittag angestarrt habe?«
»Doch. Aber ich bin nicht wild nach dir! Kapiert?«
Darauf steckt sie mir die Zunge zwischen die Lippen.
Ich packe das toupierte Haar und ziehe ihren Kopf zurück. Sie lächelt jetzt ein irres Lächeln und flüstert: »Komm in den Wald...!«
Jetzt habe ich genug. Ich gebe ihr einen Stoß und mache, daß ich aus dem Haus komme. Nur weg! Ich gehe den einsamen Weg in den Wald hinauf. Das Armband habe ich in der Tasche. Langsam. Jetzt ist es ja vorüber. Jetzt habe ich Zeit. Denke ich. Denn ich bin noch keine hundert Meter weit gekommen, da höre ich Schritte. Ich drehe mich um. Sie geht mir nach.
Es ist sehr warm an diesem Tag. Die Sonne scheint. Ich gehe nicht schneller. Sie auch nicht. Es ist geradezu lächerlich. Sie folgt mir wie ein Hund, immer im gleichen Abstand. Keiner redet ein Wort. So wandern wir also über buntes Laub, durch den Herbstwald, und schräge Sonnenbahnen fallen durch die Baumkronen auf uns. Kein Mensch weit und breit. Ab und zu drehe ich mich um. Sie hat immer denselben Gesichtsausdruck: zusammengepreßte Lippen, eine Doppelfurche zwischen den Augenbrauen und völlig verrückte Augen. So geht sie mir nach, vielleicht zehn Minuten lang. Dann, als der Weg durch eine kleine Schlucht führt und eine Biegung macht, ist sie auf einmal weg.
Hat genug, denke ich.
Die Bäume wachsen hier dicht, zwischen ihnen gibt es Gebüsch. Es ist sehr einsam in der kleinen Schlucht. Der Weg biegt sich wieder. Geraldine steht vor mir.
Sie kennt sich besser aus als ich und muß irgendeine Abkürzung

benutzt haben. Sie steht an einen Baum gelehnt und sieht mir entgegen mit offenem Mund und halb geschlossenen Augen, diesen Wahnsinnsausdruck in den Augen. Den Pullover hat sie ausgezogen. Den Rock hat sie abgestreift. Und jetzt trägt sie kein Höschen mehr.

## 4

Als ich dieses Buch zu schreiben begann, da nahm ich mir vor: Es soll ehrlich sein, vollkommen ehrlich. Jetzt hätte ich eine Stelle erreicht, da wäre es bequemer zu lügen. Aber was besäße dann das Buch für einen Sinn?
Ich bin aus fünf Internaten geflogen. Jedesmal waren Mädchengeschichten daran schuld. Ich habe auch meinen Webfehler. Es gibt Situationen, da besitze ich einfach keinen Verstand mehr, kein Gehirn. Black-out. Das ist so, seit ich mein erstes Mädchen hatte. Ich bin dann einfach nicht zurechnungsfähig. Verflucht, ich fühlte es schon in ihrem Zimmer, so wie ein Epileptiker seinen Anfall! Aus dem Zimmer kam ich eben noch heraus. An dem Baum komme ich nicht mehr vorbei.
Wenn ich heute zurückdenke, habe ich das Gefühl, daß ich vollkommen betrunken war, und sie auch. Wir waren wie rasend. Vielleicht fünf Meter vom Wegrand, in dem dichten Unterholz, auf dem von der Sonne heißen Boden. Ich zerriß ihre Strümpfe, sie mein Hemd, weil ich mich nicht schnell genug auszog. Wir haben einander gekratzt und gebissen. Wir haben getan, was ich nicht aufschreiben kann, weil es nicht gedruckt würde. Unsere Körper wurden blutig von den Steinen und Dornen, auf denen wir uns herumrollten, ineinander verkrampft. Wir haben es nicht gemerkt.
Und es nimmt kein Ende, es fängt immer wieder an. Noch tagelang spürte ich die Risse ihrer langen, scharfen Fingernägel auf meinem Rücken. Wenn sie so weit ist, verdrehen sich ihre Augäpfel dermaßen, daß man nur noch das Weiße sieht, und sie stößt Töne aus wie ein Mensch in Höllenqualen. Sie hält mich umklammert, und um mich dreht sich alles.
Ich habe in meinem Leben zwar schon eine ganze Menge Mädchen gehabt. Aber so eines noch nie. Dieser Wahnsinn steckt an. Zwei Rasende hielten sich da umklammert.
Das soll ein ehrliches Buch sein. Ich habe Geraldine nie geliebt. Aber ich habe mit keiner anderen Frau je etwas Derartiges erlebt wie mit diesem mannstollen Mädchen, das mich mit Abscheu

erfüllt hat vom ersten Augenblick an. Das ich beschimpft habe im gleichen Moment, da sich die roten Nebel vor meine Augen senkten. Das ich gehaßt habe, als sie sich erschöpft aus meinen Armen löste. Ganz still lag sie auf der Erde, sah mich an mit diesem irren Blick und stöhnte: »Ich liebe dich.« Und immer wieder lallte sie: »Ich liebe dich... Ich liebe dich... Noch nie war es so... wie mit dir...!«

Dies soll ein ehrliches Buch sein.

Als endlich alles vorbei ist, liegt sie reglos da. Ihre Lippen sind blau. Sie bebt noch immer am ganzen Körper. Und da denke ich plötzlich mit Entsetzen an etwas, das sie gleich darauf sagt, mit diesem starren Blick und mit einer schwachen Kinderstimme: »Das war das erste Mal in meinem Leben...«

Schweigend sitze ich neben ihr.

»Ich habe es so oft versucht. Immer wieder. Seit ich vierzehn bin. Ich hatte bestimmt mehr Jungen als du Mädchen. Es hat nie geklappt, was wir auch anfingen. Ich bin halb wahnsinnig geworden. Ich habe den Jungens Theater vorgespielt... Ich habe es allein versucht. Es ging nie... Und nun du... O du... Es war so schön... Ich liebe dich!«

Geraldine liebt mich. Sie, die ich verabscheue...

## 5

14 Uhr 10.

Wir haben uns angezogen. Ich mußte ihr dabei helfen, so schwach war sie noch.

Um 15 Uhr muß ich bei diesem alten Turm sein. Verena wartet. Wie werde ich Geraldine los?

»Woran denkst du?« fragt sie prompt. »An dich«, sage ich natürlich. Und da schmiegt sie sich an mich, ganz eng. »Ich liebe dich. Es war so schön. Ich habe gedacht, ich muß sterben. So schön. Wie noch nie. Erst jetzt weiß ich, wie das ist. Ich werde nie mehr von dir loskommen!«

Und sie meint es ernst, das sieht man ihr an. So etwas hat auch gerade mir passieren müssen.

»Liebst du mich auch?«

»Nein.«

Das hat keinen Sinn, das muß sie gleich wissen. Es hat wirklich keinen Sinn: »Es macht mir nichts, wenn du mich nicht liebst. Du wirst einmal anfangen damit.«

»Nein!«
»Du kennst mich nicht, du weißt nicht, wie ich sein kann. Du wirst mich lieben, einmal, bestimmt. Ich bin so glücklich, Oliver. Ich war noch nie so glücklich. Du wirst sehen, wie lieb ich sein kann.«
Sie gibt mir viele Küsse, sie streichelt mich, und ich denke: Verena. Verena. Verena.

## 6

Ich sage: »Du mußt zurück in euer Haus.«
»Ich will nicht.«
»Dann geh in den Speisesaal.«
»Ich kann jetzt nicht essen.«
Das könnte ich auch nicht.
»Sie werden uns suchen.«
»Sie finden uns nicht.«
»Aber ich muß in meine Villa.«
»Noch eine Viertelstunde«, sagt, nein, bettelt sie mit solchen Hundeaugen, daß einem übel werden kann, »dann bin ich ganz brav. Dann gehe ich zurück und lasse dich in Ruhe. Fünfzehn Minuten?«
Ich nicke.
»Ich gehöre doch jetzt zu dir...«
Auch das noch!
»... wir beide, wir gehören doch jetzt zusammen...«
Nein. Nein. Nein!
»... und da will ich dir sagen, was mit mir los ist.«
»Was heißt, was mit dir los ist?«
»Warum ich so bin... So verkorkst... Und wenn du nicht gekommen wärest und hättest mich erlöst...«
Das sagt sie! Dieses Wort! Wie ich es hintippe. Noch einmal: Erlöst!
»... dann wäre ich noch in die Klapsmühle gekommen. Darf ich meinen Kopf an deine Brust legen?«
»Natürlich.« Sie tut es, und ich streichle ihr lächerlich toupiertes Haar, das jetzt aussieht, als hätte sie sich mit einer Rivalin geprügelt, und sie redet wie im Schlaf vor sich hin, während sie mich auch streichelt: »Ich bin achtzehn. Und du?«
»Einundzwanzig.«
»Wir haben in Breslau gelebt. Mein Vater war Physiker. 1946 haben uns die Russen hopsgenommen. Ihn als Wissenschaftler und uns aus Nettigkeit. Vater sollte doch für sie arbeiten. Wir kamen

nach Nowosibirsk. Da hat mein Vater gearbeitet. In einem riesigen Institut. Es waren noch viele andere deutsche Forscher dort. Wir hatten ein kleines, hübsches Häuschen vor der Stadt.«
»Damals warst du vier Jahre alt.«
»Ja. Und es hat schon im Kindergarten angefangen.«
»Was?«
»Warte. Die Russen waren nett zu meinem Vater und zu meiner Mutter, und die erwachsenen Russen waren auch nett zu mir. Alle! Sie brachten uns Eßpakete. Mir brachten sie Puppen und Spielzeug. Wir feierten die Feste zusammen mit den Nachbarn.«
»Und wer war nicht nett?«
»Die Kinder! Ich sage ja, es ging im Kindergarten los, und dann, als ich in die Schule kam, wurde es ganz schlimm. Obwohl ich fließend russisch sprach! Deutsch konnte ich ja nur zu Hause reden. Mein Vater hatte sich für zehn Jahre verpflichtet. Also mußte ich acht Jahre in die Schule gehen. Ich kann dir sagen, es war die Hölle.«
14 Uhr 25.
Verena. Verena. Verena.
»Kinder haben doch noch keinen Verstand. Sie hörten, ich sei eine Deutsche...«
»Ach so.«
»Eine Deutsche, du verstehst? Wir haben ihr Land überfallen, und viele Kinder in meiner Schule hatten keine Väter mehr oder keine Brüder. Weil sie im Krieg gefallen waren, in dem großen Hitlerkrieg. Nun haben sie sich gerächt.«
»An dir.«
»An mir, ja. Sie haben mich verprügelt. Jeden Tag. Manchmal so schlimm, daß ein Arzt kommen mußte.«
»Scheußlich.«
»Meine Eltern mußten mich zuletzt aus der Schule nehmen. Dann, 1956, war der Vertrag abgelaufen, den mein Vater geschlossen hatte. Na ja, so zogen wir nach West-Berlin. Vater arbeitete am Max-Planck-Institut. Und ich wurde weiterverprügelt.«
»Von wem?«
»Von deutschen Kindern.«
»Was?«
»Ist doch ganz klar! Mein Vater hatte zehn Jahre für die Sowjets gearbeitet. Das erzählten die Kinder zu Hause. Irgend so ein Vater sagte zu seinem Sohn: ›Dieser Mann hat Geheimnisse verraten, er hat den Sowjets geholfen, vielleicht ist er ein Kommunist. Auf alle Fälle ist er ein Verräter.‹ Am nächsten Tag erzählte der Junge

das in der Schule. Da ging es los. Sie nannten mich nur die ›Verrätersau‹. Hier nennen sie mich ...«
»Ja, ich weiß.«
»Aber das ist nicht so schlimm.«
»Arme Geraldine«, sage ich. Und das ist sogar ehrlich.
»Ach, weißt du, ich war damals schon größer. Und stärker. Ich habe zurückgeschlagen, gebissen, mit Steinen geschmissen. Und wenn es sehr arg wurde und ein ganzes Rudel ging auf mich los, hatte ich einen herrlichen Trick, um mich zu schützen.«
»Welchen Trick?«
»Ich habe russisch geschrien. So laut ich konnte. Russisch! Was mir einfiel! Manchmal sogar Gedichte! Egal! Wenn ich russisch schrie, bekamen sie Angst! Alle! Immer! Dann krochen sie zurück und ließen mich zufrieden!«
Sie hebt den Kopf und lächelt. »Das war doch ein prima Trick, nicht?«
»Prima. Und weiter?« Ihr Gesicht verfinstert sich. Sie senkt den Kopf und legt ihn auf meine Knie.
»Vater ist ein sehr großer Wissenschaftler, verstehst du? Er hat zum Beispiel in Sibirien eine Sache erfunden, die bauten die Sowjets in ihre Düsenflugzeuge ein. In die ganz schnellen ...«
»Was ist das für eine Sache?«
»Genau weiß ich es natürlich auch nicht. In einem solchen Riesending, das mit solch irrsinniger Geschwindigkeit fliegt, kann der Pilot nicht mehr dauernd alle Instrumente beobachten. Das geht einfach über Menschenkraft. Da hat mein Vater irgend etwas Elektronisches eingebaut, das auf alle wichtigen Anlagen in der Maschine aufpaßt. Also sagen wir zum Beispiel auf fünfzig Gefahrenmomente. Wenn an einem dieser Punkte etwas nicht in Ordnung ist, schaltet sich ein Lautsprecher ein und sagt dem Piloten: Achtung, Achtung, das und das funktioniert nicht.«
»Toll«, sage ich. Und finde es toll.
»Aber das Tollste ist, daß mein Vater die fünfzig Warnungen von einer Frauenstimme auf Band sprechen ließ. Von einer Frauenstimme! Das imponiert mir am meisten. Denn der Pilot spricht doch sonst über Funk immer nur mit Männern. Wenn er also die Frauenstimme hört, dann weiß er: Das bedeutet Gefahr! Er kann sie nicht überhören, die Frauenstimme!«
Ich sage: »Und jetzt kann *ich* deine Geschichte zu Ende erzählen.«
»Ja?«
»Ja. Die Amis haben deinem Vater ein phantastisches Angebot gemacht, und heute arbeitet er in Cape Canaveral oder sonst ir-

gendwo, und im Sommer darfst du deine Eltern besuchen. Stimmt's?« Sie reißt einen Grashalm ab und kaut an ihm herum und sagt leise: »Es stimmt nur zum Teil. Die Amis haben meinem Vater ein Angebot gemacht, natürlich. Wir sollten alle hinüber. Aber mein Vater ist allein geflogen.«

»Wieso?«

»Meine Mutter ließ sich scheiden. Sie behauptete, sie könnte nicht länger mit einem Mann zusammenleben, der Jahr um Jahr mithilft, immer schlimmere Vernichtungswaffen zu erfinden.«

»Das ist ein Standpunkt«, sage ich.

14 Uhr 30. Verena. Verena. Verena.

»Aber sie hat gelogen. Alle Menschen lügen. Meine Mutter ließ sich scheiden, weil sie in Berlin einen ganz reichen Textilkaufmann kennengelernt hatte! Mein Vater wußte das nicht. Er weiß es heute noch nicht. Ich habe den beiden nachspioniert, meiner Mutter und dem Kerl.«

»Warum hast du deinem Vater nichts gesagt?«

»Warum sollte ich? Mir war immer meine Mutter lieber! Vater wußte das auch. Deshalb hat er bei der Scheidung auch freiwillig zugestanden, daß ich bei Mutter bleibe.«

»Na, das hat ja herrlich geklappt.«

»Herrlich. Kaum war Vater weg, heiratete meine Mutter wieder und steckte mich ins Internat.«

»Warum?«

»Mein Stiefvater kann mich nicht leiden. Immer, wenn wir uns sehen, gibt es Streit. Ich darf nur ganz selten nach Berlin. Mutter zittert jedesmal, wenn ich komme. Aber mein Vater ist glücklich, daß ich in Deutschland erzogen werde. In den großen Ferien fliege ich zu ihm. Er arbeitet tatsächlich in Cape Canaveral. Jetzt baut er Raketen.«

»Ich verstehe«, sage ich. Dann sehe ich sie an. Sie flüstert: »Die Viertelstunde ist um, ja?«

»Ja.«

»Ich gehe auch schon. Ich heule nicht. Ich halte dich nicht fest. Ich mache dir keine Schwierigkeiten, das schwöre ich dir. Ich werde dir nie Schwierigkeiten machen!«

»Schon gut«, sage ich. Wir stehen beide auf. »Schon gut, Geraldine. Warte, ich bringe dein Haar noch ein wenig in Ordnung.« Sie schmiegt sich an mich und küßt meine Hände. »Und du mußt dich auch noch ein bißchen zurechtmachen, bevor du zu den anderen gehst«, sage ich, »sonst sieht dir jeder an, was passiert ist.«

14 Uhr 40.
»Du mußt in die Villa.«
»Um vier ist Geschichte. Da sehen wir uns wieder.«
»Ja.«
»Ich möchte immer bei dir sein. Tag und Nacht. Bis ich sterbe.«
»Leb wohl, Geraldine.«
»Gibst du mir nicht einmal einen Kuß?«
Wir küssen uns. Sie lächelt traurig.
»Was hast du?«
»Ist sie schön?«
»Wer?«
»Frag doch nicht. Die Frau, der das Band gehört.«
»Nein.«
»Natürlich ist sie schön. Sie ist viel schöner als ich. Und jetzt gehst du zu ihr. Lüg mich nicht an. Bitte, lüg mich nicht an!«
»Ja«, sage ich. »Jetzt gehe ich zu ihr.«
»Liebst du sie?«
»Nein.«
»Du lügst. Aber es macht mir nichts, Ehrenwort. Es macht mir nichts, solange du auch mit mir gehst. Denn du bist der erste Mann in meinem Leben.«
»Also dann bis vier in Geschichte.«
Und dann geht sie, stolpernd auf ihren hohen Absätzen, erhitzt, mit verschmiertem Gesicht und einer Bluse, die aus dem Rock rutscht. Sie verschwindet im Gebüsch. Es wird still. Ich mache mich auf den Weg zu dem alten Turm, den ich über den Wipfeln der Bäume sehe. Eine Hand halte ich in der Tasche, und in der Hand halte ich das Armband Verenas.
Nach drei Schritten höre ich ein Geräusch und bleibe jäh stehen. Jemand rennt gehetzt durch das Dickicht davon. Ich kann ihn nicht sehen, nur hören. Ich kann ihn bestimmt auch nicht mehr einholen, denn schon verklingen die Schritte. Jemand hat uns belauscht. Wie lange? Was hat er gehört? Was hat er gesehen? Alles? Wer war es?

## 7

Zwei Minuten vor fünfzehn Uhr.
Ich bin ganz pünktlich, obwohl ich mich noch gewaschen habe. Zum Glück fließt da ein kleiner Bach. Es war schön im eiskalten Wasser.

Zwei Minuten vor fünfzehn Uhr.
Und kein Mensch da.
Also setze ich mich auf eine Stufe beim Eingang zu dem verfallenen Gemäuer, neben dem eine Tafel steht:
EINSTURZGEFAHR! BETRETEN VERBOTEN!
Ein altes Ding, dieser Turm! Zum letztenmal renoviert vom Allergnädigsten Kurfürsten Wilhelm IX. anno 1804 – das lese ich auf einer anderen Tafel, die auch schon zerfällt.
Plötzlich steht sie vor mir, wie das Rotkäppchen im Walde. Diesmal trägt sie ein rotes Kleidchen und eine rote Mütze. Ihre Mutter zieht sie immer wie eine kleine Puppe an.
»Guten Tag, Onkel Mansfeld«, sagt sie feierlich.
»Hallo, Evelyn! Wo kommst denn du her?«
»Ich habe hinter dem Turm auf dich gewartet. Mami wartet oben.«
»Im Turm?«
»Ja. Du sollst hinaufkommen.«
»Aber wenn das Ding einstürzt...« Ich zeige auf die Tafel.
»Das stürzt nicht ein. Wir müssen sehr vorsichtig sein, Mami und ich. Man darf sie nicht allein mit einem Mann sehen. Darum nimmt sie ja auch jedesmal mich mit.«
Jedesmal... Nimmt sie dich oft mit, Kleine? Sehr oft? Hierher auch? Trifft sie hier auch ihren italienischen Beau? Und andere Herren? So viele Fragen. Keine gestellt.
»Warte«, sage ich und gebe ihr etwas, das ich schon den ganzen Tag mit mir herumtrage. Sie stößt einen Freudenschrei aus: »Marzipan!«
»Ißt du doch am liebsten, nicht?« Ich habe das Päckchen heute beim Frühstück in der Schulkantine gekauft.
»Woher weißt du das?«
»Hast du mir selber gesagt, gestern abend.«
»Ja?« Sie sieht mich ungläubig an. Erinnern kann sie sich also auch noch nicht. Zu klein. Verena hat Glück. Und eine feine Bundesgenossin.
Wenn es auch nicht sehr fein ist, was sie da tut. Apropos nicht fein: Sind Sie so prima, Herr Mansfeld? Was haben Sie denn vor zwei Stunden getan?
Weil ich ein feiger Hund bin und nicht daran denken will, frage ich schnell: »Wie geht es deinem Hund?«
»Assad? Gut, danke.«
»Warum hast du ihn nicht mitgebracht?«
»Er schläft jetzt.«
»Ach so. Da darf man natürlich nicht stören.«

»Nein. Außerdem will er auch manchmal allein sein, weißt du. Wie jeder Mensch.«
»Da hast du recht, Evelyn.«
»Ich verschwinde jetzt. Geh hinauf. Wenn jemand kommt, fange ich an zu singen. Mami kennt das schon.«
»Ach ja?«
»Ja. Oben kann man sich verstecken.«
»War Mami schon einmal mit einem anderen Onkel oben?«
»Nein, noch nie!«
»Woher weißt du dann, daß man sich da verstecken kann?«
»Na, weil ich oben war! Mit Mami! Wir gehen oft hinauf. Es ist sehr schön oben, du wirst sehen.«
»Tschüß«, sage ich. Sie zögert. »Was gibt's noch?«
»Darf... darf ich dir einen Kuß geben, Onkel Mansfeld?«
»Für das Marzipan?«
»Nein.«
»Weshalb denn?«
»Na, weil du uns doch helfen willst.«
»Ach so«, sage ich. »Deshalb«, sage ich. »Natürlich darfst du mir einen Kuß geben«, sage ich, beuge mich zu ihr herab, und sie schlingt ihre Ärmchen um meinen Hals. Ich bekomme einen Kuß auf die Wange, der ist bestimmt der feuchteste, den ich je bekam. Dann läuft sie ganz schnell weg. Ich wische meine Wange ab, betrete den alten Turm und steige die Wendeltreppe hinauf, die bei jedem Schritt knarrt und knirscht, höher und höher, und der Gedanke, daß mich jede Stufe ein paar Zentimeter näher an Verena heranbringt, treibt mir den Schweiß auf die Stirn. Das ist ja ein Riesending. Hätte ich gar nicht gedacht. Siebenundneunzig Stufen! Als ich endlich die Turmstube erreiche, steht sie vor mir, ernst und aufrecht, und ihre wunderbaren Augen sind auf mich gerichtet, diese schwarzen Augen, viel zu groß für das schmale Gesicht, diese Augen, in denen so viel Traurigkeit und Bescheidwissen zu lesen steht, so viel Sehnsucht nach Liebe, diese Augen, die ich nicht vergessen kann und nicht vergessen werde, bis ich sterbe.
Sie trägt ein leichtes Kleid an diesem Tag, weit ausgeschnitten, ärmellos, aus weißem Leinen, darauf sind in leuchtenden Farben Blumen gemalt. Ich kenne mich aus mit Kleidern: So einfach dieses hier aussieht – es hat ein kleines Vermögen gekostet. Und wie es sitzt! Ich darf nicht zu lange hinsehen. In dem Kleid sieht sie noch aufregender aus, als wenn sie es nicht anhätte. Verena. Verena. Ach, Verena!
Ich hole das Armband aus der Tasche und gebe es ihr. Dann trete

ich an eine der Luken dieser Turmstube, die vollgefüllt ist mit verrostetem Werkzeug, zerbrochenen Möbeln, Strohsäcken und moderndem Holz. Ich sehe über die braunen und roten und goldenen Blätter der Bäume hinweg. Sonne liegt über allem. Ein leichter blauer Dunst verwischt die Ferne. Und wieder ziehen diese silbernen Fäden vorbei, Altweibersommer.

»Hübsch ist das hier«, sage ich und fühle, wie sie hinter mich tritt. »In der Gegend kenne ich mich aus. Ich habe in Frankfurt gelebt.« Ich rede immer weiter, und es fällt mir immer schwerer weiterzureden, denn jetzt steht sie ganz dicht hinter mir. »Der kleine Fluß da unten, das ist die Nidda. Da drüben, das ist der Vogelsberg, der dreimal gebuckelte Riesenbrocken, das ist der Winterstein, und da, wo die Sonne zwischen den schwarzen Bäumen noch ein Stück Wiese so hell bescheint, das ist der Hoherodskopf, da habe ich einmal ...«

»Oliver!«

»Ja.«

Ich drehe mich um, und alles ist wieder da: Diorissimo, der Maiglöckchenduft, der Duft ihrer Haut, ihr blauschwarzes Haar, die Augen, die Augen ...

»Danke«, sagt sie flüsternd.

»Ach, lächerlich«, sage ich. Es soll forsch klingen, aber ich heule beinahe dabei. »Was für ein schönes Kleid Sie tragen!«

»Mein Mann kommt tatsächlich erst heute abend. Haben wir nicht unheimliches Glück?«

»Ja. Unheimliches Glück.«

»Warum starren Sie mich so an?«

»Ich bekomme noch etwas von Ihnen.«

»Was?«

»Sie wissen ganz genau, was. Geben Sie es mir.«

Sie bewegt sich nicht.

»Los! Oder ich nehme Ihnen das Band wieder fort!«

Da greift sie in eine kleine Tasche, die ihr Kleid an der Hüfte hat, und nimmt eine kleine, runde Schachtel heraus.

Ich öffne sie.

»Was tun Sie?«

»Sehen, ob es dreißig sind. Und alle Veronal.«

Es sind dreißig. Und alle Veronal.

Ich stecke die kleine Schachtel ein.

»Werden Sie sie wegwerfen?«

»Nein.«

»Was denn?«

»Aufheben.«
»Wozu?«
»Wozu haben Sie sie aufgehoben?«
»Oliver . . .«
»Ja.«
»Sind Sie sehr . . .«
»Sehr was?«
»Nichts.«
Und dann sehen wir beide aus der Luke, und das Herz tut mir weh, und ich sage mir, daß ich ein Idiot, ein Idiot, ein dreimal verfluchter Idiot bin, und daß ich mich an diese Geraldine oder sonst eine halten soll, aber diese hier, diese Verena Lord in Ruhe lassen muß. Und ich sehe kleine Dörfer, Burgen, Gehöfte, schwarze und hellbraun gefleckte Kühe, sehe Eisenbahnen, die laut pfeifen und sich schnell im Dunst verlieren. Ich sehe Bad Homburg, Bad Nauheim und Frankfurt, und Verena sieht das alles auch. So stehen wir nebeneinander, vielleicht drei Minuten lang, und keiner redet. Dann fühle ich plötzlich, wie ihre linke Hand nach meiner rechten tastet. Ich geniere mich, denn meine ist feucht vor Aufregung, doch als sie ihre Finger in die meinen flicht, da merke ich: Ihr geht es ebenso. Auch ihre Hand ist feucht.
Was ich jetzt aufschreibe, haben wir alles gesagt, ohne uns dabei ein einziges Mal anzusehen. Wir blicken die ganze Zeit aus der Turmluke, über die Baumwipfel hinweg, hinunter zu den Eisenbahnen, Kühen, Burgen, Dörfern.
»Wie fanden Sie das Armband?«
»Ein Mädchen hat es gestohlen. Ein kleiner Junge beobachtete sie dabei und verriet mir ihren Namen.«
»Ist sie hübsch?«
»Nein.« (Leichte Frage.)
»Wie haben Sie das Armband zurückbekommen?«
»Das Mädchen geht in meine Klasse. Während des Unterrichts lief ich in die Villa, in der sie wohnt, und in ihr Zimmer und holte mir das Ding.«
»Hat sie es schon bemerkt?«
»Nein.« (Noch leichtere Frage.)
»Ihr ganzer Kragen ist voll Lippenstift.«
»Dann muß ich mein Hemd wechseln, bevor der Nachmittagsunterricht beginnt. Ich danke Ihnen für den Hinweis.«
»Ich danke Ihnen für das Armband.«
»Können wir uns hier wieder treffen?«
Keine Antwort.

»Ich habe jeden Tag zwischen zwei und vier frei. Natürlich kann ich auch zu jeder anderen Zeit kommen. Ich haue dann einfach ab.«
Keine Antwort.
»Ich habe Sie etwas gefragt, Madame!«
»Ich habe es gehört.«
»Und?«
Schweigen.
»Ich habe Ihnen doch geholfen, nicht? Helfen Sie mir auch. Bitte!«
»Helfen? Ich? Ihnen?«
»Helfen. Sie. Mir. Ja.«
»Indem wir uns hier treffen?«
»Ja. Nur treffen. Sonst nichts. Da hinuntersehen. Miteinander reden. Nebeneinander stehen, so wie jetzt.« Sie läßt meine Hand los.
»Sie sind einundzwanzig. Ich bin dreiunddreißig. Ich bin zwölf Jahre älter als Sie!«
»Das macht mir nichts.«
»Ich bin verheiratet.«
»Das macht mir nichts. Außerdem unglücklich.«
»Ich habe ein Kind.«
»Ich habe Kinder gern.«
»Ich habe einen Geliebten.«
»Das macht mir nichts.« (Lüge.)
»Vor ihm hatte ich einen anderen.«
»Sicherlich hatten Sie viele. Das ist alles vollkommen unwichtig. Verena, warum haben wir uns bloß nicht ein paar Jahre früher kennengelernt?«
Und von jetzt ab bis zum Schluß dieses Gespräches sehen wir einander an. Wir reden ganz ruhig und leise. Ein leichter Wind kommt auf, er rauscht in den Bäumen.
»Das wäre Wahnsinn«, sagt sie.
»Was?«
»Wenn wir uns hier wieder träfen.«
»Ich schwöre, ich tu' Ihnen nichts! Ich will Sie nur ansehen, nur mit Ihnen sprechen. Gestern, auf der Autobahn, hatten Sie da nicht das Gefühl, daß wir uns gut verstehen würden? Ich meine nicht im Bett. Ich meine unsere Ansichten, unsere Gedanken. Hatten Sie nicht das Gefühl, daß wir einander sehr ähnlich sind? Sehr, sehr ähnlich?«
»Ja... Sie sind genauso verdorben und verloren und allein wie ich.« In der Ferne pfeift eine Lokomotive. Jetzt fällt schon Sonnenschein durch die Luke und auf Verenas Kleid. Die Blumen leuchten, als lebten sie.

»Haben Sie mit dem Mädchen geschlafen, das mein Armband stahl?«
»Ja.«
»Aber nicht aus Liebe.«
»Wahrhaftig nicht aus Liebe.«
»Das kenne ich. Ach, wie ich das kenne!«
Wie sie spricht. Ihre Haltung. Ihr Gang. Jede Bewegung. Diese Frau hat ein Geheimnis. Sie will mir nicht sagen, woher sie stammt, woher sie kommt. Sie macht sich schlecht, sie redet übel von sich. Das alles ist Verstellung, das alles ist Lüge.
Wer bist du, Verena?
Woher hat dich dein Weg geführt?
Warum belädst du dich mit Schmuck? Warum zitterst du bei dem Gedanken, arm, noch einmal arm zu sein – und setzt dich doch andauernd dieser Gefahr aus, indem du deinen Mann betrügst?
Warum?
Ich werde dich nie mehr danach fragen. Du wirst es mir vielleicht einmal erzählen ...
»Und wir werden uns hier wieder treffen und miteinander reden?«
»Unter einer Bedingung.«
»Welcher?«
»Daß Sie mir das Veronal zurückgeben.«
»Nie! Wenn das die Bedingung ist, dann lassen wir es.«
»Ich will die Tabletten nicht wiederhaben. Ich will, daß *Sie* sie nicht besitzen.«
»Und ich will nicht, daß Sie das Zeug haben!«
»Dann vernichten Sie es. Jetzt gleich. Vor mir. Ich muß es sehen.«
»Wie soll ich es vernichten?«
»Vielleicht brennt es.«
Diesmal habe ich Streichhölzer. Ich zögere, bevor ich eines anzünde, denn ich hätte das Veronal gern behalten.
Die Schachtel brennt lichterloh, die Tabletten verkohlen und zerfallen nur. Ich werfe den Rest auf den Boden. Verena tritt mit einem Schuh so lange darauf herum, bis alles verschmiert und zerstört und in die Bohlen gerieben ist.
Dann sehen wir uns an.
»Und wenn man bedenkt, daß Sie dafür mit einem Apotheker geschlafen haben«, sage ich.
»Und wenn man bedenkt, daß wir uns jetzt beide nicht mehr damit umbringen können«, sagt sie.
»Und wenn man bedenkt, daß ich Ihre Bedingung erfüllt habe. Wann sehen wir uns wieder? Morgen?«

»Nein.«
»Übermorgen?«
»Auch nicht übermorgen.«
»Wann denn?«
»Es wird erst wieder in ein paar Tagen möglich sein.«
»Weshalb?«
»Weil ich schwanger bin«, antwortet sie. »Ich habe Ihnen doch gesagt, daß Sie keine Ahnung haben, in welcher Situation ich mich befinde, was alles mit mir los ist. Nichts wissen Sie! Gar nichts!«

## 8

»Schwanger?«
»Sie haben es gehört.«
Komisch, bei jeder anderen hätte ich sofort gedacht: Na, Mensch, dann ist das doch *die* Gelegenheit! Das soll ein ehrliches Buch bleiben. Vorhin, als ich über Geraldine schrieb, habe ich mich nicht besser gemacht, als ich war. Jetzt mache ich mich nicht schlechter. Ich dachte bei Verena keine Sekunde lang daran, was für eine feine Gelegenheit das wäre. Keine Sekunde lang? Der Gedanke kam mir nicht einmal.
»Von wem sind Sie schwanger?«
»Das weiß ich nicht.«
»Von diesem Italiener?«
»Von ihm. Oder von meinem Mann.«
»Gestern abend sagten Sie ...«
»Da habe ich gelogen. Eine Frau muß doch mit ihrem Mann schlafen, wenn sie einen Geliebten hat, nicht wahr? Falls etwas passiert.«
»Sie haben vollkommen recht. Ich wollte Ihnen gestern abend nur nicht widersprechen. Natürlich haben Sie auch Enrico erzählt, daß Sie seit einem Jahr nichts mehr mit Ihrem Mann haben.«
»Natürlich.«
»Das erzählen alle Frauen ihren Geliebten.«
»Hat eine Frau es auch Ihnen schon einmal erzählt?«
»Ja.«
»Und?«
»Ich habe es nicht geglaubt. Aber ich habe nicht gesagt, daß ich es nicht glaube. Man darf nicht ungerecht sein. Die Männer benehmen sich genauso, wenn sie eine Geliebte haben.«
Eine Weile Schweigen. Dann frage ich:
»Wollen Sie das Kind?«

»Großer Gott! In meiner Situation?«
»Weiß Enrico davon?«
»Enrico ist verheiratet. Es weiß niemand davon. Nur Ihnen habe ich es jetzt erzählt. Warum bloß?«
»Weil wir uns so gut verstehen. Eines Tages ...«
»Was?«
»Eines Tages werden Sie mich lieben.«
»Hören Sie auf!«
»Mit der Art von Liebe, nach der Sie sich so sehnen. Ich weiß es genau. Manchmal gibt es Momente, da weiß ich genau, wie alles kommen wird. Haben Sie einen Arzt?«
»Ich kann das Kind nicht zur Welt bringen.« Sie senkt den Kopf. »Nach Evelyns Geburt sagten die Ärzte, eine weitere sei lebensgefährlich. Ich muß also in eine Klinik. Das ist auch einer der Gründe.«
»Gründe wofür?«
»Daß meine Ehe so schlecht ist, und daß ich so ... daß ich so bin.«
»Ich verstehe Sie nicht.«
»Sie wissen, Evelyn ist ein uneheliches Kind.«
»Ja.«
»Sie wissen, daß mein Mann sie nicht mag.«
»Ja.«
»Aber er hat sich immer brennend ein eigenes Kind gewünscht, verstehen Sie? Einen Sohn, der einmal seine Bank übernimmt. Als ich ihn traf ... damals im Elend ... da verschwieg ich ihm, daß ich nie mehr ein Kind bekommen dürfte. Später sagte ich es ihm dann. Das war gemein von mir, nicht?«
»Sie waren in Not!«
»Nein, ich hätte es ihm sagen *müssen*. Unter allen Umständen! Sehen Sie, so ... so sind wir einander fremder geworden mit jedem Tag. Er hat mir nie Vorwürfe gemacht, direkte Vorwürfe, meine ich.«
»Aber indirekte.«
»Ja. Er ... er liebt mich, auf seine Art, er hängt an mir, aber er kann mir nicht verzeihen, daß ich nie in der Lage sein werde, seinen größten Wunsch zu erfüllen. Er sieht mich mit anderen Augen. Nicht mehr wie eine ... eine ...«
»Wie eine richtige Frau.«
»Ja, das ist es.«
»Und darum haben Sie begonnen, dieses Leben zu führen.«
»Warum?«
»Um sich selber zu bestätigen, daß Sie doch noch eine Frau sind.«

Sie sieht mich lange an. »Ein sonderbarer Junge sind Sie, Oliver.«
»Darum haben Sie es getan – stimmt das?«
Sie gibt keine Antwort. Ich möchte wirklich mal wissen, ob es auch glückliche Menschen auf dieser beschissenen Erde gibt.
Jetzt erst fällt mir auf, daß Verena nicht geschminkt ist. Ich sage es ihr. Sie antwortet: »Ich hatte mir vorgenommen, Ihnen einen Kuß zu geben.«
»Aber Sie besitzen doch einen phantastischen Lippenstift, der nicht abfärbt. Sie waren mit ihm geschminkt, als Sie Enrico küßten.«
»Darum wollte ich ihn nicht verwenden.«
»Sie werden sehen, es wird noch Liebe werden zwischen uns.«
»Nie, nie. Unmöglich.«
»Der Lippenstift«, sage ich. »Der Lippenstift beweist es. Und nun warten Sie ab. Ich habe Zeit. Alle Zeit von der Welt.«
Sie blickt mich groß an. Dann frage ich sie:
»Wann werden Sie es Ihrem Mann sagen?«
»Heute abend.«
Ich frage: »In welche Klinik gehen Sie?«
Sie sagt mir, in welche. Eine Klinik im Westen Frankfurts.
»Wann wird es gemacht werden?«
»Wenn ich morgen fahre, übermorgen.«
»Dann komme ich Sie am Donnerstag besuchen.«
»Das ist ausgeschlossen! Das geht nicht! Das verbiete ich Ihnen!«
»Sie können mir nichts verbieten.«
»Und wenn Sie mich in Gefahr bringen damit?«
»Ich bringe Sie nicht in Gefahr. Sie haben ein Einzelzimmer, klar. Ich gebe bei der Aufnahme einen falschen Namen an. Und ich komme am Vormittag.«
»Warum am Vormittag?«
»Weil Ihr Mann da doch auf der Börse ist – oder?«
»Ja, das stimmt, aber ...«
»Am Donnerstag, Verena.«
»Es ist Wahnsinn, Oliver, es ist alles Wahnsinn, was wir da tun.«
»Es ist süßer Wahnsinn. Und einmal wird es Liebe sein.«
»Wann? Wenn ich vierzig bin? Und Evelyn zwölf?«
»Und wenn Sie sechzig sind«, sage ich. »Ich muß in die Schule zurück, es ist halb vier. Wer geht zuerst?«
»Ich. Warten Sie ein paar Minuten, ja?«
»Klar.« Sie geht zur Treppe, und da dreht sie sich noch einmal um und sagt: »Wenn Sie am Donnerstag kommen, dann melden Sie sich als mein Bruder an. Otto Willfried heißt er. Werden Sie sich das merken?«

»Otto Willfried.«
»Er lebt in Frankfurt.« Auf einmal lächelt sie. »Und heute abend um elf kommen Sie auf Ihren Balkon heraus.«
»Warum?«
»Weil ich eine Überraschung für Sie habe.«
»Was für eine Überraschung?«
»Sie werden es sehen«, sagt sie, »Sie werden es sehen. Heute nacht um elf.«
»Okay«, sage ich, »Otto Willfried und heute nacht um elf.«
Ich lehne mich an einen der alten, morschen Balken, die das Dekkengewölbe tragen, und sehe ihr nach, wie sie die Wendeltreppe hinabsteigt, langsam, vorsichtig, obwohl sie flache Schuhe trägt. In der Biegung der Treppe dreht sie sich noch einmal um.
»Und es ist doch Wahnsinn«, sagt sie. Dann ist sie verschwunden. In der Tiefe höre ich sie mit Evelyn sprechen, dann verklingen die Stimmen. Ich trete an keine Luke. Ich sehe ihnen nicht nach. Ich halte die Hand, die Verena in der ihren hielt, an mein Gesicht und rieche den Maiglöckchenduft, der so schnell verfliegt. Nach drei Minuten gehe auch ich die alte Wendeltreppe hinab. Wieder im Freien, fällt mir ein, daß ich noch in den »Quellenhof« muß, weil der Kragen meines Hemdes von Geraldines Lippenstift verschmiert ist. Also setze ich mich in Trab und renne los, denn viel Zeit habe ich jetzt nicht mehr. Und ich will nicht gleich am ersten Tag zum Unterricht zu spät kommen. Im gleichen Augenblick, in dem ich zu laufen beginne, knackt etwas vor mir, und ich sehe eine Gestalt durch das dichte Unterholz davonrennen. Es geht alles so schnell, daß ich wiederum, wie schon beim erstenmal, nicht sofort sagen könnte, wer da rennt. Aber es ist komisch: Diesmal war ich auf etwas Ähnliches vorbereitet, diesmal habe ich geradezu erwartet, beobachtet zu werden. Und so reagieren meine Augen diesmal schneller, und ich erkenne, wer da davonrennt. Es ist der blonde, verkrüppelte Hansi, mein »Bruder«.

## 9

»Nirgendwo glaubt man so inbrünstig wie in Deutschland an den Krieg als vornehmstes politisches Mittel. Nirgendwo ist man eher geneigt, über seine Schrecken hinwegzusehen und seine Folgen zu mißachten. Nirgendwo setzt man Friedensliebe so gedankenlos persönlicher Feigheit gleich.« Diese Sätze des Journalisten Carl von Ossietzky, der lieber im KZ sterben als der Gewalt weichen

wollte, hat uns Doktor Peter Frey zu Beginn der Geschichtsstunde aus einer alten »Weltbühne« vorgelesen.
Dieser Doktor Frey ist der beste und klügste Pauker, der mir je unterkam, believe you me! (Und mir kamen eine Menge unter.) Er ist hager und groß, vielleicht fünfzig Jahre alt, und er hinkt. Wahrscheinlich haben sie ihm im KZ die Knochen zerschlagen. Der Doktor Frey spricht stets leise, schreit nicht wie das dämliche Frettchen, er lächelt, er ist freundlich, und er hat eine Autorität, die ist einfach nur unheimlich zu nennen. Nie schwätzt einer bei ihm. Nie gibt einer eine freche Antwort. Was ich so in der ersten Stunde mitbekomme, lieben sie ihn alle, den hinkenden Doktor Frey. Einer liebt ihn nicht, das merke ich: Der Primus, Friedrich Südhaus, der Junge mit dem nervösen Zucken um den Mund. Na ja, wenn ich einen Vater hätte, der ein alter Nazi ist und jetzt irgendwo Generalstaatsanwalt, würde ich den Doktor Frey auch nicht lieben. Man muß gerecht sein: Der Mensch ist das Produkt seiner Erziehung. Andererseits: Finden Sie das nicht schrecklich? Was für ein prima Kerl könnte der Südhaus mit einem anderen Vater, beispielsweise mit diesem Doktor Frey, geworden sein?
Nachdem er das Ossietzky-Zitat vorlas, sagte Doktor Frey: »Wir haben jetzt in Geschichte das Jahr 1933 erreicht. In den meisten Schulen und bei den meisten Lehrern gibt es da einen großen Sprung. Und zwar von 1933 bis 1945. Über diese Jahre gibt es nichts zu erzählen. 1945 geht es wieder los. Und zwar mit dem sogenannten Zusammenbruch Deutschlands, wie allerorten verschämt die Tatsache umschrieben wird, daß dieses Land, das den größten Krieg aller Zeiten begann, 1945 bedingungslos vor seinen Gegnern kapitulieren mußte. Dann kommt noch ein kleinerer Sprung, und wir sind bei 1948, beim Wirtschaftswunder. Ich will euch nichts erzählen, was ihr nicht hören wollt! Sagt es mir also gleich, ob ihr die Wahrheit über das Dritte Reich kennenlernen wollt oder nicht. Ich warne euch. Die Wahrheit ist nicht schön. Die meisten meiner Kollegen machen es sich leicht und reden überhaupt nicht von ihr. Ich werde von ihr reden, ich werde euch alles erzählen, die ganze schmutzige Wahrheit – wenn ihr es wollt. Wer es will, soll die Hand heben.«
Daraufhin haben alle die Hand gehoben, auch die Mädchen – bis auf zwei Jungen. Der eine Junge hieß Friedrich Südhaus. Der andere, Sie werden es nicht glauben, hieß Noah Goldmund!
Geraldine sitzt mir gegenüber und sieht mich an, als sie die Hand hebt. Sie läßt jetzt die Sache mit dem Faltenrock und dem Beinekreuzen. Sie sieht aus, als ob sie jeden Moment in Tränen aus-

brechen würde. Ab und zu formt sie ihre Lippen zu einem Kuß und schließt die Augen. Walter, mit dem sie vor den Ferien »ging«, muß inzwischen gemerkt haben, was los ist. Ich denke, sie legt es richtig darauf an. Ihr ist alles egal. Alle sollen wissen, daß sie jetzt zu mir gehört! Zu mir! Zu mir, der ich nur daran denke, daß ich Verena am Donnerstag in der Klinik besuchen werde.
Ich glaube, wenn ich die Hand nicht gehoben hätte, hätte Geraldine sie auch nicht gehoben. Sie tut alles, was ich tue. Sie ist blaß, sie hat tiefe Ringe unter den Augen. Und immer wieder formt sie die Lippen zu einem Kuß und schließt die Augen. Mir ist schlecht. In was bin ich da hineingeraten? Wie soll ich herausfinden? Sie tut mir leid, die Luxusnutte. Sie hat genauso Sehnsucht nach einer wirklichen, echten, großen Liebe wie Verena und ich. Aber kann ich Geraldine helfen? Nein. Nie. Niemals.
Es ist übrigens interessant, was Noah und dieser Friedrich Südhaus erwiderten, als Doktor Frey sie fragte, warum sie dagegen seien, daß er uns ausführlich über das Dritte Reich und seine Verbrechen unterrichte.
Zuerst Friedrich Südhaus: »Herr Doktor, ich finde, es muß einmal Schluß gemacht werden mit dieser ewigen deutschen Selbstbezichtigung. Die hängt doch sogar schon unseren westlichen Verbündeten und dem ganzen Ausland zum Hals heraus! Wem dienen wir denn damit? Doch nur der DDR, doch nur den Kommunisten!«
Das ist ein eigenartiger Junge. Wolfgang haßt ihn. Er hat mir heute beim Frühstück Aussprüche zitiert, die Südhaus angeblich von sich gab. Zum Beispiel: »Man hätte den Hitler machen lassen sollen, aber richtig! Es sind noch viel zuwenig Juden vergast worden.«
»Man hat ihn ja genug machen lassen«, hat Wolfgang darauf erwidert. »Sechs Millionen, das ist doch ganz hübsch.«
»Quatsch. Es waren niemals mehr als vier! Höchstens!«
»Ach so, entschuldige. Das ist natürlich ein gewaltiger Unterschied, ob man vier oder sechs Millionen ermordet.«
»Juden müssen alle ausgemerzt werden, sie sind das Gift unter den Völkern.«
»Du bist ein Jahr lang mit der Vera gegangen. Das ist eine Halbjüdin. Du hast es gewußt. Es hat dir nichts gemacht.«
»Über Halbjüdinnen kann man reden!«
»Wenn sie hübsch sind, ja!«
»Nein, überhaupt. Auch über Halbjuden. Schau mal, sie haben doch auch fünfzig Prozent arisches Blut. Sei gerecht.«

Sei gerecht ... Ein seltsamer Junge, dieser Südhaus. Wissen Sie, was mir Wolfgang (der ihn haßt) noch erzählte? Friedrichs Vorbild ist Mahatma Ghandi. Ist das zu fassen? Ich sage Ihnen, der Junge kann nichts dafür. Es sind die Eltern, die verfluchten Eltern, die ihn so erzogen haben. (Ich weiß genau, was passiert, wenn Eltern wie die von Südhaus diese Zeilen jemals lesen. Sie werden das Buch an die Wand feuern und toben. Aber ich habe gesagt, dies soll ein ehrliches Buch sein, und da kann ich doch nicht auf einmal zu lügen beginnen oder Passagen auslassen. Halten Sie die Luft an. Es kommt noch viel schlimmer.)

## 10

Ebenso interessant wie die Antwort des Südhaus war, was Noah antwortete. Er sagte, ein bißchen stotternd und mit gesenktem Kopf, als ob ausgerechnet er ein schlechtes Gewissen haben müßte:
»Herr Doktor, Sie wissen, wie ich Sie für Ihre Haltung verehre. Sie wissen, daß ich weiß, was Sie im KZ durchgemacht haben. Es ist mir klar, daß Sie mit Ihrem Bericht über das Dritte Reich etwas Gutes tun wollen. Sie wollen aber auch etwas Unmögliches tun.«
»Nämlich was?« hat Doktor Frey gefragt, freundlich, leise und in der Klasse herumhinkend.
»Sie wollen die Unbelehrbaren belehren, Herr Doktor.«
»Sie meinen Südhaus?«
»Ja, zum Beispiel ihn. Es wird Ihnen nicht gelingen. Unbelehrbare sind unbelehrbar. Wissen Sie, was passieren wird? Er wird nur eine neue Wut und neuen Haß auf uns bekommen.«
»Das ist nicht wahr, Goldmund.«
»Das ist die reine Wahrheit, Herr Doktor. Ich bewundere Sie. Ich verehre Sie. Aber Sie sind auf dem Holzweg. Sie werden Schwierigkeiten bekommen, wenn Sie so weitermachen. Dieses Volk ist unbelehrbar. Es ist alles vollkommen sinnlos. Sie sehen ja: Wer etwas gegen die Nazis sagt, ist gleich ein Kommunist! Wollen Sie das auf sich nehmen?«
»Ja, Goldmund. Das will ich gern, wenn das wirklich so ist.«
»Entschuldigen Sie, Herr Doktor, aber da habe ich Sie für klüger gehalten. Was für einen Sinn hat eine abstrakte Wahrheit?«
Darauf hat der Doktor Frey mit einem Satz geantwortet, der war so schön, daß ich ihn hier niederschreiben muß. Er hat gesagt: »Die Wahrheit ist nicht abstrakt, Noah, die Wahrheit ist konkret.«

## 11

Steht der Wolfgang Hartung auf, Sohn des ss-Obersturmbannführers, der Tausende von Polen und Juden erschießen ließ, und sagt: »Mir ist egal, ob die Wahrheit konkret ist oder abstrakt. Ich will die Wahrheit hören! Und mit Ausnahme von Noah und Friedrich wollen sie alle in dieser Klasse hören. Wir sind glücklich, daß wir einen Lehrer wie Sie haben. Bitte, lassen Sie uns nicht im Stich! Die Abstimmung hat zwei gegen zwanzig Stimmen ergeben. Fangen Sie an. Erzählen Sie uns die ganze Wahrheit! Verschweigen Sie nichts! Einer muß uns doch die Wahrheit erzählen! Wie soll es denn besser werden, wenn uns keiner erzählt, wie es war.«
»Wolfgang, das verstehst du nicht«, sagte da Noah.
»Was versteht Wolfgang nicht?« fragte Doktor Frey.
»Er meint es gut, Herr Doktor. Er sieht nur nicht die Folgen. Wenn Sie uns jetzt lang und breit erzählen, was Hitler alles getan hat, dann werden Friedrich – und vielleicht auch noch ein paar andere – sagen: Recht hat er gehabt! Verstehen Sie denn nicht?« (Noch nie habe ich Noah so aufgeregt gesehen.) »Mit den besten Absichten von der Welt richten Sie hier etwas Schreckliches an! Lassen Sie uns doch die Chose vergessen! Reden wir vom Kaiser Claudius! Erzählen Sie uns noch einmal, wie Herr Nero Rom angezündet hat. Unverfängliche Geschichten, bitte! Dies ist nicht die Zeit, von Juden zu reden.«
»Und die sechs Millionen?« schrie da Wolfgang.
»Schrei nicht«, erwiderte Noah. »Waren Verwandte von dir darunter? Na also.«
»Ich kann das nicht vergessen«, hat Wolfgang gesagt. »Nein, es waren keine Verwandten von mir darunter. Aber mein Vater hat deine Leute umbringen lassen, Noah. Und solange ich lebe, werde ich das nicht vergessen können. Bis zu meinem Tode nicht. Das, was zwischen dreiunddreißig und fünfundvierzig passiert ist, das ist für mich und wird für mich das größte Verbrechen der Geschichte bleiben. Mein Vater war mitschuldig daran. Und darum will ich alles, alles, alles über diese Zeit wissen, denn ich muß alles, alles, alles wissen, wenn ich etwas besser machen soll. Und ich möchte so gerne etwas besser machen ...«
Noah hat gelächelt und gesagt: »Du bist ein netter Kerl. Aber du hast keinen Verstand. Das heißt, du hast Verstand, aber wie ein Zebra: In Streifen. Es gibt nichts besser zu machen, nicht auf diesem Gebiet, glaube mir doch.«

»Ich glaube dir nicht«, hat Wolfgang erwidert. Daraufhin schwieg Noah und lächelte nur. Und vor diesem Lächeln mußten sich alle abwenden, Wolfgang, ich, Doktor Frey und sogar Friedrich Südhaus. Wir ertrugen es nicht, dieses Lächeln ...
Doch dann begann Doktor Frey zu erzählen. Vom Dritten Reich.

## 12

Vielleicht ist er ein netter Kerl, dieser Walter Colland – aber fair ist er nicht, nein, keinesfalls. Er hat im Wald auf mich gewartet, und als ich vom »Quellenhof« zur Schule zurückgehe – so gegen neunzehn Uhr –, da springt er mich von hinten an und schlägt mir gleich einmal mit der Faust ins Genick, daß ich stolpere und falle. Dann liegt er auch schon auf mir und schlägt, wohin er mich trifft. Und er trifft verflucht oft und gut, er ist stärker als ich.
Hat mir das mein »Bruder« eingebrockt? Oder kam der blonde Walter endlich selber darauf? Es ist schon ganz dunkel im Wald, jetzt bekomme ich ein bißchen Oberwasser, so stark ist er auch nicht. Wir rollen auf dem Boden und den Steinen hin und her.
Jetzt gebe ich ihm eine in die Fresse. Ich habe Glück und ihn ordentlich getroffen. Er stöhnt und rutscht zur Seite, und ich kann aufstehen. Auf alle Fälle gebe ich ihm noch einen Tritt. Er bleibt liegen, und im Mondlicht sehe ich, daß er zu heulen anfängt. Das auch noch.
»Laß sie in Ruhe«, sagt er.
»Wen?«
»Du weißt, wen.«
»Keine Ahnung.«
»Du kannst jede haben, die du willst. Ich habe nur sie.«
»Steh auf.« Er steht auf.
»Ich bin kein so feiner Pinkel wie du. Ich habe keinen so reichen Vater. Meine Eltern sind arm.«
»Was hat das damit zu tun?«
»Bei uns zu Hause ist immer Streit. Ich sage dir, Geraldine ist alles, was ich habe.«
Ich will gerade antworten: Wer nimmt sie dir weg?, da sagt *ihre* Stimme: »Du *hast* mich? Du hast mich *gehabt*. Es ist *aus. Schluß. Vorbei!*«
Wir fahren beide herum. Da steht sie mit ihrem grünen Faltenrock, eine Jacke übergeworfen, an einen Baum gelehnt und lächelt dieses irre Lächeln.

»Was machst du hier?« frage ich.
»Ich wollte dich abholen zum Essen.«
Walter stöhnt.
»Hast du dir die Prügelei angesehen?« frage ich sie.
»Ja. Warum?«
Ich bemerke jetzt, daß meine Nase blutet. Es ist auch schon Blut auf meine Lederjacke getropft. Schweinerei! Ich habe die Lederjacke so gern. Also nehme ich ein Taschentuch und halte es unter meine Nase und sage: »Warum hast du dich nicht früher bemerkbar gemacht?«
»Warum hätte ich das tun sollen? Ich habe alles gesehen und alles gehört.«
Der arme Kerl, der blonde Walter, tritt zu ihr und will eine Hand auf ihre Schulter legen, aber sie stößt ihn weg.
»Geraldine ... bitte ... bitte ... Sei nicht so zu mir ...«
»Hör auf!«
»Ich tu' alles ... alles, was du willst ... Ich entschuldige mich bei Oliver ... Oliver, verzeih mir, bitte!«
Meine Nase blutet noch immer, und ich antworte nicht.
»Ich liebe dich, Geraldine ... ich habe dich doch so wahnsinnig lieb ... « Das sagt er, wirklich, der Idiot!
»Hör auf!«
»Ich kann nicht aufhören.«
»Du widerst mich an.«
»Was?«
»Ja!« schreit sie plötzlich, daß es durch den Wald hallt, »du widerst, widerst, widerst mich an! Hast du es jetzt verstanden? War ich deutlich genug?«
»Geraldine ... Geraldine ...«
»Hau ab.«
»Aber was soll ich denn machen ohne dich ... Ich habe doch nur dich ... Bitte, Geraldine, bitte ... Meinetwegen ... meinetwegen geh mit Oliver ... aber laß mich auch bei dir bleiben ... nur bei dir bleiben ...«
Jetzt wird mir langsam übel. So kann ein Mann doch nicht reden! Sie wächst natürlich mit jedem seiner Worte mehr und mehr in ihre Königinnen-Rolle hinein.
»Wir sind fertig«, sagt sie, und ich muß daran denken, daß seine Eltern arm sind und im Streit leben, und daß ihre Eltern überhaupt geschieden sind, und was für arme Hunde sie sind, und wie sie sich immer noch mehr weh tun, noch mehr, noch mehr, noch mehr. Oft, oft, oft wünsche ich mir, ich wäre nie geboren worden.

Geraldine schlägt mit einem Stock, den sie in der Hand hat, durch die Luft und schreit: »Willst du jetzt endlich verschwinden und uns allein lassen oder nicht?«
Wie ein geprügelter Hund schleicht Walter daraufhin fort, verschwindet im Dunkeln, zwischen den Bäumen. Sofort läßt sie den Stock fallen, und ich habe sie am Hals. Sie küßt mich. Sie glüht.
»Komm ...«
»Nicht jetzt.«
»Bitte. Bitte jetzt. Bitte.«
»Nein«, sage ich. »Wir müssen zum Abendessen.«
Sie preßt sich an mich. »Wir müssen nicht essen gehen.«
»Doch. Wir müssen. Besonders ich. Ich muß überhaupt alles tun, um jedes Aufsehen zu vermeiden. Ich bin aus fünf Internaten geflogen. Das hier ist das letzte, ein anderes nimmt mich nicht mehr. Du mußt auf mich Rücksicht nehmen.«
»Das tu' ich ... Das tu' ich bestimmt ... Ich werde dir nie Schwierigkeiten machen, mein Liebling, nie ... Ich tu' nur, was du willst ... wenn du nur bei mir bleibst ...«
Nun frage ich Sie: Finden Sie das Leben so schön? Vor zwei Minuten hat Walter genauso unterwürfig und hilflos gesprochen wie jetzt Geraldine. Es ist ein reiner Zufall, daß ich in dieser einen Sache der Überlegene bin. Weil ich nicht liebe eben.
»Nach dem Abendessen, ja?«
Ich nicke.
»Wieder in der Schlucht...? In unserer Schlucht...?«
Ich nicke. Ich bin fest entschlossen, nach dem Essen sofort in den »Quellenhof« zu rennen. Ich gehe nicht in die Schlucht. Ich gehe nicht in die Schlucht. Ich will nicht mehr zu Geraldine. Nie mehr. Nie mehr. Während der Prügelei, während des ganzen Gesprächs, während der ganzen Geschichtsstunde mußte ich an Verena denken. Was ihr bevorsteht. Und daß ich sie wiedersehen werde, Donnerstag vormittag in der Klinik. Verena. Verena. Verena.
»Ich bin so glücklich ... Du weißt nicht, was das für ein Tag für mich ist«, sagt Geraldine.
»Komm jetzt essen.«
»Ja, laß uns ganz schnell essen gehen. Und dann in die Schlucht! Der Mond scheint ... Ich habe eine Decke in der Schule gelassen ... Wenn du wüßtest ... wenn du wüßtest ...«
»Was?«
»Est ist schon beinahe soweit, wenn du mich nur anrührst, Oliver. Wenn du mich ansiehst ... Ich liebe dich, Oliver, ich liebe dich so sehr ...«

»Wenn wir jetzt nicht essen gehen, fällt es auf. Und das kann ich mir einfach nicht leisten. Gerade mit einem Mädchen. Der Chef wartet doch nur auf so etwas.«
»Ja, Oliver, ja, ich komme ja schon. Du hast ganz recht. Ich weiß auch, daß du mich nicht liebst ...«
Soll man darauf antworten? Nein!
»... sondern diese Frau, der du das Armband gebracht hast ...«
Darauf muß man antworten: »Das ist nicht wahr!«
»Doch ist es wahr ... ich weiß nicht, wer sie ist ... Ich will es gar nicht wissen ... solange du nur nicht zu mir sagst, was ich zu Walter gesagt habe.«
»Was?«
»Geh weg. Hau ab. Laß mich zufrieden.«
Armer Walter, wenn du wüßtest!
Arme Menschen. Wenn sie alle wüßten ...
Es ist doch ein Glück, daß man so wenig weiß, nicht wahr?

## 13

Dreihundert Kinder essen zu Abend. Der Speisesaal liegt im Keller des Hauptgebäudes. Viele lange Tische. Wir müssen in zwei Partien essen, zu je hundertfünfzig, denn mehr faßt der Saal nicht.
Die Tische sind ganz fein gedeckt, und Erzieher oder Lehrer passen darauf auf, daß keiner wie ein Ferkel ißt. Meistens setzt sich der Chef unter uns und ißt mit. Wie ich höre, hat er im vorigen Jahr Jungen und Mädchen gemeinsam essen lassen, damit sie sich mehr zusammennehmen und bessere Manieren bekommen, vermute ich. Es hat aber nichts geholfen. Heuer versucht der Chef es darum mit dem anderen System. Die Mädchen sitzen alle links, wir sitzen alle rechts.
Sie machen sich keine Vorstellung, wie viele Angestellte so ein Internat hat. Die Köchinnen. Die Serviermädchen (denn es wird uns serviert), die Tellerwäscherinnen, die Kartoffelputzerinnen. Essen für dreihundert Kinder! Und das dreimal am Tag! Der Chef sagt zu mir, als er mir meinen Platz zeigt: »Langsam werde ich trübsinnig, Oliver.«
»Wieso?«
»Kein Personal mehr. Alles läuft mir weg. Unten in Rosbach ist eine Kaserne. Die wirbt mir meine Leute ab. Ich kann zahlen, was ich will – die Bundeswehr bezahlt immer mehr! Na, und die Mädchen sind sowieso ganz verrückt mit den Jungens da unten. Wenn

das so weitergeht, werdet ihr bald selber Kartoffeln schälen und abwaschen und servieren müssen!«

Bei diesem Abendessen passiert dann die Geschichte mit Hansi und Raschid, dem kleinen Prinzen. Sie müssen sich das so vorstellen: Große und kleine Jungen sitzen an den Tischen durcheinander. An meinem Tisch sitzen Noah und Wolfgang und noch ein paar große Jungen, und es ist gerade noch ein Stuhl frei. Ich kann überhaupt nichts dafür! Es ist der Stuhl neben mir. Natürlich steuert Hansi sofort auf ihn zu und will sich niederlassen, da sagt der Chef: »Nein, Hansi. Du bist schon länger bei uns und hast Freunde unter den kleinen Jungen. Du setzt dich da hinüber. Außerdem erfreust du damit Ali.«

»Scheiß auf Ali«, sagt Hansi durch die Zähne.

»Ich habe das nicht gehört«, sagt der Chef. »Aber das nächste Mal höre ich es, Hansi, verstanden?«

Der kleine Krüppel nickt, er sieht mich dabei an, und seine Augen glühen wieder.

»Auf diesen Stuhl setzt sich Raschid«, sagt der Chef. »Herr Herterich meldet mir, daß er es sich so gewünscht hat. Weil offenbar Oliver heute nacht etwas für ihn getan hat. Stimmt das?«

»Keine Ahnung«, sage ich und sehe den kleinen Prinzen an, der so fein angezogen ist, als ginge es zu einem Staatsempfang.

»Ich will nicht petzen«, sagt der Prinz auf englisch.

»Ich will auch nicht, daß du petzt«, sagt der Chef. »Ich weiß sowieso, was passiert ist, Herr Herterich hat es mir erzählt. Das war eine richtige Schweinerei von euch, Hansi und Ali. Bitte, Raschid, nimm Platz ...«

»Ich danke sehr«, sagt der Prinz und setzt sich zwischen Noah und mich.

»... und du geh hinüber zum Tisch von Ali«, sagt der Chef.

Hansi zieht ab. Im Weggehen murmelt er mir zu: »Nach dem Essen sprechen wir uns noch.«

Wie in einem schlechten Krimi! Aber ich habe trotzdem ein sehr maues Gefühl im Magen ...

Neben meinem Teller liegt eine rote Rose. Wolfgang und Noah haben schon ihre Witze darüber gemacht, bevor ich mich mit Raschid setzte. Sie hat sie köstlich amüsiert, die Rose.

»Bitte, laßt Oliver in Ruhe«, sagt der Prinz.

»Wir meinen es ja nicht böse«, sagt Noah. »Die Liebe, die Liebe ist eine Himmelsmacht.«

»Ich habe keine Ahnung, wo die Blume herkommt«, sage ich lahm.

Darauf geben Noah und Wolfgang sich einen Blick, und danach sehen sie zu Geraldine hinüber, die sehr weit entfernt von uns an einem Mädchentisch sitzt und jetzt puterrot im Gesicht wird. Habe ich das vielleicht verdient?
Ich muß sehen, daß Raschid und Wolfgang und Noah mit mir nach dem Essen gemeinsam in den »Quellenhof« gehen. Es ist zu dumm, aber langsam bekomme ich Angst vor dieser Geraldine: Sie ist nicht richtig im Kopf, sie ist zu allem fähig. Jetzt lächelt sie mich wieder an mit diesem irren, mannstollen Lächeln, und alle sehen es ...
Nur kein Skandal. Ich nehme die Rose und rieche daran und lächle zurück. Darauf beugt sie sich über ihren Teller und ißt, und ich habe meine Ruhe. Mehr und mehr denke ich daran, was für ein dreckiges Leben das wäre, wenn es nicht Verena gäbe, Verena, Verena, Verena, die ich wiedersehen werde, übermorgen, Donnerstag.
Die Serviermädchen gehen herum und halten uns Platten hin, und wir benehmen uns ganz vornehm, und wenn ich zu Geraldine hinübersehe, dann begegne ich ihrem Blick, und darum sehe ich selten hinüber, aber auch nicht überhaupt nicht, denn ich will mir keine Feinde machen, und ich weiß nicht, was Hansi weiß, der mit Giuseppe und Ali und ein paar großen Jungen nebenan sitzt und mich so anblickt, daß ich auf der Stelle tot umfallen würde, wenn Blicke und so weiter ...
Jetzt bekommen wir jeder einen Teller, auf dem liegen drei Radieschen und vier verschiedene Arten von Käse. Am Tisch beginnt ein große Tauscherei.
»Gib mir deinen Emmentaler, und du bekommst meinen Gervais.«
»Ich möchte den Gorgonzola. Du kannst meinen Emmentaler haben.«
Und so weiter. Das scheint hier so die Sitte.
»Du magst doch Camembert?« sagt Noah zu Wolfgang, schiebt ihm sein Stück zu und bekommt von dem nickenden Wolfgang dafür eine Scheibe Harzer Roller.
»Harzer habe ich am liebsten«, erklärt Noah.
Und jetzt blickt Geraldine mich wieder an. Sie strahlt.
Ich sehe, wie Walter seine Serviette hinwirft und aus dem Saal geht. Ich sehe, wie der kleine bucklige Hansi mich ansieht. Ich sehe, wie Geraldine mich ansieht. Ich würge meinen Käse hinunter.

## 14

»Himmelherrgott noch einmal, der *Chef* hat doch gesagt, du darfst nicht neben mir sitzen, nicht ich, Hansi!« sage ich. Ich sage es zum drittenmal. Wir stehen vor dem Hauptgebäude unter der alten Kastanie, und der Mond scheint giftig und grün durch die Äste. Die anderen Schüler sind alle schon in ihre Häuser gegangen, das Abendessen ist vorüber. Ich las einmal ein Buch, das hatte einen großartigen Titel »Arm, häßlich, böse«. An diesen Titel muß ich jetzt denken, da Hansi, der kleine Bucklige, mich mit haßverzerrtem Gesicht ansieht. Arm und häßlich, das macht offenbar wirklich böse.
»Es ist mir scheißegal, ob der Chef mich woanders hingesetzt hat oder nicht! Du bist mein Bruder. Du hättest mich verteidigen müssen!«
»Ich dich? Wie?«
»Du hättest sagen müssen, ich bestehe darauf, daß Hansi neben mir sitzt. Aber nein, du hast die Schnauze gehalten! Natürlich, so ein Prinz ist ja etwas Feineres! Und darum hast du ihn gestern abend auch verteidigt gegen mich!«
»Ich habe ihn nicht verteidigt, weil ein Prinz etwas Feineres ist, sondern weil du dich gemein gegen ihn benommen hast!«
»Aber du bist mein *Bruder*!«
»Das spielt dabei keine Rolle!«
»Doch spielt es! Einem Bruder oder einer Schwester mußt du immer helfen und sie verteidigen – was hätte denn das ganze Spiel sonst für einen Sinn?«
Käuzchen schreien.
Verena Lord ...
Ob sie ihrem Mann jetzt gerade sagt, daß sie ein Kind erwartet?
»Und jetzt will ich dir noch etwas flüstern, Oliver: Die rote Rose, die habe *ich* neben deinen Teller gelegt.«
»*Du?*«
»Hast du gedacht, Geraldine wäre so blöd? Glaubst du, sie will rausfliegen? Hast du nicht bemerkt, wie feuerrot sie wurde, als die anderen die Blume sahen? Das«, sagt mein »Bruder«, »war nur ein kleiner Vorgeschmack von dem, was dir bevorsteht, wenn du dich nicht anständig gegen mich benimmst.«
Ich starre ihn bloß an.
»Ich bin klein. Ich bin schwach. Ich bin bucklig. Ich bin erst elf. Aber ich habe Hirn. Ich kann sehr unangenehm werden, Oliver. *Sehr!*«

So etwas darf man sich natürlich nicht bieten lassen.
»Jetzt werde ich dir mal was sagen, Hansi: Ich pfeif' auf dich! Such dir einen anderen Bruder. Ich kann sowieso keinen brauchen, der mir dauernd nachspioniert.«
Darauf summt er den »River-Kwai«-Marsch und stößt mit den Schuhen Steinchen weg.
»Hast du mich verstanden?«
»Genau, Oliver. Und darum mußt du zu mir halten, ob du willst oder nicht. Ich laß mir doch nicht einfach einen Bruder wegnehmen von so einem Kackprinzen, wenn ich endlich einmal einen gefunden habe.«
»Was heißt das?«
»Ich weiß alles«, sagt er und schupst Steinchen.
»Was?«
»Ich habe alles gesehen.«
»Es gab nichts zu sehen.«
»Na, Mensch ... Ich habe alles mit Geraldine gesehen, und alles beim Turm.«
Das mit Geraldine ist mir egal. Aber das mit dem Turm muß ich genau wissen. »Was war beim Turm?«
»Du hast dem kleinen Mädchen Marzipan gegeben, sie hat dich geküßt, du bist raufgegangen, dann ist die Dame runtergekommen, und dann du.«
»Aber du weißt nicht, wer die Dame war.«
»Doch.«
»Quatsch.«
»Gar kein Quatsch.«
»Also los, wer war die Dame?«
»Die Mutter von der Kleinen.«
»Neuigkeit! Aber du kennst nicht ihren Namen!«
»Doch. Ich kenne auch ihren Namen.«
»Nein!« Mir wird kalt.
»Ja!«
»Woher?«
»Im Sommer kam die Kleine oft ins Freibad, unten neben dem ›A‹. Sie kann noch nicht schwimmen. Ich habe mit ihr gespielt und sie im Gummiring gehalten. Sie heißt Evelyn Lord. Also heißt die Mutter auch Lord. Nur den Vornamen weiß ich nicht. Aber so viele Lords wird es doch nicht geben hier oben – oder glaubst du?«

## 15

Kennen Sie diesen Traum (wenn Sie zuviel gegessen haben), daß Sie sich in einem Zimmer befinden, dessen Wände von allen Seiten langsam immer näher auf Sie zukommen, und der Boden hebt sich, und die Decke senkt sich, und die Luft wird immer weniger, immer dünner – und Sie können nichts dagegen tun, nichts, nichts, nichts?
Ich lehne mich an die Kastanie, zünde eine Zigarette an und sage zu dem kleinen Krüppel: »Du bist ja verrückt. Das war nie im Leben dieses kleine Mädchen aus dem Freibad – wie sagst du übrigens, daß es heißt?«
»Du weißt genau, wie es heißt, und sie war es.«
»Nein.«
»Na schön«, sagt Hansi.
»Was heißt, na schön?«
»Laß mich erst mal an deiner Kippe ziehen.« Ich gebe ihm die Zigarette. So tief kann der Mensch sinken.
Er gibt sie mir zurück, das Mundstück ist nun naß, und er bläst Rauch durch die Nase und sagt: »Wenn du mir nicht jetzt hier versprichst, daß du mein Bruder, mein richtiger Bruder, bleiben wirst für immer – egal, was ich tu' –, dann werde ich Geraldine erzählen, daß ich dich mit Frau Lord beim Turm gesehen habe. Und dann werde ich es dem Chef erzählen. Und dann werde ich es Walter erzählen. Und wenn das alles noch nicht genügt, werde ich herausfinden, wo diese Leute wohnen, und es Herrn Lord erzählen. Denn wenn die Frau ein Kind hat, dann wird sie ja wohl auch einen Mann haben, nicht? Der wird sich freuen!«
»Du Schwein«, sage ich.
»Siehst du, daß ich recht habe.«
»Wieso?«
»Wenn du nicht Angst hättest, daß ich es wirklich tu', hättest du nicht Schwein zu mir gesagt. Du mußt aber keine Angst haben. *Solange du mein Bruder bist.* So lange halte ich zu dir. Ich verspreche auch, aufzupassen, daß euch nachher keiner erwischt.«
»Wen? Wo?«
»Geraldine und dich. In der Schlucht. Wo ihr verabredet seid.«
»Wieso?«
»Ich war auch vorhin in der Nähe, als sie mit dir sprach. Ich bin *immer* in deiner Nähe«, sagt er, und jetzt zeigt er mir wieder dieses schreckliche, schmallippige Totenkopflächeln. »Damit du

siehst, daß ich es ernst meine«, fährt er fort, »will ich dir auch noch mitteilen, daß Geraldine ganz fest damit rechnet, dich heute noch zu sehen.«

»Woher weißt du das?«

»Ich habe ihr versprochen, daß du kommen wirst.«

»Du hast ...«

»Ja. Habe ich. Auch ein kleiner Vorgeschmack. Wie die Rose. Du mußt einsehen, daß ich mir dich nicht wegnehmen lasse. Niemals! Von niemandem.«

»Hansi, du bist verrückt!«

»Natürlich. Was hast du gedacht? Ich bin ein Kretin. Ich bin ein Krüppel. Darum brauche ich dich ja so! Geraldine, das wäre auch eine für mich! Aber so eine kriege ich nie! Ich werde überhaupt nie ein schönes Mädchen kriegen, verwachsen und scheußlich, wie ich bin. Aber einen Kuß habe ich gekriegt von Geraldine!«

»Wann?«

»Als ich ihr sagte, daß ich etwas von dir weiß und daß du in die Schlucht kommen wirst. Daß du in die Schlucht kommen mußt. Und das mußt du! Sonst sage ich Geraldine, wie die Frau heißt, die du im Turm getroffen hast.«

Also Moment, Moment mal! Er ist elf. Ich bin einundzwanzig. Es wird doch noch möglich sein, daß ich, der ich mir auf meine Intelligenz so viel einbilde ...

»Hansi! Wenn du mich schon dauernd bespitzelst, dann weißt du doch auch, wie die Sache mit Geraldine überhaupt passiert ist.«

»Klar. Sie hat dich ertappt, als du das Armband holtest, und ist dir nach, und im Wald hat sie sich an dich rangeschmissen.«

»Eben. Aber ich *liebe* sie doch nicht!«

»Habe ich das behauptet? Du liebst diese andere Frau. Frau Lord liebst du.«

»Ich kenne überhaupt keine Frau Lord!«

»Oliver«, sagt er, »so kommen wir nicht weiter. Ich will auch gar nicht wissen, wen du liebst und wen nicht. Mir ist die eine so egal wie die andere. Ich will beim Essen neben dir sitzen, und ich will, daß du dich wie ein richtiger Bruder benimmst.«

»Und wenn ich beim Chef erreiche, daß du neben mir sitzt, und wenn ich dein richtiger Bruder bin – was dann?«

»Dann halte ich das Maul.«

»Ehrenwort?«

»Großes Ehrenwort.« Damit holt er ein Taschenmesser hervor und kratzt sich damit am Handgelenk so stark, daß ein bißchen Blut hervorquillt. »Trink!«

»Warum?«
»Du schwörst mir, daß du mein Bruder bleibst, und ich schwöre dir, daß ich dir nicht mehr nachspionieren werde.«
Und wir werden beide unsere Schwüre brechen, denke ich. So ist das offenbar: Die Großen machen es mit Staatsempfängen und Urkunden und feierlichen Verträgen, der bucklige Hansi macht's mit einem Taschenmesser und ein bißchen Blut.
Er hält mir das Ärmchen hin. Ich lecke sein Blut und glaube, mir kommt das Abendessen hoch dabei. Hansi nimmt mein rechtes Handgelenk, ritzt die Haut und leckt auch ein bißchen von meinem Blut ab.
»So«, sagt er dann und klappt das Messer zu, »und wenn jetzt einer von uns den Schwur bricht, dann muß er sterben.«
Wenn's weiter nichts ist ...
»Geh in die Schlucht. Geraldine wartet auf dich. Ich schwöre, daß ich dir nicht nachgehe. Aber wenn du nachher in den ›Quellenhof‹ kommst, dann mußt du noch einmal in mein Zimmer sehen und mir die Hand geben und sagen: ›Schlaf schön, Hansi!‹ Nur mir.«
»Warum?«
»Damit Raschid sich nichts einbildet. Kapiert?«
»Kapiert«, sage ich. David und Goliath. Goliath und David. Ich verliere Verena, ich bringe sie in furchtbare Gefahr, wenn ich nicht tue, was diese kleine Bestie sagt.
Die kleine Bestie sagt: »Ich muß so sein, Oliver. Ich habe zum erstenmal im Leben einen Bruder. Einen anderen werde ich nie kriegen. Und ich will dich nicht an diesen Prinzen verlieren.«
»Du verlierst mich ja nicht.«
»Ich sehe doch, wie er sich an dich heranmacht.«
Jetzt schmiegt er sich an mich. »Und ich habe dich doch so lieb ...«
»Hör auf. Ich mag das nicht.«
Er läßt mich los. Er geht endlich. Der kleine Hansi ...

## 16

»Diesmal war es noch schöner.«
»Ja.«
»Für dich auch?«
»Ja.«
»Wirklich?«
»Wirklich, Geraldine.«

»Lüg nicht. Du hast es sicherlich schon oft erlebt. Auch mit der Frau, der das Armband gehört.«

»Nein!«

»Warum regst du dich so auf?«

»Weil ... weil ich mit dieser Frau überhaupt noch nie etwas gehabt habe!«

»Aber du wirst etwas mit ihr haben.«

»Nein!«

»Warum nicht?«

»Weil ich nicht will!«

»Du lügst. Du willst. Das weiß ich. Aber vielleicht ist es unmöglich. Hoffentlich ...«

Ob dieser verfluchte Hansi sein Versprechen gehalten hat? Sicherlich nicht. Der hockt hier wieder irgendwo im Gebüsch und sah und sieht und hört und hörte alles. Allmächtiger, bin ich in einer Situation!

In die kleine Schlucht scheint der grüne Mond, und alle Dinge haben bizarre Schatten, auch Geraldine und ich, die wir nebeneinander auf einem Felsblock sitzen, sie einen Arm um meine Schulter.

Es ist warm. Die Käuzchen und die Eulen schreien, und andere Tiere auch. Geraldines Körper glüht, ich kann es durch das Kleid fühlen.

»Weißt du, Oliver, daß ich dich angelogen habe?«

»Wann?«

»Heute nachmittag. Als ich sagte, es würde mir nichts ausmachen, wenn du diese andere Frau lieben würdest. Das war eine Lüge.«

»Ja, natürlich.«

»Tu nicht so überlegen. Ich meine es im Ernst! Ich ... ich ... könnte es nicht ertragen, daß du eine andere liebst ... Wenn ich je herausbekomme, daß du sie liebst und wer sie ist ...«

»Da mußt du dich an Hansi wenden.«

»Was?«

»An den schlauen Hansi, der alles weiß. Der hat dir übrigens auch die Sache mit der Rose eingebrockt.« Lächerlicherweise halte ich sie immer noch in der Hand, die rote Rose, und drehe sie hin und her.

»Das war Hansi?«

»Ja«, sage ich laut, damit er es hört, falls er in der Nähe ist, »das war der liebe Hansi, dein Vertrauter. Und du wirst noch viel mehr mit ihm erleben, wenn du ihm nicht bald tüchtig Bescheid stößt.

Und jetzt muß ich nach Hause. Und du auch.«
Sofort beginnt sie wieder zu winseln.
»Es war doch nur Spaß ...«
»Es war Ernst.«
»Nein, Spaß ... Ich würde dich doch dann ganz verlieren ... So, wenn ich ruhig bin, habe ich wenigstens immer noch ein bißchen von dir ... Oliver, Oliver ... Du wirst mich doch nicht verlassen?«
Vielleicht sind Hansi *und* Walter in der Nähe ...
»Ich gehe jetzt!«
»Noch zehn Minuten. Es ist so zeitig. Bitte, bitte.« Sie gibt mir viele Küsse, auf die Wange, auf den Mund, auf die Stirn.
»Kannst du dir im Ernst vorstellen, daß ich dir jemals Sorgen, daß ich dir jemals Schwierigkeiten machen, jemals im Weg stehen könnte?«
»Nein, Geraldine, natürlich nicht.« Ja, Geraldine, natürlich doch! Nur Schwierigkeiten. Nur Sorgen. Nur im Weg stehen. Wie soll das bloß weitergehen? Jetzt streichelt sie mein Gesicht. »Du hast Vertrauen zu mir, nicht wahr?«
»Ja, Geraldine.« (Nicht einen Funken, Geraldine.)
»Es hat nämlich keiner Vertrauen zu mir, weißt du. Nur du. Die Mädchen mögen mich alle nicht.« Kunststück.
»Walter hatte Vertrauen zu dir«, meine ich.
»Ach der!« sagt sie. Noch nie im Leben habe ich jemanden zwei Worte mit solcher Verachtung sagen hören. »Du hast zu mir Vertrauen, ich zu dir. Ich möchte dir alles erzählen.«
»Das hast du doch schon.«
»Nein, nicht nur über mich ... Über alle anderen Mädchen ... Wie es zugeht in unserem Haus ... Du würdest dich totlachen ...«
Totlachen.
Den Arm um ihre Schultern, sehe ich auf meine Armbanduhr.
21 Uhr.
»Soll ich ... darf ich dir ein paar Geschichten erzählen?« Mit Hansi vielleicht im Gebüsch? Mit Walter vielleicht im Gebüsch?
»Bitte, Oliver. Nur erzählen. Ich will nichts anderes mehr. Nur noch ein bißchen in deinem Arm bleiben. Ich erzähle auch nur komische Geschichten, zum Lachen – ja?«
Auf einmal tut sie mir leid. Lauter lustige Geschichten. Wie lustig sind deine lustigen Geschichten, traurige Geraldine?
»Erzähl ein bißchen«, sage ich und streichle sie, und da schmiegt sie sich ganz eng an mich und stöhnt vor Glück.
»Ich kann dir erzählen, wer mit wem geht, wenn du willst ... von

uns haben fast alle einen ... Aber keine hat so einen wie ich! Das netteste Pärchen, das wir haben, sind Gaston und Carla. Gaston kennst du ja schon. Carla ist erst fünfzehn.«
»Carla ist erst fünfzehn, sagst du?«
»Ja.«
»Aber Gaston ist achtzehn!«
»Na und? Das ist doch immer so. Alle Mädchen gehen mit älteren Jungen. Die Gleichaltrigen sind ihnen zu doof.«
Ein Standpunkt.
»Findest du Gaston nicht süß?«
»Süß.«
»Sie gehen jeden Donnerstag ins ›A‹ tanzen.«
»Es ist doch verboten, ins ›A‹ zu gehen.«
»Alles ist hier verboten! Nichts erlaubt! Wenn du wüßtest, wie uns die ganze Chose zum Hals raushängt! Viele gehen absichtlich ins ›A‹! Sie wollen erwischt werden! Sie wollen rausfliegen!«
»Warum?«
»Weil sie nach Hause wollen, heim zu ihren Eltern!«
»Aber die anderen«, sage ich.
»Welche?«
»Die, die nicht rausfliegen wollen.«
»Was ist mit denen?«
»Ich habe gehört, der Chef hat überall seine Zuträger. Auch unter den Kellnern. Wenn einer von euch auftaucht, telefoniert so ein Kellner sofort mit dem Chef. Ist das wahr?«
»Ja, das ist wahr. Aber Gaston und Carla ist es egal. Sie wollen fliegen.«
»Sie wollen fliegen?«
»Ja. Und heiraten. Gaston spielt so wunderbar Klavier. Er könnte sofort in einer Band arbeiten. Und sie lieben sich doch so, nicht?«
Und sie lieben sich doch so, nicht?

## 17

»Du wolltest mir aber komische Geschichten erzählen, Geraldine!«
Ich muß weg. Ich muß weg. Und wenn ich nicht gleich weg kann, dann muß ich mit ihr über Sachen reden, die nichts mit Liebe zu tun haben. Sonst geht alles wieder von vorn los. Sonst vergleicht sie Gaston und Carla mit uns. Sonst ...
»Los! Erzähl was Komisches, Geraldine!«

Und sie erzählt mir allen möglichen Klatsch, erzählt, wie komisch es ist, wenn alle Mädchen sich am Sonnabend richtige »Schönheitsmasken« machen, oder wenn Chichita singt: »Pigalle, Pigalle, das ist die große Mausefalle von Paris. Pigalle, Pigalle, da schmeckt der Speck so süß!« Und so plätschert ihr dummes Geschwätz daher, ich höre kaum hin, denke an ganz etwas anderes und sage schließlich: »Jetzt müssen wir aber gehen.«
»Ja, Oliver, ja.«
So gehen wir also Hand in Hand (was soll ich machen, sie hat meine Hand einfach genommen) durch den herbstlichen Wald bis zu dem Wegweiser, wo unsere Pfade sich endlich trennen, und da küssen wir uns noch einmal, und während wir uns küssen, überlege ich, wo sich jetzt Hansi verbirgt, hinter welchem Strauch, und wo Walter, und was geschehen kann, wenn Hansi mich verrät.
»Gute Nacht, Oliver.«
»Gute Nacht, Geraldine.«
Die Käuzchen schreien.
»Bist du auch so glücklich?«
»Ja.«
»Es ist nicht wahr.«
»Doch.«
»Nein. Ich sehe es dir an. Ich weiß es. Du denkst nur an diese Frau mit dem Armband.«
»Nein.«
»Doch. Eine Frau spürt so etwas. Eine Frau weiß so etwas.«
»Es ist wirklich nicht wahr.«
»Dann sag, daß du glücklich bist. Nur ein bißchen glücklich.«
»Ich bin glücklich, Geraldine.«
»Du brauchst keine Angst zu haben. Natürlich wird herauskommen, daß wir miteinander gehen. Aber keiner wird es dem Chef verpetzen. Nicht einmal Walter. Sonst kommt er nämlich ins ›Zuchthaus‹.«
»›Zuchthaus‹, was ist das?«
»Das haben wir uns eingerichtet. Wenn einer petzt, dann kommt er ins ›Zuchthaus‹. Dann redet keiner mehr mit ihm, dann nimmt keiner Notiz von ihm, dann ist er einfach Luft für alle, auch für die Kleinsten! Das ist in Minuten im ganzen Internat herum, wenn wir einen ins ›Zuchthaus‹ tun. Und das ist so schlimm, das ›Zuchthaus‹, daß bisher noch keiner verpetzt hat. Keiner!«
»Also müssen wir keine Angst haben.«
»Überhaupt keine Angst. Weißt du was, Oliver?«
»Was?«

»Bevor du kamst, da hatte ich immer Angst. Nicht vor dem ›Zuchthaus‹. Vor viel schlimmeren Sachen.«
»Was für Sachen?«
»Die will ich nicht sagen. Aber jetzt habe ich überhaupt keine Angst mehr. Ist das nicht schön? Ist das nicht wundervoll?«
»Ja«, sage ich, »wundervoll.«
»Hast du auch Angst, Oliver?«
»Mhm.«
»Wovor?«
»Vor vielen Dingen«, sage ich, »aber ich will darüber auch nicht reden.« Und ich küsse Geraldines Hand.
»Du bist meine Liebe«, sagt sie. »Meine große Liebe. Meine einzige Liebe. Du bist die Liebe meines Lebens.«
Ich denke: Das war das letztemal. Jetzt ist Schluß. Ich weiß noch nicht, wie ich dir beibringen werde, daß Schluß ist, aber es ist aus. Und die Luxusnutte stolpert davon, hinein ins Dunkel. Ich bleibe noch einen Augenblick stehen, denn von da, wo ich mich befinde, kann man Verena Lords Villa sehen. In vielen Fenstern brennt Licht. Die Vorhänge sind zugezogen. Hinter einem Vorhang sehe ich den Schatten eines Mannes und einer Frau. Der Mann hält ein Glas in der Hand. Die Frau spricht auf ihn ein. Er nickt. Geht auf sie zu.
Es ist zu blöd, so etwas aufzuschreiben, wirklich: Aber ich bemerke plötzlich, daß ich Tränen in den Augen habe.
»Love«, heißt es in diesem verdammten, sentimentalen Lied, »is a many-splendored thing«. Is it really? No, it is *not*. Ich werfe Hansis rote Rose fort, so weit ich kann, fort, hinein ins Gebüsch.

## 18

Ich habe nun noch einmal alles gelesen, was ich bisher schrieb, und ich glaube, es ist wieder höchste Zeit, daß ich etwas sage: Dies ist kein Buch *gegen* Internate. Ich schreibe nicht, um Reklame dafür zu machen, daß niemand mehr sein Kind in ein Internat schickt, weil er gelesen hat, was ich schrieb.
Das will ich wirklich nicht! Das ist nicht meine Absicht. Im Gegenteil, manchmal denke ich, daß ein paar Lehrer und Erzieher, die dieses Buch lesen, mir ein bißchen dankbar sein werden, weil ich zeige, wie gemein manche von uns zu ihnen sind, und wie schwer sie es haben. Ich hoffe sehr, daß das ein paar Lehrer und ein paar Erzieher denken werden.

Ferner bitte ich Sie zu überlegen: Ich bin aus fünf Internaten hinausgeflogen, weil ich mich unmöglich benommen habe. Sie sehen also: Die Internate sorgen schon selber dafür, daß Leute wie ich nicht ihr ganzes Institut korrumpieren. Kein Internat in Deutschland wollte mich mehr haben. Wegen meines Rufes. Die Internate haben selber einen Ruf zu verlieren! Sie können es sich gar nicht leisten, Typen wie mich zu halten. Nur einer hat noch geglaubt, es sich leisten und mich bessern zu können: Doktor Florian. Er hat es getan, weil er, wie schon erwähnt, andere Erziehungsmethoden benützt; weil er vor niemandem Angst hat; und weil er, wenn es ihm zu bunt wird, auch Brüder wie mich hinauswirft. Natürlich – auch daran müssen Sie denken – sammeln sich bei einem Mann wie Doktor Florian, der derartig vertrauensvoll, optimistisch – ich möchte fast sagen: Lebensgefährlich optimistisch – ist, mehr Subjekte meiner Art an als anderswo. Er ist so etwas wie eine Auffangstelle für alle, die keiner mehr haben will. In diesem Sinn ist sein Internat kein typisches Internat.
Und schließlich: Auch bei Doktor Florian gibt es Hunderte von Schülern, die völlig normal lernen, sich gut benehmen und anständig arbeiten. Die Lehrer sind mit ihnen zufrieden. Die Eltern sind mit dem Internat zufrieden. Alle sind zufrieden. Wenn ich weniger (oder gar nicht) über diese normalen, gutartigen, ordentlich lernenden Kinder schreibe, dann deshalb, weil ich in der Geschichte, die ich erzählen will, keinen Kontakt mit solchen Kindern hatte. Und das liegt wiederum an mir. Gleiches zieht Gleiches an. Wäre ich selber normal, gutartig und anständig – ich hätte Kontakt zu dieser Majorität bekommen, o ja, sicherlich! Aber mit einem geradezu unheimlichen Instinkt streben immer jene Menschen zueinander, die einander ähnlich sind. So ist es auch hier.
Internate sind eine notwendige, gute Einrichtung. In England schikken alle Eltern, die es sich überhaupt leisten können, ihre Kinder in Internate. Ich sage es noch einmal: Was ich hier schildere, sind Ausnahmen, das ist nicht die Regel. Es wäre schrecklich, wenn Sie das nicht glauben würden. Dann käme ich mir nämlich niederträchtig vor gegen den Chef, gegen Doktor Frey, gegen das Frettchen, niederträchtig gegen viele andere Lehrer und Erzieher, die sich bis zur Erschöpfung darum bemüht haben, aus uns anständige Menschen zu machen – und am niederträchtigsten gegen das gütige alte Fräulein Hildenbrand, die Pädagogin, die hier so viele Jahre lang so vielen Kindern geholfen hat.
Nein, nein, nein!
*Ich* bin schlecht, ich und noch ein paar andere, *nicht* das Internat!

Als ich ein kleiner Junge war, da spielte ich am liebsten im Lehm, wenn es geregnet hatte. In diesen großen Wasserlachen, wissen Sie? Und ich machte mich natürlich immer völlig dreckig dabei. Meine Mutter war verzweifelt. Mein Vater nicht, der war nur wütend und verprügelte mich sofort. Das half selbstredend überhaupt nichts.
Da kaufte meine Mutter mir die schönsten Spielsachen. Domino, Eisenbahn, und so weiter und so weiter. Und sagte: »Bleib doch im Haus, wenn es geregnet hat, Liebling, spiele mit deinen schönen Sachen. Du hast doch so viele!«
»Ich geh' lieber hinaus.«
»Aber warum? Interessiert dich denn alles hier nicht?«
Darauf antwortete ich: »Nein, Mami. Ich intessier' mich nur für Smutz.«
Ich war noch so klein, daß ich manche Wörter nicht richtig aussprechen konnte. Meine Mutter hat die Geschichte oft erzählt, und viele Leute haben darüber gelacht.
Wenn ich heute an diese Geschichte zurückdenke, kann ich nicht mehr über sie lachen. Ich denke, Sie können es auch nicht.

## 19

Als ich den »Quellenhof« erreiche, sehe ich einen Schatten neben dem Eingang, unter den Bäumen. Noch ein paar Schritte, und ich erkenne Walter. Ich bücke mich und hebe einen Stein auf, denn wie gesagt, er ist stärker als ich, und noch einmal passiert mir das nicht, daß er mich zusammenschlägt.
Als ich mich bücke, sagt er: »Laß den Stein liegen. Ich tu' dir nichts.«
»Was machst du dann hier?«
»Ich wollte mich bei dir entschuldigen...«
»Was?«
»Entschuldigen, ja. Wegen vorhin. Du kannst nichts dafür. Sie allein ist schuld. Oder auch nicht. Sie ist eben so, wie sie ist. Als ich kam, war es dasselbe. Mein Vorgänger hieß Paul. Den ließ sie genauso stehen, wie sie jetzt mich stehen läßt. Und wie sie eines Tages dich stehen lassen wird wegen irgendeinem Neuen. Verzeihst du mir?«
Schrecklich, wenn einer einen so etwas fragt, nicht?
»Klar verzeihe ich dir«, sage ich.
Dann muß ich ihm auch noch die Hand geben.

»Danke.«
»Schon gut.«
»Und seid vorsichtig. Wenn der Chef das Geringste erfährt, schmeißt er euch raus, beide.«
»Ja, Walter.« Und ich überwinde mich und murmele noch: »Wenn sie so eine ist, wie du sagst, dann braucht es dir doch auch wirklich nicht leid zu tun!«
Da dreht er den Kopf zur Seite, und seine Stimme klingt ganz erstickt, als er antwortet: »Das ist ja das Verfluchte. Sie kann sein, wie sie will. Schlimmer. Noch schlimmer! Es ist mir ganz gleich, wie sie ist! Ich ... ich ... liebe sie ...« Und läuft ins Haus.
Ich bleibe noch einen Augenblick draußen, dann folge ich ihm und sehe in das Zimmer, in dem Raschid, Ali, und mein »Bruder« wohnen. Ali und Hansi sitzen auf ihren Betten, ganz still und feierlich, und der kleine, zarte Prinz kniet auf dem Gebetsteppich und spricht seine Abendsure.
»Im Namen Allahs, des Allbarmherzigen! Lob und Preis Allah, dem Herrn aller Weltbewohner, dem gnädigen Allerbarmer, der am Tage des Gerichtes herrscht! Dir allein wollen wir dienen, und zu Dir allein flehen wir um Beistand. Du führe uns den rechten Weg. Den Weg derer, die Deiner Gnade sich freuen – und nicht den Pfad jener, über die Du zürnst oder die in die Irre gehen ...«
Er verneigt sich dreimal tief, dann steht er auf und rollt den kleinen Teppich zusammen, während er mich anlächelt. Auch Hansi lächelt, und allmählich bekomme ich Angst vor diesem Lächeln meines »Bruders«. Nun ist es soweit. Er hat vorhin im Wald eine Forderung gestellt, und die muß ich erfüllen, sonst bringe ich Verena Lord in Gefahr; die muß ich erfüllen, und wenn ich Raschid noch so weh tue damit.
Was ist das für ein Leben, in dem man immer einem Menschen weh tun muß? Ein schönes?
Ich danke.
Alle drei Jungen sehen mich jetzt an, Hansi und Raschid voll Verehrung und der Sehnsucht, ich möchte ihr Freund sein, der kleine Neger mit dem Überwertigkeitskomplex voll Verachtung. (Welch ein Glück – so habe ich es wenigstens mit einem leicht!)
Raschid lächelt.
Hansi lächelt.
Ali sagt zu mir: »Was ist das hier für ein Saustall! Ich habe meine Schuhe vor die Tür gestellt, damit sie geputzt werden, und dieser Herterich ...«
»*Herr* Herterich.«

»Was?«
»Es heißt *Herr* Herterich, verstehst du?«
»Lächerlich! Herr werde ich sagen! Zu dem! Der verdient doch keine fünfhundert Mark im Monat.«
»Wenn du nicht Herr zu ihm sagst, werde ich es dem Chef melden.«
»Petzer!«
»Nenne mich, wie du willst. Was war also mit Herrn Herterich?«
»Er hat gesagt, ich soll mir meine Schuhe selber putzen.«
»Da hat er völlig recht. Alle putzen ihre Schuhe selber.«
»Ich nicht! Ich habe das noch nie im Leben getan! Zu Hause hatte ich einen weißen Diener dafür.«
»Ja«, sage ich, »aber hier bist du nicht zu Hause. Und hier hast du keinen weißen Diener dafür. Du wirst deine Schuhe selber putzen.«
»Niemals!«
»Dann lauf dreckig herum, mir ist es egal. Wenn du dich nicht schämst! So etwas will der Sohn eines Königs sein!«
Das wirkt.
Er schaut mich einen Moment mit blitzenden Augen an und zerrt an dem großen goldenen Kreuz, das an der großen goldenen Kette um seinen Hals hängt, dann sagt er etwas Afrikanisches (sicher nichts Feines), wirft sich auf sein Bett, dreht den Kopf zur Wand und zieht die Decke über den Kopf.
Jetzt kommt der ärgste Moment. Ich muß es tun. Sonst gefährde ich Verena.
Ich gebe dem Krüppel die Hand und sage: »Schlaf schön, Hansi.« Und dann gehe ich aus dem Zimmer. Als ich mich umdrehe, sehe ich, wie Hansi mir mit einem triumphierenden Ausdruck nachblickt. Der Sieger. Der bucklige Sieger. Der ewig Unterdrückte, Verspottete, Verachtete – heute abend ist er der Sieger. Darum strahlt er so.
Und neben ihm steht der kleine Prinz, mit hängenden Schultern, den Gebetsteppich noch unter dem Arm, und sieht mich todtraurig an mit seinen feuchten, dunklen, langbewimperten Augen. Ich schließe die Tür ganz schnell hinter mir.

20

Ich gehe in ein Badezimmer und unter eine Brause und seife mich lange ab, denn ich habe Zeit. Es ist erst 21 Uhr 30. Und Verena hat gesagt, ich soll um 23 Uhr auf den Balkon kommen.

Nach der Dusche gehe ich in mein Zimmer. Der Plattenspieler läuft wieder, ich höre das Klavierkonzert Nummer Zwei von Rachmaninow. Wolfgang und Noah liegen schon in ihren Betten. Beide lesen. Als ich hereinkomme, sehen sie mich an, dann sehen sie einander an und grinsen.
»Was ist so komisch?«
»Du.«
»Wieso?«
»Na, du bist eben komisch«, sagt Noah. »Du gehst komisch, du redest komisch, du kommst komisch spät heim. Du hast heute eben deinen komischen Tag. Wenn *ich* dich vielleicht auch komischer finde als Wolfgang.«
»Was heißt das?«
»Wir haben nämlich gewettet.«
»Glaub nur nicht, daß ich ihn weniger komisch finde, weil ich zehn Mark blechen mußte«, sagt Wolfgang.
»Was war das für eine Wette?«
Noah grinst wieder: »Ob dich die Luxusnutte schon am ersten Tag rumkriegen würde.«
»Und woher wißt ihr?«
»Instinkt«, sagt Noah und lacht schallend.
»Quatsch«, sagt Wolfgang zu mir. »Auf Instinkt hin hätte ich niemals zehn Mark geblecht. Hansi hat es uns erzählt.«
»Hansi?«
»Klar. Der erzählt alles. Immer. Allen. Heute nachmittag um zwei in der kleinen Schlucht. Stimmt's?«
Ich schweige.
»Siehst du. Auf Hansi kann man sich verlassen«, sagt Noah. »Von den zehn Mark bekommt er übrigens eine, das war ausgemacht.«
»Wird das immer so ausgemacht?«
»Natürlich. Wenn einer über einen anderen etwas wissen will, ruft er Hansi und verspricht ihm eine bestimmte Provision. Er wird ja auch immer prompt von Hansi bedient.«
»Da muß der ja schon ein wohlhabender Mann sein«, sage ich.
»Ist er auch. Er hatte ein Riesensparschwein, in das ging schon vor den Ferien nichts mehr hinein. Jetzt hat er ein neues gekauft.«
»Wo ist das alte?«
»Vergraben im Wald«, sagt Noah.
Hansi. Immer wieder Hansi.
Ich lege mich in mein Bett.

21

23 Uhr. Noah und Wolfgang schlafen schon, und es ist dunkel im Zimmer, als ich leise aufstehe, nach meinem Morgenmantel taste und auf den Balkon hinausschleiche. Wolken bedecken den Himmel, der Mond ist verschwunden, die Nacht unheimlich schwarz. Ich kann nicht einmal die weiße Fassade von Verenas Villa erkennen, ich starre nur in die Richtung, in der sie liegt.

Ich warte. Ich friere. Ich trete von einem Bein auf das andere. 23 Uhr 05. 23 Uhr 10. 23 Uhr 15. Ich will schon wieder ins Haus zurückgehen, weil ich denke, daß Verenas Mann sie vielleicht daran gehindert hat, das zu tun, was sie, mir zur Überraschung, tun wollte, da flammt in der Dunkelheit ein winziger Lichtpunkt auf. Und noch einmal. Und noch einmal. Ich bin so aufgeregt, daß ich nicht genug Luft bekomme. Denn nach diesen drei Lichtzeichen beginnt Verena zu morsen.

Sie hat *morsen* gelernt! Noch nicht gut. Aber sie hatte ja auch nur ein paar Stunden Zeit. Und sie hat es gelernt. Für mich. Mein Herz klopft wild, während ich die Buchstaben entziffere, die da stockend und undeutlich als Lichtsignale durch die Nacht zu mir kommen. Ein D ist das. Und ein O. Und zwei M. Ein E. Ein R. Ein S. Ein T. Ein A. Ein G.

DOMMERSTAG!

Donnerstag, meint sie natürlich. Sie verwechselt das N mit dem M, aber was macht das? Was macht das? Am Donnerstag werde ich sie in der Klinik besuchen, und sie freut sich darauf, sonst hätte sie nicht gerade mühevoll dieses Wort ausgesucht. Sie beginnt schon wieder zu blinken.

D...O...M...

Ich renne so leise ich kann in mein Zimmer und hole meine Taschenlampe aus dem Nachttisch. Wolfgang wacht halb auf und knurrt: »Was is'n los?«

»Nichts. Schlaf weiter.«

Er seufzt, dreht sich zur Seite, und gleich darauf ist er wieder eingeschlafen, und ich bin wieder draußen auf dem Balkon, wo Verena gerade das zweite Wort blinkt: ...T...A...G...

Ich lehne mich an die kalte Hauswand, und nun blinke ich, und weil ich Angst habe, daß sie bloß die Buchstaben dieses einen Wortes versteht, blinke ich dasselbe wie sie, aber richtig.

D...O...N...N...E...R...S...T...A...G...

Wenn es ihr nur nicht zu weh tut...

Fünf Sekunden Pause.
Dann meldet sie sich wieder.
D . . . O . . . M . . . M . . . E . . . R . . . S . . . T . . . A . . . G . . .
Wir blinken das einzige Wort, das sie gelernt hat: Sie falsch, ich richtig.
DOMMERSTAG.
DONNERSTAG.
Lieber Gott, lieber Gott im Himmel, bitte mach, daß sie beinahe gar keine Schmerzen hat.

## DRITTES KAPITEL

### 1

Ich glaube, ich werde nie ein Schriftsteller werden, denn ich kann nicht einmal Verena Lords Gesicht an diesem Donnerstagvormittag richtig beschreiben. Ich finde keine Worte, keine Ausdrücke, ich kann nicht sagen, was mich bewegt, als ich ihr Zimmer betrete. Es ist ein großes, schönes Zimmer, vor dem offenen Fenster steht ein alter Ahornbaum, dessen Blätter sind wunderbar bunt, rot und golden, gelb, braun und ockerfarben.
Verena liegt in einem Bett neben dem Fenster. Sie ist sehr blaß, unter ihren Augen runden sich schwarze Ringe. Das macht, daß die Augen noch einmal so groß erscheinen, ungeheuer groß. Das ganze Gesicht mit den blutleeren Lippen, den eingefallenen Wangen und dem zurückgekämmten und im Nacken gefaßten Haar scheint nur aus Augen zu bestehen, aus diesen traurigen, wissenden Augen, die ich nie, nie vergessen werde; von denen ich träume; die schönsten Augen der Welt; die leidenschaftlichsten; und darum eben wohl die traurigsten. Ich glaube nicht, daß eine echte Liebe jemals etwas anderes sein kann als traurig.
»Hallo«, sagt sie. Aber nur ihre Lippen lächeln, die Augen nicht.
»War es sehr schlimm?« frage ich und vergesse, überhaupt guten Tag zu sagen.
»Gar nicht.«
Aber ich sehe, daß sie lügt, denn sie lächelt immer noch so verzerrt. »Hast du große Schmerzen?«
»Sie gaben mir gleich nachher Spritzen und Pulver. Wirklich, Oliver, es war einfach gar nichts!«
»Ich glaube dir nicht. Ich glaube, daß es sehr weh tut.«

»Aber du hast doch für mich gebetet.«
»Ja.«
»Wirklich?«
»Ja!«
»Betest du sonst auch?«
»Nein, nie.«
»Siehst du, und trotzdem hat es geholfen. Ich danke dir, Oliver.«
Ich glaube ihr noch immer nicht, aber ich sage nichts mehr, sondern lege einen Strauß Blumen auf das Bett.
»Rote Nelken!« Und jetzt lächeln – für einen Moment – auch ihre Augen. »Meine Lieblingsblumen ...«
»Ich weiß.«
»Woher?«
»Gestern, in der Freizeit, bin ich zwei Stunden lang vor eurem Grundstück auf und ab gelaufen, bis ich endlich Evelyn sah. Ich glaube, sie hat mich gern.«
»Sehr! Du bist der erste Onkel, den sie gern hat.«
»Sie erzählte mir, du seist im Krankenhaus, weil man dir die Mandeln herausnehmen müsse, und da fragte ich sie, was deine Lieblingsblumen wären. Es war ganz einfach.«
»Ach, Oliver ...«
»Ja?«
»Nichts ... Bitte, klingle doch der Schwester. Ich möchte die Blumen an meinem Bett haben.«
»Aber wenn dein Mann ...«
»Du hast dich doch hier als mein Bruder angemeldet, oder?«
»Klar, wie du sagtest.«
»Na, mein Bruder kann mich doch wirklich besucht und mir meine Lieblingsblumen mitgebracht haben! Er wohnt hier in Frankfurt. Und er sieht dir sogar ein bißchen ähnlich! Mein Mann hat ihm eine Stelle verschafft. In der Wechselstube am Hauptbahnhof. Übrigens, stell dir vor: Er mußte heute früh nach Hamburg fliegen, mein Mann, ganz plötzlich. Wir haben so viel Zeit, wie wir wollen. Er kommt erst abends zurück. Ist das nicht wundervoll?«
Ich kann nur nicken. Diese schwarzen, traurigen Augen machen mir das Atmen schwer, das Sprechen, das Dasein.
»Setz dich!«
Ich nehme einen Stuhl und ziehe ihn ans Bett.
»Wie bist du hergekommen?«
»Mit dem Wagen.«
»Unsinn. Natürlich nicht zu Fuß! Ich meine: Ihr habt doch jetzt Unterricht!«

»Ach das! Das war ganz einfach! Heute morgen sagte ich unserem Erzieher, mir sei schlecht. Darauf holte er ein Thermometer. In meinem Zimmer schläft ein netter Junge, Noah heißt er, der zeigte mir, wie man das mit dem Thermometer macht, nachdem ich ihm erklärt hatte, daß ich vormittags weg müßte.«

»Wie macht man es?«

»Man hält das eine Ende, da, wo das Quecksilber ist, zwischen zwei Finger und ...«

Tür auf.

Eine Schwester erscheint, ganz in Weiß, mit Häubchen und allem Drum und Dran.

»Sie haben geläutet, gnädige Frau?«

»Ja, Schwester Angelika. Mein Bruder Otto Willfried ...«

Ich erhebe mich und sage: »Sehr erfreut.«

»... hat mir ein paar Blumen gebracht. Würden Sie wohl so liebenswürdig sein und eine Vase besorgen?«

»Aber gerne, gnädige Frau.«

Schwester Angelika geht. Die Blumen nimmt sie mit. Kaum hat sich die Tür hinter der Schwester geschlossen, sagt Verena: »Man hält also das Ende zwischen zwei Finger – und?«

»Na ja, und dann reibt man. Die Säule steigt in Nullkommajosef. Bei mir stieg sie, weil ich zu fest rieb, auf 42, und wir mußten sie wieder herunterschlagen.«

»Ein prima Mittel! Das muß ich mir merken.«

»Warum?«

»Weißt du, mein Mann will manchmal etwas von mir und ...«

»Schon gut«, sage ich schnell, »schon gut.«

## 2

»Verena?«

»Ja?«

»Montag nacht, mit deinen Morsezeichen, hast du mich sehr glücklich gemacht.«

»Das wollte ich auch. Habe ich furchtbar schlecht gemorst?«

»Du hast wundervoll gemorst! Immer Dommerstag statt Donnerstag!«

»Ich habe N und M verwechselt?«

»Ja.«

Wir lachen beide. Plötzlich hört Verena auf, hält sich den Leib und verzieht das Gesicht.

»Du hast doch Schmerzen!«
»Überhaupt keine! Nur wenn ich so furchtbar lache! Erzähle weiter. Also, wieviel Fieber hattest du?«
»39,5. Der Erzieher ließ mich nicht zur Schule gehen. Er rief den Arzt an. Der kann aber erst am Abend kommen.«
»Und dann?«
»Dann wird das Fieber eben wieder abgeklungen sein. Bis übermorgen! Denn länger als zwei Tage halte ich es nicht mehr aus, dich nicht zu sehen.«
»Schon morgen werde ich entlassen. Da kann ich schon ein bißchen laufen. Mein Mann will, daß ich mich oben in der Villa erhole. Weil das Wetter noch so schön ist.«
»Ach, wenn das Wetter doch noch recht lange so schön bleibt! Dann muß ich nicht jeden zweiten Morgen das Thermometer hochreiben, dann kann ich dich vielleicht schon am Samstag wieder in unserem Turm treffen.«
»Hoffentlich, Oliver, hoffentlich. Jetzt erzähle weiter.« Sie spricht eilig, wie jemand, der nur redet, damit der andere nicht von etwas redet, das jener nicht hören will. »Was geschah, nachdem Fieber konstatiert wurde?«
»Ein Kinderspiel. Ich wartete, bis die anderen in der Schule waren, dann stand ich auf und ging zu Herrn Herterich, dem Erzieher, und sprach ernsthaft mit ihm.«
»Ernsthaft?«
»Siehst du, dieser Herterich ist neu im Internat. Unsicher. Schwach. Ich habe ihm einmal geholfen, als er mit den ganz kleine Jungen nicht fertig wurde. Er hofft, daß ich ihm wieder helfen werde. Also sage ich zu ihm: ›Herr Herterich, ich habe das Thermometer hochgerieben.‹ – ›Das dachte ich mir‹, antwortet er traurig. – ›Jetzt gibt's zwei Möglichkeiten‹, sage ich. ›Ich muß nämlich dringend ein paar Stunden weg. Möglichkeit eins: Sie heißen Hase und wissen von nichts, und ich verspreche Ihnen, daß ich spätestens um halb eins, bevor die anderen kommen, wieder in meinem Bett liege. Das ist die eine Möglichkeit. Die andere ist, daß Sie jetzt den Chef anrufen und ihm sagen, was ich Ihnen gerade sagte. In diesem Fall schwöre ich Ihnen, daß Sie in weniger als einem Monat freiwillig weggehen – reif für eine Nervenklinik. Ich habe hier eine Menge Freunde, und Sie haben keinen einzigen.‹ – Er war natürlich vernünftig und sagte, ich könnte abhauen, und er wüßte von nichts, solange ich nur um halb eins wieder da wäre, bevor die anderen kämen. Er war sogar dankbar.«
»Wofür?«

»Daß ich versprach, ihm weiter bei den Kleinen zu helfen. Da ist so ein verrückter Neger, der bildet sich ein, alle Weißen wären Dreck und . . .«
»Oliver.«
»Ja?« Ich neige mich vor. Sie neigt sich vor.
Es klopft. Wir fahren zurück. Schwester Angelika kommt mit einer Vase herein, in der meine Nelken stehen. Sie stellt sie auf den Nachttisch und bewundert die Blumen und meinen guten Geschmack und gratuliert der gnädigen Frau zu ihrem reizenden Bruder. Sie ist einfach zum Kotzen, diese Schwester Angelika!
Als sie das Zimmer verlassen hat, neige ich mich wieder vor. Aber Verena schüttelt den Kopf und stößt mich zurück. »Nein«, flüstert sie, »nicht jetzt. Du weißt nicht, was für mich auf dem Spiel steht. Sie ist jetzt bestimmt draußen und sieht durch das Schlüsselloch und lauscht«, flüstert sie. »Sie glaubt doch nie im Leben, daß du mein Bruder bist.«
Das leuchtet mir ein. Und ich flüstere so leise wie sie: »Komischer Anfang, nicht wahr?«
»Komischer Anfang von was?«
»Von einer Liebe«, flüstere ich. »Vielleicht ist es keine für dich. Für mich ist es eine.«
Danach schweigt sie lange, und dann sagt sie: »Entsetzlich! Vor nichts habe ich mehr Angst.«
»Als wovor?«
»Als vor Liebe. Als vor einer richtigen Liebe.«
»Aber warum?«
»Weil alle meine richtigen Lieben scheußlich aufgehört haben. Sie fingen wunderschön an und hörten scheußlich auf. Ich will keine neue Liebe mehr! Ich habe genug!«
»Du liebst deinen Mann nicht.«
»Nein.«
»Eben.«
»Eben was?«
»Eben deshalb sehnst du dich nach Liebe, obwohl du dich vor ihr fürchtest.«
»Unsinn!«
»Das ist kein Unsinn. Jeder Mensch braucht einen anderen Menschen, den er lieben kann.«
»Ich liebe mein Kind.«
»Ein Kind ist nicht genug. Es muß ein erwachsener Mensch sein. Vielleicht bin ich für dich nicht der Richtige. Du bist für mich bestimmt die Richtige.«

»Woher willst du das wissen?«
»Bei einer richtigen Liebe weiß man so etwas. Sofort. Ich wußte es sofort.«
Sie nimmt meine Hand, und ihre Augen, ihre wunderbaren Augen sehen direkt in die meinen, als sie sagt: »Ich habe dir erzählt, wie elend es mir ging, als ich meinem Mann begegnete. Du weißt eine Menge über mich. Ich weiß gar nichts von dir.«
»Aber von meinem Vater!«
»Auch von dem nicht.«
»Wieso nicht? Der Skandal, den er verursachte, machte doch Schlagzeilen in allen Zeitungen der Bundesrepublik!«
»Ich hatte damals kein Geld, um mir Zeitungen zu kaufen. Ich hatte ganz andere Sorgen. Wenn ich meinen Mann später manchmal fragte, was denn mit diesem Mansfeld sei, sagte er immer nur: ›Das verstehst du doch nicht, das hat gar keinen Sinn, daß ich dir das erkläre.‹«
»Weil er mit ihm zusammengearbeitet hat!«
»Was?«
»Und er arbeitet immer noch mit ihm zusammen! Nicht umsonst ist mir am Rhein-Main-Flughafen sofort dein Name aufgefallen.«
»Was hat dein Vater getan, Oliver? Warum haßt du ihn so?«
Ich schweige. Draußen bewegen sich die Ahornblätter, die goldenen, die roten und die braunen, in einem sanften Südwind.
»Oliver!«
»Ja?«
»Ich habe dich gefragt, warum du deinen Vater haßt und was er dir getan hat!«
»Ich will es dir erzählen«, sage ich leise. »Ich will dir alles erzählen...«
Sie greift wieder mit ihrer eiskalten Hand nach meiner heißen.
»Es begann am 1. Dezember 1952, an einem Montag. Ja, da begann es. Für mich jedenfalls. An diesem Montag wurde das Morddezernat im Frankfurter Polizeipräsidium davon in Kenntnis gesetzt, daß sich in der Zentrale der Mansfeld-Werke eine Tragödie ereignet hatte. Eine gewisse Emilie Krakel rief an. Ihre Stimme...

3

... klang schrill vor Entsetzen: ›Ich bin eine von den Putzfrauen hier... und wie ich eben in das Büro von Herrn Jablonski komme, da sitzt er... sitzt er in seinem Sessel am Schreibtisch...

ganz zusammengesackt... mit dem Kopf auf der Tischplatte... Er hat ein Loch in der Schläfe... alles voll Blut... Einer muß ihn erschossen haben... Kommen Sie... kommen Sie schnell!‹
Die Mordkommission kam schnell. Eine Viertelstunde später war sie da. Der Name ihres Leiters lautete Kriminalkommissar Hardenberg. Seine Männer machten sich an die Arbeit. Der sechsundfünfzigjährige Chefprokurist hatte den Tod durch eine Kugel aus einer Pistole Kaliber 7,65 gefunden. Die Kugel war durch die rechte Schläfe in den Schädel eingedrungen und hatte bei ihrem Austritt aus der linken Schläfe einen Teil des Schädels mitgerissen. Die Kugel wurde gefunden, die Pistole nicht. Der Polizeiarzt erklärte: ›Genau kann ich es natürlich erst nach der Autopsie sagen. Aber eines steht fest: Dieser Mann ist seit vielen Stunden tot.‹
›Seit mehr als vierundzwanzig Stunden?‹ fragte der Kommissar Hardenberg.
›Seit mindestens sechsunddreißig‹, antwortete der Arzt.
Demnach war der Tod also in den Nachmittagsstunden des Samstags eingetreten. Man wußte, daß Jablonski, obwohl glücklich verheiratet und Vater von zwei Kindern, häufig Samstagnachmittage, ja mitunter selbst Sonntage in dem dann menschenleeren Riesenwerk verbrachte, um in seinem Büro zu arbeiten. An diesem Wochenende war seine Familie zu Verwandten nach Wuppertal gefahren. (Und damit war erklärt, warum die Frau keine Vermißtenanzeige erstattet hatte.)
Kommissar Hardenberg und seine Leute fanden das Büro des Chefprokuristen völlig verwüstet vor. Schränke waren erbrochen, der Inhalt ihrer Laden teils auf dem Fußboden verbrannt, teils in alle Ecken des Zimmers geworfen worden, die Tür des schweren Panzerschrankes stand offen. Ich erinnere mich noch gut daran, wie mein Vater telefonisch alarmiert wurde, als ich eben aufstand, um zur Schule zu gehen.
Ich war damals dreizehn Jahre alt, schlechter Schüler, linkischer Junge mit unreiner Haut und unsicheren Bewegungen, der sich vor allen anderen Jungen fürchtete und vor allen Mädchen schämte und seine Zeit am liebsten allein verbrachte. Mein Vater war ein riesenhafter, massiger Mann mit dem geröteten Gesicht des Weintrinkers und dem brutalen Gehabe des großen Geschäftemachers. Er war 1952 Eigentümer eines der größten Radio- und dann auch Fernsehwerke Deutschlands. Er war Millionär. In der Halle unserer mit Kostbarkeiten überfüllten Villa am Beethovenpark hing ein Rubens, den mein Vater für DM 600 000.– ersteigert hatte, im Salon hingen zwei Chagalls (DM 250 000.–), in der Bibliothek ein

Picasso (DM 300 000.–). Wir besaßen drei Autos, ein Flugzeug und den dazugehörenden Piloten, einen Mann namens Teddy Behnke, der im Krieg Bomber geflogen hatte. Ich mochte Teddy sehr gern, und er mochte mich auch gern, glaube ich.
Mein Vater war gelernter Elektriker. 1937 lernte er meine Mutter kennen. 1938 heirateten die beiden. 1939 kam ich zur Welt. Man sagt, daß alle Kinder ihre Mütter schön finden. Ich habe das nie getan. Ich liebe meine Mutter, sie tut mir unendlich leid, aber ich habe sie nie schön gefunden, niemals. Sie war es auch nicht. Sie war zu hager, zu knochig, ihre Züge schienen mir stets zu verschwommen, die Figur war schlecht. Sie hatte glanzloses, blondes Haar. Sie weinte leicht und oft. Niemals vermochte sie sich elegant zu kleiden – auch nicht, als sie Millionen besaß.
Mein Vater hatte seinen Beruf in der Radioapparate-Fabrik erlernt, die den Eltern meiner Mutter gehörte. Nur dieser Fabrik wegen heiratete er meine Mutter, das ist meine feste Überzeugung. Er hoffte, auf diese Weise eines Tages Chef des kleinen, aber gut gehenden Unternehmens zu werden.
Doch dann machte ihm zunächst der Krieg einen Strich durch die Rechnung. 1940 mußte er einrücken und blieb Soldat bis 1945. 1945 waren die Eltern meiner Mutter tot (umgekommen bei einem Bombenangriff), die kleine Fabrik stand halb zerstört da, und es bedeutete schon einen gewaltige Freude, ein Himmelsgeschenk für uns, daß die Amerikaner meinen Vater sofort aus der Gefangenschaft entließen und wir ihn gesund wiedersahen. Damals war ich sechs Jahre alt. Wir besaßen keinen Groschen. Das einzige, was es noch gab, war die halb zerstörte Fabrik, die nun meiner Mutter gehörte.
Bereits Ende 1946 nahm mein Vater die Arbeit in dieser Ruine wieder auf. Er hatte zwei Menschen, die ihm dabei halfen, zwei Frauen: Meine Mutter und ein gewisses Fräulein Lizzy Stahlmann. Dieses Fräulein Stahlmann war in allem und jedem das Gegenteil meiner Mutter. Sie war schön. Sie war viel jünger. Sie war sogar in der Nachkriegselendszeit immer elegant gekleidet. Sie war jeder Situation gewachsen. Mein Vater brachte sie eines Tages mit und gab dazu eine recht kurze Erklärung ab: ›Fräulein Stahlmann ist eine alte Freundin von mir, die ich durch Zufall wieder getroffen habe. Ich schlage vor, wir sagen uns gleich alle du, denn wir sind doch Arbeitskameraden, nicht wahr? Du, Oliver, wirst Tante Lizzy sagen.‹
›Jawohl, Papa‹, antwortete ich.
Die MANSFELD-WERKE, – diesen pompösen Namen gab mein Vater

der lächerlichen Ruine, die einmal den Eltern meiner Mutter gehört hatte – wurden 1946 im Frankfurter Handelsregister als G. m.b.H. eingetragen. Eigentümer waren zu gleichen Teilen meine Mutter und mein Vater. Das unerläßliche Grundkapital von RM 500 000.– stellte ein Frankfurter Bankier Vater gegen Wechsel zur Verfügung. Dieser Bankier hieß Manfred Lord ...

## 4

Nun saß mein Alter also mit den beiden so unterschiedlichen Frauen in der schmutzigen, elenden Halle der kleinen Fabrik, durch deren Dach Schnee und Regen ihren Weg fanden, und die Frauen wickelten mit der Hand Kondensatorenspulen, während mein Vater die ersten primitiven Radioapparate zusammenbastelte. Die Einzelteile, die er dazu benötigte, Röhren, Sicherungen, Schalter, Gehäuse und dergleichen, erwarb er ungeheuer umständlich auf dem Schwarzen Markt. Manchmal fuhr er ein paar Meter Kupferdrahtes wegen bis nach München oder bis nach Bremen.
Unsere Wohnung war ebenso von Bomben zerstört wie das Haus der Eltern meiner Mutter und die Wohnung von ›Tante Lizzy‹. So ergab es sich ganz von selbst, daß wir alle in der Fabrik lebten. Ich hatte eine Kammer, ›Tante Lizzy‹ schlief in einem kahlen Abstellraum, meine Eltern in einem anderen. Vorläufig hielt man sich noch an die weit verbreitete Sitte, daß der Ehemann mit der Ehefrau in einem Zimmer schläft. Vorläufig, sage ich. Im Elend. In einer halb zerstörten Fabrik. 1946 ...
1952 beschäftigte mein Vater über 2000 Arbeiter und Angestellte, aus der traurigen Ruine war ein Hochhaus geworden, und die Zentrale in Frankfurt besaß Zweigwerke in München, Stuttgart, Hannover und Hamburg. In jeder dieser Filialen wurden auf Grund eines genau festgelegten Rationalisierungsplanes Einzelteile hergestellt und nach Frankfurt geschickt. Hier erfolgte der Zusammenbau und der Versand in die ganze Welt.
Wir wohnten nun in einer Villa am Beethovenpark. Mein Vater besaß den Rubens, die Chagalls, den Picasso, besaß die ›Cessna‹, den Piolten, besaß Millionen. Eine Kleinigkeit hatte sich verändert. Mein Vater schlief nicht mehr in einem Zimmer mit meiner Mutter. Meine Mutter weinte leicht und viel. Sie tat es vor allem in dieser Zeit. Mein Vater schickte sie zu bedeutenden Ärzten. Diese wiederum schickten meine Mutter in Sanatorien nach Bühlerhöhe, nach Bad Homburg und Bad Wiessee. Die verschiedenen Kuren blieben

ohne Erfolg. Meine Mutter wurde immer stiller und hagerer. Sie sah jetzt aus wie eine alte Frau.

Zu den Gesellschaften, die mein Vater häufig gab, kamen Politiker und Künstler, Wissenschaftler und Schieber. Die meisten verachteten meinen Alten, der sich auf derartigen Parties häufig betrank, das Smokinghemd aufriß und Champagner über die behaarte Brust goß, was ihn – ihn allein – unmäßig erheiterte. Doch alle Menschen schmeichelten ihm, denn viele brauchten und viele fürchteten Walter Mansfeld. In den Augen aller, glaube ich, war mein Vater ein Parvenü, ein brutaler Halsabschneider. Aber seine Werke hatten einen Riesenumsatz, und wer sich ihm widersetzte, den vernichtete er. Sein Lieblingsausspruch bestand aus den beiden einzigen Worten, die ihm aus der lateinischen Sprache bekannt waren: ›Non olet‹ Nein, Geld stank offenbar wirklich nicht!

An den Parties meines Vaters nahm meine Mutter seltener und seltener teil. Meistens bekam sie vorher Migräne und mußte das Bett hüten. In solchen Fällen ›vertrat‹ dann ›Tante Lizzy‹, schön, jung, begehrenswert, mit vollendetem Charme die Hausfrau. Manchmal waren auch beide Frauen anwesend. Sie trugen die teuersten Kleider und den kostbarsten Schmuck. Mit diesem Schmuck hatte es eine eigene Bewandtnis: Am Tage der Party ließ mein Vater die Preziosen aus seinem Banksafe holen, nach der Party nahm er sie wieder an sich, und am nächsten Tag wanderten sie in seinen Tresor zurück. Der Schmuck gehörte den beiden Frauen nicht – mein Vater schmückte sie nur damit.

Glaubte ich.

Glaubten viele.

Erst die polizeilichen Ermittlungen nach dem Tode des Chefprokuristen Jablonski brachten zutage, daß auch ›Tante Lizzy‹ Zugang zum Banksafe meines Vaters und jede Vollmacht besaß ...

## 5

An jenem 1. Dezember 1952 hatte ich besonders lange Unterricht und kehrte erst gegen 14 Uhr heim. Es fiel mir auf, daß mehrere schwarze Wagen vor dem Gartentor parkten und daß dieses offen war. Ich wanderte über den Kiesweg zur Villa. Auch hier stand die Tür offen. In der Halle gingen Männer umher, die ich noch nie gesehen hatte. Unser Diener, Herr Viktor, stand neben der Treppe, die in den ersten Stock hinaufführte, und bewegte kein Augenlid, als er mich erblickte.

Komischerweise bemerkte ich sofort, daß der Rubens nicht mehr an seinem Platz hing. Was mochte da geschehen sein? Die Schultasche in der Hand, blieb ich stehen und sah den fremden Männern zu, die geschäftig hin und her eilten, in die Bibliothek, in den Salon, ins Arbeitszimmer meines Vaters. Es dauerte eine ganze Weile, bis Herr Viktor aus seiner Erstarrung erwachte und zu einem großen, schlanken Mann mit weißen Haaren sagte: ›Das ist er‹.

Daraufhin trat jener Mann an mich heran und fragte freundlich: ›Du bist Oliver Mansfeld?‹

›Jawohl.‹

›Ich heiße Hardenberg. Ich bin Kriminalkommissar.‹

›Kriminalbeamter?‹

›Du mußt keine Angst haben. Ich ...‹

›Ich habe aber Angst!‹ rief ich. ›Was ist hier los? Was ist geschehen?‹

Er schwieg.

›Herr Viktor!‹ rief ich.

Aber auch der Diener schwieg, und schweigsame Männer wanderten weiter durch die Halle, in den Salon, in Vaters Arbeitszimmer.

Der Kommissar Hardenberg lächelte.

›Leg erst einmal deine Schultasche ab.‹

Ich ließ sie auf den Boden fallen, auf den dicken Smyrna-Teppich.

›Und jetzt setzen wir uns vor den Kamin; ich werde dir alles erklären.‹ Mit sanfter Gewalt führte er mich zu dem kalten Kamin, vor dem wir uns beide in riesenhafte, alte und sehr kostbare Ohrensessel setzten.

›Wo ist meine Mutter? Wo ist mein Vater? Wer sind alle diese Männer?‹

›Das will ich dir ja gerade erklären‹, antwortete Hardenberg freundlich. ›Du darfst dich nicht aufregen. Was geschehen ist, ist geschehen. Du mußt jetzt ein tapferer, kluger Junge sein. Und in gewissen Situationen muß man der Wahrheit ins Auge blicken können, so weh ...‹

›Herr Kommissar‹, sagte ich, ›was ist denn bloß geschehen?‹

Er zuckte die Schultern (ein netter Kerl, man konnte sehen, wie peinlich ihm das alles war und wie schwer es ihm fiel, mir, ausgerechnet mir, einem Kind noch, alles erklären zu müssen) und sagte: ›Sie sind weg, mein armer Kleiner.‹

›Wer ist weg?‹

›Dein Vater, deine Mutter und Fräulein Stahlmann. Ich glaube, du nennst sie Tante Lizzy.‹

›Weil ich muß.‹
›Weil du mußt?‹
›Mein Vater sagt, ich bekomme sonst Ohrfeigen. Was heißt, sie sind weg?‹
Hardenberg sog an seiner Zigarre.
›Schau mich nicht so an! Ich kann nichts dafür! Dein Vater hat sein ganzes Bankguthaben abgehoben, seine wertvollen Bilder und den ganzen Schmuck genommen, der Tante Lizzy und deiner Mutter gehörte, und dann sind die drei in sein Flugzeug gestiegen und – ssst!‹ Er machte in seiner Verlegenheit eine entsprechende Handbewegung.
›Wohin?‹
›Nach Luxemburg. Das ist ein Katzensprung von hier. Wir kamen zu spät. Sie sind bereits in Luxemburg gelandet. Ich bin schuld daran. Ich habe einen Fehler gemacht. Ich ließ deinen Vater laufen. Heute früh, nach der ersten Vernehmung.‹
›Das verstehe ich nicht.‹
›Weißt du, daß sein Chefprokurist tot aufgefunden wurde?‹
›Ja. Ich stand gerade auf, um zur Schule zu gehen, als mein Vater deshalb angerufen wurde. Er fuhr sofort ins Werk.‹ Plötzlich bemerkte ich, daß meine Knie gegeneinanderschlugen. ›Um Gottes willen, mein Vater hat doch nicht Herrn Jablonski umgebracht und ist deshalb geflohen?‹
›Herr Jablonski beging Selbstmord. Dein Vater ließ bloß die Pistole und verschiedene Papiere verschwinden und richtete alles so her, daß es wie Mord aussah.‹
›Woher wissen Sie das?‹
›Viele Männer haben viele Stunden lang gearbeitet, um das festzustellen, ich kann es dir nicht so einfach erklären. Es ist so.‹
›Aber ... aber wenn mein Vater Herrn Jablonski nicht umgebracht hat, warum hat er dann die Pistole verschwinden lassen? Warum hat er all sein Geld abgehoben? Warum hat er die Bilder und den Schmuck genommen und ist mit meiner Mutter und mit dieser Hexe abgehauen?‹
›Das werde ich dir vielleicht heute abend erklären können. Oder morgen. Wahrscheinlich wirst du es aber nicht verstehen, mein Kleiner.‹
›Bitte, Herr Kommissar, sagen Sie nicht immer ›mein Kleiner‹ zu mir. Ich bin nicht mehr so klein! Und ich werde es verstehen, verlassen Sie sich darauf, Herr Kommissar.‹
›Ich wollte dich nicht verletzen, Oliver. Du darf ich doch noch sagen?‹

›Natürlich, Herr Kommissar.‹

›Und du sagst Hardenberg zu mir.‹

Ich fühlte Tränen kommen, und ich schluckte hastig, denn ich wollte nicht weinen. ›Und sie haben nichts für mich hinterlassen? Keinen Brief? Keine Nachricht?‹

›Ich fürchte, nein.‹

›Doch‹, sagte da unser Diener.

›Herr Viktor?‹

›Ich bitte um Vergebung, wenn ich dieses Gespräch unterbreche, aber deine Mutter hat eine Nachricht für dich hinterlassen, Oliver.‹ Er holte ein paar Tempo-Taschentücher hervor, und während er das tat, sagte er schnell und leise zu dem Kommissar (aber ich hörte es doch). ›Die gnädige Frau wollte nicht mitfliegen. Es gab eine furchtbare Szene. Frau Mansfeld riegelte sich im Badezimmer ein. Herr Mansfeld schrie und tobte. Zuletzt trat er die Tür ein und zerrte die gnädige Frau heraus. Im letzten Moment gab sie mir das ...‹ Und Herr Viktor überreichte mir die Papiertaschentücher. Ich faltete sie vorsichtig auseinander. Der Kriminalkommissar Hardenberg stand auf, trat neben mich und las, was ich las. Die Worte waren in wirren Buchstaben, wohl mit einem Augenbrauenstift, geschrieben, verwischt und schon verschmiert. Etwas anderes schien meine Mutter im Badezimmer nicht zum Schreiben gefunden zu haben. Ich las, und über meine Schulter las Hardenberg mit.

Erstes Taschentuch:

*Mein armes, gutes Kind! Einmal wirst Du begreifen, was heute geschah. Ich habe keine Wahl.*

Zweites Taschentuch:

*Ich muß mit Deinem Vater gehen, wir können nicht auf Dich warten. Sobald alles klar ist, kommst Du*

Drittes Taschentuch:

*nach. Ich rufe Dich Dienstag abend an. Du weißt, wie sehr ich Dich liebe. Aber ich muß Dich jetzt für*

Viertes Taschentuch:

*eine kleine Weile allein lassen. Verzeih mir bitte. Tausend Küsse. Deine unglückliche Mami.*

›Das ist alles?‹ fragte ich.

›Das ist alles‹, sagte Viktor.

Und fremde Männer gingen durch das Haus, und der Kommissar Hardenberg wurde ans Telefon gerufen. Als er aufstand, strich er über mein Haar.

## 6

Die Kriminalbeamten blieben den ganzen Tag. Hardenberg fuhr fort, kam wieder, fuhr wieder fort. Spät abends erschien er netterweise noch einmal, und als er hörte, daß ich nichts gegessen hätte und nicht schlafen könne, gab er mir zwei Pillen. Die schluckte ich, trank Wasser danach, und Hardenberg sagte: ›Jetzt wirst du prima schlafen! Morgen brauchst du nicht zur Schule zu gehen, ich rufe deinen Lehrer an. Warum lachst du?‹

›Weil wir morgen gerade eine ganz, ganz schwere Arbeit in Mathe haben!‹ Fünf Minuten später war ich eingeschlafen. Ich schlief zwölf Stunden.

Am nächsten Tag waren dieselben Kriminalbeamten im Haus und dazu noch ein paar neue. Sie durchsuchten jede Ecke. Ich war überall und jedermann im Weg, und so ging ich auf mein Zimmer und setzte mich ans Fenster und las immer wieder die Abschiedsbotschaft meiner Mutter auf den vier Papiertaschentüchern. Sie war nun schon sehr verschmiert, nur ein einziger Satz war klar geblieben, dieser:

*Du weißt, wie sehr ich Dich liebe.*

Gegen 19 Uhr rief meine Mutter dann aus Luxemburg an.

›Mein armer Liebling, kannst du mich gut verstehen?‹

›Ich kann dich gut verstehen, Mami, und Herr Kommissar Hardenberg kann dich auch gut verstehen, er hält sein Ohr direkt an den Hörer.‹

›Deshalb kann ich dir auch jetzt noch nicht alles erklären.‹

›Dann schreibe es mir doch!‹

›Die Post würde geöffnet werden.‹

›Ja, aber...‹

›Es dauert nicht mehr lange, Liebling, es dauert nicht mehr lange, dann bist du bei mir, und ich erkläre dir alles.‹

›Ja, Mami. Wie lange wird es dauern?‹

›Nicht mehr lange, gar nicht mehr lange, mein Herz...‹

Aber da irrte sie sich. Ein Tag um den anderen verging. Ich blieb ohne Nachricht. Neue Männer erschienen im Haus. Herr Viktor sagte mir, es seien Steuerfahnder.

›Sie arbeiten überall, im Werk, in den Filialen von München und Stuttgart, von Hannover und Hamburg.‹

›Wonach fahnden sie?‹

›Das würdest du doch nicht verstehen‹, sagte Herr Viktor. Alle Menschen, die ich in dieser Zeit fragte, was eigentlich geschehen war, sagten mir, ich würde es doch nicht verstehen. Von meiner Mutter bekam ich schöne Ansichtskarten. Es stand immer darauf, wie sehr sie mich liebe. Sie rief auch ein paarmal an und sagte es mir, aber sie sagte mir nicht, wann ich zu ihr kommen dürfte.

›Du mußt noch ein bißchen Geduld haben, Liebling, nur ein bißchen Geduld, dann ist alles gut ...‹

*Gut?*

Am 15. Dezember traf wieder eine Postkarte ein. Diesmal war sie von ›Tante Lizzy‹:

*Mein lieber kleiner Oliver, Deine arme Mutter hat leider wieder ihre nervösen Zustände und mußte in ein Sanatorium gebracht werden. Hoffentlich geht es ihr bald besser. Und hoffentlich bist Du bald bei uns! Es umarmen und küssen Dich Deine Dich liebenden Tante Lizzy und Papa.*

Das Wort Papa hatte mein Vater selber geschrieben. Es war das erste und letzte Wort, das ich von ihm, an mich gerichtet, die ganzen Jahre hindurch gelesen habe.

## 7

Der Kriminalkommissar Hardenberg verfügte, daß ich bis auf weiteres überhaupt nicht mehr zur Schule zu gehen brauchte.

›Tante Lizzy‹ rief an und fragte, was ich mir zu Weihnachten wünsche.

›Zu Mami kommen dürfen.‹

›Mami ist im Sanatorium, mein Schatz, das weißt du doch.‹

›Dann wünsche ich mir nichts.‹

Dennoch trafen ein paar Tage vor Weihnachten drei Riesenpakete ein, die an mich adressiert waren.

›Muß ich sie annehmen?‹ fragte ich Hardenberg, der jeden Tag kam und nach mir sah.

›Du brauchst nicht.‹

›Ich will sie nicht‹, sagte ich.

So wurden die drei Pakete zurück nach Luxemburg geschickt. Den Heiligen Abend verbrachte ich mit Herrn Viktor und unserem Personal. Mein Vater telefonierte, aber da hängte ich sofort wieder ein, und etwas später rief meine Mutter an. Sie sprach mit sehr schwacher Stimme, die Verbindung war schlecht, und meine Mutter erzählte mir, daß sie das Sanatorium bald verlassen und alles gut werden würde, ich dürfte nur nicht den Mut verlieren.

›Nein, Mami, ich verliere nicht den Mut.‹

›Und du weißt, daß ich dich sehr lieb habe?‹

›Ja, Mami. Ich habe dich auch sehr lieb. Gute Besserung. Und fröhliche Weihnachten!‹

Am 28. Dezember erschien dann in einer Abendzeitung diese Schlagzeile:

RADIO-MILLIONÄR MANSFELD INS AUSLAND GEFLOHEN

BETROG STAAT UM 12,5 MILLIONEN MARK

Unter dieser fetten Balkenüberschrift konnte man in einem langen Artikel – und am nächsten Tag unter ein paar tausend fetten Balkenüberschriften in ein paar tausend langen Artikeln in ein paar tausend anderen in- und ausländischen Zeitungen – lesen, daß mein Vater der größte Steuerbetrüger der deutschen Nachkriegszeit sei. Die Fahnder hatten ihre Arbeit beendet und die Ergebnisse ihrer Untersuchung bekanntgegeben. Ich las einige der Zeitungen, aber ich verstand nicht, was in ihnen stand. Ich hob sie jedoch auf, diese Zeitungen, ich besitze sie heute noch alle, und heute verstehe ich, was sie meldeten. Kurz gesagt dies:

Mit Hilfe von gefälschten Umsatzzahlen, frisierten Bilanzen, angeblich unverkäuflichen, in Wahrheit aber sehr wohl verkauften Radiogeräten, vor allem jedoch durch fingierte Zulieferungen und Transaktionen im Ausland war es meinem Vater gelungen, zwischen der Währungsreform im Jahre 1948 und dem Dezember 1952 die deutschen Finanzämter um 12,5 Millionen Mark zu prellen. Derartige gewaltige Manipulationen hatte er natürlich nicht allein durchführen können, sondern sich dazu der Assistenz seines Chefprokuristen Jablonski versichert. Als im Oktober 1952 klar wurde, daß für den Dezember eine – an sich vollkommen harmlose – Steuerprüfung bevorstand, verlor Jablonski die Nerven und erschoß sich am frühen Nachmittag des 29. November 1952 in seinem Büro. Mein Vater, der sich zufällig noch im Betrieb aufhielt, entdeckte den Selbstmord und tat alles, um ihn als Mord erscheinen zu lassen – und dabei wichtige Unterlagen zu vernichten. Nachdem er bei dem ersten Verhör durch den Kriminalkommissar Hardenberg in den frühen Morgenstunden des 1. Dezember 1952 erkannt hatte, daß dieser nicht an Mord glaubte, sondern Selbstmord annahm, floh er mit seinem gesamten Bargeld, seinen kostbarsten Kunstschätzen, meiner Mutter und ›Tante Lizzy‹ nach Luxemburg, wo er in dem schönen Ort Echternach seit längerer Zeit ein prunkvolles Haus besaß.

Die Zeitungen vom 29. Dezember 1952 meldeten, daß siebenundfünfzig in- und ausländische Journalisten am Tag zuvor mit meinem Vater per Telefon über eine eigene Verstärkeranlage eine

Pressekonferenz abgehalten hätten. Mein Vater saß in seinem Haus in Echternach. Die Journalisten saßen im Büro einer Presse-Agentur in Frankfurt. Sie durften Fragen stellen. Mein Vater konnte sie beantworten, wenn er wollte. Wenn er nicht wollte, mußte er sie nicht beantworten.

Da ich die alten Zeitungen aufgehoben habe, brauche ich nur abzuschreiben, wie dieses Frage-Antwort-Spiel verlief.

FRAGE: Herr Mansfeld, Sie kennen die schweren Beschuldigungen, die gegen Sie erhoben wurden. Was haben Sie zu ihnen zu sagen?

MEIN VATER: Von A bis Z erlogen.

FRAGE: Warum sind Sie dann nach Luxemburg geflüchtet, einem Land, das bekanntlich Menschen wegen Steuervergehen nicht ausliefert?

MEIN VATER: Ich bin nicht geflüchtet. Ich habe hier geschäftlich zu tun.

FRAGE: Wie lange?

MEIN VATER: Auf unbestimmte Zeit.

FRAGE: Ist es wahr, daß die Mansfeld-Werke die deutschen Finanzämter um 12,5 Millionen Mark betrogen haben?

MEIN VATER: Wenn das überhaupt zutrifft, dann habe *ich* damit nicht das geringste zu tun.

FRAGE: Wer sonst?

MEIN VATER: Mein Chefprokurist Jablonski. Deshalb wird er sich ja wohl auch erschossen haben.

FRAGE: Erwarten Sie, daß wir Ihnen glauben, ein Prokurist könnte ohne Wissen seines Firmenchefs derartig abenteuerliche Transaktionen vornehmen?

MEIN VATER: Glauben Sie es, glauben Sie es nicht. Es ist mir egal. Ich wußte nichts davon.

FRAGE: Aber Sie wissen, daß Herr Jablonski eine Frau und zwei Kinder hinterläßt?

MEIN VATER: Ich spreche ihnen mein Beileid aus.

FRAGE: Warum stellen Sie sich nicht den deutschen Behörden, wenn Sie unschuldig sind?

MEIN VATER: Meine Herren, ich habe in jahrelanger, schwerer Arbeit meine Radiowerke aufgebaut, die zu den größten Deutschlands gehören. Ich kehre nicht nach Deutschland zurück, weil ich mir nicht mein Lebenswerk vernichten lassen will! Ich weiß, daß ein Haftbefehl gegen mich und meine Frau ergangen ist, und daß man uns verhaften kann, sobald wir deutschen Boden betreten. Nun, wir werden deutschen Boden so bald nicht wieder betreten. Wir fühlen uns sehr wohl hier in Luxemburg.

FRAGE: Sie sprechen von Ihrem Lebenswerk, Herr Mansfeld. Schwebt es nicht in noch größerer Gefahr, wenn Sie nicht freiwillig nach Deutschland zurückkehren und sich einer Untersuchung stellen?

MEIN VATER: Nein. Wieso?

FRAGE: Wissen Sie nicht, daß die deutschen Behörden in allen Ihren Werken und Ihrer Villa Werte bis zu einer Höhe von 12,5 Millionen Mark pfänden können?

MEIN VATER: Das können sie eben nicht. Ich wiederhole: Das können sie eben nicht!

FRAGE: Was soll das heißen?

MEIN VATER: Mit Ausnahme der erwähnten Villa und ihrem Inventar habe ich keinen Besitz in Deutschland. Die Villa können die Herren haben. Viel Spaß damit!

FRAGE: Und Ihre Werke? Was heißt, Sie haben keinen Besitz in Deutschland?

MEIN VATER: Es dürfte doch wohl der Aufmerksamkeit der verehrten Steuerbehörde nicht entgangen sein, daß ich die Mansfeld-Werke in eine Aktiengesellschaft mit 30 Millionen Grundkapital habe umwandeln lassen.

FRAGE: Wo hat die neue AG ihren Sitz? Im Ausland?

MEIN VATER: Kein Kommentar!

FRAGE: Die Finanzbehörde kann doch Ihre Aktien pfänden?

MEIN VATER: Das kann sie nicht, weil weder ich noch ein Mitglied meiner Familie auch nur eine einzige Aktie besitzen.

FRAGE: Und wer besitzt die Aktien?

MEIN VATER: Neunzehn Prozent besitzt mein langjähriger Freund Manfred Lord, der bekannte Frankfurter Bankier, der mir beim Aufbau meines Werkes half. Diese neunzehn Prozent sind selbstverständlich nicht pfändbar, da Herr Lord die Aktien ordnungsgemäß gekauft hat.

FRAGE: Wer besitzt die restlichen einundachtzig Prozent?

MEIN VATER: Die restlichen einundachtzig Prozent habe ich an ein belgisches Bankenkonsortium verkauft.

FRAGE: An welches?

MEIN VATER: Das geht Sie nichts an.

FRAGE: Haben Sie die einundachtzig Prozent rückkaufbar verkauft?

MEIN VATER: Kein Kommentar.

FRAGE: Wie werden Ihre Werke weiterarbeiten?

MEIN VATER: Wie bisher. Die Behörden wissen genau, daß sie in den Betrieben nicht eine Schraube pfänden dürfen. Als Generaldirektor werde ich das Unternehmen von hier aus weiter leiten.

FRAGE: Wie lange?
MEIN VATER: Vielleicht einige Jahre. Einmal verjähren Steuerdelikte ja auch in der Bundesrepublik.
FRAGE: Sie werden also einmal wieder nach Deutschland zurückkehren und weiterarbeiten, ohne auch nur einen einzigen Pfennig von den 12,5 Millionen zurückzubezahlen?
MEIN VATER: Ich weiß überhaupt nicht, wovon Sie reden. Ich habe nicht einen einzigen Pfennig zurückzubezahlen.
FRAGE: Herr Mansfeld, warum ist Ihr kleiner Sohn Oliver noch in Deutschland?
MEIN VATER: Weil ich es so wünsche. Er wird auch in Deutschland bleiben, in Deutschland sein Abitur machen und dann in meinen Betrieb eintreten. Das kann er schon in sieben Jahren.
FRAGE: Sie meinen, *Sie* können das in sieben Jahren noch nicht, und deshalb soll er bleiben?
MEIN VATER: Das ist eine Bemerkung, die ich zum Anlaß nehme...

## 8

...dieses Interview abzubrechen. Guten Abend, meine Herren, sagte mein Vater und hängte den Hörer ein. Damit war die Pressekonferenz beendet.«
Nachdem ich Verena das alles erzählt habe, schweigen wir beide lange Zeit, und wir halten uns noch immer an der Hand. Die ihre ist inzwischen warm geworden. Ein Düsenflugzeug fliegt über das Haus. Von fern höre ich Kinder singen: »Laßt die Räuber durchmarschieren durch die goldnen Brücken...«
Fragt Verena: »Und was noch?«
»Ach, nichts Besonderes mehr. Zu Neujahr gingen alle Angestellten, und die Steuer hatte die ganze Villa gepfändet.«
»Aber du mußtest doch irgendwo wohnen!«
»Kommissar Hardenberg kümmerte sich weiter um mich. Zuerst wohnte ich eine Zeitlang im Hotel, sogar einem guten, denn mein Herr Papa, der mit seinen ergaunerten Millionen im trockenen saß, überwies irgendwie Geld. Aber dann kam das Jugendamt.«
»Jugendamt?«
»Klar! Ich war doch ein Kind ohne Eltern. Minderjährig. Die Erziehungsberechtigten geflohen und unerreichbar. Also bekam ich einen Vormund, und der steckte mich in ein Heim.«
»Auch das noch.«
»Ich will wirklich nicht jammern, aber es war eine verflucht miese

Zeit! Kannst du jetzt verstehen, warum ich so herzliche Gefühle für meinen Vater empfinde?«
Sie schweigt und streichelt meine Hand.
»Ich blieb übrigens nur ein Jahr in diesem Heim«, sage ich. »Dann kam ich in mein erstes Internat.«
»Internat – das ist doch furchtbar teuer!«
»Inzwischen hatte sich die Sache eingespielt. Dein Mann überwies jeden Monat Geld auf das Bankkonto meines Vormunds.«
»*Mein Mann?* Aber wieso ...«
»Nach außen hin aus selbstlosem Mitgefühl und um einem alten Freund zu helfen. Der alte Freund war mein Vater. Damit mußten sich die Behörden zufriedengeben. Man kann niemandem verbieten, einem anderen Geld zu schenken! In Wahrheit stecken die beiden nach wie vor unter einer Decke, das habe ich dir ja schon gesagt, und dein Mann bekommt alles Geld, das er überweist, immer ordentlich zurück. Ich weiß nicht wie, aber er bekommt es. Meinem Vater wird schon etwas eingefallen sein. Wahnsinnig komisch, wirklich: Dein Mann zahlt heute noch jeden Monat für mich, und wir sitzen hier, und du streichelst meine Hand und ich ...«
»Hör auf.« Sie dreht den Kopf zur Seite.
»Was ist?«
»Ich habe meinen Mann nie geliebt«, sagt sie. »Ich war ihm dankbar, weil er Evelyn und mich aus dem Elend zog, ich war ihm dankbar für das schöne Leben, das er mir bot, aber ich habe ihn nie geliebt. Doch geachtet habe ich ihn bis heute. Für mich war Manfred bis heute so etwas wie ... wie sein Name! Ein Lord! Ein Herr! Einer, der keine Schweinereien macht.«
»Tut mir leid, daß ich dir eine Illusion zerstört habe.«
»Ach ...«
»Zum Trost: Wir haben so einen kleinen Krüppel im Internat, der ist unerhört gerissen. Weißt du, was der sagt: ›Alle Menschen sind Schweine‹.«
»Glaubst du das auch?«
»Mhm.«
»Aber ...«
»Aber was?«
»Aber ... aber ... man kann doch nicht leben, wenn man so denkt!«
Und jetzt sieht sie mich wieder mit ihren schwarzen, wissenden Augen an.
Und mir wird heiß, und ich neige mich vor und küsse ihren

Hals und sage: »Entschuldige. Entschuldige. Ich glaube es nicht.« Plötzlich schlingt sie beide Arme um mich und hält mich fest. Ich spüre die Wärme ihres Körpers durch die Decke, ich atme den Duft ihrer Haut ein, und meine Lippen bleiben auf ihrem Hals. Keiner bewegt sich. So liegen wir lange. Dann stößt sie mich von sich, heftig, mit beiden Fäusten, es tut mir weh.

»Verena!«

»Du weißt nicht, was ich alles getan habe! Mit wie vielen Männern ich ...«

»Ich will es nicht wissen. Glaubst du, ich bin ein Engel?«

»Aber ich habe ein Kind ... und einen Geliebten ...«

»Keinen Geliebten. Nur einen, mit dem du schläfst.«

»Und vor ihm hatte ich einen anderen! Und noch einen! Und noch einen! Ich bin eine Hure! Mein Leben ist verhurt! Ich bin nichts wert! Ich bin nicht einen Groschen wert! Nur aus Berechnung habe ich geheiratet, und vom ersten Moment an ...«

»Jetzt laß mich etwas sagen!«

»Was?«

»Du bist wunderbar«, flüstere ich und küsse ihre Hand. »Für mich bist du wunderbar.«

»Mein kleines Kind verleite ich bereits dazu, mir bei meinen Betrügereien zu helfen. Ich ... ich ... ich ...«

»Du bist wunderbar.«

»Nein.«

»Na schön, dann bist du genauso viel wert wie ich. Ich sagte doch immer, es ist unheimlich, wie sich ähnliche Naturen anziehen, aufspüren, wittern. Ist das nicht wunderbar?«

»Findest du?«

»Ja, Verena, das finde ich.«

»Aber ich will nicht! Ich will nicht!«

»Was?«

»Daß es schon wieder losgeht. Mit dir. Daß ich Enrico betrüge!«

»Du betrügst deinen Mann, da kannst du doch ruhig auch Enrico betrügen!«

Auf einmal fängt sie an zu lachen. Ich denke zuerst, es ist ein hysterischer Ausbruch, aber nein, es ist ein ganz normales Lachen. Sie lacht, bis sie wieder Schmerzen hat und eine Hand auf den Leib legt.

»Au«, sagt sie. »Ich weiß doch, daß ich aufpassen muß. Du hast recht, Oliver, es ist alles sehr komisch. Wahnsinnig komisch! Das ganze Leben.«

»Na siehst du«, sage ich. »Meine Rede.«

9

Jetzt singen die Kinder in der Ferne (da muß irgendwo ein Spielplatz sein): »Ein Männlein steht im Walde, ganz still und stumm...«
Verena und ich haben einander lange angesehen nach den letzten Sätzen, die wir sprachen, unverwandt, sie mit einem Ausdruck, als sähe sie mich zum erstenmal, und jetzt sprechen wir beide auf einmal und sehen beide anderswohin, sie an die Decke, ich aus dem Fenster. Kennen Sie das? So, als ob wir Angst voreinander hätten. Nein, nicht voreinander: Ein jeder vor sich selber.
»Mein Vater ist...«
»Und aus diesem ersten Internat bist du...«
»...es hat von lauter Purpur ein Mäntlein um...«
»Was wolltest du sagen?«
»Nein, was wolltest *du* sagen?«
»Ich wollte sagen: Mein Vater ist dieser Tante Lizzy hörig. Er ist ein Masochist. Ich fahre doch in den Ferien immer heim, nicht? Ich lebe nicht in der Villa, sondern in einem Hotel. Nur wenn meine Mutter nicht im Sanatorium liegt, wohne ich zu Hause.«
Achselzucken: »Zu Hause!«
»Liegt sie oft im Sanatorium?«
»Fast immer. Ich fliege auch immer nur ihretwegen heim. Sonst würde ich in Deutschland bleiben.«
»Natürlich.«
»Natürlich, nicht? Und einmal, als meine Mutter gerade nicht im Sanatorium war, sondern zu Hause, da habe ich, als meine liebe Tante Lizzy einmal weg war, ihr Zimmer durchsucht. Aber wie! Zwei Stunden lang. Dann fand ich sie endlich.«
»Wen?«
»Die Peitschen. Hundepeitschen, Reitgerten, was du willst. In allen Farben. Mindestens ein Dutzend. Sorgfältig versteckt in ihrem Kleiderschrank.«
»Sie schlägt ihn?«
»Meiner Ansicht nach seit zwanzig Jahren!«
»Na!«
»Ich sage dir, es ist eine Jugendliebe! Als ich die Peitschen entdeckt hatte, war mir überhaupt alles klar. Sie ist der einzige Mann unter den dreien! Meine Mutter ist nur noch ein armseliges Gespenst. Und mein Vater? Immer nur: Lizzy! Lizzy! Sie hat sämtliche Vollmachten über seine Konten. Ich sage dir, sie heckt jeden

neuen Trick, jede neue geschäftliche Schweinerei mit aus! Ich sage dir, mein Vater ist heute nur noch ein armseliges Würstchen, ein Nichts, ein Niemand unter ihren Händen. Sie ist eine Sadistin.«
»Scheußlich.«
»Wieso? Er will Kloppe. Von ihr kriegt er sie. That's love.«
»Sprich nicht so.«
»Wahrscheinlich hat er auch meiner Mutter den Antrag gemacht. Und die hat es abgelehnt. Oder es schlecht getan. Masochisten zufriedenzustellen, das ist anscheinend gar nicht so einfach. Na, und da tauchte er eben wieder mit der auf, die es ihm so gut besorgte, daß er auf seine Kosten kam, und sie bestimmt auch. Du müßtest sie mal sehen. Die richtige Stiefelfrau.«
»Widerlich.«
»Ich rede die Wahrheit. Die ist immer widerlich.«
»Es kann nichts werden mit uns.«
»Warum nicht?«
»Weil du so bist.«
»Du bist doch genauso.«
»Ja«, sagt sie und lacht wieder, wie ein Kind, »das stimmt.«
»Es wird die größte Liebe von der Welt werden«, sage ich. »Und sie wird nicht enden, bis einer von uns stirbt.«
»Sentimental fool.«
»Ach, Englisch kannst du auch?«
»Ja.«
»Klar. Jeder deutschen Frau ihren Ami-Boy-Friend nach dem Krieg.«
»Bist du verrückt geworden? Wie sprichst du denn mit mir?«
»Ach, verzeihen Sie, werte Dame, Sie hatten nie einen?«
Jetzt muß sie wieder lachen.
»Drei!«
»Nur?« sage ich. »Na so etwas! Wo bin ich stehengeblieben?«
»Beim Masochismus deines Vaters«, antwortet sie und lacht noch immer. »O Gott, o Gott, ist das ein Gespräch!«
»Richtig. Ich sage dir, er ist der typische Masochist! Ich habe ihn beobachtet, genau und lange beobachtet, nachdem ich die Peitschen fand. Ich habe meine Tante Lizzy beobachtet. Wie sie kommandiert. Wie sie ihn ansieht. Wie sie sich von ihm Feuer geben läßt, wenn sie eine Zigarette rauchen will. Dann fummelt sie so lange herum, daß mein Vater sich die Finger verbrennen muß. Und das tut ihnen wohl, so wohl, allen beiden.«
»Oliver, diese Welt ist ekelhaft. Wenn ich nicht Evelyn hätte, würde ich mir das Leben nehmen.«

»Ach, Unsinn! Sehr wenige nehmen sich das Leben. Was glaubst du, wie oft ich schon mit der Idee gespielt habe! Du und ich, wir sind viel zu feige dazu. Außerdem geht es dir doch gut! Du bist eine reiche Frau. Du hast einen Liebhaber. Jetzt hast du auch noch mich. Wenn du willst, kannst du ausprobieren, wer der bessere ...«

»Oliver!«

Ich sage lauter Dinge, die ich nicht sagen will.

»Entschuldige bitte. Ich benehme mich unmöglich. Ich sage lauter Dinge, die ich nicht sagen will.«

»Ich doch auch, ich doch auch! Die ganze Zeit! Vielleicht hast du recht, und es wird eine Liebe. Das wäre entsetzlich!«

»Nein, nein. Denn eines sage ich dir gleich: So etwas wie Enrico werde ich für dich nie sein! Ich werde dich nicht küssen, nicht einmal anrühren, wenn wir uns nicht *wirklich* lieben.«

Wieder dreht sie den Kopf fort und sagt leise: »Das waren die schönsten Worte, die jemals ein Mann zu mir gesagt hat.«

## 10

Sie sieht mich nicht mehr an, sie hat den Kopf zur Seite gewendet. So bleibt sie liegen. Sie ist noch schöner im Profil. Sie hat ganz kleine Ohren. Die Ohren allein könnten einen wahnsinnig machen ...

»Na ja«, sage ich. »That's the whole story. In dreizehn Jahren hat meine liebe Tante Lizzy sich alles unter den Nagel gerissen. Sie ist heute die Königin. Sie prügelt meinen Alten. Sie bestimmt, was geschieht. Mein Vater ist nur noch eine Marionette. Was für ein Kerl er ist, kannst du daran erkennen, wie er sich gegen seine Angestellten benimmt: Rücksichtslos. Unerbittlich. Die kleinste Kleinigkeit: You are fired! Das ist typisch für solche Kerls. Einer Frau willenlos hörig, aber gegen die Umgebung ein Tyrann. Nur: Der wahre Chef der Mansfeld-Werke heißt heute, ach was heute, heißt seit vielen Jahren bereits Lizzy Stahlmann. Stahlmann, ein feiner Name für die Dame, nicht? Ich bin sicher, daß sie auch bereits heftig bei den Steuerschiebungen mitgerungen hat. Ihretwegen durfte ich nicht nach Luxemburg nachkommen. Verstehst du? Aus meiner Mutter hatte sie schon ein Wrack gemacht. Meinen Vater beherrschte sie schon vollkommen. Nur ich war ihr noch im Wege.«

»Armer Oliver«, sagt sie und sieht mich wieder an.

»Arme Verena«, sage ich. »Arme Evelyn. Arme Mami. Arme Menschen.«
»Es ist schrecklich.«
»Was?«
»Wie ähnlich wir uns wirklich sind.«
»Wieso ist das schrecklich? Ich sage jetzt etwas Lächerliches, etwas Absurdes. Soll ich es sagen?«
»Ja.«
»Du bist alles, was ich habe auf der Welt, und alles, woran ich glaube, und alles, was ich liebe, und alles, wofür ich anständig sein möchte, wenn ich könnte. Ich weiß, wir beide könnten furchtbar glücklich miteinander sein. Wir...«
»Hör auf!«
»Dein Kind wäre mein Kind...«
»Hör auf!«
»Und nie, nie, nie würde der eine den anderen betrügen. Wir würden alles gemeinsam tun, essen, verreisen, Konzerte hören, einschlafen, aufwachen. Morgen wirst du entlassen. Kommst du am Samstag zu unserem Turm, um drei Uhr?«
»Wenn ich kann.«
»Wenn du nicht kannst, dann gib mir in der Nacht zum Samstag ein Zeichen. Um elf. Dreimal kurz. Das heißt, du kannst nicht. Und dreimal lang, das heißt, du kannst.«
»O Gott.«
»Was heißt schon wieder ›o Gott‹?«
»Und ich bin zwölf Jahre älter!« Sie sieht mich lange an. »Oliver... Oliver... weißt du, was seltsam ist?«
»Was?«
»Daß ich trotz allem so glücklich bin.«
»Ich bin es doch auch, ich bin es doch auch!«
»Ja, aber bei mir ist es zum erstenmal im Leben.« Sie öffnet die Lade des Nachtkästchens. »Schau mal«, sagt sie, »wie weit ich schon bin. Wie weit verrückt!«
Ich sehe in die Lade. Eine Taschenlampe liegt darin und ein kleines Heft. Ich lese, was auf dem Titelblatt steht: DAS MORSE-ALPHABET.
»Wir sind beide Wahnsinnige, Oliver!«
»Natürlich.«
»Und wir werden bitter büßen müssen für das, was wir tun.«
»Natürlich.«
»Es gibt keine glücklichen Lieben.«
»Natürlich, natürlich, natürlich«, sage ich und neige mich vor,

um ihren Mund, ihren wunderbaren Mund, zu küssen, da klopft es, und sofort danach kommt Schwester Angelika ins Zimmer, lächelnd, falsch und lüstern.
»Sie müssen nun gehen, mein Herr. Ihre Frau Schwester ist noch sehr schwach.«
»Ja«, sage ich, »das ist richtig, ich muß gehen.« (Auch wegen Herrn Herterich, es ist halb zwölf.) So stehe ich auf und gebe Verena einen brüderlichen Kuß auf die Wange und sage: »Also, bis dann, meine Kleine!«
»Bis dann, mein Kleiner!«
»Warum lächeln Sie, Schwester Angelika?« frage ich.
»Ach«, antwortet sie mit einem Madonnenlächeln, für das ich ihr gern in die Zähne schlagen würde, »es rührt mich immer so, wenn ich sehe, wie Geschwister aneinander hängen.«
Ich gehe zur Tür. Da drehe ich mich noch einmal um.
»Leb wohl«, sagt Verena. »Und danke für die Blumen.«
Dazu macht sie eine fast unmerkliche Handbewegung. Die verdammte Schwester bemerkt es nicht. Aber ich weiß, was für eine Handbewegung das war. Mit dieser Bewegung hat Verena ihre Hand auf meinen Mund gelegt, als wir noch ihr Armband suchten und ich sie nachts in meinem Wagen küssen wollte.
Also lege ich auch meine Hand auf den Mund, ganz kurz nur. Schwester Angelika hat nichts davon mitbekommen. Sie starrt ihre Patientin an wie die Pythonschlange ein Kaninchen. Verena schiebt ihre Nachttischlade zu.
Ist es nicht lächerlich, daß eine Taschenlampe und ein Morse-Alphabet einen Mann halb wahnsinnig vor Glück machen können?
»Tschüß, Schwesterchen«, sage ich. Und gehe aus dem Zimmer wie ein Mann, der fünf doppelte Whisky getrunken hat.

## 11

*Erwachsene!*
*Wir richten unser Wort an Euch!*
*Ist Liebe ein Verbrechen?*
*Verwundert werdet Ihr die Köpfe schütteln.*
*Aber Ihr verurteilt die Liebe einer Fünfzehnjährigen zu einem Achtzehnjährigen!*
*Große Aufregung!*
*Ungeheure Empörung! Mit fünfzehn kann man doch noch nicht lieben!*

*Ihr habt noch so viel Zeit für die Liebe, ihr dummen Gören, ihr wißt ja noch gar nicht, was das ist, Liebe. Den Hintern verschlagen sollte man euch! Was ist denn, wenn du ein Kind bekommst?*
*So sagt Ihr!*
*Ihr habt ja so viel Verständnis für uns. Wir müssen ja so dankbar sein, daß wir so liebe Eltern und so liebe Lehrer haben!*
*Einen Dreck haben wir!*
*Nichts haben wir!*
*Niemanden!*
*Dann finden zwei von uns zueinander.*
*Und Ihr? Was tut Ihr?*
*Ihr reißt uns schnellstens auseinander ...*
Es ist 12 Uhr 45, ich liege wieder brav in meinem Bett im »Quellenhof«.
Noah hat mir aus dem Speisesaal in zwei Aluminiumgefäßen mein Essen gebracht.
Und dieses seltsame Pamphlet.
Ich habe es prima geschafft mit der Zeit.
Herr Herterich betrachtete mich wehmütig, als ich heimkam, und sagte: »Ihretwegen werde ich noch in Teufels Küche kommen.«
»Das werden Sie nicht«, sagte ich. »Nach dem Essen lege ich mich wieder hin, und abends lasse ich mich brav vom Onkel Doktor untersuchen. Das Fieber wird dann eben weg sein. Magenverstimmung. So was kommt vor. Übrigens habe ich gehört, daß Ali gestern abend wieder frech zu Ihnen war.«
»Ja, das ist ein grauenhaftes Kind ... Er verlangte von mir, ich sollte seine Füße waschen.«
»Lassen Sie nur, Herr Herterich. Den werde ich mir vorknöpfen!«
»Wirklich?«
»But how!« sagte ich.
Da strahlte er, der arme Kerl.
Na was, wenn es nicht anders geht, bekommt der kleine Neger heute die Hucke voll! Die Freundschaft Herrn Herterichs wird mir, wenn alles so geht, wie ich es mir wünsche, bald unersetzbar sein, lebensnotwendig. Ich werde wohl noch oft Fieber am Vormittag haben ...
Und nun steht Noah vor mir und hat mir diese drei eng beschriebenen Seiten gegeben, auf denen steht, was ich eben aufgeschrieben habe, und noch mehr.
»Was soll der Käse?« frage ich.
»Das ist kein Käse, sondern ein erschütterndes Dokument menschlicher Verzweiflung«, sagt er grinsend. »Heute vormittag war

allerhand los hier. Du wärst aus dem Staunen nicht herausgekommen. Wie war es übrigens?«
»Danke.«
»Dem Tonfall nach muß es ja ziemlich mies gewesen sein.«
»Halt's Maul!«
»Na, na, na! Es ist doch nicht etwa Liebe?«
»Doch.«
»Dann entschuldige, bitte.« Er grinst wieder und sagt: »Das wird die Luxusnutte aber freuen!«
»Was war heute vormittag?«
»Der Chef hat Gaston und Carla gefeuert! Rausgeschmissen. Sie sind schon weg. Mit dem Zug um 10 Uhr 50. Er nach Paris, sie nach Wien. Das ging ruck-zuck! Der Chef ist komisch. Manchmal verhält er sich monatelang still, und dann ganz plötzlich – whammmmm!«
»Was ist passiert?«
»Fräulein Hildenbrand hat die beiden gestern im Wald erwischt. Ausgerechnet die Hildenbrand. Kann kaum noch kieken. Aber sie hat es sofort dem Chef gemeldet. Und der versteht in solchen Sachen keinen Spaß. Abends gab es noch eine Lehrerkonferenz. Der Chef rief die Eltern von Gaston und Carla an und erklärte ihnen, daß er ihre lieben Kinder mit sofortiger Wirkung rausschmeißen müsse und warum. Den lieben Kindern hat er es erst heute vormittag eröffnet. Der Chef und die Pauker hatten die beiden schon das ganze letzte Jahr lang auf dem Kieker. Erste Verwarnung, zweite Verwarnung. Das im Wald, das hat dem Faß sozusagen nur noch die Krone ausgeschlagen.«
»Wie war das heute vormittag?«
»Es passierte in der Lateinstunde. Der Chef hat dem Frettchen damit übrigens die Tour vermasselt, er weiß es bloß nicht.«
»Wieso?«
»Das Frettchen hatte sich etwas ganz Besonderes ausgedacht, eine psychologische Masche. Und so, wie ich die Brüder in der Klasse kenne, wäre er sogar durchgekommen damit. Jetzt ist natürlich alles im Eimer.«
»Erzähle!«
»Du erinnerst dich noch an den Quatsch mit dem Schnupftabak?«
»Den Gaston gemacht hat?«
»Ja. Heute früh – erste Stunde Latein – kommt das Frettchen rein, geht sofort auf Gaston zu und sagt zu ihm: ›Na, was ist los?‹ – ›Pardon?‹ sagt Gaston. – ›Der Schnupftabak‹, sagt das Frettchen. ›Bekomme ich nun eine Prise, oder bekomme ich keine?‹«

»Donnerwetter!«

»Ja, fanden wir auch. Das hatte er sich wirklich prima ausgedacht! Gaston steht auf, gibt ihm die Dose und stottert ganz überwältigt: ›Voilà, Monsieur!‹ Das Frettchen schnupft. Dann schnupfen alle anderen Jungen in der Klasse. Ein paar klatschen sogar. Aber das ist noch nicht die Pointe! Die Pointe hat ihm der Chef versaut.«

»Was war die Pointe?«

»Als alle Jungens geschnupft haben, sagt das Frettchen: ›So, meine Herren. Und nun den Tacitus, so unangenehm das auch ist. Im übrigen schlage ich vor, daß wir alle zusammen von nun an unsere Prise erst nach dem Unterricht‹« – Noah holt Luft – »›zu uns nehmen‹, wollte er sagen! Aber mitten in diesen first-class-Satz hinein kommt ihm der Chef und erklärt, daß Gaston gefeuert ist und seine Sachen packen und machen soll, daß er den Zug 10 Uhr 50 noch erreicht. So etwas von verkorkster Regie.«

»Hat Gaston sich sehr aufgeregt?«

»Gar nicht. Aber bevor er abhaute, verfaßte er mit Carla noch dieses Pamphlet«, sagt Noah und zeigt auf die drei Seiten. »Jeder hat immer eine Zeile geschrieben, eine er, eine sie. Und dann nagelten sie es ans Schwarze Brett. In der Mittagspause haben es alle gelesen, die Großen und die Kleinen! Ich habe es abgerissen, als ein Lehrer kam. Dich interessieren doch solche Sachen, nicht?«

»Ja.«

»Das dachte ich mir. Lies weiter!«

Und so lese ich das seltsame Dokument weiter, das immer eine Zeile Jungenschrift und eine Zeile Mädchenschrift trägt.

*Ihr vernünftigen, gerechten Erwachsenen!*

*Ihr sagt: Tut das nicht!*

*Und wir sagen Euch: Was wir tun wollen, das tun wir, da könnt Ihr Euch auf den Kopf stellen. Wir werden uns wiedersehen, wir werden zusammenbleiben, da könnt Ihr Gift drauf nehmen.*

*»Town without pity!«*

*Solche Filme dreht Ihr, damit wir 1,50 Mark fürs Billet hergeben und uns den Dreck ansehen.*

*»We need an understanding heart.«*

*Solche Lieder schreibt Ihr, damit wir gerührt sind und die Platten kaufen.*

*Teenager age!*

*Twen age!*

*Was noch! Alles bloß Reklame für Eure dreckige Industrie!*

»Na«, sage ich, »die haben sich in der Eile aber noch eine Menge von der Seele geschrieben. Du hättest es hängen lassen sollen.«

»Ich hänge es wieder hin, wenn ich zum Essen gehe. Ich wollte es dir nur zeigen. Wenn ein Lehrer das liest, ist es doch weg!«
Ich lese zu Ende:
*Alle Eltern sagen: »Eure Sorgen möchten wir haben!«*
*Schön, Ihr habt andere Sorgen.*
*Bei Euch ist es das Geld.*
*Bei uns ist es die Liebe, das Vertrauen.*
*Glaubt Ihr, man kann Liebe abstellen wie ein Radio?*
»Der Satz gefällt mir besonders«, sagt Noah, der mitliest. »Und dabei mußten sie doch den 10 Uhr 50 erwischen.«
*Habt Ihr keine Herzen?*
*Ist Liebe ein Fremdwort für Euch?*
*Wo kommen wir denn her?*
*Von Euch!*
*Durch Liebe! Oder nicht?*
*Was ist denn los mit Euch?*
*Warum verbietet Ihr uns, was Ihr selber getan habt?*
*Warum bestraft Ihr uns dafür, obwohl Ihr uns dauernd erzählt, daß wir früher reif, früher erwachsen sind?*
*Wir wissen es genau.*
*Der Chef hat Angst, Carla bekommt ein Kind und sein Internat einen schlechten Ruf!*
»Na na«, sage ich.
»Ja«, sagt Noah, »da ist den beiden das Temperament durchgegangen. Natürlich, so eine Schwangerschaft ist nicht das Angenehmste!«
*Warum versteht Ihr uns nicht?*
*Warum helft Ihr uns nicht?*
*Ihr habt uns in diesem Internat abgegeben wie Koffer in einer Gepäckaufgabe, und wenn wir einander in unserer Einsamkeit helfen, dann ist das ein Verbrechen, ja?*
*Was nützen Eure schönen Sprüche?*
*Ihr werdet nie dahinterkommen, daß wir Euch brauchen!*
*Ist unsere Welt mit der Euren überhaupt noch verbunden?*
*Leben wir nicht schon in einer ganz anderen?*
*Wir glauben es!*
*Die meisten von uns jedenfalls haben sich bereits ihre eigenen Welten aufgebaut, so wie wir zwei.*
*Warum baut Ihr nicht mit?*
*Weil Ihr Idioten seid!*
»Das geht zu weit«, sage ich.
»Gewiß«, sagt Noah.

Ich lese.
*Ihr habt nicht einmal genug Verstand, uns zu verstehen!*
*Ihr denkt, weil Ihr anders wart, müssen wir es auch sein!*
*Ja, ja, ja, wir sind anders!*
*Einmal werden wir erwachsen sein – und anders, anders, anders, bei Gott, anders als Ihr!*
*Wir werden versuchen, unsere Kinder zu verstehen und sie zu verteidigen. Und unsere Kinder werden glücklicher sein, als wir es sind!*
*Lebt nicht wohl, denn das könnt Ihr sowieso nicht, das habt Ihr nie gekonnt.*

*Carla Honigstein und Gaston Latouche.*

»So«, sagt Noah, »und jetzt gib mir die Zettel wieder, damit unsere Lehrer auch noch ihre Freude haben.«
Er steckt die Blätter ein.
»Willst du übrigens weiter den Kranken spielen, oder stehst du am Nachmittag auf?«
»Warum?«
»Chichita veranstaltet eine Macumba. Punkt drei.« Noah lacht. »Chichita kommt doch aus Rio, nicht? Na, und in Brasilien, da haben sie so einen Aberglauben. Chichita war mit Carla befreundet. Darum macht sie die Macumba, damit die guten Geister Gaston und ihre Freundin Carla behüten und die bösen Geister den beiden nichts antun können. Damit ihre Liebe bestehen bleibt, trotz der Trennung.«
»Das ist doch Quatsch.«
»Fremde Sitten und Gebräuche. Ich gehe hin. Und hundert andere Kinder gehen bestimmt auch.«
»Ich stehe eine Stunde auf und komme mit.«
»Aber du mußt ein paar Zigaretten bringen oder etwas Tabak, Streichhölzer oder Schnaps.«
»Warum?«
»Das weiß ich nicht. Chichita hat gesagt, sie wird uns alles erklären, wenn wir in der Schlucht sind. Ich bringe so eine kleine Flasche Schnaps.«
»Ich werde Zigaretten mitbringen«, sage ich. »Ist es egal, was für Zigaretten ich mitbringe?«
»Ja. Die Geister rauchen und trinken alles, hat Chichita erklärt.«
»Das freut mich aber.«
»Mach keine Witze. Gaston und Carla sind geflogen.«
»Ich mache keine Witze. Ich möchte wirklich, daß die Geister die

beiden beschützen. Nur deshalb habe ich das gesagt mit den Zigaretten. Sie sollen zufrieden sein, die Geister.«
»Eine Liebe ist eine Liebe ist eine Liebe«, erklärt Noah. »See you later, alligator!«

## 12

Drei Uhr nachmittag, Sonnenschein, Südwind, Wolkenschlieren am blauen Himmel. Und hundertzwanzig Kinder stehen still und stumm vor einer kleinen Höhle in der kleinen Schlucht und sehen zu, was die zierliche, milchkaffeebraune Chichita macht. Sie stellt offene Schnapsflaschen in die Höhle, sie legt Zigarettenpackungen daneben und Streichhölzer. Damit die Geister die Zigaretten auch anzünden können. Und die Schnapsflaschen müssen offen sein, Geister haben keine Korkenzieher. Im Wald, direkt über Rio de Janeiro, da am Corcovado, hat Chichita erzählt, da gibt es unzählige Höhlen. Und überall findet man Kerzenstummel, Zigarettenpackungen, Schnapsflaschen. Auch weiße Frauen machen Macumbas, damit ihre Lieben beschützt werden, damit ihre Wünsche in Erfüllung gehen. Chichita hat gesagt: »Natürlich leben Schweine in Rio, so alte Stromer, versteht ihr, die machen sich ein Business daraus, die ganzen Höhlen abzuklappern und die Zigaretten zu klauen und den Schnaps zu saufen. Aber die Leute bei uns glauben trotzdem, die Geister hätten sich das Zeug geholt, wenn die Zigaretten fort sind oder die Schnapsflaschen leer.«
»Du hältst die Macumba also für Schwindel?« habe ich gefragt. Hat sie geantwortet: »Hältst du es für Schwindel, wenn der katholische Pfarrer Wein trinkt und sagt, es ist das Blut Christi, und dir Oblaten gibt und sagt, es ist Christi Fleisch?«
Jetzt zündet Chichita die Kerzen an und läßt jedesmal ein bißchen Wachs auf den Boden der Höhle tropfen, darin macht sie die Kerze fest. Es sind mindestens fünfzig Kerzen, die sie anzündet, sie braucht lange dazu. Und es ist ganz still in der kleinen Schlucht, niemand spricht, nur der Wind rauscht über uns in den Bäumen. Große Kinder. Kleine Kinder. Jungen. Mädchen. Weißhäutige. Schwarzhäutige. Gelbhäutige. Braune. Kinder aus aller Welt. Hierhergekommen zu einer Macumba, im Gedenken an Gaston und Carla, die Liebenden, die Rausgeflogenen, in Ehrerbietung vor den Geistern, mit der Absicht, diese wohlgesinnt zu machen durch Geschenke, auf daß die Geister Gaston und Carla glücklich werden lassen. Da stehen sie...

Neben mir steht Geraldine. Ganz dicht. Mir gegenüber steht Hansi, mein »Bruder«. Er läßt uns nicht aus den Augen. Dieser Dreckskerl! Erst vorhin hat mir einer erzählt, Hansi sei schon dreizehn und nicht elf. Habe ich ihn gefragt. Hat er gesagt: »Stimmt, ja, aber ich bin doch ein Krüppel, ein Zwerg, nicht? Sie lachen so schon über mich. Ich bin zweimal durchgefallen. Wenn sie wüßten, daß ich mit dreizehn so klein und mickrig bin ... Junge, es ist die reinste Selbstverteidigung!«
Also dreizehn ist er, der Schatz. – Darum sein gescheites Gerede.
Ich habe mich schon gewundert, daß ein Elfjähriger so klug daherreden mag ...
Geraldine flüstert: »Wann sehe ich dich?«
Ich weiß, daß ich mit Geraldine Schluß machen muß, aber ich weiß noch nicht, wie. Zeit! Zeit brauche ich jetzt. Ich muß nachdenken. Vielleicht muß ich mich sogar mit meinem »Bruder« besprechen. Ich flüstere also: »Heute nicht mehr. Ich habe Fieber. Ich muß wieder ins Bett. Ich bin nur wegen der Macumba aufgestanden. Abends kommt der Arzt.«
»Ist es etwas Schlimmes?«
»Ach wo. Morgen vorbei.«
»Oliver.«
»Ja?«
»Nichts. Nur Oliver. Ich habe deinen Namen so gern. Oliver. Als du heute in der Klasse fehltest, hatte ich Angst ... so grauenhafte Angst, dir sei etwas zugestoßen ...«
»Ach!«
»Nein, wirklich! Ich beruhigte mich erst, als Wolfgang mir sagte, du lägest mit Fieber im Bett.«
Danke, Wolfgang.
»Ich liebe dich. Ich liebe dich. Ich liebe dich.«
Jetzt hat Chichita alle Kerzen angezündet.
Mir fällt etwas ein: »Wir müssen vorsichtig sein. Sonst fliegen wir, genauso wie Carla und Gaston. Der Chef hat seine Zuträger überall. Auch unter den Schülern.«
»Du hast recht.« Jetzt tritt sie etwas zur Seite. »O Gott«, sagt sie, »stell dir vor, wenn *wir* auseinandergerissen würden! Ich ... ich brächte mich um!«
»Unsinn!«
»Kein Unsinn! Ich würde es wirklich ...«
Zum Glück steht die kleine Chichita in diesem Moment auf und beginnt zu reden, englisch. »Psst«, sage ich.
»Ich werde jetzt mit den Geistern sprechen«, erklärt Chichita. »So,

wie es bei uns zu Hause gemacht wird, im Urwald. Ich werde die guten Geister bitten, Gaston und Carla und ihre Liebe zu beschützen und die bösen Geister von ihnen fernzuhalten. Ihr anderen betet für die beiden Hinausgeflogenen, jeder in seiner Sprache, jeder zu seinem Gott. Aber ihr müßt alle die brennenden Kerzen ansehen dabei.«

Danach beträgt sie sich wie der große Zauberer eines Negerkrals. Sie bewegt beschwörend die Arme, ihr Körper windet sich, und sie spricht mit den Geistern, die kleine Chichita, deren Vater einen Staudamm in Chile baut; die kleine Chichita, die ihren Vater drei Jahre lang nicht sehen wird; die kleine Chichita, die auf die Frage Fräulein Hildenbrands, was das Schlimmste auf Erden sei, erwiderte: »Kinder. Das sagt mein Vater immer.«

Da windet und dreht sie sich, hebt die Hände hoch in die Luft und redet portugiesisch mit den Geistern, hier, im Taunus, mitten in Deutschland, dreizehntausend Kilometer entfernt von ihrer Heimat.

Ich sehe die Kinder an, die großen, die kleinen. Manche beten laut, manche stumm. Alle blicken auf die brennenden Kerzen in der Höhle. Auch Noah betet. (Sonderbar – er, der sich so intellektuell gebärdet.) Geraldine betet stumm, sie hat die Hände gefaltet. Raschid, der kleine Prinz, betet persisch. Andere beten englisch. Der »Kommunist« Giuseppe betet italienisch und bekreuzigt sich dauernd dabei. (Nanu!) Ich höre viele Sprachen. Zu vielen verschiedenen Göttern wird da gebetet für Carla und für Gaston und für ihre Liebe. Ali, der kleine Schwarze mit dem Überwertigkeitskomplex, ist übrigens nicht da. Er blieb der Macumba unter Protest fern. »Das sind heidnische, teuflische Verirrungen«, soll er gesagt haben, hat mir Hansi erzählt. »Ihr seid alle Sünder und kommt in die Hölle dafür, wenn ihr mitmacht. Es gibt nur einen Gott, meinen!«

Ach, kleiner Ali...

Nach einer Weile bete ich auch, stumm, natürlich.

Lieber Gott, laß es eine Liebe werden zwischen Verena und mir. Eine *richtige* Liebe. Mach, daß wir zusammenkommen. Und zusammenbleiben. Und daß niemand und nichts uns trennt. Ich bin alt genug. Ich kann arbeiten. Ich kann uns alle drei ernähren, Verena, Evelyn und mich.

»Betest du?« flüstert Geraldine.

»Ja.«

»Was?«

»Daß die beiden glücklich werden.«

»Ich habe gebetet, daß *wir* glücklich werden. Ist das sehr schlimm?« Sie sieht mich flehend an.
»Ach wo«, sage ich, »gar nicht.«
Was mache ich bloß mit Geraldine?
Chichita hebt beide Arme und sagt: »Das ist das Ende der Macumba. Geht alle fort. Jeder allein. Keiner soll mit dem anderen sprechen oder sich umdrehen. Jeder soll nur an Gaston und Carla denken. Sonst wirkt die Macumba nicht.«
Hundertzwanzig Kinder gehen schweigend auseinander, denken an Carla und Gaston. Und in der kleinen Höhle brennen die Kerzen, liegen Zigaretten und Streichhölzer für die Geister, stehen Schnapsflaschen für sie bereit, geöffnet. Weil sie doch keine Korkenzieher haben, die Geister.

## 13

»Ich bin sehr traurig, Herrschaften! Ich glaube zwar immer noch daran, daß man aus euch vernünftige, gerechte Menschen machen kann, aber dieser Glauben wurde heute wieder einmal mächtig erschüttert! Ich weiß von eurer Macumba. Ich habe im Gebüsch gestanden und mir die ganze Geschichte angesehen. Ihr habt mich enttäuscht, mich und alle Lehrer und alle Erzieher, die sich um euch bemühen...«
Die tiefe, ruhige Stimme des Chefs klingt aus einem Lautsprecher, der in der Halle unserer Villa angebracht ist. Die Tür meines Zimmers steht offen, so kann ich hören, was der Chef im großen Speisesaal zu den Kindern, die da sitzen, sagt. Und auch alle anderen Kinder, die an diesem Abend schon in ihren Häusern sind, können es hören, denn in allen Villen gibt es solche Lautsprecher. Der Chef kann, wenn er will, über Lautsprecher mit sämtlichen Häusern reden.
Ich liege im Bett. Der Arzt war da, konstatierte, daß ich gesund sei, aber empfahl mir, noch bis zum nächsten Morgen liegenzubleiben. Das halbblinde Fräulein Hildenbrand hat mir mein Abendessen (wieder in zwei Aluminiumbehältern) gebracht, jetzt sitzt sie an meinem Bett und hört Her Master's Voice aus dem Lautsprecher in der Halle.
»...ich habe gelesen, was Carla und Gaston ans Schwarze Brett geheftet haben. Ihr alle habt es gelesen. Ihr wart sicher ganz begeistert davon. Die beiden haben es uns Erwachsenen aber gegeben, wie?«

Fräulein Hildenbrand rutscht auf ihrem Stuhl hin und her.
»Ich möchte euch etwas fragen: Glaubt ihr wirklich, daß Fräulein Hildenbrand und alle Lehrer und alle Erzieher und ich eure Feinde sind? Ja, glaubt ihr das?«
Fräulein Hildenbrand wird immer nervöser.
»Glaubt ihr wirklich, wir könnten uns nichts Schöneres vorstellen, als dreihundert Kinder zu erziehen, und darunter viele schwierige, überall sonst untragbare? Glaubt ihr das?«
»Sie wissen nicht, wie schrecklich das Ganze für mich ist. Oliver«, sagt Fräulein Hildenbrand.
»Wieso für Sie?«
Aber der Chef spricht weiter, und sie winkt nur mit der Hand.
»Meine Erzieher und Lehrer werden krank, sie gehen zugrunde an euch, jawohl an euch! Sie erhalten niemals ein Wort des Dankes. Viele werden von euch gehaßt und gequält. Wofür? Dafür, daß sie Menschen, anständige Menschen aus euch machen wollen? Manchmal widert ihr alle mich an, und ich frage mich: Warum kümmern wir uns eigentlich überhaupt um euch? Ihr findet Carla und Gaston großartig. Und Fräulein Hildenbrand, der alten Petze, der werden wir das Leben sauer machen in den nächsten Wochen!«
Das halbblinde Fräulein schnüffelt und sagt verloren: »Ach ja, das werden sie sicher ...«
Ich habe auf einmal keinen Appetit mehr und stelle den Aluminiumteller weg.
Die Stimme des Chefs klingt aus der Halle: »Dieser Satz, den die beiden über die Teenager und das Twen-age geschrieben haben, das ist der einzige normale! Jawohl, da haben wir Erwachsenen einen Fehler gemacht! Aber nicht so, wie ihr glaubt oder wie die beiden schreiben! Nicht die Interessen der Industrie kamen zuerst, zuerst kamen wir, die Erzieher. Wir Erzieher dachten, ihr wäret reif für mehr Freiheit. Und wir gaben sie euch. Es hat noch nie eine Jugend gegeben, die mehr Freiheit hatte als ihr!«
Gemurmel aus dem Lautsprecher.
»Murmelt, soviel ihr wollt. Es stimmt, was ich sage. Daß die Industrie dann ein Geschäft draus gemacht hat, ist eine andere Sache. Jawohl, wir haben dasselbe getan wie Carla und Gaston – und darum seid ihr heute da! Aber wir haben es *später* getan. Als wir erwachsen waren, nicht mit fünfzehn! Ihr nennt mich den ›Gerechten‹. Das ist ehrenvoll, aber auch eine große Belastung. Ich habe heute nacht nicht geschlafen. Ich dachte darüber nach, ob es richtig war, was ich mit Carla und Gaston tat. Und ich sage euch, es war richtig!«

Wieder Gemurmel aus dem Lautsprecher.
Fräulein Hildenbrand sitzt mit gefalteten Händen da und sieht aus, als wollte sie weinen.
»Eure Eltern bringen euch zu mir. Meine Mitarbeiter und ich tragen die Verantwortung für euch. Wir haben sie auch für Gaston und Carla getragen. Stellt euch doch nicht dämlich! Ihr wißt, wie leicht etwas passieren kann, das niemand je wieder gutzumachen vermag. Es ist eine Lüge, wenn gesagt wird, ich denke nur an mein Internat und seinen Ruf. Ich denke an euch!«
Fräulein Hildenbrand seufzt.
»Ihr glaubt doch nicht im Ernst daran, daß ein Arzt euretwegen seine Existenz aufs Spiel setzt? Und wollt ihr sechzehnjährig mit einem dicken Bauch herumlaufen? Ja? Wer wird dann eure Kinder großziehen? Ihr? Ihr seid doch selber noch Kinder! Wie soll die nächste Generation aussehen? Unsere ist schon schlimm genug!«
»Essen Sie doch noch etwas, Oliver«, sagt Fräulein Hildenbrand.
»Ich kann nicht.«
Die Stimme des Chefs: »Ihr wißt hoffentlich, wie gern ich euch trotz allem habe. Aber ich kann heute nicht mit euch zu Abend essen. Mir ist übel. Mir ist todübel. Ich gehe jetzt heim. Eine Zeitlang werdet ihr mich nicht im Speisesaal sehen. Weil ich nämlich eine Zeitlang *euch* nicht sehen kann.« Pause. »Wenn einer natürlich große Sorgen hat, dann darf er immer zu mir in die Wohnung kommen. Aber ich, ich komme jetzt eine Weile nicht zu euch. Guten Abend.«
Klick, macht der Lautsprecher.
»Ach Gott, ach Gott, ach Gott«, sagt Fräulein Hildenbrand, und nun rinnen wirklich Tränen aus ihren halbblinden Augen.
»Was ist?«
»Jetzt bin ich für die ganze Schule eine Petze.«
»Aber nein!«
»Doch, ich bin eine Petze! Aber ich mußte doch melden, was ich sah!«
»Natürlich, Fräulein Hildenbrand, natürlich.«
»Es war doch unmöglich, zu schweigen!«
»Völlig unmöglich.«
»Manchmal denke ich, ihr seid nur alle so verrückt und lebenshungrig und frühreif, weil der liebe Gott oder die Natur oder die Vorsehung oder was weiß ich wer es so eingerichtet hat. Ich denke: Es kommt der Atomkrieg. Das haben die Kinder im Blut. Sie fühlen, in zehn Jahren sind sie tot. Also wollen sie leben, leben, leben!«

Und dann sagt sie, ohne jeden Übergang: »Oliver, Sie sind so nett zu Hansi ...«
»Woher wissen Sie das?«
»Er selbst hat es mir gesagt ...«
Dieses Biest, dieses verlogene!
» ... und ich danke Ihnen so dafür, denn ich habe Sie doch darum gebeten, sich um ihn zu kümmern. Sie sind ein anständiger, gerechter Junge« (was für Worte!), »sagen Sie mir: Hätte ich mich anders benehmen müssen? Hätte ich verschweigen müssen, was ich mit meinen Augen sah?«
»Nein, Fräulein Hildenbrand, das hätten Sie nicht tun dürfen. Sie mußten Ihre Pflicht erfüllen.«
»Aber wenn sie mich jetzt eine Petze nennen ... Ein halbes Jahr, ein ganzes Jahr kann vergehen, bevor wieder ein Kind Vertrauen zu mir hat, bevor ich wieder einem Kind helfen kann ...«
»Nein!«
»Doch!«
»Fräulein Hildenbrand«, sage ich, »ich werde Ihnen helfen.«
»Sie werden ...«
»Ja. Ich werde allen, den Großen und den Kleinen, erklären, daß Sie nicht anders handeln konnten. Und die Kinder werden auf mich hören!«
»Das ... das wollen Sie wirklich tun?«
»Ja, Fräulein Hildenbrand.«
Ich darf gar nicht daran denken, was ich jetzt schon alles auf dem Hals habe! Fräulein Hildenbrand. Geraldine. Hansi. Raschid. Meine liebe Familie.
Ach was! Diese alte Dame hier tut mir leid! Es wird einem doch auch einmal einer leid tun dürfen in diesem Leben, oder? Was ist denn das für eine Welt?
Ich höre Verenas Stimme: Wenn ich nicht meine kleine Tochter hätte ...
Eine feine Welt ist das!
Fräulein Hildenbrand steht auf und hält mir eine Hand hin, und ich schüttele sie automatisch, während sie sagt: »Danke.«
»Wofür?«
»Daß Sie den Kindern alles erklären wollen. Die Kinder ...« Sie schluckt. »Die Kinder ... sie sind doch mein Leben ...«
»Ja, Fräulein Hildenbrand.«
»Sie ... Sie werden ihnen sagen, daß ich nicht anders handeln konnte?«
»Ja, Fräulein Hildenbrand.«

»Ich danke Ihnen. Ich danke Ihnen, Oliver.«
»Ach, hören Sie auf!«
»Geben Sie mir das Geschirr, ich trage es zurück in den Speisesaal. Wenn Sie doch keinen Hunger mehr haben ...«
»Nein, danke, ich habe keinen mehr.«
»Und schlafen Sie gut, Oliver, schlafen Sie gut!«
»Sie auch, Fräulein Hildenbrand.«
Dann geht sie, das Aluminiumgeschirr in der Hand, und natürlich läuft sie auch schon gegen den Türpfosten.
Sie muß sich sehr angeschlagen haben, ihre Stirn wird blutrot, aber sie beherrscht sich übermenschlich. Sie lächelt sogar, als sie sich zu mir umdreht.
»Immer dieses elektrische Licht«, sagt sie. »Da bin ich einfach hilflos. Am Tage sehe ich wie ein Adler.«
»Ja«, sage ich. »Gewiß«, sage ich. »Hoffentlich haben Sie sich nicht weh getan«, sage ich.

## 14

Ich glaube, ich habe schon einmal erklärt, daß ich ein feiger Hund bin. Ich weiß, daß ich mit Geraldine reden muß. Aber ich tue es nicht, ich habe einfach nicht die Traute. Am Freitagmorgen mußte ich wieder in die Schule. Und saß Geraldine gegenüber, sechs Stunden lang. Es war nicht angenehm. Beim Mittagessen fragte sie, wann wir uns sehen würden.
»Laß mir noch einen Tag Zeit, oder zwei, bitte. Ich fühle mich so elend.«
»Aber natürlich. Selbstverständlich. Werde erst ganz gesund ...!«
Geraldine ... Hansi ...
Verena ... Hansi ...
Hansi ...
Das ist die Gefahr! Wie hatte Hansi gedroht, als er nicht neben mir beim Essen sitzen durfte? Ehe er mit mir diese widerliche »Blutsbrüderschaft« schloß? »Ich werde herausfinden, wo diese Leute wohnen, und es dem Herrn Lord erzählen!« Das wäre die Katastrophe! Hansi *muß* beim Essen neben mir sitzen. Ich *muß* mit dem Chef reden.
Ich besuche also den Chef in seiner Wohnung.
»Herr Doktor, Hansi ist doch mein Bruder. Sie selber haben sich so darüber gefreut ...«
»Ja, und?«

»Und Fräulein Hildenbrand bat, daß ich mich etwas um ihn kümmere. Vergessen Sie doch die Geschichte mit Raschid! Raschid ist viel unabhängiger, viel weniger schwierig. Hansi möchte beim Essen neben mir sitzen. Ich glaube, man sollte es ihm gestatten.«
Er sieht mich ironisch an und sagt: »Du bist ja ungeheuer pädagogisch. Und warst auch bei der Macumba.«
»Wo?«
»Tu nicht so dumm. Ich habe dich gesehen. Findest du es auch gemein von mir, daß ich Gaston und Carla gefeuert habe?«
»Nein«, sage ich. »Ja«, sage ich. »Nein«, sage ich. »Nein, ich finde es nicht gemein. Sie mußten es wohl tun, Herr Doktor.«
»Ich habe es nicht gern getan, Oliver«, sagt der Chef. »Glaubst du wenigstens das?«
»Jawohl, Herr Doktor.«
»Ich habe auch eine Schwäche für große Lieben. Aber das hier ist eine Schule, verstehst du? Das hier ist kein Puff!«
»Ganz klar. Sie konnten nicht anders handeln.«
»Ist das ehrlich gemeint?«
»Ganz ehrlich.«
»Wie denken die anderen darüber?«
»Unterschiedlich.«
»Es sind viele wütend auf mich und auf Fräulein Hildenbrand, nicht wahr?«
»Ja, Herr Doktor.«
Er lacht.
»Warum lachen Sie?«
»Weil ich mir so einen feinen Beruf ausgesucht habe«, sagt er. »Also gut, ich werde Raschid zu Ali setzen, und Hansi zu dir. Aber du weißt, daß du damit wieder Raschid sehr weh tust?«
»Ich kann nicht allen Leuten wohltun, Herr Doktor. Sie und Fräulein Hildenbrand haben gesagt, ich sollte mich um Hansi kümmern. Ich glaube, der hat es auch nötiger. Raschid hält einen bißchen mehr aus.«
Er denkt lange nach. Dann sagt er: »Du bist ein unheimlicher Junge.«
»Wieso?«
»Das will ich dir nicht erklären. Aber ich fürchte, ich werde doch noch viel Sorge mit dir haben.« Und bevor ich antworten kann – was könnte ich übrigens antworten? – sagt er: »Armer Raschid.«
»Einer ist immer arm«, sage ich.
Und dann sitzt also der kleine Krüppel beim Essen neben mir und strahlt mich an und bläht und reckt sich (soweit das bei ihm mög-

lich ist), und Raschid sitzt neben dem hochmütigen, schwarzen Ali, der nicht mit ihm spricht, und sieht mich an, unablässig, traurig, verständnislos. Noch jemand sieht mich an, unablässig: Geraldine, vom Mädchentisch herüber. Und ihr Blick sagt Dinge, die kann ich nicht aufschreiben, denn keiner würde sie drucken. Ich bekomme kaum mein Essen hinunter. Den Nachtisch lasse ich stehen, ich habe Angst, mich zu übergeben.
»Kann ich deinen Pudding haben?« fragt Hansi.
»Gern.«
»Mach nicht so ein Gesicht, Mensch«, sagt der kleine Krüppel. »Ist doch alles bestens! Und wenn du weiter tust, was ich verlange, dann sollst du mal sehen, was ich in ein paar Wochen für eine Kanone aus dir mache! Das ganze Internat wird kopfstehen! Jede wird sich um dich reißen – wenn du willst. Aber du willst ja nicht. Du hast ja deine süße Armband-Mieze.«
»Halt's Maul«, sage ich schwach, während er meinen Pudding löffelt. Denn Geraldine sieht mich an. Und Raschid sieht mich an.

## 15

Beim Abendessen, am Freitag, drückt mir Geraldine einen Brief in die Hand, als wir den Speisesaal verlassen. Ich stecke den Brief in die Tasche und vergesse ihn vollkommen, denn ich spiele an diesem Abend Schach mit Noah (und verliere, er spielt großartig) und warte die ganze Zeit darauf, daß es 23 Uhr wird, und hoffe nur eines: Daß ich dann drei lange Lichtzeichen sehe und nicht drei kurze, denn drei lange bedeuten, daß Verena am Samstag um drei in unseren Turm kommen kann.
»Mensch, du spielst aber wie eine alte Flasche!« sagt Noah.
»Ich bin nicht ganz okay.«
»Dann spiele ich lieber mit Wolfgang!«
»Ja, tu das.«
Es ist 22 Uhr 45. Ich gehe auf den Balkon hinaus. Der Mond scheint, und in seinem bleichen Licht lese ich, was die Luxusnutte geschrieben hat.
*Mein Geliebter!*
*Das, was jetzt folgt, ist ein Monolog aus dem Film »Hiroshima, mon amour«. Ich habe ihn mir dreimal angesehen, weil er mir so gefallen hat, und die Stelle, die ich jetzt aufschreibe, habe ich im Kino, im Dunkeln, mitgeschrieben. Ich weiß nicht, ob Du den Film kennst. Der Monolog stammt aus einer Szene, in der man*

*durcheinander Straßen von Hiroshima und von Nevers, dieser kleinen Stadt in Frankreich, sieht. Darüber liegt die Stimme der Riva – der Hauptdarstellerin. Das ist es, was sie sagt und was ich mitschrieb, im Dunkeln, bevor ich Dich kannte, mein Geliebter, aber weil ich wußte, fühlte, ahnte, daß einer wie Du einmal kommen würde, so wie im Film Riva und dieser Mann zueinander kommen.*
*Das ist die Stelle:*
*»Ich begegne Dir.*
*Diese Stadt war nach den Maßen der Liebe gebaut. Du warst nach den Maßen meines eigenen Körpers gebaut. Ich hatte Hunger. Hunger nach Treulosigkeiten, Lügen und nach dem Sterben. Von jeher. Ich wußte es wohl, daß Du eines Tages über mich kommen würdest. Ich wartete auf Dich mit einer Ungeduld ohne Grenzen. Verschlinge mich. Verzerr mich nach Deinem Bild, auf daß kein anderer nach Dir das ganze Warum solchen Begehrens begreife.*
*Wir werden allein bleiben, mein Liebster. Die Nacht wird nicht enden. Für niemanden mehr wird der Tag anbrechen. Nie mehr, niemals mehr. Endlich.*
*Du tust mir wohl. Wir werden um den dahingegangenen Tag weinen, bewußt und guten Willens. Anderes werden wir nicht zu tun haben, nichts, als um den dahingegangenen Tag zu weinen.*
*Zeit wird dahingehen. Nichts als Zeit. Und Zeit wird kommen. Zeit wird kommen, in der wir keinen Namen mehr haben werden für das, was aus uns wird. Ganz allmählich wird der Name dafür aus unserem Gedächtnis verschwinden. Und dann, dann wird er ganz verschwunden sein ...«*
*Das ist der Monolog aus dem Film, mein Geliebter. Gefällt er Dir? Gefalle ich Dir noch? Nur ein wenig, ein wenig? Werde schnell gesund! Laß uns wieder zusammensein! Ohne Liebe. Ich weiß, Du kannst mich nicht lieben, im Moment. Aber laß uns zusammensein. Ich bettele darum. Ich bettele!*

*Geraldine.*

Hübsch, wenn einem so was im falschen Moment passiert, wie? In einem Moment, wo man gar nichts damit anzufangen weiß. Ich nehme meine Streichhölzer und verbrenne den Brief und lasse die Asche über die Brüstung des Balkons in den Park hinabfallen. Und während ich das noch tue, flammt oben, in einem Fenster der weißen Villa über dem Turm und den Bäumen, eine Taschenlampe auf – lang. Und noch einmal: Lang. Und noch einmal: Lang.
Ich trage meine Taschenlampe diesmal bei mir. Nun blinke ich zurück, dreimal lang – lang, lang, lang.
Noch einmal kommt das gleiche Zeichen aus der Höhe.

Morgen um drei, Verena, morgen um drei, meine Liebe.
In dem alten Turm. In unserem Turm.

## 16

»Ich . . .«
»Ich . . .«
»Nein! Sag es nicht! Bitte! Ich sage es auch nicht!«
Das ist unsere Begrüßung, oben in der Stube des alten Römerturms, Samstagnachmittag um drei Uhr. Wir haben einander umarmt, wir haben einander geküßt. Ich war diesmal zuerst da, sie kam die Stiegen herauf, trapp, trapp, trapp, auf flachen Absätzen. Sie trägt ein kornblumenfarbenes Kleid und einen beigefarbenen Flanellmantel darüber, denn es ist kalt, und ab und zu regnet es ein wenig.
»Aber ich weiß, was du sagen wolltest!«
»Was?«
»Und ich wollte dasselbe sagen!«
»Sag es nicht!«
»Nein.«
»Es genügt, daß wir wissen, wir wollten es beide sagen, nicht?«
»Ja.«
Sie hat heute wieder Farbe im Gesicht, sie ist wieder geschminkt. Ein bißchen schmal sieht sie noch aus. Aber schon wieder okay. Wenn man durch die Luken der Turmstube blicken würde, könnte man Berge und Dörfer, Städte, Burgen und Kühe im Regen sehen, in diesem dünnen, traurigen Septemberregen. Wenn man aus den Luken blicken würde, sage ich. Diesmal tut sie es nicht, diesmal tu' ich es nicht. Diesmal sind wir schon ein Riesenstück weiter. Weiter, wohin? Zum Guten? Zum Bösen? Zum Glücklichmachenden? Zum Traurigmachenden?
»Wo ist Evelyn?«
»Unten.«
»Im Regen?«
»Sie hat meinen Schirm. Das Wetter macht ihr nichts. Sie spielt mit Assad.«
»Wie geht es dir, mein Herz?«
»Gut. Und dir?«
»Mir geht es nur gut, wenn ich bei dir sein kann«, sage ich.
»Werde nicht sentimental. Ich kann das nicht leiden.«
»Du kannst das nicht leiden? Du bist doch selber so sentimental . . .«

»Na schön. Aber laß es trotzdem.«
»Ich lasse es ja schon«, sage ich. Assad bellt. Evelyn lacht. Ich höre, wie sie durch den Regenwald tollen.
»Die beiden haben eine feine Zeit«, sage ich.
»Ja.«
»Werden wir auch einmal eine haben?«
»Eine feine Zeit?«
Daraufhin entsteht eine Stille, die beschreiben manche Schriftsteller in ihren Büchern so:
».........!«
»Na ja«, sage ich, »man muß nicht auf alles eine Antwort bekommen. Hat dein Mann nichts gemerkt?«
»Was meinst du?«
»Meinen Besuch. Die Blumen...«
»Nichts. Mein Bruder kam natürlich nicht. Obwohl er wußte, daß ich da lag. Meinem Bruder bin ich egal. Wir sehen uns nur, wenn er mich anpumpt. Sonst bin ich für ihn Luft.« Und sie stellt den breiten Kragen ihres Flanellmantels hoch und sieht mich mit ihren riesigen, schwarzen Augen an, und ihre Lippen zittern ein bißchen. »Oliver...«
»Ja?«
»Hast du noch etwas mit diesem Mädchen?«
»Nein.«
»Lüg nicht. Sag lieber ja, das ist weniger schlimm.« Und in der Tiefe bellt wieder der Hund, und das kleine Mädchen lacht wieder.
»Ich lüge nicht. Ich habe etwas mit ihr gehabt. Aber jetzt werde ich ihr sagen, daß alles aus ist.«
»Wann?«
»Morgen. Ich bin so feig.«
»Feigling«, sagt sie, »nimm eines Feiglings Hand.« Und küßt mich noch einmal, zärtlicher, süßer, inniger als das erstemal. Danach flüstert sie: »Ich werde dich nicht mehr küssen, bis du es ihr gesagt hast. Das war das letztemal.«
»Ja, ja, schon gut. Hast du bestimmt keine Schmerzen mehr?«
»Bestimmt nicht. Was gibt es Neues im Internat?«
»Alles in Ordnung. Zwei sind rausgeflogen. Ein Pärchen. Sie wurden erwischt, im Wald. Die Kinder haben eine Macumba gemacht. Ich war dabei.«
»Was habt ihr gemacht?«
»So eine Art Geisterbeschwörung. Daß die beiden glücklich werden. Da ist eine kleine Brasilianerin, die hat alles vorbereitet. Und alle haben gebetet, jeder in seiner Sprache.«

»Du auch?«
»Ja.«
»Was?«
»Daß wir beide glücklich werden.«
Ihr Kopf verschwindet fast in dem aufgestellten Mantelkragen. Sie sagt: »Ich habe auch gebetet.«
»Nachdem ich aus deinem Krankenzimmer ging, nicht wahr?«
»Woher weißt du das?«
»Ich spürte es. Beim Autofahren.«
»Es ist Irrsinn«, sagt sie. »Es wird furchtbar enden.«
»Klar«, sage ich.
»Wenn ich ins Elend komme, was ist dann?«
»Ich ernähre dich und Evelyn.«
»*Du?* Du bist doch noch ein Junge! Du hast nichts! Du kannst nichts! Du . . .«
Sie bricht ab, und jetzt tritt sie doch an eine der Luken und sieht in den Regen hinaus und in die Tiefe hinab.
»Mami!« ruft Evelyn. Da winkt sie. Und Assad bellt.
»Du bist nichts wert«, sagt sie.
»Nein«, sage ich.
»Du bist ein Tramp.«
»Ja.«
»Ich bin auch ein Tramp.«
»Na also«, sage ich. »Feigling, nimm eines Feiglings Hand. Das gefällt mir übrigens nicht. Von wem ist das?«
»Ich weiß es nicht.«
»Aber ich weiß etwas, was dir gefallen wird! Und ich weiß auch, von wem es ist.«
»Von wem ist es?« fragt sie mit ihrer rauchigen, heiseren Stimme, aber ganz leise, und sieht in die nasse grüne Samstagnachmittagslandschaft hinaus.
Ich wage nicht, auch nur eine Hand auf ihre Schulter zu legen, so nahe ich auch hinter ihr stehe.
»Von Shakespeare«, antworte ich. »Aus dem ›Sturm‹, Prospero sagt es. Wir lesen gerade Shakespeare, weißt du, in Englisch. Der Englischlehrer ist ein prima Kerl. Jung. Sieht blendend aus. Zieht sich großartig an. Jeden Tag ein anderes Jackett. Und so feine, seidene Halstücher. Noah glaubt, er ist schwul. Die Mädchen sind alle wahnsinnig hinter ihm her! Wenn er ein Schwuler ist, dann ist er ein heimlicher. Er benimmt sich bezaubernd zu den Mädchen, also wirklich! Ich muß unbedingt verhindern, daß du ihm einmal begegnest!«

»Was steht im ›Sturm‹?«
» ›We are made out of such stuff as dreams, and our little life is rounded by a dream.‹ Das habe ich gelesen. Gestern.«
»Was heißt das auf deutsch?«
»Wieso? Du hattest doch deine Boy-Friends!«
»Du bist gemein!«
»Nein, Verena, nein!«
»Dann sag mir, was es heißt auf deutsch«, sagt sie und sieht hinaus in den Regen und hinab zu ihrem Kind, das mit dem Hund spielt zwischen den Blumen. »Ich kann nämlich trotzdem nur schlecht Englisch.«
»Es heißt«, sage ich, »ungefähr: ›Wir sind aus solchem Stoff, wie Träume sind, und unser kleines Sein umschließt ein Schlaf.‹«
»Das ist schön.«
»Ja, nicht wahr?«
»Ich hätte mir noch mehr Amis nehmen sollen. Dann könnte ich heute Englisch. Nach dem dritten Weltkrieg tu' ich es. Wenn ich dann noch lebe.«
»Nach dem dritten Weltkrieg bist du meine Frau«, sage ich. »Wenn wir beide dann noch leben.«
Jetzt dreht sie sich um und sieht mich an, und mir läuft es heiß und kalt über den Rücken. Ich habe mich noch niemals so benommen gefühlt, wenn eine Frau mich ansah.
No, no, this *must* be love ...
»Und unser kleines Sein umschließt ein Schlaf?«
»Ja«, sage ich.
Und der Regen rauscht im herbstlichen Laub.
Es regnet, regnet leise, kehr heim, du Schäferin ...
»Hast du Mut?«
»Was?«
»Ich frage dich, ob du Mut hast?«
»Ich?« antworte ich. »Ich bin der geborene Feigling, das weißt du doch.«
»Laß den Unsinn«, sagt sie, und ihre Augen beginnen zu glühen, und ihr schmales Gesicht wird noch schmäler. »Ich habe es ihm gesagt.«
»Wem?«
»Meinem Mann.«
»Was?«
»Daß ich dich getroffen habe. Mit anderen Jungen. Ganz zufällig. Dein Name fiel. Da dachte ich: Mansfeld? Mansfeld? Und sprach dich an. Und du warst es! Der Sohn seines alten Geschäftsfreundes!«

»Verena!«
»Ja?«
»Du bist verrückt!«
»Natürlich! Darüber reden wir doch dauernd! Ich will dich öfter sehen! Länger! Nicht immer heimlich! Nicht immer in diesem Turm! Hast du schon mal daran gedacht, wie das werden soll, wenn nun der Winter kommt?«
»Sprich weiter.«
»Was soll ich dir sagen? In diesem Leben passiert immer nur das Gegenteil. Mein Mann war entzückt! Er meinte, ich sollte dich im Internat anrufen und fragen, ob du unser Gast sein willst, morgen, zum Abendessen.«
»Morgen schon?«
»Ja. Darum fragte ich, ob du Mut hast.«
»Ich glaube schon.«
»Ich dachte mir, wenn du einmal zu uns kommst, kannst du immer kommen. Auch nach Frankfurt. Wir gehen bald hier fort.«
»Die ganze letzte Nacht habe ich mich davor gefürchtet.«
»Was willst du einmal werden, Oliver?«
Ich antworte nicht, weil ich mich schäme.
»Weißt du es noch nicht?«
»Doch.«
»Dann sag es mir.«
»Es klingt so blöd.«
»Sag es!«
»Schriftsteller.«
»Und deshalb schämst du dich?«
»Es ist so schwer. Wahrscheinlich werde ich nie einer werden. Und überhaupt ...«
»Hast du schon etwas geschrieben?«
»Lächerliche Liebesgeschichten, für Mädchen. Sonst nichts.«
»Schreib doch unsere Geschichte auf!«
»*Unsere Geschichte?*«
»Die Geschichte von uns beiden! Wie wir uns kennengelernt haben. Was bisher geschehen ist. Und was ...«
Sie stockt. Deshalb frage ich:
»Wolltest du sagen: Und was noch geschehen wird?«
Sie nickt und sieht in den Regen hinaus.
»Gut«, antworte ich. »Gut. Ich will es versuchen. Ich lasse dich alles lesen. Und wenn es schlecht ist, dann sagst du es mir, ja?«
»Ja. Und wenn mir etwas besonders gefällt, sage ich es dir auch.«
»Bitte.«

»Oliver ...«
»Ja?«
»Enrico wird auch da sein morgen abend. Er ist aus Rom zurückgekommen. Mein Mann hat ihn eingeladen. Hast du so viel Mut?«
»Was heißt da Mut? Wahrscheinlich wird es Enrico unangenehmer sein, mich wiederzusehen, als mir, ihm noch einmal zu begegnen! Aber wie soll das alles weitergehen?«
»Hast du Vertrauen zu mir?«
»Natürlich nicht«, sage ich. »Quatsch«, sage ich. »Natürlich habe ich Vertrauen zu dir, Verena.«
»Dann laß mir noch ein wenig Zeit. Und wenn du heute um elf auf deinen Balkon kommst, wirst du auch etwas sehen.«
»Hast du gelernt?«
»Ja«, sagt sie. »Ich bin jetzt beinahe perfekt. Besitzt du einen Smoking?«
»Einen ganz schicken!«
»Dann zieh ihn morgen abend an. Darfst du überhaupt weg?«
»Ich muß den Chef fragen. Aber ich darf sicher. Ihr seid doch so feine Leute. Bestimmt wäre es sehr wirkungsvoll, wenn dein Mann im Internat anrufen und sagen würde, daß er mich einlädt. Sonst glaubt der Chef am Ende noch, ich gehe nicht zu euch, sondern nach Friedheim in den ›Kakadu‹.«
»Was ist das?«
»So ein Bums, da kann man sich Nutten aufreißen.«
»Woher weißt du das?«
»Einer von den großen Jungen hat es mir erzählt.«
»Möchtest du eine von denen, Oliver?«
»Weißt du, bisher wollte ich gern mit allem schlafen, was zwischen – was weiblich ist.«
»Und jetzt?«
»Jetzt nur noch mit einer.«
»Ist das wahr?«
»Bei meinem Leben. Nein, bei deinem Leben. Nein, bei Evelyns Leben!«
»Wirklich und wahrhaftig?«
»Wirklich und wahrhaftig.«
Sie tritt auf mich zu, und ich habe so eine Art Krampf im ganzen Körper, in allen Gliedern, das Herz tut mir weh, und ich kann keinen Finger rühren. Sie sagt, direkt vor meinem Mund: »Es muß wirklich wahr sein, weißt du ...«
»Ich weiß. Es ist wirklich wahr.«
»Ich bin nämlich verrückt, wenn ich mich mit dir einlasse ...«

»Ich bin auch verrückt.«
». . . aber du gefällst mir so.«
»Du mir auch.«
»Es wird böse enden. Ich bin so viel älter.«
Schon wieder!
»Sag nicht immer wieder denselben Unsinn!«
»Sage ich ihn immer wieder?«
»Dauernd. Es macht mich ganz krank.«
»Aber ich bin doch wirklich zwölf . . .«
»Sei ruhig!«
»Ich bin schon ruhig. Ich bin schon ruhig.«
Und da, gerade als ich sie küssen will, bellt in der Tiefe der Hund, und Evelyn beginnt zu singen: »Alle meine Entchen schwimmen auf dem See, Köpfchen unter Wasser, Schwänzchen in die Höh' . . .«
»Es kommt jemand«, sagt Verena hastig. »Ich muß weg. Morgen um acht, ja?«
»Ja. Und dein Mann soll im Internat anrufen.«
Sie gibt mir einen Kuß, aber nur einen ganz flüchtigen, auf die Wange, dann geht sie schnell zur Treppe, während sie sagt: »Wenn jemand heraufkommt, versteck dich. Sonst warte ein paar Minuten.«
»Ja. Und heute abend um elf?«
»Heute abend um elf.«
Im nächsten Augenblick ist sie verschwunden. Ich trete an eine Luke und sehe, wie sie den Turm verläßt und mit Evelyn und dem Hund davongeht, hinein in den Wald, den Herbstregen, fort von mir, weiter, weiter, ohne sich umzusehen. Schon ist sie zwischen den Bäumen verschwunden. Ein dicker Mann und eine dicke Frau kommen, betrachten lange den Turm und gehen dann weiter. Wahrscheinlich hat die Tafel sie vor einer Besichtigung abgeschreckt.
Ich setze mich auf eine alte Kiste, die in der Turmstube steht, und lege meine Hand ans Gesicht, und meine Hand riecht wieder nach Verenas Parfüm.
Diorissimo.
Ich soll unsere Geschichte aufschreiben, hat sie gesagt.
Ich werde es tun.
Heute noch werde ich anfangen.
Lieber Gott, an den ich mich schändlicherweise immer nur wende, wenn ich etwas brauche, wenn ich etwas will, für mich oder für andere, laß es bitte, bitte, eine gute Geschichte werden!

## 17

Prinz Raschid Dschemal Ed-Din Runi Bender Schahpur Isfahani betet:
»O ihr Gläubigen, kein Mensch soll andere Menschen bespotten, denn vielleicht sind diese, die Verspotteten, besser als jene, die Spötter. Auch möge keine Frau eine andere, die vielleicht besser als sie ist, verspotten. Verleumdet euch nicht untereinander, und gebet euch nicht gegenseitig Schimpfnamen. Vermeidet sorgfältig den Argwohn, denn mancher Argwohn ist Sünde. Forschet nicht neugierig nach den Fehlern der anderen und sprechet nichts Böses vom anderen in dessen Abwesenheit. Sollte wohl einer von euch verlangen, das Fleisch seines toten Bruders essen zu wollen? Gewiß habt ihr Abscheu davor. Darum fürchtet Allah. Sehet, Er ist versöhnend und allbarmherzig. Oh, ihr Menschen, Allah hat euch von einem Mann und einem Weib erschaffen und euch in Völker und Stämme eingeteilt, damit ihr einander liebevoll erkennen möget. Wahrlich, nur der ist am meisten bei Allah geehrt, der am friedfertigsten ist und der die meiste Liebe beweist. Denn Allah ist Allah und kennt aller Menschen Herzen.«
Da ist es 21 Uhr. Und um 23 Uhr stehe ich im Regen auf dem großen Balkon vor unserem Zimmer im ersten Stock, und aus der Nacht, der Finsternis, dem Regen kommt diese Botschaft in Lichtzeichen zu mir aus der Villa über dem alten Turm: MORGEN... UM... ACHT... ICH FREUE... MICH...
Und ich blinke zurück: AUCH... ICH... FREUE... MICH... MORGEN... UM... ACHT...
Aus der Finsternis und dem strömenden Regen kommen diese Zeichen: SCHLAF... GUT... OLIVER...
Ich antworte:
SCHLAF... GUT... MEIN... HERZ...
Ja, ich werde unsere Geschichte schreiben.
Ich werde die Geschichte dieser Liebe schreiben.
Ich gehe in mein Zimmer zurück.
Noah und Wolfgang sind noch wach, das Licht brennt, sie sehen, wie ich meinen Morgenrock ausziehe.
»Mensch, du bist ja ganz naß«, sagt Wolfgang. »Wo hast du dich herumgetrieben?«
»Laß ihn in Ruhe«, sagt Noah. »Siehst du denn nicht, was mit ihm los ist?«
»Was ist mit ihm los?«

»He is in love.«
Yes – I am in love.
Morgen um acht.
Verena Lord.
Verena.

## 18

Das erste, was ich sehe, als ich die Villa betrete, ist der Rubens meines Vaters: So ein dickes, blondes, nacktes Weib, das sich die Füße wäscht. Da hängt das Bild, in der getäfelten Halle des Hauses von Herrn Manfred Lord. Schon komisch, wie?
Ich finde es so komisch, daß ich ganz vergesse, dem Diener (in Eskarpins und schwarzer Livree), der mir geöffnet hat, das Papier zu geben, in das die Blumen gewickelt sind, die ich mitgebracht habe. Dieser Diener hat ein glattes, längliches Gesicht mit eiskalten Augen und mit Lippen, die so schmal sind, daß man glauben könnte, er hätte überhaupt keinen Mund. Klein und hager ist er, hochmütig und selbstsicher. Wenn ich da an unseren Herrn Viktor denke! Was für ein feiner Kerl das war. Wo der wohl jetzt arbeitet?
Dieser Diener und das Gärtnerehepaar hier, das sind also die Leute, die Verena hassen, überlege ich, während ich zuerst den Rubens und dann den Diener anstarre. Sie halten Verena für den letzten Dreck. Das hat sie mir gesagt, an dem Abend, als wir uns kennenlernten. An dem Abend, als ich sie heimbrachte. Ich muß mich in acht nehmen vor diesem Diener. Freundlich. Ganz freundlich.
»Pardon, bitte, mein Herr, das Papier...«
»O ja!« Lächeln, immer lächeln. »Wenn Sie so gut sein wollen.«
Er will so gut sein. Er nimmt das Papier.
»Vielen Dank, mein Herr...?«
»Leo ist mein Name, Herr Mansfeld.«
»Vielen Dank, Herr Leo.« Man kann richtig sehen, wie ihm das »Herr« wohltut. Ich greife in die Tasche. »Ach ja! Halten Sie mich nicht für einen Parvenü. Ich habe eine schreckliche Angewohnheit, Herr Leo.«
»Pardon, bitte, das kann ich mir gar nicht denken, Herr Mansfeld!«
»Doch, doch. Es ist mir schon ein paarmal passiert, wenn ich eingeladen war.«

»Was, pardon, bitte?«
Scheint sein Tick zu sein, dieses ewige »Pardon, bitte«.
»Daß ich, wenn ich im Schwips fortging, vergaß, etwas für die Menschen zu hinterlassen, die sich den ganzen Abend so viel Mühe mit mir gegeben hatten. Scheußlich, nicht? Ich nehme an, Sie servieren heute abend?«
»Ja, mein Herr.«
»Und wer kocht?«
»Die Frau des Gärtners.«
»Darf ich mir also erlauben, Ihnen beiden das hier im voraus zu überreichen?« Ich gebe ihm dreißig Mark. Zuerst wollte ich ihm nur zwanzig geben. Aber da hätte er teilen müssen. So kann er zehn Mark mehr für sich behalten.
Das mit dem Trinkgeld-vorher-Geben ist übrigens ein Tick von mir. Ich tu' das immer, wenn ich eingeladen bin. Am liebsten schleiche ich gleich in die Küche und drücke der Köchin einen Schein in die Hand. Sie wissen es selber: Auf den meisten Parties geht das Eis aus oder das Sodawasser. Wenn die Köchin dann schon gespickt ist, hat sie immer ein Kübelchen mit Eiswürfeln oder einen Syphon für Sie beiseite geräumt ...
Ich sehe mir diesen Pardon-bitte-Diener noch einmal an. Habe ich nun einen Freund gewonnen? Wer vermag das zu sagen? Es kommen so viele reiche Leute zu Herrn Manfred Lord ...
»Das kann ich unmöglich annehmen, Herr Mansfeld!«
»Wenn ich Sie darum bitte?«
»Nun, also, ich danke herzlich. Auch im Namen von Frau Klein. Das ist die Frau des Gärtners.« Er verneigt sich und lächelt ein falsches Lächeln, dieser Hund, der Verena bespitzelt und mit dem ich rechnen muß.
Eine Schiebetür aus Mahagoni öffnet sich, der Hausherr erscheint. Der Diener verschwindet.
»Mein lieber Oliver – so darf ich Sie doch nennen –, ich freue mich aufrichtig, Sie in meinem Haus begrüßen zu dürfen!« Mit ausgebreiteten Armen kommt Manfred Lord auf mich zu. Der Mann sieht großartig aus! Ich muß an einen Film-Chirurgen denken, der vor der Herde seiner Assistenten und Schwestern den Korridor zum Operationssaal herabgerauscht kommt. Er ist mindestens einen Kopf größer als ich, dieser Manfred Lord. Sein Smoking muß ein Vermögen gekostet haben. Sein Lächeln ist strahlend. Die blauen Augen blitzen. Das Haar ist weiß, zurückgekämmt und gibt eine hohe Stirn frei. Dieser Mann, denke ich, ist klug und gefährlich. Seine Freundlichkeit macht ihn so gefährlich. Er hat

eine edle schmale Nase und einen weit ausladenden Hinterkopf. Er riecht nach »Knize Ten«-Rasierwasser und Reichtum, Reichtum, Reichtum. Er hat eine klingende, tönende, eine faszinierende Stimme.
»Was bringen Sie da für wundervolle Blumen!«
»Ich wollte Ihrer Frau ...«
»Und noch dazu rote Nelken! Ihre Lieblingsblumen! Wie kamen Sie nur darauf?«
»Ich ...« Achtgeben! »Ich weiß nicht, Herr Lord. Rote Nelken sind auch meine Lieblingsblumen. Darum wahrscheinlich!«
»Natürlich, darum!« Er lacht herzlich und klopft mir auf die Schulter. Weiß er etwas? Vermutet er etwas? Hat er einen Plan? Welchen? Das scheint die Stärke dieses Herrn zu sein, daß man seinem offenen, ehrlichen Gesicht nie ansehen kann, was er gerade denkt und fühlt.
»Da wird meine Frau sich aber freuen.« Er bemerkt meinen Blick und lacht wieder. »Der Rubens, wie? Euer Rubens!«
»Ja.«
»Ich habe ihn ersteigert, wissen Sie. Bei einer Auktion in Luxemburg. Ihrem Vater gefiel das Bild plötzlich nicht mehr. Darum gab er es weg. Denn Geld hat er doch genug, wie? Hahaha!«
»Hahaha!« Jetzt habe ich mich ein wenig gefaßt. »Wenn Sie schon solche Bilder hier oben im Taunus hängen haben, dann möchte ich einmal Ihre Wohnung in Frankfurt sehen.«
»Werden Sie, mein Junge, werden Sie! Ich bin entzückt, daß Verena Sie ausfindig gemacht hat! Den Sohn meines alten Freundes ...«
Junge, Junge, ist der Mann gefährlich.
»Haben Sie denn keine Angst, Herr Lord? Ich meine, daß hier eingebrochen wird, wenn Sie nicht da sind ...«
»Jemand ist immer da, lieber Freund. Und die Wach- und Schließgesellschaft. Und Selbstschußanlagen im Park und andere schöne Dinge für jeden, der versuchen sollte, heimlich hier hereinzukommen.«
Plötzlich ist sein strahlendes Lächeln wie weggewischt, und er sieht mich mit seinen blauen Augen an, die stahlhart geworden sind. Ein unheimlicher Mensch, dieser Manfred Lord. Mit dem werde ich noch eine Menge erleben, denke ich.

## 19

Verena trägt ein schwarzes, schulterfreies Abendkleid, das sehr eng ist und seitlich so etwas wie eine Schärpe hat. Sie trägt kostbaren Schmuck, ein Brillantkollier, ein Brillantarmband, Brillantclips in den Ohren und eine Rose aus Brillanten auf dem Kleid. Sie ist sehr geschminkt. Als Manfred Lord und ich in den getäfelten Salon kommen, steigt für Sekunden tiefe Röte in ihr Gesicht. Dann tritt sie mir entgegen, ein Cocktailglas in der Hand. »Herr Mansfeld! Da sind Sie ja endlich! Darf ich Sie mit Herrn Enrico Sabbadini bekannt machen?«

Nun tritt der italienische Beau vor, der vom Flughafen damals. Auch er trägt einen Smoking, einen dunkelblauen, mit einer Schnürsenkelschleife im Hemd. Er scheint nervös zu sein. Wir verneigen uns voreinander. »Ich freue mich, Herr Mansfeld, Ihre Bekanntschaft zu machen«, sagt er in seinem akzentuierten Deutsch. Die linke Hand öffnet und schließt sich dabei andauernd. In der rechten hält er ein Glas.

»Stell dir vor«, sagt Manfred Lord, »Oliver hat die gleichen Lieblingsblumen wie du, mein Schatz!« Und er lächelt wieder, während ich die roten Nelken überreiche und Verena die Hand küsse. (Diorissimo. Hoffentlich halte ich diesen Abend durch.)

»Sie sind ja verrückt, Herr Mansfeld! So viele Blumen!«

»Ich schenke gern Blumen.«

»Da hörst du es, Verena, er schenkt gern Blumen.« Dieser Manfred Lord! Er drückt auf einen Klingelknopf. Sofort erscheint Herr Leo. »Eine Vase für die Blumen, bitte.«

»Sehr wohl, gnädiger Herr.«

»Was trinken Sie, Oliver?« Der Hausherr geht an eine Bar, die sich in einem alten Schrank befindet. Der Salon ist antik eingerichtet. Dicke Teppiche. Dunkle Möbel. Ein riesenhafter Gobelin. »Cocktail? Whisky?«

»Whisky, bitte.«

Er bereitet ihn. Liebevoll. Sorgfältig. Wie ein Apotheker eine Arznei.

»Mit Eis?«

»Ja, bitte.«

»Wasser oder Soda?«

»Soda.«

»Sagen Sie halt, wenn es genug ist.«

»Halt.«

Ich habe den Whisky schnell getrunken, und schon füllt Lord wieder mein Glas.
Dann stehen wir mit unseren Drinks herum. Manfred Lord überragt alle, und er scheint sich richtig zu freuen über diesen Abend. »Laßt uns darauf trinken«, sagt er, »daß Verena unseren – nein, ich muß schon sagen *meinen!* – Oliver wiedergefunden hat! Ihr wißt ja beide nicht, wie oft ich an ihn dachte ... Der kleine Oliver! Jetzt ist er ein großer Oliver geworden, ein richtiger Mann. Die Frauen müssen ganz verrückt nach Ihnen sein!«
»Nein. Wieso?«
»Na, Sie sehen doch fabelhaft aus! Findest du nicht, Verena? Finden Sie nicht, Enrico?«
»Er sieht fabelhaft aus«, sagt Enrico.
Verena sagt nichts. Sie sieht mich nur an.
Ich muß jetzt etwas sagen, und zwar schnell!
»Unsinn«, sage ich darum, »erlauben Sie mir, auf die gnädige Frau zu trinken. *Sie* sieht fabelhaft aus. Ich ... ich ...« Und nun blicke ich Verena an und denke: Alles lasse ich mir auch nicht bieten! » ... ich habe noch nie eine schönere Frau gesehen als Sie, gnädige Frau!« Ich hebe mein Glas. Alle trinken. Enrico verschluckt sich dabei und muß husten.
»Was für ein charmanter junger Mann«, sagt Manfred Lord, nachdem er getrunken hat. »Wirklich, Verena, ich kann dir nicht genug dankbar sein, daß du ihn entdeckt hast.«
»Warum stehen wir eigentlich?« fragt Verena.
Wir setzen uns in alte, riesenhafte Sessel, die vor einem Kamin stehen. Ein prasselndes Feuer brennt.
Verena blickt in die Flammen. Enrico (er trägt wieder ein Paar von diesen schicken, überspitzen Schuhen) starrt mich an. Manfred Lord sieht Enrico und mich abwechselnd an, amüsiert und vergnügt. Seiner Frau schenkt er keinen Blick. Händereibend sagt er: »Es gibt doch nichts Gemütlicheres als ein Kaminfeuer, nicht wahr, Oliver? Haben Sie den Weg zu uns leicht gefunden?«
»Ja.« Verflucht, da habe ich einen Fehler gemacht!
»Bravo! Die meisten Menschen, die zum erstenmal kommen, verfahren sich. Cheerio, allerseits!«
Wir heben wieder unsere Gläser.
»Ich kenne mich hier schon ziemlich gut aus, Herr Lord. Meine Schule liegt ganz in der Nähe Ihres Hauses.«
»Natürlich«, sagt er und lächelt breit, »das habe ich vergessen! Sie sind ja jetzt sozusagen unser Nachbar. Ist das nicht wundervoll, Verena? Wenn ich nicht da bin und Oliver Zeit hat, könnt

ihr zusammen spazierengehen oder im ›Ambassador‹ Tee trinken oder auf unserem Platz Tennis spielen!«
»Ich habe nur zwei Stunden am Tag frei, Herr Lord. Ich habe keine Zeit zum Tennisspielen. Und es ist mir verboten, ins ›Ambassador‹ zu gehen.«
Das Glas in der Hand, neigt Manfred Lord sich im Stuhl zurück. »Ist das nicht verrückt, Liebste? Er darf nicht ins ›Ambassador‹, er spielt nicht Tennis, er hat nur zwei Stunden Zeit am Tag! Und Enrico spielt Tennis und darf ins ›Ambassador‹ und hätte Zeit – und muß nun zurück nach Rom! Armer Liebling.«
Manfred Lord, der Mann der Frau, die ich liebe. Vis-à-vis dem Mann, mit dem sie schläft. Manfred Lord, der Verenas Kind ...
In diesem Moment kommt die kleine Evelyn herein. Sie sieht winzig aus. Über einem hellblauen Pyjama trägt sie einen Morgenmantel und dazu kleine, hellblaue Seidenpantoffeln.
»Störe ich?« fragt sie höflich-altklug.
»Aber überhaupt nicht, Evelyn«, sagt Manfred Lord.
»Ich bin nicht Evelyn, Papa.«
»Wer bist du denn?«
»Ich bin heute abend Herr Meier.«
Verena erklärt es mir leise: »Das ist ein altes Spiel. Alle paar Tage ist sie nicht Evelyn, sondern Herr Meier, Herr Schmitz oder Herr Klingelbrösel.«
Ich denke: Heute abend ist sie nicht Evelyn, sondern Herr Meier, damit sie sich vor mir besser verstellen kann.
»Was haben Sie denn für einen Beruf, Herr Meier?« fragt Manfred Lord.
»Ich bin Financier«, antwortet Evelyn. (Sie sagt aber »Finantzjer«.)
»Oh, ich verstehe. Und womit kann ich Ihnen dienen, Herr Meier?«
»Ich wollte nur gute Nacht sagen.«
»Das ist sehr freundlich von Ihnen, Herr Meier. Tun Sie es bitte.«
»Jawohl, mein Herr«, antwortet Evelyn.
Ihrer Mutter gibt sie einen langen Kuß, und die beiden umarmen sich innig. Evelyns linke Hand ist zur Faust geschlossen, bemerke ich.
»Gute Nacht, träume schön.«
»Ja, Mami.«
Dann geht das kleine Mädchen zu Manfred Lord. Sie gibt ihm die Hand, aber keinen Kuß, und sagt ernst: »Leben Sie wohl, Herr Lord.«

»Sie auch, Herr Meier. Wir sehen uns ja morgen auf der Börse. Aber wollen Sie mir denn keinen Kuß geben?«
Lord scheint sich außerordentlich zu amüsieren.
»Doch«, flüstert Evelyn.
Ihr Stiefvater bekommt einen Kuß auf die Wange, hingehaucht, flüchtig. Einen Moment hört er auf zu lächeln, dann gibt er Evelyn einen Klaps.
Diese wandert stumm weiter und knickst vor Enrico. Nun kommt sie zu mir. Was sie in der linken Hand hielt, hält sie nun in der rechten.
»Das ist Herr Mansfeld, Evelyn«, sagt Lord.
Evelyn knickst wieder und reicht mir die Hand.
»Gute Nacht, Herr Mansfeld«, sagt sie.
Und dann geht sie, winzig klein, auf ihren hellblauen Seidenpantoffeln zur Tür und verschwindet. In meiner rechten Hand befindet sich nun, was sich eben noch in Evelyns rechter Hand befand: Etwas Heißes, Weiches.
Was?
Diener Leo erscheint mit einer Vase, in der meine roten Nelken stehen. »Wo darf ich sie hinstellen, gnädige Frau, pardon, bitte?«
»Auf den Tisch vor dem Kamin.«
»Wird es da nicht zu warm sein, Liebste?« fragt Lord sanft.
»Die Nelken sind so schön. Und ich möchte sie gern nach dem Essen sehen.«
»Natürlich. Also hierher, Leo.«
»Sehr wohl, gnädiger Herr.«
Enrico Sabbadini sieht mich an, als wollte er mich ermorden. Diener Leo lächelt mir fischig zu, während er die Blumen auf den Tisch mit der Marmorplatte stellt. Diener Leo richtet sich auf. Diener Leo sagt: »Es ist angerichtet, gnädige Frau.«

20

»Wir wollen uns nichts vormachen, lieber Enrico. Die Zeit des ganz großen, des gold-goldenen Wirtschaftswunders ist passé«, sagt Manfred Lord und nimmt noch zwei Hummerscheren von der Silberplatte, die Diener Leo (er serviert mit weißen Handschuhen) ihm hinhält. »Danke schön. Ein Freund von mir – Sie müssen unbedingt noch etwas mehr Mayonnaise nehmen, lieber Oliver, sie ist wirklich exzellent, unsere Gärtnersfrau nimmt es jederzeit mit dem Chefkoch des ›Frankfurter Hofs‹ auf –, ja, also dieser Freund sagte gestern etwas, das mir sehr gefiel... Interessiert es dich nicht, Liebling?«

»Aber natürlich, Manfred!« Verena sitzt neben mir. Vielarmige Kerzenleuchter brennen, kein elektrisches Licht. Und während sie spricht, tritt Verena unter dem Tisch mit ihrem kleinen Schuh ganz fest auf meinen. »Wie kommst du darauf?«

»Ich hatte den Eindruck, verzeih. Also er sagte, und darum kam ich auf golden: ›Die Zeit, in der wir die goldenen Haare dauernd abschneiden mußten, weil sie so schnell nachwuchsen, ist endgültig vorbei. Jetzt müssen wir darauf achten, daß wir keine Glatze kriegen!«

Enrico lacht, Verena lacht, ich lache. Herr Lord lacht. Die vielen Kerzen in den silbernen Leuchtern flackern. Der Hummer ist ausgezeichnet. Und ich habe Verenas kleinen Schuh zwischen meinen beiden Schuhen und drücke ihn, immer wieder, sehr zärtlich. Herr Leo serviert jetzt mir wieder Hummer und lächelt dabei in einer Weise, daß mir das Kinderlied einfällt, welches ich hörte, als ich Verena im Sanatorium besuchte: »Sagt, wer mag das Männlein sein, das da steht im Wald allein, mit dem purpurroten Mäntelein...?«

Sagt, wer mag der Leo sein? Herrn Lords Vertrauter, gewiß. Was verbindet die beiden? Wieviel weiß Leo von ihm? Jetzt ist er bei Enrico angelangt. Der winkt müde ab. Kein Appetit.

Verenas Schuh drückt ununterbrochen auf den meinen. Zuerst denke ich, das sind Morsezeichen, aber es sind keine. Sie drückt nur den Schuh. Der wird fein aussehen, nachher. Beim Aufstehen muß ich ihn schnell am Hosenbein abwischen, sonst sieht es noch jemand. Tut Verena das oft? Sie muß es schon oft getan haben, denn sie hat eine unheimliche Routine darin. So leidenschaftlich sie meinen Fuß drückt – ihr Gesicht ist völlig ausdruckslos. Die solide Hausfrau. Die Gattin des Millionärs. Die Dame. Wenn ich jetzt aufstehen und ihren Kopf an dem langen blauschwarzen Haar zurückziehen und sie auf ihren vollen, großen Mund...

Nicht daran denken. Und sie nicht ansehen. Ich habe Angst davor, sie anzusehen. Ich weiß auch, warum. Ihres Mannes wegen. Weil dieser Manfred Lord eine Persönlichkeit ist, eine echte Persönlichkeit. Das hat mich völlig aus meiner Rolle geworfen. Ich habe gedacht: Das wird einer von diesen eiskalten Haifischen sein, wie sie immer bei meinem Vater zu geheimen Konferenzen erscheinen. Aber nein, dieser Manfred Lord ist ein Gentleman, ein Aristokrat, bei dem liegt das Geld sicher schon seit fünf Generationen in der Familie – und nicht wie in meiner Familie erst seit zehn Jahren.

Ich weiß, auch Verena hat diesen Manfred Lord längst klassifiziert und erkannt. Aber einen Menschen erkennen und klassifizieren heißt eben nicht, daß man ihn liebt...

Nach dem Hummer gibt es Cordon bleu mit pommes frites und gemischtem Salat. Wir trinken Champagner. Jahrgang 1929. Von wegen goldene Haare. Von wegen Glatze! Dann Birne Hélène. Mokka. Französischer Cognac. Da sind wir schon wieder im Salon, vor dem Kamin.

Der einzige, der unaufhörlich plaudert und sich anscheinend wohl fühlt wie ein Karnickel im Klee, ist Manfred Lord. Wir anderen sprechen kaum. Verena und ich haben wenigstens gegessen. Sabbadini hat auch das kaum getan. Er starrt trüb vor sich hin. Nur den Ausführungen seines Geschäftsfreundes Lord lauscht er angestrengt. Und Herr Lord führt eine Menge aus. Über Geld, versteht sich. Er sagt viele kluge Dinge. Manche verstehe ich nicht. Fazit jedenfalls: Das Wunder ist vorüber. Erhard hat es geschaffen, die Industrie und die Regierung und die Gewerkschaften werden es kaputt machen. Jetzt muß jeder sehen, wo er bleibt.

Solche Sachen sagt Herr Lord, im Kamin prasseln die Scheite, die alten Gemälde und der Riesengobelin leuchten matt, und der Cognac (Fine Napoléon 1911, ich hab's auf dem Etikett gelesen), die Silberleuchter, Verenas Schmuck, die Riesenteppiche, die Mahagonipaneele, sie alle könnten es hören, wenn sie hören könnten. Wahrscheinlich hat er recht, Herr Manfred Lord, mit dem, was er sagt. Nur daß, wenn er recht hat, die Leute ohne Fine Napoléon, Silberleuchter, Schmuck, Teppiche und Villen es dann früher zu spüren bekommen werden als er und seinesgleichen.

Der Gedanke beunruhigt mich so, daß ich mich erhebe, um einmal zu verschwinden.

Verena will mir zeigen, wo die Toilette ist, aber da steht schon ihr lächelnder Mann auf (was weiß er, was fühlt er, was ahnt er?) und geleitet mich durch die Halle zur richtigen Tür.

In der Toilette nehme ich das kleine Paket aus der Tasche, das Evelyn mir beim Gutenachtsagen in die Hand gedrückt hat. Ein Stück Papier, um ein Stück Marzipan gewickelt. Ein Stück Marzipan von dem, das ich ihr schenkte!

Auf dem Papier steht in ganz schiefen, ungelenken Buchstaben (Verena hat mir erzählt, daß Evelyn schon schreiben kann) dieses:

LIEBER ONKL MANSFELT!

DU HAST DOCH AUCH GERN MAZIPAN. BITTE
TU WAS DU GESAGT HAST. HILF MAMI UND MIR. ES
IST SER DRINGEND. BITTE. DEINE EVELYN.

## 21

Nachdem ich das Marzipan und das Papier fortgespült habe, gehe ich in den Salon zurück.
Es ist alles wie vorher. Manfred Lord plaudert, die anderen hören zu. Er redet von Geld, aber alle seine Sätze sind zweideutig: Er sagt: »Sie müssen sehr achtgeben. Enrico, sehr acht!«
Er sagt: »Ihr Vater ist mein Freund, Oliver. Die Freunde meiner Freunde sind meine Freunde. Wollen Sie mein Freund sein?«
»Mein Vater ist nicht mein Freund, Herr Lord.«
Darauf lächelt er nachsichtig wie Doktor Frey, unser Geschichtslehrer, wenn ein Schüler eine falsche Antwort gegeben hat, und antwortet: »Wollen wir trotzdem Freunde sein?«
Ich drehe mein großes, bauchiges Schwenkglas mit dem alten Cognac in der Hand und weiß, daß ich antworten muß, und zwar schnell, da sagt er schon: »Jeder Mensch braucht Freunde, Sie werden es noch merken im Leben. Also?«
»Ja«, sage ich. Hätte ich nein sagen sollen?
HILF MAMI UND MIR. ES IST SER DRINGEND...
Manfred Lord füllt die Gläser noch einmal.
»Auf unser aller Freundschaft«, sagt er strahlend.
Ich muß jetzt achtgeben, denn der Cognac macht mich benommen. Ich vertrage nicht viel. Enrico Sabbadini anscheinend auch nicht. Er hat einen roten Kopf, seine Augen schwimmen. Was ist los mit diesem Beauty-Boy? Und was ist los mit Manfred Lord? Will er uns betrunken machen? Offenbar. Will er sehen, wie wir uns dann benehmen, was wir dann tun, was wir dann sagen?
Sein Lächeln. Sein Charme. Seine Überlegenheit...
»Noch ein Glas, Oliver?«
»Nein danke, ich muß noch fahren.«
»Das Stückchen!« Er gießt wieder unsere Gläser voll. Herr Sabbadini ist jetzt blau. »Und Enrico übernachtet bei uns.«
Bewundernswert ist Verena. Sie trinkt und trinkt, und man merkt ihr nichts an. Überhaupt nichts! Das spräche natürlich wieder dafür, daß sie doch Barfrau oder so etwas war. Sie war es aber nicht, niemals im Leben! Jetzt kenne ich sie schon so lange, daß ich das Geheimnis ihres Lebens nicht nur fühle, sondern daß ich weiß: Es gibt dieses Geheimnis! Und wenn sie hundert Männer hatte. Wenn sie sich hundertmal eine Hure nennt. Diese Frau mit ihrem Verarmungskomplex ist ihrem Mann ebenbürtig. Nein, sie ist ihm überlegen! Und ihre Familie muß der seinen überlegen sein, denn...

Was soll das alles? Bin ich betrunken? Habe ich etwa gar laut gedacht? Offenbar nicht. Offenbar haben Manfred Lord soeben sogar ähnliche Gedanken wie mich bewegt, denn er küßt Verena die Hand und sagt: »Seit Monaten hast du nicht so wundervoll ausgesehen wie heute abend, Liebste...«

10 Uhr.

11 Uhr.

11 Uhr 30.

Um mich dreht sich alles ein bißchen. Ich bin das nicht gewöhnt. Enrico wiederholt sich dauernd, ohne es zu merken, wie alle Betrunkenen. Er ist lächerlich. Wann wird er sich versprechen? Ich muß hier weg! Wenn ich noch ein Glas trinke, stehe ich auf und sage, daß ich Verena liebe!

»Einen letzten Schluck, lieber Oliver?«

Jetzt trinken wir wieder Champagner.

»Nein, nein, ich...«

»Unsinn! Leo macht uns allen noch einen starken Kaffee, er ist schon dabei. Also prost – auf unsere wunderschöne Hausfrau!«

Und so trinken wir auf Verena, die wirklich so wunderschön an diesem Abend ist, und sie lächelt, aber wie immer bleiben die schwarzen, riesengroßen Augen ernst dabei.

Ich fühle ihre Hand. Dann habe ich eine kleine weiße Pille in der meinen. Mit dem nächsten Schluck Champagner schlucke ich sie, ohne daß man es merkt. Im gleichen Moment glaube ich, daß hinter meinen Augen eine Atombombe explodiert. Dann wird mir brennend heiß, und ich fühle, wie mir unter dem Smokinghemd der Schweiß über die Brust rinnt. Dann werde ich so schwindlig, daß ich Angst habe, aus dem Sessel zu kippen. Und dann bin ich nüchtern. Beinahe vollkommen nüchtern. Jedenfalls vollkommen klar.

## 22

Um Mitternacht erscheint Diener Leo.

»Das Gespräch aus Rom, gnädiger Herr.«

Elastisch springt der Einundfünfzigjährige auf. »Mein Makler! Er gibt die heutigen Käufe durch. Kommen Sie mit, Enrico. Schalten Sie um in die Bibliothek, Leo.«

»Sehr wohl, gnädiger Herr.«

Lord küßt Verena wieder die Hand. »Entschuldige uns ein paar Minuten, Liebste. Oliver wird dich unterhalten.« Und zu mir:

»Es tut mir leid, aber wie gesagt, die Geschäfte sind nicht mehr so, wie sie waren. Man muß hinterher sein. Los, Enrico!«
Der folgt ihm, aufrecht und schnell. Der ist auf einmal auch fast nüchtern. Ja, wenn's ums Geld geht!
Eine Tür fällt ins Schloß.
Wir sind allein, Verena und ich. Wir sehen uns an.
»Danke, lieber Gott«, sagt sie.
»Wofür?«
»Dafür, daß er uns allein sein läßt, ein paar Minuten wenigstens!«
Sie sitzt auf der Couch vor dem Kamin, ich in einem Sessel. Nun rückt sie näher, und ich rieche wieder den Maiglöckchengeruch, den Duft ihrer Haut.
»Sie können jeden Moment wiederkommen ...«
»Jetzt reden sie von Aktien. Das dauert immer lange.«
Ihre Augen! Ihre Augen! Niemals noch habe ich solche Augen gesehen. Sie flüstert, ihr Gesicht ganz nahe an meinem, und unsere beiden Gesichter sind erhellt von dem flackernden Kaminfeuer:
»Ich habe Schluß gemacht, Oliver ...«
»Schluß gemacht?«
»Mit Enrico.«
»Was?«
Ihre heisere Stimme. Ihre Nähe. Der Maiglöckchenduft. »Hat dir die Pille geholfen?«
»Ja. Danke. Sehr.«
»Er versucht dich betrunken zu machen. Enrico auch. Er ist ein Zyniker. Er hat gemerkt, daß mit Enrico Schluß ist ...«
»Hat er denn etwas davon gewußt?«
»Nein. Aber gespürt. Er spürt alles! Nun ist er neugierig, was weiter geschieht. Du darfst dich nie betrinken in seiner Gegenwart! Ich gebe dir das nächstemal eine Rolle von diesen Pillen. Sie sind großartig.«
»Du ... du hast Enrico gesagt, daß es aus ist?«
»Ja.«
»Aus welchem Grund?«
»Weil ich ihn nicht mehr liebe.«
»Du hast ihn doch auch nie geliebt!«
»Nein, aber er hat es geglaubt. Darum konnte er heute abend nichts essen. Verletzte männliche Eitelkeit – das ist das Schlimmste.«
Sie sitzt so nah, so nah, ich möchte sie nehmen, sie an mich pressen, küssen. Ich wage es nicht.
»Ich will nicht mehr lügen. Ich bin zu alt dazu.«
»Du belügst doch deinen Mann! Dauernd!«

»Von dem lebe ich. Der ernährt Evelyn und mich. Den muß ich belügen.«
Was für eine Konversation! Ich beginne zu lachen. Ist es der Champagner? Ist es Angst?
»Komisch, nicht? Weißt du, warum ich Enrico wirklich gesagt habe, daß es aus ist?«
»Warum?«
»Weil du mir so gefällst.«
Ich schweige.
»Ich bin ein bißchen verrückt, das weißt du. Jetzt ... jetzt bin ich verrückt nach dir. Ich will dich haben.«
Ich schweige.
»So spricht nur eine Hure, nicht? Nun, ich bin eine! Willst du mich trotzdem?«
»Ich liebe dich.«
»Hör auf damit! Ich rede nicht von Liebe. Ich rede von dem andern. Das hat mit der verfluchten Liebe so viel zu tun!« Sie schnippt mit den Fingern. »Liebe? *Liebe ist nur ein Wort!* Ich will keine Liebe! Ich will dich! Ich will *das!* Hast du verstanden?«
Ich nicke.
»Ich kann überhaupt nicht lieben. Also wird es nie eine Liebe werden. Kann keine werden. Darf keine werden. Wir müssen sehr vorsichtig sein. Er darf nichts merken. Sonst wirft er Evelyn und mich hinaus. Und wir müssen dorthin zurück, wo wir herkamen. Es ist nicht schön dort...« Ihre Stimme versintert, sie senkt den Kopf. Ich streichle ihre kühlen Hände. »Wir werden sehr aufpassen, ja?«
»Ja.«
»Er darf uns nie etwas nachweisen können. Überlaß alles mir. Er wird uns nie etwas nachweisen können. Ich kenne ihn. Er macht den Eindruck eines Übermenschen, nicht?«
»Ja.«
»Er hat auch seine Schwächen. Ich kenne sie alle. Er ist kein Übermensch, glaub mir. Niemand ist ein Übermensch. Ich habe gelebt wie eine – verzeih! Aber ich kenne die Männer. Mir macht keiner mehr was vor. Darum liebe ich auch keinen Mann mehr. Was nicht heißen soll, daß ich Männer nicht brauche.«
Doch eine Hure? Na und? Na wenn? Was macht mir das?
»Ist das ganz klar?« Sie hat auch ein bißchen viel getrunken, jetzt merkt man es.
Wie lange braucht ein Makler, um die Käufe durchzugeben? Ist Enrico wirklich nicht mehr so betrunken? Und Herr Lord – ist der ganz nüchtern?

»Ob das ganz klar ist?«
»Vollkommen klar.«
Und natürlich wird es eine Liebe werden, natürlich, natürlich!
»Nimm besser selbst auch eine von den Pillen.«
»Ja, du hast recht.« Sie greift in eine kleine Tasche des Kleides, schluckt das Präparat und trinkt ihr Glas auf einen Zug aus. Jetzt glühen ihre Augen.
»Ich sollte mich schämen, nicht?«
»Warum?«
»Zwölf Jahre älter als du. Eine Hure eben.«
»Sag das Wort nicht mehr!«
»Gott, kannst du einen Menschen böse ansehen!«
»Du bist keine Hure!«
»Nein! Wie nennst du das, was ich bin, bitte?«
»Laß das!«
»Gut, lassen wir es. Weißt du, daß ich mir vorkomme wie eine junge Frau, wenn wir zusammen sind?«
»Du bist eine junge Frau!«
»Ja, dreiunddreißig.«
»Und?«
»Da wäre gar kein ›und‹, wenn du nicht einundzwanzig wärest. Es ist Wahnsinn, alles! Aber ich kann nichts mehr daran ändern. Ich will dich haben. Ich denke dauernd nur daran. Weißt du, seit wann das so geht?«
»Seit wann?«
»Seit du in der Klinik sagtest: ›Du bist alles, was ich habe auf der Welt, und alles, woran ich glaube, und alles, was ich liebe‹. Das hat mich verrückt gemacht! Weil es noch nie ein Mann zu mir gesagt hat!« Und näher kommt ihr Gesicht, näher ihr Mund, immer näher. Nun fühle ich schon den Hauch ihres Atems, wenn sie spricht. »Morgen um drei im Turm?«
»Um drei.«
»Küß mich.«
Ihr Kleid ist verrutscht, ich sehe die schönen Beine, den tiefen Ausschnitt des Kleides, ihr katzenhaftes Gesicht, dessen Augen sich nun halb schließen. Ihr großer Mund. Direkt vor meinem. Jetzt ist mir alles gleich. Ich strecke die Arme aus, um sie zu küssen. Da höre ich ein Geräusch.
Wir fahren auseinander. Herr Leo kommt in den Salon, ein Tablett mit Kaffeegeschirr in den Händen. Er lächelt.
»Haben Sie es sich abgewöhnt zu klopfen, bevor Sie eintreten?«
»Ich habe geklopft, gnädige Frau. Gnädige Frau und Herr Mans-

feld müssen es überhört haben«, antwortet Diener Leo und macht sich daran, Kaffeegeschirr auf dem Marmortisch zu verteilen. Dazu sagt er: »Wahrscheinlich prasselte das Feuer im Kamin so laut.« Über seinen gesenkten Kopf hinweg sehen wir einander an, Verena und ich, und ich weiß plötzlich etwas mit absoluter Sicherheit, das ist so kitschig, daß ich mich schäme, es aufzuschreiben. Ich schreibe es trotzdem auf, denn dies soll ein ehrliches Buch werden. Das also weiß ich mit absoluter Sicherheit: Verena wird die einzige wirkliche Liebe meines Lebens sein. Und ich werde die einzige wirkliche Liebe sein in ihrem Leben. Nach dieser Liebe kommt nichts mehr. Für sie nicht. Für mich nicht. Nichts mehr.

## 23

In dieser Nacht ist es sehr warm.
Als ich um halb zwei Uhr meine Villa betrete, schlafen alle. Unter anderen Umständen würde ich über mich und das, was ich nun tue, selbst lachen. Ich hole Papier und Bleistift aus meinem Zimmer, und aus dem Nachttisch neben dem Bett nehme ich die Taschenlampe. Dann gehe ich auf den Balkon hinaus, knipse die Lampe an und setze mich auf eine Bank. Die Lampe hänge ich an einen Nagel. Ihr Licht trifft den Block, den ich auf den Knien halte.
Was hat Verena heute abend zu mir gesagt? »Liebe ist nur ein Wort.«
Liebe ist nur ein Wort?
Liebe?
Liebe ist alles. Ist alles. Alles.
Und ich, ein romantischer Narr, sitze da und schreibe auf das erste Blatt:

LIEBE IST NUR EIN WORT
Roman

Und auf das zweite Blatt:

ERSTES KAPITEL

Das war ganz einfach.
Aber nun? Wie beginne ich? Mit welchem Ereignis? Auch ganz einfach. Ich beginne, wie es begann. Mit meiner Ankunft auf dem Rhein-Main-Flughafen. Ich schreibe:

*Wär's nicht zum Flennen, müßte man ja wohl darüber lachen. Jedesmal, wenn ich nach Deutschland zurückkomme, gibt es dasselbe Theater. Seit sieben Jahren geht das so. Langsam könnten sich die Herren mit dem Gedanken vertraut machen, daß mein verfluchter Vater in ihren Fahndungsbüchern steht als Mann, der sofort zu verhaften ist. Er – nicht ich . . .*

Etwas irritiert mich. Ich blicke auf. Über den schwarzen Baumkronen sehe ich die weiße Villa Manfred Lords. In einem Fenster blitzt eine Taschenlampe, wieder, wieder, lang, lang, kurz, lang, kurz.

Verena! Sie hat den Schein meiner Lampe gesehen.

G.. U.. T.. E.. N.. A.. C.. H.. T.. L.. I.. E.. B.. L.. I.. N.. G.., morst sie.

Und »Gute Nacht, Liebling« morse ich zurück.

Danach bin ich so sentimental, daß ich gerade noch den Satz zu Ende schreiben kann, den ich begonnen habe. Ich lösche meine Lampe aus. Auch in der Villa oben wird es dunkel.

Liebe ist nur ein Wort, hat sie gesagt. Eine Hure ist sie, hat sie gesagt. Ich habe ihr widersprochen. Aber man brauchte ihr nicht unbedingt zu widersprechen. Trotzdem! Muß eine Hure immer eine Hure bleiben? Kann man eine Hure nicht lieben? Kann sie sich nicht verändern? Sie wird nie wieder einen Mann lieben, weil sie die Männer kennt, hat sie gesagt. Kennt sie die Männer? Wird sie wirklich nie mehr lieben? Tut man stets, was man sich vornimmt? Ich glaube, in Wahrheit hat niemand größere Sehnsucht nach Liebe als sie.

Sie, die sich selbst und mir weismachen will, daß Liebe nur ein Wort ist . . .

Auf Zehenspitzen gehe ich zurück durchs Haus. In einem Zimmer brennt noch Licht. Ich kann es sehen, weil die Tür dieses Zimmers oben ein Glasfenster besitzt. Geräuschlos trete ich vor die Tür. Es ist das Zimmer Herrn Herterichs, unseres Erziehers. In Hemdärmeln sitzt er auf seinem Bett, den Kopf in beide Hände vergraben, reglos. Er macht den Eindruck vollkommener, absoluter Hoffnungslosigkeit.

So sitzen jetzt gewiß Millionen Männer in aller Welt in ihren Zimmern, Männer, die ihr Ziel nicht erreichten, die mehr wollten, als sie konnten, die zugrunde gingen an dem, was man die »Macht der Umstände« nennt.

Sie hatten alle ihr Ziel! Ein schönes, hohes, ehrgeiziges. Sie kämpften lange Jahre, um es zu erreichen, sie ruinierten ihre Gesundheit dabei, sie leugneten Tatsachen. Und dann? Dann kam

der Tag, da resignierten sie, wie der da vor mir, dieser Herterich. Warum gaben sie auf? Eigenes Unvermögen und Erkenntnis dieses Unvermögens. Persönliche Fehler. Familie. Kinder. Zu wenig Geld. Zu viele Verpflichtungen. Zu viel Alkohol. Sie hatten ihre Zeit vergeudet und ihr Leben. Nun sahen sie es ein. Sie besaßen eine Gewißheit: Nichts würde sich mehr ändern bis zum Tod.
Ich glaube, man muß nicht sehr alt werden, um eine solche Gewißheit zu erlangen. Manche zerbricht das Leben schon früh, so wie den, der da vor mir sitzt, den Kopf in die Hände vergraben, verloren, einsam, ohne Chance. Gewiß hat auch Herr Herterich einmal davon geträumt, ein neuer Pestalozzi zu werden, ein Wohltäter der Menschheit. Nun weiß er Bescheid. Er wird es nicht werden. Er wird überhaupt nichts werden. Von einer Penne zur nächsten wird er wandern und sich von tausend Alis quälen lassen, hilflos, unterbezahlt, schlecht gekleidet, gering geachtet, gar nicht geachtet.
Ich schleiche in mein Zimmer zurück, langsam, lautlos. Ob ich wohl auch einmal einsehen muß, daß ich kein Schriftsteller werden kann, nie, nie, nie? Und wenn, wird es dann lange dauern, bis ich es einsehe? Wird es bereits nach diesem ersten Buch sein? Nach dem elften?
Wann?

## VIERTES KAPITEL

### 1

Am Morgen nach dem Abend bei Herrn Manfred Lord habe ich einen dicken Kopf, verquollene Augen und keinen Appetit. Das ist Hansi, der neben mir sitzt, egal. Ich glaube, er bemerkt es gar nicht, daß ich mich übel fühle und nur Kaffee trinke. Er erzählt mir (rasend schnell, damit er auch fertig wird) den letzten Klatsch: »Ali hat Giuseppe zwei Zähne ausgeschlagen. Giuseppe liegt im Bett. Nach dem Religionsunterricht ist's passiert.«
»Wann?«
Hansi lacht glucksend. »Du weißt doch, wie zweihundertprozentig fromm unser Ali ist. Und was für'n Kommunist der Giuseppe. Also, paß auf. Unser Pfarrer, der hat uns von Adam und Eva erzählt. Was tut Giuseppe? Nach der Stunde reißt er das Maul auf und erklärt in seinem verrückten Deutsch-Englisch: ›Ich mag nicht

glauben, daß aus zwei Menschen, egal, welche Hautfarbe sie gehabt haben, so viele Millionen Menschen von verschiedener Hautfarbe und verschiedener Rasse entstanden sein sollen.‹ Aber da ist der kleine Ali ihm schon an den Hals und schlägt ihm zwei Zähne raus. Wir haben dabeigestanden. Eigentlich war es feig, denn Giuseppe ist so unterernährt und Ali so ausgefressen. Kismet! Jetzt liegt Giuseppe im Bett, der Doktor war da...«

»Ich werde Ali auch mal ein paar in die Zähne geben.«

»Das wirst du nicht! Bist du verrückt? Willst du dich vielleicht mit dem Pfarrer anlegen?«

»Du hast recht, Hansi.«

»Ich habe immer recht.«

»Du bist schlau.«

»Weiß ich selber.«

»Ich brauche deinen Rat.«

»Was ist los?«

»Nicht jetzt. Nachher.«

Etwas später stehen wir vor der Schule, bei der alten Kastanie. Wir haben noch zehn Minuten Zeit. Ich sage: »Ein Bruder muß einem Bruder helfen, nicht?«

»Ich tu' alles für dich! Was hast du? Die Luxusnutte?«

Um uns herum toben dreihundert Kinder, sie lachen und schreien, keiner versteht, was ich sage, was Hansi sagt. Beim Eingang der Schule steht Geraldine. Unbeweglich. Die Hände auf dem Rücken. Sie sieht mich an. Aber ich sehe sie nicht an. Ich spreche zu Hansi, leise, hastig: »Ja, Geraldine.«

»Wirst sie nicht mehr los?«

»Nein.«

»Hab' ich mir gedacht. Mußt du schon warten, bis ein Neuer kommt.«

»Nein, das Ganze ist noch viel komplizierter. Sie... sie hängt sehr an mir. Ich... ich möchte ihr nicht weh tun... aber ich muß sie los sein!«

»Verstehe«, sagt er und scharrt mit einem Schuh. »Frau Lord, was?« Ich gehe nicht darauf ein: »Hansi, du hast mir geholfen, das Armband wiederzufinden. Kannst du mir nicht auch helfen, Geraldine loszuwerden? Überleg es dir. Vielleicht hast du eine Idee.«

»Kann sein, mir fällt was ein. Auf die sanfte Tour.«

»Auf keinen Fall brutal.«

»Kannst dich auf mich verlassen, Oliver.«

Er schüttelt mir die Hand.

»Tschüß, ich muß abhauen.«

»Wieso? Schon?«
»Ich mache grundsätzlich nie Schulaufgaben, verstehst du? Ich schreibe sie morgens immer von unserem Primus ab. Jeder muß sehen, wo er bleibt.«
Und dann hinkt er eilig weg, schief und krumm, der kleine Krüppel, dem seine Mutter jahrelang Arme und Beine zusammenband, damit er hübsch betteln konnte, den sein sadistischer Stiefvater quält, wenn er nur kann, da hinkt er fort, arm, häßlich, und natürlich böse geworden. Ich soll bald erfahren, was dieser Hansi unter einer »sanften Tour« versteht.

## 2

Acht Uhr.
Eine Glocke bimmelt. Dreihundert Kinder strömen in das Schulgebäude. Wir haben heute in der ersten Stunde das Frettchen. Latein. Bei der Treppe fängt Geraldine mich ab. Nun ist es soweit, ich kann nicht mehr kneifen.
»Was ist mit dir los?« Ihre Lippen sind feucht, ich sehe, wie die Brust sich hebt und senkt. Sie geht neben mir.
»Los? Gar nichts! Warum?«
»Weshalb versteckst du dich? Weshalb können wir uns nicht treffen?«
»Geraldine, ich ...«
»Du hast eine andere!«
»Nein.«
»Doch!«
»Nein!«
»Doch! Und wenn ich herausbekomme, wer es ist, dann mache ich den größten Skandal, den es je gegeben hat! Dich nimmt mir keine weg! Verstehst du? Keine!«
Ihre Stimme ist schrill geworden. Jungen und Mädchen bleiben stehen, hören zu, grinsen und flüstern.
»Geraldine ... Geraldine ... sei doch leise ...«
»Ach was, leise!«
»Jawohl, leise! Ich verlange es von dir!«
Von einem Moment zum anderen fällt sie richtig in sich zusammen, läßt die Schultern hängen, und Tränen treten in ihre Augen.
»Ich ... ich habe es doch nicht so gemeint ...«
»Schon gut.« Mensch, Mensch!
»Wirklich nicht ...« Jetzt flüstert sie folgsam. »Ich kann nicht

mehr schlafen... nachts liege ich da und denke daran, wie es in der Schlucht war, und in dieser Nacht... Ich liebe dich, Oliver... Ich liebe dich doch so...«
Noch zehn Meter zum Klassenzimmer. Können zehn Meter lang sein!
»Liebst du mich auch?«
»Natürlich.«
Sie preßt meine Hand.
»Wann sehen wir uns?«
»Ich weiß noch nicht.«
»Um drei in der Schlucht?«
Heute ist ein schöner Tag mit mildem Sonnenschein. Über den blauen Himmel ziehen weiße Schlieren, und von den Bäumen fallen bunte Blätter, eines nach dem anderen.
»Nein, heute geht es nicht.«
»Warum nicht?«
»Ich... ich habe Hausarrest«, lüge ich.
»Morgen?«
»Ja, morgen vielleicht.«
Bis morgen ist Hansi hoffentlich etwas eingefallen!
Sie preßt meine Hand ganz fest mit ihrer heißen, schweißfeuchten zusammen. »Dann denke ich jetzt nur noch an morgen. Dann lebe ich jetzt nur noch für morgen. Dann freue ich mich jetzt nur noch auf morgen. Du dich auch?«
»Ja, ich mich auch.«
Warum hat gerade mir das passieren müssen? Warum?
Fräulein Hildenbrand kommt vorbei. Sie tastet sich ein bißchen an der Wand entlang. Wir grüßen. Sie dankt gütig lächelnd. Ich bin sicher, sie hat uns gar nicht erkannt. Sie weiß gar nicht, wer wir sind. Sie weiß auch nicht, daß sie nur noch vierundzwanzig Stunden hier sein wird. Ich weiß das auch nicht. Niemand weiß das. Doch, einer vielleicht. Hansi.

## 3

»Ich freue mich jetzt nur noch auf morgen«, hat Geraldine gesagt. Da haben wir das Klassenzimmer erreicht. Sie schaut mich noch einmal an, mit ganz verschwommenen Augen – denselben, die sie in der Schlucht hatte –, dann geht sie auf ihren Platz, und gleich darauf kommt das Frettchen.
An diesem Tage gelingt es diesem Frettchen, unserem armseligen,

erbarmungswürdigen Lateinpauker, Herrn Doktor Friedrich Haberle, dem kleinen Mann mit dem Häuschenkomplex und dem nach Schweiß stinkenden alten Anzug, sich bei der ganzen Klasse endgültig und für den Rest des Jahres verhaßt zu machen – sogar bei unserem Primus Friedrich Südhaus.

Und das will was heißen!

Denn dem könnte es doch egal sein, was das Frettchen mit hoher Fistelstimme händereibend verkündet:

»Nun, meine Freunde, gehen wir an unsere schriftliche Arbeit. Ich bitte, die Bücher hervorzunehmen.«

Die ganze Klasse holte den Tacitus hervor, weil natürlich jeder denkt, das Frettchen wird uns ein Stück aus der »Germania« übersetzen lassen.

Da sagt dieser Hund doch: »Nicht nur den Tacitus, wenn ich bitten darf, auch die Gedichte des Horaz!«

Unruhe in der Klasse.

Was soll das heißen?

Wir erfahren es gleich.

»Ich bin nämlich kein Idiot, verstehen Sie!«

Nein, nicht, du Idiot.

»Ich weiß genau, daß hier bei jeder Arbeit gespickt wird.« (Spikken: Man schreibt bei seinem Nachbarn ab, oder man arbeitet mit kleinen Merkzetteln, falls man frühzeitig genug herausbekommen hat, welche Stelle genommen wird. Oder man blättert unter der Bank in einem von den kleinen Heftchen – Sie wissen schon: »Von einem Schulmann«.)

»Nun, bei mir wird nicht gespickt«, sagt das Frettchen und bläht sich gewaltig auf und riecht dadurch noch ein bißchen mehr nach Schweiß. »Ich habe diese Methode von einem österreichischen Kollegen. Ich teile die Klasse in eine A- und eine B-Gruppe. Die eine Gruppe bekommt ein Stück Tacitus, die andere Gruppe ein Stück Horaz.«

Jetzt kann man draußen den leisen, leisen Südwind flüstern hören, so still ist es geworden.

Geraldine sieht aus, als wolle sie sich übergeben. Sie ist doch so schlecht in Latein!

Walter, ihr Exfreund, der hinter ihr sitzt und ihr immer geholfen hat, hätte ihr auch heute geholfen, trotz allem, da bin ich ganz sicher. Aber was will er jetzt tun?

Es gibt viele in der Klasse, die machen Gesichter, als hätte gerade der Blitz eingeschlagen. So etwas war noch nie da!

»Abzählen«, kommandiert das Frettchen.

Was sollen wir machen?
Die erste Reihe murmelt ihr A, B, A, B herunter.
Dann kommt die zweite Reihe daran. Da richtet das Frettchen es so ein, daß hinter einem A-Mann niemals ein anderer A-Mann, sondern immer ein B-Mann sitzt.
Das bedeutet, praktisch und nüchtern: Damit ist Spicken tatsächlich unmöglich gemacht.
Verflucht und zugenäht!
Mir wird ganz heiß. Zuerst, bevor ich Verena kennenlernte, wollte ich auch aus diesem Internat fliegen, um meinen Alten zu ärgern. Aber jetzt – jetzt ist doch alles anders. Ganz anders ...
Ich bin ein B-Mann.
Lieber Gott, bitte mach, daß die B-Gruppe den Tacitus kriegt!
Das Frettchen zieht eine große Schau ab. Es marschiert zweimal hin und her, lächelt und schweigt.
Noah hat den Mut zu sagen: »Herr Doktor, wenn Sie uns nun bitte die Stellen angeben wollen. Die Zeit vergeht.«
Bleibt das Frettchen stehen und kommandiert schneidig wie ein preußischer Gardeoffizier im Kabarett (er muß heute früh Krach mit seiner Frau gehabt haben im Häuschen, im kleinen): »Die A-Gruppe übersetzt Horaz, die B-Gruppe Tacitus!«
(Danke, lieber Gott.)
Dann gibt er die Stellen an.
Von Horaz hätte ich keinen Schimmer gehabt! Auf den anderen Internaten, in denen ich war, hatten wir ihn noch nicht gelesen. Bildungslücke. Peinlich so was.
Bei Tacitus ist es Seite 18, Kapitel 24 bis 27, inklusive. Sind keine langen Kapitel. Immer so zehn, fünfzehn Zeilen. Und wie gesagt, den Tacitus, den kann ich langsam auswendig. Das ist das dritte Jahr, daß ich ihn lese.
Also los! Und ich liebe dich, Verena, ich liebe dich, und heute nachmittag um drei sehe ich dich im Turm.
In unserem Turm ...
»Warum lächeln Sie so, Mansfeld?«
Das geht wirklich ein bißchen weit. Was ist denn in dieses kleine Ungeheuer gefahren, verflucht noch mal?
»Man wird doch noch lächeln dürfen, wenn einem die Arbeit Spaß macht, Herr Doktor.«
(Kauf dir lieber einen neuen Anzug!)
Ich drücke die Mine aus meinem Kugelschreiber und strahle ihn an. Das hält er denn doch nicht aus. Er beginnt wieder, auf und ab und durch die Tischreihen zu marschieren.

Mensch – diesmal wird er glatt zwei Dritteln der Klasse eine 6 geben! – Mir nicht!
Hat schon seine Vorzüge, wenn man eine Klasse dreimal macht. Dann kann einem nur noch wenig passieren. Nun sehen wir mal, was für ein Käse das ist.
*Genus spectaculorum unum atque in omne coetu idem. Nudi iuvenes, quibus id ludricum est . . .*
Mit dem Mist bin ich in einer halben Stunde fertig.
Wenn ich aufblicke, sehe ich draußen die roten, braunen, gelben und goldenen Blätter von den Bäumen rieseln. Der Herbst kommt, der Winter. In dieser Stunde, mitten in der Übersetzung der »Germania«, habe ich zum erstenmal ein Gefühl, das wiederkommen wird – nicht oft, aber es wird wiederkommen. Ich nehme mir vor, mit niemandem darüber zu sprechen, nicht einmal mit Verena. Und wenn ich ihr »unser« Buch gebe, damit sie sagt, ob es gut ist oder schlecht, werde ich die Seite, auf der diese Zeilen stehen, zuvor herausnehmen. Es ist kein unangenehmes Gefühl, kein erschreckendes, panisches. Es ist eigentlich überhaupt kein Gefühl. Es ist eine Gewißheit. In dieser Lateinstunde habe ich zum erstenmal in meinem Leben die seltsame, aber absolute Gewißheit, daß ich bald sterben werde. Verrückt, so etwas, nicht?

## 4

Wir küssen uns. Endlos.
Wir stehen in der alten Turmstube, durch die Luken fällt Nachmittagssonnenschein, der milde Wind weht Laub herein, und wir küssen uns. Ich habe noch nie ein Mädchen so geküßt, noch nie eine Frau so. Ich schrieb in diesem Buch, so verrückt, so wahnsinnig würde es nie wieder sein wie mit Geraldine. So ist es auch mit diesem Kuß. Aber bei Geraldine war es nichts als Geilheit, Sinnlichkeit, Körperlichkeit. Jetzt, da ich Verena küsse, kommt etwas anderes hinzu, etwas, das so mild ist und lind wie der Südwind, der durch die Luken zieht.
Wir Halbstarken, um nach langer Zeit wieder einmal das Wort zu gebrauchen, zerren doch alles in den Dreck, nicht wahr? Wir können die großen Töne nicht leiden, wir hassen die Phrasen. Ein Halbstarker sagt Ihnen, was in Verenas Kuß hinzukommt: Zärtlichkeit, Melancholie, Sehnsucht – und Liebe.
Und Liebe, ja.
Ich habe aufgeschrieben, was Verena über Liebe sagte an jenem

Abend, da ich im Hause ihres Mannes eingeladen war. Aber Verena ist eine Frau, die nicht mehr weiß, was sie sagt, eine Frau, ratlos und kopflos – wie alle, alle, über die Rudyard Kipling schreibt. Es gibt Verse, die sind so schön, daß ich sie mir für immer merke. Das schrieb er:

*God have mercy on such as we,*
*Doomed from here to eternity!*

Verdammt in alle Ewigkeit. Einen Buchtitel und einen Filmtitel haben sie aus der Zeile gemacht. Aber das ist Verena, das bin ich auch, das sind wir wohl alle. Und unter vielen Millionen Verdammter, Verlorener, stehen wir beide da, Verena und ich, hoch über den Bäumen des Taunus, an einem sonnigen Septembernachmittag, und küssen einander auf eine Art, wie ich niemals noch küßte.

Sonderbar: Geraldine sagt, daß sie mich liebt, und liebt mich nicht. Bei ihr ist es nur das eine. Verena sagt, daß es immer nur das eine bei ihr ist, und liebt mich. Sie weiß es bestimmt nicht. Ihr Unterbewußtsein muß es wissen, die Muskeln und Sehnen, Drüsen und Lippen ihres Körpers wissen mehr als sie.

Langsam dringt ihre Zungenspitze durch meine Zähne und streichelt meine Zunge. Ihre beiden Hände halten meinen Kopf, und ich halte ihren Leib umschlungen. Liebe. Natürlich ist es Liebe. Und einmal wird sie es merken. »Liebe ist nur ein Wort?« Nein, nein, nein!

Sie nimmt ihre Lippen von meinen, und ihre riesigen schwarzen Augen sind so nah, so nah.

»Was hast du?«

Ich traf einmal ein Mädchen, auch eine richtige Halbstarke, und als wir beide ernsthaft anfingen, erfanden wir ein Spiel. Jeder, der sagte: »Ich bin glücklich«, mußte fünfzig Pfennig bezahlen. Damit nur ja nicht diese verfluchte Sentimentalität aufkam! Es kostete keinen von uns einen Pfennig, dieses Spiel damals.

»Ich bin glücklich«, sage ich und will Verena wieder küssen, und meine Hände gleiten unter ihren Pullover. Aber sie stößt mich weg.

»Nicht«, sagt sie.

»Was ist?«

»Hören wir auf. Ich bin ... ich bin schon halb dabei nach diesem Kuß.«

»Komm ...«

»Wo? Hier? In diesem dreckigen Loch?« Ich sehe mich um. Staub. Schmutz. Gerümpel.

Wir müßten uns auf den kotigen Fußboden legen. Keine Decke. Kein Wasser. Keine Seife. Nichts.

»Aber ich möchte zu dir ...«
»Glaubst du, ich nicht?« Sie geht schnell weg von mir und stellt sich mit dem Rücken gegen eine Luke. Drei Meter liegen zwischen uns. »Glaubst du, ich nicht? Aber nicht hier! Ich brauche ein Bett! Ich will, daß du zärtlich bist, daß niemand uns stören kann. Hier kann jeden Moment einer vorbeikommen. Ich will, daß wir Zeit haben. Du mußt in einer Stunde wieder in der Schule sein.«
Mit all dem hat sie recht.
»Also müssen wir warten, bis dein Mann wieder verreist.«
»Er verreist nicht so schnell.«
»Aber dann ...«
»Laß mich nur machen. Ich finde einen Platz für uns. Ich habe noch immer einen Platz gefunden.« Sehen Sie, so ist sie. Nur kein Gefühl. Und wenn eines aufkommt, sofort fest darauf herumtrampeln! Liebe ist nur ein Wort ...
»Außerdem hat das auch seinen Reiz«, sagt sie noch.
»Was?«
»Dieses Sichaufregen, dieses Warten auf die Premiere.«
Das sagt sie auch noch, sehen Sie.

## 5

Verena trägt eine glänzende schwarze Lederjacke an diesem Tag, einen grellroten Rock, einen grellroten Pullover, grellrote Netzstrümpfe und schwarze, hochhackige Schuhe. Das blauschwarze Haar fällt ihr auf die Schultern, die Augen glühen. Ich weiß, das ist ein Kolportagewort, aber sie glühen wirklich, diese unheimlich großen Augen!
»Oliver ...«
»Ja?«
»Wer hat dich so küssen gelehrt?«
»Ich weiß nicht ...«
»Lüg nicht! War es eine Frau? Ein Mädchen?«
»Wirklich, ich ...«
»Sag es mir!«
»Verena! Bist du eifersüchtig?«
»Lächerlich. Es hätte mich nur interessiert. Sie hat dir allerhand beigebracht.«
»Niemand hat mir irgend etwas beigebracht. Du, du warst es, die küßte, ich habe mich nur küssen lassen.«
»Es interessiert mich schon nicht mehr.«

Sie winkt ab. So ist sie. Und darum liebe ich sie. Nur darum?
»Wann wird es sein, Verena, wann?«
»Kannst du es nicht mehr aushalten?«
»Nein.«
»Sag es.«
»Ich kann es nicht mehr aushalten.«
Ihr Fuß klopft schnell ein paarmal nacheinander auf den Boden. Es muß sie aufregen.
»Du siehst gut aus, Oliver.«
»Unsinn.«
»Wirklich! Laufen dir alle Mädchen nach?«
»Nein.«
»Doch. Und du hast auch schon diese eine.«
»Das ist nicht wahr.« Nein, halt! Ich habe so oft gelogen in meinem Leben. Verena will ich nicht belügen, Verena darf ich nicht belügen, nie. »Ich habe ...«
»Nun ...?«
»Ich habe nur mit ihr geschlafen – das war alles.«
»Für *dich*. Und für *sie?* Liebt sie dich?«
»Ja. Aber ich habe ihr sofort gesagt, daß ich sie nicht liebe.«
»Und du wirst nie wieder zu ihr gehen?«
»Nie wieder.«
»Weiß sie das auch?«
»Ich sage es ihr.«
»Wann?«
»Heute. Spätestens morgen. Das ist so eine Halbverrückte, weißt du? Ich muß vorsichtig sein, damit sie mir nicht überschnappt.«
»Was heißt Halbverrückte?«
Ich erzähle Verena alles, was ich mit Geraldine erlebt habe. Sie hört schweigend zu. Zuletzt sagt sie: »So also ist das Mädchen, das mein Armband stahl.«
»Ja.«
»Du mußt es ihr sagen, Oliver. Du mußt es ihr sagen ... Warum siehst du mich so an?«
»Ich ... natürlich sag' ich es ihr ... Es ist nur so komisch, daß du darauf bestehst.«
»Wieso ist das komisch?«
»Du spielst doch sonst die Eiskalte ...«
»Bin ich auch. Aber solange einer mein Liebhaber ist, soll er keine andere haben.«
»Liebe ist nur ein Wort.« Aber es wird bei ihr mehr werden, ich bin ganz sicher. Das ist doch alles nur Gerede.

»Darf ich zu dir hinüberkommen?« frage ich.
»Wenn du mich wieder anrührst, schnappe *ich* über.«
»Ich rühre dich nicht an. Ich will nur nicht so weit von dir entfernt sein.«
»Komm bis zu dem Balken.«
Der Balken steht einen halben Meter vor ihr. Ich gehe zu ihm.
»Wo ist Evelyn?«
»Ich habe sie zu Hause gelassen. Ich wechsle, verstehst du? Damit es Leo oder den Gärtnersleuten nicht auffällt. Ich habe gesagt, ich gehe nach Friedheim, einkaufen. Er ist übrigens seit der Party zum erstenmal freundlich zu mir, dieser Leo.«
Dieser Leo ... An den Satz soll ich noch denken ...
»Warum machst du die Augen zu, Oliver?«
»Ich heule sonst.«
»Warum?«
»Weil du schön bist.«
Jetzt wirft sie den Kopf zurück mit dieser typischen Bewegung, und die Haare fliegen. »Oliver, ich bringe eine schlechte Nachricht.«
»Schlechte Nachricht?«
»Wir verlassen die Villa und gehen schon morgen zurück nach Frankfurt.«
Ich habe einmal Boxunterricht genommen. Gleich in der ersten Stunde traf mein Sparringspartner meine Leber. Sie trugen mich aus dem Ring. So fühle ich mich jetzt.
»Mein Mann sagte es heute morgen. Ich weiß auch nicht, was los ist.«
»Ob er etwas gemerkt hat?«
»Vielleicht. Vielleicht nicht. Er tut oft solche Dinge, überraschende, unbegreifliche. Damit hält er mich beständig unter einer Art von besonderem Terror, verstehst du? Ich soll nie wissen, was die nächste Stunde bringt, was mein Herr und Gebieter im Sinn hat.«
»Dein Herr und Gebieter ...«
»Ich bin abhängig, ich lebe von ihm. Und Evelyn auch. Könntest *du* uns ernähren?«
»Ich ...« Verflucht, warum bin ich nicht älter? Warum bin ich überhaupt nichts, warum kann ich überhaupt nichts?
»Noch nicht. Erst wenn ich die Schule ...«
»Armer Oliver«, sagt sie. »Sei nicht traurig. Ich bin so geschickt. Ich habe meinen Mann schon so oft betrogen. Von hier nach Frankfurt ist es eine halbe Stunde mit dem Wagen. Wir wohnen in der Miquel-Allee. Nummer 212. Und du hast doch deinen Wagen.«

»Ja ...« Jetzt ist mir wieder zum Heulen.
»Siehst du! Ich finde Cafés für uns, ich finde ein kleines Hotel, eine Pension. Hier verschwindest du einfach. Ihr habt doch so einen komischen Erzieher, sagst du.«
»Ja, schon ...«
»Und dann treffen wir uns.«
»Aber doch immer nur für Stunden, Verena, immer nur für Stunden!«
»Ist das nicht besser als gar nicht?«
»Ich möchte immer bei dir sein, immer, Tag und Nacht.«
»Am Tag gehst du in die Schule, kleiner Oliver ... Aber wir werden trotzdem beieinander sein ... ganze Nächte ... bis zum Morgengrauen ... Wundervolle Nächte ... Mein Mann wird wieder verreisen ...«
Unten gehen Leute vorbei, wir hören sie reden und schweigen, bis die Stimmen verklungen sind. »Zum Kotzen«, sage ich dann.
»Was?«
»Überübermorgen machen wir zu allem noch eine Exkursion! Die dauert auch drei Tage. Da kann ich nicht nach Frankfurt kommen. Sechs Tage werde ich dich jetzt nicht sehen.«
Sie hat aufgehorcht.
»Was ist das für eine Exkursion?«
Ich erzähle es ihr.

## 6

Das war nämlich so: Heute hatten wir wieder Geschichte bei dem hageren, hinkenden Doktor Frey. Er sagte: »Ich will nicht, daß einer von euch glaubt, ich erzähle Märchen über das Dritte Reich, oder ich übertreibe. Darum machen wir am fünfzehnten eine Fahrt nach Dachau und besichtigen das Konzentrationslager, das sich dort einmal befunden hat. Wir reisen mit dem Bus nach München, übernachten, und am nächsten Tag fahren wir nach Dachau. Das liegt ganz nahe. Die KZ's lagen überhaupt meistens ganz nahe bei Städten und Dörfern. Nur die Leute in den Dörfern und Städten wußten nichts davon. Was ist los, lieber Südhaus?«
Der Primus Friedrich Südhaus, dessen Vater ein alter Nazi ist und jetzt Generalstaatsanwalt, hat halblaut etwas gesagt. Nun steht er auf und sagt laut: »Ich finde, ein ehemaliges Konzentrationslager ist kein Ausflugsziel!«
»Wir machen auch keinen Ausflug, lieber Südhaus.«

»Herr Doktor, darf ich Sie bitten, nicht immer *lieber* Südhaus zu mir zu sagen?« Der Primus hat einen roten Kopf bekommen.
»Entschuldigen Sie. Es war nicht böse gemeint. Ich habe heute nacht im ›Wallenstein‹ gelesen: ›Bei Stralsund verlor er fünfundzwanzigtausend Mann.‹ Dann konnte ich nicht mehr schlafen und mußte dauernd denken: Was soll das heißen! Verlor *er?* Gehörten die Fünfundzwanzigtausend denn *ihm?* Fünfundzwanzigtausend Mann, das sind fünfundzwanzigtausend Leben, fünfundzwanzigtausend Schicksale, Hoffnungen, Befürchtungen, Lieben, Erwartungen. Herr Wallenstein hat nicht fünfundzwanzigtausend Mann verloren – fünfundzwanzigtausend Mann sind gestorben«, sagt Doktor Frey und hinkt durch die Klasse. »Und es blieben ihre Frauen zurück, ihre Kinder, ihre Mütter, ihre Familien, ihre Bräute! Fünfundzwanzigtausend – das ist eine ganze Menge, finde ich. Viele werden wohl nicht gleich tot gewesen sein und Schmerzen gehabt haben, große, noch lange. Und abgesehen von den Toten wird wohl auch noch ein Haufen Krüppel übriggeblieben sein, mit einem Arm, mit einem Bein, mit einem Auge. Das steht nicht in den Geschichtsbüchern oder bei Schiller. Das steht überhaupt nirgends. Es steht auch nirgends, wie das Konzentrationslager Dachau aussah, und wie es aussieht – heute. Ihr müßt euch daran gewöhnen, daß ich eine eigene Methode habe, Geschichte zu unterrichten. Wer nicht mitfahren will, wird nicht gezwungen. Er soll nur die Hand heben.«
Ich drehe mich um. Noah hebt die Hand. Sonst niemand. Nicht einmal Südhaus.
Der setzt sich und »schiebt Platze«, wie Hansi sagt: Er ist brennend rot im Gesicht. Vor Wut. Klar, mit einem alten Nazi als Vater wäre ich jetzt auch brennend rot vor Wut im Gesicht. Eigentlich muß dieser Südhaus einem leid tun. Der Mensch ist das Produkt seiner Erziehung.
»Sie wollen nicht mitkommen, Goldmund?«
»Nein, ich bitte hierbleiben zu dürfen.«
Doktor Frey sieht Noah, dessen Eltern in Auschwitz vergast wurden, lange an. Noah erwidert den Blick ruhig.
»Ich verstehe Sie, Goldmund«, sagt Doktor Frey endlich.
»Ich wußte, daß Sie mich verstehen würden, Herr Doktor«, antwortet Noah.
Doktor Frey wendet sich an die anderen. »Das wäre also erledigt. Goldmund bleibt hier. Wir fahren am fünfzehnten um neun Uhr früh.«
Und da fängt doch wahrhaftig Wolfgang zu klatschen an. Wolfgang, der Sohn des Kriegsverbrechers.

»Was ist denn mit Ihnen los, Hartung?«
»Ich finde Sie großartig, Herr Doktor!«
»Ich verbitte mir jede Sympathiekundgebung«, antwortet der darauf ...

## 7

All das erzähle ich Verena nun in unserem Turm.
Plötzlich beginnt sie zu lächeln.
»Am fünfzehnten?« fragt sie.
»Ja.«
»Und am sechzehnten seid ihr in München?«
»Ja. Und am siebzehnten fahren wir zurück. Was ist denn los?«
»Vorhin hatte ich eine schlechte Nachricht für dich. Jetzt habe ich eine gute. Ich bin am sechzehnten auch in München. Allein!«
»Was?«
»Ein Jugendfreund von mir heiratet. Manfred – mein Mann, meine ich – kann ihn nicht leiden. Dieser Freund hat mich gebeten, einer seiner Trauzeugen zu sein. Die Trauung findet um neun Uhr statt. Wenn Dachau so nahe bei München liegt, seid ihr doch spätestens am Nachmittag zurück.«
»Spätestens.«
»Dann kommst du zu mir ... in mein Hotel ... Wir haben den Nachmittag ... den Abend ... und die Nacht, die ganze Nacht!«
Ich schlucke krampfhaft. Das tue ich immer, wenn ich sehr aufgeregt bin.
»In vier Tagen, Oliver! In München! In einer Stadt, in der uns keiner kennt! In einer Stadt, in der wir keine Angst haben müssen! Keine Eile! Zeit! Zeit! Zeit!«
»Ja«, sage ich erstickt.
Und nun ist sie mit drei Schritten bei mir, umarmt mich, sieht mir wieder in die Augen und flüstert: »Ich freue mich so ...«
»Ich mich auch.«
Dann küssen wir uns noch einmal. So wie das erstemal. So wie wir uns wohl immer küssen werden. Weil es eben Liebe ist.
Und während wir uns küssen und alles um mich zu kreisen beginnt, das Dachgebälk, die Luken, das Gerümpel, alles, alles, muß ich doch denken: Verena und das Konzentrationslager Dachau. Das Konzentrationslager Dachau und Verena.
Eine feine Kombination, finden Sie, wie? Geschmacklos, finden Sie? Grausig ist das, finden Sie?

Ich will Ihnen sagen, was es ist!
Liebe im Jahre des Herrn eintausendneunhundertundsechzig.

## 8

In den nächsten vierundzwanzig Stunden begehe ich drei schwere Fehler. Keiner von ihnen wird wieder gutzumachen sein. Jeder wird seine Folgen haben, seine schlimmen Folgen. Ich benehme mich wie ein Idiot, ich, der immer denkt, so clever zu sein.
Der Reihe nach:
Verena verläßt wieder den Turm zuerst. Ich warte ein paar Minuten, dann folge ich ihr. Als ich aus dem alten Gemäuer trete und vielleicht hundert Schritte gegangen bin, kommt mir Herr Leo, der Diener, entgegen: Klein und hager, hochmütig und selbstsicher. Er führt Assad, den Boxerhund, spazieren. Diesmal trägt Herr Leo einen alten grauen Anzug und ein Hemd mit sehr abgeschabter Krawatte.
»Oh, schönen guten Tag, Herr Mansfeld!« Er verneigt sich übertrieben.
»Guten Tag.«
»Sie haben wohl den Aussichtsturm besichtigt?«
»Ja.«
»Ein altes Ding.« Heute sieht Herr Leo gramvoll aus. Sein glattes, längliches Gesicht scheint noch länger und glatter geworden zu sein, die Lippen sind nur noch zwei dünne Striche. »Es heißt, die alten Römer haben den Turm gebaut.«
»Ja, das haben wir auch in der Schule gelernt.«
Er seufzt.
»Warum seufzen Sie, Herr Leo?« (Ob er Verena gesehen hat?)
»Wie Sie das so sagen, Herr Mansfeld. Ruhig, Assad, ruhig! Wie Sie das so sagen: In der Schule gelernt. Sie haben es in einem teuren Privatinternat gelernt, Herr Mansfeld. Ich, pardon, bitte, wenn ich davon spreche, konnte nur die Volksschule besuchen. Meine Eltern waren arm. Und dabei dürstete ich so nach Wissen!« (Dürstete, sagt er, tatsächlich! Menschen sagen die komischsten Wörter.)
»Glauben Sie mir, ich bin ein unglücklicher Mensch, Herr Mansfeld. Selbst jetzt noch – und ich bin achtundvierzig – wollte ich mich weiterentwickeln, vielleicht einen kleinen Landgasthof aufmachen, ein Restaurant. Es ist nicht angenehm, Diener zu sein, nein, nein, glauben Sie mir!«
Was will dieser schleimige Kerl?

»Sicherlich nicht, Herr Leo. Ich fürchte, ich muß jetzt...«
Aber da hält er mich am Ärmel fest. Seine Augen versuchen kummervoll zu blicken. Der Versuch mißlingt. Sie bleiben, wie sie sind, diese grauen Fischaugen: Eiskalt, tückisch. Ich schrieb bereits, daß es Momente gibt, in denen ich genau weiß, was sich ereignen wird, was der andere noch sagen wird und tun. Jetzt habe ich so einen Moment.
Dieser Herr Leo ist lebensgefährlich.
Mich friert plötzlich.
»Ich besaß auch schon das Geld«, jammert Herr Leo, während er mir in den Weg tritt, »Pfennig um Pfennig zusammengespart. Dann schlug das Schicksal zu! Die ganz bösen Dinge geschehen immer nur den armen Leuten, pardon, bitte. Wo Reichtum ist, geht Reichtum hin – so sagt man doch, nicht wahr?«
»Was ist passiert?«
»Ich bin einem Betrüger aufgesessen. Der Mann zeigte mir so einen kleinen Landgasthof. Entzückend gelegen. Wunderbar eingerichtet. Die Küche ein Traum. Der Speisesaal...«
»Jajaja, und?«
»Pardon, bitte. Ich war begeistert. Ich wollte sofort kaufen. Er nahm mein Geld. Drei Tage später erfuhr ich die entsetzliche Wahrheit.«
»Was für eine Wahrheit?«
»Der Mann war gar nicht der Besitzer! Er war nur ein Makler. Der Besitzer hatte ihm jede Vollmacht zu verkaufen gegeben und eine größere Reise angetreten. Das Personal war unterrichtet. So konnte der Lump mich leicht durch das Haus führen und tun, als gehörte es ihm. Ist das nicht furchtbar?«
Er nimmt ein Taschentuch hervor, bläst hinein und betrachtet gramvoll das Ergebnis.
»Sie müssen den Mann verklagen.«
»Wie kann ich das, pardon, bitte? Er ist natürlich gleich verschwunden. Das Büro in Frankfurt, das Briefpapier – alles Schwindel! Der schöne Wagen – geliehen.« Er tritt einen Schritt näher, und ich rieche seinen üblen Atem. »Sie haben doch auch so einen schönen Wagen, Herr Mansfeld, nicht wahr? Ich sah ihn unten in Friedheim, in der Garage.«
»Was hat das damit zu tun?«
»Ich fürchte, Sie werden einem armen Mann helfen müssen.«
»Ich verstehe nicht...«
»Doch, doch, Sie verstehen schon! Sie werden mir fünftausend Mark geben. Damit ich wenigstens wieder einen kleinen Notgroschen

habe. Natürlich reichen fünftausend Mark niemals hin, aber mit Hypotheken und Bankdarlehen ...«

»Was haben Sie da gesagt?«

»Sie müssen mir fünftausend Mark geben, Herr Mansfeld. Pardon, bitte, es fällt mir nicht leicht, aber es geht nicht anders. Nein, anders geht es nicht.«

»Erstens habe ich keine fünftausend Mark ...«

»Sie können einen Kredit auf Ihren schönen Wagen aufnehmen.«

»... und zweitens würde ich Ihnen zwar gern helfen, aber ich finde es doch sehr eigenartig, daß Sie sich mit einer solchen Bitte ausgerechnet an mich wenden, einen völlig Fremden.«

Und ich weiß, ich weiß alles, was kommen wird ...

»Ich bin vielleicht ein Fremder für Sie, Herr Mansfeld, aber Sie sind kein Fremder für mich, pardon, bitte?«

»Was soll das heißen?«

»Als Sie bei dem gnädigen Herrn eingeladen waren und ich den Kaffee brachte, fand ich die Tür zum Salon nur angelehnt. Ich konnte einfach nicht umhin, zu hören, was Sie mit der gnädigen Frau besprachen.«

»Ich habe überhaupt nichts ...«

»Herr Mansfeld, pardon, bitte, Sie müssen ruhiger werden. Sehen Sie mich an. Mich hat das Leben härter angepackt als Sie. Mein Vater war kein Millionär. Beachten Sie, wie ruhig ich bin. Ich konnte leider auch nicht vermeiden zu sehen, wie die gnädige Frau und Sie sich eben küssen wollten ...«

»Das ist eine Lüge!«

»Ich bin gewöhnt, daß man mich beschimpft, Herr Mansfeld. Sicherlich lüge ich auch, wenn ich behaupte, daß ich vorhin die gnädige Frau vor Ihnen aus dem alten Turm kommen sah. Sicherlich lüge ich auch, wenn ich die gnädige Frau als die Geliebte von Herrn Sabbadini bezeichne ...«

»Sind Sie wahnsinnig geworden?«

»Ich nicht, Herr Mansfeld, pardon, bitte, ich nicht! Die gnädige Frau – und ich sage das mit dem größten Respekt und in tiefster Besorgnis –, die gnädige Frau mag wohl an Depressionen und Gefühlsverirrungen leiden, denn es ist mir, Gott sei's geklagt, in peinlich genauen Einzelheiten verschiedenes bekannt, was sie in den letzten Jahren getan hat.«

»Was hat sie getan?«

»Den gnädigen Herrn betrogen, pardon, bitte. Und mit mehreren ...«

»Wenn Sie weiterreden, schlage ich ...«

»Einen kleinen, schwachen, armen Mann? Das wollen Sie wirklich tun, Herr Mansfeld, der Sie groß und reich und jung sind? Nun, ich bin es ja nicht anders gewöhnt. Schlagen Sie. Schlagen Sie zu! Ich werde mich nicht wehren.«
So kann das nicht weitergehen. Ich habe gewußt, ich habe genau gewußt, daß es so kommen würde. Aber es kann so nicht weitergehen.
»Schweigen Sie! Kein Wort von allem, was Sie sagen, stimmt!«
»Es gibt Beweise, Herr Mansfeld, pardon, bitte, es gibt Telefonanrufe!«
»Was heißt Telefonanrufe?«
»Ich habe ein Tonbandgerät. Außerdem existieren auch Briefe. Leider.«
Dieser Hund.
»Sie sind meine letzte Hoffnung, Herr Mansfeld. Beleihen Sie den Wagen. Sie erhalten gewiß ein hohes Taschengeld. So können Sie den Betrag in Raten zurückzahlen.«
»Fünftausend Mark? Das ist doch Irrsinn!«
»Es ist auch Irrsinn, was in den Briefen steht, Irrsinn, was man hört, wenn die Tonbänder laufen.«
Die Briefe. Das Telefon. Verflucht, warum hat Verena nicht aufgepaßt?
»Ich bin sicher, der gnädige Herr würde sich sofort scheiden lassen, wenn er von all dem wüßte. Und nun auch von Ihnen ...«
»Ich ...«
Aber jetzt läßt er sich nicht mehr unterbrechen, dieser Saukerl, der mich so sehr an meinen »Bruder« Hansi erinnert, jetzt hat er schon längst Oberwasser. Und er fühlt es: »... auch von Ihnen, sage ich, wollen Sie mich gütigst ausreden lassen, pardon, bitte. Die gnädige Frau kam doch, wie man hört, aus ... hrm ... schlechten Verhältnissen ...« Ich trete einen Schritt vor. Er tritt einen Schritt zurück, aber er spricht weiter: »... und ich meine, sie hat große Furcht davor, jemals in diese Verhältnisse zurückkehren zu müssen. Ich weiß, Sie empfinden Sympathie für die gnädige Frau. Was sind fünftausend Mark, sofern es sich darum handelt ...«
Seine Stimme geht weg, wie wenn man bei einem Radio am Tonreglerknopf dreht. Ich starre ihn an und denke: Er weiß natürlich nichts Bestimmtes, er hat keine Beweise, er blufft. Und dann wieder seine Stimme: »... das Ende meines Lebens als Bediensteter verbringen und Tag für Tag ...«
»Hören Sie auf! Sie haben nicht einen einzigen Brief! Das ist doch alles Schwindel!«

Daraufhin nimmt er drei Briefe in Umschlägen, die alle an Postfachadressen in Frankfurt adressiert sind, aus der Tasche und reicht sie mir schweigend. Ich lese einen. Der eine genügt mir.
»Wie viele Briefe?«
»Acht.«
»Und wie viele Tonbänder?«
»Auch acht.«
»Wer sagt mir, daß Sie nicht lügen? Sie sind doch ein Erpresser.«
»Natürlich. Indessen, pardon, bitte – wer sagt mir, daß Sie mich nicht wegen Erpressung anzeigen? Vielleicht ist Ihre Sympathie für die gnädige Frau doch nicht so groß.«
Jetzt begehe ich Fehler Nummer eins. Ich denke: Unter allen Umständen muß ich die Briefe und die Bänder bekommen. Und unter keinen Umständen darf ich Verena von der Geschichte erzählen. Denn wenn ich ihr davon erzähle, wird sie die Beziehung zu mir abbrechen, das ist klar. Es geht nicht darum, daß ich sie nicht aufregen will. Das ist Unsinn, wenn man es mit einem Erpresser zu tun hat. Aber sie wird mich nie wiedersehen wollen! Sie wird – eine Zeitlang wenigstens, vielleicht immer – ihrem Mann treu sein. Nein, ich darf Verena nichts von dieser Geschichte erzählen.
Gleich darauf begehe ich Fehler Nummer zwei: »Wenn ich Ihnen das Geld besorge, muß ich selbstverständlich alle Briefe und Bänder erhalten.«
»Selbstverständlich.«
»Ja, selbstverständlich! Und dann werden Sie kommen und sagen, es gibt nicht acht, sondern fünfzehn Briefe und fünfzehn Tonbänder und ...«
»Ich schwöre Ihnen ...«
»Hören Sie auf! Sonst schlage ich Sie doch noch!«
»Ich bin es gewöhnt. Ich bin es gewöhnt, so behandelt zu werden.«
»Sie werden mir eine Bestätigung für das Geld geben.« Was das für eine idiotische Forderung ist, sollte ich erst später merken.
»Aber gewiß doch, Herr Mansfeld, aber gern!«
Hat es einen Sinn, so einem Kerl zu sagen, daß er ein dreckiges Schwein ist? Nicht den geringsten. Was wäre die Folge? Null. Schon ein einziger Brief reicht ...
Und ich halte noch zwei weitere mit anderen Handschriften auf den Umschlägen in der Hand. Und er hat noch fünf.
Angeblich hat er nur noch fünf ...
»Wann könnte ich wohl mit dem Geld rechnen, Herr Mansfeld? Pardon, bitte, aber die Sache eilt ein wenig.«

»Ich muß erst nach Frankfurt. Ich muß erst ein Finanzierungsunternehmen suchen.«
»Das müssen Sie nicht.« Er zieht einen Zettel hervor. »Ich habe mir erlaubt, schon eines auszuwählen. Kopper & Co. Der beste Laden am Platz. Kulanteste Bedingungen. Nimmt die geringsten Zinsen. Ich dachte, pardon, bitte, wenn Sie beispielsweise morgen in der Freizeit nach Frankfurt fahren, Ihren Kraftfahrzeugbrief abgeben und die Wechsel unterschreiben, dann würden Sie übermorgen schon den Scheck erhalten.« Jetzt spricht er immer schneller. »Nicht, daß ich etwa diesen Scheck will! Diesen Scheck könnten Sie sperren lassen, bevor ich dazu komme, ihn einzulösen. Ich möchte doch sehr um Bargeld bitten.« Wie ein Idiot, wie ein Idiot laufe ich in seine dreckige Falle. »Ich würde dann übermorgen nachmittag um drei Uhr hier auf Sie warten.«
»Wieso? Herr Lord zieht doch schon morgen nach Frankfurt.«
»Er hat dort seine eigene Dienerschaft. Das Gärtnerehepaar und ich, wir bleiben den Winter über hier. Ach, wenn Sie wüßten, wie einsam das manchmal ist, wie ...«
»Schluß.«
»Pardon, bitte. Übermorgen um drei?«
Verena. Sie darf nichts erfahren. Sonst verliere ich sie. Sonst verliere ich sie. Fehler Nummer eins. Dieser Hund, ich muß ihn bezahlen, damit er mir die Briefe und die Bänder gibt. Ich muß ihn bezahlen. Ich muß ihn bezahlen. Fehler Nummer zwei.
»Ja.«
»Darf ich mir, pardon, bitte, erlauben zu sagen, daß es mir außerordentlich leid tun würde, Sie übermorgen um drei hier nicht anzutreffen, lieber Herr Mansfeld? Komm, Assad, komm! Such das Stöckchen, such! Ja, wo ist es denn, das schöne Stöckchen?«

## 9

Prinz Raschid Dschemal Ed-Din Runi Bender Schahpur Isfahani betet: »Oh, ihr Gläubigen, folget doch nicht den Fußstapfen des Satans, denn der, der seinen Spuren folgt, befiehlt nur schändliche Verbrechen und das, was verboten ist und anderen schadet ...«
Es ist 20 Uhr 30.
Ich bin jetzt vorsichtshalber immer dabei, wenn Raschid betet. Ali und Hansi liegen schon in ihren Betten, sanft und brav wie kleine Engel. Hansi hat den ganzen Abend nicht mit mir gesprochen, beim Essen nicht, vorher nicht, nachher nicht.

»Ist dir was eingefallen?« fragte ich ihn im Speisesaal.
Er schüttelte den Kopf. Später war er plötzlich verschwunden. Jetzt liegt er da und starrt die Decke an.
Bevor ich hierher kam, war ich nebenan bei Giuseppe, den Ali zusammengeschlagen hat. Er schläft da mit zwei anderen kleinen Jungen, einem Griechen und einem Bayern. Ich brachte Giuseppe Pralinen. Er strahlte mich an, der kleine, verhungerte Kerl, und in seinem schrecklichen Englisch sagte er: »Danka dir, Oliver ...«
Und als ich schon wieder bei der Tür war: »Oliver?«
»Ja?«
»Und ich haba doch rechta! Religiona ista Opium für Volka!«
Der, der ihn so zusammengeschlagen hat, der schwarze Ali, dieser unerbittliche Fromme (»Es gibt nur einen Gott, *meinen*«), der hat die Hände auf der Bettdecke gefaltet. Er betet auch, natürlich absichtlich gleichzeitig mit Raschid.
Ich habe mir überlegt, ob ich es ihm verbieten kann. Ich kann es nicht. So beten also beide, Ali übrigens ziemlich leise.
»Vater unser, der Du bist in dem Himmel ...«
»Waltete nicht Allahs Gnade über euch und Seine Barmherzigkeit, so würde Er nie einen van euch rein sprechen von seinen Sünden ...«
Von seinen Sünden.
Ich habe auch noch den zweiten der drei Briefe gelesen. Zum dritten hatte ich nicht mehr den Mut. Ich habe alle drei Briefe im Wald verbrannt und die Asche zertreten.
»... unser tägliches Brot gib uns heute und vergib uns unsere Schuld ...«
Unsere Schuld.
Was ist Verena für eine Frau? Ich frage mich das nicht, weil sie ihren Mann betrügt. Ich frage mich das, weil sie solche Briefe nicht sofort vernichtet. Leo muß sie gestohlen haben. Gibt es so etwas? Ist Verena wirklich ein bißchen verrückt? Ich bin es ja schließlich auch. Aber acht Briefe ...
Na ja, in mehreren Jahren. Es kann passieren. Aber es dürfte nicht passieren. Sie muß doch aufpassen! Jetzt passe ich auf sie auf. Sie darf nicht unglücklich werden.
»... doch Allah spricht rein, wen Er will, denn Allah hört und weiß alles. Die Reichen unter euch mögen nicht schwören, den Verwandten, Armen und für die Religion Ausgewanderten nichts mehr geben zu wollen. Sie sollen vielmehr verzeihen und ...«
Nein! Nein! Nein! Ich darf Verena nichts erzählen! Sie ist ohnedies schon halb in Panik. Sie würde sofort Schluß machen mit mir. Schluß, bevor es überhaupt begonnen hat. Ich muß diesem Lump

die fünftausend Mark beschaffen, und ich muß die Briefe und Bänder verbrennen und hoffen, daß er nicht noch mehr hat. Er dürfte eigentlich nicht noch mehr haben. So verrückt kann Verena nicht gewesen sein! Sonderbar, daß ich überhaupt nicht eifersüchtig bin auf diese anderen Männer!

»... wie auch wir vergeben unseren Schuldigern. Und führe uns nicht in Versuchung, sondern erlöse uns von dem Übel. Amen.«

Mein Taschengeld wird niemals reichen für die Raten. Ich werde meiner Mutter schreiben müssen.

Raschid betet: »... gnädig erweisen. Wünscht ihr denn nicht, daß Allah euch verzeiht? So ihr böse seid, wird euer eigener Körper, werden eure eigenen Sinne am Tage des Gerichts gegen euch zeugen und...«

In diesem Moment schlägt draußen in der Halle ein elektrischer Gong an. Das ist immer das Zeichen dafür, daß der Chef von seinem Büro aus über die Lautsprecheranlage, die alle Villen mit der Schule verbindet, etwas sagen will.

Raschid hört zu beten auf. Ali fährt im Bett hoch.

Nur Hansi bleibt ruhig liegen. Gelangweilt meint er: »Mach die Tür auf, Oliver. Wir müssen nicht runter gehen, wir hören auch so, was der Alte will.«

Ich öffne die Tür. Viele Türen werden geöffnet. Kleine Jungen in bunten Pyjamas rennen neugierig in die Halle. Hansi hat recht. Die Stimme des Chefs kommt so laut zu uns, daß wir ruhig im Zimmer bleiben können.

»Ich bitte alle Lehrer, Erzieherinnen und Erzieher, sofort zu mir zu kommen. Ich habe etwas mit Ihnen zu besprechen. Wenn einer von euch Kleinen oder von euch Großen nun glaubt, die Abwesenheit der Erzieher benützen zu können, um Unfug zu treiben oder etwa abzuhauen, dann fliegt er morgen.« Die Stimme Doktor Florians klingt heiser und mühsam beherrscht. »Im übrigen wünsche ich, daß ihr morgen ohne Ausnahme pünktlich um 7 Uhr 15 im Speisesaal zum Frühstück erscheint. Ich habe auch euch etwas zu sagen. Gute Nacht.«

Klick. Die Anlage ist ausgeschaltet.

»In die Betten! Marsch, zurück in die Betten, ich muß fort!« höre ich Herrn Herterich verzagt rufen.

»Was ist da passiert?« frage ich.

»Ich kann warten bis morgen früh«, sagt Hansi und dreht sich zur Wand.

In meinem Zimmer angekommen, wiederhole ich die Frage.

»Was soll sein?« meint Noah, der »Olympia« von Robert Neu-

mann liest. »Wahrscheinlich wird der Chef uns eröffnen, daß er das Schulgeld erhöhen muß.«
»Ja«, sagt Wolfgang, der ein Kreuzworträtsel löst, »oder daß ihm die Bundeswehr jetzt das letzte Küchenpersonal wegengagiert hat und wir unser Geschirr von nun an selber spülen müssen.«
»Breakfast is always the time for news such as this«, sagt Noah.
Aber sie irren sich beide.
Am nächsten Morgen, er ist nebelig und kalt, erscheinen tatsächlich alle Schüler pünktlich um 7 Uhr 15 im Speisesaal. Ein paar Minuten später kommt der Chef. Sein Gesicht ist gelb, und er hat dunkle Ringe unter den Augen. Er hat sicher nicht geschlafen. Heute erscheint er mir noch größer und hagerer, heute geht er noch ein bißchen mehr vorgeneigt. Er spricht sehr leise.
»Guten Morgen«, sagt Doktor Florian.
Dreihundert Kinder erwidern seinen Gruß.
»Ich habe vor ein paar Tagen gesagt, daß ich eine Weile lieber nicht mit euch gemeinsam essen möchte. Ich werde es auch heute nicht tun. Wenn ich gesagt habe, was ich euch sagen muß, gehe ich wieder, und ihr frühstückt allein ...«
Ich blicke mich um. Hansi, der neben mir sitzt, macht ein richtiges Idiotengesicht, völlig ausdruckslos. Die Lehrer und Erzieher sehen bedrückt aus. Ich blicke zu Geraldines Tisch hinüber und fühle einen Stich in der Brust.
Ihr Platz ist leer! Gleich darauf erhalte ich die Erklärung dafür.
»Geraldine Reber ist gestern abend schwer verunglückt. Auf dem schmalen Weg, der oben an der Schlucht entlangführt, die zwischen dem Haus der großen Mädchen und der Schule liegt. Ihr alle wißt, daß ich strengstens verboten habe, diesen Weg zu benützen, eben weil er so schmal und gefährlich ist – und wenn er zehnmal kürzer ist!«
Hansi rührt in seinem Kaffee.
»Geraldine hat den verbotenen Weg gestern abend doch benützt. Sie ist in die Schlucht gestürzt. Beide Arme sind gebrochen, sie hat eine schwere Gehirnerschütterung, und die Ärzte befürchten, daß auch die Wirbelsäule gebrochen ist.«
Die Wirbelsäule gebrochen!
Das Brötchen fällt mir aus der Hand.
»Hast du das gehört?«
»Ich bin ja nicht taub«, sagt Hansi.
»Geraldine ist in ein Frankfurter Krankenhaus gekommen. Ich habe mit ihrer Mutter telefoniert. Sie ist schon unterwegs. Keiner von euch darf Geraldine bis auf weiteres besuchen. Ihr Zustand

ist sehr ernst. Ich erkläre euch zum letztenmal, daß es verboten ist, den Weg an der Schlucht zu benützen. Wen ich dabei erwische, erhält eine Verwarnung. Ihr wißt: Wer drei Verwarnungen erhalten hat, muß die Schule verlassen. Das wäre alles.« Der Chef fährt sich mit einem Taschentuch über die Stirn, dann hebt er, unendlich müde, den Kopf. »Ach ja, noch etwas. Fräulein Hildenbrand hat gekündigt. Ihr habt sie alle gekannt, vielen hat sie sehr geholfen. Sie sagt mir, ein persönlicher Abschied von euch würde ihr zu schwer fallen, darum bat sie mich, euch alle herzlichst zu grüßen. Sie wird immer an euch denken.«
Der Chef macht eine kurze Pause, dann fährt er fort: »Sie wird euch nie vergessen. Sie hat unser Internat bereits verlassen und wohnt jetzt unten in Friedheim.«
Irgend jemand, den ich nicht sehen kann, fragt laut: »Aber warum hat sie gekündigt, Herr Doktor?«
Die Lehrer und die Erzieher senken die Köpfe, und ich höre sofort, daß der Chef nicht die Wahrheit sagt, denn seine Stimme klingt jetzt ganz anders: »Fräulein Hildenbrand war schon recht alt und nicht mehr gesund. Ihr wißt, daß die Augen ihr sehr zu schaffen machten. Der Arzt ... der Arzt hat ihr Ruhe verordnet. Sie ist ... sie ist nicht leicht fortgegangen von uns.« Pause. »Ich weiß nicht, was ihr für sie empfunden habt. Ich kann nicht in euch hineinsehen. Ich empfand und empfinde die größte Dankbarkeit für Fräulein Hildenbrand. Und ich jedenfalls werde sie auch nie vergessen ...« Er fährt sich wieder mit dem Tuch über die Stirn.
Noah erhebt sich.
»Was ist, Noah?«
»Ich stehe auf im Gedenken an Fräulein Hildenbrand.«
Daraufhin erheben sich auch alle anderen Kinder. Nur Hansi rührt weiter in seinem Kaffee.
Ich gebe ihm einen Stoß.
»Ach, Mensch, das Geschisse!« sagt Hansi. Aber er steht auf. Nach ein paar Sekunden setzt Noah sich wieder. Alle anderen setzen sich auch.
»Lebt wohl«, sagt der Chef. Er geht schnell fort. Auf dem Weg zur Tür muß er an meinem Tisch vorbei. Zuerst scheint er mich nicht zu sehen, dann hält er abrupt an.
»Ach, Oliver ...«
»Herr Doktor?«
»Bist du mit deinem Frühstück fertig?«
Ich habe mit meinem Frühstück noch nicht einmal begonnen, aber ich könnte keinen Bissen, keinen Schluck hinunterwürgen.

»Jawohl, Herr Doktor.«
»Dann komm mit, ich möchte dir etwas sagen.«
Wir gehen in sein Arbeitszimmer.
»Setz dich. Ich habe im Speisesaal nicht die Wahrheit gesagt. Nicht die ganze Wahrheit. Fräulein Hildenbrand hat nicht um ihre Entlassung ersucht. Ich habe sie entlassen. Ich habe sie entlassen müssen.«
Mir ist schwindlig. Mir ist übel. Geraldine verunglückt. Wirbelsäule gebrochen. Geraldine verunglückt. Geraldine...
»Hörst du überhaupt zu?«
»Ja, Herr Doktor.« Ich muß mich zusammenreißen.
»Du weißt, daß sie fast blind war?«
»Ja.«
»Und daß sie Ödeme in den Füßen und immer Schmerzen hatte, wenn sie ging?«
»Nein, das wußte ich nicht.«
Auf seinem Schreibtisch steht eine Karaffe mit Wasser. Er gießt ein Glas voll, entnimmt einer Packung zwei Pillen, schluckt sie und trinkt.
»Kopfschmerzen«, sagt er. »Ich habe irrsinnige Kopfschmerzen. Was ich dir jetzt erzähle, mußt du für dich behalten. Du darfst mit niemandem darüber sprechen. Ehrenwort?«
»Ehrenwort.«
»Ich erzähle es dir nur, weil Fräulein Hildenbrand mich vor ihrem Weggang darum ersuchte. Sie hatte dich besonders gern.«
»Ausgerechnet mich?«
»Ja.«
»Warum?«
»Weil du dich um den armen kleinen Hansi kümmerst. Sie hat dich doch gebeten, es zu tun, als du hier ankamst, nicht?«
Ich nicke.
»Sie würde sich so freuen, wenn du sie ab und zu einmal besuchtest. Du weißt, wo sie in Friedheim wohnt?«
»Ja.«
»Wirst du sie besuchen?«
»Ja.«
»Danke. Also, um es kurz zu machen: Auch Fräulein Hildenbrand ging immer den verbotenen Weg oben an der Schlucht entlang. Ihrer Füße wegen. Der Weg bedeutet nämlich auch eine große Abkürzung nach Friedheim hinunter, nicht nur zur Mädchenvilla.«
Aber auch zur Mädchenvilla! So konnte Geraldine mich damals schnell einholen, als ich Verenas Armband aus ihrem Zimmer geholt hatte.

»Gestern nach dem Abendessen wollte Fräulein Hildenbrand mit Geraldine noch ein paar Tests machen und reden – in Friedheim, in ihrem Zimmer, in einer neutralen Atmosphäre ...«
»Warum?«
»Geraldine war in letzter Zeit besonders labil und unansprechbar. Ihre Leistungen wurden immer schlechter. Darum wollte Fräulein Hildenbrand mit ihr einmal reden. Es hat vielen Kindern geholfen, wenn Fräulein Hildenbrand mit ihnen redete. Sie ging also mit Geraldine den verbotenen Weg hinunter, als erste. Plötzlich hörte sie einen Schrei. Sie drehte sich um und sah voll Schrecken, daß Geraldine ausgeglitten war und ...«
»In die Schlucht gestürzt?«
»Nein, noch nicht! Sie hing frei in der Luft an der Steilwand und klammerte sich an eine Wurzel. Sie schrie um Hilfe. Fräulein Hildenbrand eilte herbei und versuchte, sie emporzuziehen, indem sie Geraldines Hände packte ...«
»Und?«
»Die alte Dame sah ja kaum mehr etwas. Es war Nacht. Sie hatte nicht Geraldines Hände ergriffen, sondern die Wurzel; die Wurzel war weiß. Mit einem Ruck riß sie die Wurzel aus der Erde – und Geraldine stürzte in die Schlucht.«
Nachdem er das gesagt hat, steht der Chef auf, geht zum Fenster und blickt in den Herbstnebel hinaus. »Fräulein Hildenbrand kam eiligst in die Schule zurück. Ich telefonierte mit dem Arzt und rief einen Krankenwagen. Wir liefen alle in die Schlucht. Erst nachdem Geraldine fort war, erzählte mir Fräulein Hildenbrand die ganze Geschichte.«
»Und da haben Sie sie entlassen.«
»Ja. Sie wollte noch bis heute bleiben und sich von euch allen verabschieden, aber das ...« Stocken. »... das habe ich ihr nicht gestatten können. Ich brachte sie noch in der Nacht in meinem Wagen nach Friedheim.«
»Warum?«
»Sie erlitt einen Nervenzusammenbruch. Weinkrämpfe. Sie hätte heute früh niemals vor euch erscheinen können. Das sagt auch der Arzt. Er hat ihr Beruhigungsmittel gegeben. Jetzt schläft sie. Die nächsten Tage muß sie im Bett verbringen.« Plötzlich ist seine Stimme ganz klar und hart. »Ich bin schuld.«
»Was?«
»Wenn Geraldines Rückgrat nicht wieder richtig zusammenwächst, wenn sie – Gott möge es verhüten –, wenn sie ...« Er kann es nicht sagen.

»Wenn sie stirbt?«
»... dann bin ich schuld, nicht Fräulein Hildenbrand!«
»Das ist aber doch Unsinn, Herr Doktor!«
»Das ist kein Unsinn! Ich wußte seit Jahren, daß sie kaum mehr sehen konnte. Ich wußte seit Jahren, daß sie eine Gefahr für alle darstellte – und für sich selber. Ich hätte sie schon vor Jahren entlassen müssen. Ich habe es nie getan.«
»Weil sie Ihnen leid tat. Weil Sie wußten, wie sehr sie Kinder liebte.«
»Egal, warum! Ich habe es nicht getan! Wenn... wenn Geraldine nicht wieder ganz gesund wird, dann trifft mich die Schuld daran, allein mich!«
»Hören Sie, Herr Doktor...«
»Du sollst nichts mehr sagen. Du weißt jetzt alles. Ich will allein sein. Leb wohl.«
Ich stehe auf und gehe. Er starrt in den Nebel hinaus, und von der Seite sehe ich, wie sein Gesicht zuckt.
In der Halle und auf der großen Stiege stehen viele Kinder herum und sprechen über Geraldine. Es ist sieben Minuten vor acht. Ich gehe, meine Bücher unter dem Arm, zum Ausgang, denn ich brauche jetzt frische Luft. Da zupft mich jemand am Jackenärmel. Es ist der kleine Hansi. Er flüstert, während er mich beiseite zieht:
»Na, wie habe ich das gemacht?«
»Was?«
»Na das.«
»*Du* hast...«
»Pssst! Bist du verrückt? Nicht so laut! Du hast doch gesagt, du mußt die Luxusnutte los sein, und ich soll dir dabei helfen – oder?«
»Ja.«
»Na also! Und ich *habe* dir geholfen! Auf die sanfte Tour, wie du es wolltest.«
Jetzt weiß ich, was Hansi unter einer »sanften Tour« versteht.

## 10

»Die Alte ging immer über die Abkürzung nach Hause, obwohl es verboten ist«, flüstert Hansi. Wir haben uns auf einer Toilette eingeriegelt. Hansi strahlt. Er ist außer sich vor Freude und Glück. Und ich glaube, daß ich mich bald übergeben werde.
Ich öffne das kleine Fenster.

»Mach das Fenster zu, sonst hört uns jemand draußen.«
Ich schließe das Fenster wieder.
»Hast du 'ne Kippe?«
Ich gebe ihm eine Zigarette.
Er zündet sie an und macht einen tiefen Lungenzug.
»Gestern vormittag habe ich gehört, wie die Alte ...«
»Sag nicht immer Alte!«
»Ach Mensch, die Scheißtrommel!«
Die Scheißtrommel: Das ist die kleine Dame, die sich eineinhalb Jahre bemüht hat, aus Hansi einen normalen, gutartigen Menschen zu machen. Das ist der unglückliche Mensch, der gestern abend seine Stellung verlor. Die Scheißtrommel: Das ist das alte, beinahe blinde Fräulein Hildenbrand.
»Was hast du gehört?«
»Wie die Alte zu der Luxusnutte sagte: ›Heute abend nach dem Essen kommst du noch eine Stunde zu mir. Du bist so unruhig, erzählen die anderen Mädchen und die Lehrer. Du schreist im Schlaf. Du träumst im Unterricht.‹ « Er grinst. »Das kommt, weil du sie so gut ...«
»Halt's Maul!«
Er bläst wieder Rauch aus.
Mir wird immer schlechter.
»Was heißt, halt's Maul? Wie sprichst du denn mit mir? Hast du gesagt, du willst sie los sein, oder nicht?« Ich antworte nicht. Ich habe es gesagt. Ich bin nicht feiner als er. »Na also!« Jetzt ist er zufrieden und grinst wieder sein scheußliches Grinsen. »Den ganzen Tag habe ich mir den Kopf zerbrochen. Dann hatte ich es.«
»Was?«
»Laß mich doch reden, Mensch! Meinen Plan! Und eine Spule Kupferdraht. Geklaut beim Gärtner.«
»Wozu?«
»Wozu, fragt er! Wozu! Und du bist einundzwanzig? Damit sie in die Schlucht fällt, deine Süße.«
»Du hast einen Mord geplant?«
»Quatsch, Mord! Ich habe gehofft, sie bricht sich ein paar Knochen und muß ins Krankenhaus. Damit du deine Ruhe hast!«
Wieder ein tiefer Lungenzug.
»Natürlich, daß sie sich gleich das Rückgrat bricht, das wagte ich gar nicht zu hoffen!«
»Hansi!«
»Was denn, was denn? So etwas dauert Monate, Oliver! Monate bist du sie jetzt los! Und wenn sie wiederkommt, wer weiß, ist

sie vielleicht doch etwas verkehrt zusammengewachsen, und sie kann überhaupt nicht mehr riskieren, so an dich ranzugehen. An keinen! Dann ist Schluß! Schau mich an! Ich habe auch ein kaputtes Rückgrat. Ich werde niemals eine Hübsche kriegen. Ist das vielleicht keine Lösung? Kannst du nicht wenigstens danke sagen?«

## 11

»Du hast ...« Ich werde mich doch übergeben müssen. »Du hast den Kupferdraht ...«
»An dem Baum angebunden, der aus der Schlucht wächst, und über den Boden gelegt, ins Gebüsch. Im Gebüsch habe ich gewartet, bis sie kamen. Die Alte lasse ich noch drübergehen. Bei der Luxusnutte hebe ich den Draht hoch. Sie stolpert, rutscht aus, fällt und erwischt gerade noch eine Wurzel. Ich hätte mich ja ins Knie beißen können vor Wut, daß sie nicht gleich runter sauste! Aber zum Glück fummelt die Hildenbrand an der Wurzel rum, und deine Süße verschwindet. Ich lasse den Draht sinken und warte, bis die Alte wegrennt, um Hilfe zu holen. Dann binde ich den Draht vom Baum los und haue ab. Die Rolle Kupferdraht liegt wieder in der Gärtnerei. Vielleicht stirbt Geraldine. Aber auch wenn sie nicht stirbt – auf alle Fälle bist du sie jetzt los bis Weihnachten. Mindestens. Und wie gesagt, kann sein, sie sieht nachher so aus wie ich. Was ist los? Dir graust's wohl, wie?«
»Ja.«
»Habe ich mir's doch gedacht. Erst große Töne und dann volle Hosen. Ich will dir gleich noch etwas sagen.«
»Was?«
»Ich habe das Ganze hauptsächlich wegen mir getan.«
»Deinetwegen?«
»Ja. Ich bin nämlich immer noch nicht so sicher, daß du nicht plötzlich abhaust und dir den Raschid zum Bruder nimmst oder irgendeinen anderen von den Scheißern. Je mehr ich von dir weiß, um so sicherer kann ich sein. Ich weiß schon von Madame Lord. Jetzt wissen wir beide von dieser Geschichte. Wenn du willst, geh zum Chef und erzähl ihm alles. Dann fange ich sofort an, Herrn Lord zu suchen, und erzähle *ihm* alles.«
»Und wenn ... Geraldine tot gewesen wäre?«
»Dann wäre sie eben tot gewesen. Hättest du aber sehr geflennt, nicht?«
»Du bist ... du bist ein Teufel ...«

»Das haben schon viele Leute gesagt, das ist keine Neuigkeit für mich. Habe ich dich prompt bedient oder nicht? Bin ich dein Bruder oder nicht? Ein Bruder muß für einen Bruder alles tun.«
»Nicht morden.«
»Morden auch.«
»Nein.«
»Na, los, los, los, dann geh doch hin zum Chef und zeig mich an! Mir fällt nicht nur so was wie mit dem Kupferdraht ein! Ich möchte mal wissen, was Herr Lord sagt, wenn ich ihn besuche oder ihm ein Briefchen schreibe!«
Hansi. Herr Leo. Es wird immer mehr. Es wird immer schlimmer. Ich will nicht Unrecht tun, und tue dauernd Unrecht. – Für Verena. Kann eine Liebe glücklich werden, kann überhaupt Liebe entstehen, wo so viel Unrecht ist?
»Und Fräulein Hildenbrand, die tut dir gar nicht leid?«
»Warum läuft sie über den verbotenen Weg?«
»Sie hat ihren Beruf geliebt.«
»Höchste Zeit, daß sie in Pension ging. Nun mach dir nicht auch noch um die alte Schachtel Sorgen!«
Ich fühle, wie sich mein Magen hebt.
»Wer ist dir mehr wert – die Luxusnutte oder Frau Lord?«
Ich antworte nicht. Mir ist übel.
»Also Frau Lord. Also wirst du nie zum Chef gehen und ein Wort sagen.«
Ich antworte wieder nicht. Aber ich weiß, daß er recht hat. Ich werde nie zum Chef gehen und ein Wort sagen. Ich bin zu feig dazu. Ich würde Verena gefährden. Aber nicht nur das. Ich würde auch aus dem Internat fliegen, wenn ich erzähle, was zwischen Geraldine und mir geschehen ist – denn das müßte ich auch erzählen, wenn ich schon erzähle. Ich bin zu feig, zu schlecht, zu lau. Ich bin keinen Groschen besser als Hansi. Ich werde den Mund halten.
Und ich werde Herrn Leo bezahlen.
God have mercy on such as we, doomed from here to eternity.
»Du sagst nichts. Das ist auch eine Antwort. Okay, Oliver.«
Wieder schweige ich.
Und das, sehen Sie, ist Fehler Nummer drei. Der ärgste, der folgenschwerste von allen.
»Wenn wir Glück haben, muß sie ein ganzes Jahr liegen! Ich habe von Fällen gehört, wo das Rückgrat überhaupt nicht mehr zusammengewachsen ist! Ich bin Spezialist für Rückgratgeschichten. Muß ich doch sein. Ich ...«

»Hansi ...«
»Ja?«
»Bitte, geh raus. Schnell!«
»Warum?«
»Ich muß kotzen.«

## 12

Ich bin nach Frankfurt gefahren und habe meinen Wagen beliehen. Ich soll die fünftausend Mark in Monatsraten von 321 Mark zurückbezahlen. Ich habe Herrn Leo im Wald getroffen und ihm das Bargeld gegeben. Er hat mir eine Quittung gegeben:

*Ich erkläre hiermit, von Herrn Oliver Mansfeld am 14. September 1960 DM 5 000.– (fünftausend Deutsche Mark) erhalten zu haben.*
*Leo Galler*

Ich wollte eine ausführliche Erklärung, aber die hat er verweigert. Er sagte, dann würde er lieber auf das Geld verzichten und die Briefe und Tonbänder behalten. Ich habe nachgegeben. Es war auch lächerlich von mir, zu erwarten, er würde mir bestätigen, daß er mich erpreßt. Immerhin halte ich schon die Erklärung, die ich nun besitze, für einen gewissen Schutz. Ich werde mich wundern!
Nach Erhalt des Geldes hat Herr Leo mir fünf weitere Briefe und acht Magnetofonbänder überreicht. Wir sind zusammen in die leere Villa Manfred Lords gegangen und haben uns die Bänder auf seinem Gerät angehört, denn ich wollte sicher sein, daß er mir nicht irgendwelche Bänder verkauft. Es waren die echten. Ich habe die fünf Briefe und die acht Bänder im Wald verbrannt.
Vielleicht hat Herr Leo die Briefe fotokopiert und die Echtheit der Fotostate von einem Notar beglaubigen lassen. Vielleicht hat er die Bänder überspielt. Vielleicht gibt es überhaupt noch mehr Bänder, noch mehr Briefe. Ich weiß es nicht. Ich habe für den Augenblick getan, was ich konnte. Etwas Klügeres ist mir nicht eingefallen. Wären Sie auf eine bessere Idee gekommen? Es gibt Situationen, da kann man nur hoffen. Ich hoffe.
Bis auf weiteres, sagt der Chef, haben die Ärzte verboten, daß jemand Geraldine im Krankenhaus besucht. Sie schwebt, heißt es, in Lebensgefahr. Hansi ist sehr zufrieden. Ich habe Geraldine Blumen geschickt. War das schon wieder ein Fehler?
Sicherlich.

13

Dachau ist heute für die ganze Welt ein Begriff. Es war das KZ Nummer eins. Hier hat der Völkermord begonnen. Mit dem Autobus können Sie das Lager von München aus in dreißig Minuten erreichen. Aber weder die Bewohner von München noch die Bewohner von Dachau haben gewußt, was in dem Lager vorging. Es hat überhaupt niemand gewußt.

Die Baracken stehen noch. Es wohnen Menschen darin, freie Menschen. Beim Eingang des Lagers leuchtet eine gelbe Telefonzelle. Damit die Menschen, die heute, 1960, in diesem Lager leben, auch telefonieren können. Das konnten die Menschen, die bis 1945 in diesem Lager lebten, nicht. Daran erkennt man den Fortschritt der Menschheit.

Zwischen Baracken sind Leinen gespannt. Frauen mit Kopftüchern gehen herum, Kinder spielen. Eine Kapelle steht da. Die Wege sind mit schwarzer Schlacke bedeckt.

Unser Autobus ist vor dem Lagereingang stehengeblieben. Am Tor hat ein älterer Mann gewartet. Er führt uns. Zur Begrüßung hat er gesagt: »Ich bin Schreiner. Ich war hier selber Häftling. Ich führe die Besucher. Es kommen viele Besucher hierher, vor allem Ausländer.«

»Und Deutsche?«

»Auch.«

»Wie ist das Zahlenverhältnis?«

»Auf etwa dreißig Ausländer kommt ein Deutscher«, hat der ehemalige Häftling geantwortet. Er hinkt übrigens, genau wie unser Doktor Frey. Die ganze Klasse geht schweigend hinter den beiden Männern her.

Nur Noah fehlt. Er hat gebeten, im Internat bleiben zu dürfen. Ohne ihn macht Wolfgang einen völlig verlorenen Eindruck.

Friedrich Südhaus sieht aus, als würde er jeden Moment explodieren. Er murmelt vor sich hin. Ich kann nicht verstehen, was er sagt.

Es ist ein schöner Tag. Blauer Himmel. Klare Sicht. Völlig windstill. Wir gehen auf das Krematorium zu. Baracken. Hier haben Tausende und aber Tausende gelitten. Hier sind Tausende und aber Tausende geschunden, gequält, gefoltert worden. Hier sind Tausende und aber Tausende ermordet worden. Das Krematorium. Hier sind Tausende und aber Tausende verbrannt worden. Eine halbe Stunde von München entfernt. Das Grauen packt mich.

Wir hören Krähen schreien. Ich bemerke plötzlich, daß ich vor einer Baracke stehe, über deren Eingang ein Schild hängt:
GASTSTÄTTE
»Hier gibt's eine Gaststätte?« sage ich.
»Hier gibt es zwei Gaststätten«, erwidert der Schreiner. »Die Leute, die in den Baracken wohnen, trinken da abends ihr Bier. Eine Zeitlang stand auf dem Schild sogar: ›GASTSTÄTTE ZUM KREMATORIUM.‹«
»Das ist nicht wahr«, sagt Wolfgang, und ich sehe, daß er Tränen in den Augen hat. »Das ist nicht wahr!«
»Aber ja doch«, sagt der Schreiner ruhig. »Der Wirt mußte die letzten beiden Worte dann nur wieder übermalen, denn es kamen ein paar Männer aus Bamberg herüber und protestierten. Er hat sich gewiß nichts Böses dabei gedacht, der frühere Wirt, er wollte nur mehr Bier verkaufen. Übrigens war das der Desinfektionsbau.«
»Was war der Desinfektionsbau?«
»Na, die Gaststätte!«
»Kommt weiter«, sagt Dr. Frey und hinkt uns mit dem hinkenden Schreiner voran.
Kinder spielen mit Bällen, Kreiseln und Reifen. Manche haben kleine Fahrräder. Aus den Dächern der Baracken ragen Fernsehantennen. Aber weil das Lager so riesengroß ist, bedeutet all dies sozusagen nichts. Ich empfinde eine einzige grauenvolle Öde. Und in einer halben Stunde kann man in München sein...
»Jetzt zeige ich Ihnen das Museum«, sagt der hinkende Schreiner. »Es ist im Krematorium untergebracht.«
Im Krematorium stehen Tische, darauf liegen Ansichtskarten und Broschüren. Dann gibt es ein paar Vitrinen, mit grausigen Erinnerungen an diese Hölle. In einer Ecke steht ein Holzgestell.
»Das war einmal einer von den sogenannten Böcken«, erklärt der Schreiner. »Darauf wurden die Häftlinge festgeschnallt und ausgepeitscht.«
Wolfgang weint nun so sehr, daß er schluchzt. Walter versucht ihn zu beruhigen: »Hör auf, Wolfgang... Hör doch auf...! Alle sehen her!«
»Sollen sie doch... sollen sie...«
»Aber wozu denn? Ist doch alles schon so lange her!«
Schon so lange her!
Der Schreiner sagt: »Hier ist eines von unseren Besucherbüchern«, und er zeigt auf ein Pult. Ich will das Buch, das aufgeschlagen daraufliegt, hochheben, aber das geht nicht.

»Wir haben es festgeschraubt«, erklärt der Schreiner, »weil uns nämlich eines gestohlen wurde. Warten Sie, ich bringe noch ein paar andere.« Er geht und kommt gleich darauf mit einem halben Dutzend grauer Bücher zurück.

»Wie viele Besucher haben Sie?« fragt Dr. Frey.

»Ungefähr eine halbe Million im Jahr, aber, wie gesagt, viel mehr Ausländer als Deutsche.«

Wir sehen in die Bücher. Soweit ich erkennen kann, haben Amerikaner, Spanier, Holländer, Chinesen, Japaner, Israelis, Araber, Perser, Belgier, Türken und Griechen etwas in die Bücher geschrieben – vor allem jedoch Engländer und Franzosen, und natürlich auch Deutsche.

Wolfgang steht beim Fenster. Er wendet uns allen den Rücken, aber am Zucken seiner Schultern kann man sehen, daß er weint. Er will nicht, daß man es sieht. Man sieht es trotzdem.

Vor dem Fenster, an dem er steht, breitet sich in der klaren Luft dieses Herbsttages die ganze Alpenwelt aus, vom Allgäu bis nach Berchtesgaden.

Ich glaube nicht, daß Wolfgang es bemerkt.

Plötzlich muß ich an den Chef denken. Der stand auch so am Fenster seines Arbeitszimmers und wandte mir den Rücken, als er sagte: »Wenn Geraldine nicht wieder ganz gesund wird, dann bin ich schuld daran, ich allein!«

Das ist natürlich Unsinn.

Genau solcher Unsinn, wie wenn Wolfgang jetzt denkt, daß er schuldig oder mitschuldig ist an dem, was hier geschah, bloß weil er diesen elenden Vater hatte.

Kann man ihm widersprechen?

Ich denke, es wäre sinnlos. Als ich versuchte, dem Chef zu widersprechen, schickte er mich fort.

Der Chef und Wolfgang: Unschuldig fühlen sich beide schuldig an der Schuld anderer.

Wenn jetzt doch Noah da wäre! Der wüßte bestimmt etwas Kluges zu sagen, etwa Tröstliches. Mir fällt nichts Tröstliches ein, nichts Kluges. Ich nehme mein Notizbuch und schreibe ein paar Eintragungen ab. Hier sind sie. Die Namen und die Adressen, die darunterstanden, habe ich weggelassen, weil ich die Leute, die das schrieben, nicht kenne und nicht weiß, ob es ihnen recht wäre, erwähnt zu werden. Aber die Eintragungen sind wahr, Wort für Wort:

*Daß Menschen so was tun können. Ich finde das zuviel!*

*Honte aux millions d'allemands qui ont laissé ces crimes s'accomplir sans protest.*

*Du armes, leidgeprüftes Vaterland! Wir lieben dich nur um so mehr!*

*Jamais plus?*

*Ich bin dafür, daß diese Anlagen endlich weggeräumt werden.*

*Es ist eine Schande, daß an einer solchen Stelle Platz ist für Restaurants!*

*Das gibt's nun einmal und kommt bald wieder!*

*Es ist schlimm, was hier passiert ist, doch man sollte es nicht immer wieder aufwärmen. Einmal muß man über die Vergangenheit hinwegkommen. Außerdem sollte man daneben eine Gedenkstätte der russischen Gefangenenlager einrichten.*

*Machen Sie bitte nicht uns junge Generation dafür verantwortlich. Es ist genug, wenn schon unsere Väter dafür darben mußten.*

*Ein deutsch Mensch hat mir gestern in einem Gasthaus von Dachau gesagt: »Es ist nichts in Konzentrationslager zu sehen. Man hat viel Geschichte auf daz gesagt, aber es ist nicht wahr.« Heute, ob ich sehe ihn, ich töte ihn.*

*Where, oh where were the thinking Germans?*

Darunter hat jemand anderer geschrieben:

*What did you expect them to do about it?*

*Trauriger noch als das Museum zu sehen, ist dieses Buch zu lesen – das Museum ist Vergangenheit, das Buch ist Aktualität.*

»Wenn ich Sie nun bitten dürfte, mir in den Verbrennungsraum zu folgen«, sagt der Schreiner.
Wir folgen ihm alle stumm. Keiner spricht mehr. Eine schon kraftlose Sonne glänzt im blauen Himmel. Dann treten wir in einen großen Raum und stehen vor den Öfen. Es sind sehr viele, und vor allen liegen Kränze ...

14

»... mit Schleifen, große und kleine Kränze, viele schon verstaubt. Die Türen der Öfen waren geöffnet, und auch an den geöffneten Türen hingen vertrocknete Kränze, sogar ein goldener war dabei«, erzähle ich Verena. Es ist siebzehn Uhr, und es wird schon dämmrig. Verena ist in einem Hotel am Karlsplatz abgestiegen und hat ein Appartement genommen, Schlafzimmer, Salon, Bad. So kann sie Besuch empfangen, ohne Aufsehen zu erregen, und es hat keinen schlechten Eindruck gemacht, als ich mich beim Portier anmelden ließ.
Verena trägt eine Kombination: Sehr enge Hosen und ein sehr lose überhängendes Oberteil. Der Stoff ist golddurchwirkt. Wir sitzen auf einer breiten Couch vor dem großen Fenster und haben Tee getrunken. Ich bin seit einer halben Stunde da. Ich habe Verena alles erzählt, was ich in Dachau sah und hörte. Sie hat kein Wort gesprochen. Als ich ankam, küßten wir uns, aber sie muß sofort gemerkt haben, daß etwas mit mir nicht stimmte, denn mitten im Kuß löste sie sich von mir, nahm mich an der Hand und führte mich zu der großen Couch. Ich glaube, ich habe sehr schnell gesprochen und sehr aufgeregt.
Verena sieht mich nicht an. Sie blickt aus dem fünften Stock des Hotels hinunter in die Tiefe und auf das Verkehrsgewühl des Stachus. Es wird immer dunkler. Die ersten Lichter flammen auf. Ich sehe große Neonreklamen:
OSRAM – HELL WIE DER LICHTE TAG
REX – DIE GUTEN EIERNUDELN
KAUFHOF
ELIZABETH TAYLOR IN BUTTERFIELD 8
Ich sehe Tausende von Menschen, die sich in die Straßenbahnen drängen, Hunderte von Autos, die vor den vielen automatischen Ampeln warten oder losfahren, in einer unendlichen Folge, nach allen Richtungen. Jetzt ist Büroschluß. Jetzt kehren sie heim...
Jetzt kehren sie heim, die Armen und die Reichen, aus Leihhäusern und Banken, aus Werkstätten und Geschäften, aus Ämtern und Fabriken.
So viele Menschen habe ich noch nie gesehen, und auch noch nie so viele Autos auf einem so riesigen Platz.
Man kann schwindlig werden, wenn man in die Tiefe blickt.
KAUF BEI LINDBERG
DRESDNER BANK

UFA

VICTORIA VERSICHERUNG

So viele Menschen. So viele Menschen. Wie viele von den Älteren unter ihnen haben wohl...

Nein, nein, nein, nicht daran denken! Ja, ja, ja, immer daran denken! Ich will nie vergessen, was ich heute erlebt habe, ich werde es nie vergessen können.

Bertolt Brecht hat geschrieben: »Mögen andere von ihrer Schande sprechen, ich spreche von der meinen.«

Noch immer sieht Verena reglos aus dem Fenster. Und der Tee steht vor uns, das Appartement ist air-conditioned, alles ist neu, alles ist solide, alles ist schön, und ich rieche Diorissimo, den Maiglöckchenduft.

»Nur eine halbe Stunde von hier«, sage ich.

Sie nickt und schweigt und sieht weiter hinab auf das Ameisengewimmel des Karlsplatzes. Plötzlich blickt sie mich an. In der Dämmerung leuchten die riesigen schwarzen Augen wie Sterne, im Widerschein der Lichter draußen. Mit ihrer kehligen, rauhen Stimme spricht sie: »Du mußt es nicht sagen, Oliver.«

»Was?«

»Was du sagen wolltest.«

Ich bekomme auf einmal zu wenig Luft. Ich stehe auf und versuche tief durchzuatmen. Es gelingt mir nicht. Ich stammle: »Es tut mir so leid. Ich habe mich so gefreut darauf.«

»Ich auch.«

»Aber ich habe nicht gedacht, daß es so ist. So furchtbar.«

»Es war mein Fehler.«

»Nein.«

»Ja. Es war doch mein Vorschlag.«

Jetzt kann ich durchatmen. Ich setze mich wieder neben sie und streichle ihre Knie, streichle den golddurchwirkten Stoff.

»Verena, wenn du dabeigewesen wärest...«

»Ich mußte nicht dabeisein. Ich verstehe dich auch so. Ich verstehe dich so gut, Liebling.«

»Ich kann nicht, Verena... Ich kann nicht... Ich habe Angst, ich fange jeden Moment an zu weinen wie ein Junge, der im Lager weinte. Ich habe Angst, ich fange an zu weinen, wenn ich dich im Arm halte... und ruiniere alles... und mache alles kaputt...«

»Ich verstehe dich. Ich verstehe dich.«

»Wie schrecklich. Jetzt sind wir allein. In einer anderen Stadt. Niemand kennt uns. Wir haben Zeit. Wir wollen es beide. Und da passiert so etwas.«

»Sprich nicht. Es ist gut. Alles ist gut. Wie schön, daß du neben mir sitzt und wir Zeit haben und in einer anderen Stadt sind und keiner uns kennt.«
»Vielleicht, wenn ich etwas trinke ...«
»Nein«, sagt sie, »du sollst nichts trinken. Du darfst nichts trinken. Du darfst nichts vergessen von dem, was du mir erzählt hast.«
»Ich werde es aufschreiben, alles. Auch das jetzt.«
»Ja, auch das jetzt.«
»Verena, ich liebe dich.«
»Das sollst du nicht sagen.«
»Verena, ich liebe dich.«
»Mein Mann war auch in der Partei. Er hatte nichts mit Dachau zu tun. Aber er war in der Partei.«
»Was glaubst du, wie viele von denen da unten in der Partei waren, Verena? Was glaubst du, wer da sitzt, in diesem Auto, in dieser Straßenbahn, in jedem Omnibus?«
»Deine Generation kann nichts dafür. Aber ich, ich habe gewußt, daß Herr Manfred Lord in der Partei war, als ich ihn heiratete. Evelyns Vater war nicht in der Partei. Ich habe Herrn Lord aus Berechnung geheiratet, aus kalter Berechnung.«
»Weil du nichts zu essen hattest.«
»Ist das eine Entschuldigung?«
»Ja. Nein. Ich weiß nicht. Für eine Frau schon.«
»Oliver?«
»Ja?«
»War dein Vater auch in der Partei?«
»Selbstverständlich! Was glaubst du, warum mir so elend ist?«
Dann halten wir uns an den Händen und schweigen, und draußen wird es ganz dunkel, und ein dumpfes Brausen dringt aus der Tiefe zu uns empor. Am Nachmittag hat sich der Himmel bedeckt. Jetzt beginnt es zu regnen, leise, ganz leise. Glitzernde Tropfen rinnen über das Fenster. Es sieht aus, als würde das Fenster weinen.
Über wen?

## 15

Mindestens eine Stunde lang sitzen wir so nebeneinander, und einer hält des anderen Hand, und keiner spricht, und wir sehen hinaus zu den Lichtern und hinab zu den Menschen.
Heiser und tief klingt ihre Stimme, als sie zuletzt sagt: »Du ...

du kennst unsere Abmachung, und du kennst das Leben, das ich geführt habe. Du weißt, was für eine Frau ich bin. Du weißt, daß es zwischen uns nie Liebe werden darf. Aber wenn ich ein anderes Leben gelebt hätte, wenn alles anders gewesen wäre, dann ... dann hätte ich mich heute in dich verliebt, Oliver.«
Ich schweige.
Nach einer langen Weile sagt sie: »Wollen wir ein Taxi nehmen und ein bißchen herumfahren?«
»Ja. Kennst du München?«
»Nein.«
»Ich auch nicht.«
Sie zieht einen Regenmantel an und bindet ein Kopftuch um. Wir verlassen das Appartement und fahren mit dem Lift in die Halle hinunter. Der Rezeptionschef, der erste Portier, der zweite Portier, alle lächeln. Sie denken sich ihren Teil. Es ist uns gleich, was sie denken.
Der Portier vor dem Eingang pfeift ein Taxi herbei. Ich helfe Verena beim Einsteigen und sage zu dem Chauffeur: »Fahren Sie eine Stunde durch München.«
»Is scho recht.«
Auch im Taxi halten wir einander gleich wieder an der Hand, und von Zeit zu Zeit sehen wir uns an, aber wir sprechen nicht. Wir fahren eine breite Straße mit vielen Kaufhäusern und Lichtern hinab. Es regnet jetzt stärker. Wir erreichen einen großen Platz.
Der Chauffeur erkundigt sich, ob wir von hier wären.
»Nein.«
Danach betätigt er sich als Fremdenführer.
»Des is as Rathaus. Mit dem berühmten Glockenspiel, was alleweil um elfe spielt. Sehn's die Figuren?«
»Ja«, sage ich.
Aber ich sehe nur Verena.
Regen. Viele Tropfen rinnen über die Scheiben.
Die Wischer schlagen hastig. Immer neue Straßen mit Lichtern, Autos und Menschen. Eine Ruine.
»Des is as Nationaltheater, des bauens grad wieder auf.«
Etwas später: »Des is die Feldherrnhalle. Da hat der Hitler ...«
»Ja«, sage ich, »wir wissen.«
»Von da bis zum Siegestor is genau ein Kilometer. Des hat der König Ludwig so ang'schafft, daß des so sein soll.«
Der Chauffeur lacht vor sich hin.
»In der Schul', wie ich klein war, da hat mich der Herr Lehrer g'fragt: ›Alois, was ist ein Kilometer?‹ Da hab' i drauf g'sagt:

›Ein Kilometer, des is d'Entfernung zwischen der Feldherrnhalle und dem Siegestor.‹«
Ein Tor, angestrahlt. Es sieht aus wie ein Triumphbogen.
»Des is as Siegestor.«
Siegestor. Weil wir immer so viel gesiegt haben.
Eine breite Straße.
»Schwabing«, erklärt uns der Chauffeur.
»Hast du eine Zigarette?« fragt Verena.
Ich nehme eine aus dem Päckchen, zünde sie an und gebe sie ihr, biete unserem Chauffeur eine an (»I bin so frei!«), und dann nehme ich selbst eine. Wir holpern durch enge, kleine Gassen, in denen es viele Künstlerlokale gibt. Dann bleiben die Häuser zurück, und wir fahren durch einen nun schon nachtdunklen, riesenhaften Park, dessen alte Bäume im Licht der Scheinwerfer glänzend vor Nässe auftauchen und vorüberhuschen.
»Des is der Englische Garten«, sagt der Chauffeur.
Schattenhaft sehe ich einen See, in dessen Wasser sich einsame Lichter spiegeln. Und immer noch halten wir einander an der Hand und sehen uns an, von Zeit zu Zeit. Aber unsere Körper berühren sich nicht, nur unsere Hände.
Wir fahren einen gewaltigen Bogen und kommen auf eine breite Straße hinter dem Park zurück. Diese Straße führt zu einer hohen Säule, auf der steht eine Gestalt mit Flügeln und erhobener Hand.
»Des is der Friedensengel.«
Der Friedensengel. Und eine halbe Stunde von hier...
In diesem Augenblick sagt Verena leise: »Und eine halbe Stunde von hier...«
Noah hat einen Haufen Kriminalromane. Ausgerechnet in einem Krimi, dem »Zinker« von Edgar Wallace, las ich vor ein paar Nächten den Satz, an den ich nun denken muß: »Für jeden Mann lebt irgendwo in der Welt eine Frau, die er nur zu treffen braucht, um sie sofort zu verstehen und um sofort von ihr verstanden zu werden.«
Wir fahren schließlich durch ein neues Stadtviertel. Wir sehen moderne Hochhäuser, Gartenanlagen, Reihengaragen. Es regnet immer stärker.
»Des is d'Parkstadt Bogenhausen. Grad alles fertig worden.«
Wir kehren um und fahren aus der Peripherie ins Zentrum zurück. Verena drückt meine Hand ganz fest.
Der Chauffeur macht auf das Prinzregentenbad aufmerksam und, etwas später, auf das Haus der Kunst.
Viel Verkehr, viele Ampeln, viele Menschen. Ein schwarzer Obe-

lisk. »Den hat der Napoleon machen lassen, aus eingeschmolzenen deutschen Kanonen, nach'm Krieg, den wo wir verloren haben, mei, ich weiß fei nimmer, welcher des war.«

Hauptbahnhof.

»Sehn's, wie's an dem noch immer baun? I weiß ja net, wo die Herrschaften herkommen, aber es is doch a Schand! Fünfzehn Jahr' nach'm Krieg sind's immer no net fertig! Des halberte Dach ham's scho g'habt, da sind's draufkommen, es is a Konstruktionsfehler drinnen, und sie ham alles wieder abg'rissn. Korruption, sag' ich Ihnen, sonst nix. Da verdient sich a andere Firma auch noch ihre Millionen dran. Und auf die Fahrgäst' regnet's tüchtig runter, wenn's zum Zug gehn. Fünfzehn Jahr nach'm Krieg!«

Ob es wohl auch tüchtig auf die Menschen heruntergeregnet hat, draußen in Dachau, eine halbe Stunde von hier, zwölf Jahre lang, wenn sie hinausgejagt wurden aus diesen elenden Baracken zu diesen fürchterlichen Appellen – auf diese Eingesperrten, Geschundenen, Gefolterten, Sterbenden? Wenn es geregnet hat?

»Jetzt fahr' ich Sie noch rauf zum Harras, nacha wär' die Stund ungefähr rum.«

»Hast du Hunger?«

»Nein«, sage ich.

»Ich auch nicht.« Sie schiebt mir etwas in die Hand, ein Glasröhrchen. »Das sind Schlaftabletten. Nimm zwei, wenn du zu Bett gehst, ich werde es auch tun. Damit wir schlafen können.«

Kein Wort darüber, ob wir den Abend zusammen verbringen sollten, kein Wort von ihr, kein Wort von mir. Ich stecke das Röhrchen ein. Ich bin sehr dankbar dafür.

»Wie bleiben wir in Verbindung?«

»Ich schreibe dir, du schreibst mir. Hauptpostlagernd.«

»Nein!«

»Warum sagst du das so heftig?«

»Weil ... ich ... Ich schreibe nie Briefe! Man kann nie wissen, was mit Briefen passiert. Jemand findet sie. Jemand erpreßt dich. Jemand erpreßt mich.«

»Ja«, sagt sie verloren, »das ist wahr. Ich bin so nachlässig. Weißt du, daß ich schon ein paarmal Briefe verloren habe? Die meisten verbrenne ich sofort, aber ein paar habe ich aufgehoben und verloren. Hoffentlich findet sie niemand.«

»Hoffentlich.«

»Ich werde dich anrufen.«

»Aber nicht von zu Hause.«

»Warum nicht? Auf Emma kann ich mich absolut ...«

»Wer ist Emma?«
»Unsere Köchin. Sie hält zu mir.«
»Das genügt nicht. Du mußt von einem Postamt aus telefonieren. Mach einen Spaziergang. Zwischen zwei und dreiviertel vier. Wann immer du kannst. Ich werde jeden Tag zwischen zwei und dreiviertel vier in der Garage in Friedheim auf deinen Anruf warten.«
»Und wenn ich einmal nicht fort kann?«
»Dann warte ich umsonst. Wir dürfen nicht einmal riskieren, daß du im Internat anrufst. Es könnte immer jemand mithören.«
»Warum bist du so vorsichtig, Oliver? Warum bist du so mißtrauisch? Ist etwas passiert?«
»Ja.«
Sie fährt von ihrem Sitz hoch.
»Was?«
»Nicht mit uns ... Mit einer anderen Frau ... mit einer anderen Frau passierte mir einmal etwas ... weil wir unvorsichtig waren und telefonierten und einander Briefe schrieben.«
»So, jetzt wär'n wir am Harras, die Herrschaften.«
»Bitte?«
»Des is der Harras.«
»Aha!«
»Soll ich die Herrschaften zurückfahr'n zum Hotel?«
»Ja, bitte«, sagt Verena. Und zu mir: »Sei nicht traurig. Bitte, sei nicht traurig.«
»Nein.«
»Es dauert nur ein paar Tage. Ich schwöre! Es dauert nicht einmal eine Woche. Dann habe ich eine Bar gefunden oder ein Café, in dem wir uns treffen können. Dann ...« – sie legt ihre Lippen an mein Ohr – » ... dann habe ich ein Hotel gefunden.«
»Ja.«
Wieder drückt sie meine Hand ganz fest.
»Nicht einmal Blumen schicken kann ich dir«, sage ich.
»Das macht nichts, Oliver ... Ich brauche keine Blumen ... Dich ... dich brauche ich ... du wirst sehen, es wird schön werden, so schön wie noch nie ... für dich und für mich ...«
»Ja.«
Dann halten wir vor dem Hotel.
Ein Portier mit einem großen Schirm eilt aus der Halle, damit Verena nicht naß wird. Er hört jedes Wort. Wir können uns nicht mehr küssen. Wir können nicht mehr richtig reden.
»Komm gut heim.«
»Ja.«

»Übermorgen nachmittag rufe ich an.«
»Ja.«
»Schlaf gut.«
»Du auch.«
Ihre Hand küsse ich doch.
Sie lächelt mich an und geht unter dem schützenden Schirm des Portiers schnell ins Hotel. Sie dreht sich nicht mehr um. Ich warte, bis sie verschwunden ist, dann setze ich mich wieder in das Taxi, das gewartet hat, und nenne die Adresse des kleinen Hotels, in dem ich mit meiner Klasse wohne. Es regnet jetzt in Strömen.

## 16

Natürlich ruft sie nicht jeden Nachmittag an. Sie kann nicht. Es würde auffallen. Ihr Mann gibt eine Essen. Sie muß ihn in der Stadt treffen. Klar, ich habe es mir nicht anders vorgestellt.
Aber jeden Nachmittag zwischen zwei und dreiviertel vier warte ich in der Garage von Friedheim. Die Garage gehört einer alten Frau namens Liebetreu und hat einen verwilderten Garten. Ein Tisch und eine Bank stehen im hohen Gras. Wenn das Wetter schön ist, sitze ich auf einer Bank, und während ich warte, schreibe ich an diesem Roman – an meinem Roman. Ich habe Frau Liebetreu gesagt, daß ich auf Anrufe warte. Ich habe ihr Geld gegeben. Frau Liebetreu besitzt einen alten Bernhardiner. Tiere haben einen unheimlichen Instinkt. Manchmal beginnt der Hund leise zu winseln. Dann weiß ich: Spätestens in fünf Minuten klingelt im Büro der Garage das Telefon, und Verena ist am Apparat. Sie entschuldigt sich immer, daß sie nicht täglich anrufen kann. Sie erzählt, was sie erlebt hat. Sie war im Theater. Sie hat Streit mit ihrem Mann. Sie hat Sehnsucht nach mir.
»Und ich, und ich, mein Herz!«
»Hab Geduld. Nur noch ein wenig, ein wenig Geduld. Mein Mann ist im Moment wie wahnsinnig. Er läßt mich nicht aus den Augen. Ob er etwas gemerkt hat? Aber ich finde etwas für uns. Vielleicht morgen schon, vielleicht übermorgen.«
»Vielleicht in einem Jahr.«
»Sprich nicht so. Ich will es doch mindestens ebenso wie du! Glaubst du mir das denn nicht?«
»Doch. Verzeih.«
»Denkst du an mich?«
»Immer.«

»Ich auch. Ich muß immerzu an dich denken. Und an diese Taxifahrt. Hab Geduld. Schreib unsere Geschichte auf. Tust du das?«
»Ja.«
»Ich küsse dich, Liebling.«
»Ich liebe dich.«
So geht das Tag um Tag. Ich habe Geduld, ich warte, ich schreibe. Manchmal regnet es. Dann schreibe ich im Büro. Durch ein großes Fenster sehe ich zwei Mechaniker an Autos arbeiten, einen alten und einen jungen. Der Bernhardiner liegt immer zu meinen Füßen. Manchmal winselt er. Dann bin ich glücklich und starre das Telefon an, das Telefon an, das Telefon an, und dann klingelt es, und ich höre wieder Verenas Stimme, wenigstens ihre Stimme.
Kommt ein Sonntag, ein sogenannter »Besuchssonntag«. Von der Autobahn herauf zieht die Reihe der pompösen Wagen, die ich sah, als ich ankam. Die lieben Eltern besuchen ihre lieben Kinder. Sie bringen Geschenke und Freßpakete mit und gehen mit den lieben Kindern ins »A« essen, denn mit den lieben Eltern darf man ins »A«. Zu mir kommt niemand. Zu vielen anderen Kindern kommt auch niemand. Entweder die Eltern wohnen zu weit weg, oder sie wollen nicht kommen, oder sie können nicht.
»Ich bin froh, wenn ich meine Alte nicht sehe«, sagt Hansi. Ob das wahr ist? Er verkriecht sich den ganzen Tag in seinem Bett.
Nur ein Erwachsenenpaar ist mit der Bahn gekommen und hat die halbe Stunde Wegzeit von der Station zum Internat zu Fuß zurückgelegt: Es sind Walters Eltern. Das ist der Junge, mit dem Geraldine vor mir ging. Walters Eltern gehen mit ihrem Sohn nicht ins »A«. Sie haben belegte Brote mitgebracht. Schon am frühen Nachmittag verabschieden sie sich wieder. Sie sehen bedrückt aus. Walter kommt zu mir, der ich so herumsitze und mir diesen ganzen verlogenen Zirkus ansehe, und sagt: »Ich glaube, unsere Ehe ist im Eimer.«
»Wieso?«
»Kein Geld. Vater ist völlig pleite. Kleiner Buchprüfer, verstehst du? Er sagt, er hält die Armut und die Hoffnungslosigkeit hier nicht mehr aus. Er will emigrieren. Nach Kanada. Hat schon alle Papiere.«
»Na, prima, Mensch!«
»Prima? Scheiße!«
»Wieso?«
»Mutter will unbedingt in Deutschland bleiben.«
»Und du?«
»Sie sagen, ich soll selber wählen. Feine Wahl, wie? Auf alle Fälle

gehe ich zu Weihnachten ab. Vater kann das Schulgeld nicht mehr bezahlen.«
»Würdest du kein Stipendium bekommen?«
»Dazu bin ich nicht gut genug.«
Er schleicht irgendwohin und verkriecht sich, wie ein krankes Tier oder ein angeschossenes. Viele Kinder verkriechen sich an solchen Besuchstagen im Wald, wenn ihre Eltern nicht kommen. Jetzt tut Walter es auch. Komisch, die Ehe seiner Eltern geht zugrunde an zu wenig Geld, die meiner Eltern ging zugrunde an zu viel. Am Geld kann's also nicht liegen.
So gegen sechs, sieben Uhr haben die Erwachsenen es dann plötzlich furchtbar eilig. Umarmungen. Ermahnungen. Küsse. Tränen. Und die Kolonne der Mercedes und Kapitäns und BMW's setzt sich wieder in Bewegung, talwärts diesmal. Der »Besuchssonntag« ist vorüber. Die Eltern haben ihre Pflicht getan. Die Kinder bleiben zurück. Sie stürzen sich auf die Pakete, überfressen sich, und manche brechen schon in der Nacht alles aus, manche erst am nächsten Morgen. In allen Klassen bleiben Plätze leer. Es ist so wie immer. Es ist immer dasselbe.

## 17

Ich kann mich übrigens nicht beklagen. Ich bekomme Post – von meiner Mutter. Mein Vater schreibt mir nie, und meine liebe Tante Lizzy auch nicht. Die Briefe meiner Mutter enthalten das Geld, um das ich sie bat, weil ich doch die Wechsel für das Auto bezahlen muß. Ihre Schrift ist ganz dünn und zittrig, man sieht, daß sie im Liegen schrieb, und alle Briefe sind ganz kurz und gleichen einander sehr.

*Mein lieber Oliver,*
*wie Du weißt, liege ich schon wieder seit Wochen im Sanatorium, aber es geht mir bereits viel besser! Ich sehne so sehr Weihnachten herbei, dann werde ich Dich wiedersehen. Vielleicht darf ich zu den Feiertagen sogar nach Hause. Wenn bloß nicht diese ewigen Depressionen und Kreislaufstörungen wären! Und die Schlaflosigkeit. Aber das wird auch vorübergehen. Einmal wirst Du mit der Schule fertig und richtig erwachsen sein, dann will ich Dir vieles erklären, was Du heute noch nicht verstehst.*
*Es umarmt und küßt Dich tausendmal*
*Deine Dich liebende* *Mami*

Mir mußt du nichts erklären, Mami. Ich verstehe schon lange alles. Meinen Glückwunsch, Tante Lizzy! Nur weiter so. Noch ein paar Sanatorien, und ihr könnt für Mutter den Paragraphen 51 beantragen. Dann bist du endgültig die Alleinherrscherin, Tantchen! Fein machst du das, wirklich, meine Hochachtung.

Apropos Post: Geraldine, heißt es, darf immer noch niemand besuchen. Der arme Walter hat es versucht. Er wurde abgewiesen. Es geht Geraldine besser, aber noch lange nicht gut. Bei dem Rückgratbruch haben sich Komplikationen ergeben.

Also setze ich mich hin und quäle mir ein paar Zeilen an Geraldine ab, armselige, nichtssagende Zeilen, während ich im Büro von Frau Liebetreus Garage sitze und darauf warte, daß das Telefon läutet.

Es läutet nicht an diesem Tag.

Die Zeit vergeht.

Nun ist es schon Oktober. Viel Regen fällt, die Bäume sind schwarz und kahl, ein kalter Wind weht. In unserer Klasse ist eine Jazz-Band entstanden, der auch Noah und Wolfgang angehören. Die Kapelle veranstaltet häufig abends im Keller der Villa eine Jam-Session. Es ist immer ein großer Erfolg.

Eine andere Abendattraktion hat Dr. Frey gestartet: Wer will, kann die Serie »Das Dritte Reich« im Deutschen Fernsehen betrachten. Jungen und Mädchen, von der sechsten Klasse aufwärts.

Der große Apparat steht im Speisesaal.

Sehr viele Schüler kommen zu jeder Sendung. Auch Erzieher und Lehrer sind anwesend.

Die Dokumentation schildert die Ereignisse zwischen 1933 und 1945 nicht chronologisch, sondern nach Gebieten aufgeteilt.

Die sogenannte Machtergreifung.

Die Vernichtung der Intelligenz.

Die Bücherverbrennungen.

Die Vorbereitungen zum Krieg.

Der Polenfeldzug.

Der Rußlandfeldzug.

Die Konzentrationslager.

Die Invasion. Und so weiter.

Oft kommt es vor, daß Schüler die Erwachsenen von der Seite ansehen, wenn beispielsweise auf dem Parteitag in Nürnberg, in der Krolloper, wo der Reichstag sich versammelte, oder im Olympiastadion Hunderttausende den rechten Arm hoben und ihr »Heil!« brüllen, wenn der »Führer«, der dürre Goebbels oder der fette Göring, Schaum vor dem Mund, mit sich überschlagenden Stimmen ihre Ungeheuerlichkeiten herauskreischen.

Wenn Goebbels fragt:
*»Wollt ihr den totalen Krieg?«*
Und das frenetische Toben der Menge einsetzt:
*»Ja! Ja! Ja!«*
Ja. Ja. Ja.
Das waren unsere Väter.
Das waren unsere Mütter.
Das war das deutsche Volk.
Nicht das ganze, das wäre dumm, so etwas zu behaupten. Aber ein großer Teil davon.
Wollt ihr den totalen Krieg?
Ja! Ja! Ja!
Nicht verächtlich, sondern verwundert, verständnislos, fassungslos sehen die Kinder die Erwachsenen bei solchen Stellen an.
Ich sitze oft mit dem Rücken zum Fernsehapparat und blicke in die Gesichter.
Es ist, als wollten die Kinder fragen: Wie war es bloß möglich, daß ihr auf solche Schreihälse, solche Fettwänste, solche Verbrecher hereingefallen seid? Wie konnte euch das passieren?
Sie sagen kein Wort.
Sie fragen mit den Augen.
Und die Erwachsenen senken die Köpfe.
Friedrich Südhaus besucht diese Abende nie. Er schreibt lange Briefe, höre ich von seinen Stubenkameraden.
Keiner weiß, an wen.
Bald sollen wir es erfahren.
Herr Herterich, der Erzieher, wird immer blasser und dünner. Niemand nimmt ihn mehr ernst. Man kann aber auch nicht sagen, daß er stört. Er macht einfach alles mit. »Ich glaube, den haben wir erzogen«, sagt Ali.
Der kleine schwarze Ali hat übrigens in seiner religiösen Unerbittlichkeit einen ziemlichen Skandal entfesselt.
Es gibt zwei Kirchen in Friedheim, eine evangelische und eine katholische.
Am Sonntag besuchen viele Kinder die Kirchen. Pärchen gehen immer zusammen in dieselbe Kirche, gleich, ob sie dieselbe Konfession haben oder nicht.
Ich schreibe besser: Pärchen gingen.
Denn damit ist es jetzt vorbei.
Ali hat die Sache herausbekommen und sich ungeheuerlich empört, als er drei evangelische Mädchen und drei evangelische Jungen in *seiner* katholischen Kirche erblickte.

Er rannte sofort zu seinem Hochwürdigen Herrn.
Der telefonierte mit dem evangelischen Kollegen. Worauf dieser feststellte, daß sich in der evangelischen Kirche auch ein paar Katholiken und Katholikinnen aufhielten.
Die beiden geistlichen Herren besuchten flugs den Chef und beschwerten sich.
Von nun an gehen Aufseher und Erzieher mit in die beiden Kirchen.
Was ist die Folge?
Pärchen unterschiedlicher Konfession bleiben dem Gottesdienst überhaupt fern.
Sie verschwinden im Wald.
Beten werden sie da vermutlich nicht...
Noah hat zu Raschid gesagt: »Die Sorgen der Herren möcht' ich haben. Laß uns froh sein, kleiner Prinz, daß es hier nicht auch noch Moscheen und Synagogen gibt!«
»Meine Moschee hätte ich schon ganz gern in Friedheim«, hat Raschid geantwortet. »Es war so schön zu Hause, wenn die Muezzins abends zum Gebet riefen.«
Schüler der dritten, fünften, siebenten und achten Klasse haben einen Chor gebildet. Er übt in der Turnhalle und spezialisiert sich auf Negro-Spirituals. Es sind wirklich großartige Sänger darunter, sie arbeiten schwer, und wenn sie fit sind, wollen sie Konzerte geben – in anderen Städten, im Wettkampf mit anderen Chören. Einer von denen, die am schönsten singen, ist der arme kleine Giuseppe. Manchmal höre ich zu, wie die »Minstrels« – so nennen sie sich – proben. Sie haben viele Lieder. Unser Musiklehrer, Herr Friedrichs, hat Texte und Noten besorgt. Das Lied, das mir am meisten gefällt, heißt »Stand still, Jordan!«
*Stand still, Jordan! Stand still, Jordan! But I cannot stand still...*
But I *have* to stay still.
Denn immer noch ist alles, was ich von Verena habe, ihre Stimme, und auch die nicht jeden Tag, obwohl ich jeden Tag auf diese Stimme, diesen Anruf warte wie ein Verdurstender.
»Geduld... nur noch ein bißchen Geduld... Er paßt furchtbar auf mich auf... Ich kann nicht einmal mehr zusammen mit dem Kind fortgehen... Jetzt ist er gerade für eine Stunde in die Stadt gefahren... Ich muß Schluß machen, sei nicht böse, Liebling. Hoffentlich bis morgen.«
Hoffentlich bis morgen.
Ob sie einen anderen hat?
Nein, dann würde sie überhaupt nicht mehr anrufen.
Oder doch?

Schreib unsere Geschichte auf und hab Geduld, sagte sie. Es ist erst zwei Wochen her, aber ich glaube, es sind zwei Jahre. Was soll ich tun? Ich schreibe unsere Geschichte auf. Immer weiter schreibe ich, mit der Hand. Wenn ich den Text verbessert habe, tippe ich ihn ab. Es ist bereits ein dickes Bündel Seiten, Gott sei Dank schon zu dick, um mich noch mutlos werden und aufhören zu lassen.

Zuerst wollte ich nämlich immer wieder aufhören, weil ich dachte, es sei alles Käse. Vielleicht ist es trotzdem Käse...

Schließlich muß ich noch eine Geschichte erzählen, über die das ganze Internat lächelt (nicht lacht).

Ich schrieb doch, wir hätten einen Englischlehrer, bei dem wir den »Sturm« von Shakespeare lesen. Mit verteilten Rollen.

Und ich schrieb auch, wie hinreißend dieser Mann ist. Jung. Immer schick angezogen. Stets liebenswürdig und dabei doch voll Autorität.

Wir alle lieben ihn. Und er liebt uns – die Jungen ein bißchen mehr als die Mädchen. Aber da muß man schon sehr genau aufpassen, um zu bemerken, daß er linksrum lebt, denn er ist ein ungeheuer vorsichtiger Schwuler, der sich nie etwas im Internat zuschulden kommen lassen würde. Dazu ist er viel zu ehrgeizig!

Na ja, und was so Hansi (der alles weiß) berichtet: Eines Morgens, als der Englischlehrer – er heißt Mr. Aldridge – in die vierte Klasse kommt, steht eine Vase mit wunderschönen Blumen auf seinem Tisch.

Wer hat sie hingestellt?

Niemand meldet sich.

Mr. Aldridge lächelt und verneigt sich nach allen Seiten und bedankt sich dann, wenn sich also keiner meldet, bei allen.

Und alle sind wieder einmal begeistert von seiner Liebenswürdigkeit.

In diese vierte Klasse geht auch die zierliche, milchkaffeebraune Chichita, die damals die Macumba für Gaston und Carla gemacht hat. Fünfzehn Jahre ist Chichita alt.

Nach der Stunde, als sich das Klassenzimmer leert, bleibt Chichita zurück.

Hansi – dieser kleine Teufel, ist überall – horcht an der Tür, und was er hört, erzählt er später natürlich nicht nur mir, sondern auch allen anderen...

Mr. Aldridge packt seine Bücher zusammen und sagt verwundert: »Was machst denn du noch hier, Chichita? Jetzt ist doch Pause?«

»Ich muß Ihnen etwas sagen, Mister Aldridge...«

(Die ganze Konversation findet natürlich in Englisch statt, aber so viel Englisch kann Hansi schon, um alles zu verstehen, und weil er auch noch durch das Schlüsselloch sieht, vermag er später zu behaupten, Chichita hätte Platze geschoben, »aber wie, kann ich euch nur sagen, feuerrot von einem Ohr bis zum anderen!«)
»Nun, Chichita?«
»Die Blumen ...«
»Was ist mit den Blumen?«
»Die sind von mir, Mister Aldridge!«
(»Eine Über-Platze, sage ich euch!«)
»Von dir? Ja, aber warum schenkst du mir denn Blumen?«
»Weil ... ich kann es nicht sagen!«
»Ich möchte es aber wissen!«
»Dann müssen Sie sich umdrehen, Mister Aldridge, bitte.«
Also dreht der Englischlehrer der kleinen Brasilianerin den Rükken, und sie sagt ganz leise: »Weil ... weil ... weil ich Sie liebe!« Und dann rennt sie so schnell sie kann zur Tür (Hansi vermag gerade noch rechtzeitig ein paar Schritte zurückzutreten) und den Gang hinunter und ins Freie hinaus. (Erzählt mein »Bruder«!)
Als diese Geschichte beim Mittagessen herum ist, steht es natürlich arg um Chichita.
Sie ist ganz verzweifelt.
Wer hat gelauscht?
Wer hat alles verraten?
Sie sitzt da, ißt keinen Bissen und starrt vor sich hin.
Nun muß ich ja sagen, manche von diesen Schwulen haben wirklich einen ungeheuren Charme, so help me God!
Wissen Sie, was passiert?
Die Lehrer essen doch mit uns im selben Saal, zur selben Zeit. Plötzlich steht Mr. Aldridge auf, geht zu Chichita, hebt ihr tränenverheertes Gesicht empor und sagt mit einer Verneigung: »Du warst so brav und fleißig in den letzten Wochen, daß ich dich etwas fragen möchte.«
»Sie ... wollen ... mich ... etwas ... fragen ... Mister Aldridge?«
»Würdest du mir die Freude machen, heute abend um sieben mit mir im ›A‹ zu essen?«
(Das hat er natürlich vorher mit dem Chef besprochen, denn ich sehe schnell zu dem hinüber, und der grinst.)
Mr. Aldridge hat so laut geredet, daß alle im Saal es hören mußten.
Es wird ganz still.
Die kleine Chichita steht auf, wischt ihre Tränen fort und macht einen Knicks.

»Sehr gern, Mister Aldridge«, sagt sie, »wenn ich Ihnen nicht lästig falle ...«
»Lästig? Es wird mir eine Freude und eine Ehre sein, Chichita! Ich werde mir erlauben, dich um halb sieben in deiner Villa abzuholen.«
So bekommt Chichita an diesem Abend von einer Freundin ein besonders schönes Kleid und von älteren Mädchen Lippenstift und Parfüm, und dann betritt sie am Arm von Mr. Aldridge das »A«, und sie essen zusammen.
Um halb zehn liegt Chichita im Bett und ist das glücklichste Mädchen im Internat!
Natürlich kann sie die ganze Nacht nicht schlafen.
Aber nun hat das Gekicher und Gewisper ein Ende, nun hat Mr. Aldridge gutgemacht, was Hansi anstellte. Mehr will Chichita nicht.
Sie himmelt Mr. Aldridge im Unterricht noch mehr an, und er streicht ihr von Zeit zu Zeit über das Haar. Sie hat nun lauter Einser in Englisch, so gut lernt sie.
Glückliche Chichita!
Sie ist fünfzehn und mit einem Abendessen zufrieden.
Aber ich bin einundzwanzig.
Und jeder neue Tag wird dunkler für mich, und nach jedem Gespräch fühle ich mich elender.
Bis der 11. Oktober kommt.
Dieser 11. Oktober ist ein Dienstag, und es regnet in Strömen. Ich sitze im Büro von Frau Liebetreus Garage und schreibe, als Verena anruft. Ihre Stimme klingt atemlos: »Jetzt ist es soweit! Am vierzehnten habe ich Geburtstag! Und heute früh sagte mein Mann, daß er unbedingt am dreizehnten nach Stockholm fliegen muß und erst am fünfzehnten zurückkommt! Liebling, süßer Liebling, ich lade dich zu meiner Geburtstagsfeier ein!«
»Aber da werden doch auch noch andere Leute sein!«
»Die gehen spätestens um zwölf. Lauter ältere Leute habe ich ausgesucht. Du gehst mit ihnen, und dann kommst du wieder, und wir haben die ganze Nacht für uns!«
»Das Personal ...«
»Schläft im obersten Stockwerk. Mein Schlafzimmer liegt im Erdgeschoß. Wir müssen nur leise sein. Ist das nicht wunderbar? Warum sagst du nichts?«
»Weil es so wunderbar ist. Es ist so wunderbar, daß ich nichts sagen kann.«

## 18

»Love is just a word. It does not mean a thing...«
Aufreizend babyhaft ist die Stimme der Sängerin, ein Klavier begleitet sie, ein Schlagzeug. Die kleine Platte dreht sich auf dem Teller des Zehnplattenspielers. Wir tanzen zu Verenas Lieblingslied. Noch drei andere Paare drehen sich langsam. Es ist eine so einfache Melodie, daß auch ältere Leute danach tanzen können.
»...it's a fancy way of saying: two people want to swing...«
Verena trägt keinen Schmuck, nur einen schönen Ring. Das Haar hat sie heute abend hochgesteckt. Ihr Kleid ist so eng wie eine zweite Haut und aus einem Stoff, der aussieht wie reines Silber. Man erkennt jede Kurve, jede Form ihres Körpers darunter. Wir sind alle ein bißchen beschwipst. Verena meint, es würde nicht auffallen, wie wir beide tanzen. Wir haben die Arme umeinandergelegt. Ihr Körper preßt sich an meinen. Wenn zwei auf einer der Parties, die der Chef manchmal im Internat gestattet, so tanzten, würden sie sofort nach Hause geschickt! Ich fühle, wie aufgeregt Verena ist. Ich bin genauso aufgeregt wie sie, und sie fühlt es auch. Und sie tut alles, um mich noch aufgeregter zu machen.
»...love is just a word, and when the fun begins, a word we use to cover mountain-high with sins...«
Halb zwölf.
»Woran denkst du?« flüstert Verena.
»Daran.«
»Ich auch. Sie gehen gleich. Spätestens in einer halben Stunde sind sie fort.« Sie preßt sich noch enger an mich. Wir bewegen uns nun kaum noch von der Stelle. Ihre Augen sind so groß wie noch nie. Sie ist so schön wie noch nie. Sie ist so geschminkt wie noch nie.
»... love ist just a word, that's dropped all over town...«
Wir bewegen uns überhaupt nicht mehr von der Stelle. Wir wiegen uns nur noch im Rhythmus dieses traurigen Liedes.
»...an active little word – and most improper now...«
And most improper now?
»Gefällt dir das Lied?«
»Nein.«
»Schade. Mir schon. Es ist meine Philosophie: Liebe ist nur ein Wort.«
»*Noch.*«
»Bitte?«
»Es wird nicht mehr lange deine Philosophie sein.«

»Ach, Liebling!«
»... love is just a word. But let me make it clear...«
»Halt mich fester. Noch fester. Ganz fest, Oliver.«
»Wir werden beobachtet, von diesem Doktor Fielding.«
»Der! Der ist bloß eifersüchtig.«
»Wieso?«
»Er macht mir seit Jahren den Hof. Intimer Freund meines Mannes. Du siehst ja, was für einen Drachen von Frau er hat. Wenn er schon selber nicht darf und kann, dann beobachtet er mich wenigstens auf Schritt und Tritt. Das geht auf jeder Party so, egal, mit wem ich tanze, egal, mit wem ich rede.«
»Eben.«
»Egal. Ich sag' dir, egal. Mir ist heute alles egal!«
»Nicht so laut. Er hört es.«
»Soll er. Ich habe Geburtstag.« Jetzt flüstert sie doch. »Und in einer Stunde...«
»... though I know, we know, it's really insincere...«
Dieser Doktor Fielding geht mir schon den ganzen Abend auf die Nerven. Er läßt mich nicht aus den Augen. Ob Manfred Lord ihm dazu den Auftrag gegeben hat? Nein, wahrscheinlich hat Verena recht. Er ist eifersüchtig. Und er kann und darf und traut sich nicht. Auch jetzt sieht er, während er mit irgendeiner schmuckklirrenden Dame tanzt, unentwegt zu mir herüber. Aber jetzt bin ich so aufgeregt, daß es mir auch egal ist, genau wie Verena.
»... love is just a word – a word – a word we love to hear...«
Klavier. Schlagzeug. Eine wehmütige Trompete. Das Lied, dessen Text Verenas Lebensphilosophie enthält, ist zu Ende.
Wir setzen uns, Doktor Fielding macht einen Cocktail. Er hebt und senkt den Shaker. Seine Frau sieht auf die Uhr. Zum drittenmal bereits. Jemand sagt, nach diesem letzten Drink auf das Geburtstagskind wolle man aber aufbrechen. Allgemeine Zustimmung. Die Herren müssen morgen zeitig in ihre Büros.
»Brötchen verdienen, gnädige Frau«, sagt Doktor Fielding, aber er sieht nicht Verena dabei an, sondern mich. Hat einen feinen Instinkt, der alte Sack. Wir prosten Verena zu. Die beiden Serviermädchen und der Diener sind schon schlafen gegangen; ebenso die Köchin.
Auch Evelyn liegt bereits seit Stunden im Bett. Sie hat mich noch begrüßt, als ich kam, beiseite gezogen und geflüstert: »Hast du damals meinen Zettel gelesen?«
»Ja.«
»Und?«

»Alles wird gut werden, Evylein.«
»Wann?«
»Weißt du, so etwas ist sehr schwer. So etwas dauert. Du mußt Geduld haben!«
Geduld!
Das hat Verena zu mir auch gesagt.
Alle Menschen müssen offenbar Geduld haben ...
»Ich hab' ja Geduld!« hat Evelyn geflüstert und ihre heiße, kleine Hand in meine gelegt, »noch viel Geduld. Aber sieh zu, daß es nicht zu lange dauert, ja? Bitte, nicht mehr zu lange!«
»Ist es denn so schlimm?«
»Es ist so traurig«, hat sie geantwortet. »Mami lacht überhaupt nicht mehr. Früher hat sie so viel gelacht. Und ihr Mann mag mich nicht ...«
Verena hat vierzehn Gäste eingeladen, mich inklusive. Die Gäste haben kleine Geschenke mitgebracht. Zigarettenaschenpfannen, antik. (Denn die Villa ist antik eingerichtet, so wie die unsere am Beethovenpark es einst war.) Aschenbecher aus Zinn. Etwas Nützliches für die Küche. Eine sehr große, sehr dicke, kunstvoll verzierte Kerze für einen riesigen Holzleuchter, der in der Diele steht. Und so weiter. Ich habe Verena einundfünfzig rote Nelken geschenkt. (Kommentar von Herrn Doktor Fielding: »Sie müssen ja viel Geld haben, junger Mann!«)
Von Manfred Lord hat Verena einen neuen Ring erhalten – gestern bereits –, der hat sicher seine zwei Karat. Und einen ganz zart hellbeigefarbenen Turmalinnerz hat er ihr auch geschenkt. Den Ring trägt Verena, er funkelt und blitzt im Licht. Den Nerzmantel hat sie fortgehängt. Die kostbaren Geschenke Manfred Lords haben mich erschreckt. Dieser Mann liebt seine Frau. Jetzt sitzt er in Stockholm mit Geschäftsleuten zusammen. Vor einer Stunde hat er angerufen und noch einmal gratuliert. Er ließ sogar mich an den Apparat bitten: »Ich freue mich so, daß Sie auch da sind, Oliver. Kümmern Sie sich ein bißchen um Verena! Tanzen Sie mit ihr. Das sind doch lauter ältere Leute. Sie sind der einzige junge Mensch! Und Verena hat solche Sehnsucht nach Jugend. Sehen Sie, lieber Freund, ich bin doch auch zu alt für sie ...«
»Zynismus«, hat Verena, die mit dem Ohr am Hörer dem Gespräch folgte, gesagt, nachdem ich auflegte. »Das ist seine Art von Zynismus.«
»Aber der Nerz ... Der Ring ..., Er muß dich lieben ...«
»Sicher liebt er mich. Auf seine Weise. Aber ich liebe ihn nicht. Ich habe dir ja gesagt, ich bin eine ...«

»Sei ruhig.«
Das war der Abend. Cocktails. Ein wunderbares Essen. Kaffee. Cognac. Whisky. Champagner. Verena ist eine gute Hausfrau, aufmerksam und sicher. Früh schickt sie die Mädchen schlafen. Sie macht alles selber. Ein paarmal muß sie in die Küche. Einmal gehe ich ihr nach. Da küssen wir uns, bis einer den anderen wegstößt.
»Ich kann das nicht mehr lange aushalten.«
»Bald, Liebling, bald. Es ist schon zehn. Geh zu den anderen zurück. Sonst fällt es auf.«
Also bin ich zurückgegangen. Es ist ein sehr schönes Haus. Hier atmet alles Seriosität, Stabilität, Überlieferung, Haltung und Würde. Wenn ich durch dieses Haus gehe, wird mir erst bewußt, in was für einem Parvenü-Haus wir einmal gewohnt haben, was für ein Emporkömmling mein Vater ist.
Denke ich. Ich werde noch darauf kommen, daß nicht nur Menschen, sondern auch Häuser dich täuschen können.

## 19

Während sich alle unterhalten und ihren »For the road«-Cocktail trinken (und Doktor Fielding mich so anstarrt, daß ich höre, wie seine Frau gereizt zu ihm sagt: »Starr sie nicht dauernd an! Du machst dich ja lächerlich! Außerdem ist es beleidigend für mich!«), fragt mich Verena in aller Seelenruhe und gar nicht sehr leise: »Was ist mit diesem Mädchen?«
Ich weiß im Moment wirklich nicht, was sie meint: »Welchem Mädchen?«
»Dem Schmuck-Mädchen. Hast du es ihr gesagt?«
»Ich konnte nicht.«
»Was heißt das?«
Ich berichte, was Geraldine passiert ist. Sonderbarerweise glaubt Verena es sofort.
»Aber wenn man sie besuchen darf, wirst du hingehen und es ihr sagen?«
»Ich schwöre.«
Ich werde es wirklich tun. Ich hätte es gleich tun sollen. Ohne diesen verfluchten Hansi um Hilfe zu bitten. Von Hansi erzähle ich Verena übrigens nichts, auch nicht von Fräulein Hildenbrands traurigem Abgang.
»Wie zwei Turteltäubchen«, stichelt Doktor Fielding. Er kann nicht anders, es ist stärker als er.

Junge, muß der geil auf Verena sein. Kein Kunststück. Bei seiner Tonnenfrau...

»Was meinen Sie, lieber Doktor?« Verena lächelt.

»Wie gut Sie beide sich unterhalten! Schon den ganzen Abend beobachte ich es. Sie müssen sich glänzend verstehen!«

»Unsere Familien sind eng miteinander befreundet, liebster Doktor. Besonders mein Mann und Olivers Vater.« So leicht kann man Verena nicht an den Wagen fahren!

Frau Fielding hat jetzt die Nase voll: »Los, Jürgen, nun ist aber Schluß! Du mußt zeitig raus.« Und an uns alle gewendet, laut (das ist ihre Rache): »Morgen früh jammert er mir wieder vor, wie elend ihm ist. Er hat's mit der Leber. Er dürfte überhaupt nichts trinken!«

Die anderen Damen haben alle ungefähr denselben Zuschnitt, und die Herren gleichen eigentlich alle Doktor Fielding. Jeder würde wohl seine Alte gern los sein und eine schicke Junge heiraten, eine Schlanke, Süße, die nicht böse ist und dauernd meckert. Aber Pustekuchen! Wir haben Gleichberechtigung! Da muß so ein Geldsack schon ganz schön mit seinem Zaster rüberkommen, wenn er sich von ihr scheiden lassen will. Wer will das schon? Dann noch lieber zu Hause die Hölle, auf der Bank die Millionen, und irgendwo in der City ein geheimes Appartement mit einer schnuckeligen Freundin. Die Freundin hat natürlich ein paar von diesen alten Knaben an der Hand und einen Stundenplan. Alle versuchen, es der großen Rosemarie nachzumachen. Ich übertreibe?

Dann gehen Sie doch mal nach Frankfurt oder in irgendeine andere große deutsche Stadt. Sie werden Augen machen...

Das wäre auch eine Seite des Wirtschaftswunders. Erhard hat sie nur nicht gewollt. Aber wer kümmert sich schon darum!

Ein Streit zwischen Herrn und Frau Fielding gibt – es ist fünf Minuten vor zwölf – den Anstoß zum allgemeinen Aufbruch. Während die Gäste in der Diele geräuschvoll ihre Mäntel anziehen (und gar manches Nerzlein ist darunter), während sie möglichst auffallend Geld fürs Personal auf einen Messingteller legen, flüstert Verena mir zu: »Alle Türen werden offenstehen. Schließ sie leise wieder.«

Ich nicke und lächle Doktor Fielding an.

Große Verabschiedung. Umarmungen. Vereinzelt weibliche Küsse auf weibliche Wangen. Hoffentlich wacht Evelyn nicht auf. Oder einer von den Angestellten. Endlich sind wir draußen. Das Haus liegt in einem kleinen Park. Als wir über einen Kiesweg zur Straße gehen, löscht Verena ostentativ bereits ein paar Lichter im Erdgeschoß aus.

Die alten schmiedeeisernen Laternen längs der Auffahrt brennen noch. Unsere Wagen parken auf der Straße. Lauter Mercedes. Noblesse oblige. Und mein Jaguar. Neuerliche Verabschiedung. Diesmal hastiger. Die Herrschaften wollen heim. Nur dem Doktor Fielding läßt es keine Ruhe: »Sie haben noch einen weiten Weg, junger Mann.«

»Nicht so arg, alter Mann«, will ich sagen, aber ich sage natürlich: »Ach, nur vierzig Minuten, Herr Doktor.«

»Wie fahren Sie denn?«

Da schalte ich nicht schnell genug und erwidere: »So wie ich herkam. Die Miquel-Allee bis zur Rheingau-Allee hinunter und dann über die Wiesbadener Straße zur Autobahn.«

Sofort bekomme ich mein Fett.

»Das ist ja wunderbar! Da können Sie uns ja als Lotse dienen. Fahren Sie vor uns her! Wir wohnen in der Wiesbadener Straße. Nummer 144.«

Verdammt.

Kann man nichts machen. Muß ich eben einen Riesenumweg fahren. Eigentlich wollte ich ja nur um den Block und den Wagen irgendwo abstellen.

Ich fahre los. Fielding immer hinter mir her. In der Wiesbadener Straße beginne ich, von 100 an, die Häusernummern zu beobachten. 120. 130. 136. Jetzt müßte er bremsen. 140. Er folgt mir weiter. Ach, so ist das!

Er will sehen, ob ich auch wirklich in mein Internat fahre.

Zum Glück kenne ich mich in Frankfurt so aus wie in meiner Hosentasche. Und zum Glück habe ich einen Sportwagen. Also los! Jetzt wirst du was erleben, Junge.

Beim Biegwald reiße ich das Steuer nach rechts, ohne den Winker herausgestreckt zu haben, und trete auf den Stempel. Rauf zum Strandbad. Beim Strandbad wieder rechts. Und noch einmal rechts, in die Rödelheimer Landstraße hinein. Hier gibt es einen verlassenen Parkplatz, auf dem halte ich mit kreischenden Pneus und schalte die Lichter aus. Ich warte drei Minuten. Fünf Minuten.

Nicht ein einziger Wagen kommt vorbei. Herrn Doktor Fielding scheine ich abgeschüttelt zu haben. Trotzdem. Lieber noch eine Minute. Vielleicht sucht er mich. Während ich warte, fällt mir Herr Herterich ein. Ich habe ihm, seit wir beide im Internat sind, so oft geholfen, daß ich heute abend ganz offen mit ihm sprach: »Ich fahre fort und komme erst morgen früh zurück.« Er ist schon so zermürbt und zerbrochen, daß er nur murmelte: »Aber seien Sie wenigstens rechtzeitig zum Schulbeginn da.«

»Natürlich.«
Seine Freundlichkeit erklärt sich daraus, daß ich dem kleinen schwarzen Ali zwei Minuten vor diesem Gespräch ein paar Ohrfeigen gab, weil er den Anzug des Erziehers (wie viele besitzt der arme Hund wohl überhaupt?) mit Tinte überschüttet hatte. Während ich Herrn Herterich meine Absicht erklärte, rieb dieser mit Zitrone, K2R und einem Tuch, das er immer wieder in heißes Wasser tauchte, an seinem Jackett und seiner Hose herum.
»Ich glaube, ich kündige. Ich halte das nicht aus.«
»Unsinn. Sie werden sich ganz bestimmt noch durchsetzen.«
»Ja«, sagte er hoffnungslos, an der befleckten alten Jacke putzend, »natürlich. Selbstverständlich. Ganz bestimmt.«
So war das.
Jetzt habe ich sechs Minuten gewartet. Kein Wagen ist vorbeigekommen. Ich fahre los. In der Bockenheimer Landstraße gibt es eine Garage, die hat Tag und Nacht offen, daran erinnere ich mich noch. Es ist überhaupt ein Glück, daß ich noch so gut in Frankfurt Bescheid weiß. Ich gebe dem Tankwart ein gutes Trinkgeld, und er verspricht, den Wagen in die Garage zu fahren. Ich sage, daß ich ihn morgen früh sehr zeitig abholen werde. Der Mann hat bis acht Uhr Dienst. Also werde ich ihn noch sehen. Das ist gut. Noch besser ist, daß der Wagen von der Straße verschwindet.
Zu Verenas Haus sind es von hier zu Fuß keine fünf Minuten mehr. Am Palmengarten vorbei gehe ich nordwärts. Niemand zu sehen, nicht ein einziger Mensch. Und dabei ist es erst eine Viertelstunde nach Mitternacht. Zeppelin-Allee. Frauenlobstraße. Dann sehe ich die Villa, gelb gestrichen, grün die Fensterläden. Alle Läden sind geschlossen, aber hinter zwei von ihnen brennt noch Licht. Es leuchtet durch die Ritzen.
Ein Zimmer im Erdgeschoß. Verenas Schlafzimmer liegt sonderbarerweise (und Gott sei Dank) zu ebener Erde. Gott sei Dank. So brauche ich mir nicht den Kopf zu zerbrechen, wie ich morgens rauskomme, ohne daß jemand etwas merkt.
Das Parktor. Angelehnt. Ich öffne es vorsichtig, damit es nicht quietscht, und drücke es hinter mir zu. Ein Schloß schnappt ein. Gut so. Auf dem Kies hört man meine Schritte. Das geht nicht. Ich ziehe die Schuhe aus und laufe über den Rasen. Meine Strümpfe werden naß. Die Auffahrt. Die Haustür. Angelehnt. Ich schließe sie. Wieder klickt ein Riegel. In der Halle ist es dunkel, aber eine Tür steht offen, und aus ihr fällt Licht. Ich gehe durch ein Ankleidezimmer mit großen Spiegeln und Schränken, welche die ganzen Wände bedecken. Eine zweite Tür steht offen. Ich mache noch drei

Schritte, dann stehe ich in Verenas Schlafzimmer. Ein breites Bett, aufgeschlagen. Zwei brennende Nachttischlämpchen mit rosa Schirmen. Alles in diesem Zimmer ist rosa: Die Tapeten, die Bezüge der Sessel, der Schminktisch mit dem großen, dreiteiligen Spiegel, der Teppich.
Verena steht vor mir. Sie ist jetzt völlig ungeschminkt. Sie trägt ein blaues Baby-Doll-Hemdchen und eine kleine Hose. Sonst nichts. Das Haar fällt ihr wild über die Schultern. Ich stehe da und kann sie nur anstarren, anstarren.
»Alles gut gegangen?«
Wir flüstern beide.
»Dieser Fielding fuhr mir nach. Aber ich habe ihn abgehängt.«
»Zieh dich aus. Dort is das Badezimmer.« Sie weist auf eine zweite Tür, die offensteht. In dem blaugekachelten Badezimmer dahinter brennt auch Licht.
Ich beginne mich auszuziehen.
»Und wenn einer von den Angestellten aufwacht?«
»Es wacht keiner auf.«
»Und Evelyn ...«
»Wenn die einmal schläft, ist sie durch nichts mehr zu wecken.«
»Und wenn ...«
»Wir sperren die Tür ab. Beeil dich.« Plötzlich geht ihr Atem hastig. Sie sieht mir zu, wie ich mich ausziehe und meinen Smoking über einen Sessel hänge. Als ich ohne Hemd dastehe, umarmt sie mich und küßt schnell, viele Male, meine Brust. Dann streift sie ihr Hemd über den Kopf, und ich sehe die schönen großen Brüste. Sie preßt sich an mich. Ich rieche ihr Haar, ihr Parfüm, die Seife, mit der sie sich eben wusch. Ich spüre ihre Brüste.
»Mach schnell ...«
»Ja.«
»Mach ganz schnell. Ich warte auf dich.« Sie geht zum Bett und wirft sich darauf. Als ich aus dem Badezimmer zurückkomme, liegt sie vollkommen nackt da, mit ausgebreiteten Armen. Sie lächelt. Ich schrieb einmal, ich hätte nie eine schönere Frau gesehen. Aber damals sah ich nur ihr Gesicht. Jetzt schreibe ich es wieder: Ich habe nie eine schönere Frau gesehen. Ich werde nie eine schönere sehen. Ihre Haut ist noch braun von der Sonne des vergangenen Sommers, ihre Beine sind lang und wohlgeformt, die Schenkel voll. Über der Scham erhebt sich ein ganz kleiner Bauch.
Ich bin nicht Casanova, ich habe nicht mit tausend Frauen geschlafen. Aber die schönen, mit denen ich schlief, hatten alle einen ganz kleinen Bauch. Alle wirklich schönen Frauen haben ihn wohl.

Ich lese, was ich eben geschrieben habe, und finde es lächerlich. Ich werde es ausstreichen.
Nein, ich lasse es stehen.
Vielleicht liest es sich lächerlich. Aber es ist wahr.
Genauso, wie alle wirklich schönen Frauen diesen kleinen Punkt haben, braun oder schwarz, irgendwo im Gesicht. Viele, die keinen haben, schminken sich so einen Punkt. Verena trägt keine Schminke mehr. Der schwarze Punkt auf dem linken Backenknochen ist echt...
»Komm«, flüstert sie.
Ich bin jetzt so nackt wie sie.
Ich trete an den Bettrand, setze mich darauf und streichle sie, ihre Schenkel, ihre Brüste und ihre Arme.
»Du mußt sehr zärtlich sein zu mir, Liebling«, flüstert sie. »Kannst du zärtlich zu einer Frau sein?«
»Ja.«
»Wirklich zärtlich?«
»Wirklich zärtlich.«
»Komm, Liebling, sei zärtlich zu mir... Ich habe mich so danach gesehnt... Wir haben beide so lange darauf gewartet...«
Ich lege mein Gesicht auf ihre Schenkel. Ich glaube, daß ich noch nie so behutsam war, noch nie so zärtlich. Ich war auch noch nie so verliebt. So sehr. Auf eine solche Weise. Noch nie.
Es ist still im Hause, völlig still. Irgendwo bellt ein Hund. Und in dem Augenblick, da ihre Schenkel sich öffnen und ihre Hände nach meinen Haaren greifen, habe ich wieder dieses Gefühl, das ich schon einmal hatte: Dieses lächerliche Gefühl, bald sterben zu müssen.
Es ist rasch vorbei.
Und dann ist nur noch Verena da, nur noch Verena, nur noch Verena.

## 20

Ich werde meine Eltern vergessen. Ich werde Geraldine vergessen. Ich werde alles vergessen. Eines niemals: Diese Nacht. Ich habe erzählt, was ich mit Geraldine erlebte. Mit Verena erlebe ich in dieser Nacht zum erstenmal etwas anderes, etwas ganz anderes: Daß ein Mann und eine Frau vollkommen eins sein können, eine Seele, ein Gedanke, ein Mensch.
Mit Verena erlebe ich in dieser Nacht, daß alles, was dem einen

wohl tut, dem anderen wohl tut, daß Hände und Beine und Lippen sich gemeinsam bewegen, als verständigten sie sich miteinander, nicht wir.

Was ich mit Geraldine erlebte, war wie ein wüster Alptraum. Was ich in dieser Nacht mit Verena erlebte, ist sanft und schwingend, steigert und steigert sich, ebbt nicht ab, hört nicht auf, wird stärker und stärker mit jedem Mal. Wir waren beide auf der Party beschwipst. Jetzt sind wir ganz nüchtern. Und ganz nüchtern, ganz zärtlich tun wir einander wohl, sie mir, ich ihr.

Die Stunden vergehen. Zwei Uhr. Drei Uhr. Manchmal knie ich vor ihr und küsse ihren Körper, oder wir sehen uns an, und aus ihren schwarzen Augen sind heute nacht Trauer, Resignation und Ekel verschwunden: Ich sehe nur Hoffnung in ihnen, Glauben und Zuversicht. Ja, manchmal sitze ich auf dem Teppich und blicke sie nur an. Oder wir halten uns an der Hand. Oder sie streichelt mein Haar.

Einmal, nachdem sie mich lange angesehen hat, dreht sie jäh den Kopf zur Seite.

»Was hast du?«

»Warum bin ich so alt?«

»Du bist nicht alt... Du bist jung... Du bist wunderbar...«

»Ich bin zwölf Jahre älter als du.«

»Du bist nicht einen Tag älter als ich!«

Sie wendet mir den Kopf zu. Sie lächelt mühsam.

»Komm«, sagt sie leise, »komm wieder, Oliver. Es ist so schön. Ich liebe deinen Körper so; dein Haar; deinen Mund; und deine Hände. Ich liebe alles an dir.«

»Ich liebe *dich.*«

Wir versinken ineinander. Sie stöhnt manchmal, aber ganz leise, damit niemand erwacht. Ich denke, daß das die schönste Nacht meines Lebens ist.

In diesem Moment sagt sie: »Das ist die schönste Nacht meines Lebens.«

»Wirklich?«

»Ich schwöre es. Bei Evelyn.«

»Auch für mich, Verena, auch für mich.«

»Wenn man alles ungeschehen machen könnte... von vorn beginnen... ein zweites Leben...«

»Ein zweites Leben?«

»Ich wäre so gern noch einmal jung... Ich sehne mich so danach... So jung wie du...«

»Du bist es... Du wirst es bleiben... Du wirst nie alt werden...«

»Ach, Liebling ... laß uns glücklich sein ... wer weiß, wie viele solche Nächte wir noch haben werden ...«
Diesmal ergreift es uns wie eine riesenhafte, ungeheuere Welle, die dem Strand entgegenrollt, majestätisch und langsam, die sich emporhebt zuletzt, hoch, hoch empor, und die dann sanft im Sand verläuft. So sanft ... so sanft ...
Verena hat den Mund geöffnet, und ich habe große Angst, sie könnte schreien.
Sie bleibt ganz still.
Im Augenblick des Höhepunktes beißt sie mich in die Schulter.
Es blutet ein wenig, und man kann den Eindruck ihrer Zähne sehen.
»Verzeih ... ich bin verrückt ... Ich habe es ja gesagt ... Tut es sehr weh?«
»Gar nicht.«
»Ich hole ein Pflaster.«
»Es blutet schon nicht mehr.«
»Oliver ...«
»Ja?«
»Ich ... ich mußte eben ... eben an etwas denken, etwas ... etwas Schreckliches ...«
Jetzt ist sie so müde, daß ihr die Augen zufallen.
Sie spricht noch halb aus dem Schlaf.
Es ist 4 Uhr 30.
»Woran?«
»Was ... was soll geschehen, wenn ich mich ... wenn ich mich ... doch in dich verliebe?«
Sie seufzt. Sie holt tief Atem, dehnt sich.
Dann spricht sie wieder zusammenhanglose Worte. Satzfetzen. Ich kann nicht alles verstehen.
»Portoferraio ...«
»Was ist das?«
»Das Meer ... mit dir ... die Wellen ...«
»Verena!«
»Die Segel ... die Sonne geht unter ... blutrote Segel ...«
»Wovon sprichst du?«
»Elba ... Er hat ein Haus da ... Einmal ... allein ... Nur wir beide ... grüne Wellen ...«
Ich streichle sie.
Sie seufzt.
»Oliver...«
»Ja?«
»Wie heißt ... wie heißt die Stelle ...?«

»Welche Stelle?«
»Aus ... aus dem ›Sturm‹ ...«
Ich weiß nicht, ob das kommt, weil ich nun so erschöpft und müde bin, aber ich habe das Gefühl zu fliegen, zu fliegen, weit, weit, sehr hoch.
Ich erinnere mich noch daran, daß ich die Augen schließe und antworte: »Wir sind aus solchem Stoff, wie Träume sind ... und ... und unser kleines Sein umschließt ein Schlaf ...«
Wir liegen einander zugewandt. Ich ziehe die Decke über uns. Sie preßt eine Hand an meinen Rücken, ich eine an den ihren. So schlafen wir ein, Wange an Wange, Brust an Brust, Schenkel an Schenkel, so eng umarmt, wie zwei Menschen nur schlafen können.
»Verrückt ...«, murmelt sie im Schlaf. »Völlig ... völlig verrückt ...« Und etwas später: »Ein neues ... ein neues Leben ... ein ganz neues ... ein zweites ... gibt es das?«

## 21

Ich besitze eine Eigenschaft, um die mich schon viele Leute beneidet haben. Wenn ich weiß, ich muß zu einer bestimmten Zeit aufwachen, dann erwache ich auf die Minute genau – und wenn ich noch so müde bin.
Ich schlafe nackt, nur meine Armbanduhr behielt ich um. Ich habe mir schon während der Party überlegt, daß die Dienerschaft um sechs, spätestens um halb sieben Uhr zu arbeiten beginnt. Also muß ich vor sechs aus dem Haus.
Tatsächlich ist es, obwohl ich in Verenas Armen einschlief wie ein Toter, als ich erwache, eine Minute nach halb sechs.
Draußen dämmert es. Ich sehe das noch kraftlose Licht eines neuen Tages, das durch die Spalten der Fensterläden dringt.
Verena atmet ruhig und tief. Ich überlege, ob ich sie wecken muß, um aus dem Haus zu kommen, dann fällt mir wieder ein, daß ihr Schlafzimmer zu ebener Erde liegt.
Vorsichtig löse ich mich aus ihren Armen.
Sie seufzt tief im Schlaf, und ich höre sie sagen: »Noch einmal jung ...«
Dann dreht sie sich auf die andere Seite, zieht die Beine an den Leib wie ein kleines Kind und legt einen Arm über das Gesicht.
Ich gehe auf Zehenspitzen ins Badezimmer und wasche mich mit kaltem Wasser. Ich ziehe mich an, so schnell es geht. Die Senkel

meiner Smokingschuhe knote ich zusammen und hänge sie mir um den Hals.
Einen Moment bleibe ich noch vor Verenas Bett stehen. Ich möchte sie gern küssen, ganz zart, aber der Arm bedeckt ihr Gesicht, und ich will sie nicht wecken.
Vorsichtig gehe ich zum Fenster. Behutsam öffne ich einen der grünen Läden.
Jetzt ist es schon fast ganz hell draußen. Ein paar Vögel zwitschern in dem kahlen Geäst der Bäume. Vom Fensterbrett lasse ich mich auf den herbstlichen, gelblichen Rasen hinabfallen.
Ich warte.
Nichts rührt sich.
Links ist das Parkgitter am nächsten. Geduckt renne ich über das Gras. Das Gitter besitzt oben eine Querleiste. An ihr ziehe ich mich hoch und mache mich naß dabei, denn die Eisenstäbe sind feucht von Tau. Sie tragen scharfe Spitzen. An einer ritze ich mir die rechte Hand.
Eine Sekunde schwanke ich gefährlich und habe Angst, zu stürzen. Nun lasse ich mich auf der Straßenseite zu Boden gleiten. Hundert Meter laufe ich auf Strümpfen, dann bleibe ich stehen. Schuhe anziehen.
Wenn nur kein Polizist vorbeikommt!
Es kommt keiner vorbei.
Ich gehe die Allee hinunter zu der Garage.
Der Nachtdienst-Tankwart sieht bleich und übernächtigt aus. Als ich in den Rückspiegel meines Wagens blicke, stelle ich fest, daß ich genauso aussehe.
Ich habe viel Zeit, darum fahre ich langsam, auch auf der Autobahn.
Wie schnell fuhr ich hier – an dem Tag, da ich Verena kennenlernte!
Ein paar Wochen nur sind seither vergangen – und mein ganzes Leben hat sich verändert.
Durch Verena.
Ich wollte aus Doktor Florians Internat fliegen, um meinen Vater zu ärgern. Jetzt will ich das nicht mehr.
Ich wollte ein schlechter, fauler, frecher Schüler sein, wie bisher. Jetzt will ich das nicht mehr.
Jetzt will ich nächstes Jahr mein Abitur machen und danach in das Werk meines Vaters eintreten. Dann verdiene ich Geld. Ich will Abendkurse nehmen. Mein Vater wird dafür sorgen, daß ich ein etwas höheres Gehalt als üblich bekomme.

Wenn er es nicht tut, drohe ich, zur Konkurrenz zu gehen. Das wäre ein Fressen für die! Der Mansfeld-Sohn verläßt den Vater. Bei der Konkurrenz bekomme ich bestimmt mehr.
Dann kann Verena sich scheiden lassen.
Schmuck, Kleider, Pelze hat sie.
Eine Wohnung werden wir finden.
Evelyn geht erst im nächsten Herbst in die Volksschule. Das kostet nichts. Und wenn ich dann...
Jetzt war ich beinahe im Graben. Ich muß auf die Straße sehen, ich muß achtgeben. Ich darf nicht träumen.
Träumen! Allmächtiger, ich bin müde! Und jetzt in die Schule! Ich fahre mit zurückgeschlagenem Verdeck, damit ich munterer werde. Der kalte Morgenwind zerrt an meinen Haaren.
Verena.
Sie schläft. Ob sie auch träumt? Von uns?
Die Bahn steigt steil an. Sie ist fast leer. Nur ab und zu sehe ich einen Laster. Der Wald hat sich verändert. Fort sind die goldenen und roten, die braunen und gelben Blätter. Schwarz und von Nässe glänzend strecken die Bäume ihre Äste aus.
Bald kommt der Winter.
Wird Verena heute anrufen?
Jetzt *müssen* wir ein Hotel finden. Jetzt *müssen* wir eine kleine Bar finden. Jetzt ist alles anders.
Völlig anders.
Jetzt kann ich nicht mehr ohne sie sein.
Kann sie wohl noch ohne mich sein?
Ich glaube nicht.
Alles ist anders. Nach einer einzigen Nacht.
AUSFAHRT OBER-ROSBACH / PFAFFENWIESBACH / FRIEDHEIM
Ich verlasse die Autobahn und fahre durch die kleine Biedermeierstadt, vorbei an den weiß-braunen Fachwerkhäusern, der Kirche mit dem stämmigen Turm und der barocken Haube.
Bäckerjungen tragen Semmeln aus. Handwerker gehen zur Arbeit. Da ist wieder der Laden für »REISEUTENSILIEN«. Der Sattel und das Reitzeug liegen noch im Schaufenster. Diesmal sehe ich alles sehr klar in der reinen, kalten Luft dieses Oktobermorgens.
Der Marktplatz.
Die »Hintergasse«.
»GROSSHANDLUNG IN FRISEURARTIKELN«.
»SPEZIALITÄTENBÄCKEREI A. WEYERSHOFENS SEL. ERBEN«.
Da ist das alles wieder, was ich damals sah, mit ihr, an jenem Sonntagnachmittag. Und wirklich, hier geht auch wieder eine fromme

Schwester mit steifer Haube über die Straße, ein Gebetbuch in den weißen Händen, welche braune Flecken zeigen, wie man sie oft auf der Haut alter Leute sieht.
Ich habe immer noch Zeit.
Also fahre ich, benommen und sentimental, den schlechten Weg zu Verenas Sommervilla empor.
Hier schläft alles, oder die Häuser und Schlößchen sind schon von ihren Bewohnern verlassen. Ich sehe herabgezogene Jalousien, verriegelte Fensterläden.
Auch die Villa Manfred Lords liegt da ohne Leben. Ob Herr Leo gut schläft?
Ich finde einen Platz, an dem ich umkehren kann, und fahre zurück. Steine, Schlaglöcher. 20 km. Da ist wieder diese Tafel am Straßenrand, die ich damals schon sah:

MENSCHENFR. GESELLSCHAFT
(DER ENGEL DES HERRN)
ERHOLUNGSHEIM

Da ist der Pfad, der zu dem weißgestrichenen, alten Gutshof hinabführt. Da ist die grüne Pumpe. Ein paar Hühner gackern. Aber auch hier sehe ich noch keinen Menschen, auch hier hat der Tag noch nicht begonnen.
Menschenfreundliche Gesellschaft. Der Engel des Herrn. Erholungsheim. Ein Haus. Worte.
Worte wie Elba, wie Portoferraio.
Ich kenne Elba nicht. Ich kenne diese Menschenfreundliche Gesellschaft nicht.
Ich werde sie kennenlernen.
Verena wird dabeisein.
Vieles wird noch geschehen.
Hier, auf Elba und anderswo.
Wir werden es gemeinsam erleben. Immer gemeinsam.
Das Gute.
Das Böse.
Alles.

## 22

Als ich in Friedheim ankomme, ist es sieben. Der junge Mechaniker öffnet gerade die Garage, so kann ich meinen Wagen hineinfahren. Ich gähne, recke mich, breite die Arme aus. Mein Smoking-

hemd ist zerdrückt, die Schleife sitzt schief. Ich nehme sie ab und öffne den Kragen. Dem Mechaniker gebe ich Trinkgeld. Als ich auf die Straße hinaustrete, um zum »Quellenhof« hinaufzugehen und mich umzuziehen, laufe ich direkt in den Chef hinein.
Er starrt mich lange an, bevor ihm einfällt, wer ich bin.
»Oliver«, murmelt er dann, völlig tonlos. Und dann sagt er, ohne jede Anklage oder Aufregung, immer mit der gleichen, traurigen Stimme und mit Augen, die weit, weit fort sehen: »Du hast die Nacht nicht im Internat verbracht.«
»Nein, Herr Doktor.«
»Wo warst du?«
»In Frankfurt. Herr Herterich weiß nichts davon. Ich bin vom Balkon geklettert...« Jetzt rede ich schnell, während ich an seiner Seite den Weg zum Wald hinaufgehe. »Er hat wirklich keine Ahnung, Herr Doktor.«
»Fräulein Hildenbrand ist tot.«
»Was?«
»Vor zwei Stunden. Ich komme gerade von ihr.« Er sieht immer noch in diese weite, weite Ferne. »Sie hatte heute nacht einen Anfall. Der Wirt rief den Doktor. Der konstatierte Herzinfarkt und gab ihr eine Spritze. Dann telefonierte er unten im Lokal nach einem Krankenwagen.«
»Krankenwagen...«, sage ich sinnlos. Wir gehen jetzt über Laub, über so viel Laub.
»Der Doktor telefonierte auch mit mir. Als ich kam, war sie schon tot. Den Krankenwagen konnten wir wieder fortschicken. Mit einem Bleistift hat sie in ihren letzten Minuten, während sie allein lag, etwas an die Zimmerwand gekritzelt, in lauter großen und schiefen Buchstaben.«
»Was?«
Er sagt es mir.
Er ist so in Gedanken, er kommt überhaupt nicht mehr darauf zu sprechen, daß ich nachts fort war. Zum erstenmal sieht der Chef an diesem Morgen aus wie ein alter Mann...
»Sie war ein Waisenkind. Darum hatte sie euch alle so gern.«
So viel Laub. So viel totes Laub.
»Ich hatte dich gebeten, sie zu besuchen.«
Ich schweige.
»Du hast es nie getan, nicht wahr?«
»Nein, Herr Doktor.«
»Natürlich nicht.«
»Es war so viel... Ich hatte immer...«

»Ja«, sagt er verloren. »Ja, natürlich. Zu viel zu tun. Ich verstehe schon. Das Begräbnis ist übermorgen um drei. Hier in Friedheim. Wirst du wenigstens Zeit haben, zum Begräbnis zu kommen?«
»Bestimmt, Herr Doktor. Und ich bin sicher, alle anderen Kinder werden auch da sein.« Aber da irre ich mich. Außer mir kommen vielleicht noch zwanzig Kinder. Zwanzig von dreihundert. So viele Jahre war Fräulein Hildenbrand da. Und so vielen Kindern hat sie geholfen, oder versucht zu helfen. Die Lehrer und die Erzieher sind alle gekommen. Und das ist natürlich ein Grund für die meisten Kinder, nicht zu kommen. Denn während des Begräbnisses sind sie in den Villen allein. Fräulein Hildenbrand hat keine Verwandten mehr gehabt. Wir stehen um das Grab und hören der Rede zu, die der Pfarrer hält, und dann wirft jeder eine Schaufel Erde in die Grube. Noah und Wolfgang sind gekommen, auch Raschid, der kleine persische Prinz. Hansi kam nicht.

## 23

Er kam nicht, obwohl Fräulein Hildenbrand ein Testament hinterlassen hat, in dem es heißt: »Den Szeno-Baukasten vermache ich meinem lieben Hansi Lehner, weil ich weiß, wie gern er immer damit spielt.«
Den Baukasten hat Hansi inzwischen erhalten – vor zwei Tagen bereits. Er spielt nicht damit. Er hat nur die »Mutter« und das »Klo« aus der Schachtel genommen und die Mutter mit dem Kopf ins Klo gesteckt. Nun steckt sie darin, seit zwei Tagen. Das Klo steht neben Hansis Bett, auf dem Nachttisch.
»Wie lange muß sie denn noch da bleiben?« hat Raschid gefragt.
»Für immer«, hat Hansi geantwortet. »Solange ich lebe!«
Aber zum Begräbnis ist er nicht gekommen.
Und ich?
Daß ich sie besuchen möchte, hat Fräulein Hildenbrand den Chef gebeten. Ich wußte es. Ich besuchte sie nie. Ich hatte keine Zeit...
Ich verlasse den Friedhof mit Noah und Wolfgang. In der Schule wurde gesammelt. Ein großer, schöner Kranz mit Herbstblumen und Goldbuchstaben auf der schwarzen Schleife liegt nun am Rand des frischen Grabes, wo er bald verwelken und verfaulen wird.
WIR WERDEN DICH NIE VERGESSEN...
Der Chef geht vor uns, ganz allein, die Hände in die Taschen seines Regenmantels vergraben, den Hut ins Gesicht geschoben.
»Oliver...«

»Hm?«
»Der Chef hat dir erzählt, was Fräulein Hildenbrand an die Zimmerwand neben ihrem Bett kritzelte?«
»Ja. Sie hat geschrieben: ›Laßt mich sterben. Ohne meine Kinder kann ich doch nicht leben!‹ Die letzten Worte waren kaum noch zu entziffern, sagt der Chef.«
Ich schweige eine Weile. Dann sage ich: »Und ›Ohne‹ hat sie ohne h geschrieben. Es muß ganz knapp vor ihrem Tod gewesen sein.«
»Ja«, sagt Wolfgang, »das glaube ich auch. Sie war doch immer so pedantisch, wenn es um Rechtschreibung ging.«
Wir gehen eine Weile schweigend über das bunte Laub, bis Wolfgang sagt: »So ein guter Mensch. Und so ein Ende. Zum Weinen.«
»Man müßte über alle Menschen weinen«, erklärt Noah, »aber das kann man nicht. Deshalb muß man sich genau überlegen, über wen man weinen soll.«
»Und Fräulein Hildenbrand?« frage ich.
»Über die sollte man weinen«, antwortet Noah, »aber wer wird das schon tun?«

## 24

Am Morgen des Tages, an dessen Nachmittag Fräulein Hildenbrand begraben wurde, betrat unsere neue Französisch-Lehrerin die Klasse. Vorher hatten wir einen Lehrer, aber der heiratete im Sommer und wollte nach Darmstadt ziehen. Er blieb dem Chef zuliebe so lange, bis der Ersatz eintraf.
Der Ersatz heißt Mademoiselle Ginette Duval.
Sie hätte schon zu Beginn des Schuljahres den anderen Lehrer ablösen sollen, aber sie konnte nicht zum vereinbarten Termin kommen: Der Verkauf der Wohnung, die Regelung privater Dinge und die Besorgung aller nötigen Papiere nahmen sie länger als geplant in Anspruch. Erzählt sie. Ich glaube es nicht. Ich werde gleich sagen, warum ich es nicht glaube.
Mademoiselle Duval kommt aus Nîmes. Sie ist etwa fünfunddreißig Jahre alt, und sie wäre richtig hübsch, wenn sie nicht immer so ernst wäre.
Ernst ist der falsche Ausdruck. Mademoiselle Duval wirkt tragisch. Sie ist sehr einfach, aber mit Chic angezogen. Sie hat ein ebenmäßiges, blasses Gesicht, schöne braune Augen, schönes braunes Haar, und sie trägt ein Paar schiefgetretene Schuhe, denen man

immer noch ansieht, daß sie einmal sehr teuer waren. Sie muß arm sein.
Mademoiselle Duval lächelt niemals. Sie ist korrekt, aber niemals freundlich. Sie ist eine ausgezeichnete Lehrerin, aber niemals herzlich.
Mademoiselle hat Autorität. Die Jungen sind äußerst höflich zu ihr. Sie bemerkt diese Höflichkeit aber offenbar gar nicht. Mademoiselle unterrichtet uns, als wären wir Puppen, keine Menschen. Es ist, als hätte sie sich vorgenommen, sofort nach ihrem Eintreffen eine unsichtbare Mauer zwischen sich und allen anderen zu errichten.
Nachdem die ersten dreißig Minuten der ersten Unterrichtsstunde vorbei waren, sagt Noah leise zu mir: »Ich glaube, daß Mademoiselle Duval sehr unglücklich ist.«
»Worüber?«
»Das weiß ich nicht. Ich werde sie fragen.«
Er hat sie tatsächlich gefragt, nach dem Mittagessen. Abends, als wir dann in unserem Zimmer in den Betten liegen, berichtet er Wolfgang und mir, was dabei herauskam.
»Zuerst meinte sie, ich sollte nicht frech sein. Sie wollte weglaufen. Da hatte ich plötzlich ein Gefühl, und das war richtig. Ich sagte etwas. Sie blieb stehen. Und dann erzählte sie mir alles.«
»Was hat sie dir erzählt?« fragt Wolfgang.
»Moment«, sage ich. »Was hast du *ihr* erzählt?«
»Daß ich Jude bin und daß meine ganzen Leute umgekommen sind. Das tue ich sonst nie! But I had this feeling.«
»What kind of feeling?«
»Daß mit ihr etwas Ähnliches los ist. Es ist auch etwas Ähnliches.«
»Was?«
»Sie ist sechsunddreißig Jahre alt. 1942 war sie achtzehn. In Nîmes erschoß die Resistance fünf deutsche Landser. Daraufhin ließen die Deutschen hundert französische Geiseln erschießen. Unter den Geiseln befanden sich der Vater von Mademoiselle Duval und ihr Bruder. Sie hat ihren Bruder sehr geliebt. Die Mutter nahm sich ein paar Jahre später das Leben.«
Wolfgang flucht leise.
»Mademoiselle Duval hat sich damals geschworen, niemals deutschen Boden zu betreten, niemals mehr mit einem Deutschen zu sprechen, niemals mehr einem Deutschen die Hand zu geben. Sie hat das lange durchgehalten. Jetzt ist sie am Ende.«
»Warum?«
»Sie kann in Frankreich als Französisch-Lehrerin keine Arbeit fin-

den. Für die Fabrik ist sie zu schwächlich. Sie verträgt keine Hitze, keine zu große Kälte. Wenn sie Doktor Florians Angebot nicht akzeptiert hätte, wäre sie verhungert. Ich glaube, sie hat nur noch das eine hübsche Kleid, in dem wir sie heute sahen. Vielleicht noch ein zweites hübsches. Aber habt ihr die Schuhe gesehen?«

»Ja«, sagt Wolfgang. »Die Schuhe sind schrecklich.«

»Natürlich erschien sie hier nicht Wochen zu spät wegen der Behörden oder ihrer Wohnung. Sie schreckte immer wieder vor dem Gedanken zurück, nach Deutschland gehen zu müssen. Das hat sie mir nicht gesagt, das stelle ich mir vor.«

»Ich mir auch«, sage ich. »Aber zuletzt hatte sie wahrscheinlich nichts mehr zu essen und mußte kommen.«

»So wird es gewesen sein«, meint Noah. »Sie ist nun völlig einsam. Aus eigener Schuld. Sie lehnte es ab, in dem Hause zu wohnen, wo viele von den anderen Lehrern leben. Sie hat Fräulein Hildenbrands Zimmer unten in Friedheim genommen. Sie redet nicht mit den anderen Lehrern, auch nicht beim Essen. Sie sagt, das Essen wäre das Ärgste. So viele Menschen.«

»So viele Deutsche«, sagt Wolfgang.

»Ja, natürlich. Sie hat Platzangst.«

»Das wird sich legen«, sage ich.

»Ich weiß nicht«, sagt Wolfgang.

»Es kommt auf uns an, und auf das, was sie erlebt«, sagt Noah.

»Wenn sie einmal hört, was diese Sau, der Südhaus, von sich gibt, bricht sie zusammen«, meint Wolfgang.

»Südhaus ist eine Gefahr, das stimmt«, sagt Noah. »Aber es gibt nicht nur Südhäuser auf unserer Penne. Und es hat auch nicht nur Südhäuser in Deutschland gegeben!«

»Hast du ihr das gesagt?«

»Ich habe ihr erzählt, daß ich zum Beispiel nur noch lebe, weil ein paar Leute mich versteckt haben, die keine Südhäuser waren. Aber Deutsche.«

»Und?«

»Sie hat gelächelt, mit Tränen in den Augen, und die Schultern gezuckt.«

»Siehst du. Und so wird es immer bleiben.«

»Vielleicht, Wolfgang. Vielleicht auch nicht. Man soll nie ›immer‹ sagen. Man soll nie ›niemals‹ sagen. Sie wollte nicht nach Deutschland kommen. Trotzdem ist sie da. Sie hat uns drei. Sie hat Doktor Frey. Es gibt noch ein paar andere hier, die ihr gefallen werden. Alles hängt davon ab, daß wir sie erkennen lassen: Dieses Land ist anders geworden.«

»Ist dieses Land anders geworden?« fragt Wolfgang sehr laut.
»Ja!«
»Das glaubst du?«
Da antwortet Noah sehr leise: »Ich *muß* es glauben. Wenn ich es nicht glauben würde, gäbe es für mich – und für alle, die es nicht glauben – nur einen anständigen Weg: Sofort zu emigrieren.«
»Na und?«
»Ich kann nicht emigrieren. Ich nicht. Meine Leute in London wollen, daß ich hier das Abitur mache. Meine Leute bezahlen.«
»Und nach dem Abitur?«
»Gehe ich sofort nach Israel.«
»Also ist das Land doch nicht anders geworden«, sage ich.
»Wir müssen es glauben«, antwortet Noah. »Oder es uns einreden. Ein ganz so großer Selbstbetrug ist es nicht! Denkt an die Leute, die mich versteckt und dabei ihr Leben riskiert haben. Denkt an Carl von Ossietzky, von dem Doktor Frey uns erzählt hat. Denkt an Doktor Frey. Denk an dich, Wolfgang! Es gibt viele solche Leute!«
»Aber sie haben nichts zu sagen!« meint Wolfgang.
»Der Tag wird kommen, da werden sie etwas zu sagen haben.«
»Das glaubst du doch selber nicht.«
»Nein«, antwortet Noah. »Aber ich würde es so gern glauben.«

## FÜNFTES KAPITEL

### 1

»Liebling –«
»Verena!«
»Ich bin so froh, deine Stimme zu hören ... Als ich heute aufwachte, und du warst fort, hatte ich plötzlich entsetzliche Angst ...«
»Wovor?«
»Daß du tot sein könntest. Ich ... ich ... war halb irrsinnig vor Angst, du hättest einen Unfall auf der Autobahn gehabt, du wärest tot, gestorben, oben irgendwo in Friedheim ...«
Es ist jemand gestorben irgendwo in Friedheim in jenen Stunden, aber ich erzähle Verena nichts von Fräulein Hildenbrands Ende. Ich sitze im Büro der Garage, und meine Hand ist so feucht vor Aufregung, daß mir fast der Hörer entgleitet.

Fünf Minuten nach vierzehn Uhr. Die Sonne scheint. Vor ein paar Stunden ist Fräulein Hildenbrand gestorben. Vor ein paar Stunden habe ich Verena verlassen.
In meiner Erzählung übersprang ich eben drei Tage. Ich übersprang sie nicht eigentlich: Ich habe von Fräulein Hildenbrands Begräbnis berichtet. Ich habe nicht berichtet, was ich in diesen Tagen mit Verena erlebte. Absichtlich nicht. Ich wollte zuerst alles andere abschließen, aus dem Weg räumen, um Platz zu haben für Verena und mich. Deshalb beginne ich auch ein neues Kapitel.
Das ist gefühllos und grausam. Eine gütige alte Dame stirbt. Und ich schreibe: Um Platz zu haben für Verena und mich. Es ist schlimm, aber ich schäme mich nicht einmal dafür, daß Fräulein Hildenbrands Tod mir im selben Augenblick gleichgültig ist, in dem ich an Verena denke, in dem ich ihre Stimme höre. Gleichgültig? Vergessen! Völlig vergessen!
»Es war so schön, Oliver ...«
»Verena ...«
»Wann sehen wir uns wieder?«
»Wann du willst.«
»Übermorgen habe ich keine Zeit. Am Montag muß ich mit Evelyn zum Zahnarzt.«
Wenn sie übermorgen Zeit gehabt hätte, wäre ich nicht zum Begräbnis von Fräulein Hildenbrand gegangen.
»Aber Dienstag nachmittag, Oliver ...«
»Ja. Ja. Ja.«
»Um drei?«
»Früher!«
»Schon um zwei!«
»Ich esse dann nicht, ich kaufe mir ein Sandwich. Wo soll ich sein?«
»Es ist phantastisch, Oliver, absolut phantastisch ... Ich habe eine Freundin. Sie fliegt morgen mit ihrem Mann für drei Monate nach Amerika. Heute vormittag rief sie mich an. Sie haben ein kleines Weekendhaus, ein sehr kleines, aus Holz ... Meine Freundin bat mich, ein bißchen darauf achtzugeben ..., wenn der Winter kommt, und so ... Sie bringt mir noch die Schlüssel ...«
»Wo, wo steht das Häuschen?«
»Das ist das Allerphantastischste! In Griesheim! Am Rand des Niederwaldes ...«
»Niederwaldes? Der liegt doch direkt an der Autobahn!«
»Ja, Liebling, ja! Du mußt nicht einmal nach Frankfurt hineinfahren! Da draußen ist es jetzt ganz einsam, sagt meine Freundin.

Die Besitzer der anderen Häuschen kommen nicht einmal mehr über das Wochenende!«
»Im Niederwald bin ich in zwanzig Minuten!«
»Eben! Die Straße heißt Brunnenpfad. Brunnenpfad 21. Kein Mensch kennt uns da. Ich war noch nie dort. Es soll ein bißchen primitiv sein ...«
»Gibt es ein Bett?«
»Ja!«
»Dann ist es nicht primitiv.«
»Liebling ... Sie haben elektrisches Licht, und einen Boiler für heißes Wasser, und einen großen elektrischen Ofen, wenn es kalt wird! Ist das nicht ein Wunder?«
»Ich glaube nicht an Wunder.«
»Warum ... warum hilft der liebe Gott uns dann so?«
»Ich habe es dir schon gesagt. Weil es Liebe ist.«
»Nein! Hör auf! Ich will nicht! Es ist keine Liebe! Es gibt keine Liebe! Nicht mehr für eine Frau wie mich! Warum sagst du nichts?«
»Ich werde nie mehr etwas sagen. Ich werde auf den Tag warten, an dem du es sagst.«
»Oliver, denke an unser Abkommen!«
»Ich denke daran. Darum sage ich es nie mehr.«
»Und stell dir vor, sogar ein Radio und einen Plattenspieler gibt es in dem Häuschen!«
»Fein. Da können wir ›Love is just a word‹ spielen. Bring die Platte mit.«
»Sprich nicht so.«
»Im Ernst, bring sie mit. Es ist eine hübsche Platte.«
»Quäl mich nicht. Bitte.«
»Ich will dich nicht quälen. Ich liebe dich. Also Dienstag um zwei?«
»Halb drei. Da hat mein Mann eine Konferenz, die dauert sicher bis fünf.«
Sicher bis fünf. Dann werde ich wohl im Nachmittagsunterricht fehlen. Was haben wir? Latein zuerst. Das Frettchen. Ach, das Frettchen! Für die letzte Schriftliche bekam ich eine Eins. Das Frettchen kann mich am Sonntag besuchen.
»Oliver ...«
»Ja?«
»Ich denke nur noch an Dienstag.«
»Ich auch.«
Und übermorgen wird Fräulein Hildenbrand begraben. Aber da

hat Verena ohnedies keine Zeit. Sie muß mit Evelyn zum Zahnarzt.

2

Wer dieses Buch bis hierher gelesen hat, wird sich vielleicht daran erinnern, daß ich schrieb, mein »Bruder« Hansi und Herr Leo, der Diener, würden mich außerordentlich aneinander erinnern.
Wer dieses Buch bis hierher gelesen hat, wird vielleicht denken, daß es eben doch kein Roman, sondern bestenfalls ein Tagebuch ist. In einem Roman dürfen keine Doubletten vorkommen. In diesem Buch kommt eine vor. Hansi und Herr Leo üben dieselbe Funktion aus: Sie erpressen mich. Der eine ist die Miniaturausgabe des anderen.
Dagegen kann ich nichts machen. Sie tun es beide. Da ich natürlich langsamer schreibe als lebe, darum also bereits weit mehr erlebt als aufgeschrieben habe, kann ich behaupten: Die Doublette ist gar keine Doublette, sondern – wenn es so etwas gibt – sogar eine Triplette! Es werden mich in der nahen Zukunft nämlich nicht nur zwei, sondern drei Menschen erpressen. So etwas, glaube ich, kommt immer noch eher in Romanen als im Leben vor. Und gerade deshalb will es mir scheinen, als hätte ich eben doch einen Roman erlebt ...

3

Das Weekendhäuschen am Brunnenpfad steht in einem verwilderten Garten mit schwarzen Blumenstrünken, faulendem Gras und kahlen Bäumen. Es wirkt recht verfallen. Die Häuschen rechts und links, weit ab, sind verlassen. Die ganze Gegend ist verlassen. Am Ende des Pfades beginnt der schwarze Niederwald.
Dem Gartentor von Nummer 21 fehlt das Schloß. Der Zaun besteht aus schiefen, dünnen Staketen. Ich gehe über welkes, gelbes Gras, vorbei an Pfützen, an geknickten Sonnenblumen, einer verbogenen Gießkanne. Hoch in den Wolken krächzen Krähen, und eine schmutzige, struppige Katze saust davon, als ich an einem Geräteschuppen vorbeikomme. Es ist fünf Minuten vor halb drei. Zum Eingang des Häuschens – man muß schon Hütte sagen – führen drei Holzstufen empor. Das Geländer wackelt.
Verena wird noch nicht da sein, denke ich, und überlege, ob ich

im Geräteschuppen auf sie warten soll, damit mich niemand sieht. Mechanisch drücke ich dabei die Klinke der braungestrichenen Tür nieder. Die Tür geht auf. Ich sehe einen niederen Kacheltisch, auf dem drei Kerzen brennen. Sie stehen in Untertassen. Ich trete näher. Ein paar billige Drucke (van Gogh, Gauguin, Goya) an den Holzwänden, ein brüchiger Schaukelstuhl, drei Hocker, eine Truhe, darauf stehen Flaschen, und hinter dem Kacheltisch steht eine breite Couch. Alles in diesem Raum riecht ein wenig nach Moder. Aber das Bettzeug ist frisch bezogen und breit aufgeschlagen. Am Kopfende der Couch gibt es ein Brett. Ich sehe Zigaretten, einen Aschenbecher und eine Vase mit frischen Astern.
Ein Geräusch.
Ich fahre herum.
Verena steht vor mir.
Sie trägt schwarze Hosen, flache Schuhe und einen roten Pullover. Sie muß aus dem zweiten Raum getreten sein, den das Häuschen besitzt. Ich erblicke eine winzige Küche mit einer gekachelten Brauseecke.
»Verena!«
»Psst!« Sie kommt schnell auf mich zu, umarmt und küßt mich. Da ist der Modergeruch verschwunden, das zerfallende Häuschen zerfällt nicht mehr, es ist ein Palast, ein Königsschloß.
Verena kniet nieder und stellt einen großen elektrischen Ofen an. Sein Ventilator beginnt leise zu summen.
»Gleich wird es warm sein«, sagt sie, sieht zum Bett und erhebt sich. Ich glaube, zum erstenmal im Leben werde ich rot.
»Gerade fertig geworden mit Aufräumen«, sagt sie. »Meine Freundin ist furchtbar schlampig... Wo steht dein Wagen?«
»Weit fort von hier. Am Neufeld, in der Oeserstraße. Wie bist du hergekommen?«
»Mit einem Taxi. Das letzte Stück ging auch ich zu Fuß. Ich war schon gestern hier. Da habe ich mit dem Saubermachen angefangen. Heute brauchte ich nur noch die Küche in Ordnung zu bringen.«
Jetzt haben sich meine Augen an das weiche, warme Licht der drei Kerzen gewöhnt, und ich sehe auch noch einen Plattenspieler, ein Radio und viele Bücher, die auf dem Boden gestapelt sind. Ein billiger Teppich bedeckt die Dielen.
»Wie ist es?« fragt Verena.
»Wundervoll.«
»Es ist scheußlich. Aber es ist alles, was wir haben.«
»Ich finde es großartig.«

»Eine Baracke! Das Letzte! Aber das Bett ist sauber. Und ganz neu.« Verena lacht.
»Hast du es ausprobiert?«
»Sofort.« Sie lehnt sich an mich, und ich streichle ihr Haar.
»Ich habe die Fensterläden geschlossen. Wir müssen vorsichtig sein. Niemand darf merken, daß jemand zu Hause ist.«
»Zu Hause ...!«
»Das ist unser Zuhause, Liebster.« Sie nimmt meine Hand und drückt sie an ihre Brust.
Seit ich eingetreten bin, höre ich ein leises, beständiges Ticken. Sie bemerkt, daß ich es bemerke.
»Holzwürmer.«
»Was?«
»Das sind Holzwürmer.«
»Ach so, hoffentlich fällt uns die Bude nicht über dem Kopf zusammen.«
»Das hängt ganz von uns ab«, sagt sie und lacht wieder. »Weißt du, wir haben eigentlich furchtbar viel Glück! Nicht allein wegen des Häuschens. Mein Mann muß so viel arbeiten wie lange nicht! Irgendeine Hochhausgeschichte, die er finanziert, in Hannover. Er wird wochenlang erst abends heimkommen.«
»Ob er dir auch bestimmt keine Falle stellt?«
»Diesmal nicht. Er arbeitet mit Doktor Fielding zusammen, du erinnerst dich, mit diesem alten Kerl ...«
» ... der so gern mit dir schlafen möchte.«
»Ja. Fielding sagte es mir. Sie müssen beide dauernd nach Hannover. Dort wird das Haus gebaut.«
»Wir haben noch mehr Glück! Ich vergaß, dir zu erzählen, daß jeden Donnerstagnachmittag schulfrei ist.«
»Und Samstagnachmittag«, sagt sie.
»Und den ganzen Sonntag«, sage ich. »Nein, du darfst Evelyn nicht immer allein lassen!«
»Wir werden uns nicht jeden Tag hier treffen können.« Plötzlich ist sie nervös. »Wie spät?«
»Viertel vor drei.«
»Wir haben keine Zeit.«
»Doch.«
»Du mußt in deine Schule!«
»Mach dir bloß keine Sorgen! Doppelstunde Latein. Bei einem Idioten. Wir haben alle Zeit von der Welt.«
»Nein«, sagt sie, »das haben wir nicht, und du weißt es.«
»Ja, Verena.«

»Ich habe ein Geschenk für dich. Schau in die Küche. Es liegt auf dem Tisch.«
Also gehe ich in den winzigen Nebenraum, während ich höre, wie sie das Radio andreht. Auf dem Küchentisch liegt ein Hammer, daneben, in fünf Stücke geschlagen, eine kleine Schallplatte. Ich setze die Stücke zusammen und lese, was auf dem Etikett steht:

LOVE IS JUST A WORD
FROM THE ORIGINAL SOUNDTRACK OF
»AIMEZ-VOUS BRAHMS?«
LIEBE IST NUR EIN WORT ...

Sie hat ihre Lieblingsplatte zerschlagen. Die Platte, deren Text ihre Lebensphilosophie ist. Oder war?
Nebenan ist das Radio warm geworden. Ich höre traurige und doch ermutigende Musik. Langsam gehe ich in die Stube zurück. Verena steht neben dem Radio.
»Ist es ein schönes Geschenk?«
»Das schönste! Aber ...«
»Aber?«
»Nun hast du kein Lieblingslied mehr.«
»Wir haben beide keines. Wir werden ein neues finden.«
»Ich brauche keines. Ich brauche nur dich.«
»Sag das noch einmal. Bitte.«
»Ich brauche nur dich.«
»So skrupellos, wie ich bin, so verrückt?«
»So skrupellos, wie du bist, so verrückt.«
»In dieser Hütte? Immer nur für Stunden? Obwohl du weißt, daß ich dann immer wieder zu ihm muß? Obwohl du weißt, daß es keine Hoffnung für uns gibt?«
»Hättest du die Platte zerschlagen, wenn du nicht selber glauben würdest, daß es Hoffnung gibt?«
»This has been the ›Warsaw Concerto‹. Ladies and Gentlemen, you will now hear ›Holiday in Paris‹, played by the Philadelphia Philharmonic Orchestra under the direction of Eugene Ormandy ...«

## 4

Wir liegen nebeneinander auf der breiten Couch. Rot glühen die Heizdrähte des elektrischen Ofens. Leise ertönt Musik. Die Kerzen brennen herab. Verenas Kopf ruht auf meinem Arm, ihr Haar fällt über meine Brust. Wir rauchen beide. Eine Zigarette.

Heute sind wir zum erstenmal hier. Wir werden oft wiederkommen. Wir werden die alte Hütte »unser Haus« nennen, obwohl es fremden Menschen gehört. Obwohl die Holzwürmer in den Wänden ticken und sie zerstören.
»Unser Haus.«
Wir sind so glücklich in »unserem Haus«! Zum erstenmal im Leben haben wir beide ein Heim, ein Zuhause, Verena und ich. Ich hatte nie ein Heim, nie ein Zuhause. Das sagte ich Verena einmal. Sie antwortet: »Ich auch nicht, Oliver. Bei meinen Eltern nicht, und nicht in allen meinen Wohnungen, und nicht in allen unseren Villen.«
Nirgends.
Wir haben beide noch zu keiner Zeit ein Heim besessen. Jetzt besitzen wir eines. Nach Moder riecht es, der Winter kommt, bald wird es schneien, keiner weiß, was geschehen kann, morgen vielleicht schon. Wir haben uns verkrochen und versteckt, die Fensterläden geschlossen, wir machen nur ganz leise Musik und flüstern miteinander, damit uns niemand hört. So glücklich sind wir in dieser armseligen Hütte ...
Verena preßt sich enger an mich, und ich ziehe die Decke über unsere nackten Schultern.
»Warum hast du die Platte zerbrochen?«
Sie antwortet nicht.
»Verena.«
»Gib mir den Aschenbecher, bitte.«
»Verena.«
»Du willst hören, daß ich sie zerbrochen habe, weil ich dich liebe.«
»Nein. Ja. Natürlich! Wenn du das sagtest ... Nein, sag es nicht! Es wäre nicht wahr.«
»Woher weißt du das?«
»Sonst hättest du's gesagt! Es kann noch gar nicht wahr sein. Warum hast du die Platte zerbrochen?«
»Um dir eine Freude zu machen. Nein.«
»Was nein?«
»Das war auch nicht der Grund! Ich zerbrach sie schon gestern, als ich hier aufräumte. Ich spielte sie, während ich sauber machte, wieder und wieder. Dann nahm ich den Hammer.«
»Warum?«
Sie bläst den Rauch durch die Nase aus.
»Warum, Verena?«
So leise, daß ich es kaum verstehe, sagt sie: »Ich will ... ich möchte so gern ...«

»Was?«
»Mein Leben ändern.«
Jetzt nehme ich ihr die Zigarette aus den Fingern, und keiner spricht. Es beginnt zu regnen. Ich höre, wie die Tropfen auf das Dach aus Wellblech fallen.
»Oliver . . .«
»Ja?«
»Du hast mich einmal gefragt, woher ich komme . . .«
»Ja. Da wurdest du wütend. Das ginge mich nichts an, sagtest du.«
»Willst du es hören, jetzt?«
»Ja. Du hast die Platte zerbrochen. Nun ist es Zeit.«
Der Regen.
Die leise Musik.
Das Summen des elektrischen Ofens.
Unser Zuhause.
Verena erzählt . . .

## 5

Im Jahre 1828 gründete ein Mann namens Joseph Immerwahr Willfried in der Stadt Gleiwitz die »Oberschlesische Holzverwertungsgesellschaft«. Der Urgroßvater Verena Willfrieds war ein starrköpfiger, bärenstarker Mensch, der mit seinen Leuten in die Wälder des Riesengebirges zog und mit Säge und Hacke umzugehen wußte. 1878 starb er, kerngesund, an den Folgen eines Unfalls: Ein mehrere hundert Jahre alter Baum erschlug ihn.
Joseph Immerwahrs Sohn Walter Friedrich Willfried, Verenas Großvater, setzte das Werk fort. Der damals Dreißigjährige war – im Gegensatz zu seinem freundlichen und liberalen Vorfahren – so etwas wie das Vorbild für die Unternehmerfigur des Barchentfabrikanten Dreißiger aus Gerhart Hauptmanns »Die Weber«. Unermüdlich und unerschöpflich in seinen Kräften, beutete er die Arbeiter aus wie keiner im Land. Er beschäftigte Frauen, alte Männer und Kinder in den Wäldern. Als seine Leute einmal revoltierten, entließ er zwei Drittel der Belegschaft und holte sich noch ärmere und darum noch willigere Polen und Tschechen. Sein Arbeitsvolk brachte er in Notquartieren unter. Am liebsten wählte er Analphabeten und war stets darum besorgt, daß auch die Kinder, wo irgend es ging, des Lesens und Schreibens unkundig blieben. Selbst die Tschechen und Polen ließen sich nicht alles gefallen.

Jedoch zu einer zweiten Revolte kam es nicht mehr. Mit bewundernswertem Instinkt erkannte Walter Friedrich Willfried in der Masse seines Lumpenvolkes jene, die zum Aufruhr hetzten. Bevor sie noch gefährlich werden konnten, hatte er sie längst wegen Landfriedensbruches angezeigt, ausweisen oder einsperren lassen. Die Frauen und Kinder bettelten, heißt es, dann häufig darum, daß der gnädige Herr Gnade vor Recht walten lassen und den Inhaftierten oder Ausgewiesenen allergnädigst wieder aufnehmen möge. Ich vergaß zu sagen, daß Verenas Großvater stets mit einem schweren Stock in den Wald ging, um zu sehen, wie »die Polacken« arbeiteten. Es ist unnötig zu sagen, daß er den Stock nicht trug, nur um etwas in der Hand zu haben...

Haltung und Gesinnung dieser Art brachten natürlich Früchte: Unter Walter Friedrich Willfried wurde die »Oberschlesische Holzverwertungsgesellschaft« die größte des Landes. Er verband sie mit dem österreichischen »Wald- und Forstnutzungsverband Steiermark« und exportierte Millionenwerte. Walter Friedrich war der eigentliche Begründer des Reichtums der Familie Willfried. Jähzornig und aufbrausend, neigte er dazu, stark zu rauchen und zu trinken. 1925 starb er an Leberzirrhose.

Sein Sohn Carl-Heinz, damals vierundzwanzig Jahre alt, übernahm nun in der dritten Generation die Leitung des Riesenunternehmens. Seine Frau Edith schenkte ihm zwei Kinder, ein Mädchen, Verena, geboren 1927, und einen Knaben, Otto, geboren 1930.

Der Vater, der sich brennend einen gesunden, robusten Knaben als Erben gewünscht hatte, machte keinen Versuch, seine Erbitterung zu verbergen, als Verena zur Welt kam. Er hatte niemals eine auch nur halbwegs herzliche Beziehung zu ihr, nicht einen einzigen Tag, nicht eine einzige Stunde lang. Diese Lieblosigkeit, in der das kleine Mädchen aufwuchs, verschlimmerte sich noch, als Otto geboren wurde. Denn es zeigte sich bald, daß der Knabe ein kränkelndes, rachitisches und dummes Kind war, später auch ein miserabler Schüler. Ein Lehrer drückte es so aus: »Er ist einer der schlechtesten Schüler, weil er eben so blöde ist, blöde, sage ich, beileibe nicht faul!« Seine ohnmächtige Enttäuschung über einen derart mißratenen Sohn übertrug der Vater nicht auf den Sohn, sondern auf die erstgeborene Tochter. Verena wuchs in einer riesigen, mit Prunk überladenen Villa auf – so wie ich aufwuchs in einer riesigen, mit Prunk überladenen Villa, in der gleichen Weise, ebenso allein, ebenso unglücklich. Eines unterschied uns: In Verenas Fall beherrschte die Mutter den schwächlichen Vater (schwächlich und kränkelnd wie sein Sohn, obwohl er dies

niemals wahrhaben wollte). Die Mutter war es, die das Unternehmen in Wirklichkeit leitete. Und dieses Unternehmen wuchs und wuchs. Die Familie lebte in jedem nur denkbaren Luxus.
Die Willfrieds galten – neben den Kohlebaronen – als eine der reichsten Familien Schlesiens. Jedes der Kinder besaß ein eigenes Mädchen und eine »Mademoiselle«. Man fuhr den teuersten Mercedes, im Winter machte man Ausfahrten in handgeschnitzten Schlitten. Ihre Kleider ließ Verenas Mutter nur in Paris und Wien fertigen, desgleichen Pelze und Schmuck. Sie unternahmen viele Reisen. Den Frühling verbrachte die Familie an der Riviera.
Aber in all diesem Luxus blieb Verena ein scheues, stilles Kind, das niemand beachtete, während sich Hauslehrer, Pädagogen und Ärzte hingebungsvoll, aber vergebens bemühten, aus dem schwächlichen Otto einen echten, rechten Mann zu machen.
Niemand liebte Verena, nicht einmal ihre Mutter, denn deren Ehe wurde schlechter und schlechter mit den Jahren. Der Vater gab ihr – bewußt oder unbewußt – die Schuld dafür, daß sie ihm nur eine Tochter und einen solch mißratenen Erbfolger geschenkt hatte, ihm, der zeit seines Lebens von einem einzigen übermächtigen Gefühl beherrscht wurde: Angst! Carl-Heinz fürchtete alles und jedermann, Menschen, Tiere, jeden neuen Tag. Er schreckte vor jeder Unterschrift zurück und vor jeder Vorstandssitzung, zu der er gehen mußte. Überhäufig war er krank. Durch seine Frau ließ er sich bei allen wichtigen Entscheidungen beraten und bei allen Besprechungen, zu denen es Härte brauchte, vertreten. Er erkannte niemals, daß sein Sohn Otto ihm vollkommen glich.

## 6

Inzwischen war das Werk der Willfrieds zu solcher Größe angewachsen, daß es getrost auch die gelegentlichen Fehlentscheidungen seines Chefs ertragen konnte, um so mehr, als diese meistens durch das energische Eingreifen seiner überraschend schnell alternden Frau gutgemacht wurden.
»Als man mich im Kinderwagen umherfuhr, zogen die Leute vor mir den Hut«, erinnert sich Verena. Die Leute zogen den Hut auch vor dem blassen Otto. Eltern und Kinder aßen getrennt. Doch auch den Kindern servierten perfekte Diener. Verena und Otto besuchten nicht die allgemeine Schule, sie erhielten Privatunterricht. Während Verena gut vorankam, war Otto faul, stupide und dabei heimtückisch. Er verstand es, stets seinen Lehrern die Schuld

für die eigene Unfähigkeit zu geben, so daß diese immer wieder wechselten.
Mit dem Dritten Reich kam die größte Zeit für die »Oberschlesische Holzverwertungsgesellschaft«. Hitler bereitete einen Weltkrieg vor. Er brauchte Kohle, Stahl und Holz. Die Werke wiesen ihren höchsten Belegschaftsstand und ihre höchsten Umsätze aus. So mächtig war Carl-Heinz Willfried, daß man davon absah, ihn, wie andere Wirtschaftsführer, zu zwingen, in die Partei einzutreten. Man ließ den Sonderling gewähren, denn, so sagte der Gauleiter, »was hätten wir schon an dem? Das ist doch eine trübe Flasche!«
Man ginge fehl in der Annahme, daß Carl-Heinz aus Überzeugung nicht Parteigenosse wurde, daß er das hassenswerte neue Regime haßte. Er haßte niemanden, denn er fürchtete ja jeden, auch das Regime, besonders das Regime. Als Hitler 1939 Polen überfiel, erlosch in Verenas Vater jede Lebenskraft. »Das wird nicht gutgehen«, pflegte er zu sagen, wenn das Oberkommando der Wehrmacht über dröhnende Lautsprecher immer neue Siegesmeldungen verbreitete, »ihr werdet sehen, daß das nicht gutgehen wird.« Derartige Bedenken gab er flüsternd von sich, in der Bibliothek, nachdem er zuvor festgestellt hatte, daß ihn niemand belauschte.
Auch wenn Verena anwesend war, sprach er stets nur zu seiner Frau und zu seinem Sohn, so als wäre die Tochter nicht vorhanden. Mit den Jahren hatte er sich das vollendet angewöhnt.
Immer reicher wurde die Familie, immer einsamer wurde Verena, immer verbrauchter ihre Mutter, immer mehr von Angst geschüttelt ihr Vater.
Zu Tausenden preßte man Fremdarbeiter in die Fabriken, Polen, Tschechen, Jugoslawen, Franzosen, Kriegsgefangene.
Als die Siegesmeldungen des OKW spärlicher wurden, als gar Amerika in den Krieg eintrat und man von »Frontbegradigungen« und »geordneten Rückzügen« zu sprechen begann, wurde es immer schlimmer mit Carl-Heinz Willfried.
Die Mutter begann abends die Sendungen der British Broadcasting Corporation abzuhören. »Man muß doch informiert sein«, sagte sie. Wenn seine Frau derlei Verbotenes tat, verließ Carl-Heinz stets sein schloßartiges Haus und irrte planlos umher in den nächtlichen Straßen.
»Ich will damit nichts zu tun haben«, flüsterte er immer wieder. »Das ist Landesverrat! Wenn man erwischt wird, kommt man ins KZ!«
Hin und wieder gab es Fliegeralarm. Bomben fielen zwar nicht auf

die Fabrikanlagen, aber schon die Alarme versetzten Verenas Vater in absolute Panik. Bereits bei der ersten Vorwarnung saß er zitternd und bleich im sichersten Keller des Werks. Wenn die Sirenen heulten, hielt er sich die Ohren zu. Wenn einmal die Flak schoß, begann er laut zu weinen und ebenso laut zu beten – im Angesicht der Angestellten, der Familie, der Zwangsarbeiter. Er versäumte niemals – als einziger –, eine Gasmaske bei sich zu tragen.
Im Sommer 1944 landeten die Alliierten in der Normandie. Zur gleichen Zeit setzte eine sowjetische Großoffensive ein. Die Ostfront war nicht mehr zu halten. Die geschlagene deutsche Wehrmacht zog sich zurück, dort noch Widerstand leistend, an anderen Stellen schon in ungeordneter, regelloser Flucht.
Von Monat zu Monat wurde es schlimmer.
Verena erinnert sich noch genau:
»Eine Stadt nach der anderen wurde von der Roten Armee genommen. Die Russen drängten in riesigen Zangenbewegungen nach Norden und Süden. Lange konnte es nicht mehr dauern, dann waren sie auch bei uns. Am 22. Januar 1945, abends, tat mein Vater, was er nie getan hatte. Er hörte mit meiner Mutter BBC. Wir Kinder wurden zuvor ins Bett gebracht. Am nächsten Morgen war Vater mit Chauffeur und Wagen verschwunden...«
Seine Frau, seine beiden Kinder, seine ganze Habe hatte er in wahnwitziger, kopfloser Furcht vor den anrollenden Panzern der Roten Armee abgeschrieben. Nicht einmal Geld hatte er mitgenommen. Er floh praktisch mittellos, mit einem kleinen Koffer, in einen schweren Pelz gehüllt.
Gegen Mittag des Tages, an dem Verenas Vater seine Familie im Stich gelassen hatte, erreichte die Spitze eines ersten, schier endlosen Trecks von halb verhungerten, halb erfrorenen Flüchtlingen, die sich zu Fuß dahinschleppten oder auf überlasteten Pferdewagen lagen, die Stadt.
»Sie kommen!« war ihr Schrei.
Und: »Brot!«
Verena sah, wie viele Menschen des Trecks vor Erschöpfung von den Wagen fielen.
Verena sah die ersten Toten ihres Lebens auf den Straßen liegen. Abends wurde gemeldet, daß sowjetische Panzer bis auf dreißig Kilometer an die Stadt herangekommen seien.
Die Einwohner hörten es teils mit Schrecken, teils mit Erleichterung. Der Gauleiter hörte es nicht mehr. Er hatte sich bereits vor Tagen einer »Geheimen Reichssache« wegen nach Österreich begeben müssen...

Verenas Mutter sagte: »Egal, was geschieht – wir bleiben! Wer flieht, ist verloren. Seht euch die armen Teufel auf den Straßen an! Wir haben nichts Böses getan. Wir bleiben, wo wir hingehören.«
In das letzte Wort hinein peitschte ein Schuß, und eine Fensterscheibe barst klirrend. Die Kugel bohrte sich einen Viertelmeter neben dem Kopf von Verenas Mutter in die Zimmerwand.
»Hinlegen!« schrie die Mutter.
Weitere Schüsse folgten.
Die Tür flog auf.
Ein alter Werkmeister und ein paar Arbeiter stürmten herein. Sie trugen Gewehre. Von den Fenstern aus erwiderten sie das Feuer, das daraufhin verstummte.
»Das waren Zwangsarbeiter«, sagte der Werkmeister, schwer atmend. »Sie sind aus ihren Lagern ausgebrochen und haben die Wachmannschaften erschlagen. Sie müssen weg, Frau Willfried ...«
»Nein!«
»Sie schlagen auch Sie tot! Sie schlagen uns alle tot!«
»Ich gehe nicht weg«, schrie Verenas Mutter. »Ich bin hier geboren! Ich war kein Nazi! Ich habe keine Angst vor den Russen!«
In diesem Moment setzte das Gewehrfeuer wieder ein, und eine brennende Fackel flog durch die zersplitterte Fensterscheibe. Die Fackel setzte den Teppich und die Vorhänge in Brand. Erstickender Qualm erfüllte den Raum. Der alte Werkmeister schleppte die Mutter, deren Arme plötzlich willenlos herabhingen, während sie sinnlose Worte vor sich hinlallte, davon.
Zwei Stunden später, in tiefer Dunkelheit, hockte Verena neben ihrem Bruder auf einem Planwagen, der ein paar Koffer trug. Auf dem Kutschbock saßen der alte Werkmeister und die Mutter. Sie fuhren gen Westen, unter dem dumpfen Grollen schwerer Geschütze, ein Wagen unter Tausenden Wagen eines endlosen Trecks. Wenn Verena sich umwandte, konnte sie das Hauptgebäude der »Oberschlesischen Holzverwertungsgesellschaft« brennen sehen. Verena wandte sich oft um, und ihre Mutter sagte: »Vergiß nie, was du jetzt siehst, mein Kind.«
»Nein, Mutti.«
»Die Leute, die das Haus in Brand gesetzt haben, sind nicht böse. Wir waren böse. Wir haben sie aus ihrer Heimat verschleppt und jahrelang ausgebeutet.«
»Ja, Mutti.«
»Jetzt rächen sie sich dafür. Wir haben diesen Krieg begonnen

und ihre Länder überfallen. Nicht umgekehrt! Darum fahren wir jetzt durch die Nacht, darum frieren wir jetzt, darum haben wir Angst. Man darf kein anderes Volk überfallen. Man darf keinen Krieg beginnen. Vergiß das nie!«
»Nein, Mutti.«
»Du auch nicht, Otto.« Der Junge gab keine Antwort. Er schlief.
»Und die russischen Soldaten, die nun kommen, die kommen nicht freiwillig. Sie sind nicht freien Herzens aus der Mongolei und aus Sibirien und dem Kaukasus bis nach Schlesien marschiert. Sie sind gekommen, weil wir auch ihr Land überfallen haben. Man muß sich wehren, wenn man überfallen wird.«
»Halt's Maul, dreckige Kommunistensau!« schrie eine alte Frau, die neben dem Wagen daherhinkte, wobei sie sich mit einer Hand an ihm festhielt.
»Ja«, sagte der Werkmeister, »es ist besser, Sie reden nicht so, Frau Willfried. Sie wissen, wie die Leute sind.«
Der Werkmeister war ein alter Sozialdemokrat, der Verenas Mutter noch als junge, schöne Frau gekannt hatte, zu jener Zeit, da sie Carl-Heinz Willfried heiratete.
Carl-Heinz Willfried befand sich in den Nachtstunden dieses 23. Januar 1945 bereits in der Gegend von Halle. Am nächsten Tag wandte er sich südwärts, nach Bayern. Verena hat später erfahren, daß ihr Vater sich falsche Papiere besorgt hatte; sie wiesen Carl-Heinz Willfried als Arzt aus, der kostbare Medikamente für die »Alpenfestung« verlagern sollte. Augsburg erreichte er in den Abendstunden des 25. Januar, verweilte nur kurz, um neues Benzin zu beschaffen, und fuhr am späten Abend weiter in Richtung München.

## 7

Verenas Mutter starb in einer Scheune am Stadtrand von Coburg. Bereits am Morgen nach Ihrem Aufbruch hatte die Mutter gefiebert. Sie schwieg darüber und versuchte den Schüttelfrost, der sie immer wieder packte, zu verbergen. Sobald es hell wurde, kamen Tiefflieger. Sie schossen den Treck zusammen. Menschen und Tiere starben, viele schrien zuvor noch stundenlang. Aber da war niemand, ihnen zu helfen.
Der Schnee war rot von Blut. Die am Leben Gebliebenen schleppten sich zu Fuß weiter. Erwachsene trugen Kinder. Und immer wieder Tiefflieger. Die Gejagten warfen sich in den Straßengraben,

in Dreck, in Blutlachen, in Eis. Der alte Werkmeister riß Verena und Otto zu sich und legte sich schützend über sie. Verenas Mutter lag daneben. Sie keuchte und bekam kaum Luft. Nun merkten alle, daß sie krank war.

»Wir müssen weiter. In den nächsten Ort. Dort wird es einen Arzt geben. Dort wird es Medizin geben. Sie müssen in ein Bett, Frau Willfried«, sagte der Werkmeister, als der Angriff vorüber war und die noch Unverletzten weitertaumelten.

Im nächsten Ort gab es keinen Arzt und kein freies Bett. Die Bewohner verschlossen Türen und Fenster vor den Flüchtlingen. Ein paar warfen Brot auf die Straße. Verena gelang es, einen Laib aufzufangen. Eine Frau schlug ihr ins Gesicht. Sie ließ das Brot fallen. Die Frau hatte Verena mit der Faust geschlagen. Sie hielt die blutende Nase und schloß die brennenden Augen. Als sie diese wieder öffnete, sah sie die Frau mit dem Brot davonrennen.

Auch im nächsten Ort gab es keinen Arzt und keinen Platz. Die Mutter delirierte nun bereits. Sie erkannte niemanden mehr. Der Werkmeister gab einem Bauern eine goldene Uhr und fünftausend Reichsmark – alles, was er besaß. Dafür erhielt er einen elenden kleinen Wagen und ein ebenso elendes Pferd. Aber sie konnten nur nachts fahren, denn tagsüber waren ständig die Flieger am Himmel. Verenas Mutter lag tagelang in Fieberphantasien.

Endlich kamen sie in die Nähe von Coburg. Eine Scheune bot Unterschlupf. Hier sollten die Kinder bei der fiebernden Mutter bleiben. Der Werkmeister ging auf die Suche nach Brot, nach Kartoffeln, nach einem Arzt.

Auch Verena wollte versuchen, etwas Essen zu erbetteln. Sie ließ Otto bei der Mutter zurück. Auf einem Bauernhof, wo ihr ein rotgesichtiger schwerer Mann von gewaltiger Körperkraft öffnete, bat sie um Brot.

»Komm in die Küche.«

Der Mann warf die Tür zu und riß ihr Mantel und Bluse auf.

»Er schlug mich, bis ich mich nicht mehr wehren konnte. Dann tat er mit mir, was er wollte«, berichtet Verena. »Und dann warf er mich hinaus und schrie: ›Hier gibt's kein Brot! Verschwinde!‹ Das war der erste Mann meines Lebens. Noch keine achtzehn Jahre alt bin ich damals gewesen. Als ich in die Scheune zurückkam, war meine Mutter tot.«

## 8

Erst als Verena weinend neben ihrer toten Mutter saß, kam der Werkmeister zurück. Er brachte Mohrrüben, Brot und Kartoffeln. Er hatte auch einen Arzt gefunden, der versprach, zu kommen.
Der Arzt kam drei Stunden zu spät.
Die letzten Worte von Verenas Mutter waren diese gewesen: »Wir hätten bleiben sollen.«
Sie begruben Edith Maria Magdalena Willfried, geborene Elkens. Sie hatten kein Werkzeug, um eine Grube zu schaufeln. Sie häuften mit bloßen Händen Schnee über die Tote. Es gab genug Schnee in diesem Februar 1945, genug für viele Tote.
Für Deutsche, Russen, Amerikaner, Engländer, Polen, Belgier, Franzosen, Holländer, Jugoslawen, Italiener und Menschen aus vielen anderen Ländern.
Der Werkmeister brachte Verena und ihren Bruder auf dem kleinen Wagen bis nach Frankfurt am Main. Er war ein schlauer, alter Mann, benützte nur Waldpfade und Nebenstraßen und niemals die hoffnungslos verstopften Hauptstraßen, und er stahl Essen für die Kinder und sich.
»Aber immer ließ er uns zuerst essen«, erzählt Verena. »Er aß, was übrigblieb. Es war nie viel.«
In Frankfurt gab es ein großes Lager vor der Stadt. Hier lebten sie bis zum Frühjahr 1946.

## 9

Verena war jetzt achtzehn Jahre alt, ein schönes Mädchen in Lumpen, mit bläulichschwarzem Haar, brennenden schwarzen Augen und einem tragischen Gesicht. Einer der amerikanischen Posten, die das Lager bewachten, verliebte sich in sie. »Er hieß Jack Collins und kam aus Oklahoma«, erzählt Verena. Jack war der zweite Mann in ihrem Leben. Er versprach nicht nur Brot, er brachte es auch, wundervolles weißes Brot, aus feinstem Mehl gebacken.
Jack Collins brachte auch »K-Rations« mit, jene in Kartons verpackte Armeeverpflegung, zu welcher neben den Grundnahrungsmitteln auch Schokolade, Kaugummi und stets zwei Präservative gehörten. Die ersten Schutzmittel, die Verena in ihrem Leben sah, verwendete Jack, um seinen Hosen oberhalb der hochgeschnürten Schuhe einen schicken Halt zu geben.

Er schnitt dazu den Präservativen die Kuppe ab, rollte sie zusammen und streifte sie wie Strumpfbänder über den Hosenstoff. Später erfuhr Verena, daß dies zwar in der ganzen Armee Sitte, jedoch nicht der eigentliche Bestimmungszweck der kleinen, in Stanniol gepreßten Objekte war.

Jack erwies sich als unerfahrener, aber rührender Liebhaber. Er verstieß gegen viele Vorschriften, wurde Verenas wegen endlich degradiert und sagte daraufhin nur: »I don't care a shit about my stripes! All I care about in this goddammed world is you, honey!«

Jack Collins, einst Corporal, jetzt nur noch Private First Class, sorgte für Verena, Otto und den alten Werkmeister. All dies tat er in der Zeit der sogenannten »Non-Fraternization«, also verbotenermaßen. Der Winter ging vorbei. Jack besorgte Verena schließlich sogar eine Stellung als Verkäuferin in dem gewaltigen amerikanischen »PX«, dem »Post Exchange«, einer Art Superwarenhaus, in dem man – wenn man Amerikaner war – alles kaufen konnte, vom Spitzennachthemd über Chanel Nr. 5 bis zu zartesten Nylonstrümpfen, von tiefgekühltem Fleisch und Gemüse bis zu Zigaretten, Schweizer Uhren, Schottischem Whisky und französischen Kleidern.

Es war schwer, Verena im »PX« unterzubringen, denn seltsamerweise hatte sie Schwierigkeiten, ordentlich Amerikanisch zu lernen, und sprach es zur unendlichen Erheiterung aller »G.I.s« schlecht und mit vielen falsch akzentuierten Ausdrücken; noch schwieriger war es deshalb, weil sie vielen Amerikanerinnen, die hier einkauften, zu hübsch war.

Jack schaffte es doch.

Jack schaffte es auch, daß Verena, Otto und der treue Werkmeister das Lager verlassen und eine Wohnung in einem südlichen Stadtteil Frankfurts beziehen konnten.

Jack sorgte für ein Fahrrad, mit dem Verena allmorgendlich zur Arbeit fuhr, Jack sorgte für Kohlen, für Möbel, Jack sorgte für alles.

Im April 1946 starb der alte Werkmeister. Im Herzen der Stadt, beim Überqueren der Kaiserstraße, fiel er tot um. Gehirnschlag.

1949 war es bereits möglich, daß amerikanische Soldaten deutsche Mädchen heiraten durften – freilich erst nach höchst gewissenhafter Prüfung der »Fräuleins«. Jack Collins verfaßte sofort ein entsprechendes Gesuch. Denn er liebte Verena aufrichtig.

Sie liebte ihn nicht, aber sie wollte fort aus Deutschland. Fort, fort, fort!

Jacks Gesuch durchlief viele Stellen zwischen Frankfurt und Wa-

shington, und trotz aller Nachfragen kam Jack nicht weiter. Er war ein einfacher, ehrlicher Junge, nicht sonderlich intelligent, aber ungeheuer gutmütig.
In Briefen an seine Eltern hatte er »about his little Sweetheart« berichtet. Sein Vater war Farmer. Jack zeigte ihn Verena auf Fotos, er zeigte ihr die Mutter, drei kleine Geschwister, den Hof, den Wald hinter den Feldern, und er sang zur Gitarre »Oh, what a beautiful morning!«
Er sang sehr schön.
Ende 1949 erfuhren sie, daß sie gute Aussichten hätten, »to get their papers okayed by the middle of 1950«. Im Sommer 1950 wurde die Einheit, der Jack Collins angehörte, von einem Tag zum anderen verlegt. Riesige Transporter brachten die Soldaten nach Korea. Dort war ein neuer Krieg ausgebrochen.
Am 29. Juni 1950 flog Jack mit einer »Globemaster«-Maschine von der »Rhein-Main-Air-Base« ab. Auf der Gangway drehte er sich, seinen »duffle-bag« auf der Schulter, noch einmal um und rief Verena zu: »Don't cry, baby! I'll be back in no time at all!«
Hierin allerdings irrte sich Jack Collins. Er fiel am 13. November in Kämpfen mit sogenannten rotchinesischen Freiwilligen am »Heartbreak Ridge«. Die Nachricht von seinem Tod erreichte Verena erst Mitte Dezember. Das War Department hatte nur die Eltern verständigt. Diese informierten Verena. Sie schrieben, they were so sorry for her.

## 10

Es folgte nun eine Zeit, in der man Verena fast allnächtlich in den verschiedenen amerikanischen Clubs von Frankfurt sehen konnte. Sie flirtete. Sie tanzte. »In dieser Zeit habe ich mir das Trinken angewöhnt«, sagt Verena. Oft war sie so betrunken, daß man sie heimbringen mußte. Sie nahm sich wahllos Freunde und warf sie hinaus, wenn sie genug von ihnen hatte. Das geschah meistens sehr schnell.
Wie man weiß, reizt Männer diese Art, als Nebensache behandelt zu werden, besonders. Verena war bald ein Begriff für die gesamte Frankfurter Garnison. Hohe Offiziere bemühten sich um sie. Sie ließ sich beschenken, ausführen, küssen und ging mit den Männern ins Bett – nicht zu häufig.
»Man soll es nie zu häufig tun«, erklärte sie damals einer Freundin. »Du mußt dich rar machen. Sonst bekommen sie dich über.«

Mir erzählte sie an jenem Nachmittag, als sie die Geschichte ihres Lebens verriet: »Jack war tot. Ich hatte ihn nie richtig geliebt, aber er war gut zu mir gewesen, und ich hatte mir eingeredet, daß ich ihn lieben lernen würde. Damit war es vorbei. Jetzt redete ich mir ein, daß alle Lieben, die bestehende und diejenigen, die noch beginnen würde, schlecht ausgehen müßten. Damals nahm ich mir vor, nie mehr zu lieben. Nie mehr!«
Das nahm sie sich vor, damals.
Was sie sich vorgenommen hatte, hielt sie – beinahe drei Jahre lang. Sie war inzwischen einiges gewöhnt und hatte einiges erlebt. Sie rauchte und trank zuviel, aber es machte ihr nichts. Im übrigen war sie – besonders amerikanischen Frauen gegenüber – sehr vorsichtig. Sie durfte nicht Anlaß zu Eifersucht oder Klagen geben. Mit verheirateten Männern ließ sie sich grundsätzlich nicht ein. Im Dienst war sie von unerschütterlicher Höflichkeit, aber ebensolcher Unnahbarkeit gegen die hübschesten Lieutenants, die charmantesten Colonels. Sie nahm nie im »PX« Geschenke an. Sie wußte, warum. Jede deutsche Angestellte des Warenhauses wurde jeden Abend von einer »WAC«, einer Angehörigen des »Women Auxiliary Corps«, des »Weiblichen Hilfsdienstes«, bis auf die nackte Haut daraufhin untersucht, ob sie auch nichts aus jenem Paradies gestohlen hatte.
»You are fired!«
Das war der Satz, den Verena hundertmal hörte, wenn eine »WAC« bei einem Mädchen ein Paar Nylonstrümpfe oder eine Tafel Schokolade entdeckte.
Verena wollte nicht »gefeuert« werden. Sie stahl auch niemals. Sie versah ihre Arbeit und ernährte sich und ihren Bruder, so gut es ging. Es ging übrigens recht gut, denn sie erhielt von Männern viele Geschenke – außerhalb der Dienstzeit. Trotzdem versuchte Otto Willfried sich in Schwarzhandelsgeschäften – lange Zeit mit Erfolg. Was er tat und wie er es tat, womit er handelte und mit wem, brauche ich nicht aufzuschreiben. Jeder, der damals zwanzig Jahre oder älter war, weiß alles darüber. Jene, die damals noch nicht zwanzig Jahre alt waren, brauchen es nicht zu wissen.
Ich möchte niemanden langweilen oder auf die schiefe Bahn bringen mit meinem Buch.
Der dümmliche, schwächliche Otto verdiente in den Jahre 1950 bis 1953 ein Vielfaches seiner von acht Uhr früh bis siebzehn Uhr abends arbeitenden Schwester. Er mietete eine große Wohnung in der Bockenhausener Landstraße. Seine »wilden« Parties waren berühmt. Er hatte viele Freundinnen und viel Geld.

Am 12. April 1953 wurde er vom CID, der amerikanischen Kriminalpolizei, verhaftet. Eine Agentengruppe, unter Führung eines gewissen Robert Stevens, hatte die Bande, die Otto leitete, seit langem beobachtet.
Nun schlug sie zu.
Allen Mitgliedern der Schwarzhändlerbande wurde der Prozeß gemacht.
Der Hauptbelastungszeuge in diesem Prozeß war Mr. Robert Stevens.

## 11

Mr. Stevens, der Hauptbelastungszeuge gegen die Bande, sprach so fließend Deutsch, daß man meinen konnte, er sei ein deutscher Emigrant. Er sprach indessen ebenso fließend Französisch, Italienisch und Spanisch. Er war in allem und jedem das Gegenteil des gutmütigen und beschränkten Jack Collins. Er sah blendend aus. Er war gepflegt und weltgewandt, und er verstand es, mit Frauen umzugehen. Und er brachte es fertig, daß Verena ihre Ansichten über Liebe und Männer noch einmal änderte.
Mr. Stevens wurde »her boy-friend«. In dieser Funktion verstand er es ebenfalls weit besser, eine Frau glücklich zu machen, als der ungeschickte, tölpelhafte und rührende Jack, der am »Heartbreak Ridge« in Korea gefallen war.
Auch Mr. Stevens sprach von Heirat.
Er kaufte ihr Kleider, Schmuck, sie durfte seinen Chevrolet fahren. Das Größte, was er tat, war, daß er gewisse Akten, die Verenas Bruder schwer belasteten, vor der Verhandlung verschwinden ließ, so daß zwar zwölf Mitglieder der Bande zu den Höchststrafen verurteilt, Otto Willfried jedoch freigelassen wurde.
Mr. Stevens war ein ehrlicher Mann. Er sagte: »Ich bin in den Staaten verheiratet. Ich habe die Scheidung bereits eingereicht. Es wird natürlich eine Weile dauern.«
Es dauerte natürlich eine Weile.
Es dauerte beinahe zwei Jahre. Verena war nicht unglücklich in dieser Zeit, denn Mr. Stevens führte sie aus, verwöhnte sie, und sie war eine der elegantesten und beneidetsten Frauen der Stadt. Mr. Stevens sagte oft, daß er sie liebte, und er bewies es ebenso häufig. Jedenfalls entdeckte Verena das, was sie für Liebe hielt, überhaupt erst bei ihm.
Im zweiten Jahr ihrer Bekanntschaft stellte Verena fest, daß sie

schwanger war. Mr. Stevens schwärmte leidenschaftlich von Kindern (»I want kids from you, sweetheart, lots and lots of kids!«). Da er um diese Zeit erklärte, die Scheidung sei nun so weit vorangetrieben, daß ein Urteil in den nächsten Wochen einfach ergehen müsse, verschwieg sie ihren Zustand und nahm sich vor, ihn damit nach der Scheidung zu überraschen.
Ein Monat verging. Drei Monate vergingen. Vier. Die Scheidung war immer noch nicht ausgesprochen.
Da sagte Verena Mr. Stevens, daß sie ein Kind erwartete. Sie tröstete den Erschrockenen dabei und meinte: »Wegmachen kann man es nicht mehr – aber auch wenn es noch zehn Jahre dauert, bis du geschieden bist, ich werde dich immer lieben und immer glücklich über unser Kind sein. Du nicht auch?«
»Ich? Und wie, Liebling«, sagte Mr. Stevens. »Und wie!«
Am nächsten Tag hatte er Frankfurt verlassen.
Verena dachte, er wäre auf eine dringende Reise geschickt worden. Als er nach einer Woche nicht zurück war, ging sie zu seiner Dienststelle. Dort erfuhr sie von einem anderen fließend deutsch sprechenden Herrn, daß Mr. Stevens versetzt sei und kaum nach Frankfurt zurückkehren werde.
»Darf ich seine Adresse haben?«
»Ich bedaure. Seine Mission ist top secret.«
»Aber ich bekomme ein Kind von ihm!«
»Das bedauere ich noch mehr, Miß Willfried.«
»Darf ich nicht einen Brief für ihn hierlassen, und Sie befördern ihn? Ich will ja nur, daß er den Brief bekommt, ich will nicht wissen, wo er sich aufhält.«
»Natürlich können Sie das.«
Miß Willfried ließ in den nächsten zwei Monaten mehr als zwanzig Briefe bei dem freundlichen Herrn zurück. Auf keines dieser Schreiben erhielt sie eine Antwort, obwohl der freundliche Herr (der seinen Namen niemals nannte und nur Harry gerufen wurde) ihr versicherte, jeden einzelnen Brief aufgegeben zu haben.
»Aber er muß doch antworten! Er weiß doch, in welcher Lage ich bin! Warum zucken Sie mit den Schultern?«
»Miß Willfried, ich habe Mister Stevens nur äußerst flüchtig gekannt. Wir kennen einander hier alle nur äußerst flüchtig. Wir werden dauernd ausgetauscht. Das ist verständlich bei einem Beruf wie unserem, nicht wahr?«
»Verständlich, ja ...«
»Wir sollen und wir dürfen keine Kontakte mit der deutschen Bevölkerung aufnehmen. Mister Stevens handelte ... hrm ... gegen

die Bestimmungen (»regulations«, sagte er). Ich fürchte – ohne daß ich etwas dagegen unternehmen werde, das verspreche ich Ihnen –, daß er sich auch im Prozeß gegen Ihren Bruder nicht ganz korrekt betragen hat!«
»Und seine Adresse in Amerika? Die Adresse seiner Frau? Wenn ich ihr schreiben würde ... Sie standen doch vor der Scheidung ...«
»In der Tat?«
»Was soll das heißen?«
»Nichts, nichts. Ich bitte Sie! Regen Sie sich nicht auf! In Ihrem Zustand! So leid es mir tut, ich darf Ihnen auch nicht die Adresse dieser Frau geben.«
»Warum nicht?«
»Weil Sie dann doch seinen wahren Namen kennenlernen würden.«
»Aber ich kenne seinen wahren Namen! Er heißt Robert Stevens!«
»Miß Willfried, seien Sie bitte nicht naiv! Ein CID-Mann kann niemals unter seinem richtigen Namen arbeiten, sonst würde er nicht lange leben. Das müssen Sie doch verstehen.«
Das verstand Verena natürlich.
Sie dankte dem freundlichen Herrn und sagte, sie würde nicht mehr wiederkommen und ihn belästigen.
Auf dem Weg zur Tür begegnete sie einem sehr hübschen, blondhaarigen Mädchen. Sie hörte noch, wie dieses Mädchen sagte: »Jetzt sind es sieben Monate! Erzählen Sie mir um Gottes willen nicht, daß er noch immer nicht geantwortet hat!«
Man kann verstehen, meint Verena, daß all dies dem netten Herrn mit Namen Harry außerordentlich peinlich war.

## 12

Die Geburt ihres Kindes gestaltete sich schwierig. Verena besaß zunächst noch genug Geld, um erster Klasse zu liegen, denn sie hatte Schmuck und verschiedene Geschenke Mr. Stevens' verkauft. Sie besaß noch einiges. Als die Zeit gekommen war, stellten die Ärzte fest, daß ein Kaiserschnitt unumgänglich sei. Nach der Operation bekam Verena eine Sepsis. Sie schwebte tagelang zwischen Tod und Leben.
Die Ärzte erklärten ihr zuletzt, daß es nur noch ein Mittel gebe, sie zu retten: Penicillin.
Und zwar mußte es amerikanisches Penicillin sein, denn deutsches war nur in kleinsten Mengen zu haben und zudem noch nicht erprobt. Das amerikanische Präparat wurde schwarz gehandelt und

war sehr teuer. Verena rief einen Kürschner an ihr Krankenbett und verkaufte ihre Pelze.
Der Händler bat sich Bedenkzeit aus. Er kam zweimal wieder. Er war ein kluger Mann und sagte sich, daß eine Frau mit vierzig Grad Fieber nicht lange zu feilschen vermag.
In der Tat verkaufte Verena die Pelze weit unter Preis.
Das amerikanische Penicillin rettete ihr Leben. Allerdings mußte sie nun in einen Krankensaal dritter Klasse übersiedeln, denn sie besaß kein Geld mehr. Im Nebenbett, erzählte Verena, lag ein einfaches Mädchen vom Lande, das, als die Wehen einsetzten und damit große Schmerzen, immer wieder sagte: »Du lieber, guter Gott im Himmel, so viel Leid für so ein bissel Freud'!«
Als Verena endlich entlassen wurde, warnten die Ärzte sie: Mit größter Wahrscheinlichkeit würde eine weitere Entbindung den Tod bedeuten. Ihrem Kind, einem kleinen Mädchen, gab sie den Namen Evelyn...
Es dauerte lange, bis Verena wieder zu Kräften kam. Es dauerte nicht lange, bis sie kein Geld mehr besaß. Evelyn brachte sie tagsüber in einen Kinderhort, um arbeiten gehen zu können – zunächst als Sekretärin einer Versicherungsgesellschaft. Abends nahm sie Kurse in Stenographie und Schreibmaschinenschreiben. In dieser Zeit – Mitte 1956 – gelang es Carl-Heinz Willfried, ihrem Vater, über den Suchdienst des Roten Kreuzes festzustellen, wo Verena und Otto waren. Er selber war in Passau gelandet, hatte bereits einen großen Teil seines sogenannten »Lastenausgleichs« für den verlorenen Besitz im Osten, der nun jenseits der Oder-Neiße-Linie lag, erhalten und ein florierendes, wenn auch nicht sehr großes Holzgeschäft eröffnet. Er lud die Kinder ein, zu ihm zu kommen. Vom Tode seiner Frau hatte er mittlerweile erfahren. Er schrieb, er sei sehr erschüttert gewesen.
Verena weigerte sich, ihren Vater wiederzusehen. Otto fuhr allein nach Passau und richtete diese Weigerung aus. Carl-Heinz Willfried war, wie er sagte, tief gekränkt über die Haltung seiner Tochter, für die er, wie er sagte, so viel getan hatte.
»Verena meint, du bist schuld daran, daß Mutti starb«, sagte der blasse, schwächliche Sohn.
»Unsinn!« erboste sich der blasse, schwächliche Vater.
»Ich versuche seit Jahren, ihr die Sache auszureden. Umsonst. Es ist ihre fixe Idee.«
»Was?«
»Daß du uns im Stich gelassen hast. Daß wir im Auto alle durchgekommen wären. Du bist getürmt.«

»Ich bin nicht getürmt! Ich verbitte mir diesen Ausdruck!«
»Er ist von Verena, nicht von mir!«
»Ich hatte allerschnellstens wichtigste Werkzeuge im Sicherheit zu bringen. Ich mußte einfach fort, Otto! Verstehst du das denn nicht?«
»Natürlich verstehe ich es«, antwortete Otto ruhig.
Und ebenso ruhig fuhr er fort: »Ich habe Mutter damals, als es noch Zeit war, immer wieder gebeten: ›Laß uns gehen! Laß uns gehen!‹ Aber sie wollte ja nicht!«
»Bitte, da sagst du es selbst! Sie wollte nicht!«
»Sie wollte nicht, bis zuletzt. Der alte Werkmeister Ziegler mußte sie mit Gewalt wegschleppen. Weißt du, was ihre letzten Worte waren?«
»Was?«
Otto wiederholte sie.
»Das sieht ihr ähnlich«, sagte der Vater und nickte bedächtig. »Ja, tatsächlich, Otto, das sieht ihr ähnlich. Eine gute Frau, die beste, die man sich denken kann. Aber starrköpfig und unvorsichtig. Schau mich an. Was wäre wohl aus mir geworden, wenn ich so unvorsichtig gewesen wäre?«
Der Vater nahm Otto in die Firma auf. Der junge Mann blieb in Passau. Verena hielt ihren Schwur: Sie besuchte ihren Vater nie, sie schrieb ihm nie, sie verzieh ihm nie.
»Er lebt heute noch«, erzählt sie. »Er ist ein alter Mann, aber sehr rüstig. Sein Geschäft geht ausgezeichnet.«
»Und du hast ihn wirklich niemals wiedergesehen?«
»Niemals.«

## 13

16 Uhr 45.
Seit einer Dreiviertelstunde ackert sich das Frettchen, nehme ich an, durch den Tacitus. Ich liege neben Verena auf dem breiten Bett. Die Kerzen sind herabgebrannt, erloschen. Nur das rote Licht des Heizofens erhellt den Raum. Es regnet noch immer. Verena richtet sich auf und drückt ihre Zigarette aus.
»Das war mein Leben«, sagt sie. »Jetzt kennst du es, wie ich das deine.«
Sie sitzt vor mir, die Beine an den Leib gezogen, nackt. Es ist warm im Zimmer. Ich streichle Verenas Beine, ihre Schenkel.
Ich sage: »Einmal fragte ich dich, ob du den Vater Evelyns geliebt hast. Du antwortetest, ja.«

»Ich habe ihn auch geliebt. Leider.«
»Liebst du ihn noch?«
»Längst nicht mehr. Wenn ich die Augen schließe, kann ich nicht einmal mehr sein Bild vor mir sehen.«
»Warst du lange Sekretärin?«
»Ich hatte viele Stellen, weißt du. Meistens mußte ich bald wieder fort.«
»Weshalb?«
»Kolleginnen intrigierten gegen mich.«
»Du warst ihnen zu hübsch.«
»Vielleicht. Sie behaupteten stets sofort, ich hätte es mit dem Chef. Es war sehr schwer für mich in dieser Zeit. Ich hatte doch nichts Richtiges gelernt! Ich habe es in einer Steuerkanzlei versucht, in einem Versandhaus, als Empfangsdame in einem Einrichtungsgeschäft – alles nichts. Es wurde immer schwieriger. Meine Kleider waren alt und unmodern. Neue konnte ich nicht kaufen. Ich mußte mit Evelyn die Wohnung verlassen, weil ich die Miete nicht mehr bezahlen konnte. Ich nahm eine kleinere. Aus der mußte ich auch bald fort. Zuletzt hatte ich nur noch eine ganz scheußliche, kleine, direkt an der Bahn. Ein Loch.«
»Und dein Vater?«
»Der schickte mir von Zeit zu Zeit Geld. Ich will keine Heldin aus mir machen, glaub mir, Oliver! Aber ich schickte das Geld wieder zurück. Ich konnte nicht vergessen, wie Mutter gestorben ist. Ich kann es heute noch nicht vergessen!« Sie legt sich wieder neben mich, und wir halten einander an der Hand und schweigen lange.
Dann sagt sie: »Auf die Straße bin ich nie gegangen. Ich lernte Männer kennen, natürlich. Ich ließ mich ausführen. Als die Männer merkten, in welchen Umständen ich lebte, machten sie sich schnell wieder davon.«
»Auch als sie merkten, daß du ein Baby hattest.«
»Natürlich. Und dann ... weißt du ... Nein, ich glaube, ich kann es nicht sagen.«
»Sag es.«
»Nicht daß ich es nicht sagen will, ich glaube, ich kann es nicht richtig ausdrücken. Die Männer ...«
»Was ist mit ihnen?«
»Sie merken es so schnell, wenn du Theater machst und ihnen Liebe vorspielst oder Leidenschaft ...«
»Ihr auch! Ihr habt es da sogar noch besser. Ihr könnt das alles noch viel schneller feststellen!«
Mir fällt etwas ein.

»Und dein Mann?«
»Das habe ich dir doch schon erzählt. Dem begegnete ich an dem Abend, an dem ich Evelyn und mich umbringen wollte. Als ich absolut am Ende war. Evelyn lief in seinen Wagen und ...«
»Das meine ich nicht.«
»Was denn?«
»Du liebst doch deinen Mann nicht.«
»Nein.«
»Und er merkt nichts? Ausgerechnet er merkt nichts?«
»Natürlich merkt er es. Er hat es mir auch schon gesagt.«
»Und?«
»Er meint, es macht ihm nichts. Er liebt mich, das genügt ihm. Er wird mich nie freigeben, sagt er.« Ihre Stimme wird lauter. »Was wirklich in ihm vorgeht, weiß ich nicht. Ich weiß nicht, ob er mir morgen nicht doch Enrico oder dich oder einen anderen Mann vorhält und mich hinauswirft. Aber sag mir eines, Oliver, sag mir eines: Kannst du jetzt begreifen, daß ich nie mehr in diesem dreckigen Loch da an der Bahn wohnen will, und nichts zu essen haben, und mit ekelhaften Spießern Sekt trinken und mich von ihnen an die Brust greifen lassen? Verstehst du jetzt, daß ich nie mehr arm sein will, nie mehr, nie mehr, nie mehr?«
»Ich verstehe es.«
»Du bist großartig.«
»Ich bin gar nicht großartig. Aber du hast die Schallplatte zerschlagen.«
»Das tut mir jetzt schon wieder leid.«
»Sag das nicht!«
»Wenn es so ist? Wir zwei wollen uns doch immer die Wahrheit sagen, nicht?«
»Ich hebe die Scherben auf.«
»Dummer Junge.«
»Eines Tages zeige ich sie dir!«
»Fang nicht wieder an, bitte! Das andere war so schön ... So, wie es noch mit keinem war ...«
»Auch nicht mit Mister Stevens?«
»Warum fragst du das?«
»Weil er der Vater Evelyns ist. Ich bin eifersüchtig auf ihn.«
»Das mußt du nicht sein. Ich sage dir doch, ich weiß nicht einmal mehr, wie er aussah. Und ... und ich weiß auch nicht mehr, wie es mit ihm war.«
»Aber ...«
Sie legt ihre Hand auf meine Hand. »Es ist spät. Wir müssen

gehen. Ach, wir haben so wenig Zeit, Liebling, so wenig Zeit.«
Wir küssen uns.
So little time.

## 14

Es ist ganz dunkel, als wir das kleine, windschiefe Haus verlassen. Sorgfältig sperrt Verena ab. Über die Wiese gehen wir zu meinem Wagen. Während ich zur Autobahn hinauffahre, fällt mir noch etwas ein: »Du hast mir aber doch einmal erzählt, daß dein Mann deinem Bruder eine Stelle in der Wechselstube des Frankfurter Hauptbahnhofs verschafft hat?«
»Das stimmt. Vor einem Jahr nahm Otto Geld aus der Geschäftskasse der Fabrik in Passau. Vater warf ihn hinaus. Otto kam zu mir und bettelte mich an. Das hat er immer schon getan. Mein Mann half ihm. Mein Mann hilft vielen Menschen.«
»Ist doch ein schöner Zug von ihm!«
»Er tut's nicht für die Menschen.«
»Sondern?«
»Meinetwegen.«
»Damit du einmal anfängst, ihn zu lieben?«
»Ja.«
»Und wirst du einmal anfangen?«
Sie schüttelt den Kopf. Die Scheibenwischer schlagen, und der Regen schlägt gegen die Fenster und auf das Verdeck. Bei der Tankstelle an der Autobahn steige ich aus und bitte, ein Funktaxi zu rufen. Dann gehe ich zu Verena zurück.
»Übermorgen ist Donnerstag. Da habe ich den ganzen Nachmittag frei. Sehen wir uns um halb drei?«
»Ja, Oliver, ja!« Sie nickt.
Und dann blicken wir in die Dunkelheit und den Regen hinaus und verfolgen die Autos, die tropfensprühend, mit singenden Reifen, auf der nassen Bahn vorüberjagen.
Das Funktaxi kommt.
»Laß es nicht direkt vor eurem Haus halten, Verena.«
»Nein.«
»Ich liebe dich.«
»Gute Nacht.«
»Ich liebe dich.«
»Kommt gut heim.«
»Ich liebe dich.«

»Bleib sitzen. Ich gehe allein hinüber. Ich will nicht, daß der Chauffeur dich sieht.«
Sie geht allein.
Das Taxi fährt los. Seine roten Schlußlichter verschwinden in der nächsten Biegung. Ich lasse meinen Wagen bis zur Autobahneinfahrt zurückrollen und mache mich auf den Heimweg ins Internat.
Der »Quellenhof« ist noch leer, als ich ankomme. Alle Kinder sind noch beim Essen.
Auf dem Weg zu meinem Zimmer begegne ich Herrn Herterich.
»Gott sei Dank, daß Sie rechtzeitig kommen. Herr Doktor Haberle hat um vier angerufen.«
»Und?«
»Ich ... ich habe gesagt, Sie hätten Durchfall und lägen im Bett.«
»Okay. Wenn ich vielleicht auch etwas für Sie tun kann?«
»Nein, danke ...« Er klopft auf Holz und lächelt verzagt. »Im Moment komme ich Gott sei Dank mit den Kleinen halbwegs zurecht.«
»Sehen Sie! Ich habe es Ihnen prophezeit!«
»Aber was geschieht, wenn der Herr Direktor oder ein Lehrer merkt, daß Sie so oft verschwinden?«
»Es wird keiner merken.«
»Und wenn doch?«
»Dann fliege ich.«
»Dast ist Ihnen so egal?«
»Gar nicht! Darum werden wir es geschickt anfangen, Herr Herterich. Überlassen Sie alles mir. Ich helfe Ihnen, Sie helfen mir. Ich verspreche, daß ich hauptsächlich nur noch Donnerstag und Samstag abhauen werde. Da darf ich ja.«
Er nickt erleichtert und sagt leise: »Ich will nicht unverschämt sein, aber sie ist sicher wunderschön.«
»Ja.«
»Meine Frau war auch wunderschön, Herr Mansfeld. So schön, daß einem Tränen in die Augen traten, wenn man sie ansah.«
»Was ist mit ihr geschehen?«
»Sie betrog mich und ließ sich scheiden. Ich konnte ihr nie etwas bieten. Schönen Frauen muß man etwas bieten, nicht wahr?«
»Vielleicht«, sage ich und denke an Manfred Lord.
In meinem Zimmer setze ich mich auf das Bett und denke an mich.
Was kann *ich* Verena bieten?
Nichts. Überhaupt nichts.
Etwas sticht mir in die Rippen.
Ich greife in die Tasche und hole die fünf Schallplattenscherben heraus. Auf dem Nachttisch lege ich sie zusammen.

LOVE IS JUST A WORD
FROM THE ORIGINAL SOUNDTRACK OF
»AIMEZ-VOUS BRAHMS?«

Ich sitze da und starre die zerbrochene Platte an. »Liebe ist nur ein Wort.« Der Regen klopft an die Fenster. Nur meine Nachttischlampe brennt. Dann höre ich Lärm. Die ersten Kinder kommen vom Essen. Schnell nehme ich ein altes Kuvert und stecke die Plattenstücke hinein. Das Kuvert verberge ich in der Nachttischschublade. Dann lege ich mich auf das Bett, verschränke die Arme unter dem Kopf und starre die Decke an.

Sie sagt, sie kann sich nicht einmal mehr an sein Gesicht erinnern. Aber er ist der Vater ihres Kindes! Und sie sagte auch einmal, sie hätte nur zwei Menschen im Leben geliebt: Evelyn und Evelyns Vater. Sie sagte...

## 15

In diesem November gibt es wüste Stürme und viel Regen. Jeden Donnerstagnachmittag und jeden Samstagnachmittag treffe ich Verena in »unserem« Haus.

Jedesmal sieht es schiefer und trübseliger aus. Die Wiese ist ein einziger Morast geworden, einen Teil des Zaunes hat der Sturm zerstört, das Treppengeländer beim Aufgang zur Haustür hat ebenfalls das Zeitliche gesegnet. Und die Holzwürmer ticken eifrig in den Wänden. Aber der elektrische Ofen hält den Raum warm, in dem wir uns lieben. Jeder bringt jedesmal ein kleines Geschenk mit. Eine Pfeife. Parfüm. Ein Feuerzeug. Einen Lippenstift. Ein Buch. Ich darf keine großen Geschenke machen, damit sie bei Verena zu Hause nicht auffallen, und damit ich sie bezahlen kann. Seit ich die Wechsel auf dem Hals habe, muß ich sparen. Manchmal komme ich früher, manchmal Verena. Meistens Verena. Wer zuerst kommt, lüftet, stellt den Ofen an und bereitet das Bett. Wir kochen auch Tee. Alkohol trinken wir nie. Verena sagt, sie will immer vollkommen nüchtern sein, wenn wir zusammen sind. Ich will das auch. Es wird noch eine Zeit kommen, da werden wir beide nur einen Wunsch haben: Uns zu betrinken. (Aber erst später – ich kann ja nicht so schnell schreiben, wie ich lebe.)

Manfred Lord ist noch immer mit seinem Hochhaus in Hannover beschäftigt. Dazu hat er die Finanzierung von zweihundert Einfamilienhäusern am Rand von Bremen übernommen. Anscheinend gibt es Dich doch, lieber Gott.

Jedesmal erzählen wir einander noch etwas aus unserem Leben, nachdem wir uns geliebt haben. Dann lieben wir uns wieder.
Es wird immer kälter und immer früher dunkel. Nebel fallen. Alle Bäume sind nun ganz kahl. Bald kommt der Dezember.
Der Nebel, der Regen, das Trommeln seiner Tropfen auf dem Hüttendach, das Rauschen des Heizkörperventilators, unsere Umarmungen, unsere Gespräche – all das habe ich noch nie erlebt, noch nie gekannt. Verena sagt, sie auch nicht. Bevor ich sie traf, ging ich stets davon aus, daß alle Menschen lügen. Verena glaube ich das Unwahrscheinlichste! Es gibt nichts, was sie erzählen könnte, und ich würde denken: Nun lügt sie. Ich habe ihr das gesagt. Sie hat erwidert: »Es ist doch ausgemacht, daß keiner von uns den anderen belügt.«
Ich habe ihr noch einmal verboten, mir zu schreiben. Wenn wir einander nicht sehen, weil Verena keine Zeit hat oder ich nicht fort kann, dann telefonieren wir miteinander – wie früher. Ich sitze im Büro von Frau Liebetreus Garage und warte auf Verenas Anruf, während ich »unsere Geschichte« niederschreibe.
»Es muß eine sehr große Liebe sein«, meint Frau Liebetreu.
Ich sage nichts.
Vielleicht hat sie auch ein Tonbandgerät? Vielleicht kennt sie Herrn Leo? Nein! Nein! Ich tue ihr unrecht. Eine Liebe ist etwas, nach dem alle Menschen sich sehnen, die Ärmsten, die Klügsten, die Dümmsten, die Reichsten, die Mächtigsten, die Erbärmlichsten, die Jüngsten, die Ältesten, auch Frau Liebetreu ...
Geraldine geht es besser, wie man hört, aber noch lange nicht gut. Sie liegt, vom Hals bis zum Bauch, in einem Gipsverband. Man darf sie noch immer nicht besuchen. Ich habe ihr Blumen und einen nichtssagenden Brief geschickt und darauf diese Antwort erhalten:

*Mein Liebster!*
*Ich kann nur ganz kurz schreiben – wegen des Verbandes. Danke für die Blumen! Ich werde sie aufheben, auch wenn sie vertrocknet sind, mein ganzes Leben. Bis Weihnachten, sagt der Arzt, darf ich in eine Wohnung übersiedeln, die meine Mutter hier gemietet hat. Zu den Feiertagen kommt Vater aus Cape Canaveral. Vielleicht versöhnen sich meine Eltern. Ich wage gar nicht, daran zu denken. Eine Versöhnung – und Du! Gleich nach Weihnachten mußt Du mich besuchen. Bete, daß mein Rückgrat ordentlich zusammenwächst und ich nicht so scheußlich verkrüppelt herumlaufen muß wie der arme Hansi. Die Ärzte, denen ich erzählte, daß ich eine*

*große Liebe habe, sagten, das würde mich wieder ganz gesund machen. Wäre das nicht wunderbar? Es umarmt und küßt Dich zärtlich vieltausendmal*

*Deine Geraldine.*

Den Brief habe ich sofort verbrannt. Aber was wird nach Weihnachten werden? Ach, es ist erst Anfang Dezember!
Ich habe eine Angewohnheit entwickelt, alle Entscheidungen hinauszuschieben, und wenn ich bei Verena bin, vergesse ich überhaupt, daß es Entscheidungen gibt.

## 16

Die Kerzen brennen. Wir liegen nebeneinander. Verena sagt abrupt: »Ich kann Nietzsche nicht leiden. Du?«
»Zum Kotzen!«
»Ja, aber gestern habe ich ein Gedicht von ihm gefunden, das paßt auf uns.«
»Sag es.«
Sie sagt, nackt und warm in meinen Armen: »Die Krähen schrein und ziehen schwirren Flugs zur Stadt: Bald wird es schnein, – wohl dem, der jetzt noch – Heimat hat.«
»Das hätte ich ihm gar nicht zugetraut!«
»Ich auch nicht.«
Ganz leise ertönt Musik aus dem Radio. AFN bringt die »Rhapsody in Blue«. Wir stellen immer nur AFN ein. Deutsche Sender haben keinen Sinn. Und Radio Luxemburg können wir tagsüber mit diesem Apparat nicht empfangen.
»Wir haben eine, nicht, Verena? Wir haben eine Heimat!«
»Ja, mein Herz!«
Das Dach des Häuschens ist undicht geworden. Seit einiger Zeit müssen wir, wenn es regnet, Schüsseln auf den billigen Teppich stellen, denn es tropft von der Decke.
»Ich meine nicht die Hütte hier.«
»Ich weiß, was du meinst.«
»Du bist meine Heimat. Du bist mein Zuhause.«
»Und du bist das alles für mich«, sagt sie.
Dann tun wir es wieder, und der Regen fällt in großen Tropfen in die Schüsseln auf dem Teppich, der Winterwind heult um die Baracke, während AFN die »Rhapsody« spielt...

## 17

»Setz dich, Oliver«, sagt der Chef. Das ist am 6. Dezember, abends in seinem Arbeitszimmer mit den vielen Büchern, dem Globus, den Kinderbasteleien und den Kinderzeichnungen an den Wänden. Der Chef raucht Pfeife. Mir bietet er Zigaretten und Zigarren an.
»Nein, danke.«
»Trinkst du eine Flasche Wein mit mir?«
»Gern.«
Er holt einen alten Château Neuf du Pape hervor, fein vorgewärmt, und gießt zwei Gläser voll, setzt sich, trinkt, sieht mich an, wie immer auch im Sitzen wegen seiner Übergröße vorgeneigt, schlank, ruhig – na, wie James Stewart eben. Auch so schlaksig. Ich hatte zuerst Angst, als er mich kommen ließ. Ich dachte, es könnte mit Verena zusammenhängen, aber ich habe mich geirrt. Es geht um etwas ganz anderes.
»Annehmbar, der Wein, nicht?« fragt der Chef.
»Ja, Herr Doktor.«
Er saugt an seiner Pfeife.
»Oliver, als du zu mir kamst, habe ich dir vorgeschlagen, daß wir uns manchmal unterhalten, erinnerst du dich?«
»Ja, Herr Doktor.«
»Es tut mir leid, daß unsere erste Unterhaltung nicht deine, sondern meine Probleme berührt.«
»Mir fällt ein Stein vom Herzen.«
»Wieso?«
»Na, immer noch lieber eine Diskussion über *Ihre* Probleme!«
»Ach so!« Er lächelt. Dann wird er ernst. »Ich will mich mit dir unterhalten, weil du der Älteste im ganzen Internat bist und weil ich sonst einfach niemanden habe.«
»Ihre Lehrer?«
»Die darf ich damit nicht belasten. Ich will es auch nicht!«
»Schießen Sie los, Herr Doktor!«
»Was hältst du von Südhaus?«
»Friedrich? Das ist eine doofe Nuß. Opfer seiner Erziehung. An sich kein schlechter Kerl! Aber mit so einem dreckigen Nazi als Vater kann er natürlich nur glauben ...«
»Ja eben«, sagt der Chef.
»Eben was?«
»Willst du bestimmt keine Zigarette?«
»Nein.«

»Oder eine Zigarre? Es sind ganz leichte!« Er sieht verfallen aus, der Chef. Ob er krank ist?
»Auch nicht, danke, nein. Was ist mit Friedrich?«
Der Chef zeichnet mit seinem Finger unsichtbare Figuren auf die Schreibtischplatte. »Er hat mich angezeigt«, sagt er.
»Bei wem?«
»Bei seinem Vater. Du weißt, der ist Generalstaatsanwalt.«
»Gerade an so eine Stelle gehört er hin.«
»Von Rechts wegen gehörte er in ein Gefängnis. Aber wo gibt es Recht? Herr Doktor Südhaus ist nun einmal ein hohes Tier. Mit besten Beziehungen zu allen Behörden. Du bist einundzwanzig. Ich muß dir nicht sagen, wie es bei uns zugeht.«
»Nein, Herr Doktor, das müssen Sie nicht. Was wirft man Ihnen vor?«
»Daß ich Herrn Doktor Frey angestellt habe.«
»Unseren Geschichtslehrer?«
»Ja.«
»Aber den lieben doch alle!«
»Offenbar nicht alle. Friedrich Südhaus jedenfalls liebt ihn nicht.«
»Ach so, das meinen Sie! Den Besuch im KZ Dachau!«
»Es ist nicht nur der Besuch in Dachau. Es ist die ganze Art, in der Doktor Frey Geschichte unterrichtet. Die Fernsehsendungen. Die Bücher, die ihr bei ihm zu lesen bekommt. Alles das zusammen brachte Südhaus auf die Palme. Du sagtest vorhin ganz richtig, er sei das Produkt seiner Erziehung. Nun, als solches hat er seinem Vater geschrieben.«
»Was?«
»Viele Briefe. Wie in meiner Schule, von einem meiner Lehrer, ›Geschichte‹ unterrichtet, wie das deutsche Volk in den Dreck gezerrt wird, die deutsche Ehre, das deutsche Ansehen, wie euch kommunistische und zersetzerische Ideen eingeimpft werden.«
»Diese Sau! Ich glaube, ich nehme doch eine kleine Zigarre, wenn Sie gestatten, Herr Doktor.« Während ich ihre Spitze abschneide und sie in Brand setze, frage ich: »Und weiter?«
»Und weiter?« Der Chef lächelt traurig und streichelt ein Bastpferdchen, das auf seinem Schreibtisch steht und das irgendein Kind ihm einmal geschenkt hat. »Herr Generalstaatsanwalt Doktor Olaf Südhaus ist ein mächtiger Mann. Er hat sich bei seinen Freunden in den verschiedensten Ämtern beschwert.«
»Ich verstehe das nicht! Doktor Frey sagt doch die Wahrheit! Was für Briefe könnte der alte Nazi schreiben? Worüber könnte er sich beschweren?«

»Darüber, daß Doktor Frey die Wahrheit sagt«, antwortet der Chef, während er seine Pfeife ausklopft und neu füllt. »Die Wahrheit, Oliver, muß man mit List verbreiten, wenn man überhaupt durchkommen will. Doktor Frey hat sie nicht mit List verbreitet, sondern mit Mut.«
»Es ist schon ziemlich traurig«, sage ich, »daß auch Sie es bereits mutig nennen, wenn einer uns die Wahrheit über das Dritte Reich und sein Verbrecherpack erzählt!«
»Ich versichere dir, alles, was Doktor Frey sagt, ist meine Meinung und hat meine Zustimmung. Ich bewundere und verehre Doktor Frey.«
»Na und? Dann schmeißen Sie doch den Südhaus raus! Sie haben ja auch schon andere gefeuert!«
»Das war leichter«, sagt der Chef und pafft mit seiner Pfeife. »Da ging es nur um Knutschen im Wald und du weißt schon was.«
»Und hier?«
»Hier geht es um Politik.«
»Ist das schlimmer?«
»Politik ist das Schlimmste, was es gibt«, sagt der Chef. »Schau mal: Dieser Generalstaatsanwalt – du hast völlig recht, Friedrich kann nichts dafür, er wurde so erzogen –, dieser Herr rannte von einem Ministerium zum anderen und schrie, bei mir würden die Schüler von einem DDR-Agenten verhetzt. Und ich sei selber einer. Weißt du, wo du dich nach Ansicht von Friedrichs Vater befindest, Oliver?«
»Wo?«
»In einer Schule, in der lauter kleine Kommunisten erzogen werden!«
»Daß ich nicht lache!«
»Es ist nicht zum Lachen. In diesem Zusammenhang hat Friedrichs Vater auch immer wieder angeführt, daß ich dem kleinen Giuseppe ein Stipendium gegeben habe. Und dessen Vater ist nun mal ein Kommunist. Was soll ich machen?«
»Ist Südhaus denn mit diesem Nonsens bei den Ministerien durchgekommen?«
»Teils, teils. Es haben natürlich nicht alle bravo geschrien, als er verlangte, daß ich Doktor Frey entlasse, aber es hat auch keiner klipp und klar gesagt: ›Das kommt ja überhaupt nicht in Frage, daß der Mann entlassen wird, sonst mache ich Skandal, oder rufe den ›Spiegel‹ an, oder sonst etwas!‹ « Der Chef hustet, als hätte er Rauch verschluckt. »Gut, der Wein, nicht?«
Plötzlich tut er mir leid. Den »Gerechten« nennen wir ihn. Ge-

recht ist er. Ein gerechter, ein anständiger Kerl. Genau wie Doktor Frey. Ich denke: Was können die Gerechten, die Anständigen tun? Was tut man ihnen?
Ich antworte: »Ja, Herr Doktor.«
»Verträgst du noch ein Glas? Du kannst Herrn Herterich sagen, daß wir zwei uns besoffen haben.«
»Ich besaufe mich bestimmt nicht.«
»Aber ich!« sagt der Chef und zerrt an seinem Kragen. »Heute abend besaufe ich mich. Und morgen werdet ihr mich nicht beim Frühstück sehen. Weil mir dann nämlich schlecht sein wird. Mir ist dauernd schlecht. Ich möchte dauernd kotzen.«
»Es ist auch zum Kotzen!«
»Prost, Oliver! Als der Herr Generalstaatsanwalt sah, daß er bei den Ministerien nicht so richtig vorankam, schrieb er an etwa fünfzig Eltern. Wir haben zirka zwei Drittel Ausländer und ein Drittel Deutsche hier.«
»Ich weiß.«
»Der Herr Generalstaatsanwalt schrieb natürlich nur an die deutschen Eltern.«
»Was?«
»Daß unser Geschichtslehrer ein ehrvergessener Lump ist. Daß er ihre Kinder verhetzt. Und daß er im Interesse dieser Kinder vorschlüge, alle Eltern sollten sich zusammentun und die sofortige Entlassung dieses Hetzers Frey verlangen.«
»Und?« Der Chef weist auf einen Packen Briefe.
»Etwa zwanzig Prozent haben mir geschrieben, daß sie auf seiten des Doktor Frey stehen. Etwa fünfzehn Prozent haben nicht geantwortet, sie sind also im Grunde der Meinung des Herrn Generalstaatsanwalts.«
Ich addiere schnell und frage: »Und die anderen fünfundsechzig Prozent?«
»Der Herr Generalstaatsanwalt hat sich seine Leute gut ausgesucht. Fünfundsechzig Prozent verlangen kategorisch die sofortige Entlassung Doktor Freys.«
Danach ist es lange still in dem großen Arbeitszimmer. Der Chef raucht seine Pfeife. Ich trinke meinen Rotwein, der mir auf einmal nicht mehr schmeckt.
»Fünfundsechzig Prozent?« frage ich endlich.
»Erstaunt dich das? Mich nicht. Ich habe mit achtzig bis neunzig Prozent gerechnet. Du mußt auch die andere Seite sehen. Die Eltern wollen nicht, daß ihre Kinder in den Ferien heimkommen und erzählen: Wir haben Dachau gesehen, wir haben das Dritte

Reich gesehen! Die Eltern wünschen ihren Frieden. Sie wollen nicht, daß ihre Kinder fragen, wie so etwas möglich war. Diese Eltern schon gar nicht!«

»Weiß Doktor Frey von der Sache?«

»Niemand weiß noch etwas. Du bist der erste, dem ich es erzähle.«

»Warum?«

»Weil ich, bevor ich etwas unternehme, die Reaktion der Kinder kennen will. Die Erwachsenen sind mir egal«, sagt der Mann, der nie eigene Kinder haben wird. »Mich interessiert nur eure Meinung! Ich weiß, wie ihr zusammenhaltet. Ich weiß, daß ich mich auf dich verlassen kann, Oliver. Ich sage dir absichtlich noch nicht alles ...«

»Was heißt das?«

»Was noch passieren kann, wenn ich Doktor Frey nicht entlasse.«

»Ja, kann man Sie denn zwingen, einen Lehrer zu entlassen, der die Wahrheit sagt?«

»Man kann, Oliver, man kann. Aber darum geht es im Moment noch gar nicht. Im Moment möchte ich nur, daß du, als Ältester, auf deine Tour herausbekommst, was die Kinder von der Sache halten. Wenn sie alle der Meinung ihrer Väter sind, sehe ich keine Hoffnung.«

»Sie sind nicht der Meinung ihrer Väter, Herr Doktor! Noah und Wolfgang ...«

»Die zählen nicht.«

»Na schön, aber auch alle anderen – oder die meisten anderen – teilen nicht die Ansichten ihrer Väter, sofern das alte Nazis sind. Wir benehmen uns schlecht, das stimmt. Wir sind Halbstarke, okay. Wir machen Ihnen und Ihren Lehrern viel Kummer ...«

»Bei Gott!«

»... aber wir sind keine Nazis!«

»Das eben möchte ich gern genau wissen«, sagt der Chef. »Wenn ich es nämlich genau weiß, dann werde ich mich wehren. Obwohl es verflucht schwer sein wird!«

»Warum wird es verflucht schwer sein?«

»Das erzähle ich dir ein anderes Mal. Ich habe eine Menge Sorgen im Augenblick.«

»Okay, Chef«, sage ich. »In zwei Tagen haben Sie meinen Bericht.«

»Ist es klar, daß es unter euch Kindern bleibt, was wir besprochen haben?«

»Vollkommen klar. Wir halten dicht.«

Der Chef steht auf, nimmt die Pfeife aus dem Mund und gibt mir die Hand. »Danke, Oliver.«
»Ich ... nein ... wir danken Ihnen.«
»Wofür?«
»Für Doktor Frey.«
»Hoffentlich«, sagt er leise und dreht den Kopf weg, »dankt ihr mir auch noch in zwei Monaten für ihn.«
»Glauben Sie mir nicht?«
»Dir schon, Oliver. Aber sonst kann ich niemandem mehr glauben. Dieses Volk ist offenbar unbelehrbar. Die Mächtigen von gestern sind die Mächtigen von heute.«
»Das wollen wir erst einmal sehen«, sage ich.

## 18

Seit Anfang Dezember ist es so kalt, daß man die Gitter zwischen den beiden großen Tennisplätzen entfernt und die roten Sandflächen methodisch mit Wasser berieselt hat, das des Nachts gefror. Sehr viele Kinder laufen nun zwischen zwei und vier auf den Tennisplätzen Schlittschuh. Am 7. Dezember veranstalte ich darum hier eine Versammlung.
Um drei Uhr.
Nachts habe ich mir überlegt, was ich tun soll. Ich bin schlampig und faul. Wenn es sein muß, kann ich aber auch ordentlich und exakt sein. Nicht gern. Es muß aber sein, diesmal.
Ich habe also aus kleinkarierten Mathematikheften dreihundertzwanzig Zettel geschnitten, und zwar aus den rotkarierten (seltenen) und so, daß keiner dabeiwar. Damit bei der Wahl kein Betrug vorkommen kann.
Dreihundertzwanzig Zettel genügen, wir sind alles in allem, wie mir der Chef sagte, im Augenblick dreihundertsechzehn Schüler. Am Morgen ging ich auf den Dachboden des »Quellenhofs« und holte zwei große Persilkartons. In die Deckel riß ich mit einem Messer lange Schlitze. Das sind die Wahlurnen. Beim Frühstück bat ich Hansi, allen Kindern in den unteren vier Klassen zu sagen, daß ich ihnen um drei Uhr auf dem Eislaufplatz eine wichtige Mitteilung zu machen hätte. In den oberen Klassen verkündete ich das selber. Ich sagte keinem, worum es sich handele, sonst wären viele womöglich gar nicht gekommen. So sind alle neugierig und tatsächlich um drei Uhr auf dem Eislaufplatz. Sie tragen Keilhosen, bunte Norwegerpullover und kurze Faltenröckchen über

Wollstrümpfen, dazu rote, gelbe und blaue Schals. Das ist ein fröhlicher Anblick vor den schwarzen Bäumen des Winterwaldes. (Denken Sie mal an Breughel.)
Ich muß ziemlich laut reden, damit mich alle verstehen.
»Zuerst bitte ich, euch für einen Augenblick in drei Reihen hintereinanderzustellen und abzuzählen, damit wir wissen, wie viele da sind.«
Es gibt ein großes Gepurzel und Gleiten und Rutschen, dann stehen sie da und zählen. Die erste Zählung ergibt dreihundertundzwei. Die zweite dreihundertundfünf. Die dritte wieder dreihundertundfünf. Dreihundertundfünf stimmt, denn Geraldine hat der Chef, als er von dreihundertsechzehn Schülern sprach, ausdrücklich fortgelassen, und elf Kinder sind krank. Bei ihnen war ich schon vor dem Frühstück (auch in der Mädchenvilla, mit Erlaubnis des Chefs) und habe ihnen erklärt, was los ist, und sie gebeten, darüber zu schweigen. Ich habe jedem kranken Kind einen dieser karierten Zettel gegeben und es wählen lassen, geheim, während ich ihm den Rücken kehrte. Die elf Zettel liegen bereits in den beiden Persilkartons, die nun auf dem Eis stehen.
»Gestatten Herr Unteroffizier, daß wir diese militärische Formation wieder auflösen?« ruft Thomas.
Thomas, das ist der Sohn des NATO-Generals. Thomas haßt seinen Vater.
»Kommt näher, so nahe ihr könnt, damit ich nicht brüllen muß. Folgendes ist passiert...«
Ich erzähle ihnen, was passiert ist. Lange habe ich mir überlegt, ob ich sagen soll: »Einer von euch hat den Doktor Frey bei seinem Vater als Antifaschisten angezeigt, und einen Haufen Eltern verlangt nun, daß dieser Doktor Frey, der euch alle unterrichtet, entlassen wird«, oder ob ich sagen soll: »Friedrich Südhaus hat den Doktor Frey bei seinem Vater angezeigt«, und so weiter.
Friedrich Südhaus hat persönliche Freunde, Friedrich Südhaus hat persönliche Feinde. Es wäre keine objektive Wahl, wenn ich seinen Namen nennen würde. Ich sage also: »Einer von euch hat Doktor Frey bei seinem Vater angezeigt.«
Dann erzähle ich ihnen alles. Die ganz Großen hören genauso aufmerksam zu wie die ganz Kleinen.
Als ich fertig bin, geschieht etwas Unerwartetes: Friedrich Südhaus dreht sich plötzlich um und will davonrennen. Damit konnte ich nicht rechnen, daß er sich selbst verraten würde, der Idiot! Schlechte Nerven. The goddammed fool kommt übrigens nicht weit. Wolfgang stellt ihm ein Bein, der Primus knallt aufs Eis.

Da ist schon Wolfgang und reißt ihn an der Pelzjacke hoch. Er knurrt: »Habe ich mir doch gleich gedacht, daß du das nur gewesen sein kannst, Süßer!«
Mit einem Sprung ist Thomas bei Südhaus, der zittert und aussieht, als wollte er losplärren. Thomas hält dem Primus eine Faust unter die Nase und sagt: »Hier bleibst du, Arsch mit Ohren!«
»Was hast du gesagt!«
»Arsch mit Ohren! Erst petzen, dann türmen! Heil Hitler!«
»Ich habe nicht gepetzt! Das war ein anderer!«
»Klar«, sagt Thomas, »darum scheißt du dir jetzt ja auch in die Hosen, wie? Komm her, Wolfgang!« Der Sohn des gehängten Kriegsverbrechers tritt an die andere Seite Friedrichs.
Der zittert jetzt. Er ist ganz gelb im Gesicht.
»Nazisau«, sagt Wolfgang.
»Ruhe!« schreie ich und habe große Angst, daß meine Autorität im Eimer ist und gleich eine Massenholzerei beginnen wird. »So geht das nicht! Das ist völlig egal, wer es gewesen ist, und...«
»Quatsch, völlig egal! Südhaus war es!«
»Hilfe!« schreit der. »Herr Doktor Florian! Hilfe!«
Wolfgang holt aus und knallt dem Südhaus eine, daß vielen Zuschauern der Unterkiefer herabfällt.
Südhaus fliegt Thomas in die Arme.
Der ruft: »Im Namen der NATO!« Und haut Südhaus die Faust in den Bauch. Der Primus knickt zusammen. Wolfgang packt ihn und will gerade wieder zuschlagen, da steht auf einmal der blasse, magere Noah vor ihm und sagt leise: »Laß los!«
»Was?«
»Ihr sollt ihn nicht schlagen!«
Tatsächlich gehorchen Thomas und Wolfgang.
Leise spricht Noah weiter: »Oliver ist noch nicht fertig. Aber eines habe ich schon kapiert. Hier ist etwas ganz Böses geschehen. Das kann mit Dresche allein nicht mehr gutgemacht werden. Stimmt's, Oliver?«
»Ja«, sage ich. Und zu Südhaus: »Wenn du nicht ausgerissen wärest, blöder Hund, wüßte es kein Mensch. Ich habe deinen Namen absichtlich nicht genannt.«
Südhaus sieht mich an. Er schluckt dauernd, um nicht zu heulen. Dann heult er doch los: »Ich war es nicht! Ich war es nicht.«
»Feig auch noch«, sagt Thomas.
»Ich war es nicht! Ich...«
»Kusch«, sagt Wolfgang. Und zu mir: »Darf ich ihm wenigstens einen Tritt geben?«

»Nein!«
»Keinen einzigen, kleinen, ganz kleinen?«
»Laß Oliver endlich weiterreden«, sagt Noah.
Darauf ist Wolfgang ruhig. Er tut immer, was Noah sagt. The body. And the brain.
»Jeder von euch bekommt jetzt einen Zettel von mir.«
»Wozu?« fragt Hansi, mein »Bruder«.
»Das ist eine Wahl. Und zwar eine geheime. Ihr könnt zu den Bänken gehen oder hinter die Bäume, wenn ihr schreibt.«
»Was schreibt?«
»Ob ihr wollt, daß Doktor Frey bei uns bleibt, oder ob ihr wollt, daß er geht. Wer will, daß er bleibt, schreibt ›Ja‹ auf seinen Zettel, wer will, daß er nicht bleibt, schreibt ›Nein‹. Wer keine Meinung hat, schreibt gar nichts. Die Zettel faltet ihr zusammen und werft sie in einen von den beiden Pappkartons. Dreihundert Zettel gehen nicht in einen, darum habe ich zwei mitgebracht.«
Eine Stimme: »Was soll die Wahl? Was haben *wir* schon zu sagen?«
»Dreihundert Kinder haben eine Menge zu sagen!« ruft die kaffeebraune, zierliche Chichita.
»Nicht in Persien«, sagt der kleine Prinz.
»Aber bei uns«, sagt Wolfgang.
»Na wenn schon«, meint Noah.
»Du sei auch ruhig!«
»Aber ich bitte dich«, sagt Noah, »bei uns haben doch nicht einmal die Erwachsenen etwas zu sagen!«
Südhaus schreit auf.
»Was war das?« frage ich.
»Thomas hat mich getreten!«
»Du wirst noch viel mehr abkriegen, wenn wir dich allein erwischen, Saukerl!« sagt Thomas. »Ich wette, dein lieber Vater hat auch meinem lieben Vater einen Brief geschrieben. Die Herren dürften sich einig sein. Also fang schon an, Oliver!«
Ich öffne die Kartons und verteile die Zettel an die Kinder, die vorbeidrängen. Ich sage dazu: »Ein paar von euch lachen. Hier gibt es wenig zu lachen. Hier geht es um die Zukunft eines Menschen. Wenn einer von euch also Sternchen auf den Zettel malt oder ihn wegwirft, dann muß er daran denken, daß er ein Stückchen von der Zukunft des Doktor Frey wegwirft.«
Darauf hört das Lachen auf.
Die Kinder verstreuen sich über den ganzen Platz. Viele stehen in Gruppen herum und diskutieren, und jeder schreibt sein »Ja«

oder »Nein« ganz geheimnisvoll auf den Zettel, so daß keiner es sehen kann. Dann kommen sie zu mir zurück, der ich auf meinen Zettel »Ja« geschrieben habe.

Thomas ruft laut: »Ich habe dafür gestimmt, daß Doktor Frey bleibt!«

»Es hat dich niemand gefragt, wie du gestimmt hast«, sage ich und stecke seinen zusammengefalteten Zettel in einen der Kartons. Während ich meinen nachschiebe, füge ich hinzu: »Glaub ja nicht, daß mit dieser Wahl alles erledigt ist. Oder damit, daß ihr Friedrich ein paar Zähne ausschlagt. Das ist erst der Anfang!«

»Anfang von was?«

»Von einer langen und schweren Geschichte wahrscheinlich«, sagt Noah, während er seinen Zettel abgibt. »Ich habe den Doktor immer gewarnt.« Noah geht langsam fort.

Nach und nach füllen sich die beiden Kartons. Dann hat das letzte Kind seinen Zettel abgegeben. Gott sei Dank ist es ganz windstill. Ich kann also den Inhalt der Kartons auf den Boden entleeren.

»Wer hilft mir beim Auszählen?« frage ich.

Hansi drängt sich vor.

»Ach bitte, Oliver«, sagt der kleine Prinz, »dürfte ich dir auch helfen? Das ist alles so neu und aufregend für mich. Ich war noch nie bei einer Wahl.«

»Natürlich, Raschid«, sage ich und übersehe bewußt den wütenden Blick, den Hansi mir gibt.

Hansi, mein »Bruder«.

Er wird sich bald auf ganz andere Art als nur durch Blicke bemerkbar machen. Und die Folgen werden dann nicht mehr zu übersehen sein...

## 19

Die Auszählung dauert zwanzig Minuten.

Alle Kinder beobachten genau, was wir tun. »Ja«-Stimmen kommen in den linken Karton, »Nein«-Stimmen in den rechten. Ungültige Stimmen legen wir unter den einen Karton, Stimmenthaltungen unter den zweiten.

Ich öffne einen Zettel, darauf hat ein (kleines) Kind geschrieben: ALLES KACKE! Auf einem anderen Zettel finde ich ein schweinisches Symbol, ein dritter ist leer. Das wäre also eine Stimmenthaltung. Die anderen beiden Zettel sind ungültig.

Nach zwanzig Minuten sind wir mit dem Sortieren fertig. Zur

Sicherheit zählen wir noch einmal. Viele zählen mit, manche laut. (Alle in ihren Sprachen.) Dann kann ich das Resultat aufschreiben. Ich sehe meinen Block an und sage: »Die Wahl hat folgendes Resultat erbracht – und dabei sind schon die Stimmen der elf Kranken berücksichtigt: Ungültige Stimmen: Elf. Stimmenthaltungen: Zweiunddreißig. Ja-Stimmen: Zweihundertsechsundfünfzig.«
An dieser Stelle beginnen viele wie verrückt zu klatschen und Hurra zu schreien. »Ruhe!« Es wird wieder still: »Nein-Stimmen: Siebzehn.«
Pfiffe, Pfuirufe und Kraftausdrücke. Ein paar Jungen wollen sich wieder auf Südhaus stürzen, der kreidebleich ist.
»Ihr sollt ruhig sein! Ich stelle fest: Unsere Wahl zeigt eine überwältigende Mehrheit, die dafür ist, daß Doktor Frey bleibt.«
Wieder Beifall. Noah klatscht nicht. Er lächelt sein trauriges jüdisches Lächeln, und in seinen Augen sehe ich sechstausend Jahre Weisheit und Ohnmacht.
»Zweiter Punkt der Tagesordnung«, sage ich. »Der Chef hat mich mit dieser Sache beauftragt – glaubt nicht, daß ich mich dazu gedrängt habe –, weil ich der Älteste von euch allen bin. Beileibe nicht der Klügste!« Ironisches Klatschen. »Ich sehe, ihr seid meiner Meinung. Aber so klug bin ich, um euch zu sagen: Wenn ihr jetzt den Südhaus verdrescht, dann zerschlagt ihr nur noch mehr Porzellan. Dann war die ganze Wahl umsonst, und ihr beweist den Erwachsenen nur, daß ihr auch Nazimethoden anwendet.«
»Wieso? Er hat sie doch zuerst angewendet!« ruft Thomas.
»Willst du so sein wie er?«
Thomas spuckt auf den Boden.
»Na also«, sage ich.
»Ja, Mensch, aber etwas muß doch mit der Toppsau geschehen«, meint Wolfgang, der Südhaus immer noch am Arm festhält. »Wir können ihn doch für das, was er getan hat, nicht auch noch mit Schokolade begießen!«
Tritt die kleine Chichita vor und sagt mit ihrem hohen Stimmchen: »Wer schreit und schlägt, hat immer unrecht. Ich stimme dafür, daß Südhaus so lange ins ›Zuchthaus‹ kommt, bis diese Sache geklärt ist.«
»Bravo!« ruft einer. Dann klatschen sie wieder. Ich sehe, daß Noah der kleinen Brasilianerin zulächelt. Sie strahlt.
»Wer dafür ist, daß Südhaus ins ›Zuchthaus‹ kommt, soll die Hand heben!«
Ein Wald von Armen hebt sich.

»Helft mir zählen«, sage ich zu Hansi und Raschid.
Wir zählen wieder zweimal.
Zweihundertvierundfünfzig Kinder sind dafür, daß Südhaus ins »Zuchthaus« kommt.
»Zuchthaus«: Das ist ärger als die ärgsten Prügel. »Zuchthaus«, das bedeutet: Von diesem Moment an wird kein Kind mehr mit Friedrich Südhaus sprechen, keines wird ihn beachten, ihn abschreiben lassen, ihm antworten, wenn Südhaus spricht. »Zuchthaus«, das bedeutet: Von heute an werden alle Kinder im Speisesaal aufstehen und sich an einen anderen Tisch setzen, wenn Südhaus an den ihren tritt. Von heute an wird Südhaus allein schlafen, denn für besondere Fälle hat der Chef das erlaubt und vorgesehen, was er »Schülerselbstverwaltung« nennt. Es gibt ein paar Kammern mit einzelnen Betten. »Zuchthaus«: Von heute an wird Friedrich Südhaus mitten unter dreihundert Kindern so einsam sein wie der Mann im Mond.
»Geh«, sagt Wolfgang zu ihm und läßt seinen Arm los.
Der Primus geht. Er wirft den Kopf dabei zurück und sagt noch: »Ihr werdet schon noch alle sehen, was ihr davon habt, Schweine!«
Aber es klingt nicht sehr überzeugend. Dreihundertundvier Kinder sehen ihm nach, bis er verschwunden ist.
»Punkt drei der Tagesordnung«, sage ich. »Der wichtigste. Natürlich ist mit unserer Wahl und damit, daß wir Südhaus ins ›Zuchthaus‹ getan haben, noch nicht alles erreicht.«
»Gar nichts ist erreicht«, sagt Noah.
»Eine Menge«, sage ich, »aber nicht genug.«
»Was können wir noch tun?«
»Wir müssen unseren Eltern zeigen, daß wir entschlossen sind, für Doktor Frey zu ...«
»Sag bloß noch, zu kämpfen«, murmelt Noah. »Dann brauche ich einen von den Kartons für den guten Vanillepudding vom Mittag.«
»Zu kämpfen, jawohl!« ruft Thomas. Er ist jetzt wütend und attackiert Noah. »Du hast es gut! Du kannst leicht klug sein und lächeln und sagen, es hat doch alles keinen Sinn! Deine Leute haben sie vergast! Aber mein Vater lebt! Im letzten Krieg hat er Hunderttausende in den Tod getrieben. Im nächsten wird er es wieder tun! Ich will nicht so werden wie er! Ich will kämpfen, jawohl! Und du sollst nicht lächeln darüber.«
»Thomas«, sagt Noah traurig, »du bist ein netter Kerl. Verzeih, daß ich gelächelt habe.«

Fragt der kleine Raschid, dessen Lippen schon ganz blau vor Kälte sind: »Wie macht man so etwas? Wie kämpft man für den Doktor Frey?«
Daraufhin erwidert der kleine Giuseppe, der genauso friert und immer noch dieses grausige Englisch-Deutsch-Italienisch-Kauderwelsch spricht: »Per favore, da bin icha also Spezialista. In Napoli, ja, mein Pappa ...«
»Der im Gefängnis sitzt«, sagt Ali schnell und gemein.
Wolfgang langt ihn sich und sagt ebenso schnell: »Schnauze, Kleiner. Sonst mache ich Kompott aus dir!« Ali verstummt. »Sprich weiter, Giuseppe«, sagt Wolfgang freundlich zu dem kleinen Italiener. »Was war mit deinem Pappa?«
»Ista docha bloß my Stief-Pappa! Haba ich doch schon gesagta, no?«
»Das spielt keine Rolle«, sagt Noah. »Wir wissen alle, daß dein Pappa nicht wegen eines gemeinen Verbrechens eingesperrt wurde, sondern weil er an einem wilden Streik teilgenommen hat. Und das ist keine Schande.«
Giuseppe fährt sich mit der Hand über die Augen. »Grazie, Noah. Ja, wegen Streika! Das ich wollen sagen.«
»Was?«
»Wir müssen machen a Streika. Alle, die geschrieben haben ›Ja‹, machen Streika.«
Thomas fängt an zu lachen.
Er hat es schon begriffen.
Wolfgang noch nicht. »Was für einen Streik, Giuseppe?«
»Wir gehen nicht in Schula, ja? Wir gehen solang nicht in Schula, bis Chef sagen: ›Doktor Frey bleibt!‹ «
»Der Chef will Doktor Frey ja gar nicht rausschmeißen«, sagt Noah. »Eltern verlangen es. Wir machen dem Chef nur Schwierigkeiten mit solchem Streik und erreichen gar nichts.«
»Alles wir erreichen, yes«, ruft Giuseppe.
»Was hat denn dein Vater erreicht?« fragt Noah. »Eingesperrt haben sie ihn!«
»Ja, aber erst später – nach der Geschichte mit Neubau, Ihr wißt nicht? Damals, nacha diesem Streika, alle Arbeiter haben bekommen sexa Prozenta mehr – wie heißt deutsch?«
»Lohn«, sagt Thomas.
»Ja, Lohn. Müssen nur alle halten zusammen, yes?«
Fragt der kleine Prinz mit seinem zarten Stimmchen: »Und wenn man auch uns alle einsperrt, wie seinen Vater?«
»Nie im Lebena!«

»Leider!« sagt Thomas.
»Wieso leider?« fragt der Prinz.
»Das wäre doch das Allerschönste. Die größte Propaganda! Zweihundertsechsundfünfzig Kinder eingesperrt, weil sie einen Antinazi als Lehrer behalten wollen. Stellt euch das vor! Die Schlagzeilen! Die internationale Presse! In Deutschland sind die Kinder die einzigen Demokraten! Es wäre zu schön!« Er seufzt. Dann lacht er. »Aber es wird auch so gehen! Ich kenne zwei englische Korrespondenten in Bonn. Denen schreibe ich noch heute.«
Sagt ein ganz kleiner Junge, den ich noch nie gesehen habe: »Das leuchtet mir ja alles ein mit dem Streik, und es gefällt mir auch. Aber ich habe so strenge Eltern. Die hauen mir den Hintern blau und grün, wenn der Chef vielleicht alle rausschmeißt, die streiken!«
Fragt Wolfgang: »Warum soll er uns rausschmeißen? Dankbar wird er uns sein! Giuseppe, du bist ein großer Mann!« Der kleine Italiener lächelt selig. »Nach dem, was Oliver da sagt, steht der Chef doch auf der Seite von Doktor Frey. Er wird von ein paar Nazi-Vätern erpreßt. Er muß selig sein über unseren Streik! Und noch seliger, eine Möglichkeit zu haben, Kerle wie Südhaus rauszuschmeißen – nicht uns!«
»Südhaus geht von selber, das garantiere ich euch«, sagt Thomas. »Ich schreibe jetzt gleich den beiden Journalisten, was hier los ist. Ich möchte es übermorgen lesen! In der ›Times‹, im ›Daily Mirror‹! Mensch, das ist vielleicht eine Sache!«
»Langsam«, sagt Noah, »langsam. Du kannst ihnen sofort schreiben. Expreß, meinetwegen, daß sie herkommen sollen. Aber sie dürfen noch keinen Artikel verfassen.«
»Warum nicht?«
»Weil wir vielleicht keinen Artikel brauchen werden. Dein Pappa hat doch auch sechs Prozent mehr bekommen, ohne daß Artikel erschienen sind, Giuseppe, nicht?«
»Si.«
»Und warum?«
»Unternehmer, er hata sich geschämt. War ihm peinlicha, yes?«
»Es wird wahrscheinlich auch verschiedenen Herren Vätern peinlich sein«, sagt Noah. Seltsam, wie er sich plötzlich verändert hat. Hektische rote Flecken zeigen sich auf seinen Wangen. Er, der immer Beherrschte, immer Überlegene, ist auf einmal gar nicht beherrscht, genauso aufgeregt wie Wolfgang!
Ich muß denken: Im Dritten Reich ließen die Juden sich widerstandslos abführen, obwohl sie wußten, daß es ins Gas ging. Kei-

ner erschoß so einen Mörder. Keiner wehrte sich – nur die Juden im Warschauer Ghetto. Heute sind die Israelis Muskelriesen, und ihre Mädchen lernen schießen. Kommt also ein Punkt, wo auch ein Wurm, der armseligste, sich nicht mehr treten läßt, wo auch der schwächste Hund beißt? Noah spricht atemlos. »Die Artikel sind unsere stärkste Waffe.«
Waffe, sagt Noah!
»Mit ihnen müssen wir bis zum Schluß warten, wenn gar nichts anderes mehr hilft.«
»Du bist ja auf einmal so optimistisch«, sage ich.
»Darf ich das nicht auch einmal sein?« fragt Noah hitzig. Gleich darauf ist er wieder der alte. »Im übrigen bin ich nicht optimistisch, sondern realistisch. Wenn man schon so etwas macht, dann muß man es richtig machen.«
Er steht neben mir, und so höre ich, wie die niedliche Chichita ihm zuflüstert: »Das war gescheit von dir, das mit dem Artikel.«
»Reine Frage der Logik.«
»Nein, du *bist* gescheit«, flüstert die kleine Brasilianerin. »Du und Mister Aldridge, ihr seid die Gescheitesten hier. Ich glaube, du bist sogar der Allergescheiteste!« Sie drückt seine Hand und läuft fort.
Noah räuspert sich verlegen und sieht sich um. Ich tue, als hätte ich nichts gehört. Da lächelt Noah, und diesmal ist es ein fröhliches Lächeln ...
Am nächsten Morgen, dem 8. Dezember, fehlen zweihunderteinundsechzig Kinder beim Unterricht. Das bedeutet, daß fünf von den »Unentschiedenen« nun auch mitmachen. Als die Lehrer um acht Uhr früh in die Klassen kommen, trauen sie ihren Augen nicht! Bei den Kleinen sitzen wenigstens noch ein paar hinter ihren Tischen. Bei den Großen fehlen beinahe alle.
In meiner Klasse steht der Friedrich Südhaus auf, als das Frettchen hereinkommt. Der Primus ist nicht in der Verfassung, eine Erklärung für das einmalige Ereignis zu geben. Das Frettchen stürzt zum Chef. Bei dem haben sich schon die anderen Lehrer versammelt. Ich stehe neben Doktor Florian, denn ich mußte ihm mitteilen, was wir vorhaben. Er sagte kein einziges Wort. Einmal drehte er sich um. Ich glaube, er mußte lächeln und wollte nicht, daß ich es sah ...
»Herr Direktor, in meiner Klasse ...« beginnt das Frettchen atemlos und des Schweißes voll.
Der Chef weist nur auf ein Stück Packpapier, das an die Außenseite der Tür zu seinem Arbeitszimmer geklebt war. Darauf steht:

AUS GEGEBENEM ANLASS TRETEN WIR SO LANGE IN SCHULSTREIK, BIS WIR VERBINDLICHE ERKLÄRUNGEN DARÜBER ERHALTEN HABEN, DASS HERR DR. FREY AN DER SCHULE BLEIBT, KEINERLEI DRUCK ODER ZWANG AUSGESETZT WIRD UND SO WEITER UNTERRICHTEN KANN WIE BISHER.

Den Text hat Noah aufgesetzt. Das Plakat hat er mit mir zusammen gegen zwei Uhr morgens an die Tür geklebt. Wir mußten ein Fenster eindrücken, denn die Haustür war versperrt. Das Geld für ein neues Fenster habe ich dem Chef heute morgen gleich mitgebracht. Er wies es zurück und sagte: »Ich bezahle das selber. Ihr hättet ruhig noch ein paar Scheiben mehr einschlagen können.«

»Eine genügte, Herr Doktor!«

»Es war nur symbolisch gemeint. Ich danke dir, Oliver.«

»Danken Sie mir nicht zu früh, wer weiß, was noch kommt?«

»Das ist mir egal!«

»Egal? Vorgestern sagten Sie noch, Sie hätten jeden Mut verloren!«

»Aber durch euch habe ich ihn wiedergewonnen«, erwidert der Chef, und jetzt weist er stumm und achselzuckend auf die Unterschrift des Plakates:

DIESEN STREIK RUFEN 261 VON 316 SCHÜLERN DES INTERNATS PROFESSOR FLORIAN AUS.

FRIEDHEIM IM TAUNUS, 8. DEZEMBER 1960

## 20

Natürlich muß der Chef nach außen hin nun alles tun, um den Anschein zu vermeiden, er stünde auf unserer Seite. Darum hält er an diesem Morgen um halb neun eine Ansprache über die Lautsprecheranlage. Er fordert alle Kinder auf, augenblicklich in der Schule zu erscheinen. Die Kinder, die ihn hören, grinsen nur. Der Chef sagt, wenn wir nicht in einer Stunde in den Klassen sind, wird man uns mit Gewalt holen.

»Gibta es nura eines«, erläutert Giuseppe. »Sitzstreik.«

Eine Stunde später, als die Erzieher und Lehrer in das Haus der kleinen Jungen kommen, hocken diese alle auf dem Fußboden. Sie machen sich »lätschig«, lassen sich hochheben und tragen. Nach ein paar Metern schon geht den Erwachsenen die Puste aus. Bis zur Schule hinauf sind es zu Fuß zwanzig Minuten! Und die Lehrer und Erzieher sind auch nicht so ganz mit Feuereifer bei der

Sache. Sie versuchen es nur bei den Kleinen, die Großen lassen sie überhaupt in Ruhe. Wer könnte zum Beispiel so einen Riesenkerl wie Wolfgang tragen?
Aus den Villen der großen und kleinen Mädchen hören wir, daß es dort noch hübscher zugeht. Die jungen Damen verwahren sich dagegen, daß Männer sie anfassen. Die schöne Santayana soll dem Chef gedroht haben, sie würde die Polizei alarmieren, wenn sie von Mitgliedern des Lehrkörpers unanständig berührt würde.
Apropos Polizei: Die alarmierte inzwischen in seinem Übereifer Herr Doktor Haberle. Zum Glück gibt es in Friedheim nur einen Gendarmerieposten. Fünf Mann Besatzung. Einer hat immer frei. Einer muß immer im Revier bleiben. Also kommen drei ältere Herren und versuchen, zweihunderteinundsechzig Kinder zu transportieren. Nach einer Stunde geben sie den Versuch fluchend und schwitzend auf.
Zum Mittag verkündet der Chef, daß wir kein Essen erhalten werden, solange wir streiken.
»Also ganza genauso wie in Napoli«, sagte Giuseppe. Viele Kinder haben noch Freßpakete. Wir legen unser Taschengeld zusammen, und ein paar rennen in den Ort hinunter und kaufen ein, Brot, Obst, Milch und Konserven, gleich für mehrere Tage. Elektrische Kochplatten und Tauchsieder gibt es in jeder Villa.
Wir bringen auch Herrn Herterich einen Teller voll Essen, aber der lehnt ab und sagt schwach: »Ich ermahne euch zum letztenmal...« Keiner hört zu.
Gegen Abend erscheinen die englischen Journalisten aus Bonn, die Thomas angerufen hat. Sie steigen im »A« ab, dann lassen sie sich die ganze Sache von uns erzählen und machen Blitzlichtaufnahmen. Es sind nette Kerle. Sie haben uns ein paar Stangen Zigaretten mitgebracht.
Hansi sitzt auf seinem Bett und pafft eine Kippe nach der anderen. »So ein Streik ist eine feine Sache«, sagt er. »Sollte man öfter machen!«
»Ja«, sagt Giuseppe, »aber nicht die Kinder, die Erwachsenen!«

## 21

Schon am ersten Streiktag hat der Chef mit Südhausens Vater und dessen Frau telefoniert. Über den Inhalt des Gespräches ist uns nur so viel bekannt, daß die Gruppe um den Generalstaatsanwalt weiter auf einer Entlassung Doktor Freys besteht. Dieser wurde

bis zur Klärung des Falles beurlaubt und ist nach Frankfurt gefahren, wo er in einem kleinen Hotel wohnt.
Am zweiten Streiktag kam ein Beamter der Oberschulbehörde aus Frankfurt (die Engländer haben auch ihn fotografiert) und erklärte uns, daß die Schule geschlossen und wir alle vor ein Jugendgericht gestellt würden, wenn der Streik weiterginge. Niemand sprach mit diesem Beamten ein Wort.
Am Nachmittag erklärte der Chef über Lautsprecher, die Anordnung der Oberschulbehörde sei durch einen Erlaß des Kultusministeriums widerrufen worden. Er forderte uns wiederum auf, zum Unterricht zu erscheinen.
»Nura jetza nicht Nerva verlieren!« sagt Giuseppe.
Am dritten Streiktag (ich telefoniere täglich mit Verena, aber ich kann nicht nach Frankfurt fahren, weil man nicht weiß, was hier in der nächsten Viertelstunde geschieht) erscheint ein Mercedes 300 mit Chauffeur, der Friedrich Südhaus abholt. Er muß von der Ankunft des Wagens gewußt haben, denn alle seine Sachen sind gepackt, und er verschwindet sofort.
Am gleichen Tag erhält Thomas von seinem Vater ein Telegramm, in dem dieser ihn auffordert, sich unverzüglich von den Streikenden zu distanzieren. Daraufhin geht Thomas auf das Postamt in Friedheim und telegrafiert an die Adresse seines Vaters im NATO-Hauptquartier:
denke nicht daran streik abzubrechen + jeder versuch mich hier wegzuholen würde nur dazu führen dass ich flüchte und die polizei nach mir fahnden muss + viel spass + thomas
Auf dieses Telegramm kommt keine Antwort mehr.
Weil aber auch von Südhausens Vater und Genossen keine Antwort mehr kommt, meint Noah: »Sag deinen beiden Journalisten, jetzt können sie anfangen, Thomas!«
Daraufhin bringen am fünften Tag drei große Londoner Zeitungen auf der ersten Seite Bilder und Berichte von den Vorgängen in unserem Internat. Einen Tag später kann man diese Berichte in deutschen Zeitungen lesen – wenn auch nicht gerade auf der ersten Seite.
Nun kommen viele Reporter. Die Gendarmen, die Lehrer und Erzieher versuchen sie abzufangen, aber wir laufen den Reportern durch den Wald entgegen und sagen ihnen alles, was sie wissen wollen. Daraufhin erscheinen am sechsten Tag viele neue Berichte.
An diesem Abend meldet sich über die Lautsprecheranlage wieder der Chef: »Ich muß euch eine Mitteilung machen. Friedrich Südhaus und dreizehn weitere Schüler haben unser Internat verlassen.

Alle Eltern, die verlangt haben, daß Doktor Frey entlassen wird, sind damit einverstanden, daß er bleibt und so weiter unterrichtet wie bisher. Morgen um acht Uhr erwarte ich alle ausnahmslos zum Unterricht. Euer Streik ist zu Ende.« Daraufhin bricht im Haus der kleinen Jungen ein ungeheures Begeisterungsgebrüll aus. In ihren bunten Morgenmänteln und Pyjamas tanzen und springen die Knaben herum, boxen und tanzen miteinander.
Und wieder die Stimme des Chefs. Er räuspert sich lange, bis seine Stimme klar ist, und ich merke, daß er sich fürchterlich anstrengt, ganz ernst zu reden: »Ich mißbillige das Verhalten aller, die gestreikt haben, natürlich auf das schärfste. Es wird eine Disziplinaruntersuchung geben. Im übrigen wünsche ich euch eine gute Nacht.«
»Gute Nacht!« brüllen die Kinder im Chor.
Am nächsten Morgen haben wir in der ersten Stunde Geschichte. Der magere Doktor Frey hinkt herein.
»Setzt euch.«
Alle setzen sich.
»Wir kommen heute zu den Ereignissen, bei denen wir... hrm... unterbrochen wurden«, sagt Doktor Frey, dabei durch die Klasse humpelnd wie immer. »Wir kommen zu der sogenannten ›Machtergreifung‹ Hitlers und zu der Rolle, die die deutsche Schwerindustrie dabei gespielt hat...« Seine Stimme ist immer unsicherer geworden. Jetzt kann er nicht weiter. Er dreht uns allen den Rücken. Eine lange Pause entsteht. Dann sagt Doktor Frey leise: »Ich danke euch.«

## 22

Der Bankier Manfred Lord lacht so lange, bis er sich verschluckt und husten muß. Dann hört er auf zu lachen, greift nach seinem Glas und trinkt. Anschließend streicht er sich durch das schöne weiße Haar. »Das ist ja eine tolle Geschichte«, sagt er. »Was, Liebling?«
»Ja, Manfred«, antwortet Verena.
»Man kann euch gar nicht genug danken! Jetzt sieht das Ausland doch endlich, daß es anders geworden ist bei uns hier im Westen, daß eine neue Generation heranwächst, immun gegen jede Diktatur. Das soll sich mal eine Schule drüben im Osten erlauben«, sagt Manfred Lord, der so gut aussieht und auch in der Partei war – wenn er gewiß auch nichts Besonderes angestellt hat. Etwa

zwölf Millionen Pg's haben nichts Besonderes angestellt. Wie die ganze grausige Geschichte darum eigentlich passieren konnte, vermag einem heute keiner von ihnen mehr so recht zu sagen.
Oder ja, doch!
Die ss war an allem schuld.
Es ist der Abend des 14. Dezember.
Herr Lord hatte die Freundlichkeit, mich wieder einmal einzuladen. Drei Stunden nachdem ich gestern mit seiner Frau in »unserem« Haus am Brunnenpfad zusammen war, rief er im Internat an.
»Wir machen es uns richtig gemütlich. Kein Chichi, kein Smoking! Sie können kommen, wie Sie wollen.«
»Sehr freundlich, Herr Lord.«
»Wird wohl das letztemal vor Weihnachten sein, nicht?«
»Ja. Am zwanzigsten beginnen die Ferien.«
»Na also! Um acht?«
»Um acht. Ich danke Ihnen.«
Und da sitzen wir nun vor den nachtdunklen Scheiben des wohltemperierten Wintergartens von Herrn Lords kostbarer Villa an der Miquel-Allee in Frankfurt. Tropische Gewächse in riesigen Töpfen stehen herum, ranken sich an der Decke entlang, von der Körbe mit wunderbaren Orchideen herabhängen, Cattleyen, Cypripedien, Rispen. Es ist wirklich sehr gemütlich in diesem Wintergarten, den einzurichten sicher ein Vermögen gekostet hat, denn als ich kam, zeigte mir Manfred Lord voller Stolz Pflanzen, die so selten sind, daß man sie überhaupt nur ein dutzendmal auf der Welt findet. Er liebt und sammelt Pflanzen.
Und alte kostbare Bücher. Er hat eine phantastische Bibliothek. Muß auch ein Vermögen wert sein ...
Verena und er trinken Ginger-Ale mit Whisky, ich trinke nur Tuborg-Bier aus einem Silberbecher. Ich werde mich bei Herrn Lord nicht noch einmal besaufen.
Wir alle tragen Pullover, Verena den roten, weil ich ihr einmal, als wir uns in »unserem« Häuschen trafen, sagte, daß ich den roten Pullover liebe.
»Ihr seid schon großartige Burschen«, meint Manfred Lord und greift wieder nach den Flaschen. »Und großartige Mädchen. Ich finde das prima, also wirklich.«
Sooft er uns den Rücken wendet, sehen Verena und ich einander an. Wir waren in der letzten Zeit oft zusammen. So sehr zusammen, wie es zwei Menschen nur sein können. Wenn wir einander ansehen, ist es, als ob wir einander umarmen würden. Vorhin ging

Lord einmal hinaus, da steckte Verena mir ein paar Fotos von sich zu. Die Bilder trage ich jetzt in meiner Hosentasche.
»Und dieser kleine Giuseppe! Der ist vielleicht eine Nummer!«
»Ja«, sage ich und sehe Verena an, die ihre Lippen zu einem Kuß formt, bevor ihr Mann sich wieder umdreht. »Das ist ein feiner Kerl. Nur, wissen Sie, Herr Lord, ganz so glücklich ist die Geschichte doch nicht abgelaufen.«
»Was soll das heißen?«
»Es steht nichts in den Zeitungen davon. Es wird nie etwas davon drinstehen. Aber die Sache hat ein Nachspiel, und das macht unserem Direktor zu schaffen. Er sprach gestern abend mit mir darüber. Wie die Dinge liegen, ist er praktisch pleite und kann seinen Laden zu den Ferien schließen, wenn kein Wunder geschieht.«
»Das verstehe ich nicht.«
»Einer von den Vätern, die unbedingt dafür waren, daß dieser Doktor Frey gefeuert würde, und der seinen Sohn dann aus dem Internat nahm, ist ein gewisser Herr Christiania.«
»Christiania?« Lord runzelt die Stirn. »Doch nicht etwa Horst Christiania, von Christiania & Wolf in Hamburg?«
»Ja, der.«
»Aber Horst ist doch ...« Lord bricht ab. Ich bin sicher, er wollte sagen: ... ein guter Freund von mir. Doch er ist vorsichtig. »Was war mit Horst?«
»Herr Christiania ...« – es ist eigentlich ungeheuerlich, wie ruhig ich mich mit dem Mann unterhalte, dessen Frau mit mir schläft, dessen Frau ich liebe; es ist unwahrscheinlich, wie schnell man sich an so etwas gewöhnt – »... Herr Christiania hat finanziert. Damals wurde das Internat erst richtig ausgebaut. Die Villen waren bis dahin nur gemietet. Vor drei Jahren kaufte sie der Direktor. Dazu brauchte er Geld, viel Geld.«
»Klar.«
»Er sagte mir gestern abend, er hätte sich ein bißchen übernommen. Nicht katastrophal! Mit über dreihundert Schülern könnte er das Darlehen bestimmt abstottern. Aber im letzten Jahr ist er mit drei Wechseln in Rückstand geraten. Er hat Herrn Christiania jedesmal gebeten, sie zu stunden oder an den letzten Wechsel, der, glaube ich, 1964 fällig wird, anzuhängen. Das hat der auch jedesmal anstandslos getan, denn immerhin war ja sein Sohn in diesem Internat und ...«
Lord winkt ab. Er pfeift ein bißchen. Dann sagt er: »Sie brauchen mir nichts weiter zu erzählen, Oliver. Ich habe schon kapiert. Jetzt verlangt Christiania natürlich alle fälligen Wechsel auf einmal, wie?«

»Ja, Herr Lord.«
Lord lacht. »Nicht sehr fein, aber ich meine: Alter Nazi. Sohn nicht mehr da. Man muß auch die Standpunkte anderer Leute verstehen. Mehr: Man muß versuchen, sich in andere Leute hineinzudenken. Sage ich doch immer, nicht wahr, Liebling?« Und er klopft seiner Frau aufs Knie. Ob er auch versucht, sich in sie und mich hineinzudenken? »Ihr Bier wird warm. Nein, nein, keinen Widerspruch, geben Sie her!« Er gießt den Rest aus meinem Becher und nimmt eine neue Flasche aus einem silbernen Eiskübel. »So! Das schmeckt doch anders, wie? Was machen denn die drei Wechsel? Zusammen, meine ich? Was soll euer Pauker sofort blechen?«
»Hunderttausend.«
»Hm.«
»Ja, und den ganzen Rest will Christiania jetzt auch haben. Er versucht den Vertrag aufzukündigen.«
»Kann er denn das?«
»Er sagt, er kann es.«
»Hm.«
Manfred Lord trinkt einen Schluck, dann erhebt er sich zu seiner ganzen imponierenden Größe und geht in dem Wintergarten umher, auf und ab zwischen Palmen, Kakteen und seltenen Rankenpflanzen. »Hm«, sagt er und zieht eine dunkelviolett-weißgefleckte Cattleya zu sich herab. »Schön, nicht?« Er wandert weiter und betrachtet eine andere Orchidee. Er wendet mir den Rücken zu, aber der Instinkt sagt mir, daß ich Verena jetzt nicht ansehen oder ihr Zeichen machen darf, weil er sich sofort umdrehen...
Da! Also er stellt Fallen.
Warum soll gerade Herr Lord keine Fallen stellen? Jeder stellt Fallen. Keiner muß hineinlaufen. Ich bin nicht hineingelaufen.
»Sagen Sie Ihrem – wie heißt der Pauker?«
»Professor Florian.«
»Sagen Sie Professor Florian, daß er die Hunderttausend sofort von mir haben kann und daß ich Christiania anrufen werde wegen des Vertrages. Wenn mit dem nichts zu machen ist – wir alten Kerle sind doch alle schon ein bißchen verkalkt –«, sagt er und lächelt charmant, ach, so charmant, »dann übernehme ich den ganzen Vertrag. Ihr Professor braucht sich keine Sorgen zu machen.«
Würde ich nicht sitzen, es hätte mir wahrscheinlich die Füße fortgezogen.
Ich sehe Lord an. Er lächelt. Ich sehe Verena an. Sie lächelt auch.
»Aber warum wollen Sie das denn tun?«

»Was, lieber Oliver?«
»Dieses ... dieses Risiko übernehmen?«
»Es ist kein Risiko. Die Schule geht gut. Ich habe keine Angst um mein Geld. Im Gegenteil! Christiania wird ganz hübsche Zinsen auf die Wechsel geklopft haben. Ich verdiene sogar noch daran. Also was?«
»Mein Mann liebt es, anderen zu helfen«, sagt Verena. Und da fällt mir ein, daß sie das schon einmal sagte. Herr Lord, der Wohltäter. Der großzügige Herr Lord. Der edelmütige Herr Lord. Warum er das tut? Verena weiß es, und ich weiß es auch: Um seiner Frau zu imponieren. Um ihr zu zeigen, was er für ein Kerl ist. Damit sie ihn lieben lernt. Denn daß sie das nicht tut, hat er natürlich lange bemerkt. *Er*, er liebt sie. Auch ein armer Hund, denke ich, während ich mich für den Chef freue, und mir Heine einfällt:
*Sie war liebenswürdig, und er liebte sie.*
*Er war aber nicht liebenswürdig, und sie liebte ihn nicht.*
Haben wir gerade in Deutsch gelesen. (Jüdische Schriftsteller zu lesen, ist wieder erlaubt.) Komisch. Dabei ist dieser Manfred Lord liebenswürdig, und trotzdem liebt Verena ihn nicht. Und trotzdem, Gott sei Dank! Ich sage (denn ich muß etwas sagen, und zwar noch vor dem neuen Jahr): »Sie retten seine Existenz, Herr Lord!«
»Ach was!«
»Im Ernst, er wird überglücklich sein!«
»Er soll morgen nachmittag in mein Büro kommen, um vier!«
Morgen nachmittag um vier werde ich also Verena treffen ...
»Jawohl, Herr Lord. Und ich danke Ihnen – im Namen des Chefs, ich meine, im Namen Professor Florians.«
»Jetzt ist aber Schluß damit«, sagt der Hausherr, pflückt einen »Frauenschuh«, geht damit zu seiner Frau und nimmt eine Nadel aus ihrem Haar, mit der er die Orchidee an ihrem roten Pullover befestigt, auf der rechten Brust. »Die schönste, die blüht«, sagt Manfred Lord und küßt ihre Hand.
Wie wohl den Mäusen zumute ist, wenn die Katze ...
Ich habe doch schlechtere Nerven, als ich dachte. Ich kann das nicht mitansehen, dieses Handküssen, die Brust halten, das Haar streicheln. Ich sage: »Halb zwölf. Ich fürchte, ich muß machen, daß ich ins Bett komme, sonst gibt's Ärger.«
»Ach, bleiben Sie doch noch, Oliver! Es ist doch heute so gemütlich. Einmal leger! Und ganz unter uns ...«
Und ganz unter uns.
»Nein, wirklich. Es ist Glatteis draußen. Und ziemlich viel Nebel. Ich werde nur sehr langsam fahren können.«

»Ja, also, wenn Sie wirklich müssen...« Er kommt zu mir und gießt wieder den Silberbecher voll. »Letzten Schluck vor der großen Reise!«
»Danke, Herr Lord.«
»Kleine Zigarre?«
»Nein, danke vielmals.«
»Aber ich werde mir noch eine... Wo habe ich bloß mein Feuerzeug?«
»Erlauben Sie...« Ich greife in die Tasche. Als ich die Schachtel Zündhölzer herausziehe, fallen beinahe Verenas Fotografien mit. Ich sehe, wie sie sich auf die Lippe beißt. Ich gebe Herrn Manfred Lord Feuer. Er klopft mir auf die Schulter.
»Danke. Also dann ein gesegnetes Fest, und einen guten Rutsch ins neue Jahr, mein Lieber! Wir werden Sie beide sehr vermissen, nicht wahr, Verena?« (Ohne sie anzusehen.)
»Sehr.« (Ohne mich anzusehen.)
»Ach, noch etwas! Wollen Sie mir einen Gefallen tun?«
»Natürlich.«
»Es handelt sich um Ihren Vater.«
»Meinen Vater?«
»Ja. Er ist doch so ein Büchernarr wie ich, nicht wahr?« Das stimmt. Mein Alter kauft alles. Je teurer, je lieber. Woraus man ersehen mag, daß er Bücher nicht erwirbt, um sie zu lesen. In seinem Haus in Echternach wimmelt es nur so von Erstausgaben, Folianten, alten Bibeln. »Seit einem halben Jahr habe ich für ihn ein Buch gesucht, das er sich wünscht. Er fragte nie danach, aber ich weiß, er wollte mich nur nicht belästigen. Jetzt habe ich das Ding endlich aufgetrieben. Es ist meine Weihnachtsüberraschung. Wollen Sie das Buch für ihn mitnehmen?«
»Gerne, Herr Lord.«
Ich schwöre Ihnen, damals hatte ich nicht den leisesten Verdacht! Warum sollte ich nicht ein Buch mitnehmen? Nein, nein, sie haben es schon verflucht schlau angefangen, mein Alter, das Schwein, und der ehrenwerte, der so sehr ehrenwerte Manfred Lord...!

## 23

Der so ehrenwerte Manfred Lord klingelt.
Gleich darauf klopft es, und, diesmal nur in einem schwarzen Anzug, aber hochmütig, hager, lächelnd, mit eiskalten Fischaugen

wie immer, kommt Herr Leo herein. Herr Leo, der Diener aus der Villa oben im Taunus. Herr Leo, der fünftausend Mark von mir kassiert hat. Herr Leo, der Liebesbriefe stahl, die andere Männer an Verena schrieben, der Telefonanrufe abhörte und auf Band nahm. Herr Leo, der Erpresser.

»Sie haben geläutet, gnädiger Herr? Oh, guten Abend, Herr Mansfeld.«

»Guten Abend, Herr Leo.«

Manfred Lord spricht sonor, ruhig: »Wollen Sie so freundlich sein, in mein Schlafzimmer zu gehen? Auf dem Nachttischchen liegt ein dünnes Buch. Bringen Sie es mir.«

»Sehr wohl, gnädiger Herr.«

Manfred Lord lächelt breit: »Es wundert Sie, daß er hier ist und nicht in Friedheim, wie?«

»Ja. Nein. Das heißt . . .«

»Ich ließ ihn herunterkommen. Genauer gesagt: Er bat darum. Es ist ihm zu einsam da oben. Ehrlich, das kann ich verstehen! Der Gärtner hat wenigstens noch seine Frau. Leo ist ganz allein. Und dann haben wir im Winter doch viele Gäste. Da kann er sich nützlich machen. In Friedheim hackt er Holz und schaufelt Schnee, sonst nichts.« (Das alles völlig ohne Betonung, ohne Anspielung, ohne Blicke.). »Meine Frau ist auch froh, daß er da ist. Nicht wahr, Liebste?«

»Ja«, sagt sie und sieht mir lächelnd direkt ins Gesicht dabei, damit ich erkennen mag, wie man sich nicht ins Bockshorn jagen läßt, »er ist natürlich eine große Hilfe. Ein so perfekter Diener.«

Klopfen.

Tür auf.

Mit einer Verbeugung kommt der Schuft herein.

»Ist dies das richtige, gnädiger Herr?«

»Das ist es, danke sehr. Sie können schlafen gehen, Leo.«

»Sehr wohl, gnädiger Herr. Eine angenehme Nachtruhe wünsche ich den Herrschaften.«

Lord tritt zu mir. Das Buch, das er in der Hand hält, sieht alt aus, sein Einband fleckig. Sicher hat es lange in einem Keller gelegen.

»Das ist der ›Dybuk‹«, sagt Manfred Lord. »Eine berühmte dramatische Legende aus der Welt des Ostjudentums.« Er blättert das vergilbte Titelblatt auf. »Allerdings lautet der Titel hier nicht ›Der Dybuk‹ – das ist ein böser Geist, der in einen Menschen fahren kann –, sondern ›Zwischen zwei Welten‹.«

»Aber das sind ja deutsche Buchstaben, keine hebräischen!«

»Es ist eine Übersetzung ins Deutsche. Sehen Sie: Verlag Benjamin

Harz. Die Erstausgabe, von Kennern geschätzt und gesucht. Der Autor des Stückes heißt An-Ski. Der ›Dybuk‹ ist eines der am meisten gespielten Stücke auf jüdischen Bühnen. Also, wenn Sie es mitnehmen wollen ...«
»Selbstverständlich.«
Dann ist der Abend vorüber.
Manfred Lord hängt sich in Verena ein, als ich in der Halle meinen Dufflecoat anziehe. Ich hoffe noch immer, einen Moment mit Verena allein zu sein, aber Lord wirft auch einen Mantel über. Zu seiner Frau sagt er: »Es ist wirklich furchtbar nebelig und glatt draußen. Du gehst auf keinen Fall mehr ins Freie, Liebling! Ich begleite Oliver zum Wagen.«
»Gute Nacht, gnädige Frau.« Handkuß. Ihre Finger krampfen sich dabei um meine. »Ich danke für den schönen Abend.«
Das ist alles. Mehr fällt mir nicht ein.
Er läßt mich zuerst durch die Haustüre treten. Sein breiter Rücken verdeckt Verena, ich sehe sie nicht mehr. Die Laternen aus Schmiedeeisen brennen entlang dem Kiesweg, der zum Parktor führt.
»Ah«, freut sich Manfred Lord, »Leo hat schon gestreut, was sagen Sie! Wirklich eine Perle! Auf diesen Mann kann ich mich hundertprozentig verlassen. Immer! Seit acht Jahren bei mir! Würde für mich durchs Feuer gehen!«
Wie weit sind wir schon? Was weiß Herr Lord? Was ahnt er? Hat Leo ...
Wir stehen vor dem Jaguar.
Wir schütteln einander die Hände.
»Und viele Grüße zu Hause, Oliver! Alles Gute!«
Ich fahre los. Er steht da, eine Hand in der Tasche, und winkt. Ich winke zurück. Was soll ich sonst tun?
Der Nebel liegt sehr dicht über Frankfurt in dieser Nacht, und die Autobahn ist sehr vereist. Ich kann nicht schneller als Dreißig fahren, und auch dann gleitet der Wagen manchmal.
Auf einem unheimlich leeren, umheimlich stillen Parkplatz halte ich an und hole die Fotografien hervor, die Verena mir schenkte. Es sind sieben Stück, verschieden groß, manche neu, andere alt. Eines zeigt sie als ganz junges Mädchen auf einem Faschingsball, ein anderes in Netzstrümpfen, einer kleinen schwarzen Hose, einer Frackjacke und einem Zylinder. Sie hält einen Spazierstock in der Hand und eine endlose Zigarettenspitze im Mund und spielt offensichtlich »Marlene«. Auf einem Foto ist sie völlig nackt. Das Foto muß vor kurzer Zeit aufgenommen sein, denn auf dem Bild

trägt sie die Frisur, die sie jetzt trägt, und moderne Schuhe. Wer das Foto wohl aufgenommen hat?
Wer immer dieses Bild aufgenommen hat – ich hasse ihn! Niemand soll wissen, niemand soll sehen, wie schön Verena ist! Ich zerreiße alle Fotos. Dann zünde ich Stück um Stück an und warte, bis es zu Asche geworden ist. Die Asche zertrete ich. Endlich fahre ich weiter. Immer dichter wird der Nebel. Einmal rennt mir beinahe ein Hirsch in den Wagen. Ich hätte die Fotos gern behalten, besonders das, auf dem Verena nackt war. Aber ich darf es nicht riskieren. Schade. Sicherlich dachte sie, was für eine große Freude sie mir machen würde. Nein, ich mußte die Bilder verbrennen!
Leo ...

## 24

5. Dezember 1960, 17 Uhr.
Ein Donnerstag. Ich habe so viel Zeit, wie ich will. Aber nicht Verena. Sie muß heim. Für sechzehn Uhr hat ihr Mann den Chef zu sich bestellt, um ihm das Geld für die Wechsel zu geben. (»Ich danke Ihnen, Oliver. Sie sind ein feiner Kerl. Und dieser Herr Lord muß auch ein feiner Kerl sein! Sie wissen nicht, was das für mich bedeutet, daß mir jetzt einer hilft!« – »Ja, sehen Sie, Herr Doktor, es gibt doch noch anständige Leute in diesem Land ...«)
Nein, Verena muß heim.
Wir haben vier Stunden in »unserem« Haus verbracht. Jetzt zieht Verena sich an. Ich sehe so gern dabei zu, sie hat wunderbare Bewegungen.
Alles, alles, alles ist schön an ihr.
Ich bin schon angezogen, sitze auf dem Bett und rauche. Die Kerzen sind wieder heruntergebrannt. Draußen, vor den geschlossenen Fensterläden, schneit es. AFN bringt Christmas-Music, ununterbrochen.
»Warum ist Leo da?«
»Um mich zu bespitzeln, natürlich.«
»Hast du keine Angst?«
»Seit wir zusammen sind, nein.« Sie befestigt die Strümpfe, steigt in den Rock. »Komisch, vorher hatte ich immer Angst.«
»Es ist besser, auch jetzt noch Angst zu haben.«
»Warum sagst du das?« Sie zieht den Reißverschluß des Rockes zu und greift nach dem roten Pullover. »Ist etwas passiert?«
»Nein. Aber wenn du doch selber sagst, daß er dich bespitzelt ...«

»Ich bin furchtbar vorsichtig. Ich wechsle die Taxis. Ich gehe auf verschiedene Postämter. Ich bin schlauer als er...« Sie lächelt. »Chéri, dieser rote Pullover wird nicht ewig halten, wenn ich ihn immer tragen soll.«
»Wir kaufen einen neuen.«
»Haben dir meine Fotos gefallen?«
Ich nicke.
»Was ist?«
»Wer hat das Bild gemacht, auf dem du nackt bist?«
»Warum?«
»Weil ich es wissen will!«
»Gefällt es dir nicht? Ich selber. Mit einem Auslöser.«
»Verena...«
»Mach mir doch bitte den Pullover zu! Ich habe gelogen. Enrico hat es gemacht. Wirst du es jetzt wegwerfen?«
Ich schließe den Pullover.
»Ich will auch nicht lügen. Ich habe es verbrannt.«
»Aus Eifersucht?«
»Aus Vorsicht. Ich habe alle Bilder verbrannt. Gestern nacht noch. Ich habe sie mir alle genau angesehen. Und wenn ich die Augen schließe, sehe ich jedes einzelne vor mir. Besonders das eine. Das, auf dem du nackt bist. Aber wir müssen vorsichtig sein, beide! Leo ist da. Denk daran!«
»Ich denke daran.«
»Verena...« Ich stehe jetzt vor ihr, sie sieht mich an. »Wir müssen wirklich vorsichtig sein... Wenn etwas passiert... wenn wir einander verlieren ... dann ... dann kann ich nicht mehr leben.« Ich gehe zum Radio und drehe es ab. »Entschuldige, ich bin kitschig.«
»Du bist nicht kitschig, Liebling. Du hast recht. Es ist nur traurig. Die Bilder sollten mein Weihnachtsgeschenk sein.«
»Ich habe es erhalten«, sage ich und hole einen Leitzordner aus meiner Aktentasche. »Jetzt erhältst du deines.«
»Was ist das?«
»Unser Roman. So weit ich gekommen bin.«
»Oh!« Sie läuft zu mir – noch auf Strümpfen – und nimmt mir den Ordner aus der Hand. »So viel hast du schon geschrieben?«
»Ich habe viel mehr geschrieben. Aber das ist alles, was ich verbessern und abtippen konnte. Es wird ein sehr großes Buch.«
»Es ist auch eine sehr große ... Affäre, nicht?«
»Wolltest du Liebe sagen?«
»Nein!«
»Wirklich nicht?«

»Nein! Nein! Nein!« Sie streicht mir über die Wange. Dann blättert sie in dem Manuskript. »186 Seiten ...« Sie schlägt den Ordner vorne auf und liest das erste Blatt: »Liebe ist nur ein Wort.«
»Blättere um.«
Sie tut es und liest die Widmung: »Für V. – in Liebe.« Sie küßt meine Wange. »Ach Oliver, bin ich aufgeregt!«
»Die Widmung müssen wir natürlich herausreißen, wenn das Buch jemals gedruckt werden sollte«, sage ich. »Außer, du und Evelyn sind dann schon bei mir.«
Sie lächelt, und um mir nicht weh zu tun, nickt sie.
»Aber du mußt das Manuskript heimlich lesen. Und du mußt es gut verstecken. Hier.«
»Ich habe ein noch viel besseres Versteck. Einen Banksafe!«
»Du hast einen Banksafe?«
»Schon seit Jahren. Es ist nichts drin. Mein Mann weiß nichts davon. Ich werde das Buch in den Safe legen. Ich bin so neugierig, Oliver!«
»Vielleicht ist es ganz schlecht.«
»Bestimmt nicht!«
»Sei nicht böse, wenn manchmal etwas dasteht, was dir nicht gefällt.«
»Ich verspreche es dir.« Sie streichelt das Bett. »Leb wohl, Bett«, sagt sie. Dann geht sie durch den Raum. »Leb wohl, Radio, lebt wohl, Kerzen. Leb wohl, Tisch, Stuhl, Lampe, lebt alle wohl! Ihr werdet uns beide jetzt lange nicht wiedersehen!«
»Am achten Januar bin ich wieder da.«
»Da werden wir noch nicht da sein. Mein Mann fährt mit uns nach Sankt Moritz. Er hat es sich in den Kopf gesetzt. Was soll ich machen? Wir kommen erst am fünfzehnten wieder, zum Wochenende.«
»Wie kann ich dich erreichen?«
»Überhaupt nicht. Ich muß dich anrufen.«
»Ich wohne nicht zu Hause. Ich gehe ins Hotel. Meine Mutter liegt wieder im Sanatorium.«
»In welchem Hotel wohnst du?«
Ich sage es ihr. Ich nenne die Telefonnummer. Sie schreibt sich alles auf.
»Laß den Zettel nicht herumliegen.«
»Nein. Mein Mann schläft in den Feiertagen meistens nachmittags.«
»Dann machen wir es wie bisher. Ich warte immer zwischen zwei und dreiviertel vier Uhr auf deinen Anruf.«

»Ja, Oliver. Natürlich kann es sein, daß es einmal nicht klappt... zum Beispiel am Heiligen Abend oder zu Silvester.«
»Klar. Aber du darfst das Manuskript nicht mitnehmen!«
»Mitnehmen? Morgen nachmittag, wenn du abfliegst, komme ich her und lese es. Alles! Auf einmal!«
Dann schalten wir den elektrischen Ofen aus und löschen die Kerzen. Verena sperrt die Haustür ab und legt das Vorhängeschloß an. Es schneit sehr heftig. Wir gehen zu meinem Wagen. Die Straßen sind leer. Also kann ich sie küssen.
»Leb wohl, kleiner Oliver.«
»Ich werde immer an dich denken.«
»Und ich möchte dir so viele Küsse geben, wie Schneeflocken fallen.«
»Fallt schneller, liebe Flocken, fallt doch schneller, bitte!«

## 25

Am 20. Dezember, nach dem (Vorweihnachts-)Mittagsmahl, gehe ich nach Friedheim hinunter, um meinen Wagen aus der Garage zu holen. Das heißt, ich laufe, denn ich habe zu viel gegessen, weil es zu gut geschmeckt hat. Jetzt muß ich ein bißchen verdauen.
Das ist, glaube ich, in allen Internaten der Welt so: Vor Weihnachten, Ostern, Pfingsten und den großen Ferien wird das Essen immer prima! Damit die lieben Kinder daheim auch die richtige Antwort geben, wenn sie nach der Verpflegung gefragt werden. Oder habe ich unrecht? Geschieht es aus Nächstenliebe und in Ehrfurcht vor den hohen Festen der Christenheit?
Neben der Garage gibt es einen Schuhladen. »Pariser Modelle« steht auf einem Plakat. Ich habe mir einmal die Schuhe angesehen, und tatsächlich, sie sind sehr chic. In Frankfurt bekommen Sie kaum bessere. Wer hier so etwas kauft?
Ich lasse den Wagen aus der Garage rollen und sehe, wer hier zum Beispiel etwas kauft: Der hinkende Doktor Frey. Er tritt eben durch die Ladentür, zwei Pakete unter dem Arm. Als er mich sieht, passiert etwas, das ich nie für möglich gehalten hätte: Der Doktor schiebt Platze! Er wird dunkelrot im Gesicht, dreht sich schnell um und drängt eine Frau in den Laden zurück, die ihm folgen wollte und die gewiß mit ihm zusammen eingekauft hat. Ich kann die Frau nicht erkennen.
Na ja, denke ich, und trete auf den Stempel. Warum soll Doktor Frey – in kleiner Abwandlung des bekannten Schlagertextes – kein Verhältnis haben? Bravo! Ich gönne es ihm!

Im »Quellenhof« ziehe ich wieder einmal lauter Sachen an, die man schnell ausziehen kann (der Zoll, der Zoll!) und packe meine Reisetasche. Ich nehme nur etwas Wäsche mit (Anzüge hängen in Echternach), ein paar Bücher, Waschzeug und den »Dybuk«, den Herr Lord meinem Vater schickt. Noah kennt das Stück und hat mir von den Chassidim erzählt, den frommen Juden Osteuropas. Ich will mir den »Dybuk« auf dem Heimflug einmal ansehen. Scheint eine interessante Sache zu sein.
Drei Uhr.
Ich muß fort. Spätestens um vier will Teddy Behnke starten, hat er mir geschrieben. (Angst vor Nebel.) Also sage ich Noah und Wolfgang, die beide im Internat bleiben, Lebewohl, gehe hinunter und sage Raschid und Hansi auf Wiedersehen. Der schwarze Ali wurde gestern abgeholt, in einem Rolls Royce. Raschid ist traurig, als ich mich verabschiede, aber er nimmt sich zusammen. In ein, zwei Jahren wird er auch zu Hause sein, meint er. Aber als er sich über persische Politik verbreiten will, sagt Hansi, der seltsam friedfertig ist: »Vergiß doch die Politik, Mensch! Wir machen uns hier ein paar schnieke Tage. Ich glaube, der glücklichste Junge weit und breit bin ich!«
»Weshalb?«
»Weil ich nicht nach Hause muß! Mein Stiefvater hat versucht, mich zu holen, aber der Chef hat ihn rausgeschmissen! O du fröhliche, o du selige«, sagt der kleine Krüppel und klopft dem kleinen Prinzen auf die Schulter. »Ich habe eine Überraschung für dich, Raschid. Es bleiben auch ein paar Mädchen da. Wenn es dunkel ist, gehen wir rüber zu ihrer Villa. Da zeige ich dir etwas. Frage mich nicht was, du wirst es sehen. Es ist meine Weihnachtsüberraschung. Falls ein paar Vorhänge offenbleiben...«
»Du bist ein großes Schwein«, sage ich.
»Und dabei noch so jung«, sagt Hansi. »Tschüß, Alter! Fliege langsam.«
Als ich meine Tasche zum Wagen trage, sehe ich Giuseppe. Er steht neben dem Jaguar und strahlt.
»Ciao, Oliver!«
»Du bist ja so vergnügt, Giuseppe!«
Er zeigt mir einen Brief, der ist ganz schmutzig und zerdrückt, so oft hat Giuseppe ihn gelesen.
»Von meine Mamma, yes? Schreiben, Ministerpräsident Fanfani, er geben große Weihnachtsamnes... amenis... amnesi...«
»Amnestie.«
»Ja. Mamma schreiben, Pappa haben Chance, daß er wird entlas-

sen. Dann er kommen als Arbeiter nach Deutschland. Weil in Napoli keine Arbeit, verstehen? Hier viel Arbeit. Pappa verdienen viel Geld. Kann kommen, mich besuchen. Schöne Weihnachten, nicht, Oliver?«
»Ja, Giuseppe. Ich hoffe sehr, daß dein Vater freigelassen wird.«
»Bestimmt!«
Wir schütteln uns die Hand.
Ich fahre los, den steilen Weg nach Friedheim hinunter. Dabei überhole ich zwei Erwachsene, die langsam, in ein Gespräch vertieft, durch den Schnee wandern. Ich erkenne sie gleich: Doktor Frey und Mademoiselle Duval, unsere neue Französisch-Lehrerin, die so unglücklich in Deutschland ist. Ich fahre an ihnen vorbei, aber ich grüße sie nicht, und ich störe sie nicht. Ich könnte sie wohl auch gar nicht stören. Sie sind ganz in ihr Gespräch vertieft. Erst, als ich auf der Hauptstraße bin, fällt mir auf, was ich gesehen habe: Mademoiselle trägt nicht mehr ihre alten, armseligen Schuhe, sondern neue, schwarze Pelzstiefelchen.

## 26

Flughafen Frankfurt. Paßabfertigung. Neue Beamte. Neue Gesichter. Das alte Theater. Fahndungsbuch. Bedeutungsvolle Blicke. Das ganze dämliche Getue.
Normale Passagiere werden höchstens bei der Ankunft in Deutschland vom Zoll untersucht, aber nicht beim Abflug. Ich bin kein normaler Passagier. Ich werde gefilzt, wenn ich komme und wenn ich gehe.
Danke, Papa, danke!
»Ihren Paß, bitte.«
Aber bitte.
»Sie heißen?«
Lächeln. Lächeln. Nicht ungeduldig werden. Wenn man es fünfzigmal erlebt hat, wird man es wohl auch noch das einundfünfzigste Mal ertragen!
»Oliver Mansfeld. Aber ich bin der Sohn, nicht der Vater.«
Hat alles keinen Sinn. Der eine Beamte blättert im Fahndungsbuch, der andere verstellt mir den Weg.
Hinter den Sperren, draußen auf dem verschneiten Rollfeld, sehe ich unsere »Bonanza«, auf deren Seiten mein Alter in so dezenten roten Buchstaben, von denen jeder höchstens einen halben Meter hoch ist, MANSFELD hinschmieren ließ. Vor der Maschine steht

der gute alte Teddy Behnke. Er trägt eine Lederjacke, Cordsamthosen und eine Pilotenmütze. Sieht prima aus.

Es ist sehr viel los, jetzt vor Weihnachten, hinter mir steht eine Schlange Menschen, darum geht heute alles ein bißchen schneller. Aber zum Zoll muß ich trotzdem! Na was denn? Dabei treffe ich einen Bekannten wieder: Den kleinen dicken Bayern, der mich filzte, als ich September ankam. Jetzt filzt er mich wieder. Ich weiß sogar noch, wie er heißt: Koppenhofer.

Er freut sich mächtig darüber, daß ich mir seinen Namen gemerkt habe. So einfach kann man Menschen glücklich machen ...

Ich stehe in derselben Zollkabine, in der ich damals im September stand, als ich durch das kleine Fenster zum erstenmal im Leben Verena erblickte, die gerade Enrico Sabbadini küßte. Inzwischen ist Enrico abserviert. Inzwischen küsse *ich* Verena. Kinder, die Zeit vergeht ...

Während Herr Koppenhofer mein Waschzeug und meine Hemden besichtigt, muß ich an Geraldine denken. Ich habe sie heute vormittag in der Klinik angerufen und ihr alles Gute gewünscht. Sie konnte kaum sprechen, so aufgeregt war sie. Ich konnte kaum sprechen, weil ich nicht wußte, was ich sagen sollte.

Es geht ihr besser. Noch vor den Feiertagen kommt sie in eine Wohnung, die ihre Mutter gemietet hat. Dort muß sie weiter liegen. Auch der Gipsverband kann noch nicht abgenommen werden. Aber ich darf sie besuchen.

»Ich freue mich schon so sehr darauf! Du dich auch?«

»Ja, Geraldine.«

»Ich soll noch nicht viel sprechen. Aber ich will dich ja auch nur sehen.«

»Ja, Geraldine.«

»Ich liebe dich. Ich liebe dich. Sag jetzt nichts, damit du nicht lügen mußt. Aber du kommst mich besuchen?«

»Ja, Geraldine.«

»Gleich nach Neujahr?«

»Ja, Geraldine.«

»Die Wohnung, die meine Mutter gemietet hat, liegt in der Kelsterradstraße. Nummer 37. Schreib es dir auf.«

»Ja, Geraldine.«

»Die Wohnung gehört einer Frau Böttner. Ruf vorher an! Hast du dir alles aufgeschrieben?« Sie sagt auch noch die Telefonnummer.

»Ja, Geraldine.«

Und so weiter, in dieser Art. Ich hätte auch ein Tonband laufen

lassen können, anstatt selbst zu reden. Blumen habe ich geschickt. Aber ob Geraldine nun schon viel sprechen soll oder nicht – nach Neujahr muß ich zu ihr. Und ihr sagen, daß Schluß ist. Es tut mir leid, wirklich. Doch ich muß es sagen, muß, muß, muß.
Ich kann Verena nicht länger ...
Was ist?
Herr Koppenhofer hat gesprochen.
Er entschuldigt sich wieder, bevor er mich bittet, mich auszuziehen, und erklärt, daß er nur seine Pflicht tut, und ich erkläre ihm, daß ich das völlig verstehe. Alles wie gehabt ...

## 27

Die »Bonanza« rollt auf die Piste hinaus. Teddy hat ein Kehlkopfmikrofon um und erhält vom Tower eine Anweisung. Er läßt die Motoren auf Vollgas laufen und exerziert gewissenhaft wie immer alle Sicherheitsvorkehrungen vor dem Start.
Als ich vom Zoll kam, hinkte er mir strahlend entgegen.
»Ich freue mich so, Sie wiederzusehen, Herr Oliver!«
Was für ein sauberes, anständiges Gesicht er hat. Er schleppt die Tasche, die Herr Koppenhofer so gründlich untersucht hat, zur Maschine.
Jetzt sind wir soweit.
»Okay, tower. This is Two-one-one-one-zero. Repeat: All clear. I'm taking off«, höre ich Teddy in das Mikrofon sagen. Ich sitze hinter ihm. Er drückt die beiden Gashebel ganz durch. Die Maschine läuft an, schneller, schneller, hebt ab, steigt, und Teddy zieht sie sofort hoch in die Wolken. Sie hängen sehr niedrig.
Eine Weile verständigt sich Teddy noch mit dem Tower, dann fliegt er bis zur nächsten Funkstelle dem Kompaß nach, und ich ziehe den schwarzen Vorhang zwischen ihm und mir zu, damit er nicht geblendet wird, als ich nun Licht in der Kabine mache, denn in den Wolken ist es dunkel. Unruhiger Flug. Die Maschine sackt immer wieder durch, oder sie schwimmt. Wir sprechen durch den Vorhang.
»Tut mir leid«, sagt Teddy, »ich darf nicht höher. Zuviel Verkehr über uns.«
»Mir macht es nichts.«
»In der Bar ist Cognac und Whisky.«
»Ja, ich nehme mir etwas«, sage ich, stehe auf und öffne den Schrank aus Mahagoniholz, der sich in der Kabine befindet. Hier

stehen Flaschen und Gläser, in Ringen festgehalten. Es gibt sogar ein kleines Faß voll Eiswürfel. So ein feiner Mann ist mein Vater, der meine Mutter ins Irrenhaus bringen will, der unter der Fuchtel meiner lieben Tante Lizzy steht, der die Bundesrepublik um 12,5 Millionen Mark betrogen hat. Ich mache mir einen Drink, setze mich wieder hinter Teddy und warte, bis er mit der nächsten Funkstation gesprochen hat. Dann nehme ich selber ein Kehlkopfmikrofon.

»Teddy ...«

»Ja?«

Ich frage ihn nicht, ob er auch etwas trinken will, er trinkt nie, wenn er fliegt. Ich frage: »Was ist in Luxemburg los?«

Seine Stimme kommt aus meinem Kopfhörer: »Ich ... ich möchte lieber nicht darüber sprechen, Herr Oliver.«

»Tante Lizzy, die Königin, was?«

»Wirklich ...«

»Und meine Mutter wieder im Sanatorium. Seit sechs Wochen! Wie lange wird sie diesmal bleiben?«

»Die Ärzte sind besorgt, Herr Oliver. Die gnädige Frau wird immer stiller, immer schwermütiger. Sie spricht so wenig ...«

Bravo, Tante Lizzy! Meine Glückwünsche, Tante Lizzy! Ich gratuliere, liebes Tantchen!

Prost.

Auf daß du verrecken mögest, langsam, langsam.

Ich trinke mein Glas aus, mache mir einen neuen Drink und sehe aus dem Fenster neben dem Sitz, aber die Wolken sind ganz dunkel, durch die wir fliegen. Von Zeit zu Zeit spricht Teddy mit Bodenstationen.

Meine Mutter ...

Ich will jetzt nicht an sie denken, denn mir ist auf einmal sehr elend. Ich muß etwas tun. Besaufen kann und will ich mich nicht. Mit Teddy reden? Der muß die Maschine auf Kurs halten und braucht seinen Frieden.

Lesen!

Ich will mir einmal dieses Buch ansehen, das Herr Lord mir für meinen Alten mitgegeben hat. So hole ich den »Dybuk« aus der Reisetasche und schlage die vergilbten Seiten auf.

ERSTER AKT

*Vor dem Aufgehen des Vorhangs hört man von weitem bei vollständiger Dunkelheit einen leisen, mystischen Gesang:*

*Warum denn, warum denn*
*Stürzet die Seele*

*Von höchster Höhe*
*Hinab in den tiefsten Grund?*
*Im Sinken liegt Steigen,*
*Gestürzte Seelen ringen sich wieder empor ...*
*Der Vorhang geht langsam in die Höhe.*
*Wir sehen ein Bethaus aus Holz, mit sehr alten, durch die Zeit geschwärzten Wänden. Ein Balken wird durch zwei Pfähle gestützt. In der Mitte dieses Balkens, über der Empore, ist ein alter Hängeleuchter aus Messing angebracht. Das Thorapult ist mit einem dunklen Tuch bedeckt ...*
Ich lese weiter, blättere um. Die »Bonanza« fliegt durch die schneeschwangeren Wolken und fällt, immer wieder fällt sie. Ich trinke meinen Whisky und blättere um und höre Teddys Stimme: »Redhair seven ... Redhair seven ... this is Two-one-one-one-zero ...«
Ich lese:
CHANAN *(leise, aber bestimmt): Man darf gegen die Sünde nicht kämpfen, wohl aber soll man sie mildern. Wie der Goldschmied das Gold in starkem Feuer läutert, wie der Bauer schlechte Körner entfernt, so soll die Sünde geläutert werden von dem Unreinen, damit in ihr nur noch das Heilige bleibt.*
»Okay, Redhair seven, okay ... following your instructions ...«
HENNOCH *(verwundert): Heiligkeit in der Sünde – wie reimt sich das?*
CHANAN: *Alles von Gott Geschaffene enthält einen Funken Heiligkeit.*
HENNOCH: *Die Sünde wurde nicht von Gott, sondern von der bösen Macht geschaffen!*
CHANAN: *Und wer hat die böse Macht geschaffen? Auch Gott! Die böse Macht ist ...*
Umblättern.
*... die andere Seite Gottes, und da sie dies ist, muß sie Heiligkeit enthalten.*
Moment mal!
Ich stelle mein Glas in eine Klemme neben dem Fenster.
Ich fahre mit den Fingern ganz vorsichtig über das Papier. Mir ist nämlich beim Umblättern etwas aufgefallen. Es würde keinem Menschen auffallen, der das Buch nur so ausschüttelt, wie Herr Koppenhofer es getan hat. Aber wenn man über die Seite streicht ... Wenn man über die Seite streicht, dann fühlt man zwei ganz kleine, beinahe unmerkliche Unebenheiten. Jetzt entdecke ich sogar drei. Es sind Nadelstiche. Jemand hat in ein »e« gestochen, in ein »o« und in ein »t«.

Ich blättere weiter.
Jetzt lese ich nicht mehr, jetzt taste ich nur noch die Seiten ab. Auf mancher Seite finde ich nichts, auf manchen finde ich etwas. Ein durchstochenes »z«. Ein durchstochenes »b«. Zwei durchstochene »l«.
Ich nehme Bleistift und Papier und notiere die Buchstaben der Reihe nach. Nicht alle, dazu gibt es zu viele Nadelstiche. Nur ein paar. E.O.T.Z.B.L.L.A.K.X.W.U.V.W.H.B.H.H.H. ...
RABBI ASRIEL: *Was will man denn von mir? Ich bin alt und schwach. Mein Körper benötigt der Ruhe. Meine Seele dürstet nach Abgeschiedenheit, aber zu mir kommen die Qualen und das Weh der ganzen Welt. Jede Bitte, die mir überreicht wird, verursacht mir Nadelstiche im Körper ...*
Nadelstiche!
Im »a« von »was«. Im »h« von »schwach«. Im »r« von »Körper«. Im »h« von »Weh«. Im »r« von »Körper.«
Immer neue Nadelstiche.
Ganz feine, kaum fühlbare, doch fühlbare. A.H.R.H.R. ...
Ich blättere das ganze Buch durch. Immer neue Nadelstiche.
Mein Vater und der so ehrenwerte Manfred Lord. Dicke Freunde sind sie. Haben sich etwas Hübsches ausgedacht mit dem »Dybuk«. Etwas sehr Hübsches für ihre üblen Schiebergeschäfte.
K.L.I.T.R.E.E.R.W.P. ...

## SECHSTES KAPITEL

### 1

Zwei Katzen. Drei Kaninchen. Eine Dohle.
Sie fressen friedlich in dem kleinen Häuschen. Eine elektrische Lampe an der Decke gibt Licht. Draußen kommt jetzt auch noch ein Reh aus dem Gebüsch. Vor dem Häuschen im Park steht eine Futterkrippe. Auch das Reh beginnt zu fressen. Meine Mutter kauert auf dem Boden der kleinen Hütte und spricht mit den Tieren, und ich sehe zu. Es ist fünf Uhr abends. Im Park liegt viel Schnee. Nur ein paar Wege sind ausgeschaufelt.
»Das ist mir die liebste Klinik von allen«, sagt meine Mutter. Die Dohle frißt ihr aus der Hand. »In den anderen gab es immer nur ein Tier oder zwei, aber hier gibt es so viele, besonders im Sommer! Ich möchte gar nicht mehr weg! Die Tiere kennen mich

schon alle so gut. Ich war doch schon zweimal hier.« Die Dohle ist satt und setzt sich meiner Mutter auf die Schulter. Der Vogel ruft hell: »Kjak!«
»Ja, mein Kleiner, ja. Hat es geschmeckt?«
So geht das nun schon seit Tagen, solange ich da bin: Punkt fünf füttert meine Mutter ihre Tiere. Die Ärzte haben es gestattet. Mutter muß nicht im Bett liegen. Bewegung und frische Luft tun ihr gut, sagen die Ärzte.
Mutter weigert sich, Besuch zu empfangen. Ich bin die einzige Ausnahme.
Eine Katze miaut und bekommt noch etwas Milch.
»Hast du auch die Erdnüsse nicht vergessen?« fragt meine Mutter.
Nein, habe ich nicht. Sie bat mich gestern darum. »Das soll dein Weihnachtsgeschenk für mich sein, ja? Viele, viele Erdnüsse! Die Vögel fressen sie so gern, und auch die Eichhörnchen. Was glaubst du, wie viele Eichhörnchen und Vögel hier sind – ganz seltene, bunte!«
Ich habe ein Kilo Nüsse gekauft.
Man könnte glauben, meine Mutter sei um zwanzig Jahre gealtert, seit ich sie vor vier Monaten zum letztenmal sah. Sie sieht aus wie ein Gespenst. Unmöglich kann sie mehr als fünfundvierzig Kilo wiegen. Die Hände sind nur noch Haut und Knochen, das Gesicht ist durchsichtig weiß, von blauen Äderchen durchzogen. Die Augen sind sehr groß und gerötet. Ab und zu dreht sie den Kopf, als säße der Hals in einer Schlinge, und sie wollte sich befreien. Das ist ein neuer Tick von ihr. Mutter geht sehr unsicher, oft stolpert sie. Die Schwestern erzählen, daß sie kaum ißt. Sie verlangt nur dauernd Kaffee. Meist liegt sie angezogen auf dem Bett und starrt zur Decke.
»Nicht ansprechbar«, sagen die Ärzte. Mutter sei keine unangenehme Patientin, erklären die Schwestern. Sie macht wenig Mühe und hilft beim Aufräumen ihres Zimmers. Sie hat jeden Zeitbegriff verloren, verwechselt Stunden, Tage, Jahreszeiten, und es hat auch eine ganze Weile gedauert, bis sie mich erkannte. Aber obwohl Mama jeden Zeitbegriff verloren hat, weiß sie doch stets genau, wann es siebzehn Uhr ist. Niemals kommt sie eine Minute zu spät zu dem Häuschen im Park! Die Tiere warten schon immer auf sie. Darüber freut sich Mutter.
Ich mache das jetzt sechs Tage mit, und langsam kann ich nicht mehr. Ich habe mit dem Professor gesprochen. Sie wissen ja, wie das verläuft, wenn ein Angehöriger die Wahrheit über einen Pa-

tienten erfahren will. (Meine Mutter ist eine wohlhabende Patientin, das kommt noch dazu.)
»Ja, lieber Herr Mansfeld, Ihrer verehrten Frau Mama geht es natürlich besser... unvergleichlich besser... Mein Gott, wenn ich daran denke, in welcher Verfassung sie zu uns kam...«
»Ja, ja, ja. *Wie* gut geht es ihr?«
»Sie sind ungeduldig, Herr Mansfeld!«
»Es ist meine Mutter, Herr Professor.«
»Bei derartigen Krankheiten darf man aber nicht ungeduldig sein. So etwas kann Jahre dauern, ja, Jahre, sage ich. Sie sehen, ich bin ganz offen zu Ihnen.«
»Das heißt, daß meine Mutter noch jahrelang hier bleiben kann?«
Er nickt und lächelt gütig.
»Sie sagen doch, es ginge ihr viel besser!«
»Besser. Aber noch lange nicht gut! Und dann, lieber Herr Mansfeld, ich bitte Sie, denken Sie an die Rückfälle... Jedesmal, wenn sie entlassen wurde und heimkehrte, trat bald darauf der Rückfall ein. Ihre Familienverhältnisse...«
»Die kenne ich selber«, sage ich grob.
»Herr Mansfeld, diesen Ton habe ich nicht verdient. Wir tun alles Menschenmögliche, um Ihrer Frau Mutter zu helfen. Ich will Ihnen nicht verhehlen, daß dauernde Rückfälle natürlich gefährlich sind.«
»Was heißt das?«
»Es könnte, ich sage ausdrücklich, es *könnte* – wenn wir achtgeben, ist die Gefahr beinahe gleich Null –, aber es könnte doch, wir müssen jede Möglichkeit einkalkulieren...«
»Bitte!«
Er sieht mich an, wie ein berühmter Arzt eben einen frechen Halbstarken ansieht, und sagt dann tiefgekühlt: »Es könnte eine Verschlechterung eintreten, die uns vor eine sehr peinliche Aufgabe stellen würde. Sehen Sie, Ihre Frau Mutter fühlt sich wohl bei uns, sie hat ihre Freiheit, die Tiere. Dem normalen Leben ist sie noch nicht wieder gewachsen – das hat sie bewiesen. Aber sie ist ungefährlich, absolut ungefährlich.«
»Sie reden von meiner Mutter!«
»Gewiß, Herr Mansfeld. Indessen: Ein Rückschlag zuviel – und sie könnte in einen Zustand geraten, für den wir nicht mehr zuständig sind.«
»Nicht mehr zuständig?«
»Sie scheinen die Schwere der Krankheit zu unterschätzen. Im Falle des angedeuteten völligen Zusammenbruches könnte ich es

nicht mehr verantworten, die gnädige Frau bei mir zu behalten. Ich müßte sie ...«

»An eine geschlossene Anstalt abgeben?«

»So ist es, Herr Mansfeld. Sehen Sie mich nicht so an. Ich sagte schon, diese Möglichkeit ist äußerst unwahrscheinlich! Und man kann sie, glaube ich, ganz eliminieren, wenn man sich entschließt, der gnädigen Frau jede Aufregung durch die Außenwelt zu ersparen und sie bei uns zu lassen.«

»Für immer?«

»Für immer.«

»Sie meinen: Bis sie stirbt?«

»Ich meine ... Herr Mansfeld, ich kann mit Ihnen nicht reden! Sie sind so aggressiv! Was haben Sie bloß? Sehen Sie doch, wie glücklich Ihre Frau Mutter allein mit ihren Tieren ist.«

»Vor allem mit der Dohle.«

»Es tut mir leid, meine Zeit ist bemessen. Im übrigen teilt Ihr Herr Vater vernünftigerweise völlig meine Ansicht. Guten Tag.«

Er ließ mich einfach stehen.

Drüben in der Klinik beginnen sie zu singen: »Es ist ein Ros' entsprungen, aus einer Wurzel zart ...«

Das kenne ich. Jetzt stehen die Türen zu allen Zimmern offen, die Schwestern ziehen von Stockwerk zu Stockwerk, legen den Kranken Tannenzweige auf den Tisch und zünden Kerzen an.

» ... wie uns die Alten sungen ...«

Mutter steht auf. Jedem Tier sagt sie einzeln gute Nacht. Sie lächelt freundlich wie ein kleines Kind: »Wenn du mit der Schule fertig bist, Oliver, dann nehmen wir alle Tiere, gehen nach Frankfurt zurück in unsere Villa am Beethovenpark und haben ein schönes Leben! Ich bin doch eine reiche Frau! Eine Millionärin! Stell dir das doch nur einmal vor, Oliver! Sobald du aus dem Internat kommst, haben wir überhaupt alles! Die Fabriken! Die Millionen! Und diese Lizzy wird eingesperrt.«

Die Fabriken? Die Millionen? Arme, arme Mama. Ein privates Bankkonto besitzt sie in Luxemburg. Wieviel liegt darauf? Ich weiß es nicht. Von Zeit zu Zeit schickt sie mir Geld – zum Beispiel für die Wechsel. Aber die Fabriken? Die Millionen? Da hat meine geliebte Tante Lizzy ihre sauberen Pfoten drauf – sie, die meinen Herrn Papa beherrscht. Diese beiden wissen schon, was sie tun. Arme, arme Mama: Ich habe dem Professor unrecht getan!

»Mama, wirklich ...«

»Was denn? So steht es im Gesetz! Ich habe mich darüber lange mit Herrn Doktor Walling unterhalten.«

»Wer ist das?«
Meine Mutter kichert.
»Weißt du, als ich herkam, gefiel mir mein Zimmer nicht. Es hatte keinen Balkon, und die Vögel...«
»Ich verstehe.«
»Aber das Nebenzimmer, das hatte einen Balkon. Es war auch sonst viel schöner und größer. In diesem Zimmer lag Herr Doktor Walling. Rechtsanwalt. Großartiger Mensch! Stell dir vor: Als ich kam, starb er gerade.«
»Er starb?«
»Gewiß doch, Kindchen. In einer Klinik sterben viele Menschen. In jedem normalen Haus sterben sie. Warum nicht auch hier? Wo hätten sie ein besseres Recht? Die guten Schwestern, die mir erzählten, daß er im Sterben liege, sagten: ›Gleich, wenn er tot ist, bekommen Sie sein Zimmer!‹ « Mutter kichert wieder. »Also habe ich mich natürlich jeden Morgen erkundigt, ob es schon so weit sei. Ich kannte den Mann ja nicht! Ich wollte nur das Zimmer, nicht wahr?«
»Und?«
»Und natürlich hat man jeden Morgen versucht, mich zu erfreuen! ›Es geht ihm schlechter, Frau Mansfeld. Er hat hohes Fieber, Frau Mansfeld. Er hat nach dem Priester verlangt!‹ Und so weiter. Als er...« – meine Mutter lacht – »... als er das viertemal nach dem Priester verlangt hatte, um die Letzte Ölung zu empfangen, kam mir das doch etwas seltsam vor.«
»Das kann man verstehen.«
Sie streichelt das Reh, das noch an der Krippe steht. Dann lege ich einen Arm um ihre Schulter und führe sie, damit sie vor Schwäche nicht hinfällt, und fühle mit Grauen durch den Mantel einen zum Skelett abgemagerten Körper. »Am nächsten Tag ist das Zimmer noch immer nicht frei. Ich mache Krach! Sagt die gute Schwester: ›Doktor Walling ist gestorben, heute in der Nacht, wir müssen nur noch alles sauber machen.‹ « Meine Mutter gleitet aus, ich kann sie gerade noch halten. »Was soll ich dir sagen? Drei Stunden später höre ich den Toten husten!«
»Den Toten?«
»Den angeblich Toten! Durch die Wand! Er hat immer gehustet, weißt du? Na, da habe ich vielleicht Krach geschlagen! Aber wie! Das ist doch auch eine Gemeinheit, nicht? Ich frage: ›Wie kann der Doktor husten, wenn er tot ist? Glauben Sie, ich bin eine Verrückte, der man alles erzählen kann?‹ – Dem Herrn Professor war das Ganze wahnsinnig peinlich...«

Wir gehen auf die Klinik zu, in deren Fenstern viele Lichter brennen.
»Sag, Oliver, warum singen denn alle?«
»Heute ist Weihnachten, Mama.«
»Ist es nicht ein bißchen spät für Weihnachten heuer?«
»Nein, Mama.«
»Aber sonst hatten wir immer schon Krokusse und Veilchen...«
»Du wolltest mir doch die Geschichte von Doktor Walling zu Ende erzählen.«
»Ach ja! Also stell dir vor: Einen Tag später – ich trinke gerade Tee – klopft es, und ein fremder Herr kommt in mein Zimmer.«
»Doktor Walling.«
»Ja, er war es wirklich. Ein reizender Mensch! Ihr müßt euch kennenlernen! ›Gnädige Frau‹, so fing er gleich an, ›ich habe von der Unannehmlichkeit gehört, die ich Ihnen seit Tagen bereite. Kein Widerspruch! Da ich einfach nicht vorhersagen kann, wann und ob ich in der nächsten Zukunft sterben werde, bestehe ich darauf, daß wir noch heute unsere Zimmer tauschen‹.«
»Und du hast angenommen?«
»Natürlich! Hättest du nicht?« Meine Mutter kann schlecht Treppen steigen. Irgend etwas mit ihren Beinen ist nicht in Ordnung. Jetzt kommt eine Treppe im Park. Ich hebe Mutter auf, um sie zu tragen. Sie ist leicht wie ein kleines Mädchen, und wie ein kleines Mädchen kichert sie.
Nun beginnen auch die Kirchenglocken zu läuten.
»Ja, und denke doch, Doktor Walling wurde wieder gesund! Ganz gesund! Wir alten Leute ... ich meine, wir älteren ... haben noch ganz unglaubliche Lebenskräfte. Doktor Walling und ich zum Beispiel. Schau doch mich an: Sehe ich einen Tag älter aus als vierzig?«
»Nein, Mama!«
»Er ist ganz allein auf der Welt, weißt du? Der klügste Mann, den du dir denken kannst! Du mußt ihn kennenlernen, denn...« Sie stockt.
»Denn?«
»Du darfst mich aber nicht auslachen!«
»Bestimmt nicht.«
Wir haben das Haus erreicht.
Sie flüstert: »Ich lasse mich scheiden und heirate Doktor Walling! Nur wenn er dir gefällt, natürlich. Er wird dir gefallen! Besitzt ein sehr großes Vermögen. Wir werden ganz reiche Leute sein... Wo sind die anderen Erdnüsse?«

»Hier.«
Sie reißt das Päckchen aus meiner Hand und betrachtet es gierig. Einen Augenblick lang sieht sie wie eine böse Hexe aus. Dann lächelt sie wieder engelsgleich. »Gute Nacht, Oliver. Kommst du morgen wieder?« In der erleuchteten Halle sehe ich durch ein Fenster den Professor.
»Bis morgen. Gute Nacht, Mama«, sage ich lahm und höre die Glocken und das Singen.
»Ich muß nämlich unbedingt heute noch mit Doktor Walling sprechen, Liebling, weißt du. Über eine Kapitalanlage. Er wartet auf mich.« Sie gibt mir einen flüchtigen Kuß, wirft mir einen zweiten mit ihrer Gespensterhand zu und trippelt davon. Ich sehe, wie der Professor sie in der Halle begrüßt. Dann tritt er ins Freie.
»Ah, Herr Mansfeld.« Er läßt seinen weißen Bart durch rosige Finger gleiten, er ist gut gelaunt, gar nicht mehr gereizt. »Nun, sieht die Frau Mama nicht großartig aus? Haben Sie wenigstens jetzt das Gefühl, daß sie sich bei uns wohl fühlt?«
Ich stehe benommen im Schnee und antworte: »Gewiß, gewiß. Und bevor man einen neuen Rückfall riskiert . . .«
»Richtig!«
»Außerdem hat sie doch auch diesen Herrn Doktor Walling hier.«
»Wen?«
»Den Anwalt! Sie geht gerade zu ihm. Sie schätzt ihn offenbar sehr.«
»Mein armer, junger Freund . . . Nun sehen Sie erst klar, wie recht ich habe.«
»Ich verstehe kein Wort.«
»Doktor Walling starb einen Tag nachdem Ihre Frau Mama zu uns kam. Sie bekam sein Zimmer. Aber sie hat ihn natürlich niemals gesehen.«

## 2

»Monsieur Mansfeld?«
»Oui.«
»Un moment, s'il vous plaît . . .«
Dann höre ich Verenas Stimme: »Liebling! Ich kann dich ganz kurz noch einmal anrufen, ist das nicht schön?«
Ich liege auf meinem Hotelbett. In der Verbindung knattert und knistert es, andere Stimmen reden dazwischen. Es ist acht Uhr abends.

»Sehr schön. Aber wieso ...«
»Wir sind eingeladen. Mein Mann ist vorausgefahren, um ein Ehepaar abzuholen, Engländer. Sie wohnen weit weg und kennen sich nicht aus. Was machst du?«
»Ich sitze im Hotel.«
»Was? Ich verstehe nicht.«
»Ich sitze im Hotel.«
»Kein Wort kann ich verstehen! Hallo... hallo...! Oliver... Kannst du mich wenigstens hören?«
»Ganz deutlich.«
»Was? Was sagst du? Ach, ich habe mich so gefreut...«
»Es tut mir leid, Verena. Leg auf. Es hat keinen Sinn.«
»Vielleicht kannst du wenigstens hören, was ich sage...«
»Ja.«
»Ich verstehe nicht! Fräulein, Fräulein, was ist das für ein Skandal?«
Kein Fräulein meldet sich.
»Ich muß auf gut Glück reden. Wenn du deine Mutter besucht hast, geh ein wenig aus, ja? Aber betrink dich nicht! Und sei brav. Schau keine anderen Frauen an. Ich bin nämlich auch eifersüchtig.«
»Ja, Verena.«
»Zum Wahnsinnigwerden mit dieser Verbindung! Ich glaube, wir machen Schluß.«
»Das glaube ich auch.«
»Was sagst du? Ach, ich könnte weinen ...«
»Weine nicht.«
»Zum Glück ist Weihnachten im Ausland ein fröhliches Fest. Nur in Deutschland hockt man so feierlich herum. Hier gibt es Jazz und Konfetti und Ballons und schon jetzt eine Menge Betrunkene. Ich werde die ganze Zeit an dich denken! Hörst du mich? Hörst du mich? Hallo ... hallo ... hallo ...!«
Ich lege den Hörer auf.
Zum Glück ist Weihnachten im Ausland ein fröhliches Fest.

3

Ich besitze zwei Smokings.
Der bessere hängt in meinem Schrank im »Quellenhof«. Der ältere gehört zu den Kleidern, die ich immer in Luxemburg lasse, im Hotel. Da hebt man alles für mich auf. Ich ziehe den Smoking an

und gehe in die Bar. Hier gibt es auch schon Betrunkene und Luftballons und Papierschlangen und vergnügte Leute. Ich trinke Cognac. Mir ist nicht wohl.
Der Cognac bekommt mir. Nach drei Gläsern fühle ich mich besser. Echternach ist keine große Stadt. Ich weiß, daß Lizzy und mein Vater am Heiligen Abend immer ausgehen. Ich muß nicht lange suchen. Sie sitzen bei »Ricardo«. Dieses Restaurant hat einen großen Vorteil für jemanden, der andere beobachten will: Es besteht aus lauter kleinen Logen, die mit rotem Samt bezogen sind. Sehr viele Gäste. Also muß ich dem Geschäftsführer ein sehr großes Trinkgeld geben, bevor ich einen Tisch bekomme, von dem aus ich die beiden sehen kann. Sie können mich nicht sehen.
Ein Ober kommt. Ich bestelle »Souper des Hauses«.
»Ihr Herr Vater sitzt dort drüben«, sagt der Kellner. »Wünschen Sie, Monsieur, daß ich ...«
»Nein, ich wünsche nicht, daß mein Vater von meiner Anwesenheit erfährt.« Der Ober bekommt auch sein Trinkgeld.
»In Ordnung, Monsieur.«
Meinen Vater habe ich in seinem schönen Haus besucht, gleich als ich ankam, am Abend des zwanzigsten. Ich gab ihm das Buch seines Freundes Lord. (» ›Der Dybuk‹! Ah, damit hat er mir aber eine ganz große Freude gemacht! Da muß ich ihm unbedingt auch ein Buch schenken! Nimmst du es mit, wenn du zurückfliegst?«) Ich blieb eine halbe Stunde. Schneller kam ich nicht weg, obwohl er – wie immer – beleidigt war, als ich erklärte, im »Eden« wohnen zu wollen.
»Du liebst mich eben nicht. Du hast mich nie geliebt. Du hast überhaupt keine Beziehung zu mir.«
Da er das jedesmal sagt, gab ich gar keine Antwort.
Dann kam Tante Lizzy. Sie umarmte mich und küßte mich auf den Mund – nicht wie eine Tante. Offenbar kann sie nicht anders küssen.
»Der kleine Oliver! Was sage ich? Der große Oliver! Du siehst blendend aus, blendend! Mach nur so wilde Augen, ich weiß, du haßt mich!« Ich antworte wieder nicht, denn das sagt sie auch jedesmal. »Du haßt mich wie die Pest! Aber das macht mir nichts! Warum macht es mir nichts? Weil ich dich liebhabe, sehr, sehr lieb ...«
Apropos blendend: Tantchen sah blendend aus! Schlank und doch mit Formen. Gepflegt. Sexy. Herausfordernd. Früher war ihr Haar schwarz. Momentan ist es silbergrau gefärbt. Es war auch schon rot und braun. Ich hasse sie. Aber ehrlich: Schlafen gehen mit

dieser Frau muß noch für jeden Mann ein Vergnügen sein. Sie verändert sich überhaupt nicht. Wie alt kann sie sein? Vierzig? Meine Mutter ist fünfundfünfzig. Und sieht aus wie achtzig. Tantchen könnte man für fünfunddreißig halten. Leicht...
Während ich nun bei »Ricardo« das »Souper des Hauses« hinunterwürge, sehe ich Lizzy noch einmal genau an. Großartig geschminkt. In einem Kleid, das sicher ein Vermögen gekostet hat: Vorn hochgeschlossen, hinten offen bis zum – na ja. Schmuck an den Armen, an den Fingern, in den Ohren, um den Hals, im Haar, Schmuck überall. Die Blicke vieler Männer bekommen etwas Hungriges, wenn sie meine »Tante« ansehen. Wie sie lacht! Wie sie mit den Händen redet und dabei den Schmuck klirren läßt! Wie ihre schönen Augen leuchten! Und wie sie die Kellner herumjagt...
Auch um Väterchen muß ich mir offenbar keine Sorgen machen. Er ist gleichfalls unverändert: Riesenhaft, dick, rotgesichtig, laut. Strahlender Laune. Trinkt ein bißchen viel. Anscheinend ständig. Ich sehe bläuliche Ringe unter seinen Augen.
Ringe...
Sie werden es nicht glauben, Vater trägt Ringe an den langen, behaarten Fingern. Brillanten. Zwei an jeder Hand. Lizzy redet ununterbrochen auf ihn ein. Sie sind beide bei gutem Appetit. Vater trinkt eine Menge. Er ißt ungeschickt. (Hat er schon immer getan.) Ein Stück Fleisch fällt von seinem Teller.
Lizzy macht ihm Vorwürfe. Laut. Mit schriller Stimme. Ich kann hören, was sie sagt. Alle können es hören. »Bauer«, sagt Tantchen zu meinem Vater. »Nicht einmal essen kannst du! Schämen muß man sich mit dir! Nimm die Serviette! Binde sie um!« Und als er es nicht selber tut, tut sie es. Vor allen Leuten. Ich fühle richtig, wie wohl ihm das tut. Er küßt ihr die Hand. So viele Wege gibt es, Menschen glücklich zu machen!

## 4

Nach dem Essen fahren sie in ein Strip-tease-Lokal. Nicht in Echternach. Kenner wissen, wo das »Pigalle« liegt. Ich folge in einem Taxi.
Jetzt ist es beinahe Mitternacht, und beinahe alle Menschen sind betrunken. Das »Pigalle« ist voll zum Bersten. Mein Alter hat natürlich den besten Tisch an der Tanzfläche reservieren lassen. Hier brauche ich keine Angst zu haben, daß er mich entdeckt. An der Bar trinke ich wieder Cognac. Er schmeckt wie faules Wasser.

Vater trinkt Champagner. Immer wieder führt er seine Jugendgespielin zum Tanz, unermüdlich, wie ein Achtzehnjähriger. Boogie. Rumba. Cha-Cha-Cha. Jedem würde der Atem dabei ausgehen. Nicht meinem Vater!
Die Männer starren wieder Lizzy an. In ihrem hautengen, schwarzen Seidenkleid wirkt sie obszön. Mein Alter wird langsam krebsrot im Gesicht. Schweiß rinnt ihm von der Stirn, aber er macht eisern weiter. Lizzy tanzt um ihn herum, klatscht in die Hände und ruft »Olé!«
Neben mir sagt eine dicke Frau zu ihrem dicken Begleiter: »Schau dir den alten Kerl an! Was der noch kann! Und du?«
»Ich habe Asthma.«
»Eine ordinäre Nutte hat er da. Aber hübsch. Muß ich zugeben!«
»Irgend so ein reicher Geldsack wahrscheinlich.«
Die Herrschaften sind also nicht von hier. Wären sie von hier, dann wüßten sie, wer der alte Kerl und die ordinäre Nutte sind. In Echternach und Umgebung weiß das jeder.
Ob meine Mutter sich noch immer mit Herrn Doktor Walling über Finanzfragen unterhält?
Das Paar, dem die Bewunderung aller gilt, kehrt an seinen Tisch zurück. Lizzy schimpft. Es gibt wieder Krach, gespielten Krach natürlich. Aber lauten! Es müssen doch alle hören, sonst hat Papa nichts davon. Oh, mein Papa ...
»Noch einen Doppelten, bitte.«
»Sofort, Monsieur.«
Herren kommen und fordern Tantchen auf. Sie tanzt mit jedem, und sie tanzt, als sei sie die Geliebte eines jeden dieser Herren. So war sie schon immer. Mein Vater sitzt mit glasigen Augen am Tisch, trinkt Champagner und prostet ihr zu. Einmal gehen die anderen Paare von der Tanzfläche, und Lizzy bleibt mit einem jungen Mann allein. Sie legen einen tollen Rumba aufs Parkett, also wirklich, man muß gerecht bleiben.
Alles klatscht, besonders mein Vater. Als Lizzy an seinen Tisch zurückkommt, küßt er ihr immer wieder die Hände. Sie bringt den jungen Mann gleich mit. Der setzt sich zu ihnen und säuft Vaters Champagner und tut, als wäre mein Alter überhaupt nicht vorhanden. Papa wird plötzlich blaß und steht schnell auf. Die beiden anderen kümmert das nicht. An mir vorbei wankt mein Alter zur Toilette. Er sieht mich nicht.
Am Tisch küßt der junge Mann routiniert Lizzys innere Handflächen und danach ihren Hals. Er schreibt etwas auf ein Stück Papier. Telefonnummer und Adresse natürlich. Sie steckt den Zet-

tel zu sich. Dann gehen sie wieder tanzen. Als Vater zurückkommt, ist der Tisch leer. Ob Mutter schläft? Ob sie im Traum mit Herrn Doktor Walling darüber spricht, wie die Hochzeit sein soll, wenn mein Alter erst einmal tot und Tante Lizzy im Gefängnis ist?
»Cha-cha-cha!« rufen die Musiker fröhlich.

## 5

Gegen ein Uhr morgens beginnt die Show. Schwarze, braune und weiße Mädchen ziehen sich aus. Lassen sich ausziehen. Ziehen sich gegenseitig aus. Eine Schwarzhaarige wird von einer Blonden entkleidet. Die Blonde trägt einen kurzen, schwarzen Regenmantel. Sie ist ungeheuer zärtlich zu der Schwarzen. Küsse. Umarmungen.
Als die Schwarze ganz nackt ist, wirft die Blonde ihren Regenmantel ab und ist auch ganz nackt. Sie nehmen die Stellung ein, in der Frauen sich lieben. Das Licht geht aus.
Diese Vorstellung hat alle Männer am meisten aufgeregt. Auch alle Frauen. Eine nicht: Tante Lizzy. Sie kommt erst bei der nächsten Attraktion auf ihre Rechnung. Das ist eine Haremsszene, aber eine paradoxe. Drei beinahe nackte, prima gebaute junge Kerle werden von einem nackten Mädchen herumgejagt. Das Mädchen hat eine lange Peitsche und knallt damit dauernd – haarscharf an den muskulösen Körpern der Jungen vorbei. Lizzy trinkt ein Glas nach dem anderen. Sie wird unruhig. Ihre Lippen bewegen sich. Die Nasenflügel zucken nervös. Lizzy sagt meinem Alten etwas. Der winkt dem Ober. Er hat es plötzlich furchtbar eilig. Die beiden warten nur das Ende der Nummer ab, dann gehen sie. Man hat bereits die Garderobe geholt.
Lizzy ist jetzt wohl auch betrunken. Beide gehen ganz dicht an mir vorbei. Ich neige mich vor und sage: »Ein fröhliches Fest!«
Aber sie hören mich nicht. Sie sehen mich nicht. Mein Alter wirft mit Scheinen um sich. Die Kellner dienern.
Eine Sängerin ist vor ein Mikrofon getreten. Nach den ersten Takten der Kapelle weiß ich, was nun kommt, und rufe: »Zahlen!«
»Sofort, Monsieur.«
Die Barfrau hat zuviel zu tun. Ich lege Geld auf die Theke und gehe. Trotzdem komme ich nicht schnell genug fort und höre noch die ersten Worte des Liedes. »Love is just a word ...«
Auf der Straße sehe ich den Mercedes meines Vaters abfahren. Tante Lizzy chauffiert. Er sitzt neben ihr. Besser gesagt, er liegt,

an ihre Schulter gelehnt. Tante Lizzy fährt schnell. Ich habe nur noch einen Wunsch: Vergessen. Schlafen. Mit einem Taxi fahre ich ins Hotel.
Im Hotel nehme ich vier Schlaftabletten. Als ich erwache, ist es zwölf Uhr mittag am 25. Dezember.
Ich bleibe bis zum 8. Januar. Meine Mutter besuche ich täglich, meinen Vater nie. Er läßt auch von sich nichts hören. Mit Mutter füttere ich täglich die Dohle, die Katzen, das Reh und die Kaninchen. Manchmal gehe ich dann noch mit ihr hinauf in das schöne Zimmer. (Wenn Herr Doktor Walling zu tun hat.) Oder ich besuche sie am Vormittag, und wir sehen zu, wie die verschiedensten Vögel die Erdnüsse fressen. Auch Eichhörnchen sehe ich. Sie springen von den Ästen eines nahen Baumes herüber.
Mit Verena telefoniere ich selten. Sie kann offenbar nicht anrufen, ich warte viele Tage umsonst, und wenn sie anruft, ist die Verbindung meistens so schlecht, daß man kaum etwas versteht. Zu Silvester nehme ich schon am frühen Abend Schlaftabletten.
Am 8. Januar 1961, nach dem Mittagessen, gehe ich in die Villa meines Vaters, um mich zu verabschieden. Er gibt mir ein altes Buch. Eine frühe Ausgabe des »Principe« von Niccolo Machiavelli.
»Für meinen Freund Lord. Und die herzlichsten Grüße!«
»Jawohl, Papa.«
In der Halle steht Lizzy.
»Laß es dir gut gehen.«
»Du dir auch.«
»Du haßt mich wirklich, nicht?«
»Von ganzem Herzen.«
»Dann will ich dir endlich die Wahrheit sagen. Ich dich auch, Oliver. Ich dich auch.«
»Na also«, sage ich, »warum nicht gleich?«
Teddy Behnke sitzt schon am Steuer des Mercedes, um mich zum Flughafen zu fahren. Ich bitte ihn, vor der Klinik zu halten. Meine Mutter beobachtet von ihrem Zimmer aus die Vögel auf dem Balkon. Sie nimmt gar nicht zur Kenntnis, daß ich mich verabschiede.
»Schau doch, das süße Rotkehlchen! Bringst du mir morgen wieder Erdnüsse?«
»Ich werde Teddy bitten, daß er sie dir bringt, Mama.«
»Wieso Teddy?«
»Ich fliege zurück nach Deutschland.«
»Ach so, natürlich. Aber du mußt Teddy nicht bemühen. Ich werde Doktor Walling bitten...«

Dieser 8. Januar 1961 ist ein schöner Tag: Klar, kalt, frostklirrend. Wir fliegen im Sonnenschein über verschneites Land. Ich nehme den Machiavelli hervor, blättere ihn Seite um Seite durch und taste Seite um Seite ab. Ich notiere alle Buchstaben, die mit einer Nadel durchstochen wurden.
A.S.H.G.F.D.V.B.N.M.C.X.E.E.I.U.O.
Es sind viele Buchstaben. Ich werde auf dem Flug nicht fertig damit. Das macht nichts. Herr Lord kommt erst in sechs Tagen aus Sankt Moritz zurück. Diesmal will ich die ganze Botschaft haben! Als wir landen, bitte ich Teddy, meiner Mutter regelmäßig Erdnüsse in die Klinik zu bringen, und gebe ihm Geld.
»Wird bestens erledigt, Herr Oliver. War es sehr schrecklich für Sie?«
»Schrecklich?« frage ich. »Ich hatte eine feine Zeit.«
Teddy Behnke sieht mich stumm an.
»Was ist los, Teddy?«
»Ach«, sagt er, »ist es nicht eine Scheißwelt?«
»Aber wieso? Es ist die beste aller Welten, lesen Sie Leibniz!«
»Sie tun mir leid.«
»Quatsch. So long, Teddylein.«
»Alles Gute, Herr Oliver.«
Dann hinkt er wieder zum Büro der AIR WEATHER CONTROL, und ich gehe wieder zum Paß und zum Zoll und lasse mich filzen wie immer. Diesmal untersucht mich nicht Herr Koppenhofer, sondern ein anderer Beamter, und ich stehe in einer Kabine, in der ich noch nie gestanden habe.
Fünf Uhr.
Jetzt füttert Mutter ihre Tiere.
Was tut Verena?
Erst in sechs Tagen kommt sie zurück.
Erst in sechs Tagen ...
»Ich möchte eine Flasche Cognac«, sage ich zu der Verkäuferin des Delikatessenladens in der Flughafenhalle.

## 6

Es schneit an diesem Nachmittag in Frankfurt heftig, in großen Flocken. Meine Mutter wird spätestens in einem Jahr in einer Irrenanstalt sein, wenn das so weitergeht, und das geht so weiter. Mein Vater und mein Tantchen sind dann die Sieger. Lief alles schneller, als ich dachte.

Mir ist elend.
Als ich losfahre, tue ich etwas, das ich noch nie getan habe: Ich halte mit der linken Hand das Steuer und öffne mit der rechten Hand die Cognacflasche. Dann hebe ich sie an die Lippen und trinke im Fahren. Das Glas des Flaschenhalses schlägt gegen meine Zähne, und Cognac rinnt mir über das Kinn. Ich lege die Flasche unter den Sitz. Mir wird immer elender. Darum biege ich bei der Autobahnausfahrt ab und fahre hinunter in den verschneiten Niederwald, die Oeserstraße entlang, zum Brunnenpfad. Ich habe nicht den Schlüssel zu »unserem« Haus. Ich will es nur ansehen. Vielleicht trinke ich noch etwas, während ich es ansehe. So ein sentimentaler Idiot bin ich an diesem Tag!
Das Fenster an meiner Seite steht offen. Stärker und stärker dringt ein seltsamer Geruch zu mir. Ich kann nicht sagen, was für ein Geruch, aber er ist ekelhaft, erschreckend.
Erschreckend?
Ich weiß nicht, warum ich plötzlich klamme Finger habe, als ich in den Brunnenpfad einbiege. Dann sehe ich, was geschehen ist. »Unser« Haus steht nicht mehr. Der Zaun steht nicht mehr. Der Geräteschuppen steht nicht mehr. Im Schnee liegen verkohlte Trümmer, Glasscherben, Bleche. Ich sehe den ausgeglühten elektrischen Ofen, Teile der breiten Couch, die Dusche aus der Küche – verbogen, schwarz, gebrochen. »Unser« Haus ist abgebrannt. Die verkohlten Holzstücke sind es, die so stinken.
Ich halte und steige aus.
Niemand ist zu sehen. Nur Krähen schreien.
Ich gehe langsam in das nun offene Grundstück hinein. Etwas zerbricht unter meinen Schuhen. Es ist der Rest des Radios. Ich stehe im Schnee und starre den schwarzen Holzhaufen an, der einmal ein Haus war, und Flocken fallen auf mich und den Brandschutt, so viele Flocken.
»Traurig, traurig, nicht wahr, Herr Mansfeld?«
Ich fahre herum.
Herr Leo, der Diener, steht hinter mir und schüttelt mitfühlend den schmalen Schädel. Er trägt einen dicken Wintermantel, einen Schal und einen steifen, schwarzen Hut.

## 7

»Wo kommen denn Sie her?«
»Oben bei der Tankstelle an der Autobahn ist eine Raststätte. Da

habe ich Kaffee getrunken und mir erlaubt, auf Sie zu warten, pardon, bitte.«
»Woher wußten Sie, daß ich heute zurückkommen würde?«
»Nun, morgen beginnt doch die Schule, nicht wahr?«
»Und wenn ich vorbeigefahren wäre?«
»Ich habe Ihren Namen auf eine von diesen großen schwarzen Tafeln schreiben lassen, die zwischen den Bahnen stehen. Ich ließ vermerken, daß Sie in die Raststätte kommen sollten.«
»Weshalb? Und wieso wußten Sie, wohin ich fahren würde?«
Darauf lächelte er nur.
»So ein hübsches, kleines Häuschen ... Welcher Jammer ... Es ist während der Feiertage geschehen. Die Zeitungen schreiben, Einbrecher hätten alle Konserven aufgegessen und allen Schnaps getrunken, den sie fanden. Dann haben sie – durch Unfall, aus Absicht, wer weiß es? – das Haus in Brand gesteckt. Schrecklich, nicht wahr?«
»Schrecklich für wen?«
»Für Sie, lieber Herr Mansfeld. Und für die gnädige Frau, pardon, bitte.«
»Wenn Sie noch ein einziges Wort ...«
Aber er läßt sich nicht unterbrechen: »Die Freundin der gnädigen Frau, der das Häuschen gehörte und die sich zur Zeit in Amerika befindet, ist reich. Für sie ist es nicht schrecklich. Aber die gnädige Frau und Sie – wo werden Sie sich jetzt bloß treffen?«
Ich schlage mit der rechten Faust zu. Herr Leo fliegt in den Schnee. Seine Nase blutet. Er hält ein Taschentuch vor sein Gesicht, während er sich erhebt, und sagt undeutlich: »Das kostet Sie zweitausend Mark mehr, pardon, bitte.«
»Was?«
»Daß Sie mich schlugen. Ursprünglich wollte ich nur drei verlangen. Jetzt verlange ich fünf. Fünftausend. Wie das erstemal.«
»Wofür, Sie Schweinekerl?«
Er zieht fünf Fotografien aus der Tasche und reicht sie mir. Eine zeigt mich, wie ich das Häuschen betrete. Eine zeigt Verena, die mich in der Haustür umarmt. Zwei zeigen uns beide, wie wir das Häuschen verlassen. Auf dem fünften Bild kann man sehen, wie wir uns im Garten küssen.
»Ich habe eine sehr gute Kamera, Herr Mansfeld. Beachten Sie die Bildqualität, die Schärfe! Ich stand hinter dem Geräteschuppen.« Fotos. Fotos ...
Ich zerreiße Herrn Leos Fotos in kleine Fetzen und werfe sie in den eingestürzten Brunnenschacht. Herr Leo sieht mir dabei zu und lächelt sanft.

»Was für ein Kind Sie sind, pardon, bitte, Herr Mansfeld. Haben Sie noch nichts davon gehört, daß es auch Negative gibt? Von ihnen kann ich so viel neue Bilder herstellen, wie ich will.« Er fröstelt und reibt sich die Hände. »Wir wollen zum Ende kommen. Ich brauche das Geld morgen.«
»Ich habe es nicht.«
»Sie können den Wagen noch einmal beleihen. Ein neuer Jaguar kostet fünfundzwanzigtausend Mark. Der Ihre ist beinahe noch neu. Sie fahren morgen zu Kopper & Co und erledigen die Formalitäten. Ich erwarte Sie um achtzehn Uhr mit dem Bargeld oben im Rasthaus.«
»Ich habe eine Bestätigung, daß ich Ihnen schon einmal fünftausend Mark gegeben habe.«
»Wenn Sie es wünschen, bringe ich morgen eine zweite Bestätigung mit. Sie können beide Herrn Lord zeigen. Ich kann Herrn Lord auch gleich die Negative der Aufnahmen zeigen, wenn Sie das wünschen. Dann sparen Sie fünftausend Mark. Wenn Sie es nicht wünschen, bringe ich die Negative morgen mit. Einen angenehmen Abend. Mir wird es hier zu kalt, pardon, bitte.«
Er zieht den steifen Hut und geht davon, vorsichtig, langsam, damit er nicht ausgleitet. Er trägt Galoschen. Ich sehe ihm nach, bis er verschwunden ist. Der Schnee fällt auf mich und zergeht auf meinem Haar. Ich setze mich in den Wagen und trinke wieder aus der Flasche. Das nasse, verbrannte Holz stinkt. Ob Leo das Haus angezündet hat?
Meine Mutter besitzt ein kleines Bankkonto. Sie wird mir noch einmal helfen. Hoffentlich kann sie es ...
Hat Herr Leo von den Negativen mehr Abzüge herstellen lassen? Vielleicht. Sicherlich. Er wird auch noch Briefe und Tonbänder haben. Er wird mich erpressen, solange es geht. Und dann? Und was wird er dann tun?

## 8

»Wenn ich dir erzähle, was passiert ist, machst du dir glatt in die Hosen«, sagt Hansi. Ich bin im »Quellenhof« angekommen. Das übliche Gebrüll und Gerenne von kleinen Jungen. Alle kommen sie zurück. Vor dem Haus parken Autos. Die guten Eltern zeigen uns, wie gut sie sind. Sie machen den armen Herrn Herterich halb verrückt mit Klagen, Bitten, Sorgen, Nöten. Hat Fritz nun endlich auch ein besseres Bett bekommen? Warum ist das Essen wie-

der so schlecht? Widersprechen Sie nicht, Karlheinz hat sich beschwert! Wann werden die neuen Badezimmer fertig?
Und so weiter, wie jedesmal.
»Warum soll ich mir in die Hosen machen?« frage ich.
Aus dem Trubel der Kinder und Eltern zieht Hansi sich mit mir auf ein Klosett zurück und riegelt zu.
»Gib mir 'ne Kippe.«
Er bekommt sie.
»Du hast doch Sinn für Humor, nicht? Das, was ich dir zu erzählen habe, ist die ganze Packung wert!«
Ich schenke sie ihm.
»Also: Giuseppe ist doch geblieben, so wie ich, nicht?«
»Ja.«
»Und er hat recht gehabt! Dieser Fan ... dieser Dingsda ...«
»Fanfani.«
»Ja, der hat also seinen Vater wirklich rausgelassen aus dem Knast. Weißt du, was dann passierte?«
»Was?«
Hansi zieht die Spülung, denn jemand hat an der Tür geklinkt.
»Die Italiener sind doch so verrückt mit ihren Bambinis.«
»Und?«
»Na, bei der Entlassung bekam Giuseppes Vater etwas Geld. Alle Verwandten konnten damit natürlich niemals hierher fahren, Weihnachten feiern. Aber Giuseppes Vater – er ist Installateur – bekam sofort einen Job bei irgend so einer Ölheizungsfirma in Frankfurt. Zweijahresvertrag! Ich habe gesehen, wie er ankam – am dritten war das. Hatte selber nur lauter alte Drecksachen an. Aber für Giuseppe brachte er einen neuen Mantel mit und warme Schuhe und einen Pullover. Und ein ganz großes Freßpaket! Giuseppe war selig.«
»Das kann ich mir vorstellen!«
»Nein, das kannst du dir nicht vorstellen! Er hat getanzt vor Glück! Der Vater auch! Wie zwei Verrückte haben sie sich benommen! Raschid fing an zu heulen, dieses Flennbaby. Dann ging der Vater mit Giuseppe essen, in irgendeine Kneipe. Abends kommt Giuseppe heim und sagt ...« Hansi beginnt zu lachen, bis er sich verschluckt.
»Was ist so komisch?«
»Was Giuseppe mir und Raschid sagte!«
»Was?«
»Daß alle Kommunisten Verbrecher sind!«
»Aber sein Vater ist doch selber einer!«

»So warte doch! Sein Vater *war* einer, und ...«
»Wieso *war?*«
»Giuseppes Vater *war* Kommunist. Aber er *ist* keiner mehr! Er hat im Gefängnis andere Leute getroffen und über alles nachgedacht. Er hat auch mit dem Gefängnisgeistlichen gesprochen. Und der, der hat Giuseppes Vater bekehrt! Kaum raus aus dem Knast, läßt er sich katholisch taufen. Und Giuseppe nimmt jetzt Kommunionsunterricht.«
»Wo ist denn Giuseppe jetzt?«
»Er ist beim Eislaufen«, sagt Hansi.
»Aber er hat doch gar keine Schlittschuhe!«
»Ali hat ihm ein Paar geschenkt.«
»Ali?«
»Na, der hatte doch zwei. Außerdem ist er jetzt Giuseppes Bruder. Klar, nicht? Die beiden hocken dauernd zusammen. Ali ist völlig von den Socken mit Giuseppe! Er schenkt ihm Schokolade, Wäsche, Seife. Sogar eine Keilhose! Und beten tun sie nur noch zusammen. Na, war das nicht die Kippen wert?« fragt Hansi.

## 9

Ich war bei der Firma Kopper & Co.
Ich habe ein weiteres Darlehen in Höhe von fünftausend Mark aufgenommen. Die Höhe der monatlichen Wechselraten beträgt jetzt sechshundertdreißig Mark. Das ist für mich ein irrsinniger Betrag, den ich nur bezahlen kann, wenn meine Mutter mir noch mehr als bisher hilft. Ich weiß nun, daß es sinnlos ist, ihr zu erklären, wozu ich das Geld benötige. Es wäre schon seinerzeit sinnlos gewesen. Ich weiß, daß sie mir sofort helfen wird. Ich weiß nur nicht, ob noch genügend Geld auf ihrem Konto liegt. Vier Raten zu dreihunderteinundzwanzig Mark habe ich schon bezahlt. Für die zehntausend, die sie mir gegeben haben, verlangen Kopper & Co. rund dreizehntausend zurück, denn sie müssen an der Sache ja etwas verdienen. Ich kann einen schweren goldenen Füllfederhalter, eine erstklassige goldene Armbanduhr und einen sehr teuren Feldstecher verkaufen. That's all. Von meinem Vater habe ich seit Jahren kein Geld mehr bekommen. Alles, was ich brauche, bezahlt Herr Lord. (Und verrechnet's dann mit meinem Alten.)
Die Firma Kopper & Co. hat mich eine Erklärung unterschreiben lassen, derzufolge der Wagen in ihren Besitz übergeht, wenn ich mit zwei Wechselraten jeweils länger als vier Wochen in Verzug

gerate. Die Firma Kopper & Co. wird dann den Wagen verkaufen und Verkaufssumme gegen Schuld mit mir abrechnen.
In der Raststätte am Frankfurter Kreuz habe ich die fünftausend Mark Herrn Leo Galler übergeben. Er hat sich erbötig gemacht, mir darüber sofort eine zweite Empfangsbestätigung auszuschreiben, damit ich beide gegebenenfalls Herrn Manfred Lord zeigen und damit beweisen könnte, daß Herr Leo Galler mich erpreßt. Ich habe auf den Boden gespuckt und bin fortgegangen. Es ist mir endlich (endlich!) klargeworden, was die erste Bestätigung wert ist, die ich für einen gewissen Schutz hielt. Wenn ich sie Manfred Lord jemals zeigen wollte, dann hätte ich Herrn Leo Galler niemals einen Pfennig geben müssen. Denn Herr Galler würde dann natürlich erzählen, wofür er das Geld bekam und – so er es besitzt – weiteres Beweismaterial für Verenas Untreue vorlegen. Das hat Herr Leo Galler natürlich schon gewußt, als er die erste Bestätigung ausschrieb. Nur ich habe es nicht gewußt.

## 10

Donnerstag, 12. Januar 1961. Ich habe den ganzen Nachmittag Zeit, aber ich fahre nicht nach Frankfurt, um Verena zu treffen, denn die kommt erst am vierzehnten. Ich fahre nach Frankfurt, in die Kelsterradstraße, welche südlich des Mains liegt, um mit Geraldine zu reden. Ich habe mich telefonisch angemeldet.
»Frau Reber ist nicht da. Hier spricht Frau Böttner.« (Böttner, so heißt die Wohnungsinhaberin. Das hat mir Geraldine damals gesagt.) »Worum handelt es sich?«
»Das hätte ich gern Frau Reber selbst erklärt. Oder ihrer Tochter.«
»Ihre Tochter liegt im Bett. Sie kann nicht an den Apparat kommen. Und Frau Reber ist nicht da, das habe ich Ihnen doch bereits mitgeteilt, junger Mann!« (Scharfe, harte Stimme.) »Wollen Sie mir vielleicht gütigst sagen, ob ich etwas ausrichten kann?«
Ich bitte, Geraldine gütigst auszurichten, daß ich sie am Donnerstag gegen fünfzehn Uhr besuchen würde.
»Sie soll keine Besuche empfangen.«
»Ich komme nur kurz.«
»Bitte sehr.«
Eingehängt.
So hat das Ganze gleich einmal begonnen, und so geht es weiter.

Dieser 12. Januar ist ein dunkler, stürmischer Tag. Die Menschen gehen vorgeneigt, Wasserschnee schlägt in ihre mürrischen Gesichter, alle Autofahrer sind nervös. Ein Moped stößt beinahe mit mir zusammen, als ich die Friedensbrücke überquere.
Das Haus, in dem Geraldine nun lebt, ist alt. Die Wohnung liegt im dritten Stock. Ich läute. Eine kleine Dame öffnet und mustert mich mißtrauisch.
»Verzeihen Sie die Störung, Geraldine sagte mir, ihre Mutter hätte diese Wohnung für eine Weile gemietet. Ich danke Ihnen sehr, daß Sie sich in der Abwesenheit von Geraldines Mutter um sie kümmern, denn ...«
»Was heißt, sie hat die Wohnung gemietet? Ein Zimmer hat sie gemietet! Kommen Sie weiter. Es ist dunkel hier, die Lampe funktioniert nicht.«
»Mutter hat eine Wohnung für mich gemietet ...«
Und dann ist es nur ein Zimmer, und die Mutter überhaupt nicht da. Typisch für Geraldine. Sie hat immer gelogen, immer übertrieben ...
Frau Böttner öffnet eine der Türen.
»Besuch, Fräulein!« Sie läßt mich eintreten. »Soll ich den Tee jetzt bringen?«
»Ja, bitte.« Das ist Geraldines Stimme. Einen Moment später sehe ich sie. Ihr Bett steht beim Fenster. Sie hat sich geschminkt wie eh und je (dreimal zuviel), und sie trägt ein schwarzes Spitzennachthemd. (Wo ist der Gipsverband?) Sie sitzt im Bett, die Kissen sind hochgestellt. Vor dem Bett steht ein Tisch, festlich gedeckt für zwei Personen. Blumen. Bunte Servietten. Billiges Porzellan. Eine Platte mit Sandkuchen. Zigaretten ...
Die Tür schließt sich hinter mir.
Geraldine lächelt. Ihr Gesicht ist sehr blaß, die Wangen sind eingefallen, aber sie sieht besser aus, als ich dachte.
»Hallo«, sage ich.
Sie lächelt noch, aber es rinnen Tränen über ihre Wangen. Durch das Fenster sehe ich eine Kirche, einen Friedhof, einen riesigen grauen Steinkasten in einem kahlen Park (das muß die Nervenklinik sein), und dahinter den schmutzigen, grauen Main.
»Oliver«, sagt Geraldine. Und noch einmal, geflüstert: »Oliver ...« Sie streckt die Arme aus.
Ihr Mund öffnet sich. Ich beuge mich vor und küsse sie schnell. Das heißt: Ich will sie schnell küssen, aber sie klammert sich fest, ihre Lippen saugen sich an meine, und es wird ein langer Kuß. Sie hat die Augen geschlossen. Ihr Atem geht schnell. Ich halte die

Augen offen und sehe die Nervenklinik, die Kirche und den grauen Main. Das ist der schlimmste Kuß meines Lebens.
Endlich vorbei.
Geraldine strahlt. »Oliver! Ich bin ja so froh! Über alles! Ich werde irrsinnig schnell gesund, die Ärzte sagen, es wäre ein Wunder! Das Rückgrat ist wieder ganz gerade zusammengewachsen. Ich trage auch keinen Gipsverband mehr. Schau!« Im nächsten Moment hat sie das schwarze Nachthemd von den Schultern gestreift. Die Brüste zittern. In Geraldines Augen tritt wieder der irre Blick, den ich kenne. »Streichle sie ... Küß sie ...«
»Diese Böttner kann jeden Moment kommen ...«
»Nur einmal ... schnell ... Bitte, bitte ... Du weißt nicht, wie ich darauf gewartet habe ...«
Ich küsse die Brüste. Sie stöhnt. In diesem Moment ertönen draußen Schritte. Ich kann mich eben noch in einen Sessel fallen lassen. Geraldine zieht die Bettdecke hoch. Frau Böttner kommt herein, bringt den Tee, stellt die Kanne hin, ohne ein Wort zu sagen, blickt mich böse an und geht.
»Was hat sie?«
»Sie? Du!«
»Was?«
»Lippenstift am Mund!« Ich fahre mit dem Handrücken über mein Gesicht. Der Handrücken wird rot. Geraldine lacht.
»Setz dich zu mir.«
»Hör mal, ich darf mir keinen Skandal ...«
»Nur zu mir setzen. Meine Hand halten. Sonst nichts. Ich bin ein armes Luder. Ich könnte gar nicht! Alles tut noch weh ... Komm schon!«
Ich setze mich aufs Bett. Ich gieße den Tee in beide Tassen. Ich halte ihre Hand. Sie sieht mich unentwegt an. Sooft ich kann, sehe ich an ihr vorbei. Das wässerige Schneetreiben draußen wird dichter. Ich will ihr die Tasse reichen.
»Laß! Das kann ich schon selbst. Schau!« Sie zeigt, daß sie die Tasse selbst zu halten vermag. »Ich kann auch schon stehen und gehen und mich vorbeugen. Nur laufen kann ich noch nicht.«
»Wie schön, Geraldine!«
Ich halte ihren Blick nicht aus, lächle und sehe mich im Zimmer um, in dem geschmacklose Möbel und Nippesfiguren stehen, und in dem ein Bild an der Wand hängt, das eine Alpenlandschaft zeigt. Mit Hirsch.
»Hübsch hast du es hier.«
»Mach keine Witze!«

»Nein, wirklich...«
»Scheußlich habe ich es hier! Rede doch nicht so! Dieses Zimmer! Diese Alte! Und die Aussicht... Findest du das hübsch?«
Einen Schluck Tee. Aber hilft ein Schluck Tee weiter? Ich muß mit Geraldine reden. Jetzt. Sofort. Gleich.
Nein, nicht sofort.
Noch ein paar Minuten.
So ein feiger Hund bin ich. So ein elender, feiger Hund.

## 11

Und jetzt streichelt sie auch schon wieder meine Hand, und die Bettdecke gleitet herab. Wenn sie nur nicht ihr Nachthemd... Es gleitet auch schon wieder...
»Du denkst an die Alte, ja?«
»Ja.«
Geraldine zieht das Nachthemd hoch.
»Sie... sie kann doch jeden Moment wiederkommen.«
»Du bist süß!«
»Wieso?«
»Weil du so an mich denkst.«
Auf und ab streicht ihre Hand die meine, auf und ab.
»Geraldine... sagtest du nicht am Telefon, deine Mutter hätte eine Wohnung gemietet?«
»Meine Mutter!« Selten habe ich so viel Bitterkeit in einem Gesicht gesehen.
»Was ist passiert? Wo ist sie überhaupt?«
»In Berlin. Bei ihrem Mann. Schon seit Neujahr.«
»Aber alle denken doch, sie würde mit dir leben.«
»Ja, das hat sie mir versprochen! Aber da war ich noch im Krankenhaus. Dann brachte sie mich hierher. Wohnung? Von wegen! ›Kein Geld, liebes Kind! Wir müssen sparen!‹« Geraldine zuckt die Schultern. »Du weißt, ihr zweiter Mann kann mich nicht leiden. Er meinte, ein Zimmer sei gut genug. Sie schlief da auf der Couch, solange sie hier war. Bis er sie zurückrief. ›Du bist jetzt lange genug weg! Entweder dein Balg oder ich!‹ Das Telefon steht in der Diele. Ich habe alles mithören können, wie sie sich stritten. Aber nach Berlin flog sie dann doch!« Geraldine ahmt ihre Mutter nach: »Jetzt geht es dir schon fast wieder ganz gut, meine Kleine. Jetzt kann ich dich unbesorgt bei der lieben Frau Böttner lassen.« Wieder mit normaler Stimme: »Dann noch eine halbe Stunde Ge-

jammer. Daß sie an ihre Ehe denken müßte, daß ich ja schließlich Vater zugesprochen wurde bei der Scheidung, daß sie jetzt besonders vorsichtig sein müßte, um den Kerl in Berlin nicht zu verärgern, weil er so eifersüchtig ist und sonst auch noch fremd geht aus Wut, und endlich, weil mein Vater sich doch so benommen hat.«

»Wie hat der sich benommen?« Gott sei Dank, ich muß noch immer nicht sprechen. Hund. Feiger Hund!

»Ich sagte dir doch, er würde zu Weihnachten aus Cape Canaveral herüberkommen?«

»Ja. Und?«

»Vom ersten Augenblick an gab es auch da Streit. Sie haben sich dauernd angeschrien. Vater wollte, daß Mutter sich scheiden läßt. Er könnte in Deutschland arbeiten. In irgend so einem Institut. Mutter sagte, sie würde sich nie mehr scheiden lassen. Vater hat sie daraufhin geohrfeigt. Und das am Heiligen Abend!« Geraldine lacht. »Nach der Bescherung. Sie hatten beide einen sitzen. Da drüben in der Ecke stand der Weihnachtsbaum. Mutter brüllte so laut, daß die Alte die Funkstreife rufen wollte. Es waren die schönsten Weihnachten meines Lebens. Wie waren übrigens deine?«

»Ähnlich. Und nach den Ohrfeigen?«

»Ging die große Debatte los. Zwei Stunden. Du bist schuld. Nein, du. Du hast das getan. Du hast das getan. Was war mit dieser Laborantin in Nowosibirsk? Und du, hast du dich mit diesem Kommissar eingelassen, oder nicht? Und so weiter. Mich hatten sie völlig vergessen.«

»Und?«

»Nichts und. Vater flog schon am zweiten Weihnachtsfeiertag zurück in die Staaten. ›Leb wohl, mein armes Kind.‹ In den Großen Ferien darf ich ihn wieder besuchen, denk doch! Er wird mich dann furchtbar verwöhnen, hat er gesagt.«

»Wenn er die Erziehungsgewalt hat, hätte er doch eine Wohnung mieten und sich um dich kümmern können.«

»Ja, nicht wahr? Aber er meinte, meine Mutter würde mich ja doch im Stich lassen, und dann wäre ich allein und brauchte eine Schwester. Hier wäre immer noch Frau Böttner. So viel Geld hätte er auch nicht.«

»Lügt er?«

»Alle lügen. Walters Eltern auch.«

»Wieso?«

»Walter hat mich besucht. Zwei Tage nach dem Krach. Du weißt, was mit ihm los ist?«

»Ja. Sein Vater will nach Kanada. Und Walter mußte aus dem Internat, weil kein Geld mehr fürs Schulgeld da war.«

»Kein Geld fürs Schulgeld! Ich sage dir, sie lügen alle! Alle Eltern lügen! Walter ist draufgekommen, was da wirklich los ist. Klar hat sein Vater keine Millionen! Aber er hat die Nase voll von seiner Alten! Irgendeine Jüngere, Hübschere ist ihm über den Weg gelaufen. Hat er sich verknallt. Wußte genau, daß seine Frau niemals Deutschland verlassen würde, weil ihre Eltern hier leben – irgendwo im Süden. Also sagte Walters Vater sich: Prima, prima! Ich gehe nach Kanada mit dieser Jungen, und meine Alte bin ich los!«

»Und Walter?«

»Dem haben sie die freie Wahl gelassen. Freie Wahl! Der Vater wußte ganz genau, daß Walter seine Mutter liebt. War eine todsichere Sache. Hat ja auch wunderbar geklappt. Papa ist schon in Kanada. Die Hübsche auch. Und Walter zog mit der Mutter zu deren Eltern. Da geht er jetzt in die Schule. In Augsburg, glaube ich. Oder in Ulm. So macht man das ... Doch herrlich, nicht?«

»Armer Walter!«

»Und du? Und ich? Und Hansi?« Tatsächlich, Hansi sagt sie auch! »Ich will nun bei Gott keine Tränen über uns vergießen – aber das sage ich dir: Wenn ich mal groß bin, räche ich mich!«

»An wem? Vielleicht an deinen Kindern?«

»Kindern? Glaubst du denn, ich will Kinder haben, nach allem, was ich mitgemacht habe? Prügel in Rußland? Prügel in Deutschland? Luxusnutte? Und jetzt das hier? Ich sage dir, das Kind, das ich mir nicht wegmachen lasse, gibt es nicht!« Sie schmiegt sich an mich und flüstert: »Außer wir bleiben zusammen, und du willst eines. Willst du eines?«

»Nein.«

»Ich ... ich muß dir noch etwas sagen.«

»Was?«

»Er tat mir so leid, der Walter, daß ich ... daß ich ihn noch einmal geküßt habe. Richtig. Bist du böse?«

»Nein.«

»Es war nur Mitleid, ich schwöre es!«

»Natürlich.«

»Ich will nie wieder einen anderen küssen, solange wir zusammen sind! Ich gehöre ja dir, nur dir allein. Ich muß bloß noch ein wenig warten.«

Die Hand aus Eis. Den Rücken hinunter.

»Ein wenig?«

»Die Ärzte sagen, sie hätten so etwas noch nicht erlebt von schneller Heilung. Ich müßte eine Roßnatur haben, meinte einer. Und ein anderer, so ein Alter, Netter, sagte: ›Sie ist verliebt!‹ Er meinte, ich würde darum so schnell gesund.«
»Ich verstehe. Wann... wann glaubst du denn, daß du wieder aufstehen darfst?«
»In drei Wochen. In vier, allerhöchstens! Und dann, Oliver! Und dann...«
Und dann.

## 12

Ich weiß nicht, ob es so etwas wie Vergeltung gibt für das, was man Böses getan hat. Ob man für alles zahlen muß. Von wegen »Böses getan«: Was habe ich angerichtet? Eine ganze Menge. Na schön. Aber nun mal die Gegenbilanz: Mein Vater. Meine Mutter. Tante Lizzy. Herr Leo. Das abgebrannte Häuschen. Und jetzt noch Geraldine. Ich finde, die Waage hängt doch etwas schief. Wie?
Auf der anderen Seite ist es ganz gut, wenn man so etwas im richtigen Moment empfindet. Man hat dann weniger Skrupel. Ich hatte eine Menge, als ich kam. Jetzt...
»Geraldine?«
Sie lächelt.
Es hat keinen Sinn.
Einer wird immer den anderen verwunden, so ist anscheinend das Leben. Anders geht es nicht. Anscheinend. Schön. Machen wir es kurz. Hat schon einmal einer mit mir Mitleid gehabt?
»Ich muß dir etwas sagen. Ich weiß, daß das nicht der glücklichste Augenblick ist, aber ich habe schon viel zu lange gewartet. Was damals in der Schlucht passierte, hast *du* gewollt. Ich sagte dir sofort, daß ich dich nicht liebe. Ich...«
In dieser Hinsicht haben Frauen eine ganz, ganz kurze Leitung. Sie sitzt aufrecht im Bett, Teetasse auf den Knien, und sagt: »Du liebst die andere.«
»Ja. Und darum muß es aus mit uns sein. Ich meine, ganz aus. Wenn du in das Internat zurückkommst, darf nichts mehr zwischen uns passieren. Nichts!«
Geraldine sagt ganz ruhig: »Warum muß es aus sein? Ich weiß doch, daß du mich nicht liebst. Also nehme ich der anderen doch überhaupt nichts weg! Was will ich denn von dir? Das, was ich brauche! Tut ihr *das* weh?«

»Du willst nicht nur das. Du willst alles. Es tut mir wirklich leid, daß ich so ein Gespräch mit dir gerade jetzt führen muß, aber...«
(Unheimlich, wie ruhig sie ist.)
Sie lächelt. »Weil ich noch nicht ganz auf dem Damm bin? Hast du Angst, daß ich mir vielleicht das Leben nehme, aus dem Fenster springe, in der Klapsmühle lande? Keine Bange, mein Lieber! Ich habe Rußland und Deutschland *und* meine Eltern überstanden! Ich weine nicht einmal, siehst du? Ich schreie nicht. Ich falle vor dir nicht in die Knie.«
»Wirklich, Geraldine...«
»Warte, ich bin noch nicht fertig. Das Wichtigste kommt noch. Also schön, du hast deine Liebe. Pech für mich. Besonderes Pech für mich, weil du bei mir... Aber das tut nichts zur Sache. Du willst mich nicht mehr glücklich machen.«
»Ich kann nicht, Geraldine!«
»Schon gut. Schon gut. Du kannst mich nicht mehr glücklich machen. Ich dich auch nicht.«
»Was heißt das?«
»Das heißt, daß ich alles tun werde, um dich unglücklich zu machen, sobald ich wieder im Internat bin.«
»Was soll das heißen?«
»Ich werde diese andere finden. Wie mache ich dich am meisten unglücklich? Indem ich deine Liebste unglücklich mache. Wenn es eine Frau ist und etwa verheiratet, werde ich ihre Ehe zerstören, indem ich ihrem Mann alles verrate. Wenn sie nicht verheiratet ist, werde ich ihren Ruf zerstören. Wenn es ein Mädchen ist, mache ich es so fertig, daß es die Gegend verlassen muß. Und du auch, liebster Oliver. Unglück, viel Unglück werde ich dir bringen.«
»Geraldine, sei doch vernünftig! Ich habe dir von Anfang an gesagt, daß ich dich nicht liebe!«
»Aber du hast mit mir geschlafen.« Die Vergeltungstheorie. »Du weißt, was du mit mir gemacht hast. Und jetzt sagst du mir, daß du mich nie mehr anrühren wirst? Das findest du in Ordnung? Das findest du anständig?«
»Ich sage ja nicht, daß es anständig ist. Aber mit dir offen zu reden, erschien mir doch das Anständigste.«
Sie trinkt ganz langsam ihre Tasse leer und stellt sie fort.
»Ja, Oliver, das war auch das Anständigste. Jetzt bin ich informiert. Jetzt kann ich mir drei Wochen überlegen, wie ich sie am schnellsten finde, deine große Liebe.«
»Du wirst sie nie finden!«
Geraldine lacht.

»In einem Monat habe ich sie! Und ich werde eine feine Rache nehmen, keine plumpe. Es wird ihr weh tun, was ich anfange, sehr weh. Wenn sie dich liebt, wird sie daran zugrunde gehen.«
»Sie liebt mich nicht.«
»Ach nein? Dann ist es ja genauso wie bei uns!«
»Ja«, lüge ich.
»Du lügst. Ich weiß genug. Du kannst jetzt gehen.«
»Geraldine ...«
»Hast du nicht verstanden? Soll ich Frau Böttner rufen und sie bitten, dich hinauszubegleiten?«
»Ich gehe ja schon. Aber ...«
»Ich will nichts mehr hören.« Sie sagt einen Satz auf russisch. Dann aber gibt sie mir die Hand und lächelt. »Grüß alle von mir. Besonders Hansi.«
Moment. Moment.
»Wieso besonders Hansi?«
»Er hat doch auch so eine Rückgratgeschichte gehabt wie ich, nicht wahr? Ich muß mich besonders um ihn kümmern, wenn ich wiederkomme.«
Was weiß sie? Was ahnt sie? Was spürt sie? Was hat dieser kleine Teufel ihr schon gesagt, geschrieben? Weiß sie überhaupt etwas?
»Geraldine, ich bitte dich, tu nichts!«
»Ich höre dich nicht mehr.«
»Wenn du doch sagst, daß du mich liebst, wie kannst du dann die Frau ruinieren, die ...«
Eine Sekunde zu spät kommt es mir zu Bewußtsein. »Also eine *Frau*. Kein Mädchen. Da sind wir ja schon einen großen Schritt weiter.«
Ich muß nicht ganz normal sein an diesem Nachmittag.
Mit ausgestreckten Armen und gespreizten Fingern gehe ich auf sie zu.
»Frau Böttner!« schreit sie wild und weicht in ihrem Bett zurück. »Frau Böttner!« Jetzt liegen meine Finger um ihren Hals. »Frau Bött ...«
Tür auf.
Die alte Dame.
Ich drehe mich um, nachdem ich sofort die Hände sinken ließ.
»Würden Sie den Herrn hinausführen, liebe Frau Böttner? Im Korridor ist es so dunkel.«
»Wenn Ihnen etwas nicht paßt, können Sie ja ausziehen.«
»Bald sind Sie mich los, liebe Frau Böttner. Komm gut nach Hause, Oliver. Grüße auch deine Freundin von mir. Wir werden uns ja bald kennenlernen.«

## 13

Auf der Straße muß ich einen Moment stehenbleiben, aber nicht, weil ich mir so leid tue, sondern weil Geraldine mir so leid tut. Wer vergilt was an ihr? Was hat sie getan? Die meisten Hunde haben es besser als die meisten Menschen.
Jetzt schneit es richtig. Unter dem Sitz meines Wagens liegt die Cognacflasche. Ich trinke einen Schluck. Noch einen. Beim zweiten glaube ich brechen zu müssen. Das ist die Angst. Beim zweiten Schluck habe ich an Verena gedacht. Übermorgen kommt sie zurück. Nun sind Leo *und* Geraldine gegen uns. Und wenn der kleine Hansi nur ein einziges Mal auf mich wütend wird und nur ein einziges Wort zu Geraldine sagt... Ein einziges Wort: Lord.
Noch ein Schluck.
Was kann ich tun? Ich habe kein Geld. Ich bin verschuldet. Mutter kommt bald ins Irrenhaus. Mit Vater darf ich nicht rechnen. Mein Abitur mache ich erst in einem Jahr. Ich kann Verena und Evelyn nicht ernähren. Wenn Geraldine die Wahrheit entdeckt, stößt der so sehr ehrenwerte Herr Lord Verena in das Elend zurück, aus dem sie kam.
Wem kann ich mich anvertrauen, wen um Rat bitten? Keinen Menschen. Ich habe zwei Zettel. Darauf stehen die Buchstaben, die mein Vater und Herr Lord in zwei Büchern durchstochen haben. Wenn ich nun (es wird immer schlimmer!), um wiederum Verena zu schützen, ihren Mann mit diesen Zetteln erpresse? Meinen Vater kann ich nicht erpressen. Und Herrn Lord? Wo ist denn das Buch, wird er mich fragen. Gehen Sie doch zur Polizei und erzählen Sie diese verrückte Geschichte, lieber Freund.
Wo ist denn das Buch?
Moment.
Es sind ja zwei Bücher!
Der »Dybuk« liegt in der Bibliothek meines Vaters in Echternach, wenn er noch da liegt und nicht längst verbrannt wurde. Aber den Machiavelli habe ich noch! Der liegt in meiner Reisetasche. Und Herr Lord kommt erst in zwei Tagen heim. Noah hat eine sehr gute Kamera. Damit kann ich die Seiten fotografieren. Bestimmt auch so, daß man die Löcher gut sieht. Dann wäre es möglich, Herrn Lord notfalls zart darauf hinzuweisen, daß ich die Seiten besitze.
Das ist die Methode Leos.
Ich bin also nicht besser als er. Denn wer weiß, vielleicht liebt

auch Herr Leo eine Frau, die er beschützen muß? Und vielleicht sehnt er sich wirklich nach einem kleinen Restaurant. Aber wo kommt man hin, wenn man für jede Gemeinheit eine Entschuldigung findet, wenn man alles verzeiht? Kann man, darf man alles verzeihen? Ist Liebe nicht wirklich doch nur ein Wort? Andererseits: Ist Politik eine edle Sache? Das Militär? Das Geschäft? Das Geschäft, das mein Vater betreibt? Das von Tante Lizzy?
Halt! So darf man nicht anfangen. Sonst wird man verrückt.
Es muß einen Pegel der absoluten Moral geben. Was darüber geht, ist gut, was darunter sinkt, ist schlecht.
Ich bin jetzt auf der Autobahn, Schneeflocken fliegen mir entgegen, und immer wieder muß ich an Geraldines irre Augen denken, mit denen sie mir nachsah, als ich sie verließ. Dieselben Augen hatte sie damals, an diesem warmen Tag in dieser kleinen Schlucht. Kann Haß auch Wollust sein?
Wir haben neulich in Englisch bei dem Dichter John Dryden folgenden Satz gelesen:

*Der Ring wird enger. Mit dem Spürsinn der Hunde*
*nahen Jäger und Tod, von Stunde zu Stunde ...*

Autobahnausfahrt Ober-Rosbach. Eine Frau steht im Schneetreiben. Sie winkt. Sicherlich will sie mitgenommen werden. Warum nicht? Vielleicht ist das die letzte anständige Handlung, die ich in nächster Zeit begehen werde.

## 14

»Ach, entschuldigen Sie, mein Herr, fahren Sie vielleicht nach Friedheim?«
»Ja.«
»Würden Sie die große Freundlichkeit haben, mich mitzunehmen?«
Sie muß schon lange hier stehen, sie zittert vor Kälte. Vielleicht fünfzig Jahre alt. Schlank. Mit einem Gesicht, in dem nur Frieden, lauter Frieden und sonst gar nichts steht. Sie trägt einen schwarzen Lodenmantel und einen schwarzen Filzhut. An ihrer rechten Hand, die sie auf die Wagentür gelegt hat, fehlen zwei Finger.
»Steigen Sie ein.«
»Ich danke Ihnen tausendmal. Wissen Sie, ich habe nämlich in Frankfurt den Zug versäumt. Und ich muß ins Heim. Meine Kinder warten auf mich ...«

Ich angle die Flasche hervor.
»Trinken Sie einen Schluck.«
»Ich trinke eigentlich grundsätzlich ...«
»Bei diesem Wetter?«
»Also, gut.« Sie setzt die Flasche an die Lippen und nimmt einen Schluck. »Oh, das brennt!«
»Übrigens, ich heiße Oliver Mansfeld.«
»Ich bin Schwester Claudia.«
Der Schnee hüllt uns ein wie Watte. Wie? Schwester Claudia?
Kennen Sie das auch, dieses Gefühl: Das habe ich doch schon einmal erlebt?
Ist es der Schnee? Ist es der Cognac?
Ich sage mechanisch: »Schwester Claudia, das Kaninchen läuft uns davon!«
Sie muß mich für einen Irren halten.
»Bitte?«
»Schwester Claudia aus dem Erholungsheim der ›Menschenfreundlichen Gesellschaft‹?«
»Ja«, sagt sie, »ich bin Schwester Claudia vom ›Engel des Herrn‹. Aber wieso wissen Sie das?«
»Im Herbst fuhr ich das erstemal an Ihrem Heim vorüber... Ist es nicht komisch, woran ein Mensch sich erinnert? Damals spielten Kinder bei einer grünen Pumpe, und ich hörte sie rufen: ›Schwester Claudia, das Kaninchen läuft uns davon!‹ Und deshalb weiß ich, wohin ich Sie bringen kann.«
»Herr Mansfeld, Sie setzen mich an der Kreuzung ab, wo der schlechte Weg beginnt.«
»Ich bringe Sie heim! Sie sagen doch, Sie haben es eilig. Ich habe Zeit.«
»Aber das Heim liegt abseits Ihres Weges! Das kann ich nicht annehmen.«
»Sie können.«
Jetzt fahren wir durch die kleine Biedermeierstadt. Marktplatz. Rathaus. Fachwerkhäuser. Auf allen Dächern liegt Schnee. Und da sind wieder die »REISEUTENSILIEN«, da sind die »GROSSHANDLUNG IN FRISEURARTIKELN«, die »SPEZIALITÄTENBÄCKEREI A. WEYERSHOFENS SEL. ERBEN«. Da ist das alles wieder, das ich nun schon so oft sah, wenn ich nach Frankfurt zu Verena fuhr, wenn ich von ihr zurückkehrte.
»Sagen Sie mir, Schwester Claudia, was ist diese ›Menschenfreundliche Gesellschaft‹? Wer ist der ›Engel des Herrn‹?«
Ihre Stimme klingt ruhig und zuversichtlich wie die eines Arztes:

»Unsere Gesellschaft wurde in der Schweiz gegründet. Schon vor fünfundzwanzig Jahren. Wir glauben daran, daß die Zeit einer großen Wende gekommen ist. Wir glauben an die Lehre des Erlösers – aber überkonfessionell, nicht so wie die großen Kirchen.«
Verschneite Landstraße. Eiszapfen von Telegrafendrähten. Schwester Claudia redet sich in Eifer: »Wir wollen wahre Christen sein, sanftmütig und freundlich untereinander; wir wollen nicht damit beginnen, die Welt zu verbessern, sondern uns selbst. Wenn die Christenheit wahrhaft christlich wäre, würde es weder Streit noch Krieg, weder Kommunismus noch Kapitalismus geben, weder Aufruhr noch Ungerechtigkeit. Es würde keine Not mehr herrschen, weil die Güter unserer Erde gerecht nach den Bedürfnissen aller verteilt werden könnten. Alle Menschen erwarten Glückseligkeit vom Leben. Die kann aber nur entstehen durch mutige Betrachtung des göttlichen Gesetzes im Weltall. Und dieses Gesetz heißt Nächstenliebe, verstehen Sie, Herr Mansfeld! Nächstenliebe! Das Evangelium erwähnt das immer wieder.«
»Es kümmert sich aber keiner darum.«
»Eben. Nur wir, eine kleine Herde. Es sind hauptsächlich arme Leute. Wir tun für sie, was wir können ... und ich meine damit nicht, daß wir sie nur mit schönen Worten trösten. Wir haben zum Glück auch reiche Gönner in Amerika und England, in Italien und Frankreich. So bekommen wir Geld. Sie sehen: Menschen helfen einander.«
»Sehr wenig.«
»Noch sehr wenig«, sagt sie und sieht wie eine Prophetin aus dabei. »Bald werden es sehr viele sein! Schauen Sie doch: Vor zehn Jahren hatten wir noch kein Heim, in dem sich kranke Kinder erholen konnten. Jetzt haben wir dreizehn Heime in verschiedenen Ländern. Wir haben unsere Zeitung, den ›Anzeiger des Reiches der Gerechtigkeit‹. Wir können den Armen helfen. Wenigen Armen. Zu wenigen. Aber der Tag wird kommen ...«
Sie sieht mich an. »Sind Sie krank?«
»Nein. Warum?«
»Haben Sie Sorgen?«
»Ja.«
»Große, nicht wahr? Kann ich Ihnen helfen?«
»Ich glaube nicht.«
Der Wagen holpert über Schlaglöcher und Querrinnen, vorbei an den verschneiten Gärten, den Schlößchen, den Villen.
»Vielleicht doch? Wollen Sie mich nicht besuchen? Ich zeige Ihnen das Heim, und Sie erzählen mir, was Sie bedrückt.«

Eine Betschwester. Eine Fanatikerin. Ein Verein. Alles, was ich nicht leiden mag. Und trotzdem antworte ich: »Ja, Schwester Claudia, ich komme gern.«

Wir sind da. Sie steigt aus und schüttelt mir die Hand. Dann geht sie hinunter zu dem alten Gutshof, vor dem die grüne Pumpe steht, die eine große weiße Schneehaube trägt, ebenso wie die Tafel, neben der ich gehalten habe:

MENSCHENFR. GESELLSCHAFT
(DER ENGEL DES HERRN)
ERHOLUNGSHEIM

Da geht sie, ihrer Sendung sicher und bewußt: Schwester Claudia. Ich greife unter dem Sitz nach der Cognacflasche und ziehe den Korken heraus. Schwester Claudia dreht sich noch einmal um und winkt. Ich winke zurück. Aus dem Heim kommen viele kleine Kinder gestürzt, die Schwester Claudia umarmen und an sich drücken, Jungen und Mädchen, lachend und schreiend.

Ich stoße den Korken wieder in den Flaschenhals und schiebe die Flasche unter den Sitz zurück, ohne getrunken zu haben.

## 15

»Was sagst du?«

»Abgebrannt. Vollkommen abgebrannt.«

»Aber... aber... wie war das möglich?« Verenas Stimme klingt erstickt. Am Morgen des 15. Januar ist sie aus Sankt Moritz zurückgekommen. Jetzt schlägt die Kirchturmuhr von Friedheim drei, und wir telefonieren.

»Angeblich Einbrecher. Brandstiftung. Wir dürfen uns dort nicht mehr sehen lassen.«

»Warum nicht?«

Ich habe mir vorgenommen, ihr auch weiterhin nichts von Leo zu sagen.

»Da warten jetzt überall Kriminalbeamte. Wir können uns dort auf keinen Fall blicken lassen!«

»Nur... nur noch einmal alles ansehen... Wir haben doch jetzt keinen Platz mehr, keinen Platz auf der Welt...«

»Doch. Ich habe etwas gefunden.«

»Was?«

»Ein kleines Hotel.« Ich nenne die Adresse. »Höre zu weinen auf, Liebling. Wir können uns da draußen nicht mehr treffen. Das siehst du doch ein?«

»J-ja ... Aber ... wir waren so glücklich dort, Oliver.«
»Wir werden es wieder sein.«
»Wo?«
»Wann sehe ich dich?«
»Heute abend.«
»Was?«
»Zum Essen. Mein Mann lädt dich ein. Mir ist es ein bißchen unheimlich, wie eilig er es hat, dich wiederzusehen.«
Mir nicht.
»Il Principe«! Herr Lord braucht das Buch meines Vaters.
»Um halb acht, ja?«
»Ja.«
»O Gott, unser Häuschen ...«
»Jetzt haben wir das Hotel.«
»Aber es ist nicht unser Haus. Es wird nie wie unser Haus sein.«
»Es ist besser als gar nichts«, sage ich.

## 16

Diesmal ist es wieder ein »feiner« Abend, in Smoking, Abendkleid und mit Herrn Leo, der in weißen Handschuhen serviert. Er vermeidet es, mich anzusehen. Manfred Lord ist bester Laune: Braungebrannt, ausgeruht, optimistisch. Den Machiavelli habe ich ihm gleich gegeben, als ich ankam. Er war erfreut.
»Wie aufmerksam von Ihrem Vater!«
Ja, nicht wahr, Herr Lord? Und wenn Sie allein sein werden, Herr Lord, dann werden Sie die durchstochenen Buchstaben suchen und entziffern. Ich kann sie nicht entziffern, ich kenne den Code nicht. Aber die durchstochenen Buchseiten habe ich fotografiert, Herr Lord. Nur: Ob das etwas helfen wird ... gegen einen Mann wie Sie, Herr Lord? Ich bin sehr deprimiert an diesem Abend. Ich werde es immer mehr.
Evelyn ist in Sankt Moritz an einem Bronchialkatarrh erkrankt und muß im Bett liegen. Ich habe ihr wieder Marzipan mitgebracht, und Manfred Lord fordert mich leutselig auf, doch in den ersten Stock hinauf und in das Kinderzimmer zu gehen, um mein Geschenk persönlich zu überreichen. Er bereitet inzwischen Drinks. Verena begleitet mich.
Das kleine Mädchen sieht mich mit fiebrigen Augen zornig an, als ich hereinkomme, wirft sich in ihrem Bett herum, preßt einen Teddybären an die Brust und starrt die Wand an.

»Guten Abend, Evelyn.«
Keine Antwort.
»Es tut mir so leid, daß du krank bist. Ich habe auch Marzipan mitgebracht.«
»Will kein Marzipan!«
»Evelyn!« sagt Verena.
»Ich will kein Marzipan von dir! Nimm's wieder mit! Iß es doch selber! Ich will überhaupt nichts mehr von dir! Ich will dich nicht einmal mehr sehen! Darum sehe ich auch die Wand an!«
»Warum?«
Das kleine Mädchen flüstert: »Du hast gesagt, du wirst Mami und mir helfen, und du hast nichts getan!«
»Ich habe dir doch erklärt, daß alles sehr schwierig ist und lange dauern wird.«
»Wie lange denn noch? Mami hat es ja selbst gesagt ... Geh weg, Onkel Mansfeld! Geh! Und komm nicht wieder.«
Was soll ich tun? Ich versuche, über Evelyns Haar zu streichen, aber sie schlägt nach mir. Verena bewegt den Kopf. Wir verlassen das Zimmer. Auf dem Korridor flüstere ich: »Hast du ihr etwas gesagt?«
»Ja. Leider. An dem Abend, an dem die Telefonverbindung so schlecht war. Erinnerst du dich? Ich fühlte mich so unglücklich ...«
»Hast du auch genug von mir? Bin ich ein Versager? Wollen wir aufhören?«
Im nächsten Moment hat sie die Arme um mich geschlungen und küßt mich wild. Ich versuche mit Gewalt, mich frei zu machen.
»Nicht ...! Du bist wahnsinnig ...! Dein Mann ...«
»Wann treffen wir uns in diesem Hotel?«
»Morgen um drei.«
»Ich komme.«
»Sei nicht böse, daß ich Evelyn und dich so enttäusche.«
»Mich enttäuschst du nicht.«
»Doch. Ich bin zu jung, ich weiß, aber ich werde etwas tun! Ich weiß noch nicht, was! Aber ich tue etwas! Ich schaffe es! Bleib bei mir, Verena, bitte, bleib bei mir, bitte ...«
»Ich bleibe bei dir.«
»Du bist noch nie bei einem Mann geblieben.«
»Aber bei dir, Liebling, bei dir ... Morgen um drei ...«
Der Korridor, der zur Treppe ins Erdgeschoß führt, ist dämmrig. Jetzt wird er plötzlich ganz hell. Wir fahren auseinander und sehen in die Halle hinunter. Dort steht Manfred Lord, einen silbernen Shaker in der Hand, und sagt charmant: »Wenn ich bitten darf? Die Drinks sind bereitet.«

»Wir kommen«, sagt Verena. Sie geht die breite Holztreppe hinab.
»Ich hörte Stimmen«, sagt Herr Lord. »Es war so dunkel im Stiegenhaus. Da machte ich Licht... Was haben Sie denn, Oliver? Sie sind ja so blaß. Nicht wahr, Verena?«
Der Diener geht durch die Halle, ein Tablett in der Hand.
»Finden Sie nicht auch, Leo?«
»Pardon, bitte, gnädiger Herr?«
»Daß Herr Mansfeld ganz blaß aussieht.«
»Ja, ziemlich bläßlich, will mir scheinen.«
Du Sauhund!
»Also dann nichts wie zurück vor den Kamin und einen ordentlichen Schluck. Das ist ja ein furchtbares Wetter. Hoffentlich bekommen Sie jetzt nicht auch einen Katarrh, mein Lieber«, sagt der sehr ehrenwerte Manfred Lord und geht voraus in den Salon.

## 17

Das Hotel liegt am Ostpark.
Ein sauberes, nettes Haus. Der Portier ist höflich. Man braucht nicht einmal den Namen anzugeben. Das Zimmer liegt im zweiten Stock. Es hat verblichene rote Seidentapeten, einen roten Teppich, rote Lampenschirme aus Plüsch und ein breites, altes Bett, neben dem ein Spiegel steht. Der Spiegel ist sehr groß. Man kann ihn vom Bett aus mittels einer Schnur schwenken und so alles sehen, was man sehen will. Über dem Bett hängt ein Öldruck. »Der Elfenreigen«. Es ist alles reichlich altmodisch. Trotzdem: Ich glaube, es ist eine der nettesten Absteigen der Stadt. Ich habe mir wirklich Mühe gegeben und viele Stundenhotels besichtigt, bevor ich das hier wählte. Und doch geht alles schief.
Ich war vor Verena da. Sie kam mit einem Taxi, das weiter die Straße hinunter stehen blieb. Sie trägt einen ganz einfachen Stoffmantel, keinen Schmuck, ein Tuch um den Kopf und ihre dunkle Brille.
Der Portier lächelt ein bißchen viel, als er uns begrüßt, aber er hat auch schon das erstemal ein bißchen viel gelächelt, als ich allein hier war und ihm zwanzig Mark gab. Wahrscheinlich lächelt er immer ein bißchen zuviel, es gehört zu seinem Beruf. Er gibt mir den Zimmerschlüssel. Wir müssen die Treppe hinaufsteigen, ein Lift existiert nicht. Als wir an dem Portier vorbei sind, ruft er – ein bißchen laut, zugegeben –: »Wenn die Herrschaften noch mehr Handtücher brauchen, bitte nur zu läuten! Das Mädchen bringt alles!«

Die Handtücher geben den Ausschlag. Ich sehe, wie Verena zusammenzuckt. Und schon hier auf der Treppe weiß ich, daß alles verfahren ist. Verenas Nasenflügel zucken nervös, sie stolpert, sie spricht kein Wort, bis wir im Zimmer sind. Dann sagt sie: »Scheußlich.« Sie sieht nicht einmal die roten Nelken, den Champagner. Sie geht zum Fenster und blickt hinaus. Mietskasernen, ein kleines Stück des Ostparks mit dem zugefrorenen See, auf dem Kinder Schlittschuh laufen, billige Geschäfte ...
»Furchtbar«, sagt sie.
Vorstadt eben.
Ich mache Licht, schließe die Vorhänge und öffne die Champagnerflasche. Die ganze Zeit bleibt Verena mit dem Gesicht zur Wand vor einem Zentralheizungskörper stehen. Ich bringe ihr ein Glas und sage: »Zieh doch wenigstens den Mantel aus.«
Sie trägt wieder den roten Pullover. Darüber freue ich mich.
»Warum freust du dich?«
»Weil du den roten Pullover trägst.«
Der Champagner ist schlecht. Sie sagt es nicht, ich sage es.
»Ach, das ist doch so egal«, antwortet sie. »Danke für die Nelken.«
Sie geht ins Badezimmer, sieht alles an und schüttelt den Kopf. Dann kommt sie zurück, gießt sich noch ein Glas ein und trinkt es in einem Zug leer, und danach in einem Zug noch ein drittes.
»Los«, sagt sie. »Schnell, komm.«
Sie streift den Pullover über den Kopf. Sie öffnet den Rock. Sie zieht die Strümpfe aus. Ich bin schon nackt und krieche in das breite Bett. Die Decke ist klamm. Nebenan höre ich einen Mann husten und sprechen. Dann lacht das Mädchen, lange und schrill. Es folgen eine Menge Geräusche.
Halb nackt sitzt Verena da. Jetzt sieht sie auch noch den Riesenspiegel. Sie zieht an der Schnur. Er bewegt sich. »Wie raffiniert«, sagt Verena.
»Schau nicht hin. Wir machen das Licht aus. Das nächstemal bringe ich ein Radio mit, damit wir nichts anderes hören als Musik.«
Sie zieht sich ganz aus, legt sich neben mich, wir küssen uns. Als ich sie zu streicheln beginne, wird sie plötzlich ganz starr.
Ich weiß: Es ist aus.
»Sei nicht böse, mein Herz.«
»Nein, nein, natürlich nicht«, sage ich. Durch die Ritzen im Vorhang fällt noch ein bißchen Tageslicht, irgendwo rauscht Wasser, dann hustet der Mann nebenan wieder, dann lacht das Mädchen wieder.

»Es hätte keinen Sinn... Wir wollen uns doch nie belügen. Hier... hier müßte ich Theater spielen. Weißt du...«
»Du mußt nichts erklären.«
»Ich will aber... Ich muß... Erinnerst du dich noch, wie wütend du in der ersten Zeit immer wurdest, wenn ich sagte, ich sei eine Hure?«
»Ja.«
»Ich... ich sagte es immer nur so. Nicht ganz im Ernst. Ich kokettierte damit. Ich hatte trotz allem immer noch eine sehr gute Meinung von mir. Das mit der Hure sagte ich, damit man mir widersprach, damit meine gute Meinung von anderen bestätigt würde.«
Jemand geht auf dem Gang vorbei.
»Heute fühle ich mich zum erstenmal wirklich wie eine Hure. Das ist die Wahrheit. Ich habe mich noch nie so gefühlt! Noch nie! Nicht einmal mit den ausgefressenen Spießern in meiner miesesten Zeit. Und dabei würde ich es so gern tun. Aber es geht nicht. Verstehst du mich?«
»Ja.«
»Oliver...«
»Komm. Komm weg von hier. Schnell.«
Ich mache Licht. Wir ziehen uns hastig an.
(Der Mann spricht. Das Mädchen lacht. Wasser rauscht.)
»Hier treffen wir uns nie wieder. Es war mein Fehler.«
»Nein, meiner«, sagt sie.
»Nur weg«, sage ich und öffne die Tür. Die roten Nelken bleiben zurück, die sauberen Handtücher, der schlechte Champagner. Die Treppe laufen wir hinunter, als würden wir verfolgt. Ich gebe dem Portier den Schlüssel wieder.
»Sie gehen schon? Aber Sie haben das Zimmer das letztemal doch im voraus für drei Stunden bezahlt! Gefällt es Ihnen nicht? Ist etwas...«
Da sind wir schon auf der Straße.
Wir gehen weit. Keiner sieht den anderen an. Plötzlich bleibt Verena stehen, nimmt die Brille ab und steckt sie ein. Sie sieht mich mit ihren riesenhaften schwarzen Augen an, als hätte sie mich noch nie gesehen.
»Verena, was hast du? Komm doch weiter!«
Mit ihrer rauchigen, heiseren Stimme sagt sie: »Jetzt weiß ich es.«
»Was?«
»Warum es vorhin nicht ging.«
»Warum?«
Fremde Menschen. Schreiende Kinder. Lebensmittel hinter einer

beschlagenen Auslagenscheibe. Hupende Autos. Und Schnee, Schnee, Schnee!
»Warum nicht?«
»Weil ich mich in dich verliebt habe. Ich liebe dich, Oliver. Du hast es erreicht. Es ist soweit.«

## 18

Am Sandweg finden wir ein altmodisches Café. Ein glatzköpfiger kleiner Kellner in einem fleckigen Frack schlurft herbei. Die Fensterscheiben des Lokals sind halb blind, das elektrische Licht ist schwach, auf den Tischplatten aus falschem Marmor gibt es viele Ringe von Tassen und Untertassen und Gläsern. Zwei Rentner spielen Schach in einer Ecke, ein dritter Mann sieht zu.
»Habe Sie Cognac?« frage ich den Kellner.
»Ja.«
»Anständigen? Französischen?«
»Da muß ich erst nachsehen, mein Herr...« Er schlurft davon. Eine bernsteinfarbene Katze mit ganz dickem Fell kommt heran und reibt sich schnurrend an meinem Bein. Verena hält meine Hand fest. Wir blicken uns immer noch an.
Es ist ganz still.
»Ich liebe dich, Oliver.«
»Und ich dich. Nur dich. Immer nur dich.«
»Ich bin so froh, daß wir in diesem furchtbaren Zimmer waren. Sonst wäre es mir nicht klar geworden. Nicht so schnell. Nicht so stark.«
»Verena...«
»Hier sieht es auch zum Grausen aus, nicht wahr? Aber hier fühle ich mich wohl!«
»Ich auch.«
Die Katze springt mir auf den Schoß, und ich streichle sie mit der einen Hand, mit der anderen streichle ich die Hand Verenas.
Der Kellner kommt zurückgeschlurft, auf Plattfüßen, in breiten, ausgetretenen Schuhen. Er zeigt uns eine Flasche, von der er zuvor mit einem grauen Tuch den Staub gewischt hat. »Aus dem Keller. Echter Courvoisier. Liegt schon eine Ewigkeit da unten.«
»Verkaufen Sie mir die Flasche.«
»Aber Sie können doch nicht alles auf einmal...«
»Nicht auf einmal. Wir kommen wieder.« Der Kellner wird verlegen: »Da muß ich aber erst die Chefin fragen, was das kostet. Es wird nicht billig sein. Jedenfalls viel teurer als im Geschäft.«

»Es ist egal, was es kostet.«
Darauf verbeugt er sich tief.
Dann holt er zwei Gläser. Ich rufe ihm nach: »Bringen Sie ein drittes!«
Er öffnet die Flasche, ich gieße drei Gläser voll.
»Stoßen Sie mit uns an. Wir haben etwas zu feiern.«
»Sie sind zu gütig.«
Wir trinken alle, der alte Kellner nur einen ganz kleinen Schluck.
»Wenn Sie gestatten, nehme ich mein Glas mit. So etwas bekommt man nicht alle Tage. Ich möchte es langsam trinken.«
»Natürlich, Herr ...«
»Franz. Ich bin der Franz.« Er hebt sein Glas und nippt wieder daran. Vorher sagt er noch: »Auf Ihr Wohl. Auf das, was Sie zu feiern haben.«
»Danke, Herr Franz.« Die Schachspieler streiten. Der Kiebitz gibt Ratschläge. Der Schnee fällt.
»Jetzt haben wir wieder ein neues Zuhause«, sagt Verena. Sie trinkt einen großen Schluck. »Verrückt«, sagt sie. »Weißt du was? Ich habe auf einmal auch keine Angst mehr.«
»Keine Angst wovor?«
»Vor meinem Mann. Vor der Zukunft. Davor, daß ich so viele Jahre älter bin als du.«
»Alles wird gut werden.«
»Wie wird alles gut werden? Wie kann alles gut werden? Sag es mir! Ich muß es wissen, jetzt, wo ich weiß, daß ich dich liebe.«
»Ich kann es dir sagen. Endlich. Ich kenne in Echternach einen Anwalt. Der hat mir gesagt, daß die ...« – ich nenne den Namen der größten Konkurrenzwerke meines Vaters – »mich sofort nach dem Abitur anstellen würden. Mit Wollust! Schon damit die Branche etwas zu lachen hat! Schon damit mein Alter zerspringt! Die Leute wollen sich den Spaß sogar etwas kosten lassen. Für den Anfang hätten wir drei genug ...«
»Ist das wirklich wahr?«
»Ehrenwort!«
»Ich glaube dir. Auch wenn es nicht wahr wäre, würde ich bei dir bleiben. Aber ich weiß, wie das ist mit der Armut. Die größte Liebe geht dabei kaputt.«
»Hab keine Angst. Gleich nach dem Abitur ist es soweit. Weißt du, daß ich zum erstenmal in meinem Leben ordentlich lerne? Ich will mein Abitur machen! Ich will durchkommen!«
»Ich habe einen guten Schüler aus dir gemacht.«
»Du hast einen Mann aus mir gemacht.«

»Und du machst eine Säuferin aus mir.«
»Ich habe früher auch nicht so getrunken. Erst seit...«
»Ja«, sagt Verena, »ich auch erst seit...«
»Seit wann?«
»Seit ich Sehnsucht habe.«
»Wie lange hast du schon Sehnsucht?«
»In Sankt Moritz fing es an.«
Ich bin jetzt furchtbar aufgeregt. In diesem düsteren alten Café sehe ich plötzlich unsere ganze gemeinsame Zukunft vor mir, unser gemeinsames glückliches Leben.
»Ein Jahr noch, Verena! Ein bißchen mehr als ein Jahr! Dann kann ich arbeiten! Wir nehmen eine kleine Wohnung. Du hast alles, was du brauchst, Pelze, Schmuck...«
»Und dich.«
»Und Evelyn. Und mein Auto. Wir werden die glücklichsten Menschen von ganz Frankfurt sein.«
»Von ganz Deutschland!«
»Von der ganzen Welt!«
»Nein.«
»Was, nein?«
»So etwas dürfen wir nicht sagen, sonst geht alles schief. Es geht immer schief, wenn man solche Sachen sagt.«
»Darf man solche Sachen wenigstens denken?«
»Kann man jemandem verbieten zu denken?«
»Verena...«
»Liebster?«
»Nichts.«
»Ich weiß, was du sagen wolltest. Sag es nicht.«
»Nein.«
»Denk es.«
»Ja.«
»Ich denke es auch. Ich denke das gleiche.«
»Wir trinken noch ein Glas, dann fahre ich dich nach Hause. Es ist spät.«
»Und du wirst nicht ungeduldig werden?«
»Nie! Aber du...«
»Ich auch nicht!«
»Bald kommt der Frühling. Mein Mann wird wieder verreisen. Du wirst zu mir kommen können, so wie damals, in unserer ersten Nacht...«
Wir trinken.
Die Schachspieler streiten noch immer.

Schnee fällt, dichter und dichter.
Warum habe ich plötzlich wieder dieses Gefühl, daß ich bald sterben werde?
Warum?
Ich bin doch glücklich!
»Was ist, mein Herz?«
»Nichts.«
»Doch. Dein Gesicht war auf einmal anders... ganz anders...«
»Ich dachte an etwas.«
»Woran?«
»Wie schön es sein wird«, antworte ich.
(Warum sollte ich sterben?)
»Du trinkst zuviel«, sagt Verena.
»Nur noch einen Schluck.«
Sie lächelt.

## 19

In der Schule gibt es ein neues Pärchen. Keiner wäre auf die Kombination gekommen: Noah und Chichita. Noah wurde deshalb zum Chef gerufen, höre ich. Der Chef sagte: »Goldmund, du weißt, wie gern ich dich habe, aber du bist wohl nicht mehr ganz bei Trost.«
»Inwiefern, Herr Doktor, bitte?«
»Chichita ist erst fünfzehn.«
»Nächstes Jahr wird sie sechzehn.«
»Das eine sage ich dir, wenn ich euch einmal erwische, nur ein einziges Mal – da fliegt ihr beide, am gleichen Tag, verstanden?«
»Erstens, Herr Doktor, würden Sie uns nie erwischen, selbst wenn wir es täten, zweitens enttäuscht es mich sehr, daß Sie von mir so eine elende Meinung haben. Ich will mit Chichita nicht schlafen! Jedenfalls habe ich keine solche Eile damit.«
»Was willst du denn?« fragte der Chef.
»Ich bin ziemlich allein. Chichita ist es auch. Ich habe mir immer gewünscht, mit einem Menschen zu leben, den ich ganz früh kennengelernt und so geformt habe, wie ich ihn mir erträume.«
»Aha. Dein Geschöpf.«
»Ja.«
»Pygmalion, wie?«
»Pygmalion, ja. Darum unterhalte ich mich mit Chichita über Jaspers und Sartre, Oppenheimer, den ›Verrat im zwanzigsten Jahrhundert‹, die Kollektivschuld, Brecht, und so weiter.«

»Davon versteht sie doch noch kein Wort, Noah!«

»Das sagen Sie nicht, Herr Doktor! Ich habe ihr Camus gegeben. Und Malraux. Und Koestler. Sie haben recht, vieles versteht sie nicht, auch wenn sie behauptet, alles zu verstehen. Aber eine Menge bleibt doch hängen, eine Menge versteht sie – unbewußt, unterbewußt. Es wird ihr nie bewußt werden, aber sie wird einmal so handeln, wie zum Beispiel Camus gedacht hat. Ist das schlecht?«

»Glaubst du das wirklich?«

»Mein voller Ernst. Ich hab' mal einen Satz gelesen, der gefiel mir außerordentlich. Er hieß ungefähr: Später habe ich ja viele Verdummungsprozesse durchgemacht – aber mit fünfzehn war ich ein geistreicher, kluger und reifer Mensch! Man wird nicht klüger, wenn man älter wird ... Verzeihen Sie, Herr Doktor, das sollte natürlich keine persönliche Anspielung sein!«

»Mit mir kannst du ruhig deine blöden Witze machen, das weißt du ja. Wie seid ihr beide zusammengekommen? Chichita hat doch Mister Aldridge so verehrt.«

»Ich wollte diese harmonische Beziehung auch nicht stören. Aber eines Tages sagt Chichita zu mir: ›Mister Aldridge ist nur aus Höflichkeit nett zu mir.‹ – ›Unsinn‹, sage ich. – ›Kein Unsinn‹, sagt sie. ›Er ist überhaupt zu allen Mädchen nur aus Höflichkeit nett. Die Jungen hat er viel lieber.‹«

»Du hast ihr doch hoffentlich widersprochen?«

»Und wie!«

»Mister Aldridge ist meine beste Kraft. Er hat sich nie etwas zuschulden kommen lassen. Sein Privatleben geht uns nichts an.«

»Habe ich mich beschwert? Aber die Mädchen machen sich eben ihre Gedanken. Chichita besitzt Instinkt. Daß irgend etwas nicht stimmt, hat sie bemerkt. Darum fragte sie mich: ›Willst du mit mir gehen?‹ – Allerhand, wenn ein Mädchen das fragt, nicht? Im allgemeinen müssen wir doch fragen!«

»Und du hast ja gesagt.«

»Mir gefiel sie, wie gesagt, schon lange. Ich habe – ohne Ihre Erlaubnis einzuholen, entschuldigen Sie – ein paar Szeno-Tests und so mit ihr gemacht, und ich kann nur sagen: Prima!«

»Gerade, was du gesucht hast, wie?«

»Genau das.«

»Ton in deiner Hand.«

»Ja, Herr Doktor.«

»Sage mir: Wenn du die kleine Chichita also zu deinem Geschöpf gemacht, nach deinem Willen erzogen hast – was wirst du dann tun?«

»Wir gehen nach Israel.«
»Und heiratet?«
»Habe ich das gesagt?«
»Du kannst sie doch nicht so mitnehmen!«
»Warum nicht? Wir wollen zusammen leben. Ich habe das Gefühl, daß es gut gehen wird. Nur heiraten wollen wir nicht unbedingt.«
»Warum nicht?«
»Erstens ...«
»Sag nicht immer erstens, zweitens. Doziere nicht. Weißt du, Noah, ich habe auch etwas gelesen: Wer allzu klug ist, ist schon wieder dumm.«
»Ich werde mich zusammenreißen. Also erstens – pardon, Herr Doktor –, also Chichita und ich, wir wollen nie Kinder haben, in dem Punkt sind wir uns völlig einig. Sehen Sie sich doch an, was mit Kindern heute passiert! Hier lebe ich mit mehr als dreihundert Kindern. Hier habe ich jahrelang einen repräsentativen Durchschnitt beobachten können. Und ich darf Ihnen versichern: Das reicht mir!«
»Noah«, hat der Chef gesagt, »mir gefallen deine Ansichten zum Teil. Zum Teil gefallen sie mir nicht. Aber ob mir nun etwas gefällt oder nicht – wie gesagt, wenn du dein Wort brichst, fliegt ihr!«
»Keine Bange«, hat Noah geantwortet. »Ich will einen Menschen, Herr Doktor, einen Menschen! Und da kommt doch das Schlafen erst als letzter Posten auf der Liste ...«
Merkwürdig: Früher, wenn ich in ein Mädchen verknallt war, dachte ich immer, wir müßten einfach dauernd in die Betten! Jetzt treffe ich Verena wieder und wieder in dem kleinen, alten Café. Wir küssen uns. Wir streicheln uns. Aber *das* – nein. Seit zwei Wochen! Wir erzählen einander aus unseren Leben. Wir haben so viel zu erzählen. Ich glaube, wir würden nicht fertig, wenn jeder hundert Jahre lang erzählte! Noah ist ein kluger Junge ...

## 20

Was sich da zwischen Doktor Frey und Mademoiselle Duval angesponnen hat, ist nun offenbar überall im Internat bekanntgeworden.
Alle reden über die beiden, am meisten natürlich die großen Mädchen. Doktor Frey und Mademoiselle Duval gehen jeden Nachmittag zusammen spazieren. Abends fahren sie oft nach Frankfurt ins

Theater oder ins Kino. Mademoiselle Duval hat zwei neue Kleider, und sie besucht einmal in der Woche den Friseur in Friedheim. Sie lacht jetzt auch schon manchmal, und Hansi sagt, die beiden seien heimlich verlobt.
Er muß es wissen.
Er weiß alles.

## 21

Donnerstag, 9. Februar.
Wieder treffe ich Verena in »unserem« Café am Sandweg. Herr Franz mit dem fleckigen Frack bringt die Cognac-Flasche und trinkt ein Glas auf unser Wohl. Mira, die bernsteinfarbene Katze, streicht durch das dämmrige Lokal, und in ihrer Ecke streiten die Schachspieler, und der Kiebitz gibt Ratschläge. Es sind die gleichen Schachspieler, es ist der gleiche Kiebitz.
Verena verändert sich in diesen Tagen. Das ist nicht Einbildung eines Verliebten, es ist wirklich so! Sie wird stiller, ruhiger, weniger nervös. Auch ihr Gesicht verändert sich. Ich habe immer das Gefühl, daß es strahlt, dieses Gesicht, von innen nach außen, durch die Haut. Und aus Verenas Augen weicht ein kleines Stück von ihrer großen Traurigkeit.
Sie bringt gute Nachrichten: Nächste Woche muß ihr Mann verreisen, dann kann ich wieder einmal eine Nacht zu ihr kommen. Darauf freuen wir uns wie Kinder, wie zwei Liebende, die sich noch nie umarmt haben.
Ich bringe auch gute Nachrichten: Seit einiger Zeit bin ich der beste Schüler der Klasse. Im Grund ist das kein Kunststück, mit einundzwanzig in der Achten – aber meine Lehrer sind dennoch völlig verblüfft. Sie können es kaum fassen, daß ich mich nicht mehr herumflegele, nicht mehr störe und freche Antworten gebe, daß ich eine gute Arbeit nach der anderen schreibe.
»Jetzt ist Ihnen endlich der Knopf aufgegangen«, hat Herr Doktor Haberle gesagt. (Der sich übrigens einen neuen Anzug leistete und nicht mehr so nach Schweiß stinkt. Muß eine Weihnachtsausgabe gewesen sein.)
»Da steckt natürlich eine Frau dahinter«, hat Noah gesagt. Es ist zum Kotzen, daß er immer sofort alles kapiert. Zum Kotzen deshalb, weil er es Chichita sagte, und die sagte es allen anderen Mädchen, und jetzt bin ich also ein Wundertier, und jeder will wissen, wer dieses weibliche Wesen ist ...

Verena schmiedet Pläne. Verena ist realistisch. Kein Wunder: Sie kennt den Hunger. Sie rechnet dauernd. Ob wir mit meinem Gehalt auch wirklich leben können. Sie rechnet wie ein kleines Kind – laut. Sie glaubt, wir werden hinkommen.
Wir haben uns angewöhnt, ein bißchen viel zu trinken. Wir wollen die Sache in Grenzen halten und ermahnen uns gegenseitig und oft – aber wenn wir zusammenkommen, trinken wir doch immer wieder: Weil wir so sentimental sind, weil die Zeit so kurz ist, weil der Cognac so viel Frieden und Wärme, Zuversicht und Ruhe gibt. Herr Franz hat ein paar Flaschen Courvoisier gekauft.
»Das ist ein sehr milder Winter«, sagt Verena. »Ich glaube, ich kann schon Mitte oder Ende März mit Evelyn wieder zu dir in den Taunus übersiedeln. Und dann habe ich mir noch etwas überlegt. Mein Mann besitzt ein Haus auf Elba.«
»Ja.«
»Woher weißt du das?«
»Damals, in jener ersten Nacht, hast du davon gesprochen, halb im Schlaf schon.«
»Wovon?«
»Von blutroten Segeln, wenn die Sonne untergeht, von einer Stadt, die heißt Portoferraio oder so ähnlich, und von grünen Wellen, in denen du mich umarmen wolltest.«
»Das habe ich alles gesagt?«
»Ja.«
»Ich muß sehr betrunken gewesen sein.«
»Gar nicht, nur sehr müde. Ich auch. Aber ich erinnere mich!«
»Portoferraio, weißt du, ist die Hauptstadt von Elba. Du warst nie dort?«
»Nein.«
»Wir fahren jedes Jahr hinunter! Unsern Chauffeur schicken wir mit dem Wagen voraus bis nach Florenz und nehmen Schlafwagen. Dann fahren wir mit dem Auto. Pisa. Livorno. Piombino.«
»Ich war noch nie in Italien.«
»Piombino liegt am Meer. Dort kann man seinen Wagen aufs Schiff nehmen. In neunzig Minuten ist man in Portoferraio. Das könntest du doch auch machen.«
Wenn ich im Sommer noch einen Wagen habe, denke ich. Dann zucke ich zusammen: »Du meinst, ich soll nach Elba kommen?«
»Ja! Evelyn hat ein italienisches Fräulein, sie ist den ganzen Tag am Meer. Mein Mann muß immer wieder nach Mailand, Genua oder Rom. Ich bin sehr oft allein. Es wäre das Paradies ...«
»Liegt euer Haus in Portoferraio?«

»Zehn Kilometer entfernt. In einer der schönsten Buchten. Sie heißt La Biodola. Schau!« Verena zeigt mir Farbfotos. Ich sehe einen tiefblauen Himmel und ein tiefblaues Meer, Sandstrand, Palmen, Pinien und Olivenbäume. Ich sehe ein Haus, fast völlig aus Glas gebaut, auf einem Felsen, über der Brandung. Eine Treppe führt zum Strand hinab.
»Das ist es«, sagt Verena. »Wenn mein Mann verreist ist, kommst du zu mir. Er hat so viel zu tun. Selbst in diesem Haus gibt es einen Fernschreiber. Und auf unserer Jacht eine Funkanlage.«
»Ihr habt eine Jacht?«
»Eine kleine.« Sie zeigt mir ein Bild. Es ist ein ganz modernes Schiff, am Bug steht VERENA. »Ein Motorboot ist auch da. Ich kann um die ganze Insel fahren, überallhin, zu dir.«
»Und er?«
»Ich sage dir doch, er arbeitet dauernd. Oder er ist völlig erschöpft und liegt den ganzen Tag in diesem Pinienwald hier. Dann schuftet er wieder wie ein Verrückter, mit seiner Sekretärin, mit seinem Fernschreiber. Das Geld! Das Geld! Das kennst du ja von deinem Vater.«
»Ja.«
»Könntest du nach Elba kommen? Oder mußt du in den Ferien heim?«
»Ich komme. Ich komme. Aber wo soll ich wohnen?«
»In Portoferraio, im Hotel Darsena. In Marciana Marina. In Porto Azzurro. Wo du willst. Mit dem Motorboot kann ich dich überall besuchen. Und wenn er fort ist, besuchst du mich.«
»Und der Chauffeur? Die Sekretärin? Das Kindermädchen?«
»Die wohnen alle woanders. In Portoferraio, in einem kleinen Dorf bei La Biodola, sogar in Capolivero.«
Sie erzählt mir so viel von Elba, daß ich das Gefühl habe, jahrelang dort gewohnt zu haben. »Kannst du Italienisch?«
»Nein.«
»Das macht nichts! Ich bringe es dir bei. Wenn du nur kommen kannst. Ich suche ein Zimmer für dich. So müssen wir uns monatelang nicht trennen. Nach den Ferien geht Evelyn in die Volksschule. Dann machst du dein Abitur. Und dann sind wir für immer zusammen, für immer.«
Sie hebt ihr Glas. »Komm – trinken wir darauf, daß es schön wird auf Elba. Und danach.«
Wir trinken.
»Jetzt haben wir ein Ziel«, sagt Verena, »jetzt wissen wir, daß nicht alles sinnlos und hoffnungslos ist. Jetzt wissen wir, daß wir

bald schon zusammen leben werden – ohne Angst. Wir werden uns nicht mehr verstecken müssen. Und Evelyn wird glücklich sein.«

Ich gieße noch einmal ein.

»Daß alle unsere Wünsche in Erfüllung gehen!«

Ich trinke auf alle Wünsche, die Verenas Wünsche sind. Und noch auf einen Wunsch, den ich selbst habe: Daß mir kein Unglück mit Geraldine widerfährt.

Verena weiß nicht, was inzwischen geschehen ist. Auch nicht, daß Geraldine an diesem 9. Februar ins Internat zurückkommt.

Ich habe ihn mir nicht umsonst gemerkt, diesen Tag...

## 22

Alles beginnt vollkommen harmlos.

Geraldine kommt in einem Taxi. Sie ist kein Krüppel geworden. Sie steigt aus dem Taxi in einer Weise, daß man glaubt, der Stock, den sie trägt, wäre reines Chichi, und sie brauchte ihn gar nicht. Sie winkt und ruft: »Hallo!«

Aber es ist eine ganz andere Geraldine, die da gekommen ist. Keine »Luxusnutte« mehr. Ohne Tinnef-Schmuck. Ohne Stöckelschuhe. Auch das Toupieren hat sie aufgegeben. Ihr löwenfarbenes Haar fällt glatt und schön mit einer weichen Welle in den Nacken. Die Wimpern sind nicht geklunkert, es gibt keine blaue Schatten mehr unter den Augen.

Bei der alten Kastanie schüttelt Geraldine viele Hände und nimmt Glückwünsche entgegen. Den kleinen Hansi küßt sie. Nach ihm komme ich an die Reihe.

»Ich freue mich so, dich wiederzusehen!«

»Ich auch, Geraldine.«

Händeschütteln.

Aber nicht, daß sie etwa (wie früher stets) mit einem Finger in meinem Handinneren herumrührte dabei, nicht, daß sie mir etwa einen von diesen You-know-what-I-mean-Blicken gäbe, nein, ein Rehlein, ein reines Rehlein begrüßt mich. Auf alles wäre ich gefaßt gewesen. Darauf nicht.

Ich fühle mich erfüllt von grenzenloser Erleichterung. Es ist alles nicht so schlimm. Es ist alles nicht so arg. Geraldine ist ein gutes Mädchen. Ein anständiger Kerl.

Der Chef umarmt den anständigen Kerl auch und sagt, wie froh er sei, sie wieder dazuhaben, und wie froh, daß sie nicht mehr die-

sen ganzen Klimbim trüge und sich nicht mehr so furchtbar schminke und toupiere wie früher. Was antwortet Geraldine?
»In den langen Wochen meiner Krankheit habe ich über vieles nachgedacht. Es ist mir bewußt geworden, was ich alles falsch gemacht habe. Jetzt will ich möglichst viel richtig machen. Ich hoffe, es gelingt mir.«
Dem Chef treten beinahe Tränen in die Augen.
Und die Kinder starren Geraldine an wie ein Märchenwesen!
Das war einmal die Schickse, die allen Mädchen ihren Jungen wegnahm? Nein, nein, nein! Wie sie da steht, vor der verschneiten Kastanie, auf den Stock gestützt, muß man diesem Mädchen helfen, sie beschützen, ihr das Leben leicht machen. Man muß nett zu ihr sein. Vergessen, was früher war. Man muß sie wie ein ganz anderes Mädchen behandeln. Daß alle das denken, sehe ich in allen Gesichtern, sogar in denen der Lehrer. Das Frettchen kann überhaupt nicht die Augen von Geraldine lassen. Komisch, so sah er noch nie aus. Geil. Schrecklich geil!
Das Frettchen streicht über Geraldines nun völlig glattes Haar, lächelt (schwitzt sicherlich) und sagt: »Fräulein Reber, ich glaube, die Krankheit hat einen ganz anderen Menschen aus Ihnen gemacht.«
»Hoffentlich, Herr Doktor«, antwortet Geraldine.
Wolfgang überreicht einen großen Strauß gelber Rosen.
»Im Namen von uns allen«, sagt er. »Wir haben zusammengelegt. Und Hansi hat sie unten in Friedheim besorgt. Er hatte auch die Idee.«
Hansi!
Blumen, vom Mörder besorgt. Jedenfalls von einem, der damals einen Mord riskierte an der Schlucht.
Hansi!
Er lächelt strahlend in die Runde. »Du hast doch auch beinahe so etwas gekriegt wie ich«, sagt der Lump, der Fräulein Hildenbrand auf dem Gewissen hat, mit einem sanften Lächeln. Vor den Kindern, vor den Lehrern schmiegt er sich an Geraldine. »Darum habe ich die ganze Zeit an dich denken müssen. Ich habe so gewünscht, daß wenigstens du wieder gerade laufen kannst!« Da bekommt er noch einen Kuß!
Alle sind gerührt.
Nur Noah, der neben mir steht, sagt leise: »There is something wrong here.«
»Was ist hier nicht in Ordnung?«
Er zuckt die Schultern.

Im Moment bewegen wir uns sozusagen auf einer ersten Ebene. Ihr ganzes Ausmaß lerne ich am nächsten Nachmittag kennen. Da treffe ich Geraldine. Darf man Menschen dafür böse sein, daß sie sich rächen, wenn man sie enttäuscht, verrät, verläßt? Ich fürchte, nein. Ich glaube, ja.
Aber ich glaube doch nur, was ich glauben will.
Also an diesem Nachmittag, zehn Minuten bevor wieder der Unterricht beginnt, sagt Geraldine unter verschneiten Bäumen in einem Grimms-Märchen-Winterwald...

23

»... Du bist ein dummer Junge!«
»Wieso?«
»Wenn du dich hättest sehen können, als ich ankam... Wachsbleich vor Angst!«
»Ich habe keine Angst.«
»Ein Blinder konnte es sehen! Aber du mußt keine haben, Oliver...«
Schwarze Keilhosen, Skischuhe und einen Lumberjack trägt sie. Keine Schminke. Keinen Schmuck.
Und ihre Augen sind so unschuldig. Von den Bäumen fällt ab und zu Schnee. Klatsch. Wir sind allein im Wald. Geraldines Stimme ist leise und sanft.
»Als du mich besuchtest, habe ich die Nerven verloren. Und eine Menge Dummheiten gesagt. Ich war gemein, richtig gemein... Ich sagte, daß ich diese Frau, die du liebst, bloßstellen wollte... und unmöglich machen... sie und dich...« Wieder fällt Schnee.
»... ich war eifersüchtig. Das mußt du doch verstehen.«
»Natürlich.«
»Jetzt machst du schon wieder so ein Gesicht! Ich sage dir doch, du mußt keine Angst haben! Schon als du damals aus dem Zimmer gingst, tat mir jedes Wort leid, das ich gesagt hatte. Ich hätte mich selbst anspucken können. Natürlich werde ich dir nicht nachspionieren. Natürlich werde ich nie versuchen, herauszubekommen, wer die Frau ist. Das wäre doch das Dreckigste, das Allerletzte, nicht? Warum sagst du nichts dazu?«
»Was soll ich sagen?«
»Du glaubst mir also nicht.«
»Nein.«
Fängt sie auch noch an zu weinen, schluchzt: »Geschieht mir recht... geschieht mir völlig recht... ich habe mich auch benom-

men wie eine Erpresserin ... Oliver ... bitte, Oliver, glaub mir ...«
Ich lasse sie einfach stehen und gehe weg.
Am Abend im »Quellenhof« spreche ich mit Hansi.
»Du, hör mal, Geraldine ist doch wieder da ...«
»Neuigkeit! Kann ich vielleicht etwas dafür, daß sie so schnell gesund wurde?«
»Das meine ich nicht. Sie ist eifersüchtig.«
»Was du nicht sagst!«
»Laß diesen Ton. Bist du mein Bruder? Verstehen wir uns nicht gut?« (Muß ich diese Kröte fragen.)
»Ich kann nicht klagen.«
»Also! Wenn sie in ihrer Eifersucht versucht, dich anszuhorchen, nach dieser Frau und so ...«
»Mensch, wofür hältst du mich? Einen Verräter? Eher lasse ich mir doch die Zunge abschneiden, als ausgerechnet der Luxusnutte ein Wort zu verraten! Außerdem bist du bei der schon lange abgemeldet.«
»Was?«
»Na, ihr habt doch seit Weihnachten diesen Neuen in der Klasse, nicht?«
»Jens Larsen, ja.«
Das ist ein Norweger, achtzehn Jahre alt, blond, blauäugig, größer als ich, sieht sehr gut aus.
»Ihr Schwarm. In spätestens drei Tagen hat sie ...« Hansi sagt, so ordinär es geht, was Geraldine in spätestens drei Tagen mit Jens getan haben wird. »Drei Tage, sage ich dir – nicht eine Minute länger. Wollen wir wetten? Packung Kippen?«
»Du meinst, daß Geraldine und Jens ...«
»Meine! Meine! Bist du auf die Rübe gefallen, Junge? Ich habe dir doch gesagt: Warte, bis ein Neuer kommt, dann bist du raus, aber zack!«
So ist es: Geraldine verschwindet in den nächsten Tagen wirklich stundenlang mit Jens. Der blonde Norweger sieht aus, als hätte ihm einer das Paradies gezeigt. Etwas, was diesen himmlischen Gefilden jedenfalls nahekommt, hat ihm offenbar tatsächlich einer gezeigt. Eine. Und wenn das nun gut geht und dauert ...
Es scheint gut zu gehen.
Es scheint zu dauern.
Hansi berichtet, was er gesehen hat, das Ferkel! Was er gehört hat. In welchem Haus. Durch welches Fenster. Wie oft. Zu welchen Zeiten. Es klingt äußerst überzeugend.
»Nicht einmal zweiundsiebzig Stunden hat's diesmal gebraucht! Also

komm schon rüber mit den Kippen, Oliver. Ich habe gewonnen.«
Tage vergehen. Jens wird immer verliebter.
»Schreibt Gedichte«, sagt Hansi, der alles weiß. »Bringt sie mit, wenn sie sich treffen. Gibt sie ihr, bevor sie's tun.« Und Hansi schaut durch ein Fenster... Und versichert mir: »Das dauert jetzt wieder...«
Es dauert wirklich. Tage. Wochen. Nichts geschieht. Hansi ist lieb. Geraldine ist freundlich. Jens ist selig.
Angst ist keine Angst mehr, wenn man sie zu lange hat. Man verliert sie. Man wird wieder sicher und arglos. Man lacht schließlich sogar darüber, daß man sie einmal gehabt hat, die Angst.
Jetzt schmilzt schon der Schnee. Bald werden Verena und Evelyn nach Friedheim kommen. Zeit verstreicht. Ich habe mich umsonst gefürchtet. Geraldine ist wirklich mannstoll. Was für ein Glück, daß Jens kam!
Das ist, wie gesagt, die erste Ebene, auf der sich diese Geschichte bewegt.

## 24

Anfang Februar wird es schon sehr warm, wenn die Sonne scheint. Es gibt viele Vögel im Wald, ich habe Schneeglöckchen und Krokusse gefunden, und jeden Tag, wenn ich in den »Quellenhof« gehe, sehe ich Eichhörnchen. Mir wird dann jedesmal übel, wenn ich an die Eichhörnchen meiner Mutter denken muß. Sie ist übrigens immer noch in derselben Klinik. Sie schickt mir Geld, ohne zu fragen, wofür. Ich kann meine Wechsel bezahlen.
Jens Larsen schreibt Gedichte für Geraldine. Ich treffe Verena in dem kleinen Café, dreimal bleibe ich die ganze Nacht in ihrem Haus an der Miquel-Allee, weil Manfred Lord verreist, und wir können uns lieben. Ich bin schon wieder so sicher, daß ich keine Angst von Verenas Ankunft in Friedheim habe, denn noch einmal sprach Geraldine mit mir...
»Du bist mir nicht böse?«
»Böse, wieso?«
»Wegen Lars. Ich habe doch so ein Theater mit dir gemacht, nicht? Aber weißt du, nun ist etwas passiert...«
»Was?«
»Es klappt auch bei ihm. Wie bei dir.«
»Seit es bei mir geklappt hat, wird es wahrscheinlich bei allen klappen. Bei ihm klappt es wahrscheinlich sogar bereits besser.«

»Das habe ich nicht gesagt!«
»Aber es ist so!«
»Nein. Ja! Ich will nicht lügen. Ja, wirklich!« Dann bekomme ich einen hingehauchten Kuß von ihr. »Du warst der erste«, flüstert sie. »Dir muß ich danken ... immer wieder ... Wie konnte ich damals nur solche Worte sagen?«
Ich schwöre Ihnen, *Sie* wären auch darauf hereingefallen!
Nun kommen wir zu der zweiten Ebene.

## 25

Auf dieser zweiten Ebene ist die Hauptperson zunächst Raschid Dschemal Ed-Din Runi Bender Schahpur Isfahani. Der kleine Prinz mit den langen seidigen Wimpern und den traurigen schwarzen Augen ist völlig vereinsamt, seit Ali in Giuseppe einen Glaubensgenossen gefunden hat. Er verzehrt sich in Sehnsucht nach seiner Mutter und nach seiner Heimat.
Zu alledem wird Raschid seit Wochen von einer riesenhaften Erregung gefangengehalten: In Persien gibt es eine schwelende Regierungskrise. Die Universitäten wurden wieder einmal geschlossen, ein paar Tausend Menschen mehr sitzen in den überfüllten Gefängnissen.
Und eines Morgens ist Raschid verschwunden. Er wird überall gesucht. Er ist nirgends zu finden. Der Chef erstattet eine Vermißtenanzeige beim Landgendarmerieposten Friedheim. Bald fahndet die Polizei in ganz Deutschland nach Raschid. Sein Bild erscheint in Zeitungen und auf Fernsehschirmen. Man befürchtet, er könnte einem Verbrechen zum Opfer gefallen sein.
Fünf Tage bleibt Raschid verschwunden.
Dann, am 25. Februar, einem Samstag, hält ein Wagen der Frankfurter Polizei vor dem Schulgebäude, und zwei Kriminalbeamte helfen dem kleinen Prinzen beim Aussteigen. Er ist totenbleich, schmutzig und verwahrlost, und er bewegt sich, als sei er betrunken.
Fünf Minuten später werde ich zum Chef gerufen. In Doktor Florians Zimmer sitzt Raschid. Über seine Stirn läuft eine rote Schramme. Als er mich sieht, beginnt er zu weinen. Er sitzt ganz aufrecht, die Tränen rinnen über seine Wangen, er würgt und schluchzt. Mir wird ganz elend. Der Chef macht ein Zeichen: Erst einmal ausweinen lassen.
Als Raschid sich etwas beruhigt hat, beginnt der Chef. »Oliver, ich ließ dich auf Raschids Wunsch rufen. Er hat großes Vertrauen

zu dir... Du hast ihm mit seinem Gebetsteppich geholfen, als er hier ankam – na, und überhaupt. Ich glaube, daß Raschid jetzt einen Menschen braucht, zu dem er Vertrauen haben kann.«
Ich setze mich neben den Kleinen und lege einen Arm um ihn.
»Nun erzähl schon, was geschehen ist! Wir haben uns alle große Sorgen um dich gemacht! Wohin wolltest du denn bloß?«
»Nach Teheran natürlich«, sagt der Prinz. »Zu meiner Mama.«
»Ohne alles? Ich meine, ohne einen Groschen Geld?«
»Ich hatte über fünfzig Mark Taschengeld gespart. Herr Herterich gibt uns doch jeden Freitag zwei Mark, nicht? Und dann nahm ich auch meinen Gebetsteppich mit.«
»Aber Raschid, Junge, mit einem Gebetsteppich und fünfzig Mark kommst du doch nie nach Teheran!«
»Natürlich wußte ich, daß das Geld nicht reichen würde«, fährt Raschid fort. »Aber mein Onkel in Kairo ist sehr reich, und ich dachte, wenn ich nur bis Kairo käme, wäre alles gut.«
»Bis Kairo wärest du doch auch nie gekommen!«
»Aber ich war ja in Kairo.«
»Du warst in Kairo? Aber wie bist du nach Kairo gekommen?«
»Über München, Zürich und Rom.«
»Ich verstehe kein Wort.«
Der kleine Prinz lächelt jetzt sogar ein wenig: »Du hast mir doch vor Weihnachten dieses Buch über den Jungen geschenkt, der als Blinder Passagier um die ganze Welt fliegt, nicht?«
Das habe ich. Wahrhaftig...
»Raschid!«
»Ja, genauso. Bis Frankfurt reichte mein Geld leicht. Ich fuhr mit der Bahn. In Frankfurt kaufte ich Brot und ein paar Konserven, dann kletterte ich nachts in den Laderaum einer Maschine und versteckte mich. Es war eine Maschine München–Zürich–Rom–Kairo.«
»Und es hat dich keiner entdeckt?«
»In Frankfurt nicht. Da ging alles glatt. Ich mußte nur über zwei Stacheldrahtzäune. Die Laderaumluken waren geöffnet, zum Entlüften, verstehst du? Die Maschine stand in einem Hangar. Da schlief ich die erste Nacht. Zwischen lauter Flaschen mit Whisky.«
»Und weiter?«
»Am nächsten Morgen flogen wir ab. Es wurden noch ein paar Kisten zugeladen. Ich gab furchtbar acht, damit die Arbeiter mich nicht sahen. Es war schrecklich kalt. Ich hatte Schnupfen. Dauernd fürchtete ich, niesen zu müssen.« Raschid niest. »Dan wäre doch

alles aus gewesen. Aber ich habe nicht niesen müssen! Nicht ein einziges Mal...«

Seit Raschid spricht, hat der Chef ein Tonbandgerät eingeschaltet, das hinter seinem Schreibtisch steht. Das Mikrofon auf der Tischplatte wird von einer Blumenvase verdeckt. Ich kann das Gerät und seine kreisenden Teller sehen, Raschid nicht.

»Über München und Zürich kamen wir nach Rom. Die Nacht, in der wir nach Kairo weiterflogen, das war die schlimmste Nacht meines Lebens. Ein furchtbarer Sturm! Die ganze Maschine wurde hin und her geworfen. Ich hielt mich an einem Strick fest und sprach dauernd Suren und dachte dauernd an meine Mama.«

»Raschid! Das war doch reiner Wahnsinn! Was hast du dir denn vorgestellt?«

»Ich sage doch, mein Onkel in Kairo ist reich. Ich dachte, er gibt mir Geld für einen richtigen Weiterflug, und ich komme nicht eine Stunde zu spät.«

»Zu spät?«

»Zur Befreiung meines Landes. Während ich mich festhielt, mußte ich immer daran denken, wie glücklich meine Mama sein würde, mich wiederzusehen! Kannst du das nicht begreifen?«

»Doch.«

»Und war es also Wahnsinn?«

»Nein. Verzeih. Und was geschah in Kairo?«

»Auf dem Flughafen ging alles glatt. Ich kam aus dem Flugzeug heraus wie nichts. Wieder über einen Stacheldrahtzaun. Und dann so schnell wie möglich zur Wohnung meines Onkels.«

»Und?«

»Er war verreist. Er ist in diese ganzen politischen Geschichten verwickelt, weißt du. So ging ich in die Falle. Diese elende Mahda! Wenn ich die noch einmal sehe...«

Lautlos kreisen die Teller des Tonbandgerätes. Der Chef raucht Pfeife. Über uns singen die Kleinen in ihrer Klasse: »Wer hat dich, du schöner Wald, aufgebaut so hoch da droben...«

»Mahda?«

»Seine Haushälterin. Sie sagte, ich sollte ins Haus kommen.«

»Du erzählst doch, dein Onkel wäre nicht dagewesen?«

»Das wußte ich noch nicht! Zwei ägyptische Polizisten waren da. Sehr höflich. Die deutsche Polizei hatte telegrafiert, daß ich mich vermutlich an meinen Onkel wenden würde. Und so haben sie mich mitgenommen.«

Er hält beide Hände (mit kleinen schmutzigen Nägeln) vor das Gesicht, damit wir nicht sehen, daß er weint.

Wir sehen es aber trotzdem, denn die Tränen rinnen unter den Händen hervor.
Der Chef sagt zu mir: »Eine Lufthansa-Maschine flog Raschid zurück. In Frankfurt erwartete ihn deutsche Polizei.«
Der Chef nimmt die Pfeife aus dem Mund.
»Raschid hat eine Bitte geäußert. Ich glaube, man sollte sie erfüllen.«
»Was für eine Bitte?«
»Er hat dich gern, Oliver, lieber als jeden anderen. Er fragt, ob er eine Weile in deinem Zimmer schlafen dürfe. Mit dir und Noah und Wolfgang. Wir könnten ein viertes Bett hineinstellen. Mir ist es recht. Wolfgang und Noah sicherlich auch.«
»Weißt du, ich träume so schrecklich«, sagt Raschid, und hebt sein tränenverheertes Gesichtchen. »Aber ich möchte natürlich nur in deinem Zimmer schlafen, wenn ich dir damit bestimmt nicht zur Last falle.«
»Überhaupt nicht!«
»Dann darf ich also wirklich...« Im nächsten Moment ist er aufgesprungen, hängt an meinem Hals und drückt und preßt mich an sich. »Es ist auch nicht für lange... Nur ein paar Tage, bis die Träume aufhören...«
»Ja, ja«, sage ich. »Klar«, sage ich. »Ist doch selbstverständlich, Kleiner.«
»Ich danke dir, Oliver«, sagt der Chef und schaltet das Tonbandgerät aus. »Und nun marsch in die Badewanne, Raschid! Und du, Oliver, geh in deine Klasse zurück.« Das tue ich. Erst auf dem Gang fällt mir mein »Bruder« Hansi ein.
Damit wären wir bei der dritten Ebene.

## 26

»Es macht dir doch nichts, Hansi?«
»Aber ich bitte dich, was sollte es mir machen?«
»Du verstehst doch, daß ich Raschids Bitte erfüllen mußte?«
»Ich würde vor dir ausspucken, wenn du es nicht getan hättest.«
»Obwohl du mein Bruder bist und nicht in meinem Zimmer schlafen darfst?«
»Gerade weil ich dein Bruder bin! Ich habe immer schon gewußt, du bist ein feiner Kerl!«
Dieses Gespräch fand auf dem Eislaufplatz statt, am Nachmittag. Ich mußte sofort mit Hansi sprechen, denn es war mir natürlich

klar, daß ich ihn keinesfalls verärgern durfte. Er weiß zu viel. Er darf auf keinen Fall mein Feind werden.

Vor dem Abendessen tragen Noah und ich Raschids Bett in unser Zimmer. Viele Kinder bringen Schokoladentafeln, Bonbons und Spielzeug für den kleinen Prinzen. Hansi schenkt ihm seine Mundharmonika. Hansi! Raschid ist ganz verlegen über all diese Beweise von Freundschaft und Sympathie. Dann breitet er seinen Gebetsteppich (der gerade bis Kairo und zurück geflogen ist) gegen Osten, und Noah, Wolfgang und ich hören zu, wie er seine Abendsure spricht.

Währenddessen kommt Hansi herein, so leise, daß ich ihn zunächst gar nicht bemerke. Als der kleine Prinz seinen Gebetsteppich zusammengerollt hat, kriecht er ins Bett, umarmt mich, als ich ihm gute Nacht sage, und flüstert mir ins Ohr: »Heute werde ich keinen schlimmen Traum mehr haben!«

Da höre ich Hansis Stimme: »Giuseppe und Ali schicken mich, Raschid. Wir wünschen dir eine gute Nacht.«

»Danke«, sagt der kleine Prinz. »Ihr seid alle so nett zu mir.«

»Aber am meisten Oliver«, meint Hansi, schüttelt meine Hand und lächelt. »Tschüß«, sagt er. Und hinkt hinaus, krumm, klein, mager und schief.

Das war am Abend des 25. Februar.

## 27

Am Abend des 4. März, dem nächsten Samstag, bin ich wieder einmal bei Manfred Lord zum Essen eingeladen. Am 6. März werden wir die Halbjahreszeugnisse bekommen, dann fliege ich für drei Tage, die wir Ferien haben, nach Echternach, zu meiner Mutter.

Manfred Lord ist an diesem Abend so liebenswürdig wie noch nie. Herr Leo, der serviert, ist so höflich wie noch nie. Verena ist so schön wie noch nie. Nach dem Essen – ich bin der einzige Gast – gehen wir wieder vor den Kamin, rauchen und trinken Cognac.

Assad, der große Boxer, kommt herein und wedelt mit dem Schwanzstummel, als er mich erblickt. Gerade, daß er nicht vor Freude zu bellen beginnt.

»Wie der Hund sich an Sie gewöhnt hat«, sagt Manfred Lord. »Erstaunlich, nicht wahr, Verena?«

»Wie? Was? Ja, erstaunlich.«

»Du bist so abwesend, Liebste. Sie müssen wissen, Oliver, Assad

ist sonst furchtbar mißtrauisch gegen Fremde. Aber Sie haben eben seine Sympathie. Und... Sie sind ja auch kein Fremder mehr, nicht wahr?«
»Ich hoffe nicht, Herr Lord.«
Zum Glück legt der Hund sich endlich zwischen uns und schläft ein. Ab und zu seufzt er im Schlaf. Vielleicht träumt er von einer Katze. Wir plaudern munter. Dann geschieht, was ich erwartet habe. Herrn Lord fällt etwas ein: »Ach, Oliver, gut, daß ich mich noch daran erinnere...« (»Erinnere« ist herrlich! Du hast doch den ganzen Abend an nichts anderes gedacht, mein ehrenwerter Lord!) »Das letztemal, als Sie nach Luxemburg flogen, waren Sie so liebenswürdig, Ihrem Vater ein Geschenk von mir mitzubringen. Würden Sie das wohl noch einmal tun?«
»Selbstverständlich, Herr Lord.«
Diesmal muß das Buch nicht erst geholt werden, es liegt schon auf dem Tisch: Ein sehr früher englischer Druck von Shakespeares »König Richard III.« Während Lord den alten Band durchblättert und mir dessen Kostbarkeit erläutert, drückt unter dem Tisch Verenas Schuh auf meinen. Wir haben in den letzten Tagen immer miteinander telefoniert, aber gesehen haben wir uns kaum. Ihr Mann war nur einmal verreist...
Manfred Lord ist in außerordentlich guter Stimmung heute abend, beinahe übermütig. Er neckt mich. Was mit mir los sei, will er wissen.
Wieso bitte?
Ob ich mich nicht für Mädchen interessiere? Noch nie habe ich etwas über ein Mädchen aus dem Internat erzählt! Und da sind doch so viele hübsche...
»Gibt Besseres. Und dann habe ich auch sehr viel zu lernen und...«
»Na, na, na!«
»Ich verstehe nicht!«
Herr Lord lacht. »So ein Schlingel, Verena! Tut harmlos wie ein Lamm, und in Wahrheit... Keine Angst, ich verrate Sie nicht.«
»Ich weiß nicht, was Sie verraten könnten, Herr Lord. Wirklich, die Mädchen bei uns sind gar nicht so hübsch!«
»Da muß ich aber einen völlig anderen Geschmack haben als Sie!«
Fester drückt Verenas Schuh auf meinen. Achtung, heißt das.
»Denk doch, Liebling, was einem alles passieren kann.« Manfred Lord schneidet umständlich das Ende einer Zigarre an und setzt sie in Brand. Er lächelt Verena strahlend an. »Darf ich dir noch einen Cognac geben?«

»Nein, danke.«
»Vielleicht Ihnen, Oliver?«
»Danke, nein.«
»Aber ich werde mir selber noch einen genehmigen...«
»Was ist passiert, Manfred?«
Wieder lacht der sehr ehrenwerte Herr Lord, während er sein Glas halb voll gießt und zwischen den Händen wärmt.
»Sagen Sie, Oliver, kennen Sie eine gewisse Geraldine Reber?«
»Geraldine Reber? Ja... sie geht in meine Klasse.«
»Und die finden Sie auch nicht hübsch?«
»Hübsch? Nein. Oder ja. Aber doch nicht so, daß ... Aber woher kennen *Sie* Geraldine, Herr Lord?«
Eine Wolke Rauch bläst Manfred Lord aus.
»Stellen Sie sich vor, sie hat mich besucht. Heute vormittag. In meinem Büro.«
»Sie fehlte im Unterricht. Es hieß, sie sei krank.«
»Eine kleine Lügnerin, wie? Aber was für eine hübsche kleine Lügnerin.«
»Wieso Lügnerin? Was... was wollte sie bei Ihnen?«
»Also, ich muß ja sagen, so etwas ist mir noch nie passiert. Stell dir das vor, Liebling: Junges Mädchen, achtzehn Jahre vielleicht, stimmt's, Oliver?«
»Ja, achtzehn.«
»Meldet sich im Sekretariat an. Ich bin nicht zu sprechen. Sie muß mich aber sprechen! Es sei dringend. Die Sekretärin will sie höflich hinausführen, da reißt sie sich los, rennt durch die beiden Vorzimmer und – wups! – steht vor meinem Schreibtisch! ›Herr Lord?‹ – ›Ja, allerdings.‹ – ›Ich habe Ihnen etwas zu sagen. Mein Name ist Geraldine Reber. In meine Klasse im Institut Doktor Florian bei Friedheim geht ein gewisser Oliver Mansfeld. Er ist der Geliebte Ihrer Frau.‹« Manfred Lord lacht so laut, daß Assad aufwacht und bellt. Lord streichelt ihn. »Still, sei doch still. Herrchen lacht nur, alles ist in Ordnung.« Assad beruhigt sich wieder.
»Wie findet ihr das?« fragt Herr Lord.
»Eine Verrückte?« meint Verena. Ihr Schuh ist auf einmal nicht mehr da.
»Ist sie verrückt, Oliver?«
»Ich... nein, ich glaube nicht.«
»War der Rehrücken zu fett?«
»Wieso, bitte?«
»Ich dachte, Ihnen sei nicht gut.«
»Mir ist ganz gut, Herr Lord!«

»Trinken Sie auf alle Fälle noch einen Cognac. Und du auch, Liebling.« Er wartet unsere Reaktionen diesmal nicht ab, sondern gießt die Gläser voll. Ich kann sehen, daß Verenas rechte Hand zittert. Sie hält sie mit der linken Hand fest, damit man es nicht merkt. Mir rinnt Schweiß über den Rücken. Cognac. Gott sei Dank.
»Sie ist bestimmt verrückt, die Kleine«, sagt der Hausherr, ein loses Deckblatt seiner Zigarre umsichtig mit ein wenig Speichel befestigend, »nein, verrückt nicht, aber eifersüchtig. Und zwar Ihretwegen, Oliver.«
Jetzt habe ich mich erholt. Hier gibt es nur noch eines: Flucht nach vorn!
»Es stimmt, Herr Lord. Sie ist eifersüchtig.« Da fühle ich wieder Verenas Schuh. Er drückt auf meinen: Gut! Mach so weiter!
»Ich ging eine kurze Zeit mit Geraldine, dann gab ich es auf.«
»Warum?«
Ich zucke die Schultern.
»Sie hatten genug von ihr, nicht wahr? Ja, so sind wir Männer«, meint der Hausherr. »Bestien, gefühllose Bestien, die auf euren zartesten Gefühlen herumtrampeln, Liebling.«
Ich nehme einen Schluck Cognac.
»Das Mädchen hängt noch an Ihnen?« fragt Verena, und ich spüre ihren Schuh.
»Was heißt noch?« meint Herr Lord, bevor ich antworten kann. »Oliver ist ihre große Liebe!«
»O Gott, nein,« sage ich. (Schluck Cognac.)
»Sie hat es mir erzählt, Oliver, ich muß doch sehr bitten! Sie erzählte mir eine ganze Menge – über euch beide.«
Herr Lord streichelt Assad.
»Rache«, sage ich. »Gemeine Rache. Die kann etwas erleben!«
»Was hat sie dir über uns erzählt, Manfred?« erkundigt sich Verena.
Lord muß wieder lachen.
»Entschuldigt, aber es ist zu komisch... diese Teenager haben wirklich den Unterleib im Kopf... Sie berichtete mir beispielsweise, was für eine große Liebe dich und Oliver verbindet.«
»Ich werde mich beim Chef beschweren!«
»Tun Sie das nicht, Oliver. Die Kleine ist gefährlich!«
»Aber ich kann mir so etwas doch nicht gefallen lassen! Woher wußte sie überhaupt von Ihnen und Ihrer Frau, Herr Lord?«
»Sie sagen doch selbst: Rache. Ja, mein Hundchen, ja. Eine Frau, die sich rächen will, kommt auf die tollsten Ideen.« Tiefer Zug

an der Zigarre. »Was so ein kleines, hübsches Mädchen sich alles ausdenkt...«

»Was hat sie sich ausgedacht?« fragt Verena.

»Ich konnte mir nicht alles merken, Liebling. Es war zu viel. Warte einmal... Ja, nun, zum Beispiel sollt ihr im vergangenen Herbst immer in diesen alten Aussichtsturm bei Friedheim gegangen sein. Weißt du, welchen Turm ich meine, Schatz?«

Jetzt bin ich wieder dran: »Das ist eine Unverschämtheit! Ich werde dafür sorgen, daß sie von der Schule fliegt!« Der Schuh. Der Schuh.

»In der Stadt sollt ihr euch auch häufig getroffen haben. Regen Sie sich doch nicht so auf, Oliver! Das kommt, wenn man einem Mädchen den Laufpaß gibt. Das haben Sie nun davon!«

»Herr Lord, ich hoffe, es ist nicht notwendig, daß ich mich vor Ihnen rechtfertige...«

»Rechtfertige? Liebster Freund, was ist das wieder für ein Unsinn? Bemerken Sie noch nicht, wie gern Verena und ich Sie haben? Glauben Sie, ich höre auf so eine kleine eifersüchtige Gans, die mir erzählt, Sie liebten meine Frau?« Er muß ununterbrochen lachen heute abend, der sehr ehrenwerte Manfred Lord. »Dabei: Wie schlau dieses Fräulein Geraldine es anfing! Unter allen Leuten, die in Friedheim Villen haben, suchte sie sich uns aus. Weil meine Frau so schön ist. Weil man in Friedheim weiß, wie sehr ich sie liebe. Weil es doch theoretisch – theoretisch sage ich – möglich wäre, daß...«

»Was?«

»Daß Sie sich in meine Frau verliebten, Oliver. Setzen Sie sich, wir spielen hier kein Melodram! Warum sollten Sie sich nicht in Verena verlieben können? Wollen Sie sie beleidigen?«

»Was... was haben Sie Geraldine geantwortet, Herr Lord?«

»Geantwortet? Wofür halten Sie mich? Ich ließ sie hinauswerfen und ersuchte sie energisch, mich nicht mehr zu belästigen. Ich meine: Alles hat Grenzen, nicht wahr? Dieses kleine Biest! Zwei Leute waren nötig, um sie fortzuzerren. Sie schrie, sie würde mir Beweise bringen. Beweise! Ist das nicht einfach wahnsinnig komisch? Verena, Liebling, bitte bemühe dich nicht! Ich werde nach Leo klingeln, er soll den Cognac aufwischen, er kann es besser als du. Wenn man es nicht gut macht, gibt das so häßliche Flecke auf dem Parkett. Ach, da sind sie ja, Leo! Sehen Sie bloß, was passiert ist! Meine Frau hat ihr Glas fallen lassen...«

# SIEBTES KAPITEL

## 1

»Meine Tochter ist ein Genie«, sagt Mrs. Durham. »Mit zwölf Jahren errang sie den ersten Preis in einer Schüler-Theateraufführung. Dann ging sie zur Bühne. Mit vierzehn, ich bitte Sie, Mister Mansfeld, mit vierzehn!«
Mrs. Elizabeth Durham ist vierundsechzig Jahre alt, sie hat es mir selber gesagt. Sie frisiert, schminkt und kleidet sich wie eine Vierzigjährige. Rote Lippen, gefärbtes schwarzes Haar. Ein überbuntes Buschhemd, hautenge Caprihosen, Sandalen. Mrs. Durham ließ sich bereits dreimal liften. Das hat sie mir auch selber gesagt. Es wird bald Zeit fürs viertemal.
Der Doktor in London wird Mrs. Durham erst im Herbst wieder wie neu machen, weil Mrs. Durham vorher noch zur Erholung nach Elba fährt, den ganzen Weg im Wagen! Jedes Jahr fährt Mrs. Durham nach Elba. Dies ist ihre zwölfte Reise.
Mrs. Durham ist eine einsame Frau. Wie alle einsamen Menschen spricht sie sehr viel, wenn man sie läßt. Sie spricht, seit sie am Stadtrand von Florenz ihren hübschen Ford anhielt, weil ich winkte und sie bat, mich mitzunehmen. Es ist sehr heiß. Zum Glück hat der Ford ein Dach, das man öffnen kann. Ich sehe harte, graue Erde, Pinien, Esel, kleine Häuser, verfallene Gebäude und viele Arbeiter, die mit Preßlufthämmern und Kränen an der Autobahn arbeiten. Der Himmel ist so blau wie auf den Fotografien, die Verena mir zeigte, und ich bin in Italien, zum erstenmal in meinem Leben!
Donnerstag, 15. Juni 1961.
Zwischen dem letzten Kapitel und diesem klafft eine Lücke von mehreren Monaten. Ich werde sie gleich schließen. Einen Moment noch, bitte.
Mrs. Durham ist eine gute Fahrerin. Ich habe großes Glück gehabt: Ich brauchte nur eine halbe Stunde an der Autobahn zu stehen und zu winken – da hielt sie schon. Und sie fährt – kann ein Mensch überhaupt so viel Glück haben? – tatsächlich direkt nach Elba. In drei, vier Stunden wären wir in Piombino, hat sie gesagt. Und neunzig Minuten später auf der Insel, die sie so liebt und wo Verena wartet. Es ist sehr eigenartig, nicht hinter dem Lenkrad, sondern neben dem Fahrer zu sitzen, wenn man selber lange ein Auto hatte. Ich sitze neben Mrs. Durham. Ich habe kein

Auto mehr. Mein Jaguar steht bei Kopper & Co. in Frankfurt. In der Auslage. Es hat sich noch kein Käufer gefunden. Ich werde gleich erklären, warum ich keinen Wagen mehr besitze.
»Mit vierzehn Jahren war Ihre Tochter bereits auf der Bühne? Das ist ja phantastisch!«
»Nicht wahr? Wir waren so stolz auf sie! Übrigens: Ihr Englisch ist auch phantastisch, Mister Mansfeld! Ich freue mich ehrlich, Sie getroffen zu haben! Es ist so langweilig, allein zu reisen. Ich habe gerne einen Gefährten, mit dem ich sprechen kann. Wo war ich doch stehengeblieben?«
»Bei Ihrer Tochter, Mrs. Durham. Sie ist heute sicherlich eine große Schauspielerin. Kenne ich vielleicht ihren Namen, ihren Künstlernamen?«
»Nein. Und zwar, weil sie keine Schauspielerin mehr ist.«
Ein Tunnel. Viele schnittige Fiats, die uns dauernd hupend überholen. Wälder, hoch oben an den ausgeglühten Hängen der sanften Hügel.
»Wissen Sie, Virginia war eine richtige Schönheit. Da gab es natürlich ein Rudel reicher junger Männer... beste Gesellschaft, Millionäre darunter... die wollten sie alle heiraten.«
So viele Reklameschilder am Rand der Straße.
RISTORANTE STELLA MARINA – SPECIALITA GASTRONOMICHE E MARINARE!
»Sie hat also geheiratet?«
»Nein, Mister Mansfeld. Die Männer waren alle nicht das richtige für Virginia.«
NUOVISSIMO! ELEGANTE! CONFORTEVOLE! »IL MASSIMO HOTEL«! SARA IL VOSTRO PREFERITO!
»Heute arbeitet meine Tochter als Direktorin in unseren Werken. Ich sage Ihnen, sie ist ein Genie. Passen Sie auf, jetzt müssen wir gleich von der Autobahn abbiegen. Die nächste Stadt ist Pisa. Aber zuerst essen wir im ›California‹!«

## 2

Kennen Sie dieses Gefühl?
Sie fahren. Jemand neben Ihnen redet, redet, redet – stundenlang. Er will gar keine Antworten hören. Er ist selig, wenn Sie ihm nur zuhören. Mrs. Durham muß eine sehr einsame Frau sein...
Und dann ist es heiß. Sie haben zu viel gegessen, weil Sie die italienische Küche noch nie erlebt haben. Nicht solche Hors d'oeuvres.

Und solche Spaghetti. Und solche Saltimbocca. Und solchen Käse. Und solchen Rotwein!
Ich gebe es zu: Ich bin betrunken, als wir weiterfahren. Mrs. Durham ist nicht betrunken. Sie erzählt und erzählt. Ich sage ab und zu ja, ab und zu nein.
Sie ist glücklich: Jemand, der ihr zuhört!
Ich bin glücklich: Jeder Kilometer ein Kilometer näher zu Verena.
Pinien.
Eine ganze Allee von Pinien, durch die wir jetzt fahren. Die Hitze. Das Essen, Wenn ich nicht so schläfrig wäre, würde ich verstehen, was Mrs. Durham erzählt. So aber ...
So aber erinnere ich mich an so vieles, so vieles. An alles, was geschah seit jenem Abend des 4. März, da Manfred Lord, an seiner Havanna ziehend, lächelnd sagte: »Stellen Sie sich vor, dieses Fräulein Geraldine Reber behauptete doch tatsächlich, Sie wären der Geliebte meiner Frau. Natürlich ließ ich die kleine Bestie hinauswerfen.«
»Vollkommen richtig«, sagt Verena. (Herr Leo hat den Cognac aufgewischt, den sie verschüttete.) »Vielleicht war es auch eine Erpresserin. Du wärest sie nie mehr losgeworden.«
»Das glaube ich nicht.«
»Was?«
»Daß es eine Erpresserin war, Liebste. Sonst hätte sie sich doch an dich oder an Oliver gewandt. Mich kann man doch nicht erpressen! Ist das logisch, Oliver?«
Man könnte dich schon erpressen, wenn man dir die Buchseiten mit den Nadelstichen unter die Nase hielte, Superman, denke ich, aber ich antworte natürlich: »Vollkommen logisch, Herr Lord.«
»Siehst du, Verena, Oliver ist meiner Ansicht. Mein Gott, vielleicht habt ihr euch wirklich einmal zufällig irgendwo getroffen. Zufällig, sage ich. Vielleicht hat dieses Mädchen euch gesehen. Oder jemand anderer. Fräulein Reber liebt Oliver, das steht fest, nicht wahr? Und darum, weil Oliver davon überzeugt ist, daß das Ganze ein Racheakt war, bitte ich euch: Vermeidet es, euch zu treffen, wenn Verena jetzt wieder in die Villa im Taunus hinaufzieht. Wir wollen immer zu dritt gesehen werden! Wir werden uns keine Blöße und dem kleinen Fräulein keine Chance geben.«
»Was für eine Chance?«
»Gott, Liebling, du weißt nicht, wie böse die Menschen sind, wie schnell ein so niederträchtiges Gerücht die ganze Stadt durcheilt! Meine Geschäftsfreunde, unsere Bekannten ... Entschuldigen Sie, daß ich das sage, Oliver, aber ich habe einen guten Namen zu ver-

lieren. Ich wäre doch der Mann, über den man lächeln würde. Und ich bin zu jung für so etwas.« Damit drückt er seine Zigarre in einen Aschenbecher und zerquetscht sie. »Ich wünsche nicht, daß man über mich lächelt, Oliver. Ich habe die Bitte, daß Sie die Sache mit diesem eifersüchtigen Mädchen in Ordnung bringen. Also Schluß damit! Trinken wir noch etwas ...«

3

»Mister Mansfeld!«
Ich fahre empor. Wo bin ich? Was ist das für ein Wagen? Wer fährt? Mein Schädel schmerzt. Welche Zeit? Welcher Tag?
Mrs. Elizabeth Durham lächelt freundlich.
Verfluchter Rotwein!
»Sie sind eingeschlafen?«
»Entschuldigen Sie. Es muß die Wärme sein. Und der Chianti ...«
»Sehen Sie doch!« Mrs. Durham weist mit einer schmalen Hand nach vorn. Sie ist von der Straße abgebogen. Und ich sehe das Ligurische Meer. Es ist ganz still und sieht aus wie blaues Glas. Weit draußen fahren ein paar Dampfer. An einem schmalen Badestrand liegen viele Menschen, hübsche Mädchen in winzigen Bikinis darunter. Andere schwimmen. Bunte Sonnensegel, bunte Wassertreter, bunte Bälle, Badeanzüge und Hüte. Alles sehr bunt.
Wir fahren weiter. Ein Restaurant liegt neben dem anderen, alle am Wasser. Es gibt auch kleine Hotels. Ununterbrochen lese ich dasselbe Wort: BAR. BAR. BAR.
Jetzt kommen Appartementhäuser. Bungalows, moderne Villen. Wir fahren jetzt schon durch Livorno. BAR. BAR. Ein Nachtlokal mit Strip-tease ...
In so ein Strip-tease-Lokal fuhr damals mein Vater mit Tantchen von Echternach aus.
Ich bin das nächstemal zwei Tage nach der Einladung bei Manfred Lord nach Echternach geflogen ...
Hansi und Geraldine sehe ich natürlich noch im Internat. Es ist mir völlig klar, daß Hansi Geraldine informiert hatte. Auch aus Rache. Rache für Raschid. Rache, Rache. Jeder rächt sich. Aber wer gibt es zu? Würde Hansi das tun? Würde Geraldine zugeben, bei Manfred Lord gewesen und hinausgeworfen worden zu sein? Niemals im Leben. Wozu also ein Gespräch beginnen? Ich beginne keines.
Geraldine und Hansi sind so liebenswürdig zu mir und Raschid

wie noch nie. Geraldine bittet mich um Verzeihung dafür, daß sie mit Jens so glücklich ist.
»Was für ein Unsinn! Ich habe doch dich verlassen!«
»Trotzdem. Männer sind komisch.«
»Ich nicht, Geraldine. Ich freue mich, daß du dich so gut mit Jens verstehst. Ich wünsche dir Glück.«
»Danke, Oliver. Glück – das wünsche ich dir auch, seit ich dich kenne!«
Eine gute Schauspielerin. Etwas ist ihr schiefgegangen. Das heißt aber nicht, daß sie aufgibt. Ist ihr überhaupt etwas schiefgegangen? Hat Herr Lord sie hinausgeworfen? War sie bei ihm? War er bei ihr? Haben sie sich zusammengesetzt und einen Plan gemacht, einen Plan auf lange Sicht? Vielleicht. Kann sein. Eines steht fest, so oder so: Geraldine und Hansi haben ihre Rache noch nicht gehabt. Sie warten noch darauf.
Werden sie lange warten müssen?
Und dann Echternach.
Teddy Behnke, der mich mit dem Flugzeug in Frankfurt abholte, hatte Tränen in den Augen.
»Es ist besser, Sie erfahren es von mir und gleich, Herr Oliver...«
»Ist etwas passiert?«
»Ja.«
»Etwas Schlimmes?«
»Sie müssen tapfer sein, Herr Oliver.«
»Scheiße! Was ist passiert?«
»Ihre Frau Mutter... Sie ist... sie ist nicht mehr in dieser Klinik...«
»Sondern?«
»Vor einer Woche besuchte Ihr Herr Vater sie... Sie hatten eine große Auseinandersetzung. Ihr Vater schrie, haben mir die Schwestern später erzählt, Ihre Frau Mutter schrie auch, ununterbrochen, es soll schrecklich gewesen sein...«
»Worum ging es?«
»Um einen gewissen Doktor Walling. Die Schwestern wollten mir nicht sagen, wer das ist. Kennen Sie ihn?«
»Ja. Er war Patient in der Klinik. Starb, als meine Mutter eintraf. Sie glaubt aber, er sei noch am Leben. Der letzte Halt für sie.«
»Jetzt verstehe ich. Die Schwestern sagten, Ihre Frau Mutter hätte Ihrem Herrn Vater mit diesem Doktor Walling gedroht, der jetzt ihre Interessen vertreten würde. Sie soll von Scheidung gesprochen haben und davon, daß sie alles Geld will. Die arme Dame...«
Nach dem Skandal mit meinem Vater (so erfahre ich von Teddy)

hat der berühmte Professor erklärt, er könne die ärztliche Verantwortung für Mutter nicht mehr übernehmen.
Als ich nach Echternach komme, gibt man mir die Adresse einer Irrenanstalt außerhalb der Stadt. Idyllisch gelegen. Wunderschöne Gegend. Gitter vor allen Fenstern ...
Ein Arzt des Irrenhauses bittet mich, auf einen Besuch meiner Mutter zu verzichten. Ich bestehe auf dem Besuch.
»Aber sie befindet sich zur Zeit unter dem Einfluß von sehr starken Beruhigungsmitteln. Ich fürchte, daß sie Sie nicht erkennt! Sie erkennt niemanden.«
»Ich will zu meiner Mutter! Ich will sie sehen!«
Ich sehe sie.
Ihr Gesicht ist noch kleiner geworden. Die Pupillen wirken wie Stecknadelköpfe. Sie erkennt mich nicht.
»Was wollen Sie? Schickt Sie mein Mann? Sie sind sein Anwalt, was? Scheren Sie sich fort, oder ich rufe Doktor Walling!«
»Mutter ...«
»Verschwinden Sie!«
»Mutter ...«
»Hören Sie nicht?« Die Stimme überschlägt sich. Sie reißt an einer Klingelschnur. Zwei Wärter in weißen Kitteln erscheinen. »Werfen Sie diesen Schuft hinaus! Er hat Gift in der Tasche!«
»Kommen Sie«, sagt einer der Wärter leise zu mir. »Sie sehen doch, es hat keinen Sinn.«
Ich gehe. Auf dem Gang begegne ich dem Arzt.
»Verzeihen Sie, Doktor. Ich hätte auf Sie hören sollen.«
Er zuckt die Schultern.
»Vielleicht ist es besser, Sie haben sich selbst überzeugt.«
»Besteht Hoffnung ...«
»Hoffnung ist alles, was besteht, Herr Mansfeld.«
»Hat meine Mutter, was sie braucht?«
»Ein Herr Behnke gibt regelmäßig Erdnüsse für sie ab. Sie füttert die Vögel damit. Da ist sie immer ganz glücklich. Sie bekommt alles, sie muß es uns nur sagen.«
»Ihnen?«
»Ja. Wir sagen es Ihrem Herrn Vater. Er schickt die Sachen dann.«
»Aber meine Mutter hat doch ein eigenes Bankkonto!«
»Nicht mehr.«
»Was heißt das?«
»Ein Mensch im geistigen Zustand Ihrer Mutter ist ... entschuldigen Sie ... geschäftsunfähig. Ihr Herr Vater ließ das Konto sper-

ren. Er hat beantragt, daß von Amts wegen ein Pfleger für Ihre Frau Mutter eingesetzt wird. Herr Mansfeld, Ihre Frau Mutter ist bei uns in den besten Händen. Wir tun für sie, was wir können. Natürlich – Wunder vermag kein Mensch zu vollbringen. Sie verstehen, ich meine ...«
»Ich verstehe, was Sie meinen, Herr Doktor. Guten Tag.«

## 4

Staub. Staub.
Links die Weinberge. Rechts das Meer. In einer Stunde sind wir da, meint Mrs. Durham. Auf dem Wasser liegen reglos ein paar Boote.
ALBERGHI. PENSIONI. LOCANDE. CAMERE PRIVATE. RISTORANTI. TRATTORIE. BAR. BAR. COCA COLA.
So heiß. So fremd das alles. Bald bin ich da. Verena hat gesagt, sie wolle versuchen, in diesen Tagen abends immer noch schnell nach Portoferraio zu fahren und auf die Ankunft des Sechs-Uhr-Schiffes zu warten. Deshalb bat ich Mrs. Durham, sich zu beeilen.
Verena.
Wie lange habe ich sie nicht mehr gesehen, nicht mehr geküßt. Wie lange ...
»Der schwarze Jaguar vor uns macht mich ganz nervös! Seit einer halben Stunde fahren wir hinter ihm her. Gehört ihm die Straße allein? Jetzt überhole ich ihn aber! Er soll gefälligst nach rechts gehen!« Sie hupt. Der Jaguar schwenkt nach rechts. Mrs. Durham überholt den Wagen, der eine holländische Nummer trägt und ganz verstaubt ist. Hübscher Jaguar. Größeres Modell als jenes, das ich einmal hatte. Ich habe meinen kleinen weißen Jaguar schon ziemlich lange nicht mehr ...

## 5

Wenn Sie tagträumen, wenn Sie sich erinnern, dann folgen die Ereignisse einander doch nicht chronologisch, zeitlich und räumlich ordentlich aufgefädelt wie Perlen an einer Schnur.
Sie erleben dies in der Gegenwart – und es fällt Ihnen jenes aus der Vergangenheit ein. Sie sehen einen Gegenstand – und Sie erinnern sich an einen ähnlichen.
Wir überholen den holländischen Jaguar, und ich muß an meinen

Jaguar denken, der bei Kopper & Co. in der Auslage steht. Es hat sich noch kein Käufer gefunden. Hoffentlich findet sich einer. Dann bekomme ich nämlich Geld. Sieben Wechsel habe ich immerhin bezahlt. Danach kam Mutter ins Irrenhaus, und ihr Konto wurde gesperrt. Ich versuchte, meine Uhr, die goldene Füllfeder und den Feldstecher zu verkaufen. Aber man bot mir lächerlich wenig dafür – es hätte nicht einmal für zwei Raten gereicht. Um den Wagen nicht zu verlieren, tat ich etwas, für das ich mich noch lange schämen werde: Ich bat meinen Vater um Geld. Ich rief ihn an und verlangte es.

Er besitzt offenbar immer noch mehr Charakter als ich.

»Von mir bekommst du nichts. Du hast genug. Es wird für dich gesorgt. Oder willst du mir erklären, wofür du das Geld brauchst?«

»Nein.«

»Sehr schön. Leb wohl.«

Dann vergehen zweimal vier Wochen, die ich laut Vertrag Zeit habe, Wechsel einzulösen, und dann kommt ein Herr von Kopper & Co. nach Friedheim und holt meinen Jaguar aus der Garage von Frau Liebetreu. Verena belüge ich.

»Der Wagen gehörte nie mir, weißt du. Mein Vater lieh ihn mir. Ich bekam Streit mit ihm – wegen Mutter. Da verlangte er den Jaguar zurück.«

»Aber wie wirst du dann nach Italien kommen?«

»Es gibt Eisenbahnen!«

»Und auf der Insel?«

»Autobusse, nehme ich an.«

»Du hattest deinen Wagen so gern!«

»Es soll mir nie etwas Schlimmeres passieren. Außerdem war es nicht mein Wagen, ich sagte es doch gerade.«

Im Mai ist das, als ich Verena belüge, aber ich belog sie auch schon vorher, obwohl wir uns doch versprochen hatten, einander immer die Wahrheit zu sagen. Ich habe Verena nicht gern belogen. Nur aus Angst, sie zu verlieren. Ich hatte furchtbare Angst davor – an jenem Abend des 4. März, als Manfred Lord uns erzählte, daß er den Besuch Geraldines erhalten hätte. Ich konnte kaum ins Internat zurückfahren, solche Angst hatte ich ...

Am nächsten Tag sitze ich in Frau Liebetreus Garage und warte auf Verenas Anruf. Sie hat noch nie sonntags angerufen, aber an diesem Sonntag ruft sie an. Sie muß genauso große Angst haben wie ich, ihre Stimme zittert.

»Was soll jetzt geschehen? Was soll jetzt geschehen?«

»Gar nichts«, antworte ich. Die ganze Nacht lang konnte ich nicht schlafen. Da habe ich mir überlegt, was ich antworten muß.
»Aber wenn er nun alles weiß ...«
»Du siehst doch, er glaubt es nicht.«
»Er verstellt sich! Er wartet ab. Er legt Fallen. Du kennst ihn nicht! Wenn dieses Mädchen wiederkommt ...«
»Sie kommt nicht wieder.«
»Aber wenn sie wirklich Beweise hat? Wenn mein Mann sie schon besitzt?«
»Auch dann wird er nichts tun. Er kann nichts tun. Ich habe auch Beweise!«
»Was hast du?«
»Du mußt keine Angst haben, Verena. Dein Mann ist klug, er war zu klug ...«
»Das verstehe ich nicht ...«
»Wo bist du, Verena?«
»Auf einem Postamt.«
Ich denke, ich kann es riskieren. Die Gefahr, daß jemand mithört, ist gleich Null. Friedheim hat eine Durchwählnummer.
»Dein Mann gibt mir doch immer Bücher mit für meinen Vater, nicht? Und mein Vater gibt mir immer Bücher mit für deinen Mann.«
»Ja, ja, ja, was ist mit diesen Büchern los?«
Ich sage ihr, was mit diesen Büchern los ist.
»Ich habe viele Seiten fotografiert. Ich habe Beweise. Ich kann deinen Mann sogar erpressen, wenn es sein muß.«
Erpressen.
Jetzt bin ich auch schon so weit wie Herr Leo, wie Hansi, wie Geraldine.
»Er gab mir gestern wieder ein Buch mit. Mein Vater wird mir auch wieder ein Buch mitgeben. Ich werde wieder die Seiten fotografieren. Je länger das dauert, um so mehr haben wir deinen Mann in der Hand. Beruhige dich, das ist das Allerwichtigste. Dein Mann darf nicht merken, daß du nervös bist. Ein paar Monate noch, dann sind wir auf Elba. Noch ein paar Monate, dann sind wir zusammen. Die Firma, die mich engagieren will, ist bereit, mir schon zum Jahresende einen langfristigen Vorschuß zu geben.«
Glatte Lüge. Nichts dergleichen wurde jemals versprochen.
»Ach ... Oliver, dann könnte ich ja schon zum Jahresende weggehen!«
»Natürlich. Du nimmst mit Evelyn eine Wohnung. Bis die Scheidung ausgesprochen ist, habe ich mein Abitur und arbeite bereits.«

Lügen. Lügen.
Was wird zu Weihnachten sein, zum Jahresende?
Eine Wohnung? Wovon?
Eine Scheidung? Dann muß Verena alles zugeben. Aber bis Dezember ist es noch weit. Jetzt haben wir März. Wer weiß, was noch alles geschieht? Lügen. Lügen. Ich muß weiterlügen.
»Nur in den nächsten drei Monaten müssen wir vorsichtig sein. Wir dürfen uns nicht mehr im Turm treffen.«
»Nein.«
»Da ist ein Junge im Internat, ein kleiner Krüppel, der spioniert mir nach.«
»Ich dachte, Geraldine!«
»Nein. Ja. Nein.«
Jetzt sage ich die Wahrheit, beinahe die ganze: Daß ich bei Geraldine war und daß sie geschworen hat, sich zu rächen, weil ich sie verließ; daß ich den kleinen Krüppel, der unbedingt mein Freund sein will, dadurch tödlich verletzt habe, daß ich Raschid in meinem Zimmer schlafen lasse; daß der kleine Krüppel und Geraldine sich daraufhin ohne Zweifel verständigt haben.
»Ich verstehe ...«
Ja, verstehst du wirklich? Verstehst du alles? Ich nicht. Natürlich hat Hansi Geraldine erzählt, was er weiß. Aber was weiß er schon? Er kann mich nicht in Frankfurt verfolgt haben. Das kann nur ein Mensch getan haben, und ich weiß, wie er heißt: Leo.
»Verena ...«
»Ja?«
»Du mußt jetzt sehr achtgeben. Du mußt jedem Menschen mißtrauen, allen deinen Freunden, allen Angestellten, besonders Leo.«
»Warum besonders ihm?«
»Ich glaube, er bespitzelt dich im Auftrag deines Mannes. Der kleine Krüppel kann nicht alles wissen. Geraldine kann nicht alles wissen.«
»Leo auch nicht. Wir waren doch so vorsichtig!«
Leider nicht vorsichtig genug. Sonst hätte ich meinen Wagen noch. Ob Leo auch von Manfred Lord Geld für seine Informationen verlangt?
»Nimm dich in acht vor Leo, mir zuliebe, bitte!«
»Natürlich. Ich tue, was du sagst ... Oliver, wann sehen wir uns wieder?«
»Morgen fliege ich fort. Freitag bin ich wieder da. Wenn du kannst, ruf mich dann an. Ich warte. Wann wollt ihr hier heraufkommen?«

»Am fünfzehnten März.«
»Dann wird alles viel leichter sein.«
»Leichter!«
»Mein Herz, wir dürfen jetzt nicht die Nerven verlieren. Vor dem fünfzehnten bin ich bestimmt bei euch eingeladen. Mein Vater gibt mir sicher wieder ein Buch für deinen Mann mit. Du wirst sehen, wie höflich und freundlich er zu mir sein wird ...«
Er war es.
Am Freitag, dem 10. März, komme ich aus Echternach zurück. Schon am nächsten Abend bin ich wieder bei Herrn Lord eingeladen. Mein Vater hat mir diesmal eine alte Bibel mitgegeben. Er übergab sie mir im Hotel. Ich hatte ihn angerufen: »Hier ist ein Buch von Herrn Lord. Du mußt es dir aber abholen.«
»Warum?«
»Weil ich dein Haus nicht mehr betrete. Frage nicht noch einmal, warum. Ich komme gerade aus dem Irrenhaus.«
Eine Viertelstunde später schon war mein Pappi im Hotel. Er nahm das Buch von Manfred Lord und gab mir die Bibel. Er blieb drei Minuten. Ich sah auf die Uhr.
Um die Seiten, auf denen Buchstaben durchstochen waren, zu fotografieren, brauchte ich nach meiner Rückkehr ins Internat eine halbe Nacht. Ich wurde knapp fertig. Am Samstagabend fuhr ich nach Frankfurt, in die Miquel-Allee. Da hatte ich meinen Jaguar noch. Vor dem Kamin meint Herr Manfred Lord wieder, daß die gemütlichsten Abende doch die im kleinsten Kreise seien. Nicht? Ja wirklich! Er bewundert die Bibel. Dann läßt uns Manfred Lord für ein paar Augenblicke allein.
»Wann?« flüstert Verena sofort. »Wo? Schnell!«
»Ruf mich morgen an.«
Sie holt ein zusammengefaltetes, kleines Kuvert aus dem Ausschnitt ihres Kleides.
»Was ist das?«
»Du wirst sehen.«
In dem Kuvert lagen viele kleine, zarte und kurze Haare. Sie waren gekräuselt ...

## 6

»Das ist Cecina. Ein hinreißender Ort! Sie sind müde, Mister Mansfeld? Soll ich anhalten? Wir erreichen unser Schiff, keine Angst! Vielleicht wollen Sie sich die Beine vertreten.«

Wo bin ich? Wer ist die Frau neben mir? Was ist das für ein Wagen?
»Sie sehen blaß aus. Ist Ihnen nicht gut?«
»Ich . . . mir ist ein bißchen schwindlig.«
»Dann halte ich! Ich kenne diese Gegend wie meine Handtasche. Gleich rechts führt eine kleine Gasse zu einem großen Platz hinunter, direkt am Wasser.«
Da ist der Platz. Riesengroß. Völlig verlassen. Die Sonne brennt auf ihn und auf die verblichenen Fassaden der häßlichen, verwahrlosten Häuser, aus deren Fenster Wäsche hängt. Ich gehe ein bißchen auf und ab. Auf einmal habe ich so furchtbare Angst wie noch nie in meinem Leben. Ich glaube, daß ich sterben muß. Jetzt. Hier. Sofort. Auf diesem leeren Riesenplatz von Cecina.
Ich stolpere. Ich muß zurück zum Wagen. Ich will nicht sterben. Nicht hier. Nicht hier am Wasser, in dieser furchtbaren, sonnedurchglühten Öde! Mrs. Durham hält mir einen Flakon entgegen. Ich trinke ihn halb leer.
»Scotch«, sagt Mrs. Durham. »Habe ich immer dabei. Na, wie geht es?«
»Everything is allright again. Thank you. Thanks a million!«
»Es geht nichts über Scotch, sage ich immer.«

## 7

Wie weit ist es noch bis Piombino?
Wie weit ist es noch bis Portoferraio?
Wie weit, wie weit ist noch der Weg zu Verena?
»Jetzt kommen wir nach Sassetta und dann nach San Vincenzo. Da steht ein Wegweiser: Piombino! Alle Ausländer fallen darauf herein und biegen rechts ab, weil sie nicht ahnen, daß die Straße dann überhaupt nur noch aus Schlaglöchern besteht! Wir fahren weiter bis Venturina, und dann sind wir – auf einer erstklassigen Straße – in zehn Minuten in Piombino! Trotz des Umwegs!«
»Ja, Mrs. Durham.«
»Dieser Wegweiser in San Vincenzo gehört entfernt, wenn man die Straße schon nicht ausbessert! Seit Jahren geht das so! Eine richtige Irreführung! Man gerät mit seinem Wagen ja geradezu in eine Falle!«
Irreführung. Falle. Ich darf mich in keine Falle locken lassen. Ich muß normal bleiben. Gesund. Vernünftig. Ich muß jetzt für drei denken. Bald ist alles gut. Wenn ich mich nicht irreführen lasse.

Wieder beginnen meine Gedanken zu wandern, während Mrs. Durham sich über ein Eselsgespann ärgert, das sie nicht überholen kann.
Ich darf in keine Falle laufen. Ich muß uns drei vor jeder Falle hüten: Verena, Evelyn, mich selber.
Eine Falle: Am Sonntag nach der Party bei Manfred Lord habe ich Geraldine und Hansi getroffen. Ich wollte allein sein und ging am Morgen in den Wald. Da waren sie plötzlich...
Hand in Hand gehen sie: Geraldine aufrecht und schön, Hansi schief, verkrüppelt und häßlich. Beide sind feierlich angezogen. Beide begrüßen mich freundlich.
»Wir wollen zur Kirche gehen«, sagt Geraldine.
»Mit Ali und Giuseppe«, sagt Hansi. »Wir hätten ja auch Raschid gern mitgenommen – aber bei seinem Glauben...«
»Du Schwein«, sage ich.
Er lächelt, und seine Lippen verschwinden wieder.
»Ich verstehe gar nicht, was du meinst.«
»Du verstehst es genau.«
»Kein Wort!« Er drückt Geraldines Arm an sich, und auch Geraldine lächelt freundlich. »Übrigens, was ich noch sagen wollte, Oliver: Du kannst dich meinetwegen mit Raschid befreunden, so sehr du willst. Du kannst auch sein Bruder werden!«
»Ich will nicht.«
»Das ist deine Sache. Dann hast du eben keinen.«
»Was heißt das?«
»Das heißt, daß *ich* nicht mehr dein Bruder bin. Ich habe jetzt eine Schwester!«
»Geraldine?«
»Ja«, sagt diese lächelnd, »stell dir das vor.«
»Mußt nicht traurig sein«, sagt der Krüppel, »aber nach ihrem Unfall sind wir einander so nahegekommen. Sie hätte doch um ein Haar dasselbe kaputte Rückgrat wie ich!«
Das sagt er, der Lump, und lächelt dabei wie ein kleiner Engel, und auch Geraldine lächelt. Sie stehen da, Arm in Arm. Ob sie ihm ihre Brüste und das andere zeigen mußte, bevor er über mich auspackte? Ob er es aus Wut und ohne Gegenleistung getan hat?
»Sei ihm nicht böse, wenn er nicht mehr dein Bruder sein will«, sagt Geraldine. »Du hast doch alle Hände voll mit Raschid zu tun.«
Hansi läßt mich nicht aus den Augen.
Er weiß, was ich denke. Kann ich, darf ich Geraldine sagen, daß Hansi schuld an ihrem Unfall war? Was wären die Folgen? Unabsehbar! Warum habe ich es damals nicht gleich gemeldet? Wie

würde Hansi sich verteidigen? (»Er hat mir gesagt, er muß die Luxusnutte los sein!«) Und das tote Fräulein Hildenbrand? Und Verena. Verena, Verena...
»Komm, Geraldine, wir müssen uns beeilen«, sagt Hansi. Und zu mir: »Vielleicht gehst du in den ›Quellenhof‹ und tröstest den armen Raschid ein wenig.«
»Was heißt trösten?«
»Er liegt auf seinem Bett und heult.«

8

Das war der 12. März 1961. Ich ging in den »Quellenhof«, saß eine Stunde lang an Raschids Bett und redete ihm gut zu, bis er aufhörte zu weinen. Er hätte geweint, weil er so vollkommen allein war...
Jetzt ist schon alles gleich. In einer Welt, in der ein potentieller Mörder wie Hansi der Bruder von Geraldine wird (hier spielt sich also im Mikrokosmos ab, was sich in der Welt der Erwachsenen, der Völker, im Makrokosmos abspielt), in so einer Welt darf man doch wohl sagen: »Hansi ist nicht mehr mein Bruder. Raschid, willst du es sein?«
Dann habe ich seine Ärmchen um den Hals, dann preßt er seinen Körper an meinen, und in der Aufregung redet er deutsch, persisch und englisch durcheinander.
Ich gebe ihm Schokolade, Zeitungen und Bücher, bevor ich ihn verlasse, aber er sieht es gar nicht. Er liegt auf dem Bett, starrt zur Decke und sagt immer wieder: »Ich habe einen Bruder... ich habe einen Bruder.«

9

»... Stahlwerke, verstehen Sie, Mister Mansfeld? Zwei Stahlwerke. Seit Generationen in der Familie meines seligen Mannes...«
Wer ist diese Frau? Was redet sie da?
»Die Werke liegen bei Warrington.«
»Wo ist das, Mrs. Durham?«
»Etwa zwölf Meilen von Liverpool entfernt.«
»Aha.« Sie redet. Redet. Ich träume...
An jenem Sonntag, da Raschid mein Bruder wird, weiß ich nicht mehr aus und ein. Ich setze mich in meinen Wagen und fahre zum Erholungsheim der »Menschenfr. Gesellschaft« (»Der Engel des

Herrn«), zu Schwester Claudia. Warum? Ich könnte es heute noch nicht sagen.
Es ist viel los in dem Erholungsheim. An der grünen Pumpe vorbei gehe ich in den alten Gutshof hinein. Im Flur hängen altmodische Stiche, die freundliche Engel zeigen, unter denen fromme Sprüche stehen. Viele Kinder laufen umher, aber ich sehe auch viele Erwachsene. Das überrascht mich. Ich dachte nämlich, hier würden sich nur Kinder erholen. Schwester Claudia, der zwei Finger an der rechten Hand fehlen, freut sich sehr, mich wiederzusehen.
»Sonntag haben wir immer unsere Veranstaltung!«
»Was für eine Veranstaltung?«
»Bruder Martin spricht. Dann gibt es eine Diskussion. Wenn Sie zuhören wollen... Danach können wir uns über Ihre Sorgen unterhalten.«
»Meine Sorgen?«
»Sie müssen sehr groß sein. Niemand kommt zu uns, der nicht sehr große Sorgen hat. Ich wußte, daß Sie kommen würden, Herr Mansfeld.«

## 10

Ich sehe Italien, ich denke an Deutschland. Ich erlebe Gegenwart, ich denke an die Vergangenheit. Ich höre Mrs. Durham, die mir etwas von ihren Stahlwerken erzählt – und ich denke an alles, was sich ereignete in den letzten Monaten, was mir und Verena geschah, und anderen. Ich sehe Bilder, und ich höre Stimmen, durcheinander, nacheinander, in wirrer Folge.
CASTAGNETO CARDUZZI.
Ich erinnere mich, wie der Bruder Martin das nahe bevorstehende Weltende im Feuerbrand der Atombomben heraufbeschwor, wie er die Offenbarung St. Johannis zitierte, wie er seinen Zuhörern, den Mitgliedern dieser so sonderbaren »Menschenfr. Gesellschaft«, tröstend versicherte, ihnen werde nichts geschehen. Sie trügen das Siegel Gottes an ihren Stirnen.
STABILIMENTO ENOLOGICO – FABBRICA LIQUORI!
Das Meer, golden jetzt schon im Schein der untergehenden Sonne.
»Der nächste Ort ist San Vincenzo! Wir erreichen leicht das Schiff, wir können sogar noch einen kleinen Drink am Hafen nehmen, er ist so romantisch...«
Julinachmittag. Blühende Sträucher, riesige rote Blüten überall, Hitze, azurblauer Himmel.

Und ich denke an jenen Märzsonntag im Taunus, da gerade der Schnee schmolz, da ich nach dem Vortrag des Bruder Martin mit Schwester Claudia durch den kahlen Park des Erholungsheimes ging...

»Sie sagten damals, als ich Sie auf der Autobahn mitnahm, ich dürfte immer kommen, Schwester Claudia.«

»Ja.«

»Darf ich... darf ich wiederkommen? Auch wenn ich nicht Mitglied Ihrer Gemeinschaft werde?«

»Sie dürfen immer kommen. Jeder darf kommen. Das Wetter wird schön. Wollen Sie im Park sitzen? Soll jemand mit Ihnen reden? Haben Sie Fragen?«

»Ja, viele. Aber die kann niemand beantworten. Niemand hier. Hier sind alle zu gut für meine Fragen.«

»Sie blicken dauernd auf meine Hand. Ich hatte einen Autounfall. Zwei Finger mußten amputiert werden.«

»Das glaube ich nicht.«

»Was glauben Sie denn?«

»Daß die Nazis... daß Sie im Dritten Reich...«

»Nein.«

»Doch! Stimmt es nicht?«

»Ja, es stimmt, Herr Mansfeld. Bei einem Gestapo-Verhör. In der Prinz-Albrecht-Straße in Berlin. Ich war drei Jahre eingesperrt. Aber sprechen Sie bitte nicht davon. Zu niemandem.«

»Zu niemandem.«

»Ich hatte sehr viel Glück, ich verlor nur zwei Finger. Denken Sie daran, was andere verloren haben.«

»Schwester Claudia...«

»Ja?«

»Ich habe noch eine zweite Bitte: Darf ich einen anderen Menschen mitbringen?«

»Natürlich.«

»Eine Frau?«

»Ja. Sie sind uns beide willkommen, Herr Mansfeld. Besuchen Sie uns bald. Besuchen Sie uns oft! Und haben Sie keine Angst. Hier wird Sie niemand zu bekehren versuchen. Hier werden Sie Frieden haben. Das ist es doch, was Sie suchen, nicht wahr?«

»Was, Schwester Claudia?«

»Frieden.«

11

CINZANO. CINZANO. CINZANO.
Kurven. Große Lastwagen. Kakteen.
Frieden.
Ja, den suchen wir, Verena und ich. Als sie nach Friedheim heraufkommt mit ihrem Mann, mit Evelyn, mit Herrn Leo, als sie ihr Leben in der schönen Villa wieder beginnt, führe ich sie zum »Engel des Herrn«. Schwester Claudia zeigt uns eine Bank, weit, weit hinten im Park. Da sitzen wir stundenlang, Verena und ich. Blumen beginnen zu blühen, später duftet der Flieder, weißer und violetter, es wird so schnell Frühling in diesem Jahr.
Frieden.
Im Park des Erholungsheims haben wir ihn. Niemand sucht uns hier. Kein Hansi. Keine Geraldine. Kein Leo. Wir sind stets sehr vorsichtig, wir kommen allein und auf Umwegen...
»Jetzt fahren wir durch San Vincenzo!« Mrs. Durham zeigt mir triumphierend den üblen Wegweiser. Ich sehe ihn, und ich sehe ihn nicht. Ich sehe die Häuser von San Vincenzo, und ich sehe Verena und mich auf der Parkbank, Hand in Hand. Viele Male sitzen wir da, im März, im April, im Mai. Wir reden wenig. Manchmal, wenn wir uns verabschieden, macht Schwester Claudia das Zeichen des Kreuzes auf unsere Stirnen.
»Es ist Liebe, nicht wahr?« sagt sie einmal.
»Ja«, antwortet Verena.
Wenn wir den »Engel des Herrn« verlassen, gehen wir sofort auseinander, jeder einen anderen Weg. In dieser Zeit schreibe ich viel. Mein Buch ist dick geworden. Verena, die alles liest, was ich schreibe, sagt, sie weiß nicht, ob es gut ist oder schlecht. Sie weiß auch nicht, wie unsere Liebe ist. Sie glaubt, beide sind gut, das Buch und die Liebe. Aber sie weiß es nicht. Ich auch nicht.
Jeden Abend verabschieden wir uns voneinander auf die alte Art: Mit unseren Taschenlampen, sie in ihrem Schlafzimmer, ich auf dem Balkon.
GUTE... NACHT... LIEBLING.
GUTE... NACHT... LIEBLING... HAB... SCHÖNE... TRÄUME.
DU... AUCH... ICH... LIEBE... DICH.
MORGEN... UM... DREI... BEIM... ENGEL.
Mrs. Durham tritt auf die Bremse.
Sie ist aufgeregt.
»Halten Sie einen Knopf. Wünschen Sie sich etwas.«

Ich schrecke auf.
»Warum? Was ist los?«
Ein Brautpaar geht über die Straße, Bauerntochter, Bauernsohn, sie in Weiß, er in Schwarz. Dahinter eine Prozession von Angehörigen. Kinder, ganz alte Leute. Die Braut hält Feldblumen im Arm. Die Glocke einer kleinen Kirche bimmelt. In ihrem Eingang steht der Pfarrer. Er trägt einen weißen Rock, unter dem ein schwarzer hervorsieht, und schwere Bauernschuhe.
Jetzt höre ich auch eine Orgel, dünn und alt, jemand spielt sehr falsch darauf. Aber es ist feierlich, sehr feierlich, alles...
Es war auch in Friedheim feierlich, als Doktor Frey und Mademoiselle Duval heirateten. Auf dem Standesamt allerdings, nicht in der Kirche. Eine Menge Kinder kamen, um zuzusehen. Es war feierlich in dem Zimmer des Rathauses, als der Bürgermeister selber die beiden traute, und ein alter Mann, dünn und zittrig, sehr falsch auf einem alten Harmonium spielte. Nachdem die Zeremonie vorüber war, drehte Mademoiselle sich um und rief den Kindern zu: »Verzeiht mir! Bitte, verzeiht mir, ihr alle!«
»Was sollen wir ihr verzeihen?« fragte mich Raschid.
»Ich weiß nicht«, antwortete ich. Aber ich weiß es wohl. Wenn sich doch alle Rassen mischen würden und alle Religionen und alle Völker! Die Kinder und die Kinder ihrer Kinder – wie glücklich wären sie alle, dereinst...
Immer wieder treffen Verena und ich einander im Park des »Engel des Herrn«. Wir berichten, was es zu berichten gibt. Jeder zählt jeden Tag. Elba! Elba! Immer muß der Mensch hoffen, sich etwas wünschen, sich nach etwas sehnen.

## 12

Küsse und Sprechen und An-der-Hand-Halten genügen nicht. Verena sagt, des Nachts glaube sie manchmal zu verbrennen. Ich auch. Ich liege dann im Bett und höre, wie Raschid (er schläft immer noch in unserem Zimmer) im Schlaf weint – und ich, der ich so selten gebetet habe, bete: »Laß die Zeit vergehen, Gott. Laß sie schneller vergehen. Laß uns auf Elba sein...«
Nein, Lichtzeichen und Küsse genügen nicht mehr. Ich dachte immer, ich könnte mich wunderbar beherrschen. Aber ich merke, daß es mit meiner Beherrschung zu Ende geht, wenn Herr Manfred Lord mich einlädt und so höflich ist und so charmant. Wenn Herr Leo serviert. Wenn die kleine Evelyn mich voll Abscheu mustert

und mit Verachtung straft. Und wenn Verena an mir vorbeisieht und ich an ihr. – Gott, laß es Juni werden. Laß mich nach Elba kommen. Laß mich allein sein mit Verena. Bitte, Gott.
Die Zeit vergeht schnell. Schon ist es Mai. Jetzt nehmen mir Kopper & Co. meinen Jaguar weg, und ich muß Verena wieder belügen. Aber schon Mai! In einem Monat ist Schulschluß! Und dann...
Wir sind beide so aufgeregt bei der Vorstellung, Verena und ich, daß wir unvorsichtig werden und es in den nächsten Tagen ein paarmal im Wald tun. Auf grünem Moos, unter alten Bäumen, die frische Blätter tragen. Beim erstenmal sagt sie nachher: »Ich komme mir vor, als hättest du mich entjungfert.«
Sie meint, weil es so lange her ist, daß wir uns umarmt haben. Ich muß an Geraldine denken, aber das sage ich nicht. Wir gehen immer sofort auseinander, nachdem es geschah. Es ist nicht schön, für mich nicht und auch für Verena nicht, obwohl sie es beteuert. Nein, schön wird es erst auf Elba sein.
Geraldine...
James Hilton, ein junger Amerikaner, ist im April zu uns gekommen. Geraldine hat Larsen stehenlassen und sich James genommen. Im Mai kam ein Grieche. Da ließ sie den Amerikaner stehen und nahm sich den Griechen. Sie ist wieder, was sie immer war: Die Luxusnutte! Mich grüßt sie freundlich, aber sie spricht nicht mit mir. Sie geht ostentativ mit Hansi spazieren. So wie man einen kleinen Hund spazierenführt.
Geraldine ist die schlechteste Schülerin der Klasse. Alle Lehrer bedenken, wie lange sie krank war, und sind nachsichtig gegen sie. Aber in Latein ist sie so schlecht, daß das Frettchen sagt: »Bei aller Rücksichtnahme, ich kann es einfach nicht mit meinem Gewissen verantworten, Sie durchzulassen, Reber, wenn Sie sich nicht schnellstens zusammenreißen und bessern.« Diese Bemerkung soll Herrn Doktor Haberle alles kosten, was er sich erschuftet hat in seinem durchschwitzten Leben. Knapp vor Schulschluß gibt es einen großen Frettchen-Skandal. Die letzte, die entscheidende schriftliche Arbeit wird geschrieben. Unmittelbar im Anschluß an die Doppelstunde ist Geraldine so frech, daß das Frettchen schreit: »Reber, Sie kommen heute um sechs zurück und sitzen nach! Ich lasse mir das nicht bieten!«
Am gleichen Abend spielen Raschid und die neue Pädagogin, die der Chef als Nachfolgerin von Fräulein Hildenbrand engagiert hat, in der Bibliothek mit dem Szeno-Test-Kasten. Die neue Pädagogin ist jung und hübsch. Sie heißt Palmer. Die großen Jungen machen ihr den Hof...

Was wirklich an diesem Abend geschehen ist, wird wohl niemals jemand herausfinden. Ich weiß nur, was Raschid erzählt. Fräulein Palmer ließ ihn allein, um schnell noch in die Villa der großen Mädchen zu gehen, wo sie etwas zu erledigen hatte. Es war etwa 19 Uhr 30. Raschid berichtet: »Plötzlich hörte ich ein Mädchen schreien...«
Er erschrickt furchtbar. Er hat Angst. Das Mädchen schreit weiter: »Hilfe, Hilfe!«
Raschid läuft in das Treppenhaus.
»Hilfe! Lassen Sie mich los! Loslassen...!«
Raschid rennt die Treppe in den ersten Stock empor. Eine Klassentür fliegt auf – unsere. Ein Mädchen stürzt heraus. Geraldine. Ihr Kleid ist zerrissen von oben bis unten, die Strümpfe hängen herab. Und sie kreischt: »Hilf mir! Hol jemanden! Er will mich vergewaltigen!«
Raschid sagt, er hätte gar nicht gewußt, was das Wort bedeutet, aber er hätte sofort auch um Hilfe geschrien. Sie sind beide zur Treppe gerannt. Raschid sah einen Schatten aus dem Klassenzimmer gleiten und den Gang in der anderen Richtung hinabeilen. Er konnte nicht erkennen, wer es war. Es dämmerte schon...
Als auf das gemeinsame Geschrei hin der Chef und zwei Lehrer auftauchen, erleidet Geraldine einen hysterischen Weinkrampf. Sie wiederholt immer wieder: »Er hat mich vergewaltigen wollen...«
Wer?
Das sagt sie nicht.
Nein, das sagt sie nicht.

## 13

Inzwischen bekommen wir die Lateinarbeit zurück, die entscheidende. Noah hat eine 1. Ich habe eine 1. Wolfgang hat eine 4. Und Geraldine?
Eine 3! Das heißt, daß sie in Latein nicht durchfallen wird.
Herr Doktor Haberle bricht diese Stunde vorzeitig ab. Er sagt, er müsse mit dem Chef sprechen. Vorgeneigt geht er davon, die Schultern zucken. Es sieht aus, als ob er weinte. Ich bin Herrn Doktor Haberle, genannt »Das Frettchen«, nie wieder begegnet.
Ein anderer Lehrer vertritt ihn. Sie wissen, wie so etwas in einem großen Betrieb verläuft. Nichts bleibt geheim, wenigstens nicht lange. Die Sekretärinnen erzählen es den Putzfrauen, die Putz-

frauen den Erziehern, die Erzieher ihren Freunden unter den Schülern. Mir hat es Herr Herterich erzählt, der arme Hund, den wir so verarschten, daß er nur noch ein Schatten seiner selbst ist. Der Apotheker in Friedheim hat schon gemeint, daß er zu viel Schlaftabletten kauft. Er nimmt mindestens fünf pro Nacht und ist in ärztlicher Behandlung. Dabei tut ihm jetzt niemand mehr etwas, nicht einmal Ali. Es nimmt ihn einfach keiner zur Kenntnis. Das muß das Schlimmste sein: Wenn einen keiner mehr zur Kenntnis nimmt.

Herr Herterich erzählt mir: »Dokter Haberle wurde fristlos entlassen.«

»Warum?«

»Aber Sie dürfen es nicht weitersagen.«

»Nein. Warum?«

»Er hat Geraldine Reber vergewaltigt.«

»Unsinn.«

»Er hat es selbst zugegeben.«

»Ich glaube es nicht. Er hat sie nie vergewaltigt, nie im Leben! Dazu ist er viel zu feig.«

»Er hat es Herrn Professor Florian geschworen.«

»Was?«

»Daß er seit einem Jahr verrückt nach Geraldine war! Und an diesem Nachmittag... er ließ sie nachsitzen wegen Frechheit...«

»Ich weiß.«

»... da konnte er sich nicht mehr beherrschen.«

»Lächerlich.«

»Wenn er aber doch geschworen hat.«

»Ach was! Und Geraldine?«

»Die schwieg zunächst eisern. Erst als sie von dem Schwur hörte, sagte sie, es sei so gewesen.«

»Sie sagt, das Frettchen hätte sie vergewaltigt?«

»Ja.« Herr Herterich wischt sich den Schweiß von der bleichen Stirn. »Ist das nicht furchtbar? Da lebt so ein Mann jahrzehntelang glücklich mit seiner Frau, hat Kinder, spart und spart auf ein Haus. Und dann so etwas! Ich möchte nicht Lehrer bei den großen Mädchen sein! Sie vielleicht? Es ist eine Versuchung, eine teuflische Versuchung... Teuflisch!«

»Was wird mit ihm geschehen?«

»Er kommt vor Gericht. Man wird ihn nie mehr unterrichten lassen. Seine Karriere ist ruiniert. Seine Ehe auch. Die Frau verlangt die Scheidung.«

»Nein!«

»Sie verkauft das Haus und geht mit den Kindern zu ihren Eltern. Mein Gott, der arme Doktor!«
Aber Geraldine wird in Latein durchkommen.

## 14

Schulschluß.
In unserer Klasse ist niemand durchgefallen. Geraldines Gesicht bleibt völlig ausdruckslos, als der Chef ihr das Zeugnis überreicht. Wo ist das Frettchen? Wann wird das Häuschen verkauft? Wie lange war Herr Doktor Haberle verheiratet?
Ja, aber er hat doch geschworen ...
Der Chef wünscht uns allen glückliche Ferien.
»Erholt euch. Kommt gesund wieder. Alle, die hier bleiben müssen, werden auch eine feine Zeit haben. Wir gehen schwimmen, machen Wanderungen, und ihr könnt euch wünschen, was ihr essen wollt ...«
Ein prima Kerl, der Chef. Er hat auch niemanden, zu dem er gehen kann. In der Halle des Schulhauses höre ich wieder die Gespräche, die ich seit Wochen höre, im »Quellenhof«, im Schwimmbad neben dem »A«, überall.
»Was machst du in den Ferien?«
Viele sind stolz und aufgeregt und sagen die Wahrheit.
»Meine Eltern holen mich ab. Wir fahren nach Spanien.«
Oder nach Ägypten. Nach England. In die Schweiz. An die Riviera. In den Schwarzwald.
Und viele sind stolz und traurig und lügen.
»Mein Vater macht mit mir eine Reise nach Indien«, sagt Santayana. Wir wissen alle, daß sie im Internat bleiben und ihren Vater nicht einmal sehen wird.
»Ich werde mich verloben«, sagt Clarissa. (Clarissa ist siebzehn. Sie wird auch im Internat bleiben. Ihre Eltern sind tot. Sie hat einen Vormund. Ist ganz allein.)
»Meine Eltern heiraten wieder. Ich darf mit auf die Hochzeitsreise.« (Elfie, zwölf Jahre. Der Vater heiratet tatsächlich in diesem Sommer wieder. Aber nicht Elfies Mutter. Elfie bleibt im Internat. Ihre Mutter kann sie nicht leiden.)
So lügen viele, und alle wissen, daß sie lügen. Aber sie sagen es nicht. Kinder sind manchmal auch barmherziger als Erwachsene ...
Hansi: »Ich habe mit dem Chef gesprochen. Ich bleibe hier. Wenn mein Alter kommt, schmeißt ihn der Chef raus!«

Geraldine: »Ich fliege nach Cape Canaveral, zu meinem Vater. Ich weiß noch nicht, ob ich wiederkomme.« Blickt mich an. »Aber ich glaube schon.«
Ali: »Ich habe Giuseppe eingeladen. Wir fliegen nach Afrika.«
Thomas: »Ich muß nach Paris. Scheiße.«
Raschid: »Dieses Jahr bleibe ich noch hier. Mein Onkel kommt mich besuchen. Aber nächstes Jahr, wenn in Persien...«
Wolfgang: »Zu meinen Verwandten nach Erlangen. Werde froh sein, wenn die acht Wochen um sind. Sind nette Leutchen. Aber doof!«
Die Sensation präsentiert Noah. »Ich fliege mit Chichita nach Israel. Ihr Vater und der Chef sind einverstanden. Ich habe noch Verwandte in Israel. Wir wollen uns das Land einmal betrachten.« Chichita steht neben ihm und strahlt, als Noah das sagt.

## 15

Noch einmal bin ich bei Manfred Lord eingeladen. Klar! Ich fliege doch nach Luxemburg, um meine Mutter zu besuchen, nicht wahr? Herr Lord hat auch wieder ein hübsches altes Buch für meinen Vater. Es tut ihm leid, daß wir uns nun zwei Monate nicht sehen werden.
Verena sitzt zwischen uns bei diesem Gespräch. Sie sieht mich nicht an.
»Ich muß mich noch bei Ihnen bedanken, Oliver.«
»Wofür?«
»Daß Sie sich so fair benommen und meine Frau nie getroffen haben, wenn ich nicht dabei war.«
»Das ist doch selbstverständlich.«
»Jedenfalls danke ich Ihnen. Dieses Mädchen hat sich nie wieder gemeldet. Es liegt uns doch allen daran, kein Geschwätz aufkommen zu lassen, nicht wahr, Liebste?«
»Natürlich, Manfred.«
»Wie schade, daß Sie zu Ihrer Mutter müssen. Ich hätte Sie sonst nach Elba eingeladen! Wir haben da ein kleines Haus. Ich muß so oft verreisen. Da hätten Sie meiner Frau Gesellschaft leisten können. Auf Elba gibt es nicht Leute wie hier, die lügen und verleumden.«
»Ich wäre gern gekommen, Herr Lord. Aber ich muß wirklich zu meiner Mutter.«
»Sie sind ein guter Sohn. Ich habe Sie richtig lieb gewonnen, Oliver. Du ihn nicht auch, Verena?«

»Ja, er ist ein wirklich netter Kerl.«
»Was gibt es, Leo?«
»Ich bringe noch Eiswürfelchen für den Whisky, gnädiger Herr. Pardon, bitte.«
»Danke. Leo, sie kannten doch den Jaguar, den Herr Mansfeld hatte, nicht wahr?«
»Den weißen, kleinen, jawohl. Ist etwas geschehen? Gab es einen Unfall?«
»Nein. Sein Vater hat Herrn Mansfeld den Wagen weggenommen. Ich finde das nicht recht von Ihrem Vater, Oliver!«
Was ist hier los? Was geht das Leo an? Warum erzählt Herr Lord es ihm?
»Wenn ich mir eine Meinung erlauben darf, pardon, bitte: Auch ich empfinde es als ungerechte Härte.«
Du Schwein!
»Ich werde Ihrem Vater schreiben, Oliver. Sie nehmen den Brief mit.«
Ist es denkbar, ist es möglich, daß er und Leo gemeinsam ...? Nein, das ist unvorstellbar! Ist es unvorstellbar?
Jedenfalls schreibt Herr Lord tatsächlich noch an diesem Abend meinem Vater, er solle doch den Jaguar zurückgeben. Wenn er ihn anrufen würde, wüßte er sogleich, daß mein Alter mir den Wagen nie weggenommen hat. Rief er schon an? Weiß er es schon? Ach nein, die beiden telefonieren ja nie. Oder doch?
Ich nehme den Brief. Auf dem Heimweg zerreiße ich ihn in kleine Stücke und verstreue diese im Wald.
Am nächsten Vormittag treffe ich Verena im Park des »Engel des Herrn«. Ich gebe ihr das ganze Manuskript, das nun existiert, die Aufnahmen aller Seiten, die ich in den alten Büchern fotografiert habe, und die Negative dazu. Sie wird sofort in ihrem Wagen nach Frankfurt fahren und alles in den Banksafe legen. In zwei Tagen reist sie mit Mann und Evelyn nach Elba.
»Und wann kommst du?«
»Am dreizehnten, vierzehnten, spätestens am fünfzehnten.«
»Ich werde ein Zimmer für dich suchen. Komm schnell.«
»So schnell ich kann.«
»Wenn es geht, nimm in Piombino das Sechs-Uhr-Schiff. Dann bist du um halb acht in Portoferraio. Ich will versuchen, dich an den drei Tagen zu erwarten. Wenn ich nicht da bin, geh in das Schiffahrtsbüro. Da wird ein Brief für dich liegen.«
Sie gibt mir Geld.
»Bist du verrückt?«

»Es ist nicht viel. Mehr konnte ich mir so schnell nicht verschaffen. Aber auf Elba habe ich mehr.«
»Ich nehme doch kein Geld von dir!«
»Wie willst du zu mir kommen? Von Luxemburg den ganzen Weg zu Fuß?«
»Ich . . .«
»Nimm es schon.«
»Danke.«
»Sie ist so schnell vergangen, die schlimme Zeit des Wartens, nicht? Nun kommt die schöne Zeit. Dann noch mal eine kurze schlimme. Und dann ist alles gut.«
»Und dann ist alles gut.«
Wir verabschieden uns von Bruder Martin und Schwester Claudia. Ich sage ihr, daß wir uns jetzt eine Weile nicht sehen werden.
»Ich will an Sie denken und für Sie beten.«
»Ja, bitte«, sagt Verena.
»Sie sind beide nicht fromm?«
»Nein.«
»Aber Sie lieben einander, nicht wahr?«
»Ja, Schwester Claudia, wir lieben einander.«
»Dann werde ich beten.«

## 16

Piombino!
Wir sind angekommen. Die Stadt ist verwinkelt und klein, die Vororte sind häßlich und groß. Ich sehe Martinsöfen, Kohlenrutschen und Schornsteine, aus denen träger, schwarzer Rauch steigt.
»Stahl- und Eisenindustrie«, sagt Mrs. Durham. »Drüben in Portoferraio übrigens auch.« Sie muß im Schritt fahren, denn hier gehen alle Menschen auf der Straße. Und wie viele Menschen! Die Stadt quillt über! Ein Ameisenhaufen.
BAR. BAR. BAR.
Natürlich: Tische und Stühle auf der Straße. Männer trinken Espresso oder Rotwein mit Wasser. Hitzige Debatten. Jeder redet auch mit den Händen. Sehr viele Kinos. Die Plakate sind sechsmal so groß wie in Deutschland! Bonbonbunt. Busen. Busen. Busen. Helden. Helden. Helden. Bettler. Viele Bettler. Sie kommen an den Wagen und strecken die Hände aus. Auch zerlumpte Kinder betteln. Mrs. Durham gibt reichlich.
Wir haben den Hafen erreicht. Nicht den großen, schmutzigen In-

dustriehafen, sondern den kleineren, in dem die Schiffe anlegen, die nach Elba fahren.
Hier, direkt am Wasser, ist es kühler vor den vielen niedrigen Kontoren der Reedereien und Fremdenbüros. Lastwagen stehen herum. In der Mitte des Platzes – natürlich – eine BAR. Ein kleines, schikkes Häuschen, mit einem ersten Stock, Terrassen, einer Musikbox und verchromten Sesseln und kleinen Tischen im Freien.
»Wenn ich hier ankomme, pflege ich immer ein Schlückchen zu mir zu nehmen«, sagt Mrs. Durham. »Mehrere Schlückchen. Denn jetzt muß ich nicht mehr fahren. Ich habe ein Haus auf der Insel. In Bagno, in der Bucht von Procchio. Der Verwalter holt mich immer in Portoferraio ab.« Mit seltsamem Stolz erklärt sie: »Noch nie kam ich auf Elba an, ohne betrunken zu sein. Ich schlage vor, wir bleiben beim Whisky. Ist Ihnen das recht?«
»Gewiß, Mrs. Durham.« (Hoffentlich trinkt sie nicht zuviel. Mein Geld ...)
»Zwei doppelte schottische Whisky, bitte!«
»Due grandi Johnnie, si, signora.«
»Whisky heißt hier immer Johnnie, Mister Mansfeld. Egal, welche Marke.«
Nach den ersten beiden grandi Johnnies bestellt Mrs. Durham zwei weitere. Sie will gleich bezahlen. Ich protestiere. Sie protestiert. Wir werfen ein Fünfhundert-Lire-Stück auf. Sie verliert. Na also. Sie verliert auch bei der dritten Runde. Man merkt ihr nicht an, daß sie drei Doppelte getrunken hat.
Ich sehe auf das Meer hinaus, das golden glänzt und über dem jetzt im Westen, hinter leuchtenden Wolken, eine rote Sonne versinkt. Ganz still ist das Meer, Möwen kreisen über dem Wasser. Mrs. Durham hat ihren Wagen am Ende der kurzen breiten Mole geparkt. Während wir trinken, kommen immer neue Autos und halten hinter dem Ford der alten Dame. Dann erscheint das Schiff. Es ist größer als ich dachte, weiß, und hat hohe Aufbauten. Es läuft in den Hafen ein, dreht dann und fährt mit dem Heck gegen die Mole. Die hintere Wand öffnet sich und sinkt langsam herab. Man kann in den Bauch des Schiffes sehen. Viele Autos stehen darin. Eines nach dem anderen fährt heraus. Matrosen regeln den Verkehr.
»Kommen Sie«, sagt Mrs. Durham und leert ihr Glas. »Es wird Zeit.« Völlig sicher geht sie zur Mole. Wir setzen uns in den Fond. Ein dicker Matrose in blauen Hosen und einem weißen Leibchen dirigiert uns in dem erleuchteten Inneren des Dampfers an einen Platz weit vorn. Wir steigen aus. Ein Auto nach dem anderen fährt in das Schiff, dessen Boden leise vibriert.

Wir gehen an Deck. Es ist genau sechs Uhr, als der Dampfer sich von der Mole löst, einen großen Bogen durch das Hafenbecken beschreibt und auf das offene Meer hinausgleitet.
»How about another little Johnnie?« fragt Mrs. Durham.

## 17

Die Bar ist groß. Sie hat ein Mahagonipaneel und eine wunderschöne lange Theke. Drei Mixer arbeiten. Einer erkennt Mrs. Durham.
»Oh, Mrs. Durham! Glad to see you again. Two Johnnies, yes?«
»Si, Roberto. Grazie.«
Roberto bringt ein Tablett mit Gläsern zu unserer Bank an Deck.
»Von jetzt an wie immer, Mrs. Durham?«
»Wie immer.«
Der Mixer lacht, zeigt blendend weiße Zähne. Ein hübscher Kerl.
»Was bedeutet, wie immer?« frage ich.
»Daß er uns jede Viertelstunde zwei neue Johnnies bringt.«
»Aber das ist unmöglich!«
»Wieso? Die ganze Fahrt dauert höchstens eineinhalb Stunden! Vertragen Sie keinen Whisky?«
»So habe ich es nicht gemeint.«
Sie sieht mich an, dann legt sie eine Hand auf meine und sagt: »Ich verstehe. Sie haben wenig Geld. Und Sie sind zu stolz, um sich von mir einladen zu lassen.«
»Nicht zu stolz, aber ...«
»Hören Sie, junger Mann: Ich habe mehr Geld, als ich in meinem Leben ausgeben kann. Was geschieht damit, wenn ich sterbe?«
»Ihre Tochter ...«
Mrs. Durham trinkt einen großen Schluck und wendet das Gesicht dem Fahrtwind zu, der nun nach Tang und Meerwasser riecht und uns umstreicht.
»Ich habe Sie heute mittag angelogen, Mister Mansfeld. Virginia arbeitet nicht als Direktorin in unseren Werken. Sie hat einen armen Komponisten geheiratet und lebt seit zehn Jahren in Kanada. Sie verfluchte mich, bevor sie ging. Sie will mich nie wiedersehen. Sie wird nie einen Penny von mir nehmen.«
»Aber warum?«
»Ich bin schuld! Ja, sie stand mit vierzehn Jahren auf der Bühne! Aber ich habe verhindert, daß sie Schauspielerin wurde. Ich zwang sie, in unseren Werken zu arbeiten. Ich ... ich wollte jemanden,

der alles weiterführte, wenn ... Sie verstehen? Ich suchte einen Mann für sie, der etwas von der Industrie verstand. Da kam sie mir mit diesem Komponisten. Ich habe mich geweigert, ihm auch nur die Hand zu geben. Es soll ihnen nicht gut gehen, drüben in Kanada, schreiben mir Freunde.«

»Freunde?«

»Ja, Freunde, Mister Mansfeld. Virginia schreibt nie. Sie haßt mich. Oh! O ja, sie haßt mich! Vielleicht fahre ich darum so viel in der Welt herum!«

»Mrs. Durham ...«

»Wirklich gut, der Whisky, nicht?«

## 18

Als ich nach Echternach kam, um meine Mutter zu besuchen, wurde ich nicht vorgelassen. »Es ist unmöglich, daß Sie sie jetzt sehen, Herr Mansfeld«, sagte der Arzt, mit dem ich das letztemal gesprochen hatte. »Ihre Frau Mutter befindet sich leider gerade in einem ... hrm ... schlechten Zustand. Ihr Besuch würde sie zu sehr erregen. Ich muß ihn verbieten.«

Also habe ich meine Mutter nicht gesehen.

Vater und Tante Lizzy habe ich gesehen. Sie kamen ins Hotel. Ich überreichte das Buch, das Manfred Lord mir mitgab. Man wird sich vorstellen können, daß die Unterhaltung ebenso kühl wie kurz war. Daß ich keinen Wagen mehr besaß, sagte ich nicht.

Ich habe dann in Echternach doch noch meine Uhr, die goldene Füllfeder und den Feldstecher verkauft und bin losgefahren, zweiter Klasse. Es war verflucht weit bis nach Florenz. Ich saß in einem vollen Abteil, nachts konnte ich nicht schlafen. In Florenz war ich groggy. Ich stieg aus, nicht weil Verena mir erzählte, daß sie immer so reise – ich stieg aus, weil ich die Fahrt nicht mehr aushielt. Ein Taxi brachte mich bis zum Beginn der Autostrada del sole. Ich hatte Glück. Bald hielt ein Ford und ...

»Die Viertelstunde ist um, Mrs. Durham!«

Ich schrecke auf. Der hübsche Kellner steht mit zwei neuen Johnnies vor uns.

»Danke, Roberto. Und einen für Sie.«

»Grazie, Signora, grazie!«

Jetzt ist der Himmel farblos, ich sehe die ersten Sterne. Das Wasser wird schwarz. Der Schaum am Heck ist weiß. Es ist still geworden.

»Wissen Sie schon, wo Sie wohnen werden?«
»Nein.«
»Hier. Ich gebe Ihnen meine Karte. Es steht die Adresse und die Telefonnummer darauf. Sie sind immer willkommen. Spielen Sie Tennis?«
»Ja.«
»Bridge?«
»Ja.«
»Wunderbar! Ich kenne einen alten englischen Major mit seiner Frau, die besitzen auch ein Häuschen in Bagno, ganz in der Nähe. Reizende Leute. Wir können zusammen spielen. Ich habe einen Tennisplatz und einen Privatstrand. Aber Sie werden natürlich nie anrufen, ich weiß...« Mrs. Durham ist beschwipst und sagt es auch. »Stört es Sie?«
»Mich? Ich bin doch selber beschwipst!«
Aber so wie heute war ich noch nie betrunken. So beschwingt. So vergnügt. Mrs. Durham geht es genauso. Wir lachen dauernd und erzählen einander die komischsten Geschichten. (Wahrscheinlich sind sie gar nicht komisch.) Die anderen Passagiere betrachten uns argwöhnisch.
»Sie halten Sie für meinen Gigolo«, sagt Mrs. Durham.
Verena. Verena! Ob du am Hafen sein wirst?
»Ich wäre froh, wenn ich einen so hübschen Gigolo hätte. Er könnte alles von mir haben.«
Sie schweigt eine Weile. Trinkt. Und dann auf einmal sagt sie: »Sehen Sie die Lichter da vorn? Portoferraio!«

## 19

Wir sind da.
Ich sehe wenig von Portoferraio bei meiner Ankunft. Lichter, blaue, grüne, weiße, rote. Straße am Kai. Hotels mit Neonschriften. BAR. BAR. BAR.
Unser Schiff dreht sich wieder im Kreis. Natürlich, das Heck muß zuerst anlegen, damit die Autos aus dem Rumpf fahren können. Jetzt sehe ich schon Menschen auf dem angestrahlten Kai, sehe viele Menschen, aber nicht Verena.
»Mein Verwalter steht da unten!« Die alte Dame winkt. »Ich bin ein bißchen sehr betrunken... Glauben Sie, daß Sie meinen Wagen auf den Kai fahren können? Ich wäre Ihnen außerordentlich verbunden.«

»Selbstverständlich, Mrs. Durham. Und vielen, vielen Dank für alles.«
»Ach, Unsinn. Sie rufen sowieso nicht an.«
»Doch.«
»Nie! Hier sind die Schlüssel.«
Ich bin betrunken, und ich kenne Mrs. Durhams Wagen nicht. Der Ford schießt über die Bohlen hinaus auf den Kai und knallt gegen eine Ufermauer. Ich steige aus. Die Stoßstange ist verbogen. Während ich sie betrachte, höre ich Mrs. Durham neben mir lachen.
»Das haben Sie fein gemacht!«
»Verzeihen Sie.«
»Ach was!«
Ein Mann in weißem Hemd und weißen Hosen kommt heran. Er begrüßt Mrs. Durham mit Handkuß. Während er meinen Koffer aus dem Wagen holt und ihn auf das Katzenkopfpflaster des Kais stellt, lacht die alte Dame unentwegt weiter. Der Verwalter mustert mich feindselig. Mrs. Durham steigt in den Wagen, der Verwalter setzt sich hinter das Steuer. Mrs. Durham kurbelt mühsam ihr Fenster herab.
»Virginia...« Sie kann jetzt kaum noch sprechen. »Meine... meine Tochter... wissen Sie, Mister Mansfeld, meine Virginia... sie ist... also wirklich... ich glaube, ich habe ihr Unrecht...«
Der Verwalter fährt los. Ich sehe, wie Mrs. Durham in ihre Lehne zurückfällt. Aus dem Schiffsleib rollen immer neue Autos. Ich setze mich auf meinen Koffer vor die Kaimauer.
»Mein Herz!«
Verena!
Sie trägt enge gelbe Hosen, Sandalen an den nackten Füßen und ein bunt bemaltes Hemd.
Sie küßt mich.
»Liebling«, sage ich. »Liebling, Liebling.«
»Du bist betrunken.«
»Ja, Liebling.«
»Laß uns fahren. Nach Hause.«
»Wieso... wieso nach Hause?«
»Mein Mann ist in Rom. Drei Tage.«
»Aber die Angestellten...«
»Ich habe sie alle fortgeschickt. Wir sind allein.«
»Und Evelyn?«
»Ist auf Korsika. Mit dem Kindermädchen. Sie kommen erst übermorgen abend wieder.«
»Wir... sind allein bis... bis übermorgen abend?«

»Ja, Oliver! Komm! Der Wagen steht da drüben.«
»Verena! Ich muß dir noch etwas sagen.«
»Ich weiß.«
»Was weißt du?«
»Was du mir noch sagen mußt.«
»Was?«
»Daß du mich liebst.«
»Ja. Aber woher weißt du das?«
»Instinkt. Was hast du getrunken?«
»Whisky.«
»Ich liebe dich auch, mein Herz. Wir fahren nach Hause. Ich habe für dich gekocht. Wir können noch im Meer baden. Es ist ganz warm. Und dann ...«
»Hoffentlich werde ich wieder nüchtern.«
»Hoffentlich nicht zu sehr. Du bist so süß, wenn du etwas getrunken hast... Komm. Komm schnell. Komm ganz schnell weg von hier.«

## ACHTES KAPITEL

### 1

Nackt, vollkommen nackt kommt sie über den weißen Sandstrand auf mich zugelaufen: Die Arme ausgebreitet, lachend. Ihre Brüste heben und senken sich, das Haar glitzert im Schein des südlichen Mondes. Und da ist die Bucht, da sind die Pinien und Olivenbäume, die verlassenen Strohhütten, da ist das Meer. Da ist der Himmel mit seinen Sternen, da ist der Mistral, warm und sanft, da ist die Brandung, leise und zärtlich.
Da ist das alles, was ich einmal sah vor langer Zeit, in meinen Gedanken, vor meinem inneren Auge genauso sah. Da ist es wieder, dieses Ich-habe-es-schon-einmal-erlebt-Gefühl.
Auch ich bin nackt. Der Sand ist naß, aber warm. Wir begegnen einander. Wir umarmen einander. Und da ist niemand, kein einziger Mensch, der uns sieht, wir sind vollkommen allein in der Bucht von La Biodola.
Ich küsse Verenas Gesicht, den Hals, die Brüste. Ihre Haut schmeckt salzig. Wir kommen beide aus dem Wasser. Es ist neun Uhr vorbei. Eine Welle unterspült unsere Füße. Wir fallen ins Meer. Aber wir fallen sanft und langsam, wie in Zeitlupe, auf warmen, nassen

Sand. Ich liege über Verena. Wir halten einander noch immer umklammert. Die rücklaufende Welle überspült uns. Dann kommt die nächste. Die dritte. Wir lassen das Meerwasser über unsere Körper und unsere Gesichter strömen und fühlen, wie mit einem ganz feinen Prickeln der Sandboden unter uns nachgibt, wie das Wasser ihn fortwäscht, wie wir tiefer sinken, tiefer.
Wir versinken ineinander, während immer neue Wellen über uns ausrollen. Wir tun es schweigend und ohne daß unsere Lippen einander ein einziges Mal verlassen. Nur der Mond, die Sterne und die schwarzen Bäume auf den Berghängen rings um die Bucht sind Zeugen.
Ich bin noch immer nicht nüchtern. Verena hat in der Zwischenzeit etwas getrunken, um auch solcherart eins mit mir zu werden, und nun sind und bleiben wir eins bis zuletzt, indessen, in gleichmäßigem, zärtlichem Rhythmus, unermüdlich und unerschöpflich, Woge auf Woge über uns fließt. Der Wind, das Meer, der Sand und die Sterne.
All das habe ich schon einmal gesehen, schon einmal geträumt.

## 2

Die Bucht ist groß, der Strand ist lang. An allen Seiten steigen steile Berghänge empor. Die Straße nach La Biodola ist gut. Dort, wo sie zur Bucht abfällt, hat sie unzählige Haarnadelkurven. Ich war sehr froh, daß Verena am Steuer saß. Ich hätte uns bestimmt in einen Abgrund gefahren.
Knapp bevor sie die See erreicht, hört die Straße auf, und ein zweispuriger Pfad aus Steinen, über welche Autoräder rollen können, führt zur Garage von Herrn Manfred Lords Haus. Man fährt über den Strand, vorbei an Schilf, Dornkraut und bizarren Ästen, die das Meer angespült hat. Die Garage liegt nur einen Meter über dem Wasser, unter dem Haus aus Glas, das auf dem Felsen steht, der kühn ins Meer hinausragt. Die Garage ist in diesen Felsen gehauen. Um den Eingang des Hauses zu erreichen, muß man siebundsiebzig Stufen emporsteigen. Die Treppe ist unten mit einem richtigen Gitter verschlossen, das sich elektrisch öffnen und schließen läßt. Praktisch kann kein Mensch in dieses Haus einbrechen, der Fels ist an allen Seiten glatt, die Wände fallen senkrecht zum Wasser ab, und von der Inselseite trennt das Plateau eine tiefe Schlucht.
Hinter dem Gitter liegt Assad, als wir ankommen. Er bellt nicht ein einziges Mal, er springt immer wieder an mir hoch, wirft mich

fast um und beleckt meine Hände und mein Gesicht. Wir fahren den Wagen in die Garage, und bei dieser Gelegenheit sehe ich Verenas Motorboot, das dort, vertäut, im sanften Wellengang schaukelt. Es ist ein braunes, kleines Boot.
Wir steigen die siebenundsiebzig Stufen empor und betreten das Haus, das über dem Wasser hängt. Es ist ein geräumiges Haus, viel größer, als man von außen vermuten würde. Während Verena das Essen bereitet, wasche ich mich und sehe mich um, immer von Assad begleitet. Badezimmer. Zwei Schlafzimmer. Arbeitszimmer mit Fernschreiber und drei Telefonen. Kinderzimmer. Gästezimmer. Zimmer für das Kindermädchen. Der große Wohnraum. Alles supermodern: Formen, Farben, Möbel, Bilder. Und ein Kamin. Er steht vor der großen Fensterwand, und durch seine Rückseite aus Marienglas kann man das Meer sehen, das nun schwarz ist, und Sterne und Schiffe mit roten und grünen Positionslichtern.
Warum empfinde ich ihn eigentlich als geschmacklos, diesen Marienglas-Kamin? Es ist doch so romantisch, durch Feuer Wasser zu sehen. Ich weiß, warum er mir nicht gefällt: Weil er Herrn Lord gehört, gehört wie alles hier, weil ich ihn nicht besitze, weil er nicht mit meinem Geld gebaut wurde. Weil ich kein Geld habe, und Herr Lord so viel.
Vor dem Kamin liegt ein dicker weißer Schafwollteppich. Assad setzt sich auf ihn und sieht auch in die Flammen. Das Feuer hat etwas Hypnotisierendes. Wieder zieht draußen, weit, weit draußen ein Schiff vorbei, leise, lautlos, langsam.
Das ist ein unheimliches Haus, ein unwirkliches, eines, das wohl schon in das 21. Jahrhundert gehört! Alle Vorhänge sind geöffnet. Durch die Seitenwände aus Glas sieht man entweder ins Nachtschwarze, oder man erblickt Lichter, verloren, einsam, klein und weit, weit weg. Das Essen ist fertig.
Verena serviert es in einer großen Nische, die noch zur Küche gehört, aber von ihr durch eine Bambuswand abgetrennt ist, an der sich blühende Pflanzen emporranken. Die Küche ist so modern wie die ganze Wohnung. Elektrischer Herd. Eisschrank. Elektrische Spülmaschine. Müllschlucker. Eine Tür.
»Dahinter ist ein Aufzug«, sagt Verena. »Mit ihm kann man in den Keller hinunterfahren, zu den Weinen und Schnäpsen. Der Keller liegt noch unter der Garage, unter dem Meeresspiegel! Es hat sehr viel Geld gekostet, ihn so anzulegen.« Sie sieht mich an. »Armer Liebling, ich weiß, woran du denkst.«
»Woran?«
»Wie viel Geld er hat – und wie wenig du.«

»Ja.«
»Aber dich liebe ich. Und ihn liebe ich nicht.«
»So seien ihm das Haus und der Aufzug und die Millionen gegönnt!«
»Hast du unter dem Bademantel etwas an?«
»Nein.«
»Ich habe unter dem Pullover auch nichts an.«
Unter dem Pullover! Erst jetzt bemerke ich, daß sie sich umgezogen hat. Sie trägt ganz kleine, durchsichtige Höschen, sie geht barfuß, sie trägt einen roten Pullover.
»Ist das noch...«
»Nein. Den alten hast du ruiniert. Dieser ist neu. Ich habe zur Sicherheit zwei weitere gekauft. Unsere Liebe hat doch gerade angefangen, nicht?« Ich umarme sie, aber sie macht sich frei. »Erst essen«, sagt sie. »Und ich muß auch ein paar Whisky trinken, damit ich auf die gleiche Höhe mit dir komme.«
»Verena... kann uns hier wirklich niemand sehen?«
»Niemand.« Sie führt mich zu dem Tisch in der Nische, und ich sehe, daß vor meinem Platz eine Vase mit roten Rosen steht.
»Du bist verrückt!«
»Ich liebe dich doch auch. Setz dich und iß!«
»Ich habe dir keine Blumen mitgebracht...«
»Du hast mir genug Blumen geschenkt. Jetzt bin ich an der Reihe. Mach den Bademantel auf. Mach ihn schnell wieder zu! Schnell! Sonst habe ich mein ganzes schönes Essen umsonst gekocht! Jetzt wirst du sehen, was ich alles kann. Du willst doch eine Frau haben, die gut kocht, nicht wahr?«
»Ich will nur dich. Ob du kochen kannst oder nicht, ist mir egal.«
»Sag das nicht! Eine Frau muß kochen können, damit ihr der Mann nicht davonläuft.«
»Ich laufe dir nie davon!«
»Trotzdem. Besser, ich koche gut.«
»Verena?«
»Ja?«
Sie steht am Herd.
»Zieh den Pullover aus und das Höschen.«
»Nur, wenn du deinen Bademantel ausziehst.«
»Okay.«
Dann sitzen wir da, und Verena serviert »Riso Fegatini e Piselli in Brodo«. Es schmeckt wunderbar.
»Hast du das schon einmal mit einem anderen Mann gemacht?«
»Was?«

»Für ihn gekocht und dann mit ihm ganz nackt gegessen?«
»Nein. Alle Dinge, die ich mit dir tue, habe ich noch nie mit einem Mann getan.«
»Ich auch noch nie mit einer Frau. Mach doch die Vorhänge zu.«
»Warum? Hier kann uns niemand sehen! Die Küchenfenster gehen zur Schlucht.«
»Wollen wir ... wollen wir nicht später essen?«
»Nein, das andere werden wir später tun! Du mußt nüchterner werden, und ich betrunkener.«
»Ich liebe dich.«
»Du mußt viel essen, damit du nüchtern wirst und ich etwas von dir habe. Warum hast du nur so viel getrunken?«
»Aus Aufregung. Weil ich wußte, ich komme zu dir.«
»Dann verzeihe ich dir.« Sie trinkt wieder. Sie wirft das Essen auf den Boden, und Assad leckt es auf. Nackt sitzen wir uns gegenüber. Wir essen, aber wir sehen uns dauernd dabei an, und beiden fällt immer wieder etwas von der Gabel.
»Verena ...«
»Ja, ich weiß.«
»Was weißt du?«
»Was du sagen willst. Sag es nicht. Ich auch, mein Herz, ich auch. Aber später. Später. Ich werde immer so hungrig dabei.« Sie geht nackt zum Herd, um den nächsten Gang zu holen. Ich folge ihr und streichle sie.
»Gefalle ich dir?«
»Du bist die schönste Frau der Welt.«
»Und in zehn Jahren?«
»Du wirst immer die schönste Frau der Welt sein! Für mich.«
»Jetzt kommen die ›Pagari del Golfo‹. Rühr mich nicht an. Ich lasse sonst alles fallen.«
»Du hast wieder Diorissimo genommen.«
»Laß mich los. Du sollst mich loslassen! Oliver! Da! Jetzt haben wir die Bescherung! Alles auf der Erde!«
»Ich esse auch von der Erde. Ich liebe dich. Ich liebe dich.«

## 3

Dann sperren wir Assad ein. Verena trinkt noch etwas. Dann ziehen wir die Vorhänge zu. Verena hat jetzt auch einen Schwips. Sie dreht das Radio an. Sentimentale Musik, traurige Musik. Radio Roma. Wir legen uns vor den Kamin, auf den weißen Schaf-

wollteppich. Wir tun einander wohl. Whisky, Soda und Eiskübel stehen auf der Erde neben uns. Wir trinken. Die Flammen in dem durchsichtigen Kamin züngeln und lodern.
Radio Roma spielt anscheinend nur für Verliebte. Geigen. Sentimentale Stimmen.
Sull'eco del concerto...
Ovunque sei, se ascolterai...
accanto a te mi troverai...
*Dieses Konzert...*
*wenn du es hörst...*
*dann bist du bei mir...*
»Wir wollen uns nie verlieren, Oliver.«
»Nein.«
»Wir wollen uns immer lieben.«
»Ja.«
Dann weint sie ein bißchen, und meine Brust wird naß von ihren Tränen.
»Was ist?«
»Ach nichts...«
»Nein, sag es!«
»Das ist ein neues Lied. *Il nostro concerto.*«
»Unser Konzert.«
»Ja. Und sie spielen es heute. Sie spielen es jetzt...«
»Du hast die Schallplatte zerbrochen. *Love is just a word.* Jetzt haben wir wieder ein Lied.«
»Ja, unser Lied. Unser Konzert.«
»Weinst du deshalb?«
»Nein, nicht deshalb. Küß mich. Aber frag nicht...«
Die Flammen im Kamin züngeln hoch. Fern tutet ein Dampfer. Der Strand liegt verlassen im grünen Mondlicht.
»Ich frage trotzdem. Warum weinst du? Sag nicht, vor Glück!«
»Aus Angst vor dem Glück... Ich hatte einen Traum... letzte Nacht... Es war schrecklich... Ich liebte dich in meinem Traum... Wir saßen hier, vor diesem Kamin, wir waren allein, wir... Alles war so wie jetzt... Auch dieses Lied hörte ich! Sie spielen es doch so oft! Ich hörte es in meinem Traum!« Sie klammert sich an mich, ihre Nägel bohren sich in meinen Rücken.
»Verena!«
»Dann... dann war das Lied aus, und der Ansager meldete sich... aber es war nicht der Ansager... Es war... es war... der liebe Gott...«
»Was hat Er gesagt?«

»... dove sarai mi troverai vicino a te...«
Geigen. Viele Geigen.
»Er hat gesagt: ›Hier ist Radio Roma. Signora Lord... Signora Lord... der Mann, neben dem Sie jetzt liegen, der Mann, mit dem Sie jetzt glücklich sind...‹ Nein. Ich kann nicht.«
»Sag es!«
»›Sie sind verflucht‹, hat Gott gesagt. ›Sie sind verflucht. Sie haben ein verfluchtes Leben geführt. Sie wollen den Reichtum. Sie haben einen ungeliebten Mann geheiratet. Sie haben ihn von Anbeginn betrogen‹.«
Geigen. Nur Geigen. Das Lied geht zu Ende.
»›Sie werden nicht glücklich werden. Eine Weile, ja. Aber dann wird es vorbei sein. Sie laden eine große Schuld auf sich, Verena Lord. Sie wollen zweierlei. Sie spielen eines gegen das andere aus. Sie zerstören einen jungen Menschen. Sie sind schlecht...‹«
»Hör auf!«
»›... Eines Tages werden Sie vor Mir stehen, und Ich werde richten über Sie...‹«
Aus die Musik.
Eine Männerstimme »Qui Radio Roma...«
Verena schreit auf. Sie preßt die Hände an die Schläfen und starrt den weißen Apparat an.
»Verena!«
»Das war sie! Genauso klang die Stimme Gottes!«
»... abbiamo trasmesso ›Il nostro concerto‹ con Enzo Ceragidi e la sua orchestra e il vocal Comet...«
»Es wird nicht gut gehen! Es kann nicht gut gehen!«
Neue Musik setzt ein. Eine Frau singt.
»Verena, bitte... bitte, hör auf... Wir sind doch so glücklich!«
»Gerade weil wir so glücklich sind... Das hat die Stimme auch gesagt... Man kann nicht zweimal leben... Man kann seine Vergangenheit nicht abstreifen wie ein Kleid... und meine Vergangenheit war schmutzig... zu schmutzig...«
»Das ist nicht wahr!«
»Es ist wahr! Und auch meine Gegenwart ist schmutzig! Wenn man mich eines Tages auf die Probe stellen würde, sagte die Stimme...«
Das Telefon läutet.
Verena bricht ab. Wir starren beide den Apparat an, der auf einem niederen Tisch steht.
Das Telefon läutet.
»Du mußt abheben!«

»Wer kann das sein?«
Zum drittenmal läutet es. Ich stehe auf und drehe das Radio leise.
»Los! Heb ab!«
Sie geht unsicher ein paar Schritte, nimmt den weißen Hörer ans Ohr und läßt sich dabei wieder auf den weißen Teppich fallen.
Ihre Stimme klingt bebend, heiser: »Pronto...« Pause. »Si signorina, si...«
Sie hält das Mikrophon zu und flüstert: »Mein Mann...«
»Was?«
»Aus Rom...«
Ich gehe über den Teppich zu ihr und setze mich dicht neben sie.
»Du mußt dich zusammennehmen, hörst du?«
»Si, signorina... grazie... hallo! Hallo, Manfred?«
Jetzt ist sie ruhig, unheimlich ruhig. Vor allem so unheimlich ruhig, weil sie eben noch so unheimlich hysterisch war. Ich küsse ihren Hals und bin so nah bei ihr, daß auch ich Manfred Lords Stimme hören kann, die souveräne Stimme dieses souveränen Herrn.
»Liebling, habe ich dich aufgeweckt?«
»Nein, wieso?«
Ich küsse Verenas Schultern.
»Was machst du?«
»Ich... ich lese...«
»Ich komme gerade in mein Hotel. Ich hatte den ganzen Abend solche Sehnsucht nach dir! Du auch?«
»Bitte?«
»Die Verbindung ist nicht gut, wie?«
»Nein. Was hast du gesagt?«
Ich küsse Verenas Brust.
»Ich hatte den ganzen Abend solche Sehnsucht nach dir! Da dachte ich, sobald ich ins Hotel komme, rufe ich an. Die Konferenz dauerte so lang.«
Ich küsse Verenas Arme.
»War es... war es sehr anstrengend, Manfred?«
»Spielt da ein Radio bei dir? Ich kann es hören. Hier in meinem Zimmer spielt auch eines. Ich habe gerade ›Il nostro concerto‹ gehört. Du auch?«
»Ja...«
Ich küsse Verenas Hände, jeden Finger, jede Fingerspitze. Sie streichelt mich.
»Ein schönes Lied, nicht wahr?«
»Ja, Manfred.«
»Wie geht es Evelyn?«

»Sie wollte unbedingt nach Korsika. Da habe ich sie mit dem Mädchen hingeschickt.«
»Warum bist du nicht mitgefahren?«
»Ach, ich hatte keine Lust, weißt du ...«
Ich küsse Verenas Leib.
»... ich will mich lieber ausruhen. Ich bin so müde. Den ganzen Tag liege ich am Strand. Wann kommst du zurück?«
»Leider erst in sechs Tagen, Liebling.«
»Erst in sechs Tagen?« Jetzt küßt Verena meine Hand, meine Finger.
»Es tut mir so leid. Aber die Verhandlungen ziehen sich hin. Ich komme, so schnell ich kann. Morgen um diese Zeit rufe ich wieder an. Ist es dir recht?«
Ich küsse ihre Schenkel.
»Ich ... ich freue mich darauf.«
»Schlaf schön. Leb wohl.«
»Du auch. Leb wohl. Leb wohl.«
Sie legt den Hörer nieder und sieht mich mit ihren riesigen dunklen Augen an. Keiner spricht. Das Feuer im Kamin prasselt. Verena springt plötzlich auf und läuft aus dem Zimmer. Ich bleibe sitzen und trinke den Whisky. Verena kommt nicht zurück. Radio Roma spielt zärtliche Musik. Ich setze mich mit dem Glas vor den Kamin, zünde eine Zigarette an und starre in die Flammen. Dann ist mein Glas leer. Diesmal mache ich zwei Drinks. Jetzt spielen sie: »Arrivederci, Roma ...«
Arme schlingen sich von hinten um mich. Verena ist zurückgekommen. Sie hat sich gewaschen, sie hat wieder Diorissimo genommen. Ich rieche den Maiglöckchenduft. Ihre Brüste pressen sich an meinen Rücken. Sie küßt meinen Nacken.
»Vergiß, was ich vorhin sagte.«
»Ich habe es schon vergessen.«
»Es war alles Unsinn ... jeder hat einmal solche Träume ... wir lieben uns doch ...«
»Ja.«
»Alles wird gut werden, nicht wahr?«
»Alles wird gut werden.«
»Tu das noch einmal. Bitte, tu das noch einmal. Weiter oben. Ja, da. Zart, ganz zart.«
»Ich tue, was du willst ... solange du willst ...«
»Du bist süß ... ich liebe dich ... ich liebe dich wirklich ... glaubst du es mir?«
»Ja.«

»Der Whisky! Du hast mir einen Whisky gemacht!«
»Wirf ihn nicht um.«
»Nein. Mach so weiter... mach so weiter...«
Der Kamin. Die Flammen. Das Wasser dahinter. Jetzt gleitet wieder ein Licht vorbei, das Licht eines Schiffes in der Nacht, in der Ferne, weit, weit draußen auf dem glitzernden Meer.

## 4

Als ich erwache, ist das Feuer niedergebrannt. Meine Armbanduhr zeigt zehn Minuten nach vier. Verena hält mich im Schlaf umarmt. Bevor wir einschliefen, haben wir die Lichter gelöscht, die Vorhänge geöffnet und auch ein Fenster. Im Osten wird der Himmel schon hell. Ich sehe, wie er von Minute zu Minute die Farbe wechselt. Ich sehe das Meer, das zunächst noch schwarz ist, dann grau, dann grün.
Dann geht die Sonne auf. Das Meer blendet mit einemmal. Verena atmet gleichmäßig und ruhig. Höher steigt die Sonne, immer höher, die Berghänge ringsum fangen ihr Licht auf, viele rote Blüten öffnen sich in den Büschen am Rand der Wälder, über den ockerfarbenen, braunen und gelben Hängen, die ausgeglüht sind und tot. Ich liege neben Verena und denke daran, wie es sein wird, wenn wir für immer zusammenleben. Vielleicht haben wir auch einmal ein Haus. Vielleicht verdiene ich einmal viel Geld.
Um sieben Uhr löse ich mich langsam und vorsichtig aus Verenas Umarmung und gehe in die Küche. Es dauert eine Weile, bis ich mich zurechtgefunden habe. Dann bereite ich das Frühstück. Als das Kaffeewasser kocht, höre ich ein Geräusch, es klingt wie ein Schluchzen.
Ich drehe mich um.
Verena steht in der Tür. Die Augen sind noch gerötet vom Schlaf. Sie ist nackt, hält sich an dem Türpfosten und stammelt: »Oliver...«
»Liebling, was ist?«
»Du warst nicht da, als ich aufwachte... Ich... ich bin so furchtbar erschrocken... ich glaubte, du wärest fortgegangen...«
»Das hast du geglaubt?«
»Ja... umarme mich... halte mich fest... bleib bei mir...«
»Ich bin doch bei dir! Ich lasse dich nie allein!«
»Nie?«
»Niemals!«

»Komm in mein Schlafzimmer.«
Das Kaffeewasser ist verkocht, der Kessel gesprungen. Wir haben es gehört, aber wir haben uns nicht darum gekümmert. Wir haben erst um neun Uhr gefrühstückt. Wir waren sehr hungrig.

## 5

Man kann wirklich Korsika erkennen: Einen schwarzen Landstrich am Horizont. Verenas Motorboot ist sehr bequem. Wir sind weit draußen auf dem Meer, so weit, daß wir unsere Bucht nicht mehr sehen. Wir haben Wein und kaltes Huhn und Brote mitgenommen. Alle Weinflaschen hängen im Wasser. Die Sonne brennt, aber es weht ein ständiger, stetiger Wind. Das Wasser ist ganz klar, man kann in die Tiefe sehen, und dort gibt es viele Fische und große Quallen, die in den wunderbarsten Farben leuchten: Golden, rot, grün, blau, gelb und silbern.
Wir sind so weit von allen Menschen entfernt, daß wir unsere Badeanzüge ausziehen und nackt ins Meer springen. Wir schwimmen um das Boot herum, umarmen uns, und dabei gehen wir unter. Verena schluckt eine Menge Wasser, ich auch. Wir klettern wieder ins Boot und umklammern uns. Versinken ineinander. Das Boot wiegt sich leise.
Wir ziehen eine Flasche aus dem Wasser. Wir sitzen nackt in dem kleinen Boot und essen das Huhn mit den Händen und trinken den Wein aus den Flaschen. Und niemand kann uns sehen.
Das Boot treibt dahin. Wir liegen nebeneinander auf einer Luftmatratze. Wir rauchen zusammen eine Zigarette.
»Glaubst du, daß du mich immer lieben wirst?«
»Immer Verena.«
»Ich habe ein Zimmer in Casaccia für dich gemietet, Liebling. Ein winziges Nest, ein kleines Stück südlich von Portoferraio. Du mußt direkt am Wasser wohnen, damit ich dich immer mit dem Boot holen kann. Das Zimmer ist ganz billig. Ich... ich dachte, ich könnte dir hier unten mehr Geld geben, aber mein Mann ist so komisch in letzter Zeit. Ich muß sogar für den Haushalt Abrechnungen vorlegen. Ich habe ein bißchen Geld – aber nicht viel.«
»Ich habe selber genug.«
»Ich glaube, Casaccia wird dir gefallen. Und dort ist es sicherer als in Portoferraio. Dort könnte er dich sehen. Er ist öfter in der Stadt. Es wäre zu gefährlich.«
»Ja, Verena. Du hast recht. Und wenn du einmal nicht kommen

kannst, dann schreibe ich unsere Geschichte weiter. Ich habe viel Papier mitgebracht und zwei Schachteln Bleistifte.«
Sie küßt mich.
»Mach noch eine Flasche auf, Oliver.«
»Aber dann sind wir beschwipst.«
»Na und? Der ganze Tag gehört uns. Bis zum Abend bleiben wir auf dem Boot.«
»Herrlich!«
»Also mach die Flasche auf.«
Wir trinken, und ich fühle, wie ich wieder betrunken werde. Ich muß betrunken sein, sonst würde ich nicht sagen: »Wenn du mich je verläßt, werde ich sterben.«
»Unsinn.«
»Nein, es ist wahr.«
»Gib mir die Flasche. Danke. Und sag so etwas nicht.«
»Wirst du mich einmal verlassen?«
»Nie.«
»Doch!«
»Oliver!«
»Ich meine es nicht böse. Ich habe nur solche Angst davor.«
»Können die Wurzeln den Baum verlassen?«
Leise wiegt das Boot, ganz leise. Die Erzdampfer in der Ferne. Kondensstreifen von Flugzeugen am Himmel. Der Wein. Die Sonne.

## 6

Wir sind die Nordküste entlang gefahren, durch die Bucht von Procchio, an Bagno vorüber, wo Mrs. Durham wohnt. Wir haben uns angezogen, als wir uns der Küste näherten. Wir haben dunkelgrüne Wälder gesehen und supermoderne weiße Villen in blühenden Gärten, auf steilen Abhängen. Nun sitzen wir auf einer Terrasse, die zu einer kleinen Bar gehört. Die Bar liegt in Marciana Marina, an der einzigen Straße, die es hier zu geben scheint.
Wir trinken Chianti und sehen den Fischern zu, die ihre Boote bereit zur nächtlichen Ausfahrt machen. Sie reinigen die Laternen, sie legen die Netze zurecht, sie lachen und albern miteinander. Sie sind so arm und so fröhlich. In Deutschland sind viele Menschen so reich. Aber wann lachen sie und sind sie fröhlich?
Die Sonne sinkt.
Auf dem Trottoir vor der Bar steht eine riesige amerikanische

Musikbox. Und vor der Musikbox lungern fünf Mädchen und ein Junge herum. Sie sind alle sehr klein und blaß und starren die Musikbox an. Ein Mädchen kann schon lesen, aber sie haben alle kein Geld. Soviel verstehe ich, daß jene, die lesen kann, den anderen alle Titel vorliest, die auf der Schlagerliste stehen und die man spielen könnte, wenn man Geld hätte.

So arm bin ich auch noch nicht!

Mit Hilfe des Wirtes und vielem Gestammle in lateinischen, französischen und englischen und deutschen Brocken bringe ich heraus, daß man ein Hundert-Lire-Stück in den Automaten werfen muß, damit man drei Lieder hören kann. Ich gebe dem Mädchen, das schon lesen kann, hundert Lire. Die Reaktion kommt unerwartet, aber vollkommen logisch. Ein ungeheurer Streit bricht los! Welche drei Lieder sollen gespielt werden? Gewaltiges Geschrei... Aber da kommt Verena über die Straße. Großes Palaver in Italienisch. Verena gibt den Kindern noch einmal hundert Lire. Jetzt kann jeder einmal sein Lieblingslied hören.

Wir gehen mit unseren Gläsern zurück zu dem kleinen Tisch auf der Terrasse am Wasser. In dem Augenblick, in dem wir uns setzen, ertönt das erste Lied, so laut, daß es der ganze Ort hören muß, irrsinnig laut: »Sull'eco del concerto...«

»Unser Konzert«, sagt Verena.

Keiner spricht. Wir sehen uns an, so lange, bis das Lied zu Ende ist. Die Fischerboote stoßen ab. Sie haben die Segel hochgezogen, und die Segel leuchten blutrot im Licht der untergehenden, blutroten Sonne. Ich habe noch nie so einen Tag erlebt.

»Ich habe noch nie so einen Tag erlebt«, sagt Verena in diesem Moment.

Schweigen. Verenas Augen sind in die Ferne gerichtet.

»Woran denkst du?« frage ich.

»Ich habe gedacht, wenn ich jetzt sterben müßte, in diesem Moment, in dieser Sekunde, ich wäre so glücklich gestorben wie noch keine Frau vor mir.«

Und blutrot sind die Segel der Boote, die auf das Meer hinausgleiten, lautlos.

## 7

Es kann natürlich auch das reine schlechte Gewissen sein, das ich habe, aber seit meiner Ankunft auf Elba bedrückt mich das Gefühl, daß Verena und mich jemand beobachtet, beschattet, verfolgt auf Schritt und Tritt. Niemals kann ich sagen: Der da ist es! Sie, was wollen Sie von uns? Hauen Sie ab, oder Sie bekommen ein paar in die Zähne! Nein, nein, so ist es nicht.

Hunderte von Menschen begegnen mir jeden Tag. Er ist darunter. Wo? Wer? Wie sieht er aus? Ich glaube, daß es ein Mann ist. Aber vielleicht ist es auch eine Frau? Oder ein Mann *und* eine Frau? Wie gesagt, es kann alles Einbildung sein. Schlechtes Gewissen. Darum sage ich Verena nichts davon. Aber ich habe das Gefühl, das Gefühl...

Casaccia ist ein winziges Nest.

Die Familie Mortula nimmt mich wie ein Mitglied der Sippe auf. Ich esse mit ihr, ich trinke mit ihr, Großvater Remo, eine prächtige Type, an die achtzig Jahre alt, erzählt Geschichten; er hat lange in Deutschland gearbeitet. Er hat eine ständige Redensart: »Dio ci aiuterà – Gott wird helfen.« Die Familie Mortula ist geradezu riesig. Es gibt Kusinen und Onkels und Tanten und Vettern und Vettern von Vettern. Sie wohnen alle in einem weißgekalkten, zweistöckigen Haus – aber in den Nebenräumen, im Keller, in der Küche, zusammengedrängt. Drei, vier Personen in einem kleinen Zimmer. Denn die schönen, die großen, die geschmacklos eingerichteten Zimmer sollen doch für die Fremden reserviert bleiben!

Antonio heißt der Hausherr. Er hat eine kleine Tankstelle. Aber mit der Benzinpumpe neben dem Eingang des Hauses kann er so viele Menschen nicht ernähren. Ich habe Antonio gefragt. Die Saison ist schlecht. Er verkauft nicht nur wenig Benzin, nein, auch die Zimmer, die er so schön für die Fremden eingerichtet hat, bleiben meist leer. Manchmal verlieren sich Touristen hierher. Aber es ist ihnen nicht komfortabel genug. Nach ein paar Tagen ziehen sie wieder aus. Trotz der Neonschrift, die über dem Hauseingang flammt: HOTEL MORTULA. Antonio schimpft. Großvater Remo sagt: »Dio ci aiuterà.«

Ich lerne schnell Italienisch. Das heißt, mein Italienisch ist sicherlich grauenhaft, aber ich kann schon vieles verstehen. Und ich schreibe an meinem Manuskript, an meinem Buch. Der Tisch, an dem ich dabei sitze, steht am Fenster. Ich sehe das Meer, die Schiffe, die kommen und ziehen, und ich weiß: In ein paar Stunden gehe ich an den Strand, und da wird Verenas Boot sein, da wird Verena sein. Und wir werden aufs Meer hinausfahren und einander lieben, unter dem blauen Himmel, weit, weit fort von allen Menschen.

Verena hat nun nur noch Stunden, nicht mehr den ganzen Tag für mich, weil ihr Mann wieder da ist. Sie muß sich auch um Evelyn kümmern. Aber es vergeht kein Tag, an dem ich sie nicht sehe, an dem wir uns nicht lieben. An Schnüren hängen immer Weinflaschen vom Boot ins Wasser. Wir trinken. Ich habe nie viel getrunken. Jetzt tue ich es. Ich glaube, das ist kein gutes Zeichen, auch wenn wir später, draußen auf dem Meer, sehr, sehr glücklich sind, und Verena sagt: »Man müßte immer betrunken sein.« Ich weiß nicht...

Gott sei Dank hat Evelyn Angst vor dem Motorboot und will nie mit. Gott sei Dank hat Herr Manfred Lord entweder zuviel zu tun, wenn er auf Elba ist, oder er schläft, völlig erschöpft von seinen vielen Geschäften, den ganzen Tag in dem Pinienhain hinter dem Haus aus Glas. Gott sei Dank hat Verena ihr Motorboot seit Jahren, und jeder auf der Insel weiß, daß sie ganz verrückt damit ist. Es fällt keinem auf, wenn sie durch die See saust. Dort, wo die Villen von Bekannten stehen, muß ich mich auf den Boden des Bootes legen, aber meistens fahren wir so weit hinaus in das Meer, daß uns keiner erkennt. Dann trinken wir Wein, springen ins Wasser und tun es nachher, und ich lese Verena vor, was ich geschrieben habe. Sie sagt, es sei gut.

Ist es gut? Ich weiß nicht...

Wenn Verena am Nachmittag Zeit hat, fahren wir nach Marciana Marina und gehen in die Bar, und die Musikbox spielt »Il nostro concerto«, sooft wir wollen. Es ist ein kitschiges Lied. Die Melodie ist kitschig. Der Sänger singt kitschig. Alles ist kitschig. Aber es ist *unser* Lied. Wir halten uns an der Hand, Verena und ich, und sehen zu, wie die Fischerboote ausfahren, im blutroten Licht der blutroten, untergehenden Sonne.

## 8

In der Kühle eines Nachmittags sind wir von Porto Azzurro aus landein gegangen. Wir kommen in einen Olivenhain, und da bleiben wir, weil Verena sagt, daß sie keinen Schritt weitergehen könne, ohne mich zu vergewaltigen. So tun wir es unter einem alten Olivenbaum. Dann trinken wir Chianti. (Gute Vorsätze!) Eine Olive fällt auf meinen Rücken. Ich stecke sie ein.

»Milton«, sagt Verena.

»Wieso Milton?«

»Der hat so etwas doch auch getan.«

»Woher weißt du das?«

»Ich bin nicht ganz so ungebildet, wie du denkst.«

»Ich meine doch nicht...«
»Doch, du meinst. Alle meine Männer haben das gemeint. Aber die Geschichte mit Milton und der Olive kenne ich eben.«
»Ich bin nur noch nicht siebzig und blind und impotent!«
»Nein, Liebster. Da hast du recht! Du bist ein großartiger Liebhaber. So, nun hast du es gehört. Werde überheblich! Betrüge mich! Verlasse mich!«
»Ich werde nie überheblich werden. Ich werde dich nie betrügen. Du bist meine große Liebe... die größte... die einzige... Nach dir kommt nichts mehr.«
»Sag das noch einmal.«
»Du bist meine einzige Liebe. Meine größte. Nach dir kommt nichts mehr.«

## 9

Wenn ein Tag kommt, an dem Verena keine Zeit hat und ich keine Lust habe zu schreiben, gehe ich nach Portoferraio. In die kleinen Gassen hinter die Piazza della Repubblica. Ich lungere herum. Ich sitze auf der Straße vor einer »Bar« und trinke Espresso. Ich sehe alten Männern zu, die diskutieren, als wollten sie sich gleich erschlagen. Ich sehe die kleinen Läden an, die Schiffe, die von Piombino herüberkommen, die Jachten der reichen Leute im Hafen, auch die Jacht des Herrn Lord. Sie ist sehr prächtig.
Nun muß ich die Sache mit dem Armband erzählen.
Auf der Piazza Cavour gibt es zwei Juweliere. Der eine betrügt, hat mir Großvater Remo erzählt. Aber er besitzt die viel schöneren Ringe, Ketten, Steine und Armbänder. Die Radio- und Fernsehfabriken meines Alten sind auch viel größer als die der meisten anderen. Der, der betrügt, hat immer die feineren Sachen. Dagegen kann man nichts tun.
Eines Vormittags lehne ich vor dem Laden und sehe ein goldenes Armband. Es besteht aus lauter schmalen Streifen, die nebeneinander liegen und durch Ösen verbunden sind. Es ist ja blödsinnig, so etwas aufzuschreiben, aber wenn es doch wahr ist: In dieses Armband verliebe ich mich. Auf den ersten Blick! Mir fällt ein, daß ich Verena noch nie etwas Wertvolles geschenkt habe. Also gehe ich in den Laden, und da begrüßt mich ein kleiner Herr mit Brillantine im Haar und dauerndem Händereiben, und das Armband kostet zehntausend Lire, sagt er. Und auch nur deshalb, weil Gold in Italien so billig ist.

Es geht eine Riesenhandelei los, die fast eine Stunde dauert. Er wiegt das Band, hält es gegen das Licht, zwingt mich, es auf der Straße anzusehen. Nach einer halben Stunde habe ich ihn auf achttausend heruntergedrückt. Nun ist es so: Ich besitze noch achttausend, aber wenn ich die hergebe, dann sieht es schlecht aus mit dem Rest meines Urlaubs. Ich zahle also dreitausend an, damit man mir das Band zurücklegt, und sage, daß ich es in den nächsten Tagen abholen will.
Sie sehen, Sommer, Hitze, Meer, die Insel, all das hat mich meinen Verstand verlieren lassen. Denn wird Verena das Armband überhaupt tragen können? Egal! Ich will, daß Verena das Armband bekommt. Und wenn sie es in den Safe legen muß. Sie soll das Armband bekommen. Aber wo bekomme ich das Geld her, es zu kaufen?

## 10

Höchst seltsamerweise habe ich auch für dieses Problem eine Lösung gefunden. Hinter der Piazza Cavour liegt die Piazza della Repubblica. Ein großer Platz. Sehr viele Bäume. In der Mitte, natürlich, irgend so ein Denkmal. Viele Restaurants. Um das Denkmal rennen dauernd Kinder, schreien, spielen und lachen. An dieser Piazza befindet sich ein Fotogeschäft. Ganz modern. Einem älteren Herrn gehört es. Fellanzoni heißt er. Und eines Tages sehe ich, daß er ein kleines Plakat an die Auslagenscheibe geklebt hat. Soviel Italienisch kann ich jetzt schon: Der Herr sucht einen Gehilfen. Signor Fellanzoni hat sein Problem, und er kann es mir auch gleich deutlich machen, denn ich spreche englisch, und Signor Fellanzoni war in amerikanischer Gefangenschaft. (Ich sehe jetzt, wie völkerverbindend der Krieg sein kann. Herr Fellanzoni und ich verstehen uns vom ersten Moment an. Wir können miteinander reden! Wenn Hitler keinen Weltkrieg angefangen hätte, wäre Herr Fellanzoni nicht in ein PW-Camp geraten und könnte nicht englisch. Muß ich Hitler dankbar sein? Es sollte unblutigere Wege geben, kostenlos fremde Sprachen zu lernen.)
Herrn Fellanzonis Problem: Die Insel ist überbesetzt mit Touristen. Alle bringen Filme zum Entwickeln. Herr Fellanzoni kann es einfach nicht schaffen. Er bekommt auch keine Hilfskraft: Die Jungen sind alle mit Ausländerinnen beschäftigt, und das, was die bezahlen, könnte Herr Fellanzoni nie bezahlen, und auch die Mädchen haben ihre Saison, sie müssen für den Winter vorsorgen – ich brauche nicht weiterzusprechen.

»Ich suche jemanden für den Abend«, sagt Herr Fellanzoni in dem Englisch, das er in dem PW-Camp bei Neapel gelernt hat. (Es müssen viele Amerikaner aus Texas in diesem Lager Wache geschoben haben.) »Am Tag sitze ich in der Dunkelkammer. Abends falle ich um vor Müdigkeit. Da dachte ich mir, wenn mir dann jemand weiter die Filme entwickeln könnte ... Ich würde gut bezahlen, madonna mia, wirklich gut!«
»Ich nehme die Stelle an.«
»Können Sie Filme entwickeln?«
»Nein. Aber so schwer wird das ja nicht sein.«
»Ich zeige es Ihnen. Ich mache einen perfekten Fotografen aus Ihnen. Wann können Sie anfangen?«
»Morgen abend.«
Den morgigen Tag verbringe ich nämlich mit Verena. Sie holt mich um zehn Uhr mit dem Boot ab. Ihr Mann ist nach Genua gefahren.
»Sie müssen aber damit rechnen, daß es manchmal ein, zwei, drei Uhr wird, bis Sie fertig sind.«
»Das ist mir recht, Signor Fellanzoni.«
Ich will Verena doch das Armband schenken!

## 11

Ich arbeite nun jeden Abend. Manchmal wird es wirklich zwei und drei Uhr. Herr Fellanzoni hat enorm viel Filme zu entwickeln. Mit dem letzten Bus fahre ich dann nach Casaccia, oder, wenn ich ihn versäume, schlafe ich im Laden. Herr Fellanzoni hat mir Schlüssel zum Geschäft und zu einem Ausgang in den Hof gegeben – je nachdem, was ich brauche. Herr Fellanzoni hat großes Vertrauen zu mir und ist mit meiner Arbeit zufrieden. Er bezahlt pro Nacht. Den Juwelier auf der Piazza Cavour habe ich inzwischen auf siebentausend Lire heruntergehandelt. Das ist – verglichen mit den Preisen in Deutschland – wirklich geschenkt.
Kommt der 14. August.
Ich erinnere mich noch genau an den Tag, es ist der Geburtstag meiner Mutter. Ich habe ihr über Fleurop Blumen ins Irrenhaus schicken lassen. Außerdem ist dieser 14. August furchtbar heiß. Herr Fellanzoni schließt seinen Laden stets erst gegen neun Uhr. Ich habe Verena heute nicht sehen können, weil sie mit ihrem Mann irgendwo eingeladen ist. Also komme ich nach dem Abendessen schon gegen acht ins Geschäft. Es ist ausnahmsweise nicht viel zu tun. Auf der Piazza della Repubblica schreien die Kinder.

Herr Fellanzoni will gerade seinen Laden schließen, da hält auf kreischenden Pneus ein Wagen vor dem Geschäft. Ein Ford. Mit englischer Nummer. Aus dem Wagen steigt eine alte Dame. Sie ist derart sonnenverbrannt, daß ihre Haut aussieht wie Leder. Sie trägt Shorts und ein Buschhemd. Sie erkennt mich sofort. Mit einem Aufschrei stürzt sie in den Laden.
»Mister Mansfeld!«
Mrs. Durham, was soll ich machen.

## 12

Mrs. Elizabeth Durham aus Warrington bei Liverpool. Die gute Dame, die mir einen »Lift« von Florenz bis hierher gab. Die liebe Dame, die so allein ist. Die schon wieder angetrunkene, bezaubernde Dame, die der Teufel holen soll.
»Mrs. Durham!«
Nein, diese Freude.
»Sie arbeiten doch nicht ständig hier?«
»Nur aushilfsweise. Weil ich ein bißchen Geld verdienen will.«
Mrs. Durham gibt Signor Fellanzoni drei Filme zum Entwickeln. Dann kommt, was ich befürchtet habe: »Sie haben nie bei mir angerufen, Mister Mansfeld!«
»Verzeihen Sie bitte, ich hatte so viel...«
»Sagen Sie nur zu tun!«
»Ja, wirklich.«
»Hören Sie...«
»Mrs. Durham, ich schreibe einen Roman.«
»Bla, bla bla! Jetzt reicht es mir! Ich muß zur Selbsthilfe greifen. Haben Sie heute abend auch ›viel zu tun‹?«
»Irrsinnig viel.«
»Signor Fellanzoni« (auf Italienisch), »hat er viel zu tun?«
»Nicht sehr viel, Signora.«
Dämlicher Hund!
»Könnte Signor Mansfeld mit mir kommen? Ich warte schon so lange auf seinen Besuch!«
»Aber natürlich, Signora...«
Dieser Fellanzoni muß einmal Zuhälter gewesen sein. Er gibt mir einen Blick, quasi: Los, Junge, ran an die Alte, sei nicht dämlich!
»Die Arbeit hat bis morgen Zeit. Wenn Signor Mansfeld ein alter Freund von Ihnen ist, möchte ich unter keinen Umständen verhindern, daß Sie sich endlich einmal wiedersehen!«

Die Helden in den Bilderbuchgeschichten ertragen solche Schicksalsschläge immer gelassen und mit einem feinen Lächeln um die Lippen. Ich bin kein Held, ich bin ein Feigling. Und ich weiß überhaupt noch nicht, was mir heute abend bevorsteht. Aber ich muß Instinkt besitzen...

»Signor Fellanzoni, einige der Filme sind doch sehr dringend...«

»Ich bitte Sie! Wenn die Signora Sie einlädt! Ich wäre doch ein Barbar, Ihnen nicht freizugeben!«

»Das ist sehr freundlich von Ihnen, aber sehen Sie doch... ich bin in Hemd und Hose... so kann ich unmöglich...«

»Wir fahren bei Ihrem Hotel vorbei. Wo wohnen Sie?«

Ich sage es ihr.

»Das ist kein großes Hotel, wie?«

»Es ist überhaupt kein Hotel, nur eine kleine Pension.«

»Ich liebe Pensionen! Ich bin betrunken, Sie haben es sicher schon gemerkt. Ich bin immer betrunken auf Elba. Mein Verwalter chauffiert, Sie müssen keine Angst haben, Mister Mansfeld. Wir fahren zu Ihrer Pension, Sie ziehen sich ein bißchen anders an, und dann kommen Sie zu mir zum Abendessen. Mein Verwalter bringt Sie nach Hause. Sie können ruhig auch ein paar kleine Drinks nehmen. Ich vergewaltige Sie nicht, keine Angst! Das ist wirklich ein scheuer junger Mann, Signor Fellanzoni, nicht?«

»Ja, Signora, außerordentlich scheu.«

## 13

Mrs. Durham besitzt ein Riesenhaus mit Nebengebäuden, Garagen und Dienerwohnungen. Es steht auf einem kleinen Hügel über dem Wasser der Bucht. Vor zehn Jahren wurde es gebaut, sagt Mrs. Durham, während sie die ersten Drinks bereitet. Die Fußböden sind aus Stein, zum Teil tragen sie Mosaikornamente. Es gibt eine Ölheizung, jeden Komfort, aber: »Kein Radio! Kein Fernsehapparat! Ich brauche bloß Zeitungen, und auch die nur ab und zu. Ich will meinen Frieden!«

Das Abendessen serviert ein sehr braunhäutiges Mädchen aus Elba, das mich dauernd neugierig betrachtet. Ich trinke Rotwein, Mrs. Durham bleibt bei ihrem Whisky. Sie hat schon sechs große Gläser getrunken. Man merkt es. An der Wand hängt das Bild einer schönen, jungen Frau. Ich frage nicht, denn ich weiß, wer das ist: Mrs. Durhams Tochter Virginia. Wenn Mrs. Durham das Bild ansieht, habe ich stets Angst, daß sie zu weinen beginnen wird.

Sie weint nicht. Sie trinkt dann nur immer einen großen Schluck. Komisch, daß ich sogar hier das Gefühl habe, verfolgt, beobachtet, beschattet zu werden. Es kann nur mein schlechtes Gewissen sein! Nach dem Essen spielen wir Ecarté. Mrs. Durham trinkt weiter. Jetzt hat sie dem Bild ihrer Tochter den Rücken gekehrt. Ich denke, daß ich mich in einer guten halben Stunde empfehlen kann, weil Mrs. Durham dann recht betrunken und müde sein wird, aber da erscheint plötzlich der Verwalter. Jemand scheint angerufen zu haben.

Mrs. Durham steht ein bißchen schwankend auf und teilt mit, daß ihr alter Freund, der Major Ingram, von dem sie mir erzählte, am Apparat sei.

»Bin gleich wieder da ...«

Ich erhebe mich höflich. Dann sehe ich das Bild Virginias an. Ein hübsches Mädchen. Ein sehr hübsches Mädchen! Ich kann die ruhelose Herumreiserei Mrs. Durhams verstehen – und auch wieder nicht. Hoffentlich ist das nicht zu idiotisch, aber ich überlege: Die Freude am Leben liegt doch immer nur in unseren Erinnerungen. Ich meine: In unseren glücklichen Vergangenheiten. Was heute noch ein Unglück ist, das ist in unserer Erinnerung in drei, vier, fünf, sechs Jahren vielleicht eine glückliche Vergangenheit geworden. Gesunde Menschen verdrängen das Häßliche, sie erinnern sich nur an das Schöne. Warum ist Mrs. Durham noch immer so traurig, warum trinkt sie so viel? Stimmt das nicht, was ich denke? Vielleicht habe ich auch schon zu viel getrunken ...

Mrs. Durham kommt zurück, ihre Wangen sind gerötet.

»Los! Los!«

»Bitte?«

»Lassen Sie uns gehen!«

»Wohin?«

»Zu Major Ingram.«

»Aber Mrs. Durham ...«

»Nein, nein, nein! Sie wissen ja nicht, was geschehen ist in Deutschland! Wir müssen zu Major Ingram. Es sind zu Fuß fünf Minuten. Kommen Sie, kommen Sie, schnell! Der italienische Rundfunk bringt dauernd Sondermeldungen, das Fernsehen auch! Vielleicht stehen wir vor dem Ausbruch des dritten Weltkrieges.«

»Mrs. Durham, sagen Sie mir endlich, was geschehen ist!«

»Dieser Mr. Ulbricht hat gestern, am Sonntag, eine Mauer bauen lassen. Sie trennt Westberlin von Ostberlin. Kein Mensch kann mehr durch. Familien wurden auseinandergerissen, Mann und Frau, Freund und Freund. Es soll auch Tote gegeben haben. Major

Ingram sagt, in zwanzig Minuten überträgt Eurovision Bildberichte aus Berlin...«

## 14

Ich muß Mrs. Durham führen, denn erstens ist der Weg, den wir entlanggehen, sehr schlecht, und zweitens ist sie jetzt sehr betrunken. Das Haus ihres Freundes liegt höher. Wir gehen schnell, und ich gerate ein bißchen in Schweiß. Der Mond scheint. Riesengroße Kröten sitzen auf dem Weg, wir müssen achtgeben, daß wir sie nicht zertreten. Und in ihren Strohhütten schreien die Esel.
»Er war so aufgeregt, der gute Major, daß er kaum reden konnte«, berichtet Mrs. Durham, an meiner Seite stolpernd. »Er hat die Invasion mitgemacht, er war im Alliierten Hauptquartier, und eben sagte er zu mir, Elizabeth, sagte er, es stinkt verflucht nach Krieg.«
Weiß leuchtet das Haus des Majors, das dicht von Pinien umgeben ist. Er öffnet uns selber. Major Ingram sieht aus wie ein Zwillingsbruder von Winston Churchill. Dick. Breitgesichtig. Klug. Eine Zigarre und ein Whiskyglas in der Hand.
Mrs. Durham bekommt einen Kuß von ihm. Mir schüttelt er die Hand. »Ich wußte nicht, daß Elizabeth Besuch hatte. Aber Sie sind Deutscher, Mister Mansfeld, nicht wahr? Kommen Sie herein, in zehn Minuten beginnt die Übertragung aus Berlin. Es muß Sie doch interessieren. Ihr Land und so, meine ich, nicht wahr?«
»Gewiß, Major.«
»Hick«, macht Mrs. Durham.
»Meine Ärmste, Sie brauchen einen Scotch, und zwar sofort!«
Der Major geht voraus. Wir folgen ihm. Im Wohnzimmer läuft ein Fernsehapparat. Ein schwarzer Beau (warum erinnert er mich an Enrico Sabbadini?) singt sich auf der Mattscheibe ein Kilo Schmalz herunter.
Major Ingram macht bekannt.
Es sitzen nämlich noch ein paar Herrschaften vor dem Kamin.
Mrs. Ingram, zum Beispiel.
Verena, zum Beispiel.
Manfred Lord, zum Beispiel.

## NEUNTES KAPITEL

### 1

In Verenas Augen sehe ich nacktes Entsetzen.
Was soll ich tun? Was kann ich tun? Ich habe nicht gewußt, daß sie und ihr Mann heute bei Major Ingram eingeladen sind. Ich habe nicht gewußt, daß Manfred Lord, wie er mir lächelnd mitteilt, und Major Ingram alte Freunde sind. Ich habe nichts von der Mauer gewußt. Hat Herr Lord etwas von ihr gewußt? In seinem Haus gibt es ein Radio, gibt es einen Fernsehapparat. Hat er Verena absichtlich verschwiegen, was in Berlin passiert ist? Hat er, mit Intelligenz und Mühe, via Mrs. Durham dieses Zusammentreffen arrangiert?
Ist alles Zufall?
Wie zufällig kann Zufall sein?
»Oliver!« mit ausgebreiteten Händen kommt mir Manfred Lord entgegen. »Nein, die Überraschung! Diese Freude! Verena, hättest du das gedacht?«
Statt Verena spricht Mrs. Ingram: »Oh, Sie kennen sich?«
»Was denn, kennen?! Wir sind gute, alte Freunde! Seit wann sind Sie auf der Insel, Oliver?«
»Ich ...«
In diesem Moment wird es – der Herr im Fernsehen singt noch immer – Mrs. Durham übel.
»Verzeihen Sie, Herr Lord ... Einen Moment ...«
Ich bringe Mrs. Durham zum Badezimmer. Als sie sich erleichtert hat, kommt sie wieder heraus.
»Die Ravioli waren zu schwer. Es hat nichts mit Whisky zu tun. Wie sehe ich aus?«
»Großartig.«
»Ich habe mich wieder geschminkt, nachdem ich ...«
»Mrs. Durham ...«
»Ja.«
»Ich habe eine Bitte.«
Wir stehen auf dem Gang vor dem Badezimmer. Jetzt singt eine Frau im Fernsehen.
»Da sola a sola ...«
»Ich weiß nicht, ob Sie mir helfen können.«
»Ich will es versuchen.«
»Diese Leute, die bei Major Ingram zu Besuch sind, das Ehepaar, kenne ich ... Würden Sie ... würden Sie für mich lügen?«
»Lügen, wieso?«

»Würden Sie sagen, daß wir einander auch schon jahrelang kennen, und daß ich erst gestern hier ankam?«
»Ich verstehe kein Wort...«
»Ich erkläre Ihnen alles später. Wollen Sie das für mich tun?« Sie sieht mich mit schwimmenden Augen an.
»Würden Sie auch etwas für mich tun?« Und als ich nicht sofort antworte: »Natürlich nicht. Das wäre auch zu viel verlangt. Ich glaube, ich verstehe, was hier los ist. Sie können sich auf mich verlassen.«
»Kann ich das wirklich?«
»Na, was denn! Wie schade, daß ich nicht Mrs. Lord bin. Aber man kann eben nicht alles haben, wie?«
Dann gehen wir in das Wohnzimmer zurück, und Mrs. Durham erzählt (eine Spur übertrieben), welch alter Freund von ihr ich sei, und wie sie mich gestern am Schiff abholte. Sie spricht nicht mehr sehr deutlich, sie hat sehr viel getrunken. Aber es funktioniert.
Ja, funktioniert es?
In Verenas Augen lese ich einen Ausdruck der Verzweiflung, in den Augen von Herrn Lord einen des Triumphes. Schön, die Mauer ist ihm zugute gekommen. Aber sonst hätte uns Major Ingram auch einmal eingeladen. Ganz bestimmt.
»Wo wohnen Sie, Oliver?« fragt Herr Lord.
»In einer Pension bei Portoferraio.«
»Das kommt ja überhaupt nicht in Frage!«
»Bitte?«
»Ab morgen wohnen Sie bei uns! Keine Widerrede! Meine Frau wird sich freuen, nicht wahr, Liebling?«
Sie kann nur stumm nicken.
Der Fernsehapparat dröhnt.
»Ich muß in drei Tagen wieder nach Rom. Ich vermag nicht zu sagen, wie froh ich bin, daß Sie sich entschlossen haben, nach Elba zu kommen. So können Sie meiner Frau doch Gesellschaft leisten, nicht wahr? Und die Menschen hier unten sind nicht so niederträchtig wie in Deutschland.«
»Nein, Herr Lord. Darum dachte ich auch, ich könnte Sie hier besuchen, ohne daß wieder geredet wird.«
Darüber muß Herr Lord herzlich lachen.
»Dieses Gerede«, sagt er. »Dieses Gerede...«
Auf dem Fernsehschirm erscheint das Eurovisionszeichen. Wir hören die bekannte Melodie dazu. Dann sehen wir die Mauer, das geschlossene Brandenburger Tor, Ostzonenpanzer, Stacheldraht, alles. Ein italienischer Reporter kommentiert. Es ist wirklich

schrecklich, was da passiert ist. Das Bild flackert verregnet, die Sendung zeigt erschütternde Bilder: Deutsche, die auf Deutsche zu schießen bereit sind. Eine junge Berlinerin, die eben geheiratet hat. Nun steht sie vor ihrem Elternhaus und weint, denn die Türen zu dem Haus, in dem Vater und Mutter wohnen, sind zugemauert. Man kann auch die Eltern sehen, im dritten Stock. Die Mutter weint. In einem schwachen Versuch, sie zu trösten, legt der Vater seiner Frau, die weiße Haare hat und eine Brille trägt, einen Arm um die Schulter. Dabei muß er selber zum Taschentuch greifen. Nicht einmal ihre Geschenke dürfen sie den Kindern, die unten auf der Straße stehen, in die Hände drücken. Päckchen und Blumen werden an Bindfaden herabgelassen, denn das Haus ist doch zugemauert.
Alle sind ergriffen.
Eine große Diskussion beginnt. Mrs. Durham muß weinen wie die alte Frau in Berlin. Manfred Lord ist herzlicher und kameradschaftlicher zu mir denn je zuvor.

2

Am nächsten Tag verlasse ich die trauernde Familie Mortula und übersiedle in das Glashaus von La Biodola. Das Manuskript gebe ich dem Großvater zur Aufbewahrung. Ich sage, ich werde es mir holen, wenn ich abreise.
»Ist etwas geschehen?«
»Ja.«
»Etwas Schlimmes?«
»Ja.«
»Gott wird helfen.«
Wird er?
Tage und Nächte verbringe ich nun in Herrn Lords Haus, an seinem Strand, an seiner Seite. Muß er einmal verreisen, sorgt er dafür, daß die Dienerschaft bleibt, die Sekretärin, Evelyn, die Bonne, alle. Wenn Verena und ich einander noch lieben wollen, müssen wir in diesen Tagen weit, weit aufs Meer hinausfahren, denn Gott sei Dank fürchtet Evelyn das Boot.
Als ich der Kleinen übrigens zum erstenmal wiederbegegne und mit ihr am Strand spiele (Herr Lord diktiert oben in seinem Glashaus Briefe), da entschuldigt sie sich. So klein sie ist – sie hat etwas begriffen von dem, was vorgeht ...
»Ich ... damals in Frankfurt war ich doch so böse auf dich und habe gesagt, ich will dich nie wiedersehen. Und jetzt bist du hier-

her nach Elba gekommen. Nicht wahr, es hat mit Mami und mir zu tun?« – »Ja.«
»Du läßt uns nicht im Stich?«
»Bestimmt nicht. Nie!«
»Es ist eben nur sehr schwer, was? Glaubst du, du wirst es schaffen?« – »Hoffentlich.«
»Darf ich dir einen Versöhnungskuß geben?«
»Ich wäre sehr glücklich darüber.«
»So. Und jetzt du mir auch einen!«
Ich küsse ihre nasse Wange.
»Du mußt wirklich Geduld haben, Evelyn.«
»Habe ich. Habe ich ja. Noch sehr lange?«
»Bis Weihnachten.«

3

Das Wetter ist immer noch schön, aber es gibt auch schon Regentage und stürmische Winde, und manchmal sieht das Meer unheimlich aus. Der Herbst kommt. Bald müssen wir alle heim.
Ich habe inzwischen aufgehört, nachts bei Herrn Fellanzoni zu arbeiten, denn ich habe genug verdient, um das Armband zu kaufen. Manfred Lord hat sehr viel zu tun. Wir sollen doch Bootsfahrten machen, sagt er. Nach Marciana Marina. Nach Porto Azzurro. Er nennt alle Orte, die ich mit Verena besucht habe, und lächelt dabei mild und läßt mich nicht aus den Augen.
Also nehmen wir das Boot und fahren los. Es ist ein sehr schöner Tag, und wir sind sehr traurig. Aber wenigstens können wir miteinander reden. Ich habe lange überlegt, ob ich Verena von meinem Gefühl erzählen soll, daß uns jemand verfolgt. Ich habe es nicht getan, um sie nicht zu erschrecken. Jetzt muß ich es tun. – Sie starrt mich an.
»Jemand beobachtet uns?«
»Seit ich auf Elba lebe. Ich bin davon überzeugt. Im Auftrag deines Mannes. Ich bin davon überzeugt, daß auch nur so dieses verfluchte Zusammentreffen bei den Ingrams zustande kam. Ich bin davon überzeugt, daß dein Mann alles weiß, daß er über alles informiert ist.« Auch in einem Paradies kann man höllische Gespräche führen.
Verena ist blaß geworden. Ihr Gesicht wirkt noch schmäler, die Augen sind noch größer. »Aber ... aber wenn er alles weiß, warum sagt er dann nichts? Warum hat er dich in sein Haus geladen? Warum läßt er uns allein?«

»Ich kann es nicht beweisen ... Aber ich habe eine Theorie.«
»Nämlich?«
»Dein Mann weiß auch – wieso, kann ich nicht sagen –, daß Fotografien der durchstochenen Buchseiten in deinem Safe liegen. Er will uns in die Hand bekommen, mehr und mehr. Um eines Tages sagen zu können: Her mit den Fotografien! Er muß sich nicht scheiden lassen. Nie. Er kann mir sein Haus verbieten und dich auf eine Weltreise schicken, oder er kann eine Anzeige gegen mich wegen Ehebruchs erstatten.«
»Nein!«
»Doch. Ich habe mich erkundigt. So etwas kommt äußerst selten vor. Wenn es vorkommt, kann der Betreffende mit Gefängnis bestraft werden. Es wird uns nichts anderes übrigbleiben, als mit ihm den niedlichen Handel einzugehen: Er bekommt die Fotos, ich bekomme dich.«
»Das klingt alles zu phantastisch!«
»Ja? Klingt es zu phantastisch? Dann muß ich dir noch etwas sagen. Ich habe dir erzählt, daß mein Vater mir den Wagen genommen hat. In Wahrheit ...« Ich erzähle ihr die Wahrheit, jetzt hat das alles keinen Sinn mehr, jetzt kommen wir nur noch mit der Wahrheit weiter.
»Du ... du glaubst, daß Leo in seinem Auftrag gehandelt hat?«
»Das weiß ich nicht. Aber Leo hatte nicht nur Briefe und Tonbandaufnahmen von Gesprächen mit Enrico und anderen, er hatte auch Fotos von uns. Er fotografierte uns, wenn wir das kleine Häuschen am Brunnenpfad betraten, wenn wir es verließen. Warum soll dein Mann nicht gesagt haben, Leo, fahren Sie nach Elba und machen Sie so weiter?«
»Du glaubst im Ernst, daß er Leo beauftragt hat, uns zu erpressen?«
»Ja. Die Methoden gleichen sich so. Aber auch wenn Leo auf eigene Faust handelt und deinem Mann die Fotos zeigt – der Effekt ist der gleiche.«
»Ich fühle mich sehr elend, Oliver.«
»Ich mich auch, Verena, ich mich auch.«

## 4

An diesem Nachmittag sitzen wir noch einmal auf der Terrasse der kleinen Bar in Marciana Marina. Wir sehen zu, wie die Fischer ihre Boote klarmachen, und trinken Wein und halten uns an den Händen.

Es ist alles ebenso traurig wie lächerlich, denn gerade, als ich das Armband aus der Tasche nehmen und es Verena geben will, nimmt sie eine goldene Armbanduhr aus der Brusttasche ihrer Bluse und sagt: »Ich habe dir ein Geschenk gemacht!«
Die Uhr trägt auf der Innenseite die Inschrift:
IN LIEBE – VERENA
ELBA 1961
Das Armband trägt auf der Innenseite die Inschrift:
IN LIEBE – OLIVER
ELBA 1961
Daraufhin bekommt Verena einen geradezu hysterischen Lachkrampf.
»Was ist so komisch?«
Sie lacht.
»Verena, sag mir, was los ist!«
Sie hört auf zu lachen, und ich sehe, daß sie Tränen in den Augen hat.
»Mein Lieber... mein Liebster... Ich bemerkte, daß du deine Uhr nicht mehr hattest, als du ankamst. Da wollte ich dir eine neue schenken. Aber ich sagte dir doch, mein Mann achtet auf jeden Pfennig, den ich ausgebe. So habe ich dieses Armband zu einem Juwelier in Portoferraio getragen...«
»Auf der Piazza Repubblica?«
»Ja, natürlich. Er nahm es in Kommission. Die Uhr für dich habe ich anbezahlt. Der Juwelier sagte, sobald er das Band verkauft hätte, könnte er mir die Uhr geben. Jetzt hat er es verkauft!«
»An mich! Und du hast dein eigenes Band wieder!«
»Aber du eine neue Uhr. Woher hattest du das Geld, das Band zu kaufen?«
Ich sage es ihr.
»Wenn du nicht bei Signor Fellanzoni gearbeitet hättest, wärest du vielleicht nicht Mrs. Durham begegnet. Und bei den Ingrams gelandet.«
»Vielleicht nicht bei den Ingrams, aber bei deinem Mann. Ich sage dir, er hat hier seinen Spion. Er spielt Katze und Maus mit uns. Wir werden bestimmt auch jetzt beobachtet, in dieser Minute. Vielleicht gibt es schon wieder ein Foto von uns!«
»Es muß jetzt nur schnell gehen, Oliver. Lange halte ich das nicht mehr aus.«
»Drei Monate, Verena, nur noch drei Monate!«
Die Uhr und das Armband geben wir auf der Heimfahrt in Casac-

cia bei Großvater Remo ab. Ich bitte ihn, beides für mich aufzuheben.
»Gerne. Gott wird helfen«, sagt er.

## 5

Nun sind wir auch noch dauernd bei den Ingrams und bei Mrs. Durham eingeladen. Zum Tee. Zum Tennisspielen. Fast immer ist Manfred Lord dabei.
»Mein alter Freund Ingram! Wann werden wir uns wohl wiedersehen? Es ist jetzt alles so ungewiß. Kommt Krieg? Kommt Frieden? Laßt uns glücklich sein, Freunde!«
Glücklich ...
Ich erinnere mich an meinen letzten glücklichen Tag auf der Insel. Das war der 29. August. Ein sehr starker Nordostwind wehte, und die Wellen des flaschengrünen Meeres waren so hoch wie kleine Häuser. Verena sagte, sie wollte trotzdem schwimmen gehen. Die Brandung warf uns beide zuerst um, aber als wir ein bißchen vom Ufer fortgekommen waren, trug uns das Wasser über riesige Wellenberge und Wellentäler hinweg, hinaus, hinaus, immer weiter hinaus. Wir mußten nicht schwimmen, der Wogengang und der Salzgehalt des Meeres verhinderten, daß wir versanken. Der Himmel war schwarz, das Meer war grün.
Weit, weit zurück liegt die Küste.
Da umarmen wir uns im Auf und Nieder der Wellen. Die Körper schlingen sich umeinander, die Lippen pressen sich aufeinander, ich sehe Holz und Algen vorübertreiben und den Widerschein der jagenden Sturmwolken in Verenas Augen.
Als ich durch eine riesige Welle von ihr fortgerissen werde, erblicke ich am Strand zwei blitzende Punkte, aber ich sage nichts darüber. Es sind die Linsen eines Feldstechers, den jemand an die Augen hält, der uns beobachtet. Wer wohl?
Am 1. September verlassen wir Elba.
Das Wetter ist an diesem Tag sehr schlecht. Vielen Leuten auf dem Schiff wird es übel. Ich sitze neben Evelyn auf Deck. Manfred Lord trinkt Whisky. Verena steht am Heck und sieht auf das Meer hinaus. Ihre Haare fliegen.
Drei Monate noch. Nur noch drei Monate. Warum habe ich bloß immer wieder das Gefühl, sterben zu müssen? Ich trinke auch einen Whisky. Aber er hilft nichts. Es ist heute sehr, sehr stark, das Gefühl.
Ich bin am Ende. Manfred Lord steht an der Reeling, Glas in der

Hand, und lächelt mich an. Ich muß mich abwenden vor diesem Lächeln, ich ertrage es nicht. So schlecht sind sie schon, meine Nerven.
Es ist gewiß beschämend für den Liebhaber einer Frau, daß er sich von ihrem Mann eine Auto- und eine Schlafwagenfahrt schenken läßt. Aber ich habe kein Geld mehr. Und Mrs. Durham ist noch auf der Insel geblieben. Also fahre ich mit Verena, Evelyn, dem Boxer und Herrn Manfred Lord von Piombino bis nach Florenz in einem neuen Mercedes 300. Ich fahre die gleiche Strecke hinauf, die ich in Mrs. Durhams Ford herunterkam. Wir sprechen wenig. Es regnet. Es ist kühl.
Als wir nach Florenz kommen, haben wir noch zwei Stunden Zeit bis zur Abfahrt unseres Zuges. Herr Lord möchte, wie er sagt, in der Via Vittorio Emanuele seiner Frau ein paar Schmuckstücke kaufen. Vielleicht goldene Armbänder und Ketten, weil Gold in Italien doch so billig ist. Er sagt das ganz natürlich und ruhig, während er seinem Chauffeur, der uns bei der großen Garage am Hauptbahnhof erwartet hat, Wagenpapiere und Schlüssel gibt.
Ich solle mir doch noch ein bißchen die Stadt anschauen, meint Herr Lord, hier sind die Platzkarten für den Schlafwagen. Er hat schon auf Elba gebucht. Wir treffen uns am besten im Zug.
Also gehe ich durch das abendliche Florenz und sehe viele schöne Gebäude und Brücken und sehr, sehr viele Menschen. Ich gehe so lange spazieren, daß ich schließlich von meinem allerletzten Geld ein Taxi nehmen muß, um den Zug noch zu erreichen. Als ich in die große Bahnhofshalle komme, wird bereits mein Name ausgerufen.
Evelyn hat ein Einzelabteil, ich habe eines, Manfred Lord und seine Frau schlafen zusammen. Vor Bologna gehen wir in den Speisewagen. Dann wird Evelyn zu Bett gebracht. Wir stehen noch eine Weile auf dem Gang vor den Abteilen und sehen Lichter vorüberhuschen und trinken Chianti aus zwei Flaschen, die Manfred Lord mitnahm. Und noch ein Glas. Und noch ein Glas.
Er ist stark, der Chianti, ich muß achtgeben, daß ich nicht betrunken werde und schwätze.
Besser, ich gehe zu Bett.
»Gute Nacht, gnädige Frau. Gute Nacht, Herr Lord.«
»Schlafen Sie gut, mein Lieber. Schöne Träume!«
Er drängt Verena so vor sich her den Gang hinab, daß sie mir nicht einmal mehr einen Blick geben kann. Ich gehe in mein Abteil. Der Schaffner kommt und bittet um meinen Paß. Dabei überreicht er mir ein verschlossenes Kuvert. »Was ist das?«

»Ich weiß es nicht, mein Herr. Die Dame von Nummer 14 gab es mir für Sie.«
Als ich allein bin, reiße ich den Umschlag auf.
Eine kleine Schallplatte fällt heraus.
Ich lese, was auf dem Etikett steht:
IL NOSTRO CONCERTO

6

Die Schule hat angefangen.
Die alten Gesichter sind wieder da, die alten Freunde, die alten Feinde. Der Chef, die Lehrer, die Erzieher. Alle bis auf Herrn Herterich. Der hat im Sommer gekündigt und arbeitet jetzt als Tankwart an der Autobahn. Er soll zu Hansi gesagt haben: »Da verdiene ich mit Trinkgeldern dreihundert Mark mehr als hier und muß mich nicht mit euch Kröten zu Tode ärgern.«
Ein Standpunkt.
Von Geraldine wäre zu berichten, daß sie außerordentlich braungebrannt und gut gelaunt von den Ferien zurückgekommen ist. Sie sagt, sie hätte den ganzen Tag in Cape Canaveral in der Sonne gelegen. Zu mir ist sie freundlich, und ich glaube schon, daß sich mit der Zeit unsere Geschichte eingerenkt hat. Das glaube ich, weil ich ein Idiot, ein »gescheiter Trottel« bin, wie Noah sagt, der auch wieder da ist. Auch Chichita. Auch Wolfgang.
Ein Junge kommt nicht zurück: Thomas.
Er schreibt uns allen einen todtraurigen Brief. Sein Vater besteht darauf, daß er in Fontainebleau, dem Hauptquartier der NATO, ein Internat besucht und dort sein Abitur macht.

7

Weil Evelyn nun schon zur Schule geht, kann Verena nicht in der Villa im Taunus leben. Sie muß in Frankfurt wohnen.
Der Chef hat noch keinen Ersatz für Herrn Herterich gefunden, und da wir also im Moment keinen Erzieher haben, fällt es mir leicht, manchmal zu verschwinden. Ausreden genug kenne ich. Ich glaube nicht, daß man sie glaubt. Aber ich bin ein guter Schüler, das hilft natürlich.
Zweimal hole ich Evelyn mit Verena von der Schule ab. Sie ist die Kleinste der Kleinen und sieht sehr niedlich aus in ihren bunten Kleidern und mit der großen Schultasche. Sie freut sich, wenn wir sie abholen, wir gehen dann immer noch eine Eiswaffel für sie kaufen.

Einmal nehmen wir ein Taxi und fahren zum Sandweg, dorthin, wo wir einander einst in dem alten Café trafen. Das alte Café gibt es nicht mehr. Ein prächtiger Süßwarenladen ist an seiner Stelle entstanden, mit bildhübschen Verkäuferinnen und einem dicken Geschäftsführer.
Später, im Taxi, sagt Verena leise: »Unser Café ... Unser Cognac ... Unser Herr Franz ...«

8

Das ist die verfluchteste Zeit meines ganzen Lebens!
Ich kann Verena nur noch umarmen, wenn ihr Mann verreist ist. Ich habe kein Geld. Ich habe keinen Wagen mehr. Tante Lizzy schreibt, daß es meiner Mutter sehr schlecht geht, so schlecht, daß sie die Anstalt wohl nie mehr verlassen wird.
Wenn Verena kann, kommt sie am Nachmittag manchmal zu mir nach Friedheim herauf. Aber es ist nicht mehr so, wie es früher war. Wir gehen vorsichtig und voll Angst durch den Wald und erzählen uns, wie schön es auf Elba war, in den grünen Wellen, in Marciana Marina, in Porto Azzurro.
Manchmal gehen wir auch zum »Engel des Herrn«. Die Blätter färben sich schon wieder golden, rot und braun und gelb, das Jahr ist so schnell vergangen wie kein anderes zuvor. Schwester Claudia freut sich, uns wiederzusehen. Wir sitzen auf der Bank ganz hinten im Park und halten einander an den Händen, und die Minuten verrinnen, wir wissen es beide, daß Verena zurück nach Frankfurt muß, und daß wir dann wieder tagelang nur miteinander telefonieren können. (Wenn wir das können.)
An einem Oktobernachmittag – er ist sonnig und mild – kommt jemand durch den Park auf uns zu. Wir denken zunächst, es sei Schwester Claudia, aber dann erkenne ich Geraldine.
Ich springe auf.
Sie ist ganz ruhig.
»Guten Tag, Oliver«, sagt sie freundlich. »Willst du mich nicht mit Frau Lord bekanntmachen?«
Das tue ich stotternd.
Geraldine setzt sich auf die Bank. Sie spricht völlig sachlich: »Sie wissen, daß ich Ihr Armband gestohlen habe, Frau Lord. Ich weiß, daß Sie die Geliebte Olivers sind. Ihretwegen hat er mich verlassen. Es ist mir wirklich peinlich, aber ich liebe ihn immer noch.«
In den Bäumen rauscht der Herbstwind, viele Blätter fallen schon zu Boden, und Verena sagt kein Wort. Ich auch nicht. Nur Geral-

dine spricht: »Ich habe lange versucht, meine Liebe zu vergessen. Ich kann es nicht. Es bleibt mir darum nur ein Mittel, das ich selbst verabscheue, weil es so gemein ist.«
»Was haben Sie vor?« fragt Verena.
»Ihr Mann ist verreist, nicht wahr?«
»Ja.«
»Darum sind Sie auch hier. Übermorgen kommt er zurück, nicht wahr?«
»Woher wissen Sie...«
»Meine Sache. Ich werde also übermorgen mit ihm sprechen.«
»Worüber?«
»Frau Lord, als die Schule wieder begann, wunderte sich Oliver darüber, daß ich so braungebrannt war. Ich erzählte ihm damals, ich hätte in Florida dauernd am Strand gelegen. Ich war überhaupt nicht in Cape Canaveral.«
»Du warst...«
»Verstehst du nicht deutsch? Mein lieber Vater schrieb mir zu Beginn der Ferien, er hätte keine Zeit für mich, ich könnte nicht zu ihm kommen. Nach Berlin konnte ich auch nicht, meine Mutter rief an und sagte, ihr zweiter Mann würde sich scheiden lassen, wenn ich käme.«
»Und?«
»Ich habe mich mit Hansi unterhalten. Hansi ist doch so klug. Er sagte mir, ich sollte mich an Herrn Leo wenden – Sie wissen doch, wer das ist, Frau Lord.«
Verena schweigt.
»Herr Leo lud mich zu einer Reise nach Elba ein.«
»Das ist nicht wahr!«
»Die reine Wahrheit. Willst du Beweise? Willst du Fotos sehen? Aus Marciana Marina? Aus Portoferraio? Wir haben Farbfotos gemacht.«
»Was heißt wir?«
»Ach so, das vergaß ich ganz zu erzählen. Herr Leo machte mich mit einem jungen Mann bekannt. Er arbeitet in der Wechselstube im Hauptbahnhof. Otto Willfried heißt er.«
»Mein... Bruder...«
»Ja, ich glaube, er sagte, er sei Ihr Bruder, Frau Lord. Ein reizender Junge. Wir hatten eine herrliche Zeit!«
»Ihr wart zu zweit auf Elba?«
»Bist du schwerhörig? Otto – entschuldigen Sie die Vertraulichkeit, Frau Lord, ich habe mich mit Ihrem Bruder recht angefreundet –, Otto hatte auch gerade Urlaub. Er kann so gut fotogra-

fieren! Ich gar nicht. Herr Leo gab uns seine teure Kamera mit.« Geraldine lacht. »Vier Augen sehen mehr als zwei, hat er gesagt. Sie sahen auch mehr. Sie sahen alles.«
»Jetzt weiß ich endlich ...«
»Mein Bruder, dieser Schuft! Für Geld tut er ...«
»Nicht doch, Frau Lord! Ich liebe Otto.«
»Du? Du liebst jeden! Du würdest auch Herrn Leo lieben, wenn der nicht so schlau gewesen wäre, die Finger von dir zu lassen. Wo sind die Fotos?«
»Ach, es sind so viele. Wir gaben sie Herrn Leo zum Entwickeln.«
»Das ist seine Masche, was?«
»Masche?«
»Fotografieren.«
»Wieso Masche? Andere Leute fotografieren auch ...«
»Hau ab!«
»Ich gehe schon, Schatz. Du wirst dich fragen, warum ich überhaupt gekommen bin, da Herr Lord ja in zwei Tagen doch alle Fotografien erhalten wird. Nun, ich wollte Sie gern einmal kennenlernen, Frau Lord – die Frau, die Oliver mir vorgezogen hat. Du hast keinen guten Geschmack, mein Lieber ...«

9

»Ich sehe eine einzige Möglichkeit«, sagt Schwester Claudia.
»Und die ist?«
»Sie wollen heiraten?«
»Ja.«
»Dann müssen Sie das Herrn Lord sagen. So schnell wie möglich. Sie müssen diesem Fräulein – wie heißt sie?«
»Geraldine.«
»Sie müssen ihr zuvorkommen. Sie müssen Herrn Lord die Wahrheit, die reine Wahrheit sagen. Nur dann sehe ich eine Chance, daß er seine Frau freigibt, daß ein Skandal vermieden wird.«
Dieses Gespräch findet in einem großen, kühlen Saal statt, in dem es viele erbauliche Sprüche an den Wänden gibt.
»Allerdings, Frau Lord, es ist Ihnen doch klar, daß Sie bei einer Scheidung als der schuldige Teil nicht einen Pfennig von ihm zu erwarten haben?«
»Das ist mir klar.«
»Dann sagen Sie ihm die Wahrheit. So schnell wie möglich. Sie müssen sich zuvor nur über eines klar sein.«
»Worüber?«

»Ob Sie einander genügend lieben«, sagt Schwester Claudia, der in einem Gestapo-Verhör zwei Finger abgehackt wurden. »Das ist die Voraussetzung. Wenn Sie beide nämlich nicht ganz sicher sind, dann wird die Sache ein böses Ende nehmen.«
»Wir sind ganz sicher«, sagt Verena.
»Wir sind ganz sicher«, sage ich.
»Dan sprechen Sie mit Herrn Lord«, sagt Schwester Claudia.

10

»Herr Lord...«
»Manfred...«
Der große Bankier macht nur eine zarte Handbewegung.
»Aber, aber, meine lieben Kinder«, sagt er.
Er ist vor zwei Stunden zurückgekehrt, wir haben in seiner Frankfurter Villa auf ihn gewartet, Verena und ich. Nun sitzen wir wieder einmal vor dem Kamin, in dem schon (heuer wird es früh kalt) ein Feuer brennt. Herr Lord lächelt, während er sich selber einen steifen Drink macht, nachdem wir abgelehnt haben, zu trinken.
»Wir sind nicht Ihre lieben Kinder«, sage ich. »Ich bin hierher gekommen, weil wir Ihnen etwas mitzuteilen haben. Und weil wir es Ihnen mitteilen wollen, bevor Sie es von den anderen erfahren.«
Herr Lord trinkt einen Schluck und äußert gelassen: »Aber ich weiß es doch schon.«
»Was weißt du?«
»Alles, was es zu wissen gibt, liebes Kind.« – »Seit wann?«
Manfred Lord überlegt ironisch, während er sich durch das weiße Haar streicht. »Beinahe von Anfang an«, erwidert er freundlich, dann trinkt er.
»Wollen Sie wirklich keinen Whisky, Oliver?«
»Nein. Sie bluffen!«
»Bluffe ich?« Manfred Lords Lächeln wird noch milder. Er geht zu einem Fenster. »Würden Sie einmal herkommen, Oliver, und sich etwas ansehen?«
Ich gehe zu ihm und sehe in den herbstlichen Park des Hauses hinaus. Vor dem Kiesweg der Auffahrt, auf dem schon viele Blätter liegen, steht mein weißer Jaguar.
»Was heißt das?«
»Das heißt, daß Sie endlich wieder Ihren Wagen haben. Hier sind übrigens die Schlüssel und die Papiere.« Er hält sie mir hin, und ich nehme sie mechanisch. Lord marschiert im Zimmer auf und ab.

»Sehen Sie, Oliver ...«

»Herr Lord ...«

»Jetzt rede *ich*, ja? Sie sind in *meinem* Haus. Wir kommen nicht weiter, wenn einer den anderen unterbricht. Ein Mann wie ich muß vorsichtig sein, verstehen Sie? Er kann nicht vorsichtig genug sein.«

»Das glaube ich!«

»Was Sie glauben, ist mir egal. Vor allem ist es falsch. Sie glauben ja zum Beispiel auch, was Ihre Freundin Geraldine sagte, nämlich, daß Leo mir die Fotografien aus Elba erst heute geben würde. Er gab sie mir natürlich sofort, nachdem er sie entwickelt hatte. Warum so lange warten? Wirklich, sehr intelligent scheinen Sie nicht zu sein! Ich habe übrigens auch keinen besseren Eindruck von Geraldine. Sie glaubt, ich hätte die Bilder tatsächlich noch nicht gesehen. Es dauerte ihr zu lange. Sie wollte die Sache beschleunigen, das erklärte sie jedenfalls Leo, als sie ihn anrief.«

»Anrief? Wann?«

»Vorgestern. Wirklich, Oliver, so naiv können Sie doch nicht sein!«

Verena steht auf und will aus dem Zimmer gehen. Ihr Mann stößt sie zurück, und sie fällt in einen Sessel.

»Du bleibst hier. Du hörst dir alles an. Ich habe lange genug geschwiegen.« Das alles sagt er aber nicht ingrimmig und bebend, sondern ruhig, ganz ruhig. Und bevor er weiterspricht, macht er doch noch zwei Drinks. »Vielleicht werdet ihr sie nötig haben«, meint er. »Nun, also. Es ist keine schöne Geschichte, die ich zu erzählen habe. Aber welche wahre Geschichte ist schön? Ich kenne alle Liebhaber meiner Frau – Liebling, du sollst sitzen bleiben, hast du nicht verstanden? –, ich kenne alle Briefe, die sie bekam und zu vernichten vergaß, ich kenne alle Telefongespräche.«

»Leo, dieser Hund ...«

»Sagen Sie nicht Hund, lieber Oliver. Leo ist ein ergebener Diener seines Herrn. Er hat mir die Briefe *vor* Ihnen gezeigt. Er hat mich die Bänder *vor* Ihnen hören lassen. Er hat Sie in meinem Auftrag erpreßt. Ungern. Höchst ungern. Er besitzt ein weiches Herz. Aber ich mußte Gewißheit haben. Wie immer. Er hat Sie gezwungen, Ihren Wagen zu beleihen und ihm das Geld zu geben, das er gewissenhaft an mich ablieferte. Dann konnten Sie die Wechselraten nicht mehr bezahlen, und der Wagen wurde Ihnen weggenommen. Ist es nicht so, mein Kleiner?«

Ich schweige.

»Und nun, da ich genug weiß, habe ich den Wagen bei Kopper & Co. wieder ausgelöst. Ich konnte doch nicht Ihr Geld behalten.«

Verena nimmt plötzlich ihr Glas und trinkt es halb leer.
»Siehst du, daß du einen Drink brauchst, Liebste«, sagt Manfred Lord.
Ich trinke auch. Meine Hand zittert dabei so, daß ich etwas Whisky verschütte.
»Ich habe Leo beauftragt, Sie zu erpressen, weil ich weiß, wie sehr junge Leute an ihren Autos hängen. Am Grad Ihrer Bereitwilligkeit, sich erpressen zu lassen und den Wagen aufzugeben, konnte ich, wie auf einem Thermometer, den Grad Ihrer Zuneigung zu Verena ablesen.« Er verneigt sich. »Sie müssen sie sehr lieben.«
»Ich liebe sie sehr!«
»Das kann ich gut verstehen. Sie ist ein sehr liebenswerter Mensch.«
»Herr Lord, es tut mir leid, daß ich Sie hintergangen und Ihre Gastfreundschaft mißbraucht habe. Aber da wir nun schon einmal bei der Wahrheit sind, muß ich Ihnen auch sagen, daß Verena entschlossen ist, von Ihnen fortzugehen und mich zu heiraten.«
»Aber warum schreien Sie denn so, liebster Oliver? Das weiß ich doch alles schon längst.«

## 11

»Das ... das weißt du?«
»Mein armes Herz, habe ich dich erschreckt? Das wollte ich nicht! Du mußt jetzt Fassung bewahren. Sieh mich an. Ich bewahre sie auch. Und es ist für mich wahrscheinlich schwerer als für dich, weil ...«
»Woher wissen Sie es?« frage ich.
»Junger Freund, der Sie offenbar doch keine Manieren haben, denn sonst würden Sie mich nicht ständig unterbrechen ... Aber gewiß haben Sie andere Qualitäten ... Wo war ich, ach ja ... junger Freund, Leo hat Sie in meinem Auftrag nun beinahe ein ganzes Jahr verfolgt. Ich weiß von Ihren Treffen in dem kleinen Gartenhaus, ich kenne das Café, und ich weiß, daß Sie nicht ein paar Tage, sondern ein paar Wochen auf Elba waren. Ich weiß, daß Sie in meinem Haus schliefen, als Sie eintrafen, daß Sie ganze Tage mit Verena auf dem Meer, in Marciana Marina und in Porto Azzurro waren. Ich weiß, was auf dem Boot geschah, was auf dem Boot gesprochen wurde. Soll ich Ihnen eines der Tonbänder vorspielen?«
»Tonbänder?«
»Es gibt jetzt ganz kleine, hochwertige Magnetofone. Dein freundlicher Bruder, Verena, machte mich auf sie aufmerksam. Er ist ein großer Bastler. Diese Miniaturapparate schalten sich automatisch ein und aus. Ein solches Wunderwerk der Technik hat Otto in das

Motorboot eingebaut, Liebste. Auch die Aufnahmen, die er machte, sind exzellent.«
»Dieses Schwein! Dieses Schwein! Dieses Schwein!«
»Aber was für ein intelligentes Schwein! Im Gegensatz zu, entschuldigen Sie, beispielsweise Ihnen, Oliver. Darum ließ ich Geraldine auch nicht allein nach Elba reisen. Sie machte mir gleichfalls einen zu beschränkten Eindruck. Doch unter Ottos Anleitung, wenn sie nur seine Befehle auszuführen hatte ... nein, nein, ich bin auch mit ihr sehr zufrieden. Sehr.«
Draußen beginnt es leise zu regnen. Die Tropfen fallen auf die herbstlichen Bäume, die gelben Wiesen, den Kiesweg, meinen weißen Wagen. Manfred Lord geht immer noch in der Bibliothek auf und ab.
»Ein Mann, der sich mit Geschäften meiner Art abgibt, kann nicht vorsichtig genug sein, ich sagte es schon. Jeder deiner Liebhaber war mein potentieller Berufsfeind und konnte mir gefährlich werden. Über jeden habe ich darum ein Dossier angelegt. Nicht etwa, um ihn als Ehebrecher zu brandmarken, ich meine, nicht in erster Linie, obwohl das natürlich meine ständige Drohung gewesen wäre, sondern um ihn geschäftlich in Schach zu halten.« Lord lacht. »Herr Sabbadini war die einzige Ausnahme! Mein Freund! Mein guter Partner! Und ausgerechnet den wirfst du hinaus! Du hast mir damals ein paar große Abschlüsse zerstört, weißt du das, Süße? Aber ich bin dir nicht böse.«
»Weiter«, sage ich. »Reden Sie weiter.«
»Jetzt sind Sie endlich neugierig geworden, ja? Sehen Sie, ich gab Ihnen ein paarmal alte Bücher mit, als Sie zu Ihrem Vater flogen. Und Ihr Vater gab Ihnen alte Bücher für mich mit. Sie haben eine große Anzahl dieser Bücherblätter fotografiert.«
»Woher wissen Sie das?«
»Von Geraldine.«
»Die kann es nicht wissen!«
»Kennen Sie einen kleinen verkrüppelten Jungen, Hansi heißt er, glaube ich? Nun, der hat Sie beobachtet, als Sie die Blätter fotografierten, und alles Geraldine erzählt. Und Geraldine in ihrer großen Liebe zu Ihnen, Sie Treuloser, erzählte es mir.«
»Na und?«
»Sagen Sie nicht ›na und‹, junger Freund. Ein Mann, der einmal wegen Ehebruchs vor Gericht stand, kann die Frau, mit der er den Ehemann betrog, nie mehr heiraten, auch nach ihrer Scheidung nicht. Das haben Sie nicht gewußt, wie? Ich sehe, Sie müssen noch etwas trinken ...«

Danach ist es so still in der Bibliothek, daß man draußen die Tropfen fallen hört. Ich mache mir selber einen Drink. Herr Lord lächelt. Er lehnt an einem Gobelin. Verena starrt uns beide an. Ich muß jetzt etwas tun, das weiß ich, ich muß jetzt etwas sagen. Jetzt bin ich an der Reihe. – Ich frage: »Und was soll das Ganze?«
»Das Ganze soll meinen Ruf bewahren und euch zu eurem Glück verhelfen.«
»Zu unserem Glück!« Verena lacht bitter.
»Lach nicht so, Herz. Du ahnst nicht, wie sehr ich dich liebe. Du hast es nie geahnt. Du wirst es nie ahnen. Du hast mich nie geliebt, das weiß ich.«
»Manfred ...«
»Ich war der Regenschirm für dich, die letzte Rettung, Schutz und Heim, nie ein Geliebter. Sonst hättest du mich nicht von Anfang an betrogen. Gut, Liebe kann man nicht erzwingen. Ich habe Pech gehabt ...«
Entweder ist er ein großartiger Schauspieler, oder er leidet jetzt wirklich.
»Ich liebte dich mehr als irgendeine Frau, die ich jemals traf. Ich gab dir alles, was ich dir nur geben konnte ...«
»Du kannst alles zurückhaben!«
»Ich will es nicht. Du sollst alles behalten. Ich willige in eine Scheidung ein. Kann Oliver dich ernähren?«
»Von Weihnachten an kann ich es«, sage ich und denke: Ich lüge. Aber ich werde die Konkurrenz meines Vaters dazu bringen, mir einen Vorschuß zu geben!
»Ihr müßt mir glauben, daß ich euch nicht wirklich böse bin. Gegen die Liebe ist eben kein Kraut gewachsen. Aber ihr müßt auch verstehen, daß ich mich schützen wollte. Denn, Oliver, Hand aufs Herz – Sie würden die Fotografien doch benützen, um mich zu erpressen, wenn ich in eine Scheidung nicht sofort einwilligte, wie?«
»Natürlich.«
»Sehen Sie. Und darum verlange ich die Fotos. Alle siebenundachtzig.«
»Woher wissen Sie, daß es siebenundachtzig sind?«
»Sie waren so unvorsichtig, die Filme bei einem Herrn Eder in Friedheim entwickeln zu lassen. Herrn Eders Geschäft geht nicht gut. Ich habe ihm einen kleinen Kredit eingeräumt, und da – muß ich weitersprechen?«

»Nein.«
»Also: Die Abzüge und die Filme. Sie sehen, wir haben mit den gleichen Methoden gearbeitet. Es gibt nur einen Unterschied: Sie geben mir jetzt Ihre Filme und Bilder zurück, ich behalte alle, die Otto und Leo gemacht haben. Und wenn ich eines Tages – ich glaube es zwar nicht, Sie sind ein honoriger Mensch, Sie nehmen mir nur meine Frau weg –, wenn ich eines Tages doch darauf kommen sollte, daß Sie Fotokopien besitzen, dann werde ich einen Anwalt finden, der euch beiden und eurer Ehe mit all den Filmen und Bändern, die ich besitze, den Garaus macht. Du kennst mich, Verena. Spreche ich im Ernst? Werde ich es tun?« – Verena nickt.
»Sehen Sie, Oliver. Eine kluge Frau. Wo sind die Filme übrigens?«
»In einem guten Versteck.«
»Ich habe nicht angenommen, daß sie in einem schlechten Versteck sind. Wann bekomme ich sie?«
»Die eine Hälfte, wenn Sie die Scheidung eingereicht haben, die andere Hälfte, wenn die Scheidung ausgesprochen ist.«
»Damit bin ich einverstanden. Wann soll die Trennung stattfinden? Jetzt haben wir schon Ende Oktober.«
»Reichen Sie die Scheidung sofort ein. Dann wird sie wohl im Januar ausgesprochen werden.«
»Ausgezeichnet, Oliver, ausgezeichnet. Da können wir ja noch vielleicht zu dritt Silvester feiern? Nein, nein, ich sehe schon, ihr wollt lieber allein sein.«
Er blickt aus dem Fenster. »Gerade jetzt, wo Sie wieder einen Wagen haben. So ein Wagen ist großartig in der kalten Jahreszeit, nicht wahr? Die Krähen schrein und ziehen schwirren Flugs zur Stadt: Bald wird es schnein, wohl dem, der jetzt noch ...«
»Woher wissen Sie ...?«
»Otto. Er nahm sich die Freiheit, ein paar Ihrer Rendezvous in dem abgebrannten Gartenhaus aufzunehmen. Er mußte nur das kleine Magnetophon an die Außenwand der Hütte kleben. Es ist wirklich ein außerordentlich empfindliches Gerät, lieber Oliver ...«

## 13

Vielleicht verfügen Sie über einen edleren Charakter als ich und hätten den Jaguar nicht zurückgenommen. Ich nahm ihn. So, wie die Dinge liegen, wäre ich mir wie ein Idiot vorgekommen, ihn zurückzuweisen. Schließlich hat man mich erpreßt.
So, wie die Dinge liegen, schreibe ich.
Die Dinge, die sich vor den Weihnachtsferien noch ereignen, liegen

weder gut noch schlecht. Das Wetter ist scheußlich. Zwei Tage nachdem ich die Aussprache mit Herrn Lord hatte, verläßt Geraldine plötzlich das Internat, um ein neues zu besuchen. Zum Abschied schenkt sie mir die lange grüne Glasperlenkette und sagt mit einem Lächeln, das ich nie vergessen werde: »Damit du ein Andenken an mich hast. Heb es auf. Ich sage nicht, es soll dir Glück bringen. Glück hast du genug. Ich habe mit unfairen Mitteln um deine Liebe gekämpft. Darum habe ich wohl verloren.«
»Geraldine, sieh mal ...«
Aber sie winkt ab: »Für mich ist das jetzt alles wirklich passé! Herr Lord und du, ihr habt euch geeinigt, wie ich höre.«
»Höre von wem?«
»Von meinem neuen Süßen.«
»Wer ist das?«
»Otto natürlich.«
»Woher weiß der das?«
Von Herrn Leo. Herr Lord wird sich scheiden lassen. Ich hatte keine Ahnung, daß du auch Fotos besitzt, die ihn belasten.«
»Du lügst! Hansi hat es dir erzählt.«
»Also gut, ich lüge. Warum soll ich nicht lügen? Ich habe es doch immer getan. Du wirst Herrn Leo die Fotos geben und Verena heiraten. Werdet glücklich. Hoffentlich bringt euch der Klapperstorch viele süße kleine Kinderlein.« Wir unterhalten uns im Schulgebäude. Draußen hupt ein Auto. »Ich muß gehen. Viel Spaß, mein Lieber. Und verzeih mir, wenn du kannst. Immerhin habe ich ja, ohne es zu wollen, zu deiner Seligkeit beigetragen, nicht?«
Sie nickt mir zu – wieder die alte »Luxusnutte« mit riesenhoch toupiertem Haar, geklunkerten Wimpern und schrecklich übermaltem Mund. Sie wackelt mit den Hüften, als sie, auf überhohen Stöckeln, die Schule verläßt.
Verzeih du mir, wenn du kannst, Geraldine!
Du wirst es nie können, ich weiß ...

## 14

Meiner Mutter geht es immer schlechter.
Diese Nachricht erhalte ich vom Leiter des Irrenhauses, in dem sie liegt. Sie sei völlig apathisch und unansprechbar, schreibt er, und sie nenne nur noch meinen Namen. Ich solle doch unbedingt zu Weihnachten kommen. Das werde ich auch tun. Nach dem Brief des Arztes zu schließen, sind es wohl die letzten Weihnachten, die meine Mutter erleben wird.

Raschid hat den Wunsch geäußert, in meinem Zimmer bleiben zu dürfen. Der Chef gestattet es. Hansi spricht nicht mehr mit mir.
Wenn ich einen Raum betrete, in dem er sich aufhält, verläßt er ihn sofort.
Mit meinem Wagen kann ich nun wieder mehr unternehmen, und aus einer Lüge, die ich Verena vor einiger Zeit erzählte, ist Wahrheit geworden. Ich war bei den Konkurrenzwerken meines Vaters. (Den Namen möchte ich aus begreiflichen Gründen nicht nennen.) Die Herren *haben* mir einen sehr großen Vorschuß bewilligt. Zu Neujahr *kann* ich über ihn verfügen. Das bedeutet: Wohnung und Leben für Verena und Evelyn sind *gesichert*, bis ich zu arbeiten anfange.
Am 28. November geht Herr Lord mit seiner Frau zum Anwalt und reicht die Scheidung ein. Am 29. November bin ich bei Herrn Lord eingeladen. Verena hat die Hälfte der Fotokopien aus dem Safe geholt, und wir übergeben sie Herrn Lord, zusammen mit den Filmen. Er betrachtet alle genau (mit einer Lupe), dann wirft er sie in das Kaminfeuer, vor dem wir sitzen, und hebt sein Glas: »Man muß ein guter Verlierer sein können. Ich war wohl nie der richtige Mann für Verena. Ach richtig, beinahe hätte ich es vergessen! Gehen Sie zu Evelyn hinauf, Oliver, sie will Ihnen gute Nacht sagen. Langsam müssen Sie sich an gewisse Vaterpflichten gewöhnen.« Evelyn liegt im Bett. Sie strahlt, als ich eintrete, und streckt mir die Ärmchen entgegen: »Onkel Mansfeld!«
»Gute Nacht, Kleine.«
Ganz leise: »Mami hat mir gesagt, nach Neujahr sind wir geschieden?«
Ich nicke.
»Danke, Onkel Mansfeld. Danke! Es war nicht mehr auszuhalten. Ich verspreche dir, daß ich immer gut lernen und eine gute Stieftochter sein werde.«
»Ich verspreche, daß ich auch immer gut lernen und ein guter Stiefvater sein werde.«
Darüber muß sie lachen, bis sie sich verschluckt.
»Ich habe dir wieder Marzipan mitgebracht. Nimmst du es diesmal an?«
»O ja! O ja!«
Dann bekomme ich noch einen Kuß.
Am 18. Dezember beginnen die Weihnachtsferien. Am 15. Dezember muß Manfred Lord nach Wien. Er ruft mich im Internat an: »Wir brauchen kein Theater mehr voreinander zu spielen. Ich weiß,

wie oft Sie die Nacht in meinem Haus verbrachten, wenn ich nicht da war. Sollten Sie also noch einmal mit Verena sprechen wollen, bevor Sie abfliegen – Sie sind mein Gast.«
»Herr Lord, ich ...«
»Haben Sie keine Angst. Allen Angestellten habe ich Urlaub gegeben, sogar Leo. Sie wären mit Evelyn und Verena allein.«
»Ich weiß nicht ...«
»Also werde ich Verena sagen, daß Sie am fünfzehnten kommen. Ich verabschiede mich schon jetzt von Ihnen, Oliver. Alles Gute für Ihre Familie und für Sie selber. Leben Sie wohl.«
Also fahre ich am Abend des 15. Dezember (es regnet, ein eisiger Wind weht) in die Miquel-Allee, und wir essen zu dritt: Evelyn, Verena und ich. Evelyn hilft ihrer Mutter beim Servieren. Sie sagt plötzlich: »Eigentlich ist Daddy doch ein feiner Kerl, nicht? Daß er uns so gehen läßt! Hätte ich nicht von ihm gedacht!«
»Mein Schatz, im nächsten Jahr sind wir drei endlich zusammen!«

## 15

Dann schläft Evelyn, und Verena und ich sitzen uns vor dem Kamin gegenüber. Holzscheite prasseln.
»Die Hälfte der Fotos liegt noch im Safe«, sage ich. »Und das Manuskript. Unsere Geschichte. Bitte, hole das Manuskript. Ich habe noch einen letzten Teil geschrieben, den möchte ich hinzufügen und das Buch einem Verlag einreichen. Warum zögerst du?«
»Im Grund hat Manfred sich doch wirklich anständig gegen uns benommen. Sogar Evelyn sagt es.«
»Wie man es nimmt ... Unter Druck ... Ja, du hast recht, es war anständig.«
»Und wenn das Buch nun einen Verleger findet, dann wird man Manfred doch vor Gericht stellen wegen seiner Schiebungen mit deinem Vater.«
»Daran dachte ich schon. Was ich geschrieben habe, ist ein Tagebuch. Nicht wahr?«
»Eben!«
»Der Lektor, der es liest, ist zum Schweigen verpflichtet – wie ein Arzt.«
»Aber wenn das Buch gedruckt wird?«
»Es würde mir nichts machen, wenn mein Vater und Tante Lizzy mit ihren richtigen Namen genannt würden, wenn die Leute erfahren würden, was für Schweine sie sind.«
»Aber dann käme doch auch Manfred ...«

»Warte. Was ich geschrieben habe, ist ein unverschlüsselter Schlüsselroman. Man muß ihn so sehr verschlüsseln, daß niemand die wahren Personen erkennt. Darum darf ich dir das Buch auch nicht widmen.«
»Aber ich werde wissen, daß es für mich geschrieben wurde.«
»Nur für dich, Verena.«
»Ja.«
»Wollen wir... willst du... können wir jetzt schlafen gehen?«
»Ja, mein Herz. Ich habe große Sehnsucht nach dir.«
»Wenn wir erst verheiratet sind, trennen wir uns nie mehr, nein?«
»Nie.«
»Du begleitest mich auf allen Reisen.«
»Wir schlafen immer im selben Zimmer.«
»Wir schlafen immer im selben Bett.«
»Hättest du gedacht, daß alles noch ein gutes Ende finden würde?«
»Ich habe es gehofft. Aber ich habe gefürchtet, es nimmt ein böses.«
»Ich auch.«
»Feigling, nimm eines Feiglings Hand.«

## 16

Natürlich gibt es im Internat auch eine Weihnachtsfeier. Sie kennen das. Wer nach Hause darf, ist fröhlich. Wer dableiben muß, ist traurig. Nur Hansi nicht. Der strahlt, daß er seine Scheißeltern nicht sehen muß.
Giuseppe lacht und singt und tanzt, Ali hat für ihn und Giuseppes Vater Flugkarten bis Rom besorgen lassen. »Von Rom sind es mit dem ›Rapido‹ nur noch drei Stunden nach Neapel«, erzählt Giuseppe. Er wird Weihnachten mit Mamma und Pappa und allen Verwandten verbringen.
Raschid nimmt sich furchtbar zusammen.
»Wann kommst du wieder, Oliver?«
»Am 7. Januar, nachmittags.«
»Darf ich dich abholen?«
»Klar, Kleiner.«
»Ich werde auf dem Flughafen sein. Allah soll dich beschützen auf allen deinen Wegen.«
»Dich auch, Raschid. Sei nicht traurig. Vielleicht darfst auch du bald heim.«
»Glaubst du wirklich?«
»Todsicher!«
Da lächelt der kleine Prinz.

Bevor ich abreise, tippe ich noch den Rest des Manuskriptes ab und schreibe das Vorwort für den Lektor, wie ich es mit Verena besprochen habe.
Ich erfinde auch noch eine kurze Abschiedsszene.
Verena bringt mich zum Flughafen.
Hier geben wir das Manuskript im Postamt auf. Wir müssen lange warten, denn vor den Feiertagen herrscht viel Betrieb. Ich habe mir den besten Verlag ausgesucht, den es in Frankfurt gibt. Wenn er das Buch ablehnt, kann ich immer noch einen anderen suchen. Verena und ich halten einander an den Händen, als ich das Paket auf den Schalter lege.
Teddy Behnke und die »Bonanza« warten bereits draußen auf dem Feld, als ich zum Zoll komme und mich von Verena verabschieden muß.
»Grüße Evelyn. Auch deinen Mann. Und wenn du kannst, ruf mich ab und zu nachmittags im Hotel an.«
»Ja, mein Herz.«
»Warum weinst du?«
»Weil ich so glücklich bin.«
»Das ist nicht wahr.«
»Doch.«
»Nein. Aber bald wirst du es sein. Jetzt geht alles ganz schnell. Sieh mal, ich habe ein so dickes Buch geschrieben – und nur ein Kapitel fehlt noch, dann ist auch das vorbei.«
»Ja«, sagt sie, während viele eilige Menschen uns anstoßen und ununterbrochen Lautsprecherstimmen die Ankunft oder den Abflug von Maschinen verkünden, »dann ist auch das vorbei.«
»Herr Mansfeld, kommen Sie zur Paß- und Zollkontrolle! Herr Mansfeld, bitte!«
Wir küssen uns.
»Hast du Angst?« frage ich.
»Ja.«
»Wovor?«
»Herr Mansfeld ... Herr Oliver Mansfeld, bitte kommen Sie umgehend zur Paß- und Zollkontrolle!«
»Wovor hast du Angst?«
»Ich bin so glücklich mit dir. Und immer, wenn man besonders glücklich ist, passiert etwas Schreckliches.«
»Unsinn! Die Scheidung ist im Januar. Dann schreibe ich ganz schnell das letzte Kapitel.«
»Das letzte Kapitel ...«

## EPILOG

### 1

Am 9. Januar 1962, gegen 14 Uhr, erblickten etwa dreihundert Kinder, die sich vor dem Schulgebäude des Internats Doktor Florian im Taunus versammelt hatten, einen schwarzen Schatten, der jäh aus dem rasenden Schneetreiben auftauchte, das seit vielen Stunden tobte. Es war ein Hubschrauber der Bundeswehr, der – die Kinder haben seinen Motor dröhnen hören – lange über dem Platz vor der Schule gekreist war, bevor der Pilot das große weiße Bettlaken mit dem aufgemalten blutroten Kreuz erkannte. Nun sank die Maschine schnell. Der Wind ihrer Flügelschraube warf den Kindern Schnee ins Gesicht. Die Maschine landete auf dem roten Kreuz. Pilot und Kopilot sprangen heraus.
Sie öffneten eine Plexiglastür und waren einem älteren Mann beim Aussteigen behilflich, der sich äußerst ungeschickt und schwerfällig benahm. Dieser Mann trug einen schweren, altmodischen Wintermantel, einen dicken Schal und einen großen Hut. Aus der Schule trat ihm Professor Florian entgegen.
»Mein Name«, sagte der altmodische Ankömmling, »ist Albert Lazarus.« Es war eine der vielen Gelegenheiten, zu denen er diesen falschen Vornamen – jenen des großen Arztes und Menschenfreundes Albert Schweitzer, den er in Haltung, Gebaren und Lebensart nachzuahmen bemüht war – mißbrauchte, denn er hieß, wie wir eingangs mitteilten, in Wahrheit *Paul* Robert Wilhelm Albert Lazarus.
»Doktor Florian. Wir haben Sie schon erwartet, Herr Lazarus.«
»Erwartet?«
»Die Kriminalbeamten hier oben benützen einen Kurzwellensender, denn alle Telefonverbindungen sind unterbrochen.«
»Ich kam erst heute morgen aus Wien zurück und meldete mich bei Kommissar Wilms im Frankfurter Morddezernat. Sehen Sie, ich bin ein alter, kranker Mann, der nicht mehr lange leben wird« – in Eile steckte Lazarus drei verschiedenfarbene Pillen in den Mund, von denen viele offenbar lose in seinen Manteltaschen ruhten –, »aber ich bin auch der Mann, der das Manuskript dieses Oliver Mansfeld gelesen hat, und ich bat Kommissar Wilms, mich trotz der damit für mich verbundenen Anstrengung und Gefahr – es war alles andere als ein angenehmer Flug – das Manuskript selbst bringen zu dürfen, um bei der Lösung des Falles, die nun gewiß nicht mehr lange auf sich warten lassen wird, anwesend zu sein.«

Einer der Piloten reichte Lazarus einen abgestoßenen, alten Koffer aus dem Helikopter.
»Ich danke Ihnen«, sagte der Lektor. Und zu Professor Florian: »Hier habe ich das Manuskript verwahrt. Ist Herr Hauptkommissar Hardenberg in der Nähe?«
»Er vernimmt unten im ›A‹ Zeugen. Entschuldigen Sie, das ›A‹ ist...«
»Ein Hotel, ich weiß. Ich glaube, ich weiß überhaupt alles, was es über das ›A‹, Ihr Institut, Sie und Ihre Kinder zu wissen gibt. Und über gewisse Erwachsene. Wie komme ich in das Hotel ›Ambassador‹?«
»Wir haben einen Schlitten für Sie bereitgestellt. Die Wege sind alle tief verschneit.«
»Gut, daß es ein so großer Schlitten ist«, sagte Lazarus. »Wir haben nämlich auch einen Zinksarg mitgebracht. Den können wir gleich mitnehmen.«
Der Pilot und der Kopilot hoben bei diesen Worten den Sarg aus der Maschine. Nun war es totenstill. Auf den matt glänzenden Sarg fielen Flocken, unzählige Flocken.
»Liegt die Leiche im ›A‹?«
»Ja. Der Polizeiarzt hat sie dort untersucht.«
»Dann können wir fahren«, sagte Lazarus.

## 2

Der Kriminalhauptkommissar Hardenberg saß auf dem grünen Tisch des Billardzimmers im Hotel »Ambassador« und rauchte eine kurze Stummelpfeife. Er war immer noch schlank. Die vielen Jahre, seit er sich mit der »Sache Mansfeld« zu befassen gehabt hatte, schienen spurlos an ihm vorübergegangen zu sein. Er sah aus, wie er damals ausgesehen hatte: Weißhaarig, hager, gütig. Auch sein Charakter hatte sich nicht geändert: Er liebte immer noch Kinder und war immer noch freundlich, geduldig und einfühlend, wenn er mit ihnen sprach.
»Du mußt mir glauben, daß ich deinen Oliver viel, viel länger gekannt habe als du«, sagte er zu Prinz Raschid Dschemal Ed-Din Runi Bender Schahpur Isfahani. Der kleine Prinz saß in einem Sessel des Billardzimmers, das der Kommissar sich als Arbeitsraum erbeten hatte. Es standen noch Fotoapparate und die Geräte der Männer vom Erkennungsdienst im Raum, und eine grünbeschirmte Lampe brannte über dem Billardtisch. »Ich weiß, er war dein Freund, du hast ihn lieb gehabt. Ich habe ihn auch lieb gehabt. Als ich ihm

zum erstenmal begegnete, war er nur wenig älter als du. Raschid, willst du mir helfen?«
Der Prinz nickte, und Tränen rannen über seine blassen Wangen. Er wischte sie nicht fort.
»Wer... wer hat Oliver ermordet?« fragte er schluchzend.
»Woher weißt du, daß es Mord war?«
»Es muß Mord gewesen sein, Sir. Ich habe Oliver doch am Flughafen abgeholt...«
»Sag mir noch einmal genau, wann das war.«
»Vorgestern. Sonntag. Um halb vier. Er kam mit der Maschine seines Vaters aus Luxemburg zurück. Wir hatten vor den Weihnachtsfeiertagen besprochen, daß ich ihn abholen würde... Aber das habe ich Ihnen doch schon alles erzählt!«
»Erzähle es noch einmal. Laß dir Zeit. Sei ruhig. Oliver wird nicht mehr lebendig. Aber wenn du mir hilfst, Raschid, dann werden wir gewiß den Menschen finden, der für seinen Tod verantwortlich ist.«
»Ja, Sir«, sagte der kleine Prinz. »Ich versichere Ihnen, daß ich alles tun werde, um Ihnen behilflich zu sein. Oliver war mein Bruder. Das ist so ein Spiel, das wir hier haben.«
»Ja, ich kenne es. In dem Internat, in dem ich war, spielten wir es auch«, sagte Hardenberg. Er ließ eine weiße Kugel über das grüne Tuch des Tisches rollen. Sie traf eine rote.
»Nun, da Oliver tot ist, bleibe ich ganz allein«, sagte der Prinz. »Ich bin sehr unglücklich darüber, denn ich fürchte, ich werde niemals mehr nach Hause zurückkehren können.«
»Laß den Kopf nicht hängen, Raschid. Es geschehen noch Wunder.«
»Gewiß, Sir.«
Der Kommissar ließ die zweite Kugel über das grüne Tuch rollen. Er sagte: »Die meisten Menschen sind ganz allein, Raschid. Als ich Oliver zum erstenmal sah, war er es auch.«
»Ich glaube, Sir, Kinder sind arme Hunde«, meinte der Prinz.
»Ich fürchte, das stimmt. Sag mir: Du hast ihn also am Frankfurter Flughafen erwartet.«
»Ja Sir. Er kam vom Zoll, wo sie ihn untersucht hatten, und sagte mir, wie er sich freue, daß ich ihn abholte. Das hat mich sehr glücklich gemacht.«
»Was sagte er noch?«
»Daß seine Mutter sehr krank sei. Und dann gab er mir die Marke...«
»Was für eine Marke?«
»Er hatte seinen Wagen in einer Garage des Flughafens unterge-

stellt, bevor er abflog. Und dann bat er mich zu veranlassen, daß der Wagen wieder geholt wurde.«
»Der weiße Jaguar?«
»Ja, Sir.«
»Warum holte er ihn nicht selber?«
»Er sagte, er müsse telefonieren und habe ganz wenig Zeit.«
»Machte er einen glücklichen Eindruck?«
»Ja, Sir. Obwohl seine Mutter so krank war. Ich ging in das Büro, in dem man die Wagen wiederbekommt, und er ging in die Bar, um zu telefonieren.«
»Weißt du das genau?«
»Genau.«
»Hat er gesagt, mit wem er telefonieren wollte?«
»Nein, Sir.«
Die Tür des Billardzimmers öffnete sich, Marcus, ein junger, ehrgeiziger Beamter des Erkennungsdienstes, kam herein. Er hielt drei Fotografien in der Hand, die eben entwickelt worden waren; Wasser tropfte noch von ihnen. Der Kommissar nickte Raschid zu.
»Einen Moment.«
»Gewiß, Sir«, sagte der kleine Prinz.
Marcus sprach leise mit Hardenberg: »Das hier sind Fingerabdrücke, die wir in dem blutbeschmierten Wagen des Toten gefunden haben. Sie stammen von Oliver Mansfeld. Diese Abdrücke fanden wir ebenfalls im Wagen. Es sind die von dem kleinen Ausländer da drüben. Ich habe ihm seine Fingerabdrücke abgenommen. Sie stimmen überein. Aber sie sind älter und nicht blutig.« Er hielt das dritte Foto hoch. »Und das«, sagte er, »ist eine Reihe von Fingerabdrücken, die ich nicht identifizieren kann. Ich war in Frankfurt und habe ein Funkbild nach Wiesbaden durchgegeben, zum Bundeskriminalamt. Die Fingerabdrücke sind dort nicht registriert. Sie sind noch viel älter als die des kleinen Jungen.«
»Wahrscheinlich Leute, die Oliver in seinem Wagen einmal mitnahm.«
»Wahrscheinlich.«
»Was macht Doktor Peter?«
»Er arbeitet immer noch im Keller.«
»Wie lange braucht er noch?«
»Herr Kommissar, Sie wissen, wie schwer wir es bei Erhängten haben.«
»Ja, ich weiß. Im übrigen, ist dieser Herr Lazarus schon angekommen?«
»Wer?«

»Der Herr, der das Manuskript des Toten gelesen hat.«
»Ach so, ja. Der Hubschrauber, mit dem er gekommen ist, brachte gleich auch einen Sarg mit.«
»Wo ist Herr Lazarus?«
»In der Halle. Er trinkt Fernet Branca. Er sagt, er fühle sich sehr schlecht. Er hat die Bitte, Sie bald zu sprechen, wenn das möglich ist.«
»Dann bleiben Sie eine Weile hier und unterhalten den kleinen Jungen, während ich mit Herrn Lazarus spreche.«
»Jawohl, Herr Kommissar.«
Hardenberg ging zur Tür. Im Hinausgehen strich er Raschid über das schwarze Haar. »Du mußt ein paar Minuten warten, Kleiner«, sagte er. »Ich komme wieder.«
»Gewiß, Sir.«
Hardenberg gab Marcus einen Wink. Daraufhin setzte sich dieser neben Raschid und klopfte ihm auf die Schulter.
»Kannst du Billard spielen?«
»Ja, Sir.«
»Willst du mit mir spielen?«
»Nein, Sir. Seien Sie bitte nicht böse. Ich möchte nicht spielen.«
»Warum nicht?«
»Weil sie meinen Bruder umgebracht haben«, antwortete der Prinz. »Ich bin sehr traurig. Bitte, sprechen Sie nicht mit mir. Ich muß sonst weinen, und mein Vater sagt immer, es wäre unerzogen, vor fremden Menschen zu weinen.«
Marcus starrte den kleinen Jungen an. Er gab einer Billardkugel einen kraftlosen Stoß. Dann war es still in dem großen Zimmer.
Und draußen fiel der Schnee, verlegte Straßen und Wege, ließ schwere Äste alter Bäume ächzend unter seiner Last brechen. Es war, als bestünde die Luft selber aus Schnee, als gäbe es überhaupt keine Luft mehr, sondern nur noch ein atemraubendes, alles Leben erstickendes und dabei doch nicht einmal zu greifendes, nicht einmal zu benennendes Medium, schwerelos und lastend schwer zugleich, aus der Unendlichkeit des Himmels kommend und also ohne Grenzen, ohne Ende, ein Treiben von Abermilliarden Flocken. Bald schon sollten die ältesten Leute weitum sich an einen solchen Schneefall zu ihrer Lebenszeit nicht mehr erinnern können.

## 3

Der Lektor Lazarus stellte sich dem Hauptkommissar Hardenberg in der luxuriösen Halle des Hotels »Ambassador« vor. Er nieste zweimal. »Vermutlich ist diese Reise mein Tod. Ich bin nämlich

schwer krank, jede Überanstrengung kann mir das Ende bescheren.«
»Warum sind Sie dann heraufgekommen?«
»Weil ich Ihnen das Manuskript bringen wollte.«
»Das hätte auch einer meiner Leute tun können.«
Lazarus, vor dem noch der Rest einer Tortenschnitte stand, wischte den Mund ab und erwiderte mit Würde: »Der Mann, der das Manuskript als erster gelesen hat, mußte es Ihnen bringen, Herr Kommissar. Nach der Lektüre sind Sie mir kein Unbekannter mehr. Und trotz meines Leidens bin ich – vielleicht verstehen Sie das – neugierig auf andere Leben. Ich nehme an, daß die Neugierde auf das Leben bei niemandem so stark ausgeprägt ist als bei jenen, die wissen, daß sie diese Welt bald verlassen müssen. Und deshalb bitte ich Sie, mich an der Untersuchung teilnehmen zu lassen.«
»Das geht nicht.«
»Doch! Ich überreiche Ihnen mit diesem Manuskript das wichtigste Beweismaterial. Kann ich da nicht ein, zwei Tage lang als Ihr Assistent fungieren?«
Hardenberg betrachtete den weichlichen, rosigen Mann, der an seinem Tortenrest löffelte. »Und warum?«
»Weil ich das letzte Kapitel kennenlernen möchte, Herr Kommissar.«
»Das letzte Kapitel?«
»Das letzte Kapitel des Manuskriptes, das ich Ihnen übergeben habe. Es fehlt nämlich, dieses letzte Kapitel. Lesen Sie das Manuskript. Es wird Sie viel weiterbringen. Und, nicht wahr, Sie werden mich von nun an als Ihren Mitarbeiter ausgeben?«
»Ja ... soweit es möglich ist, gerne ...«

## 4

Kriminalhauptkommissar Hardenberg war ins Billardzimmer zurückgekommen und hatte seinen Mitarbeiter Marcus wieder fortgeschickt.
»Nun laß uns weitersprechen, Raschid.«
Hardenberg legte das dicke Manuskript, das Lazarus ihm gegeben hatte, auf den Billardtisch und setzte sich wieder auf das grüne Tuch. »Also, du hast deinen Freund Oliver abgeholt.«
»Ja, Sir. Und er schickte mich, seinen Jaguar zu holen.«
»Als du zurückkamst, wo war er da?«
»In der Bar. Ich glaube, sie heißt ›Die blaue Bar‹.«
»Trank er?«
»Oliver hat einen Cognac getrunken und telefoniert. Er legte eben

den Hörer nieder, als ich eintrat. Das Telefon stand auf der Bartheke. Es waren ziemlich viele Menschen in der Bar.«
»Sie müssen doch – ich meine, wenigstens einige von ihnen – gehört haben, was Oliver am Telefon sagte.«
»Es müßte so sein. Aber ich kenne diese Menschen nicht.«
»In den Zeitungen suchen wir nach ihnen.«
»Ja«, sagte Raschid, »aber werden sie sich melden?«
»Warum sollten sie das nicht tun?«
»Es gibt viele Gründe, Sir, in eine Bar zu gehen und sich dann nicht zu melden, wenn gefragt wird, wer dort gewesen ist.«
»Der Mixer hat ausgesagt, daß dein Freund Oliver anscheinend mit einer Frau telefoniert hat. Kannst du dir vorstellen, mit welcher Frau?« – »Ja, Sir.«
»Mit welcher? Wie heißt sie?«
»Verzeihen Sie, aber das möchte ich nicht sagen. Oliver war mein Freund. Und diese Dame ... nein, es ist unmöglich, daß ich spreche.«
Hardenberg klopfte auf den Leitzordner, der neben ihm lag. »Er hat einen Roman geschrieben, dein Freund. Ich werde ihn heute nacht lesen. Dann werde ich wissen, wer die Dame war.«
Raschid schwieg.
»Und du sagst es mir nicht?«
»Niemals. Ich käme mir wie ein Verräter vor.«
Hardenberg sah den kleinen Jungen mit den seidigen Wimpern und den feuchten schwarzen Riesenaugen lange an und seufzte.
»Na schön. Du mußt natürlich deinen Freund beschützen.«
»Ich freue mich, Sir, daß Sie das begreifen.«
»Was geschah, nachdem du den Wagen geholt hattest?«
»Wir fuhren nach Friedheim, ins Internat.«
»Hatte Oliver es eilig?«
»Sehr. Er setzte mich vor dem ›Quellenhof‹ ab – das ist das Haus, in dem ich wohne – und sagte, er müsse noch anderswohin fahren.«
»Wohin?«
»Das sagte er nicht.«
»War er fröhlich oder traurig?«
»Sehr fröhlich und aufgeregt.«
»Du weißt, daß wir Olivers Wagen etwa zwei Kilometer vom Schulgebäude gefunden haben, halb im Schnee vergraben?«
»Ich habe davon gehört.«
Hardenberg ließ wieder eine weiße Kugel über den Tisch rollen. Raschid rollte sie zurück. Im folgenden taten sie das noch ein paarmal.
»Der Wagen war voller Blut.«

Raschid schluckte krampfhaft.
»Auch Oliver war voller Blut, nicht wahr? Jemand hat ihn furchtbar geschlagen, bevor er ihn aufhängte.«
»Du glaubst also wirklich, er wurde ermordet?«
»Das ist meine feste Überzeugung.«
»Aber Oliver hatte hier doch nur Freunde und keinen einzigen Feind!«
Raschid senkte den Kopf und schwieg.
»Nun?«
»Ich habe nichts zu sagen.«
»Wenn du glaubst, daß er ermordet wurde, glaubst du dann auch, daß alles mit dieser Frau zusammenhängt, von der du nicht reden willst?«
»Ich bitte Sie, Sir, mir keine Fragen zu stellen, die ich nicht beantworten kann.«
»Also du glaubst es.«
»Das habe ich nicht gesagt!«
»Aber gedacht!«
Der kleine Prinz blickte auf und sah den Kommissar lange stumm an. Dann nickte er.
»Und obwohl du es glaubst, willst du mir nicht sagen, wer diese Frau ist?«
»Nein.«
»Wenn ich das Manuskript gelesen habe, werde ich sie kennen.«
»Ja, Sir. Leider. Aber ich habe Oliver dann wenigstens nicht verraten.« Raschid öffnete und schloß die Hände. »Kann ich... darf man... ist es erlaubt, Oliver noch einmal zu sehen?«
»Das geht leider nicht.«
»Warum nicht?«
»Unser Polizeiarzt hat... Dein Freund... sieht nicht mehr so aus wie früher... gar nicht mehr so... Wir legen ihn gleich in den Sarg.«
»Ich verstehe.« Der kleine Prinz schwieg eine Weile. Dann sagte er: »Ich habe eine Bitte, Sir.« Raschid zog zwei Kuverts aus seiner Tasche. »In der letzten Zeit sprach Oliver manchmal davon, daß er das Gefühl hätte, bald sterben zu müssen.«
»Das hat er gesagt?«
»Ja. Er fühlte sich nicht bedroht, er war nicht krank. Er sagte nur manchmal zu mir, daß er dieses Gefühl hätte. Und wenn es Wirklichkeit würde, sagte er, dann sollte ich dafür sorgen, daß diese beiden Kuverts mit ihm begraben würden.«
»Was ist darin?«

»Ich weiß es nicht, Sir. Die Kuverts sind geschlossen. Aber ich schlafe in seinem Zimmer, und als Sie mich rufen ließen, da nahm ich die beide Umschläge mit.«
Hardenberg stand auf und drückte den kleinen Jungen an sich.
»Ich danke dir. Ich brauche dich jetzt nicht mehr. Kommst du in diesem Schneetreiben allein in deine Villa zurück, oder soll einer meiner Männer dich begleiten?«
»Ich komme allein zurück, Sir.«
»Ich danke dir für deine Aussage, Raschid.«
»Ich habe gern ausgesagt, Sir. Es ist sehr traurig, daß Oliver tot ist, nicht wahr?«
»Ja«, sagte Hardenberg, »sehr traurig.« Er sah dem kleinen Jungen nach, der würdevoll zur Tür ging, sich dort umdrehte und noch einmal verneigte und danach in Tränen ausbrach. Als er zu weinen anfing, lief er aus dem Zimmer.
Hardenberg zündete seine Pfeife wieder an. Dann öffnete er die beiden Kuverts. Aus dem einen fielen die Trümmer einer Schallplatte, aus dem anderen zog Hardenberg eine vollständige Platte. Auf der vollständigen Platte stand:

IL NOSTRO CONCERTO
UMBERTO BINDI CON ENZO CERAGLIO E LA SUA ORCHESTRA E IL VOCAL COMET

Die Teile der anderen Platte mußte der Kommissar zuerst zusammenlegen, dann konnte er auch ihren Titel lesen. Er lautete:

LOVE IS JUST A WORD
FROM THE ORIGINAL SOUND TRACK OF
»AIMEZ-VOUS BRAHMS?«

## 5

Der Polizeiarzt Doktor Friedrich Peter war klein und fett. Er hatte in seinem Leben so viele Leichen untersucht, daß er nicht in der Lage gewesen wäre, die Anzahl auch nur annähernd zu nennen. Im Keller des »Ambassador« hatte man ihm für die Untersuchung des toten Oliver Mansfeld einen kleinen Raum zur Verfügung gestellt. Oliver Mansfeld lag nackt auf einem großen Tisch, der mit einem weißen Tuch bedeckt war. Hardenberg kam in den Keller.
»War es Mord?«
»Nein.«
»Was dann?«
»Selbstmord.«
»Aber die Wunden ...«

»Sehen Sie, Herr Kommissar, Fälle wie diese lieben wir am wenigsten. Trotzdem sage ich Ihnen, der Junge hat Selbstmord begangen!«
»Woher wissen Sie das?«
»Es gibt dicke Lehrbücher über echten und vorgetäuschten Selbstmord. In diesem Fall hat sich derjenige, der dem Jungen die Schlagverletzungen beibrachte – ich weiß natürlich nicht, wer das war, das herauszufinden ist Ihre Aufgabe, die Verletzungen stammen alle von einem stumpfen, harten Gegenstand–, hat sich der Betreffende, sage ich, nicht einmal die Mühe gemacht, einen Selbstmord vorzutäuschen. Also passen Sie auf.« Der Doktor neigte sich über den Toten. »Sehen Sie hier am Hals die Strangulationsmerkmale?«
»Ja.«
»Und nun betrachten Sie bitte die Verletzungen. Hier. Hier. Und hier. Ich habe ein paar mikroskopische Präparate gemacht. Die Blutkörperchen der verschmierten Stellen in dem Wagen, den Sie fanden, sind mit denen des Toten identisch. Es gibt eine besondere Methode, festzustellen, wann und auf welche Weise Blut verloren wurde. Wir haben Blut im Turm, auf den Treppen des Turms und im Wagen gefunden. In dem kleinen Wagen kann der Kampf nicht stattgefunden haben.«
»Und wenn der Tote sich die Wunden selbst zugefügt hat?«
»Unmöglich. Lassen Sie mich fortfahren. Der Verstorbene ist meiner festen Überzeugung nach im Turm überfallen und verletzt worden. Er hat sich dann – ich sagte Ihnen, daß der Tod spätestens in den frühen Abendstunden des Sonntags eingetreten ist – in seinen Wagen geschleppt. Zu dieser Zeit schneite es noch nicht. Ihre Leute haben unter dem Schnee aber Blutspuren gefunden.«
»Das stimmt. Was wollte er im Wagen?«
»Keine Ahnung. Fliehen. Sich verbergen. Wer kann das sagen? Das ist nicht meine Aufgabe. Als das Schneetreiben begann, taumelte der Verwundete wieder in den Turm zurück.«
»Woraus schließen Sie das?«
»Seine Kleidung und seine Schuhe waren voll Schnee, als wir ihn fanden.«
»Es hat in die Turmstube hineingeschneit.«
»Auch seine Schuhsohlen waren voll Schnee, Herr Kommissar! Und ich habe auch an den Sohlen Blut gefunden! Das ist aber nicht der entscheidende Punkt. Sehen Sie, dieser blaue Streifen am Hals, der von dem Strick herrührt, ist ohne jeden Zweifel mindestens zwei Stunden später entstanden als die Schlagverletzungen. Und diese

Schlagverletzungen – daran gibt es keinen Zweifel – hat er erhalten, als er noch lebte. Sie waren jedoch nicht so schwer, daß er nicht noch zu seinem Wagen und wieder zurück in den Turm gehen konnte.«

»Es ist möglich, daß jemand das Blut in den Wagen geschmiert hat. Der Junge muß nicht selber in den Wagen gestiegen sein.«

»Doch. Das Blut, das wir fanden, war getropftes Blut, nicht hingeschmiertes. Weiter«, sagte Doktor Peter. »Wir unterscheiden zwischen typischen und atypischen Erhängungen. Selbstmörder erhängen sich ...«

»Typisch.«

»Gerade umgekehrt! Sie hängen sich atypisch auf!«

»Was heißt das?«

»Wenn ich Sie aufhängen würde, Herr Kommissar, dann würde der Knoten des Strickes in der Wirbelmitte sitzen, damit Sie sich auch schnell und richtig das Genick brechen. Wenn ich Sie aufhängen würde, täte ich das so, daß kein Blut am Strick bleibt – falls ich Sie vorher schlug.«

»War Blut am Strick?«

»Jawohl. Blut des Toten. Auch am Balken war Blut. Es hat, wie ich glaube, zwischen dem jungen Mann und einem anderen Menschen ein Kampf stattgefunden, bei dem der junge Mann verschiedene Verletzungen erlitt. Diese waren jedoch nicht so schwer, daß sie es ihm unmöglich gemacht hätten, sich zu erhängen. Die Untersuchung des Mageninhalts hat ergeben, daß der junge Mann nicht alkoholisiert, durch Drogen oder durch ein Schlafmittel willenlos gemacht war. Es kann sich meiner Meinung nach auch nicht um Mord handeln, der uns als Selbstmord präsentiert wird. Damit will ich sagen: Es ist ausgeschlossen, daß nach Eintritt des Todes noch Verletzungen angebracht wurden. Das ergibt die mikroskopische Untersuchung des Gewebes, wie ich schon bemerkte.«

»Er wurde also geschlagen ...«

»Aber nicht so schwer, daß er aktionsunfähig war!«

»... aber nicht so schwer, daß er aktionsunfähig war, schleppte sich zu seinem Auto, blieb eine Weile darin ...« – »Richtig.«

»... schleppte sich in den Turm zurück und erhängte sich da. Warum?«

»Das«, sagte Doktor Peter, »ist Ihr Problem, Herr Kommissar. Ich habe darum gebeten, daß Professor Mokry von der Universität Frankfurt sofort heraufgeflogen wird, um meine Ansicht zu bestätigen. Er muß jede Minute eintreffen. Es war kein Mord, glauben Sie mir. Was haben Sie da?«

»Zwei Kuverts, nichts Besonderes. Wollen Sie mir einen Gefallen tun?«

»Gern.«

»Wenn Sie sich mit Professor Mokry einig sind, gebe ich die Leiche frei. Sie legen sie in den Zinksarg. Legen Sie die beiden Kuverts dazu.«

»Wie Sie wünschen«, sagte Doktor Peter.

Hardenberg sah den Toten an.

»Ich habe ihn schon als kleinen Jungen gekannt. Wenn es Selbstmord war, warum hat er es dann getan?«

»Das«, sagte Doktor Peter, »ist eine zweite Frage.«

Hardenberg verließ den Keller.

In der Halle des Hotels erblickte er den dicken Lektor. Lazarus winkte. Hardenberg trat zu ihm.

»Ich nehme an, Sie gehen jetzt auf Ihr Zimmer und lesen das Manuskript?«

»Das hatte ich vor.«

»Ich denke, daß wir dann morgen abend schon völlig Klarheit haben werden. Sagen Sie mir, Herr Kommissar, Sie haben doch die Taschen des Toten durchsucht?«

»Natürlich.«

»Sie haben viel gefunden?«

»Nicht sehr viel.«

»War eine Olive darunter?«

»Wie kommen Sie darauf?«

»Wenn Sie das Manuskript gelesen haben, werden Sie meine Frage begreifen. Er hatte also eine Olive in der Tasche?«

»Ja. Eine ganz alte, vertrocknete.«

»Wo ist sie?«

»In meinem Zimmer.«

Paul Robert Wilhelm Albert Lazarus sagte leise: »Wenn Sie sie nicht mehr brauchen, die Olive, Herr Kommissar, könnte ich sie dann wohl bekommen?«

»Wozu?«

»Nur so«, antwortete der fette, ungeschickte Mann errötend, »nur so.«

## 6

Am 10. Januar des Jahres 1962, gegen 10 Uhr vormittags, stapften zwei Männer durch den mehr als kniehohen Schnee des Waldes, nahe dem Ort Friedheim, bergwärts. Die Straßen oberhalb des Internats waren noch nicht geräumt und deshalb auch für Schlitten nicht befahrbar. Die einzige Möglichkeit, ihr Ziel zu erreichen, sahen die beiden Männer, der Kommissar Hardenberg und der Lektor Lazarus, in einem außerordentlich beschwerlichen Fußmarsch. Im »Ambassador« hatte man beiden gefütterte Stiefel geliehen. Immer wieder glitt der ungeschickte Lazarus aus. Sein Gesicht war krebsrot, und der Schweiß rann ihm von der Stirn, obwohl es in dicken Flocken weiterschneite und bitter kalt war. Auch Hardenberg schwitzte. Jeder Schritt bedeutete in diesem ungeheueren Schneemeer eine gewaltige Anstrengung, und der Kommissar dachte mit einiger Grimmigkeit daran, daß die Leute, denen er einen Besuch abstatten wollte, unter Umständen gar nicht zu Hause sein könnten. Man hatte versucht, sie telefonisch zu erreichen, aber durch den Schneefall waren die Telefonverbindungen der Gegend unterbrochen.

»Ich ... ich muß mich einen Augenblick hinsetzen. Mein Herz hält das nicht aus«, sagte Lazarus.

Eine große Menge Schnee war von einem Ast auf seinen Hut gefallen. Sie setzten sich. Lazarus reinigte seinen Hut. Er sah lächerlich aus: Vermummt, mit Stiefeln, schwitzend und atemlos. Er griff automatisch in seine Manteltasche und steckte wahllos Pillen in den Mund.

»Das letzte Kapitel«, sagte Hardenberg langsam.

Sie saßen nebeneinander und starrten in das Flockentreiben. Dann fuhren sie zusammen, denn mit einem Lärm, der wohl dem einer explodierenden Bombe vergleichbar war, brach hundert Meter von ihnen entfernt ein uralter Baum nahe der Wurzel und stürzte vorwärts, sich dabei im Geäst anderer Bäume verfangend, so daß er schräg stehen blieb.

Als der Baum brach, war Lazarus aufgesprungen und hatte laut aufgeschrien. Jetzt setzte er sich wieder neben den Kommissar. Er war verlegen. »Sie müssen das entschuldigen, Herr Hardenberg ... Ich ... ich bin furchtbar schreckhaft.«

»Ich auch. Aber meine Reaktionen sind langsamer.«

»Wie konnte das passieren?«

»Genau kann ich es auch nicht erklären, aber ich habe so etwas schon einmal erlebt. Im Krieg. In Rußland. Da war so ein Baum, der fiel plötzlich um. Wir untersuchten ihn. Und wir fanden, daß ein Biber an seinem Stamm genagt hatte.«

»Ein Biber?«

»Ja. Und zwar muß er monatelang genagt haben. Biß, Biß, Biß. Noch ein Stückchen Rinde, noch ein Stückchen Holz. Der Baum hielt es

aus. Der Biber allein hätte ihn wohl nie geschafft! Aber dann kam der Schnee, die gewaltige Last des Schnees. Die war zuviel für den Baum. Was haben Sie?«
Lazarus wischte sein Gesicht mit einem Taschentuch ab. »Nichts«, sagte er. »Ich mußte nur plötzlich daran denken, wie ähnlich Bäume und Menschen einander manchmal sind.«
»Ja«, sagte Hardenberg, »nur das, was einen Menschen quält, was an ihm nagt, was ihn aushöhlt und reif macht für den Sturz, das ist kein Biber.«

7

Die Tür der Villa öffnete sich. Ein Diener in gestreifter Weste erschien. Sein Gesicht war blaß und zeigte einen hochmütigen Ausdruck.
»Guten Tag, meine Herren. Sie wünschen?«
Hardenberg nannte seinen und seines Begleiters Namen und zog eine Dienstmarke aus der Tasche. »Kriminalpolizei. Ist Herr Lord da?«
»Jawohl, mein Herr.«
»Seine Frau auch?«
»Auch, ja ...«
»Dann melden Sie uns an.«
»In welcher Angelegenheit ...«
»Ich habe nicht vor, mich mit Ihnen zu unterhalten«, sagte Hardenberg und trat einen Schritt vor, indessen Herr Leo einen Schritt zurück trat. »Im Augenblick noch nicht. Später werden wir uns noch oft unterhalten. Im Augenblick wünsche ich Herrn und Frau Lord zu sprechen. Es geht Sie nichts an, was ich mit ihnen zu besprechen habe.«
»Pardon, bitte.«
In diesem Augenblick betrat Manfred Lord die Halle. Er trug einen grauen Anzug, ein weißes Hemd, eine schwarze Krawatte. Er blieb direkt unter dem Rubensbild stehen, welches ein üppiges, blondes Weib zeigte, das sich die Füße wusch. Der Kommissar dachte an das, was er in der letzten Nacht gelesen hatte, während Manfred Lord lächelnd fragte: »Was gibt es, Leo?«
»Die Herren sind von der Kriminalpolizei, gnädiger Herr.«
»Kriminalpolizei?«
»Jawohl, pardon, bitte.«
Manfred Lord kam näher. Er nahm eine Hand aus der Tasche und reichte sie Hardenberg, der seinen Namen nannte und dann, auf

den immer noch atemlosen Lazarus weisend, sagte: »Kommissar Lazarus, mein Assistent.«
»Seien Sie willkommen, meine Herren«, sprach Manfred Lord. Er sah großartig aus. Nur ein gelegentliches nervöses Zucken seines rechten Augenlides fiel Hardenberg auf. Der Mann hat Angst, dachte er.
»Worum handelt es sich?«
»Um den Tod des Schülers Oliver Mansfeld. Sie werden vielleicht schon gehört haben, daß ...«
»Ja. Die Frau meines Gärtners brachte uns gestern die Nachricht. Sie war unten im Ort.«
»Sie werden verstehen, daß ich einige Fragen zu stellen habe.«
»Selbstverständlich verstehe ich das, Herr Hauptkommissar. Was ich nicht ganz verstehe ist, warum Sie ausgerechnet mir diese Fragen stellen wollen.«
»Ihnen und Ihrer Frau.«
»Mir und meiner Frau. Warum?«
»Das darf ich Ihnen später erklären, Herr Lord. War Ihre Frau sehr überrascht, als sie erfuhr, daß Oliver Mansfeld tot ist?«
»Ich verstehe nicht.«
»Wenn Sie nicht verstehen, dann möchte ich mich gerne mit Ihrer Frau unterhalten, bevor wir beide uns zusammensetzen.«
Manfred Lords gesunde Gesichtsfarbe wurde fahl.
»Meine Frau hat einen Selbstmordversuch unternommen.«
Lazarus sprang in lächerlicher Manier einen Schritt vor und keuchte:
»Was?«
Lord musterte ihn hochmütig.
»Wann beging Ihre Frau den Selbstmordversuch?« fragte Hardenberg.
»Gestern. Sie schnitt sich die Pulsader auf.« Manfred Lords Lippen verzogen sich zu einem ironischen Lächeln. »Leo und ich stillten die Blutung und legten ihr einen ersten Verband an. Heute morgen war der Arzt bei ihr. Der Arzt aus Friedheim.«
»Und?«
Manfred Lord lächelte wieder: »Es besteht keine Lebensgefahr, wenn Sie das meinen.«
»Ist Ihre Frau vernehmungsfähig?«
»Unter allen Umständen. Eine andere Frage ist, ob sie vernehmungswillig ist.«
»Das werden wir sehen.«
»Bitte sehr. Leo ...«

»Gnädiger Herr?«
»Führen Sie die beiden Herren in das Schlafzimmer meiner Frau.« Lord stand jetzt wieder unter dem Rubens. »Wenn Sie mich suchen, ich bin in der Bibliothek. Sie wissen doch, daß ich Bücher liebe, nicht wahr?«
»Bitte?«
»Besonders alte.«
»Was wollen Sie...«
»Herr Kommissar, Sie haben doch ohne Zweifel das phantastische Machwerk gelesen, das dieser Oliver Mansfeld geschrieben hat. Sie sind sehr klug, nicht wahr? Ihr Kollege auch. Es bedeutet gewiß nur eine verrückte Vermutung von mir, daß er gar kein Kriminalbeamter, sondern der Lektor eines Verlages ist.«

8

Verena Lord sah aus, als sei sie gestorben. Sie lag reglos auf dem Bett des großen, kostbar eingerichteten Schlafzimmers. Ihre Haut war wächsern, die Lippen waren ohne Blut, die Augen geschlossen. Ihre Stimme klang leise, ohne Kraft, sie flüsterte.
»Sie haben das Manuskript gelesen?«
»Jawohl«, sagte Lazarus.
»Dann wissen Sie alles«, flüsterte die Frau auf dem Bett. Ihre rechte Hand trug am Gelenk einen dicken weißen Verband.
»Alles noch nicht«, sagte Hardenberg. »Darum sind wir hier. Es ist meine Pflicht, Sie zu Beginn unserer Unterredung darüber zu unterrichten, daß Sie meine Fragen nicht beantworten müssen. Sie können jede Aussage verweigern.«
»Fragen Sie.«
»Ist das, was in dem Manuskript des Oliver Mansfeld steht, wahr?«
»Nur zum Teil.«
Lazarus, der sich ein wenig erholt hatte, hob eine kleine Parfümflasche vom Nachttisch auf und stellte sie wieder hin. Er sagte leise: »Diorissimo.«
»Ja«, sagte Verena. »*Das* ist wahr.«
»Was ist wahr?« fragte Hardenberg.
»Alles, was Oliver in seinem Buch über uns beide geschrieben hat. Das weiß mein Mann auch.«
»Und alles andere?«
»Wovon sprechen Sie?«
»Zum Beispiel von den Fotografien der Buchseiten mit den durchstochenen Buchstaben, die in Ihrem Safe liegen.«

Verenas Stimme wurde immer leiser. »Es liegen keine Fotografien in meinem Safe.«
»Haben Sie sie herausgenommen?«
»Sie lagen nie darin.«
»Frau Lord, warum lügen Sie?«
»Ich ... lüge ... nicht.«
»Haben Sie Oliver Mansfeld geliebt?«
»Nein.«
»Er schreibt es aber.«
»Weil er es glaubte. Er hat aufgeschrieben, was er glaubte und was er sich wünschte. Zum Beispiel auch die Geschichte mit den Buchseiten. Er hätte gern ein Mittel besessen, meinen Mann zu erpressen.«
»Aber er besaß es nicht?«
»Nein.«
»Er hat die ganze Geschichte erfunden?«
»Ja. Sie können meinen Safe öffnen. Sie können das Haus durchsuchen. Auch die Villa in Frankfurt. Sie können suchen, wo Sie wollen. Sie werden nichts finden, was man als Beweismaterial gegen meinen Mann verwenden könnte.«
»Weil Sie es vernichtet haben.«
»Das sagen *Sie*!«
»Frau Lord«, fragte Lazarus, »warum haben Sie versucht, sich das Leben zu nehmen?«
»Ich habe schon zweimal versucht, mir das Leben zu nehmen. Ich neige zu Hysterie und Depressionen. In einem Anfall seelischer Verwirrung schnitt ich mir die Pulsader auf.«
Der Kommissar sagte mit milder Ironie: »Nicht allzu sehr entschlossen.«
»Was meinen Sie damit?«
»Nun, Sie sind nicht verblutet.«
Verena öffnete die Augen und musterte Hardenberg verächtlich.
»Was wissen *Sie*?«
»Nichts«, sagte dieser. »Aber ich möchte gern etwas wissen.«
»Sie würden es nie verstehen.«
»Vielleicht doch.«
»Niemals! Sie auch nicht, Herr Lazarus!«
Der Kommissar stand auf, trat an ein Fenster und sah in den wirbelnden Schnee hinaus. Er wandte Verena den Rücken, als er fragte: »Wann haben Sie Oliver Mansfeld zum letztenmal gesehen, gnädige Frau?«
»Bevor ... bevor er in die Weihnachtsferien fuhr ...«

»Das ist nicht wahr.« Der Kommissar bluffte: »Ich habe einen Zeugen dafür, daß Oliver am 7. Januar nachmittags mit Ihnen telefonierte und sich verabredete. In dem Manuskript erwähnt er außerdem, daß er sich mit Ihnen an diesem Tag, nach seiner Rückkehr aus Luxemburg, in dem alten Turm nahe der Schule treffen wolle.«
»Es ist ein Roman, nicht wahr? Seit wann untersucht die Polizei Todesfälle auf Grund von Romanen?«
»Es ist kein Roman«, sagte Lazarus.
»Sondern?«
»Ein Tatsachenbericht.«
»Lächerlich!«
»Warum weinen Sie dann, gnädige Frau, wenn ich so lächerlich bin?«
»Ich weine nicht«, sagte Verena und wischte mit der unverletzten linken Hand Tränen aus ihrem Gesicht. Sie zitterte jetzt so stark, daß Lazarus rief: »Herr Kommissar!«
Hardenberg drehte sich langsam um.
»Sehen Sie doch...«
»Hysterie«, sagte der Kommissar, absichtlich brutal. »Die gnädige Frau hat uns doch eben eröffnet, daß sie zu Hysterie neigt. Machen Sie sich keine Sorgen, Herr Lazarus.« Er trat an das Bett und hob das Gesicht der weinenden Frau hoch. »Sie sind eine Lügnerin und eine Verräterin.«
»Was erlauben Sie sich? Ich werde...« Verena sprach den Satz nicht zu Ende.
Die Tür ging auf.
Manfred Lord trat ein.
»Ich störe wohl nicht«, fragte er lächelnd.
»Doch«, sagte Hardenberg.
»Das ist mir außerordentlich unangenehm, Herr Kommissar. Herr Hauptkommissar, entschuldigen Sie. Aber Sie haben keinen Haussuchungsbefehl, Sie haben nicht einmal einen offiziellen Auftrag, uns zu vernehmen...«
»Beides könnte ich mir über Funk in einer halben Stunde verschaffen.«
»Ja, aber Sie haben es nicht getan! Sie verhören hier eine äußerst geschwächte, nervöse Frau auf, wie ich annehmen muß – weine nicht, Liebste –, rücksichtsloseste Weise. Ich habe Freunde im Frankfurter Polizeipräsidium. Ich würde Ihnen empfehlen, vorsichtig zu sein. Sei ruhig, mein Herz, sei ganz ruhig.«
»Herr Lord, ein Mensch ist gestorben.«

»Ja, Herr Hardenberg. Der Geliebte meiner Frau. Oliver Mansfeld. Wie bedauerlich.«
»Sie finden es bedauerlich?«
»Ein so junger Mensch, ich bitte Sie, Herr Kommissar! Haben Sie denn kein Herz?«
Verena stöhnte auf und drehte den Kopf zur Seite.
Lazarus steckte eine Pille in den Mund.
Manfred Lord wanderte lächelnd im Zimmer auf und ab.
»Ich glaube, ich kann alle Fragen, die Sie haben, beantworten. Meine Frau ist doch noch zu sehr erschüttert vom Tode Olivers. Nicht wahr, Liebste?«
Verena begann wieder zu weinen. Sie bedeckte ihr Gesicht mit beiden Händen. Sie weinte lautlos, ohne zu schluchzen. Alle Kraft schien sie verlassen zu haben.
»Erzählen Sie«, sagte Hardenberg.
Manfred Lord setzte sich in einen Empiresessel, kreuzte die Beine und preßte die Fingerspitzen gegeneinander.
»Sie wollen die ganze Wahrheit hören?«
»Natürlich.«
»Wie Sie wünschen. Wissen Sie, ich habe einen Beruf, in dem man mit der ganzen Wahrheit meistens sogar am meisten verdient.«
»Reden Sie«, sagte Hardenberg.
Und Manfred Lord redete.
Was er erzählte, entsprach in *vielen Punkten* der Wahrheit. In den meisten Punkten. Manfred Lord log oder verschwieg natürlich nur alle Tatsachen und Ereignisse, die geeignet gewesen wären, ihn zu belasten. Das ist verständlich und menschlich.
Wir aber wollen die *ganze* Wahrheit berichten und nichts verschweigen. Der Zuschauer eines Kampfes hat diese Chance. Die Chance, zu gewinnen, hat er selbstverständlich nicht...

## 9

Der Silvesterabend (erzählte Manfred Lord) verlief als sehr ruhige Angelegenheit. Nach dem Essen setzten sich Verena und er vor den Kamin und tranken ein wenig Whisky. Nachdem sie ein wenig Whisky getrunken hatten, sagte Manfred Lord: »Wir wollen jetzt wie vernünftige Menschen reden, mein Schatz.«
»Was meinst du damit?«
»Die Scheidung läuft. Im Januar wird sie ausgesprochen. Dann gehst du von mir fort.«

»Ich und Evelyn.«
»Du und Evelyn, natürlich. Verzeih, daß ich das Kind vergaß. Und wohin geht ihr?«
»Zu Oliver. Er wird eine Wohnung für uns besorgen, und mit dem Vorschuß, den ihm die Konkurrenz seines Vaters gegeben hat...«
»Nein.«
»Was, nein?«
»Er wird keine Wohnung für euch besorgen. Er hat keinen Vorschuß erhalten.«
»Aber er sagte...«
»Er hat gelogen.«
»Er hat nicht gelogen. Ich weiß, daß die Leute ihm einen Vorschuß versprachen!«
»Die Leute haben es sich anders überlegt.«
»Woher weißt du das?«
»Ich besitze dreißig Prozent ihres Aktienkapitals. Ich habe...«
»Verhindert, daß Oliver den Vorschuß bekam?«
»Nicht nur das, mein Kind. Ich habe auch verhindert, daß die Leute ihn jemals anstellen werden. Wenn du mich verläßt, hast du nichts. Keinen Groschen. Du wirst im Elend leben müssen. Natürlich wird Oliver bei dir sein. Wie lange dauert eine große Liebe im Elend, Liebling?«
Verena schwieg.
»Ich bin ein Mann mit vielen Beziehungen. Ich werde ohne Schwierigkeiten verhindern können, daß irgend jemand Oliver anstellt. Du bist dann eine geschiedene Frau mit einem unehelichen Kind und einem arbeitslosen Mann. Einem jungen Mann. Einem hübschen Mann. Zugegeben. Einem Mann, der gewiß viel besser als ich... Aber ich irre ab.«
»Er wird Arbeit finden«, sagte Verena.
»Natürlich. Er kann Straßen teeren oder Häuser decken, wenn man es ihm beigebracht hat. Inzwischen darfst du deinen Schmuck und deine Pelze verkaufen. Allerdings wird er nicht sehr viel verdienen, Liebling, denn er kann nichts, was sehr hoch bezahlt wird. Der Wert, den ihr Frauen uns Männern beimeßt, unterscheidet sich sehr von dem Wert, den andere Männer uns beimessen.«
»Du bist ein Schwein!«
»Vielleicht. Ich liebe dich aber. Und *mein* Wert ist sehr hoch. Auch bei anderen Männern.«
»Darum nenne ich dich trotzdem ein Schwein!«
»Weißt du, Schatz, wir wollen lieber im Vorderhaus bleiben anstatt im Hinterhaus. Du kommst doch eigentlich aus einer guten

Familie. In einer guten Familie sagt man gewisse Sachen nicht.«
»Schwein!«
»Also doch Hinterhaus. Bitte. Ich hatte eine zu gute Meinung von dir. Viele Leute – darunter Olivers Vater – waren immer der Ansicht, daß du eine Hure, eine geborene Hure bist. Sei still. Du bist eine. Ich habe nichts gegen Huren. Hätte ich dich sonst geheiratet?«
»Du bist gemein ... Du bist so gemein ...«
»Ich habe vielleicht ein bißchen getrunken. Du übrigens auch. In vino veritas, nicht wahr? Ach so, ich vergesse, daß du nicht Latein kannst. Im Wein liegt die Wahrheit, sollte das heißen. Prost, mein Liebling.«
»Ich verlasse dich morgen früh!«
»Natürlich nicht eher. Dazu bist du zu betrunken. Wohin wirst du gehen? Die Wohnung für dich ist noch nicht gemietet!«
»Ich ziehe in ein Hotel.«
»Und wer wird das bezahlen? Und wo wird Evelyn wohnen? Und wovon werdet ihr beide leben?«
»Oliver ...«
»Oliver besitzt keinen Pfennig. Ich habe einen Weg gefunden, seinem Vater mitzuteilen, daß er dein Geliebter ist. Auch sein Vater wird Oliver nicht einen Pfennig geben. Aus Freundschaft zu mir, er ist mir sehr verpflichtet. Im Gegenteil, wenn Oliver jetzt in den Ferien mit ihm spricht, wird der Vater ...«
»Du Schweinehund!«
»Nicht doch, Liebling. Du hast so lange in den besseren Kreisen verkehrt. Ich dachte wirklich, du hättest dir gewisse Urtöne abgewöhnt.«
»So fein wie deine Familie ist meine noch lange!«
»Daran zweifle ich nicht. Dein Bruder Otto hat mir ein leuchtendes Beispiel gegeben.«
Sie waren jetzt beide betrunken.
Leicht schwankend nahm Manfred Lord einen venezianischen Spiegel von der Wand. – »Was soll das?«
»Möchtest du ... möchtest du mir den Gefallen tun, in den Spiegel zu sehen?« Er hielt ihn vor Verena hin. »Du bist schön. Du bist wunderschön. Aber ist dir schon einmal aufgefallen, daß du an den Augen die ersten Krähenfüße bekommen hast? Ich habe selber Dutzende. Mein Haar ist weiß. Ich bin viel älter als du und kein Liebhaber wie Oliver mehr. Aber ich liebe dich. Ich umgebe dich mit Reichtum und Luxus. Ich werde es tun, solange ich lebe. Wenn ich sterbe, erhältst du eine phantastische Versicherungssumme. Du wohnst in schönen Häusern. Du kannst essen, was du willst.

Du kannst anziehen, was du willst. Wirst du das jemals bei Oliver können? Er ist so viel jünger als du. Mich stören deine Krähenfüße nicht. Ihn auch nicht. Noch nicht. Werden sie ihn in zehn Jahren stören? Mich nicht, mein Herz, mich nicht. Aber ihn?«
Verena blickte in den Spiegel. Sie war betrunken, doch nicht betrunken genug, um nicht die kleinen Falten in den Augenwinkeln zu sehen. Sie sah sie lange und genau an.
»Manfred«, sagte Verena, »ich habe Angst.«
»Wovor?«
»Angst. Einfach Angst«, antwortete sie und sah immer noch in den Spiegel.
»Es sind ja nur winzige Falten, aber in zehn Jahren ... Und er ist ein so hübscher Junge! Vielleicht verliebt er sich einmal in deine Tochter.«
»Schweig. Schweig augenblicklich!«
»Gewiß.«
»Und nimm den Spiegel weg!«
»Sofort. Aber dadurch verschwinden die Falten nicht«, sagte Manfred Lord. Er hängte den Spiegel wieder an die Wand und kam zu seiner Frau zurück, die ihren Kopf mit beiden Händen hielt. Manfred Lord sagte: »Ich bin bereit, alles zu vergessen, Betrug, Ehebruch, alles. Ich bin bereit, dich und Evelyn weiter bei mir zu behalten. Ich adoptiere Evelyn auch, wenn du das wünschst. Du wünschst es gewiß, geldgierig wie du bist.«
»Gemeines ...«
»Halt den Mund! Ich habe dich aus der Gosse gezogen. Ich kann dich auch wieder dorthin zurückstoßen. Ich hielt dich bisher immer für eine vernünftige Frau. Bist du das nicht? Doch? Na also. Wenn Oliver aus Luxemburg zurückkommt, wirst du ihm sagen, daß es aus ist.«
»Nie! Nie! Nie!«
»Wenn eine Frau dreimal nie schreit, dann bedeutet das, daß sie sich bereits entschlossen hat zu tun, was man von ihr verlangt. Du hast dich doch auch eben entschlossen, Liebling. Du hast doch auch gerade eingesehen, daß alles völlig sinnlos und aussichtslos ist, was ihr beide vorhabt, wie?«
»Du bist ein Teufel!«
»Ja, aber ein reicher und ein kluger. Du willst doch nicht etwa einen dummen und armen Teufel heiraten?«
»Er ist kein Teufel!«
»Verzeih. Du willst doch nicht etwa einen armen und dummen Engel heiraten?«

Sie nahm einen schweren gläsernen Aschenbecher und schleuderte ihn nach ihm. Der Becher traf Manfred Lord an der rechten Schläfe, wo sofort eine heftig blutende Wunde entstand.
Er zog sein Taschentuch heraus.
»Ich sehe, du bist vernünftig, Liebling«, sagte er.
Unten in Friedheim begannen die Glocken einer Kirche zu läuten.
»Ein gesegnetes neues Jahr wünsche ich dir, mein Herz«, sagte Manfred Lord, das rasch rot werdende Tuch an die Schläfe pressend. »Morgen ist Feiertag. Aber übermorgen fahren wir zusammen zur Bank und holen die andere Hälfte der Fotokopien aus deinem Safe.«

## 10

Sie fuhren am 2. Januar 1962 nach Frankfurt.
Verena nahm die Fotokopien aus ihrem Safe und überreichte sie ihrem Mann.
»Wo sind die Filme?«
»Hier.«
Im Wagen, auf der Rückfahrt in den Taunus hinauf, begann Verena plötzlich zu lachen.
»Was ist so komisch?«
»Du sitzt in der Falle, mein Lieber.«
»Bitte?«
»Oliver hat unsere ganze Geschichte aufgeschrieben und einem Verlag eingereicht. Er erzählt auch von den durchstochenen Buchseiten, von den Filmen und Fotos.«
»Die werden in einer Stunde nicht mehr existieren, mein Schatz. Dann existiert nur noch die Geschichte. Was ist schon eine Geschichte?«
»Die Polizei ...«
»Die Polizei braucht Beweise. Die einzigen Beweise, die es gibt, besitze ich. Ich hatte Oliver gern. Aber nun ist es natürlich aus. Und wenn er zurückkommt, wirst du ihm das sofort sagen.«
»Ich kann nicht ... Ich kann nicht ...«
»Doch, doch, du kannst schon. Du bist eine robuste Natur.«
»Manfred, ich flehe dich an! Ich kann wirklich nicht! Ich ... ich wüßte einfach nicht, was ich sagen sollte ...«
»In solchen Fällen schreibt man am besten einen Brief«, sagte Manfred Lord.

11

Verena Lord schrieb einen Brief an Oliver Mansfeld. Der Aufenthalt auf Elba fiel ihr wieder ein, sie erwähnte sentimentalerweise die Bar in Marciana Marina, sie erwähnte Porto Azzurro, die grünen Wellen des Meeres, in denen sie Oliver umarmt hatte, und sie vergaß auch nicht zu sagen, daß er die große Liebe ihres Lebens gewesen sei. Nie würde sie ihn vergessen können; er solle versuchen, ihr zu verzeihen, bat Verena Lord.
»Du meine Seele«, schrieb sie. »Du mein Atem...« Den Brief begann sie mit den Worten: »Oliver, mein geliebter Oliver!«
Obwohl solche und andere Bezeugungen der Zuneigung in ihrem Brief enthalten waren, konnte Verena Lord jedoch nicht umhin, ihrem geliebten Oliver eindeutig zu erklären, daß sie ihre Beziehung zu ihm aus zwingenden Gründen abbrechen müsse. Sie wurde in dieser Richtung sehr deutlich. Sie müsse an ihr Kind denken, schrieb sie. Sie hätte Angst vor Armut und Angst vor dem Altersunterschied. Jemand, der bejahrter als Oliver Mansfeld gewesen wäre, hätte diese Ehrlichkeit bewundert – vor allem deshalb, weil Frauenehrlichkeit einen doch wirklich außerordentlichen Seltenheitswert besitzt.
Verena Lord bewies weitere Charakterstärke. Sie war entschlossen, Oliver nach seiner Rückkehr in dem alten Turm des Limes zu treffen und ihm den Brief persönlich zu überreichen...
Am 7. Januar 1962 rief Oliver Mansfeld, aus Luxemburg zurückgekehrt, Verena aus der »Blauen Bar« des Frankfurter Flughafens in ihrer Villa über Friedheim an, während sein kleiner persischer Freund seinen Wagen holte. Es war zu dieser Zeit 15 Uhr 35. Tapfer sagte Verena zu, ihren Geliebten in einer Stunde zu treffen.
Der Himmel war schwarz, als Oliver losfuhr, kein Lufthauch bewegte sich, und es war damit zu rechnen, daß in Bälde schwerer Schneefall einsetzen würde.
Oliver Mansfeld, der Prinz Raschid Dschemal Ed-Din Runi Bender Schahpur Isfahani in seinem Wagen nach Friedheim brachte, setzte ihn – in großer Eile, wie der Prinz später aussagte – vor der Villa der kleinen Jungen, dem sogenannten »Quellenhof«, ab und fuhr über einen schmalen Waldweg weiter, dem alten Wachtturm entgegen. Einige hundert Meter von diesem entfernt, parkte er den Jaguar in dichtem Gebüsch.
Als er die Turmstube des Gemäuers erreichte, fand er Verena Lord

vor. Er umarmte und küßte sie, und während er dies noch tat, fiel ihm eine seltsame Kälte an ihr auf.

»Was hast du?«

»Nichts«, antwortete Verena Lord.

»Doch. Du hast etwas. Du bist anders. Du bist ganz anders als sonst.«

»Bin ich das?«

»Ja. Das bist du. Und wo ist Assad? Wo ist Evelyn?«

»Sie sind zu Hause.«

»Ist etwas geschehen?«

»Ja.«

Oliver Mansfeld kniff die Augen zusammen.

»Was? Es war doch alles klar, als ich abflog.«

»Jetzt ist es nicht mehr klar«, antwortete Verena Lord. »Ich habe dir einen Brief geschrieben.«

»Einen Brief?«

»Ja.«

»Warum?«

»Es ist aus zwischen uns.«

»Verena!«

»Lies den Brief, dann wirst du alles verstehen.«

»Was soll ich verstehen? Wir waren uns doch einig, völlig einig...«

»Es ist alles ganz anders gekommen, Oliver, alles ganz anders.« Verena Lord begann zu weinen. Die Tränen liefen über ihr ungeschminktes Gesicht. »Es... es tut mir leid... Ich bin sehr unglücklich...«

»Verena... Verena...! Wir lieben uns doch!«

»Das genügt nicht, Liebling. Lies den Brief. Ich... ich kann jetzt nicht mehr. Ich gehe. Wir werden uns nicht wiedersehen.«

»Du bist wahnsinnig!«

»Nein, armer kleiner Oliver, ich bin ganz normal.«

»Aber du kannst doch nicht...«

»Ich muß. Ich habe ein Kind. Ich brauche Sicherheit.«

»Ich kann euch aber doch Sicherheit geben, dir und deinem Kind!«

»Das kannst du eben nicht! Laß mich los! Ich will nicht dabeisein, wenn du den Brief liest.«

»Warum nicht?«

»Es ist der schlimmste Brief, den ich in meinem Leben schrieb!«

»Bleib hier!«

»Nein!«

»Du bist feige!«
»Ja«, rief Verena Lord und lief die Wendeltreppe des Turmes hinab, »ja, das bin ich! Feige! Feige! Feige!«
Oliver Mansfeld verharrte reglos. Nach einer langen Weile setzte er sich auf eine alte Kiste, neben der ein langer Strick lag, und öffnete den Brief. Es war inzwischen noch düsterer geworden, aber trotzdem sah man durch die Luken der Turmkammer weit hinaus ins Land. Das Flüßchen Nidda konnte man erblicken, das sich mit schilfbewachsenen Ufern durch Wiesen, Weiden, fruchtbares Ackerland zwischen Gebüsch und Gruppen silberner Erlen talwärts schlängelte; den großen Feldberg mit seinen dunklen, weiten Waldrücken; den dreifach gebuckelten Winterstein; im Osten den Vogelsberg und das Massiv des Hohenrodskopfes; kleine und kleinste Dörfer, Burgen, Gehöfte und Eisenbahnen, die sich, melancholisch pfeifend, in der Dämmerung verloren. Bad Nauheim und Bad Homburg vermochte man noch zu erblicken, Bad Vilbel, Königstein, Dornholzenhausen, Oberursel und hundert andere Stätten menschlicher Gemeinschaft, deren größte Frankfurt war, Frankfurt am Main.
Nichts von all dem erblickte Oliver Mansfeld.
Er saß zusammengesunken auf der alten Kiste, inmitten des Gerümpels der Turmstube, den Brief in der Hand, den er eben gelesen hatte. Er war so vollkommen abwesend, daß er nicht einmal die Schritte hörte, mit denen Manfred Lord auf ihn zukam. Lord hatte sich in einer Nische der Turmstube verborgen gehalten, seit zwei Stunden bereits. Er hatte das Gespräch zwischen seiner Frau und Oliver Mansfeld mitangehört. Er hatte geduldig gewartet. Nun wartete er nicht mehr. Von hinten kam er an den Sitzenden heran, packte ihn an der Schulter und riß ihn hoch.
»Was ... was ...«
Nachdem er diese beiden Worte herausgewürgt hatte, erhielt Oliver den ersten Schlag ins Gesicht. Der zweite folgte. Oliver flog gegen die Wand. Lord sprang ihm nach. Er schlug den Jungen, wohin er traf, er schlug mit seinem schweren Spazierstock. Oliver begann zu bluten. Lord schlug weiter. Oliver schlug nicht zurück. Lord trat ihn mit den Schuhen gegen die Beine, in den Leib. Er sprach kein Wort. Sein Gesicht hatte sich zu einer Fratze des Hasses verzerrt.
Nach ein paar Minuten brach Oliver zusammen und fiel auf den schmutzigen Boden der Stube. Blut aus seinen Wunden sickerte in die Dielen. Er stöhnte.

## 12

»Ich hatte gehofft«, sprach Manfred Lord, »daß Sie sich wehren würden, Oliver. Ich freute mich auf einen Zweikampf. Es wäre mir angenehm gewesen, wenn Sie zurückgeschlagen hätten.«
Oliver lag zusammengekrümmt auf den schmutzigen Dielen. Neben ihm lag Verenas Brief.
»Ich bin mehr als doppelt so alt wie Sie. Sie könnten mich gewiß zusammenschlagen. Warum schlagen Sie mich nicht zusammen?«
Oliver antwortete nicht. Die Blutlachen um ihn wurden größer.
»Sie haben geglaubt, sehr schlau zu sein, nicht wahr? Nun, ich war schlauer. Eine Frau bleibt eine Frau. Verena hat nur so reagiert, wie alle Frauen reagieren. Das wollen Sie nicht glauben, das können Sie nicht glauben, weil Sie noch ein kindischer Idealist sind.« Er gab dem Liegenden einen Tritt. »Eine Frau braucht Sicherheit. Die können Sie Verena nicht geben. Sie ist Luxus gewöhnt. Den können Sie ihr nicht bieten. Sie ist eine Hure. Man darf ihr nicht böse sein.« Wieder ein Tritt. »Ich habe mich gedemütigt und erniedrigt vor Ihnen, Oliver. Damit ist es jetzt vorbei. Ich besitze alle Fotografien und Filme, die Sie anfertigten. Es war wirklich sehr klug von mir, mich so lange zu demütigen und zu erniedrigen und zu dulden, daß Sie der Liebhaber meiner Frau waren. Jetzt sind Sie es gewesen. Sie hat gewählt: Die Sicherheit und mich.«
Manfred Lord ging. Er war mit sich sehr zufrieden. Er hatte alles vorausbedacht. Er hatte nichts vergessen. Nur eines: Verenas Brief mitzunehmen...

## 13

Dies ist die Wahrheit, die *ganze* Wahrheit. Dies ist, was geschah. Wir haben nichts verschwiegen. Der Zuschauer eines Kampfes, sagten wir zuvor, hat eine solche Chance der Berichterstattung. Die Chance, zu gewinnen, hat er selbstverständlich nicht.
Manfred Lord, der den Herren Hardenberg und Lazarus versprochen hatte, die ganze Wahrheit zu erzählen, erzählte *nicht* die ganze Wahrheit. Das ist zu verstehen. Manfred Lord war nicht Zuschauer. Er stand, wenn der Vergleich gestattet ist, im Ring. Er kämpfte. Und er besaß eine Chance, zu gewinnen – an der Seite einer Frau wie Verena. Reue empfand er für sein Betragen gegen Oliver, den er zusammengeschlagen hatte. Das gab er zu...

»Ich gebe zu, daß ich mich barbarisch und der Verachtung wert betragen habe«, sagte Manfred Lord, »aber ich glaube doch, daß ich gerade bei Männern Verständnis für meine Handlungsweise finden werde, wenn man bedenkt, wie viel ich mir so lange gefallen ließ.«

»Das ist eine Frage des Geschmacks«, antwortete Hardenberg darauf. »Sie interessiert mich weniger als eine andere.«

»Nämlich welche?«

»In seinem Roman spricht Oliver Mansfeld von fotografierten Buchseiten, die in durchstochenen Buchstaben offenbar verschlüsselte Nachrichten enthielten. Er schrieb, daß Sie ihm derartige Bücher mitgegeben haben, wenn er nach Echternach flog, und daß sein Vater ihm solche Bücher mitgab, wenn er zurückflog.«

»Das ist eine glatte Lüge.«

»Gnädige Frau?«

Verena sah ihren Mann an, danach eine Fotografie Evelyns, die auf ihrem Nachttisch stand, dann sah sie an Hardenberg vorüber in das Schneetreiben hinaus und antwortete mit einer außerordentlich gleichgültigen Stimme: »Ich habe niemals von etwas Derartigem gehört.«

Lord lächelte.

Verena begann wieder zu weinen. Lord streichelte sie tröstend.

»Nerven«, sagte er, »nur Nerven, meine Herren.«

»Natürlich«, sagte Hardenberg. »Wissen Sie übrigens, daß der Untersuchungsrichter die neuerliche Überprüfung des Falles Walter Mansfeld angeordnet hat und damit die Verjährungsklausel fortfällt?«

»Ich habe davon gehört.«

»Wenn Herr Mansfeld also nach Deutschland kommt, wird er sofort verhaftet werden.«

»Dann wird Herr Mansfeld wohl nicht nach Deutschland kommen«, antwortete Manfred Lord, seine Frau streichelnd. »Wirklich, Liebling, du mußt dich beruhigen.«

Verena Lord hörte daraufhin zu weinen auf.

Der Hauptkommissar Hardenberg stellte Manfred Lord eine Anzeige wegen freiwillig eingestandener Körperverletzung und eine weitere Untersuchung in Aussicht. Manfred Lord erklärte, beidem mit Fassung entgegenzusehen, und nannte bei dieser Gelegenheit die Namen seiner drei Anwälte.

Als Hardenberg und Lazarus eine halbe Stunde später das Haus verließen, begegneten sie in der dämmerigen Halle einem kleinen Mädchen.

»Du bist Evelyn, nicht wahr?« fragte Lazarus.
»Ja, mein Herr.«
»Du weißt, wer wir sind?«
»Ich kann es mir denken. Von der Polizei, nicht?«
»Wieso denkst du das?«
»Wegen Onkel Mansfeld.«
»Was ist mit Onkel Mansfeld?«
»Das wissen Sie doch selber.«
»Hast du ihn gern gehabt?«
Das kleine Mädchen antwortete leise: »Ja. Ich bin sehr, sehr unglücklich, daß er tot ist.« Es waren die einzigen Worte der Trauer, die in diesem Haus ein Mensch für Oliver Mansfeld fand.

## 14

Im Laufe des Vormittags verhörte der Kriminalassistent Marcus den Diener Leo und das Gärtnerehepaar. Die drei sagten übereinstimmend aus, daß Manfred Lord seine Villa am Nachmittag des 7. Januar zwar vorübergehend verlassen habe, jedoch mindestens eine Stunde vor Einsetzen des Schneetreibens zurückgekommen sei – etwa eine halbe Stunde nach der Heimkehr seiner Frau.
Dem Gärtnerehepaar, dem Diener Leo, Manfred und Verena Lord und ihrer Tochter Evelyn nahm Marcus Fingerabdrücke ab. Einige Stunden später war er in der Lage, seinem Chef zu berichten: »Es sind Abdrücke von Frau Lord und der Kleinen im Wagen, Herr Kommissar. Abdrücke von Herrn Lord habe ich nicht finden können.«
»Die anderen Abdrücke?«
»Verschiedene Leute. Zum Beispiel wahrscheinlich Angestellte der Firma Kopper & Co. Ich habe über Funk veranlaßt, daß sie alle überprüft werden. Aber ich verspreche mir keine Sensationen mehr.«
»Und was glaubst du, Marcus?«
»Daß der Junge sich aufgehängt hat. Professor Mokry sieht ihn sich noch einmal an. Er stimmt vollkommen mit Doktor Peter überein. Oliver Mansfeld wurde zusammengeschlagen, lief zu seinem Wagen, um irgendwohin zu fahren – und verlor dann völlig die Nerven. Er ging zurück und hängte sich auf.«
»Was ist mit der Zeitung, die wir im Turm fanden?«
»Das muß schon eine Kurzschlußreaktion gewesen sein.«
»Was heißt das?«
»Hier in der Nähe gibt es ein Erholungsheim, das irgend so einer

religiösen Sekte gehört. Ich habe vormittags Wallner hingeschickt. Er sprach mit einer gewissen Schwester Claudia. Sie erinnerte sich an Oliver Mansfeld und erzählte, daß er allein oder auch mit Frau Lord zusammen häufig in das Heim gekommen sei. Der Junge ließ sich oft Zeitungen geben, die dort verteilt werden. ›Anzeiger des Reiches der Gerechtigkeit‹.« Marcus lachte. »Im Impressum steht: ›Verleger: Der Engel des Herrn, Frankfurt am Main.‹«

»Lach nicht!«

»Ich lache ja nur darüber, daß der Engel des Herrn seinen Verlagsort ausgerechnet in Frankfurt am Main hat. Wir stellten über Funk fest, daß eine Zeitung – Kopper & Co. wissen natürlich nicht mehr welche, aber es wird wohl diese sein – im Handschuhfach des Jaguars lag, der so lange bei ihnen stand. Der Junge muß die Zeitung, als er in sein Auto kroch, herausgeholt und in den Turm mitgenommen haben.«

»Warum?«

»Die Handlungen von Verzweifelten sind nicht rational und logisch zu begreifen. Vielleicht war es ...«

Lazarus, der schweigend dabeisaß, errötete.

»War es was?«

»Eine Art von Halt, von letztem Trost, was weiß denn ich, meine Herren!«

Der Hauptkommissar Hardenberg nahm die Zeitung, die man in der Turmstube gefunden hatte und die nun vor ihm im Billardzimmer des Hotels »Ambassador« lag. Er betrachtete sie nachdenklich. Sie war schmutzig, naß und alt. Auf der ersten Seite stand ein Artikel, der die Überschrift trug:

GLAUBE, LIEBE, HOFFNUNG, DIESE DREI: ABER DIE LIEBE IST DIE GRÖSSTE UNTER IHNEN

»Sie werden wohl recht haben«, sagte Hardenberg.

»Die Gendarmerie meldet, daß morgen früh der normale Zugverkehr wieder einsetzt. Können wir die Leiche einsargen?«

»Ja«, sagte Hardenberg, der plötzlich von einer ungeheuren Müdigkeit überfallen wurde, »sargt sie ein. Aber plombiert den Sarg nicht. Wegen des Zolls.«

Der Kriminalassistent Wallner kam in das Billardzimmer. »Frankfurt ruft, Herr Hauptkommissar.«

»Was gibt es?«

»Da hat sich ein Mädchen gemeldet ...«

»Was für ein Mädchen?«

»Sie heißt Geraldine Reber oder so ähnlich.«

Hardenberg und Lazarus sahen sich an.

»Wo ist sie?«
»Im Präsidium, bei Kommissar Wilms.«
»Wo habt ihr den Sender?«
»Auf dem Dachboden, Herr Hauptkommissar.«
Sie gingen auf den großen Dachboden des Hotels. Hier stand ein olivgrün gestrichener Kurzwellensender. Hardenberg nahm den Hörer und meldete sich.
»Wilms hier«, sagte eine metallen hallende Stimme. »Wie steht's?«
»Selbstmord. Hinter der Sache steckt eine ganz große Sauerei, die wir aber niemals beweisen können.«
»Das passiert uns ja öfter.«
»Ich denke, ich komme morgen mit der Leiche zurück.«
Lazarus war bei der Tür stehengeblieben, er schluckte Pillen und hustete.
»Was will diese Geraldine Reber?« fragte der Hauptkommissar.
»Sie sagt, sie hätte eine Aussage zu machen.«
»Na, dann soll sie doch!«
»Sie will mit Ihnen persönlich sprechen.«
»Geben Sie sie mir.«
»Einen Moment.« Man hörte Wilms sprechen. »Nehmen Sie den Hörer. Wenn Sie reden wollen, drücken Sie auf diesen Knopf. Wenn Sie hören wollen, lassen Sie den Knopf los.«
»Ich habe verstanden«, sagte eine ferne Mädchenstimme. Dann wurde sie lauter. »Herr Hauptkommissar Hardenberg?«
»Ja.«
»Ich habe gelesen, daß Oliver Mansfeld tot ist.«
Im Hörer knisterte und knatterte es, und durch eine Dachluke konnte Hardenberg sehen, daß der Schnee noch immer mit unverminderter Heftigkeit fiel.
»Ich bin nach Frankfurt gekommen, um eine Aussage zu machen.«
»Was für eine Aussage? Betrifft sie den Fall Mansfeld?«
»Nein.« – »Sondern?«
»Herrn Doktor Haberle.«
»Dokter Haberle?«
»Sie kennen ihn nicht. Er war ein Lehrer des Internats. Er wurde entlassen, weil ich behauptet habe, er hätte mich vergewaltigt. Er ist ohne Arbeit. Es geht ihm elend. Seine Frau und die Kinder wohnen noch in Friedheim, sie wollen das Haus verkaufen. Es ist noch Zeit.«
»Zeit wozu?« fragte der Kommissar und dachte dabei, wie schnell es dunkel wurde, wie schnell.

»Alles gutzumachen.«
»Ich verstehe nicht.«
»Ich habe gelogen. Doktor Haberle hat nicht versucht, mich zu vergewaltigen. Ich habe ... ich habe ...«
»Was? Reden Sie deutlich.«
»Ich habe mich vor ihm halb ausgezogen. Ich habe ihn geküßt. Ich habe ihn verrückt gemacht ... Wir waren allein. Er ließ mich nachsitzen. Ich bin eine sehr schlechte Schülerin. Ich wollte nicht durchfallen. Ich dachte, wenn ...«
»Ich verstehe.«
»Ja? Verstehen Sie?«
»Ich denke. Geben Sie Ihre Aussage zu Protokoll.«
»Glauben Sie ... Glauben Sie, daß Dokter Haberle rehabilitiert wird?«
»Das glaube ich.«
»Und ... und Oliver ist tot.«
»Ja. Schon lange.«
»Ich habe ihn sehr geliebt.«
»Das macht ihn nicht mehr lebendig.«
»Nein, natürlich nicht. Ich ... ich dachte nur ...«
»Was dachten Sie, Fräulein Reber?«
»Daß ich ein bißchen etwas gutmachen könnte, wenn ich mich jetzt bei der Polizei melde und wenigstens über diese Sache die Wahrheit sage. Vielleicht ist es kindisch, wahrscheinlich ist es idiotisch ...«
»Fräulein Reber«, sagte der Hauptkommissar Hardenberg. »Ich danke Ihnen. Sie sind ein anständiger Mensch.«
»Nein«, sagte die metallene Stimme aus dem Mikrophon. »Ich bin ein unanständiger, schlechter und verkommener Mensch. Aber ...«
»Aber?«
»Aber ich habe Oliver geliebt. Verstehen Sie? Geliebt!«
»Ja, ja«, sagte Hardenberg.
»Ist er ... kann man ihn noch einmal sehen?«
»Ich fürchte, das wird nicht möglich sein.«
»Hat er sich das Leben genommen?«
»Ja.«
»Wegen ... wegen dieser Frau?«
»Ja, ich glaube«, antwortete Hardenberg. Dann sprach er noch kurz mit Kommissar Wilms und gab ihm verschiedene Instruktionen. Als er sich umwandte, sah er, daß Lazarus mit geschlossenen Augen an der Wand lehnte.

»He!«
Der Lektor öffnete die Augen.
»Was gibt es?«
»Was haben Sie?«
»Mir ist übel.«
»Mir auch«, sagte Hardenberg. »Kommen Sie hinunter. Sie auch, Marcus. Wir wollen einen trinken.«

## 15

In der Nacht zum 11. Januar 1962 hörte der verheerende Schneefall auf. Die Bundesbahn konnte ihr Versprechen halten: Am Morgen war die Strecke der kleinen Lokalbahn, die von Friedheim nach Frankfurt hinabführte, frei.
Um 9 Uhr 35 wurde in den Transportwagen eines Zuges der Zinksarg verladen, der die Leiche Oliver Mansfelds enthielt. Der Polizeiarzt Doktor Peter und der Gerichtsmediziner Professor Mokry rauchten Zigarren und begaben sich in ein Abteil erster Klasse. Hardenberg und Lazarus standen auf dem menschenleeren Bahnsteig.
Knapp vor Abfahrt des Zuges erschien Raschid. Er führte eine Dame an der Hand, die einen Schleier vor dem Gesicht trug. Es war Verena Lord.
Sie sah aus, als sei sie fünfzig Jahre alt.
»Wir kommen, um Ihnen Lebewohl zu sagen, Gentlemen«, sagte der kleine Prinz.
»Was werden Sie jetzt tun?« fragte der Kommissar Verena.
Sie zuckte die Schultern und drehte den Kopf zur Seite.
»Wir wissen es beide noch nicht«, antwortete der kleine Prinz. »Aber die gnädige Frau hat gesagt, *sie* will jetzt meine Schwester sein. Da ist es nicht so schlimm, Sir.«
Verena starrte den Transportwagen an.
»Ist er da drinnen?« – »Ja.«
»Verachten Sie mich?«
»Nein«, sagte Lazarus.
»Und Sie?«
»Ich verachte Sie auch nicht«, antwortete der Kommissar. »Unter den gegebenen Umständen konnten Sie kaum anders handeln. Es hätte sehr viel Mut erfordert.«
Die kleine Lokomotive pfiff, der Stationsvorsteher hob die Scheibe.
»Es ist soweit«, sagte Hardenberg.
Raschid verneigte sich tief vor den beiden Männern und sagte:

»Möge Allah bei Ihnen sein auf allen Ihren Wegen. Möge Er den Tod meines Bruders Oliver sühnen.«
»Möge Er dich zurück nach Persien bringen«, sagte Hardenberg, während er in einen Waggon stieg. Er strich dem Jungen über das Haar. »Bona causa triumphat. Du weißt doch, was das heißt, nicht wahr? ›Die gute Sache siegt‹!«
»Ich weiß es, Sir, aber ich glaube nicht daran.«
»Woran denn?«
»Daß zuletzt immer die schlechte Sache siegt«, sagte der kleine Prinz.
»Bitte einsteigen und die Türen schließen!« rief der Stationsvorsteher.
Der Zug ruckte an.
Hardenberg hatte in seinem Abteil das Fenster geöffnet. Lazarus trat neben ihn. Sie winkten beide der verschleierten Frau und dem kleinen, schmalen Jungen zu, die auf dem verschneiten Perron zurückblieben. Die Frau und der Junge winkten zurück.
»Und Er hat über mich gerichtet«, sagte Verena verloren.
»Bitte?« fragte Raschid.
»Ich hatte einmal einen Traum, weißt du. Im letzten Sommer, als ich auf Elba war. Da hat jemand über mich gerichtet.«
»Wer?«
»Ach, niemand«, antwortete Verena Lord.

## 16

Der Zug rüttelte. Er fuhr durch einen verschneiten Märchenwald. Die Lokomotive keuchte. Zur rechten Seite tauchte ein alter Gutshof mit einer verschneiten grünen Pumpe auf.
»Der Engel des Herrn«, sagte Hardenberg.
Lazarus nickte stumm.
»Was haben Sie?«
»Wird die gute Sache siegen, Herr Kommissar?«
»Ich glaube, daß sie im Falle dieses unglücklichen Lateinlehrers siegen wird.«
»Und sonst?«
Hardenberg schüttelte den Kopf.
»Walter Mansfeld bleibt in Luxemburg.«
»Und die Schweinereien, die er mit Lord machte? Die durchstochenen Buchseiten? Die schiefen Geschäfte?«
»Können Sie Herrn Lord ein einziges nachweisen? Besitzen wir

auch nur eine Fotografie auch nur einer einzigen Buchseite? Nichts! Und Frau Lord wird nun immer für ihren Mann aussagen.«
Lazarus sagte mit dem Gesicht eines unglücklichen Kindes: »Dann ist auch das Manuskript, das ich habe, nichts wert.«
»Nicht das geringste. Wenn Sie es veröffentlichen, gnade Ihnen Gott! Sie würden einen wüsten Prozeß bekommen. Manfred Lord ist ein mächtiger und einflußreicher Mann, der seine Freunde überall hat.«
»Das weiß ich, Herr Kommissar. Sie haben das Manuskript noch. Behalten Sie es.«
»Warum?«
»Bei Ihnen ist es sicherer aufgehoben. Ich bin ein alter, kranker Mann. Ich will mit der Sache nichts mehr zu tun haben.«
»Bona causa triumphat, wie?« sagte Hardenberg bitter. »Danke für das Geschenk.« Lazarus antwortete nicht. Er steckte zwei bunte Pillen in den Mund und sah aus dem Fenster, vor dem viel Schnee lag, so viel Schnee.

## 17

Am Abend dieses Tages saß Paul Robert Wilhelm Albert Lazarus im Lesezimmer seiner kleinen Wohnung in Frankfurt. Fräulein Martha (52), die nun seit siebzehn Jahren seinen Haushalt führte und der er periodisch, aber niemals ernstlich zu kündigen pflegte, hatte sofort nach seiner Heimkehr Feuer im Ofen gemacht. Lazarus saß in einem Schaukelstuhl. Er trug Schlafrock und Pantoffel und hielt die rechte Hand zur Faust geballt. Er sah ins Leere. Fräulein Martha kam herein und fragte, ob er noch etwas wünsche.
»Nein, danke.«
»Gute Nacht, Herr Lazarus.«
»Gute Nacht, Fräulein Martha.«
Sie ging. Er blieb reglos sitzen und dachte, daß er, der niemals Wünsche gehabt hatte, sich nun doch etwas wünschte: Eine Liebe wie jene, von der er gelesen hatte. Und wenn sie so elend endete wie jene. Und wenn er unglücklich würde durch sie. Es war ihm plötzlich klar, daß er niemals in seinem Leben eine Liebe gehabt hatte.
Was ist Liebe?
Ein unbekanntes Land, dacht Paul Robert Wilhelm Albert Lazarus, der sich Albert nannte, wir wissen, warum.
Wir denken, daß Paul Robert Wilhelm Albert Lazarus irrte. Auch

er hatte eine Liebe in seinem Leben gehabt, hatte sie noch. Kein Mensch ist so armselig, daß er nicht einmal jenes Gefühl erlebt. Es gibt sehr viele Arten von Liebe. Die wenigsten machen glücklich. Aber das ist offenbar auch nicht ihr Sinn.

## 18

Zur gleichen Zeit, da Lektor Lazarus mit geschlossener rechter Hand in seinem Schaukelstuhl saß, untersuchte Koppenhofer, der Zollbeamte aus Bayern, gewissenhaft Sarg und Leiche des Oliver Mansfeld. Wegen der zerbrochenen und der italienischen Schallplatte, die er auf der Brust des Toten fand, konsultierte er einen Kollegen. »Es ist besser, wir nehmen das Zeug heraus!« sagte dieser. »Sicher ist sicher.«
Und so wurden die Platten entfernt und zu der Kriminalpolizeistelle gebracht, die sich im Flughafengebäude befand. Der Hauptkommissar Hardenberg fluchte, als er am nächsten Morgen verständigt wurde, ließ die Platten abholen und schickte sie dem Toten nach, der in jener Nacht in der »Bonanza« seines Vater nach Echternach flog. Am Steuer der Maschine saß Teddy Behnke. Er brach mit jahrzehntelanger Gewohnheit und trank während des Fluges. Der Sarg stand hinter ihm in der eleganten Passagierkabine...
Zur gleichen Zeit, da der Lektor Lazarus reglos in seinem Schaukelstuhl saß, die geschlossene Hand gelegentlich öffnend, erhielt die Mutter Oliver Mansfelds von einem Arzt der Irrenanstalt in Luxemburg eine sehr starke Injektion, da sie außerordentlich unruhig war.
Zur gleichen Zeit betrank sich Professor Doktor Florian in seinem Arbeitszimmer und dachte, wie gern er ein Kind gehabt hätte. Ein eigenes Kind.
Zur gleichen Zeit sagte Großvater Remo Mortula, konfrontiert mit einer akuten finanziellen Krise seiner Familie auf Elba: »Dio ci aiuterà.«
Zur gleichen Zeit schlief Geraldine Reber mit Herrn Otto Willfried in einem Stundenhotel. Und er dachte dabei an eine verlorene Fabrik, und sie dachte an eine verlorene Liebe.
Zur gleichen Zeit schlich der verkrüppelte Hansi vorsichtig durch den verschneiten nächtlichen Wald oberhalb des »Quellenhofs«. Er hatte dort ein Tellereisen gelegt. Ein Fuchs lag gefangen darin. Der kleine Hansi würgte das bebende Tier langsam, ganz langsam zu Tode. Seine Augen glitzerten dabei...
Zur gleichen Zeit trafen sowjetische Wissenschaftler letzte Vor-

bereitungen zum Start einer Riesenrakete, die sie dem Planeten Venus entgegenschießen wollten.
Zur gleichen Zeit schrieb Noah, im Bett liegend, seiner milchkaffeebraunen Freundin Chichita aus Brasilien einen langen Brief, in dem er ihr den Symbolismus des Romans »Die Pest« erläuterte.
Zur gleichen Zeit sprach Schwester Claudia in ihrem Zimmer des Erholungsheims »Der Engel des Herrn«, nahe dem Ort Friedheim, die Worte: »Vater unser, der Du bist im Himmel...«
Zur gleichen Zeit starben in China dreihundertvierundfünfzig Kinder an Hunger.
Zur gleichen Zeit warteten Walter Mansfeld und seine Freundin Lizzy auf dem Flughafen von Luxemburg auf das Eintreffen der »Bonanza«. Walter Mansfeld trank Whisky, seine Freundin trank Cognac. Sie versicherten einander, daß Drinks nötig wären nach der Tragödie, die sich ereignet hatte.
Zur gleichen Zeit las Wolfgang Hartung in einem Buch von Ernst Schnabel, das die Greuel der Nazizeit anprangerte und den Titel »Macht ohne Moral« trug.
Zur gleichen Zeit dröhnte aus der Musikbox der Bar in Marciana Marina das Lied: »Il nostro concerto«.
Zur gleichen Zeit saß der Hauptkommissar Hardenberg im Arbeitszimmer seiner Wohnung vor einem Ofen. Hardenberg hielt den dicken schwarzen Leitzordner auf den Knien, der das Manuskript Oliver Mansfelds umgab. Der Kommissar hatte den Ordner geöffnet und warf bündelweise Seiten in den Ofen. Bis zuletzt hielt Hardenberg die erste Seite des Romans in der Hand. Er zögerte einen Augenblick, als er den Titel des Buches las.
LIEBE IST NUR EIN WORT.
Hardenberg warf auch diese Seite ins Feuer.
Sie verbrannte schnell.
Zu dieser Zeit war der Lektor Paul Robert Wilhelm Albert Lazarus in seinem Schaukelstuhl eben eingeschlafen. Die geschlossene rechte Hand öffnete sich. Etwas fiel zu Boden. Es war eine kleine, vertrocknete Olive.

Knaur

**Bronnen, Barbara**
**Die Tochter**
Katharina Bebra, vierzig, geschieden, ein Kind, will nicht länger nur »die Tochter« sein – Tochter in einer »Frauenfamilie«, aber auch Tochter eines berühmt-berüchtigten Vaters, den sie nur aus Erzählungen und der Literaturgeschichte kennt. Sie erkennt, daß sie selbst einen anderen, neuen Weg gehen muß. 256 S. [1327]

**Die Überzählige**
»Anfänge gibt's zuhauf, aber Ende gibt's nur eins. Ich will ein gutes Ende, das habe ich verdient.« Die diese Worte spricht, ist 94. Urgroßmutter und Pflegefall. Ihre Enkelin Franziska ist die Ich-Erzählerin eines Leidensweges, der damit beginnt, daß man ihr die Pflege der Großmutter »zuschanzt«. 304 S. [1466]

**Brown, Dee**
**Du folgtest dem Falken, Amayi**
Eine indianische Familiensaga. Im Mittelpunkt steht eine ungewöhnliche, faszinierende Frau: die Häuptlingstochter Amayi. 432 S. [1166]

**Kazan, Elia**
**Der Mann aus Anatolien**
Manhattan in den ersten Jahrzehnten unseres Jahrhunderts: Ein junger, anatolischer Grieche sucht und findet den Weg nach oben. Kazan schildert die Zähigkeit, mit der der junge Geschäftsmann dem »amerikanischen Traum« nachjagt. 592 S. [1454]

**Spungen, Deborah**
**Einstichpunkte**
Eine wahnsinnige Sucht nach Liebe.
Deborah Spungens Buch ist der erschütternde Bericht über den Tod ihrer Tochter Nancy, die von ihrem Freund Sid Vicious von der Punk-Gruppe »Sex Pistols« im Drogenrausch getötet wurde. 384 S. [1512]

**Stevenson, Richard**
**Todesnummer**
Der Mord an einem Disc-Jockey macht Schlagzeilen. Der Hauptverdächtige Billy Blount ist verschwunden. Ein nervenkitzelnder Krimi aus der Gay-Scene New Yorks. 336 S. [1391]

**Kotzwinkle, William**
**Jack in the Box**
William Kotzwinkle ist der Autor des Weltbestsellers »E.T.« und gilt als Geheimtip unter den modernen Autoren. 288 S. [1198]

**Königin der Schwerter**
Nach fünfzehn Ehejahren verläßt der wenig erfolgreiche, aber um so eifriger joggende Schriftsteller Eric über Nacht Frau und Haus, um an der Seite einer vorzeitig ergrauten, raubtierhaften Komponistenwitwe glücklich zu werden... 240 S. [1578]

**Weihnachten für Wellensittiche**
Im Kaufhaus Fontaine's geschehen in der Weihnachtsnacht wundersame Dinge. Eine bezaubernde Geschichte voller Witz, Schärfe und Humor. 240 S. [1186]

**Susann, Jacqueline**
**Yargo**
Als Janet auf Yargo trifft, weiß sie, daß nur er der Mann ihres Lebens sein kann. Leidenschaftlich beginnt sie, um ihr Glück zu kämpfen. 224 S. [1015]

# *Romane*

Knaur

**Nin, Anaïs**

**Das Delta der Venus**
Das schönste und direkteste Buch der geheimnisvoll-berühmten Autorin. 327 S. [742]

**Djuna oder Das Herz mit den vier Kammern**
Dies ist die Charakterstudie einer Leidenschaft, geschrieben in einer Sprache, die analytische Klarheit und poetische Bilder in unnachahmlicher Weise vereint. 208 S. [1270]

**Die verborgenen Früchte**
128 S. mit 15 Abb. [806]

**Susann, Jacqueline**

**Diese eine Liebe**
Das Schicksal einer Frau, der das Leben alles gewährt und die doch das Glück nicht halten kann. 128 S. [575]

**Die Liebesmaschine**
Der erfolgreich verfilmte Weltbestseller. 426 S. [815]

**Das Tal der Puppen**
Ein hochdramatischer Roman über die gnadenlose Welt des Showgeschäfts. Erfolgreich verfilmt. 368 S. [238]

**Nicolson, Catherine**

**Unter dem Pfirsichmond**
Jung, attraktiv und ehrgeizig, will Corrie es mit der Welt aufnehmen, will ihr Talent entwickeln und als Sängerin berühmt werden. Mutig geht sie ihren Weg, mit Phantasie, aber auch mit beharrlichem Eigensinn, um ihr Leben zu meistern, um Erfüllung zu finden. 352 S. [1356]

**Rogers, Rosemary**

**Die Sinnliche**
Der Roman von Liebe und Leidenschaft unter Napoleon. 416 S. [1212]

**Letzte Liebe, Letzte Liebe**
Virginia und Steve – schön, reich, jung und verliebt – sind der glanzvolle Mittelpunkt des gesellschaftlichen Lebens in New Orleans. Doch das Schicksal reißt die Glücklichen auseinander. 320 S. [1271]

**Die Blonde**
»Blondinen bevorzugt« – unter diesem Gebot steht das Leben der reichen und schönen, aber glücklosen Anne. Als Männerfalle verschrien und als Seelchen verschlissen, kämpft sie verzweifelt darum, Mensch zu sein. 384 S. [1157]

**Die Unbesiegbare**
Ein weiblicher, von Leidenschaft geprägter Roman – vor dem historischen Hintergrund der gesellschaftlichen Entwicklung des jungen amerikanischen Kontinents. 576 S. [784]

**Wildnis der Liebe**
Eine titanische Familienfehde, Liebe, Haß und Leidenschaften von nicht alltäglichen Menschen. 377 S. [1008]

**Cunningham, E.V.**

**Club der Geschiedenen**
Eine knallharte, packende Story, die Einblick gewährt in aufschlußreiche, nicht immer erfreuliche, amerikanische Ehe- und Scheidungspraktiken. 192 S. [1398]

**García, Consuelo**

**Auf der Suche nach Liebe**
Consuelo García hat in ihren persönlichen Erzählungen die Suche des Menschen nach Liebe eingefangen: die Liebe der Frau zum Mann, die Liebe einer Mutter zu ihrem Kind, die Liebe, die sich in der beglückenden Erfahrung der Sexualität äußert, aber auch eine allumfassendere Liebe zu den Mitmenschen und zum eigenen Körper... 192 S. [1417]

# *Romane*